Kinder der Freiheit

Ken Follett

Kinder der Freiheit
Die Jahrhundert-Saga

Roman

Aus dem Englischen von Dietmar Schmidt
und Rainer Schumacher

Mit Illustrationen von Tina Dreher

Weltbild

Die englische Originalausgabe erschien 2014 unter dem Titel *Edge of Eternity*
bei Macmillan, London/Dutton, New York

Besuchen Sie uns im Internet:
www.weltbild.de

Genehmigte Lizenzausgabe für Weltbild GmbH & Co. KG,
Steinerne Furt, 86167 Augsburg
Copyright der Originalausgabe © 2014 by Ken Follett
Copyright der deutschsprachigen Ausgabe © 2014 by Bastei Lübbe AG, Köln
Übersetzung: Dietmar Schmidt und Rainer Schumacher
Family tree illustration by Dave Hopkins
Umschlaggestaltung: bürosüd°, München
Umschlagmotiv: Demurez.com (© Tatiana Koshutina) / buerosued.de
Gesamtherstellung: CPI Moravia Books s.r.o., Pohorelice
Printed in the EU
ISBN 978-3-95569-798-3

2018   2017   2016   2015
Die letzte Jahreszahl gibt die aktuelle Lizenzausgabe an.

Für alle Freiheitskämpfer,
besonders Barbara

HAUPTPERSONEN

AMERIKANER

Familie Dewar
Cameron Dewar
Ursula »Beep« Dewar, seine Schwester
Woody Dewar, sein Vater
Bella Dewar, seine Mutter

Familie Peshkov-Jakes
George Jakes
Jacky Jakes, seine Mutter
Greg Peshkov, sein Vater
Lev Peshkov, sein Großvater
Marga, seine Großmutter

Familie Marquand
Verena Marquand
Percy Marquand, ihr Vater
Babe Lee, ihre Mutter

CIA
Florence Geary
Tony Savino
Tim Tedder, im Vorruhestand
Keith Dorset

Andere
Maria Summers
Joseph Hugo, FBI
Larry Mawhinney, Pentagon
Nelly Fordham, alte Flamme von Greg Peshkov
Dennis Wilson, Mitarbeiter von Bobby Kennedy

Skip Dickerson, Mitarbeiter von Lyndon B. Johnson
Leopold »Lee« Montgomery, Reporter
Herb Gould, Fernsehjournalist bei *This Day*
Suzy Cannon, Klatschkolumnistin
Frank Lindeman, Eigentümer eines Fernsehsendernetzes

Historische Persönlichkeiten
John F. Kennedy, 35. Präsident der USA
Jackie, seine Frau
Bobby Kennedy, sein Bruder
Dave Powers, persönlicher Assistent Präsident Kennedys
Pierre Salinger, Präsident Kennedys Pressesprecher
Reverend Dr. Martin Luther King jr., Vorsitzender der Southern Christian
  Leadership Conference
Lyndon B. Johnson, 36. US-Präsident
Richard Nixon, 37. US-Präsident
Jimmy Carter, 39. US-Präsident
Ronald Reagan, 40. US-Präsident
George H.W. Bush, 41. US-Präsident
J. Edgar Hoover, Direktor des FBI

BRITEN

Familie Leckwith-Williams
Dave Williams
Evie Williams, seine Schwester
Daisy Williams, seine Mutter
Lloyd Williams, MP, sein Vater
Ethel Leckwith, Daves Großmutter

Familie Murray
Jasper Murray
Anna Murray, seine Schwester
Eva Murray, seine Mutter

Musiker bei den Guardsmen und bei Plum Nellie
Lenny, Dave Williams' Cousin

Lew, Drummer
Buzz, Bassist
Geoffrey, Leadgitarrist

Andere
Earl Fitzherbert, genannt Fitz
Sam Cakebread, Kommilitone von Jasper Murray
Byron Chesterfield (wirklicher Name Brian Chesnowitz), Musikagent
Hank Remington (wirklicher Name Harry Riley), Popstar
Eric Chapman, Schallplattenproduzent

Deutsche

Familie Franck
Rebecca Hoffmann
Carla Franck, Rebeccas Adoptivmutter
Werner Franck, Rebeccas Adoptivvater
Walli Franck, Carlas Sohn
Lili Franck, Werners und Carlas Tochter
Maud von Ulrich, geb. Fitzherbert, Carlas Mutter
Hans Hoffmann, Rebeccas Ehemann

Andere
Bernd Held, Lehrer
Karolin Koontz, Folksängerin
Odo Vossler, Pastor

Historische Persönlichkeiten
Walter Ulbricht, Staatsratsvorsitzender der DDR
Erich Honecker, Ulbrichts Nachfolger
Egon Krenz, Honeckers Nachfolger

Polen
Stanislaw »Staz« Pawlak, Armeeoffizier
Lidka, Freundin von Cam Dewar
Danuta Gorski, Aktivistin der Solidarnosc

Historische Persönlichkeiten
Anna Walentynowicz, Kranführerin
Lech Walesa, Anführer der Solidarnosc
Wojciech Jaruzelski, General und Staatschef

SOWJETS

Familie Dworkin-Peschkow
Tanja Dworkin, Journalistin
Dmitri »Dimka« Dworkin, politischer Berater, Tanjas Zwillingsbruder
Nina, Dimkas Freundin
Anja Dworkin, Tanjas und Dimkas Mutter
Grigori Peschkow, ihr Großvater
Katherina Peschkow, ihre Großmutter
Wladimir, genannt Wolodja, ihr Onkel
Zoja, Wolodjas Frau

Andere
Daniil Antonow, Chefredakteur bei der TASS
Pjotr Opotkin, Redaktionsleiter bei der TASS
Wassili Jenkow, Dissident
Natalja Smotrow, Beamtin im Außenministerium
Nik Smotrow, Nataljas Mann
Jewgeni Filipow, Berater von Verteidigungsminister Rodin Malinowski
Vera Pletner, Dimkas Sekretärin
Valentin, Dimkas Freund
Marschall Michail Puschnoj

Historische Persönlichkeiten
Nikita Chruschtschow, Generalsekretär der Kommunistischen Partei der
    Sowjetunion
Andrej Gromyko, Außenminister
Rodion Malinowski, Verteidigungsminister
Alexej Kossygin, Ministerpräsident
Leonid Breschnew, Chruschtschows Nachfolger
Juri Andropow, Breschnews Nachfolger
Konstantin Tschernenko, Andropows Nachfolger
Michail Gorbatschow, Tschernenkos Nachfolger

ANDERE NATIONEN

Paz Oliva, kubanischer General
Frederik Bíró, ungarischer Politiker
Enok Andersen, dänischer Prokurist

ERSTER TEIL

DIE MAUER
1961

Ministerium des Innern
Bereitschaftspolizei
1. Grenzbrigade (B)
- Leiter Operativ -

O.U.

An das
Kommando der Bereitschaft
Leiter Operativ
Oberstleutnant Z i t

Betr

chbrüchen und ver
13.08. - 10.10.1

ielte Wirkun

Toter
-
Verletzte

An einem verregneten Montag des Jahres 1961 wurde Rebecca Hoffmann ins Ministerium für Staatssicherheit der DDR bestellt.

Der Morgen begann ganz normal. Hans, Rebeccas Ehemann, fuhr sie in seinem beigefarbenen Trabant 500 zur Arbeit. In den einstigen Prachtstraßen von Berlin-Mitte waren noch immer die Spuren der Bombennächte des Zweiten Weltkriegs zu sehen. Umso fremder wirkten die tristen neuen Betongebäude, die zwischen den Häuserlücken in den bleigrauen Himmel ragten.

Hans, der im Justizministerium beschäftigt war, dachte während der Fahrt laut über seine Arbeit nach. »Die Gerichte dienen den Richtern, den Anwälten, der Polizei, der Regierung, nur nicht den Opfern«, sagte er. »In kapitalistischen Staaten ist das der Normalfall, aber im Sozialismus sollten die Gerichte für das Volk da sein. Nur ist das meinen Kollegen nicht bewusst.«

»Ich habe noch nie einen von ihnen kennengelernt, weißt du das eigentlich?«, bemerkte Rebecca. »Dabei kennen wir uns jetzt zwei Jahre und sind seit fast einem Jahr verheiratet.«

»Meine werten Kollegen würden dich nur langweilen«, erwiderte Hans. »Alles Anwälte.«

»Sind immer noch keine Frauen dabei?«

»Jedenfalls nicht in meiner Abteilung.« Hans arbeitete in der Verwaltung. Er teilte den Richtern Fälle zu, legte Verhandlungstermine fest und kümmerte sich um die Gerichtsgebäude.

»Trotzdem«, sagte Rebecca. »Ich würde sie gerne einmal kennenlernen.«

Hans war ein Mann, der sich beigebracht hatte, in jeder Situation kühl und überlegt zu bleiben. Doch als Rebecca ihn nun anschaute, sah sie das zornige Funkeln in seinen Augen, das ihrer Hartnäckigkeit galt. Aber er versuchte, sich nichts anmerken zu lassen. »Mal sehen, was sich machen lässt«, sagte er. »Vielleicht können wir abends ja mal zusammen ausgehen.«

Von allen Männern, die Rebecca kennengelernt hatte, konnte Hans es als Einziger mit ihrem Vater aufnehmen. Er war selbstbewusst, manchmal überheblich, bisweilen sogar herrisch, aber er hörte ihr immer zu.

Und er verdiente gut. In Ostdeutschland konnten sich nicht viele ein Auto leisten. Und wenngleich die meisten Mitarbeiter in den Regierungsbehörden überzeugte Kommunisten waren, teilte Hans die politische Skepsis seiner Frau. Er war genau wie Rebeccas Vater: groß, gut aussehend, immer schick gekleidet. Genau der Mann, auf den Rebecca gewartet hatte.

Als sie noch miteinander gegangen waren, hatte sie nur einmal an ihm gezweifelt, nach einem Autounfall vor längerer Zeit. Eine im Grunde harmlose Sache. Sie hatten nicht einmal Schuld gehabt, weil der andere Fahrer ihnen die Vorfahrt genommen hatte. Der Schaden an beiden Wagen war minimal gewesen, trotzdem hatte Hans die Polizei gerufen und seinen Behörden-Dienstausweis gezeigt. Daraufhin hatten die Volkspolizisten den Unfallfahrer verhaftet und wegen Verkehrsgefährdung ins Gefängnis gesteckt.

Später hatte Hans sich bei Rebecca entschuldigt, dass er überreagiert hatte. Seine Reizbarkeit, die an Rachsucht grenzte, hatte sie erschreckt, und sie war nahe daran gewesen, mit ihm Schluss zu machen. Doch Hans hatte ihr versichert, er sei in dieser Situation nicht er selbst gewesen. Der berufliche Druck habe ihn reizbar gemacht, und es tue ihm leid. Rebecca hatte ihm schließlich geglaubt. Und er schien die Wahrheit gesagt zu haben, denn etwas Ähnliches war nie wieder vorgekommen.

Als sie sich ein Jahr lang kannten und seit einem halben Jahr fast jedes Wochenende miteinander geschlafen hatten, fragte sich Rebecca, warum Hans nicht um ihre Hand anhielt. Sie waren schließlich keine Kinder mehr. Sie war damals achtundzwanzig gewesen, er dreiunddreißig. Also hatte sie ihn geradeheraus gefragt. Hans war zuerst erschrocken, dann hatte er schlicht und einfach Ja gesagt.

Jetzt hielt er vor Rebeccas Schule, einem modernen, gut ausgestatteten Gebäude. Sechs ältere Jungen standen vor dem Tor Zigaretten rauchend unter einem Baum und blickten neugierig herüber. Rebecca beachtete sie nicht, küsste Hans auf den Mund und stieg aus.

Die Jungen begrüßten sie höflich, doch Rebecca spürte ihre verlangenden pubertären Blicke im Rücken, als sie über den Schulhof ging und dabei den Pfützen auswich.

Rebecca Hoffmann kam aus einer politischen Familie. Ihr Großvater hatte als sozialdemokratischer Abgeordneter im Reichstag gesessen, bis Hitler an die Macht gekommen war. Ihre Mutter war während der kurzen demokratischen Episode in Ostberlin unmittelbar nach dem Krieg Stadträtin gewesen, ebenfalls für die SPD. Doch jetzt war Ostdeutschland eine kommunistische Diktatur, und Rebecca sah keinen Sinn darin, sich politisch zu betätigen. Stattdessen widmete sie sich mit allem Engagement dem Lehrerberuf, in der Hoffnung, dass die nächste Generation nicht so dogmatisch und engstirnig sein würde, sondern weitblickender und aufgeschlossener.

Im Lehrerzimmer schaute Rebecca als Erstes auf den Vertretungsplan. Die meisten ihrer Klassen waren wegen des Lehrerschwundes in der DDR mittlerweile doppelt so groß wie zu Anfang – zwei Schülergruppen, zusammengepfercht in einem Klassenzimmer. Rebecca unterrichtete Russisch, hatte aber auch eine Englischklasse, obwohl ihr Englisch alles andere als perfekt war. Sie hatte lediglich das eine oder andere von ihrer britischen Großmutter Maud aufgeschnappt, die mit siebzig noch so munter war wie eh und je.

An diesem Tag erteilte Rebecca erst zum zweiten Mal Englischunterricht, deshalb hatte sie sich ausgiebig Gedanken über den Lehrstoff gemacht. Beim ersten Mal hatte als Textgrundlage ein Flugblatt gedient, das an amerikanische Soldaten verteilt worden war; den GIs wurde erklärt, worauf sie beim Umgang mit Deutschen zu achten hätten. Trotz ihrer Erheiterung über den Inhalt des Flugblattes hatten die Schüler tatsächlich ein paar neue Brocken Englisch gelernt. Am heutigen Tag wollte Rebecca den Text eines Schlagers, »The Twist«, an die Tafel schreiben und von den Schülern übersetzen lassen. Der Song wurde bei AFN, dem amerikanischen Soldatensender, rauf und runter gespielt. Das war zwar kein Unterricht nach dem Lehrbuch, aber besser als gar keiner.

Die Schule litt unter chronischem Lehrermangel, weil sich das halbe Kollegium nach Westdeutschland abgesetzt hatte, wo sie dreihundert Mark im Monat mehr verdienten und vor allem freie Menschen waren. Die Abwanderung war an den meisten Schulen Ostdeutschlands ein Problem, und nicht nur an den Schulen. Ärzte beispielsweise verdienten im Westen doppelt so viel. Rebeccas Mutter, Carla, war Pflegedienstleiterin in einem großen Ostberliner Krankenhaus, und der zunehmende Mangel an medizinischem Personal bereitete ihr Kopfzerbrechen. Ein ähnlicher Schwund traf die Industriebetriebe, sogar die Nationale Volksarmee. Die DDR steckte in der Krise.

Während Rebecca den Text von »The Twist« in ein Notizbuch schrieb und versuchte, sich an die Zeile mit »my little sis« zu erinnern, kam Bernd Held, der stellvertretende Direktor, ins Lehrerzimmer. Er war Rebeccas bester Freund außerhalb der Familie, ein schlanker, dunkelhaariger Mann von vierzig Jahren. Die auffällige Narbe an der Stirn verdankte er einem Granatsplitter, der ihn bei der Verteidigung der Seelower Höhen in den letzten Kriegstagen erwischt hatte. Er unterrichtete Physik, teilte aber Rebeccas Liebe zu russischer Literatur. Mehrmals die Woche aßen sie gemeinsam zu Mittag.

»Hört mal her«, zog Bernd die Aufmerksamkeit der anderen Lehrer auf sich. »Ich fürchte, ich habe schlechte Nachrichten. Anselm hat unsere Schule verlassen.«

Erstauntes Raunen erfüllte das Lehrerzimmer. Anselm Weber war Schulleiter und überzeugter Kommunist, aber der Wohlstand und die Freiheit in Westdeutschland hatten ihn offenbar seine politischen Prinzipien vergessen lassen.

»Ich werde Anselms Aufgaben übernehmen, bis seine Stelle neu besetzt werden kann«, fuhr Bernd fort.

Rebecca und die anderen Lehrer wussten, dass Bernd Held diese Stelle hätte bekommen müssen – jedenfalls wenn es nach Leistung gegangen wäre. Doch weil er sich beharrlich weigerte, der SED beizutreten, würde er vergeblich auf eine Beförderung warten. Für Rebecca galt das Gleiche. Anselm hatte sie immer wieder zu überreden versucht, in die SED einzutreten, aber das wäre für sie niemals infrage gekommen. »Genauso gut könnte ich mich selbst in eine geschlossene Anstalt einweisen und so tun, als wäre ich dort unter normalen Menschen«, hatte sie ihm ins Gesicht gesagt.

Während Bernd die Änderungen im Unterrichtsplan erklärte, die Anselms Flucht in den Westen nach sich zog, fragte sich Rebecca, wie lange es wohl dauern würde, bis die Schule einen neuen Direktor bekam. Ein Jahr? Es ließ sich unmöglich sagen.

Vor der ersten Unterrichtsstunde warf Rebecca einen Blick in ihr Ablagefach. Es war leer. Die Post war noch nicht durch. Vielleicht, dachte sie mit einem Anflug von Ironie, hat auch der Postbote sich in den Westen abgesetzt.

Sie wusste nicht, dass der Brief, der ihr Leben auf den Kopf stellen sollte, bereits unterwegs war.

In der ersten Unterrichtstunde diskutierte Rebecca mit ihren siebzehn- und achtzehnjährigen Schülern das Gedicht »Der Bronzene Reiter« von Alexander Puschkin – ein Text, den sie jedes Jahr zum Unterrichtsthema machte, seit sie Lehrerin geworden war. Und wie jedes Jahr lenkte sie die Schüler in Richtung der orthodoxen sowjetischen Interpretation und erklärte, Puschkin habe den Konflikt zwischen gesellschaftlicher Pflicht und persönlichem Interesse zugunsten der Pflicht gegenüber der Gesellschaft entschieden.

In der Mittagspause ging Rebecca mit ihrer Stulle in Bernds Büro, setzte sich ihm gegenüber an den Tisch und schaute zu dem Regal mit den minderwertigen Keramikbüsten von Marx, Lenin und Walter Ulbricht. Bernd folgte ihrem Blick und lächelte. »Anselm hat das wirklich schlau angestellt«, sagte er. »Jahrelang hat er den Linientreuen gespielt, und jetzt ... schwups, weg ist er, unser alter Genosse.«

»Sei mal ehrlich, würdest du nicht auch lieber rübermachen?«, fragte Rebecca. »Du bist geschieden, hast keine Kinder. Hier hält dich doch nichts.«

Bernd schaute sich um, als hätte er Angst, jemand könnte sie hören. Dann zuckte er mit den Schultern. »Ich habe schon darüber nachgedacht. Wer nicht? Was ist mit dir? Deinem Vater gehört in Westberlin eine Fabrik für Fernseher.« Er lächelte. »Einen besseren Start in die kapitalistische Gesellschaft kann man sich kaum wünschen.«

»Nur dass meine Mutter unbedingt im Osten bleiben will«, erwiderte Rebecca. »Sie glaubt fest daran, dass unsere Probleme lösbar sind. Und weil das so ist, dürfen wir nicht vor ihnen davonlaufen.«

Bernd nickte. »Ich habe deine Mutter mal kennengelernt. Eine echte Kämpfernatur.«

»Und sie hat ja recht. Außerdem gehört das Haus, in dem wir wohnen, seit Generationen unserer Familie.«

»Was ist mit deinem Mann?«

»Der lebt nur für seine Arbeit.«

»Schön. Dann muss ich mir wenigstens keine Sorgen machen, auch dich zu verlieren.«

»Bernd, ich ...«

»Ja?«

»Darf ich dir eine persönliche Frage stellen?«

»Sicher.«

»Du hast deine Frau verlassen, weil sie eine Affäre hatte, nicht wahr?«

Bernd versteifte sich. »Ja.«

»Wie hast du es herausgefunden?«

Er zuckte zusammen.

»Tut mir leid«, sagte Rebecca. »Das war wohl zu persönlich.«

»Schon gut.« Bernd seufzte. »Dir kann ich es ja sagen. Es war ganz einfach. Ich habe sie gefragt, und sie hat es zugegeben.«

»Was hat deinen Verdacht erregt?«

»Kleinigkeiten.«

»Zum Beispiel?«

»Zum Beispiel klingelt das Telefon, und wenn du rangehst und dich meldest, ist ein paar Sekunden Stille in der Leitung, bis am anderen Ende aufgelegt wird.«

»Verstehe«, murmelte Rebecca. »Oder dein Partner zerreißt einen Zettel und spült die Fetzen die Toilette runter. Oder er wird am Wochenende zu einer außerplanmäßigen Besprechung gerufen, und abends schreibt er zwei Stunden lang etwas, was er dir nicht zeigen will.«

»Sprichst du jetzt von Hans?«

»Ja. Sieht ganz so aus, als hätte er eine Geliebte, stimmt's?« Rebecca legte ihr Butterbrot weg. Ihr war der Appetit vergangen. »Sag mir ehrlich, was du denkst.«

»Dass du mir verdammt leidtust.«

Rebecca wusste, dass Bernd nicht abgeneigt war, an Hans' Stelle zu treten. Vor vier Monaten, am letzten Schultag vor den Winterferien, hatte Bernd sie sanft an sich gezogen und auf den Mund geküsst. Rebecca hatte ihn gebeten, das nicht noch einmal zu tun, aber es hatte an ihrer Freundschaft nichts geändert. Als sie sich im Januar wiedersahen, hatten beide so getan, als wäre nichts gewesen. Doch seitdem war Rebecca vorsichtig, um Bernd nicht in seinen unerfüllbaren Wünschen zu bestärken.

»Ich war mir sicher, dass Hans mich liebt«, sagte sie nun, Tränen in den Augen. »Ich liebe ihn doch auch.«

»Vielleicht stimmt es ja«, sagte Bernd.

»Was?«

»Dass er dich immer noch liebt. Nur können manche Männer der Versuchung einfach nicht widerstehen.«

Rebecca wusste nicht, ob Hans ihr Sexualleben als befriedigend empfand. Zumindest beschwerte er sich nie, aber sie schliefen nur einmal in der Woche miteinander, und das, so glaubte sie, war für ein frisch verheiratetes Ehepaar eher wenig. »Ich will doch nur eine Familie wie die meiner Mutter«, sagte sie. »Eine Familie, in der sich alle lieben, einander helfen und beschützen. Ich dachte, mit Hans könnte ich mir so eine Familie aufbauen.«

»Vielleicht kannst du das ja noch«, meinte Bernd. »Eine Affäre bedeutet nicht unbedingt das Ende einer Ehe.«

»Im ersten Jahr?«

»Das ist hart, das muss ich zugeben.«

»Was soll ich tun?«

»Du musst ihn fragen. Vielleicht gesteht er, vielleicht leugnet er, aber zumindest weiß er dann, dass *du* es weißt.«

»Und dann?«

»Kommt darauf an, was du willst. Würdest du dich von ihm scheiden lassen?«

Rebecca schüttelte den Kopf. »Ich würde ihn nie verlassen. Eine Ehe ist ein Versprechen, und ein Versprechen hält man nicht nur, wenn es einem gerade passt. Wie heißt es so schön? In guten wie in schlechten Zeiten.«

»Genau daran habe *ich* mich nicht gehalten«, sagte Bernd. »Dafür verachtest du mich, nicht wahr?«

Rebecca schüttelte den Kopf. »Ich verurteile weder dich noch sonst jemand. Ich rede nur von mir selbst. Ich liebe Hans, und ich will, dass er mir treu ist.«

Bernds Lächeln war beifällig und bedauernd zugleich. »Dann hoffe ich, dass dein Wunsch in Erfüllung geht.«

»Du bist ein guter Freund.«

Die Schulglocke rief zur ersten Nachmittagsstunde. Rebecca stand auf und wickelte ihr Butterbrot wieder ein. Sie würde es weder jetzt noch später essen, aber wie vielen Menschen, die den Krieg überlebt hatten, ging es ihr gegen den Strich, Lebensmittel wegzuwerfen. Mit einem Taschentuch tupfte sie ihre feuchten Augen ab. »Danke, dass du mir zugehört hast.«

»Tut mir nur leid, dass ich dich nicht trösten konnte.«

»Doch, konntest du.«

Rebecca verließ Bernds Büro. Als sie sich dem Klassenzimmer näherte, in dem sie die Englischstunde geben sollte, wurde ihr bewusst, dass sie den Text von »The Twist« noch gar nicht richtig aufbereitet hatte. Aber sie arbeitete lange genug als Lehrerin, um improvisieren zu können.

Während des Unterrichts vergaß sie eine Zeit lang ihre Probleme, aber die holten sie schnell wieder ein.

In der Nachmittagspause entdeckte Rebecca den Brief in ihrem Fach. Sie machte sich eine Tasse Kaffee und öffnete den Umschlag. Als sie den Briefkopf sah, zuckte sie so heftig zusammen, dass Kaffee aus der Tasse schwappte.

Ministerium für Staatssicherheit.

Die Stasi. Der Brief kam von einem Unteroffizier Scholz, der Rebecca aufforderte, in seinem Ministerialbüro zu erscheinen.

Rebecca wischte den verschütteten Kaffee auf, entschuldigte sich bei ihren Kollegen und tat so, als wäre nichts geschehen. Sie ging auf die Toilette, schloss sich in der Kabine ein. Sie wollte nachdenken, bevor sie sich jemandem anvertraute.

In Ostdeutschland wusste jeder von solchen Briefen, und jeder fürchtete sich davor. Der Brief bedeutete, dass Rebecca irgendetwas falsch gemacht hatte – mit vermutlich schlimmen Folgen. Vielleicht war es etwas ganz Triviales, aber es hatte die Aufmerksamkeit von Schwert und Schild der Partei erregt. Und steckte man erst in einem Verhör, war es sinnlos, seine Unschuld zu beteuern, das wusste Rebecca. Für die Stasi galt: Wer verhört wird, ist schuldig. Die Andeutung, das MfS könne sich irren, war eine Beleidigung – und schon das war ein Verbrechen.

Rebecca schaute noch einmal auf den Brief. Sie war für siebzehn Uhr vorgeladen. Noch heute.

Aber was hatte sie getan? Sicher, ihre Familie war suspekt. Ihr Vater Werner, der Westberliner Fabrikant, war Kapitalist. Carla, ihre Mutter, war eine bekannte Sozialdemokratin, und ihre Großmutter Maud war die Schwester eines englischen Earls.

Allerdings hatten die Behörden ihre Familie in den letzten Jahren in Ruhe gelassen. Rebecca war bisher davon ausgegangen, dass ihre Ehe mit einem Beamten des Justizministeriums ihnen ein gewisses Maß an Achtbarkeit verschafft hatte. Aber das war offenbar ein Irrtum gewesen.

Hatte sie sich etwas zuschulden kommen lassen? Sie fuhr hin und wieder nach Westberlin, um sich Ausstellungen abstrakter Malerei anzuschauen. War es das? Was die Kunst betraf, waren Kommunisten so konservativ wie viktorianische Matronen. Außerdem besaß sie ein Exemplar von George Orwells *Farm der Tiere*, und das war wegen der »antikommunistischen Tendenzen« dieses Buches illegal. Und Walli, Rebeccas fünfzehnjähriger Bruder, spielte Gitarre und sang amerikanische Protestsongs wie »This Land is Your Land«.

Rebecca wusch sich die Hände und schaute in den Spiegel, betrachtete ihr Gesicht, die gerade Nase, das kräftige Kinn, die braunen Augen. Ihr widerspenstiges dunkles Haar hatte sie nach hinten gekämmt und straff zusammengebunden. Sie war ungewöhnlich groß, und manche Leute fühlten sich deshalb von ihr eingeschüchtert. Sogar eine Klasse übermütiger Halbstarker konnte sie mit einem Wort zum Schweigen bringen.

Nein, sie sah nicht verängstigt aus. Aber sie *hatte* Angst, denn sie wusste von der beinahe unbegrenzten Macht der Stasi. Schaudernd erinnerte sie sich an das Kriegsende, als die Rote Armee in Berlin eingerückt war. Damals hatten sowjetische Soldaten ungestraft Deutsche ausrauben, vergewaltigen, sogar ermorden können, und sie hatten diese Freiheit missbraucht, um sich einer Orgie unaussprechlicher Barbarei hinzugeben.

Rebeccas innerer Aufruhr hatte zur Folge, dass ihre letzte Unterrichtsstunde an diesem Tag eine einzige Katastrophe war. Ihre Angst und Unsicherheit entgingen den Schülern nicht, und es war rührend zu sehen, dass sie es ihr so leicht wie möglich zu machen versuchten.

Nach Schulschluss saß Bernd im Büro des Direktors mit Beamten des Bildungsministeriums zusammen. Vermutlich diskutierten sie darüber, wie sie den Schulbetrieb aufrechterhalten sollten, nachdem sich die Hälfte des Kollegiums in den Westen abgesetzt hatte. Doch Rebecca wollte nicht zur Stasi, ohne dass jemand Bescheid wusste – allein schon für den Fall, dass man sie dort festhielt. Also schrieb sie Bernd eine kurze Nachricht und legte sie in sein Fach. Dann nahm sie einen Bus durch die nassen Straßen zur Normannenstraße in Lichtenberg.

Das Ministerium für Staatssicherheit war ein hässlicher neuer Bürokomplex, der sich noch im Bau befand. Schaufelbagger standen auf dem Parkplatz, und ein riesiges Gerüst ragte an einer Mauer empor. Selbst bei Sonnenschein sah der Komplex bedrückend aus, im Regen wirkte er düster und abschreckend. Rebecca fragte sich, ob sie hier je wieder herauskäme.

Sie durchquerte den Eingangsbereich und zeigte am Empfang den Brief vor. Ein Mitarbeiter nickte ihr knapp zu und führte sie zum Aufzug. Mit jeder Etage wuchs Rebeccas Angst. Sie betraten einen Gang, der in einem scheußlichen Gelb gestrichen war. Der Mann führte Rebecca in einen kleinen, fast kahlen Raum, in dem nur ein Plastiktisch und zwei unbequeme Metallstühle standen. Es stank nach frischer Farbe.

Rebeccas Begleiter verschwand. Fünf Minuten blieb sie allein, zitternd vor innerer Unruhe, und kämpfte mit den Tränen. Beinahe wünschte sie sich, sie würde rauchen. Vielleicht hätte eine Zigarette ihre Nerven beruhigt.

Dann erschien Unteroffizier Scholz. Er war ein bisschen jünger als Rebecca – Mitte zwanzig, schätzte sie – und hatte eine dünne Aktenmappe dabei. Er nahm Platz, räusperte sich, schlug die Mappe auf und runzelte die Stirn. Es war nicht zu übersehen, dass er den Eindruck von Wichtigkeit zu machen versuchte. Rebecca fragte sich, ob es sein erstes Verhör war.

»Sie sind Lehrerin an der Polytechnischen Oberschule Friedrich Engels«, begann er schließlich.

»Ja.«

»Wo wohnen Sie?«

Verwirrt nannte Rebecca ihm die Adresse. Kannte das MfS ihre Anschrift etwa nicht? Das war ein beinahe lächerlicher Gedanke, würde aber zumindest erklären, warum man ihr den Brief in die Schule geschickt hatte und nicht nach Hause.

Als Rebecca Namen und Alter ihrer Eltern und Großeltern nannte, legte sich ein triumphierender Ausdruck auf Scholz' Gesicht.

»Sie lügen«, sagte er. »Sie sind neunundzwanzig. Wenn Ihre Mutter neununddreißig ist, hat sie Sie wohl mit zehn Jahren zur Welt gebracht, wie?«

»Ich bin adoptiert«, erwiderte Rebecca, der ein Stein vom Herzen fiel, auf Anhieb eine schlüssige und zugleich ehrliche Antwort zu haben. »Meine richtigen Eltern sind bei Kriegsende ums Leben gekommen, als unser Haus ausgebombt wurde.« Sie erinnerte sich nur zu gut. Sie war damals dreizehn gewesen. Granaten der Roten Armee waren auf Berlin herabgeregnet. Die Stadt hatte in Trümmern gelegen, und Rebecca war mutterseelenallein gewesen, verwirrt, hilflos und verängstigt – ein junges dralles Mädchen, das eine Horde Rotarmisten sich zum Vergewaltigungsopfer erkoren hatte. Carla hatte sie in letzter Sekunde gerettet, indem sie den Soldaten ihren Körper anbot. Dieses schreckliche Erlebnis hatte Rebecca traumatisiert. Beim Sex konnte sie bis heute nicht aus sich heraus, konnte sich einfach nicht gehen lassen. Sie war sicher, dass es an ihr lag, wenn Hans sexuell unbefriedigt blieb.

Sie schob diesen Gedanken beiseite. »Carla Franck hat mich vor ...« Gerade noch rechtzeitig hielt sie inne. Die Kommunisten leugneten, dass es zu Vergewaltigungen durch Soldaten der Roten Armee gekommen sei, obwohl jede Frau, die 1945 in Ostdeutschland gewesen war, die Wahrheit kannte. »Carla hat mich gerettet«, sagte sie und überging die schrecklichen Einzelheiten. »Später haben sie und Werner mich dann adoptiert.«

Scholz notierte alles. Carla starrte auf die Akte. Es konnte nicht viel darin stehen, aber irgendetwas *musste* es geben. Nur was? Wenn Scholz so wenig über ihre Familie wusste, warum interessierte sie ihn dann?

»Sie unterrichten Englisch«, sagte er.

»Nein, Russisch.«

»Sie lügen ja schon wieder.«

»Ich lüge nicht, und ich habe auch vorhin nicht gelogen!«, erwiderte Rebecca heftig und staunte selbst über ihren Mut. »Ich habe einen Abschluss in Slawistik mit den Schwerpunkten Russische Sprache und Literatur. An der Schule leite ich den Fachbereich Russisch, aber die Hälfte unserer Lehrer ist in den Westen gegangen, deshalb müssen wir uns behelfen. Das ist auch der Grund, weshalb ich in den letzten Wochen zweimal Englisch unterrichtet habe.«

»Ich hatte also recht!«, rief Scholz triumphierend. »Sie vergiften die Schüler im Unterricht mit amerikanischer Propaganda!«

»Oje.« Rebecca seufzte. »Geht es hier etwa um dieses amerikanische Flugblatt?«

Scholz las in seinen Notizen. »Da steht: ›Vergessen Sie nicht, dass es in Ostdeutschland keine Meinungsfreiheit gibt.‹ Wenn das keine amerikanische Propaganda ist!«

»Ich habe den Schülern erklärt, dass die Amerikaner ein naives, prämarxistisches Konzept von Freiheit haben«, widersprach Rebecca. »Offenbar hat Ihr Informant vergessen, das zu erwähnen.« Sie fragte sich, wer der Spitzel war. Es musste ein Schüler sein, oder ein Elternteil, das von dem Unterricht gehört hatte. Die Stasi hatte mehr Spitzel, als die Nazis jemals gehabt hatten.

»Hier steht auch: ›Fragen Sie in Ostberlin keinen Polizisten nach dem Weg. Im Gegensatz zu amerikanischen Beamten sind die Vopos nicht dazu da, den Leuten zu helfen.‹ Was sagen Sie dazu?«

»Amerikanische Soldaten sind jung. Und Sie wissen doch, wie das ist mit jungen Leuten und der Polizei«, entgegnete Rebecca. »Als Sie jung waren, haben Sie da je einen Volkspolizisten nach dem Weg zur nächsten U-Bahn-Station gefragt?«

»Hätten Sie nicht etwas Geeigneteres finden können, um den Schülern Englisch beizubringen?«

»Warum kommen Sie nicht einfach in unsere Schule und übernehmen selbst den Unterricht?«

»Ich spreche kein Englisch.«

»Ich auch nicht!«, rief Rebecca erbost und bereute augenblicklich, dass sie laut geworden war, doch Scholz schien eher eingeschüchtert als wütend zu sein. Rebecca sah ihre Vermutung bestätigt: Der Mann war unerfahren. Trotzdem durfte sie jetzt nicht leichtsinnig werden. »Ich auch nicht«, wiederholte sie, leiser diesmal. »Deshalb nehme ich an englischem Material, was ich kriegen kann.« Es war an der Zeit, ein bisschen Entgegenkommen zu zeigen, deshalb fügte sie hinzu: »Offensichtlich habe ich einen Fehler begangen, Genosse Unteroffizier. Tut mir leid.«

»Sie scheinen mir eine intelligente Frau zu sein«, bemerkte Scholz.

Rebecca kniff die Augen zusammen. War das eine Falle? »Danke«, sagte sie.

»Und wir brauchen intelligente Leute, besonders Frauen.«

Rebecca nickte eifrig. »Für den Aufbau der sozialistischen Gesellschaft.«

»Nicht nur«, sagte Scholz.

»Nicht nur?«

»Halten Sie in Zukunft die Augen offen, und geben Sie uns Bescheid, wenn etwas nicht so läuft, wie es laufen soll.«

Rebecca war wie vor den Kopf geschlagen. Es dauerte einen Moment, bis sie sich gefangen hatte. Dann fragte sie ungläubig: »Sie wollen mich als Informantin?«

»Damit Sie Ihren Beitrag zum Aufbau des Sozialismus leisten«, erklärte Scholz. »Das gilt umso mehr, als Sie an einer Schule arbeiten und Ihren Beitrag leisten, den Charakter unserer Jugend zu formen.«

»Jetzt verstehe ich.«

Scholz schmunzelte. Er konnte nicht wissen, wie Rebecca diese Bemerkung gemeint hatte. Der junge Stasi-Mitarbeiter hatte einen schweren Fehler begangen. Er hatte Rebecca an ihrem Arbeitsplatz überprüft, wusste aber nichts über ihre berüchtigte Familie. Hätte er Rebeccas Hintergrund durchleuchtet, hätte er sie niemals auf diese Weise angesprochen. Aber sie konnte sich denken, wie es dazu gekommen war. »Hoffmann« war ein häufiger Familienname, und »Rebecca« war auch nicht gerade selten. Scholz hatte einen typischen Anfängerfehler gemacht und sich die falsche Rebecca Hoffmann herausgesucht.

Er fuhr fort: »Aber die Genossen, die eine solche Arbeit tun, müssen absolut loyal und vertrauenswürdig sein.«

Es war so paradox, dass Rebecca beinahe laut gelacht hätte. »Loyal und vertrauenswürdig?«, wiederholte sie. »Wenn man seine Freunde ausspioniert?«

»Absolut.« Scholz schien die Ironie zu entgehen. »Außerdem hat es Vorteile für Sie.« Er senkte die Stimme. »Sie wären eine von uns.«

»Ich weiß nicht, was ich dazu sagen soll ...«

»Sie müssen sich nicht jetzt gleich entscheiden. Gehen Sie nach Hause, und denken Sie darüber nach. Aber reden Sie mit niemandem darüber. Verstanden?«

»Verstanden.« Rebecca war erleichtert. Scholz würde schon bald herausfinden, dass sie für seine Zwecke ungeeignet war, und sein Angebot zurückziehen. Dann konnte er ihr auch nicht mehr vorwerfen, kapitalistische Propaganda zu verbreiten – jedenfalls nicht, ohne damit seinen eigenen Fehler einzugestehen. Vielleicht kam sie ja doch ungeschoren davon.

Scholz stand auf. Rebecca tat es ihm nach. Sollte ihr Besuch im MfS einen derart glimpflichen Ausgang nehmen? Das wäre zu schön, um wahr zu sein.

Scholz hielt ihr höflich die Tür auf und begleitete sie durch den hässlichen gelben Flur. Sechs Stasi-Mitarbeiter standen am Aufzug, in ein Gespräch vertieft. Einer kam Rebecca auf erschreckende Weise vertraut vor. Er war groß und breitschultrig und trug einen hellgrauen Flanellanzug, den sie nur zu gut kannte.

Fassungslos starrte Rebecca auf den Mann.

Es war Hans.

Was machte er hier? Eine schreckliche Sekunde lang glaubte Rebecca, dass man auch ihn verhört hatte, doch sofort wurde ihr klar, dass die anderen ihn kannten, dass er zu ihnen gehörte ... irgendwie.

Vor Angst schlug Rebecca das Herz bis zum Hals.

Aber wovor fürchtete sie sich eigentlich? Vielleicht war alles ganz harmlos. Vielleicht musste Hans im Auftrag des Justizministeriums öfter hierher.

Dann hörte sie, wie einer der anderen Männer zu ihm sagte: »Bei allem Respekt, Genosse Leutnant ...«

Rebecca schwirrte der Kopf. *Genosse Leutnant?* Zivilbeamte hatten keinen militärischen Rang. Solche Ränge gab es nur in der Armee, bei der Polizei und ...

In diesem Moment entdeckte Hans sie.

Rebecca sah den raschen Wechsel der Empfindungen in seinem Gesicht: Verwirrung, Erstaunen, Erschrecken, Scham. Seine Wangen verdunkelten sich, und hastig nahm er den Blick von ihr.

Vergeblich versuchte Rebecca, die auf sie einstürmenden Eindrücke zu verarbeiten. Obwohl sie noch immer nicht begreifen konnte, was sich hier abspielte, sagte sie schließlich: »Guten Tag, Genosse Leutnant.«

Scholz musterte sie verunsichert. »Sie kennen den Genossen Leutnant?«

»Ziemlich gut sogar.« Rebecca rang um Fassung. Ihr kam ein schrecklicher Verdacht. »Ich frage mich nur, ob er mich schon länger überwacht.«

Aber das war unmöglich. Oder?

»Oh«, sagte Scholz dümmlich.

Rebecca starrte auf Hans, wartete auf eine Reaktion. Sie hoffte flehentlich, dass er auflachen würde und ihr eine ehrliche, harmlose Erklärung lieferte. Stattdessen schien er verzweifelt nach einer glaubwürdigen Ausrede zu suchen. Und wie immer sie ausfallen würde, mit der Wahrheit hätte sie nichts zu tun.

Scholz sagte kleinlaut: »Das habe ich nicht gewusst.«

Den Blick nach wie vor auf Hans gerichtet, erklärte Rebecca: »Hans Hoffmann ist mein Ehemann.«

Hans' Miene veränderte sich, als er zu Rebecca und Scholz herüberkam. Das schlechte Gewissen wich heißem Zorn. »Halten Sie den Mund, Scholz, Sie Idiot.«

Damit war alles klar. Rebeccas Welt fiel in sich zusammen. Doch Scholz war viel zu überrascht, als dass er auf Hans' Warnung gehört hätte. »Sie sind *die* Frau Hoffmann?«, fragte er Rebecca ungläubig.

Wütend schmetterte Hans dem Stasi-Mann seine massige Faust ins Gesicht. Scholz taumelte zurück. Seine Lippen bluteten. »Verdammter Trottel!«, fuhr Hans ihn an. »Sie haben gerade zwei Jahre verdeckter Ermittlungen vermasselt!«

Rebecca schüttelte fassungslos den Kopf. Die seltsamen Anrufe, die Treffen, die zerrissenen Notizzettel ...

Hans hatte keine Geliebte.

Es war viel schlimmer.

Rebecca war wie benommen, doch sie wusste, dass jetzt die einzige Gelegenheit war, die Wahrheit herauszufinden. Noch standen alle unter dem Eindruck der sich überstürzenden Ereignisse, noch hatte niemand Zeit gehabt, sich Lügen auszudenken.

Rebecca riss sich zusammen. Mit kalter Stimme fragte sie: »Hast du mich nur geheiratet, um mich auszuspionieren?«

Hans starrte sie stumm an.

Scholz drehte sich um und wankte zu seinem Büro. Hans gab seinen Leuten einen knappen Wink. »Verhaftet diesen Idioten«, befahl er. »Werft ihn in eine Zelle!«

Dann wandte er sich wieder Rebecca zu, doch sie war bereits im Aufzug verschwunden, und die Tür schloss sich vor ihr. Sie drückte den Knopf für das Erdgeschoss.

Tränen verschleierten ihren Blick, als sie den Eingangsbereich durchquerte. Niemand sprach sie an. Weinende Menschen waren hier offensichtlich an der Tagesordnung.

Rebecca ging zum Bus, von verzweifelten Gedanken erfüllt. Sie konnte es noch immer nicht fassen. Ihre Ehe war eine einzige Lüge. Sie hatte mit Hans geschlafen, hatte ihn geliebt, geheiratet – und die ganze Zeit hatte er sie getäuscht. Untreue hätte sie als einmaligen Fehltritt abtun können, aber Hans hatte sie von Anfang an belogen und betrogen.

Er hatte sich nur an sie herangemacht, um sie auszuspionieren. Nie hatte er die Absicht gehabt, sie zu heiraten. Wahrscheinlich war alles nur inszeniert gewesen, um Zugang zum Haus zu bekommen. Was für ein mieses, schändliches Spiel. Aber es hatte nur allzu gut funktioniert.

Es musste ein Schock für Hans gewesen sein, als sie, Rebecca, um seine Hand angehalten hatte, denn dadurch hatte sie ihn zu der Entscheidung gezwungen, sie entweder abzuweisen und die Überwachung aufzugeben oder sie zu heiraten und weiterhin im Auge zu behalten. Rebecca lachte bitter auf. Vielleicht hatten seine Vorgesetzten ihm die Hochzeit sogar befohlen.

Wie hatte sie sich nur so täuschen lassen können!

Ein Bus hielt. Rebecca stieg ein. Den Blick gesenkt, ging sie zu einem der hinteren Sitze und schlug die Hände vors Gesicht.

Sie dachte an die Zeit zurück, als sie und Hans miteinander gegangen waren. Wann immer sie, Rebecca, Dinge angesprochen hatte, die ihr bei vorherigen Beziehungen in die Quere gekommen waren – ihren Antikommunismus, ihre feministischen Ansichten, ihre enge Beziehung zu Carla –, hatte Hans stets die richtigen Antworten parat gehabt. Rebecca hatte aufrichtig geglaubt, sie beide lägen auf einer Wellenlänge. Nicht im Traum wäre sie auf den Gedenken gekommen, alles könnte nur gespielt sein.

Der Bus kroch durch eine Landschaft aus alten Trümmern und neuem Beton nach Berlin-Mitte. Rebecca versuchte, über ihre Zukunft nachzudenken, doch es gelang ihr nicht. Die Vergangenheit nahm sie völlig in Anspruch. Sie dachte an ihren Hochzeitstag, an die Flitterwochen, an das erste Jahr ihrer Ehe. Doch jetzt sah sie das alles nur noch als mieses Theaterstück mit Hans als Hauptdarsteller. Er hatte ihr zwei Jahre ihres Lebens gestohlen. Der Gedanke machte sie so wütend, dass der Zorn sogar die Tränen verscheuchte.

Sie dachte an den Abend zurück, an dem sie Hans den Antrag gemacht hatte. Sie waren durch den Volkspark in Friedrichshain spaziert und vor dem alten Märchenbrunnen stehen geblieben, um sich die steinernen Schildkröten anzuschauen. Rebecca hatte ein marineblaues Kleid getragen, die Farbe, die ihr am besten stand, und Hans hatte eine neue Tweedjacke angehabt. Er war stets schick gekleidet, obwohl Ostdeutschland eine Wüste war, was Mode betraf.

Wann immer Hans den Arm um ihre Schultern gelegt hatte, fühlte Rebecca sich geborgen, sicher und geliebt. Sie hatte den Mann fürs Leben gesucht und ihn in Hans gefunden.

»Lass uns heiraten«, hatte sie mit einem Lächeln gesagt. Er hatte sie geküsst und erwidert: »Was für eine wundervolle Idee.«

Was war ich für eine Närrin, dachte sie nun, voller Wut auf sich selbst. Ich war dumm, so schrecklich dumm.

Eine Sache hatte jetzt immerhin eine Erklärung gefunden: Hans hatte keine Kinder gewollt – vorerst. »Erst möchte ich noch einmal befördert werden«, hatte er gesagt, »und ein Haus bauen.« Das hatte er vor der Hochzeit nie gesagt. Entsprechend groß war Rebeccas Erstaunen gewesen, vor allem angesichts ihres Alters, schließlich war sie bereits neunundzwanzig, Hans vierunddreißig.

Jetzt kannte sie den wahren Grund.

Als sie aus dem Bus stieg, zitterte sie vor Wut. Durch Wind und Regen eilte sie zu dem großen alten Stadthaus, in dem sie wohnte. Als sie den Flur betrat, sah sie Carla, ihre Mutter, durch die offene Tür des ersten Zimmers. Carla war in ein Gespräch mit Heinrich von Kessel vertieft, der kurz nach dem Krieg ebenfalls für die Sozialdemokraten im Senat gesessen hatte.

Rebecca ging rasch weiter. Ihre zwölfjährige Schwester Lili machte Hausaufgaben am Küchentisch, während Walli, ihr Bruder, im Wohnzimmer am Flügel saß und Blues spielte.

Rebecca stieg die Treppe zu den beiden Zimmern hinauf, die sie sich mit Hans teilte. Als sie die kleine Wohnung betrat, fiel ihr Blick auf das Modell des Brandenburger Tores. Hans hatte das ganze erste Jahr ihrer Ehe daran gebastelt. Es war ein maßstabsgetreuer Nachbau aus Streichhölzern und Leim. Alle seine Freunde und Bekannten hatten abgebrannte Streichhölzer für ihn gesammelt. Das Modell stand auf einem kleinen Tisch in der Zimmermitte. Mittelbogen und Flügel hatte Hans bereits fertiggestellt. Nun arbeitete er an der Quadriga, eine sehr viel schwierigere Aufgabe.

Er muss sich schrecklich mit mir gelangweilt haben, dachte Rebecca voller Bitterkeit. Zweifellos half ihm die Bastelei, die Abende zu überstehen, die er mit einer Frau verbringen musste, die ihm nichts bedeutete. Ihre Ehe war genau wie das Modell – eine billige Kopie des Originals.

Rebecca ging zum Fenster, blickte hinaus in den Regen und sah, wie ein beigefarbener Trabbi näher kam und vor dem Haus hielt. Hans stieg aus.

Wie konnte er es wagen, jetzt hierherzukommen!

Rebecca riss das Fenster auf. »Verschwinde«, rief sie zu ihm hinunter. »Hau ab!«

Hans blieb auf dem nassen Bürgersteig stehen und schaute wortlos zu ihr hinauf.

Rebeccas Blick fiel auf ein Paar Schuhe, die neben ihr auf dem Boden standen. Hans kannte einen alten Schuster, der sie ihm von Hand gefertigt hatte. Kurz entschlossen schnappte Rebecca sich einen der Treter und schleuderte ihn nach Hans. Es war ein guter Wurf, denn obwohl Hans sich duckte, traf der Schuh ihn am Kopf.

»Du blöde Kuh!«, fuhr er sie an. »Hast du sie nicht mehr alle?«

Augenblicke später standen Walli und Lili in der Tür und starrten mit großen Augen auf ihre ältere Schwester, als hätte sie sich von einer Sekunde auf die andere vollkommen verändert – was vermutlich sogar stimmte.

»Du hast mich nur auf Befehl der Stasi geheiratet!«, schrie Rebecca. »Wer von uns ist da verrückt?« Sie warf den anderen Schuh, verfehlte diesmal aber ihr Ziel.

Lili schaute Rebecca mit großen Augen an und fragte verwirrt: »Was tust du da?«

Walli grinste. »Das ist toll, Mann.«

Unten an der Straße blieben zwei Passanten stehen, um das Spektakel zu verfolgen, und gegenüber erschien ein Nachbar in der Tür. Hans funkelte die Leute an. Er war ein stolzer Mann, und jetzt machte seine Frau ihn öffentlich zum Narren.

Rebecca suchte nach neuer Munition, um Hans damit einzudecken. Ihr Blick fiel auf das Streichholzmodell des Brandenburger Tores. Vorsichtig hob sie es hoch. Es war schwer, aber sie schaffte es.

»Ach du Schande«, flüsterte Walli, den eine Ahnung beschlich.

Rebecca schleppte das Modell zum Fenster.

»Lass die Finger davon!«, rief Hans. »Das gehört mir!«

Rebecca stellte das Modell auf die Fensterbank, drehte sich zu Hans herum und fuhr ihn an: »Du hast mein Leben auf dem Gewissen, du Stasischwein!«

Ein Gaffer, eine Frau, kicherte spöttisch. Hans lief vor Wut rot an und fuhr herum. Verlacht zu werden, war das Schlimmste für ihn. Doch er blickte in todernste Gesichter.

Er wandte sich wieder Rebecca zu und brüllte: »Stell das Modell zurück, du Miststück! Wird's bald! Ich habe ein Jahr lang daran gearbeitet!«

»Ich habe genauso lange an unserer Ehe gearbeitet«, rief Rebecca zurück und hob das Modell hoch. »Und jetzt ist sie kaputt!«

»Verdammt, was soll das?«, rief Hans verzweifelt.

Rebecca ließ los.

Das Modell drehte sich in der Luft, sodass die Bodenplatte oben und die Quadriga unten war. Nach einer gefühlten Ewigkeit schlug es mit einem Geräusch, als würde man Papier zerknüllen, auf dem Pflaster im Hof auf. Streichhölzer flogen wie Granatsplitter durch die Luft und verstreuten sich über die nassen Steine, nur die Bodenplatte überstand den Sturz.

Den Mund weit aufgerissen, starrte Hans auf die Trümmer seines Modells, fing sich aber rasch wieder. Er hob den Blick und richtete den Zeigefinger anklagend auf Rebecca. »Hör mir zu«, sagte er mit kalter Stimme. »Hör mir gut zu. Dafür werdet ihr bezahlen, du und deine Familie. Das werdet ihr den Rest eures Lebens bereuen, das verspreche ich.«

Damit stieg er in den Wagen und fuhr davon.

KAPITEL 2

Zum Frühstück machte seine Mutter ihm Blaubeerpfannkuchen und Maisgrütze mit Speck als Beilage. »Wenn ich das alles esse, muss ich aufs Schwergewicht umsteigen«, sagte George Jakes. Er wog hundertsiebzig Pfund und war im Weltergewicht der Star der Ringermannschaft von Harvard gewesen.

»Lang ordentlich zu und gib das Ringen auf«, sagte Jacky. »Ich habe dich nicht großgezogen, damit aus dir eine geistig minderbemittelte Sportskanone wird.« Sie setzte sich ihm gegenüber an den Küchentisch und schüttete Cornflakes in eine Schale.

Doch geistig minderbemittelt war George keineswegs, und niemand wusste das besser als Jacky. Er stand kurz vor seinem Abschluss an der juristischen Fakultät in Harvard. Seine Examina hatte er abgelegt; nun wartete er auf die Ergebnisse und war sich ziemlich sicher, bestanden zu haben. An diesem Tag besuchte er seine Mutter in ihrem bescheidenen Haus in Prince George's County, Maryland, außerhalb von Washington.

»Ich möchte in Form bleiben«, sagte er. »Vielleicht betreue ich später mal eine Highschool-Ringermannschaft.«

»Das wäre bestimmt was für dich.«

George blickte sie liebevoll an. Jacky Jakes war eine schöne Frau gewesen. Er wusste es, weil er Fotos von ihr im Teenageralter gesehen hatte. Damals hatte sie eine Filmkarriere angestrebt. Jung sah sie noch immer aus. Ihre Haut besaß die Farbe dunkler Schokolade und war faltenlos und samtig. »Good black don't crack«, sagten die schwarzen Frauen, gute Schwarze werden nicht runzlig. Nur ihr voller, breiter Mund, der auf den alten Fotos so strahlend lachte, hatte mit den Jahren einen bitteren Zug bekommen.

Eine Schauspielerin war nie aus Jacky geworden. Vielleicht lag es daran, dass sie nie eine Chance erhalten hatte. Die wenigen Rollen für Schwarze bekamen zumeist kaffeebraune Schönheiten, keine Frauen, deren Haut so dunkel war wie die Jackys. Ihre Karriere wäre ohnehin vorzeitig zu Ende gegangen, denn im Alter von sechzehn Jahren war sie mit George schwanger geworden. Während der ersten zehn Jahre seines Lebens hatte sie ihn allein aufgezogen, hatte als Kellnerin geschuftet und in einer winzigen Bruchbude hinter dem Bahnhof Union Station gewohnt.

Diese leidvolle Erfahrung sorgte dafür, dass sie George immer wieder ermahnte, wie wichtig eine gute Ausbildung sei, und dass man dafür sorgen müsse, ein geachtetes Mitglied der Gemeinschaft zu sein.

»Ich habe dich lieb, Mom«, sagte George nun, »aber ich mache trotzdem bei der Freiheitsfahrt mit.«

Jacky presste missbilligend die Lippen zusammen. »Du bist fünfundzwanzig. Tu, was du willst.«

»Das mache ich auch, aber ich habe bisher noch jede wichtige Entscheidung vorher mit dir besprochen.«

»Was nützt es, wenn du doch nicht auf mich hörst?«

»Das tue ich nicht immer, ich weiß. Trotzdem bist du der klügste Mensch, dem ich je begegnet bin, einschließlich der Professoren in Harvard.«

»Jetzt schmierst du mir wieder Honig um den Mund«, sagte sie, doch George merkte, dass sie geschmeichelt war. »Aber erzähl mal, was wollt ihr mit eurer Busfahrt erreichen?«

»Der Oberste Gerichtshof hat entschieden, dass in Überlandbussen und an den Haltestellen die Rassentrennung verfassungswidrig ist, aber viele Südstaatler halten sich nicht daran. Also müssen wir was dagegen unternehmen.«

»Und eure Freiheitsfahrt soll das ändern?«

»Ja. Wir steigen hier in Washington ein und fahren nach Süden. Wir setzen uns vorne in den Bus, wo wir nicht sitzen dürfen, benutzen die Wartesäle, die für Weiße reserviert sind, und verlangen, in den weißen Diners bedient zu werden. Wenn jemand sich weigert, dann sagen wir ihm, dass das Gesetz auf unserer Seite steht und dass die Weißen die Verbrecher und Unruhestifter sind.«

Jacky seufzte. »Ich weiß, dass du im Recht bist, Sohn. Die Verfassung habe ich schon verstanden. Aber was denkst du, was dann passieren wird?«

»Wahrscheinlich werden wir früher oder später verhaftet. Dann gibt es einen Prozess, und wir können unseren Fall vor der Öffentlichkeit vertreten.«

Jacky schüttelte den Kopf. »Dann kann ich nur hoffen, dass ihr so glimpflich davonkommt.«

»Wie meinst du das?«

»Du hast es besser gehabt als die meisten anderen schwarzen Jungs. Jedenfalls, nachdem dein Vater wieder in unser Leben getreten war, als du sechs warst. Du weißt nicht, wie die Welt für die meisten Schwarzen aussieht.«

»Warum sagst du das?« George war ein wenig beleidigt. Die gleichen Vorhaltungen machten ihm schwarze Aktivisten, und das ärgerte ihn jedes Mal. »Dass ich einen reichen weißen Großvater habe, der für meine Ausbildung zahlt, macht mich doch nicht blind.«

»Dann weißt du vielleicht auch, dass dir sehr viel mehr passieren kann, als verhaftet zu werden.«

George wusste, seine Mutter hatte recht. Die Freedom Riders riskierten weit Schlimmeres als das Gefängnis. »Keine Bange, Mom, wir halten uns an unseren Grundsatz des passiven Widerstands«, sagte er, um seine Mutter zu beruhigen. Alle Teilnehmer an den Freiheitsfahrten hatten Erfahrung als Bürgerrechtsaktivisten; tatsächlich hatte man sie einem speziellen Ausbildungsprogramm unterzogen, zu dem auch Rollenspiele gehörten. »Ein Weißer, ein rassistischer Schläger, hat mich als Nigger beschimpft, hat mich zu Boden gestoßen und an den Füßen über den Boden geschleift. Ich habe ihn gewähren lassen, obwohl ich ihn mit einem Arm aus dem Fenster hätte werfen können.«

»Wer war der Kerl?«, stieß Jacky hervor.

»Ein weißer Bürgerrechtler.«

»Dann war das gar nicht echt?«

»Natürlich nicht. Wir haben es nur gespielt.«

»Dann ist es ja gut«, sagte sie, doch George hörte aus ihrer Stimme heraus, dass sie das Gegenteil meinte.

»Alles wird gut gehen, Mom.«

»Ich sag lieber nichts mehr. Isst du deine Pfannkuchen auf?«

»Sieh mich an«, sagte George. »Mohairanzug, Krawatte, kurzes Haar und die Schuhe so glänzend geputzt, dass ich mich drin spiegeln kann.« Die Riders waren angewiesen worden, möglichst respektabel auszusehen – für George kein Problem, denn er kleidete sich stets elegant.

»Ja, du siehst prima aus, bis auf dein Blumenkohlohr.« Georges rechtes Ohr war vom Ringen deformiert.

»Na, siehst du. Wer würde so einem netten schwarzen Burschen wehtun?«

»Du machst dir keine Vorstellung!«, fuhr sie in plötzlichem Zorn auf. »Diese weißen Südstaatler ...« Zu Georges Bestürzung traten ihr Tränen in die Augen. »Oh, lieber Gott, ich hab so Angst, dass sie dich umbringen!«

Er griff über den Tisch und nahm ihre Hand. »Ich passe auf mich auf, Mom, das verspreche ich dir.«

Sie tupfte sich die Augen mit der Schürze ab. George aß von dem

Speck auf seinem Teller, um sie zu versöhnen, doch er hatte kaum Appetit. Er war nervöser, als er sich anmerken ließ. Er wusste, seine Mutter übertrieb nicht, zumal sich auch in den eigenen Reihen Widerstand regte: Einige Bürgerrechtsaktivisten hatten gegen den Freedom Ride Einwände erhoben mit dem Argument, er könne Gewalttätigkeiten provozieren.

»Wirst du lange in dem Bus sitzen?«, fragte Jacky.

»Dreizehn Tage, von hier nach New Orleans. Wir haben jeden Abend Versammlungen und Kundgebungen.«

»Was hast du zu lesen dabei?«

»Die Autobiografie von Mahatma Gandhi.« George fand, dass er mehr über Gandhi wissen sollte, dessen Philosophie die schwarzen Bürgerrechtler zu gewaltfreien Protestaktionen inspiriert hatte.

Jacky nahm ein Buch vom Kühlschrank. »Vielleicht findest du das hier ein bisschen unterhaltsamer. Es ist ein Bestseller.«

Sie hatten immer schon ihren Lesestoff ausgetauscht. Jackys Vater war Literaturprofessor an einem College für Schwarze gewesen; sie war schon als junges Mädchen eine Leseratte. Als George noch klein gewesen war, hatten Jacky und er zusammen die Geschichten über die Bobbsey-Zwillinge und die Hardy Boys verschlungen, auch wenn die Helden in diesen Büchern weiß waren. Jetzt tauschten sie regelmäßig Bücher aus, die ihnen gefallen hatten.

George blickte auf den Roman, den Jacky ihm in die Hand gedrückt hatte. Der durchsichtige Plastikumschlag verriet, dass das Buch in der öffentlichen Bibliothek ausgeliehen war. »Wer die Nachtigall stört«, las er den Titel laut vor. »Der hat doch gerade den Pulitzer-Preis bekommen, oder?«

»Und er spielt in Alabama. Da, wo du hinfährst.«

»Danke, Mom.«

Ein paar Minuten später küsste George seine Mutter zum Abschied, verließ das Haus mit einem kleinen Koffer in der Hand und nahm den Bus nach Washington. Am Greyhound-Busbahnhof in der Innenstadt stieg er aus. Im dortigen Café hatte sich eine kleine Gruppe von Bürgerrechtsaktivisten versammelt. George kannte einige von ihnen aus den Arbeitssitzungen. Es waren Schwarze und Weiße, Männer und Frauen, Alte und Junge. Außer den Riders, die etwa ein Dutzend zählten, waren Organisatoren vom Congress of Racial Equality gekommen, dem Kongress für Rassengleichheit, kurz CORE, außerdem zwei Journalisten von der Negerpresse und eine Handvoll Sympathisanten. CORE hatte beschlossen, die Gruppe zu teilen; die eine Hälfte fuhr mit der Greyhound-Linie, die andere Hälfte würde von der Busstation der konkurrierenden Trailways-Linie auf der gegenüberliegenden Straßenseite losfahren. Weder Transparente noch Fernsehkameras waren zu sehen. Alles war beruhigend still und friedlich.

George begrüßte Joseph Hugo, einen Kommilitonen aus dem Jurastudium, einen Weißen mit auffällig blauen Augen. Joe hatte das Talent, vor Konfrontationen jedes Mal abzutauchen; George hielt ihn für einen netten Kerl, aber für einen Feigling. Gemeinsam hatten sie einen Boykott der Mittagessentheke im Woolworth-Kaufhaus in Cambridge, Massachusetts, organisiert. Filialen dieser Ladenkette gab es in den meisten US-Bundesstaaten, doch in den Südstaaten hielt das Unternehmen sich an die Regeln der Segregation, der Rassentrennung, genau wie die Überlandbusse.

»Kommen Sie mit, Joe?« Bei seiner Frage versuchte George, sich seine Skepsis nicht anmerken zu lassen.

Joe schüttelte den Kopf. »Ich bin nur hier, um euch viel Glück zu wünschen.« Er rauchte eine Mentholzigarette mit weißem Filter und klopfte damit nervös auf den Rand eines Aschenbechers.

»Schade. Sie sind doch aus dem Süden, nicht wahr?«

»Ja. Aus Birmingham, Alabama.«

»Sie werden uns als Aufrührer von außerhalb einstufen. Es wäre nützlich gewesen, einen Südstaatler im Bus zu haben, der ihnen das Gegenteil beweist.«

»Geht nicht, ich hab was anderes zu tun.«

George bedrängte Joe nicht weiter. Er war selbst verängstigt. Eine Diskussion über die möglichen Gefahren konnte dazu führen, dass auch er den Mut verlor. Er blickte in die Runde. Zu seiner Freude entdeckte er John Lewis, einen stillen, in sich gekehrten Theologiestudenten und Gründungsmitglied des Student Nonviolent Coordinating Committee, kurz SNCC, der radikalsten aller Bürgerrechtsgruppen, die dennoch die Gewaltfreiheit im Namen führte.

Dann bat der Organisator der Freiheitsfahrt um Aufmerksamkeit und gab eine kurze Presseerklärung ab. Während er sprach, sah George, wie sich ein gut aussehender, hochgewachsener Weißer von ungefähr vierzig Jahren ins Café schob. Sein Gesicht zeigte die Röte des regelmäßigen Trinkers. Er sah aus wie ein Busfahrgast, und niemand schenkte ihm Aufmerksamkeit. Er setzte sich neben George, legte ihm den Arm um die Schultern und drückte ihn kurz.

Der Mann war Senator Greg Peshkov, Georges Vater.

Ihre Beziehung war ein offenes Geheimnis, informierten Kreisen in Washington bekannt, aber nie öffentlich verlautbart. Als Greg aufgetaucht war, ein Wildfremder für seinen damals sechsjährigen Sohn, hatte er George gebeten, ihn »Onkel Greg« zu nennen. Eine bessere Bezeichnung, um die Wahrheit zu verschleiern, hatten sie nicht gefunden.

Greg war nicht der einzige Politiker mit einem solchen Geheimnis. Senator Strom Thurmond hatte für die Collegeausbildung der Tochter eines schwarzen Dienstmädchens seiner Familie bezahlt. Angeblich war diese Tochter Thurmonds Kind, aber das hinderte den Senator nicht daran, rabiat die Rassentrennung zu verfechten.

Greg Peshkov war selbstsüchtig und unzuverlässig, doch auf seine Weise mochte er George. Als Teenager hatte George eine Phase unversöhnlicher Wut auf seinen Vater durchlaufen, die lange Zeit anhielt, aber irgendwann hatte er Greg so akzeptiert, wie er war, und sich gesagt, ein halber Vater sei immer noch besser als gar keiner.

»Ich mache mir Sorgen, George«, sagte Greg nun mit leiser Stimme.

»Mom auch.«

»Was hat sie denn gesagt?«

»Sie glaubt, rassistische Südstaatler könnten uns ermorden.«

»Ich glaube nicht, dass es so weit kommt, aber du könntest deinen Job verlieren.«

»Hat Mr. Renshaw etwas gesagt?«

»Teufel, nein, er weiß überhaupt nichts davon. Bis jetzt. Wenn du verhaftet wirst, erfährt er es früh genug.«

Renshaw, der aus Buffalo stammte, war ein Kindheitsfreund Gregs und Seniorpartner der angesehenen Washingtoner Anwaltskanzlei Fawcett Renshaw. Im vergangenen Sommer hatte Greg seinem Sohn einen Ferienjob als Referendar in dieser Kanzlei vermittelt. Wie von beiden erhofft, hatte die befristete Stelle zu dem Angebot einer Vollzeitstelle nach Georges Examen geführt. Es war ein echter Coup: George wäre der erste Schwarze, der es in der Kanzlei weiter brachte als bis zum Raumpfleger.

Ein wenig gereizt erwiderte George: »Die Freedom Riders verstoßen nicht gegen die Gesetze, im Gegenteil. Wir versuchen, dem Gesetz Geltung zu verschaffen. Es sind die Anhänger der Rassentrennung, die sich gesetzeswidrig verhalten. Ich dachte, ein Anwalt wie Renshaw wüsste das.«

»Natürlich weiß er es. Trotzdem kann er niemanden einstellen, der Schwierigkeiten mit der Polizei hatte. Selbst wenn du ein Weißer wärst, könnte er das nicht.«

»Aber wir sind auf der Seite des Gesetzes!«

»Das Leben ist nun mal ungerecht. Du hast dein Studium abgeschlossen. Willkommen in der Wirklichkeit.«

Der Organisator der Freiheitsfahrt ergriff das Wort: »Okay, Leute! Holt euch jetzt eure Fahrkarten, und gebt euer Gepäck auf!«

George erhob sich.

»Ich kann es dir nicht ausreden?«, fragte Greg.

Er sah so elend aus, dass George am liebsten nachgegeben hätte, aber das war unmöglich. »Nein, ich habe mich entschieden.«

»Sei bitte vorsichtig.«

George war gerührt. »Ich kann mich glücklich schätzen, dass ich Menschen wie dich habe, die sich um mich sorgen.«

Greg drückte seinen Arm und ging still davon.

George stellte sich mit den anderen am Schalter an und kaufte eine Fahrkarte nach New Orleans. Dann ging er zu dem blaugrauen Bus und gab seine Reisetasche ab, die im Gepäckraum verstaut wurde. Auf der Seite des Busses waren ein großer Windhund und der Slogan der Linie aufgemalt:

SIE NEHMEN GREYHOUND – WIR ÜBERNEHMEN DAS FAHREN.

George stieg ein.

Der Organisator wies ihm einen Sitz ziemlich weit vorne zu. Andere erhielten die Anweisung, sich als gemischtrassige Paare nebeneinanderzusetzen. Der Fahrer beachtete die Riders nicht, aber die normalen Fahrgäste beäugten sie neugierig.

George schlug das Buch auf, das seine Mutter ihm gegeben hatte, und las, während der Organisator einer jungen Frau den Platz neben George zuwies. Er nickte erfreut, als sie sich neben ihn setzte. Er hatte sie schon ein paar Mal gesehen und mochte sie. Sie hieß Maria Summers. An diesem Tag trug sie ein züchtiges hellgraues Baumwollkleid mit hohem Ausschnitt und langem Rock. Ihre Haut war von der gleichen tiefdunklen Farbe wie bei Georges Mutter, und sie hatte eine niedliche flache Nase und sinnliche Lippen, bei denen George unweigerlich ans Küssen denken musste. Er wusste, dass Maria in Chicago Jura studierte und genau wie er kurz vor dem Abschluss stand, also waren sie vermutlich gleichaltrig. Im Stillen bewunderte George die junge Frau, denn nicht nur ihre Hautfarbe, auch ihr Geschlecht machten es ihr bestimmt nicht leicht, sich an der Uni und im Leben zu behaupten.

George klappte sein Buch zu, als der Fahrer den Motor anließ und losfuhr. Maria blickte auf den Titel. »Wer die Nachtigall stört«, las sie. »Ich habe von dem Roman gehört. Es spielt in Alabama, nicht wahr? Letzten Sommer war ich in Montgomery, der Hauptstadt.«

»Was hast du da gemacht?«, fragte George.

»Mein Vater ist Anwalt. Er vertrat dort einen Mandanten, der gegen den Bundesstaat geklagt hatte. Ich habe während der Semesterferien für ihn gearbeitet.«

»Habt ihr den Prozess gewonnen?«

»Nein. Aber lass dich von mir nicht vom Lesen abhalten.«

»Ach, lesen kann ich immer noch. Aber wann sitzt man schon mal neben einem Mädchen, das so hübsch ist wie du.«

»Oje.« Sie lächelte. »Man hat mich vor dir gewarnt. Jetzt weiß ich warum.«

»Wenn du willst, verrate ich dir mein Geheimnis.«

»Was ist es?«

»Alles, was ich sage, meine ich ehrlich.«

Sie lachte.

»Aber erzähl es nicht herum«, fügte George hinzu. »Es könnte meinem Ruf schaden.«

Der Bus überquerte den Potomac und fuhr über die Grenze nach Virginia. »Jetzt sind wir im Süden, George«, sagte Maria. »Hast du Angst?«

»Darauf kannst du wetten.«

»Ich auch.«

Der Highway bildete eine gerade, schmale Schneise durch frühlingsgrünen Wald, der sich meilenweit zu beiden Seiten der Straße erstreckte. Sie durchquerten verschlafene kleine Ortschaften, wo die Leute stehen blieben und zuschauten, wie der Bus vorüberfuhr. Doch George blickte kaum aus dem Fenster. Maria war interessanter für ihn. Er erfuhr, dass sie in einer strenggläubigen Familie aufgewachsen war; ihr Großvater war Prediger.

»Aber ich gehe nur meiner Familie zuliebe in die Kirche«, gestand Maria.

»Ist bei mir genauso«, erklärte George. »Ich gehe nur wegen meiner Mutter.«

Sie und die anderen Raiders unterhielten sich auf dem ganzen Weg bis nach Fredericksburg, eine Strecke von fünfzig Meilen. Doch als der Bus in die kleine historische Stadt einfuhr, in der die weiße Vorherrschaft noch immer bestand, breitete sich angespannte Stille aus. Die Greyhound-Station befand sich zwischen zwei Kirchen, roten Ziegelbauten mit weißen Türen; allerdings war christliche Frömmigkeit in den Südstaaten nicht unbedingt ein gutes Zeichen.

Als der Bus hielt, entdeckte George die Toiletten und war erstaunt, dass über den Türen keine Schilder hingen, die NUR FÜR WEISSE und NUR FÜR FARBIGE verkündeten.

Die Fahrgäste stiegen aus dem Bus und standen blinzelnd im Sonnenlicht. Als George genauer hinschaute, entdeckte er über den Toilettentüren helle rechteckige Flächen; offenbar waren die Schilder erst vor Kurzem abgenommen worden.

Die Riders setzten ihren Plan dennoch in die Tat um. Zuerst ging ein weißer Protestierer auf das heruntergekommene Klo an der Rückseite des Gebäudes, das für Schwarze bestimmt war. Er kam unbeschadet zurück, aber das war auch der einfache Teil der Übung gewesen.

George hatte sich bereits freiwillig gemeldet, sich als erster Schwarzer der Gruppe auf die Toilette für Weiße zu wagen. »Drück mir die Daumen«, sagte er zu Maria und betrat den sauberen, frisch gestrichenen Waschraum, von dem erst vor Kurzem das Schild NUR FÜR WEISSE entfernt worden war.

Drinnen hielt sich ein junger Weißer auf. Er kämmte sich seine Schmalzlocke und betrachtete George im Spiegel, sagte aber kein Wort. George war zu ängstlich, um pinkeln zu können, aber auch zu stolz, um einfach wieder hinauszugehen, deshalb wusch er sich die Hände.

Der junge Weiße verließ den Waschraum. Ein älterer Mann kam herein und verschwand in einer Kabine. George trocknete sich die Hände am Rollhandtuch ab und verließ die Toilette.

Die anderen warteten. »Nichts.« George zuckte mit den Schultern. »Niemand hat versucht, mich aufzuhalten, niemand hat ein Wort gesagt.«

»Und ich habe an der Theke ein Coke bestellt«, sagte Maria. »Die Kellnerin hat es mir ohne Murren serviert. Ich glaube, hier hat irgendjemand entschieden, allem Ärger aus dem Weg zu gehen.«

»Ob das immer so sein wird, den ganzen Weg bis New Orleans?«, fragte George. »Werden sie einfach so tun, als wäre gar nichts? Und sobald wir weg sind, fangen sie wieder mit ihren Schikanen an? Verdammt, das würde uns den Boden unter den Füßen wegziehen!«

»Keine Sorge«, entgegnete Maria. »Ich habe die Menschen kennengelernt, die in Alabama das Sagen haben. So clever sind die nicht.«

KAPITEL 3

Walli Franck spielte oben im Salon Klavier. Das Instrument war ein echter Steinway, und Wallis Vater sorgte dafür, dass es immer gestimmt war, damit Maud, Wallis Großmutter, darauf spielen konnte. Walli erinnerte sich an eine Melodiefigur aus Elvis Presleys »A Mess of Blues«. Sie war in C-Dur und deshalb schön einfach.

Wallis Großmutter saß im Sessel und las die Todesanzeigen in der *Berliner Zeitung*. Sie war siebzig, eine schlanke, aufrechte Gestalt in einem dunkelblauen Kaschmirkleid. »Diese Art von Musik kannst du richtig gut«, bemerkte sie, ohne den Blick von der Zeitung zu nehmen. »Offenbar hast du nicht nur meine grünen Augen, sondern auch mein Ohr geerbt. Walter, dein Großvater, nach dem du benannt bist, kam mit Ragtime einfach nicht zurecht – möge er in Frieden ruhen. Ich habe versucht, es ihm beizubringen, aber es war hoffnungslos.«

»Du hast Ragtime gespielt?«, fragte Walli erstaunt. »Ich hab dich nie was anderes als Klassik spielen hören.«

»Als deine Mutter noch ein Baby war, hat der Ragtime uns vor dem Hungertod bewahrt. Nach dem Großen Krieg habe ich hier in Berlin in einem Club namens Nachtleben gespielt. Man hat mir mehrere Milliarden Mark pro Nacht bezahlt, trotzdem reichte es kaum, um Brot zu kaufen. Aber manchmal habe ich Dollars oder Pfund als Trinkgeld bekommen, und von zwei Dollar konnten wir eine Woche leben.«

»Sag bloß!« Walli konnte sich einfach nicht vorstellen, wie seine silberhaarige Großmutter in einem Nachtclub Klavier spielte.

Wallis Schwester Lili kam ins Zimmer. Sie war fast drei Jahre jünger als er, und mittlerweile wusste er nicht so recht, wie er sich ihr gegenüber verhalten sollte. So lange er denken konnte, war sie ihm auf die Nerven gegangen. Sie war wie ein jüngerer Bruder gewesen, nur alberner. Doch in letzter Zeit hatte sie sich stark verändert. Sie war vernünftig geworden, und um das Ganze für Walli noch komplizierter zu machen, hatten einige von Lilis Freundinnen Brüste bekommen.

Walli seufzte, wandte sich vom Klavier ab und griff zur Gitarre. Er hatte sie vor einem Jahr in einem Westberliner Pfandhaus gekauft. Vermutlich hatte ein amerikanischer Soldat sie verpfändet und nicht mehr abgeholt. Sie war ein Fabrikat namens »Martin«; obwohl sie im Preis sehr günstig gewesen war, schien sie ein gutes Instrument zu sein. Walli nahm an, dass weder der Pfandleiher noch der Soldat ihren wahren Wert erkannt hatten.

»Hör dir das mal an«, sagte er zu Lili und sang eine karibische Melodie mit englischem Text, »All My Trials«. Walli hatte sie im West-Radio gehört. Sie war ziemlich populär. Die Mollakkorde ließen die Melodie melancholisch klingen, und Walli interpretierte den Song besonders schwermütig.

Als er fertig war, schaute seine Großmutter ihn über den Rand ihrer Zeitung hinweg an und sagte auf Englisch: »Your accent is perfectly dreadful, Walli, my dear.«

»Was?«

Oma Maud wechselte wieder ins Deutsche. »Aber du singst sehr schön.«

»Danke.« Walli drehte sich zu Lili um. »Was hältst du von dem Song?«

»Er ist ein bisschen trist«, antwortete sie. »Aber vielleicht muss ich ihn nur ein paar Mal hören.«

»Das ist nicht so toll«, sagte Walli. »Weißt du, ich will ihn heute Abend im Minnesänger spielen.« Der Minnesänger war ein Folkclub unweit des Kurfürstendamms in Westberlin.

Lili war beeindruckt. »Du trittst im Minnesänger auf?«

»Heute Abend findet da ein Wettbewerb statt. Da kann jeder spielen. Und der Gewinner kriegt die Chance auf eine richtige Vorstellung.«

»Ich wusste gar nicht, dass Clubs so was machen.«

»Tun sie normalerweise auch nicht. Das ist einmalig.«

»Bist du für so einen Laden nicht noch ein bisschen jung?«, fragte Maud.

»Ja, aber ich war schon mal drin.«

»Walli sieht älter aus, als er ist«, bemerkte Lili.

»Hm.«

Lili wandte sich wieder zu Walli um. »Aber du hast doch noch nie auf einer Bühne gestanden. Hast du kein Lampenfieber?«

»Und wie!«

»Vielleicht solltest du dann lieber was Fröhlicheres spielen.«

»Kann schon sein.«

»Wie wär's mit ›This Land is Your Land‹? Ich liebe den Song.«

Walli spielte ihn, und Lili sang mit.

Während sie sangen, kam Rebecca herein, ihre große Schwester. Walli vergötterte Rebecca. Nach dem Krieg, als ihre Eltern rund um die Uhr geackert hatten, um die Familie durchzubringen, hatte Rebecca oft auf Walli und Lili aufgepasst. Sie war wie eine zweite Mutter für die beiden, nur nicht so streng.

Und sie hatte Mut! Voller Ehrfurcht hatte Walli zugeschaut, wie Rebecca das Streichholzmodell ihres Mannes aus dem Fenster geworfen hatte. Walli hatte Hans nie gemocht; insgeheim war er froh, dass der Kerl weg war.

Die ganze Nachbarschaft redete darüber, dass Rebecca unwissentlich einen Stasimann geheiratet hatte. Das hatte Walli in der Schule Respekt verschafft. Bis dahin hatte sich niemand auch nur vorstellen können, dass die Francks etwas Besonderes waren. Speziell die Mädchen faszinierte die Vorstellung, dass die Stasi fast ein Jahr lang alles erfahren hatte, was in Wallis Haus gesagt oder getan worden war.

Obwohl Rebecca seine Schwester war, konnte auch Walli nicht umhin, sich einzugestehen, dass sie ein heißer Feger war. Sie hatte eine umwerfende Figur und ein tolles Gesicht, das Güte und Stärke zugleich ausstrahlte. Doch jetzt schaute sie drein, als wäre gerade jemand gestorben. Walli hörte auf zu spielen. »Was ist?«, fragte er.

»Sie haben mich gefeuert«, antwortete Rebecca.

Oma Maud nahm die Zeitung herunter.

»Das ist doch verrückt!«, rief Walli. »Die Jungs aus deiner Schule sagen, du bist die Beste!«

»Ich weiß.«

»Wieso hat man dich gefeuert?«, fragte Oma Maud.

»Ich glaube, das war Hans' Rache.«

Walli erinnerte sich an Hans' Reaktion, als er gesehen hatte, wie sein geliebtes Streichholzmodell auf dem nassen Pflaster zerschellt war. »Das werdet ihr für den Rest eures Lebens bereuen«, hatte er gedroht und durch den Regen finster zu Rebecca hinaufgestarrt. Walli hatte es für Prahlerei gehalten, doch hätte er nur einen Augenblick nachgedacht – ihm wäre sofort klar gewesen, dass ein Agent der Stasi durchaus in der Lage war, eine solche Drohung wahrzumachen. »Dafür werdet ihr bezahlen, du und deine Familie«, hatte Hans gedroht, und das schloss auch Walli mit ein. Er schauderte.

»Aber Lehrer werden doch händeringend gesucht«, bemerkte Oma Maud.

»Ja, und Bernd Held ist außer sich vor Wut«, sagte Rebecca. »Aber der Befehl kam von ganz oben.«

»Was wirst du jetzt tun?«, fragte Lili.

»Ich suche mir eine neue Stelle. Das dürfte nicht allzu schwer sein. Bernd hat mir ein erstklassiges Zeugnis ausgestellt, und überall herrscht Lehrermangel. Zu viele sind in den Westen gegangen.«

»Das solltest du auch tun«, meinte Lili.

»Wir sollten *alle* in den Westen«, fügte Walli hinzu.

»Mutter würde das niemals tun. Das wisst ihr doch«, entgegnete Rebecca.

Wallis Vater kam herein. Er trug einen dunkelblauen Anzug mit Weste, altmodisch, aber elegant. »Guten Abend, Werner«, begrüßte ihn Oma Maud. »Ich glaube, Rebecca kann einen Drink gebrauchen. Man hat sie gefeuert.« Oma schlug häufig vor, dass jemand einen Drink brauchte; dann nahm sie sich jedes Mal selbst einen.

»Ich weiß«, erwiderte Vater knapp. »Ich habe schon mit ihr gesprochen.«

Er war schlecht gelaunt. Anders war auch nicht zu erklären, weshalb er so rüde zu seiner Schwiegermutter sprach. Walli fragte sich, was seinen alten Herrn so aufgeregt hatte.

Er sollte es bald erfahren.

»Komm mal in mein Arbeitszimmer, Walli«, sagte Vater. »Ich muss mit dir reden.« Er ging durch die Doppeltür in den kleinen Salon, den er als Büro nutzte. Walli folgte ihm. Werner setzte sich hinter seinen Schreibtisch. Walli wusste, dass er stehen zu bleiben hatte.

»Also«, begann Werner. »Vor einem Monat haben wir ein Gespräch zum Thema Rauchen geführt.«

Walli bekam sofort ein schlechtes Gewissen. Er hatte mit dem Rauchen angefangen, um älter zu wirken; dann war er auf den Geschmack gekommen, und nun war es zur Gewohnheit geworden.

»Und du hattest mir versprochen, das Rauchen aufzugeben«, fuhr Werner fort.

Walli war der Ansicht, dass es seinen Vater nichts anging, ob er rauchte oder nicht, aber das sagte er natürlich nicht.

»Und?«, hakte Werner nach. »*Hast* du es aufgegeben?«

»Ja«, log Walli.

»Weißt du nicht, dass man es riecht?«

»Doch, schon ...«, antwortete Walli vorsichtig.

»Und ich *habe* es gerochen, kaum dass ich ins Zimmer gekommen bin.«

Walli kam sich wie ein Trottel vor. Sein Vater hatte ihn bei einer kindischen Lüge erwischt. Schmollend verzog er das Gesicht.

»Deshalb weiß ich«, fuhr Werner fort, »dass du immer noch qualmst.«

»Warum hast du mich dann gefragt?« Walli hasste den trotzigen Unterton, den er in der eigenen Stimme hörte, konnte aber nichts dagegen tun.

»Ich hatte gehofft, du sagst mir die Wahrheit.«

»Du hast gehofft, dass du mich bei einer Lüge ertappst.«

»Glaub, was du willst. Ich nehme an, du hast gerade eine Schachtel in der Tasche.«

»Ja.«

»Leg sie auf den Tisch.«

Walli holte die Schachtel aus der Hosentasche und warf sie wütend auf den Tisch. Sein Vater griff danach und ließ sie in einer Schublade verschwinden. Es waren Lucky Strikes, nicht die minderwertigen ostdeutschen f6, und die Schachtel war noch fast voll.

»Du hast einen Monat Hausarrest«, verkündete Werner. »Dann landest du wenigstens nicht wieder in einer dieser Bars, wo die Leute ständig Banjo spielen und paffen.«

Vor Panik krampfte sich Wallis Magen zusammen. »Das ...«, begann er. »Das ist kein Banjo, das ist eine Gitarre. Und ich kann unmöglich einen Monat zu Hause bleiben!«

»Mach dich nicht lächerlich. Du wirst tun, was ich sage.«

»Na gut«, sagte Walli verzweifelt. »Hausarrest. Ein Monat. Aber erst ab morgen.«

»Ab sofort.«

»Aber ich muss heute Abend in den Minnesänger!«

»Das ist genau die Art von Laden, in die du *nicht* mehr gehen sollst.«

Wallis alter Herr war einfach unmöglich! »Von morgen an bleibe ich einen Monat lang jeden Abend zu Hause, einverstanden?«

»Nein. Eine Strafe soll sich nicht nach den Plänen des Bestraften richten. Das würde ihrem Zweck widersprechen. Eine Strafe soll wehtun.«

In dieser Stimmung konnte nichts und niemand Werner von seinem Entschluss abbringen, doch Walli war dermaßen wütend und verzweifelt, dass er es trotzdem versuchte. »Du verstehst das nicht! Heute Abend will ich im Minnesänger an einem Wettbewerb teilnehmen. Eine einmalige Gelegenheit!«

»Ich werde deine Strafe nicht aussetzen, damit du Banjo spielen kannst.«

»Das ist eine Gitarre, du dummer alter Mann! Eine *Gitarre!*« Walli stürmte hinaus.

Die drei Frauen im Nachbarzimmer hatten offensichtlich alles gehört und starrten Walli an. »Oh, du armer Junge ...«, sagte Rebecca.

Walli schnappte sich seine Gitarre und rannte aus dem Zimmer. Auf dem Weg nach unten hatte er noch keinen Plan. Er war einfach nur wütend. Doch als er die Haustür sah, da wusste er, was er zu tun hatte. Die Gitarre in der Hand, stapfte er hinaus und warf die Tür so fest ins Schloss, dass das Haus bebte.

Eines der oberen Fenster wurde aufgerissen, und Walli hörte seinen Vater brüllen: »Komm sofort zurück! Hast du gehört? Komm sofort wieder her, sonst bekommst du erst recht Ärger!«

Walli ging weiter.

Anfangs war er noch wütend, doch nach einer Weile legte sich sein Zorn, und er war geradezu beschwingt. Er hatte seinem Vater getrotzt, hatte ihn sogar einen dummen alten Mann genannt! Doch Wallis Euphorie verebbte bald wieder, und er fragte sich, wie die Folgen seiner Rebellion aussahen. Für seinen Vater war Ungehorsam keine Bagatelle. Wenn er seinen Angestellten oder auch seinen Kindern Anweisungen erteilte, erwartete er, dass sie prompt befolgt wurden. Was würde er diesmal tun? Walli war schon seit zwei, drei Jahren zu groß, als dass Werner ihm noch den Hintern hätte versohlen können. Und heute hatte er versucht, seinen Sohn im Haus festzuhalten wie in einem Gefängnis, und war gescheitert. Manchmal drohte er damit, Walli von der Schule zu nehmen und ihn zu zwingen, in der Firma zu arbeiten, doch Walli nahm diese Drohung nicht besonders ernst. Sein Vater wollte mit Sicherheit keinen mürrischen Halbstarken in der Fabrik. Trotzdem ... Walli hatte das Gefühl, als würde sein alter Herr sich diesmal etwas Neues ausdenken.

Walli erreichte eine Kreuzung, von der die Straße nach Westberlin abbog. An der Ecke standen drei Vopos und rauchten. Vopos regelten nicht nur den Grenzverkehr, sie hatten auch das Recht, jeden anzuhalten, der die unsichtbare Grenze überqueren wollte. Natürlich konnten sie nicht mit jedem reden, denn täglich gingen Tausende nach drüben, viele für immer. Ostberliner, die im Westen ihr Geld verdienten, aber im Osten lebten, brachten wertvolle D-Mark mit zurück. Wallis Vater war ein solcher Grenzgänger. Allerdings arbeitete er nicht für ein Gehalt, sondern für den Gewinn seines Unternehmens. Auch Walli überquerte die Grenze mindestens einmal die Woche, für gewöhnlich, um mit seinen Freunden ins Kino zu gehen, denn im Westen zeigten sie actionreiche oder freizügige Filme aus Amerika, die viel aufregender waren als die sozialistischen Fabeln in den DDR-Kinos.

In der Praxis stoppten die Vopos jeden, der ihre Aufmerksamkeit erregte. So konnten ganze Familien, Eltern mit Kindern, nahezu sicher sein, unter dem Verdacht angehalten zu werden, dass sie das Land für immer verlassen wollten, besonders, wenn sie Gepäck dabei hatten. Ein anderer Personenkreis, dem die Vopos das Leben gerne schwer machten, waren Halbstarke, vor allem, wenn sie westliche Kleidung trugen. Viele Ostberliner Jungs gehörten Banden an, die mit der sozialistischen Gesellschaft auf Kriegsfuß standen. Da gab es die Texas Gang, die Jeans Gang, die Elvis Presley Appreciation Society und andere. Sie hassten die Polizei, und die Polizei hasste sie.

Walli trug eine schlichte schwarze Hose, ein weißes T-Shirt und eine beigefarbene Windjacke. Er sah lässig aus, glaubte er, ein bisschen wie James Dean, aber nicht wie ein Bandenmitglied. Seine Gitarre war allerdings ein Problem. Sie galt als ultimatives Symbol amerikanisch-kapitalistischer Dekadenz, mehr noch als Superman-Comics.

Walli überquerte die Straße, wobei er sorgfältig darauf achtete, die Vopos nicht anzuschauen. Aus dem Augenwinkel glaubte er zu sehen, dass einer ihn anstarrte. Doch niemand sagte ein Wort, und Walli ging ungehindert in die freie Welt.

Auf der Südseite des Tiergartens stieg er in die Straßenbahn. Walli freute sich auf Westberlin. Das Beste an dieser Stadt war für ihn, dass *alle* Mädchen Nylonstrümpfe trugen.

Walli fuhr zum Minnesänger, dem Kellerlokal in einer Nebenstraße des Ku'damms, wo man dünnes Bier und Frankfurter Würstchen verkaufte. Er war früh dran, doch der Laden füllte sich bereits. Walli sprach mit dem Besitzer des Clubs, einem jungen Burschen namens Danni Hausmann, und meldete sich für den Wettbewerb an. Dann holte er sich ein Bier, ohne dass jemand ihn nach seinem Alter fragte. Er sah eine Menge Jungs mit Gitarren und fast so viele Mädchen. Auch ein paar ältere Leute waren erschienen.

Eine Stunde später begann der Wettbewerb. Jeder Musiker spielte zwei Songs. Einige Kandidaten waren hoffnungslose Anfänger, die lediglich ein paar schiefe Akkorde zustande brachten, doch zu Wallis Entsetzen gab es auch mehrere Gitarristen, die weitaus besser waren als er. Die meisten sahen obendrein noch so aus wie die amerikanischen Künstler, deren Songs sie spielten. Drei Männer, die wie das Kingston Trio gekleidet waren, sangen »Tom Dooley«, und ein Mädchen mit langem schwarzen Haar und Gitarre sang »The House of the Rising Sun« genau wie Joan Baez und erntete donnernden Applaus.

Ein älteres Paar in Cordanzügen sang »Im Märzen der Bauer« mit Klavier- und Akkordeonbegleitung. Das war in gewissem Sinne zwar auch

»Folk«, aber nicht von der Art, wie die Zuschauer ihn hören wollten. Deshalb gab es nur ironischen Applaus.

Während Walli ungeduldig darauf wartete, dass er an der Reihe war, kam ein Mädchen zu ihm. Das passierte ihm oft. Vermutlich lag es daran, dass er mit seinen hohen Wangenknochen und den Mandelaugen irgendwie exotisch aussah; so dachte er zumindest, doch viele Mädchen fanden ihn einfach nur süß. Das Mädchen stellte sich als Karolin vor. Karolin sah ein, zwei Jahre älter aus als Walli. Sie hatte langes, glattes blondes Haar, das in der Mitte gescheitelt war und ein ovales Gesicht umrahmte. Zuerst glaubte er, sie wäre eines der anderen Folk Girls, doch sie lächelte so lieb, dass sein Herz einen Schlag aussetzte.

»Ich wollte eigentlich auch mitmachen«, sagte sie, »mit meinem Bruder an der Gitarre, aber er hat mich versetzt, und da hab ich mir überlegt ... Würdest du dich mit mir zusammentun?«

Wallis erster Impuls war ein klares Nein. Er hatte zwar die unterschiedlichsten Songs im Repertoire, doch kein Duett. Aber Karolin war süß, und Walli wollte nicht, dass sie ging. »Da müssten wir aber üben bis zum Umfallen«, sagte er skeptisch.

»Wir können ja rausgehen. An was für Songs hast du gedacht?«

»Ich wollte erst ›All My Trials‹ spielen, dann ›This Land is Your Land‹.«

»Wie wär's mit ›Noch einen Tanz‹?«

Das gehörte zwar nicht zu Wallis Repertoire, aber er kannte das Lied, und es war leicht zu spielen. »An einen lustigen Song habe ich eigentlich nicht gedacht«, sagte er.

»Die Zuschauer lieben das Lied. Du könntest den männlichen Part singen, wo er ihr sagt, sie soll zu ihrem kranken Mann nach Hause gehen, und ich singe: ›Nur noch einen Tanz, lieber Franz‹. Die letzte Zeile singen wir dann gemeinsam.«

»Na gut. Versuchen wir's mal.«

Walli und Karolin gingen nach draußen. Es war Frühsommer und noch immer hell. Sie setzten sich auf die Treppe und versuchten sich an dem Song. Sie klangen gut als Duett, und Walli improvisierte eine Harmonie auf der letzten Zeile.

Karolin hatte eine reine, ein wenig tiefe Stimme, und Walli schlug vor, dass sie als zweiten Song etwas Trauriges singen sollten, weil es ein schöner Kontrast wäre, wie er sich ausdrückte. Karolin sah es ähnlich, lehnte aber »All My Trials« als zu »bedrückend« ab. »Nobody's Fault but Mine«, ein langsames Spiritual, gefiel ihr hingegen. Als sie es einübten, bekam Walli eine Gänsehaut.

Ein amerikanischer Soldat schlenderte an ihnen vorbei und verschwand im Club. Er lächelte sie an und sagte auf Englisch: »My God, it's the Bobbsey Twins.«

Karolin lachte. »Wir sehen uns wohl ziemlich ähnlich«, sagte sie zu Walli. »Blondes Haar und grüne Augen. Aber wer sind die Bobbsey Twins?«

Walli war Karolins Augenfarbe gar nicht aufgefallen, aber es schmeichelte ihm, dass sie seine kannte. »Hab ich noch nie von gehört«, antwortete er.

»Na, egal«, sagte Karolin. »Aber es ist ein schöner Name für ein Duo. Wie die Everly Brothers.«

»Brauchen wir denn einen Namen?«

»Wenn wir gewinnen, schon.«

»Na gut. Gehen wir wieder rein. Wir sind gleich dran.«

»Eins noch«, sagte Karolin. »Wenn wir ›Noch einen Tanz‹ spielen, sollten wir uns dabei vielleicht hin und wieder anschauen und zärtlich lächeln.«

»Okay.«

»So, als würden wir miteinander gehen, verstehst du? Das macht sich gut auf der Bühne.«

Im Club schrammelte gerade ein blondes Mädchen auf der Gitarre und sang dazu »Freight Train«. Sie war zwar nicht so hübsch wie Karolin, hatte aber andere, offensichtlichere Vorzüge. Als Nächstes spielte ein wahrer Gitarrenvirtuose einen komplizierten Blues. Dann rief Danni Hausmann Wallis Namen.

Angespannt wandte Walli sich dem Publikum zu. Die meisten Gitarristen hatten schicke Lederbänder, doch Walli hatte nie an so etwas gedacht, deshalb hing sein Instrument unspektakulär an einer Kordel um seinen Hals. Jetzt wünschte er sich, es wäre anders.

»Guten Abend«, sagte Karolin. »Wir sind die Bobbsey Twins.«

Walli spielte einen Akkord und begann zu singen, und das fehlende Lederband war im Nu vergessen. Der Song war ein Walzer, und Walli spielte ihn beschwingt. Karolin mimte die schamlose Dirne, und Walli wurde zum steifen preußischen Offizier.

Den Zuschauern gefiel es. Es waren nur gut hundert Leute im Raum, doch ihr Lachen und ihre fröhlichen Gesichter vermittelten Walli ein Hochgefühl, das er bisher nicht gekannt hatte. Am Ende des Liedes wurden die Bobbsey Twins mit Applaus überschüttet.

Walli konnte sein Glück kaum fassen.

»Sie lieben uns«, flüsterte Karolin ihm aufgeregt zu.

Walli begann, »Nobody's Fault but Mine« zu spielen. Er zupfte hart an den Stahlsaiten, um die düster-dramatische Wirkung der Septakkorde zu steigern, und das Publikum verstummte. Karolin verwandelte sich von der fröhlichen Dirne in eine gefallene, von Verzweiflung geplagte Frau. Walli beobachtete die Zuschauer. Niemand sagte ein Wort. Eine Dame hatte Tränen in den Augen, und Walli fragte sich, ob sie erlebt hatte, worüber Karolin sang.

Die andächtige Stille war sogar noch schöner als das Lachen bei der Nummer vorher.

Am Ende jubelten die Leute und riefen nach einer Zugabe. Doch die Regeln besagten, dass jeder Teilnehmer nur zwei Songs spielen durfte, und so ignorierten Walli und Karolin die Bitten der Zuschauer und traten von der Bühne ab. Doch Hausmann scheuchte sie wieder zurück. Nur dass sie kein drittes Lied einstudiert hatten, und so schauten sie einander panisch an. Schließlich fragte Walli: »Kennst du ›This Land is Your Land‹?« Karolin nickte.

Die Zuschauer stimmten in den Song mit ein, und Karolin sang immer lauter. Walli staunte über die Kraft ihrer Stimme. Er passte sich in der Tonlage seiner Partnerin an, und gemeinsam übertönten sie das mitsingende Publikum.

Als sie die Bühne endgültig verließen, war Walli aufgekratzt, und Karolins Augen glänzten. »Wir waren richtig gut!«, sagte sie. »Du bist sogar noch besser als mein Bruder.«

»Hast du Zigaretten?«, fragte Walli.

Rauchend schauten sie sich noch eine Stunde lang den Wettbewerb an. »Ich glaube, wir waren die Besten«, sagte Walli schließlich.

Karolin war da vorsichtiger. »Das blonde Mädchen, das ›Freight Train‹ gesungen hat, hat den Leuten auch gefallen.«

Dann wurde das Ergebnis verkündet.

Die Bobbsey Twins landeten auf dem zweiten Platz. Gewinnerin war das Joan-Baez-Double.

Walli war wütend. »Die kriegt doch kaum 'nen vernünftigen Ton raus!«

»Joan Baez ist nun mal beliebt«, erwiderte Karolin.

Der Club leerte sich, und auch Walli und Karolin gingen zur Tür. Walli war am Boden zerstört, doch kurz bevor sie den Laden verließen, hielt Danni Hausmann sie auf. Er war Anfang zwanzig und trug moderne, lässige Kleidung: einen schwarzen Rollkragenpullover und Jeans. »Hättet ihr Lust, nächsten Montag eine halbe Stunde zu spielen?«, fragte er.

Walli verschlug es die Sprache, doch Karolin sagte sofort: »Na klar!«

»Aber das Joan-Baez-Double hat doch gewonnen«, platzte Walli heraus und fragte sich im gleichen Atemzug: Was redest du da eigentlich?

»Ihr zwei scheint ein Repertoire zu haben, das die Leute mehr als nur zwei Nummern unterhält«, sagte Danni. »Vorausgesetzt, ihr habt so viel drauf.«

Wieder zögerte Walli, und wieder übernahm Karolin das Kommando. »Kein Problem. Bis Montag!«

Natürlich hatte Walli nicht vergessen, dass sein Vater ihn einen Monat im Haus einsperren wollte, doch er zog es vor, das nicht zu erwähnen.

»Sehr gut«, sagte Danni. »Ihr seid die Ersten. Seid um halb acht da.«

Beschwingt gingen die Bobbsey Twins die von Laternen erhellte Straße hinunter. Zwar hatte Walli keine Ahnung, wie er die Sache mit seinem Vater regeln sollte, aber er war optimistisch.

Wie sich herausstellte, wohnte auch Karolin in Ostberlin. Sie stiegen in den Bus und unterhielten sich darüber, was sie nächste Woche spielen wollten. Es gab Songs genug, die beide kannten.

Sie waren eben erst ausgestiegen und gingen durch den Park, als Karolin die Stirn runzelte und leise sagte: »Da ist ein Kerl hinter uns.«

Walli blickte über die Schulter. Tatsächlich; da war ein Mann mit Schlägermütze. Er ging dreißig Schritt hinter ihnen und rauchte, ohne Wallis Blick zu erwidern.

»Was ist mit ihm?«, fragte Walli.

»War der nicht auch im Minnesänger?«

»Den hab ich noch nie gesehen«, antwortete Walli, der den Mann schon wieder vergessen hatte. »Sag mal, magst du die Everly Brothers?«

»Ja.«

Walli nahm die Gitarre vom Rücken und spielte »All I Have to Do is Dream« im Gehen. Karolin stimmte ein, und gemeinsam sangen sie auf dem Weg durch den Park. Anschließend spielte Walli einen Hit von Chuck Berry, »Back in the USA«.

Sie sangen gerade den Refrain »I'm so glad I'm living in the USA«, als Karolin plötzlich stehen blieb und zischte: »Pssst!«

Erst jetzt bemerkte Walli, dass sie die Grenze erreicht hatten. Drei Vopos, die unter einer Straßenlaterne standen, funkelten die beiden jungen Leute mürrisch an. Walli verstummte abrupt. Hoffentlich hatten die Vopos sie nicht gehört.

Einer von ihnen, ein Hauptwachtmeister, schaute an Walli vorbei. Walli folgte dem Blick des Mannes und sah, wie der Bursche mit der

Schlägermütze dem Vopo kurz zunickte. Daraufhin trat der Hauptwachtmeister einen Schritt auf Walli und Karolin zu und sagte: »Papiere.« Der Mann mit der Schlägerkappe sprach derweil in ein Funkgerät.

Walli bekam weiche Knie. Offenbar hatte Karolin recht gehabt, und sie waren tatsächlich verfolgt worden. Ihm kam der beängstigende Gedanke, dass Hans dahintersteckte.

War er wirklich so rachsüchtig?

Ja, das war er.

Der Hauptwachtmeister schaute auf Wallis Ausweis. »Du bist erst fünfzehn«, sagte er. »Du solltest so spät nicht mehr draußen sein.«

Walli biss sich auf die Zunge. Mit diesen Leuten konnte man ohnehin nicht diskutieren.

Dann schaute der Hauptwachtmeister sich Karolins Ausweis an. »Und du bist siebzehn! Was willst du mit diesem Jüngelchen? Wie wär's mit mir, Süße? Ich bin ein Mann.«

Die anderen beiden Vopos lachten dreckig.

Karolin schwieg, doch der Hauptwachtmeister blieb hartnäckig. »Na? Wie wär's?«

»Sie haben sie ja nicht mehr alle«, sagte Karolin leise.

Die Miene des Vopos verdüsterte sich. »Du freches kleines Biest!«

»Geben Sie mir bitte meinen Ausweis zurück«, bat Karolin.

»Wieso?«, fragte der Hauptwachtmeister. »Steht da drin, dass du noch Jungfrau bist?«

Karolin lief rot an.

Wieder grölten die beiden anderen Polizisten.

»Hören Sie auf damit«, sagte Walli.

»Wieso? Wäre nicht die erste Jungfrau, die ich knacke.«

Wieherndes Gelächter.

Walli kochte vor Wut. »Die Uniform gibt Ihnen nicht das Recht, Mädchen zu belästigen!«

»Ach ja?« Der Hauptwachtmeister schien gar nicht daran zu denken, ihnen die Ausweise zurückzugeben.

In diesem Moment hielt ein beigefarbener Trabant 500 neben ihnen. Hans Hoffmann stieg aus. Walli bekam es mit der Angst. Jetzt steckte er wirklich in Schwierigkeiten. Wie hatte es nur so weit kommen können? Er hatte doch bloß im Park gesungen!

Hans trat näher. »Zeig mir mal das Ding, das du da um den Hals hängen hast«, sagte er.

Walli nahm all seinen Mut zusammen. »Warum?«

»Weil ich den Verdacht habe, dass damit kapitalistische Propaganda in die Deutsche Demokratische Republik geschmuggelt wird. Gib schon her.«

Die Gitarre war so kostbar für Walli, dass er trotz seiner Angst nicht daran dachte, Hans' Aufforderung nachzukommen. »Und wenn ich sie dir nicht gebe? Verhaftest du mich dann?«

Der Hauptwachtmeister rieb sich die Knöchel der rechten Hand.

»Ja«, antwortete Hans. »Genau das.«

Walli verließ der Mut. Er nahm die Gitarre vom Rücken und gab sie Hans. Der hielt das Instrument, als wolle er darauf spielen. Er zupfte an den Saiten und sang auf Englisch: »You ain't nothing but a hound dog.«

Die Vopos lachten. Offenbar hörten auch sie West-Radio.

Hans schob die Hand unter die Saiten und tastete im Resonanzkörper.

»Vorsicht«, sagte Walli, doch es war zu spät. Die oberste Saite riss mit einem hellen *Ping!* Walli war verzweifelt. »Pass bitte auf! Das ist ein sehr empfindliches Instrument!«

Die Saiten behinderten Hans' Untersuchung. »Hat wer ein Messer?«, fragte er.

Der Hauptwachtmeister schob die Hand in die Jackentasche und zog ein Messer mit breiter Klinge hervor. Zur Standardausrüstung der Volkspolizei gehörte das nicht; da war Walli sicher.

Hans versuchte, die Saiten mit dem Messer zu zerschneiden, doch sie waren zäher, als er gedacht hatte. B und G schaffte er, die dickeren Saiten aber nicht.

»Bitte! Da ist nichts drin!«, flehte Walli. »Das fühlt man doch schon am Gewicht.«

Hans schaute ihn an, lächelte und rammte das Messer hinter der Brücke ins Holz.

Walli stieß einen gequälten Schrei aus.

Zufrieden mit der Reaktion des Jungen, wiederholte Hans das Ganze mehrere Male und durchlöcherte die Gitarre förmlich. Schließlich verloren die Saiten ihre Spannung, und die Brücke löste sich vom Holz. Hans riss den Deckel herunter wie von einem leeren Sarg.

»Keine Propaganda«, sagte er. »Ich gratuliere. Du bist unschuldig.« Er gab Walli die zerstörte Gitarre zurück, und der Hauptwachtmeister reichte ihm grinsend den Ausweis.

Karolin nahm Wallis Arm und zog ihn weg. »Komm«, drängte sie leise. »Weg von hier.«

Walli ließ sich von ihr führen, während er bittere Tränen vergoss.

KAPITEL 4

Am Sonntag, dem 14. Mai 1961, stieg George Jakes in Atlanta, Georgia, wieder in den Greyhound-Bus. Es war Muttertag.

Und wieder hatte er Angst.

Maria Summers saß neben ihm. Seit Beginn der Fahrt saßen sie immer nebeneinander. Es war zum Normalfall geworden. Mittlerweile gingen alle davon aus, dass der freie Sitz neben George für Maria reserviert war.

»Sag mal, was hältst du eigentlich von Martin Luther King?«, fragte George, teils aus Interesse, teils um seine Nervosität zu verbergen.

King war Vorsitzender der Southern Christian Leadership Conference, einer der wichtigsten Bürgerrechtsgruppen. George und Maria hatten ihn am Abend zuvor beim Dinner in einem Restaurant in Atlanta kennengelernt, das einem Schwarzen gehörte.

»Was für eine Frage«, erwiderte Maria. »Es ist ein großer Mann. Ohne ihn wäre das, was wir tun, gar nicht möglich, weil es keine Protestbewegung gäbe.«

George war sich da nicht so sicher, obwohl auch er King bewunderte. »Sicher, er hat Nettes über die Freedom Riders gesagt, aber er sitzt nicht hier mit uns im Bus.«

»Versetz dich mal in seine Lage«, erwiderte Maria, ruhig und überlegt wie immer. »Ein General marschiert auch nicht als gemeiner Soldat.«

So hatte George es noch nicht betrachtet. »Stimmt«, räumte er ein.

Er war ein bisschen in Maria verliebt und sehnte sich nach einer Gelegenheit, mir ihr allein zu sein, doch die Menschen, in deren Häusern die Riders übernachteten, waren angesehene schwarze Bürger, meist fromme Christen, die niemals zugelassen hätten, dass es in ihren Gästezimmern zu Intimitäten kam. Und Maria, so reizvoll und verlockend sie auch war, ließ durch nichts erkennen, ob sie einem Techtelmechtel mit George zugeneigt wäre; sie saß immer nur brav neben ihm, unterhielt sich mit ihm und lachte über seine Scherze. Nie suchte sie Körperkontakt, der verraten hätte, dass sie mehr wünschte als nur Freundschaft. Sie berührte George nicht am Arm, nahm nicht seine Hand, wenn sie aus dem Bus stiegen, und drückte sich in einer Menschenmenge nicht an ihn. Sie flirtete weder durch Blicke noch durch Berührungen. Sie hätte mit ihren fünfundzwanzig Jahren durchaus noch Jungfrau sein können, obwohl George da seine Zweifel hatte. Vielleicht, sagte er sich hoffnungs-voll, finde ich es ja noch heraus.

»Du hast lange mit King gesprochen«, kam er zum Thema zurück.

»Wäre er kein Prediger«, sagte Maria, »wäre ich glatt auf den Gedan-ken gekommen, dass er was von mir will.«

George wusste nicht recht, was er darauf antworten sollte. Es hätte ihn nicht überrascht, wenn sogar ein Prediger versucht hätte, mit einem Mädchen anzubandeln, das so bezaubernd war wie Maria. Doch sie war naiv, was Männer anging.

»Ich habe auch ein paar Worte mit King geredet«, sagte er.

»Was hat er gesagt?«

George zögerte, denn es waren Kings Worte, die ihm Angst eingeflößt hatten. Doch Maria hatte ein Recht, es zu erfahren. »Er sagte, wir schaf-fen es nicht heil durch Alabama.«

Maria wurde blass. »Das hat er wirklich gesagt?«

»Genau so.«

Jetzt hatten beide Angst.

Der Greyhound fuhr von der Busstation ab.

Während der ersten Tage hatte George befürchtet, der Freedom Ride würde allzu friedlich verlaufen. Die normalen Fahrgäste reagierten nicht darauf, dass Schwarze auf den weißen Plätzen saßen, manchmal fielen sie sogar in die Gesänge der Freiheitsfahrer ein. Und nichts geschah, wenn die Riders die NUR-FÜR-WEISSE- und NUR-FÜR-SCHWARZE-Schilder an den Waschräumen der Busstationen ignorierten. In einigen Ortschaften waren diese Schilder sogar überstrichen. George befürchtete, dass die Se-gregationisten sich diesen Trick ausgedacht hatten, um einen Frieden vorzutäuschen, den es nicht gab.

Doch wie es auch sein mochte: Es gab keinen Ärger und keine öffent-liche Aufregung, und schwarze Riders wurden in den weißen Restaurants höflich bedient. Jeden Abend stiegen sie aus den Bussen und hielten un-behelligt Versammlungen ab, oft in Kirchen. Anschließend übernachte-ten sie bei Sympathisanten. Doch George war überzeugt, dass die Schil-der wieder aufgehängt wurden, sobald sie die Ortschaften verließen, und die Rassentrennung weiter praktiziert wurde. Wenn es tatsächlich so war, wäre der Freedom Ride Zeitverschwendung gewesen.

Die Ironie war niederschmetternd. Die wiederholte Botschaft – manchmal nur angedeutet, oft laut ausgesprochen –, als Neger sei er minderwertig, hatte George verletzt und wütend gemacht, so lange er zu-rückdenken konnte. Dass er intelligenter war als neunundneunzig Prozent der weißen Amerikaner, spielte dabei keine Rolle. Ebenso wenig, dass er fleißig und höflich war und auf sein Äußeres achtete. Nicht selten wurde er von hässlichen Weißen beschimpft, die zu faul waren, sich zu pflegen und vernünftig zu kleiden, und zu dumm, einen halbwegs ordentlichen Beruf erlernt zu haben. Doch ohne die Sorge, dass man ihn wegen seiner Hautfarbe ignorierte oder hinauswarf, konnte er keinen Laden und kein Restaurant betreten, geschweige denn, sich um eine Stelle bewerben. Und nun war George paradoxerweise enttäuscht darüber, dass nichts von alledem geschah.

Das Weiße Haus konnte sich derweil zu keiner eindeutigen Position durchringen. Am dritten Tag der Freiheitsfahrt hatte Justizminister Robert F. Kennedy an der Universität von Georgia eine Rede gehalten, in der er versprach, die Einhaltung der Bürgerrechte für Schwarze im Süden der USA durchzusetzen. Doch nur zwei Tage später war sein Bruder, der Präsident, zurückgerudert, indem er zwei Bürgerrechtsgesetzentwürfen die Unterstützung entzog.

Siegen die Segregationisten auf diese Weise?, fragte sich George. Indem sie der Konfrontation ausweichen und dann einfach weitermachen, als wäre nichts geschehen?

Doch es sollte anders kommen. Der Frieden hielt nur vier Tage. Am fünften Tag der Freiheitsfahrt wurde einer der Riders festgenommen, weil er auf seinem Recht bestand, sich die Schuhe putzen zu lassen.

Am sechsten Tag schließlich kam es zu Gewalttätigkeiten. Das Opfer war John Lewis, der Theologiestudent. Er war in einem für Weiße reservierten Waschraum in Rock Hill, South Carolina, von weißen Schlägern angegriffen worden. Lewis hatte sich prügeln und treten lassen, ohne sich zu wehren. George hatte den Vorfall nicht beobachtet, was vermutlich auch gut so war, denn er glaubte nicht, dass er Lewis' Selbstbeherrschung aufgebracht hätte.

Am nächsten Tag hatte George kurze Berichte über die Gewalttat in den Zeitungen gelesen, war aber enttäuscht, dass die Story vom Raumflug Alan Shepards verdrängt wurde, dem ersten Amerikaner im All. Wen interessiert das?, dachte George mürrisch. Der sowjetische Kosmonaut Juri Gagarin war der erste Mensch im All gewesen; seine Erdumrundung lag noch keinen Monat zurück. Die Russen hatten die Amerikaner geschlagen.

Ein weißer Amerikaner kann in den Weltraum fliegen, ging es George durch den Kopf, aber ein schwarzer Amerikaner kann nicht mal einen Waschraum betreten!

Doch in Atlanta hatte eine jubelnde Menge die Riders willkommen geheißen, als sie aus dem Bus stiegen, und Georges Stimmung hatte sich gebessert. Aber das war in Georgia gewesen. Jetzt näherten sie sich dem gefürchteten Alabama.

»Warum hat King gesagt, dass wir es nicht heil durch Alabama schaffen?«, fragte Maria.

»Es gibt Gerüchte, dass der Ku-Klux-Klan in Birmingham irgendetwas plant«, antwortete George düster. »Offenbar weiß das FBI Genaueres, hat aber nichts unternommen, um den Plan zu verhindern.«

»Und die Polizei dort?«

»Gehört zum verdammten Klan.«

»Was ist mit den beiden da?« Mit einem Nicken wies Maria auf zwei Sitze gegenüber, auf der anderen Seite des Mittelgangs, eine Reihe hinter ihnen.

George blickte über die Schulter auf zwei stämmige Weiße, die dort nebeneinandersaßen. »Was soll mit denen sein?«

»Meinst du nicht, das sind Cops?«

Er schaute genauer hin. »Du glaubst, die sind vom FBI?«

»Nein, nicht vom FBI. Ihre Kleidung ist zu schäbig. Ich glaube, die gehören zur Alabama Highway Patrol. Verdeckte Ermittler der Staatspolizei von Alabama.«

George war beeindruckt. »Du bist ganz schön clever.«

»Meine Mutter hat immer darauf geachtet, dass ich mein Gemüse aufesse. Und mein Vater ist Anwalt in Chicago, der Gangsterhauptstadt der USA.«

»Und was tun die beiden da? Weißt du das etwa auch?«

»Nein. Aber die sind bestimmt nicht hier, um unsere Bürgerrechte zu verteidigen.«

Als George aus dem Fenster blickte, sah er ein Schild mit der Aufschrift WILLKOMMEN IN ALABAMA. Er schaute auf die Armbanduhr. Es war ein Uhr mittags. Die Sonne schien von einem strahlend blauen Himmel.

Ein schöner Tag zum Sterben, dachte er.

Maria schien seine Ängste nicht zu teilen. Sie erzählte, dass sie später in der Politik oder im öffentlichen Dienst arbeiten wollte. »Protestler können Einfluss nehmen«, sagte sie, »aber die Entscheidungen trifft am Ende die Politik.«

George nickte. Er wusste, dass Maria sich auf eine Stelle in der Presseabteilung des Weißen Hauses beworben hatte. Sie hatte sogar ein Vorstellungsgespräch geführt, den Job dann aber doch nicht bekommen. »In Washington stellen sie kaum schwarze Juristen ein«, hatte sie bekümmert zu George gesagt. »Wahrscheinlich bleibe ich in Chicago und arbeite in der Kanzlei meines Vaters.«

Auf der anderen Seite des Gangs saß eine weiße Frau mittleren Alters in Mantel und Hut, die eine große weiße Handtasche aus Plastik im Schoß hielt. George lächelte ihr zu. »Wundervolles Wetter für eine Busfahrt, nicht wahr?«

»Hoffentlich bleibt es so«, erwiderte die Frau. »Ich besuche meine Tochter in Birmingham.«

»Ich drücke Ihnen die Daumen, Mrs. ...«

»Jones, Cora Jones. Das Baby meiner Tochter ist in einer Woche fällig, wissen Sie. Schon das dritte!«

»Tatsache? Mir kommen Sie zu jung vor, um Großmutter zu sein.«

Sie lächelte. »Ich bin neunundvierzig.«

George erwiderte das Lächeln. »Das hätte ich nie gedacht.«

Ein Greyhound-Bus, der aus der Gegenrichtung kam, ließ die Scheinwerfer aufblitzen, und der Bus der Riders kam langsam zum Stehen. Ein Weißer erschien am Fahrerfenster. George hörte, wie er sagte: »An der Busstation in Anniston hat sich eine Menschenmenge angesammelt.« Der Fahrer antwortete etwas, das George nicht verstand. »Ja, aber sei bloß vorsichtig«, sagte der Mann am Fenster.

Der Bus fuhr weiter.

»Was meint er mit Menschenmenge?«, sagte Maria zornig. »Das können zwanzig Leute sein, aber auch tausend. Es könnte ein Empfangskomitee sein oder ein wütender Pöbel. Warum hat er nicht mehr gesagt?«

George vermutete, dass Maria mit ihrer Gereiztheit ihre Angst übertünchte. Er musste an die Worte seiner Mutter denken: »Ich habe Angst, dass sie dich umbringen.« Es gab Bürgerrechtsaktivisten, die öffentlich ihre Bereitschaft erklärten, für ihre Sache zu sterben. Für George galt das nicht. Er wollte kein Märtyrer sein. Das Leben hielt zu viel Schönes bereit. Frauen wie Maria zum Beispiel.

Ein paar Minuten später fuhren sie in Anniston ein, eine typische Südstaaten-Kleinstadt: staubig und heiß, mit niedrigen Gebäuden und rasterartig angelegten, wie mit dem Lineal gezogenen Straßen. Die Bewohner säumten die Straßenränder, als warteten sie auf eine Parade. Viele hatten sich fein gemacht; die Frauen trugen Hüte, die Kinder waren herausgeputzt. Zweifellos waren sie in der Kirche gewesen.

»Was erwarten die eigentlich zu sehen? Menschen mit Hörnern?«, sagte George. »Hey, hier sind wir, Leute! Echte Nordstaaten-Nigger!« Er sprach leise, sodass nur Maria ihn hören konnte. »Wir sind gekommen, um euch die Waffen wegzunehmen, euch zum Kommunismus zu bekehren und mit euren Töchtern zu schlafen.«

Maria raunte: »Bist du verrückt! Wenn sie dich hören!«

Doch George versuchte nur, seine Furcht zu überspielen.

Der Bus fuhr zur Haltestation, die einen merkwürdig verlassenen Eindruck machte. Die Gebäude schienen verrammelt und verschlossen zu sein. George kam es unheimlich vor.

Der Fahrer öffnete die Tür.

George sah nicht, woher der Mob kam, doch plötzlich hatten sie den Bus umzingelt: weiße Männer, einige in Arbeitskleidung, andere in Sonntagsanzügen. Sie grölten und brüllten und schwangen Baseballschläger, Metallrohre und Eisenketten. George hörte hasserfüllte, rassistische Beschimpfungen, sogar Naziparolen.

Er sprang auf, um die Bustür zu schließen. Doch die beiden mutmaßlichen Staatspolizisten waren schneller und knallten die Tür zu. Vielleicht saßen sie im Bus, um die Riders zu beschützen; vielleicht verteidigen sie auch nur sich selbst.

George blickte durch die Fenster in die Runde. Draußen war nirgends ein Uniformierter zu sehen. Aber die örtliche Polizei musste doch wissen, dass sich an der Busstation ein bewaffneter Mob zusammengerottet hatte! Offenbar steckten die Cops tatsächlich mit dem Klan unter einer Decke. Aber das war keine große Überraschung.

Im nächsten Moment begann der Pöbel, mit den Waffen auf den Bus einzuschlagen. Ein beängstigendes Getöse dröhnte durch das Businnere, als Ketten und Brecheisen die Karosserie verbeulten. Glasscheiben zerplatzten, und Mrs. Jones schrie auf. Der Fahrer ließ den Motor an, doch einer der Schläger legte sich vor den Bus, um ihn am Weiterfahren zu hindern. George glaubte schon, der Fahrer würde den Kerl einfach überrollen, doch er blieb stehen.

Ein Stein ließ die Scheibe des Fensters explodieren, an dem George saß. Er spürte einen scharfen Schmerz an der Wange, als Scherben ihn trafen. Er sah, dass auch Maria an einem Fenster saß. Rasch packte George ihren Arm und zog sie zu sich. »Knie dich in den Gang!«, rief er.

Ein grinsender Kerl mit Schlagringen streckte die Faust durch das Fenster neben Mrs. Jones. »Hey, Niggerfreundin!«, grölte er. »Komm zu Papa!«

»Kommen Sie, schnell!«, rief Maria, zog Mrs. Jones neben sich und schlang die Arme schützend um die ältere Frau.

Das Gebrüll draußen wurde immer lauter. »Kommunistenschweine!«, schrie der Mob. »Feige Säcke!«

Maria sagte: »Duck dich, George!«

George musste sich zwingen, vor diesen Schlägern den Kopf zu senken.

Mit einem Mal ließ der Lärm nach. Das Dröhnen der Karosserie endete, und keine weiteren Schreiben barsten. George entdeckte draußen einen Polizeibeamten.

Wird auch Zeit, dachte er.

Der Cop hielt zwar einen Schlagstock in der Hand, doch er plauderte freundlich mit dem grinsenden Kerl mit den Schlagringen.

George entdeckte noch drei Polizisten. Sie hatten die Menge beruhigt, unternahmen aber keine weiteren Schritte. Sie verhielten sich, als wäre hier gar kein Verbrechen verübt worden. Stattdessen unterhielten sie sich mit den Aufrührern, die offenbar Freunde von ihnen waren.

Die beiden mutmaßlichen Staatspolizisten setzten sich wieder auf ihre Plätze. Sie wirkten bestürzt. George vermutete, dass ihr Auftrag darin bestand, die Riders zu bespitzeln, nur hatten sie nicht damit rechnen können, dass ein gewalttätiger Mob den Bus attackierte. Und sie hatten sich nur deshalb auf die Seite der Riders geschlagen, weil sie sich zur Selbstverteidigung gezwungen sahen.

Endlich fuhr der Bus los. Durch die Windschutzscheibe beobachtete George, wie ein Polizist die Meute drängte, den Weg freizugeben, während ein anderer den Fahrer vorwinkte. Vor der Station setzte sich ein Streifenwagen vor den Bus und eskortierte ihn zu der Straße, die aus Anniston hinausführte.

George fühlte sich allmählich besser. »Ich glaube, wir sind noch mal davongekommen.«

Maria stand auf. Offensichtlich war sie unverletzt. Sie zog das Taschentuch aus der Brusttasche von Georges Jackett und wischte ihm behutsam das Gesicht ab. Die weiße Baumwolle war rot von seinem Blut. »Eine Schnittwunde«, sagte Maria. »Du blutest ziemlich heftig.«

»Ich werd's überleben.«

»Aber danach bist du nicht mehr so hübsch.«

»Bin ich hübsch?«

»Du warst es, aber jetzt ...«

Der Augenblick wohltuender Normalität hielt nicht lange an. Als George einen Blick nach hinten warf, sah er zu seinem Entsetzen, dass dem Bus eine Kolonne von Pick-ups und Limousinen folgte, in denen die Schläger saßen, die vorhin den Bus demoliert hatten.

Er stöhnte auf. »Wir sind noch nicht in Sicherheit.«

»Ich weiß.« Maria nickte. »In Washington hast du mit einem jungen Weißen gesprochen, ehe wir in den Bus gestiegen sind ...«

»Ja, mit Joseph Hugo«, sagte George. »Er studiert Jura in Harvard. Wieso?«

»Ich dachte, ich hätte ihn vorhin beim Mob gesehen.«

»Joseph? Niemals. Er steht auf unserer Seite. Du musst dich irren.« Doch Hugo kam aus Alabama, erinnerte sich George.

»Ich bin ziemlich sicher, dass er es gewesen ist.«

»Wenn er beim Mob wäre, Maria, würde das bedeuten, dass er die ganze Zeit vorgetäuscht hat, die Bürgerrechtsbewegung zu unterstützen. Dann könnte er ein Spitzel sein. Aber das ist unmöglich, das ist wirklich unmöglich.«

»Bist du sicher?«

George blickte wieder nach hinten. Die Polizeieskorte machte an der Stadtgrenze kehrt, die anderen Fahrzeuge aber nicht. Die Meute in den Wagen brüllte inzwischen so laut, dass sie sogar den Motorenlärm übertönte.

Als sie die Stadtgrenze passiert hatten und einen einsamen, schnurgeraden Streifen des Highway 202 befuhren, kam, was kommen musste: Zwei Limousinen überholten den Bus, setzten sich vor ihn und verlangsamten das Tempo. Der Busfahrer musste bremsen. Er versuchte, die Pkws zu überholen, doch sie schlingerten von einem Straßenrand zum anderen und versperrten ihm den Weg.

Mrs. Jones war weiß im Gesicht und umklammerte ihre Plastikhandtasche wie eine Rettungsweste.

»Tut mir leid, dass wir Sie da mit reingezogen haben, Mrs. Jones«, sagte George.

»Mir auch«, erwiderte sie leise.

Die beiden Limousinen zogen endlich zur Seite, und der Bus passierte sie. Doch es war längst noch nicht vorbei. Die Fahrzeugkolonne blieb hinter ihnen. Plötzlich hörte George ein vertrautes *Plopp*. Im gleichen Augenblick begann der Bus zu schlingern. George wusste sofort, dass ein Reifen geplatzt war. Der Fahrer bremste und hielt vor einem Lebensmittelladen. George las den Namen: Forsyth & Son.

Der Fahrer sprang aus dem Bus. George hörte, wie er sagte: »*Zwei* Plattfüße?« Dann ging er in den Laden; vermutlich wollte er telefonisch Hilfe herbeirufen.

George war angespannt wie eine Bogensehne. Ein platter Reifen war ein Missgeschick, zwei ließen auf einen Hinterhalt schließen.

Die Wagen der Kolonne hielten in einer Staubwolke. Ein Dutzend Weiße in Sonntagsanzügen stiegen aus, brüllten Verwünschungen und schwenkten ihre Waffen. Als George sah, wie sie auf den Bus zurannten, die Gesichter hassverzerrt, krampfte sich ihm der Magen zusammen, und er begriff einmal mehr, weshalb viele Schwarze panisch reagierten, wenn es um den Rassismus in den einstigen Hochburgen der Sklaverei im Süden der Vereinigten Staaten ging.

Ein Halbwüchsiger führte die Meute an. Mit einer Brechstange drosch er auf ein Fenster ein. Ein anderer Mann versuchte in den Bus zu steigen. Doch einer der beiden stämmigen Weißen stellte sich ans obere Ende der Treppe und zog einen Revolver. Maria hatte also recht mit ihrer Vermutung, dass es sich um Staatspolizisten in Zivil handelte. Der Eindringling wich zurück, und der Mann von der Highway Patrol verriegelte die Tür.

George wusste, dass dem Mann keine andere Wahl blieb, befürchtete jedoch, dass es ein Fehler war. Was, wenn die Riders eilig den Bus verlassen mussten?

Plötzlich begann das Fahrzeug zu schaukeln. Die Meute draußen machte Anstalten, den Bus umzuwerfen; dabei brüllten sie die ganze Zeit: »Schlagt sie tot! Schlagt die verdammten Nigger tot!« Weibliche Fahrgäste kreischten. Maria klammerte sich auf eine Art und Weise an George, die ihm sehr gefallen hätte, hätte er nicht um sein Leben fürchten müssen.

Draußen trafen zwei uniformierte Highwaypolizisten ein. George fasste neue Hoffnung, doch die Cops unternahmen nichts, um den Mob zu zügeln. George blickte zu den beiden Staatspolizisten im Bus: Sie wirkten unschlüssig, beinahe ängstlich. Offenbar wussten die Uniformierten draußen nichts von ihren verdeckt ermittelnden Kollegen hier im Bus. Die Alabama Highway Patrol war nicht nur rassistisch, sie war auch unfähig.

George hielt verzweifelt nach einer Möglichkeit Ausschau, Maria und sich selbst zu schützen. Sollten sie aus dem Bus springen und davonrennen? Sie kämen nicht weit. Sollten sie sich ergeben? Der Pöbel würde sie halbtot schlagen. Jede Möglichkeit erschien noch schlimmer als das untätige Warten.

Wütend starrte George auf die beiden Highwaypolizisten draußen vor dem Bus, die sich das Treiben anschauten, als wären sie auf einer Party. Dabei waren sie Gesetzeshüter, verdammt noch mal! Was glaubten sie, was sie da taten? Wenn sie dem Gesetz keine Geltung verschaffen wollten, hatten sie kein Recht, die Uniform zu tragen.

Dann entdeckte er Joseph Hugo. Eine Verwechslung war ausgeschlossen; Hugos hervortretende blaue Augen waren unverkennbar. Er ging auf einen der Highwaypolizisten zu und sprach ihn an, worauf beide Männer lachten.

Also doch.

Joseph Hugo war ein Spitzel.

Wenn ich hier lebend rauskomme, dachte George, wird es dem Mistkerl leidtun.

Draußen steigerte der Pöbel sich immer mehr in seinen Hass hinein. »Kommt raus, Niggerfreunde!«, hörte George. »Dann kriegt ihr, was euch zusteht!«

George beschloss, vorerst im Bus zu bleiben. Das war sicherer.

Aber nicht lange.

Einer aus dem Mob war zu seinem Wagen gerannt und hatte den Kofferraum geöffnet. Jetzt kam der Mann mit irgendetwas Brennendem zum Bus zurück und warf das lodernde Bündel durch eine eingeschlagene Scheibe. Augenblicke später explodierte es und nebelte das Innere des Busses mit grauem Rauch ein. Gleichzeitig setzte es die Polsterung in Brand. Nach wenigen Sekunden breitete sich erstickender schwarzer Qualm aus. Die Fahrgäste husteten und würgten.

Von draußen hörte George: »Verbrennt den Bus! Grillt die Nigger!«

Alle versuchten, zur Tür zu kommen. Der Mittelgang war mit hustenden Menschen verstopft. Einige drückten nach vorn, doch es staute sich, und es ging nicht weiter.

»Raus aus dem Bus!«, rief George. »Alles raus!«

Vorn schrie jemand zurück: »Die Tür geht nicht auf!«

George erinnerte sich, dass der Staatspolizist mit dem Revolver die Tür verriegelt hatte, damit der Mob nicht hereinkonnte. »Wir müssen aus den Fenstern springen!«, rief er. »Schnell!«

Er stieg auf einen Sitz und trat die Glasreste aus dem Rahmen, so gut es ging. Dann zog er sein Jackett aus und legte es über die Fensterbank, sodass es wenigstens ein bisschen Schutz vor den gezackten Scherben bot, die noch im Fensterrahmen steckten.

Maria hustete so heftig, dass ihr Tränen über die Wangen liefen. »Hör jetzt zu, Maria«, sagte George eindringlich. »Ich gehe zuerst und fange dich auf, wenn du springst.« Er hielt sich an der Sitzlehne fest, um nicht das Gleichgewicht zu verlieren, stellte sich auf die Fensterbank, kauerte sich zusammen und sprang. Dabei blieb sein Hemd an einer Scherbe hängen und riss auf, doch er spürte keinen Schmerz. Er landete im Gras am Straßenrand. Zum Glück hatte der Mob sich aus Furcht von dem brennenden Bus ein Stück zurückgezogen.

George drehte sich um, streckte die Arme nach Maria aus. »Kletter durchs Fenster!«, rief er ihr zu.

Ihre Pumps wirkten zart, beinahe verletzlich im Vergleich zu seinen Oxfordschuhen, und er war froh, sein Jackett geopfert zu haben, als er ihre kleinen Füße auf dem Fensterbrett sah. Als ihre Hüfte an einer Glasscherbe vorüberscharrte, zuckte er innerlich zusammen, doch sie schlitzte sich nicht das Kleid auf, wie er befürchtet hatte. Im nächsten Moment fiel sie in seine Arme.

George hielt sie mühelos. Sie war nicht schwer, und er war kräftig. Er stellte sie auf die Füße, doch sie sank erschöpft auf die Knie und rang nach Atem.

George schaute sich um und sah, dass die Schläger noch immer Abstand hielten. Er blickte in den Bus. Cora Jones stand im Gang. Sie drehte sich orientierungslos im Kreis, zu geschockt und verwirrt, um die Tür zu finden.

»Cora!«, rief George. »Hierher!«

Als sie ihren Namen hörte, blickte sie zu ihm.

»Klettern Sie durchs Fenster, Cora! Ich helfe Ihnen!«

Endlich schien sie zu verstehen. Mit Mühe stieg sie auf den Sitz, wobei sie noch immer ihre Handtasche umklammerte. Sie zögerte, blickte auf die gezackten Glasscherben im Fensterrahmen, gelangte dann aber zu der Einsicht, dass es besser war, Schnittwunden zu riskieren, als zu ersticken. Sie stellte einen Fuß aufs Fensterbrett. George griff durch das Fenster, nahm sie beim Arm und zog. Ihr Mantel bekam einen Riss, aber sie verletzte sich nicht, und George hob sie ins Freie. Sie taumelte davon und rief mit heiserer Stimme nach Wasser.

Der Bus strahlte mittlerweile eine solche Hitze aus, dass George befürchtete, der Benzintank könnte explodieren. Er packte Maria, die von einem neuerlichen Hustenkrampf geschüttelt wurde, legte eine Hand unter ihren Rücken, die andere unter ihre Knie, und hob sie hoch. Mit schnellen Schritten trug er sie zum Lebensmittelladen und setzte sie dort ab. Hoffentlich waren sie weit genug vom Bus entfernt.

Als George zurückblickte, sah er, dass der Greyhound sich rasch leerte. Die Tür war schließlich doch geöffnet worden. Die Leute taumelten nach draußen oder sprangen aus den Fenstern.

Die Flammen loderten höher. Als die letzten Passagiere ins Freie kamen, verwandelte sich das Innere des Busses in einen Glutofen.

»Der Benzintank!«, hörte George eine verzweifelte Männerstimme rufen. Sofort griff der Mob den Ruf auf. »Der Bus geht hoch!«, brüllte einer von ihnen. »In Deckung, Leute!«

Alles stob auseinander. Augenblicke später war ein dumpfer Knall zu hören. Eine Flammenzunge schoss in die Höhe, und der Bus wurde von der Wucht der Explosion durchgeschüttelt.

George – überzeugt, dass niemand im Bus zurückgeblieben war – beobachtete das Geschehen mit weit aufgerissenen Augen. Wenigstens ist niemand gestorben, dachte er. Bis jetzt.

Die Explosion und das Inferno schienen die Gier des Mobs nach Gewalt befriedigt zu haben. Die Schläger standen da und schauten gebannt zu, wie der Bus ausbrannte.

Vor dem Lebensmittelladen hatte sich eine große Gruppe gebildet, die aus Ortsansässigen zu bestehen schien, denn viele von ihnen hatten dem Mob zugejubelt. Ein junges Mädchen kam mit einem Wassereimer und Plastikbechern aus dem Gebäude. Sie gab Cora Jones zu trinken und ging weiter zu Maria, die dankbar einen Becher Wasser hinunterstürzte und gleich um einen zweiten bat.

Ein junger Weißer schlenderte mit besorgter Miene näher, die Arme hinter dem Rücken verschränkt. Er hatte ein unsympathisches Rattengesicht; Stirn und Kinn wichen von einer scharf geschnittenen Nase und vorstehenden Schneidezähnen zurück, und das rotbraune, straff nach hinten gekämmte Haar war pomadisiert und klebte an seinem Schädel. »Wie geht's denn so, Schätzchen?«, sprach er Maria an. Als sie zur Antwort ansetzte, zog er die Arme hinter dem Rücken hervor, holte mit einem Brecheisen aus und schlug damit nach ihrem Kopf.

George riss im letzten Moment den Arm hoch. Die Stahlstange traf ihn mit schrecklicher Wucht. Der Schmerz, der seinen Unterarm durchraste, war mörderisch. Gepeinigt schrie er auf.

Wieder hob Rattengesicht das Brecheisen. Trotz der Schmerzen griff George mit wilder Wut an und rammte dem Kerl die rechte Schulter mit solcher Wucht gegen den Brustkasten, dass es ihn nach hinten riss.

Als er sich Maria zuwandte, sah George drei weitere Schläger, die herbeigerannt kamen, um ihren rattengesichtigen Freund zu rächen.

George war ein geübter Kämpfer. Er gehörte nicht umsonst zur Ringermannschaft von Harvard. Doch hier gab es keinen fairen Kampf, hier kannte man keine Regeln. Zu allem Überfluss konnte er nur einen Arm benutzen. Doch er war in einem Washingtoner Slum zur Schule gegangen und wusste, wie man mit schmutzigen Tricks kämpft.

Die Kerle stapften nebeneinander auf ihn zu. George bewegte sich seitwärts; das zog die Kerle nicht nur von Maria weg, sie mussten sich auch drehen, sodass sie sich ihm jetzt in einer Reihe näherten.

Dann schwang der erste Angreifer eine Eisenkette und schlug wild nach George. Der tänzelte zurück, sodass die Kette ihn verfehlte. Deren Gewicht riss den Kerl nach vorn. Als er taumelte, trat George ihm die Beine weg. Er krachte schwer auf den Boden, und seine Kette landete klirrend ein paar Meter weiter.

Der zweite Angreifer stolperte über den ersten. George wirbelte um die eigene Achse und traf den Mann mit dem rechten Ellbogen voll ins Gesicht; George hoffte, ihm den Kiefer auszurenken. Der Mann stieß einen erstickten Schrei aus und brach zusammen. Seine Eisenstange flog durch die Luft.

Der dritte Mann stand wie angewurzelt da, von plötzlicher Angst erfüllt. George trat einen Schritt auf ihn zu und knallte ihm mit aller Kraft die Faust auf die Nase. Knochen knackten, Blut spritzte, und der Mann schrie wie am Spieß. Einen befriedigenderen Treffer hatte George in seinem ganzen Leben nicht gelandet.

Zum Teufel mit Gandhi, dachte er.

In diesem Moment peitschten zwei Schüsse. Alle erstarrten und schauten in die Richtung, aus der die Geräusche gekommen waren. Einer der uniformierten Staatspolizisten hielt seinen Revolver hoch. »Okay, Leute, ihr hattet euren Spaß«, rief er. »Jetzt verzieht euch.«

George konnte es nicht fassen. Spaß? Der Cop war Zeuge vielfachen Mordversuchs geworden und nannte es einen Spaß? In Alabama hatte eine Polizeiuniform offenbar keine große Bedeutung.

Der Mob kehrte zu seinen Fahrzeugen zurück. George sah, dass keiner der vier Polizisten sich die Mühe machte, die Nummernschilder zu notieren. Sie fragten auch niemanden nach seinem Namen. Wahrscheinlich kannten sie jeden Schläger persönlich.

Joseph Hugo war verschwunden.

Wieder erschütterte eine Explosion das Wrack des Busses. Ein zweiter Benzintank, vermutete George. Doch im Moment war niemand dem Wrack nahe genug, dass es eine Gefahr für ihn bedeutet hätte. Das Feuer schien sich selbst zu verzehren.

Mehrere Menschen lagen am Boden. Viele rangen noch immer nach Atem, weil sie den ätzenden Rauch in die Lunge bekommen hatten. Andere bluteten aus Schnittwunden und Prellungen. Einige waren Riders, andere normale Fahrgäste, Schwarze wie Weiße. George hielt seinen linken Arm mit der rechten Hand umfasst und drückte ihn gegen die Seite, um ihn ruhigzustellen, weil jede Bewegung schmerzte. Die vier Schläger, mit denen er gekämpft hatte, halfen sich gegenseitig, zu ihren Wagen zurückzuhumpeln.

George trat auf die zwei Staatspolizisten zu. »Wir brauchen einen Krankenwagen«, sagte er. »Besser noch zwei.«

Der jüngere der beiden Uniformierten wandte sich ihm zu. »Was hast du gesagt?«

»Ich sagte, diese Leute brauchen ärztliche Hilfe. Rufen Sie einen Krankenwagen.«

Der Mann starrte ihn hasserfüllt an. George begriff, dass er den Fehler begangen hatte, einem Weißen zu sagen, was er tun sollte, doch der ältere Patrolman hielt seinen Kollegen zurück. »Lass gut sein.« Er wandte sich George zu. »Der Rettungswagen ist unterwegs, *Boy*.«

Ein paar Minuten später traf ein Krankenwagen von der Größe eines Kleinbusses ein. Die Riders halfen sich gegenseitig beim Einsteigen. Doch als George und Maria näher kamen, sagte der Fahrer: »Ihr nicht.«

George musterte den Mann ungläubig. »Was?«

»Das hier ist 'n Krankenwagen für Weiße«, sagte der Fahrer. »Nicht für Nigger.«

»Sie wollen mich verscheißern.«

»Werd bloß nicht frech, *Boy!*«

Ein weißer Rider, der bereits im Rettungswagen saß, stieg wieder aus. »Sie müssen alle Verletzten ins Krankenhaus bringen«, sagte er zum Fahrer. »Schwarze und Weiße.«

»Nichts da! Das hier ist kein Nigger-Taxi«, erwiderte der Fahrer halsstarrig.

»Wir fahren nicht ohne unsere Freunde.« Damit stiegen die weißen Riders einer nach dem anderen aus dem Rettungswagen.

Der Fahrer konnte es nicht fassen. George vermutete, dass er wie ein Trottel dastehen würde, wenn er ohne Patienten zurückkam.

»Nimm sie lieber mit, Roy«, sagte der ältere Patrolman.

»Na gut«, lenkte Roy widerwillig ein. »Aber nur, weil Sie's sagen.«

George und Maria stiegen in den Rettungswagen.

Als sie losfuhren, warf George einen letzten Blick auf den Bus. Nur eine riesige graue Rauchwolke und ein geschwärztes Wrack waren geblieben. Die verkohlten Dachstreben sahen aus wie die Rippen eines Märtyrers, der auf dem Scheiterhaufen gestorben war.

KAPITEL 5

Kurz nach dem Frühstück verließ Tanja Dworkin Jakutsk, die kälteste Stadt der Erde. In einer Tupolew Tu-16 der sowjetischen Luftwaffe flog sie nach Moskau, fast fünftausend Kilometer weit. Es war ein beschwerlicher Flug, denn die Druckkabine war für ein halbes Dutzend Soldaten ausgelegt, und die Ingenieure hatten keinerlei Gedanken an deren Bequemlichkeit verschwendet. Die Sitze bestanden aus blankem Aluminium, und Schallschutz gab es nicht. Der Flug dauerte acht Stunden mit einem Tankstopp. Doch weil Moskau sechs Zeitzonen hinter Jakutsk lag, traf Tanja rechtzeitig zu einem zweiten Frühstück ein.

Es war Sommer, doch Tanja trug einen dicken Mantel und eine Pelzmütze. Sie nahm ein Taxi zum »Haus am Ufer«, einem Wohnblock für die sowjetische Elite. Dort teilte sie sich eine Wohnung mit ihrer Mutter Anja und Dmitri, ihrem Zwillingsbruder, den alle nur Dimka nannten. Es war eine große Wohnung mit drei Schlafzimmern, doch Mutter sagte immer, »groß« sei sie nur nach sowjetischen Maßstäben. In Berlin, wo sie als Kind gelebt hatte – damals, als Opa Grigori noch Diplomat gewesen war –, hätten sie eine *wirklich* große Wohnung gehabt.

An diesem Morgen war die Wohnung still und leer. Tanjas Mutter und Dimka waren bereits auf der Arbeit. Ihre Mäntel hingen im Flur an Haken, die Tanjas Vater vor einem Vierteljahrhundert in die Wand geschlagen hatte. Draußen war es einfach zu warm, um dicke Sachen zu tragen.

Tanja hing ihren eigenen Mantel daneben und ging mit dem Koffer in ihr Schlafzimmer. Sie hatte zwar nicht damit gerechnet, dass jemand hier war; trotzdem bedauerte sie, dass ihre Mutter ihr keinen Tee machen konnte. Außerdem hätte sie Dimka gern von ihren Abenteuern in Sibirien erzählt. Kurz dachte sie daran, ihre Großeltern zu besuchen, Grigori und Katherina Peschkow, die in einem anderen Stock im selben Gebäude wohnten, entschied sich dann aber dagegen. Sie hatte keine Zeit.

Sie duschte, zog sich um und fuhr mit dem Bus zur Redaktion der TASS, der sowjetischen Nachrichtenagentur. Tanja war eine von mehr als tausend Reportern der Agentur, doch nur wenige wurden von Militärflugzeugen durch die Gegend geflogen. Tanja war ein aufsteigender Stern bei der TASS. Sie hatte die Gabe, ihre Artikel interessant und lebendig zu gestalten, sodass sie die Jugend ansprachen und dennoch auf der Parteilinie blieben. Aber das war ein zweischneidiges Schwert: Oft übertrug man Tanja besonders schwierige und wichtige Aufträge.

In der Kantine aß sie eine Schüssel Kascha, die traditionelle Buchweizengrütze mit saurer Sahne; dann ging sie in ihre Redaktion. Sie war zwar ein Star, aber ein eigenes Büro hatte sie deshalb noch lange nicht. Sie begrüßte ihre Kollegen, setzte sich an ihren Schreibtisch, spannte Papier in die Schreibmaschine und begann zu tippen.

Der Flug war zu unruhig gewesen, als dass sie sich Notizen hätte machen können, aber sie legte sich ihre Artikel ohnehin im Kopf zurecht. Deshalb tippte sie auch diesmal munter drauflos. Nur dann und wann schlug sie Einzelheiten in ihrem Notizbuch nach. Ihr Auftrag lautete, junge sowjetische Familien zu ermuntern, nach Sibirien zu ziehen, um dort in der boomenden Industrie, den Bergwerken oder den Öl- und Gasförderanlagen zu arbeiten. Ungelernte Arbeiter gab es genug – sie kamen aus den Arbeitslagern –, aber es mangelte an Geologen, Ingenieuren, Prospektoren, Architekten, Chemikern und Führungskräften.

Doch Tanja schrieb nicht über die Männer, mit denen sie im frostklirrenden Sibirien gesprochen hatte, sondern über deren Ehefrauen. Sie begann mit einer attraktiven jungen Mutter namens Klara, die ihr voller Enthusiasmus und Humor von einem Leben bei eisigen Temperaturen erzählt hatte.

Ein paar Stunden später erschien Daniil Antonow, Tanjas Redakteur, nahm die fertigen Seiten aus der Ablage und überflog sie. Daniil war ein kleiner Mann mit sanftem Gemüt, eine Seltenheit in der Welt des Journalismus.

»Das ist ausgezeichnet«, lobte er nach einer Weile. »Wann kann ich den Rest lesen?«

»Ich tippe, so schnell ich kann.«

»Hast du irgendetwas von Ustin Bodian gehört?«, wollte Daniil wissen. Bodian war ein Opernsänger, der bei der Rückkehr von einer Tournee in Italien dabei erwischt worden war, wie er zwei Exemplare von *Doktor Schiwago* ins Land geschmuggelt hatte. Jetzt saß er in einem sibirischen Arbeitslager.

Tanjas Herz schlug schneller. Ahnte Daniil etwas? Für einen Mann besaß er ein ausgeprägtes Einfühlungsvermögen. »Nein«, log sie. »Warum fragst du? Hast du was gehört?«

»Nichts.« Daniil schüttelte den Kopf und ging an seinen Schreibtisch zurück.

Tanja hatte den dritten Artikel fast fertig, als Pjotr Opotkin an ihren Schreibtisch kam und ebenfalls die Texte las, während eine Zigarette aus einem Mundwinkel baumelte. Opotkin, ein kräftiger Mann mit schlechter Haut, war der Chefredakteur von Tanjas Abteilung. Doch im Unterschied zu Daniil war er kein ausgebildeter Journalist, sondern von der KPdSU eingesetzt, um darüber zu wachen, dass die Artikel nicht von der Parteilinie abwichen. Das Einzige, was Opotkin für den Job qualifizierte, war seine unbedingte Linientreue.

Nachdem er Tanjas erste Seiten gelesen hatte, meinte er: »Ich habe doch gesagt, Sie sollen nicht über das Wetter schreiben.« Opotkin kam aus einem Dorf nördlich von Moskau und hatte noch immer den nordrussischen Akzent.

Tanja seufzte. »Genosse Chefredakteur, in dieser Serie geht es um Sibirien. Die Leute wissen, wie kalt es dort ist. Da machen wir keinem was vor.«

»Aber in Ihrem Artikel geht es *nur* um das Wetter.«

»Nein, es geht um eine einfallsreiche junge Frau aus Moskau, die ihre Kinder unter schwierigsten Bedingungen großzieht, was sie als eine Art Abenteuer betrachtet.«

Daniil mischte sich ins Gespräch ein. »Sie hat recht, Pjotr«, sagte er. »Wenn wir die Kälte mit keinem Wort erwähnen, wissen die Leute, dass der Artikel nichts wert ist, und glauben kein Wort.«

»Mir gefällt es trotzdem nicht«, erwiderte Opotkin stur.

»Aber du musst doch zugeben, dass Tanja aufregend schreibt«, sagte Daniil.

Opotkin schaute nachdenklich drein. »Jaja«, sagte er schließlich und warf den Artikel zurück in die Ablage. »Jetzt zu was anderem«, sagte er zu Tanja. »Samstagabend gebe ich eine Feier in meinem Haus. Meine Tochter hat ihren Abschluss gemacht. Ich würde Sie und Ihren Bruder gerne einladen.«

Opotkins Partys waren unglaublich langweilig, wie alle wussten. Deshalb war Tanja sicher, auch für ihren Bruder zu sprechen, als sie antwortete: »Wir würden sehr gerne kommen, aber Samstag hat unsere Mutter Geburtstag. Tut mir leid.«

Opotkin musterte sie enttäuscht. »Schade«, sagte er und ging.

Als er außer Hörweite war, fragte Daniil: »Deine Mutter hat gar nicht Geburtstag, oder?«

»Natürlich nicht.«

»Er wird es überprüfen.«

»Und dann wird er erkennen, dass ich nur eine höfliche Ausrede gesucht habe, weil ich keine Lust habe.«

»Aber du solltest zu seinen Partys gehen!«

Tanja wollte nicht darüber diskutieren. Es gab wichtigere Dinge, um die sie sich zu kümmern hatte. Sie musste ihre Artikel schreiben und sich dann auf den Weg machen, um Ustin Bodian das Leben zu retten. Aber Daniil war ein guter Chef, also hielt sie ihre Ungeduld im Zaum. »Opotkin ist es egal, ob ich zu seinen Partys komme oder nicht«, sagte sie. »Es geht ihm um meinen Bruder, weil der für Chruschtschow arbeitet.« Tanja war es gewohnt, dass Leute ihre Freundschaft suchten, weil ihre Familie Einfluss hatte. Ihr verstorbener Vater war Oberst im KGB gewesen, und ihr Onkel Wolodja war General im Geheimdienst der Roten Armee.

Daniil besaß die typische Hartnäckigkeit eines Journalisten. »Aber Opotkin hat nachgegeben, was deine Sibirien-Artikel betrifft. Da solltest du ein bisschen Dankbarkeit zeigen.«

»Ich hasse seine Orgien. Opotkins Freunde besaufen sich und betatschen gegenseitig ihre Frauen.«

»Ich will aber nicht, dass er sauer auf dich ist.«

»Warum sollte er?«

»Du bist sehr attraktiv.« Tanja wusste, dass Daniil sich nicht an sie heranmachen wollte. Er lebte mit einem Mann zusammen; sein Interesse an Frauen war rein beruflich. »Und du bist jung und begabt«, fuhr er fort. »Da kann es sich nachteilig auswirken, wenn man einen Mann wie Pjotr zurückweist. Versuch einfach, ein bisschen zuvorkommender zu sein.« Daniil nickte ihr aufmunternd zu und ging davon.

Tanja wusste, dass er recht hatte, aber sie würde später darüber nachdenken. Jetzt wandte sie sich erst einmal wieder ihrer Schreibmaschine zu.

Mittags holte sie sich einen Teller eingelegte Heringe mit Kartoffelsalat aus der Kantine und aß an ihrem Schreibtisch. Kurz darauf beendete sie den dritten Artikel und brachte Daniil die fertigen Texte. »Ich gehe jetzt nach Hause und leg mich hin«, sagte sie. »Ruf bitte nicht an.«

»In Ordnung«, sagte Daniil. »Schlaf gut.«

Tanja steckte das Notizbuch in ihre Schultertasche und verließ das Gebäude.

Jetzt musste sie erst einmal sicherstellen, dass sie nicht verfolgt wurde. Sie war müde und anfällig für dumme Fehler; deshalb musste sie besonders gut aufpassen. Sie ging an der Bushaltestelle vorbei, ohne sie zu beachten, und schlenderte mehrere Straßenzüge weiter bis zur nächsten

Haltestelle. Erst dort stieg sie in den Bus. Wäre jemand ihr gefolgt, wäre er ihr aufgefallen. Aber sie hatte niemanden gesehen.

In der Nähe eines prächtigen vorrevolutionären Palais, das nun als Wohnblock diente, stieg Tanja aus. Sie ging um das Palais herum, wobei sie die ganze Zeit auf verdächtige Personen achtete, aber niemand schien das Gebäude im Auge zu behalten. Vorsichtig drehte Tanja eine zweite Runde, nur um sicherzugehen. Dann betrat sie die düstere Eingangshalle und stieg die alte Marmortreppe zur Wohnung von Wassili Jenkow hinauf.

In dem Augenblick, als sie den Schlüssel im Schloss drehte, öffnete ein schlankes blondes Mädchen von ungefähr achtzehn Jahren die Tür. Wassili stand hinter ihr. Tanja fluchte stumm in sich hinein. Jetzt war es zu spät, um so zu tun, als hätte sie sich in der Tür geirrt.

Die Blondine musterte Tanja misstrauisch von Kopf bis Fuß. Dann drehte sie sich um, küsste Wassili auf den Mund, schaute Tanja triumphierend an und stieg die Treppe hinunter.

Wassili war dreißig, stand aber auf jüngere Frauen. Und er hatte Erfolg, denn er war groß und gut aussehend. Er besaß ein markantes Gesicht, trug sein dichtes schwarzes Haar ziemlich lang und hatte schöne braune Augen. Doch Tanja bewunderte ihn aus ganz anderen Gründen: Wassili sah nicht nur blendend aus, er war auch außergewöhnlich klug, mutig und ein Autor von Weltniveau.

Tanja betrat Wassilis Arbeitszimmer und warf ihre Tasche auf einen Stuhl. Wassili schrieb Texte für das Radio und war notorisch unordentlich. Offenbar arbeitete er gerade an einer Hörspielfassung von Maxim Gorkis *Die Philister*. Seine graue Katze, Mademoiselle, schlief auf der Couch. Tanja verscheuchte das Tier und setzte sich.

»Wer war die kleine Schlampe?«, fragte sie.

»Meine Mutter.«

Tanja lachte ein wenig gequält.

»Tut mir leid, dass sie noch hier war«, sagte Wassili. Doch allzu traurig schien er nicht zu sein.

»Du wusstest doch, dass ich heute komme«, erwiderte Tanja vorwurfsvoll.

»Aber nicht so früh.«

»Die Kleine hat mein Gesicht gesehen. Niemand darf wissen, dass eine Verbindung zwischen uns besteht.«

»Sie arbeitet im GUM.« Das GUM war das große staatliche Kaufhaus am Roten Platz. »Sie heißt Warwara, und sie hat mit Sicherheit keinen Verdacht geschöpft.«

»Trotzdem, Wassili, das darf nicht noch einmal vorkommen. Was wir tun, ist so schon gefährlich genug. Wir dürfen kein zusätzliches Risiko eingehen. Du musst dir ja nicht ausgerechnet dann ein Mädchen ins Bett holen, wenn ich dich aufsuche.«

»Du hast recht. Es wird nicht wieder vorkommen. Ich hol dir Tee, ja? Du siehst müde aus.« Wassili ging zum Samowar.

»Ich *bin* müde. Aber Ustin Bodian liegt im Sterben.«

»Himmel!«, stieß Wassili hervor. »Was hat er denn?«

»Lungenentzündung.«

Tanja kannte Bodian nicht persönlich, aber sie hatte ihn einmal interviewt, bevor er in Schwierigkeiten geraten war. Er war ein freundlicher, warmherziger Mann und außergewöhnlich talentiert. Als sowjetischer Künstler, der auf der ganzen Welt bewundert wurde, hatte er ein privilegiertes Leben geführt. Trotzdem hatte er öffentlich seinen Zorn über die Ungerechtigkeiten in einem Staat zum Ausdruck gebracht, in dem die Gleichheit aller herrschen sollte, aber die Ungleichheit praktiziert wurde. Diese Kritik hatte ihm die Verbannung nach Sibirien eingetragen.

»Zwingen sie ihn immer noch zu arbeiten?«, fragte Wassili.

Tanja schüttelte den Kopf. »Das kann er nicht mehr. Aber sie wollen ihn nicht ins Krankenhaus schicken. Er liegt den ganzen Tag auf seiner Pritsche, und sein Zustand verschlechtert sich rapide.«

»Hast du ihn gesehen?«

»Nein. Schon nach ihm zu fragen, war gefährlich. Wäre ich ins Straflager gegangen, hätten sie mich gleich da behalten.«

Wassili gab ihr Tee und Zucker. »Wird er überhaupt medizinisch versorgt?«

»Nein.«

»Weißt du, wie lange er noch zu leben hat?«

Tanja schüttelte den Kopf. »Da weißt du genauso viel wie ich.«

»Wir müssen diese Nachricht verbreiten.«

Tanja nickte. »Ja. Wir können ihm nur das Leben retten, indem wir seine Krankheit öffentlich machen und darauf hoffen, dass es die Regierung in Verlegenheit bringt, damit sie etwas unternehmen *muss*.«

»Sollen wir eine Sonderausgabe machen?«

»Ja«, antwortete Tanja. »Heute noch.«

Wassili und Tanja veröffentlichten gemeinsam eine illegale Zeitung, die *Opposition*, in der sie über Zensurmaßnahmen, Demonstrationen, Gerichtsverhandlungen und politische Gefangene berichteten. In seinem Büro bei Radio Moskau hatte Wassili eine eigene Kopiermaschine, mit der er seine Hörspieldrehbücher vervielfältigte. Insgeheim druckte er damit aber auch jeweils fünfzig Exemplare der *Opposition*. Die meisten Personen, die ein Exemplar erhielten, fertigten dann weitere Kopien auf ihren Schreibmaschinen an, manche sogar von Hand. So wurde das Blatt immer weiter verbreitet. Diese Form des Selbstverlages nannte man auf Russisch *Samisdat*; sie war weit verbreitet. Auf diese Weise waren schon ganze Romane veröffentlicht worden.

»Ich werde es schreiben.« Tanja ging zum Schrank und holte einen großen Karton Katzenfutter heraus, steckte die Hand hinein und brachte eine kleine Reiseschreibmaschine zum Vorschein. Es war die einzige Schreibmaschine, die sie für die *Opposition* verwendeten.

Ein maschinegeschriebener Text war genauso einzigartig, als wäre er von Hand geschrieben. Jede Maschine besaß ihre eigene Charakteristik. So waren die Buchstaben nie perfekt in einer Reihe. Einige waren eine Winzigkeit höher, andere nicht genau mittig. Außerdem zeigten sich bei manchen Buchstaben Abnutzungserscheinungen, die leicht zu identifizieren waren. Würde die *Opposition* auf derselben Schreibmaschine geschrieben wie Wassilis Radiotexte, hätte es früher oder später jemandem auffallen können. Also hatte Wassili eine der alten Maschinen aus der Programmabteilung gestohlen, sie mit nach Hause genommen und im Katzenfutter vor neugierigen Blicken versteckt. Bei einer Hausdurchsuchung würde man die Maschine natürlich finden, aber wenn es so weit kam, war Wassili ohnehin erledigt.

Außerdem war ein spezielles Wachspapier im Karton versteckt, das man zur Vervielfältigung brauchte. Die Schreibmaschine hatte kein Farbband. Stattdessen schlugen die Buchstaben durch das Papier, und der Kopierer drückte Tinte durch diese Lücken.

Tanja schrieb einen Bericht über Bodian, in dem es hieß, Generalsekretär Nikita Chruschtschow sei persönlich verantwortlich, wenn einer der größten Tenöre der UdSSR im Straflager starb. Sie rekapitulierte die Hauptpunkte der Anklage gegen Bodian, der wegen »konterrevolutionärer Umtriebe« verurteilt worden war, und zitierte seinen leidenschaftlichen Appell für die Freiheit der Kunst. Um den Verdacht von sich abzulenken, schrieb sie die Information über Bodians Gesundheitszustand einem erfundenen Opernliebhaber im KGB zu.

Als sie fertig war, reichte sie Wassili das Blatt. »Ich habe es so kurz wie möglich gehalten«, sagte sie.

»Die Kürze ist die Schwester der Begabung.« Wassili las den Text und nickte anerkennend. »Ich gehe sofort zum Sender und mache die

Kopien«, sagte er. »Dann sollten wir sie zum Majakowski-Platz bringen.«

Tanja fragte nervös: »Ist das denn sicher?«

»Natürlich nicht. Was da stattfindet, ist eine kulturelle Veranstaltung, die nicht von der Regierung organisiert wurde. Genau deshalb ist es ja ideal für uns.«

Seit ein paar Monaten war die Statue des bolschewistischen Poeten Wladimir Majakowski zu einem beliebten, jedoch informellen Treffpunkt junger Moskowiter geworden. Einige lasen Gedichte vor; das wiederum zog weiteres Publikum an. Auf diese Weise waren improvisierte Dichterlesungen entstanden, an denen jeder teilnehmen konnte.

Doch einige der Werke, die vorgetragen wurden, übten verdeckte Kritik an der Regierung. Unter Stalin hätte ein solches Phänomen keine zehn Minuten existiert, doch Chruschtschow war ein Reformer. Sein Programm beinhaltete ein gewisses Maß an kultureller Freiheit, und bis jetzt waren von Staats wegen keine Maßnahmen gegen diese öffentlichen Lesungen ergriffen worden. Doch die Liberalisierung machte ständig zwei Schritte vor und einen zurück. Tanjas Bruder hatte ihr erklärt, das Maß der Freiheit hänge davon ab, wie gut Chruschtschow zu einem bestimmten Zeitpunkt dastehe, und ob er sich politisch stark fühle oder nicht. Manchmal musste er Rückschläge hinnehmen; dann fürchtete sogar er einen Putsch der konservativeren Eliten im Kreml. Doch was immer der Grund für diese Rücksichtnahme war – in Zeiten wie diesen konnte niemand vorhersagen, was die Regierung tun würde und was nicht.

Doch Tanja war viel zu müde, als dass sie jetzt weiter darüber nachgedacht hätte. Außerdem wäre jeder andere Ort vermutlich genauso gefährlich. »Also gut«, sagte sie. »Ich leg mich hin, während du zum Sender gehst.«

Sie ging ins Schlafzimmer. Die Laken waren zerknüllt. Wahrscheinlich hatten Wassili und Warwara den ganzen Morgen im Bett verbracht. Tanja legte die Tagesdecke darüber, zog die Stiefel aus und ließ sich auf die Matratze fallen.

Ihr Körper war müde, ihr Verstand aber hellwach. Sie hatte Angst; trotzdem wollte sie zum Majakowski-Platz. Die *Opposition* war eine wichtige Zeitung, auch wenn sie amateurhaft publiziert und wenig verbreitet war. Doch ihre Existenz bewies, dass die Partei nicht allmächtig war. Sie bewies, dass Dissidenten nicht alleine dastanden. Anstatt sich wie ein Rufer in der Wüste zu fühlen, inmitten einer monolithischen Gesellschaft, erkannten viele von ihnen, dass sie zu einem großen Netzwerk aus Tausenden von Menschen gehörten, die sich nach einer anderen, besseren Regierung sehnten. Die *Opposition* konnte Ustin Bodian das Leben retten.

Mit diesem Gedanken schlief Tanja ein.

Sie erwachte, als jemand ihr über die Wange streichelte. Sie schlug die Augen auf. Wassili lag neben ihr.

»Hau bloß ab«, sagte sie.

»Das ist mein Bett.«

Tanja setzte sich auf. »Ich bin zweiundzwanzig, viel zu alt für dich.«

»Bei dir würde ich eine Ausnahme machen.«

»Ach ja?«

»Ja, wirklich.«

»Fünf Minuten vielleicht.«

»Für immer.«

»Halt das sechs Monate durch, dann denke ich vielleicht darüber nach.«

»Sechs Monate?«

»Siehst du? Wenn du nicht mal ein halbes Jahr lang keusch sein kannst, wie kannst du mir da die Ewigkeit versprechen? Wie viel Uhr haben wir eigentlich?«

»Du hast den ganzen Nachmittag geschlafen. Bleib einfach liegen. Ich ziehe mich schnell aus und schlüpfe dann zu dir ins Bett.«

Tanja stand auf. »Wir müssen los. Jetzt sofort.«

Wassili gab auf. Vermutlich hatte er es ohnehin nicht ernst gemeint. Er reichte Tanja einen dünnen Stoß Papier, ungefähr fünfundzwanzig Blatt, beidseitig bedruckt. Es waren Kopien der neuesten Ausgabe der *Opposition*. Dann schlang er sich trotz des schönen Wetters einen roten Schal um den Hals, um mehr wie ein Bohemien auszusehen. »Also los«, sagte er.

Tanja ließ ihn warten und ging erst einmal ins Badezimmer, blickte in den Spiegel, schaute in ihre durchdringenden blauen Augen und auf ihr blondes, knabenhaft kurz geschnittenes Haar. Sie setzte sich die Sonnenbrille auf, um ihre Augen zu verstecken, und band sich ein unauffälliges braunes Tuch um den Kopf. Nun sah sie vollkommen unscheinbar aus.

Sie ging in die Küche, wobei sie Wassilis ungeduldiges Füßescharren ignorierte, schenkte sich ein Glas Wasser ein, trank und sagte endlich: »Bereit.«

Gemeinsam gingen sie zur Metro. Der Zug war voller Arbeiter, die sich auf dem Heimweg befanden. Tanja und Wassili fuhren mit der Gartenring-Linie zur Majakowski-Station. Doch sie würden nicht lange bleiben. Sobald die Zeitung verteilt war, wollten sie verschwinden.

»Falls es Ärger gibt«, erinnerte Wassili, »vergiss nicht, dass wir uns nicht kennen.«

Sie trennten sich und verließen die Station nacheinander im Abstand von je einer Minute. Die Sonne stand bereits tief, und die Sommerluft kühlte sich merklich ab.

Wladimir Majakowski war ein Dichter von Weltrang gewesen, zugleich ein überzeugter Bolschewik. Die Sowjetunion war stolz auf ihn. Seine meterhohe Statue ragte in der Mitte des Platzes auf, der seinen Namen trug. Mehrere hundert Menschen hatten sich um das Standbild herum im Gras niedergelassen. Es waren größtenteils junge Leute, nach westlicher Mode in Jeans und Rollkragenpullover gekleidet. Ein Junge mit einer Kappe verkaufte seinen eigenen Roman. Es waren billig kopierte Blätter, die von einer Schnur gehalten wurden. Sein Buch hieß *Rückwärts aufwachsen*. Ein langhaariges Mädchen hatte eine Gitarre dabei, machte aber keine Anstalten, darauf zu spielen. Vielleicht war das Instrument nur ein Accessoire, wie eine Handtasche.

Inmitten der vielen Zivilisten war nur ein einsamer uniformierter Polizist zu sehen. Und die Geheimpolizisten machten ihrem Namen wenig Ehre, denn sie waren auf beinahe lächerliche Weise auffällig, weil sie als Einzige trotz der milden Luft dicke Lederjacken trugen, unter denen sie ihre Waffen versteckten. Tanja mied ihren Blick. Für sie waren diese Männer ganz und gar nicht lächerlich.

Nacheinander standen Leute auf und rezitierten ein, zwei Gedichte. Die meisten waren Männer, aber es gab auch ein paar Frauen unter ihnen. Mit schelmischem Grinsen trug ein Junge einen Text über einen ungeschickten Bauern vor, der vergeblich versuchte, eine Gänseschar von einem Ort zum anderen zu treiben. Die Zuhörer erkannten rasch, dass es eine Metapher für die Bemühungen der KPdSU war, den Staat zu organisieren. Die Leute brüllten vor Lachen – mit Ausnahme der KGB-Männer, die finster dreinschauten.

Unauffällig bahnte Tanja sich einen Weg durch die Menge. Mit halbem Ohr lauschte sie einem Gedicht im Stil Majakowskis über die Ängste Heranwachsender, zog einzelne Blätter ihrer Zeitung aus der Tasche und steckte sie diskret jedem zu, der einen freundlichen Eindruck auf sie machte. Wassili machte es genauso. Es dauerte nicht lange, da hörte Tanja das erste aufgeregte Getuschel, als die Leute leise über Bodian zu reden anfingen. Hier wusste fast jeder, wer Ustin Bodian war und weshalb man ihn ins Straflager gesteckt hatte. Tanja verteilte die Blätter, so schnell sie konnte. Sie wollte sie loswerden, bevor die Polizei Wind von der Aktion bekam.

Ein Mann mit kurzem Haar, der wie ein ehemaliger Soldat aussah, trat nach vorn, doch anstatt ein Gedicht zu deklamieren, las er laut Tanjas Artikel über Bodian vor. Tanja war zufrieden: Die Nachricht verbreitete sich schneller, als sie gehofft hatte. Rufe der Empörung hallten über den Platz, als der Mann zu der Stelle gelangte, wo die Rede davon war, dass Bodian eine medizinische Behandlung verweigert wurde.

Die Männer in den Lederjacken bemerkten die veränderte Atmosphäre sofort. Tanja sah, wie einer von ihnen aufgeregt in ein Funkgerät sprach.

Sie hatte noch fünf Blätter, und die brannten ihr nun förmlich ein Loch in die Tasche.

Bis jetzt hatten die KGB-Männer sich am Rand der Versammlung gehalten, nun aber rückten sie gegen den Sprecher vor. Der Mann wedelte trotzig mit seinem Exemplar der *Opposition* und sprach weiter lautstark über Bodian, während die Polizisten näher kamen. Einige Zuschauer versuchten, die KGBler zu behindern. Diese reagierten, indem sie die Leute grob aus dem Weg stießen. Auf dem Platz breitete sich Unruhe aus. Nervös wich Tanja zum Rand der Menge zurück. Sie hatte nur noch ein Exemplar der *Opposition*, und das ließ sie nun zu Boden fallen.

In diesem Moment tauchte ein halbes Dutzend Uniformierter auf. Tanja fragte sich ängstlich, woher sie so plötzlich gekommen waren. Als sie über die Straße schaute, sah sie weitere Polizisten aus der Tür eines Hauses in der Nähe strömen. Offenbar hatten sie sich dort versteckt für den Fall, dass sie gebraucht wurden. Nun zogen sie ihre Schlagstöcke, bahnten sich einen Weg durch die Menge und droschen wahllos auf die Leute ein.

Tanja sah, wie Wassili sich umdrehte und sich einen Weg durch die Menge bahnte. Auch Tanja setzte sich in Bewegung. In diesem Moment prallte ein in Panik geratener Halbstarker gegen sie, und sie stürzte zu Boden. Als die Benommenheit von ihr abfiel, war um sie her das Chaos ausgebrochen. Mühsam rappelte sie sich auf. Irgendjemand stolperte über sie, und sie stürzte erneut.

Dann war plötzlich Wassili bei ihr. Er packte sie mit beiden Händen und riss sie hoch. Für einen Moment war Tanja überrascht. Sie hatte nicht damit gerechnet, dass er ein solches Risiko für sie eingehen würde.

»Komm, schnell weg!«, stieß er hervor.

Und dann geschah es. Ein Polizist hob seinen Schlagstock und drosch ihn Wassili auf den Kopf. Entsetzt beobachtete Tanja, wie er zusammenbrach. Der Polizist kniete sich auf den Boden, drehte Wassili grob die Arme auf den Rücken und legte ihm Handschellen an.

Wassili hob den Blick, schaute Tanja in die Augen und formte mit den Lippen stumm das Wort: »Lauf!«

Tanja warf sich herum und rannte los, doch einen Augenblick später prallte sie mit einem Uniformierten zusammen. Der Mann packte sie am Arm. Schreiend versuchte sie, sich loszureißen, doch der Mann verstärkte seinen Griff und stieß hervor: »Du bist verhaftet, Schlampe!«

KAPITEL 6

Das Nina-Onilowa-Zimmer im Kreml war nach einer Maschinenge-
wehrschützin benannt, die in der Schlacht um Sewastopol gekämpft
hatte. An der Wand hing ein Schwarz-Weiß-Foto eines Generals der Roten Armee, wie er den Rotbannerorden auf Onilowas Grabstein legte.
Das Foto hing über einem Kamin aus weißem Marmor voller Fingerab-
drücke eines offensichtlich starken Rauchers. Überall im Raum umrahmte Stuck freie Flächen, wo einst Bilder gehangen hatten, und der
Zustand des Anstrichs legte nahe, dass hier seit der Revolution nicht
mehr renoviert worden war.

Vielleicht war dieser Raum einst ein eleganter Salon gewesen, aber
jetzt hatte man hier Kantinentische zu einem langen Rechteck zusam-
mengeschoben und gut zwanzig billige Stühle dazugestellt. Auf den Tischen standen Keramikaschenbecher, die zwar täglich geleert, aber nie
gespült wurden.

Als Dimka Dworkin den Raum betrat, ließ er nervös den Blick in die
Runde schweifen. Heute musste er sich bewähren. Wenn er versagte, war
seine Karriere zu Ende, bevor sie richtig begonnen hatte.

Der Raum diente den Beratern der Minister und Parteisekretäre –
mächtige Männer, die gemeinsam das Politbüro und den Ministerrat bildeten – als Konferenzzimmer. Dimka war der Berater von Nikita
Chruschtschow, des Generalsekretärs und Ministerpräsidenten; trotzdem fühlte er sich, als würde er nicht hierhergehören.

In ein paar Wochen kam es in Wien zum Gipfeltreffen. Es würde die
erste dramatische Begegnung zwischen Chruschtschow und dem neuen
amerikanischen Präsidenten John F. Kennedy sein. Morgen würden die
Führer der UdSSR in der wichtigsten Politbürositzung des Jahres die
Strategie für dieses Treffen festlegen. Heute waren die Berater mit den
Vorbereitungen an der Reihe.

Dimkas Aufgabe bestand darin, dafür zu sorgen, dass für Chruschtschow
am morgigen Tag alles so glatt wie möglich lief. Als Vertrauter des Generalsekretärs musste Dimka den anderen dessen Gedanken erläutern, damit sie ihre jeweiligen Chefs entsprechend vorbereiten konnten. Außerdem sollte er oppositionelle Kräfte ausfindig machen und wenn möglich
zerschlagen.

Dimka wusste, wie sein Chef über das Gipfeltreffen dachte, dennoch hatte er ein mulmiges Gefühl, was diese Beratung betraf. Er war der jüngste und unerfahrenste von Chruschtschows Ratgebern. Es war erst ein Jahr her, dass er seinen Hochschulabschluss gemacht hatte. Er hatte noch nie eine derartige Sitzung vorbereitet, besaß nicht einmal den erforderlichen Rang. Doch vor zehn Minuten hatte Vera Pletner, seine Sekretärin, ihn darüber informiert, dass einer der älteren Berater sich krankgemeldet hatte, und die anderen beiden hatten einen Autounfall gehabt. Also musste Dimka sie vertreten.

Er hatte die Stelle bei Chruschtschow aus zwei Gründen bekommen: Zum einen war er stets der Klassenbeste gewesen, von der Vorschule bis zur Universität, zum anderen war sein Onkel General. Dimka wusste nur nicht, was von beidem den Ausschlag gegeben hatte.

Nach außen hin präsentierte sich der Kreml als monolithisches Gebilde, doch in Wahrheit war er ein Schlachtfeld. Chruschtschows Macht war bei Weitem nicht gefestigt. Er war mit Herz und Seele Kommunist, aber er war auch Reformer, der die Fehler im sowjetischen System erkannte und neue Ideen durchzusetzen versuchte. Doch die alte Garde im Kreml, die Stalinisten, gab sich nicht so leicht geschlagen. Sie warteten nur auf die Gelegenheit, Chruschtschow zu schwächen und seine Reformen rückgängig zu machen.

Die Besprechung war informell. Die Berater tranken Tee, rauchten und zogen die Krawatten aus. Die meisten waren Männer, aber Dimka entdeckte auch Natalja Smotrow, die Beraterin des Außenministers Andrei Gromyko. Sie war Mitte zwanzig und trotz ihres schlichten schwarzen Kleids sehr attraktiv. Dimka kannte sie nicht allzu gut, hatte aber ein paar Mal mit ihr gesprochen. Jetzt saß er neben ihr. Sie war überrascht, ihn zu sehen.

»Konstantinow und Pajari hatten einen Autounfall«, erklärte Dimka.

»Sind sie verletzt?«

»Ja, aber nicht schwer.«

»Was ist mit Alkajew?«

»Der liegt mit Gürtelrose zu Hause.«

»Übel. Dann sind Sie jetzt also der Vertreter unseres geliebten Führers?«

»Ich habe ganz schön Bammel.«

»Sie schaffen das schon.«

Dimka schaute sich um. Alle schienen auf etwas zu warten. Leise fragte er Natalja: »Wer hat den Vorsitz hier?«

Einer der anderen hörte ihn. Es war Jewgeni Filipow, der für den konservativen Verteidigungsminister Rodion Malinowski arbeitete. Filipow war Mitte dreißig, kleidete sich aber wie ein viel älterer Mann. Auch heute sah sein Anzug aus, als hätte er ihn aus dem Kleiderschrank seines Großvaters gestohlen. Laut und mit verächtlichem Beiklang wiederholte er Dimkas Frage: »Wer hat den Vorsitz hier? Sie natürlich. Schließlich sind Sie der Berater des Genossen Generalsekretär, oder etwa nicht? Und jetzt los, Jüngelchen.«

Dimka spürte, wie ihm das Blut in die Wangen stieg. Für einen Augenblick fehlten ihm die Worte. Dann fing er sich, räusperte sich und begann: »Dank des großartigen Flugs von Genosse Gagarin in die Weiten des Kosmos wird Genosse Chruschtschow auf seiner Reise nach Wien von den Glückwünschen der ganzen Welt begleitet.« Letzten Monat war Juri Gagarin als erster Mensch in den Weltraum geflogen. Die Sowjetunion hatten die Amerikaner beim Wettlauf ins All um ein paar Wochen geschlagen. Es war ein gewaltiger Propagandacoup für die UdSSR und für Nikita Chruschtschow.

Die versammelten Berater klatschten. Dimka fühlte sich ein bisschen besser, bis Filipow sich erneut zur Wort meldete. »Der Genosse Generalsekretär würde besser daran tun, nicht die Glückwünsche der Welt, sondern die Rede zur Amtseinführung des neuen amerikanischen Präsidenten im Hinterkopf zu haben«, sagte er. Offenbar klang alles, was er von sich gab, verächtlich. »Falls die werten Genossen hier am Tisch es vergessen haben sollten: Kennedy hat uns vorgeworfen, die Weltherrschaft zu planen. Und mehr noch: Er hat erklärt, dies um jeden Preis verhindern zu wollen. Nach den vielen freundlichen Vorstößen, die wir gemacht haben – den *unklugen* Vorstößen nach Meinung einiger erfahrener Genossen –, hätte Kennedy seine aggressiven Absichten nicht deutlicher formulieren können.« Mahnend hob er den Finger. »Es gibt nur eine mögliche Antwort darauf: Wir müssen die Militärausgaben erhöhen, und zwar dramatisch.«

Dimka dachte über eine Erwiderung nach, als Natalja ihm zuvorkam. »Das ist ein Wettlauf, den wir nicht gewinnen können«, sagte sie mit kühler, sachlicher Stimme. »Die Vereinigten Staaten sind wesentlich reicher als die Sowjetunion. Sie haben kein Problem, mit uns gleichzuziehen, egal wie viel wir aufwenden.«

Natalja ist viel vernünftiger als ihr konservativer Chef, überlegte Dimka. Er warf ihr einen dankbaren Blick zu und schloss sich ihrer Meinung an. »Das ist auch der Grund, weshalb Genosse Chruschtschow eine

Politik der friedlichen Koexistenz verfolgt. Dadurch können wir unsere Militärausgaben verringern und mehr in die Entwicklung von Landwirtschaft und Industrie stecken.« Die Konservativen im Kreml hassten die von Chruschtschow initiierte Politik der friedlichen Koexistenz mit dem Westen. Für sie war die Auseinandersetzung mit dem Kapitalismus ein Kampf auf Leben und Tod.

Aus dem Augenwinkel sah Dimka, wie Vera, seine Sekretärin, den Raum betrat, eine kluge Frau in den Vierzigern. Sie wirkte ungewohnt nervös. Dimka winkte ihr, zu gehen.

Filipow ließ sich nicht so leicht unterkriegen. »Wir dürfen nicht zulassen, dass ein solch naiver Blick auf die Weltpolitik uns militärisch schwächt«, fuhr er fort, »zumal wir nicht gerade behaupten können, dass wir auf der Siegerstraße sind. Schauen Sie sich nur einmal an, wie die Chinesen uns trotzen. Auch das schwächt uns in Wien.«

Dimka fragte sich, weshalb Filipow so verbissen versuchte, ihn als Dummkopf hinzustellen. Dann fiel ihm plötzlich ein, dass Filipow sich ebenfalls in Chruschtschows Büro beworben hatte – genau für den Posten, den nun Dimka innehatte.

»Kennedy ist durch das Debakel in der Schweinebucht geschwächt«, erwiderte Dimka. Der amerikanische Präsident hatte einen schlecht durchdachten Plan der CIA gebilligt, an einem Ort mit Namen »Schweinebucht« im mittlerweile sozialistischen Kuba einzumarschieren, doch der Plan war spektakulär gescheitert, und nun war Kennedy gedemütigt. »Ich halte die Position des Genossen Generalsekretär für stärker als die der Amerikaner.«

»Dennoch, Chruschtschow hat versagt. Und deshalb ...« Filipow verstummte abrupt, als ihm klar wurde, dass er zu weit gegangen war. Bei diesen Vorbereitungstreffen herrschte ein gewisses Maß an Offenheit, aber es gab Grenzen.

Dimka nutzte diesen Augenblick der Schwäche. »Wirklich? Und wo genau hat Genosse Chruschtschow versagt? Bitte klären Sie uns auf, Genosse Filipow.«

Filipow versuchte, sich herauszureden. »Unser wichtigstes außenpolitisches Ziel haben wir nicht erreicht«, sagte er. »Die endgültige Lösung der Berlinfrage. Ostdeutschland ist unser Vorposten in Europa. Seine Grenzen sichern auch die Grenzen Polens und der Tschechoslowakei. Dieses Problem muss gelöst werden, und zwar bald.«

»Also gut«, sagte Dimka und war überrascht, mit einem Mal Selbstbewusstsein in seiner Stimme zu hören. »Ich würde sagen, das reicht nun als

Grundsatzdiskussion. Doch bevor ich das Treffen formell für beendet erkläre, möchte ich Ihnen noch mitteilen, in welche Richtung der Genosse Generalsekretär in dieser Frage tendiert.«

Filipow öffnete den Mund, um gegen das plötzliche Ende der Diskussion zu protestieren, doch Dimka kam ihm zuvor. »Die hier Anwesenden werden nur das Wort ergreifen, wenn der Vorsitzende ihnen die Erlaubnis dazu erteilt«, sagte er und verlieh seiner Stimme einen schneidenden Unterton. Alle schwiegen.

»Genosse Chruschtschow wird Kennedy in Wien deutlich machen, dass wir nicht länger warten können. Wir haben vernünftige Vorschläge zur Regelung der Berlinfrage unterbreitet, doch von den Amerikanern hören wir immer nur, dass sie gegen Veränderungen sind.« Einige der Versammelten nickten beipflichtend. »Wenn sie keinem Plan zustimmen wollen, wird Genosse Chruschtschow verkünden, dass wir einseitig handeln werden. Sollten die Amerikaner versuchen, uns aufzuhalten, werden wir ihnen mit aller Entschlossenheit entgegentreten.«

Schweigen breitete sich aus. Dimka nutzte die Gelegenheit und erhob sich. »Danke, dass Sie gekommen sind, Genossen«, sagte er.

Natalja sprach aus, was alle dachten. »Heißt das, wir sind bereit, für Berlin gegen die Amerikaner in den Krieg zu ziehen?«

»Der Genosse Generalsekretär glaubt nicht, dass es so weit kommen wird«, antwortete Dimka. Es war genau die ausweichende Antwort, die er in Chruschtschows Namen auf diese Frage geben sollte. »Kennedy ist nicht verrückt.«

Auf dem Weg zur Tür bemerkte er, dass Natalja ihn mit einer Mischung aus Erstaunen und Bewunderung anschaute. Dimka staunte selbst, wie entschlossen er gewesen war. Er war kein Feigling, aber die hier versammelten Männer und Frauen waren mächtig, und er war ihnen über den Mund gefahren. Aber er durfte natürlich nicht vergessen, dass er in einer guten Position war. Er mochte jung sein, aber sein Schreibtisch stand im Bürokomplex des Generalsekretärs, und das verlieh ihm Macht. Paradoxerweise hatte ihm auch Filipows Feindseligkeit geholfen: Es wurde allgemein akzeptiert, dass es unumgänglich war, jemanden in die Schranken zu weisen, der die Stellung des mächtigsten Mannes im Staat unterminieren wollte.

Als Dimka das Vorzimmer betrat, sah er Vera nervös auf und ab gehen. Sie war eine erfahrene Regierungssekretärin, die nicht so leicht aus der Ruhe zu bringen war. Sofort überkam Dimka eine Ahnung, um was es ging. »Meine Schwester?«, fragte er.

Vera erschrak und riss die Augen auf. »Wie machen Sie das?«, fragte sie beinahe ehrfürchtig.

Es war keine übernatürliche Gabe. Dimka befürchtete schon lange, dass Tanja Ärger bekommen würde. »Was hat sie getan?«

»Sie wurde verhaftet.«

»Oh, verdammt!«

Vera deutete auf ein Telefon. Dimka nahm den Hörer ab. Anja, seine Mutter, war am Apparat. »Tanja ist in der Lubjanka«, sagte sie mit zittriger Stimme. Die Lubjanka war das gefürchtete Hauptquartier des KGB.

Dimka war nicht überrascht. Er stimmte mit seiner Zwillingsschwester in dem Punkt überein, dass in der Sowjetunion vieles falsch lief, doch während er an Reformen glaubte, war Tanja der Meinung, dass man die Probleme nur lösen könne, indem man den sozialistischen Staat abschaffte. Zwischen den Geschwistern war es ein intellektueller Streitpunkt, der nichts an der Zuneigung änderte, die sie füreinander empfanden. Aber es konnte schlimme Folgen haben, wenn man so dachte wie Tanja. Das war eines der Dinge, die in der Sowjetunion im Argen lagen.

»Beruhige dich, Mutter«, sagte Dimka. »Ich hole sie da raus.« Er hoffte nur, dass er dieses Versprechen halten konnte. »Weißt du, was passiert ist?«

»Bei irgendeiner Dichterlesung ist es zu Krawallen gekommen ...«

»Ich wette, sie war am Majakowski-Platz.« Dimka wusste nicht alles, was seine Schwester so trieb, wäre aber jede Wette eingegangen, dass es hier nicht um Gedichte ging.

»Du musst etwas tun, Dimka, bevor sie ...«

»Ich weiß.« Bevor sie mit den Verhören anfangen, hatte seine Mutter sagen wollen. Dimka schauderte. Der bloße Gedanke an ein Verhör in den berüchtigten Kellern der KGB-Zentrale versetzte jeden Sowjetbürger in Angst und Schrecken.

Dimkas erster Impuls war, seiner Mutter zu sagen, er werde sofort beim KGB anrufen. Dann aber kam er zu der Einsicht, dass das nicht reichen würde. Er musste persönlich dort vorstellig werden. Er zögerte kurz. Es könnte seiner Karriere schaden, wenn herauskam, dass er in die Lubjanka gefahren war, um seine Schwester dort herauszuholen. Doch dieser Gedanke verschwand so schnell wieder, wie er gekommen war. Für Dimka kam seine Schwester an erster Stelle, noch vor Chruschtschow, sogar noch vor der Sowjetunion. »Ich mache mich sofort auf den Weg, Mutter«, sagte er. »Ruf Onkel Wolodja an, und sag ihm, was passiert ist.«

»Oh ... ja, eine gute Idee. Mein Bruder wird wissen, was zu tun ist.«

Dimka legte auf. »Rufen Sie in der Lubjanka an«, sagte er zu Vera. »Machen Sie denen klar, dass Sie aus dem Büro des Generalsekretärs anrufen, der äußerst besorgt darüber ist, dass der KGB eine so profilierte Journalistin wie Tanja Dworkin verhaftet hat. Sagen Sie ihnen, einer der Berater des Genossen Chruschtschow ist bereits auf dem Weg, um sich dahingehend zu erkundigen, und dass sie nichts unternehmen sollen, bevor er bei ihnen ist.«

Vera machte sich Notizen. »Soll ich einen Wagen vorfahren lassen?«

»Nein. Unten steht mein Motorrad, damit geht es schneller.« Die Lubjanka war nur wenige hundert Meter von den Toren des Kremls entfernt, und Dimka gehörte zu den Privilegierten, die eine Woschod 175 besaßen, ein Motorrad mit Fünfganggetriebe und Doppelauspuff.

Er hatte gewusst, dass Tanja früher oder später Ärger bekommen würde, zumal sie ihm schon länger nicht mehr alles erzählte. Dabei hatten sie früher nie Geheimnisse voreinander gehabt. Dimka hatte zu niemandem eine so innige Beziehung wie zu seiner Zwillingsschwester. Wenn ihre Mutter nicht zu Hause war, ging Tanja nackt durch die Wohnung, ob Dimka sie dabei sah oder nicht, um sich frische Unterwäsche aus dem Schrank zu holen, und Dimka pinkelte, ohne die Badezimmertür zu schließen. Gelegentlich deuteten Dimkas männliche Freunde kichernd an, sie hätten eine erotische Beziehung, aber das Gegenteil war der Fall: Sie konnten nur deshalb so unbefangen miteinander umgehen, weil es keine sexuellen Untertöne gab.

Dimka wusste, dass Tanja das ganze letzte Jahr irgendetwas vor ihm verborgen hatte. Er wusste nur nicht was. Mit einem Freund hatte es nichts zu tun, da war er sicher. Sie vertrauten einander alles an, was ihr Liebesleben betraf. Also ging es sehr wahrscheinlich um Politik. Und dann gab es nur eine Erklärung, weshalb Tanja ihm etwas verschwieg: Sie wollte ihn schützen.

Dimka näherte sich dem gefürchteten Gebäude, einem Palast aus gelben Ziegeln, der vor der Revolution Sitz einer Versicherungsgesellschaft gewesen war. Bei dem Gedanken, dass seine Schwester dort gefangen war, drehte sich Dimka der Magen um. Wie viel Schmerz hatten diese Mauern gesehen, wie viel Blut. Einen Augenblick lang glaubte er, sich übergeben zu müssen.

Er parkte vor dem Haupteingang, atmete tief durch und betrat das Gebäude.

Tanjas Redakteur, Daniil Antonow, war bereits da und diskutierte in der Eingangshalle mit einem KGB-Mann. Daniil war klein und schmächtig, und Dimka betrachtete ihn als harmlos, doch jetzt zeigte er sich erstaunlich aggressiv. »Ich will Tanja Dworkin sehen«, verlangte er, »und zwar *sofort*.«

Der KGB-Mann blieb ungerührt. »Das geht nicht«, erwiderte er stur.

Dimka mischte sich ein. »Ich komme vom Büro des Genossen Generalsekretär.«

Selbst das ließ den KGB-Mann kalt. »Und was machst du da, Söhnchen? Kochst du ihm Tee?«, entgegnete er grob. »Wie heißt du überhaupt?«

Es war ein Einschüchterungsversuch. Niemand nannte dem KGB freiwillig seinen Namen.

»Ich heiße Dmitri Dworkin, und ich bin hier, um Ihnen mitzuteilen, dass Genosse Chruschtschow persönliches Interesse an diesem Fall hat.«

»Verpiss dich, Dworkin«, sagte der KGB-Mann. »Genosse Chruschtschow weiß gar nichts von diesem Fall. Du bist nur hier, um deine Schwester rauszuholen.«

Dimka glaubte, sich verhört zu haben. Das Selbstvertrauen dieses Mannes war unfassbar. Es lag wahrscheinlich daran, dass viele Leute versuchten, Familienangehörige freizubekommen, indem sie behaupteten, mit einflussreichen Persönlichkeiten befreundet zu sein.

»Name? Rang?«, verlangte Dimka zu wissen.

»Mets. Hauptmann.«

»Und was werfen Sie Tanja Dworkin vor?«

»Sie hat einen Beamten angegriffen.«

»Ein Mädchen hat einen Ihrer Schläger in Lederjacken verprügelt?«, spottete Dimka. »Dann hat sie ihm vorher wohl die Waffe abgenommen. Kommen Sie schon, Mets. Seien Sie nicht so stur. Und lassen Sie das dämliche Duzen!«

»Sie hat eine aufrührerische Versammlung besucht, auf der antisowjetische Literatur verteilt wurde.« Mets reichte Dimka ein zerknülltes Blatt Papier. »Und dann kam es zu Schlägereien.«

Dimka schaute sich das Papier an. *Opposition* stand im Titel. Er hatte schon von dieser subversiven Zeitung gehört, und dass Tanja etwas damit zu tun haben könnte, war so unwahrscheinlich nicht. In der aktuellen Ausgabe ging es um Ustin Bodian, den Opernsänger. Dimka las von dem erschreckenden Vorwurf, dass man Bodian in einem sibirischen Arbeitslager sterben ließ. Augenblicklich erkannte er die Zusammenhänge. Tanja war heute aus Sibirien zurückgekehrt; *sie* musste den Artikel geschrieben haben. Das war wirklich ein Problem.

»Werfen Sie meiner Schwester vor, sie hätte diesen Fetzen Papier in der Tasche gehabt?«, fragte er.

Mets zögerte.

»Das dachte ich mir«, höhnte Dimka.

»Sie hätte nicht dort sein dürfen«, sagte Mets.

»Sie ist Reporterin, Sie Dummkopf!«, warf Daniil ein. »Sie hat das Treiben dort genauso beobachtet wie Ihre Beamten.«

»Sie ist aber keine Beamtin!«

»Alle Reporter der TASS arbeiten mit dem KGB zusammen. Das wissen Sie.«

»Können Sie beweisen, dass sie in offiziellem Auftrag dort war?«

»Ja. Ich bin ihr Redakteur. Ich habe sie dorthin geschickt.«

Dimka fragte sich, ob das stimmte. Er hatte seine Zweifel. Trotzdem war er Daniil dankbar, dass er für Tanja den Hals riskierte.

Mets' Selbstvertrauen bröckelte allmählich. »Sie war mit einem Mann namens Wassili Jenkow zusammen, der fünf Exemplare dieses Schmierblattes in der Tasche hatte.«

»Sie kennt keinen Wassili Jenkow«, sagte Dimka. Das könnte sogar stimmen. Zumindest hatte er den Namen noch nie gehört. »Und wenn es dort Krawall gegeben hat, woher wollen Sie wissen, wer mit wem zusammen war?«

»Ich muss mit meinen Vorgesetzten sprechen«, sagte Mets und wandte sich zum Gehen.

»Aber trödeln Sie nicht«, rief Dimka ihm mit schneidender Stimme hinterher. »Der nächste Besuch aus dem Kreml ist dann vielleicht nicht mehr das Söhnchen, das Tee kocht.«

Mets ging eine Treppe hinunter. Dimka schauderte. Jeder wusste, dass dort unten die Verhörzimmer waren.

Einen Augenblick später gesellte sich ein älterer Mann mit Zigarette im Mundwinkel zu Dimka und Daniil. Er hatte ein hässliches, fleischiges Gesicht und ein kantiges, vorstehendes Kinn. Daniil schien sich nicht gerade zu freuen, den Mann zu sehen. Er stellte ihn Dimka als Pjotr Opotkin vor, Chefredakteur von Tanjas Abteilung.

Opotkin beäugte Dimka aus zusammengekniffenen Augen. »Ihre Schwester hat sich also bei einer Protestveranstaltung verhaften lassen«, sagte er. Seine Stimme klang wütend, doch Dimka hatte das Gefühl, dass der Mann aus irgendeinem Grund zugleich erfreut war.

»Bei einer Dichterlesung«, verbesserte ihn Dimka.

»Das ist kein großer Unterschied.«

»Ich habe sie dorthin geschickt«, warf Daniil ein.

»An dem Tag, an dem sie aus Sibirien zurückgekommen ist?« Opotkin hob skeptisch die Augenbrauen.

»Das war kein richtiger Auftrag. Sie sollte dort nur vorbeigehen und mal sehen, was so los ist.«

»Lüg mich nicht an«, sagte Opotkin. »Du versuchst doch nur, sie zu schützen.«

Daniil hob das Kinn und starrte seinen Chef herausfordernd an. »Bist du nicht auch deswegen hier?«

Bevor Opotkin antworten konnte, kam Hauptmann Mets zurück. »Der Fall wird noch geprüft«, sagte er.

Opotkin stellte sich vor und zeigte Mets seinen Ausweis. »Die Frage ist nicht, ob Tanja Dworkin bestraft werden soll, sondern wie«, sagte er.

»So ist es, Genosse«, erwiderte Mets in unerwartet unterwürfigem Tonfall. »Bitte, kommen Sie mit.«

Opotkin nickte, und Mets führte ihn die Treppe hinunter.

Dimka flüsterte: »Er wird doch nicht zulassen, dass sie meine Schwester foltern?«

»Nun ja ... Opotkin war ohnehin schon sauer auf Tanja«, erwiderte Daniil besorgt.

»Wieso? Ich dachte, sie ist tüchtig in ihrem Beruf.«

»Sie ist die Beste. Aber sie hat seine Einladung zu einer Feier am Samstag abgelehnt. Dich wollte er auch dort sehen. Pjotr liebt wichtige Leute. Und er ist schnell beleidigt.«

»So ein Mist!«

»Ich habe ihr gesagt, sie hätte lieber hingehen sollen.«

»Hast du sie wirklich zum Majakowski-Platz geschickt?«

»Nein. Über eine solch inoffizielle Versammlung würden wir nicht berichten.«

»Danke, dass du versuchst, sie zu schützen.«

»Ist doch klar. Ich glaube nur nicht, dass es funktioniert.«

»Was wird denn geschehen?«, fragte Dimka ängstlich. »Was meinst du?«

»Sie könnte gefeuert werden«, antwortete Daniil. »Wahrscheinlicher aber ist, dass man sie an irgendeinen gottverlassenen Ort versetzt ... nach Kasachstan zum Beispiel.« Er furchte die Stirn. »Ich muss mir einen Kompromiss ausdenken, der Opotkin zufriedenstellt und gleichzeitig nicht allzu schlimm für Tanja ist.«

Dimka schaute zum Eingang und sah einen Mann Mitte vierzig mit brutal kurzem Militärhaarschnitt. Er trug die Uniform eines Generals der Roten Armee. »Endlich«, seufzte er. »Onkel Wolodja.«

Wolodja Peschkow hatte die gleichen durchdringenden blauen Augen wie Tanja. »Was soll diese Scheiße?«, fragte Wolodja wütend.

Dimka brachte ihn auf den neuesten Stand. Kaum war er fertig, tauchte Opotkin wieder auf. Kriecherisch wandte er sich direkt an Wolodja. »Genosse General, ich habe das Problem Ihrer Nichte mit unseren Freunden im KGB besprochen. Sie sind einverstanden, dass ich die Angelegenheit innerhalb der TASS regle.«

Dimka war erleichtert, fragte sich aber, ob Opotkin das alles nur deshalb so gedeichselt hatte, damit es aussah, als schulde Wolodja ihm etwas.

»Gestatten Sie mir, dass ich Ihnen einen Vorschlag mache«, sagte Wolodja. »Sie könnten die Sache als ernsten Vorfall vermerken, ohne jemandem direkt die Schuld daran zu geben, und Tanja einfach auf einen anderen Posten versetzen.«

Das war die Strafe, von der auch Daniil vorhin gesprochen hatte.

Opotkin nickte langsam, als müsse er erst einmal darüber nachdenken. Dabei war Dimka überzeugt, dass der Mann jeden »Vorschlag« von General Peschkow umsetzen würde, um sich bei ihm einzuschleimen.

»Vielleicht auf einen Auslandsposten«, schlug Daniil vor. »Sie spricht Deutsch und Englisch.«

Dimka wusste, das war übertrieben. Tanja hatte die beiden Sprachen zwar in der Schule gelernt, aber das hieß noch lange nicht, dass sie sie beherrschte. Daniil versuchte nur, sie vor der Verbannung in irgendeine abgelegene Region des sowjetischen Riesenreichs zu retten.

»Da könnte sie dann auch weiter Artikel für meine Redaktion schreiben. Ich würde sie nur ungern an die Nachrichten verlieren. Dafür ist sie zu tüchtig.«

Opotkin schaute zweifelnd drein. »Wir können sie aber nicht nach London oder Bonn schicken. Das käme einer Belohnung gleich.«

Das stimmte. Posten im kapitalistischen Ausland galten als großes Glück. Die Gehälter waren riesig – angesichts der Lebenshaltungskosten mussten sie es sein –, und obwohl Sowjetbürger dort bei Weitem nicht so viel kauften wie in der UdSSR, lebten sie im Westen viel besser als daheim.

»Dann vielleicht nach Ostberlin«, sagte Dimka, »oder nach Warschau.«

Opotkin nickte. Eine Versetzung in ein anderes kommunistisches Land war schon eher so etwas wie eine Strafe.

»Ich bin froh, dass wir das regeln konnten«, sagte Wolodja.

Opotkin wandte sich an Dimka. »Ich gebe Samstagabend eine Feier. Ich würde mich freuen, Sie dort begrüßen zu dürfen.«

Dimka nahm die Einladung an, ohne zu zögern. »Tanja hat mir schon davon erzählt«, sagte er mit gespielter Begeisterung. »Wir kommen beide. Ich danke Ihnen.«

Opotkin strahlte.

Daniil sagte: »Ich weiß zufällig von einem Posten in einem anderen sozialistischen Land, der gerade frei geworden ist. Tanja könnte schon morgen abreisen.«

»Und wohin?«, fragte Dimka.

»Nach Kuba.«

Opotkin, dessen Laune sich nun sichtlich gebessert hatte, erklärte: »Das wäre akzeptabel.«

In jedem Fall ist es besser als Kasachstan, dachte Dimka.

Hauptmann Mets kam in die Eingangshalle zurück. Tanja begleitete ihn. Dimka stockte das Herz, so blass und verängstigt sah seine Schwester aus. Aber sie schien unverletzt zu sein. Mets sagte mit einer Mischung aus Trotz und Unterwürfigkeit: »Gestatten Sie mir, Ihnen nahezulegen, dass die junge Tanja sich demnächst von Dichterlesungen fernhält.«

Wolodja sah aus, als würde er dem Kerl am liebsten eine runterhauen, aber er setzte ein Lächeln auf. »Ein kluger Rat.«

Sie verließen das berüchtigte Gebäude. Inzwischen war es dunkel geworden. Dimka sagte zu Tanja: »Ich bin mit dem Motorrad hier. Ich kann dich nach Hause bringen.«

»Ja, bitte«, erwiderte sie. Offenbar wollte sie mit Dimka reden.

Doch Wolodja konnte ihre Gedanken nicht so leicht lesen wie Dimka. »Ich fahre dich im Auto. Du siehst zu mitgenommen aus für eine Motorradfahrt.«

Doch zu Wolodjas Überraschung erwiderte Tanja: »Danke, Onkel, aber ich fahre mit Dimka.«

Wolodja zuckte mit den Schultern und stieg in seine wartende Limousine. Auch Daniil und Pjotr verabschiedeten sich.

Kaum waren die anderen außer Hörweite, wandte Tanja sich ihrem Bruder zu. In ihren Augen spiegelte sich Panik. »Haben sie etwas über einen Wassili Jenkow gesagt?«

»Ja. Sie sagten, du wärst mit ihm zusammen gewesen. Stimmt das?«

»Ja.«

»Verdammter Mist! Aber er ist nicht dein Freund, oder?«

»Nein. Weißt du, was mit ihm passiert ist?«

»Er hatte fünf Exemplare der *Opposition* in der Tasche. Also wird er wohl nicht so schnell aus der Lubjanka kommen, selbst wenn er einflussreiche Freunde hat.«

»Glaubst du, sie werden gegen ihn ermitteln?«

»Natürlich. Sie werden wissen wollen, ob er die *Opposition* nur verteilt, oder ob er sie vielleicht sogar schreibt. Und das wäre eine wesentlich ernstere Sache.«

»Werden sie seine Wohnung durchsuchen?«

»Wenn nicht, würden sie ihre Pflicht vernachlässigen. Warum fragst du? Was könnten sie denn bei ihm finden?«

Tanja schaute sich um, doch niemand war in der Nähe. Trotzdem senkte sie die Stimme. »Die Schreibmaschine, auf der die *Opposition* getippt wird.«

»Da bin ich aber froh, dass Wassili nicht dein Freund ist. Ich fürchte, er wird die nächsten fünfundzwanzig Jahre in Sibirien verbringen.«

»Sag nicht so was!«

Dimka runzelte die Stirn. »Du bist nicht in ihn verliebt, das sehe ich. Aber gleichgültig ist er dir auch nicht.«

»Wassili ist ein mutiger Mann und ein großartiger Dichter, aber wir haben nichts miteinander. Ich habe ihn noch nicht einmal geküsst. Er ist einer dieser Männer, die viele Frauen haben.«

»Wie mein Freund Valentin.« Valentin Lebedjew, Dimkas Zimmergenosse an der Universität, war der reinste Casanova.

»Ja, genau wie Valentin.«

»Was genau kümmert es dich, wenn sie Wassilis Wohnung durchsuchen und die Schreibmaschine finden?«

»Ich ... Wir haben die *Opposition* gemeinsam herausgebracht. Die Ausgabe von heute habe ich geschrieben.«

»Verdammt. Das habe ich befürchtet.« Jetzt wusste Dimka, was seine Schwester ein Jahr lang vor ihm verheimlicht hatte.

»Wir müssen in Wassilis Wohnung«, sagte Tanja. »Jetzt gleich. Wir müssen die Schreibmaschine holen.«

Dimka trat einen Schritt von ihr zurück. »Nein. Kommt nicht infrage.«

»Es geht nicht anders!«

»Ich würde alles für dich riskieren, vielleicht auch für jemanden, den du liebst, aber für diesen Kerl halte ich nicht den Kopf hin. Am Ende landen wir alle in Sibirien.«

»Dann gehe ich allein.«

Dimka legte die Stirn in Falten und versuchte, das Risiko abzuschätzen. »Wer weiß sonst noch von dir und Wassili?«

»Niemand. Wir waren sehr vorsichtig. Ich habe immer darauf geachtet, dass mir niemand folgt, wenn ich zu ihm gefahren bin. Und in der Öffentlichkeit haben wir uns nie getroffen.«

»Dann wird der KGB bei seinen Ermittlungen auch keine Verbindung zwischen euch herstellen, oder?«

Tanja zögerte. In diesem Moment wusste Dimka, dass sie im Dreck steckten.

»Was ist jetzt?«, wollte er wissen.

»Das ... es hängt davon ab, wie gründlich der KGB ist.«

»Wieso?«

»Als ich heute Morgen zu Wassili gefahren bin, war da ein Mädchen ... Warwara.«

»Oh, verflucht!«

»Aber sie wollte gerade gehen. Und sie kennt meinen Namen nicht.«

»Und wenn der KGB ihr Fotos der Verhafteten vom Majakowski-Platz zeigt? Würde sie dich erkennen?«

Tanja schaute verzweifelt drein. »Sie hat mich von Kopf bis Fuß gemustert. Wahrscheinlich hat sie mich für eine Rivalin gehalten. Ja, sie würde mich wiedererkennen.«

»Dann müssen wir die Schreibmaschine holen. Wenn die nicht da ist, werden sie annehmen, dass Wassili die Zeitung nur verteilt. Und sie werden nicht jede seiner flüchtigen Bekanntschaften suchen, besonders da er so viele davon zu haben scheint. Dann könntest du davonkommen. Aber wenn sie die Schreibmaschine finden, bist du erledigt.«

»Ich weiß. Aber ich gehe allein«, erklärte Tanja. »Ich will dich nicht in Gefahr bringen.«

»Ich lasse dich nicht im Stich«, erwiderte Dimka. »Sag mir die Adresse.«

Tanja nannte sie ihm.

»Das ist nicht weit«, sagte Dimka. »Steig auf.« Er schwang sich in den Sattel und startete den Motor. Tanja zögerte; dann setzte sie sich hinter ihren Bruder. Dimka schaltete das Licht ein, und sie fuhren los.

Während der Fahrt fragte er sich, ob der KGB vielleicht schon in Wassilis Wohnung war. Es war möglich, aber unwahrscheinlich. Angenommen, sie hatten bisher vierzig oder fünfzig Personen verhaftet, würde es mindestens bis morgen früh dauern, die ersten Verhöre zu führen, die Namen und Anschriften der Betreffenden zu erfassen und zu entscheiden, welche Fälle Vorrang hatten. Trotzdem war Vorsicht geboten.

Als sie die Adresse erreichten, die Tanja ihrem Bruder genannt hatte, fuhr Dimka erst einmal vorbei, ohne auch nur langsamer zu werden. Im Licht der Straßenlaternen war ein prächtiges Haus aus dem 19. Jahrhundert zu sehen. Alle derartigen Gebäude waren heutzutage entweder in Büros der Regierung oder Wohnanlagen umgewandelt worden. Auf der Straße parkte kein Wagen, und es lungerten auch keine KGB-Männer in Lederjacken vor dem Eingang. Dimka fuhr um den ganzen Block, sah aber nichts, was seinen Verdacht erregt hätte. Schließlich parkte er zweihundert Meter von dem Haus entfernt.

Sie stiegen vom Motorrad. Eine Frau, die mit ihrem Hund Gassi ging, sagte freundlich »Guten Abend« und schlenderte weiter.

Dimka und Tanja gingen zu dem Haus. Es war nicht zu übersehen, dass die Lobby früher eine imposante Eingangshalle gewesen war. Jetzt waren im Licht einer einsamen Glühbirne ein zerkratzter, rissiger Marmorfußboden und eine breite Treppe zu sehen, in deren Geländer mehrere Pfosten fehlten.

Sie stiegen hinauf. Tanja holte einen Schlüssel aus der Tasche und öffnete die Wohnungstür. Beide huschten hindurch, und Tanja schloss die Tür hinter ihnen.

Sie ging voraus ins Wohnzimmer. Eine graue Katze beäugte sie misstrauisch, als Tanja einen großen Karton vom Schrank nahm. Er war halb mit Trockenfutter gefüllt. Sie kramte darin und brachte eine kleine Reiseschreibmaschine und mehrere Seiten Durchschlagpapier zum Vorschein. Sie riss es in Fetzen, warf es in den Kamin und zündete es mit einem Streichholz an.

Dimka starrte in die Flammen. »Ich verstehe das nicht«, sagte er. »Warum riskierst du für einen sinnlosen Protest deine Karriere, wenn nicht sogar dein Leben?«

»Weil ich die Diktatur hasse«, antwortete Tanja. »Wir müssen etwas unternehmen, um die Hoffnung am Leben zu erhalten.«

»Wir leben in einer sozialistischen Gesellschaft, die den Kommunismus entwickelt«, widersprach Dimka. »Das ist schwierig, sicher, und wir haben unsere Probleme. Aber du solltest helfen, diese Probleme zu lösen, anstatt Unfrieden zu stiften.«

»Wie soll man Probleme lösen, wenn man nicht darüber reden darf?«

»Im Kreml reden wir ständig darüber.«

»*Wer* redet darüber? Doch immer nur dieselben engstirnigen Männer, die diese Probleme überhaupt erst verursacht haben und sich jeder Veränderung verweigern.«

»Sie sind nicht engstirnig. Einige schuften hart dafür, dass sich etwas bewegt. Gib uns ein bisschen Zeit.«

»Die Revolution war vor vierzig Jahren. Wie viel Zeit braucht ihr denn noch, um endlich zuzugeben, dass der Kommunismus ein Irrtum war, ein schrecklicher Fehler?«

Die Blätter im Kamin waren inzwischen verbrannt. Dimka ging nicht auf die Bemerkung seiner Schwester ein, sondern wandte sich ab. »Komm, lass uns von hier verschwinden«, sagte er und nahm die Schreibmaschine. Tanja schnappte sich die Katze.

Als sie das Haus verließen, kam ein Mann mit Aktenkoffer in den Eingangflur. Er nickte den Geschwistern zu, als er zur Treppe ging. Dimka hoffte nur, dass das Licht zu schlecht war, als dass er ihre Gesichter hatte erkennen können.

Draußen setzte Tanja die Katze auf dem Bürgersteig ab. »Du musst jetzt allein zurechtkommen, Mademoiselle«, sagte sie. Die Katze huschte davon.

Dimka und Tanja gingen die Straße hinunter, wobei Dimka erfolglos versuchte, die Schreibmaschine unter seinem Jackett zu verstecken. Unglücklicherweise war inzwischen der Mond aufgegangen, und sie waren gut zu sehen. Dann endlich erreichten sie das Motorrad, und Dimka gab Tanja die Schreibmaschine. »Wie willst du sie loswerden?«, flüsterte er.

»Keine Ahnung. Im Fluss vielleicht.«

Dimka dachte nach. Er erinnerte sich an eine Stelle am Ufer, wo er und ein paar Kommilitonen einige Male die Nacht verbracht und Wodka getrunken hatten. »Ich weiß wo.«

Sie stiegen aufs Motorrad, und Dimka fuhr aus dem Stadtzentrum in Richtung Süden. Die Stelle, die er im Sinn hatte, lag am Stadtrand, und das war gut so. Dort würden sie sehr viel weniger auffallen als im Zentrum.

Dimka fuhr zwanzig Minuten bis zum Nikolo-Perewinski-Kloster. Der alte Gebäudekomplex mit seiner einst prächtigen Kathedrale war nur noch eine Ruine. Seit Jahrzehnten lebten hier schon keine Mönche mehr, und man hatte das Kloster längst seiner Schätze beraubt. Es lag auf einer Landzunge zwischen der Eisenbahnstrecke Richtung Süden und der Moskwa. Die Felder in der Umgegend waren längst zur Bebauung freigegeben. Bald würden hier neue Plattenbauten stehen, doch jetzt, in der Nacht, war keine Menschenseele zu sehen.

Dimka lenkte das Motorrad von der Straße in ein kleines Wäldchen und stellte es ab. Dann führte er Tanja zwischen den Bäumen hindurch zum Kloster. Die verfallenen Gemäuer schimmerten gespenstisch weiß im Mondlicht. Die Zwiebelkuppeln der Kathedrale drohten einzustürzen, doch die grün gedeckten Dächer der Nebengebäude waren noch weitgehend intakt. Dimka wurde das Gefühl nicht los, dass die Geister von Generationen von Mönchen sie aus den zerbrochenen Fenstern beobachteten.

Sie gingen in Richtung Westen und über ein versumpftes Feld zum Fluss.

»Woher kennst du diesen Ort?«, fragte Tanja.

»Als Studenten sind wir oft hierhergekommen. Wir haben uns betrunken und den Sonnenaufgang über dem Fluss bewundert.«

Sie erreichten das Ufer. Die Moskwa machte hier einen weiten Bogen. Das Wasser wirkte im Mondschein vollkommen still, doch Dimka wusste, dass es hier tief genug war für ihre Zwecke.

Tanja zögerte. »Was für eine Verschwendung«, sagte sie.

Dimka zuckte mit den Schultern. »Ja, Schreibmaschinen sind teuer.«

»Es geht nicht nur ums Geld«, erklärte Tanja. »Die *Opposition* war eine Stimme der Dissidenten. Sie hat ihren Lesern eine alternative Weltsicht, eine andere Art des Denkens aufgezeigt. Eine Schreibmaschine ist das Symbol der Meinungsfreiheit.«

»Dann bist du ohne sie besser dran.«

Tanja reichte sie ihrem Bruder.

Dimka schob den Wagen der Maschine ganz nach rechts, um einen besseren Griff zu haben. »Und weg mit dir!«, stieß er dann hervor, holte aus und schleuderte die Schreibmaschine mit aller Kraft auf den Fluss hinaus. Sie landete mit einem hörbaren Platschen und versank.

Dimka und Tanja standen am Ufer und beobachteten, wie die Wasseroberfläche sich im silbrigen Mondschein allmählich wieder beruhigte.

»Danke«, sagte Tanja. »Besonders, weil du nicht daran glaubst, was ich tue.«

Dimka legte ihr den Arm um die Schulter, und Seite an Seite gingen sie davon.

KAPITEL 7

George Jakes war schlecht gelaunt. Sein Arm schmerzte noch immer höllisch, obwohl er eingegipst war und in einer Schlinge um seinen Hals ruhte. Und was noch schlimmer war: Ehe er seinen heiß begehrten Job antreten konnte, hatte er ihn schon wieder verloren. Wie von seinem Vater vorhergesagt, hatte die Kanzlei Fawcett Renshaw ihr Stellenangebot zurückgezogen, nachdem Georges Name als Freedom Rider in den Zeitungen aufgetaucht war. Nun wusste er nicht, was er mit dem Rest seines Lebens anfangen sollte.

Die Zeremonie der Zeugnisvergabe, Entlassungsfeier genannt, wurde auf dem Old Yard der Harvard University abgehalten, einem Rasenplatz, den die eleganten roten Backsteingebäude der Hochschule umschlossen. Das Präsidium der Universität war in Zylinder und Cutaway erschienen. Ehrendoktorwürden wurden an den britischen Außenminister, einen kinnlosen Aristokraten namens Lord Home, und an ein Mitglied von Präsident Kennedys Stab im Weißen Haus verliehen, der den ungewöhnlichen Namen McGeorge Bundy trug.

Trotz seiner Gereiztheit verspürte George ein bisschen Wehmut bei dem Gedanken, Harvard zu verlassen. Sieben Jahre war er hier gewesen, zuerst als College-, dann als Jurastudent. Hier hatte er außergewöhnliche Menschen kennengelernt und innige Freundschaften geschlossen. Jede Prüfung hatte er im ersten Anlauf bestanden. Er war mit vielen Frauen ausgegangen und hatte mit drei von ihnen geschlafen. Einmal hatte er sich betrunken; seitdem nicht wieder, denn er hasste das Gefühl, nicht mehr Herr seiner selbst zu sein.

Heute jedoch war er zu wütend, um sich in Nostalgie zu ergehen. Nach dem Überfall des Mobs in Anniston hatte er mit einer entschlossenen Reaktion der Regierung Kennedy gerechnet. Im Wahlkampf hatte sich John F. Kennedy, genannt »Jack«, dem amerikanischen Volk als Liberaler präsentiert und damit die Stimmen der Schwarzen errungen. Sein Bruder Robert, »Bobby« genannt, war als Justizminister der höchste Strafverfolgungsbeamte in den USA. Gerade von dem fortschrittlichen Bobby Kennedy hatte George ein klares, deutliches Bekenntnis erwartet, dass die Verfassung der Vereinigten Staaten in Alabama genauso gültig war wie in allen anderen Bundesstaaten.

Er war enttäuscht worden.

Im Zusammenhang mit den Überfällen auf die Freedom Riders hatte es keine Verhaftungen gegeben. Und weder die örtliche Polizei noch das FBI hatten auch nur in einem der zahlreichen Gewaltverbrechen ermittelt. In den Vereinigten Staaten des Jahres 1961 konnten weiße Rassisten Bürgerrechtler angreifen, ihnen die Knochen brechen, sogar versuchen, sie zu verbrennen – und kamen ungestraft davon, während die Polizei untätig zuschaute.

Maria Summers hatte George zuletzt in einer Arztpraxis gesehen. Die verwundeten Freedom Riders waren vom nächstgelegenen Krankenhaus abgewiesen worden, schließlich aber hatten sich hilfsbereite Menschen gefunden, die bereit gewesen waren, sich ihrer anzunehmen. George war bei einer Krankenschwester gewesen, die seinen gebrochenen Arm geschient hatte, als Maria hereinkam und ihm sagte, sie habe einen Flug nach Chicago bekommen. George wäre am liebsten aufgesprungen und hätte sie umarmt, wäre er dazu in der Lage gewesen. Maria hatte ihn auf die Wange geküsst und war verschwunden. Ob er sie je wiedersah?

Mit uns beiden hätte es was Ernstes werden können, dachte George. Vielleicht ist es das sogar schon.

In den zehn Tagen ihrer zahlreichen offenen Gespräche hatte er sich kein einziges Mal gelangweilt. Maria war blitzgescheit – genauso klug wie er, wenn nicht klüger. Und obwohl sie unschuldig wirkte, erweckten ihre samtigen braunen Augen Fantasien in ihm, die er allenfalls seinem geheimen Tagebuch anvertraut hätte. Er stellte sich Marias Augen vor, wie sie ihn voller Erwartung anblickten, während sich Kerzenschein darin spiegelte ...

Die Entlassungszeremonie endete um halb zwölf. Studenten, Eltern und Alumni, ehemalige Havard-Absolventen, schlenderten in die Schatten der hohen Ulmen oder begaben sich zu den Banketten unter freiem Himmel, wo die Studenten, die ihren Abschluss gemacht hatten, ihre Urkunden erhielten.

George schaute sich nach seiner Familie um. Zunächst sah er niemanden.

Dann entdeckte er Joseph Hugo.

Er stand allein an der Bronzestatue von John Harvard und zündete sich eine seiner langen Zigaretten an. Wegen der traditionellen schwarzen Robe wirkte seine bleiche Haut noch teigiger als sonst. George ballte die Fäuste. Am liebsten hätte er diese Ratte grün und blau geschlagen, doch sein linker Arm ließ sich nicht gebrauchen. Außerdem wäre der Teufel los gewesen, hätten er und Hugo ausgerechnet heute, am Tag der Tage, auf dem Old Yard die Fäuste sprechen lassen. Vielleicht würden ihnen dann sogar ihre Abschlüsse aberkannt. Nein, George hatte schon Ärger genug. Es war das Klügste, Hugo nicht zu beachten und weiterzugehen.

Stattdessen sagte er: »Hey, du Stück Scheiße.«

Hugo wirkte verängstigt, obwohl George den Arm in der Schlinge trug. Er war genauso groß wie George und vermutlich auch so kräftig, doch George hatte den Zorn auf seiner Seite, und das wusste Hugo. Er blickte weg und versuchte, sich an George vorbeizudrängen. »Ich will nicht mit Ihnen reden«, sagte er dabei.

»Kein Wunder.« George vertrat ihm den Weg. »Sie haben zugeschaut, als der Mob mich angegriffen hat. Diese dreckigen Schläger haben mir den Arm gebrochen.«

Hugo trat einen Schritt zurück. »Sie hätten nicht nach Alabama fahren sollen.«

»Und Sie hätten sich nicht als Bürgerrechtler ausgeben sollen, wo Sie die ganze Zeit für die andere Seite spioniert haben. Wer hat Sie bezahlt? Der Ku-Klux-Klan?«

Hugo hob das Kinn. George hätte ihm am liebsten die Faust ins Gesicht geschmettert. »Ich habe dem FBI freiwillig Informationen geliefert«, sagte er.

»Sie haben uns sogar ohne Bezahlung bespitzelt? Ich bin mir nicht sicher, ob es dadurch besser wird.«

»Hören Sie zu, George, ich bin kein Freiwilliger mehr. Nächste Woche fange ich beim FBI an.« Er sagte es in jenem teils verlegenen, teils trotzigen Tonfall, in dem jemand zugibt, einer Sekte anzugehören.

»Waren Sie ein so guter Schnüffler, dass sie Ihnen einen Job geben wollen?«

»Ich wollte immer in der Rechtspflege arbeiten.«

»Rechtspflege? In Anniston hat man Ihnen das nicht angemerkt. Da haben Sie auf der Seite der Verbrecher gestanden.«

»Sie sind doch alle Kommunisten! Ich habe gehört, wie Sie über Marx diskutiert haben.«

»Und über Hegel, Voltaire, Gandhi und Jesus Christus. Kommen Sie schon, Hugo, nicht mal Sie sind so blöd.«

»Es gibt nichts Wichtigeres als Recht und Ordnung!«

Da liegt das Problem, dachte George bitter. Die Presse hatte die Freiheitsfahrer beschuldigt, Ärger gemacht zu haben, nicht die Verfechter der Rassentrennung mit ihren Baseballschlägern und Brandbomben. Man konnte den Verstand darüber verlieren. Galt denn in den USA für niemanden mehr das, was richtig war?

Auf der gegenüberliegenden Seite der Rasenfläche bemerkte George eine Bewegung. Es war Verena Marquand, die ihm zuwinkte. Sofort verlor er jedes Interesse an Joseph Hugo und ließ ihn einfach stehen.

Verena machte ihren Abschluss in Anglistik, nicht in Jura, doch in Harvard gab es so wenige Farbige, dass alle sich kannten. Außerdem war sie so umwerfend schön, dass George sie auch dann bemerkt hätte, wäre sie eines von tausend farbigen Mädchen in Harvard gewesen. Sie hatte grüne Augen und eine Haut in der Farbe von Karamelleiscreme. Unter ihrer Robe trug sie ein grünes Kleid mit kurzem Rock, der ihre langen schlanken Beine sehen ließ. Der eckige Hut saß ihr in einem kessen Winkel auf dem Kopf. Sie war pures Dynamit.

Die Leute sagten, sie und George würden gut zusammenpassen, aber sie waren nie miteinander gegangen. Es hatte sich einfach nicht ergeben: War George ungebunden gewesen, hatte Verena eine Beziehung gehabt, und umgekehrt. Jetzt war es zu spät.

Verena war eine glühende Verfechterin der Bürgerrechte und würde bald in Atlanta eine Stelle bei Martin Luther King antreten. Begeistert rief sie George zu: »Du hast wirklich was bewegt mit deinem Freedom Ride!«

Sie hatte recht. Nach dem Brandanschlag bei Anniston hatte George im Flugzeug und mit eingegipstem Arm Alabama verlassen, aber andere hatten die Herausforderung aufgenommen: Zehn Studenten aus Nashville waren in einen Bus nach Birmingham gestiegen, wo man sie prompt verhaftet hatte. Neue Riders waren an die Stelle der alten getreten. Zwar hatten weiße Rassisten weitere Gewalttaten verübt, doch die Freedom Rides waren zu einer Massenbewegung geworden.

»Aber ich habe meinen Job verloren«, sagte George.

»Dann komm mit nach Atlanta und arbeite für King«, schlug Verena vor, ohne zu zögern.

George war erstaunt. »Hat er dich gebeten, mich zu fragen?«

»Nein, aber er braucht einen Juristen, und es hat sich keiner beworben, der auch nur halb so gut wäre wie du.«

George überlegte. Er hatte sich ein bisschen in Maria Summers verliebt, würde aber gut daran tun, sie zu vergessen. Vermutlich würde er sie nie wiedersehen. Er fragte sich, ob Verena mit ihm ausgehen würde, wenn sie beide für King arbeiteten. »Keine schlechte Idee«, sagte er. »Ich werd's mir überlegen.« Er wechselte das Thema. »Ist deine Familie hier?«

»Natürlich. Komm, ich stelle euch einander vor.«

Verenas Eltern waren prominente Anhänger Kennedys. George hoffte, sie würden jetzt das Wort ergreifen und den Präsidenten wegen seiner laschen Reaktion auf die rassistische Gewalt kritisieren. Vielleicht konnten George und Verena sie gemeinsam überzeugen, eine öffentliche Erklärung abzugeben. Das hätte sehr zur Linderung der Schmerzen in seinem Arm beigetragen.

Seite an Seite mit Verena überquerte er den Rasen.

»Mom, Dad, das ist mein Freund George Jakes«, stellte Verena ihn vor.

Ihr Vater war ein großer, gut gekleideter Schwarzer, ihre Mutter eine Weiße mit kunstvoller blonder Frisur. George hatte ihre Fotos schon oft gesehen: Sie waren ein berühmtes gemischtrassiges Paar. Percy Marquand wurde der »Schwarze Bing Crosby« genannt; er war Filmstar und zugleich ein begnadeter Schnulzensänger. Babe Lee, seine Gattin, war Theaterschauspielerin und auf starke Frauen spezialisiert.

Percy sprach mit einem warmen Bariton, der von einem Dutzend Schallplattenhits bekannt war. »In Alabama haben Sie sich für uns alle den Arm brechen lassen, Mr. Jakes. Es ist mir eine Ehre, Ihnen die Hand zu schütteln.«

»Danke, Sir. Aber sagen Sie bitte George zu mir.«

Auch Babe Lee ergriff Georges Hand. Dabei blickte sie ihm so tief in die Augen, als wollte sie ihn verführen. »Wir sind Ihnen sehr dankbar, George«, hauchte sie, »und sehr stolz auf Sie.« Ihr Auftreten war dermaßen kokett, dass George einen unbehaglichen Blick auf ihren Mann warf, aber weder Percy noch Verena zeigten eine Reaktion. George fragte sich, ob Babe sich bei jedem Mann so verhielt, der ihr über den Weg lief.

Als er seine Hand aus Babes Griff befreit hatte, wandte er sich wieder Percy zu. »Bei der Präsidentschaftswahl im letzten Jahr haben Sie sich für Kennedy starkgemacht«, sagte er. »Sind Sie nicht enttäuscht, wie wenig er für die Bürgerrechte tut?«

»Wir alle sind enttäuscht«, antwortete Percy.

Verena mischte sich ein. »Das will ich meinen. Bobby Kennedy hat die Riders um eine Friedensfrist gebeten. Könnt ihr euch das vorstellen? Natürlich hat CORE es abgelehnt. Amerika wird mit Gesetzen regiert, nicht mit Schlägertrupps.«

»Ein Argument, das eigentlich der Justizminister hätte anbringen müssen«, sagte George.

Percy nickte zustimmend. »Wie ich hörte, hat die Regierung eine Abmachung mit den Südstaaten getroffen«, sagte er. George spitzte aufmerksam die Ohren: In der Zeitung hatte nichts davon gestanden. »Die Gouverneure der südlichen Bundesstaaten haben eingewilligt, den Pöbel im Zaum zu halten – und das ist genau das, was die Kennedy-Brüder wollen.«

George wusste, dass in der Politik niemand etwas gab, wenn er nichts dafür bekam. »Und die Gegenleistung?«

»Der Justizminister übersieht die illegalen Festnahmen von Freedom Riders.«

Verena reagierte empört und wütend auf ihren Vater. »Warum hast du mir das nicht vorher gesagt, Daddy?«

»Weil ich wusste, dass es dich wütend macht, Schatz.«

Es war eine herablassende Antwort, und Verenas Gesicht verdunkelte sich. Betreten schaute sie zur Seite.

»Werden Sie öffentlich protestieren, Mr. Marquand?«, fragte George.

»Ich habe daran gedacht«, antwortete Percy. »Ich bezweifle allerdings, dass es viel Wirkung hat.«

»Möglicherweise bei den Präsidentschaftswahlen 1964, wenn Kennedy sich auf die schwarzen Stimmen verlassen muss.«

»Aber was würden wir Schwarzen gewinnen, wenn Kennedy verliert? Wenn jemand wie Richard Nixon ins Weiße Haus einzieht, würden wir erheblich schlechter dastehen.«

»Was können wir denn tun?«, fragte Verena.

»Was letzten Monat in den Südstaaten geschehen ist, hat über alle Zweifel hinaus bewiesen, dass die derzeitigen Gesetze zu schwach sind. Wir brauchen eine Neufassung des Bürgerrechtsgesetzes.«

»Ich bin ganz Ihrer Meinung«, pflichtete George ihm bei.

Percy fuhr fort: »Ich könnte dazu beitragen. Ich habe ein wenig Einfluss im Weißen Haus. Aber den könnte ich verlieren, wenn ich die Kennedys kritisiere.«

»Du solltest ihnen trotzdem unter die Nase reiben, was richtig ist«, sagte Verena. »In den USA gibt es zu viele Menschen, die nur das Beste wollen, es aber nicht öffentlich bekunden. Eine schweigende Mehrheit nützt uns nichts. Deshalb stecken wir ja in diesem Schlamassel.«

Ihre Mutter blickte sie indigniert an. »Dein Vater ist berühmt dafür, dass er sagt, was er für richtig hält. Er hat immer wieder den Kopf aus dem Fenster gehalten.«

George sah, dass Percy nicht zu überzeugen war. Vielleicht hatte er sogar recht. Ein neues Bürgerrechtsgesetz, das es den Südstaaten unmöglich machte, Schwarze zu unterdrücken, war die einzige sinnvolle Lösung.

»Tja, ich muss weiter zu meiner Familie«, sagte George. »Es war mir eine Ehre, Sie beide kennenzulernen.«

Er machte sich auf den Weg.

»Überleg dir das mit dem Job bei King!«, rief Verena ihm hinterher.

George ging in den Park, wo die Abschlussurkunden vergeben wurden. Dort hatte man eine Bühne errichtet; in mehreren Zelten standen Klapptische für den Lunch nach der Verleihung.

George entdeckte seine Eltern sofort. Seine Mutter trug ein neues gelbes Kleid. Sie musste darauf gespart haben, denn sie war stolz und hätte den reichen Peshkovs nie gestattet, es ihr zu kaufen. Sie erlaubte ihnen lediglich, George zu unterstützen. Nun musterte sie ihn von oben bis unten, als er vor ihr stand, von den Schuhen über die Robe bis hin zum quadratischen Hut. »Heute ist der stolzeste Tag meines Lebens«, sagte sie dann und brach in Tränen aus.

George konnte es kaum glauben. Weinen passte nicht zu seiner Mutter. Sie hatte sich die letzten fünfundzwanzig Jahre dagegen gewehrt, Schwäche zu zeigen.

George schloss sie in die Arme und zog sie an sich. »Ich bin ein Glückspilz, dein Sohn zu sein, Mom«, sagte er. Dann löste er sich behutsam von ihr und tupfte ihre Tränen mit einem sauberen weißen Taschentuch ab. Schließlich wandte er sich seinem Vater zu. Wie die meisten Alumni trug Greg eine »Kreissäge« mit einem Hutband, auf dem das Jahr seines Abschlusses in Harvard zu lesen stand – in seinem Fall 1942. »Herzlichen Glückwunsch, mein Junge«, sagte er und schüttelte George die Hand.

Na ja, dachte George, er ist gekommen, das ist schon mal was.

Dann traten Georges Großeltern auf ihn zu. Beide waren russische Einwanderer. Lev Peshkov, sein Großvater, hatte mit Bars und Nachtclubs in Buffalo angefangen. Inzwischen gehörte ihm ein Hollywoodstudio. Er war immer ein Dandy gewesen; heute trug er einen weißen Anzug. George wusste nie, was er von Lev halten sollte. Die Leute erzählten, er sei ein rücksichtsloser Geschäftemacher, der es mit dem Gesetz nicht genau nahm. Andererseits war er seinem schwarzen Enkelsohn immer freundlich begegnet und hatte ihm nicht nur das Studium finanziert, sondern auch ein großzügiges Taschengeld gezahlt.

Jetzt nahm er George beim Arm und sagte in vertraulichem Tonfall: »Ich habe einen einzigen Rat an dich, was deine Anwaltskarriere betrifft. Vertrete niemals Kriminelle.«

»Wieso nicht?«

»Weil sie Verlierer sind.« Er lachte leise.

Lev Peshkov galt selbst als ehemaliger Gangster; während der Prohibition hatte er angeblich Alkohol geschmuggelt.

»Sind *alle* Kriminellen Verlierer?«, fragte George.

»Die erwischt werden, sind es auf jeden Fall«, antwortete Lev. »Und der Rest braucht keine Anwälte.« Er lachte aus vollem Hals.

Marga, Georges Großmutter, die jedoch nicht mit Lev verheiratet war, küsste ihn auf die Wange. »Hör bloß nicht auf ihn«, sagte sie.

»Das muss ich«, erwiderte George. »Er hat meine Ausbildung bezahlt.«

Lev zeigte mit dem Finger auf George. »Ich bin froh, dass du das nicht vergisst.«

Marga beachtete ihn nicht. »Was für ein hübscher Kerl du bist«, sagte sie, und in ihrer Stimme lag Zuneigung. »So gut aussehend, und obendrein Anwalt!«

George war Margas einziges Enkelkind, und sie betete ihn an. Wahrscheinlich würde sie ihm eine stattliche »Belohnung« zustecken, ehe der Nachmittag zu Ende ging. Sie war Nachtclubsängerin gewesen und bewegte sich mit ihren fünfundsechzig Jahren noch immer so, als würde sie in einem hautengen Kleid über die Bühne schreiten. Ihr schwarzes Haar war vermutlich gefärbt, und sie trug mehr Schmuck, als bei einer Feierlichkeit unter freiem Himmel angebracht war. Ihr Bedürfnis nach Statussymbolen rührte wahrscheinlich daher, dass sie nur Levs Geliebte war, nicht seine Ehefrau, und das seit über vierzig Jahren. Greg war ihr einziges gemeinsames Kind.

Lev hatte in Buffalo eine Ehefrau namens Olga. Ihre gemeinsame Tochter Daisy war mit einem Engländer verheiratet und wohnte in London. Daher hatte George englische Cousins und Cousinen, die er nie kennengelernt hatte. Er nahm an, sie waren weiß.

Marga gab Jacky einen Kuss auf die Wange. George bemerkte, dass die Leute in der Nähe sie erstaunt und missbilligend beobachteten. Selbst im liberalen Harvard war es ungewöhnlich, dass eine Weiße eine Schwarze umarmte. Doch Georges Familie zog stets Blicke auf sich, wenn sie gemeinsam in der Öffentlichkeit auftrat, was selten genug der Fall war. Sogar dort, wo alle Rassen akzeptiert wurden, konnte eine gemischte Familie die schwelenden Vorurteile der Weißen auflodern lassen. George wusste, dass er das Wort »Mulatte« hören würde, ehe der heutige Tag zu Ende ging. Aber er würde diese Beleidigung ignorieren. Seine schwarzen Großeltern waren lange tot; hier und heute hatte er seine ganze Familie um sich. Und dass sie stolz und glücklich waren über seinen Abschluss, war ihm jeden Preis wert.

»Gestern habe ich mit dem alten Renshaw zu Mittag gegessen«, sagte Greg. »Ich habe so lange auf ihn eingeredet, bis er das Stellenangebot von Fawcett Renshaw erneuert hat.«

»Das ist ja wunderbar!«, rief Marga. »Jetzt wirst du doch noch Anwalt in Washington, George!«

Jacky schenkte Greg eines ihrer seltenen Lächeln. »Danke, Greg.«

Greg hob warnend den Finger. »Es gibt Bedingungen.«

»Oh, keine Bange, George wird allen vernünftigen Bedingungen zustimmen«, sagte Marga. »Das ist eine große Chance für ihn.«

Sie meint »für einen Schwarzen«, dachte George, sprach es aber nicht aus. Außerdem hatte Marga recht.

»Was für Bedingungen?«, fragte er vorsichtig.

»Wie sie für jeden Anwalt auf der Welt gelten«, antwortete Greg. »Du müsstest dich aus Scherereien heraushalten. Ein Anwalt darf sich nicht mit den Behörden anlegen.«

George war misstrauisch. »Aus Scherereien heraushalten?«

»Verzichte in Zukunft darauf, an Protestkundgebungen, Märschen, Demonstrationen und so etwas teilzunehmen. Als Anwalt im ersten Jahr hättest du sowieso keine Zeit mehr dafür.«

Gregs Worte verärgerten George. »Ich würde mein Berufsleben also damit beginnen, dass ich schwöre, nie wieder etwas für die Freiheit zu tun?«

»So darfst du das nicht sehen«, erwiderte sein Vater.

George verbiss sich eine zornige Antwort. Greg wollte nur das Beste für ihn, das wusste er. »Wie denn?«

»Deine Rolle in der Bürgerrechtsbewegung wäre nicht mehr die eines Frontsoldaten. Sei ein Unterstützer. Schick der NAACP einmal im Jahr einen Scheck.« Die National Association for the Advancement of Colored People, der Nationalverband zur Förderung der Farbigen, war die älteste und konservativste Bürgerrechtsgruppe und hatte die Freedom Rides als zu provokant abgelehnt. »Halte dich bedeckt. Lass andere in den Bus steigen.«

»Vielleicht gibt es noch eine andere Möglichkeit«, entgegnete George.

»Und welche?«

»Ich könnte für Martin Luther King arbeiten.«

»Hat er dir einen Job angeboten?«

»Ich habe ein Angebot bekommen, ja.«

»Was würde er dir zahlen?«

»Wahrscheinlich nicht viel.«

Lev sagte: »Glaub ja nicht, dass du mich um Geld angehen kannst, wenn du einen Job abgelehnt hast, der sich bezahlt gemacht hätte.«

»Ich weiß, worauf ich verzichten würde«, sagte George. »Aber ich glaube, ich nehme den Job trotzdem.«

Seine Mutter warf ein: »Bitte, George, überleg es dir ...« Sie wollte noch mehr sagen, doch in diesem Moment wurden die Absolventen aufgerufen, sich für die Entgegennahme der Urkunden anzustellen. »Geh nur«, sagte sie, »wir reden später weiter.«

George schloss sich der Reihe der Wartenden an. Die Zeremonie begann, und langsam bewegte er sich mit der Reihe nach vorn. Er musste daran denken, wie er im vergangenen Sommer bei Fawcett Renshaw gearbeitet hatte. Renshaw hatte sich für äußerst fortschrittlich gehalten, weil er einen Neger-Referendar eingestellt hatte. Doch George waren Aufgaben übertragen worden, die selbst für einen Praktikanten herabsetzend gewesen waren. Aber er war geduldig gewesen und hatte auf eine Chance gewartet, und die war gekommen: Er hatte eine juristische Recherche abgeliefert, die in einem Prozess den Ausschlag gegeben hatte und der Kanzlei den Sieg einbrachte. Im Gegenzug hatte man ihm nach seinem Abschluss einen Job angeboten.

So etwas kam oft vor. Alle Welt setzte voraus, dass ein Harvard-Absolvent sehr intelligent und tüchtig sein musste – es sei denn, er war schwarz. Dann galt das nicht. Sein Leben lang hatte George beweisen müssen, dass er kein Trottel war, und das hatte Zorn in ihm geweckt. Er hoffte, dass seine Kinder, falls er je welche haben sollte, in einer anderen Welt aufwuchsen.

Endlich trat er auf die Bühne. Als er die kurze Treppe hinaufstieg, hörte er zu seinem Erstaunen, dass man ihn auszischte.

Auszischen war eine Tradition in Harvard und normalerweise gegen Professoren gerichtet, die eine schlechte Vorlesung hielten oder Studenten unhöflich behandelten. George war so entsetzt, dass er auf der Treppe stehen blieb und den Blick schweifen ließ. Als er Joseph Hugo entdeckte, wusste er, wer das Zischen angestimmt hatte.

George fühlte sich gedemütigt, gehasst, verachtet. Mit einem Mal war er nicht mehr fähig, auf die Bühne zu steigen. Er blieb auf den Stufen stehen. Das Blut schoss ihm ins Gesicht.

Dann begann jemand zu applaudieren. Als George erneut auf die Sitzreihen blickte, sah er, wie ein Professor sich von seinem Platz erhob. Es war Merv West, einer der jüngeren Hochschullehrer. Immer mehr Zuschauer standen auf und fielen in den Applaus ein. Bald übertönten sie das Zischen. Offenbar hatten viele, die nicht wussten, wer George war, ihn am Gipsverband erkannt.

George fand seinen Mut wieder und trat auf die Bühne. Als er seine Urkunde überreicht bekam, wurde gejubelt. George drehte sich langsam zu den Zuschauern um und nahm mit einer leichten Verneigung den Beifall entgegen.

Sein Herz raste, als er sich zu den anderen Absolventen stellte. Mehrere von ihnen schüttelten ihm stumm die Hand. Noch immer war George entsetzt über das Auszischen, gleichzeitig war er wie berauscht vom Applaus. Er schwitzte und wischte sich das Gesicht mit einem Taschentuch ab.

Den Rest der Zeremonie verfolgte er wie benommen, froh, sich ein wenig erholen zu können. Der Schock, ausgezischt zu werden, verebbte allmählich, als er sich bewusst machte, dass nur Hugo und eine Handvoll rassistischer Fanatiker daran beteiligt gewesen waren, während das liberale Harvard ihn beglückwünscht hatte.

Du solltest stolz auf dich sein, sagte er sich.

Zum Mittagessen gesellten sich die Absolventen wieder zu ihren Familien. Georges Mutter umarmte ihn. »Sie haben dir zugejubelt!«, stieß sie hervor.

»Ja«, sagte Greg. »Aber für einen Moment sah es aus, als ginge es in die andere Richtung.«

George breitete mit einer Geste der Ratlosigkeit die Hände aus. »Wie könnte ich mich aus diesem Kampf heraushalten? Ich möchte den Job bei Fawcett Renshaw wirklich, und ich möchte meine Familie zufriedenstellen, die mich in den Jahren der Ausbildung unterstützt hat, aber das ist nicht alles. Was, wenn ich Kinder habe?«

»Das wäre wunderbar!«, rief Marga.

»Aber meine Kinder wären farbig. In welcher Welt sollen sie aufwachsen? Sollen auch sie Amerikaner zweiter Klasse werden?«

Das Gespräch wurde von Professor Merv West unterbrochen, der zu ihnen kam. West war mit seinem Tweedanzug und dem Button-down-Hemd für den Anlass ein wenig zu leger gekleidet, aber George war froh und dankbar, ihn zu sehen. West drückte ihm die Hand und gratulierte ihm zu seinem Abschluss.

»Danke, dass Sie applaudiert haben, Professor«, sagte George. »Das Zischen hätte mich beinahe fertiggemacht.«

»Danken Sie mir nicht. Sie haben es sich verdient.«

George stellte seine Familie vor. »Wir haben gerade über meine Zukunft gesprochen«, fügte er dann hinzu.

»Ich hoffe, Sie haben noch keine endgültigen Entscheidungen getroffen«, sagte West.

Georges Neugier erwachte. »Nein, noch nicht. Wieso?«

»Ich habe mit dem Justizminister gesprochen. Bobby Kennedy ist Harvardabsolvent, wie Sie wissen.«

»Ich hoffe, Sie haben ihm gesagt, dass es eine nationale Schande ist, wie er auf die Vorfälle in Alabama reagiert hat.«

West lächelte bedauernd. »Nicht mit diesen Worten. Aber er war sich mit mir einig, dass die Reaktion der Regierung unzureichend war.«

»Und was hat das mit der Entscheidung über meine berufliche Zukunft zu tun?«, fragte George.

»Bobby hat beschlossen, einen jungen schwarzen Juristen einzustellen, der dem Stab des Justizministers die Sicht der Farbigen aufzeigt, was die Bürgerrechte angeht. Und er hat mich gefragt, ob ich ihm jemanden empfehlen könnte.«

George war für einen Augenblick sprachlos. »Wollen Sie damit sagen ...«

West hob warnend die Hand. »Ich biete Ihnen die Stelle nicht an – das kann nur Bobby. Aber ich kann Ihnen ein Vorstellungsgespräch verschaffen, wenn Sie wollen.«

Jacky rief: »George! Ein Job bei Bobby Kennedy! Das wäre fantastisch.«

»Er und sein Bruder haben uns im Stich gelassen, Mutter.«

»Dann arbeite für Bobby Kennedy, damit du es ändern kannst.«

George zögerte und blickte in die begeisterten Gesichter ringsum: seine Mutter, sein Vater, seine Großmutter, sein Großvater.

»Vielleicht tue ich das wirklich«, sagte er.

KAPITEL 8

Dimka Dworkin schämte sich, dass er mit fünfundzwanzig Jahren noch unschuldig war.

In seiner Studienzeit war er zwar mit mehreren Mädchen ausgegangen, doch keines davon hatte ihn so richtig rangelassen. Aber wollte er das überhaupt? Obwohl es ihm nie jemand gesagt hatte, hatte er das Gefühl, dass Sex einer festen Beziehung vorbehalten sein sollte. Im Gegensatz zu anderen Jungen hatte Dimka es nie eilig damit gehabt. Inzwischen aber war es einfach nur peinlich.

Dimkas Freund, Valentin Lebedjew, war das genaue Gegenteil: groß, selbstbewusst, mit blauen Augen und kübelweise Charme. Am Ende ihres ersten Jahres an der Universität von Moskau hatte er bereits die meisten Studentinnen im politischen Seminar und eine Dozentin im Bett gehabt.

Zu Beginn ihrer Freundschaft hatte Dimka ihn gefragt: »Was machst du eigentlich ... du weißt schon ... damit die Mädchen nicht schwanger werden?«

»Das ist Sache der Frauen«, hatte Valentin sorglos geantwortet. »Aber wenn es zum Schlimmsten kommt, ist eine Abtreibung kein Problem.«

In Gesprächen mit anderen fand Dimka rasch heraus, dass viele junge Männer so dachten. Männer wurden nicht schwanger, also ging es sie nichts an. Außerdem war eine Abtreibung bis zur zwölften Woche kein Problem. Doch Dimka gefiel Valentins Einstellung nicht – vielleicht, weil seine Schwester nur Verachtung dafür übrighatte.

Sex war Valentins Hauptinteresse, das Studium kam erst an zweiter Stelle. Bei Dimka war es genau andersherum. Das war auch der Grund, weshalb Dimka nun als politischer Berater im Kreml arbeitete und Valentin beim Grünflächenamt von Moskau.

Doch dank der Verbindung zum Grünflächenamt hatte Valentin im Juli 1961 eine Woche Urlaub im Lenin-Ferienlager des Komsomol, der Jugendorganisation der Partei, für sie beide organisieren können.

Im Lager ging es ausgesprochen militärisch zu. Die Zelte standen in Reih und Glied, und um halb elf war Zapfenstreich. Aber es gab auch ein Schwimmbecken, einen kleinen See, auf dem man Boot fahren konnte, und jede Menge Mädchen. Außerdem war eine Woche Urlaub ein heiß begehrtes Privileg.

Dimka war überzeugt, sich diesen Urlaub verdient zu haben. Das Gipfeltreffen in Wien war ein großer Sieg für die Sowjetunion gewesen, und Dimka hatte einen nicht unwesentlichen Anteil daran gehabt.

Dabei hatte Wien für Chruschtschow schlecht begonnen. Jack Kennedy und seine atemberaubend schöne Frau Jackie waren mit einer ganzen Flotte Limousinen, an denen das Sternenbanner flatterte, in die Stadt gefahren. Als die beiden Staatsmänner sich dann trafen, hatte die ganze Welt im Fernsehen sehen können, dass Kennedy ein gutes Stück größer war als Chruschtschow und mit seiner großbürgerlichen Nase auf den kahlen Kopf seines sowjetischen Gesprächspartners zielte. Außerdem sah Chruschtschow neben Kennedy in seinem maßgeschneiderten Anzug wie ein Bauer im Sonntagsstaat aus. So hatten die Vereinigten Staaten den Glamourwettbewerb gewonnen, von dem die Sowjetunion gar nicht gewusst hatte, dass sie daran teilnahm.

Doch kaum hatten die Gespräche begonnen, nahm Chruschtschow das Heft in die Hand. Als Kennedy versuchte, eine freundliche Unterhaltung zwischen zwei vernünftigen Männern zu fuhren, wurde Chruschtschow laut und aggressiv. Kennedy erklärte, es sei unlogisch für die UdSSR, den Kommunismus in der Dritten Welt zu fördern; schließlich mischten die USA sich ja auch nicht in der sowjetischen Einflusssphäre ein. Chruschtschow erwiderte verächtlich, der Vormarsch des Kommunismus sei historisch unvermeidlich, und nichts und niemand könne sich dem in den Weg stellen. Kennedy, der so gut wie nichts über marxistische Theorie wusste, hatte dem nichts entgegenzusetzen.

Die Strategie, die Dimka und seine Kollegen entwickelt hatten, war voll aufgegangen. Bei seiner Rückkehr hatte Chruschtschow befohlen, Dutzende Kopien des Gipfelprotokolls zu verteilen, und das nicht nur im Ostblock, sondern auch an die Führer so ferner Staaten wie Kambodscha und Mexiko. Kennedy wiederum hatte sich seit dem Treffen in Schweigen gehüllt. Er hatte nicht einmal auf Chruschtschows Drohung reagiert, Westberlin zu übernehmen.

Und Dimka fuhr in Urlaub.

Am ersten Tag zog er seine neuen Sachen an: ein kurzärmeliges, kariertes Hemd und eine kurze Hose, die seine Mutter aus einer alten Anzughose genäht hatte.

»Sind so kurze Hosen zurzeit Mode im Westen?«, fragte Valentin.

Dimka lachte. »Nicht dass ich wüsste.«

Während Valentin sich rasierte, ging Dimka Essen holen. Als er aus ihrem gemeinsamen Zelt kam, sah er zu seiner Freude, dass direkt neben ihnen eine junge Frau den kleinen tragbaren Ofen anfachte, mit dem jedes Zelt ausgestattet war. Sie war Mitte zwanzig, schätzte Dimka, wie er selbst, und hatte dichtes rotbraunes Haar, das zu einem Bubikopf geschnitten war, und attraktive Sommersprossen. Mit ihrer orangefarbenen Bluse und der engen schwarzen Kniehose war sie nach der neuesten Mode gekleidet.

»Hallo«, sagte Dimka und lächelte. Die Frau hob den Blick. »Brauchen Sie Hilfe?«, fragte er.

Die Frau entzündete das Gas mit einem Streichholz und verschwand wortlos im Zelt.

Da hab ich wohl Pech gehabt, dachte Dimka. *Bei der werde ich meine Jungfräulichkeit schon mal nicht los.*

Er machte sich auf den Weg. Im Laden neben dem Gemeinschaftsbad kaufte er Eier und Brot. Als er zurückkam, saßen zwei Frauen vor dem Nachbarzelt: die Rothaarige, die er angesprochen hatte, und eine Blonde mit schlanker Figur. Die Blonde trug die gleiche Art von schwarzer Hose wie ihre Freundin, aber eine pinkfarbene Bluse. Valentin sprach mit den beiden, und sie lachten über irgendeine Bemerkung von ihm.

Valentin stellte Dimka die Mädchen vor. Der Rotschopf hieß Nina. Sie verlor kein Wort über ihre erste Begegnung; allerdings wirkte sie noch immer reserviert. Die Blonde hörte auf den Namen Anna und war offensichtlich die Geselligere der beiden. Ständig lächelte sie, und immer wieder schob sie grazil das Haar zurück.

Dimka und Valentin hatten einen Gusseisentopf mitgebracht, den Dimka bereits mit Wasser gefüllt hatte, bevor er gegangen war, um die Eier darin zu kochen, doch die Mädels waren besser ausgestattet, und Nina nahm ihm die Eier ab, um Blinis daraus zu machen.

Läuft doch ganz gut, sagte sich Dimka.

Während des Essens musterte er Nina. Die schmale Nase, der kleine Mund und das niedliche vorstehende Kinn verliehen ihr etwas Zurückhaltendes, als würde sie sich ständig fragen, ob sie auch alles richtig machte. Aber sie war auch ausgesprochen üppig gebaut. Als Dimka sie sich in einem Badeanzug vorstellte, war sein Mund wie ausgetrocknet.

»Dimka und ich, wir wollen uns ein Boot mieten und auf die andere Seite des Sees rudern«, sagte Valentin. Dimka hörte zum ersten Mal davon, zog es aber vor, zu schweigen. »Wie wär's, wenn wir zusammen fahren?«, fuhr Valentin fort. »Wir könnten ein Picknick draus machen.«

So einfach kann das doch wohl nicht sein, dachte Dimka. Wir haben uns doch gerade erst kennengelernt!

Einen telepathischen Augenblick lang schauten die Mädchen einander an, dann erklärte Nina knapp: »Schau'n wir mal. Lasst uns abräumen.« Und sie machte sich daran, das Geschirr einzusammeln.

Das war zwar enttäuschend, aber vielleicht nicht das Ende.

Dimka meldete sich freiwillig, mit Nina das schmutzige Geschirr zu den Spülbecken zu tragen.

»Wo hast du denn die kurze Hose her?«, fragte Nina unterwegs.

»Die hat meine Mutter mir genäht.«

Sie lachte. »Süß.«

Dimka überlegte, was seine Schwester wohl meinte, wenn sie einen Mann als »süß« bezeichnete, und kam zu dem Schluss, dass »süß« nichts anderes hieß als »nett, aber uninteressant«.

In einem Betonklotz befanden sich die Toiletten, die Duschen und die großen Gemeinschaftsspülbecken. Dimka schaute zu, wie Nina das Geschirr spülte. Er überlegte, was er sagen konnte, aber ihm fiel nichts ein. Hätte Nina etwas über die Berlin-Frage wissen wollen, er hätte den ganzen Tag darüber referieren können. Aber er hatte einfach kein Talent für die Art von amüsantem Unsinn, den Valentin ständig von sich gab. Schließlich brachte er mühsam hervor: »Du und Anna, seid ihr schon lange Freundinnen?«

»Wir arbeiten zusammen«, antwortete Nina. »Wir sind beide Verwaltungsangestellte in der Moskauer Zentrale der Stahlarbeitergewerkschaft. Vor einem Jahr bin ich geschieden worden, und Anna hat eine Mitbewohnerin gesucht. So sind wir dann zusammengezogen.«

Geschieden, dachte Dimka. Das hieß, dass sie sexuell erfahren war. Dimka fühlte sich eingeschüchtert. »Wie war dein Mann denn so?«

»Mein *Ex*-Mann ist ein verdammtes Stück Dreck«, antwortete Nina. »Ich spreche nicht gerne über ihn.«

»Verstehe.« Verzweifelt suchte Dimka nach etwas Belanglosem, worüber sie sich unterhalten konnten. »Anna scheint mir richtig nett zu sein«, versuchte er es.

»Sie hat gute Beziehungen.«

Das schien Dimka eine seltsame Bemerkung in Bezug auf eine Freundin zu sein. »Wie meinst du das?«

»Ihr Vater hat diesen Urlaub für uns organisiert. Er ist Bezirkssekretär der Gewerkschaft.« Nina schien stolz darauf zu sein.

Auf dem Weg zurück zum Zelt trug Dimka das saubere Geschirr. Als sie ihr Ziel erreichten, rief Valentin fröhlich: »Wir haben Butterbrote gemacht! Schinken und Käse!«

Anna schaute Nina an und zuckte hilflos mit den Schultern, als hätte Valentin sie schlichtweg überrumpelt. Dabei war zumindest Dimka völlig klar, dass Anna absolut nichts dagegen hatte. Nina zuckte ebenfalls mit den Schultern, und damit war es abgemacht.

Sie mussten eine Stunde für ein Boot anstehen, aber lange Schlangen waren für Moskowiter nichts Ungewöhnliches, und am späten Morgen waren sie endlich auf dem klaren, kalten Wasser. Valentin und Dimka wechselten sich an den Rudern ab, und die Mädchen tankten Sonne. Niemand hatte Lust auf Geplauder.

Auf der anderen Seite des Sees zogen sie das Boot auf einen kleinen Strand. Valentin zog sein Hemd aus, und Dimka tat es ihm nach. Anna zog Bluse und Hose aus. Darunter trug sie einen himmelblauen zweiteiligen Badeanzug. Dimka wusste, dass man so etwas einen Bikini nannte, und dass es im Westen der letzte Schrei war, aber er hatte noch nie einen gesehen, und jetzt musste er verlegen feststellen, dass der Anblick ihn erregte. Er konnte kaum den Blick von Annas flachem Bauch abwenden.

Zu seiner großen Enttäuschung behielt Nina ihre Sachen an.

Sie aßen ihre Butterbrote; dann zauberte Valentin zu Dimkas Erstaunen eine Flasche Wodka aus der Tasche. Im Laden des Ferienlagers wurde kein Alkohol verkauft, das wusste Dimka. »Den habe ich beim Bootsverleiher gekauft«, erklärte Valentin. »Der hat da ein kleines kapitalistisches Unternehmen.«

Das überraschte Dimka nicht. Die meisten Dinge, auf die es die Leute wirklich abgesehen hatten, vom Fernseher bis zur Jeans, wurden auf dem Schwarzmarkt verkauft.

Sie ließen die Flasche herumgehen, und die beiden Mädchen tranken einen kräftigen Schluck.

Nina wischte sich den Mund mit dem Handrücken ab. »Ihr arbeitet also beide im Grünflächenamt, ja?«

»Nein.« Valentin lachte. »Dafür ist Dimka viel zu klug.«

»Ich arbeite im Kreml«, sagte Dimka.

Nina war beeindruckt. »Und was tust du da?«

Dimka wollte es zuerst nicht sagen, weil er befürchtete, es könne sich angeberisch anhören, dann rückte er aber doch damit heraus. »Ich bin einer der Berater des Genossen Generalsekretär.«

»Chruschtschow?« Nina riss erstaunt die Augen auf.

»Ja.«

»Meine Güte! Wie hast du denn so einen Posten bekommen?«

»Ich habe es euch doch gesagt«, warf Valentin ein. »Dimka ist klug. Er war immer Klassenbester.«

»So einen Posten bekommt man aber nicht nur mit guten Noten«, erklärte Nina frech. »Wen kennst du?«

»Grigori Peschkow, mein Großvater, war beim Sturm auf den Winterpalast dabei.«

»Das reicht nicht, um so eine Stelle zu kriegen.«

»Nun ja, mein Vater war im KGB. Er ist letztes Jahr gestorben. Mein Onkel ist General, und ich bin *wirklich* klug.«

»Und bescheiden.« Nina lachte. »Wie heißt dein Onkel?«

»Wladimir Peschkow. Wir nennen ihn Wolodja.«

»Ich habe schon von General Peschkow gehört. Er ist also dein Onkel, ja? Und bei so einer Familie läufst du in selbst genähten kurzen Hosen herum?«

Jetzt war Dimka verwirrt. Nina war zum ersten Mal spürbar an ihm interessiert, aber er wusste nicht, ob sie ihn bewunderte oder verspottete. Vielleicht war es ja einfach nur ihre Art.

Valentin stand auf. »Komm«, sagte er zu Anna. »Lass uns spazieren gehen. Die beiden können ja weiter über Dimkas kurze Hose reden.« Er streckte die Hand aus, und Anna ließ sich von ihm in die Höhe ziehen. Dann verschwanden sie Händchen haltend im Wald.

»Dein Freund mag mich nicht«, sagte Nina.

»Anna aber schon.«

»Sie ist ja auch sehr hübsch.«

Leise sagte Dimka: »Du bist auch sehr schön.« Eigentlich hatte er das gar nicht sagen wollen; es kam einfach raus. Aber es war ernst gemeint.

Nina schaute ihn nachdenklich an. Dann fragte sie: »Willst du schwimmen gehen?«

Dimka hatte nicht viel für Wasser übrig, aber er wollte Nina im Badeanzug sehen. Also zog er seine Sachen aus. Darunter trug er eine Badehose.

Nina hatte zwar keinen Bikini an, sondern einen braunen Nyloneinteiler, doch Dimka war keineswegs enttäuscht, denn Nina füllte den Badeanzug bestens aus. Sie war das genaue Gegenteil der schlanken Anna: Sie hatte große Brüste, breite Hüften und Sommersprossen am Hals. Als sie Dimkas Blick bemerkte, drehte sie sich von ihm weg und rannte ins Wasser.

Dimka folgte ihr.

Trotz der Sonne war das Wasser eiskalt, und Dimka genoss das Gefühl auf der Haut. Er und Nina machten kräftige Züge, um sich warm zu halten. Sie schwammen weit auf den See hinaus und kehrten dann in gemächlicherem Tempo zum Ufer zurück. Kurz bevor sie es erreichten, hielten sie an und stellten sich hin. Das Wasser reichte ihnen bis zur Hüfte. Dimka starrte auf Ninas Brüste. Das kalte Wasser hatte unübersehbare Auswirkungen auf ihre Brustwarzen gehabt.

»Starr nicht so«, sagte Nina und spritzte Dimka Wasser ins Gesicht.

Er spritzte zurück.

Lachend packte Nina seinen Kopf und versuchte, ihn unter Wasser zu drücken. Doch Dimka wehrte sich und schlang die Arme um ihre Hüfte. Sie rangen im Wasser. Ninas Körper war kräftig, aber fest, und Dimka genoss das Gefühl. Er hob sie hoch. Als sie strampelte, lachte und sich zu befreien versuchte, drückte er sie fest an sich und spürte ihre weichen Brüste auf seinem Gesicht.

»Ich ergebe mich!«, rief sie.

Widerwillig setzte Dimka sie ab. Einen Augenblick lang schauten sie einander an, und Dimka sah einen Hauch von Verlangen in Ninas Augen. Irgendetwas hatte ihre Haltung ihm gegenüber verändert ... vielleicht der Wodka, vielleicht die Erkenntnis, dass er ein mächtiger Apparatschik war, vielleicht das Spiel im Wasser, vielleicht ein Zusammenwirken von allem. Aber was immer es war – es kümmerte Dimka nicht. Er sah die Aufforderung in Ninas Lächeln und küsste sie auf den Mund.

Leidenschaftlich erwiderte sie den Kuss.

Dimka vergaß das kalte Wasser und gab sich ganz dem Gefühl ihrer Lippen und ihrer Zunge hin, doch nach ein paar Minuten schauderte Nina und sagte: »Lass uns ans Ufer gehen.«

Dimka hielt ihre Hand, als sie durch das flache Wasser und aufs Trockene wateten. Seite an Seite legten sie sich ins Gras und küssten sich erneut. Dimka berührte Ninas Brüste. Er fragte sich, ob heute wohl der Tag war, an dem er seine Unschuld verlieren würde.

Plötzlich hallte eine schroffe Stimme zu ihnen herüber: »Bringen Sie das Boot zum Pier zurück! Ihre Zeit ist um!«

»Das ist die Sexpolizei«, murmelte Nina.

Dimka lachte gequält, denn er war enttäuscht.

Als er den Blick hob, sah er ein kleines Motorboot, das knapp dreißig Meter vor dem Ufer vorbeifuhr. Ein Mann mit einem Megafon saß in dem Boot und schaute zu ihnen herüber.

Dimka winkte zum Zeichen, dass er verstanden hatte. Der Mann hatte recht; sie hatten das Boot für zwei Stunden gemietet. Dimka nahm an, dass sie sich eine Verlängerung hätten erkaufen können, hätten sie dem

Bootsverleiher unauffällig ein paar Scheine in die Hand gedrückt, aber wer hätte ahnen können, wie nahe er seinem Ziel kommen sollte, endlich die Jungfräulichkeit loszuwerden?

»Ohne die anderen können wir aber nicht zurück«, sagte Nina, doch schon einen Moment später kamen Valentin und Anna aus dem Wald. Sie waren nur knapp außer Sichtweite gewesen, vermutete Dimka, und hatten den Rufer ebenfalls gehört.

Die beiden jungen Männer rückten ein wenig von den Mädchen ab, und alle vier zogen sich wieder an. Dimka hörte, wie Nina und Anna leise miteinander sprachen. Anna war ganz aufgeregt, und Nina kicherte und nickte zustimmend.

Dann warf Anna Valentin einen vielsagenden Blick zu. Dieses Zeichen war offenbar abgemacht, denn Valentin nickte und drehte sich zu Dimka um. Leise sagte er: »Heute Abend gehen wir vier zum Tanz. Anschließend kommt Anna dann zu mir ins Zelt, und du gehst mit Nina ins Zelt der Mädchen. Einverstanden?«

Dimka war mehr als nur einverstanden. Mit großen Augen starrte er Valentin an. »Und das hast du gerade mit Anna abgemacht?«

»Ganz recht. Und Nina hat soeben Ja gesagt.«

Dimka konnte sein Glück kaum fassen. Er würde Nina die ganze Nacht im Arm halten. »Sie mag mich!«

»Muss an der kurzen Hose liegen.«

Sie stiegen ins Boot und ruderten zurück. Die Mädchen erklärten, dass sie nach ihrer Rückkehr erst einmal duschen wollten, und Dimka überlegte, wie er sich die Zeit bis zum Abend vertreiben sollte.

Als sie die Anlegestelle erreichten, wartete dort ein Mann in schwarzem Anzug auf sie.

Dimka wusste sofort, dass der Mann wegen ihm hier war. Ich hätte es wissen müssen, dachte er traurig. Es wäre auch zu schön gewesen.

Sie stiegen aus dem Boot. Nina schaute zu dem Mann, der in seinem Anzug schwitzte, und fragte: »Werden wir jetzt verhaftet, weil wir das Boot zu lange behalten haben?« Es war nur halb als Scherz gemeint.

Dimka antwortete nicht, sondern ging zu dem Mann und fragte: »Sind Sie wegen mir gekommen? Ich bin Dmitri Dworkin.«

»Ja, Genosse Dworkin«, antwortete der Mann respektvoll. »Ich bin Ihr Fahrer. Ich soll Sie zum Flugplatz bringen.«

»Was ist denn los?«

Der Fahrer zuckte mit den Schultern. »Der Genosse Generalsekretär will Sie sehen.«

»Dann sollte ich jetzt wohl meine Tasche holen«, seufzte Dimka.

Dass Nina ihn ehrfürchtig anstarrte, war nur ein schwacher Trost.

*

Der Wagen brachte Dimka zum Flughafen Wnukowo, südwestlich von Moskau, wo Vera Pletner mit einem großen Umschlag und einem Ticket nach Tiflis auf ihn wartete, der Hauptstadt der Sozialistischen Sowjetrepublik Georgien.

Chruschtschow war nicht in Moskau, sondern in seiner Datscha in Pizunda, einem Erholungsgebiet für hohe Funktionäre am Schwarzen Meer.

Da flog Dimka nun hin. Er war noch nie geflogen, und er war auch nicht der einzige Berater des Politbüros, den man aus dem Urlaub geholt hatte.

Als Dimka im Wartebereich des Flughafens den Umschlag öffnen wollte, trat Jewgeni Filipow zu ihm. Trotz des warmen Wetters trug Filipow wie immer ein Flanellhemd. Er machte einen zufriedenen Eindruck. Allein das verriet schon eine Menge.

»Ihre Strategie ist gescheitert«, sagte er unverhohlen selbstgefällig.

»Was ist denn los?«

»Präsident Kennedy hat eine Fernsehansprache gehalten.«

Seit dem Gipfeltreffen von Wien hatte Kennedy sieben Wochen lang geschwiegen. Die Vereinigten Staaten hatten nicht auf Chruschtschows Drohung reagiert, mit Ostdeutschland einen Separatfrieden zu schließen und sich Westberlin zu holen. Bis jetzt hatte Dimka geglaubt, Kennedy fehle schlichtweg der Mut, sich Chruschtschow zu widersetzen.

»Und was hat er so von sich gegeben?«, fragte er nun.

»Er hat dem amerikanischen Volk gesagt, es solle sich auf einen Krieg vorbereiten.«

Darum also ging es hier.

»Was *genau* hat Kennedy gesagt?«, wollte Dimka wissen.

»Was Berlin betrifft, hat er gesagt: ›Ein Angriff auf diese Stadt wird als Angriff auf uns alle verstanden.‹ Die vollständige Mitschrift finden Sie in Ihrem Umschlag.«

Der Flug wurde aufgerufen, und sie gingen an Bord der Maschine. Dimka trug noch immer seine kurze Hose.

Das Flugzeug war eine Tupolew Tu-104. Als sie abhob, schaute Dimka aus dem Fenster. Er wusste natürlich, wie ein Flugzeug funktionierte: Die

Tragflächenform sorgte ober- und unterhalb des Flügels für unterschiedlichen Luftdruck und somit für Auftrieb. Trotzdem war es für ihn wie Magie, als die Tupolew sich in die Luft erhob.

Schließlich riss er sich vom Fenster los und öffnete den Umschlag.

Filipow hatte nicht übertrieben.

Kennedy rasselte nicht nur mit dem Säbel. Er kündigte an, den Wehrpflichtigenanteil im amerikanischen Heer zu verdreifachen und Reservisten einzuberufen, um so die Mannstärke der US Army auf eine Million zu erhöhen. Und er bereitete eine neue Luftbrücke vor. Außerdem wurden sechs Divisionen nach Europa verlegt und Sanktionen gegen Staaten des Warschauer Pakts geplant.

Und Kennedy hatte den Verteidigungshaushalt um mehr als drei *Milliarden* Dollar erhöht.

Nun erkannte Dimka, dass die Strategie, die Chruschtschow und seine Berater ausgearbeitet hatten, auf katastrophale Weise gescheitert war. Sie hatten den gut aussehenden jungen Präsidenten unterschätzt. So leicht konnte man ihn also doch nicht einschüchtern.

Was würde Chruschtschow tun?

Es war durchaus möglich, dass man ihn zum Rücktritt zwang. Das war zwar noch keinem Sowjetführer passiert – sowohl Lenin als auch Stalin waren im Amt gestorben –, aber es gab für alles ein erstes Mal.

Dimka las die Rede zweimal und dachte während des zweistündigen Fluges ununterbrochen darüber nach. Es gab nur eine Alternative zu Chruschtschows Rücktritt: Der Generalsekretär könnte seine Berater feuern, das gesamte Politbüro umgestalten und seinen Gegnern mehr Einfluss zugestehen. So würde er einräumen, dass er einen Fehler begangen hatte, und gleichzeitig versprechen, sich in Zukunft klügeren Rat zu suchen.

Doch wie auch immer, Dimkas kurze Kremlkarriere war vorbei. Vielleicht bin ich zu ehrgeizig gewesen, dachte er verzweifelt. In jedem Fall erwartete ihn nun eine sehr viel bescheidenere Zukunft.

Er fragte sich, ob die dralle Nina dann immer noch die Nacht mit ihm verbringen wollte.

Das Flugzeug landete in Tiflis, und eine kleine Militärmaschine brachte Dimka und Filipow zu einer Landebahn an der Küste.

Natalja Smotrow aus dem Außenministerium wartete dort auf die beiden Männer. In der feuchten Meeresluft hatten sich Nataljas Haare gelockt. Sie sah zum Anbeißen aus. »Es gibt schlechte Neuigkeiten von Perwuchin«, berichtete sie, als sie vom Flugplatz fuhren. Michail Perwuchin war der sowjetische Botschafter in Ostdeutschland. »Die Fluchtwelle in Richtung Westen ist zu einer Flut geworden.«

Filipow schaute verärgert drein, vermutlich, weil Natalja diese Nachricht eher bekommen hatte als er. »Von welcher Größenordnung reden wir hier?«

»Fast tausend Menschen am Tag.«

Dimka war entsetzt. »Am *Tag?*«

Natalja nickte. »Perwuchin sagt, der ostdeutsche Staat sei nicht mehr stabil. Das Land steht kurz vor dem Zusammenbruch. Es droht ein Volksaufstand.«

»Sehen Sie?«, sagte Filipow zu Dimka. »Das ist das Ergebnis *Ihrer* Politik.«

Dimka wusste nicht, was er darauf erwidern sollte.

Natalja fuhr an der Küstenstraße entlang zu einer bewaldeten Halbinsel und schließlich durch ein massives Eisentor in einer langen Mauer. Inmitten makelloser Rasenflächen stand eine weiße Villa mit weißem Balkon im ersten Stock. Neben dem Haus befand sich ein riesiger Swimmingpool. Dimka hatte noch nie ein Haus mit eigenem Pool gesehen.

»Er ist unten am Meer«, sagte ein Wachmann zu Dimka und nickte in die entsprechende Richtung.

Dimka suchte sich einen Weg zwischen den Bäumen hindurch und zum Kiesstrand hinunter. Ein Soldat mit Maschinenpistole hielt ihn auf, musterte ihn streng und winkte ihn dann weiter.

Dimka fand Chruschtschow unter einer Palme. Der zweitmächtigste Mann der Welt war klein, fett, kahl und hässlich. Er trug eine Anzughose, die von Hosenträgern gehalten wurde, und ein weißes Hemd mit aufgerollten Ärmeln. Er saß in einem Korbstuhl; daneben standen ein Krug Wasser und ein Glas auf einem kleinen Tisch. Er schien gar nichts zu tun.

Chruschtschow schaute Dimka an und fragte: »Wo haben Sie denn die kurze Hose her?«

»Die hat mir meine Mutter genäht.«

»Ich sollte mir auch eine kurze Hose zulegen.«

Dimka sprach die Worte, die er sich zurechtgelegt hatte. »Genosse Generalsekretär, hiermit möchte ich Ihnen meinen sofortigen Rücktritt anbieten.«

Chruschtschow schien Dimkas Worte gar nicht gehört zu haben. »In den nächsten zwanzig Jahren werden wir die Vereinigten Staaten auf sämtlichen Gebieten überholen, auch militärisch und ökonomisch«, sagte er, als hätten sie die ganze Zeit über nichts anderes geredet. »Aber bis dahin ... Wie sollen wir verhindern, dass eine stärkere Macht die Weltpolitik bestimmt und die Verbreitung der sozialistischen Revolution ausbremst?«

»Das weiß ich nicht, Genosse Generalsekretär«, antwortete Dimka.

»Schauen Sie«, sagte Chruschtschow. »Ich bin die Sowjetunion.« Er griff nach dem Krug und goss langsam Wasser ins Glas, bis es randvoll war. Dann reichte er es Dimka. »Und Sie sind die Vereinigten Staaten«, fuhr er fort. »Jetzt gießen Sie Ihr Wasser ins Glas.«

Dimka tat, wie ihm befohlen. Wie nicht anders zu erwarten, lief das Glas über.

»Sehen Sie?«, sagte Chruschtschow, als hätte er damit irgendetwas Bedeutsames bewiesen. »Wenn das Glas voll ist und man schüttet mehr rein, gibt es eine Sauerei.«

Dimka war verwirrt, und so stellte er die Frage, die von ihm erwartet wurde: »Und was heißt das, Genosse Generalsekretär?«

»Weltpolitik ist wie ein Glas. Durch Aggression gießen beide Seiten immer mehr Wasser hinein. Läuft es über, nennt man das Krieg.«

Dimka verstand. »Wenn die Spannung am größten ist, kann niemand einen Zug machen, ohne Krieg auszulösen.«

»Sehr gut. Sie haben verstanden«, sagte Chruschtschow. »Und die Amerikaner wollen genauso wenig Krieg wie wir. Wenn wir die internationalen Spannungen also hochhalten – wenn wir das Glas bis zum Rand füllen –, ist der amerikanische Präsident hilflos. Wenn er etwas tut, heißt das Krieg, deshalb kann er nichts tun!«

Das war brillant, erkannte Dimka. So konnte auch eine schwächere Macht das Geschehen beherrschen. »Sie meinen, Kennedy ist machtlos?«, hakte er nach.

»Ja, denn sein nächster Zug bedeutet Krieg.«

War das schon die ganze Zeit Chruschtschows Plan gewesen?, fragte sich Dimka. Oder suchte er einfach nur im Nachhinein nach einer Rechtfertigung für sein Tun? Wenn Chruschtschow eines konnte, dann improvisieren. »Und was unternehmen wir jetzt im Fall Berlin?«, fragte Dimka.

»Wir bauen eine Mauer«, antwortete Chruschtschow.

KAPITEL 9

Zum Mittagessen führte George Jakes Verena Marquand in den Jockey Club aus. Trotz des Namens war es kein Club, sondern ein piekfeines neues Restaurant im Fairfax Hotel, das bei der Kennedy-Clique Anklang gefunden hatte. George und Verena waren das am besten gekleidete Paar im Jockey Club – sie in einem eleganten Vichy-Karo-Kleid mit breitem roten Gürtel, er in einem maßgeschneiderten dunkelblauen Leinenblazer mit gestreifter Krawatte.

Dennoch wurde ihnen ein Tisch gleich an der Küchentür zugewiesen. In Washington war die Rassentrennung zwar aufgehoben, die Vorurteile aber nicht. Doch George schob diese Gedanken von sich; er war gekommen, um das Essen zu genießen.

Verena besuchte mit ihren Eltern die Stadt. An diesem Abend waren sie ins Weiße Haus zu einer Cocktailparty eingeladen, die gegeben wurde, um bedeutenden Unterstützern wie den Marquands zu danken und – wie George sehr genau wusste – sich ihre Sympathien für den nächsten Wahlkampf zu sichern.

Verena ließ anerkennend den Blick schweifen. »Ist lange her, seit ich in einem anständigen Restaurant gewesen bin«, sagte sie. »Atlanta ist eine Wüste.« Da ihre Eltern Hollywoodstars waren, war sie im Luxus aufgewachsen und hielt Restaurants wie dieses beinahe für alltäglich.

»Du solltest hierherziehen«, sagte George und blickte in ihre faszinierenden grünen Augen. Das ärmellose Kleid zeigte ihre makellose milchkaffeebraune Haut; sie war sich dessen erkennbar bewusst. Wenn sie nach Washington ziehen sollte, würde George sie um eine Verabredung bitten.

Maria Summers versuchte er zu vergessen. Er ging zurzeit mit Norine Latimer, einer Historikerin, die im Amerikanischen Historischen Museum als Sekretärin arbeitete. Sie war attraktiv und intelligent, aber es funktionierte irgendwie nicht: Er dachte trotzdem ständig an Maria. Verena wäre vielleicht ein wirksameres Heilmittel, aber das behielt George natürlich für sich.

»Unten in Georgia bist du doch von allem abgeschnitten«, sagte er.

»Sei dir da nicht so sicher«, entgegnete Verena. »Ich arbeite für Martin Luther King. Er wird Amerika stärker verändern als John F. Kennedy.«

»Weil Dr. King nur ein Thema hat, die Bürgerrechte. Der Präsident muss sich um Hunderte von Dingen kümmern. Er ist der Verteidiger der freien Welt. Im Augenblick ist Berlin seine Hauptsorge.«

»Seltsam, nicht wahr? Freiheit und Demokratie für die Deutschen in Ostberlin sind Kennedy wichtig, aber nicht die Rechte der amerikanischen Neger in den Südstaaten.«

George lächelte. Wie wehrhaft sie immer wieder war! »Es geht nicht nur um das, was Kennedy wichtig ist, es geht auch darum, was er erreichen kann.«

Verena zuckte mit den Schultern. »Das ist jetzt nicht abfällig gemeint, aber was kannst *du* da schon bewirken?«

»Das Justizministerium beschäftigt neunhundertfünfzig Juristen. Vor meiner Zeit waren nur zehn davon schwarz. Damit bin ich bereits eine Verbesserung um zehn Prozent.«

»Und was hast du erreicht?«

»Das Justizministerium fährt eine harte Linie gegen die Regulierungskommission für den Verkehr zwischen den Bundesstaaten. Bobby hat sie aufgefordert, im gesamten Busnetz der Vereinigten Staaten jede Form der Rassentrennung zu verbieten.«

»Und woher rührt deine Zuversicht, dass diese Regel wirksamer durchgesetzt wird als die früheren?«

»So zuversichtlich bin ich gar nicht.« George war enttäuscht, doch er wollte vor Verena nicht zeigen, wie tief diese Enttäuschung reichte. »In Bobbys persönlichem Stab gibt es einen Burschen namens Dennis Wilson, einen jungen weißen Juristen, der mich als Bedrohung betrachtet und alles tut, dass ich an den wirklich wichtigen Besprechungen nicht teilnehme.«

»Wie kann er das schaffen? Du bist von Bobby Kennedy eingestellt worden. Interessiert er sich denn nicht für deine Ansichten?«

»Ich muss erst Bobbys Vertrauen gewinnen.«

»Du bist ein Vorzeigeneger«, sagte sie verächtlich. »Solange du da bist, kann Bobby vor aller Welt behaupten, dass ihn ein Schwarzer in Bürgerrechtsfragen berät. Zuhören muss er dir gar nicht. Hauptsache, deine schwarze Haut ist in der Presse und im Fernsehen.«

George befürchtete, sie könnte recht haben, doch er gab es nicht zu. »Nun, das liegt an mir. Ich muss halt dafür sorgen, dass Bobby mir zuhört.«

»Komm nach Atlanta«, sagte sie. »Der Job bei Dr. King ist noch zu haben.«

George schüttelte den Kopf. »Meine Karriere findet hier in Washington statt.« Er erinnerte sich daran, was Maria gesagt hatte, und sprach es aus: »Protestler können Einfluss nehmen, aber die Entscheidungen trifft am Ende die Politik.«

Als sie gingen, erwartete Georges Mutter sie im Foyer. George hatte sich im Fairfax Hotel mit ihr verabredet, aber sie hatte offensichtlich darauf verzichtet, ins Restaurant zu kommen. Wahrscheinlich war ihr der Tisch in der Nähe der Küche peinlich gewesen.

»Warum hast du dich nicht zu uns gesetzt?«, fragte George.

Sie ging nicht auf seine Frage ein, sondern sprach Verena an. »Wir haben uns bei der Entlassungsfeier in Harvard gesehen, Sie erinnern sich bestimmt«, sagte sie. »Wie geht es Ihnen?« Sie war betont höflich, wie George es von ihr kannte, wenn sie jemanden nicht besonders leiden mochte.

George brachte Verena zu einem Taxi und küsste sie zum Abschied auf die Wange. Anschließend ging er mit seiner Mutter zu Fuß zum Justizministerium. Jacky wollte unbedingt sehen, wo ihr Sohn arbeitete. George hatte es so eingerichtet, dass er sie an einem ruhigen Tag herumführen konnte. Bobby Kennedy hielt sich in der CIA-Zentrale auf, die sich in Langley, Virginia, befand, sieben oder acht Meilen außerhalb der Stadt. Jacky hatte sich den Tag freigenommen. Dem Anlass entsprechend trug sie Hut und Handschuhe, als wollte sie zur Kirche.

»Was hältst du von Verena?«

»Sie ist eine schöne junge Frau«, antwortete Jacky.

»Ihre politischen Ansichten würden dir gefallen«, sagte George, »dir und Chruschtschow.« Er lachte, doch ein Körnchen Wahrheit war daran: Seine Mutter war genauso ultraliberal wie Verena. »Sie meint, die Kubaner hätten das Recht, Kommunisten zu sein, wenn sie es wollen.«

»So ist es ja auch«, sagte Jacky.

»Was hast du dann an ihr auszusetzen?«

»Nichts.«

»Mom, wir Männer haben es vielleicht nicht so mit der Intuition, aber ich kenne dich mein Leben lang. Ich weiß, wann du Vorbehalte hast.«

Sie lächelte und berührte liebevoll seinen Arm. »Du fühlst dich zu ihr hingezogen, und ich verstehe gut, warum das so ist. Sie ist unwiderstehlich. Ich möchte eine Frau, die du magst, nicht schlechtmachen, aber ...«

»Aber was?«

»Eine Ehe mit Verena könnte schwierig sein. Ich habe das Gefühl, für sie stehen ihre Bedürfnisse an erster und letzter Stelle – und an allen anderen Stellen dazwischen.«

»Du hältst sie für selbstsüchtig?«

»Selbstsüchtig sind wir alle mehr oder weniger. Ich glaube, sie ist verwöhnt.«

George nickte. Seine Mutter hatte vermutlich recht. »Du brauchst dir keine Gedanken zu machen«, sagte er. »Sie will in Atlanta bleiben, und ich in Washington.«

»Vielleicht ist es am besten so. Ich möchte nur, dass du glücklich bist.«

Das Justizministerium war in einem eleganten klassizistischen Gebäude unweit des Weißen Hauses untergebracht. Jacky strahlte, als sie hineingingen. Es erfüllte sie sichtlich mit Stolz, dass ihr Sohn hier arbeitete. George genoss ihre Freude. Sie hatte jedes Recht, sich zu freuen. Sie hatte ihm ihr Leben gewidmet, und das hier war ihre Belohnung.

Sie betraten die Great Hall, die ausgedehnte Lobby des Ministeriums. Jacky bewunderte die berühmten Wandgemälde, die Szenen aus dem amerikanischen Alltag zeigten, doch für die Aluminiumstatue *Spirit of Justice*, die eine Frau mit einer entblößten Brust darstellte, hatte sie nur einen schiefen Blick übrig. »Ich bin ja nicht prüde, aber ich begreife nicht, weshalb Justitia mit blankem Busen herumlaufen muss«, sagte sie. »Was ist der Grund?«

George dachte nach. »Um zu zeigen, dass Justitia nichts zu verbergen hat?«

Jacky lachte. »Das glaubst du selbst nicht!«

Sie gingen zum Aufzug. »Was macht dein Arm?«, fragte Jacky.

Der Gips war ab, und George brauchte den Arm nicht mehr in der Schlinge zu tragen. »Tut immer noch weh«, antwortete er. »Ich habe festgestellt, dass es besser ist, wenn ich die linke Hand in die Tasche stecke. Dann hat der Arm ein bisschen mehr Halt.«

Im fünften Stock stiegen sie aus dem Aufzug. George führte Jacky zu dem Büro, das er mit Dennis Wilson und mehreren anderen teilte. Das Büro des Justizministers war gleich nebenan.

Wilson saß an seinem Schreibtisch an der Tür. Er war ein bleicher junger Bursche, dessen blondes Haar früh den Rückzug aus der Stirn antrat. George fragte ihn: »Wann kommt er wieder?«

Wilson wusste, dass Bobby Kennedy gemeint war. »Frühestens in einer Stunde, eher später.«

»Danke.« George wandte sich an seine Mutter. »Komm, ich zeig dir Bobby Kennedys Büro.«

»Bist du sicher, das geht in Ordnung?«

»Er ist nicht da. Es wäre ihm egal.«

George führte Jacky durch das Vorzimmer, wo er den beiden Sekretärinnen zunickte, und ins Büro des Justizministers. Der Raum wirkte mehr wie das Gesellschaftszimmer eines prächtigen alten Landhauses mit seiner Nussholztäfelung, dem großen gemauerten Kamin, dem kostbaren Teppich, den gemusterten Vorhängen und den Lampen auf den Tischen. Das Büro war groß, doch Bobby hatte es irgendwie geschafft, dass es den Eindruck erweckte, als gäbe es keinen freien Platz mehr. Zur Einrichtung gehörten ein Aquarium und ein ausgestopfter Tiger. Den riesigen Schreibtisch bedeckten Papiere, Aschenbecher und Familienfotos. Auf einem Regalbrett hinter dem Schreibtischsessel standen vier Telefone.

»Kannst du dich an das Haus an der Union Station erinnern, in dem wir gewohnt haben, als du ein kleiner Junge warst?«, fragte Jacky.

»Aber sicher.«

»Man könnte das ganze Haus hier drin unterbringen.«

George blickte sich um. »Ich glaube, du hast recht.«

»Und der Schreibtisch ist größer als das Bett, in dem wir beide geschlafen haben, bis du vier warst.«

»Wir beide und der Hund.«

Auf dem Schreibtisch lag ein grünes Barett, die Kopfbedeckung der US Army Special Forces, die Bobby Kennedy so sehr bewunderte. Jacky jedoch interessierte sich mehr für die Fotos. George nahm ein gerahmtes Bild von Bobby und Ethel Kennedy in die Hand, auf dem das Ehepaar vor einem großen Haus auf den Rasen saß, umgeben von ihren sieben Kindern. »Das ist vor Hickory Hill aufgenommen, ihrem Haus in McLean, Virginia«, sagte er und reichte es Jacky.

Sie betrachtete das Foto. »Das gefällt mir. Ihm ist seine Familie wichtig.«

Eine selbstbewusste Stimme mit Bostoner Akzent fragte: »Wem ist seine Familie wichtig?«

George fuhr herum und sah Bobby Kennedy ins Büro kommen. Er trug einen verknitterten hellgrauen Sommeranzug. Seine Krawatte war gelockert, und der Kragenknopf seines Hemds stand offen. Er sah nicht so gut aus wie sein älterer Bruder, schon seiner vorstehenden Schneidezähne wegen, besaß aber das gleiche Charisma.

George geriet für einen Moment aus der Fassung. »Ich ... äh, ich bitte um Entschuldigung, Sir. Ich dachte, Sie wären heute Nachmittag nicht im Haus.«

»Schon okay«, entgegnete Bobby lässig, doch George war nicht sicher, ob er es auch so meinte. »Dieses Büro gehört dem amerikanischen Volk. Die Leute können es sich ansehen, wenn sie möchten.«

»Das ist meine Mutter, Jacky Jakes«, sagte George.

Bobby schüttelte ihr energisch die Hand. »Sie haben einen prächtigen Sohn, Mrs. Jakes.« Sobald er mit Wählern sprach, sprühte er vor Charme.

Jackys Gesicht war vor Verlegenheit dunkel angelaufen, aber sie antwortete, ohne zu zögern. »Danke sehr. Sie haben ein paar Kinder mehr als ich. Ich habe mir gerade das Foto angeschaut.«

»Vier Söhne und drei Töchter. Sie alle sind großartig. Das sage ich ohne jede Voreingenommenheit.«

Er schmunzelte, und damit war das Eis gebrochen. Alle drei lachten.

»Es war mir ein Vergnügen, Sie kennenzulernen, Mrs. Jakes«, sagte Bobby schließlich. »Kommen Sie uns bei Gelegenheit noch einmal besuchen.«

Trotz der Freundlichkeit war es unverkennbar eine Aufforderung, zu gehen. George und seine Mutter verließen das Büro und gingen über den Flur zum Aufzug.

»Das war ganz schön peinlich«, sagte Jacky. »Aber Bobby ist nett.«

»Das war arrangiert, jede Wette!«, stieß George verärgert hervor. »Bobby kommt niemals irgendwo zu früh. Wilson hat uns belogen. Er wollte, dass ich ins offene Messer laufe.«

Seine Mutter klopfte ihm auf den Arm. »Wenn heute nichts Schlimmeres passiert, geht es uns gut.«

»Ich weiß nicht ...« George erinnerte sich an Verenas Vorwurf, er sei nur ein Vorzeigeneger. »Meinst du, sie haben mich hier nur eingestellt, damit der Eindruck erweckt wird, dass Bobby Kennedy den Negern zuhört, obwohl er es gar nicht tut?«

Jacky dachte nach. »Ich hoffe nicht, aber es könnte sein.«

»Ich könnte vielleicht mehr ausrichten, wenn ich für Martin Luther King in Atlanta arbeite.«

»Ich finde, du solltest hierbleiben.«

»Ich wusste, dass du das sagst.«

Er führte Jacky aus dem Gebäude. »Wie ist deine Wohnung?«, fragte sie. »Die muss ich als Nächstes sehen.«

»Sie ist großartig.« George hatte das oberste Stockwerk eines viktorianischen Reihenhauses in Capitol Hill gemietet. »Komm am Sonntag vorbei.«

»Damit ich dich bekochen kann?«

»Danke für das nette Angebot.«

»Lerne ich deine Freundin kennen?«

»Ich werde Norine einladen.«

Sie gaben sich einen Abschiedskuss. Jacky würde in einen Pendlerzug steigen, der sie ins heimatliche Prince George's County in Maryland brachte. Ehe sie ging, sagte sie: »Vergiss eines nicht. Es gibt tausend smarte junge Männer, die bereit sind, für Martin Luther King zu arbeiten. Aber nur ein Neger sitzt im Büro neben dem von Bobby Kennedy.«

Sie hat recht, dachte George. Wie fast immer.

Als er ins Büro zurückkehrte, sagte er kein Wort zu Wilson, sondern setzte sich an seinen Schreibtisch und schrieb für Bobby Kennedy eine knappe Inhaltsangabe eines Berichts, der sich mit der Rassenintegration an Schulen beschäftigte.

Um fünf Uhr nachmittags stiegen Bobby und seine Referenten in Limousinen, um das kurze Stück zum Weißen Haus zu fahren. Bobby sollte sich dort mit dem Präsidenten treffen. Es war das erste Mal, dass George zu einer Besprechung im Weißen Haus mitgenommen wurde. Er fragte sich, ob es ein Zeichen dafür war, dass man ihm mehr zutraute. Oder handelte es sich bloß um ein weniger wichtiges Treffen?

Sie betraten das Weiße Haus durch den Westflügel und gingen zum Kabinettssaal, einem lang gestreckten Raum mit vier hohen Fenstern auf einer Seite. Ungefähr zwanzig dunkelblaue Ledersessel umstanden einen sargförmigen Tisch. In diesem Raum, dachte George beinahe andächtig, werden weltpolitische Entscheidungen getroffen.

Eine Viertelstunde verging, und von Präsident Kennedy war immer noch nichts zu sehen. Schließlich wandte Dennis Wilson sich an George. »Gehen Sie doch bitte mal zu Dave Powers und sagen Sie ihm, wo wir sind, okay?« Powers war der persönliche Referent des Präsidenten.

»Sicher«, sagte George. Nur sieben Jahre in Harvard und schon Laufbursche, dachte er dabei.

Vor dem Treffen mit Bobby hatte der Präsident eine Cocktailparty für prominente Unterstützer besuchen sollen, und vermutlich hielt er sich noch immer dort auf. George ging ins Haupthaus und folgte dem Lärm. Unter den schweren Kronleuchtern im East Room standen etwa hundert elegant gekleidete Partygäste. George winkte Verenas Eltern zu, Percy Marquand und Babe Lee, die sich mit einem Mitglied des Nationalen Ausschusses der Demokratischen Partei unterhielten.

Der Präsident war nicht im Raum.

George schaute sich um und entdeckte einen Kücheneingang. Mittlerweile wusste er, dass der Präsident oft Personaleingänge und Nebenkorridore benutzte, damit er nicht ständig in Gespräche verwickelt und aufgehalten wurde.

George ging durch die Tür und entdeckte die Gruppe des Präsidenten gleich dahinter. Der gut aussehende, sonnengebräunte John F. Kennedy, erst vierundvierzig Jahre alt, trug einen marineblauen Anzug mit weißem Hemd und schmaler Krawatte. Er wirkte müde und gereizt. »Ich kann mich nicht mit einem gemischtrassigen Paar fotografieren lassen«, sagte er mit genervtem Unterton, als hätte man ihn gezwungen, sich zu wiederholen. »Das würde mich zehn Millionen Stimmen kosten.«

George hatte nur ein einziges gemischtrassiges Paar im Ballsaal gesehen: Percy Marquand und Babe Lee. Ein Anflug von Zorn überkam ihn. Offenbar hatte der liberale Präsident Angst, sich mit ihnen fotografieren zu lassen.

Dave Powers war ein kahlköpfiger liebenswerter Mann mittleren Alters, der sich in jeder Hinsicht von seinem Chef unterschied.

»Was soll ich unternehmen?«, fragte er den Präsidenten.

»Schaffen Sie die beiden da raus.«

Dave war Kennedys persönlicher Freund und hatte keine Bedenken, den Präsidenten deutlich merken zu lassen, wenn ihn etwas ärgerte. »Was soll ich ihnen denn sagen, verdammt noch mal?«

George vergaß seine Ehrfürchtigkeit und horchte auf. Bot sich ihm hier eine Gelegenheit? Kurz entschlossen trat er vor und sagte: »Mr. President, mein Name ist George Jakes. Ich arbeite für den Justizminister. Darf ich mich für Sie um das Problem kümmern?«

Als George den Männern in die Gesichter blickte, wusste er, was sie dachten: Sollte Percy Marquand im Weißen Haus gekränkt werden, war es sehr viel besser, wenn derjenige, der die Kränkung verursachte, selbst ein Schwarzer war.

»Teufel, ja«, sagte Kennedy. »Das wüsste ich sehr zu schätzen, George. Kümmern Sie sich um die Sache.«

»Jawohl, Sir«, sagte George steif und kehrte in den Ballsaal zurück. Die Frage war nur, was sollte er jetzt tun? Er zermarterte sich das Hirn, während er über den sorgsam gebohnerten Fußboden auf Percy und Babe zuging. Er musste sie fünfzehn oder zwanzig Minuten aus dem Raum schaffen, mehr nicht. Aber was konnte er ihnen sagen?

Wahrscheinlich alles, nur nicht die Wahrheit.

Als er die Gruppe erreichte und Percy Marquand behutsam am Arm berührte, um ihn auf sich aufmerksam zu machen, wusste er immer noch nicht, was er sagen sollte.

Percy drehte sich um, erkannte George und schüttelte ihm lächelnd die Hand. »Leute!«, machte er die anderen ringsum auf sich aufmerksam. »Hier könnt ihr einen leibhaftigen Freedom Rider kennenlernen!«

Babe Lee ergriff Georges Arm mit beiden Händen, als hätte sie die Befürchtung, jemand könnte ihn ihr wegnehmen. »Sie sind ein Held, George«, säuselte sie.

In diesem Moment wusste George, was er sagen musste. »Mr. Marquand, Miss Lee, ich arbeite für Bobby Kennedy. Er würde gern ein paar Minuten über Bürgerrechte mit Ihnen reden. Darf ich Sie zu ihm bringen?«

»Aber sicher«, sagte Percy. »Gehen wir!«

George bereute seine Worte augenblicklich. Sein Herz pochte heftig, als er die Marquands in den West Wing führte. Wie würde Bobby es aufnehmen? Was, wenn er sagte: »Nein, zum Teufel, keine Zeit.« Wenn eine peinliche Situation entstand, läge die Schuld bei George. Warum hatte er nicht den Mund gehalten!

»Ich habe mit Verena zu Mittag gegessen«, sagte er, um wenigstens ein bisschen Konversation zu betreiben.

»Oh, das freut mich. Sie liebt ihre Arbeit in Atlanta«, sagte Babe Lee. »Dr. Kings Southern Christian Leadership Conference hat nur eine kleine Führungsspitze, aber sie bewirkt Großartiges.«

»Und King ist ein großer Mann«, fugte Percy hinzu. »Von allen Führern der Bürgerrechtsbewegung ist er der beeindruckendste.«

Kurz darauf betraten sie den Kabinettssaal. Das halbe Dutzend Männer saß an einem Ende des langen Tisches und plauderte, einige rauchten. Überrascht blickten sie die Neuankömmlinge an. George suchte Bobby und schaute in sein Gesicht: Er sah verwirrt und verärgert aus.

George sagte: »Sicher kennen Sie Percy Marquand und Babe Lee, Sir. Sie würden gern ein paar Minuten über Bürgerrechte mit uns reden.«

Einen Augenblick lang verdüsterte sich Bobbys Gesicht. Kein Wunder, dachte George, wo ich ihn heute schon zum zweiten Mal mit einem ungeladenen Gast überrasche. Dann aber lächelte Bobby. »Ich fühle mich geehrt. Bitte, setzen Sie sich. Zuerst einmal möchte ich Ihnen danken, dass Sie den Wahlkampf meines Bruders unterstützt haben ...«

Bobby ließ wieder seinen Charme spielen.

George war erleichtert – vorerst. Keine peinliche Situation. Er hörte zu, als Bobby seine Besucher über ihre Ansichten befragte, um dann verhüllt die Schwierigkeiten anzusprechen, die die Kennedys im Kongress mit den Demokraten aus den Südstaaten hatten. Percy und Babe Lee waren sichtlich geschmeichelt.

Ein paar Minuten später kam der Präsident herein. Er schüttelte Percy und Babe die Hand, dann bat er Dave Powers, sie zurück zur Party zu begleiten.

Kaum hatte die Tür sich hinter ihnen geschlossen, ging Bobby auf George los. »Tun Sie so was nie wieder!«, fuhr er ihn an. Auf seinem Gesicht spiegelte sich die ganze Kraft seiner gezügelten Wut.

George beobachtete, wie Dennis Wilson ein Grinsen unterdrückte.

»Für wen halten Sie sich eigentlich, verdammt noch mal«, tobte Bobby. George befürchtete, dass sein Chef auf ihn losging. Instinktiv balancierte er auf den Fußballen, bereit, sich unter einem Hieb wegzuducken. Schließlich sagte er verzweifelt: »Der Präsident wollte die beiden aus dem Saal haben. Er wollte sich nicht mit ihnen fotografieren lassen ...«

Bobby schaute seinen Bruder an.

John F. Kennedy nickte.

George fuhr fort: »Ich hatte dreißig Sekunden, um mir einen Vorwand einfallen zu lassen, der die beiden nicht beleidigt. Ich habe ihnen gesagt, Sie wollten sie sprechen. Und es hat funktioniert, oder nicht? Sie waren nicht beleidigt, im Gegenteil. Sie glauben, sie wären bevorzugt behandelt worden.«

Der Präsident sagte: »Das stimmt, Bob. George hat uns aus der Klemme geholfen.«

»Ich wollte dafür sorgen«, sagte George, »dass wir ihre Unterstützung in der Kampagne für die Wiederwahl nicht verlieren.«

Bobby blickte ein paar Sekunden lang ins Leere, während er die Sache überdachte. »Sie haben den beiden also weisgemacht«, sagte er schließlich, »ich wollte mit ihnen reden, nur damit sie nicht mit auf die Fotos mit dem Präsidenten kommen?«

»Ja, Sir«, antwortete George.

»Das war schnell gedacht«, sagte der Präsident.

Alle Wut verschwand aus Bobbys Miene. Er prustete, dann fing er an zu lachen. Sein Bruder fiel ein, dann die anderen Männer im Raum.

Bobby kam zu George und legte ihm den Arm um die Schultern. »Georgie-Boy«, sagte er kumpelhaft, »Sie sind einer von uns.«

George begriff, dass er in den inneren Kreis aufgenommen war. Doch er war nicht so stolz, wie er hätte sein können. Er hatte sich einer schäbigen kleinen Täuschung bedient und dem Präsidenten geholfen, rassistische Vorurteile zu begünstigen. Am liebsten hätte er sich die Hände gewaschen.

Dann aber sah er die Wut in Dennis Wilsons Gesicht und fühlte sich gleich viel besser.

KAPITEL 10

In diesem August wurde Rebecca zum zweiten Mal ins Ministerium für Staatssicherheit bestellt.

Ängstlich fragte sie sich, was die Stasi nun wieder von ihr wollte. Sie hatten ihr Leben doch schon ruiniert. Rebecca war in eine falsche Ehe gelockt worden, und jetzt bekam sie obendrein keine Arbeit mehr. Zweifellos hatten die Schulen Anweisung, sie nicht einzustellen.

Was konnte man ihr denn sonst noch antun? Man konnte sie ja wohl kaum ins Gefängnis stecken, nur weil man sie zum Opfer auserkoren hatte. Oder doch? Schließlich konnte die Stasi tun und lassen, was sie wollte.

Rebecca fuhr mit dem Bus durch die Stadt. Das neue Gebäude in der Normannenstraße war genauso hässlich wie die Organisation, die es repräsentierte – ein massiver Klotz für echte Betonköpfe. Wieder wurde sie zum Aufzug gebracht und durch die scheußlichen gelben Flure geführt, aber diesmal brachte man sie in ein anderes Büro. Dort wartete Hans auf sie, ihr Mann. Als Rebecca ihn sah, wich ihre Angst der blanken Wut. Obwohl er die Macht hatte, ihr wirklich wehzutun, war sie viel zu wütend auf ihn, als dass sie sich vor ihm in den Staub geworfen hätte.

Hans trug einen neuen blaugrauen Anzug, den Rebecca nicht kannte. Er hatte ein großes Büro mit zwei Fenstern und modernen Möbeln. Offensichtlich stand er im Rang sogar noch höher, als sie gedacht hatte.

Da Rebecca noch Zeit brauchte, ihre Gedanken zu ordnen, sagte sie: »Ich habe Scholz erwartet.«

Hans wandte sich von ihr ab. »Scholz war für die Arbeit hier ungeeignet.«

Rebecca bemerkte, dass Hans irgendetwas vor ihr verbarg. Vermutlich war Scholz gefeuert oder zur Verkehrspolizei versetzt worden. »Ich nehme an, er hat den Fehler gemacht, mich hier zu befragen und nicht im örtlichen Polizeirevier.«

»Er hätte dich überhaupt nicht befragen sollen. Setz dich.« Hans deutete auf einen Stuhl vor seinem großen, hässlichen Schreibtisch.

Der Stuhl hatte ein Gestell aus Metallrohren und eine Sitzfläche aus hartem orangefarbenen Plastik. Vermutlich sollen Stasiopfer es so unbequem wie möglich haben, dachte Rebecca. Ihre mühsam zurückgehaltene Wut gab ihr die Kraft, sich Hans zu widersetzen und seine Aufforderung zu ignorieren. Anstatt sich zu setzen, trat sie ans Fenster und schaute hinaus auf den Parkplatz. »Du hast deine Zeit verschwendet, nicht wahr?«, sagte sie. »Da hast du dir so viel Mühe gemacht, meine Familie zu bespitzeln, hast aber keinen einzigen Spion oder Saboteur gefunden.« Sie drehte sich zu ihm um. »Deine Vorgesetzten sind wütend auf dich, habe ich recht?«

»Nein, ganz im Gegenteil«, sagte Hans. »Für die Stasi war es eine der erfolgreichsten Operationen ihrer Art.«

Rebecca wusste nicht, wie das möglich sein sollte. »Du hast doch gar nichts Interessantes in Erfahrung gebracht.«

»Meine Mannschaft hat ein Diagramm erstellt, auf dem die Sozialdemokraten in der DDR und ihre Verbindungen untereinander verzeichnet sind«, erklärte Hans stolz. »Und die entscheidenden Informationen habe ich bei euch gesammelt. Deine Eltern kennen die wichtigsten Reaktionäre. Viele von ihnen haben euch besucht.«

Rebecca runzelte die Stirn. Hans hatte recht: Die meisten Leute, die sie besuchten, waren ehemalige Sozialdemokraten, aber daran war nichts Außergewöhnliches. »Das sind doch nur Freunde.«

Hans stieß ein spöttisches Lachen aus. »Nur Freunde? Also bitte. Ich weiß, dass du uns nicht für besonders helle hältst, du hast es ja oft genug betont, als ich noch bei euch gewohnt habe. Aber wir sind keine Trottel.«

Rebecca nahm an, dass Hans verpflichtet war, überall Verschwörungen zu sehen, wie alle Geheimpolizisten, sonst wäre ihre Arbeit sinnlos. Also hatte Hans ein fiktives sozialdemokratisches Netzwerk im Haus der Francks angesiedelt, das nur ein Ziel kannte: den Sturz der sozialistischen Regierung.

Wenn es doch nur wahr wäre.

»Natürlich haben wir nie geplant, dass ich dich heirate«, fuhr Hans fort. »Ein Flirt hätte ja gereicht, um mich ins Haus zu bringen.«

»Aber dann kam mein Heiratsantrag, und du hattest plötzlich ein Problem, was?«, höhnte Rebecca.

»Unsere Operation lief sehr gut. Die Informationen, die ich gesammelt hatte, waren von größter Wichtigkeit. Jede Person, die ich in eurem Haus gesehen habe, hat uns zu weiteren Sozialdemokraten geführt. Hätte ich deinen Antrag abgelehnt, hätte das nicht nur unsere Beziehung beendet, es wäre auch das Ende des Informationsflusses gewesen.«

»Oh, du warst ja so tapfer«, spottete Rebecca. »Du bist wohl sehr stolz auf dich?«

Hans starrte sie an. Für einen Moment konnte Rebecca seinen Ausdruck nicht deuten. Wollte er sie berühren oder gar küssen? Rebecca bekam eine Gänsehaut.

Dann schüttelte Hans den Kopf, als wolle er ihn von lästigen Gedanken befreien. »Wir sind nicht hier, um über unsere Ehe zu reden.«

»Warum dann?«

»Du hast einen Vorfall in der Arbeitsvermittlung provoziert.«

»Einen Vorfall? Als ich in der Warteschlange stand, habe ich den Mann vor mir gefragt, wie lange er schon arbeitslos ist. Die Frau hinter dem Tresen hat es gehört, sprang auf und kreischte: Im Sozialismus gibt es keine Arbeitslosigkeit!« Rebecca schüttelte den Kopf. »Daraufhin habe ich mir die Schlange vor und hinter mir angeschaut und musste lachen. Und das nennst du einen Vorfall?«

»Du warst hysterisch. Du hast gelacht, bis man dich des Gebäudes verwiesen hat.«

»Stimmt. Ich konnte mit dem Lachen gar nicht mehr aufhören. Was die Frau gesagt hat, war ja auch absurd.«

»Das war es nicht!« Hans griff nach einer Zigarette. Wie alle Menschen, die sich der Aufgabe verschrieben hatten, andere einzuschüchtern und zu schikanieren, wurde er nervös, wenn jemand sich ihm widersetzte. »Die Frau hatte recht«, sagte er. »In Ostdeutschland gibt es keine Arbeitslosen. Dieses Problem existiert in einer sozialistischen Gesellschaft nicht.«

»Ach ja?«, erwiderte Rebecca. »Pass auf, was du sagst, sonst bekomme ich den nächsten Lachanfall und werde auch noch aus diesem Gebäude geworfen.«

»Sarkasmus nützt dir gar nichts.«

Rebecca schaute zu dem gerahmten Foto an der Wand, das Hans Hände schüttelnd mit Walter Ulbricht zeigte, dem Staatsratsvorsitzenden der DDR. Ulbricht hatte einen fast kahlen Kopf und einen Spitzbart. Seine Ähnlichkeit mit Lenin hatte beinahe schon etwas Komisches.

»Was hat Ulbricht da eigentlich zu dir gesagt?«, fragte Rebecca.

»Er hat mir zu meiner Beförderung zum Hauptmann gratuliert.«

»Die hast du wohl auch der strammen Leistung zu verdanken, deine Frau heimtückisch hintergangen zu haben. Aber um auf das Thema zurückzukommen ... Wenn ich nicht arbeitslos bin, was bin ich dann?«

»Du stehst als Sozialschmarotzer unter Beobachtung.«

»Was?« Rebecca glaubte, sich verhört zu haben. »Ich habe seit meinem

Abschluss immer nur geackert. Acht Jahre lang, ohne einen einzigen Fehltag. Ich bin befördert worden und wurde mit verantwortungsvollen Posten belohnt, darunter die Aufsicht über neue Lehrer. Und dann, eines Tages, finde ich heraus, dass mein Mann ein Stasispitzel ist, und kurz darauf werde ich gefeuert. Seitdem war ich bei sechs Vorstellungsgesprächen. Jedes Mal wollte die Schulleitung, dass ich sofort anfange. Und jedes Mal haben sie mir ein paar Tage später geschrieben, dass sie mir die Stelle nicht mehr geben könnten. Den Grund dafür konnte mir allerdings niemand sagen. Kennst du ihn vielleicht?«

»Dich *will* niemand. Das ist der Grund.«

»Jeder will mich. Ich bin eine gute Lehrerin.«

»Du bist ideologisch unzuverlässig. Du übst einen schlechten Einfluss auf unsere Jugend aus.«

»Ach ja? Mein letzter Arbeitgeber hat mir ein erstklassiges Zeugnis ausgestellt.«

»Du meinst Bernd Held. Dessen ideologische Zuverlässigkeit wird ebenfalls überprüft.«

Rebecca lief es eiskalt über den Rücken. Es wäre schrecklich, wenn ein netter, tüchtiger Mann wie Bernd ihretwegen Ärger bekäme. Sie versuchte, gelassen zu wirken, doch sosehr sie sich bemühte, ihre Gedanken und Gefühle zu verbergen – Hans durchschaute sie. »Das hat dich offenbar sehr getroffen«, sagte er. »Ich hatte schon immer so meinen Verdacht, was diesen Mann angeht. Du magst ihn.«

»Ja, und er wollte was mit mir anfangen«, sagte Rebecca, »aber ich wollte dich nicht betrügen. Kaum vorstellbar, nicht wahr?«

»Ich hätte es ohnehin herausgefunden.«

»Jaja. Stattdessen habe *ich* herausgefunden, was *du* für einer bist.«

»Ich habe nur meine Pflicht getan.«

»Und jetzt sorgst du dafür, dass ich keine Arbeit mehr bekomme, und nennst mich einen Sozialschmarotzer. Was soll ich deiner Meinung nach denn tun? In den Westen gehen?«

»Ohne Erlaubnis auszuwandern, ist ein Verbrechen.«

»Und doch tun es die Leute, und zwar in Scharen! Ich habe gehört, inzwischen sind es mehr als tausend jeden Tag. Lehrer, Ärzte, Ingenieure, sogar Polizeibeamte. Moment mal ...« Ihr kam ein Gedanke. »Ist Scholz *deswegen* nicht mehr hier? Ist er drüben?«

Hans verzog das Gesicht. »Das hat dich nicht zu interessieren.«

»Ich sehe es dir doch an!« Rebecca blieb hartnäckig. »Scholz ist also in den Westen gegangen. Warum, glaubst du, werden alle diese braven Bürger kriminell? Könnte es daran liegen, dass sie lieber in einem Land leben wollen, in dem sie ihre Regierung frei wählen können?«

Wütend hob Hans die Stimme. »Was haben freie Wahlen uns in der Vergangenheit gebracht? Hitler! Ist es das, was diese Leute wollen?«

»Vielleicht wollen sie nicht in einem Land leben, in dem die Geheimpolizei tun und lassen kann, was sie will. Das macht den ein oder anderen nervös, wie du dir vielleicht denken kannst.«

»Nur wenn jemand etwas zu verbergen hat.«

»Und was habe *ich* zu verbergen, Hans? Komm schon, sag es mir. Ich will es wissen.«

»Du bist ein Sozialschmarotzer. Geht das nicht in deinen Kopf?«

»Du verhinderst, dass ich Arbeit bekomme, und dann drohst du mir, mich einzusperren, weil ich keine habe. Ich nehme an, man schickt mich in ein Arbeitslager. Dann würde ich wieder schuften, wenn auch ohne Bezahlung. Man muss den Kommunismus einfach lieben. Er ist so logisch«, spottete Rebecca. »Aber warum sind die Menschen dann so verzweifelt, dass sie die Beine in die Hand nehmen?«

»Deine Mutter hat mir oft gesagt, dass sie nie in den Westen gehen würde. Sie würde es als Flucht betrachten.«

Rebecca fragte sich, worauf Hans hinauswollte. »Und ...?«

»Wenn du illegal auswandern und damit ein Verbrechen begehen würdest, kannst du nicht mehr zurück. Nie mehr.«

Rebecca wusste, was jetzt kam, und Verzweiflung überkam sie.

Triumphierend sagte Hans: »Dann würdest du deine Familie niemals wiedersehen.«

*

Deprimiert verließ Rebecca das Gebäude, ging zur Haltestelle und wartete auf den Bus. Egal, wie sie es betrachtete, entweder verlor sie ihre Familie oder ihre Freiheit.

Sie fuhr mit dem Bus zu der Schule, an der sie früher gearbeitet hatte. Als sie dort ankam, brach eine Welle wehmütiger Erinnerungen über sie herein. Sie hörte das fröhliche Lärmen der Kinder, nahm den Geruch von Kreide und Putzmitteln wahr, sah die Schwarzen Bretter, die Fußballschuhe und die Schilder, auf denen »Rennen verboten« stand.

Wieder einmal wurde ihr bewusst, wie glücklich sie als Lehrerin gewesen war. Es war ein wundervoller Beruf und eine große Aufgabe, die sie besser erledigte als die meisten anderen. Sie konnte die Vorstellung nicht ertragen, das alles aufzugeben.

Bernd war im Direktorat. Er trug einen schwarzen Cordanzug. Der Stoff war verschlissen, aber die Farbe stand ihm. Seine Miene hellte sich auf, als Rebecca den Raum betrat.

»Haben sie dich doch noch zum Direktor gemacht?«, fragte sie, obwohl sie die Antwort kannte.

»Nein, und das wird auch nie geschehen«, sagte Bernd. »Aber ich mache diese Arbeit trotzdem gern, und ich liebe meinen Beruf. Anselm, unser alter Chef, leitet inzwischen eine Schule in Hamburg, wusstest du das? Und er verdient doppelt so viel wie wir. Was ist mit dir? Komm, setz dich. Erzähl.«

Rebecca nahm Platz und berichtete Bernd von ihren Vorstellungsgesprächen. »Das ist Hans' Rache«, sagte sie. »Ich hätte das verflixte Streichholzmodell nicht aus dem Fenster werfen sollen.«

»Vielleicht hat es gar nichts damit zu tun«, meinte Bernd. »Ich habe so etwas schon öfter gesehen. Paradoxerweise hassen manche Leute ausgerechnet die Menschen, denen sie unrecht getan haben. Ich glaube, es liegt daran, dass die Opfer sie ständig daran erinnern, wie schändlich sie sich verhalten haben.«

»Ja, vielleicht ist *das* die Erklärung für Hans' Verhalten«, sagte Rebecca. »Ich fürchte nur, er hasst dich auch. Er hat mir gesagt, man würde deine ideologische Zuverlässigkeit überprüfen, weil du mir ein so gutes Zeugnis ausgestellt hast.«

»Oh, verdammt.« Bernd rieb sich die Narbe auf der Stirn. Das war immer schon ein Zeichen dafür gewesen, dass er sich Sorgen machte. Und wenn man es mit der Stasi zu tun bekam, hatte man allen Grund dazu, denn es gab nie ein Happy End.

»Tut mir leid«, sagte Rebecca.

»Dazu gibt es keinen Grund.« Bernd seufzte. »Ich bin sogar froh, dir dieses Zeugnis ausgestellt zu haben. Ich würde es jederzeit wieder tun. Jemand muss in diesem verdammten Staat schließlich die Wahrheit sagen.«

»Hans hat auch herausgefunden, dass du dich ...« Rebecca stockte. »Dass du dich zu mir hingezogen gefühlt hast.«

»Und nun ist er eifersüchtig?«

»Schwer vorstellbar, nicht wahr?«

»Ganz und gar nicht. Sogar ein Spion muss sich in dich verlieben.«

»Red keinen Quatsch.«

»Bist du deshalb hier?«, fragte Bernd. »Um mich zu warnen?«

»Ja. Und um dir zu sagen ...« Rebecca musste diskret sein, selbst bei Bernd. »Um dir zu sagen, dass wir uns wahrscheinlich längere Zeit nicht sehen.«

»Ah.« Er nickte wissend.

Die wenigsten Leute redeten offen darüber, wenn sie in den Westen wollten. Man konnte allein schon dafür verhaftet werden, so etwas zu planen. Und wer davon wusste und den Betreffenden nicht bei der Polizei anzeigte, machte sich ebenfalls strafbar. Also wollte es niemand wissen, außer vielleicht die engste Familie.

Rebecca stand auf. »Danke für deine Freundschaft.«

Bernd trat um den Tisch herum und nahm ihre Hände. »Nein, ich danke *dir*. Und viel Glück.«

»Das wünsche ich dir auch.«

Rebecca erkannte, dass sie sich innerlich längst entschieden hatte, in den Westen zu gehen. Sie staunte jedoch, als Bernd sich vorbeugte und sie küsste. Es war ein sanfter Kuss. Rebecca schloss die Augen. Nach einem Jahr in einer lügenhaften Ehe tat es gut zu wissen, dass jemand sie begehrenswert fand und es ehrlich meinte. Am liebsten hätte sie Bernd umarmt und ihn spüren lassen, dass sie nichts dagegen hätte, wenn es mehr zwischen ihnen gäbe, doch sie unterdrückte das Verlangen. Es wäre verrückt, eine Beziehung einzugehen, die zum Scheitern verurteilt war.

Schließlich löste sie sich von ihm. Sie war den Tränen nahe, wollte aber nicht, dass Bernd sie weinen sah. Mühsam brachte sie hervor: »Leb wohl.« Dann drehte sie sich um und verließ den Raum.

*

Rebecca beschloss, zwei Tage später in den Westen zu gehen, am frühen Sonntagmorgen.

Alle standen auf, um sie zu verabschieden.

Auf das Frühstück verzichtete sie. Sie hatte keinen Appetit; dafür war sie viel zu aufgeregt. »Ich gehe wahrscheinlich nach Hamburg«, verkündete sie und täuschte gute Laune vor. »Anselm Weber leitet dort eine Schule. Ich bin sicher, er wird mich einstellen.«

»In Westdeutschland wirst du überall eine Stelle bekommen«, sagte Maud, ihre Großmutter.

»Aber es wäre schön, in einer fremden Stadt wenigstens einen Menschen zu kennen«, erwiderte Rebecca traurig.

»In Hamburg soll es 'ne tolle Musikszene geben«, warf Walli ein. »Sobald ich nicht mehr in die Schule muss, komme ich dir hinterher.«

»Wenn du von der Schule abgehst, musst du arbeiten«, sagte sein Vater spöttisch. »Das ist dann mal eine ganz neue Erfahrung für dich.«

»Bitte, kein Streit heute Morgen«, bat Rebecca.

Ihr Vater gab ihr einen Umschlag mit Geld. »Besorg dir ein Taxi, sobald du auf der anderen Seite bist«, sagte er, »und fahr direkt nach Marienfelde.« In Marienfelde, südlich vom Flughafen Tempelhof, befand sich ein Auffanglager. »Dort wird man dich einbürgern. Ich fürchte, dass du stundenlang, vielleicht tagelang warten musst. Aber sobald alles in Ordnung ist, komm in die Fabrik. Ich werde dir ein westdeutsches Bankkonto einrichten und dich mit allem versorgen, was du sonst noch brauchst.«

Rebeccas Mutter ließ ihren Tränen freien Lauf. »Wir sehen dich wieder, das weiß ich genau!«, sagte sie. »Du kannst jederzeit nach Westberlin fliegen. Wir müssen dann nur über die Grenze, um uns mit dir zu treffen. Dann können wir am Wannsee Picknick machen ...«

Rebecca rang ebenfalls mit den Tränen. Sie steckte das Geld in ihre kleine Umhängetasche. Das war alles, was sie mitnahm. Hätte sie mehr Gepäck, würden die Vopos an der Grenze sie sofort festnehmen. Gern wäre sie noch ein wenig bei ihrer Familie geblieben, doch wenn sie zu lange blieb, würde sie es nicht mehr über sich bringen, Abschied zu nehmen. Nacheinander umarmte und küsste sie alle: Oma Maud, ihren Adoptivvater Werner, ihre Adoptivgeschwister Walli und Lili und schließlich Carla, die Frau, die ihr das Leben gerettet hatte; die Mutter, die nicht ihre Mutter war. Doch genau deshalb liebte sie Carla mehr als alle anderen.

Dann verließ Rebecca das Haus, Tränen in den Augen.

Es war ein strahlend schöner Sommermorgen. Der Himmel war blau, klar und weit, wie ein Versprechen auf die Freiheit. Rebecca versuchte, optimistisch in die Zukunft zu schauen: Sie begann ein neues Leben, weit weg von den Repressionen des sozialistischen Systems. Und sie würde ihre Familie wiedersehen, egal wie.

Mit entschlossenen Schritten ging sie durch die Straßen des alten Stadtzentrums, vorbei am Gelände der Charité und in die Invalidenstraße. Links von ihr befand sich die Sandkrugbrücke, die den Verkehr über den Berlin-Spandauer Schifffahrtskanal nach Westberlin leitete.

Nur dass da heute kein Verkehr war.

Zuerst wusste Rebecca nicht, was sie eigentlich sah. Eine Autoschlange stand vor der Brücke; hinter den Autos drängten sich Menschen, die sich irgendetwas anschauten. Vielleicht war auf der Brücke ein Unfall passiert. Doch rechts von Rebecca, am Platz vor dem Neuen Tor, standen zwanzig, dreißig ostdeutsche Soldaten. Hinter ihnen warteten zwei sowjetische Panzer.

Es war seltsam, verwirrend und furchterregend.

Rebecca drängte sich durch die Menge, die sich hinter den wartenden Autos gebildet hatte.

Und dann sah sie es.

Ein Stacheldrahtverhau versperrte das ostdeutsche Ende der Brücke. Der schmale Durchgang wurde von Vopos bewacht, die offenbar niemanden durchließen.

Rebecca war versucht zu fragen, was hier los sei, aber sie wollte keine unnötige Aufmerksamkeit erregen. Sie war nicht weit vom Bahnhof Friedrichstraße entfernt; von dort konnte sie direkt mit der U-Bahn nach Marienfelde fahren.

Sie wandte sich in südliche Richtung und ging jetzt schneller, lief zwischen den Universitätsgebäuden hindurch zum Bahnhof.

Aber auch hier stimmte etwas nicht.

Mehrere Dutzend Menschen drängten sich um den Eingang. Rebecca bahnte sich einen Weg nach vorn und las einen Anschlag an der Wand, der das Offensichtliche verkündete: Der Bahnhof war geschlossen. Oben an der Treppe bildeten Bewaffnete einen Sperrriegel. Niemand durfte auf die Bahnsteige.

Rebecca bekam Angst. Vielleicht war es ja nur Zufall, dass die ersten beiden Grenzübergänge, die sie sich ausgesucht hatte, gesperrt waren.

Vielleicht aber auch nicht.

Es gab einundachtzig Grenzübergänge, an denen die Menschen von Ost- nach Westberlin konnten. Der nächstgelegene Übergang war das Brandenburger Tor, wo die Straße Unter den Linden in den Tiergarten führte.

Rebecca ging los. Doch kaum bog sie auf die Straße Unter den Linden ein, wusste sie, dass sie in Schwierigkeiten steckte. Auch hier waren Panzer und Soldaten, und Hunderte Menschen hatten sich vor dem Brandenburger Tor versammelt. Als Rebecca sich auch hier einen Weg durch die Menge bahnte, sah sie einen weiteren Stacheldrahtverhau, der von ostdeutschem Militär bewacht wurde. Polizisten drängten die Leute zurück.

Junge Männer, die wie Walli aussahen – Lederjacken, Jeans und Elvistollen –, riefen den Polizisten aus sicherer Entfernung Beleidigungen zu. Auch auf der westdeutschen Seite hatten sich junge Leute versammelt, protestierten wütend und warfen gelegentlich Steine.

Neben den Uniformierten arbeiteten Bautrupps. Sie trieben Löcher in die Straße, rammten dicke Betonpfosten hinein und spannten Stacheldraht dazwischen, um die Absperrungen dauerhaft zu machen.

Dauerhaft, dachte Rebecca verzweifelt und wandte sich an einen Mann neben ihr. »Ist das überall so?«, fragte sie. »Dieser Zaun?«

»Ja, überall«, antwortete der Mann. »Diese verfluchte Bande!«

Das ostdeutsche Regime hatte das Undenkbare getan und eine Mauer quer durch Berlin errichtet.

Und Rebecca war auf der falschen Seite.

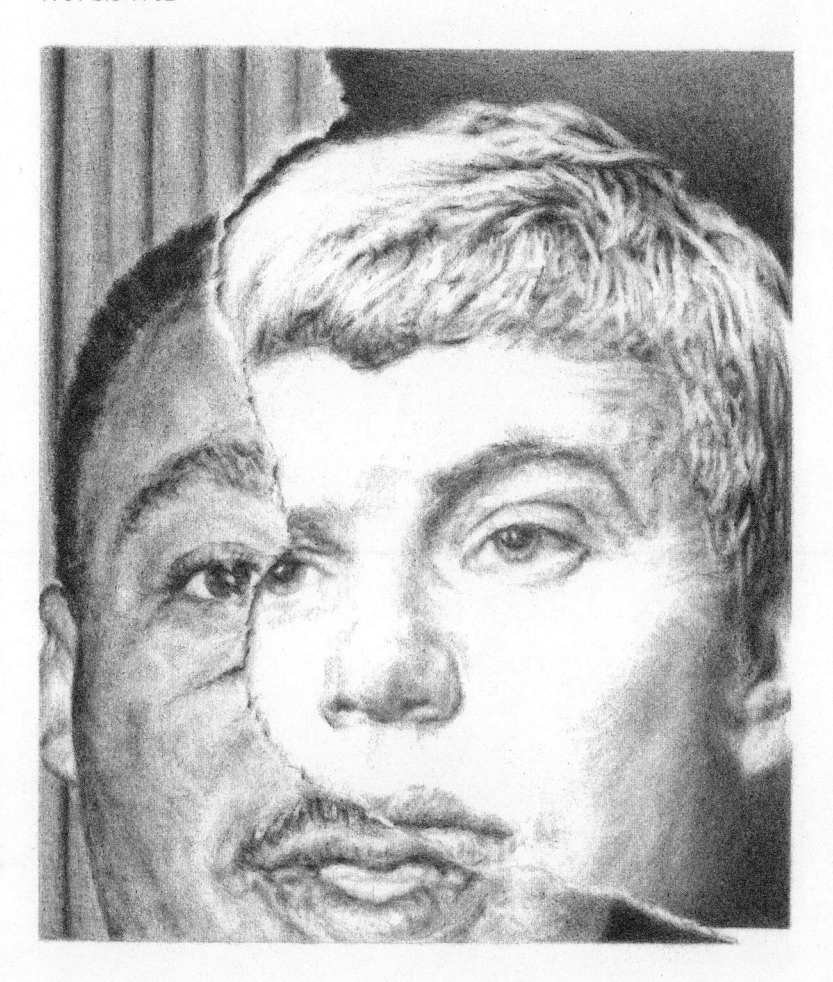

STRIDE TOWARD FREEDOM

Beim Lunch im Electric Diner mit Larry Mawhinney blieb George wachsam. Weshalb Larry vorgeschlagen hatte, gemeinsam zu Mittag zu essen, wusste er nicht, aber aus Neugier hatte er sich einverstanden erklärt. Larry und er waren im gleichen Alter und hatten ähnliche Jobs: Larry war untergeordneter Offizier im Stab des Oberkommandierenden der Air Force, General Curtis LeMay. Doch ihre Chefs lagen einander in den Haaren: Die Kennedy-Brüder misstrauten dem Militär.

Larry trug die Uniform eines Lieutenants der Air Force und war von Kopf bis Fuß Soldat: glatt rasiert, das helle Haar im Bürstenschnitt, der Krawattenknoten fest geknüpft, die Schuhe blitzblank.

»Das Pentagon verabscheut die Rassentrennung«, sagte er.

George zog die Brauen hoch. »Ach, wirklich? Ich dachte, das Militär zögert aus Tradition, Negern Waffen anzuvertrauen.«

Mawhinney hob beschwichtigend die Hand. »Ich weiß, was Sie meinen. Aber erstens ist diese Haltung immer von der Notwendigkeit überstimmt worden. Seit dem Unabhängigkeitskrieg haben Schwarze in jedem Krieg mitgekämpft. Und zweitens ist er Geschichte. Heutzutage braucht das Pentagon Farbige im Militär. Und wir können die Kosten und die Ineffizienz, die die Rassentrennung mit sich bringt, nicht gebrauchen – zwei Sorten Waschräume, zwei Sorten Unterkünfte, Vorurteile und Hass zwischen Männern, die Seite an Seite kämpfen sollen.«

»Okay, das kaufe ich Ihnen ab«, sagte George.

Larry schnitt in seinen Käsetoast, und George nahm eine Gabel Chili con Carne. »Chruschtschow hat in Berlin also bekommen, was er wollte«, wechselte Larry das Thema.

George spürte, dass sie bei dem eigentlichen Gegenstand dieses mittäglichen Gesprächs angelangt waren. »Gott sei Dank müssen wir keinen Krieg gegen die Sowjets führen«, sagte er.

»Kennedy hat den Schwanz eingezogen«, meinte Larry. »Das ostdeutsche Regime stand kurz vor dem Zusammenbruch. Es hätte einen Aufstand geben können, wäre der Präsident eine härtere Linie gefahren. Aber die Mauer hat die Flut der Flüchtlinge in den Westen gestoppt, und jetzt können die Sowjets in Ostberlin schalten und walten, wie sie wollen. Unsere westdeutschen Verbündeten sind stocksauer deswegen.«

George richtete sich auf. »Der Präsident hat den Dritten Weltkrieg verhindert!«

»Zu dem Preis, dass die Sowjets ihren Griff verstärken konnten. Das ist nicht gerade ein Triumph.«

»So sieht es das Pentagon?«

»Mehr oder weniger.«

Natürlich, dachte George gereizt. Jetzt wusste er, was Sache war: Mawhinney war hier, um die Position des Pentagons zu vertreten, in der Hoffnung, Georges Unterstützung zu gewinnen. Eigentlich sollte ich mich geschmeichelt fühlen, sagte er sich. Es zeigt, dass man mich jetzt wirklich als Mitglied von Bobbys innerem Kreis betrachtet.

Doch er wollte sich keine Verbalattacke gegen Präsident Kennedy anhören, ohne zurückzuschlagen. »Von General LeMay hat man vermutlich nichts anderes zu erwarten. Nennt man ihn nicht ›Eisenarsch‹?«

Mawhinney runzelte die Stirn. Fall er den Spitznamen seines Vorgesetzten komisch fand, zeigte er es nicht. George jedenfalls war der Ansicht, dass der herrische, zigarrenkauende LeMay diesen Spott verdient hatte. »Ich glaube, er hat mal gesagt, wenn es einen Atomkrieg gibt und am Ende zwei Amerikaner und ein Russe übrig bleiben, haben wir Amerikaner gewonnen.«

»So etwas habe ich ihn nie sagen hören.«

»So viel ich weiß, hat Präsident Kennedy darauf erwidert: Dann sollten Sie hoffen, dass die Amerikaner ein Mann und eine Frau sind.«

»Wir müssen stark sein!« Mawhinney wurde wütend. »Wir haben Kuba, Laos und Ostberlin verloren, und wir laufen Gefahr, Vietnam auch noch zu verlieren.«

»Was könnten wir Ihrer Meinung nach wegen Vietnam unternehmen?«

»Militärisch intervenieren«, antwortete Larry wie aus der Pistole geschossen.

»Haben wir nicht schon Tausende Militärberater im Land?«

»Das reicht nicht. Das Pentagon hat den Präsidenten immer wieder gebeten, Kampftruppen zu entsenden. Aber ihm scheint der Mumm zu fehlen.«

Diese Behauptung verärgerte George, weil sie unfair war. »An Mut mangelt es Präsident Kennedy bestimmt nicht!«

»Warum greift er die Kommunisten in Vietnam dann nicht an?«

»Weil er nicht glaubt, dass wir siegen können.«

»Er sollte auf den Rat erfahrener, sachkundiger Generäle hören.«

»Wirklich? Diese Generäle haben ihm geraten, die hirnrissige Invasion in der Schweinebucht zu unterstützen. Wenn die Vereinigten Stabschefs so erfahren und sachkundig sind, wie kommt es dann, dass die Invasion der Exilkubaner zum Scheitern verurteilt sein musste?«

»Wir hatten Kennedy ausdrücklich darauf hingewiesen, er müsse Luftunterstützung ...«

»Entschuldigen Sie, Larry, aber es ging doch zunächst darum, keine Amerikaner in die Sache zu verwickeln. Als es schiefging, wollte das Pentagon die Marines schicken. Die Kennedys haben den Verdacht, dass ihr Militärs sie ins offene Messer habt laufen lassen. Dass ihr den Präsidenten zu einer aussichtslosen Invasion überredet habt, weil ihr ihn auf diese Weise zwingen wolltet, US-Truppen nach Kuba zu schicken.«

»Das ist nicht wahr.«

»Mag sein. Aber jetzt glaubt der Präsident, dass ihr versucht, ihn mit dem gleichen Trick nach Vietnam zu locken. Und er ist entschlossen, sich kein zweites Mal hinters Licht führen zu lassen.«

»Okay, dann ist er also wegen der Schweinebucht sauer auf uns. Mal im Ernst, George, ist das ein triftiger Grund, Vietnam kommunistisch werden zu lassen?«

»In dieser Frage müssen wir uns wohl darauf einigen, dass wir uneins sind.«

Mawhinney legte sein Besteck ab. »Möchten Sie Nachtisch?« Er hatte begriffen, dass er seine Zeit verschwendete. Aus George wurde nie ein Verbündeter des Pentagons.

»Nein danke«, sagte George. Er gehörte zu Bobbys Stab, um für Gerechtigkeit zu streiten, damit seine Kinder als gleichberechtigte amerikanische Staatsbürger aufwuchsen. Den Kommunismus in Asien mussten andere bekämpfen.

Mit einem Mal veränderte sich Mawhinneys Miene, und er winkte durchs Restaurant. George blickte über die Schulter und erschrak. Mawhinney winkte niemand anderem als Maria Summers.

Sie sah George nicht, sondern wandte sich ihrer Begleiterin zu, einer ungefähr gleichaltrigen Weißen.

»Das ist Maria Summers, nicht wahr?«, sagte George erstaunt.

»Ja.«

»Sie kennen Maria?«

»Sicher. Vom Jurastudium in Chicago.«

»Was macht sie in Washington?«

»Lustige Geschichte. Ursprünglich wurde sie für einen Job in der Pressestelle des Weißen Hauses abgelehnt. Dann erwies sich die Frau, die man genommen hatte, als Fehlgriff, und Maria war am Zug und hat ihre Chance genutzt.«

George war begeistert. Maria in Washington – auf Dauer! Er nahm sich vor, mit ihr zu sprechen, ehe er das Restaurant verließ. Ihm kam der Gedanke, dass er von Mawhinney noch mehr über sie erfahren könnte. »Waren Sie an der Uni näher mit ihr bekannt?«

Mawhinney lachte. »Warum fragen Sie nicht geradeheraus, ob ich mit ihr gegangen bin?«

»Sind Sie mit ihr gegangen?«

»Nein. Sie ging nur mit Farbigen, und nicht mit allzu vielen. Sie war ziemlich unnahbar.«

»Das überrascht mich nicht«, sagte George. »Sie kommt aus einer strengen Familie.«

»Woher wissen Sie das?«

»Wir haben zusammen am ersten Freedom Ride teilgenommen. Da habe ich mich ein bisschen mit ihr unterhalten.«

»Sie ist hübsch.«

»Oh ja.«

Sie bekamen die Rechnung und teilten sie. Auf dem Weg nach draußen blieb Larry kurz an Marias Tisch stehen, schüttelte ihr und ihrer Begleiterin die Hand und verabschiedete sich nach ein paar Worten. George blieb am Tisch stehen. »Willkommen in Washington, Maria«, sagte er.

Sie lächelte ihn voller Wärme an. »Ich hatte mich schon gefragt, wie lange es dauert, bis ich dir über den Weg laufe.« Sie machte eine Handbewegung zu der anderen Frau. »Das ist Antonia Capel. Sie ist ebenfalls Juristin.«

Antonia war eine dünne Frau, die ihr Haar streng zurückgebunden trug. Sie reichte George die Hand. »Schön, Sie kennenzulernen.«

George sah, dass auch die Frauen zahlen wollten. Die Rechnung lag in einer Untertasse auf dem Tisch, bedeckt von ein paar Geldscheinen.

»Darf ich dich nachher ein Stück begleiten?«, fragte George.

Wieder lächelte Maria. »Gern«, sagte sie.

Kurz darauf traten sie hinaus in die milde Luft des Washingtoner Herbstes. Antonia Capel verabschiedete sich, während George und Maria den Weg zum Weißen Haus einschlugen.

George musterte Maria aus dem Augenwinkel, als sie die Pennsylvania Avenue hinuntergingen. Sie trug einen eleganten schwarzen Regenmantel über einem weißen Rollkragenpullover und war hübsch wie eh und je mit ihrer kleinen Nase, den großen braunen Augen und den vollen weichen Lippen.

»Ich habe mit Mawhinney über Vietnam gestritten«, sagte George. »Ich glaube, er wollte über mich an Bobby herankommen, damit ich ihn dränge, auf seinen Bruder einzuwirken, die Kriegsanstrengungen in Vietnam zu verstärken.«

»Ganz bestimmt«, sagte Maria. »Aber der Präsident wird dem Pentagon in diesem Punkt nicht nachgeben.«

»Woher willst du das wissen?«

»Heute Abend hält er eine Rede, in der er darauf eingehen wird, dass unser außenpolitischer Einflussbereich Grenzen hat. Wir können nicht jedes Unrecht aus der Welt schaffen und jede Not beseitigen. Ich habe gerade das Pressekommuniqué der Rede geschrieben.«

»Ich bin froh, dass Kennedy in diesem Punkt hart bleibt.«

»Hast du nicht gehört, George?«

»Was?«

»Ich sagte, *ich* habe das Pressekommuniqué verfasst. Normalerweise schreiben Kennedys Mitarbeiter so etwas. Die Frauen dürfen es dann tippen.«

»Stimmt.« George lächelte. »Glückwunsch. Aber ich wusste von vornherein, dass es bei dir nicht beim Tippen bleibt.«

»Danke. Und wie sieht es bei dir aus? Was geht im Justizministerium so vor sich?«

»Wie es aussieht, hat unser Freedom Ride tatsächlich etwas bewirkt«, erwiderte George. »Bald werden in allen Bussen, die die Grenzen zwischen den Bundesstaaten überqueren, Schilder angebracht, dass die Sitzplätze jedem zur Verfügung stehen, ohne Ansehen von Rasse, Hautfarbe, Glauben und Herkunft. Es wird auch auf die Fahrkarten gedruckt. Wie findest du das?«

Sie lachte. »Na, wie schon? Jetzt muss ich *dir* wohl gratulieren. Aber wird diese Regelung auch durchgesetzt?«

»Das Justizministerium versucht es nachdrücklicher als je zuvor. Wir haben den Behörden in Mississippi und Alabama mehrmals auf die Füße getreten. Und eine erstaunliche Anzahl von Ortschaften in anderen Bundesstaaten gibt von allein nach.«

»Es ist schwer zu glauben, dass wir wirklich siegen, nicht wahr?«, sagte Mary. »Bisher hatten die Befürworter der Rassentrennung noch jedes Mal einen schmutzigen Trick in der Hinterhand.«

»Wir werden ihnen nach und nach das Wasser abgraben«, sagte

George. »Wählerregistrierung ist unser nächster Schachzug. Bis zum Jahresende möchte Martin Luther King die Anzahl der schwarzen Wähler in den Südstaaten verdoppeln.«

Maria schaute ihn nachdenklich an. »Was wir wirklich brauchen, ist ein neues Bürgerrechtsgesetz, das es den Südstaaten erschwert, die rechtlichen Bestimmungen zu umgehen.«

»Daran arbeiten wir.«

»Und Bobby Kennedy? Ist er wirklich ein so entschiedener Unterstützer der Bürgerrechtsbewegung?«

George schüttelte den Kopf. »Nein, leider nicht. Vor einem Jahr stand die Frage für ihn noch gar nicht zur Debatte. Aber Bobby und dem Präsidenten haben die Fotos der gewalttätigen weißen Schlägerbanden im Süden verständlicherweise gar nicht gefallen. Sie haben die Kennedys auf den Titelseiten sämtlicher Zeitungen überall auf der Welt schlecht aussehen lassen.«

»Und den beiden geht es vor allem um Weltpolitik.«

»Genau.«

Sie betraten den Westflügel. Im Weißen Haus waren schwarze Gesichter ungewöhnlich genug, um neugierige, herablassende, mitunter abweisende Blicke auf sich zu ziehen. Sie gingen zur Presseabteilung. Zu Georges Erstaunen erwies sie sich als kleines Büro, das mit Schreibtischen vollgestellt war. Ein halbes Dutzend Personen arbeiteten an grauen Remington-Schreibmaschinen und Telefonen mit Reihen von blitzenden Lämpchen. Aus einem Nachbarraum drang das Rattern von Fernschreibern, untermalt von Glöckchen, die jedes Mal klingelten, wenn eine besonders wichtige Nachricht angekündigt wurde. Dahinter befand sich ein weiteres Büro; George vermutete, dass es dem Pressesprecher Pierre Salinger gehörte.

Alle arbeiteten sehr konzentriert. Es gab keine Gespräche, keine Ablenkungen irgendwelcher Art.

Maria führte George zu ihrem Schreibtisch und stellte ihm die Frau an der nächsten Schreibmaschine vor, eine attraktive Rothaarige Mitte dreißig. »George, das ist meine Freundin Nelly Fordham. Wieso ist hier alles so still, Nelly?«

Ehe Nelly antworten konnte, kam Salinger aus seinem Büro, ein kleiner, pummeliger Mann in einem maßgeschneiderten Anzug europäischer Machart. Er wurde von John F. Kennedy begleitet.

Der Präsident lächelte jeden an, nickte George zu und wandte sich dann an Maria. »Sie müssen Miss Summers sein«, sagte er. »Ihr Pressekommuniqué hat mir gefallen. Es war klar und deutlich. Gute Arbeit.«

Maria errötete vor Freude. »Danke, Mr. President.«

Kennedy schien es ausnahmsweise nicht eilig zu haben. »Was haben Sie gemacht, ehe Sie bei uns angefangen haben?« Er stellte die Frage, als gäbe es nichts Interessanteres auf der Welt.

»Ich habe in Chicago Jura studiert.«

»Gefällt es Ihnen in der Presseabteilung?«

»Oh ja, es ist interessant und aufregend.«

»Ich weiß Ihre gute Arbeit zu schätzen. Machen Sie weiter so.«

»Danke, Mr. President. Ich werde mein Bestes tun.«

Der Präsident ging, gefolgt von Salinger.

George blickte belustigt in Marias Gesicht. Sie wirkte völlig benommen.

»Ja, das haut einen um, nicht wahr?«, sagte Nelly Fordham. »Eine Minute lang ist man die schönste Frau auf der Welt.«

Maria schaute sie an. »Ja«, sagte sie. »Genau so habe ich mich gefühlt.«

*

Maria liebte ihren Job im Weißen Haus, bei dem sie von Leuten umgeben war, die für eine bessere Welt arbeiteten. Zugleich war ihr klar, dass sie gegen Vorurteile kämpfen musste, die man Frauen und Schwarzen gegenüber hegte, doch Maria war zuversichtlich, sie mit Intelligenz und Entschlossenheit überwinden zu können.

Ihre Familie hatte sich immer schon durchgesetzt, auch wenn alles gegen sie stand. Ihr Großvater, Saul Summers, war von seiner Heimatstadt Golgotha, Alabama, zu Fuß nach Chicago gegangen. Unterwegs hatte man ihn wegen »Landstreicherei« verhaftet und zu dreißig Tagen Zwangsarbeit in einem Kohlebergwerk verurteilt. Dort war er Zeuge geworden, wie die Wärter einen Mann mit Knüppeln totschlugen, nachdem er einen Fluchtversuch unternommen hatte. Als man Saul nach dreißig Tagen nicht freiließ, beschwerte er sich, und man peitschte ihn aus. Er setzte sein Leben aufs Spiel, riskierte die Flucht und schlug sich bis nach Chicago durch. Dort wurde er Pfarrer der Bethlehem Full Gospel Church. Jetzt war er achtzig Jahre alt und im Ruhestand, predigte aber noch immer gelegentlich.

Marias Vater, Daniel Summers, hatte eines der Negro Colleges besucht, die Schwarzen vorbehalten waren, und Jura studiert. 1930, mitten in der Weltwirtschaftskrise, hatte er eine Anwaltskanzlei in der South Side eröffnet, wo niemand sich auch nur eine Briefmarke leisten konnte, geschweige denn einen Anwalt. Maria hatte ihn oft lachend davon erzählen gehört, wie seine Mandanten ihn bezahlt hatten: mit selbst gebackenem Kuchen, frischen Eiern von Hühnern, die sie auf dem eigenen Hinterhof hielten, mit kostenlosen Haarschnitten oder Zimmermannsarbeiten in seinem Büro. Als Roosevelts New Deal Wirkung zeigte und die Wirtschaft sich erholte, war er der beliebteste schwarze Anwalt in ganz Chicago.

Deshalb fürchtete Maria keine Widrigkeiten. Aber sie war manchmal einsam. Alle um sie her waren weiß. Großvater Summers sagte oft: »An Weißen ist nichts verkehrt. Sie sind nur nicht schwarz.« Maria wusste, was er damit meinte. Weiße wussten nichts über »Landstreicherei«. Irgendwie vergaßen sie, dass Schwarze in Alabama bis 1927 in Zwangsarbeitslager geschickt worden waren. Wenn Maria über solche Dinge sprach, sahen die meisten ihrer weißen Gesprächspartner für einen Moment betroffen aus, dann wandten sie sich ab. Maria wusste, was sie glaubten: dass sie übertrieb. Schwarze, die über Vorurteile redeten, langweilten die Weißen wie Kranke, die ununterbrochen ihre Symptome aufzählten.

Zu gern hätte sie George Jakes wiedergesehen. Am liebsten hätte sie ihn aufgesucht, kaum dass sie in Washington eingetroffen war, aber ein Mädchen aus guter Familie, ein anständiges Mädchen, ein *stolzes* Mädchen lief keinem Mann hinterher, und wenn er noch so charmant war.

Du wüsstest sowieso nicht, was du sagen sollst, gestand Maria sich ein. Sie mochte George mehr als alle Männer, die sie kennengelernt hatte, seit ihre Beziehung zu Frank Baker vor zwei Jahren in die Brüche gegangen war. Bei Frank sah die Sache anders aus. Sie wäre seine Frau geworden, hätte er um ihre Hand angehalten, aber er hatte Sex ohne Heirat haben wollen, und das kam für Maria nicht infrage.

Als George sie zur Presseabteilung zurückbegleitete, war sie sicher gewesen, dass er sie um ein Rendezvous bitten würde. Es hatte sie enttäuscht, dass nichts von ihm gekommen war.

Maria teilte sich eine Wohnung mit zwei jungen schwarzen Frauen, hatte aber sonst nicht viel mit ihnen gemeinsam. Beide waren Sekretärinnen und interessierten sich vor allem für das Kino und die Mode.

Maria war ihr Leben lang als außergewöhnlich betrachtet worden: An ihrem College hatte es kaum Frauen gegeben, und an der Universität war sie die einzige Schwarze gewesen. Nun war sie die einzige Schwarze im Weißen Haus, wenn man Putzfrauen und Köchinnen nicht mitrechnete. Und sie hatte keinen Grund, sich zu beschweren. Jeder behandelte sie freundlich.

Aber sie war einsam.

An dem Morgen, nachdem sie George wiedergesehen hatte, befasste sie sich mit einer Rede Fidel Castros und suchte nach Zitaten, die die Presseabteilung nutzen konnte, als ihr Telefon klingelte und ein Mann fragte: »Möchten Sie gern schwimmen gehen?«

Den Bostoner Akzent kannte Maria, aber sie kam einfach nicht darauf, wem die Stimme gehörte. »Wer ist denn da?«

»Dave.«

Dave Powers!

Sie hatte den persönlichen Referenten des Präsidenten am Apparat – den Mann, der manchmal der »First Friend«, der »Erste Freund« Kennedys genannt wurde, in Anlehnung an »First Lady«. Maria hatte zwei- oder dreimal mit Powers gesprochen. Wie die meisten Mitarbeiter im Weißen Haus war er liebenswürdig und charmant.

Diesmal aber hatte er Maria überrascht. »Und wo soll dieses Schwimmen stattfinden?«, fragte sie.

Powers lachte. »Na, hier im Weißen Haus natürlich.«

Maria erinnerte sich, dass in der westlichen Galerie zwischen dem Weißen Haus und dem Westflügel ein Schwimmbecken war. Sie hatte es nie gesehen, wusste aber, dass es Anfang der Dreißigerjahre für Präsident Franklin D. Roosevelt gebaut worden war. Sie hatte gehört, dass Jack Kennedy gern schwamm, wenigstens einmal am Tag, weil es seine Rückenschmerzen linderte, die auf eine Kriegsverletzung zurückzuführen waren.

»Es werden noch mehr weibliche Wesen dort sein«, fügte Dave hinzu.

Marias erster Gedanke galt ihrem Haar. So gut wie jede Schwarze, die einem Bürojob nachging, trug sie zur Arbeit ein Haarteil oder eine Perücke, weil viele Farbige – aber auch Weiße – der Ansicht waren, das krause Haar der Schwarzen sähe unseriös aus. Maria trug heute eine Hochfrisur, einen Beehive, für den sie ein Haarteil behutsam in ihr eigenes Haar verflochten hatte, das mit chemischen Mitteln so glatt gemacht worden war wie das Haar weißer Frauen. Ein Geheimnis war das nicht: Jede Schwarze hätte es sofort bei Maria gesehen. Einem weißen Mann wie Dave jedoch fiel es niemals auf.

Aber konnte sie damit schwimmen gehen? Wenn ihr Haar nass wurde, verwandelte sich ihre Frisur in eine einzige Katastrophe. Es war ihr peinlich, es Dave Powers gegenüber auszusprechen, doch ihr fiel schnell genug eine Ausflucht ein. »Ich habe keinen Badeanzug.«

»Den haben wir«, erwiderte Dave. »Ich hole Sie um Mittag ab.« Damit legte er auf.

Maria blickte auf ihre Armbanduhr. Es war zehn vor zwölf.

Was war das für ein Überfall?, fragte sie sich verwirrt. Weshalb war sie eingeladen worden? Was erwartete man von ihr? Und war der Präsident anwesend?

Sie blickte ihre Kollegin am Nachbarschreibtisch an. Nelly Fordham war eine alleinstehende Frau, die seit über zehn Jahren im Weißen Haus arbeitete. Sie hatte angedeutet, vor langer Zeit in der Liebe tief enttäuscht worden zu sein. Von Anfang an hatte sie Maria bereitwillig geholfen. Jetzt wirkte sie neugierig.

»Haben Sie gesagt, Sie hätten keinen Badeanzug?«, fragte sie neugierig.

»Ja. Ich bin zum Schwimmen eingeladen, hier im Weißen Haus«, sagte Maria.

»Von wem?«

»Dave Powers. Soll ich hingehen?«

»Na klar. Solange Sie mir alles erzählen, wenn Sie wieder zurück sind.«

Maria senkte die Stimme. »Dave sagte, es sind auch andere Frauen da. Glauben Sie, der Präsident kommt ebenfalls?«

Nelly schaute sich um, aber niemand belauschte sie. »Wollen Sie wissen, ob Jack Kennedy gern in Gesellschaft hübscher Mädchen schwimmt? Für die Antwort darauf gibt es keinen Preis.«

Maria war sich nicht sicher, ob sie gehen sollte. Sie war mit fünfundzwanzig noch unberührt, weil sie bisher noch nicht den Richtigen kennengelernt hatte, aber prüde war sie deshalb noch lange nicht.

Dave Powers erschien in der Tür. »Kommen Sie?«

»Ja«, sagte Maria und warf Nelly einen hilflosen Blick zu.

Dave führte sie die Arkaden am Rand des Rosengartens entlang zum Pooleingang. Zwei andere junge Frauen trafen gleichzeitig ein. Maria kannte sie vom Sehen. Sie waren Sekretärinnen im Weißen Haus und offenbar unzertrennlich.

Dave stellte sie vor. »Das sind Jennifer und Geraldine, bekannt als Jenny und Jerry.«

Die beiden führten Maria in einen Umkleideraum, in dem ein Dutzend Badeanzüge an Haken hingen. Jenny und Jerry entkleideten sich rasch. Maria sah, dass beide eine tolle Figur hatten. Obwohl sie blond waren, hatten sie dunkles Schamhaar, das zu einem sauberen Dreieck gestutzt war. Maria fragte sich, ob sie dazu eine Schere benutzten. Sie jedenfalls wäre nie auf den Gedanken gekommen.

Die Badeanzüge waren einteilig und aus Baumwolle. Maria mied die auffälligeren Farben und suchte sich einen Anzug in züchtigem Dunkelblau aus. Dann folgte sie Jenny und Jerry zum Pool.

Die Wände auf drei Seiten waren mit Szenen aus der Karibik, mit Palmen und Segelschiffen bemalt. Die vierte Wand war verspiegelt, und Maria überprüfte ihr Aussehen. Sie war zufrieden. Das Dunkelblau des Badeanzugs sah gut aus auf ihrer dunkelbraunen Haut.

Sie sah einen Tisch mit Getränken und Sandwiches neben dem Pool. Dave saß am Beckenrand, barfuß, die Hosenbeine hochgerollt, und paddelte mit den Füßen im Wasser. Jenny und Jerry tanzten im Wasser auf und ab, schwatzten und lachten.

Maria setzte sich Dave gegenüber und tauchte ebenfalls die Füße in den Pool. Das Wasser war warm wie in einer Badewanne.

Eine Minute später kam Jack Kennedy.

Marias Herz schlug schneller.

Er trug wie gewohnt einen dunklen Anzug mit weißem Hemd und schmaler Krawatte. Nach einem Lächeln, das den jungen Frauen galt, stellte er sich ans Becken und wechselte ein paar belanglose Bemerkungen mit Dave Powers. Maria stieg der Zitrushauch seines 4711 in die Nase.

»Darf ich mich euch anschließen?«, wandte er sich dann an Jenny und Jerry, als wäre es ihr Pool und nicht seiner.

»Bitte sehr«, rief Jenny. Offenbar waren sie und Jerry nicht überrascht, Kennedy zu sehen.

Kennedy zwinkerte Powers zu. »Wenn ihr mich so sehr darum bittet.«

Er ging in den Umkleideraum und kam in einer blauen Badehose zurück. Er war schlank, sonnengebräunt und fit für einen Vierundvierzigjährigen. Vermutlich kam das vom vielen Segeln in Hyannis Port auf Cape Cod, wo er ein Ferienhaus besaß. Er setzte sich auf den Beckenrand und ließ sich von dort ins Wasser gleiten.

Ein paar Minuten schwamm er und scherzte dabei mit Jenny und Jerry. Maria beobachtete das Schauspiel verunsichert und fasziniert zugleich. Was wohl Ma dazu gesagt hätte?, fragte sie sich und hätte beinahe aufgelacht. Sie stellte sich vor, sie würde ihre Mutter jetzt anrufen und sagen: »Hör mal, ich bin gerade mit Präsident Kennedy im Swimmingpool.«

Der Präsident schwamm zu ihr. »Sie haben eben gelächelt«, sagte er.

Maria konnte nur staunen. »Ja?«

»Ich weiß, woran Sie gedacht haben.«

»Und woran, Sir?«

»Dass Sie zu Hause anrufen und sagen: Ich schwimme mit dem Präsidenten.«

Maria konnte es kaum glauben. Dieser Mann war mehr als erstaunlich.

»Wie kommen Sie in der Presseabteilung zurecht?«, erkundigte sich Kennedy.

Maria räusperte sich. Sie hatte einen Frosch im Hals. »Sehr gut, Sir, vielen Dank.«

»Ist Pierre ein guter Chef?«

»Mr. Salinger ist großartig, Sir. Jeder mag ihn.«

»Ich nicht.«

Maria riss die Augen auf. »Wie bitte, Sir?«

Sie hörte, wie Dave Powers lachte. Kennedy lächelte sie nachsichtig an. »Nein, nein, ich mag ihn auch.«

Aus dieser Nähe konnte Maria die Fältchen in Kennedys Augenwinkeln und um den Mund erkennen, und den grauen Schimmer in seinem dichten, rotbraunen Haar. Seine Augen waren nicht blau, stellte sie fest, eher haselnussfarben.

Kennedy merkte, dass sie ihn genau beobachtete, doch es schien ihn nicht zu stören. Vielleicht war er daran gewöhnt. Vielleicht mochte er es.

Er lächelte. »Was arbeiten Sie in der Presseabteilung?«

»Unterschiedlich.« Maria fühlte sich von seinem Interesse geschmeichelt. Zugleich wuchs ihre Verunsicherung, denn ihr weiblicher Instinkt sagte ihr, dass Kennedy mehr im Sinn hatte als eine Plauderei. Aber hatte sie das nicht schon vorher gewusst? »Meist recherchiere ich für Pierre«, sagte sie. »Heute Morgen habe ich eine Castro-Rede durchforstet.«

»Besser Sie als ich. Seine Reden sind lang.«

Maria lachte. Zugleich überkam sie erneut ein Gefühl der Unwirklichkeit: Sie war mit John F. Kennedy im Swimmingpool und machte mit ihm Scherze über Fidel Castro!

Sie räusperte sich und riss sich von diesem Gedanken los. »Manchmal bittet Mr. Salinger mich, ein Pressekommuniqué zu schreiben. Das mag ich am meisten.«

»Sagen Sie ihm, er soll Sie mehr Kommuniqués schreiben lassen. Sie können das gut.«

»Danke, Mr. President. Ich kann Ihnen gar nicht sagen, wie viel mir das bedeutet.«

»Sie kommen aus Chicago, nicht wahr?«

»Ja, Sir.«

»Wo wohnen Sie jetzt?«

»In Georgetown. Ich teile mir eine Wohnung mit zwei Mädchen, die im Außenministerium arbeiten.«

»Hört sich gut an. Na, ich bin jedenfalls froh, dass Sie hier sesshaft geworden sind. Ich schätze Ihre Arbeit. Und ich weiß, dass Pierre genauso denkt.«

Er drehte sich um und sprach ein paar Worte mit Jenny, doch Maria hörte gar nicht zu. Sie war viel zu aufgeregt. Der Präsident der Vereinigten Staaten hatte sich an ihren Namen erinnert. Er wusste noch, dass sie aus Chicago war, und er hielt etwas von ihrer Arbeit. Und er war attraktiv ... Maria fühlte sich leicht genug, um hinauf zum Mond zu schweben.

Dave Powers blickte auf die Uhr und sagte: »Halb eins, Mr. President.«

Maria konnte es kaum fassen, dass sie schon eine halbe Stunde hier war. Ihr kam es wie zwei Minuten vor.

Kennedy nickte Powers zu, stieg aus dem Pool und ging in den Umkleideraum.

»Nehmt euch ein Sandwich, Ladies«, sagte Dave. Die drei jungen Frauen stiegen aus dem Wasser und gingen zu dem gedeckten Tisch. Maria versuchte etwas zu essen, bekam vor Aufregung aber keinen Bissen herunter. Stattdessen trank sie eine Flasche zuckersüße Limonade.

Dave Powers verschwand aus der Schwimmhalle, und die Frauen zogen wieder ihre Arbeitskleidung an. Erneut blickte Maria in den Spiegel. Ihr Haar schimmerte nass von der Luftfeuchtigkeit, aber ihre Frisur saß noch immer perfekt.

Sie verabschiedete sich von Jenny und Jerry und kehrte in die Presseabteilung zurück. Auf ihrem Schreibtisch lagen ein dicker Bericht über Krankenversicherungen und ein Zettel von Pierre Salinger, auf dem er um eine zweiseitige Zusammenfassung bat, die in einer Stunde vorliegen musste.

Maria fing Nellys neugierigen Blick auf. »Und?«, fragte sie. »Worum ging es?«

Maria überlegte kurz. »Ich habe nicht die leiseste Ahnung.«

*

George Jakes erhielt eine Nachricht, in der er gebeten wurde, bei Joseph Hugo in der Zentrale des FBI vorbeizuschauen. Hugo arbeitete mittlerweile als persönlicher Referent des FBI-Direktors J. Edgar Hoover. In der Nachricht stand, das FBI habe wichtige Informationen über Martin Luther King, die Hugo mit dem Stab des Justizministers teilen wolle.

Hoover hasste Martin Luther King. Kein einziger FBI-Agent war schwarz. Hoover hasste auch Bobby Kennedy. Er hasste viele Leute.

George zog in Erwägung, sich zu weigern. Mit diesem widerlichen Hugo zu sprechen, der die Bürgerrechtsbewegung und ihn, George, persönlich verraten hatte, war das Letzte, was er wollte. Gelegentlich schmerzte sein Arm noch von der Verletzung, die er sich in Anniston zugezogen hatte, während Hugo zugeschaut, geraucht und mit der Polizei geplaudert hatte.

Andererseits – wenn es um schlechte Neuigkeiten ging, wollte George als Erster davon hören. Womöglich hatte das FBI King bei einer außerehelichen Affäre ertappt oder Ähnliches. Und George hätte jede Möglichkeit genutzt, die Verbreitung schädlicher Informationen über die Bürgerrechtsbewegung zu unterdrücken. Erst recht wollte er nicht, dass ein Widerling wie Dennis Wilson solche Neuigkeiten verbreitete. Aus diesem Grund beschloss er, Hugo aufzusuchen; die Schadenfreude, mit der zu rechnen war, würde er über sich ergehen lassen.

Die FBI-Zentrale befand sich in einem anderen Stockwerk im Gebäude des Justizministeriums. George fand Hugo in einem kleinen Büro unweit der Zimmerflucht des Direktors. Er trug einen streichholzkurzen FBI-Haarschnitt, einen schlichten, mittelgrauen Anzug mit weißem Nylonhemd und einen dunkelblauen Schlips. Auf seinem Schreibtisch lagen ein Päckchen Mentholzigaretten und ein Aktenhefter.

»Was wollen Sie?«, fragte George.

Hugo grinste. Er konnte seine Freude nicht verbergen. »Einer von Martin Luther Kings Ratgebern ist Kommunist.«

George war geschockt. Diese Anschuldigung konnte die gesamte Bürgerrechtsbewegung in ein schlechtes Licht rücken. Ihm wurde kalt vor Furcht und Sorge. Er wusste, man konnte niemals beweisen, dass jemand *kein* Kommunist war – und die Wahrheit spielte ohnehin keine Rolle: Bereits die Bezichtigung konnte tödlich sein. Ähnlich wie im Mittelalter der Vorwurf der Hexerei war es eine Methode, dumme, unwissende Menschen zum Hass anzustacheln.

»Wer ist dieser Ratgeber?«, fragte George.

Hugo blickte in die Akte, als müsse er sein Gedächtnis auffrischen. »Stanley Levison.«

»Das klingt nicht nach dem Namen eines Negers.«

»Er ist Jude.« Hugo zog ein Foto aus der Akte und reichte es George.

George blickte in ein unscheinbares weißes Gesicht mit zurückweichendem Haar und großer Brille. Der Mann trug eine Fliege. George hatte King und seine Leute in Atlanta getroffen, und keiner von ihnen hatte so ausgesehen wie der Mann auf dem Foto. »Sind Sie sicher, dass er für die Southern Christian Leadership Conference arbeitet?«

»Ich habe nie gesagt, dass er für King *arbeitet*. Er ist ein New Yorker Anwalt. Und ein erfolgreicher Geschäftsmann.«

»Inwiefern ist er Dr. Kings Ratgeber?«

»Er hat King bei der Veröffentlichung seines Buches unterstützt und ihm in Alabama bei einer Anklage wegen Steuerhinterziehung geholfen. Sie treffen sich nicht sehr oft, aber sie telefonieren miteinander.«

George setzte sich aufrecht. »Woher wissen Sie das?«

»Quellen«, erwiderte Hugo selbstgefällig.

»Sie behaupten, dass Dr. King manchmal mit einem New Yorker Anwalt telefoniert und in Steuer- und Publikationsfragen beraten wird?«

»Von einem Kommunisten, ganz recht.«

»Woher wissen Sie, dass er Kommunist ist?«

»Quellen.«

»Was für Quellen?«

»Wir können die Identität unserer Informanten nicht offenlegen.«

»Dem Justizminister gegenüber schon.«

»Sie sind aber nicht der Justizminister.«

»Kennen Sie Levisons Kartennummer?«

»Was?« Hugo geriet kurz aus dem Konzept.

»Wie Sie wissen, besitzen Mitglieder der Kommunistischen Partei eine Mitgliedskarte. Jede Karte hat eine Nummer. Welche Kartennummer hat Levison?«

Hugo gab vor, in seinen Unterlagen danach zu suchen. »Ich glaube, das steht nicht in seiner Akte.«

»Dann können Sie nicht beweisen, dass Levison Kommunist ist.«

»Wir brauchen keinen Beweis«, entgegnete Hugo mit einem Anflug von Verärgerung. »Wir werden ihn nicht anklagen. Wir informieren lediglich den Justizminister von unserem Verdacht, wie es unsere Pflicht ist.«

George hob die Stimme. »Sie ziehen Dr. Kings Namen in den Schmutz, indem Sie behaupten, dass ein Anwalt, den er konsultiert hat, Kommunist sei, und haben keinerlei Beweis dafür?«

»Sie haben recht«, erwiderte Hugo zu Georges Überraschung. »Wir brauchen mehr Beweismaterial. Deshalb werden wir beantragen, Levisons Telefon abzuhören.« Abhöraktionen mussten vom Justizminister genehmigt werden. »Hier, die Akte ist für Sie.« Er hielt sie George hin.

George nahm sie nicht an. »Wenn Sie Levison abhören, hören Sie auch Anrufe von Dr. King ab.«

Hugo zuckte mit den Schultern. »Wer mit Kommunisten redet, geht nun mal das Risiko ein, dass man ihn abhört. Was gibt es daran auszusetzen?«

George fand, dass in einem freien Land eine Menge daran auszusetzen war, sprach es aber nicht aus. »Wir wissen nicht, dass Levison Kommunist ist.«

»Also müssen wir es herausfinden.«

George nahm die Akte, stand auf und öffnete die Tür.

»Hoover wird diese Sache ohne Zweifel erwähnen, wenn er das nächste Mal mit Bobby redet«, sagte Hugo. »Also versuchen Sie bloß nicht, die Geschichte unter den Tisch zu kehren.«

Der Gedanke war George gekommen, doch nun entgegnete er: »Natürlich nicht.« Es wäre ohnehin keine gute Idee gewesen.

»Und was werden Sie tun?«

»Ich sage es Bobby«, antwortete George. »Er wird entscheiden.« Damit verließ er das Büro.

Mit dem Aufzug fuhr er in den fünften Stock. Etliche Ministerialangestellte kamen aus Bobbys Büro. George blickte hinein. Da saß Bobby Kennedy. Wie gewöhnlich hatte er das Jackett abgelegt, die Hemdsärmel hochgekrempelt und die Brille aufgesetzt. Offenbar war soeben eine Besprechung zu Ende gegangen. George blickte auf die Uhr: Bis zur nächsten Konferenz waren es ein paar Minuten. Er betrat das Büro.

Bobby begrüßte ihn freundlich. »Hi, George, wie stehen die Aktien?«

So ging es seit dem Tag, an dem George befürchtet hatte, Bobby Kennedy könnte ihm eine runterhauen. Bobby behandelte ihn wie einen Busenfreund. George fragte sich, ob ein Muster dahintersteckte. Vielleicht musste Bobby sich erst mit jemandem streiten, ehe er ihn an sich heranließ.

»Schlechte Neuigkeiten«, sagte George.

»Setzen Sie sich. Erzählen Sie.«

George schloss die Tür. »Hoover behauptet, er hätte einen Kommunisten in Martin Luther Kings innerem Kreis gefunden.«

»Hoover ist ein schwanzlutschender Querulant«, sagte Bobby.

George war geschockt und verwirrt. Meinte Bobby damit, dass Hoover schwul war? Das konnte nicht sein. Bestimmt wollte Bobby nur einen seiner Intimfeinde beleidigen. Nun, das war ihm gelungen.

»Der Mann heißt Stanley Levison«, sagte George.

»Und wer ist das?«

»Ein Anwalt, den Dr. King wegen Steuerschwierigkeiten und in anderen Fragen konsultiert hat.«

»In Atlanta?«

»Nein, Levison wohnt in New York.«

»Das hört sich nicht so an, als wäre er King besonders nahe.«

»Das glaube ich auch nicht.«

»Aber das spielt kaum eine Rolle.« Bobby seufzte. »Hoover kann alles schlimmer klingen lassen, als es ist.«

»Das FBI behauptet, Levison sei Kommunist, will mir aber nicht sagen, welche Beweise gegen ihn vorliegen. Ihnen, Sir, wird man eher Auskunft geben.«

»Ich möchte nicht wissen, woher Hoover die Information hat.« Bobby hielt die Hände mit den Handflächen nach außen, eine abwehrende Geste. »Danach gäbe man mir die Schuld an jedem verdammten Leck.«

»Das FBI hat nicht einmal Levisons Mitgliedsnummer.«

»Das FBI weiß einen Scheißdreck«, sagte Bobby. »Sie fischen bloß im Trüben. Aber das spielt keine Rolle. Die Leute werden es glauben.«

»Und was tun wir?«

»King muss sich von Levison trennen«, sagte Bobby entschieden. »Andernfalls lässt Hoover die Geschichte durchsickern, King wird beschädigt, und der ganze Schlamassel mit den Bürgerrechten wird noch schlimmer.«

George fand nicht, dass es sich bei der Bürgerrechtskampagne um einen »Schlamassel« handelte, aber die Kennedy-Brüder schon. Doch darum ging es gar nicht. Hoovers Vorwurf stellte eine Bedrohung dar, um die man sich kümmern musste. Bobby hatte recht: Die einfachste Lösung bestand darin, dass King mit Levison brach. »Aber wie bringen wir Dr. King dazu?«, fragte er.

»Sie fliegen nach Atlanta und sagen es ihm.«

George fühlte sich entmutigt. Martin Luther King war bekannt dafür, sich Autoritäten zu widersetzen, und von Verena wusste George, dass der Bürgerrechtsführer sich weder öffentlich noch privat leicht umstimmen ließ. Doch George verbarg seine düsteren Vorahnungen hinter einer Fassade der Gelassenheit. »Ich rufe an und mache einen Termin.« Er ging zur Tür.

»Danke, George«, sagte Bobby erleichtert. »Großartig, dass ich mich auf Sie verlassen kann.«

*

Als Maria an dem Tag, nachdem sie mit dem Präsidenten schwimmen gegangen war, ans Telefon ging, hörte sie erneut die Stimme von Dave Powers. »Um halb sechs ist eine kleine Zusammenkunft der Mitarbeiter«, sagte er. »Ganz zwanglos. Möchten Sie kommen?«

Maria und ihre Mitbewohnerinnen hatten vorgehabt, sich die schöne Audrey Hepburn und den heißen George Peppard in *Frühstück bei Tiffany* anzuschauen. Doch Mitarbeiter des Weißen Hauses in untergeordneter Position sagten nicht Nein zu Dave Powers. Tut mir leid, Mädels, diesmal müsst ihr ohne mich sabbern, dachte Maria. »Wohin muss ich denn?«, fragte sie.

»Nach oben.«

»Nach oben?«, fragte sie verschreckt und ein wenig atemlos. Dort waren die Privaträume des Präsidenten.

»Ja. Ich hole Sie ab.« Dave legte auf.

Maria wünschte sich auf der Stelle, sie hätte sich heute etwas Schickeres angezogen. Sie trug einen karierten Faltenrock und eine schlichte weiße Bluse mit kleinen, goldfarbenen Knöpfen. Ihr Haarteil war ein simpler Knoten, kurz im Nacken, aber mit langen Strähnen zu beiden Seiten des Kinns, ganz nach der neuesten Mode. So neu, dass Maria befürchtete, sich im Aussehen nicht von Abertausenden Büromädchen in Washington zu unterscheiden.

»Sind Sie heute Abend auch zu einem Mitarbeiterumtrunk eingeladen?«, wollte sie von Nelly wissen.

»Nein. Wo findet er denn statt?«

»Oben.«

»In den Privaträumen des Präsidenten?«

Maria nickte.

»Ich hab's geahnt«, murmelte Nelly.

Um Viertel nach fünf ging Maria in den Damenwaschraum und richtete ihr Haar und ihr Make-up. Ihr fiel auf, dass sich keine der anderen Frauen allzu große Mühe gab. Maria folgerte daraus, dass diese Frauen nicht eingeladen waren. Vielleicht war es nur eine Zusammenkunft für neue Mitarbeiter.

Um halb sechs nahm Nelly ihre Handtasche und machte sich auf den Weg. »Passen Sie gut auf sich auf«, sagte sie zu Maria.

»Ja, Sie auch.«

»Ach, Kindchen.« Nelly schmunzelte. »Ich furchte, Sie verstehen nicht.«

Sie ging hinaus, ehe Maria sie fragen konnte, was sie damit meinte.

Kurz darauf holte Dave Powers sie ab. Er führte sie die Westkolonnade entlang, vorbei am Eingang zum Poolbereich und wieder ins Gebäude. Dann fuhr er mit ihr in einem Aufzug nach oben.

Die Türen öffneten sich zu einem großen Empfangsraum mit zwei Kronleuchtern. Die Wände waren in einem Farbton gestrichen, der irgendwo zwischen Blau und Grün changierte. Nilgrün, glaubte Maria sich zu erinnern. Doch ihr blieb kaum Zeit, den Anblick in sich aufzunehmen.

»Wir sind in der West Sitting Hall«, sagte Dave und führte sie durch einen offenen Durchgang in einen zwanglos eingerichteten Raum, in dem mehrere bequeme Sofas standen. Ein großes Rundbogenfenster gewährte einen Blick auf den Sonnenuntergang.

Die beiden Sekretärinnen von gestern, Jenny und Jerry, waren ebenfalls anwesend, aber niemand sonst. Maria nickte ihnen zu und nahm Platz. Sie fragte sich, ob noch andere dazukämen. Auf dem Couchtisch stand ein Tablett mit Cocktailgläsern und einem Glaskrug.

»Nehmen Sie sich einen Daiquiri«, sagte Dave und schenkte ihr ein, ohne auf eine Antwort zu warten. Maria trank nur selten Alkohol, doch sie nippte an dem Drink und trank dann einen kräftigen Schluck, um ihre flatternden Nerven zu beruhigen. Von dem Tablett mit den Snacks nahm sie sich einen Käse-Flip.

Was soll das Ganze überhaupt?, fragte sie sich.

»Kommt die First Lady dazu?«, erkundigte sie sich bei Dave Powers. »Ich würde sie gern kennenlernen.«

Einen Moment herrschte lastende Stille, sodass Maria das Gefühl bekam, etwas Taktloses gesagt zu haben. Schließlich sagte Dave: »Jackie ist auf Glen Ora.«

Glen Ora war eine Farm in Middleburg, Virginia, wo Jackie Kennedy Pferde hielt und an den Fuchsjagden in Orange County teilnahm, ungefähr eine Autostunde von Washington entfernt.

»Sie hat Caroline und John John mitgenommen«, fügte Jenny hinzu.

Caroline Kennedy war vier, John John ein Jahr alt.

Wenn ich mit dem Präsidenten verheiratet wäre, dachte Maria, würde ich ihn nicht allein lassen, um reiten zu gehen.

In diesem Moment kam Jack Kennedy herein. Alle erhoben sich.

Er wirkte müde und ein wenig erschöpft, aber sein Lächeln war so ansteckend wie immer. Er zog sein Jackett aus, warf es über eine Sessellehne, setzte sich aufs Sofa, lehnte sich zurück und legte die Füße auf den Couchtisch.

Maria kam es vor, als wäre sie in die exklusivste Gesellschaft der Welt aufgenommen worden. Sie war in der Wohnung des Präsidenten, trank einen Cocktail und aß Snacks, während der mächtigste Mann der Welt die Füße auf den Tisch legte. Was immer sonst noch geschehen mochte, die Erinnerung daran würde ihr bleiben, so lange sie lebte.

Sie leerte ihr Glas, und Dave schenkte ihr nach.

Wieso hast du gerade gedacht, »was immer sonst noch geschehen mag«?, fragte sie sich plötzlich. Irgendetwas stimmte nicht. Sie war nur eine unbedeutende Rechercheurin, die auf eine frühe Beförderung zur Pressesprecherin hoffte. Die Atmosphäre war entspannt, aber sie war im Grunde nicht unter Freunden. Keiner dieser Leute wusste etwas über sie. Was tat sie hier eigentlich?

Der Präsident erhob sich und fragte: »Soll ich Sie herumführen, Maria?«

Eine Führung vom Präsidenten höchstpersönlich! Wer hätte dazu schon Nein gesagt?

»Ja, sehr gern.« Maria stand auf. Der Daiquiri stieg ihr zu Kopf, und für einen Augenblick war ihr schwindlig. Dann folgte sie Kennedy durch eine Seitentür.

»Das war einmal ein Gästezimmer«, sagte er, »aber Mrs. Kennedy hat ein Esszimmer daraus gemacht.« An den Wänden waren Gemälde mit Schlachtszenen aus dem amerikanischen Befreiungskrieg zu sehen. Der eckige Tisch in der Mitte wirkte für Marias Geschmack zu klein für das Zimmer, und der Kronleuchter zu groß für den Tisch. Aber das alles trat in den Hintergrund bei dem Gedanken, dass sie mit dem Präsidenten der Vereinigten Staaten allein in der Residenz des Weißen Hauses war. Sie, Maria Summers. Es war unfassbar.

»Kommen Sie bitte, hier entlang.« Kennedy führte sie wieder durch die West Sitting Hall zur gegenüberliegenden Tür. »Das ist Mrs. Kennedys Schlafzimmer«, sagte er und schloss hinter ihnen die Tür.

»Es ist wunderschön«, sagte Maria.

Gegenüber von der Tür befanden sich zwei lange Fenster mit hellblauen Vorhängen. Links von Maria, vor dem Kamin, lag ein Teppich mit einem Muster in dem gleichen Blau, auf dem ein Sofa stand. Auf dem Kaminsims stand eine Sammlung gerahmter Zeichnungen, die Geschmack und Kultiviertheit ausstrahlten, so wie Jackie Kennedy selbst. Die Bezüge und der Baldachin des Bettes am anderen Ende des Zimmers waren auf die Vorhänge abgestimmt, ebenso die Decke auf dem runden Tisch in der Ecke. Nicht einmal in Zeitschriften hatte Maria ein so stilvoll eingerichtetes Zimmer wie dieses gesehen.

Aber warum nennt er es »Mrs. Kennedys Schlafzimmer«?, fragte sie sich. Schläft er denn nicht hier? Das große Doppelbett bestand aus zwei getrennten Hälften. Ob es mit seinen Rückenproblemen zu tun hatte, die er sich im Krieg im Pazifik zugezogen hatte und die alle Welt kannte? Vielleicht, überlegte Maria, braucht er deshalb eine harte Matratze.

Er führte sie zum Fenster, und beide blickten hinaus. Das Abendlicht lag weich auf dem südlichen Rasen und dem Brunnen, in dem manchmal die Kinder der Kennedys planschten.

»Das ist wundervoll«, sagte Maria.

Er legte ihr eine Hand auf die Schulter. Es war das erste Mal, dass er sie berührte, und sie zitterte leicht. Sie nahm den Duft seines Eau de Cologne wahr; er stand so nahe bei ihr, dass sie sogar den Rosmarin und den Moschus unter dem Zitrusduft wahrnahm.

Kennedy blickte sie mit seinem blitzenden Lächeln an. »Das ist ein sehr privates Zimmer«, sagte er.

Sie schaut ihm in die Augen. »Ja«, sagte sie leise.

Und in diesem Moment warf sie endlich alle Lügen und jeden Selbstbetrug über Bord. Was immer sonst noch geschehen mag, hatte sie vorhin gedacht. Dabei hatte sie die Antwort bereits gekannt. Sie hatte von Anfang an gewusst, dass Kennedy sie haben wollte, und nun gestand sie sich ein, dass es ihr recht war und mehr noch, dass sie es wollte, dass sie diesen Mann wollte. Er sollte der erste Mann in ihrem Leben sein.

Kennedy legte die andere Hand auf Marias andere Schulter und drückte sie sanft zurück. Als ihre Beine das Bett berührten, setzte sie sich. Behutsam drückte er sie weiter nach hinten, bis sie sich mit den Ellbogen abstützen musste. Ohne den Blick von ihren Augen zu nehmen, knöpfte er ihr die Bluse auf. Marias Atem ging schneller, als er ihr die Hände auf die Brüste legte. Mit zitternden Fingern zog sie den Nylon-Büstenhalter auf, öffnete die übrigen Knöpfe und streifte die Bluse ab. Ihr war schwindelig vor Erregung.

Er betrachtete bewundernd ihre Brüste, streichelte sie sanft. Dann griff er ihr unter den karierten Rock und zog ihren Schlüpfer herunter. Mary zitterte jetzt am ganzen Körper, und ihr Atem ging keuchend, als sie beobachtete, wie er seine Anzughose auszog und zu ihr kam. Er legte sich auf sie und drang mit der Geschicklichkeit des erfahrenen Liebhabers in sie ein. Doch als er Widerstand spürte, hielt er inne. »Ist es das erste Mal für dich?«, fragte er atemlos, verwundert.

»Ja ...«

»Ist es okay?«

»Ja.« Es war mehr als okay. Maria war voller Lust, voller sexueller Gier, und konnte es kaum erwarten.

Er drückte noch sanfter. Mary verspürte einen kurzen scharfen Schmerz und konnte einen leisen Schrei nicht unterdrücken.

»Okay ...?«, fragte er noch einmal.

»Ja.« Laut, beinahe verzweifelt. Sie wollte nicht, dass er aufhörte. Sie betrachtete sein Gesicht, seine geschlossenen Lider, während sie jeden Atemzug genoss, jede Sekunde, nachdem der Schmerz verebbte, und obwohl sie diesen Mann nicht kannte und niemals kennen würde, empfand sie in diesen Augenblicken tiefe, aufrichtige Liebe zu ihm.

Später, nachdem er sich von ihr gelöst hatte, sagte er lächelnd: »Das Bad ist dort.« Er zeigte auf eine Tür in der Ecke.

Nachdem der Sturm der Gefühle und die Hitze der Leidenschaft sich gelegt hatten, fühlte Maria sich verlegen, wie sie nackt auf dem Bett lag. Rasch stand sie auf, raffte ihre Bluse und ihren BH an sich, bückte sich, hob den Schlüpfer auf und eilte ins Bad.

Dort blickte sie in den Spiegel. Ich habe meine Jungfräulichkeit verloren, dachte sie dabei. An einen wunderbaren Mann, der zufällig der Präsident der Vereinigten Staaten von Amerika ist. Und ich habe es genossen.

Sie zog sich an und richtete ihr Make-up. Zum Glück hatte er ihre Frisur nicht durcheinandergebracht.

Das hier ist Jackies Badezimmer, dachte Maria. Für einen Moment überkamen sie Schuldgefühle, aber dafür war es nun zu spät.

Als sie ins Schlafzimmer zurückkehrte, war es leer. Sie ging zur Tür, drehte sich um und schaute auf das Bett. Jetzt erst wurde ihr bewusst, dass er sie kein einziges Mal geküsst hatte.

Maria kehrte in die West Sitting Hall zurück. Kennedy saß alleine dort, die Füße auf dem Couchtisch. Dave und die Mädchen waren gegangen. Sie hatten ein Tablett voll benutzter Gläser und die Reste der Snacks hinterlassen. Kennedy wirkte entspannt, als wäre nichts von Bedeutung geschehen.

Als wäre so etwas alltäglich für ihn, ging es Maria durch den Kopf.

»Möchtest du etwas essen?«, fragte er. »Die Küche ist nebenan.«

»Nein danke, Mr. President.«

Verrückt, überlegte sie. Er hat dich gerade gevögelt, und du sagst immer noch »Mr. President«.

Kennedy stand auf. »Am Südportikus wartet ein Wagen. Er bringt dich nach Hause.« Er führte sie hinaus in den Empfangsraum. »Okay?«, fragte er zum dritten Mal. »Ist es okay?«

»Es ist okay. Alles.«

Der Aufzug kam. Ob er dir einen Gutenachtkuss gibt?, fragte sie sich.

Er tat es nicht.

Maria trat in den Aufzug.

»Gute Nacht, Maria«, sagte er.

»Gute Nacht.«

Die Türen schlossen sich.

*

Es dauerte eine Woche, bis George Gelegenheit bekam, Norine Latimer zu sagen, dass zwischen ihnen beiden Schluss sei.

Ihm graute vor dem Gespräch.

Natürlich hatte er schon mit Mädchen Schluss gemacht. Nach einer oder zwei Verabredungen war es noch einfach: Man rief eben nicht mehr an. Nach einer längeren Beziehung war seiner Erfahrung nach das Gefühl beiderseitig: Beide wussten, dass der Reiz verschwunden war. Bei Norine jedoch lag der Fall zwischen beiden Extremen. George ging erst seit zwei Monaten mit ihr, und sie kamen gut miteinander aus. Er hatte gehofft, dass sie bald ihre erste gemeinsame Nacht verbringen würden. Norine würde mit allem rechnen, nur nicht mit einer Trennung.

George traf sie zum Lunch. Sie bat ihn, dass er mit ihr ins Restaurant im Untergeschoss des Weißen Hauses ging, das als die Messe bekannt war, doch Frauen durften es nicht betreten. George wollte sie aber auch nicht in den Jockey Club oder ein ähnlich schickes Restaurant ausführen, damit sie nicht auf den Gedanken kam, er wolle ihr einen Antrag machen. Am Ende gingen sie ins Old Ebbitt's, ein traditionelles Restaurant und ein Politikertreff, der schon bessere Zeiten gesehen hatte.

Norine sah eher arabisch als afrikanisch aus. Sie war betörend schön mit ihrem welligen schwarzen Haar, ihrer dunklen Haut und ihren ausdrucksvollen Augen. Sie trug einen flauschigen Sweater, der ihr nicht stand. George vermutete, es lag daran, dass sie ihren Chef nicht einschüchtern wollte. Viele Männer, zumal Vorgesetzte, empfanden allzu elegante Frauen in ihren Büros als eher unangenehm.

»Tut mir sehr leid, dass ich gestern Abend absagen musste«, sagte George, nachdem sie bestellt hatten. »Ich wurde in eine Besprechung mit dem Präsidenten gerufen.«

»Mit dem Präsidenten kann ich nicht konkurrieren«, erwiderte Norine.

Die Antwort kam ihm ein bisschen dumm vor. Natürlich konnte sie nicht mit dem Präsidenten konkurrieren; das konnte niemand. Doch auf eine solche Diskussion ließ er sich am besten gar nicht erst ein. Er kam direkt auf den Punkt. »Ich muss dir etwas sagen«, begann er. »Ehe ich dich kennengelernt habe, gab es eine andere.«

»Ich weiß«, sagte Norine.

»Wie meinst du das?«

»Ich mag dich, George«, sagte Norine. »Du bist klug, humorvoll und nett. Und du siehst gut aus, bis auf das Ohr, das man dir in der Ringermannschaft vermurkst hat. Blumenkohlohr, nicht wahr?«

»Ja. Aber ...«

»Aber ich merke es, wenn ein Mann auf eine andere steht.«

»Wirklich?«

»Ich nehme an, es ist Maria.«

George war erstaunt. »Woher weißt du das?«

»Du hast sie vier-, fünfmal erwähnt. Und du hast nie über eine andere Frau aus deiner Vergangenheit gesprochen. Man muss kein Genie sein, um zu erkennen, dass sie dir noch immer viel bedeutet. Aber sie ist in Chicago, also dachte ich, ich könnte dich ihr vielleicht abspenstig machen. Tja, das habe ich dann wohl nicht geschafft.« Norine sah plötzlich traurig aus.

»Sie ist nach Washington gekommen«, sagte George.

»Kluges Mädel.«

»Nicht meinetwegen. Wegen eines Jobs.«

»Egal. Du servierst mich trotzdem ihretwegen ab.«

Darauf konnte er schwerlich mit Ja antworten. Aber es stimmte, deshalb erwiderte er nichts.

Ihr Essen kam, doch Norine rührte es nicht an. »Ich wünsche dir alles Gute, George«, sagte sie stattdessen. »Pass auf dich auf.«

George hatte das seltsame Gefühl, als ginge das alles viel zu schnell. »Ah ... du auch.«

Sie stand auf. »Leb wohl.«

Er konnte nur eine Antwort geben. »Leb wohl, Norine.«

»Du kannst meinen Salat haben«, sagte sie und verließ das Restaurant.

George stocherte ein paar Minuten in seinem Essen herum. Er fühlte sich mies, klein und hässlich. Auf ihre Weise war Norine großmütig. Sie hatte es ihm leicht gemacht. Er hoffte, dass sie es gut verkraftete. Sie hatte es nicht verdient, verletzt zu werden.

Vom Restaurant aus ging er zum Weißen Haus. Er musste an der Sitzung des Komitees für Chancengleichheit im Bereich Beschäftigung teilnehmen, der Vizepräsident Lyndon B. Johnson vorsaß. George hatte ein Bündnis mit Skip Dickerson geschmiedet, einem von Johnsons Beratern. Bis die Sitzung begann, hatte er eine halbe Stunde Zeit, deshalb machte er sich in der Presseabteilung auf die Suche nach Maria.

Heute trug sie ein gepunktetes Kleid mit passendem Haarband. Das Band hielt vermutlich eine Perücke an Ort und Stelle: Die meisten schwarzen Mädchen benutzten komplizierte Haarteile, und Marias niedlicher Bubikopf war eindeutig kein Produkt der Natur.

Als sie ihn fragte, wie es ihm gehe, wusste George zuerst nicht, was er darauf antworten sollte. Er hatte Schuldgefühle wegen Norine, aber nun konnte er Maria wenigstens mit gutem Gewissen um ein Rendezvous bitten.

»Ganz gut, alles in allem«, sagte er schließlich. »Und du?«

Sie senkte die Stimme. »An manchen Tagen hasse ich die Weißen.«

»Wie kommt das?«

»Du kennst meinen Großvater nicht.«

»Ich kenne überhaupt niemanden aus deiner Familie.«

»Grandpa predigt noch hin und wieder in Chicago, aber den größten Teil seiner Zeit verbringt er heutzutage in seiner Heimatstadt Golgotha in Alabama. Er sagt, an den kalten Wind im Mittleren Westen hat er sich nie richtig gewöhnt. Aber er ist so resolut wie eh und je. Deshalb hat er seinen besten Anzug angezogen und ist zum Bezirksamt von Golgotha gegangen, um sich als Wähler registrieren zu lassen.«

»Was ist passiert?«

»Sie haben ihn gedemütigt.« Maria schüttelte den Kopf. »Du kennst ja die Tricks dieser Rassisten. Sie unterziehen die Leute einem Lese- und Schreibtest. Man muss einen Teil der Staatsverfassung laut vorlesen, den Sinn des Textes erklären und ihn dann aufschreiben. Der Registerführer sucht die Klausel aus, die man vorlesen muss. Weißen legt er einen einfachen Satz vor, zum Beispiel: ›Niemand soll wegen Geldschulden eingesperrt werden.‹ Doch Schwarze bekommen einen langen komplizierten Paragrafen, den nur ein Anwalt verstehen könnte. Dann entscheidet der Registerführer darüber, ob du lesen und schreiben kannst oder nicht. Die Schwarzen kann er auf diese Weise jedes Mal zu Analphabeten erklären.«

»Ich weiß von diesem Verfahren«, sagte George. »Diese Hurensöhne!«

»Das ist noch nicht alles. Neger, die versuchen, sich registrieren zu lassen, verlieren zur Strafe ihren Job. Aber bei Grandpa ging das natürlich nicht, er ist ja im Ruhestand. Deshalb haben sie ihn wegen Streunerei festgenommen, als er das Bezirksamt verließ. Kannst du dir so etwas vorstellen? Er hat die Nacht im Gefängnis verbracht – das ist kein Picknick für einen Achtzigjährigen.« Sie hatte Tränen in den Augen.

Die Geschichte bestärkte George in seinem Entschluss. Worüber konnte er sich schon beklagen? Sicher, er musste Dinge tun, die ihm gegen den Strich gingen, aber für Bobby zu arbeiten, war noch immer das wirksamste Mittel, um Schwarzen wie Grandpa Summers zu helfen. Eines Tages, schwor sich George, werden die Segregationisten in den Südstaaten am Boden liegen!

Er blickte auf die Uhr. »Ich habe eine Besprechung mit Lyndon B. Johnson.«

»Erzähl ihm von meinem Großvater.«

»Vielleicht tue ich das.« Die Zeit, die er mit Maria verbringen konnte, erschien ihm immer viel zu kurz. »Tut mir leid, dass ich schon wieder wegmuss. Soll ich dich nachher von der Arbeit abholen? Wir könnten etwas trinken und irgendwo zu Abend essen.«

Sie lächelte. »Danke, George, aber ich bin heute Abend schon verabredet.«

»Oh.« George war erstaunt und enttäuscht zugleich. Nie wäre er auf den Gedanken gekommen, dass Maria schon jemanden traf. »Ich muss morgen nach Atlanta, bin aber in zwei oder drei Tagen zurück. Vielleicht am Wochenende?«

»Nein.« Sie zögerte. »Ich hab da etwas Festeres.«

George konnte es nicht fassen. Dann aber sah er ein, wie dumm es war, so zu denken. Wieso sollte eine so attraktive Frau wie Maria keine feste Beziehung haben?

Mit einem Mal hatte George das Gefühl, als hätte er den Boden unter den Füßen verloren. Aber vielleicht hatte er es nicht besser verdient. Schließlich war er mit Norine auch nicht gerade sanft umgesprungen. »So ein Glückspilz«, brachte er hervor.

Maria lächelte. »Nett, dass du das sagst.«

George hatte sich wieder so weit gefangen, dass er mehr über die Konkurrenz wissen wollte. »Wer ist er?«

»Du kennst ihn nicht.«

Nein, dachte er, aber das wird sich ändern, sobald ich seinen Namen weiß. »Versuch's mal.«

Sie schüttelte den Kopf. »Lieber nicht.«

George wurde allmählich sauer. Er hatte einen Rivalen und erfuhr nicht einmal, wie der Kerl hieß! Er wollte Maria bedrängen, mit der Sprache herauszurücken – dann aber wurde ihm bewusst, dass er sich benahm wie ein Arschloch. »Okay«, sagte er widerstrebend und fügte eine der größten Lügen seines bisherigen Lebens hinzu: »Ich wünsche dir einen tollen Abend.«

»Den habe ich bestimmt.«

Sie trennten sich. Maria verschwand in der Presseabteilung, während George sich auf den Weg zu den Räumen des Vizepräsidenten machte.

Er war verzweifelt. Er hatte Maria mehr gemocht als jedes andere Mädchen, das er je kennengelernt hatte, und jetzt hatte er sie an einen anderen verloren.

Ich möchte wissen, wer er ist, dachte er.

*

Maria streifte ihre Kleidung ab und stieg zu Jack Kennedy in die Badewanne.

Kennedy nahm mehrmals täglich Tabletten, aber nichts linderte seine Rückenschmerzen besser als das Wasser. Morgens rasierte er sich sogar in der Badewanne. Wäre es möglich gewesen, hätte er in einem Swimmingpool geschlafen.

Nun lag er in der Wanne in seinem Badezimmer. Auf dem Bord über dem Waschbecken stand seine golden-türkisfarbene Flasche 4711. Nach dem ersten Mal war Maria nicht wieder in Jackies Räumen gewesen. Der Präsident hatte ein eigenes Schlafzimmer mit eigenem Bad, das durch einen kurzen Flur mit Jackies Suite verbunden war, wo – aus welchem Grund auch immer – der Plattenspieler stand.

Jackie war wieder außerhalb der Stadt. Maria hatte gelernt, sich nicht mehr mit Gedanken an die Frau ihres Liebhabers zu quälen. Sie war sich bewusst, dass sie eine anständige Frau hinterging, und das setzte ihr zu. Deshalb war es besser, gar nicht erst darüber nachzudenken.

Maria liebte das Bad, das luxuriöser war, als sie sich hatte vorstellen können, mit weichen Handtüchern, weißen Bademänteln, teurer Seife – und einer Familie gelber Gummienten.

Was ihre heimlichen Treffen mit Kennedy anging, hatte sich eine gewisse Routine entwickelt. Wann immer Dave Powers sie einlud, was ungefähr einmal die Woche der Fall war, fuhr Maria nach der Arbeit im Aufzug hinauf zur Residenz. In der West Sitting Hall standen dann immer eine Karaffe mit Daiquiri und ein Tablett mit Snacks. Manchmal war Dave dort, manchmal Jenny und Jerry, manchmal niemand. Maria schenkte sich einen Drink ein und wartete, erwartungsvoll, aber geduldig, bis Jack Kennedy erschien.

Nach einem Drink gingen sie dann ins Schlafzimmer, das für Maria so etwas wie der Mittelpunkt der Welt geworden war. In dem Zimmer standen ein Himmelbett mit blauem Baldachin und zwei Sessel vor einem Kamin, in dem ein heimeliges Feuer prasselte. Überall türmten sich Bücher, Zeitschriften und Zeitungen. Maria war sicher, in diesem Zimmer den Rest ihres Lebens verbringen zu können, wenn nur Jack bei ihr war. Mr. President, verbesserte sie sich in Gedanken.

Er hatte Maria sexuelle Praktiken beigebracht, die sie bisher nur aus Gesprächen mit Freundinnen gekannt hatte, und sie war eine eifrige Schülerin gewesen. Meist wollte er Oralverkehr, nachdem sie das Schlafzimmer betreten hatten; er legte dabei eine Unruhe an den Tag, die auf seine offenbar unstillbare sexuelle Lust zurückzuführen war, doch seine Ungeduld hatte für Maria etwas Erregendes. Außerdem war er anschließend entspannter und zärtlicher.

Manchmal legte er eine Schallplatte auf. Er mochte Frank Sinatra, Tony Bennett und Percy Marquand. Von den Miracles oder den Shirelles hatte er noch nie gehört.

In der Küche wartete jedes Mal ein kaltes Abendessen: Hühnchen, Shrimps, Sandwiches, Salat.

An diesem Abend, als sie beide in der Wanne saßen, setzte Jack zwei Gummienten auf das Wasser. »Ich wette einen Quarter, dass meine Ente schneller ist als deine«, sagte er. Mit seinem Bostoner Akzent klang »Quarter« wie bei einem Briten: Das R sprach er nicht aus.

So mochte Maria ihn am liebsten: jungenhaft und albern. An diesem Abend aber stand ihr nicht der Sinn danach. Die Geschichte, die sie über ihren Großvater gehört hatte, machte ihr zu schaffen.

»Okay, Mr. President«, sagte sie. »Aber erhöhen wir auf einen ganzen Dollar, wenn du den Mut dazu hast.«

Meist redete sie ihn noch immer mit »Mr. President« an, war aber zum »Du« gewechselt, wenn sie unter sich waren. Seine Frau nannte ihn Jack, sein gebräuchlicher Spitzname, seine Brüder sagten manchmal »Johnny« zu ihm – auch Maria, aber nur in Augenblicken der Leidenschaft.

Jack Kennedy blickte sie forschend an. Er war empfindsam und merkte sofort, dass sie nicht in der richtigen Stimmung war. »Was ist los?«

»Ich weiß nicht.« Sie zuckte mit den Schultern. »Normalerweise rede ich mit dir ja nicht über Politik.«

»Politik ist mein Job. Schon gehört?«

»Du wirst den ganzen Tag damit behelligt. Unsere gemeinsame Zeit ist zum Entspannen.«

»Wir können eine Ausnahme machen.« Er nahm ihren Fuß hoch, der an seinem Schenkel im Wasser lag, und streichelte ihre Zehen. Sie wusste, dass sie schöne Füße hatte, und lackierte sich immer die Zehennägel. »Irgendwas macht dir zu schaffen«, sagte er. »Erzähl es mir.«

Sie holte tief Luft und sprudelte hervor: »Vorgestern wurde mein Großvater ins Gefängnis geworfen, weil er versucht hat, sich als Wähler registrieren zu lassen.«

»Mit welcher Begründung wurde er ins Gefängnis gesteckt?«

»Landstreicherei.«

»Lass mich raten. Das ist irgendwo im Süden passiert.«

»Ja. In seiner Heimatstadt Golgatha, Alabama.«

»Alabama«, wiederholte Jack. »Einer der Staaten, die immer wieder ein Quell der Freude für mich sind. Sitzt dein Großvater immer noch ein?«

»Nein.« Maria zögerte, beschloss dann aber, ihm die ganze Wahrheit zu sagen, auch wenn sie ihm nicht gefallen würde. »Willst du wissen, was er gesagt hat, nachdem er freigelassen wurde?«

»Ja.«

»Er sagte: ›Mit Präsident Kennedy im Weißen Haus dachte ich, ich könnte wählen, aber ich habe mich wohl geirrt.‹ So hat es meine Großmutter mir erzählt.«

»Verstehe«, sagte Jack. »Er hat an mich geglaubt, und ich habe ihn im Stich gelassen.«

»So denkt er wohl.«

»So denken viele. Schwarze, Weiße, Rote, Gelbe. Und was denkst du, Maria?« Er streichelte ihr noch immer die Zehen.

Sie zögerte, blickte auf ihren dunklen Fuß in seinen weißen Händen. Sie wusste, dass er trotz aller Souveränität empfindlich reagieren konnte, wenn jemand auch nur andeutete, er sei unaufrichtig oder nicht vertrauenswürdig, oder dass er seine politischen Versprechen nicht halte. Wenn sie ihn zu sehr bedrängte, beendete er vielleicht ihre Beziehung. Und das wäre ihr Tod. Aber sie musste ehrlich sein.

Sie holte tief Luft, versuchte, ruhig zu bleiben. »Südstaatler handeln so, weil sie es dürfen. Die geltenden Gesetze lassen sie davonkommen, trotz der Verfassung.«

»Nicht ganz«, sagte Jack. »Mein Bruder Bob hat die Anzahl der Verfahren wegen Verstößen gegen das Wahlrecht kräftig erhöht. Und er hat einen klugen, jungen schwarzen Anwalt in seinem Stab.«

Maria nickte. »George Jakes. Ich kenne ihn. Aber was sie tun, reicht nicht.«

»Das will ich nicht bestreiten.«

Sie bedrängte ihn weiter. »Alle sind sich einig, dass wir das Gesetz mit einer neuen Vorlage über Bürgerrechte ändern müssen. Viele sind der Ansicht, du hättest das in deiner Wahlkampagne versprochen. Und niemand versteht, wieso du es noch nicht umgesetzt hast.« Sie biss sich auf die Lippe und riskierte das Äußerste. »Mich eingeschlossen.«

Seine Miene wurde hart.

Maria bereute augenblicklich ihre Offenheit. »Sei nicht wütend«, bat sie. »Ich will dich nicht verärgern, für nichts und niemanden auf der Welt, aber du hast mir die Frage gestellt, und ich wollte ehrlich sein.« Tränen traten ihr in die Augen. »Ich verehre dich. Ich würde niemals über dich urteilen. Sag mir bitte, dass du nicht wütend bist.«

»Ich bin nicht wütend«, sagte Jack. »Jedenfalls nicht auf dich. Ich ärgere mich über meine eigene Schwäche. Eine Mehrheit im Kongress haben wir nur, wenn die konservativen Demokraten aus den Südstaaten zu uns stehen. Bringe ich einen Gesetzantrag für Bürgerrechte ein, sabotieren sie ihn – und das ist noch nicht alles. Aus Rache werden sie auch gegen meine anderen innenpolitischen Vorlagen stimmen, einschließlich Medicare. Diese Gesundheitsversorgung für alte Leute könnte das Leben farbiger Amerikaner aber stärker verändern als ein neues Bürgerrechtsgesetz.«

»Heißt das, du hast bei den Bürgerrechten aufgegeben?«

»Natürlich nicht. Im nächsten November haben wir Zwischenwahlen. Ich werde das amerikanische Volk bitten, mehr Demokraten in den Kongress zu schicken, damit ich meine Wahlversprechen einlösen kann.«

»Meinst du, dein Appell wird etwas nützen?«

»Wahrscheinlich nicht. Die Republikaner greifen mich auf dem Gebiet der Außenpolitik an. Wir haben Kuba verloren, wir haben Laos verloren, und wir verlieren Vietnam. Ich musste Chruschtschow erlauben, einen Stacheldrahtzaun mitten durch Berlin zu ziehen. Im Augenblick stehe ich mit dem Rücken zur Wand.«

»Es ist seltsam, nicht wahr?«, überlegte Maria. »Du kannst die Schwarzen in den Südstaaten nicht wählen lassen, weil du in deiner Außenpolitik verwundbar bist.«

»Ganz genau«, sagte Jack. »Jeder Staatsmann muss auf dem Parkett der Weltpolitik Stärke zeigen, sonst kann er nichts bewegen.«

»Könntest du denn nicht versuchen, einen Antrag für ein Bürgerrechtsgesetz einzubringen, auch wenn dieser Antrag wahrscheinlich abgelehnt wird? Dann wüssten die Menschen wenigstens, dass es dir damit ernst ist.«

»Nein.« Er schüttelte den Kopf. »Wenn ich einen Antrag einbringe, und er wird abgewiesen, lässt mich das schwach aussehen, und das gefährdet alles andere. Dann verbaue ich mir eine zweite Chance, etwas für die Bürgerrechte zu tun.« Er hielt kurz inne. »Das Richtige zu tun, ist nicht so einfach, wie es aussieht, nicht einmal für den Präsidenten der Vereinigten Staaten.«

Er lächelte wehmütig.

In diesem Moment liebte Maria ihn mehr als je zuvor. Sie hätte nie geglaubt, zu solchen Empfindungen fähig zu sein. Sie wusste, dass einige Kollegen Verdacht geschöpft hatten, was ihre Beziehung zum Präsidenten betraf, aber das war ihr egal. Sie wusste, dass Jack ihretwegen niemals seine Frau verlassen würde, und das war ihr auch egal. Sie wusste, dass sie sich Gedanken um eine Schwangerschaft machen sollte. Es war ihr egal. Sie wusste, dass alles, was sie tat, töricht und falsch war und niemals ein glückliches Ende nehmen konnte. Es war ihr egal.

Sie war zu verliebt in diesen Mann, als dass es sie interessiert hätte.

*

George begriff, weshalb Bobby Kennedy so erfreut war, ihn zu Martin Luther King schicken zu können, damit er mit dem Reverend redete: Wenn Bobby die Bürgerrechtsbewegung schon unter Druck setzen musste, vergrößerte er seine Erfolgschancen, indem er sich eines schwarzen Boten bediente.

George fand, dass Bobby recht hatte, was diesen Anwalt Levison betraf, dennoch war ihm in seiner Rolle nicht ganz wohl – ein Gefühl, das ihm immer vertrauter wurde.

Atlanta war kalt und verregnet. Verena holte George am Flughafen ab. Sie trug einen lederbraunen Mantel mit schwarzem Pelzkragen und sah attraktiv aus, doch George litt noch zu sehr unter der Abweisung durch Maria, um sich von ihr angezogen zu fühlen.

»Ich kenne Stanley Levison«, sagte Verena, als sie George durch die Straßen der Innenstadt fuhr. »Er ist ein aufrichtiger Mann.«

»Er ist Anwalt, nicht wahr?«

»Ja. Aber noch mehr als das. Er hat Martin beim Verfassen von *Schritte zur Freiheit* geholfen. Sie stehen einander sehr nahe.«

»Das FBI behauptet, Levison sei Kommunist.«

»Wenn es nach dem FBI geht, ist jeder Kommunist, der eine andere Meinung vertritt als J. Edgar Hoover.«

»Bobby hat Hoover einen Schwanzlutscher genannt.«

Verena lachte auf. »Glaubst du, das war sein Ernst?«

»Keine Ahnung.«

»Hoover eine Tunte?« Sie schüttelte ungläubig den Kopf. »Das ist zu gut, um wahr zu sein. Die Wirklichkeit ist niemals so komisch.«

Durch den Regen hielt sie auf ein Viertel namens Old Fourth Ward zu, wo es Hunderte von Geschäften gab, die Schwarzen gehörten. In jedem Häuserblock schien eine Kirche zu stehen. Die Auburn Avenue war einst als »reichste Negerstraße Amerikas« bezeichnet worden. In dieser Straße, im Haus Nr. 320, befand sich das Büro der Southern Christian Leadership Conference. Verena hielt vor einem langen zweistöckigen Gebäude aus roten Backsteinziegeln.

George sagte: »Bobby hält King für arrogant.«

Verena zuckte mit den Schultern. »King hält Bobby für arrogant.«

»Und wie siehst du es?«

»Beide haben recht.«

George lächelte. Er mochte Verenas spitze Zunge.

Sie eilten über den regennassen Bürgersteig und betraten das Gebäude. Nachdem sie eine Viertelstunde vor Kings Büro gewartet hatten, wurden sie hineingebeten.

Martin Luther King war ein gut aussehender Mann von dreiunddreißig Jahren mit Schnurrbart und frühzeitig zurückweichendem Haar. Er war klein, knapp eins siebzig, und ein wenig füllig. Er trug einen dunkelgrauen Anzug mit scharfen Bügelfalten über einem weißen Hemd und einem schmalen schwarzen Satinschlips. In seiner Brusttasche steckte ein weißes Taschentuch aus Seide, und er trug große Manschettenknöpfe. George stieg ein Hauch von Kölnischwasser in die Nase, als King auf ihn zutrat. Er hatte den Eindruck, einen Menschen vor sich zu haben, dem seine Würde wichtig war. George war der Mann auf Anhieb sympathisch.

King schüttelte George die Hand. »Als wir uns das letzte Mal gesehen haben, waren Sie auf dem Freedom Ride und sind nach Anniston aufgebrochen. Was macht Ihr Arm?«

»Völlig geheilt, danke«, sagte George. »Ich trete allerdings nicht mehr zu Ringerwettkämpfen an, aber den Sport wollte ich sowieso aufgeben. Ich coache jetzt eine Highschool-Mannschaft in Ivy City.« Ivy City war ein schwarzes Viertel in Washington.

»Sehr gut«, sagte King. »Es ist sinnvoll, Negerjungen beizubringen, wie sie ihre Kraft in einem disziplinierten Sport mit Regeln nutzen. Bitte, nehmen Sie Platz.« Er wies auf einen Sessel, trat dann hinter seinen Schreibtisch und setzte sich. »Erzählen Sie mir, weshalb der Justizminister Sie zu mir schickt.« In seiner Stimme lag ein Beiklang verletzten Stolzes. Wahrscheinlich fand King, Bobby hätte persönlich herkommen sollen. George erinnerte sich, dass Kings Spitzname innerhalb der Bürgerrechtsbewegung »De Lawd« war, »Gott«.

George umriss mit knappen Worten das Problem mit Stanley Levison. Er ließ nichts aus bis auf den Antrag auf Telefonüberwachung. »Bobby schickt mich zu Ihnen, damit ich Sie mit allem Nachdruck auffordere, jede Verbindung zu Mr. Levison zu beenden«, sagte er zum Schluss. »Das ist die einzige Möglichkeit, Sie vor dem Vorwurf zu bewahren, mit den Kommunisten an einem Strang zu ziehen – eine Anschuldigung, die der Bewegung, an die wir beide glauben, unermesslichen Schaden zufügen könnte.«

Als er fertig war, sagte King: »Stanley Levison ist kein Kommunist.«

George öffnete den Mund, um eine Frage zu stellen, doch King hob eine Hand, um ihm Schweigen zu gebieten. Er duldete keine Unterbrechung. »Stanley war niemals Mitglied der Kommunistischen Partei. Kommunismus ist atheistisch, und als gläubiger Anhänger Jesu Christi, unseres Herrn, wäre es mir unmöglich, enger Freund eines Atheisten zu sein. Aber ...« Er beugte sich über seinen Schreibtisch vor. »Das ist nicht die ganze Wahrheit.«

Er schwieg einen Moment, doch George wusste, dass er jetzt nicht das Wort ergreifen durfte.

»Lassen Sie mich Ihnen die ganze Wahrheit über Stanley Levison erzählen«, fuhr King schließlich fort. »Stanley versteht sich auf das Geldverdienen. Aber es ist ihm peinlich. Er findet, er sollte sein Leben damit zubringen, anderen zu helfen. Als junger Mann war er ... verzaubert. Ja, das ist das richtige Wort. Er war verzaubert von den Idealen des Kommunismus. Obwohl er nie der Partei beigetreten ist, hat er seine bemerkenswerten Gaben eingesetzt, um die Kommunistische Partei in den USA auf verschiedene Weise voranzubringen. Doch er hat ziemlich schnell eingesehen, wie falsch er damit lag. Also brach er die Verbindung ab und schenkte dem Kampf um Freiheit und Gleichheit der Schwarzen seine Unterstützung. Und so wurde er mein Freund.«

George wartete ab, bis er sicher war, dass King seine Ausführungen beendet hatte. Dann sagte er: »Es gefällt mir nicht, das zu hören, Reverend.

Wenn Levison Finanzberater der Kommunistischen Partei gewesen ist, wird es ihm für immer anhaften.«

»Aber er hat sich verändert.«

»Das glaube ich Ihnen, aber andere werden das nicht tun. Wenn Sie die Beziehung zu Levison beibehalten, geben Sie unseren Feinden unnötig Munition in die Hand.«

»Dann sei es so«, sagte King.

»Wie meinen Sie das?«, fragte George verblüfft.

»Moralische Regeln müssen befolgt werden, auch wenn es uns nicht bequem ist. Wozu bräuchten wir sonst Regeln?«

»Aber wenn Sie abwägen ...«

»Wir wägen nicht ab«, unterbrach King ihn. »Stanley hat einen Fehler begangen, als er den Kommunisten geholfen hat. Er hat es bereut und leistet tätige Buße. Ich bin ein Prediger im Dienste des Herrn. Ich muss Vergebung üben, wie Jesus Christus es tut, und Stanley mit offenen Armen empfangen. ›Also wird auch Freude im Himmel sein über einen Sünder, der Buße tut, vor neunundneunzig Gerechten, die der Buße nicht bedürfen.‹ Ich bedarf selbst zu oft der Gnade Gottes, als dass ich einem anderen die Vergebung verweigern könnte.«

»Aber der Preis ...«

»Ich bin christlicher Pastor, George. Die Doktrin der Vergebung ist tief in meiner Seele verwurzelt, tiefer noch als Freiheit und Gerechtigkeit. Ich könnte nicht davon abweichen, egal, was es mich kostet.«

George begriff, dass sein Auftrag zum Scheitern verurteilt war. King war es ernst. Es gab keine Chance, ihn umzustimmen.

George erhob sich. »Danke, dass Sie sich die Zeit genommen haben, mir Ihren Standpunkt zu erläutern. Ich weiß das zu schätzen, und der Justizminister ebenfalls.«

»Gott segne Sie«, sagte King.

George und Verena verließen das Büro und gingen hinaus. Wortlos stiegen sie in Verenas Wagen. »Ich setz dich an deinem Hotel ab«, sagte sie.

George nickte stumm. Er wollte jetzt nicht reden. Er dachte über Kings Worte nach. So fuhren sie schweigend, bis Verena vor dem Hoteleingang hielt.

»Also?«, fragte sie dann.

»King hat es geschafft, dass ich mich vor mir selbst schäme«, sagte George.

*

»Das tun Prediger nun mal«, sagte seine Mutter. »Das ist ihr Job. Es ist gut für dich.« Sie schenkte George ein Glas Milch ein und gab ihm ein Stück Kuchen. Er wollte beides nicht.

Er hatte sich zu ihr in die Küche gesetzt und die ganze Geschichte erzählt. »Er war so stark«, sagte George. »Sobald er wusste, dass er recht hatte, blieb er dabei, komme, was da wolle.«

»Hebe ihn nicht zu sehr in den Himmel«, sagte Jacky. »Niemand ist ein Engel – schon gar nicht, wenn er ein Mann ist.« Es war später Nachmittag, und sie trug noch immer ihre Arbeitskleidung, ein schlichtes schwarzes Kleid und flache Schuhe.

»Ich weiß. Aber ich habe ihn zu überzeugen versucht, aus zynischen politischen Gründen mit einem treuen Freund zu brechen, und er redete nur von grundsätzlichen Dingen, von richtig und falsch, gut und schlecht. Da kommt man sich mit seinem Alltagskram irgendwie belanglos vor.«

»Wie ging es Verena?«

»Du hättest sie in diesem Mantel mit schwarzem Pelzkragen sehen sollen.«

»Hast du sie ausgeführt?«

»Wir haben zusammen zu Abend gegessen.« Er hatte ihr keinen Gutenachtkuss gegeben.

Unvermittelt sagte Jacky: »Ich mag diese Maria Summers.«

»Woher kennst du sie?«, fragte George erstaunt.

»Sie gehört zum Club.« Jacky war Vorarbeiterin des farbigen Personals im Frauenclub der Universität. »Er hat nicht viele schwarze Mitglieder, deshalb reden wir miteinander, Maria und ich. Sie sagte mir, dass sie im Weißen Haus arbeitet. Ich habe ihr von dir erzählt, und dabei haben wir festgestellt, dass ihr euch schon kennt. Sie hat eine nette Familie.«

George lachte belustigt. »Woher weißt du das denn?«

»Sie hat ihre Eltern zum Mittagessen mitgebracht. Ihr Vater ist ein bekannter Anwalt in Chicago. Er kennt den dortigen Bürgermeister Daley.« Daley war ein großer Unterstützer der Kennedys.

»Du weißt ja mehr über sie als ich!«

»Frauen hören zu, Männer reden.«

»Ich mag Maria auch.«

»Gut.« Jacky runzelte die Stirn und erinnerte sich an das eigentliche Gesprächsthema. »Was hat Bobby Kennedy gesagt, als du aus Atlanta zurück warst?«

»Er wird das Abhören von Levisons Telefon genehmigen. Das bedeutet, dass das FBI ein paar Anrufe von Dr. King belauschen kann.«

»Spielt das eine so große Rolle? Alles, was King tut, soll doch sowieso an die Öffentlichkeit.«

»Sie könnten schon vorher erfahren, was King als Nächstes vorhat. Dann könnten sie die Befürworter der Rassentrennung warnen. Und die wiederum könnten vorausplanen und Möglichkeiten finden, Kings Ziele zu unterminieren.«

»Das wäre schlecht, aber nicht das Ende der Welt.«

»Ich könnte King einen Tipp geben, dass Levison abgehört wird. Ich könnte Verena bitten, King zu warnen, dass er vorsichtig sein soll mit dem, was er am Telefon zu Levison sagt.«

»Das wäre ein Vertrauensbruch gegenüber deinen Kollegen.«

»Das macht mir kein Kopfzerbrechen.«

»Du würdest wahrscheinlich sogar kündigen müssen.«

»Genau. Weil ich mir wie ein Verräter vorkäme.«

»Außerdem könnten sie von dem Tipp erfahren. Und wenn sie sich nach dem Schuldigen umsehen, entdecken sie im Raum nur ein schwarzes Gesicht – deines.«

»Vielleicht sollte ich es trotzdem tun, wenn es das Richtige ist.«

»Wenn du kündigst, gibt es aber kein schwarzes Gesicht mehr in Bobby Kennedys innerem Kreis.«

»Ich wusste, dass du das sagst.«

»Was?«

»Dass ich den Mund halten und bleiben soll.«

»Es ist nicht einfach, aber ich finde, genau das solltest du.«

»Finde ich auch«, sagte George.

KAPITEL 12

»Du wohnst in einem tollen Haus«, sagte Beep Dewar zu Dave Williams.

Dave war dreizehn Jahre alt; er wohnte hier, so lange er zurückdenken konnte, und hatte das Haus eigentlich nie richtig wahrgenommen. Nun blickte er zu der gemauerten Fassade hoch, die sich gegenüber vom Garten erhob, und zu den regelmäßigen Reihen georgianischer Fenster. »Was ist denn so toll daran?«

»Dass es so alt ist.«

»Ist es doch gar nicht. Ich glaube, es wurde im achtzehnten Jahrhundert erbaut. Also ist es nur ungefähr zweihundert Jahre alt.«

»*Nur!*« Beep lachte. »In San Francisco ist *nichts* zweihundert Jahre alt!«

Das Haus stand in der Great Peter Street in London, ein paar Gehminuten vom Parlament entfernt. Die meisten Häuser in der Gegend stammten aus dem achtzehnten Jahrhundert; Dave wusste, dass sie für Parlamentsabgeordnete und Peers erbaut worden waren, damit sie das Unterhaus beziehungsweise Oberhaus leicht erreichen konnten. Daves Vater, Lloyd Williams, war Unterhausabgeordneter.

Beep zog eine Schachtel Chesterfield hervor, stippte eine Zigarette heraus und schob sie sich zwischen die Lippen. »Rauchst du?«, fragte sie.

»Nur, wenn ich eine schnorren kann.«

»Bedien dich.«

Er zog ein Stäbchen heraus, und beide zündeten ihre Zigaretten an.

Ursula Dewar, genannt Beep, war ebenfalls dreizehn, aber sie wirkte älter als Dave. Sie trug schicke amerikanische Kleidung, enge Sweater, enge Jeans und enge Stiefel. Sie behauptete, sie könne bereits Auto fahren. Das britische Radio bezeichnete Beep als »verstaubt«: nur drei Sender, von denen keiner Rock'n'Roll spielte, und dann gingen sie auch noch um Mitternacht vom Äther!

Als sie Dave dabei ertappte, wie er auf die kleinen Hügel starrte, als die ihre Brüste sich unter ihrem schwarzen Rollkragenpullover abzeichneten, wirkte sie kein bisschen verlegen; sie lächelte nur. Trotzdem gab sie ihm nie eine gute Gelegenheit, sie zu küssen.

Sie wäre nicht das erste Mädchen gewesen, das Dave küsste. Das hätte er sie nur zu gern wissen lassen, falls sie ihn für unerfahren hielt. Sie wäre schon die Dritte, wenn er Linda Robertson mitzählte, obwohl sie den Kuss nicht richtig erwidert hatte. Jedenfalls wusste er, wie es ging.

Aber bei Beep hatte er es nicht geschafft. Noch nicht. Dabei war er nahe dran gewesen. Auf dem Rücksitz der Humber-Hawks-Limousine, die seinem Vater gehörte, hatte er ihr diskret den Arm um die Schultern gelegt, doch sie hatte ihr Gesicht weggedreht und hinaus auf die laternenbeleuchteten Straßen geblickt. Und wenn Dave sie kitzelte, kicherte sie nicht. Im Zimmer seiner fünfzehnjährigen Schwester Evie hatten sie zur Musik aus dem Dansette-Plattenspieler Jive getanzt, aber einen langsamen Tanz hatte Beep abgelehnt, als Dave »Are You Lonesome Tonight« von Elvis auflegte.

Dennoch hielt er an der Hoffnung fest. Leider war jetzt nicht der geeignete Moment. Sie standen an einem Winternachmittag in dem kleinen Garten des Hauses. Beide waren in ihre besten Sachen gekleidet. Es war kühl; Beep hatte die Arme um den Oberkörper geschlungen, um sich warm zu halten. Bald würden sie mit der ganzen Familie zu einem formellen Empfang gehen, aber danach gab es noch eine Party. Beep hatte eine kleine Flasche Wodka in ihrer Handtasche versteckt, mit dem sie die Kindergetränke aufpeppen wollte, mit denen sie abgespeist wurden, wie sie jetzt schon wusste, während ihre Eltern Whisky und Gin kippten. Und wenn der Wodka erst wirkte, konnte alles Mögliche passieren. Dave starrte auf Beeps rosa Lippen, wie sie sich um den Filter ihrer Chesterfield schlossen, und stellte sich sehnsüchtig vor, wie es sein würde, sie zu küssen.

Seine Mutter, erkennbar an ihrem amerikanischen Akzent, rief vom Haus her: »Kommt, Kinder, wir müssen los!«

Sie warfen ihre Zigaretten ins Blumenbeet und gingen ins Haus.

Beide Familien versammelten sich in der Eingangshalle. Daves Großmutter, Ethel Leckwith, sollte an diesem Tag ins House of Lords »eingeführt« werden. Das bedeutete, sie würde als Labour-Peer im Oberhaus des britischen Parlaments sitzen und wurde zur Baronin erhoben, die man mit Lady Leckwith anreden musste.

Daves Eltern, Lloyd und Daisy Williams, warteten mit seiner Schwester Evie und Jasper Murray, einem jungen Freund der Familie. Die Dewars, Freunde aus Kriegszeiten, waren ebenfalls erschienen. Woody Dewar war ein Fotograf, den sein Verlag für ein Jahr nach London geschickt hatte; Frau und Kinder waren mit ihm nach England gekommen. Seine Frau hieß Bella, die Kinder Beep und Cameron. Alle Amerikaner schienen fasziniert zu sein von der Pantomime des öffentlichen Lebens in Großbritannien; deshalb nahmen die Dewars an der Zeremonie teil.

Als eine große Gruppe verließen sie das Haus und schlugen den Weg zum Parliament Square ein. Während sie über die nebligen Londoner Straßen gingen, verlagerte Beep ihre Aufmerksamkeit von Dave auf Jasper Murray. Er war achtzehn und sah aus wie ein Wikinger, groß, blond und breitschultrig. Er trug eine dicke Tweedjacke. Dave sah Beeps Blicke und wünschte sich, auch so erwachsen und männlich zu sein wie Jasper, dann würde Beep *ihn* mit sehnsüchtigen Blicken verschlingen.

Jasper war für Dave wie ein älterer Bruder, deshalb hatte er ihn um Rat gebeten. Er hatte ihm anvertraut, dass er Beep anbetete, aber keine Ahnung habe, wie er ihr Herz gewinnen solle. »Versuch es einfach weiter«, hatte Jasper ihm geraten. »Manchmal führt Beharrlichkeit auch zum Ziel.«

»Du bist also Daves Vetter?«, wandte Beep sich nun an Jasper, als sie den Parliament Square überquerten.

»Eigentlich nicht«, antwortete Jasper. »Wir sind nicht verwandt.«

»Wie kommt es dann, dass du hier mietfrei wohnst und alles?«

»Meine Mutter und Daves Mutter sind in Buffalo zur Schule gegangen. Dort haben sie deinen Vater kennengelernt. Seitdem sind sie alle dicke Freunde.«

Dave wusste, dass mehr dahintersteckte. Jaspers Mutter Eva war aus Nazideutschland geflohen; Daves Mutter hatte sie damals mit der ihr typischen Großzügigkeit aufgenommen. Doch Jasper gab nicht gerne zu, wie tief seine Familie in der Schuld der Williams' stand.

»Was studierst du?«, fragte Beep ihn.

»Romanistik und Germanistik. Ich gehe zum St. Julian's, einem der größeren Colleges an der Uni London. Meistens schreibe ich für die Studentenzeitung. Ich werde später mal Journalist.«

Dave, der dem Gespräch lauschte, war neidisch. Er würde niemals Französisch lernen oder die Universität besuchen. In jedem Fach war er das Schlusslicht in seiner Klasse, was seinen Vater in tiefe Verzweiflung stürzte.

»Und wo sind deine Eltern?«, wollte Beep von Jasper wissen.

»In Deutschland. Sie ziehen mit der Army um die ganze Welt. Mein Vater ist Colonel.«

»Ein Colonel!«, rief Beep bewundernd aus.

Evie, Daves Schwester, raunte ihm ins Ohr: »Weiß das kleine Flittchen überhaupt, was sie da tut? Erst klimpert sie bei dir mit den Wimpern, jetzt flirtet sie mit einem Kerl, der fünf Jahre älter ist.«

Dave erwiderte nichts. Er wusste, dass seine Schwester in Jasper verknallt war. Er hätte sie damit aufziehen können, ließ es aber. Zum einen mochte er Evie, zum anderen sparte er sich so etwas lieber auf, bis sie das nächste Mal gemein zu ihm war.

»Und Mrs. Leckwith wird heute Baronin? Muss man nicht als Adliger *geboren* sein?«, fragte Beep soeben.

»Selbst in den ältesten Adelshäusern muss es doch irgendwann mal einen ersten Earl oder so was gegeben haben«, erwiderte Jasper. »Aber heutzutage gibt es Peers auf Lebenszeit, die den Titel nicht vererben können. Mrs. Leckwith wird so ein Peer auf Lebenszeit.«

»Müssen wir vor ihr knicksen?«

Jasper lachte. »Nein, du Spinnerin.«

»Kommt die Königin zur Zeremonie?«

»Nein.«

»So eine Enttäuschung.«

Evie wisperte: »Blöde Kuh.«

Sie betraten den Westminster Palace durch den Oberhauseingang. Ein Mann in Hofkleidung einschließlich Kniehosen und Seidenstrümpfen begrüßte sie. Dave hörte, wie seine Großmutter in ihrem walisischen Singsang sagte: »Überkommene Uniformierung ist das untrügliche Zeichen einer reformbedürftigen Institution.«

Dave und Evie gingen schon ihr Leben lang im Parlament ein und aus, doch für die Dewars war es eine neue Erfahrung, und sie machten große Augen. Beep vergaß ganz ihre dümmlich-charmante Masche. »Meine Güte!«, rief sie aus. »Hier ist ja alles verziert! Bodenfliesen, gemusterte Teppiche, Tapeten, Wandvertäfelung, Buntglasfenster, Steinmetzarbeiten ...«

Jasper verkündete: »Typische viktorianische Gotik.«

»Was du so alles weißt!«

Dave ging es allmählich auf die Nerven, wie krampfhaft Jasper es darauf anlegte, Beep zu beeindrucken.

Die Gruppe teilte sich. Die meisten folgten einem Saaldiener mehrere Treppen hinauf zu einer Galerie, von der man hinunter in die Sitzungskammer schauen konnte. Ethels Freunde waren bereits dort. Beep nahm neben Jasper Platz; Dave gelang es, sich auf ihre andere Seite zu setzen, und Evie schob sich neben ihn. Das Unterhaus am anderen Ende des Westminster Palace hatte Dave schon oft besucht, doch das Oberhaus war prächtiger. Er bemerkte, dass die Lederbänke hier rot waren, nicht grün wie im Unterhaus.

Nach langem Warten entstand Bewegung unten im Saal, und seine

Großmutter kam herein. Sie ging in einer Reihe mit vier anderen Personen. Alle trugen seltsame Hüte und alberne Roben mit Pelzbesatz. Beep sagte ehrfürchtig: »Gott, ist das wundervoll!«, während Dave und Evie kicherten.

Die Prozession blieb vor einem Thron stehen, und Grandma kniete nieder, wenn auch nicht ohne Schwierigkeiten – sie war achtundsechzig. Eine Menge Schriftrollen wurden herumgereicht, die laut vorgelesen werden mussten. Daves Mutter erklärte die Zeremonie mit leiser Stimme Beeps Eltern, dem hochgewachsenen Woody und der fülligen Bella, doch Dave hörte gar nicht hin. Für ihn war das alles völliger Quatsch.

Nach einer Weile gingen Ethel und zwei ihrer Begleiter zu einer Bank. Dann geschah das Allerkomischste: Sie setzten sich, standen aber sofort wieder auf, nahmen ihre Hüte ab, verbeugten sich, setzten sich wieder und setzten die Hüte wieder auf. Und dann machten sie das Ganze noch einmal. Für alle Außenstehenden sahen sie aus wie drei Marionetten an Fäden: aufstehen, Hüte runter, verbeugen, setzen, Hüte auf. Mittlerweile konnten Dave und Evie ihr Lachen kaum noch unterdrücken. Als Ethel und die beiden anderen ein drittes Mal die Aufstehen-Hinsetzen-Hut-auf-Hut-ab-Zeremonie vollführten, prustete Evie: »Bitte aufhören!«, und Dave kicherte noch lauter. Ihre Mutter funkelte sie mit ihren blauen Augen tadelnd an, musste dann aber selbst schmunzeln.

Endlich war es vorbei, und die frisch gekürte Lady Leckwith verließ den Saal. Ihre Familie und Freunde erhoben sich. Daves Mutter führte sie durch ein Gewirr von Gängen und Treppenhäusern zu einem Kellerraum, in dem die Party stattfand. Dave vergewisserte sich, dass seine Gitarre unbeschadet in der Ecke stand. Evie und er würden auftreten, aber sie war der Star: Er begleitete seine Schwester nur.

Binnen weniger Minuten strömten mehr als hundert Personen in den Kellerraum.

Evie belegte Jasper mit Beschlag und fragte ihn über die Studentenzeitung aus. Ihm lag das Thema am Herzen, und er beantwortete ihre Fragen voller Enthusiasmus, aber Dave war sicher, dass Evie auf verlorenem Posten kämpfte. Jasper wusste, wie man seine Interessen durchsetzte. Im Moment hatte er ein luxuriöses Quartier, mietfrei, und erreichte sein College nach kurzer Busfahrt. Nach Daves zynischer Ansicht würde er diese Bequemlichkeiten nicht dadurch gefährden, dass er eine Romanze mit der Tochter des Hauses anfing.

Allerdings lenkte Evie die Aufmerksamkeit Jaspers von Beep ab und machte Dave den Weg frei. Er brachte ihr ein Ingwerbier und fragte sie, was sie von der Zeremonie hielte. Verstohlen goss sie Wodka in ihre Limonaden. Gleich darauf applaudierte alles, denn Ethel kam herein, nun wieder normal angezogen in einem roten Kleid, dazu passendem Mantel und einem kleinen Hut auf den silbernen Locken.

»Sie muss mal umwerfend schön gewesen sein«, flüsterte Beep.

Dave fand es irgendwie gruselig, sich seine Oma als heißen Feger vorzustellen.

Ethel ergriff das Wort. »Es ist mir eine große Freude, euch zu diesem Anlass begrüßen zu dürfen«, sagte sie steif. »Es tut mir nur leid, dass mein lieber Bernie den heutigen Tag nicht mehr erleben darf. Er war der klügste Mann, den ich je kennengelernt habe.«

Granddad Bernie war vor einem Jahr gestorben.

»Es ist seltsam, wenn man mit Mylady angesprochen wird, besonders, wenn man sein Leben lang Sozialistin war«, fuhr sie fort, und alle lachten. »Bernie würde mich fragen, ob ich meine Feinde besiegt oder mich ihnen nur angeschlossen habe. Lasst mich euch versichern, dass ich die Peerswürde nur angenommen habe, um sie abzuschaffen.«

Die anderen applaudierten.

»Ernsthaft, Genossen, ich habe nicht mehr als Abgeordnete von Aldgate kandidiert, weil ich der Meinung bin, dass es an der Zeit ist, einem Jüngeren das Feld zu räumen. Aber aufs Altenteil zurückgezogen habe ich mich deshalb noch lange nicht. In unserer Gesellschaft gibt es zu viel Ungerechtigkeit, zu viele schlechte Wohnungen, zu viel Armut, zu viel Hunger auf der ganzen Welt – und mir bleiben nur noch zwanzig, dreißig Jahre für meinen Kreuzzug gegen all diese Ungerechtigkeit.«

Das brachte ihr einen erneuten Lacher ein.

»Ich habe mir sagen lassen, dass es hier im Oberhaus klug sei, ein Thema aufzugreifen und es sich zu eigen zu machen. Nun, ich habe mich entschieden, was *mein* Thema sein soll.«

Alle wurden still und warteten gespannt, wofür Eth Leckwith sich entschieden hatte.

»Letzte Woche ist mein lieber alter Freund Robert von Ulrich gestorben«, fuhr sie fort. »Er hat im Ersten Weltkrieg gekämpft, bekam in den Dreißigerjahren Schwierigkeiten mit den Nationalsozialisten und hat am Ende das beste Restaurant von Cambridge geführt. Einmal, als ich noch eine junge Näherin war, die im East End ausgebeutet wurde, kaufte er mir ein neues Kleid und führte mich zum Essen ins Ritz aus. Und ...« Sie hob trotzig das Kinn. »Er war homosexuell.«

Im Raum erhob sich erstauntes Gemurmel.

Dave stieß unterdrückt hervor: »Heilige Scheiße.«

»Hey«, sagte Beep, »mir gefällt deine Oma!«

Man war es nicht gewöhnt, dass über dieses Thema so offen gesprochen wurde, schon gar nicht von einer Frau. Dave grinste. Gute alte Grandma, dachte er, selbst nach so vielen Jahren bringst du noch frischen Wind in die Bude.

»Murmelt nicht, ihr seid doch gar nicht wirklich schockiert«, sagte Ethel. »Ihr wisst alle, dass es Männer gibt, die Männer lieben. Solche Männer schaden niemandem – nach meiner Erfahrung sind sie sogar sanfter als andere Männer. Und doch ist das, was sie miteinander tun, den Gesetzen unseres Landes zufolge ein Verbrechen. Schlimmer noch, Polizisten in Zivil geben vor, Männer der gleichen Neigung zu sein, locken sie in die Falle, verhaften sie und sperren sie ein. Ich finde das genauso schlimm, als wenn man Menschen verfolgte, weil sie Juden, Pazifisten oder Katholiken sind. Mein wichtigstes Thema hier im Oberhaus wird also die Reform des Gesetzes gegen Homosexualität sein. Ich hoffe, ihr alle wünscht mir Glück. Ich danke euch.«

Sie erhielt frenetischen Applaus. Dave war sicher, dass so gut wie jeder im Raum ihr aufrichtig Glück wünschte. Und er war beeindruckt. Auch er fand es dumm und schändlich, Schwule einzusperren. Das Oberhaus stieg in seiner Achtung: Wenn man dort für eine solche Veränderung eintreten konnte, war dieser Verein vielleicht doch nicht völlig überflüssig.

Schließlich sagte Ethel: »Und nun, zu Ehren unserer amerikanischen Verwandten und Freunde, ein Lied.«

Evie ging nach vorn, und Dave folgte ihr. »Man kann davon ausgehen, dass Grandma den Peers einiges erzählen wird, worüber das Oberhaus nachdenken muss«, raunte Evie ihrem Bruder zu. »Und ich wette, sie erreicht damit sogar etwas.«

»Normalerweise bekommt sie, was sie will.« Dave nahm seine Gitarre und schlug die G-Saite an.

Evie begann:

»*O! say can you see by the dawn's early light …*«

Die meisten Anwesenden waren Briten, keine Amerikaner, doch Evies Stimme sorgte dafür, dass alle zuhörten.

»*What so proudly we hail'd at the twilight's last gleaming …*«

Dave hielt Nationalstolz für Blödsinn, doch gegen seinen Willen schnürte es ihm ein wenig die Kehle zu. Es lag am Lied.

»*Whose broad stripes and bright stars, through the perilous fight
O'er the ramparts we'd watched, were so gallantly streaming …*«

Im Saal war es jetzt so leise, dass Dave sein eigenes Atmen hörte. Evie wusste, was sie tat. Wenn sie auf die Bühne trat, schaute jeder hin.

»And the rocket's red glare, the bombs bursting in air
Gave proof through the night that our flag was still there ...«

Dave blickte zu seiner Mutter. Sie wischte sich eine Träne ab.

»O say does that star-spangled banner yet wave
O'er the land of the free and the home of the brave?«

Alle applaudierten, jubelten. Eines musste Dave seiner Schwester lassen: Sie konnte manchmal eine furchtbare Nervensäge sein, aber sie wusste, wie man sein Publikum in Bann schlug.

Er holte sich noch ein Ginger Beer und schaute sich nach Beep um, doch sie war nicht im Raum. Er entdeckte ihren älteren Bruder Cameron, einen ausgesprochenen Widerling. »He, Cam, wo ist Beep?«

»Nach draußen, rauchen, schätze ich«, sagte Cam.

Dave fragte sich, ob er sie finden könnte. Er beschloss, hinauszugehen und nachzusehen. Er stellte sein Getränk ab und näherte sich dem Ausgang gleichzeitig mit seiner Großmutter, deshalb hielt er ihr die Tür auf. Sie wollte vermutlich zur Damentoilette; Dave hatte eine vage Vorstellung, dass alte Frauen oft mussten. Sie lächelte ihn an und wandte sich einer Treppe zu, die mit rotem Teppich belegt war. Dave hatte keine Ahnung, wo er war, deshalb folgte er ihr.

Auf dem Absatz wurde Ethel von einem älteren Mann aufgehalten, der sich auf einen Stock stützte. Dave bemerkte, dass er einen eleganten Anzug aus hellgrauem Stoff mit Kreidestreifen trug. Aus der Brusttasche quoll ein gemustertes Seidentaschentuch. Sein Gesicht war fleckig, sein Haar weiß, doch er hatte offensichtlich einmal sehr gut ausgesehen. »Glückwunsch, Ethel«, sagte er und reichte ihr die Hand.

»Danke, Fitz.« Sie schienen einander gut zu kennen.

Er hielt ihre Hand. »Also bist du nun Baronin.«

Sie lächelte. »Ist das Leben nicht merkwürdig?«

»Frag mich nicht.«

Sie versperrten den Weg, und Dave wartete ab. Obwohl ihre Worte belanglos waren, hatte ihr Gespräch einen leidenschaftlichen Unterton. Dave konnte nicht den Finger darauflegen, was es war.

Ethel fragte: »Stört es dich nicht, dass deine Haushälterin in den Adelsstand erhoben wurde?«

Haushälterin? Dave wusste, dass Ethel als Dienstmädchen in einem großen Haus in Wales angefangen hatte. Dieser Mann musste ihr Arbeitgeber gewesen sein.

»Ich habe schon vor Langem aufgehört, mich an solchen Dingen zu stören«, sagte der Mann. Er tätschelte kurz ihre Hand und ließ sie los. »Während der Regierungszeit Attlees, um genau zu sein.«

Ethel lachte. Es war nicht zu übersehen, dass es ihr gefiel, mit dem Mann zu reden. Ihr Gespräch hatte starke Untertöne – nicht von Liebe, nicht von Hass, sondern von etwas anderem. Wären sie nicht so alt gewesen, hätte Dave geglaubt, es wäre Sex.

Er wurde ungeduldig und hüstelte.

»Das ist mein Enkelsohn, David Williams«, sagte Ethel. »Wenn du dich wirklich nicht mehr an solchen Dingen störst, kannst du ihm die Hand schütteln. Dave, das ist Earl Fitzherbert.«

Der Earl zögerte, und einen Augenblick lang glaubte Dave, er würde sich weigern, ihm die Hand zu reichen; dann aber streckte er die Rechte vor. Dave schüttelte sie und fragte: »Wie geht es Ihnen?«

Ethel sagte: »Danke, Fitz.« Vielmehr hätte sie es beinahe gesagt, doch ihr schien die Stimme zu versagen, ehe sie den Satz zu Ende brachte. Ohne ein weiteres Wort setzte sie ihren Weg fort. Dave nickte dem alten Earl höflich zu und folgte ihr.

Gleich darauf verschwand Ethel durch eine Tür mit der Aufschrift Ladies.

Dave vermutete, dass es zwischen Großmutter und Earl Fitz eine Vorgeschichte geben musste. Nun, er würde seine Mutter danach fragen. Dann entdeckte er eine Tür, die vielleicht nach draußen führte, und vergaß die alten Leute.

Er trat durch die Tür und fand sich in einem unregelmäßig geformten Innenhof mit Abfalltonnen wieder. Perfekt für ein bisschen heimliches Knutschen, dachte er. Der Hof hatte keine Durchfahrt, und es gab keine Fenster rundum, dafür versteckte kleine Ecken. Daves Hoffnung wuchs.

Von Beep war keine Spur zu sehen, aber er roch Zigarettenrauch.

Er ging an den Mülltonnen vorbei und blickte um die Ecke.

Wie erhofft, war sie da, und sie hielt eine Zigarette in der linken Hand. Doch Jasper war bei ihr, und sie umarmten einander. Dave starrte auf die beiden. Ihre Körper sahen aus wie aneinandergeklebt, und sie küssten sich leidenschaftlich. Beeps rechte Hand war in Jaspers Haar, seine rechte Hand war auf ihrer Brust.

»Du bist ein niederträchtiger Drecksack, Jasper Murray«, sagte Dave, drehte sich um und kehrte zum Gebäude zurück.

*

Evie Williams schlug vor, bei der Schulaufführung von *Hamlet* die Wahnsinnsszene der Ophelia nackt zu spielen.

Allein bei der Vorstellung wurde es Cameron Dewar heiß und kalt.

Cameron betete Evie an. Er hasste allerdings ihre Ansichten. Auf jedes Heulthema in den Nachrichten sprang sie an, von Tieresmisshandlung bis hin zur nuklearen Abrüstung, und sie redete, als müsste jeder, der nicht genauso dachte, brutal und dumm oder beides sein. Aber daran war Cameron gewöhnt: Mit seinen eher konservativen Ansichten eckte er bei den meisten Gleichaltrigen an – und bei seiner ganzen Familie. Seine Eltern waren hoffnungslos liberal, und seine Großmutter war sogar mal Herausgeberin einer Zeitung mit dem unglaublichen Namen *The Buffalo Anarchist* gewesen.

Die Williams' waren genauso schlimm: linke Bazillen, einer wie der andere. Der einzige halbwegs vernünftige Bewohner des Hauses auf der Great Peter Street war der Schmarotzer Jasper Murray, der allem mehr oder weniger zynisch begegnete. London war eine Brutstätte der Subversion, schlimmer noch als Camerons Heimatstadt San Francisco. Er wäre jedenfalls froh, wenn die Versetzung seines Vaters vorüber wäre, sodass sie nach Amerika zurückkehren könnten.

Nur dass er Evie vermissen würde. Cameron war fünfzehn und zum ersten Mal verliebt. Er wollte keine Romanze; er hatte viel zu viel zu tun. Doch wenn er an seinem Tisch in der Schule saß und versuchte, französische und lateinische Vokabeln zu pauken, dachte er jedes Mal daran, wie Evie »The Star-Spangled Banner« gesungen hatte.

Sie mochte ihn, da war er sicher. Und sie wusste, dass er klug war, und stellte ihm deshalb ernste und schwierige Fragen: Wie funktionierten Kernkraftwerke? Gibt es Hollywood wirklich? Wie werden in Kalifornien die Neger behandelt? Und was noch besser war, sie hörte sich seine Antworten aufmerksam an. Sie machte keinen Small Talk. Genau wie Cameron hatte Evie kein Interesse an belanglosem Geplauder. In stillen Stunden träumte Cameron davon, wie sie beide mal ein berühmtes intellektuelles Paar wurden.

Dieses Jahr besuchten Cameron und Beep die Schule, auf die auch Evie und Dave gingen, eine progressive Londoner Lehranstalt, deren Lehrkörper – soweit Cameron es sah – zum größten Teil aus Kommunisten bestand. Die Kontroverse um Evies Wahnsinnsszene verbreitete sich an der Schule wie ein Lauffeuer. Der Theaterlehrer, Jeremy Faulkner, ein Bärtiger mit einem gestreiften Collegehalstuch, begrüßte die Idee sogar. Der Schuldirektor allerdings war nicht so dumm und unterband sie mit Entschiedenheit.

In diesem Fall wäre es Cameron ausnahmsweise einmal ganz recht gewesen, hätte die liberale Dekadenz den Sieg davongetragen.

Die Familien Williams und Dewar gingen zusammen zur Aufführung. Cameron hasste Shakespeare, aber er freute sich sehr darauf zu sehen, was Evie denn nun auf der Bühne tun würde. Sie hatte eine eindringliche Aura, die immer erst vor Publikum ans Tageslicht zu kommen schien. Sie sei wie ihr Urgroßvater, Dai Williams, der Gewerkschaftspionier und evangelikale Prediger, behauptete Ethel Leckwith, Dais Tochter. Wie Ethel es ausdrückte: »Meinem Vater blitzte das gleiche ruhmhungrige Licht aus den Augen.«

Cameron hatte *Hamlet* gewissenhaft studiert – wie er alles studierte, damit er gute Noten bekam –, und er wusste, dass die Rolle der Ophelia notorisch schwierig war. Eigentlich ergreifend angelegt, konnte sie mit ihren obszönen Liedern nur zu leicht komisch wirken. Wie sollte eine Fünfzehnjährige diese Rolle spielen und ein Publikum mitreißen? Cameron wollte nicht, dass Evie auf die Nase fiel (auch wenn er sich genüsslich der Vorstellung hingab, ihr den Arm um die schmalen Schultern zu legen und sie zu trösten, während sie gedemütigt ihr Versagen beweinte).

Mit seinen Eltern und seiner kleinen Schwester Beep kam er in die Aula, die auch als Turnhalle herhalten musste, sodass es nicht nur nach staubigen Gesangbüchern roch, sondern auch nach verschwitzten Turnschuhen. Sie nahmen neben den Williams' Platz: Lloyd Williams, dem Labour-Abgeordneten, seiner amerikanischen Frau Daisy, geborene Peshkov, Ethel Leckwith, der Großmutter, und Jasper Murray, dem Hausgast. Nur der junge Dave, Evies kleiner Bruder, war nicht dabei; er organisierte das Pausenbüfett.

Mehrere Male in den vergangenen Monaten hatte Cameron die Geschichte gehört, wie seine Mutter und sein Vater sich während des Krieges hier in London kennengelernt hatten, auf einer Party, die Daisy gegeben hatte. Papa hatte Mama nach Hause begleitet: Wenn er die Geschichte erzählte, blitzte etwas Seltsames in seinen Augen, und Mama bedachte ihn mit einem Blick, der besagte: Halt sofort die Klappe! Und das tat er dann auch. Cameron und Beep spekulierten gern darüber, was ihre Eltern auf dem Nachhauseweg wohl alles so getrieben hatten.

Ein paar Tage später war Papa, damals Lieutenant bei den Fallschirmjägern, über der Normandie abgesprungen, und Mama hatte geglaubt, sie würde ihn niemals wiedersehen; dennoch hatte sie die Verlobung mit einem anderen Mann gelöst. Ihre Mutter sei deswegen fuchsteufelswild gewesen, erzählte Mama gern; sie habe es ihr nie verziehen.

Cameron fand die Sitze in der Aula schon während der halbstündigen Morgenversammlung zu unbequem. Heute Abend würde es die Vorhölle sein. Er wusste, dass das Stück ganze fünf Stunden dauerte, doch Evie hatte ihm versichert, dass sie eine gekürzte Version aufführten. Cameron hätte zu gern gewusst, wie sehr gekürzt sie war.

Er sprach Jasper an, der neben ihm saß. »Was wird Evie in der Wahnsinnsszene tragen?«

»Keine Ahnung«, antwortete Jasper. »Sie will es keinem sagen.«

Die Lichter gingen aus, und die Vorhänge hoben sich vor den Bastionen von Helsingör.

Die gemalten Kulissen, die die Szene bildeten, waren Camerons Werk. Er verfügte über einen ausgeprägten Sinn für das Visuelle, den er vermutlich von seinem Vater, dem Fotografen, geerbt hatte. Besonders stolz war er darauf, wie er in dem gemalten Mond einen Punktstrahler versteckt hatte, der nur den Wächter beleuchtete.

Davon abgesehen gab es nicht viel, was Cameron zusagte. Jede Schulaufführung, die er bisher gesehen hatte, war schrecklich gewesen, und dieser *Hamlet* bildete keine Ausnahme. Der Siebzehnjährige, der den Dänenprinzen spielte, versuchte enigmatisch zu erscheinen, doch es gelang ihm lediglich, hölzern zu wirken.

Mit Evie hingegen war es etwas ganz anderes.

In ihrer ersten Szene hatte Ophelia wenig mehr zu tun, als ihrem herablassenden Bruder und ihrem wichtigtuerischen Vater zuzuhören, bis sie am Ende den Bruder vor der Heuchelei warnte. Evie trug die kurze Ansprache mit angriffslustigem Genuss vor. Doch in ihrer zweiten Szene, in der sie ihrem Vater von Hamlets verrücktem Eindringen in ihr Zimmer berichtete, blühte sie auf. Am Anfang war sie panisch, dann wurde sie ruhiger, leiser und konzentrierter, bis es schien, als wagte das Publikum kaum zu atmen, während sie sagte: »... tat er solch einen bangen, tiefen Seufzer ...« Und in ihrer nächsten Szene, in der der erzürnte Hamlet sie anschrie und ihr mit dem Kloster drohte, erschien sie dermaßen verstört und verletzt, dass Cameron am liebsten auf die Bühne gesprungen wäre und den Kerl k. o. geschlagen hätte. Jeremy Faulkner hatte klugerweise entschieden, hier eine Pause zu setzen, und der Applaus toste.

Dave führte die Aufsicht über das Pausenbüfett, an dem Limonade und Süßigkeiten verkauft wurden. Er hatte ein Dutzend Freunde, die sich überschlugen, um die Waren an den Mann zu bringen. Cameron war beeindruckt; er hatte Schulkinder noch nie so schnell und hart arbeiten sehen. »Gibst du denen Aufputschpillen, oder was?«, fragte er Dave, als er sich ein Glas Kirschlimonade kaufte.

»Nein«, erwiderte Dave. »Aber zwanzig Prozent Kommission auf alles, was sie absetzen.«

Cameron hoffte, dass Evie während der Pause kam und mit ihrer Familie redete, aber sie war noch nicht aufgetaucht, als es zur zweiten Hälfte klingelte. Er kehrte an seinen Platz zurück, enttäuscht, aber neugierig, was sie als Nächstes tun würde.

Der bisher farblose Hamlet-Darsteller wurde besser, als er Ophelia vor allen Leuten mit schmutzigen Witzen traktieren musste. Vielleicht lag dem Schauspieler so etwas von Natur aus, überlegte Cameron unfreundlich. Ophelias Verlegenheit und Verstörung steigerten sich, bis sie an Hysterie grenzten.

Doch mit ihrer Wahnsinnsszene brachte sie das Haus zum Kochen.

Als sie hereinkam, sah sie aus wie die Insassin einer Irrenanstalt in ihrem fleckigen und rissigen Nachthemd aus dünner Baumwolle, das ihr nur bis zur Mitte der Oberschenkel reichte. Weit entfernt davon, bemitleidenswert zu sein, gab sie sich höhnisch und aggressiv wie eine betrunkene Straßendirne. Als sie sagte: »Die Eule war eines Bäckers Tochter«, ein Satz, der nach Camerons Meinung überhaupt nichts bedeutete, ließ sie es klingen wie eine fiese Schmähung.

Cameron hörte, wie seine Mutter seinem Vater zuflüsterte: »Ich kann nicht fassen, dass das Mädchen erst fünfzehn ist.«

Bei der Zeile: »Ein junger Mann tut's, wenn er kann, beim Himmel,'s ist nicht fein« griff Ophelia nach den königlichen Genitalien, womit sie ein verlegenes Kichern im Publikum provozierte.

Dann ging eine plötzliche, radikale Veränderung mit ihr vor sich: Tränen kullerten ihr die Wangen hinunter, und sie senkte die Stimme beinahe zu einem Flüstern, als sie mit ihrem toten Vater sprach. Das Publikum wurde still. Sie war wieder ein Kind, als sie sagte: »Ich kann nicht anders als weinen, wenn ich denke, dass sie ihn in den kalten Boden gelegt haben.«

Auch Cameron hätte am liebsten geweint.

Dann rollte Evie mit den Augen, taumelte und keckerte wie eine alte Hexe. »Komm, meine Kutsche!«, schrie sie wie irre. Sie legte beide Hände an den Halsausschnitt ihres Nachthemds und riss es vorn auf. Das Publikum schnappte nach Luft. »Gute Nacht, Damen!«, schrie Evie und ließ das Kleidungsstück zu Boden rutschen. Splitternackt stand sie da und rief: »Gute Nacht, süße Damen, gute Nacht, gute Nacht!« Dann rannte sie von der Bühne.

Danach war das Stück gestorben. Die Totengräber waren gar nicht komisch und der Schwertkampf am Ende so künstlich, dass er nur noch langweilte. Cameron konnte an nichts anderes denken als die nackte Ophelia, die an der Rampe in Raserei verfiel, die kleinen Brüste stolz erhoben, das Haar an ihrem Schritt ein flammendes Goldbraun; ein schönes Mädchen, das in den Wahnsinn getrieben worden war. Er vermutete, jedem Mann im Publikum ging es genauso. Hamlet interessierte niemanden mehr.

Beim Verbeugen bekam Evie den mit weitem Abstand größten Applaus. Doch der Direktor kam nicht auf die Bühne und sprach nicht das großzügige Lob und den ausführlichen Dank aus, den normalerweise auch die hoffnungsloseste Amateurtheaterproduktion erhielt.

Als sie die Aula verließen, sah jeder sich nach Evies Familie um. Daisy plauderte gut gelaunt mit anderen Eltern und machte gute Miene zum bösen Spiel. Lloyd in seinem strengen dreiteiligen dunkelgrauen Anzug sagte nichts, blickte aber grimmig drein. Evies Großmutter, Eth Leckwith, zeigte den Anflug eines Lächelns. Möglicherweise hatte sie Bedenken, würde sie aber nicht äußern.

Camerons Familie zeigte ebenfalls gemischte Reaktionen. Seine Mutter hatte missbilligend die Lippen geschürzt. Sein Vater zeigte ein Lächeln toleranter Belustigung. Beep platzte beinahe vor Bewunderung.

»Deine Schwester ist umwerfend«, sagte Cameron zu Dave.

»Ich mag deine Schwester auch«, erwiderte Dave grinsend.

»Ophelia hat Hamlet die Schau gestohlen.«

»Evie ist ein Genie«, entgegnete Dave. »Sie treibt unsere Eltern in den Wahnsinn.«

»Wieso?«

»Sie sind der Meinung, dass die Schauspielerei keine ernsthafte Arbeit ist. Sie möchten, dass wir beide in die Politik gehen.« Er verdrehte die Augen.

Camerons Vater, Woody Dewar, hörte es zufällig mit. »Ich hatte das gleiche Problem«, sagte er. »Mein Vater war US-Senator, mein Großvater auch. Sie konnten nicht verstehen, wieso ich Fotograf werden wollte. Ihnen kam das überhaupt nicht wie eine richtige Arbeit vor.« Woody arbeitete für die Zeitschrift *Life*, der vermutlich besten Illustrierten der Welt nach *Paris Match*.

Beide Familien gingen hinter die Bühne. Evie kam aus dem Umkleideraum für Mädchen und wirkte sittsam in ihrem Twinset mit einem bis über die Knie reichenden Rock – einer konservativen Garderobe, die sie offenbar absichtlich ausgewählt hatte, um zu sagen: Ich bin keine Exhibitionistin, das war Ophelia. Doch sie zeigte auch einen Ausdruck stillen Triumphs. Was immer die Leute über ihre Nacktheit sagten, niemand konnte bestreiten, dass ihre Darstellung das Publikum in Bann geschlagen hatte.

Als Erster ergriff ihr Vater Lloyd das Wort. »Ich hoffe nur, du wirst nicht wegen Erregung öffentlichen Ärgernisses festgenommen.«

»Das war nicht geplant«, sagte Evie, als hätte er ihr ein Kompliment gemacht. »Es war eine Entscheidung in letzter Sekunde. Ich war nicht mal sicher, ob ich das Nachthemd zerreißen kann.«

Blödsinn, dachte Cameron.

Jeremy Faulkner erschien mit seinem Markenzeichen, dem Collegeschal. Er war der einzige Lehrer, der es seinen Schülerinnen und Schülern erlaubte, ihn mit Vornamen anzureden und zu duzen. »Das war fabelhaft!« Seine Stimme überschlug sich beinahe vor Begeisterung. »Ein einmaliges Erlebnis!« Seine Augen funkelten vor Erregung. Cameron kam der Gedanke, dass Jeremy vielleicht ein wenig in Evie verliebt war.

Evie sagte: »Jerry, das sind meine Eltern, Lloyd und Daisy Williams.«

Einen Augenblick lang wirkte der Lehrer erschrocken, doch er erholte sich rasch. »Mr. und Mrs. Williams, Sie müssen noch überraschter sein, als ich es war«, sagte er und wies damit jede Verantwortung entschieden von sich. »Sie sollten wissen, dass Evie die brillanteste Schülerin ist, die zu unterrichten ich jemals das Vergnügen hatte.« Er schüttelte erst Daisy die Hand, dann dem sichtlich zurückhaltenden Lloyd.

Evie sprach Jasper an. »Du bist zur Besetzungsparty eingeladen«, sagte sie. »Als mein besonderer Gast.«

Lloyd runzelte die Stirn. »Eine Party?«, fragte er. »Nach diesem Vorfall?« Offensichtlich hielt er eine Feier für unangemessen.

Daisy berührte ihn am Arm. »Es ist okay«, sagte sie.

Lloyd zuckte die Achseln.

»Nur eine Stunde«, verkündete Jeremy fröhlich. »Schließlich ist morgen Schule!«

»Ich bin zu alt dafür«, sagte Jasper. »Ich würde mich fehl am Platz fühlen.«

»Du bist doch nur ein Jahr älter als die Primaner!«, protestierte Evie.

Cameron fragte sich, weshalb, zum Teufel, sie Jasper dabeihaben wollte. Er war wirklich zu alt. Er war Student an der Universität; er gehörte nicht auf eine Highschool-Party.

Zum Glück war Jasper der gleichen Ansicht. »Wir sehen uns zu Hause«, sagte er entschieden.

Daisy warf ein: »Nicht später als elf, wenn ich bitten darf.«

Die Eltern brachen auf.

»Mein Gott«, sagte Cameron, »du bist damit durchgekommen!«

Evie grinste. »Weiß ich.«

Sie feierten mit Kaffee und Kuchen. Cameron wünschte sich, Beep wäre dabei gewesen und hätte ein bisschen Wodka in den Kaffee gegossen, aber sie hatte mit der Aufführung nichts zu tun gehabt und war wie Dave nach Hause gefahren.

Evie stand im Zentrum der Aufmerksamkeit. Sogar der Junge, der den Hamlet gespielt hatte, gab zu, dass sie der Star des Abends war. Jeremy Faulkner schwafelte unablässig davon, wie Evies Nacktheit Ophelias Verletzlichkeit ausgedrückt habe. Seine Lobeshymnen auf Evie wurden irgendwann peinlich und am Ende fast ein bisschen gruselig.

Cameron wartete geduldig ab. Sollte der Lehrer ruhig Evie mit Beschlag belegen; er wusste, dass er den entscheidenden Vorteil besaß: Er würde sie nach Hause bringen.

Um halb elf machten sie sich auf den Weg. »Ich bin froh, dass mein Vater nach London geschickt wurde«, sagte Cameron, als sie dem Zickzack der Nebenstraßen folgten. »Ich habe San Francisco nicht gern verlassen, aber es ist toll hier.«

»Das freut mich«, sagte sie ohne Begeisterung.

»Aber das Beste ist, dass ich dich kennengelernt habe.«

»Wie süß. Danke.«

»Das hat mein Leben verändert. Wirklich wahr.«

»Bestimmt nicht.«

Es lief nicht so, wie Cameron es sich vorgestellt hatte. Sie waren allein auf den menschenleeren Straßen und sprachen mit leiser Stimme, während sie ganz nahe nebeneinander durch Laternenlichtkreise und Teiche aus Dunkelheit gingen, und doch wollte sich keine Vertrautheit einstellen. Sie waren eher wie Fremde, die Small Talk machten. Trotzdem wollte er nicht aufgeben. »Ich möchte, dass wir enge Freunde sind«, sagte er.

»Das sind wir doch schon«, erwiderte Evie mit einem Anklang von Ungeduld.

Sie erreichten die Great Peter Street, und noch immer hatte Cameron nicht gesagt, was er sagen wollte. Als sie sich dem Haus näherten, blieb er stehen. Evie ging einfach weiter, doch er packte sie beim Arm und hielt sie fest. »Evie«, sagte er, »ich bin in dich verliebt.«

»Ach, Cam, sei doch nicht albern.«

Cameron kam es vor, als hätte sie ihm in den Magen geboxt.

Evie wollte weitergehen, doch Cameron packte ihren Arm noch fester. Es war ihm egal, ob er ihr wehtat. »Albern?« In seiner Stimme lag ein Beben, das ihm peinlich war, und er sagte mit mehr Nachdruck: »Warum sollte das albern sein?«

»Du weißt überhaupt nichts!«, fuhr sie ihn gereizt an.

Es war eine Zurückweisung, die besonders schmerzte, denn gerade auf sein enzyklopädisches Wissen war Cameron mächtig stolz, und er hatte gedacht, dass Evie ihn deshalb mochte. »Was weiß ich nicht?«, fragte er.

Mit einem heftigen Ruck riss sie sich los. »Ich bin in Jasper verliebt, du Blödmann«, versetzte sie und ging ins Haus.

KAPITEL 13

Am Morgen, als es noch dunkel war, liebten Rebecca und Bernd sich noch einmal.

Seit drei Monaten lebten sie nun zusammen in dem alten Stadthaus in Berlin-Mitte. Es war ein großes Haus, und das war gut so, denn sie teilten es mit Rebeccas Eltern, Werner und Carla Franck, mit ihrem Bruder Walli, ihrer Schwester Lili und Oma Maud.

Eine Zeit lang konnte die Liebe sie über alles hinwegtrösten, was sie verloren hatten. Beide waren inzwischen gefeuert worden, und die Stasi verhinderte, dass sie neue Arbeit bekamen – und das, obwohl in der DDR nach wie vor Lehrermangel herrschte.

Doch beide galten als Sozialschmarotzer, als Parasiten der sozialistischen Gesellschaft, und arbeitslos zu sein, war in sozialistischen Ländern ein Verbrechen. Früher oder später würde man sie vor Gericht stellen, verurteilen und einsperren. Es würde sie für immer zerbrechen. Falls sie überhaupt mit dem Leben davonkamen.

Also blieb ihnen nur die Flucht.

Heute war ihr letzter voller Tag in Ostberlin.

Als Bernd sanft die Hand unter Rebeccas Nachthemd schob, sagte sie: »Ich bin schrecklich nervös.«

»Allzu viele Gelegenheiten werden wir nicht mehr bekommen«, erwiderte er.

Rebecca umarmte ihn. Sie wusste, dass Bernd recht hatte. Trotzdem ... Die Gefahr war groß, dass sie bei dem Fluchtversuch ums Leben kamen. Oder schlimmer noch: Einer von ihnen könnte sterben, der andere überleben.

Bernd griff nach einem Kondom. Sie wollten heiraten, sobald sie in der freien Welt waren, und eine Schwangerschaft bis dahin vermeiden. Sollten ihre Pläne scheitern, wollte Rebecca in Ostdeutschland kein Kind großziehen.

Trotz ihrer Ängste wurde Rebecca von Lust übermannt und reagierte voller Leidenschaft auf Bernds Berührungen. Leidenschaft war etwas völlig Neues für sie. Den Sex mit Hans hatte sie zwar genossen – meistens jedenfalls –, wie auch mit ihren zwei Liebhabern zuvor, aber sie hatte noch nie ein solch intensives Lustgefühl verspürt, dass sie alles andere darüber vergaß. Und jetzt steigerte der Gedanke, dies könnte ihr letztes Mal sein, ihre Lust ins schier Unerträgliche.

Als sie später erschöpft nebeneinanderlagen, sagte Bernd: »Du bist eine richtige Löwin.«

Rebecca lachte. »War ich früher nie. Das muss an dir liegen.«

»Es liegt an uns beiden«, erwiderte er. »Wir sind füreinander bestimmt.«

Als Rebecca wieder zu Atem gekommen war, sagte sie: »Immer mehr Menschen fliehen.«

»Ja. Niemand weiß, wie viele es sind.«

Die Flüchtlinge schwammen durch Kanäle und Flüsse; sie kletterten über Stacheldraht, versteckten sich in Autos und Lastwagen. Westdeutsche, die nach Ostberlin einreisen durften, brachten ihren Verwandten gefälschte westdeutsche Pässe mit. Ein Flüchtling hatte sich sogar eine amerikanische Uniform besorgt und war einfach durch den Grenzübergang marschiert, denn alliierte Soldaten konnten gehen, wohin sie wollten.

»Aber viele sterben auch«, sagte Rebecca.

Bernd nickte nur.

Die Grenztruppen kannten keine Gnade. Sie schossen, um zu töten, und manchmal ließen sie Verletzte als abschreckendes Beispiel im Niemandsland verbluten. Allein der Versuch, das Arbeiter- und Bauernparadies zu verlassen, wurde mit dem Tod bestraft.

Rebecca und Bernd wollten über die Bernauer Straße fliehen.

Eine der Kuriositäten der Mauer war, dass in manchen Straßen die Gebäude zu Ostberlin gehörten, der Bürgersteig aber zu Westberlin. Als die Anwohner der Bernauer Straße am Sonntag, dem 13. August 1961, ihre Haustüren öffneten, hatte ein Stacheldrahtzaun es ihnen unmöglich gemacht, das Haus zu verlassen. Zuerst waren viele aus den Fenstern der oberen Stockwerke in die Freiheit gesprungen. Manch einer hatte sich dabei verletzt; andere waren in den Sprungtüchern der Westberliner Feuerwehr gelandet. Jetzt hatte man die Gebäude evakuiert und Türen und Fenster zugemauert.

Rebecca und Bernd hatten einen anderen Plan.

Sie zogen sich an und gingen hinunter, um mit der Familie zu frühstücken – wahrscheinlich zum letzten Mal für lange Zeit. Es war eine angespannte Wiederholung der gleichen Mahlzeit wie vor einem Jahr, am 13. August. Auch damals war die Familie bedrückt und voller Sorge gewesen. Rebecca hatte schon damals fliehen wollen, hatte aber nicht um ihr Leben bangen müssen. Jetzt war es anders, und die Familie hatte Angst.

Rebecca versuchte, so zuversichtlich zu klingen, wie sie nur konnte. »Vielleicht folgt ihr uns eines Tages ja alle nach drüben«, sagte sie.

»Du weißt, dass wir das nicht tun werden«, erwiderte Carla. »Aber du *musst* gehen. Du hast hier kein Leben mehr. Wir aber bleiben.«

»Was ist mit Vaters Arbeit?«

»Ich mache einfach weiter«, sagte Werner. Er konnte nicht mehr zu der Fabrik, die er in Westberlin besaß. Zwar versuchte er, sie aus der Ferne zu leiten, aber das war so gut wie unmöglich. Es gab keine Telefonverbindung zwischen den beiden Teilen Berlins, also musste er alles per Post erledigen, was wegen der Briefzensur extrem schwierig und unzuverlässig war.

Das Ganze war für Rebecca eine Qual. Ihre Familie war das Wichtigste in ihrem Leben, und doch war sie gezwungen, ihre Lieben im Stich zu lassen. »Na ja, keine Mauer steht ewig«, sagte sie. »Eines Tages ist Berlin wieder vereint, und dann werden auch wir wieder zusammen sein.«

Es klingelte an der Tür. Lili sprang auf und eilte in den Flur, um zu öffnen.

»Ich hoffe, das ist der Postbote mit den Bilanzen aus der Firma«, sagte Werner.

»Sobald ich kann, gehe ich auch über die Mauer«, verkündete Walli. »Ich werde nicht mein ganzes Leben im Osten verbringen, wo mir irgendwelche verknöcherten alten Kader sagen, welche Musik ich spielen darf und welche nicht.«

Lili kam in die Küche zurück. Sie sah verängstigt aus. »Das ist nicht der Briefträger«, sagte sie. »Es ist Hans.«

Rebecca stieß einen leisen, entsetzten Schrei aus. Ihr Mann konnte doch nicht von ihrem Fluchtplan wissen. Oder doch?

»Ist er allein?«, fragte Werner.

»Ich glaub schon.«

Oma Maud drehte sich zu Carla um. »Erinnerst du dich noch, wie wir das damals mit Joachim Koch geregelt haben?«

Carla schaute zu ihren Kindern. Offenbar sollten sie nicht wissen, was mit Joachim Koch gewesen war.

Werner ging zum Küchenschrank und zog die unterste Schublade heraus, in der die schweren Pfannen aufbewahrt wurden. Er stellte sie auf den Boden. Dann griff er tief in die Schublade hinein. Als er sich aufrichtete, hielt er eine schwarze Pistole mit braunem Kolben und eine kleine Schachtel Munition in der Hand.

»Himmel!«, stieß Bernd hervor.

Rebecca wusste nicht viel über Waffen, glaubte aber, dass es sich um eine Walther P38 handelte. Werner musste sie nach dem Krieg behalten haben.

Wie war das mit Joachim Koch?, fragte sich Rebecca. Sie haben ihn doch nicht ermordet? Ihre Mutter und ihre Großmutter ... *Mörderinnen?* Unmöglich. Das konnte nicht sein.

Werner wandte sich an Rebecca. »Wenn Hans Hoffmann dich mitnimmt, sehen wir dich nie wieder«, sagte er und lud die Waffe.

»Vielleicht ist er ja gar nicht gekommen, um Rebecca zu verhaften«, meinte Carla.

»Vielleicht«, sagte Werner. »Sprich mit ihm, Rebecca. Finde heraus, was er will. Schrei, wenn etwas ist, hörst du?«

Rebecca stand auf. Bernd ebenfalls. »Nein, du nicht, Bernd«, sagte Werner. »Wenn er dich sieht, könnte es ihn wütend machen. Es ist so schon gefährlich genug.«

»Aber ...«, setzte Bernd an.

»Vater hat recht«, sagte Rebecca. »Wenn was ist, schreie ich.«

»Also gut.«

Rebecca atmete tief durch und ging in den Flur.

Und da stand Hans in seinem neuen blaugrauen Anzug. Dazu trug er eine gestreifte Krawatte, die Rebecca ihm zu seinem letzten Geburtstag geschenkt hatte. »Ich habe die Scheidungspapiere«, sagte er.

Rebecca nickte. »Die hattest du natürlich schon erwartet.«

»Können wir noch mal darüber reden?«

»Gibt es denn noch was zu reden?«

»Möglicherweise.«

Rebecca öffnete die Tür zum Speisezimmer, in dem aber nur selten gegessen wurde. Meist machten Lili und Walli hier die Hausaufgaben.

Rebecca und Hans betraten das Zimmer und setzten sich. Die Tür ließ Rebecca offen.

»Bist du sicher, dass du das tun willst?«, fragte Hans.

Rebecca durchfuhr es eiskalt. Meinte Hans die Flucht? Wusste er davon? Sie schluckte schwer. »Was tun?«

»Die Scheidung einreichen«, sagte Hans.

Rebecca war verwirrt. »Wieso fragst du? Das willst du doch auch.«

»Wirklich?«

»Worauf willst du eigentlich hinaus, Hans?«

»Wir müssen uns nicht scheiden lassen. Wir können noch mal von vorn anfangen. Und diesmal gibt es keine Lügen mehr. Schließlich weißt du jetzt, dass ich für die Stasi arbeite.«

Ist das ein böser Traum?, fragte sich Rebecca. Eine verrückte Einbildung, in der das Unmögliche möglich wird? »Aber ... warum sollten wir das tun?«

Hans beugte sich über den Tisch. »Kannst du dir das nicht denken?«

»Nein, kann ich nicht«, erwiderte Rebecca, obwohl ihr ein beunruhigender Verdacht kam.

»Ich liebe dich«, sagte Hans.

»Du bist ja verrückt!«, stieß Rebecca hervor. »Was fällt dir ein! Nach allem, was du mir angetan hast!«

»Es ist aber so«, beteuerte Hans. »Ich gebe ja zu, zuerst habe ich es nur vorgetäuscht, aber nach einiger Zeit habe ich gemerkt, was für eine wunderbare Frau du bist. Ich wollte dich *wirklich* heiraten, nicht nur aus Pflicht, sondern aus Liebe. Du bist wunderschön und klug und Lehrerin mit Leib und Seele ... So etwas bewundere ich. Eine Frau wie dich habe ich nie wieder kennengelernt. Komm zu mir zurück, Rebecca. Bitte.«

»Nein. Niemals!«

»Denk darüber nach. Lass dir ruhig Zeit. Ein paar Tage ... eine Woche.«

»Nein!«

Rebecca schrie so laut sie konnte, tat aber so, als würde sie sich nur zieren.

»Wir reden später noch mal darüber«, sagte Hans und lächelte.

»Nein. Niemals. Nie, nie, niemals!« Rebecca stürmte aus dem Zimmer.

Die anderen standen in der offenen Küchentür und blickten sie verängstigt an. »Was ist?«, fragte Bernd besorgt. »Was ist passiert?«

»Er will die Scheidung nicht«, stieß Rebecca hervor und brach in Tränen aus. »Er sagt, er liebt mich. Er will noch einmal von vorn anfangen ...«

»Ich werde diesem Scheißkerl den Hals umdrehen!« Bernd setzte sich in Bewegung.

Aber es war zu spät. Kaum hatte Bernd einen Fuß vor den anderen gesetzt, hörten sie die Haustür zuknallen.

»Er ist weg«, sagte Rebecca. »Gott sei Dank.«

Bernd kam zurück und legte den Arm um sie. Rebecca vergrub das Gesicht an seiner Schulter.

»Ich muss schon sagen«, erklärte Carla mit bebender Stimme, »damit habe ich nicht gerechnet.«

Werner entlud die Waffe.

»Es ist noch nicht vorbei«, sagte Oma Maud. »Der kommt wieder. Stasioffiziere akzeptieren kein Nein als Antwort.«

»Du musst so schnell wie möglich weg, Rebecca«, sagte Werner.

Rebecca starrte ihn an. »Du meinst ... heute schon?«

»Ja. Sofort«, erklärte ihr Vater. »Du schwebst in großer Gefahr.«

»Er hat recht«, sagte Bernd. »Hans könnte mit Verstärkung wiederkommen. Wir müssen jetzt sofort tun, was wir für morgen früh geplant hatten.«

Rebecca zögerte. »Also gut«, gab sie schließlich nach.

Sie und Bernd eilten zu ihrem Zimmer. Dort zog Bernd seinen schwarzen Cordanzug und ein weißes Hemd an, dazu eine schwarze Krawatte. Er sah aus, als wollte er zu einer Beerdigung. Auch Rebecca kleidete sich ganz in Schwarz. Dazu trugen beide schwarze Turnschuhe. Dann holte Bernd eine zusammengerollte Wäscheleine unter dem Bett hervor, die er letzte Woche gekauft hatte. Er schlang sie sich um den Oberkörper wie ein Bandolier und zog dann die Lederjacke darüber, damit man die Leine nicht sehen konnte. Rebecca zog sich einen kurzen dunklen Mantel an.

Nach wenigen Minuten waren sie bereit.

Die Familie wartete im Flur. Rebecca umarmte und küsste alle. Lili weinte. »Sei vorsichtig«, sagte sie und wischte sich die Tränen ab. »Lass dich nicht erschießen.«

Auf dem Weg zur Tür zogen Rebecca und Bernd sich Lederhandschuhe über. Dann winkten sie ihrer Familie ein letztes Mal und machten sich auf den Weg.

*

Walli folgte ihnen in einigem Abstand.

Er wollte sehen, wie sie es anstellten. Rebecca und Bernd hatten niemandem ihren Plan enthüllt, nicht einmal ihrer Familie. Mutter sagte, man könne ein Geheimnis nur bewahren, wenn man keiner Menschenseele davon erzählte. Was das betraf, waren sie und Vater eisern. Wahrscheinlich lag es an irgendeiner Kriegserfahrung, vermutete Walli.

Er hatte seiner Familie gesagt, er wolle in seinem Zimmer Gitarre spielen. Inzwischen hatte er ein elektrisches Instrument. Wenn sie nichts hörten, würden seine Eltern glauben, dass er übte, ohne die Gitarre an den Verstärker angeschlossen zu haben.

Stattdessen war er zur Hintertür hinausgeschlüpft.

Rebecca und Bernd gingen Arm in Arm. Sie schritten zügig aus, aber nicht zu schnell, um nicht unnötig Aufmerksamkeit zu erregen. Es war halb neun, und allmählich löste sich der Morgennebel auf. Es fiel Walli nicht schwer, den beiden zu folgen. Mit der verborgenen Wäscheleine sah Bernd aus, als hätte er einen Buckel. Die beiden schauten nicht zurück, und Wallis Turnschuhe machten kaum Geräusche. Ihm fiel auf, dass auch Rebecca und Bernd Turnschuhe trugen, und er fragte sich nach dem Grund.

Walli war aufgeregt und hatte Angst. Was für ein erstaunlicher Morgen! Es hatte ihn beinahe umgehauen, als sein Vater die Schublade herausgezogen und diese verdammte Pistole hervorgeholt hatte. Er war tatsächlich bereit gewesen, Hans Hoffmann zu erschießen.

Vielleicht war sein Vater ja doch kein alter Trottel.

Walli hatte Angst um seine Schwester, die er von Herzen liebte. Es war durchaus möglich, dass sie in den nächsten Minuten getötet wurde. Zugleich war er von gespannter Erwartung erfüllt. Wenn Rebecca die Flucht gelang, konnte er das auch.

Und Walli war noch immer fest zur Flucht entschlossen. Nachdem er seinem Vater getrotzt hatte und beim Wettbewerb im Minnesänger dabei gewesen war, hatte er entgegen allen Erwartungen doch keinen Ärger bekommen. Sein Vater hatte lediglich gesagt, es sei Strafe genug, dass seine Gitarre zerstört worden war. Doch Walli litt gleich unter zwei Tyrannen, Werner Franck und Walter Ulbricht, und er hatte die feste Absicht, den beiden bei der ersten sich bietenden Gelegenheit zu entfliehen.

Bernd und Rebecca erreichten eine Straße, die direkt zur Mauer führte. Am anderen Ende waren zwei Grenzer zu sehen, die in der kalten Morgenluft mit den Stiefeln scharrten. Beide trugen sowjetische Maschinenpistolen mit Trommelmagazinen über der Schulter. Walli stockte der Atem. Er sah keine Möglichkeit, wie man an den beiden Grenzern vorbei über den Stacheldraht kommen sollte.

Rebecca und Bernd verließen die Straße und betraten einen Friedhof.

Walli zögerte. Er konnte ihnen nicht auf dem Weg zwischen den Gräbern hindurch folgen; dort hätten sie ihn sofort bemerkt. Also löste er sich rasch von ihrer Route und huschte hinter die kleine Kapelle, die sich in der Mitte des Friedhofs erhob. Vorsichtig lugte er um die Ecke des Gebäudes. Offenbar hatten die beiden ihn nicht gesehen.

Walli beobachtete, wie sie zur nordwestlichen Ecke des Friedhofs gingen. Dort gab es einen Maschendrahtzaun, der das Friedhofsgelände vom Hinterhof eines Hauses trennte.

Walli beobachtete, wie Rebecca und Bernd über den Zaun kletterten. Deshalb also die Turnschuhe, dachte Walli. Aber was ist mit der Wäscheleine?

*

Die Gebäude an der Bernauer Straße waren verlassen, aber die Nebenstraßen waren nach wie vor bewohnt. Ängstlich und angespannt schlichen Rebecca und Bernd über den Hinterhof eines Hauses an einer solchen Nebenstraße, fünf Türen vom Ende der Straße entfernt, die von der Mauer versperrt wurde. Sie kletterten über einen zweiten Zaun, dann über einen dritten. Mit jedem Schritt kamen sie der Mauer näher. Rebecca war dreißig, sportlich und gelenkig; Bernd war mit seinen vierzig Jahren zwar deutlich älter, aber noch immer gut in Form. Schließlich erreichten sie die Rückseite des dritten Hauses vor der Mauer.

Die beiden waren schon einmal auf diesem Friedhof gewesen. Und auch da hatten sie sich ganz in Schwarz gekleidet, um als Trauergäste durchzugehen, während sie sich in Wahrheit die Häuser angeschaut hatten. Ihr Aussichtspunkt war zwar nicht perfekt gewesen – Ferngläser mitzubringen, hatten sie nicht riskieren wollen –, aber sie waren ziemlich sicher, dass es am dritten Haus einen Weg zum Dach hinauf gab. Und weil die Hausdächer aneinander anschlossen, konnten sie über die Dächer hinweg die leer stehenden Gebäude an der Bernauer Straße erreichen.

Doch je näher sie ihrem Ziel kamen, desto größer wurden Rebeccas Sorgen. Sie hatten vorgehabt, über einen Kohlebunker nach oben zu klettern, dann über ein Nebengebäude mit einem flachen Dach, und schließlich zu einem Giebelfenster mit weit hervorstehender Fensterbank. Doch vom Friedhof aus hatte das viel niedriger ausgesehen. Aus der Nähe wurde erkennbar, dass ihnen eine schwierige Kletterpartie bevorstand.

In das Haus hinein konnten sie jedenfalls nicht. Die Bewohner könnten Alarm schlagen; taten sie es nicht, würde man sie später schwer dafür bestrafen.

Die Dächer waren feucht vom Nebel und entsprechend rutschig, aber wenigstens regnete es nicht.

»Bist du bereit?«, fragte Bernd.

Nein, Rebecca war nicht bereit. Sie hatte schreckliche Angst. »Natürlich«, antwortete sie trotzdem.

»Du bist wirklich eine Löwin.« Bernd lächelte.

Der Kohlebunker war brusthoch. Sie kletterten hinauf, wobei ihre weichen Schuhe kaum ein Geräusch machten.

Von hier bekam Bernd dann beide Ellbogen auf das flache Dach des Nebengebäudes und zog sich hoch. Oben angekommen, legte er sich auf den Bauch und half Rebecca hinauf. Dann standen beide auf dem Dach.

Rebecca kam sich schrecklich exponiert und auffällig vor, doch als sie sich umschaute, sah sie niemanden außer einer fernen Gestalt auf dem Friedhof.

Was nun kam, war weitaus gefährlicher. Bernd hob ein Knie auf das Fensterbrett. Es war ziemlich breit, für einen erwachsenen Menschen aber immer noch schmal. Zum Glück waren die Vorhänge zugezogen, sodass man sie von drinnen nicht sehen konnte. Sie durften nur kein Geräusch machen.

Es war schwierig, aber schließlich bekam Bernd auch das zweite Knie auf das Fensterbrett. Rebecca streckte sich, so weit sie konnte, während Bernd sich an ihr abstützte, als er sich hochstemmte. Schließlich stand er sicher auf dem Fensterbrett und half Rebecca hinauf.

Rebecca kniete sich vors Fenster und versuchte, nicht nach unten zu schauen.

Bernd griff nach der Dachkante. Von hier aus konnten sie nicht aufs Dach klettern, dann außer Schieferplatten war da nichts, aber auch dieses Problem hatten sie im Vorfeld besprochen. Rebecca blieb knien und spannte die Muskeln an, während Bernd den Fuß auf ihre rechte Schulter setzte. Er hielt sich an der Dachkante fest, um das Gleichgewicht zu wahren, und verlagerte sein gesamtes Körpergewicht auf Rebeccas rechte Schulter. Rebecca ertrug es stumm, obwohl es ihr Schmerzen bereitete. Einen Augenblick später spürte sie Bernds linken Fuß auf der linken Schulter. Jetzt war alles wieder im Gleichgewicht, und Rebecca konnte ihn halten, ganz kurz jedenfalls.

Einen Augenblick später schwang Bernd das Bein über die Schieferkante und rollte sich aufs Dach. Wieder legte er sich flach auf den Boden und streckte den Arm nach unten. Mit der behandschuhten Hand packte er Rebeccas Kragen, während sie die Finger um seinen Unterarm krallte.

Plötzlich wurden die Vorhänge auseinandergezogen, und eine Frau starrte Rebecca aus wenigen Zentimetern Entfernung an.

Und schrie.

Mit einem Ruck zog Bernd Rebecca zu sich hoch, bis sie das Bein über die Dachkante schwingen konnte. Dann war sie oben.

Doch fast im selben Augenblick verloren sie auf dem schrägen Dach den Halt und rutschten in die Tiefe.

Rebecca breitete die Arme aus, drückte die Hände flach auf die Schindeln, um ihren Sturz abzubremsen. Bernd tat das Gleiche. Doch sie rutschten weiter, langsam, aber unaufhaltsam. Dann stieß Rebecca mit den Schuhen gegen eine eiserne Regenrinne, die nicht allzu stabil zu sein schien, aber sie hielt. Ihr Sturz wurde aufgehalten.

»Was war das für ein Schrei?«, fragte Bernd atemlos.

»Eine Frau hat mich gesehen. Ich glaube aber nicht, dass man sie auf der Straße gehört hat.«

»Aber sie könnte Alarm schlagen.«

»Das lässt sich jetzt nicht mehr ändern. Los, weiter.«

Sie robbten über das schräge Dach. Die Häuser waren alt, und viele Schindeln waren zerbrochen. Rebecca versuchte, sich nicht allzu sehr auf die Regenrinne zu stützen.

Sie kamen nur langsam voran. Rebecca stellte sich vor, wie die Frau am Fenster jetzt mit ihrem Mann sprach: »Wenn wir nichts tun, wird man uns der Kollaboration bezichtigen. Wir könnten zwar sagen, wir hätten geschlafen und nichts gehört, aber verhaften werden sie uns trotzdem. Und selbst wenn wir die Polizei rufen, könnten sie uns festnehmen. Geht alles schief, verhaften sie hier alles und jeden. Am besten, wir halten uns bedeckt. Ich mach die Vorhänge zu.«

Gewöhnliche Bürger mieden den Kontakt zur Polizei, aber vielleicht war die Frau am Fenster ja keine gewöhnliche Bürgerin. Sollten sie oder ihr Mann Parteimitglieder sein mit entsprechenden Privilegien, wären sie zu einem gewissen Grad immun und würden vermutlich Alarm schlagen.

Aber die Sekunden verrannen, und Rebecca hörte keinen Laut. Vielleicht hatten sie und Bernd noch mal Glück gehabt.

Sie gelangten an einen hohen, steilen Dachwinkel. Indem er die Sohlen seiner Turnschuhe zu beiden Seiten fest gegen die Dachziegel presste und die Reibung nutzte, gelang es Bernd, ein Stück hinaufzuklettern, bis er den Giebel zu fassen bekam. Jetzt hatte er Halt, lief aber Gefahr, dass die Polizisten unten auf der Straße die Handschuhe sahen.

Mit jeder Sekunde kamen sie der Bernauer Straße und damit der Freiheit näher. Rebecca blickte über die Schulter und fragte sich, ob man sie und Bernd sehen konnte. Dank ihrer dunklen Kleidung waren sie auf den Schieferschindeln nicht allzu gut zu erkennen, waren aber auch nicht unsichtbar.

Beobachtete sie jemand? Rebecca ließ den Blick über die Hinterhöfe und den Friedhof unter ihnen schweifen. Dann sah sie, dass die dunkle Gestalt, die ihr vor ein paar Minuten aufgefallen war, von der Kapelle zum Friedhofstor rannte.

Rebecca erstarrte. Hatte der Unbekannte sie gesehen und rief nun die Grenzer?

Panik breitete sich in ihr aus. Dann stutzte sie.

Die Gestalt kam ihr vertraut vor.

»Walli ...?«, raunte sie. »Walli!«

Was machte ihr Bruder da? Offensichtlich war er ihr und Bernd gefolgt. Aber warum? Und wohin lief er jetzt?

Sie erreichten die Rückwand eines Wohnhauses an der Bernauer Straße. Die Fenster der oberen Stockwerke waren vernagelt, die der unteren zugemauert. Rebecca und Bernd hatten erwogen, auf der einen Seite in eines der Häuser ein- und auf der anderen Seite auszubrechen, diesen Plan dann aber verworfen. Es hätte zu viel Lärm verursacht und außerdem zu lange gedauert. Schließlich hatten sie sich darauf geeinigt, einfach über das Dach zu klettern.

Der Giebel, auf dem sie sich nun befanden, lag auf gleicher Höhe wie die Regenrinne des angrenzenden Gebäudes, sodass sie von einem Haus zum anderen springen konnten. Von da an waren sie allerdings für die bewaffneten Grenzer unten deutlich zu sehen. Das war ihre verwundbarste Stelle.

Bernd kroch zur Kante, wagte den kurzen Sprung auf das Nachbargebäude und kletterte rasch zum Giebel hinauf.

Als Rebecca an der Reihe war, riskierte sie einen Blick nach unten. Die beiden Grenzer waren besorgniserregend nah. Sie rauchten. Würde jetzt auch nur einer von ihnen nach oben schauen, war alles verloren. Rebecca und Bernd stellten ein leichtes Ziel für die Maschinenpistolen dar.

Aber sie waren nur noch wenige Schritte von der Freiheit entfernt.

Rebecca bereitete sich auf den Sprung vor.

Plötzlich bewegte sich etwas unter ihrem linken Fuß. Sie rutschte weg, fiel, schlug schmerzhaft auf. Sie verbiss sich einen Schrei und hing einen schrecklichen Augenblick in der Luft, bis sie das Gleichgewicht wiedererlangte.

Unglücklicherweise hatte sich bei ihrem Sturz eine Schindel gelöst, und die rutschte nun über das Dach, prallte an der Regenrinne ab und fiel auf die Straße, wo sie mit lautem Knall zerbarst.

Die Grenzer hörten das Geräusch und starrten auf die Tonscherben.

Rebecca war wie versteinert.

Die Grenzer schauten sich um. Jeden Augenblick würden sie erkennen, dass eine Schindel vom Dach gefallen war, und nach oben schauen. Doch bevor es so weit kam, wurde einer der beiden von einem Stein getroffen. Eine Sekunde später hörte Rebecca ihren Bruder schreien: »Scheiß Grenzer!«

*

Walli schnappte sich einen zweiten Stein und warf ihn nach den Soldaten. Diesmal verfehlte er sein Ziel.

Es war verrückt, die Grenzer auf diese Weise anzugehen, das wusste Walli. Wenn sie ihn erwischten, würden sie ihn zusammenschlagen, verhaften und einsperren.

Aber er musste es riskieren, denn er hatte gesehen, wie Bernd und seine Schwester sich völlig ungeschützt und deckungslos über die Dächer hangelten. Die Grenzer würden sie jeden Augenblick entdecken, und Flüchtlinge wurden ohne Vorwarnung erschossen. Und die Entfernung war gering, vielleicht zehn, zwölf Meter. Die beiden Flüchtlinge würden von Kugeln durchsiebt werden.

Es sei denn, die Grenzer wurden abgelenkt.

Sie waren nicht viel älter als Walli. Er war sechzehn, und sie schienen um die zwanzig zu sein. Verwirrt schauten sie sich um, die gerade erst angezündeten Zigaretten zwischen den Lippen. Noch hatten sie keine Ahnung, weshalb gerade eine Schindel auf den Bürgersteig gefallen war und wer sie mit Steinen bewarf.

»Dreckschweine!«, schrie Walli. »Hurensöhne!«

In diesem Moment entdeckten sie ihn. Er war gut dreißig Meter von den Männern entfernt und trotz des Nebels gut zu sehen. Kaum hatten die Grenzer ihn entdeckt, stapften sie auf ihn zu.

Walli wich zurück.

Die Grenzer rannten los.

Walli fuhr herum und floh.

Am Friedhofstor warf er einen Blick zurück. Einer der Männer hatte angehalten. Vermutlich war ihm klar geworden, dass sie besser nicht beide ihren Posten verlassen sollten, um einen Halbstarken zu jagen, der ein paar Steine nach ihnen geworfen hatte. Die Frage, weshalb er die Steine geschleudert hatte, schien den beiden Grenzern bis jetzt noch nicht gekommen zu sein.

Der zweite Grenzer kniete sich auf die Straße und legte an.

Walli huschte auf den Friedhof.

Bernd schlang die Wäscheleine um einen gemauerten Kamin und knotete sie fest.

Rebecca lag flach auf dem Giebel und schaute in die Tiefe, keuchend und schwitzend. Voller Schrecken beobachtete sie, wie einer der Grenzer ihren Bruder jagte. Walli rannte über den Friedhof, während der zweite Grenzer auf seinen Posten zurückkehrte; glücklicherweise schaute er seinem Kameraden hinterher und nicht nach oben. In Rebecca tobte ein Sturm der Gefühle. Sie empfand Erleichterung, dass ihre Flucht tatsächlich noch gelingen konnte, und die freudige Hoffnung auf eine bessere Zukunft, und doch wurde alles von der Angst um ihren Bruder überschattet. Walli hatte sein Leben für sie riskiert. Was war die Freiheit wert, wenn er für sie starb?

Sie schaute in die andere Richtung, in die freie Welt. Auf der anderen Seite der Bernauer Straße standen ein Mann und eine Frau, beobachteten sie und Bernd und redeten aufgeregt miteinander.

Die Wäscheleine in der Hand, setzte Bernd sich aufs Dach und ließ sich vorsichtig ein Stück hinunterrutschen. An der Regenrinne angekommen, schlang er sich die Leine zweimal um die Brust. Ein langes Stück von gut fünfzehn Metern blieb übrig.

Dann kletterte er wieder zu Rebecca auf den Giebel zurück. »Setz dich aufrecht hin«, forderte er sie auf, schwer atmend von der Anstrengung. Er schlang die Leine um sie und machte einen Knoten. Dann packte er die Leine mit festem Griff.

Rebecca warf einen letzten Blick nach Ostberlin. Sie sah, wie Walli geschickt über den Zaun am Ende des Friedhofs kletterte und in einer Nebenstraße verschwand. Der Grenzer gab die Jagd auf und ging zurück zu seinem Posten. Dabei schaute er zufällig nach oben zum Dach des Wohnhauses, auf dem Bernd und Rebecca kauerten.

Er erstarrte.

Rebecca bezweifelte keine Sekunde, dass der Grenzer sie gesehen hatte. Sie und Bernd zeichneten sich deutlich vor dem hellen Himmel ab.

Der Grenzer rief irgendetwas, deutete nach oben und rannte los.

Rebecca rollte sich vom Giebel und glitt langsam das Dach hinunter, bis ihre Turnschuhe an der Regenrinne Halt fanden.

Eine Maschinenpistole ratterte.

Bernd stand aufrecht neben ihr und klammerte sich an die Leine, die fest um den Kamin gewickelt war.

Rebecca spürte, wie er ihr Gewicht auf sich nahm.

Mach schnell, dachte sie. *Schnell, schnell!*

Sie rollte sich über die Regenrinne, fiel und wurde mit einem heftigen Ruck von der Leine abgefangen. Dicht über dem Busen schnitt das Seil ihr schmerzhaft in die Brust. Einen Augenblick baumelte sie hilflos in der Luft; dann ließ Bernd sie herunter, ruckartig, Stück für Stück. Sie hatten es am Haus ihrer Eltern geübt. Immer wieder hatte Bernd sie aus dem höchsten Fenster in den Hinterhof hinuntergelassen. Es war anstrengend und schwierig, aber es ging. Er brauchte allerdings gute, feste Handschuhe. Trotzdem sollte Rebecca sich immer wieder kurz an einem Fenstersims abstützen, um ihm kleine Erholungspausen zu verschaffen.

Rebecca hörte Anfeuerungsrufe. Offenbar hatten sich auf der Westseite der Bernauer Straße inzwischen Zuschauer versammelt.

Unter sich konnte sie bereits den Bürgersteig und den Stacheldraht an der Hausfassade sehen. War sie schon in Westberlin? Die Grenzer würden jeden auf der Ostseite erschießen, aber sie hatten nachdrücklichen Befehl, nicht in den Westen zu feuern, denn die Sowjets wollten keine diplomatischen Zwischenfälle provozieren. Doch im Augenblick baumelte Rebecca erst einmal über dem Stacheldraht. Sie war im Niemandsland, weder auf der einen noch auf der anderen Seite.

Dann ratterten die Maschinenpistolen erneut.

Verdammt! Wo waren die Grenzer, und auf wen feuerten sie? Rebecca nahm an, die Männer versuchten, auf das Dach zu kommen, um sie und Bernd zu erschießen, bevor es zu spät war. Doch wenn sie den gleichen umständlichen Weg nahmen wie ihre Beute, würden sie zu spät kommen. Aber sie konnten natürlich auch einfach ins Haus stürmen und die Treppe hinaufrennen ...

Rebecca war jetzt fast da. Ihre Füße berührten schon den Stacheldraht. Sie stieß sich vom Gebäude ab, doch ihre Beine kamen nicht ganz von dem Verhau weg. Sie spürte, wie der Draht ihre Hose zerriss und ihr die Haut zerkratzte. Eine Sekunde später eilten die Menschen aus dem Westen zu ihr, halfen ihr, stützten sie, befreiten sie aus dem Draht, nahmen ihr die Leine ab und setzten sie auf den Boden.

Kaum konnte Rebecca wieder stehen, blickte sie nach oben. Bernd war an der Dachkante und lockerte die Leine um seine Brust ein wenig. Rebecca wich über die Straße zurück, damit sie besser sehen konnte. Noch hatten die Grenzer das Dach nicht erreicht.

Bernd packte die Leine fest mit beiden Händen und kletterte rückwärts vom Dach hinunter, seilte sich langsam an der Wand ab und ließ die Leine dabei durch seine Hände gleiten. Das war ausgesprochen schwierig, denn er musste sein ganzes Gewicht nur mit den Händen halten. Auch das hatte er geübt – nachts, wenn niemand ihn hatte sehen können –, aber dieses Gebäude hier war höher.

Unten auf der Straße feuerten die Menschen ihn an.

Dann erschien ein Grenzer oben auf dem Dach.

Bernd wurde schneller und riskierte dabei, den Halt zu verlieren.

Jemand rief: »Ein Tuch! Holt ein Sprungtuch!«

Rebecca wusste, dass dafür keine Zeit mehr war.

Der Grenzer zielte mit der Maschinenpistole auf Bernd, zögerte jedoch. Er wusste, er durfte nicht in den Westen feuern. Traf ein Querschläger oder eine verirrte Kugel einen Passanten, konnte das verheerende Folgen haben.

Der Mann drehte sich um, schaute zu der Leine am Kamin. Er könnte sie losbinden, aber bis dahin wäre Bernd längst am Boden.

Hatte der Grenzer ein Messer?

Offensichtlich nicht.

Dann kam ihm eine Idee. Er richtete seine Waffe auf die gespannte Leine und drückte ab.

Rebecca schrie.

Die Leine riss.

Und Bernd fiel wie ein Stein in die Tiefe.

Die Zuschauer sprangen auseinander.

Mit einem Übelkeit erregenden Knall prallte Bernd auf den Bürgersteig.

Er rührte sich nicht mehr.

*

Drei Tage später schlug Bernd zum ersten Mal die Augen auf, schaute Rebecca an und murmelte: »Hallo.«

»Gott sei Dank!«, sagte Rebecca erleichtert.

Sie hätte vor Sorge beinahe den Verstand verloren. Die Ärzte hatten ihr zwar gesagt, Bernd würde das Bewusstsein wiedererlangen, aber so etwas zu hören, war eine Sache, es zu sehen, war etwas völlig anderes. Bernd war mehrmals operiert worden und hatte unter starken Medikamenten gestanden. Es war das erste Mal, dass er wieder klar denken konnte.

Rebecca kämpfte mit den Tränen. Sie beugte sich über das Krankenhausbett und küsste Bernd auf den Mund. »Du bist wieder bei mir«, sagte sie schluchzend. »Ich bin ja so froh ...«

»Was ist passiert?«, fragte er.

»Du bist gefallen.«

Bernd nickte. »Das Dach. Ja, ich erinnere mich. Aber …«

»Der Grenzer hat die Leine zerschossen.«

Bernd schaute an sich hinunter. »Bin ich eingegipst?«

Vor dieser Frage hatte Rebecca sich gefürchtet. »Von der Hüfte abwärts«, sagte sie leise.

»Ich kann meine Beine nicht bewegen. Ich spüre sie nicht mehr …« Bernd war die Panik deutlich anzusehen. »Haben sie mir die Beine amputiert?«

»Nein.« Rebecca atmete tief durch. »Du hast dir die Beine mehrmals gebrochen, aber …« Sie stockte.

»Aber was?«

»Aber du spürst es nicht, weil dein Rückenmark teilweise durchtrennt ist.«

Bernd schwieg. Schließlich fragte er: »Heilt das wieder?«

»Die Ärzte sagen, dass Nerven heilen können, aber es dauert seine Zeit.«

»Also?«

»Also wirst du alles unterhalb der Hüfte irgendwann wieder bewegen können … vielleicht. Auf jeden Fall musst du erst mal im Rollstuhl sitzen, wenn du entlassen wirst.«

»Haben die Ärzte gesagt, wie lange das dauert?«

»Ja.« Rebecca rang mit den Tränen. »Du musst … du musst mit der Möglichkeit rechnen, dass es so bleibt.«

Bernd wandte sich von ihr ab. »Dann bin ich ein Krüppel?«

»Das ist längst nicht gesagt, Bernd! Und wir sind frei! Du bist in Westberlin. Wir haben es geschafft. Wir sind entkommen.«

»Entkommen. Ja, aber wohin? In einen Rollstuhl.«

»So darfst du das nicht sehen.«

»Wie soll ich es denn sehen? Was sollen wir jetzt tun?«

»Darüber habe ich nachgedacht.« Rebecca versuchte, so zuversichtlich wie möglich zu klingen. »Du wirst mich heiraten und wieder als Lehrer arbeiten.«

Bernd schüttelte den Kopf. »Wohl kaum. Rede dir nichts ein. Das ist mehr als unwahrscheinlich.«

»Ich habe mit Anselm Weber telefoniert. Du erinnerst dich sicher, dass er jetzt Schulleiter in Hamburg ist. Im September können wir dort anfangen.«

»Als Lehrer im Rollstuhl?«

»Was macht das schon aus? Um Physik zu unterrichten, brauchst du deine Beine nicht.«

»Und was ist mit dir? Du willst bestimmt keinen Krüppel heiraten.«

»Nein«, antwortete Rebecca. »Ich will *dich* heiraten, und das werde ich auch.«

Bernds Stimme bekam einen verbitterten Beiklang. »Du kannst keinen Mann heiraten, bei dem unterhalb der Hüfte nichts mehr funktioniert.«

»Jetzt hör mir mal gut zu«, sagte Rebecca mit fester Stimme. »Vor drei Monaten wusste ich noch nicht einmal, was Liebe ist. Ich habe dich gerade erst gefunden, und jetzt will ich dich nicht verlieren. Wir sind zusammen geflohen, wir haben überlebt, und jetzt werden wir zusammenleben. Wir werden heiraten, wir werden in der Schule arbeiten, und wir werden einander lieben.«

»Ich weiß nicht, ob ...«

»Ich verlange nur eins von dir«, fuhr Rebecca fort. »Du darfst die Hoffnung nicht aufgeben. Wir werden uns allen Problemen gemeinsam stellen und sie gemeinsam lösen. Ich kann alles ertragen, solange du an meiner Seite bist. Und jetzt, Bernd Held, versprich mir, dass du nie aufgeben wirst. Niemals.«

Lange Zeit herrschte Stille im Zimmer.

»Versprich es mir«, verlangte Rebecca.

Bernd lächelte. »Du bist wirklich eine Löwin«, sagte er.

DRITTER TEIL
DIE INSEL, *1962*

KAPITEL 14

Dimka und Valentin fuhren mit Nina und Anna auf dem Riesenrad im Gorki-Park.

Nachdem Dimka aus dem Ferienlager gerufen worden war, hatte Nina etwas mit einem Ingenieur angefangen. Sie waren ein paar Monate miteinander gegangen, hatten sich dann aber getrennt, und jetzt war Nina wieder frei. In der Zwischenzeit waren Valentin und Anna ein Paar geworden. Die meisten Wochenenden schlief Valentin in der Wohnung der Mädchen. Er hatte sich verändert. Sex mit einer Frau nach der anderen, hatte er zu Dimka gesagt, sei lediglich eine Phase im Leben junger Männer, und für ihn sei diese Phase jetzt vorbei.

So eine Phase hätte ich auch gern, dachte Dimka.

Am ersten warmen Wochenende des kurzen Moskauer Sommers schlug Valentin eine Doppelverabredung vor. Dimka willigte begeistert ein. Nina war klug und willensstark, und sie forderte ihn ständig heraus. Das gefiel Dimka. Vor allem aber war sie sexy. Oft dachte er daran zurück, wie leidenschaftlich sie ihn geküsst hatte. Das wollte er unbedingt noch einmal. Sehnsüchtig erinnerte er sich daran, wie ihre Brustwarzen sich im kalten Wasser durch den Stoff des Badeanzugs gedrückt hatten. Ob auch sie manchmal an den Tag am See zurückdenkt?, fragte er sich.

Dimkas Problem war nur, dass er im Gegensatz zu Valentin in weiblicher Gesellschaft alles andere als locker war, von selbstbewusst ganz zu schweigen. Valentin sagte und tat alles, um ein Mädchen ins Bett zu bekommen, egal, ob er es ernst meinte oder nicht. Dimka ging so etwas gegen den Strich. Außerdem war er der Meinung, man müsse ein Nein akzeptieren, während Valentin es mit »später vielleicht« übersetzte.

Der Gorki-Park war eine Oase in der Wüste des nüchternen Sozialismus, ein Ort, an dem die Moskowiter einfach nur Spaß haben konnten. Die Menschen zogen ihre besten Sachen an, kauften Eis und Süßigkeiten, flirteten mit Fremden und küssten sich hinter den Sträuchern.

Anna tat so, als hätte sie Angst vor dem Riesenrad, und Valentin machte das Spiel mit. Er legte den Arm um sie und sagte, ihr werde schon nichts passieren. Nina hingegen schien sich pudelwohl zu fühlen. Dimka zog das zwar der gespielten Furcht vor, aber es nahm ihm leider auch die Möglichkeit, Nina näherzukommen.

Sie sah gut aus in ihrem orange und grün gestreiften Baumwollkleid, vor allem von hinten, dachte Dimka, als sie das Riesenrad verließen. Für diese Verabredung hatte er sich extra eine amerikanische Jeans besorgt, und die trug er nun zusammen mit einem blau karierten Hemd. Er hatte die Jeans gegen zwei Ballettkarten eingetauscht, die Chruschtschow nicht hatte haben wollen: *Romeo und Julia* im Bolschoi.

»Was hast du so gemacht, seit wir uns das letzte Mal gesehen haben, Dimka?«, erkundigte sich Nina, als sie durch den Park schlenderten und lauwarmen Orangensaft tranken, den sie an einem kleinen Stand gekauft hatten.

»Gearbeitet«, antwortete er.

»Ist das alles?«

»Normalerweise bin ich eine Stunde vor Chruschtschow im Büro, um dafür zu sorgen, dass alles für ihn bereitliegt – die Dokumente, die ausländischen Zeitungen, die Akten. Oft arbeitet er bis in die Abendstunden, und ich gehe nur selten vor ihm.« Hoffentlich klingt das spannender, als es in Wirklichkeit ist, dachte Dimka. »Ich habe nicht viel Zeit für andere Dinge.«

»Dimka war schon auf der Uni so«, mischte Valentin sich ein. »Arbeit, Arbeit, Arbeit.«

Zum Glück hielt Nina Dimkas Leben ganz und gar nicht für langweilig. »Und du bist wirklich jeden Tag mit dem Genossen Chruschtschow zusammen?«

»Meistens.«

»Und wo wohnst du?«

»Im Haus am Ufer.«

»Ui!«, rief Nina bewundernd.

»Mit meiner Mutter«, fügte Dimka hinzu.

»Ich würde auch mit meiner Mutter zusammenleben, wenn ich dafür eine Wohnung in dem Haus bekommen würde«, sagte Nina.

»Normalerweise wohnt meine Zwillingsschwester auch bei uns, aber die ist jetzt in Kuba. Sie ist Reporterin bei der TASS.«

»Kuba! Ich würde auch gern mal nach Kuba fliegen.« Nina seufzte wehmütig.

»Kuba ist ein armes Land.«

»Damit könnte ich leben, so lange es dort keinen Winter gibt. Stell dir nur vor, wie es wäre, im Januar am Strand zu tanzen.«

Dimka nickte. Auch er fand Kuba aufregend, wenn auch aus einem anderem Grund. Castros Revolution hatte bewiesen, dass die strenge sowjetische Orthodoxie nicht die einzige Form des Sozialismus war. Der kubanische Revolutionsführer hatte neue, andere Ideen. »Ich hoffe nur, dass Castro überlebt«, sagte er.

»Warum sollte er nicht überleben?«

»Die Amerikaner haben Kuba schon einmal angegriffen. Die Schweinebucht war zwar ein Debakel, aber sie werden es wieder versuchen, und diesmal mit einer größeren Armee – wahrscheinlich 1964, wenn Präsident Kennedy zur Wiederwahl antritt.«

»Das ist ja schrecklich! Kann man denn nichts dagegen tun?«

»Castro versucht, Frieden mit Kennedy zu schließen.«

»Wird er Erfolg haben?«

»Das Pentagon ist dagegen, und konservative Kongressabgeordnete machen einen Riesenaufstand deswegen. Das Ganze ist sinnlos.«

»Wir müssen die kubanische Revolution unterstützen«, erklärte Nina im Brustton der Überzeugung.

»Das sehe ich genauso«, sagte Dimka, »aber unsere Konservativen mögen Castro auch nicht. Sie halten ihn nicht für einen wahren Kommunisten.«

»Und was wird jetzt geschehen?«

»Das hängt von den Amerikanern ab. Vielleicht lassen sie Kuba in Ruhe, aber ich glaube, so klug sind sie nicht. Sie werden Castro so lange auf den Pelz rücken, bis ihm keine andere Möglichkeit mehr bleibt, als sich an die Sowjetunion zu wenden. Früher oder später wird er uns um Schutz bitten.«

»Und was können wir dann tun?«

»Gute Frage.«

Valentin unterbrach sie. »Ich habe Hunger. Habt ihr zu Hause noch was zu essen, Mädels?«

»Natürlich«, antwortete Nina. »Ich habe heute Morgen eine Schinkenhaxe gekauft. Ich wollte Eintopf daraus kochen.«

»Worauf warten wir noch?«, sagte Valentin. »Dimka und ich besorgen unterwegs Bier.«

Sie nahmen die Metro. Die Wohnung der Mädchen lag in einem Haus der Stahlarbeitergewerkschaft, ihres Arbeitgebers. Sie war klein: ein Schlafzimmer mit zwei Einzelbetten, ein Wohnzimmer mit einer Couch vor einem Fernseher, eine Küche mit einem winzigen Esstisch und ein Badezimmer. Dimka nahm an, dass Anna für die Spitzenkissen auf der Couch und die Plastikblumen auf dem Fernseher verantwortlich war, während Nina die gestreiften Vorhänge und die Poster an der Wand gekauft hatte, auf denen Berglandschaften zu sehen waren.

Das gemeinsame Schlafzimmer machte Dimka Sorgen. Wenn Nina mit ihm schlafen wollte, würden sich dann beide Paare im selben Raum lieben? Als Dimka noch im Studentenwohnheim gelebt hatte, war so was nicht ungewöhnlich gewesen. Trotzdem gefiel ihm die Vorstellung nicht. Abgesehen von allem anderen wollte er nicht, dass Valentin erfuhr, wie unerfahren er war.

Dimka fragte sich, wo Nina schlief, wenn Valentin hier übernachtete. Dann bemerkte er einen kleinen Stapel Laken auf dem Wohnzimmerfußboden und schloss daraus, dass Nina in einem solchen Fall die Nacht auf der Couch verbrachte.

Nina legte die Haxe in einen Topf, Anna schnitt eine große Rübe, Valentin deckte den Tisch, und Dimka schenkte das Bier ein. Und alle außer Dimka schienen zu wissen, was als Nächstes geschehen würde. Er war nervös, aber er machte mit.

Nina füllte ein Tablett mit Häppchen: eingelegte Pilze, Blinis, Wurst und Käse. Während der Eintopf vor sich hin kochte, gingen sie ins Wohnzimmer. Nina setzte sich auf die Couch und klopfte mit der flachen Hand auf den Platz neben sich, um Dimka aufzufordern, sich zu ihr zu setzen. Valentin nahm sich einen Sessel, und Anna setzte sich auf den Boden zu seinen Füßen. Sie hörten Musik im Radio und tranken Bier. Nina hatte ein paar Kräuter in den Topf gegeben, und Dimka knurrte der Magen, als er den Duft aus der Küche roch.

Sie sprachen über ihre Eltern. Ninas Eltern waren geschieden, die von Valentin lebten getrennt, und Annas Eltern hassten einander. »Meine Mutter hat meinen Vater nicht gemocht«, erzählte Dimka. »Ich auch nicht. Niemand mag einen KGB-Mann.«

»Ich war mal verheiratet«, sagte Nina. »Nie wieder! Oder kennt jemand von euch ein Paar, das glücklich miteinander ist?«

»Ja«, antwortete Dimka. »Mein Onkel Wolodja. Aber meine Tante Zoja ist auch eine tolle Frau. Sie ist Physikerin, sieht aber wie ein Filmstar aus. Als ich noch klein war, habe ich sie wegen ihrer Schönheit immer ›Filmtantchen‹ genannt.«

Valentin strich Anna übers Haar. Sie legte den Kopf auf seinen Schoß – auf eine Art, die Dimka ausgesprochen erregend fand. Sehnsüchtig schaute er auf Nina. Er wollte sie zu gern berühren. Das würde ihr bestimmt nichts ausmachen, sie hatte ihn ja in ihre Wohnung eingeladen, aber Dimka war schüchtern. Er wünschte sich, Nina würde die Initiative ergreifen; schließlich hatte sie Erfahrung. Doch Nina schien damit zufrieden zu sein, Musik zu hören und an ihrem Bier zu nippen.

Endlich war das Essen fertig. Der Eintopf schmeckte köstlich. Nina war eine gute Köchin. Sie aßen Schwarzbrot dazu.

Nachdem sie gegessen und abgeräumt hatten, gingen Valentin und Anna ins Schlafzimmer und schlossen die Tür.

Dimka verschwand im Bad. Das Gesicht im Spiegel über dem Waschbecken sah nicht gerade umwerfend aus. Das Attraktivste an ihm waren seine großen blauen Augen. Sein braunes Haar war militärisch kurz geschnitten, wie man es von jungen Apparatschiks erwartete. Er sah wie ein braver junger Mann aus, der Besseres zu tun hatte, als an Sex zu denken.

Dimka tastete nach dem Kondom in seiner Tasche. So etwas war schwer zu bekommen, aber er hatte es geschafft. Denn er war keineswegs der Meinung, dass eine Schwangerschaft einzig das Problem der Frau war. Er würde den Sex nicht genießen können, wenn er das Gefühl hatte, die Frau zu einer Geburt oder Abtreibung zu zwingen.

Schließlich kehrte er ins Wohnzimmer zurück. Zu seiner Überraschung hatte Nina den Mantel angezogen.

»Wenn du willst, bringe ich dich zur Metro«, sagte sie.

Dimka war wie vor den Kopf gestoßen. »Warum?«

»Du kennst dich in der Gegend nicht aus. Du könntest dich verirren.«

»Aber ... warum willst du denn, dass ich gehe?«

»Was würdest du denn lieber tun?«

»Nun ja, ich würde gerne bleiben und dich küssen«, antwortete Dimka verlegen.

Nina lachte. »Was dir an Erfahrung fehlt«, sagte sie, »machst du mit Leidenschaft wett.« Sie zog den Mantel aus und setzte sich wieder.

Dimka hockte sich neben sie und küsste sie zögernd.

Nina erwiderte seinen Kuss mit einer Leidenschaft, die ihn anstachelte. Dimka erkannte mit wachsender Erregung, dass ihr seine Unerfahrenheit vollkommen egal war. Kurz darauf fummelte er eifrig an den Knöpfen ihres Kleids herum. Nina hatte herrlich große Brüste. Sie waren in einem eher praktischen Büstenhalter gefangen, aber den zog sie aus und ließ Dimka ihren Busen küssen.

Danach ging alles ganz schnell.

Als der große Moment gekommen war, legte sie sich auf die Couch, den Kopf auf der Lehne, einen Fuß auf dem Boden.

Rasch holte Dimka das Kondom hervor und packte es mit zitternden Fingern aus, doch Nina sagte: »Das brauchst du nicht.«

Er war verwirrt. »Warum nicht?«

»Ich kann keine Kinder bekommen. Das haben die Ärzte mir gesagt. Deshalb hat mein Mann sich von mir scheiden lassen.«

Dimka ließ das Kondom fallen und legte sich auf sie.

»Hier geht's lang«, flüsterte Nina und führte ihn in sich ein.

Ich hab's geschafft, dachte Dimka. Ich habe meine Unschuld verloren.

*

Das Rennboot war von der Sorte, mit der man früher Schnaps geschmuggelt hatte: lang und schmal, extrem schnell und außerordentlich unbequem. Mit achtzig Knoten durchschnitt es die Floridastraße und traf jede Welle mit einem Stoß wie ein Auto, das in einen Holzzaun kracht. Die sechs Männer an Bord waren angeschnallt – die einzige Möglichkeit, in einem offenen Boot bei einer solchen Geschwindigkeit halbwegs sicher zu sein. In dem kleinen Frachtraum hatten sie M3-MPs, Pistolen und Brandbomben verstaut.

Sie fuhren nach Kuba.

George Jakes hätte gar nicht bei ihnen sein sollen. Er starrte über das mondbeschienene Wasser und spürte die Seekrankheit. Vier der Männer im Boot waren Kubaner, die in Miami im Exil lebten; George kannte sie nur beim Vornamen. Sie hassten den Kommunismus, sie hassten Castro, sie hassten jeden, der nicht einer Meinung mit ihnen war. Der sechste Mann war Tim Tedder.

Alles hatte damit angefangen, dass Tedder im Justizministerium ins Büro gekommen war. George hatte ihn für einen CIA-Mann gehalten, obwohl er offiziell »im Ruhestand« war und als freischaffender Sicherheitsberater arbeitete.

George hatte allein im Büro gesessen. »Kann ich Ihnen helfen?«, hatte er sich höflich erkundigt.

»Ich bin zur Mongoose-Besprechung hier«, hatte Tedder geantwortet.

George hatte von Operation Mongoose gehört, einem Projekt, an dem auch Dennis Wilson beteiligt war, aber George kannte die Details nicht.

»Bitte, setzen Sie sich«, sagte er und wies auf einen Stuhl. Tedder hielt einen Aktendeckel aus Pappe unter den Arm geklemmt. Er war ungefähr zehn Jahre älter als George, sah aber aus, als hätte er sich Mitte der Vierzigerjahre zum letzten Mal eingekleidet: Er trug einen zweireihigen Anzug, und sein welliges Haar war mit Brillantine hoch an der Seite gescheitelt.

»Dennis kommt jeden Moment zurück«, sagte George.

»Danke.«

»Wie läuft es? Mongoose, meine ich.«

Tedder blickte ihn zurückhaltend an. »Ich berichte in der Besprechung.«

»Da werde ich nicht dabei sein.« George blickte auf die Armbanduhr, um anzudeuten, dass er zwar eingeladen sei, aber keine Zeit habe. Aber das stimmte nicht; er war bloß neugierig. »Ich muss zu einer Besprechung ins Weiße Haus.«

»Zu schade.«

George rief sich ins Gedächtnis, was er über Mongoose aufgeschnappt hatte. »Dem ursprünglichen Plan nach müssten Sie jetzt in Phase zwo sein, dem Aufbau.«

Tedders Gesicht entspannte sich; offenbar nahm er an, George sei offiziell informiert. »Hier ist der Bericht«, sagte er und klappte die Akte auf.

George gab vor, mehr zu wissen, als es tatsächlich der Fall war. Mongoose war eine Operation mit dem Ziel, antikommunistischen Exilkubanern zu helfen, eine Konterrevolution zu entfachen. Mongoose lief nach einem festgelegten Zeitplan ab; der Höhepunkt des Unternehmens sollte der Sturz Castros im Oktober dieses Jahres sein, kurz vor den Zwischenwahlen zum Kongress. Von der CIA ausgebildete Infiltrationsteams sollten die politische Organisation und die castrofeindliche Propaganda übernehmen.

Tedder reichte George zwei Blatt Papier. George gab sich weniger interessiert, als er war, als er fragte: »Halten wir den Zeitplan ein?«

Tedder wich der Frage aus. »Es ist an der Zeit, den Druck zu erhöhen. Wenn wir nur heimlich Handzettel mit Witzen über Castro in Umlauf bringen, erreichen wir nie, was wir wollen.«

»Und wie können wir den Druck erhöhen?«

»Steht alles da drin.« Tedder wies auf die Akte.

George schaute hinein. Was er las, klang schlimmer als erwartet. Die CIA schlug Sabotage an Brücken, Ölraffinerien, Kraftwerken, Zuckerfabriken, Schiffen und Hafenanlagen vor.

In diesem Moment kam Dennis Wilson ins Büro. Er hatte den obersten Hemdknopf offen, die Krawatte gelockert und die Ärmel hochgekrempelt, ganz wie Bobby, bemerkte George; allerdings würde er mit seinem zurückweichenden Haaransatz niemals Bobbys wild wucherndem Schopf Paroli bieten können. Als Wilson sah, dass Tedder mit George sprach, wirkte er überrascht, dann beunruhigt.

»Wenn Sie eine Ölraffinerie in die Luft sprengen«, sagte George soeben, »und jemand kommt dabei ums Leben, ist hier in Washington jeder, der das Projekt genehmigt hat, des Mordes schuldig.«

Dennis Wilson fuhr Tedder an: »Was haben Sie ihm alles erzählt?«

»Ich dachte, er wäre befugt«, erwiderte Tedder.

»Ich *bin* befugt«, sagte George. »Ich habe die gleiche Ermächtigung für den Umgang mit Verschlusssachen wie Dennis.« Er wandte sich Wilson zu. »Wieso waren Sie so darauf bedacht, das hier vor mir geheim zu halten?«

»Weil ich genau wusste, dass Sie deswegen Wirbel veranstalten würden.«

»Da haben Sie recht. Wir sind nicht im Krieg mit Kuba. Kubaner zu töten ist Mord.«

»Wir sind im Krieg«, entgegnete Tedder.

»Ach ja? Wenn Castro Agenten nach Washington schickt, und die sprengen eine Fabrik und töten Ihre Frau, wäre das also kein Verbrechen?«

»Seien Sie nicht albern.«

»Abgesehen davon, dass es Mord ist – können Sie sich nicht ausmalen, was los ist, wenn das rauskommt? Es gäbe einen internationalen Skandal. Stellen Sie sich Chruschtschow vor den Vereinten Nationen vor, wie er unseren Präsidenten auffordert, die Finanzierung des internationalen Terrorismus zu beenden. Überlegen Sie mal, was in der *New York Times* stehen würde. Bobby müsste möglicherweise zurücktreten. Und was ist mit der Wiederwahl des Präsidenten? Hat bei dieser ganzen Planung denn niemand die Politik berücksichtigt?«

»Natürlich. Deshalb ist es ja streng geheim.«

»Und wie soll das Ganze ablaufen?« George blätterte um. »Steht das hier wirklich?«, fragte er. »Wir versuchen, Fidel Castro mit vergifteten Zigarren umzubringen?«

»Sie gehören dem Projektteam nicht an«, sagte Wilson. »Also vergessen Sie gefälligst, was Sie gelesen haben.«

»Den Teufel werde ich. Ich gehe damit direkt zu Bobby.«

Wilson lachte auf. »Sie dämliches Arschloch. Kapieren Sie denn nicht? Bobby *leitet* die Operation!«

George war baff.

Dennoch hatte er sich an den Justizminister gewandt. Dort war ihm von Bobby gelassen beschieden worden: »Fahren Sie nach Miami, und verschaffen Sie sich einen Eindruck von der Operation. Lassen Sie sich von Tedder herumführen. Kommen Sie anschließend zurück, und sagen Sie mir, was Sie von der Sache halten.«

So kam es, dass George ein großes neues CIA-Camp in Florida besuchte, wo Exilkubaner für ihre Infiltrationseinsätze ausgebildet wurden.

Und dort sagte Tedder dann zu ihm: »Vielleicht sollten Sie auf eine Mission mitkommen, George. Es mit eigenen Augen sehen.«

Tedder forderte ihn heraus. Er glaubte nicht, dass George seinen Vorschlag akzeptierte. Doch George wusste, dass es seine Position schwächen würde, wenn er ablehnte. Im Moment hatte er die Oberhand: Er war aus moralischen und politischen Gründen gegen die Operation Mongoose. Doch wenn er sich weigerte, an einem Kommandounternehmen teilzunehmen, würde man ihn als zaghaft betrachten. Außerdem fühlte er sich bei seiner Ehre gepackt. Deshalb sagte er törichterweise: »Gut, ich komme mit. Sie auch?«

Damit hatte er Tedder überrumpelt. George konnte dem CIA-Mann ansehen, dass er sein Angebot gern wieder zurückgezogen hätte. Jetzt war auch er herausgefordert. Greg Peshkov hätte es als »Wettbewerb im Weitpissen« bezeichnet. »Also gut«, hatte Tedder erklärt und hinzugefügt, als wäre es ihm jetzt erst eingefallen: »Natürlich können wir Bobby nicht sagen, dass Sie dabei gewesen sind.«

Und so waren sie nun hier.

Ganz schön dumm, überlegte George, dass Präsident Kennedy die Spionageromane von Ian Fleming so mag. Der Präsident schien zu glauben, James Bond könne die Welt nicht nur in Büchern, sondern auch in Wirklichkeit retten. Bond besaß die »Lizenz zum Töten«. Was für ein Blödsinn. Niemand besaß eine Lizenz zum Töten.

Ihr Ziel war eine kleine Stadt namens La Isabela. Sie lag an einer schmalen Halbinsel, die sich an Kubas Nordküste wie ein Finger ins Meer streckte. La Isabela war eine Hafenstadt, die ihre Einnahmen nur aus dem Handel bezog. Die Mission des Stoßtrupps bestand darin, die Hafenanlagen zu beschädigen. Sie sollten im ersten Morgenlicht am Ziel eintreffen.

Als der Himmel im Osten grau wurde, drosselte der Skipper, Sanchez, den starken Motor, dessen Gebrüll zu einem tiefen Gurgeln wurde. Sanchez kannte diesen Küstenabschnitt sehr gut: Vor der Revolution hatte sein Vater in dieser Gegend eine Zuckerrohrplantage besessen. Die Umrisse einer Stadt erschienen am trüben Horizont, und der Skipper stellte den Motor ab und schob zwei Ruder ins Wasser.

Die Flut trug sie Richtung La Isabela. Die Ruder dienten vor allem der Steuerung. Sanchez hatte den Trupp perfekt ans Ziel gebracht. Eine Reihe von Betonpiers kam in Sicht. Dahinter erkannte George die schemenhaften Umrisse großer Lagerhäuser mit geteerten Dächern. Im Hafen lagen keine großen Schiffe; nur ein paar kleine Fischerboote waren zu sehen, die weiter die Küste hinunter ankerten. Eine schwache Brandung wisperte an den Strand; ansonsten war alles still.

Dann stieß das lautlos dahintreibende Rennboot mit einem dumpfen Schlag gegen eine Pier. Das Luk wurde geöffnet, und die Männer bewaffneten sich. Tedder hielt George eine Pistole hin, doch George schüttelte den Kopf. »Nehmen Sie«, drängte Tedder. »Die Sache ist gefährlich.«

George wusste, was Tedder vorhatte: Er wollte, dass er Blut an die Hände bekam. War das erst geschehen, konnte er Mongoose nicht mehr kritisieren. Doch George dachte gar nicht daran. »Nein«, sagte er. »Ich bin neutraler Beobachter.«

»Ich habe die Leitung dieses Einsatzes. Ich befehle Ihnen, nehmen Sie die Waffe!«

»Und ich sage Ihnen, lecken Sie mich am Arsch.«

Tedder gab nach.

Sanchez machte das Boot fest, und die Männer gingen von Bord. Niemand sprach ein Wort. Sanchez deutete auf das nächste Lagerhaus, das am größten zu sein schien, und alle rannten darauf zu. George machte den Schluss.

Niemand außer ihnen war in Sicht. George sah eine Reihe schäbiger Häuser, kaum mehr als Holzschuppen. Ein Esel weidete auf dem spärlichen Rasen neben einem Feldweg. Das einzige Fahrzeug in Sicht war ein rostiger Pick-up aus den Vierzigerjahren. Die Menschen hier mussten sehr arm sein. Doch es war nicht zu übersehen, dass dieser Hafen einst voller Leben gewesen war. George vermutete, dass La Isabela von Präsident Eisenhower ruiniert worden war, der 1960 ein Handelsembargo zwischen den USA und Kuba verhängt hatte.

Irgendwo bellte ein Hund.

Das Lagerhaus hatte Bretterwände und ein Dach aus Wellblech, aber keine Fenster. Sanchez entdeckte eine kleine Tür und trat sie ein. Alle eilten hindurch. Das Gebäude war leer bis auf die Überreste von Verpackungsmaterial: zerbrochene Holzkisten, Pappkartons, kurze Seilstücke und Schnüre, herumliegende Säcke, zerrissene Netze.

»Perfekt«, sagte Sanchez.

Die vier Kubaner warfen Brandbomben auf den Boden, die augenblicklich zündeten. Der Müll fing sofort Feuer. Nicht lange, und die Holzwände standen im Flammen. Die Männer rannten zurück ins Freie.

Auf Spanisch rief eine Stimme: »He! Was ist hier los?«

Als George sich umdrehte, entdeckte er einen weißhaarigen Kubaner in einer Art Uniform. Er war zu alt, um Polizist oder Soldat zu sein; offenbar handelte es sich um den Nachtwächter. Er trug Sandalen. Er trug allerdings auch einen Revolver am Gürtel und nestelte an der Klappe der Pistolentasche.

Ehe der Mann die Waffe gezogen hatte, erschoss Sanchez ihn. Blut breitete sich auf der Brust seines weißen Uniformhemds aus, und er fiel auf den Rücken.

»Gehen wir!«, sagte Sanchez, und die Männer eilten zum Rennboot. George aber blieb; er kniete neben dem alten Mann. Dessen Augen starrten blicklos in den heller werdenden Himmel.

Hinter ihm brüllte Tedder: »George! Wir müssen verschwinden!«

Aus der Brustwunde des alten Mannes quoll noch ein paar Sekunden lang Blut, dann versiegte der Strom zu einem Rinnsal. George fühlte vergeblich nach dem Puls. Wenigstens war der Alte schnell gestorben.

Die Feuersbrunst im Lagerhaus breitete sich rasch aus. George spürte die Gluthitze.

»Jakes!«, rief Tedder. »Wir lassen Sie zurück!«

Der Motor des Rennboots erwachte brüllend zum Leben.

George strich dem alten Mann die Augen zu und richtete sich auf. Ein paar Sekunden blieb er mit gesenktem Kopf neben ihm stehen. Dann rannte er zum Boot.

Kaum war er an Bord, löste das Boot sich von dem Pier und hielt auf die Bucht zu. George schnallte sich an.

Tedder brüllte ihm ins Ohr: »Was haben Sie sich dabei gedacht, verdammt noch mal?«

»Wir haben einen unschuldigen Mann getötet«, rief George zurück. »Er hatte die paar Sekunden Respekt verdient.«

»Er hat für die Kommunisten gearbeitet!«

»Er war der Nachtwächter. Wahrscheinlich konnte er Kommunismus nicht von Käsekuchen unterscheiden.«

»Sie sind ein verdammter Waschlappen.«

George blickte zurück. Das Lagerhaus stand in hellen Flammen. Menschen schwärmten dort herum und versuchten, die Feuersbrunst zu löschen. George richtete den Blick wieder auf das Meer vor ihnen und versuchte, nicht zurückzuschauen.

Als sie Miami erreichten und wieder festen Boden unter den Füßen hatten, sagte George: »Vorhin auf See, Tedder, haben Sie mich einen Waschlappen genannt.« Er wusste, dass es dumm war, fast so dumm wie seine Teilnahme an dem Sabotageeinsatz, aber er war zu stolz, um die Gelegenheit ungenutzt zu lassen. »Jetzt sind wir auf trockenem Land, ohne Sicherheitsprobleme. Warum sagen Sie es mir nicht noch einmal ins Gesicht?«

Tedder starrte ihn an. Er war größer als George, aber nicht so breit. Doch er schien eine Ausbildung im Kampf ohne Waffen erhalten zu haben. George sah ihm an, dass er seine Chancen abwog, während die Kubaner mit neutralem Interesse zuschauten.

Tedders Blick zuckte zu Georges Blumenkohlohr, dann wieder in sein Gesicht. »Ich glaube, wir vergessen es lieber.«

»Dachte ich's mir«, sagte George.

Im Flugzeug nach Washington entwarf er einen kurzen Bericht für Bobby. Er schrieb, dass die Operation Mongoose seiner Meinung nach wirkungslos blieb, da es kein Anzeichen gebe, dass die Menschen auf Kuba – im Gegensatz zu den Exilanten – Castro stürzen wollten. Die Operation sei obendrein eine Gefahr für das weltweite Ansehen der Vereinigten Staaten; sollte es je publik werden, könnte es den Antiamerikanismus verstärken.

Als er Bobby den Bericht übergab, sagte George kurz und bündig: »Mongoose ist nicht nur sinnlos, es ist auch gefährlich.«

»Ich weiß«, erwiderte Bobby. »Aber irgendetwas müssen wir ja tun.«

*

Dimka sah nun alle Frauen mit anderen Augen.

Er und Valentin verbrachten die meisten Wochenenden mit Nina und Anna in der Wohnung der Mädchen. Abwechselnd schliefen die Paare im Bett oder auf dem Boden im Wohnzimmer. Im Laufe einer Nacht liebten Dimka und Nina sich zwei-, dreimal. Mittlerweile kannte Dimka mehr Einzelheiten des weiblichen Körpers, als er sich je erträumt hätte. Er wusste, wie er aussah, wie er roch und wie er schmeckte.

Deshalb sah er nun auch andere Frauen in einem anderen Licht. Er konnte sie sich nackt vorstellen, sah vor seinem geistigen Auge ihr Gesicht, wenn sie Liebe machten. In gewisser Hinsicht kannte er nun alle Frauen – glaubte er zumindest.

Als er Natalja Smotrow in ihrem kanariengelben Badeanzug am Strand von Pizunda bewunderte, hatte er irgendwie das Gefühl, Nina zu betrügen. Natalja war zwar nicht so üppig wie Nina, aber dennoch ansehnlich. Doch Dimkas Interesse an ihr war entschuldbar. Schließlich war er nun schon zwei Wochen mit Chruschtschow an der Schwarzmeerküste und führte das Leben eines Mönchs. Außerdem war Natalja keine wirkliche Versuchung, denn sie trug einen Ehering.

Natalja nahm gerade ein Sonnenbad und überflog einen Bericht, ehe sie ein Kleid über den Badeanzug zog. Dimka streifte seine selbst genähte kurze Hose über, und gemeinsam gingen sie zu dem Gebäude hinauf, das sie »Baracke« nannten.

Es war ein hässliches neues Bauwerk mit Zimmern für Besucher von verhältnismäßig niedrigem Rang, wie Natalja und Dimka. Die beiden gesellten sich zu den anderen Beratern im Speisesaal, wo es nach gekochtem Schweinefleisch und Kohl roch.

Das Treffen, das hier gleich stattfinden sollte, war nichts anderes als ein Kampf um Positionen, bevor das Politbüro nächste Woche zusammenkam. Wie immer ging es darum, kontroverse Standpunkte abzuschätzen und herauszufinden, auf wessen Unterstützung man zählen konnte. Nur so konnte ein Berater seinen Chef vor der Peinlichkeit bewahren, einen Vorschlag zu unterbreiten, der keine Mehrheit fand.

Dimka ging direkt zum Angriff über. »Warum lässt sich das Verteidigungsministerium so viel Zeit damit, den Genossen in Kuba Waffen zu schicken?«, wollte er wissen. »Kuba ist das einzige revolutionäre Land auf dem amerikanischen Kontinent. Es ist der Beweis, dass die kommunistische Ideologie nicht nur im Osten Fuß fassen kann, sondern in der ganzen Welt.«

Dimkas Liebe zur kubanischen Revolution war nicht nur ideologisch bedingt. Er war fasziniert von den bärtigen Helden in ihren Kampfanzügen und mit den dicken Zigarren zwischen den Lippen. Was für ein Kontrast zu den stets mürrisch dreinschauenden blassen Sowjetführern in ihren tristen grauen Anzügen! Der Weg zum Kommunismus sollte ein fröhlicher Kreuzzug sein, doch die Sowjetunion glich manchmal eher einem mittelalterlichen Kloster, in dem alle ein Armuts- und Gehorsamsgelübde abgelegt hatten.

Jewgeni Filipow, der Berater des Verteidigungsministers, zuckte unwillkürlich zusammen. »Castro ist kein richtiger Marxist«, erklärte er. »Er ignoriert vollkommen die von der Sozialistischen Volkspartei Kubas vorgegebene Politik.« Die PSP war die moskautreue kommunistische Partei auf der Insel. »Stattdessen geht er seinen eigenen revisionistischen Weg.«

Und das ist auch gut so, dachte Dimka. Eine Revision des Kommunismus war mehr als überfällig, aber das sprach er nicht laut aus. »Die kubanische Revolution war ein schwerer Schlag für den kapitalistischen Imperialismus«, erklärte er stattdessen. »Deshalb sollten wir sie unterstützen. Allein, dass die Kennedy-Brüder sie hassen, ist Grund genug.«

»Ach, tun sie das?«, erwiderte Filipow. »Da bin ich mir nicht so sicher. Die Invasion in der Schweinebucht war vor einem Jahr. Was haben die Amerikaner denn seitdem getan?«

»Sie haben Castro sabotiert, wann immer er Friedensfühler ausgestreckt hat.«

»Das stimmt. Die Konservativen im Kongress würden Kennedy nie ein Abkommen mit Castro schließen lassen, selbst wenn er es wollte. Aber das heißt noch lange nicht, dass er in den Krieg ziehen wird«, erwiderte Filipow.

Dimka ließ den Blick über die versammelten Berater in ihren kurzärmeligen Hemden und Sandalen schweifen. Sie beobachteten ihn und Filipow und warteten diskret ab, welcher der beiden Gladiatoren den Kampf für sich entscheiden würde. »Wir müssen dafür sorgen, dass die kubanische Revolution Bestand hat«, sagte Dimka. »Genosse Chruschtschow glaubt, dass es erneut zu einer amerikanischen Invasion kommen wird, diesmal jedoch besser organisiert und üppig finanziert.«

»Und welche Beweise haben Sie dafür?«

Dimka wusste, er war auf der Verliererstraße. Er war aggressiv gewesen und hatte sein Bestes gegeben, doch seine Position war schwach. »Wir haben weder Beweise für das eine noch für das andere«, gab er zu. »Uns bleiben nur Spekulationen, aber wir müssen trotzdem handeln.«

»Oder wir warten einfach ab, bis wir ein deutlicheres Bild von der Lage haben.«

Am Tisch nickten gleich mehrere Männer. Filipow hatte einen schweren Treffer gegen Dimka erzielt.

Natalja meldete sich zu Wort. »Das ist nicht ganz richtig«, sagte sie. »Es gibt durchaus Beweise.« Sie reichte Dimka die Akte, die sie am Strand gelesen hatte.

Dimka überflog das Dokument. Es war ein Bericht des KGB-Chefs in den USA, der die Überschrift »Operation Mongoose« trug.

Während Dimka die Seiten las, so schnell er konnte, fuhr Natalja fort: »Im Gegensatz zu dem, was Genosse Filipow soeben erklärt hat, ist sich der KGB sicher, dass die Amerikaner Kuba *nicht* aufgegeben haben.«

Filipow war außer sich. »Warum hat man dieses Dokument nicht uns allen zugänglich gemacht?«

»Es ist gerade erst aus Washington eingetroffen«, antwortete Natalja mit ruhiger Stimme. »Spätestens heute Nachmittag wird Ihnen eine Kopie vorliegen.«

Natalja schien viele Schlüsselinformationen stets als Erste zu bekommen, fiel Dimka auf. Das sprach Bände über ihre Fähigkeiten und ihre Bedeutung als Beraterin des Politbüros. Offensichtlich war sie für ihren Chef, Andrej Gromyko, sehr wertvoll. Und zweifellos war das auch der Grund dafür, weshalb sie einen so hohen Posten innehatte, und das auch noch als Frau.

Was er las, erstaunte Dimka. Dank Natalja würde er die Diskussion mit Filipow doch noch für sich entscheiden, aber für die kubanische Revolution bedeutete es nichts Gutes. »Das übertrifft Genosse Chruschtschows schlimmste Befürchtungen!«, verkündete Dimka schließlich. »Die CIA hat Saboteure in Kuba, die jederzeit bereit sind, Zuckermühlen und Kraftwerke zu zerstören. Das ist Guerillakrieg! Sie planen sogar, Castro zu ermorden!«

»Können wir uns auf diese Informationen verlassen?«, warf Filipow mit einem Beiklang von Verzweiflung ein.

Dimka starrte ihn an. »Zweifeln Sie am KGB, Genosse?«

Filipow schwieg.

Dimka stand auf. »Es tut mir leid, dieses Treffen vorzeitig beenden zu müssen«, sagte er, »aber ich denke, der Genosse Generalsekretär sollte das hier sofort zu sehen bekommen.«

Dimka verließ das Gebäude und folgte einem Pfad durch einen Pinienwald zu Chruschtschows Villa. Die Fenster waren mit prächtigen weißen Vorhängen versehen, die Möbel waren aus bleichem Holz. Dimka fragte sich, wer diesen radikal modernen Stil ausgesucht hatte – mit Sicherheit nicht der Bauer Chruschtschow selbst. Dem waren solche Dinge ziemlich gleichgültig, und wenn, hätte er sich vermutlich für dicke Samtkissen und geblümte Teppiche entschieden.

Dimka fand den Generalsekretär oben auf dem Balkon, der einen Blick auf die Bucht gewährte. Chruschtschow hielt ein Fernglas in Händen.

Dimka war nicht allzu nervös. Chruschtschow mochte ihn, das wusste er. Seinem Chef gefiel es, wie er den anderen Beratern entgegentrat. »Ich dachte, Sie würden das gerne sehen«, sagte Dimka. »Operation Mongoose ...«

»Ich habe es bereits gelesen«, unterbrach Chruschtschow ihn und reichte ihm das Fernglas. »Schauen Sie mal da rüber.« Er deutete über das Wasser hinweg in Richtung Türkei.

Dimka setzte das Fernglas an die Augen.

»Das sind amerikanische Atomraketen«, sagte Chruschtschow. »Und sie zielen genau auf meine Datscha!«

Dimka sah keine Raketen. Tatsächlich konnte er auch die Türkei nicht sehen, denn die war gut dreihundert Kilometer entfernt. Aber er wusste, dass Chruschtschow mit dieser dramatischen Aussage grundsätzlich recht hatte. Die USA hatten Jupiter-Raketen in der Türkei stationiert. Die waren zwar veraltet, aber keineswegs harmlos. Das wusste Dimka von seinem Onkel Wolodja im Geheimdienst der Roten Armee.

Dimka war nicht sicher, wie er sich verhalten sollte. Sollte er so tun, als könnte er die Raketen durch das Fernglas sehen? Aber Chruschtschow wusste selbst, dass das unmöglich war.

Der Generalsekretär löste das Problem für Dimka, indem er ihm das Fernglas wieder wegnahm. »Wissen Sie, was ich tun werde?«, fragte er.

»Nein.«

»Ich werde Kennedy spüren lassen, wie sich das anfühlt. Ich werde Atomraketen auf Kuba stationieren, und die zielen dann auf *seine* Datscha!«

Dimka verschlug es die Sprache. Damit hatte er nicht gerechnet. Und es schien ihm auch keine gute Idee zu sein. Zwar stimmte er mit seinem Chef grundsätzlich überein, dass Kuba militärisch unterstützt werden musste – genau darüber stritt er sich ja mit dem Verteidigungsministerium –, aber jetzt ging Chruschtschow zu weit. »Atomraketen?«, wiederholte er entsetzt.

»Ja!« Chruschtschow deutete auf den KGB-Bericht in Dimkas Hand. »Und das da wird das Politbüro davon überzeugen, mich zu unterstützen. Vergiftete Zigarren ... ha!«

»Offiziell haben wir doch immer erklärt, keine Atomwaffen auf Kuba stationieren zu wollen«, sagte Dimka und versuchte, sachlich zu klingen. »Wir haben es den Amerikanern sogar mehrmals versichert, und zwar öffentlich.«

Chruschtschow lächelte schelmisch. »Umso mehr wird es Kennedy überraschen.«

Wenn Chruschtschow in dieser Stimmung war, machte er Dimka richtiggehend Angst. Der Genosse Generalsekretär war kein Dummkopf, aber ein Spieler. Sollte dieser Plan misslingen, könnte eine diplomatische Demütigung die Folge sein, die ihrerseits zu Chruschtschows Sturz führen würde ... und Dimkas Karriere wäre damit ebenfalls vorbei. Schlimmer noch: Diese Politik konnte erst recht eine amerikanische Invasion in

Kuba provozieren, obwohl sie genau dies verhindern sollte. Tatsächlich bestand sogar die Möglichkeit eines Atomkrieges, und der wiederum könnte nicht nur das Ende des Kapitalismus, sondern auch des Kommunismus bedeuten. Außerdem war Dimkas geliebte Schwester zurzeit auf der Insel.

Andererseits konnte Dimka nicht umhin, Chruschtschow für diesen kühnen Plan zu bewundern. Was für ein schwerer Schlag gegen die reichen, arroganten Kennedy-Boys es doch wäre, gegen diesen globalen Rüpel mit Namen USA und die gesamte kapitalistisch-imperialistische Welt! Wenn sie dieses Spiel gewannen, wäre es ein gewaltiger Triumph für die UdSSR und für Chruschtschow persönlich.

Was soll ich tun?, überlegte Dimka. Er beschloss, den Plan so sachlich anzugehen, wie er nur konnte, und nach Möglichkeiten zu suchen, die apokalyptischen Risiken zu mindern. »Zunächst einmal sollten wir ein Freundschaftsabkommen mit Kuba schließen und die Revolution unter unseren Schutz stellen«, schlug er vor. »Dagegen können die Amerikaner kaum etwas einwenden, es sei denn, sie gestehen öffentlich, dass sie ein Dritte-Welt-Land angreifen wollen.« Chruschtschow schien nicht überzeugt, schwieg jedoch. Also fuhr Dimka fort: »Dann könnten wir sie mit konventionellen Waffen versorgen, und wieder könnte Kennedy kaum dagegen protestieren. Warum sollte ein Land nicht Waffen für seine Armee kaufen? Und *dann* könnten wir Raketen schicken und ...«

»Nein«, unterbrach Chruschtschow ihn abrupt.

Eine Politik der kleinen Schritte ist einfach nicht sein Ding, dachte Dimka.

»Wir werden Folgendes tun«, erklärte der Generalsekretär. »Wir werden die Raketen geheim verschicken. Wir werden sie in Kisten mit der Aufschrift ›Kanalrohre‹ oder so etwas stecken. Nicht einmal die Kapitäne der Schiffe werden wissen, was sie da wirklich transportieren. Und wir werden Techniker und Soldaten nach Kuba schicken, um die Abschussrampen zu errichten. Die Amerikaner werden gar nicht merken, dass die Waffen da sind.«

Dimka wurde übel. Es machte ihm Angst; zugleich war es aufregend. Es würde extrem schwierig sein, ein solch gewaltiges Projekt geheim zu halten, selbst in der Sowjetunion. Es brauchte Tausende von Helfern, um die Waffen zu verpacken, mit dem Zug zu den Häfen zu transportieren und in Kuba wieder zusammenzubauen. War es tatsächlich möglich, so etwas zu verbergen?

Doch er schwieg.

Chruschtschow fuhr fort: »Wenn die Raketen abschussbereit sind, werden wir ihre Stationierung offiziell verkünden. Wir stellen die Amerikaner vor vollendete Tatsachen, und sie können nichts dagegen tun.«

Das war genau die Art dramatischer Geste, die Chruschtschow so sehr liebte. Dimka wusste, dass er ihm das niemals ausreden konnte. Vorsichtig sagte er: »Ich frage mich nur, wie Präsident Kennedy auf eine solche Erklärung reagieren wird ...«

Chruschtschow schnaubte verächtlich. »Kennedy ist ein kleiner Junge, unerfahren, schüchtern und schwach.«

»Natürlich«, sagte Dimka, obwohl er fürchtete, dass der Genosse Generalsekretär den jungen Präsidenten unterschätzte. »Aber am 6. November finden Zwischenwahlen zum Kongress statt. Wenn wir die Stationierung während des Wahlkampfs verkünden, könnte Kennedy unter Druck geraten. In einer solchen Situation kann er sich keine außenpolitische Demütigung leisten.«

»Dann müssen Sie das Geheimnis eben bis zum 6. November wahren.«

»Wer? Ich?«

»Ja, Sie. Ich übertrage Ihnen die Durchführung dieses Projekts. Sie werden mein Verbindungsmann zum Verteidigungsministerium sein, das die Waffen verschiffen wird. Es ist Ihre Aufgabe, dafür zu sorgen, dass das Geheimnis erst an die Öffentlichkeit gelangt, wenn wir dazu bereit sind.«

Dimka war dermaßen entsetzt, dass er herausplatzte: »Warum ausgerechnet ich?«

»Sie hassen dieses Arschloch Filipow. Deshalb kann ich mich darauf verlassen, dass Sie ihn so hart rannehmen werden, wie es nur geht.«

Dimka war viel zu geschockt, als dass er sich gefragt hätte, woher Chruschtschow von seiner Abneigung gegen Filipow wusste. Der Genosse Generalsekretär hatte der Roten Armee soeben einen nahezu unmöglichen Auftrag erteilt, und Dimka musste den Kopf dafür hinhalten.

Es war eine Katastrophe! Aber das durfte er nicht laut aussprechen. Stattdessen sagte er förmlich: »Ich danke Ihnen, Genosse Generalsekretär. Sie können sich voll und ganz auf mich verlassen.«

KAPITEL 15

Die Limousinen vom Typ GAZ-13 nannte man wegen ihrer Heckflossen im Volksmund »Möwe«. Sie schafften bis zu hundertdreißig Stundenkilometer. Allerdings waren solche Geschwindigkeiten auf sowjetischen Straßen mehr als unbequem. Es gab die GAZ in zwei Farbtönen – burgunderrot und cremefarben –, doch Dimkas war schwarz.

Er saß im Fond und wurde zum Hafen von Sewastopol gefahren. Die Stadt lag auf einer Landzunge der Krim und ragte weit ins Schwarze Meer hinein. Vor zwanzig Jahren war sie von deutschen Bomben und Granaten nahezu völlig zerstört worden, doch nach dem Krieg hatte man sie als Badeort wiederaufgebaut, mitsamt mediterraner Balkone und venezianischen Torbögen.

Am Hafen angekommen, fuhren sie zu einer Anlegestelle, und Dimka stieg aus. Er schaute die Bordwand eines Holzfrachters hinauf, dessen riesige Ladeluken ganze Baumstämme verschlucken konnten. In der Sommerhitze luden Schauerleute Kisten mit angeblicher Winterkleidung auf. Es sollte so aussehen, als würde das Schiff in den hohen Norden fahren. Dimka hatte der Operation deshalb den Namen »Anadyr« gegeben, nach einer Stadt in Sibirien.

Eine zweite Möwe hielt hinter Dimkas. Vier Männer in der Uniform des militärischen Nachrichtendienstes stiegen aus und warteten auf Befehle.

Gleise führten über den Pier, und ein riesiger Hafenkran stand bereit, die Ladung von den Waggons direkt ins Schiff zu verfrachten. Dimka schaute auf die Uhr. »Der verdammte Zug sollte längst hier sein.«

Seine Nerven waren zum Zerreißen gespannt. Dimka war noch nie so aufgeregt gewesen. Tatsächlich hatte er bis zu diesem Projekt noch nicht einmal gewusst, was Stress ist.

Der höchstrangige Offizier war ein Oberst mit Namen Pankow, doch trotz seines Rangs zeigte er sich Dimka gegenüber geradezu unterwürfig. »Möchten Sie, dass ich anrufe, Genosse Dworkin?«

Ein zweiter Offizier, Leutnant Meyer, sagte: »Ich glaube, da kommt er.«

Dimka schaute die Gleise hinunter. In der Ferne näherte sich ihnen langsam ein Güterzug, der mit langen Kisten beladen war.

»Warum glaubt eigentlich jeder, dass fünfzehn Minuten Verspätung nicht so schlimm sind?«, murmelte Dimka vor sich hin.

Er hatte Angst vor Spionen; deshalb hatte er den Chef des örtlichen KGB-Büros aufgesucht und sich eine Liste potenziell Verdächtiger in der Gegend vorlegen lassen. Es handelte sich ausschließlich um Dissidenten: Schriftsteller, Priester, abstrakte Maler und Juden, die nach Israel auswandern wollten – die üblichen Verdächtigen eben, die jedoch ungefähr so bedrohlich waren wie ein Kegelclub. Dimka hatte sie trotzdem verhaften lassen. Ohne Zweifel gab es auch echte CIA-Agenten in Sewastopol, aber die kannte der KGB nicht.

Ein Mann in Kapitänsuniform kam vom Schiff und wandte sich an Pankow. »Haben Sie hier das Sagen, Genosse Oberst?«

Pankow wies mit einer Kopfbewegung auf Dimka.

Der Kapitän zeigte viel weniger Respekt als die Offiziere. »Mein Schiff kann nicht nach Sibirien«, erklärte er.

»Ihr Ziel ist geheim«, erwiderte Dimka. »Sie sollten nicht darüber sprechen.« In Dimkas Tasche befand sich ein versiegelter Briefumschlag, den der Kapitän erst öffnen sollte, wenn er durch den Bosporus ins Mittelmeer gefahren war. Erst dann würde er erfahren, dass es in Wahrheit nach Kuba ging.

»Ich brauche Öl für kaltes Wetter, Frostschutzmittel, Enteiser ...«

»Halten Sie den Mund«, unterbrach Dimka ihn.

»Ich protestiere! In Sibirien ...«

Dimka wandte sich an Leutnant Meyer. »Hauen Sie ihm aufs Maul.«

Meyer war ein großer Mann und sein Schlag entsprechend hart. Der Kapitän taumelte zurück. Seine Lippen bluteten.

»Gehen Sie wieder auf Ihr Schiff, warten Sie auf Befehle, und halten Sie Ihr dummes Maul«, befahl Dimka.

Der Kapitän machte, dass er wegkam, und die Männer am Pier wandten sich wieder dem näher kommenden Zug zu.

Die Operation Anadyr war ein gigantisches Unternehmen. Der Zug, der heranrollte, war der erste von neunzehn; alle zusammen brachten sie die 43. Raketendivision nach Sewastopol. Insgesamt schickte Dimka vierzigtausend Mann und zweihundertdreißigtausend Tonnen Material nach Kuba. Dafür stand ihm eine Flotte von fünfundachtzig Schiffen zur Verfügung.

Und er wusste noch immer nicht, wie er das alles geheim halten sollte.

Viele Männer, die in der Sowjetunion Verantwortung trugen, waren sorglos, faul, Alkoholiker oder einfach nur dumm. Sie verstanden ihre

Befehle nicht oder vergaßen sie, und wenn sie sich doch einmal halbherzig an eine Aufgabe machten, gaben sie rasch auf. Manchmal glaubten sie auch, es besser zu wissen als alle anderen. Mit solchen Versagern zu diskutieren, war sinnlos, und Charme brachte in diesen Fällen erst recht nichts. War man zu solchen Leuten nett, betrachteten sie einen als Trottel, und einen Trottel nahm man nicht für voll.

Mit quietschenden Bremsen hielt der Zug neben dem Schiff. Jeder Waggon transportierte jeweils eine fünfundzwanzig Meter lange und drei Meter breite Holzkiste. Der Kranführer stieg auf sein Arbeitsgerät und bereitete die Kisten zum Verladen vor. Eine Kompanie Soldaten hatte den Zug begleitet; jetzt halfen sie den Schauerleuten. Erleichtert sah Dimka, dass die Rotarmisten seinen Befehlen gemäß die Abzeichen von ihren Uniformen entfernt hatten, die sie als Angehörige der Raketentruppen auswiesen.

Dann sprang ein Mann in Zivil von einem der Waggons. Verwirrt sah Dimka, dass es sich um Jewgeni Filipow handelte, seinen Widersacher aus dem Verteidigungsministerium. Genau wie der Kapitän trat Filipow auf Pankow zu, diesmal aber sagte Pankow sofort: »Genosse Dworkin hat hier das Kommando.«

Filipow zuckte mit den Schultern. »Zum Glück haben wir nur ein paar Minuten Verspätung«, erklärte er erleichtert. »Wir wurden aufgehalten ...«

Dimka fiel etwas auf. »Oh nein«, stieß er hervor. »Scheiße!«

»Stimmt etwas nicht?«, fragte Filipow.

Dimka stampfte mit dem Fuß auf. »Scheiße, Scheiße, Scheiße!«

»Was ist denn?«

Dimka funkelte Filipow wütend an. »Wer hat den Befehl über den Zug?«

»Oberst Kats.«

»Bringen Sie den Bastard sofort zu mir.«

Filipow gefiel es nicht, Dimkas Befehlen gehorchen zu müssen, aber er konnte sich schwerlich weigern. Also machte er sich auf den Weg.

Pankow schaute Dimka fragend an. »Sehen Sie, was da auf den Kisten steht?«

Pankow nickte. »Das ist eine Armeekennung.«

»Richtig«, bestätigte Dimka. »R-12. Und wissen Sie, was das heißt? Ballistische Raketen!«

»Verdammter Mist«, fluchte Pankow.

Dimka schüttelte wütend den Kopf. »Für solche Leute ist Folter noch viel zu gut.«

Er hatte schon befürchtet, dass es früher oder später zu einem Showdown mit der Armee kommen würde. Zum Glück war es jetzt schon so weit, und Dimka war darauf vorbereitet.

Kurz darauf kehrte Filipow mit dem Oberst und einem Major zurück. Der Oberst stellte sich vor. »Guten Morgen, Genossen. Ich bin Oberst Kats. Es hat leider eine kleine Verspätung gegeben, aber ansonsten läuft alles glatt ...«

»Gar nichts läuft glatt, Sie dämlicher Arsch!«, fiel Dimka ihm ins Wort.

Kats starrte ihn ungläubig an. »Was haben Sie da gesagt?«

»Hören Sie, Dworkin«, sagte Filipow. »So können Sie nicht mit einem Offizier reden.«

Dimka ignorierte Filipow und starrte Kats düster an. »Durch Ihren Ungehorsam haben Sie die Sicherheit der gesamten Operation gefährdet. Sie hatten Befehl, die Armeekennungen auf den Kisten zu übermalen und durch Aufkleber zu ersetzen, auf denen ›Baurohre‹ steht.«

Empört erwiderte Kats: »Dafür hatten wir keine Zeit!«

»Seien Sie vernünftig, Dworkin«, sagte Filipow.

Dimka nahm an, dass Filipow sich insgeheim über diesen Sicherheitsverstoß freute, denn das könnte Chruschtschow beträchtlich schaden.

Dimka deutete nach Süden, aufs Meer hinaus, und starrte Kats an. »Gut hundertfünfzig Seemeilen entfernt liegt ein NATO-Land, Sie Trottel. Sie wissen doch, dass die Amerikaner Spione haben, oder? Und die schicken sie an Orte wie Sewastopol, weil es hier eine Marinebasis und einen großen Zivilhafen gibt.«

»Das sind doch nur zwei Buchstaben und zwei Zahlen. Das ist ein Code ...«

»Ein Code? Was haben Sie eigentlich im Hirn? Hundepisse? Wie werden imperialistische Spione Ihrer Meinung nach ausgebildet? Sie können Einheitenabzeichen erkennen – so wie das Abzeichen der Raketentruppen, das Sie ebenfalls entgegen Ihrer Befehle am Kragen tragen, und auch sonst jedes militärische Kennzeichen und jede Kennung. Sie sind ein dämlicher Hund! Jeder Verräter und jeder Spion weiß, was da auf den Kisten steht!«

Kats versuchte, seine Würde zu bewahren. »Für wen halten Sie sich eigentlich, Genosse?«, erwiderte er. »Wagen Sie es ja nicht, so mit mir zu reden. Ich könnte Ihr Vater sein.«

»Hiermit enthebe ich Sie des Kommandos«, erklärte Dimka.

»Machen Sie sich nicht lächerlich.«

»Zeigen Sie es ihm«, wandte Dimka sich an Pankow.

Pankow zog ein Blatt Papier aus der Tasche und reichte es Kats.

Dimka sagte: »Wie Sie anhand dieses Dokuments sehen, bin ich durchaus dazu befugt.«

Filipow klappte der Mund auf.

Dimka sprach weiter zu Kats. »Hiermit verhafte ich Sie wegen Hochverrats. Folgen Sie den Männern.«

Leutnant Meyer und ein anderer Mann aus Pankows Gruppe traten rechts und links neben Kats, packten ihn an den Armen und zerrten ihn zur Limousine.

Filipow fasste sich wieder. »Dworkin, um Himmels willen ...«

»Wenn Sie nichts Nützliches beizutragen haben, dann halten Sie Ihr dummes Maul!«, fuhr Dimka ihn an und drehte sich zum Major des Raketenregiments um, der bis jetzt kein Wort gesagt hatte. »Sind Sie Kats' Stellvertreter?«

Der Mann wirkte verängstigt. »Jawohl, Genosse«, antwortete er. »Major Spektor, zu Ihren Diensten.«

»Sie haben jetzt das Kommando.«

»Danke, Genosse.«

»Bringen Sie den Zug weg. Nördlich von hier gibt es große Zugschuppen. Nehmen Sie sich zwölf Stunden Zeit, und übermalen Sie die Kennungen. Morgen bringen Sie den Zug wieder zurück.«

»Jawohl, Genosse.«

»Oberst Kats wird den Rest seines Lebens in einem Straflager in Sibirien verbringen, aber das wird nicht allzu lange dauern. Machen Sie also keinen Fehler, Major Spektor.«

»Das werde ich nicht, Genosse.«

Dimka stieg in die Limousine. Auf dem Weg aus dem Hafen kam er an Filipow vorbei. Er stand am Pier und sah aus, als wüsste er nicht so recht, was gerade passiert war.

*

Tanja Dworkin stand am Pier von Mariel, fünfzig Kilometer von Havanna entfernt, wo eine schmale Einfahrt in einen riesigen natürlichen Hafen zwischen den Hügeln führte. Besorgt schaute sie zu einem sowjetischen Schiff, das hier festgemacht hatte. Auf dem Pier parkte ein russischer Lastwagen mit einem fünfundzwanzig Meter langen Auflieger. Ein Kran hob eine lange Holzkiste aus dem Laderaum des Schiffes und senkte sie langsam auf den Lkw hinab. Auf der Kiste stand in Russisch: BAUROHRE.

Tanja sah das alles im Scheinwerferlicht. Auf Befehl ihres Bruders mussten die Schiffe nachts entladen werden. Sämtlicher anderer Schiffsverkehr war aus dem Hafen verbannt; Patrouillenboote versperrten die Einfahrt, und Froschmänner suchten das Wasser um die Schiffe herum auf mögliche Gefahren ab. Wann immer Dimkas Name fiel, wurde er voller Furcht genannt. Sein Wort war Gesetz, und sein Zorn war schrecklich, hieß es.

Tanja schrieb für die TASS Artikel darüber, wie die Sowjetunion Kuba half und wie dankbar das kubanische Volk für den Freund auf der anderen Seite des Globus war. Die Wahrheit reservierte sie für die verschlüsselten Telegramme, die sie über die geheimen Leitungen des KGB an Dimka und den Kreml schickte. Und nun hatte Dimka ihr inoffiziell den Auftrag erteilt, dafür zu sorgen, dass seine Anweisungen wortgetreu befolgt wurden. Deswegen war Tanja so nervös.

Neben ihr stand General Paz Oliva, der schönste Mann, den sie je gesehen hatte.

Paz war atemberaubend attraktiv: groß, kräftig und ein wenig furchterregend ... zumindest bis er lächelte und mit seiner weichen, tiefen Stimme sprach, die wie ein Cello klang. Paz war Mitte dreißig. Die meisten von Castros Offizieren waren jung. Mit seiner dunklen Haut und den Locken sah er mehr wie ein Neger als wie ein Latino aus. Er war das Aushängeschild von Castros Politik der Rassengleichheit. Welch ein Kontrast zu dem, was in Kennedys Land geschah!

Tanja liebte Kuba, aber es hatte eine Weile gedauert, bis diese Liebe gewachsen war. Sie vermisste Wassili mehr, als sie erwartet hatte. Erst jetzt hatte sie erkannt, wie sehr sie ihn mochte, obwohl sie nie ein Paar gewesen waren. Und sie machte sich große Sorgen um ihn in seinem sibirischen Arbeitslager. Wenigstens hatte seine Kampagne, die Erkrankung von Ustin Bodian, dem Opernsänger, an die Öffentlichkeit zu bringen, Erfolg gehabt ... in gewisser Weise jedenfalls. Bodian war entlassen worden, doch kurz darauf in einem Moskauer Krankenhaus verstorben. Wassili wäre die Ironie sicher nicht entgangen.

Doch es gab in Kuba auch einiges, an das Tanja sich nicht gewöhnen konnte. So zog sie zum Beispiel noch immer ihren Mantel an, wenn sie ausging, obwohl es hier alles andere als kalt war. Bohnen mit Reis langweilten sie, und überraschenderweise sehnte sie sich nach Kascha mit saurer Sahne. Und nach schier endlosen Tagen in der heißen Sommersonne hoffte sie manchmal auf einen Regenschauer.

Die kubanischen Bauern waren genauso arm wie die sowjetischen, schienen aber glücklicher zu sein. Vielleicht lag es am Wetter. Und irgendwann hatte Tanja sich von der Lebensfreude der Kubaner anstecken lassen. Sie rauchte Zigarren und trank Rum mit »tu-Kola«, dem einheimischen Ersatz für die amerikanische Coca-Cola. Sie liebte es, mit Paz zu den unwiderstehlich erotischen Rhythmen des Nueva Trova Cubana zu tanzen. Zwar hatte Castro die meisten Nachtclubs schließen lassen, aber niemand konnte die Kubaner davon abhalten, Gitarre zu spielen, und die Musiker hatten sich in kleine Bars zurückgezogen, die man »Casas de la Trova« nannte.

Aber Tanja machte sich auch Sorgen um das kubanische Volk. Die Kubaner hatten ihrem riesigen Nachbarn getrotzt, den Vereinigten Staaten, die nur neunzig Seemeilen entfernt waren, und Tanja wusste, dass Kuba eines Tages dafür bezahlen musste. Wenn sie genauer darüber nachdachte, kam sie sich wie einer dieser Krokodilvögel vor, die in die offenen Mäuler der Bestien flatterten und zwischen den riesigen Zähnen nach Futterresten suchten.

War der kubanische Trotz den Preis wert? Das würde die Zukunft zeigen. Tanja war pessimistisch, was die Reform des Sozialismus betraf, aber Castro hatte in einigen Bereichen Bewundernswertes geleistet. 1961, im Jahr der Bildung, waren Zehntausende Studenten zu einem Kreuzzug gegen das Analphabetentum aufs Land gezogen und hatten den Bauern Lesen und Schreiben beigebracht. Der erste Satz in den Lesebüchern, die sie mitgebracht hatten, lautete zwar traditionell »Bauern arbeiten in Produktionsgenossenschaften«, aber das machte nichts. Konnten die Menschen erst einmal lesen und schreiben, fiel es ihnen zumindest deutlich leichter, Propaganda von Wahrheit zu unterscheiden.

Und Castro war kein Bolschewik. Er verachtete das starre Festhalten an marxistischen Grundsätzen und suchte ständig nach neuen Ideen. Aus diesem Grund ärgerte der Kreml sich so oft über ihn. Aber deshalb war Castro noch lange kein Demokrat. Zu Tanjas Leidwesen hatte er schon kurz nach seiner Machtübernahme erklärt, die Revolution habe demokratische Wahlen überflüssig gemacht. Und es gab noch einen Bereich, in dem er die Sowjetunion geradezu sklavisch imitierte: Auf Anraten des KGB hatte Castro eine gnadenlos effiziente Geheimpolizei geschaffen, die jegliche Opposition im Keim erstickte.

Doch alles in allem wünschte Tanja der Revolution nur das Beste. Kuba war der Unterentwicklung und dem Kolonialismus entflohen. Niemand wünschte sich die Amerikaner mit ihren Kasinos und ihren Huren zurück. Doch Tanja fragte sich, wann die Kubaner endlich selbst über ihr Schicksal entscheiden durften. Die Feindschaft der Amerikaner trieb sie den Sowjets in die Arme, doch je mehr sie sich der UdSSR annäherten, desto größer war die Wahrscheinlichkeit, dass die Amerikaner militärisch reagierten. Was Kuba wirklich brauchte, war, dass man es in Ruhe ließ.

Aber vielleicht bekam das Land jetzt Gelegenheit dazu. Tanja und Paz gehörten zu den wenigen Leuten, die wussten, was sich in den langen Holzkisten befand. Was die Geheimhaltung und die Sicherheitsmaßnahmen betraf, berichtete Tanja ihrem Bruder direkt. Funktionierte der Plan, könnte die Gefahr einer amerikanischen Invasion ein für alle Mal gebannt sein, und das Land hatte endlich den Freiraum, sich eine eigene Zukunft aufzubauen.

Zumindest war das Tanjas Hoffnung.

Sie kannte Paz seit mittlerweile einem Jahr. »Sie haben mir noch nie von Ihrer Familie erzählt«, sagte sie nun, als sie und Paz beobachteten, wie die Kiste auf dem Sattelschlepper festgezurrt wurde. Tanja redete Spanisch mit ihm. Inzwischen sprach sie es fast fließend. Außerdem hatte sie ein bisschen amerikanisches Englisch aufgeschnappt, das viele Kubaner hin und wieder noch benutzten.

»Die Revolution ist meine Familie«, erwiderte Paz.

Blödsinn, dachte Tanja. Aber wie auch immer, sie würde vermutlich trotzdem mit ihm schlafen.

Dabei war natürlich nicht auszuschließen, dass Paz nur eine dunkelhäutige Version von Wassili war, charmant und treulos. Vermutlich gaben sich die heißblütigen Kubanerinnen bei ihm die Klinke in die Hand.

Tanja ermahnte sich, nicht so zynisch zu sein. Nur weil ein Mann gut aussah, war er nicht gleich ein Gigolo. Vielleicht wartete Paz ja nur auf die Richtige, die ihm beim Neuaufbau der Insel zur Seite stehen konnte.

Schließlich war die Kiste verladen. Paz ging zu einem kleinen, unauffälligen Leutnant mit Namen Lorenzo, der verkündete: »Alles bereit, Genosse General. Wir können losfahren.«

Langsam rollte der Lkw vom Pier. Ein Schwarm von Motorrädern fuhr voraus, um die Straße freizumachen. Tanja und Paz stiegen in seinen Armeewagen, einen grünen Buick Le Sabre, und folgten dem Konvoi.

Die kubanischen Straßen waren nicht für über fünfundzwanzig Meter lange Sattelschlepper gebaut. Drei Monate lang hatten Pioniere der Roten Armee neue Brücken errichtet und Haarnadelkurven begradigt; trotzdem kam der Konvoi nur langsam voran. Erleichtert sah Tanja, dass man alle anderen Fahrzeuge von der Straße entfernt hatte. In den Dörfern, durch die sie kamen, brannte kein Licht in den Häusern, und die Bars hatten geschlossen. Das würde Dimka freuen.

Tanja wusste, dass hinten am Pier bereits die nächste Rakete verladen wurde, und so würde es bis Sonnenaufgang weitergehen. Nach zwei Nächten wäre die gesamte Ladung gelöscht.

Bis jetzt ging Dimkas Strategie auf. Wie es aussah, hatte niemand auch nur die leiseste Ahnung, was hier vor sich ging. Weder in diplomatischen Kreisen machten irgendwelche Gerüchte die Runde noch in den unkontrollierbaren westlichen Gazetten. Und der gefürchtete Sturm der Entrüstung im Weißen Haus war auch noch nicht ausgebrochen.

Doch die Zwischenwahlen zum US-Kongress fanden erst in zwei Monaten statt. In diesen zwei Monaten galt absolute Geheimhaltung, während die riesigen Raketen einsatzbereit gemacht wurden. Tanja wusste nicht, ob das möglich war.

Nach zwei Stunden fuhren sie in ein weites Tal, das die Rote Armee übernommen hatte. Hier bauten Pioniere die Feuerstellung. Insgesamt gab es mehr als ein Dutzend solcher Anlagen in den Bergen der über einhunderttausend Quadratkilometer großen Insel.

Tanja und Paz stiegen aus dem Wagen und schauten zu, wie der Lkw im Scheinwerferlicht entladen wurde. »Wir haben es geschafft«, erklärte Paz zufrieden. »Jetzt haben wir Atomwaffen.« Er holte eine Zigarre aus der Tasche und zündete sie sich an.

Um seinen Enthusiasmus ein wenig zu bremsen, fragte Tanja: »Wie lange dauert es, bis sie einsatzbereit sind?«

»Nicht lange«, antwortete er und winkte ab. »Zwei Wochen.«

Für Paz mochte das alles kein Problem sein, aber Tanja hielt es für optimistisch. Zwei Wochen waren definitiv zu wenig. In Wahrheit hatte man hier nämlich kaum etwas geschafft. Das ganze Tal war eine Baustelle.

Andererseits hatte Paz nicht vollkommen unrecht: Den schwierigsten Teil hatten sie hinter sich, die Verschiffung der Atomwaffen, ohne dass die Amerikaner etwas davon bemerkt hatten.

»Sehen Sie sich dieses Baby einmal an«, sagte Paz. »Eines Tages wird es mitten in Miami landen. Und dann: *bumm!*«

Die bloße Vorstellung ließ Tanja schaudern. »Das will ich nicht hoffen.«

»Warum nicht?«

Wusste er das wirklich nicht? »Diese Waffen sind zur Abschreckung gedacht«, erklärte sie. »Sie sollen die Amerikaner davon abhalten, in

Kuba einzumarschieren. Sollten sie je benutzt werden, haben sie ihren Zweck verfehlt.«

»Das mag ja sein«, entgegnete Paz, »aber wenn die Amerikaner uns angreifen, können wir ihre Städte auslöschen.«

Paz' offensichtliche Freude über dieser Vorstellung machte Tanja nervös.

»Und welchen Sinn hätte das?«

Ihre Frage schien Paz zu überraschen. »So wird das kubanische Volk seine Würde bewahren.« Er benutzte das spanische Wort *dignidad* und sprach es voller Andacht aus, wie etwas Heiliges.

Tanja konnte kaum glauben, was sie da hörte. »Sie würden einen Atomkrieg vom Zaun brechen, nur um Ihre Würde zu bewahren?«

»Natürlich. Es gibt nichts Wichtigeres.«

»Ach ja?«, erwiderte Tanja. »Und was ist mit dem Überleben der Menschheit?«

Wieder winkte Paz gelassen ab. »Sorgen Sie sich ruhig um die Menschheit«, sagte er. »Ich kümmere mich lieber um meine Ehre.«

»Um Himmels willen!«, stieß Tanja hervor. »Sind Sie verrückt?«

Paz drehte sich wieder zu ihr um. »Präsident Kennedy ist bereit, Atomwaffen einzusetzen, sollten die Vereinigten Staaten angegriffen werden«, sagte er. »Und Generalsekretär Chruschtschow wird sie einsetzen, sollte die Sowjetunion attackiert werden. Gleiches gilt für de Gaulle in Frankreich und für den, der zurzeit in England das Sagen hat, wer immer das sein mag. Sollte nur einer von ihnen etwas anderes sagen, würde man ihn sofort aus dem Amt entfernen.« Er zog an seiner Zigarre und blies genüsslich den Rauch aus. »Wenn ich verrückt bin«, sagte er, »sind alle anderen es auch.«

*

George Jakes wusste nicht, worin der Notfall bestehen sollte. Am Dienstag, dem 16. Oktober, bestellte Bobby Kennedy ihn und Dennis Wilson morgens zu einer Krisensitzung ins Weiße Haus.

George vermutete, dass es um die Schlagzeile der heutigen Ausgabe der *New York Times* ging:

EISENHOWER: PRÄSIDENT IST AUSSENPOLITISCH SCHWACH

Eine ungeschriebene Regel verlangte, dass Altpräsidenten ihre Nachfolger nicht attackierten. George überraschte es allerdings kaum, dass Eisenhower sich über diese Konvention hinwegsetzte. John F. Kennedy hatte die Wahl gewonnen, indem er Eisenhower als schwach bezeichnet hatte und eine nicht existente »Raketenlücke« zugunsten der Sowjets erfand. Dieser Schlag unter die Gürtellinie machte Ike noch immer zu schaffen. Und jetzt, wo Kennedy gegen einen ähnlichen Angriff verwundbar war, bekam Eisenhower seine Rache – genau drei Wochen vor den Zwischenwahlen.

Es gab aber noch eine andere mögliche Erklärung, und die war schlimmer. George hatte die Befürchtung, Einzelheiten über die Operation Mongoose könnten durchgesickert sein. Die Offenbarung, dass der Präsident und sein Bruder Terroranschläge auf kubanischem Boden in Auftrag gaben, wäre heißersehnte Munition für jeden republikanischen Kandidaten. Sie würden behaupten, die Kennedys seien Verbrecher, so zu handeln, und Dummköpfe, weil sie das Geheimnis an die Öffentlichkeit dringen ließen.

Und welche Vergeltungsmaßnahmen würde Chruschtschow sich einfallen lassen?

George sah sofort, dass sein Chef wütend war. Bobby verstand sich nicht sehr gut darauf, seine Gefühle zu verbergen. Der Zorn zeigte sich in seinem steinernen Gesicht, den angespannten Schultern und der arktischen Kälte in seinen blauen Augen.

George mochte Bobby schon deshalb, weil er seine Emotionen offen zeigte. Wer mit diesem Mann zusammenarbeitete, konnte ihm regelmäßig ins Herz blicken. Er war dadurch zwar verwundbarer, wirkte aber auch wärmer und menschlicher.

Als sie den Kabinettssaal betraten, war Präsident Kennedy bereits anwesend. Er saß mitten an einem langen Tisch, auf dem mehrere große Aschenbecher standen, über sich das Präsidentensiegel an der Wand. Zu beiden Seiten dieses Siegels gaben hohe Bogenfenster den Blick in den Rosengarten frei.

Bei Kennedy war ein kleines Mädchen in weißem Kleid, offensichtlich seine Tochter Caroline, die kurz vor ihrem fünften Geburtstag stand. Sie hatte kurzes hellbraunes Haar, das wie bei ihrem Vater an der Seite gescheitelt war und von einer schlichten Klammer gehalten wurde. Sie erklärte ihrem Vater irgendetwas mit einem Ausdruck feierlichen Ernstes; er hörte aufmerksam zu, als wären ihre Worte ihm genauso wichtig wie alles andere, was in diesen Hallen der Macht gesprochen wurde.

George war beeindruckt von der Intensität der Beziehung zwischen Vater und Kind. Wenn ich je eine Tochter habe, dachte er, werde ich ihr auch so zuhören, damit sie weiß, dass sie der wichtigste Mensch auf der Welt für mich ist.

Die Referenten nahmen ihre Plätze vor dem Tisch ein. George saß neben Skip Dickerson, der für Vizepräsident Lyndon B. Johnson arbeitete. Skip hatte helles glattes Haar und blasse Haut; er wirkte beinahe wie ein Albino. Er strich sich die hellblonde Stirnlocke zurück und fragte mit Südstaatenakzent: »Irgendeine Idee, wo's brennt?«

»Bobby sagt kein Wort«, antwortete George.

Eine Frau, die George nicht kannte, kam in den Raum und brachte Caroline fort.

»Die CIA hat Neuigkeiten für uns«, begann der Präsident. »Fangen wir an.«

Am Ende des Raumes, vor dem Kamin, wurde auf einem Tafelständer ein großes Schwarz-Weiß-Foto präsentiert. Der Mann, der danebenstand, stellte sich als Experte für Luftbildauswertung vor. George hatte gar nicht gewusst, dass ein solcher Beruf überhaupt existierte. »Die Bilder, die Sie nun sehen werden, wurden am Sonntag von einer U-2 aufgenommen, die Kuba im Auftrag der CIA in großer Höhe überflogen hat«, sagte der Mann.

Jeder wusste von den Aufklärungsflugzeugen der CIA. Vor anderthalb Jahren hatten die Sowjets über Sibirien eine U-2 abgeschossen und den Piloten wegen Spionage vor Gericht gestellt.

Jeder blickte auf das Foto auf der Staffelei. Doch in dem verschwommenen, körnigen Schwarz-Weiß erkannte George rein gar nichts. Sie brauchten einen Experten, der ihnen mitteilte, was da eigentlich zu sehen war.

»Das ist ein Tal auf Kuba, ungefähr zwanzig Meilen landeinwärts von der Hafenstadt Mariel«, erklärte der CIA-Mann und deutete mit einem kleinen Stab auf das Foto. »Eine neue, gut ausgebaute Straße führt zu einem großen freien Feld. Diese kleinen verstreuten Umrisse, die Sie hier sehen, sind Baufahrzeuge: Bulldozer, Bagger, Kipplaster. Und hier ...«, er tippte zur Verdeutlichung auf das Foto, »hier in der Mitte können Sie mehrere Umrisse erkennen, die wie große, aneinandergereihte Bretter aussehen. In Wahrheit handelt es sich um Kisten, jede vierundzwanzig Meter lang und drei Meter breit. Sie haben genau die richtige Größe und Gestalt, um eine sowjetische Mittelstreckenrakete vom Typ R-12 aufzunehmen, die mit einem nuklearen Gefechtskopf bestückt werden kann.«

George schaffte es gerade eben, ein »Heilige Scheiße!« zu unterdrücken, aber andere waren nicht so beherrscht, und für kurze Zeit war der Raum erfüllt von Flüchen und Ausrufen des Erstaunens.

»Sind Sie sicher?«, fragte jemand.

Der Luftbildauswerter antwortete: »Sir, ich befasse mich seit vielen Jahren mit der Luftbildaufklärung, und ich kann Ihnen versichern, genau so sehen die sowjetischen Atomraketen dieses Typs aus.«

Gott schütze uns, dachte George betroffen. Die verdammten Kubaner haben Atomwaffen.

»Und wie, zum Teufel, sind diese Raketen auf die Insel gekommen?«, fragte jemand.

»Die Sowjets haben sie unter strengster Geheimhaltung nach Kuba transportiert, so viel steht fest.«

»Vor unserer Nase reingeschmuggelt, verdammt noch mal!«, sagte der Fragesteller.

Jemand anders wollte wissen: »Wie groß ist die Reichweite dieser Raketen?«

»Über eintausend Meilen.«

»Also könnten sie ...«

»... dieses Gebäude treffen, Sir.«

George musste den Impuls unterdrücken, aufzuspringen und zu verschwinden.

»Und wie lange würde das dauern?«

»Der Flug von Kuba hierher, meinen Sie? Wir schätzen die Flugzeit auf dreizehn Minuten.«

Unwillkürlich blickte George zum Fenster, als könnte er sehen, wie eine Rakete über den Rosengarten herangejagt kam.

»Dann hat Chruschtschow, dieser Hurensohn, mich angelogen«, sagte der Präsident. »Er hat mir versichert, keine Atomraketen auf Kuba zu stationieren.«

»Und die CIA hat uns geraten, dem Kerl zu glauben«, fügte Bobby hinzu.

Jemand anders sagte: »Das Thema wird den Rest des Wahlkampfs beherrschen, und das sind nur noch drei Wochen.«

George war erleichtert, seine Gedanken den innenpolitischen Konsequenzen zuwenden zu können: Die Möglichkeit eines Atomkriegs war zu schrecklich, um sie sich auch nur auszumalen. Er dachte an die *New York Times* von heute Morgen. Was konnte Eisenhower jetzt alles sagen! Solange er Präsident gewesen war, hatte er zumindest nicht zugelassen, dass die UdSSR aus Kuba eine kommunistische Raketenbasis machte.

Die Sache war nicht nur außenpolitisch eine Katastrophe. Ein republikanischer Erdrutschsieg im November hätte zur Folge, dass Kennedy für die letzten beiden Jahre seiner Präsidentschaft lahmgelegt wäre, und das würde das Ende der Bürgerrechtsreformen bedeuten. Dann hätte Kennedy keine Chance mehr, einen Antrag zur Änderung der Bürgerrechtsgesetzgebung einzubringen. Wie lange würde es dann noch dauern, bis Marias Großvater sich als Wähler registrieren lassen konnte, ohne dass man ihn dafür ins Gefängnis warf?

Eins griff ins andere, erkannte George, und die Konsequenzen konnten verheerend sein: für die Schwarzen, für die Vereinigten Staaten, für die ganze Welt. Deshalb mussten die USA wegen der sowjetischen Raketen schnellstens etwas unternehmen. George wusste nur nicht, was.

Zum Glück wusste es Jack Kennedy.

»Als Erstes müssen wir die U-2-Überwachung Kubas verstärken«, sagte der Präsident. »Wir müssen in Erfahrung bringen, wie viele Raketen sie dort haben und wo sie sind. Und dann, bei Gott, werden wir sie ausschalten, bevor sie einsatztüchtig sind.«

George fasste neuen Mut. Plötzlich erschien ihm das Problem nicht mehr ganz so erdrückend. Die USA hatten eine Armada an Flugzeugen und ein gigantisches Arsenal an Bomben. Und wenn Präsident Kennedy entschieden und tatkräftig handelte, um die USA zu schützen, würden die Demokraten unbeschadet aus den Zwischenwahlen hervorgehen.

Alle blickten auf General Maxwell Taylor, den Chef des Vereinigten Generalstabs und Amerikas höchster militärischer Befehlshaber nach dem Präsidenten. Sein welliges, sorgfältig gescheiteltes Haar, das vor Brillantine glänzte, hätte den Eindruck erwecken können, dass dieser Mann eitel war, aber er besaß das Vertrauen der Kennedy-Brüder. George war sich allerdings nicht ganz sicher, aus welchem Grund.

»Einem Luftschlag gegen Kuba müsste eine Invasion folgen«, sagte Taylor. »In vollem Umfang. Für diesen Fall hätten wir einen Plan. Wir können innerhalb einer Woche nach der Bombardierung einhundertfünfzigtausend Mann auf die Insel bringen.«

Kennedy dachte noch immer über die Ausschaltung der sowjetischen Raketen nach. »Könnten wir mit Sicherheit jede Abschussstellung auf Kuba vernichten?«, fragte er.

Taylor erwiderte: »Hundertprozentige Sicherheit gibt es nie, Mr. President.«

George konnte sich denken, worauf Taylor anspielte: Kuba war mehr als 1200 Kilometer lang. Die Air Force fand vielleicht nicht jede Stellung und konnte erst recht nicht alle vernichten.

Der Präsident starrte düster vor sich hin. George hatte plötzlich das Gefühl, die schreckliche Last der Verantwortung, die Kennedy trug, auf der eigenen Schulter zu spüren.

»Sagen Sie mir eins«, forderte Kennedy den General schließlich auf. »Würde eine dieser Raketen einsatzbereit gemacht und würde sie dann in einer mittelgroßen amerikanischen Stadt einschlagen, wie schlimm wären die Folgen?«

General Taylor besprach sich für einen Moment leise mit seinen Adjutanten, dann wandte er sich wieder an Kennedy. »Mr. President«, sagte er, »unseren Schätzungen zufolge würden dabei sechshunderttausend Menschen sterben.«

Dimkas Mutter Anja wollte Nina kennenlernen. Das überraschte ihn. Seine Beziehung zu Nina war aufregend, und er schlief bei jeder sich bietenden Gelegenheit mit ihr, aber was hatte das mit seiner Mutter zu tun?

Genau das fragte Dimka sie dann auch. Anja seufzte und antwortete: »In der Schule warst du immer der Klügste, aber manchmal bist du strohdumm. Hör zu: Jedes Wochenende, das du nicht mit Chruschtschow unterwegs bist, verbringst du mit dieser Frau. Sie ist dir offenbar sehr wichtig, und du gehst jetzt seit drei Monaten mit ihr aus. Natürlich will eine Mutter eine solche Frau kennenlernen. Was ist das überhaupt für eine Frage?«

Da hat sie wohl recht, überlegte Dimka. Nina war nicht bloß eine Freundin, sie war seine Geliebte. Sie war zu einem Teil seines Lebens geworden.

Dimka liebte seine Mutter, gehorchte ihr aber nicht in allen Dingen. So sah sie es nicht gerne, wenn er Motorrad fuhr; sie mochte seine Jeans nicht, und über Valentin rümpfte sie die Nase. Doch wenn sie einen vernünftigen Wunsch äußerte, kam Dimka ihr entgegen. Also lud er Nina in ihre Wohnung ein.

Zuerst weigerte sie sich. »Ich werde mich nicht von deiner Familie inspizieren lassen wie ein Gebrauchtwagen, den du kaufen willst«, erklärte sie verärgert. »Sag deiner Mutter, dass ich nicht heiraten will. Sie wird schon bald das Interesse an mir verlieren.«

»Es geht nicht um meine Familie, sondern nur um Mutter«, erwiderte Dimka. »Mein Vater ist tot, und meine Schwester ist in Kuba. Außerdem, was hast du eigentlich gegen die Ehe?«

»Warum? Willst du mir einen Heiratsantrag machen?«

Dimka schämte sich. Nina war aufregend und sexy, und er war noch nie so eng mit einer Frau zusammen gewesen, aber an eine Hochzeit hatte er noch nie gedacht. Wollte er den Rest seines Lebens mit ihr verbringen? Er wich dieser Frage aus. »Ich versuche doch nur, dich zu verstehen.«

»Ich habe es schon einmal mit der Ehe versucht«, erklärte Nina, »und es hat mir nicht gefallen. Zufrieden?«

Sie provozierte Dimka ständig. Das war normal, deshalb kümmerte es ihn nicht allzu sehr, im Gegenteil: Es machte sogar einen großen Teil ihres Reizes aus.

»Du ziehst das Leben allein also vor?«, fragte er.

»Ja.«

»Was ist denn so großartig daran?«

»Ich muss keinen Mann befriedigen, sondern kann es mir selbst besorgen. Und wenn ich mal Lust auf etwas anderes habe, gehe ich zu dir.«

»Aha. Dafür bin ich wohl der Richtige.«

Nina grinste ihn zweideutig an. »Sag ich doch.« Sie wurde wieder ernst, dachte kurz nach und fugte hinzu: »Ach, was soll's. Ich will mir deine Mutter nicht zum Feind machen. Ich komme sie besuchen.«

Als der Tag kam, war Dimka nervös. Nina war unberechenbar. Wenn irgendetwas passierte, das ihr nicht gefiel – und das konnte die kleinste Kleinigkeit sein –, war ihr Zorn wie ein Nordsturm im Januar. Er hoffte nur, dass sie mit seiner Mutter zurechtkam.

Nina war noch nie im Haus am Ufer gewesen. Sie zeigte sich beeindruckt von der Eingangshalle, die die Ausmaße eines kleinen Ballsaals besaß. Die Wohnung selbst war zwar nicht groß, aber nach Moskauer Maßstäben geradezu luxuriös ausgestattet. Es gab dicke Teppiche, eine teure Tapete und einen eigenen Schrank für Plattenspieler und Radio. Das alles gehörte zu den Privilegien eines KGB-Offiziers, wie Dimkas Vater einer gewesen war.

Anja hatte Häppchen gemacht. Moskowitern war das lieber als ein förmliches Abendessen. Es gab geräucherte Makrelen und hart gekochte Eier mit rotem Pfeffer auf Weißbrot, kleine Roggenbrote mit Gurken oder Tomaten und schließlich Anjas Glanzstück, einen Teller mit »Segelbooten«, oval geschnittene Toastscheiben mit Zahnstochern als Masten und dreieckigen Käsescheiben als Segel.

Anja trug ein neues Kleid und hatte sogar ein wenig Make-up aufgelegt. Seit dem Tod von Dimkas Vater hatte sie ein wenig zugenommen, und es stand ihr. Dimka hatte das Gefühl, als wäre seine Mutter jetzt glücklicher als früher. Vielleicht hatte Nina ja recht, was die Ehe betraf.

»Sechsundzwanzig Jahre ist mein Dimka jetzt, und es ist das erste Mal, dass er ein Mädchen mit nach Hause bringt«, war Anjas erste Bemerkung gegenüber Nina.

Dimka wünschte sich, seine Mutter hätte das nicht gesagt. Ja, er war Anfänger, was Frauen betraf, und Nina hatte das schon vor langer Zeit herausgefunden, aber deshalb musste man sie ja nicht daran erinnern.

Außerdem lernte er schnell. Nina sagte, er sei ein guter Liebhaber, besser als ihr Exmann. Genauer ausführen wollte sie das allerdings nicht.

Zu Dimkas Erstaunen gab Nina sich alle Mühe, freundlich zu seiner Mutter zu sein. Höflich nannte sie sie bei Vor- und Vatersnamen, half ihr in der Küche und erkundigte sich, woher sie ihr Kleid habe.

Nachdem sie ein paar Gläser Wodka getrunken hatten, war Anja entspannt genug, um Nina gegenüber zu bemerken: »Sag mal, mein Dimka hat mir erzählt, dass du nicht heiraten willst.«

Dimka stöhnte auf. »Mutter! Das ist zu persönlich!«

Doch Nina schien es nichts auszumachen. »Ich bin genau wie Sie, Anja Grigorjewa«, antwortete sie. »Ich war schon mal verheiratet.«

»Aber ich bin eine alte Frau.«

Anja war fünfundvierzig und galt damit als zu alt für eine zweite Ehe. Von Frauen dieses Alters erwartete man, dass sie keine sexuelle Lust mehr verspürten; war es anders, wurden sie verachtet. Eine brave Witwe, die in mittlerem Alter wieder heiratete, musste stets betonen, dass sie »einfach nur Gesellschaft« haben wolle, um sich schiefe Blicke zu ersparen.

»So alt sehen Sie noch gar nicht aus, Anja Grigorjewa«, sagte Nina. »Sie könnten genauso gut Dimkas große Schwester sein.«

Das war natürlich Unsinn, aber Anja gefiel es. Offenbar mochten Frauen solche Schmeicheleien, dachte Dimka, egal wie unglaubwürdig sie waren.

»Nun ja«, erwiderte Anja verlegen, »auf jeden Fall bin ich zu alt, um noch Kinder zu bekommen.«

»Ich kann auch keine Kinder bekommen.«

»Oh!« Anja war sichtlich getroffen. Auf einen Schlag waren ihre Träume geplatzt, und für einen Moment vergaß sie ihr Taktgefühl und fragte geradeheraus: »Und warum nicht?«

»Das hat medizinische Gründe.«

»Ach.«

Offensichtlich hätte Anja gerne mehr erfahren. Dimka war schon öfter aufgefallen, dass viele Frauen sich sehr für Medizin interessierten. Doch Nina ließ es dabei bewenden – wie immer, wenn es um dieses Thema ging.

Es klopfte an der Tür. Dimka seufzte. Er konnte sich schon denken, wer das war. Er stand auf und öffnete. Vor der Tür standen seine Großeltern, die im selben Haus lebten. »Dimka! Wie schön, dass du da bist!«, rief Grigori Peschkow, sein Großvater. Die Überraschung war nur gespielt. Opa Grigori trug Uniform. Er war fast vierundsiebzig Jahre alt, weigerte sich aber, in den Ruhestand zu gehen. Alte Männer, die nicht wussten, wann es Zeit war, ihren Platz zu räumen, waren ein großes Problem in der Sowjetunion.

Dimkas Großmutter Katherina hatte sich die Haare machen lassen. »Wir haben ein bisschen Kaviar mitgebracht«, sagte sie. Offensichtlich waren sie nicht einfach nur vorbeigekommen, um Guten Tag zu sagen. Sie hatten herausgefunden, dass Nina zu Besuch war, und jetzt wollten sie ihre Neugier befriedigen. Nina wurde also doch von der ganzen Familie inspiziert, genau wie sie befürchtet hatte.

Dimka stellte seine Großeltern vor. Oma Katherina küsste Nina, und Großvater Grigori hielt ihre Hand länger als nötig. Doch zu Dimkas Erleichterung blieb Nina freundlich und charmant. Sie nannte Großvater »Genosse General« und flirtete mit ihm, und Grigori zeigte sich überaus empfänglich für die attraktive junge Frau. Gleichzeitig warf sie Dimkas Großmutter einen Blick zu, der unmissverständlich sagte: Männer sind doch alle gleich!

Großvater erkundigte sich nach ihrer Arbeit. Nina erzählte ihm, dass sie vor Kurzem befördert worden sei; jetzt war sie für die verschiedenen Publikationen der Stahlarbeitergewerkschaft verantwortlich. Großmutter erkundigte sich nach ihrer Familie, worauf Nina antwortete, die sehe sie nicht oft. Ihre Leute lebten in Perm, ihrer Heimatstadt, gut vierundzwanzig Stunden mit dem Zug von Moskau entfernt.

Es dauerte nicht lange, und Großvater redete über sein Lieblingsthema: die historischen Ungenauigkeiten in Eisensteins Film *Oktober*, besonders, was den Sturm auf den Winterpalast betraf, an dem Großvater teilgenommen hatte.

Dimka freute sich, dass alle so gut miteinander auskamen, doch zugleich überkam ihn das ungute Gefühl, dass er nicht den geringsten Einfluss hatte auf das, was hier geschah. Er fühlte sich wie auf einem Schiff, das auf ruhiger See zu einem unbekannten Ort segelte: Im Augenblick war alles gut und schön, doch was erwartete ihn am Ziel?

Das Telefon klingelte, und Dimka nahm ab. Das tat er abends immer, denn für gewöhnlich war es der Kreml. Natalja Smotrow war am Apparat. »Ich habe gerade neue Informationen vom KGB in Washington bekommen«, sagte sie.

Es kam Dimka irgendwie seltsam vor, mit Natalja zu telefonieren, während Nina im Zimmer war. Sei nicht dumm, ermahnte er sich. Er hatte Natalja nie angerührt. Ja, sicher, er hatte daran gedacht, aber wegen seiner Gedanken musste ja niemand ein schlechtes Gewissen haben ... oder?

»Was ist passiert?«, fragte er.

Wie immer kam Natalja direkt auf den Punkt: »Präsident Kennedy will heute Abend im Fernsehen zu den Amerikanern reden.«

»Warum?«

»Das weiß man in unserer Botschaft nicht.«

Dimka dachte sofort an Kuba. Inzwischen waren die meisten seiner Raketen mitsamt den Sprengköpfen dort eingetroffen. In ein paar Tagen würden die Waffen einsatzbereit sein. Die Mission war fast beendet.

Doch es blieben noch zwei Wochen bis zu den Zwischenwahlen in den USA. Dimka hatte darüber nachgedacht, selbst nach Kuba zu fliegen – es gab eine regelmäßige Verbindung von Prag nach Havanna –, um dafür zu sorgen, dass die Geheimhaltung für die nächsten Tage gewahrt blieb. Es war von außerordentlicher Wichtigkeit, dass bis zur Einsatzbereitschaft der Waffen nichts an die Öffentlichkeit gelangte.

Dimka hoffte inständig, dass es bei Kennedys überraschendem TV-Auftritt um etwas anderes ging, um Berlin oder Vietnam beispielsweise.

»Um wie viel Uhr ist die Ansprache?«, fragte er.

»Um sieben Uhr abends, Ostküstenzeit.«

Das entsprach zwei Uhr morgens in Moskau. »Ich werde sofort den Genossen Generalsekretär anrufen. Danke.« Dimka legte auf und wählte Chruschtschows Privatnummer.

Iwan Tepper ging ans Telefon. Er war der Chef von Chruschtschows Haushalt, etwas Ähnliches wie sein Butler.

»Guten Abend, Iwan«, sagte Dimka. »Ist er da?«

»Er will gerade ins Bett«, antwortete Iwan.

»Sag ihm, er soll die Hose wieder anziehen. Kennedy wird um zwei Uhr nachts im Fernsehen reden.«

»Warte mal kurz. Er kommt gerade.«

Dimka hörte einen leisen Wortwechsel, dann Chruschtschows Stimme: »Die haben Ihre Raketen gefunden, wetten?«

Dimka durchlief es eiskalt. Chruschtschow lag mit seinen Ahnungen oft richtig. Wenn das Geheimnis keines mehr war, wäre er, Dimka, der Sündenbock.

»Guten Abend, Genosse Generalsekretär«, sagte er. Die vier Personen im Zimmer verstummten abrupt. »Wir wissen noch nicht, worüber Kennedy reden wird.«

»Über die Raketen! Was denn sonst! Rufen Sie sofort das Politbüro zusammen.«

»Für wann?«

»In einer Stunde.«

»Jawohl.«

Chruschtschow legte auf.

Dimka wählte die Privatnummer seiner Sekretärin. »Ich bin's, Vera«, sagte er. »Für heute Abend um zehn ist eine Sondersitzung des Politbüros angesetzt. Er ist schon auf dem Weg in den Kreml.«

»Ich mache sofort einen Rundruf.«

»Haben Sie die Nummern zu Hause?«

»Ja.«

»Natürlich. Danke. Ich bin in ein paar Minuten im Büro.« Dimka legte auf.

Alle starrten ihn an. Sie hatten ihn »Guten Abend, Genosse Generalsekretär« sagen hören. Großvater wirkte stolz, Großmutter und Mutter besorgt, und Nina hatte ein fasziniertes Funkeln in den Augen.

»Ich muss ins Büro«, erklärte Dimka überflüssigerweise.

»Was ist das für ein Notfall?«, fragte Großvater.

»Das wissen wir noch nicht.«

Großvater klopfte Dimka auf die Schulter und schaute ihn mit sentimentaler Zuneigung an. »Dank Männern wie dir und meinem Sohn Wolodja mache ich mir keine Sorgen um die Revolution.«

Aber ich, war Dimka versucht zu antworten. Stattdessen sagte er: »Kannst du einen Wagen besorgen, um Nina nach Hause zu fahren, Großvater?«

»Natürlich.«

»Tut mir leid, dass ich euch den Abend verderbe, aber ...«

»Mach dir darüber keine Gedanken«, unterbrach sein Großvater ihn. »Deine Arbeit ist wichtiger. Geh. Geh!«

Dimka warf sich den Mantel über, küsste Nina und machte sich auf den Weg. Während er im Aufzug nach unten fuhr, überlegte er verzweifelt, ob er irgendetwas getan hatte, wodurch das Geheimnis der kubanischen Raketen unfreiwillig hätte gelüftet werden können. Während der gesamten Operation hatte er einen enorm hohen Sicherheitsaufwand betrieben. Wie ein Tyrann hatte er über die Beteiligten geherrscht und jeden noch so kleinen Fehler hart bestraft. Er hatte Männer gedemütigt und Karrieren Untergebener ruiniert, die seine Befehle nicht wortgetreu befolgt hatten. Was hätte er denn sonst noch tun sollen?

Draußen fand gerade eine abendliche Probe für die Parade am Jahrestag der Revolution statt. Eine endlose Kolonne von Panzern, Artillerie und Soldaten rumpelte am Ufer der Moskwa entlang. Nichts davon wird uns etwas nutzen, wenn es zum Atomkrieg kommt, dachte Dimka. Die Amerikaner wussten es nicht, aber die Sowjetunion verfügte nur über wenige Atomwaffen. Ihre Zahl kam nicht annähernd an die der USA heran. Ja, die Sowjets konnten den Amerikanern wehtun, aber die Amerikaner konnten die Sowjetunion vom Antlitz der Erde fegen.

Da die Straße von den Soldaten versperrt war und der Kreml nur knapp einen Kilometer entfernt lag, ließ Dimka sein Motorrad daheim und ging zu Fuß.

Der Kreml war eine alte Festung am Nordufer des Flusses. Im Inneren befanden sich mehrere Paläste aus der Zarenzeit, die nun als Regierungsgebäude dienten. Dimka betrat den Senatspalast, ein gelbes Bauwerk mit weißen Säulen, und fuhr mit dem Aufzug in die dritte Etage. Dort folgte er einem roten Teppich durch einen hohen Flur zu Chruschtschows Büro. Der Generalsekretär der KPdSU war noch nicht eingetroffen. Dimka ging zwei Türen weiter zum Sitzungssaal des Ministerrats, wo sich das Politbüro versammeln würde. Zum Glück war alles sauber und aufgeräumt.

Das Politbüro der KPdSU war de facto das regierende Staatsorgan der Sowjetunion. Seine Mitglieder stellten die Minister, und Chruschtschow führte als Generalsekretär und Ministerpräsident den Vorsitz. Hier lag die wahre Macht.

Was würde Chruschtschow tun?

Dimka war als Erster eingetroffen, doch kurz darauf erschienen die Politbüromitglieder mitsamt ihren Beratern. Jewgeni Filipow begleitete seinen Chef, Verteidigungsminister Rodion Malinowski. »Was für ein Riesenhaufen Scheiße«, sagte Filipow. Er konnte seine Schadenfreude kaum verbergen. Dimka beachtete ihn gar nicht.

Natalja kam mit dem schwarzhaarigen, stets adretten Außenminister Andrej Gromyko. Offenbar war sie zu dem Schluss gekommen, dass zu dieser späten Stunde eher lässige Kleidung angesagt war; in ihrer amerikanischen Jeans und dem weiten Wollpullover sah sie niedlich aus.

»Danke für die Vorwarnung«, flüsterte Dimka ihr zu. »Das werde ich dir nicht vergessen.«

Sie berührte ihn am Arm. »Ich bin auf deiner Seite, das weißt du.«

Dann traf Chruschtschow ein und eröffnete die Sitzung mit den Worten: »Ich glaube, in Kennedys Fernsehansprache wird es um Kuba gehen.«

Dimka setzte sich an die Wand hinter Chruschtschow, jederzeit bereit, loszulaufen. Der Genosse Generalsekretär würde vielleicht eine Akte brauchen, eine Zeitung oder einen Bericht. Oder er fragte nach einem Bier oder einem Butterbrot. Zwei weitere von Chruschtschows Beratern setzten sich zu Dimka. Keiner von ihnen kannte die Antworten auf die großen Fragen. Hatten die Amerikaner die Raketen entdeckt? Und wenn ja, würden sie das Geheimnis lüften? Die Zukunft der Welt stand auf dem Spiel, aber Dimka musste zu seiner Schande eingestehen, dass er sich mindestens genauso sehr um seine eigene Zukunft sorgte.

Die Ungewissheit machte ihn schier wahnsinnig. In vier Stunden würde Kennedy im Fernsehen reden; aber das Politbüro würde den Inhalt der Rede sicherlich schon früher erfahren. Wozu hatten sie den KGB?

Mit seinen ebenmäßigen Gesichtszügen und dem dichten silbernen Haar sah Verteidigungsminister Malinowski wie ein Kriegsveteran in einem Spielfilm aus. Er argumentierte, die USA planten keine Invasion in Kuba. Schließlich habe der militärische Geheimdienst der UdSSR Männer in Florida, und dort müssten die amerikanischen Truppen erst einmal aufmarschieren, wollten sie nach Kuba übersetzen. »Bei Kennedys Rede geht es vermutlich nur um Wahlpropaganda«, erklärte er – ein wenig zu selbstbewusst, fand Dimka.

Auch Chruschtschow war skeptisch. Kennedy mochte ja keinen Krieg mit Kuba wollen, erwiderte er, aber was, wenn er nicht mehr Herr seiner Entscheidungen war? Chruschtschow glaubte, dass der amerikanische Präsident zumindest teilweise unter der Kontrolle des Pentagons und Kapitalisten vom Schlage eines Rockefellers stand. »Wir müssen einen Notfallplan entwickeln, falls die Amerikaner doch in Kuba einmarschieren«, erklärte Chruschtschow. »Unsere Truppen müssen auf jede Eventualität vorbereitet sein.« Er befahl eine zehnminütige Sitzungsunterbrechung, damit die Politbüromitglieder darüber nachdenken konnten.

Dimka war entsetzt, wie schnell das Gremium bereit gewesen war, über einen Krieg zu diskutieren. Das war nie der Plan gewesen! Als Chruschtschow befohlen hatte, die Raketen nach Kuba zu schicken, hatte er keinen Krieg provozieren wollen. Wie konnte es nur so weit kommen?, fragte Dimka sich verzweifelt.

Filipow hockte verschwörerisch mit Malinowski und ein paar anderen zusammen und notierte irgendetwas. Als das Gremium wieder zusammenkam, verlas Malinowski den Entwurf einer Nachricht an den sowjetischen Oberbefehlshaber in Kuba, General Issa Plijew, die ihn autorisierte, »alle ihm zur Verfügung stehenden Mittel« zur Verteidigung Kubas einzusetzen.

Sind Sie verrückt?, hätte Dimka ihn am liebsten gefragt.

Chruschtschow sah es ähnlich. »Damit würden wir Plijew ermächtigen, einen Atomkrieg vom Zaun zu brechen!«, rief er wütend.

Zu Dimkas Erleichterung sprang Anastas Mikojan Chruschtschow zur Seite. Stets der Friedensstifter, sah Mikojan wie ein Provinzanwalt aus und nicht wie einer der mächtigsten Männer der UdSSR. Er trug einen ordentlich gestutzten Schnurrbart und hatte eine Stirnglatze. Häufig gelang es ihm, Chruschtschow seine tollkühnsten Ideen auszureden. Jetzt stellte er sich gegen Malinowski. In Sachen Kuba genoss Mikojan großen Respekt, denn als einziger der hier Versammelten hatte er die Insel nach der Revolution besucht.

»Wie wäre es, wenn wir Castro die Kontrolle über die Raketen übertragen?«, schlug Chruschtschow vor.

Dimka hatte seinen Chef schon manches Verrückte sagen hören, aber das war selbst für Chruschtschow unverantwortlich. Was dachte er sich dabei?

»Davon möchte ich abraten«, erwiderte Mikojan vorsichtig. »Die Amerikaner wissen, dass wir keinen Atomkrieg wollen, und solange wir die Waffen kontrollieren, werden sie versuchen, das Problem auf diplomatischem Weg zu lösen. Aber Castro trauen sie nicht. Wenn sie wissen, dass er den Finger am Abzug hat, werden sie die Raketen auf der Insel durch einen massiven Präventivschlag zerstören.«

Auch Chruschtschow sah diese Gefahr, war aber noch nicht bereit, den Einsatz von Atomwaffen grundsätzlich auszuschließen. »Das würde bedeuten, dass wir den Amerikanern Kuba überlassen!«, erklärte er entrüstet.

Nun meldete sich Alexej Kossygin zu Wort. Kossygin war zehn Jahre jünger als Chruschtschow und sein engster Verbündeter. Er hatte das rote Gesicht eines Trinkers, aber Dimka hielt ihn für den klügsten Mann im Kreml. »Wir sollten nicht darüber nachdenken, wann wir Atomwaffen einsetzen«, sagte Kossygin. »Wenn es so weit kommt, haben wir ohnehin auf schreckliche Weise versagt. Stattdessen sollten wir uns fragen: Was können wir tun, damit es *nicht* so weit kommt?«

Dimka atmete ein wenig auf. Endlich kam hier jemand zur Vernunft.

Kossygin fuhr fort: »Deshalb schlage ich vor, General Plijew zu autorisieren, Kuba mit allen Mitteln zu verteidigen, nur nicht mit Atomwaffen.«

Malinowski hatte seine Zweifel. Er befürchtete, die amerikanischen Geheimdienste könnten von der Weisung erfahren. Dennoch einigte das Politbüro sich auf diesen Vorschlag, und zu Dimkas großer Erleichterung wurde der entsprechende Befehl erteilt. Zwar drohte noch immer die nukleare Katastrophe, aber wenigstens konzentrierten die Politbüromitglieder sich jetzt darauf, einen Krieg zu vermeiden, und nicht, ihn zu führen.

Kurz darauf schaute Dimkas Sekretärin Vera Pletner in den Raum und winkte ihm. Dimka schlich hinaus. Vera reichte ihm sechs Blatt Papier. »Das ist Kennedys Rede«, sagte sie leise.

»Gott sei Dank!« Dimka schaute auf die Uhr. In fünfundvierzig Minuten würde der amerikanische Präsident auf Sendung gehen. »Wo haben wir die her?«

»Die amerikanische Regierung hat freundlicherweise Kopien an unsere Botschaft in Washington geschickt, und das Außenministerium hat den Text rasch übersetzen lassen.«

Vera und Dimka waren allein im Gang. Dimka überflog den Text:

Unsere Regierung, hieß es in Kennedys Rede, hat wie versprochen die Entwicklung des militärischen Aufbaus auf der Insel Kuba genauestens verfolgt. Im Laufe der vergangenen Woche wurde es durch unwiderlegbare Beweise zur Gewissheit, dass Raketenabschussrampen auf dieser geknechteten Insel im Entstehen begriffen sind ...

Beweise?, dachte Dimka. Was denn für Beweise?

Der Zweck dieser Stützpunkte, hieß es weiter, kann nichts anderes sein als der, die Möglichkeiten für einen nuklearen Schlag gegen die westliche Hemisphäre zu schaffen ...

Dimka las weiter, doch zu seiner Enttäuschung erwähnte Kennedy nicht, wie er an diese Information gelangt war, ob durch Verräter oder Spione, sei es in der Sowjetunion, in Kuba oder auf andere Weise. Deshalb wusste Dimka noch immer nicht, ob er persönlich diese Krise verschuldet hatte oder nicht.

Kennedy nannte die sowjetischen Geheimhaltungsmaßnahmen ein Täuschungsmanöver. Dimka fand das nur recht und billig. Chruschtschow hätte im umgekehrten Fall das Gleiche gesagt. Aber die wichtigste Frage lautete: Welche Schritte würde der amerikanische Präsident jetzt unternehmen?

Dimka blätterte rasch weiter, bis er an die entscheidende Stelle kam:

Um diesem offensiven Aufbau Einhalt zu gebieten, wird eine strenge Quarantäne über alles militärische Offensivmaterial, das nach Kuba geliefert wird, eingeführt ...

Aha, dachte Dimka, eine Blockade also. Das verstieß gegen das Völkerrecht, deshalb nannte Kennedy es »Quarantäne«, als wollten die USA eine Seuche bekämpfen.

Weiter hieß es:

Sämtliche Schiffe jeder Art, die Kuba anzulaufen versuchen, egal aus welchem Land oder welchem Hafen, werden zurückgeschickt, wenn sie Angriffswaffen an Bord haben ...

Dimka erkannte sofort, dass dies nur das Vorspiel war. Eine Blockade konnte kaum noch etwas bewirken. Die meisten Raketen waren bereits vor Ort und in Kürze abschussbereit, und Kennedy musste das wissen, wenn seine Geheimdienste nur halb so gut waren, wie es den Anschein hatte. Die Blockade war nur symbolischer Natur.

Aber es gab auch eine Drohung:

Es wird die Politik dieser Nation sein, jeden Abschuss einer atomaren Rakete von Kuba gegen eine Nation der westlichen Hemisphäre als einen Angriff der Sowjetunion auf die Vereinigten Staaten zu betrachten, der einen vollen Vergeltungsschlag gegen die Sowjetunion erforderlich macht ...

Dimka schnürte es die Kehle zu. Das war eine furchtbare Drohung. Kennedy würde sich gar nicht erst die Mühe machen herauszufinden, ob nun die Sowjets eine Rakete abgefeuert hatten oder die Kubaner. Für den amerikanischen Präsidenten war es ein und dasselbe. Auch das Ziel war ihm egal. Wenn sie Chile beschossen, hätte es dieselben Konsequenzen, als hätten sie New York unter Beschuss genommen.

Wurde auch nur eine Rakete abgefeuert, würden die USA die Sowjetunion in eine radioaktive Wüste verwandeln.

Vor seinem geistigen Auge sah Dimka ein Bild, das jeder kannte: den Atompilz. In Dimkas Vorstellung erhob er sich über Moskau. Und der Kreml, sein Heim und alles andere lagen in Schutt und Asche.

Dann fiel ihm ein anderer Satz auf:

Es ist jedoch schwierig, diese Probleme zu erledigen oder nur zu diskutieren, solange eine Atmosphäre der Bedrohung herrscht ...

Angesichts der Heuchelei der Amerikaner verschlug es Dimka schier den Atem. War die Operation Mongoose etwa keine Bedrohung? Schließlich war es Mongoose gewesen, das die politischen Führer der Sowjetunion erst von der Notwendigkeit überzeugt hatte, Raketen nach Kuba zu schicken. Allmählich vermutete Dimka, dass man sich mit einer aggressiven Außenpolitik nur selbst besiegen konnte.

Er hatte genug gelesen, kehrte in den Sitzungsraum zurück, ging zu Chruschtschow und gab ihm die Papiere. »Kennedys Ansprache«, sagte er laut genug, dass jeder ihn hören könnte. »Die Regierung der Vereinigten Staaten hat uns das im Vorfeld zukommen lassen.«

Chruschtschow riss ihm die Papiere aus der Hand und las. Im Sitzungsraum breitete sich Schweigen aus.

Der Generalsekretär ließ sich Zeit. Dann und wann schnaubte er verächtlich oder grunzte überrascht. Doch je länger er las, desto deutlicher zeichnete sich Erleichterung in seinem Gesicht ab.

Nach ein paar Minuten legte er die letzte Seite weg. Doch er sagte noch immer nichts, sondern dachte nach. Schließlich hob er den Kopf. Ein Lächeln erschien auf seinem runden Bauerngesicht, und er ließ den Blick in die Runde schweifen. »Genossen«, verkündete er, »wir haben Kuba gerettet!«

*

Wie üblich, wenn George zu Besuch war, horchte Jacky Jakes ihren Sohn über sein Liebesleben aus. »Bist du mit jemandem zusammen?«

»Ich habe mich doch gerade erst von Norine getrennt.«

»Gerade erst? Das war vor sechs Monaten.«

»Wirklich? Ja, kann schon sein ...«

Sie hatte ihm Brathähnchen mit Okraschoten gemacht und die frittierten Maismehlklöße, die sie Hush Puppies nannte. Als kleiner Junge war das Georges Lieblingsspeise gewesen. Als Siebenundzwanzigjähriger bevorzugte er blutiges Steak mit Salat oder Pasta mit Muschelsoße. Außerdem aß er eher um acht Uhr zu Abend, nicht um sechs.

Doch George langte kräftig zu und hüllte sich in Schweigen. Er wollte seiner Mutter nicht die Freude verderben, ihn zu bekochen.

Jacky saß ihm am Küchentisch gegenüber, so wie es immer gewesen war. »Was ist denn mit der netten Maria Summers?«

George versuchte, kein gequältes Gesicht zu machen. Er hatte Maria an einen anderen Mann verloren. »Sie hat eine feste Beziehung.«

»Ach? Mit wem?«

»Das weiß ich nicht.«

Jacky gab ein enttäuschtes Seufzen von sich. »Hast du sie denn nicht gefragt?«

»Doch. Aber sie wollte es mir nicht sagen.«

»Wieso nicht?«

George zuckte mit den Schultern.

»Er ist verheiratet«, sagte seine Mutter im Brustton der Überzeugung.

»Das kannst du doch gar nicht wissen, Mom«, erwiderte George, hatte aber das schreckliche Gefühl, sie könnte recht haben.

»Normalerweise prahlt jede Frau mit dem Mann, mit dem sie geht. Wenn sie nichts sagt, schämt sie sich.«

»Es könnte einen anderen Grund geben.«

»Zum Beispiel?«

George schwieg, denn ihm fiel nichts ein.

Jacky fuhr fort: »Vermutlich ist es jemand, mit dem sie arbeitet. Ich hoffe sehr, dass ihr Großvater, der Prediger, nie davon erfährt.«

Erst jetzt kam George eine andere Möglichkeit in den Sinn. »Vielleicht ist er weiß.«

»Verheiratet und obendrein auch noch weiß, jede Wette. Wie ist es mit diesem Pressesprecher, diesem Pierre Salinger?«

»Ein netter Mann über dreißig, ein bisschen vollschlank, trägt schicke französische Sachen. Allerdings ist er verheiratet. Und nach allem, was man so hört, hat er etwas mit seiner Sekretärin. Deshalb bin ich mir nicht sicher, ob er die nötige Standfestigkeit für eine zweite Freundin hat.«

»Wenn er aus Frankreich kommt ...«

George grinste. »Hast du je einen Franzosen kennengelernt?«

»Nein, aber ich kenne ihren Ruf.«

»Und Neger stehen in dem Ruf, faul zu sein.«

»Du hast recht, ich sollte so nicht reden. Alle Menschen sind verschieden.«

»So hast du es mir beigebracht«, sagte George, doch er war mit den Gedanken weit weg von ihrem Gespräch. Die Neuigkeiten über die Mittelstreckenraketen in Kuba waren der amerikanischen Öffentlichkeit eine Woche lang vorenthalten worden, doch in wenigen Minuten wollte Präsident Kennedy sie in einer Fernsehansprache verkünden.

Rückblickend erkannte George, dass er die Bedrohung der USA durch die UdSSR weit unterschätzt hatte. Er hatte vor allem an die bevorstehenden Zwischenwahlen und deren Auswirkungen auf die Bürgerrechtskampagne gedacht. Einen Augenblick lang hatte er sogar die Aussicht auf atomare Vergeltung durch die USA genossen. Die schreckliche Wahrheit war ihm erst später bewusst geworden: Sollte es zu einem Atomkrieg kommen, spielten die Bürgerrechte und die Wahlen nicht mehr die geringste Rolle.

Jacky wechselte das Thema. »Der Koch, bei dem ich arbeite, hat eine sehr schöne Tochter.«

»Wirklich?«

»Cindy Bell.«

»Wofür steht Cindy? Cinderella?«

»Lucinda. Sie hat dieses Jahr an der Georgetown University ihren Abschluss gemacht.«

Georgetown war ein Viertel in Washington. Obwohl die Stadt eine mehrheitlich schwarze Bevölkerung hatte, besuchten nur wenige Farbige diese angesehene Universität.

»Diese Cindy ist weiß?«, fragte George.

»Nein.«

»Dann muss sie klug sein.«

»Sehr klug.«

»Katholisch?« Die Georgetown University wurde von Jesuiten geleitet.

»Nichts gegen Katholiken«, sagte Jacky mit leichtem Trotz. Zwar besuchte sie die Gottesdienste in der Bethel Evangelical Church, war aber aufgeschlossen. »Auch Katholiken glauben an Gott.«

»Katholiken glauben aber nicht an Empfängnisverhütung.«

»Ich bin nicht sicher, ob ich selbst daran glaube«, murmelte sie.

»Das ist nicht dein Ernst.«

»Wenn ich daran geglaubt hätte, dann hätte ich dich nicht.«

»Dann wirst du anderen Frauen bestimmt nicht das Recht verweigern, sich ebenfalls selbst zu entscheiden.«

»Sei nicht so streitlustig. Ich will die Empfängnisverhütung ja gar nicht verbieten.« Sie lächelte ihn liebevoll an. »Ich bin nur froh, dass ich mit sechzehn so unwissend und unvorsichtig war.« Sie erhob sich. »Ich setze uns Kaffee auf.« Es klingelte an der Tür. »Guckst du mal, wer das ist?«

Als George öffnete, stand ein attraktives schwarzes Mädchen Anfang zwanzig mit einer engen Caprihose und einem weiten Sweater vor ihm. Sie schien überrascht, ihn zu sehen. »Oh! Tut mir leid, ich dachte, Mrs. Jakes wohnt hier.«

»So ist es auch«, sagte George. »Ich bin nur Besuch.«

»Mein Vater hat mich gebeten, das hier vorbeizubringen, weil es am Weg liegt.« Sie reichte ihm ein Buch mit dem Titel *Das Narrenschiff*. George hatte schon davon gehört: Der Roman war ein Bestseller. »Ich glaube, Dad hat es sich von Mrs. Jakes geborgt.«

»Danke.« George nahm ihr das Buch aus der Hand. »Möchten Sie nicht hereinkommen?«

Sie zögerte.

Jacky kam an die Küchentür. Von dort konnte sie sehen, wer draußen stand; das Haus war nicht groß. »Cindy!«, sagte sie. »Ich habe gerade von dir gesprochen. Komm rein, ich habe frischen Kaffee gekocht.«

»Der duftet bis hierher«, sagte Cindy und trat über die Schwelle.

»Können wir den Kaffee im Wohnzimmer trinken, Mom?«, fragte George. »Gleich wird die Rede des Präsidenten übertragen.«

»Du willst doch jetzt nicht etwa fernsehen. Setz dich hin und unterhalte dich mit Cindy.«

George öffnete die Wohnzimmertür. »Hätten Sie was dagegen, wenn wir uns die Rede anhören?«, fragte er. »Der Präsident hat etwas Wichtiges zu sagen.«

»Woher wissen Sie das?«

»Ich habe an der Rede mitgewirkt.«

»Hey! Dann muss ich es mir ansehen!«

Sie gingen ins Zimmer. Georges Großvater, Lev Peshkov, hatte das Haus 1949 für Jacky und George gekauft und eingerichtet. Danach hatte Jacky sich standhaft geweigert, noch etwas von Lev anzunehmen außer Schulgeld und Collegegebühren für George. Doch von ihrem schmalen Gehalt konnte sie sich einen Umbau des Hauses nicht leisten, und so hatte das Wohnzimmer sich in dreizehn Jahren kaum verändert. Aber George mochte es so, wie es war: Polster mit Fransen, ein Orientteppich, eine Porzellanvitrine. Das Zimmer war altmodisch, aber heimelig.

Der größte Fortschritt war das Fernsehgerät von RCA Victor. George schaltete es ein. Dann warteten sie, bis der grüne Röhrenbildschirm sich aufgewärmt hatte.

Cindy sagte: »Ihre Mutter arbeitet mit meinem Dad zusammen im Damenclub der Universität, nicht wahr?«

»Ja.«

»Dann hätte er mich gar nicht bitten müssen, das Buch hier abzugeben. Er hätte es Ihrer Mutter morgen auf der Arbeit zurückgeben können.«

»Stimmt.«

»Die haben uns geleimt.«

»Ich weiß.«

Sie kicherte. »Ach, was soll's.«

Ihre Reaktion gefiel George.

Jacky kam mit einem Tablett ins Zimmer. Als sie den Kaffee eingeschenkt hatte, war Präsident Kennedy auf dem Schwarz-Weiß-Schirm zu sehen. »Guten Abend, meine Mitbürger«, sagte er. Er saß an einem Schreibtisch. Vor ihm stand ein kleines Rednerpult mit zwei Mikrofonen. Er trug einen dunklen Anzug, ein weißes Hemd und eine schmale Krawatte. George wusste, dass die Schatten der ungeheuren Anspannung in seinem Gesicht von den Maskenbildnern des Senders kaschiert worden waren.

Als er sagte, Kuba verfuge »über die Möglichkeit zu nuklearen Angriffen auf die westliche Hemisphäre«, schnappte Jacky nach Luft, und Cindy stieß hervor: »Ach du lieber Gott!«

Kennedy las mit seinem Bostoner Akzent von Blättern auf seinem Pult ab; er sprach »hart« wie »haat« und »Report« wie »Repoat« aus. Seine Vortragsweise war ernst, beinahe langweilig, doch seine Worte rüttelten jeden auf. »Bei den neuen Raketenstützpunkten handelt es sich um zwei verschiedene Arten. Einige Rampen sind für den Abschuss ballistischer Mittelstreckenraketen eingerichtet, die einen Atomsprengkopf über mehr als tausend Seemeilen tragen können. Jede dieser Raketen ist in der Lage, Washington, den Panamakanal, Cape Canaveral, Mexico City oder irgendeine andere Stadt im südöstlichen Teil der Vereinigten Staaten, in Mittelamerika oder im karibischen Raum zu erreichen.«

Jacky schlug entsetzt die Hand vor den Mund.

»Was tun wir denn jetzt?«, fragte Cindy.

»Warten Sie«, sagte George. »Das kommt gleich.«

Kennedy fuhr fort: »Wir haben nicht den Wunsch, eine andere Nation zu beherrschen oder zu erobern oder ihrem Volk unser System aufzuzwingen ...« An dieser Stelle hätte Jacky normalerweise eine abfällige Bemerkung über die Invasion in der Schweinebucht gemacht, aber jetzt war sie über politisches Hickhack hinaus. Die Kamera fuhr nahe an Kennedy heran, als er sagte: »Diese Aktion steht in krassem Widerspruch zu wiederholten öffentlichen und privaten Zusicherungen sowjetischer Sprecher, dass der militärische Aufbau in Kuba seinen defensiven Charakter beibehalten werde und dass die Sowjetunion weder den Wunsch noch das Bedürfnis habe, strategische Fernwaffen auf einem fremden Territorium zu stationieren.«

»Wie konnte es nur so weit kommen?«, fragte Jacky.

»Die Sowjets sind hinterlistig«, sagte George.

Langsam und deutlich sagte Kennedy: »Es wird die Politik dieser Nation sein, jeden Abschuss einer Kernwaffenrakete von Kuba gegen eine Nation der westlichen Hemisphäre als einen Angriff der Sowjetunion auf die Vereinigten Staaten zu betrachten, der einen vollen Vergeltungsschlag gegen die Sowjetunion erforderlich macht.«

»O Gott«, sagte Cindy. »Wenn Kuba auch nur eine Rakete abschießt, haben wir einen weltweiten Atomkrieg.«

»Ich fürchte, ja«, sagte George, der an allen Sitzungen teilgenommen hatte, in denen diese Resolution beschlossen worden war.

Der Präsident schloss mit den Worten: »Unser Ziel ist nicht der Sieg der Macht, sondern die Verteidigung des Rechts, nicht Frieden auf Kosten der Freiheit, sondern Frieden *und* Freiheit hier in dieser Hemisphäre und, wie wir hoffen, auf der ganzen Welt. Ich danke Ihnen und wünsche eine gute Nacht.«

Jacky schaltete den Fernseher aus und blickte George an. »Was wird denn nun aus uns?«

Er hätte sie gern beruhigt und ihr ein Gefühl der Sicherheit gegeben, aber das konnte er nicht. »Ich weiß es nicht, Mom.«

»Diese Quarantäne bewirkt gar nichts, das sehe sogar ich«, sagte Cindy.

»Sie ist nur eine Vorkehrung.«

»Und was kommt als Nächstes?«

»Das wissen wir nicht.«

»Sag mir die Wahrheit, George. Gibt es Krieg?«, fragte Jacky.

George zögerte. Ständig waren mit Atombomben bestückte Jets in der Luft, um sicherzustellen, dass zumindest einige dieser Waffen einen sowjetischen Erstschlag überstanden. Der Invasionsplan für Kuba wurde verfeinert, und das Außenministerium wählte Kandidaten aus, die der pro-amerikanischen Regierung vorsitzen sollten, die anschließend die Macht auf der Insel übernehmen würde. Das Strategic Air Command hatte die Alarmstufe auf DEFCON-3 erhöht – innerhalb von fünfzehn Minuten konnte ein nuklearer Angriff gestartet werden.

Und was war die wahrscheinlichste Entwicklung?

Schweren Herzens sagte George: »Ja, Mom. Ich fürchte, es gibt Krieg.«

*

Zu guter Letzt befahl das Politbüro sämtlichen sowjetischen Schiffen, die sich mit Raketen an Bord auf dem Weg nach Kuba befanden, umzukehren.

Chruschtschow ging davon aus, dass er nur wenig dadurch verloren hatte, und Dimka stimmte mit ihm überein. Kuba hatte jetzt Atomwaffen – wie viele, spielte keine Rolle. Die Sowjetunion würde einen Zusammenstoß auf offener See vermeiden, in dieser Krise als Friedensstifter auftreten und dennoch über eine Nuklearbasis verfügen, die nur gut neunzig Seemeilen von der amerikanischen Küste entfernt war.

Doch alle wussten, dass die Sache damit noch nicht ausgestanden war.

Die eigentliche Frage hatten die beiden Supermächte nämlich noch gar nicht angesprochen. Was sollte mit den Atomwaffen geschehen, die bereits auf Kuba waren? Kennedy hatte noch immer alle Möglichkeiten, und so wie Dimka es sah, führten die meisten in den Krieg.

Chruschtschow beschloss, sich in dieser Nacht nicht nach Hause fahren zu lassen. Es war viel zu gefährlich, auch wenn es nur wenige Minuten mit dem Auto waren. Sollte ein bewaffneter Konflikt ausbrechen, musste er hier sein und sofort Entscheidungen treffen.

Neben seinem großen Büro befand sich ein kleinerer Raum mit einer bequemen Couch. Dort legte der Generalsekretär sich erst einmal hin. Die anderen Mitglieder des Politbüros trafen die gleiche Entscheidung, und so schliefen die politischen Führer des zweitmächtigsten Staats der Erde unruhig in ihren Büros.

Dimka hatte ein kleines Zimmer am Ende des Flurs. In seinem Büro gab es keine Couch, nur einen harten Stuhl, einen Schreibtisch und einen Aktenschrank. Er versuchte noch herauszufinden, was davon am wenigsten unbequem war, als es an der Tür klopfte und Natalja das Zimmer betrat, umhüllt von einem milden Duft, der definitiv nicht von einem sowjetischen Parfüm stammte.

Es war klug von ihr gewesen, sich so leger wie möglich anzuziehen, dachte Dimka. Heute würden sie alle in ihren Kleidern schlafen müssen.

»Ich mag deinen Pullover«, bemerkte er.

»Das nennt man einen Sloppy Joe.« Sie benutzte das englische Wort.

»Und was heißt das?«

»Keine Ahnung, aber ich mag den Klang.«

Dimka lachte. »Ich habe mir gerade überlegt, wo ich mich zum Schlafen hinlegen soll.«

»Ich auch.«

»Andererseits bin ich nicht sicher, ob ich überhaupt schlafen kann.«

»Weil du nicht weißt, ob du wieder aufwachen wirst?«

»Ja.«

»Geht mir genauso.«

Dimka dachte kurz nach. Auch wenn er die ganze Nacht wachliegen sollte – er könnte sich wenigstens etwas Bequemes suchen. »Das hier ist doch ein Palast, und er steht leer«, sagte er, zögerte für einen Moment und fuhr dann fort: »Was hältst du davon, wenn wir ihn ein bisschen erkunden? Ich könnte mir vorstellen, das lenkt uns ein wenig ab. Was meinst du?«

»Klar, warum nicht«, erwiderte Natalja.

Dimka schnappte sich seinen Mantel. Den konnte er als Decke benutzen.

Die einst geräumigen Schlafzimmer und Boudoirs des Palasts waren wenig elegant in Büros für Verwaltungsbeamte und Sekretärinnen unterteilt und mit billigen Möbeln aus Sperrholz und Plastik vollgestellt worden. In einigen der größeren Räume gab es Polsterstühle für die höherrangigen Bürokraten, aber nichts, worauf man hätte schlafen können. Dimka dachte schon daran, sich auf dem Fußboden eine Schlafgelegenheit herzurichten, als sie am Ende eines Gebäudeflügels durch einen Gang voller Eimer und Schrubber kamen. Dahinter gelangten sie in einen ausgedehnten Raum, der als Möbellager diente.

Der Raum war nicht geheizt, und ihr Atem kondensierte in der kalten Luft. Die großen Fenster waren zugefroren, und die vergoldeten Leuchter hatten zwar Kerzenhalterungen, doch die waren allesamt leer. Nur zwei nackte Glühbirnen an der bemalten Decke spendeten schwaches Licht.

Die aufgestapelten Möbel sahen aus, als wären sie schon seit der Revolution hier. Da standen zerkratzte Tische auf spindeldürren Beinen, Stühle mit verrotteten Barockpolstern und leere, zerbrochene Bücherregale. Es waren die Schätze der Zaren, und sie lagen auf einem Müllhaufen.

Die Möbel verrotteten hier, weil sie zu »bourgeois« für die Büros der Parteibonzen waren. Im Westen hätte man sie für viel Geld verkaufen können, vermutete Dimka.

Und da war ein großes, altes Himmelbett.

Der Stoff war vergilbt und voller Staub, doch die ausgeblichene blaue Tagesdecke schien noch intakt zu sein. Außerdem gab es eine Matratze und Kissen.

»Voilà«, sagte Dimka. »Ein Bett hätten wir schon mal.«

»Das werden wir uns wohl teilen müssen«, erklärte Natalja.

Daran hatte Dimka auch schon gedacht, den Gedanken jedoch rasch wieder beiseitegeschoben. In seiner Fantasie boten schöne Frauen ihm häufig an, das Bett mit ihm zu teilen, aber nie im wahren Leben.

Bis jetzt.

Aber willst du das überhaupt?, fragte er sich. Er war zwar nicht mit Nina verheiratet, aber zweifellos wollte sie, dass er ihr treu blieb, und Dimka erwartete von ihr das Gleiche. Andererseits war Nina nicht hier, Natalja schon ...

Dümmlich fragte er: »Teilen? Meinst du damit, wir sollen zusammen schlafen?«

»Nur um uns warm zu halten«, antwortete sie. »Ich kann dir doch vertrauen, oder?«

»Natürlich«, sagte er. Dann war das wohl in Ordnung, nahm er an.

Natalja zog die antike Tagesdecke ab. Staub wirbelte auf, und sie musste niesen. Die Laken waren mit der Zeit muffig und gelb geworden, schienen ansonsten aber in Ordnung zu sein. »Motten mögen keine Baumwolle«, bemerkte sie.

»Wenn du es sagst«, erwiderte Dimka.

Natalja trat die Schuhe von den Füßen und schlüpfte in Jeans und Pullover unter die Laken. Sie zitterte. »Komm schon«, forderte sie Dimka auf. »Sei nicht so schüchtern.«

Dimka legte seinen Mantel über sie. Dann schnürte er seine Schuhe auf und zog sie aus. Die ganze Sache war seltsam, aber aufregend. Natalja wollte mit ihm schlafen, nur ohne Sex.

Nina würde ihm das niemals glauben.

Aber irgendwo musste er ja schlafen.

Dimka zog seine Krawatte aus und kroch ins Bett. Die Laken waren eiskalt. Er schlang die Arme um Natalja. Sie legte den Kopf an seine Schulter und schmiegte sich an ihn. Ihr weiter Pullover und sein Anzug machten es ihm unmöglich, ihren Körper zu spüren; trotzdem bekam er eine Erektion. Aber falls Natalja es spürte, sagte sie nichts.

Nach ein paar Minuten hörten sie zu zittern auf. Dimka hatte sein Gesicht in Nataljas Haar gedrückt. Es war weich und roch nach Limonen. Seine Hände lagen auf ihrem Rücken, doch durch den dicken Pullover bekam er kein Gefühl für ihre Haut. Aber er spürte ihren warmen Atem an seinem Hals. Der Rhythmus ihres Atmens hatte sich verändert; es war regelmäßiger geworden und flach. Er küsste sie auf den Kopf, aber sie reagierte nicht darauf.

Er wurde aus Natalja einfach nicht schlau. Sie war nur eine Beraterin, so wie er, und nur drei, vier Jahre älter als er. Aber sie fuhr einen zwölf Jahre alten, bestens gepflegten Mercedes. Und sie trug zwar die nur wenig elegante Kremlkleidung, dazu aber teure, importierte Parfüms. Sie war charmant und einnehmend, doch wenn sie nach Hause kam, kochte sie ihrem Mann vermutlich das Abendessen wie jede biedere Hausfrau.

Und nun hatte sie Dimka zu sich ins Bett gebeten, nur um dann einzuschlafen.

Dimka war sicher, dass er kein Auge zubekommen würde – nicht mit einer so schönen Frau im Arm.

Dann schlief er doch ein.

Als er aufwachte, war es draußen noch dunkel.

Natalja murmelte: »Wie viel Uhr haben wir?«

Sie lag noch immer in Dimkas Armen. Er reckte den Hals, um auf seine Armbanduhr zu schauen. »Halb sieben.«

»Und wir leben noch.«

»Ja. Wie es aussieht, haben die Amerikaner uns nicht bombardiert.«

»Noch nicht.«

»Wir sollten aufstehen«, sagte Dimka und bereute es augenblicklich. Chruschtschow war vermutlich noch nicht wach, und selbst wenn, wollte Dimka diesen wunderschönen Moment nicht vorzeitig beenden. Es gefiel ihm, neben Natalja in der morgendlichen Stille dieses Zimmers zu liegen.

Warum, zum Teufel, hatte er dann vorgeschlagen, dass sie aufstehen sollten?

Doch auch Natalja war noch nicht bereit dazu. »Lass uns noch ein bisschen liegen bleiben«, murmelte sie.

Dimka freute sich, dass es ihr in seinen Armen gefiel.

Dann küsste sie ihn auf den Hals.

Es war nur eine ganz sanfte Berührung auf seiner Haut, als wäre eine Motte aus den antiken Stoffen geflattert und hätte ihn mit den Flügeln gestreift. Aber er hatte es sich nicht bloß eingebildet.

Natalja hatte ihn geküsst.

Er strich ihr übers Haar.

Sie legte den Kopf zurück und schaute ihn an. Ihr Mund war leicht geöffnet, und ein Lächeln umspielte ihre Lippen, als wäre sie angenehm überrascht. Dimka war kein Experte, was Frauen betraf, doch selbst er konnte diese Einladung nicht missverstehen. Trotzdem zögerte er, sie zu küssen.

Dann sagte Natalja: »Wahrscheinlich werden wir diesen Tag nicht überleben.«

Und so küsste Dimka sie.

Natalja reagierte heftig und leidenschaftlich. Sie biss Dimka in die Lippe und stieß ihm die Zunge in den Mund. Dimka drehte sich herum und schob die Hände unter ihren Pullover. Mit einer raschen Bewegung öffnete Natalja ihren BH. Ihre Brüste waren wundervoll klein und fest, und sie hatten große, spitze Brustwarzen, die bereits hart waren. Als Dimka daran saugte, stöhnte Natalja vor Lust.

Er versuchte, ihr die Jeans auszuziehen, doch sie hatte anderes im Sinn. Sie stieß ihn mit dem Rücken aufs Bett und öffnete ihm hastig die Hose. Dimka hatte Angst, sofort zu kommen – Nina zufolge war das für viele Männer ein Problem –, aber das geschah nicht.

Natalja zog sein steifes Glied aus der Unterhose, betrachtete es mit funkelnden Augen, streichelte es mit beiden Händen, drückte es sich an die Wange, küsste es und steckte es sich in den Mund.

Dimka schnappte nach Luft. Als er spürte, dass er jeden Moment explodieren würde, versuchte er, seinen Ständer zurückzuziehen. Nina war das jedes Mal lieber so. Natalja jedoch schnaubte protestierend, rieb und lutschte noch heftiger als zuvor. Schließlich verlor Dimka die Kontrolle und ergoss sich mit lautem Stöhnen in ihren Mund.

Dann lag er erschöpft da. Natalja küsste ihn, und er schmeckte sein Sperma auf ihren Lippen, doch für ihn war es ein Zeichen gegenseitiger Zuneigung und Zärtlichkeit.

Träge beobachtete er, wie Natalja sich Jeans und Unterwäsche auszog. Dimka wusste, dass nun er an der Reihe war, sie zu befriedigen. Und Nina hatte ihm beigebracht, wie das ging.

Dimka vergrub das Gesicht in Nataljas Schoß, begierig, die Lust und Leidenschaft zurückzugeben, die sie ihm bereitet hatte. Natalja lenkte ihn mit den Händen und mit Worten und deutete mit leichtem Druck an, wann er sie härter und wann sanfter küssen sollte. Gleichzeitig hob und senkte sie das Becken oder kreiste mit den Hüften, um ihm zu zeigen, worauf genau er seine Aufmerksamkeit richten sollte. Natalja war erst die zweite Frau, mit der Dimka so etwas machte, und er genoss ihren Geschmack und ihren Duft.

Bei Nina war es immer nur ein Vorspiel, doch nun dauerte es überraschenderweise nicht lange, und Natalja schrie auf, als sie den Höhepunkt erreichte. Erst presste sie Dimkas Kopf fest an sich, dann, als wäre die Lust zu viel für sie, stieß sie ihn von sich.

Schließlich lagen sie ermattet nebeneinander. Es war eine vollkommen neue Erfahrung für Dimka gewesen, und nachdenklich sagte er: »Diese ganze Sache mit dem Sex ist viel komplizierter, als ich gedacht habe.«

Zu seiner Überraschung lachte Natalja.

»Habe ich was Lustiges gesagt?«, fragte er.

Sie lachte noch lauter und erwiderte: »Ach, Dimka, du bist einfach großartig.«

*

La Isabela war eine Geisterstadt. Einst ein blühender kubanischer Hafen, hatte das amerikanische Wirtschaftsembargo sie hart getroffen. Der nächste Ort war weit entfernt, und die Stadt lag inmitten von Salzmarschen und

Mangrovensümpfen. Zottelige Ziegen trotteten durch die Straßen, und im Hafen lagen nur ein paar schäbige Fischerboote ... und die *Alexandrowsk*, ein sowjetischer Frachter von 5400 Tonnen, der bis zum Schaudeckel mit Atomsprengköpfen beladen war.

Das Schiff war auf dem Weg nach Mariel gewesen. Nachdem Präsident Kennedy die Seeblockade verkündet hatte, hatten die meisten sowjetischen Schiffe kehrtgemacht. Doch einige waren nur noch ein paar Stunden von der Insel entfernt gewesen; diesen Schiffen hatte man befohlen, so schnell wie möglich in den nächstgelegenen kubanischen Hafen einzulaufen.

Tanja und Paz beobachteten, wie das Schiff sich im strömenden Regen Meter um Meter dem Betondock näherte. Die Luftabwehrgeschütze auf dem Deck waren unter Planen verborgen.

Tanja hatte schreckliche Angst. Sie hatte keine Ahnung, was nun geschehen würde. Ihr Bruder hatte sich so viel Mühe gegeben, und doch war das Geheimnis noch vor den Zwischenwahlen an die Öffentlichkeit gelangt – und dass Dimka nun in großen Schwierigkeiten steckte, war noch ihre geringste Sorge. Offensichtlich war die Blockade lediglich das Vorspiel. Jetzt musste Kennedy Stärke zeigen. Und mit einem »starken« Kennedy und Kubanern, die ihre *dignidad* verteidigten, ihre Würde, konnte alles geschehen, von einer amerikanischen Invasion bis hin zur nuklearen Apokalypse.

Tanja und Paz waren sich inzwischen sehr viel nähergekommen. Sie hatten einander von ihrer Kindheit, ihren Familien und ehemaligen Liebhabern erzählt. Sie hatten einander oft berührt. Sie lachten häufig. Aber sie blieben zurückhaltend, was eine Romanze betraf. Tanja hätte es schon gerne gehabt, widerstand aber der Versuchung. Die Vorstellung, Sex mit einem Mann zu haben, nur weil er schön war, kam ihr irgendwie falsch vor. Sie mochte Paz, trotz seiner Besessenheit von der *dignidad*, aber sie liebte ihn nicht. Zwar hatte sie auch schon in der Vergangenheit Männer geküsst, die sie nicht geliebt hatte, vor allem an der Universität, aber sie hatte keinen Sex mit ihnen gehabt. Bis jetzt war sie nur mit einem Mann im Bett gewesen, und den hatte sie geliebt – zumindest hatte sie es damals geglaubt. Aber vielleicht würde sie doch noch mit Paz schlafen, wenn auch nur, um jemanden bei sich zu haben, wenn die Bomben fielen.

Das größte Lagerhaus am Hafen war ausgebrannt.

»Wie ist das passiert?«, fragte Tanja und deutete zu dem Lager hinüber.

»Die CIA hat es in Brand gesteckt«, antwortete Paz. »Wir haben hier viel mit solchen Sabotageangriffen zu tun.«

Tanja schaute sich um. Sämtliche Gebäude am Pier standen leer und waren verfallen, und die meisten Häuser waren kaum mehr als Holzhütten. Regenwasser sammelte sich in den Löchern der ungepflasterten Straßen. Die Amerikaner könnten den ganzen Ort in die Luft jagen und hätten dem Castro-Regime damit so gut wie keinen Schaden zugefügt.

»Ein Sabotageangriff?«, fragte Tanja. »Warum gerade hier?«

Paz zuckte mit den Schultern. »Vermutlich, weil es ein leichtes Ziel war. Sie kommen in Schnellbooten aus Florida, schleichen sich an den Strand, jagen irgendetwas in die Luft, erschießen ein, zwei Unschuldige und fahren wieder nach Amerika zurück.« Auf Englisch fügte er hinzu: »Fuckin' cowards!«

Tanja fragte sich, ob alle Regierungen so waren. Die Kennedy-Brüder sprachen von Freiheit und Demokratie, und doch schickten sie bewaffnete Banden über das Meer, um das kubanische Volk zu terrorisieren. Und die sowjetischen Kommunisten redeten davon, das Proletariat zu befreien; gleichzeitig aber sperrten sie jeden ein, der ihnen widersprach, oder ermordeten ihn sogar. Wassili hatten sie ja auch nach Sibirien geschickt. Gab es auf dieser Welt überhaupt ein ehrliches Regime?

»Fahren wir«, sagte Tanja. »Es ist ein weiter Weg bis nach Havanna, und ich muss Dimka berichten, dass das Schiff sicher angekommen ist.« Moskau war zwar zu dem Schluss gekommen, dass die *Alexandrowsk* Kuba schon nahe genug gewesen war, um noch den Hafen anzulaufen, aber Dimka wartete auf die Bestätigung.

Sie stiegen in Paz' alten amerikanischen Buick und fuhren aus der Stadt. Zu beiden Seiten der Straße breiteten sich große Zuckerrohrfelder aus, die einst den Reichtum Kubas ausgemacht hatten. Truthahngeier kreisten in der Luft und jagten die fetten Ratten auf den Feldern. In der Ferne ragte der Schornstein einer Zuckermühle wie eine Rakete in den Himmel. Die flache Landschaft von Zentralkuba wurde von einspurigen Schmalspurgleisen durchzogen, auf denen das Zuckerrohr von den Feldern in die Mühlen gebracht wurde. Dort, wo das Land nicht kultiviert war, beherrschte tropischer Dschungel das Bild. Nur hier und da graste Vieh auf frisch gerodeten Flächen, und Reiher folgten den Kühen.

Auf dem Land waren Pferdekarren das übliche Transportmittel, doch je näher Tanja und Paz der Hauptstadt kamen, desto mehr Militärfahrzeuge und Busse sahen sie auf der Straße, die Reservisten in die Kasernen brachten. Castro hatte die höchste Alarmstufe befohlen. Die gesamte Nation war auf Krieg vorbereitet.

Als Paz' Buick vorbeifuhr, winkten die Männer und riefen: *»Patria o muerte!* Vaterland oder Tod! *Cuba si, yanqui no!* Ja zu Kuba, nein zu den Yankees!«

In den Außenbezirken Havannas fiel Tanja ein neues Plakat auf, das über Nacht erschienen war und nun fast jede Wand zierte. In schlichtem Schwarz-Weiß gehalten, zeigte es eine Hand, die eine Maschinenpistole hielt; darunter standen die Worte: *A Las Armas – Zu den Waffen.*

Castro versteht wirklich etwas von Propaganda, überlegte Tanja, im Gegensatz zu den alten Männern im Kreml, deren beste Ideen für einen Slogan feurige Sprüche waren wie etwa: »Setzt die Beschlüsse des XXI. Parteitages um!«

Tanja hatte schon früher am Tag eine Nachricht geschrieben und verschlüsselt. Jetzt musste sie nur noch die Ankunftszeit der *Alexandrowsk* einfügen. Dann ging sie mit der Nachricht in die sowjetische Botschaft und gab sie einem KGB-Offizier, den sie gut kannte.

Dimka würde erleichtert sein, doch Tanja hatte immer noch Angst. War es wirklich eine gute Nachricht, dass Kuba noch eine weitere Ladung Atomwaffen bekommen hatte? Wäre das kubanische Volk – und damit Tanja selbst – ohne diese Massenvernichtungswaffen nicht sicherer?

»Haben Sie heute noch andere Pflichten?«, wollte Tanja von Paz wissen, als sie wieder aus der Botschaft kam.

»Ich bin Ihr Verbindungsoffizier.«

»Aber in einer Krise wie dieser ...«

»In einer Krise wie dieser gibt es nichts Wichtigeres, als die Kommunikation mit unseren sowjetischen Verbündeten aufrechtzuerhalten.«

»Dann lassen Sie uns zusammen über den Malecón spazieren.«

Sie fuhren zur Küste. Paz parkte vor dem Nacional. Soldaten bauten gerade ein Flugabwehrgeschütz vor diesem berühmten Hotel auf.

Tanja und Paz stiegen aus und spazierten über die Uferpromenade. Ein heftiger Nordwind peitschte über die See und ließ riesige Wellen donnernd gegen die Steinmauer anrollen. Gischt sprühte wie Regen auf die Promenade. Sie war bei Spaziergängern sehr beliebt, und an diesem Tag waren sogar noch mehr Menschen hier als sonst. Doch die Stimmung war angespannt. Die Leute standen in kleinen Gruppen zusammen und redeten, doch viele schwiegen auch. Die Stimmung war seltsam gedrückt; die Menschen flirteten nicht, lachten nicht und trugen auch nicht ihre beste Kleidung. Alle schauten in dieselbe Richtung – nach Norden, wo die Vereinigten Staaten lagen. Sie warteten auf die Yankees.

Tanja und Paz schlossen sich ihnen eine Zeit lang an. Tief im Innern fühlte Tanja, dass eine Invasion unvermeidlich war. Schon bald würden Zerstörer durch die Wellen pflügen, U-Boote würden wie aus dem Nichts auftauchen, und die grauen Flugzeuge mit den blau-weißen Sternen würden sich aus den Wolken stürzen und Bomben auf das kubanische Volk und seine sowjetischen Freunde regnen lassen.

Tanja nahm Paz' Hand. Er drückte sie sanft, und Tanja schaute ihm tief in die braunen Augen. »Ich glaube, wir alle werden sterben«, sagte sie ruhig.

»Ja«, erwiderte er.

»Willst du vorher noch mit mir ins Bett?«, fragte sie geradeheraus und wechselte unvermittelt in die persönliche Anrede.

»Ja«, antwortete er schlicht.

»Sollen wir in meine Wohnung fahren?«

»Ja.«

Sie kehrten zum Auto zurück und fuhren in die schmale Altstadtstraße, nicht weit von der Kathedrale, wo Tanja eine Wohnung hatte.

Tanjas erster und bis jetzt einziger Liebhaber war Pjotr Ilojan gewesen, ein Dozent an der Universität. Er hatte ihren jungen Körper förmlich angebetet, ihre Brüste angestarrt, ihre Haut berührt und ihr Haar geküsst, als hätte er noch nie etwas so Wundervolles gesehen. Paz war genauso alt wie Pjotr, doch Tanja erkannte rasch, dass Sex mit ihm vollkommen anders sein würde. *Sein* Körper stand im Mittelpunkt ihrer Aufmerksamkeit. Er zog sich betont langsam aus. Dann stand er nackt vor Tanja und ließ ihr Zeit, seine makellose Haut und die ausgeprägten Muskeln zu betrachten.

Tanja saß voller Verlangen auf der Bettkante und bewunderte ihn. Das wiederum schien Paz zu erregen, denn sein Glied richtete sich auf. Tanja konnte es kaum erwarten, es in sich zu spüren.

Pjotr war ein bedächtiger, sanfter, beinahe rücksichtsvoller Liebhaber gewesen. Paz hingegen war trotz seiner spürbaren Erfahrenheit wild und ungezügelt. Immer wieder entfachte er Tanjas Lust und brachte sie bis kurz vor den Höhepunkt, um sich dann zurückziehen und den Moment hinauszuzögern. Mehrmals wechselte er die Stellung, ließ Tanja auf sich reiten und nahm sie schließlich von hinten. Beide gaben sich ganz der Lust hin, als gäbe es kein Morgen mehr.

Und das konnte durchaus sein.

Anschließend machte Tanja Eier und Kaffee. Paz schaltete den Fernseher ein, und gemeinsam schauten sie sich Fidel Castros Rede an.

Castro saß vor einer kubanischen Flagge. Das kühne Blau und Weiß der Streifen erschien auf dem Schwarz-Weiß-Bildschirm in tristen Grautönen. Wie immer trug Castro eine Kampfuniform und als einziges Zeichen seines Ranges einen Stern auf der Schulterklappe. Tatsächlich hatte Tanja ihn noch nie in Zivil gesehen, aber auch nicht in einer von Orden behangenen Uniform wie andere kommunistische Führer.

Tanja schöpfte ein wenig Hoffnung. Castro war kein Dummkopf. Er wusste, dass er die USA in einem Krieg niemals besiegen konnte, auch nicht mithilfe der Sowjetunion. Also würde er sich vermutlich irgendeine dramatische Versöhnungsgeste ausdenken, um die Zeitbombe zu entschärfen, auf der sie alle saßen.

Castros Stimme war hoch und näselnd, aber er sprach mit überwältigender Leidenschaft. Die Uniform und der buschige Bart verliehen ihm das Aussehen eines Guerillakämpfers, der irgendwo in der Wildnis im Einsatz ist, auch wenn er offensichtlich in einem Studio saß. Er gestikulierte mit beiden Händen, hob manchmal schulmeisterlich den Finger, um Widerspruch zu verbieten, ballte die Faust oder packte die Stuhllehnen, als wollte er sich daran festhalten. Er schien keinen vorgefertigten Text zu haben, sondern frei zu reden. Auf seinem Gesicht zeigten sich die unterschiedlichsten Gefühle und Emotionen: Empörung, Verachtung und Wut, Stolz, Trotz und Selbstbewusstsein, aber niemals Zweifel. In Castros Welt gab es nur Gewissheiten.

Punkt für Punkt nahm er Kennedys Fernsehansprache auseinander, die in Kuba im Radio übertragen worden war. Verächtlich kommentierte er Kennedys Appell an das geknechtete Volk auf der Insel: »Wir sind nicht von der Gnade der Yankees abhängig.«

Doch Castro sagte nichts über die Sowjetunion, nichts über die Atomraketen.

Die Rede dauerte neunzig Minuten. Es war eine Vorstellung, die eines Churchill würdig gewesen wäre. Das tapfere kleine Kuba würde dem großen Amerika trotzen, erklärte Castro. Kapitulation kam nicht infrage.

Mit Sicherheit hoben Castros Worte die Moral des kubanischen Volkes, aber das änderte nichts an der beklemmenden Situation. Tanja war enttäuscht, und ihre Angst war noch größer geworden. Castro hatte nicht einmal versucht, einen Krieg zu vermeiden.

Zum Schluss rief er leidenschaftlich: »Vaterland oder Tod! Wir werden siegen!« Dann sprang er aus dem Stuhl aus und eilte hinaus, als hätte er keine Zeit zu verlieren.

Tanja blickte Paz an. Er hatte Tränen in den Augen.

Sie küsste ihn. Dann liebten sie sich erneut auf der Couch vor dem flackernden, rauschenden Fernseher. Diesmal war der Sex bedächtiger, genussvoller und befriedigender. Es fiel Tanja nicht schwer, Paz' wundervollen Körper regelrecht anzubeten. Sie streichelte und küsste ihn überall, spielte mit den Fingern in seinen Locken. »Du bist wunderschön«, flüsterte sie und biss ihm ins Ohrläppchen.

Später lagen sie auf der Couch und teilten sich eine Zigarre, als sie plötzlich Geräusche von der Straße hörten. Tanja öffnete die Tür zum Balkon. In der Stadt war es totenstill gewesen, als Castro im Fernsehen gesprochen hatte, doch jetzt strömten die Menschen auf die schmalen Straßen. Inzwischen war es dunkel geworden, und einige Leute hatten Kerzen und Fackeln dabei.

Tanjas journalistischer Instinkt meldete sich zurück. »Ich muss auf die Straßen«, sagte sie zu Paz. »Das ist eine große Story.«

»Ich komme mit.«

Sie zogen sich an und verließen das Gebäude. Die Straßen waren nass, doch der Regen hatte aufgehört. Immer mehr Menschen kamen aus den Häusern. Alle jubelten voller Trotz und riefen Parolen. Viele sangen die Nationalhymne, *La Bayamesa*. Die Melodie hatte nichts Lateinamerikanisches, sie klang mehr nach einem deutschen Trinklied, aber diesmal klangen die Worte wie eine Beschwörung:

Ein Leben in Ketten
Ist ein Leben in Schimpf und Schande.
Höret den Klang der Trompete,
Auf zu den Waffen, ihr Tapferen, lauft!

Als Tanja und Paz mit der Menge durch die Gassen der Altstadt zogen, fiel Tanja auf, dass viele Männer sich bewaffnet hatten. Da sie jedoch über keine Gewehre verfügten, hatten sie Gartenwerkzeuge und Macheten dabei, Küchenmesser und Fleischerbeile, als wollten sie die Amerikaner am Malecón in Stücke hacken.

Tanja wusste, dass ein B-52-Bomber der amerikanischen Luftwaffe mehr als dreißig Tonnen Bombenlast tragen konnte.

Ihr armen Narren, dachte sie. Wie wollt ihr mit Messern dagegen kämpfen?

KAPITEL 17

George Jakes hatte sich dem Tod niemals näher gefühlt als am 24. Oktober im Kabinettssaal des Weißen Hauses.

Um zehn Uhr begann die morgendliche Sitzung.

George befürchtete, dass um elf Uhr der Krieg ausbrach.

An diesem schicksalhaften Mittwoch nahm er an der Sitzung des Executive Committee of the National Security Council teil, kurz ExComm. Präsident Kennedy hatte jeden in dieses Komitee berufen, von dem er glaubte, er könne bei der Bewältigung der Kubakrise helfen. Selbstverständlich gehörte sein Bruder Bobby dazu, aber auch Dean Rusk, McGeorge Bundy und Kenneth O'Donnell.

Die Berater hatten auf Ledersesseln an dem langen Tisch Platz genommen. Ihre Adjutanten und Referenten saßen auf ähnlichen Sesseln an den Wänden des Konferenzzimmers. Die Anspannung wirkte erstickend.

Die Alarmstufe des Strategic Air Command war auf DEFCON-2 erhöht worden, Gefechtsbereitschaftsstufe 2 – die letzte Stufe unterhalb des unmittelbar bevorstehenden Kriegsfalls. Jeder Bomber der US Air Force war startklar. Viele befanden sich in der Luft, mit Atomwaffen bestückt, über Kanada, Grönland und der Türkei, so nahe an den Grenzen der UdSSR, wie es nur ging, ohne eine kriegerische Handlung zu provozieren. Jedem Bomber war bereits ein Angriffsziel in der Sowjetunion zugeteilt.

Falls ein Krieg ausbrach, würden die Amerikaner einen nuklearen Feuersturm entfesseln, der jede größere Stadt in der Sowjetunion dem Erdboden gleichmachen würde. Millionen würden sterben. Russland hätte sich in hundert Jahren nicht davon erholt.

Und die Sowjets mussten Ähnliches für die Vereinigten Staaten geplant haben.

Um zehn Uhr wurde die Blockade, »Quarantäne« genannt, wirksam. Jedes sowjetische Schiff innerhalb von fünfhundert Meilen im Umkreis Kubas wurde nun als potenzieller Lieferant sowjetischer Atomraketen eingestuft. Die erste Abfangaktion gegen ein sowjetisches Schiff durch den Flugzeugträger USS *Essex* wurde zwischen halb elf und elf Uhr erwartet. Kam es zu einer Auseinandersetzung, wäre das wie der berühmte Funke am Pulverfass; die kriegerischen Handlungen könnten sich blitzschnell hochschaukeln zu einem Atomkrieg, und sie alle könnten um elf Uhr tot sein – und Abermillionen Menschen mit ihnen.

CIA-Chef John McCone zählte sämtliche sowjetischen Schiffe mit Kurs auf Kuba auf. Er sprach mit monotoner, bedächtiger Stimme, womit er die Anspannung steigerte, da er jeden ungeduldig machte. Der Geheimdienstchef war ein gepflegter weißhaariger Mann von sechzig Jahren. Er war von Haus aus Industrieller; George hatte den Verdacht, dass die CIA-Profis ihn nicht über alle ihre Umtriebe auf dem Laufenden hielten. Welche sowjetischen Schiffe sollte die Navy als Erstes abfangen? Was würde dann überhaupt geschehen? Würden die Sowjets eine Inspektion ihrer Schiffe gestatten? Würden sie auf amerikanische Schiffe feuern? Wie würde die Navy darauf reagieren?

Während die Versammelten zu ergründen versuchten, wie die Reaktion ihrer Gegenspieler in Moskau ausfiel, überbrachte ein Referent eine Mitteilung an McCone. Der blickte durch seine randlose Brille auf die Note. Ein Ausdruck der Verwirrung erschien auf seinem Gesicht. Schließlich hob er den Blick und wandte sich an John F. Kennedy. »Mr. President, wir haben soeben vom Marinenachrichtendienst erfahren, dass sechs sowjetische Schiffe, die sich derzeit in kubanischen Gewässern befinden, entweder gestoppt haben oder abgedreht sind.«

Was soll das heißen?, fragte sich George.

Dean Rusk, der kahlköpfige Außenminister, erkundigte sich: »Was meinen Sie mit kubanischen Gewässern?«

McCone wusste es nicht.

Robert »Bob« McNamara, der Verteidigungsminister, meldete sich zum Wort. Er war sechsundvierzig, und der Begriff »Wunderknabe« war wie für ihn geschaffen, so schnell hatte er als Direktor der Ford Motor Company aus dem am Boden liegenden Automobilbauer wieder ein profitables Unternehmen gemacht. Präsident Kennedy traute ihm mehr als irgendjemandem im Raum außer Bobby. »Die meisten dieser Schiffe sind von Kuba ausgelaufen«, begann McNamara, »mit Kurs auf die Sowjetunion ...«

»Kurs auf die Sowjetunion?«, unterbrach der Präsident ihn gereizt. »Reden wir hier über Schiffe, die Kuba verlassen, oder geht es um Schiffe, die Kuba anlaufen? Ich würde sagen, das sollten wir in dieser Situation schleunigst herausfinden.«

»Ich bringe es in Erfahrung, Sir«, sagte McCone und verließ den Raum.

Die Spannung stieg weiter. George hatte sich immer vorgestellt, dass das Weiße Haus bei Krisensitzungen auf beinahe übernatürliche Weise mit

Energie aufgeladen sei, während jeder den Präsidenten mit präzisen Informationen versorgte, damit er seine Entscheidungen treffen konnte. Doch hier hatten sie eine der gefährlichsten Krisen aller Zeiten, die in einem Dritten Weltkrieg enden konnte, und es gab nur Verwirrung und Missverständnisse. Diese Unsicherheit flößte George zusätzlich Angst ein.

Die Armada aus einem Dutzend amerikanischen Zerstörern, dem Flugzeugträger *Essex*, zwei Dutzend Patrouillenbooten, den sowjetischen Schiffen unterschiedlicher Bauart und U-Booten beider Seiten näherte sich der Blockadelinie, die Kennedy abgesteckt hatte. Hastige Funksprüche wurden gewechselt, eilige Telefongespräche geführt. Die Drähte glühten; es musste um jeden Preis vermieden werden, dass es zu einem Schusswechsel kam.

Doch die russischen Schiffe machten keine Anstalten, abzudrehen.

Alle blickten auf Jack Kennedy.

Für einen Moment schloss der Präsident die Augen. Dann befahl er in seiner Funktion als Oberster Befehlshaber, die Torpedos auf den Zerstörern scharf zu machen.

Die Militärs am Tisch hörten es mit Genugtuung; sie hatten Kennedy in den Tagen und Stunden immer wieder dazu gedrängt. LeMay hatte erklärt: »Der große rote Hund gräbt in unserem Hinterhof. Wir haben das Recht, ihn zu erschießen!« Die Militärs hatten sogar erwogen, die sowjetischen Raketen auf Kuba durch einen atomaren Erstschlag zu vernichten.

George ließ den Kopf hängen, als er den Befehl des Präsidenten hörte. Er wusste, es war aussichtslos. Wenn die Russen nicht in letzter Sekunde einlenkten, war ein Krieg unausweichlich.

Doch Jack Kennedy blieb keine Wahl, wollte er nicht als Zauderer oder Feigling dastehen. Schon sein Vater Joseph Patrick, einer der Architekten des Münchner Abkommens von 1938, musste sich noch immer den Vorwurf zu großer Nachgiebigkeit gegenüber Nazideutschland gefallen lassen.

Dann überschlugen sich die Ereignisse.

Aus dem Pentagon kam ein eiliger Anruf von Admiral George Anderson, Chef des Admiralstabs, der als Oberkommandierender der Navy für die Durchführung der Seeblockade verantwortlich war. Anderson meldete, die russischen Schiffe hätten haltgemacht.

McCone bestätigte gegenüber dem Präsidenten: »Sie haben gestoppt, Sir.«

George flüsterte Skip Dickerson, der neben ihm saß, aufgeregt zu: »Ist das möglich? Die Sowjets scheinen sich zurückzuziehen.«

»Hoffen wir's«, murmelte Skip.

Doch der Präsident blieb wachsam. Nachdem er einen raschen Blick mit Bobby gewechselt hatte, dem er vertraute wie niemandem sonst, wandte er sich an General Maxwell Taylor, den Chef des Vereinigten Generalstabs: »Fragen Sie Anderson, ob die sowjetischen Schiffe haltgemacht oder abgedreht haben, General.«

»Jawohl, Sir.« Taylor griff zum Telefonhörer. »Geben Sie mir George Anderson!«

Erwartungsvolle Stille breitete sich aus. Gaben die Sowjets tatsächlich nach?

Schließlich blickte Taylor auf. Eine Hand auf der Sprechmuschel, verkündete er: »Die Schiffe drehen definitiv ab, Sir.«

Sofort nahm Kennedy den Befehl zurück, die Torpedos scharf zu machen.

Verhaltener Jubel brach los. In den Augen vieler Männer standen Tränen. Einige fielen sich erleichtert in die Arme. Bobby Kennedy holte tief Luft, während Jack seltsam ruhig blieb und den Blick in die Runde schweifen ließ. Er wusste, dass er hoch gepokert hatte, und wie es aussah, hatte er gewonnen.

Aber nur ein Gefecht, nicht die Schlacht.

Die unmittelbare Bedrohung war vorerst abgewendet, doch von einem Ende der Krise konnte keine Rede sein. Zwar waren die Sowjets der Konfrontation auf See ausgewichen, doch ihre Atomraketen standen weiterhin auf Kuba, und die Seeblockade hatte nach wie vor Bestand.

Die Zeitbombe tickte noch immer.

*

Nach der Besprechung verließ George gemeinsam mit Skip Dickerson den Kabinettsraum. Skip erkundigte sich, wie es Maria gehe.

»Ganz gut, nehme ich an«, sagte George.

Dickerson musterte ihn skeptisch. »Sind Sie sicher?«

»Wie meinen Sie das?«, fragte George verwirrt.

»Nun, ich war gestern in der Presseabteilung. Maria hat sich krankgemeldet. Und wer im Weißen Haus angestellt ist, meldet sich während einer solchen Krise nicht krank, wenn ihm nichts Ernsthaftes fehlt. Es geht mich ja nichts an, George, aber Maria ist ein nettes Mädchen. Vielleicht sollte mal jemand nach ihr sehen.«

George hatte zwar jede Hoffnung auf eine Romanze mit Maria aufgegeben, doch zu erfahren, dass sie möglicherweise ernsthaft erkrankt war, erfüllte ihn mit Sorge. Er drückte Skips Arm. »Danke, dass Sie es mir gesagt haben. Sie sind ein guter Freund.«

George eilte zur Presseabteilung. Marias Platz war leer. Nelly Fordham am Nebentisch sah George und sagte: »Maria fühlte sich nicht wohl.«

»Hat sie Ihnen gesagt, was genau mit ihr ist?«

»Nein, tut mir leid.«

»Ob ich nach ihr sehen sollte?«

»Da wäre ich Ihnen sehr dankbar«, sagte Nelly. »Ich mache mir Sorgen.«

»Ich auch.« George blickte auf die Uhr. Er war sich ziemlich sicher, dass Bobby ihn erst wieder nach dem Essen brauchte. »Ich glaube, ich kann es einrichten, jetzt gleich bei ihr vorbeizuschauen. Sie wohnt in Georgetown, nicht wahr?«

»Ja, aber sie ist aus ihrer alten Wohnung ausgezogen.«

»Wieso?«

»Sie sagte, ihre Mitbewohnerinnen seien zu neugierig.«

George konnte sich denken, woran es lag. Die anderen Mädchen hatten herauszubekommen versucht, wer Marias heimlicher Liebhaber war. Doch sie hatte ihr Geheimnis wahren wollen und war deshalb weggezogen. Offenbar war es ihr ernst mit dem Mann, wer immer er sein mochte.

Nelly blätterte durch ihren Rolodex. »Ich schreibe Ihnen die Adresse auf.« Sie reichte ihm einen Zettel. »Sie sind Georgy Jakes, richtig?«

»Ja.« Er lächelte. »Allerdings ist es schon eine Weile her, dass jemand mich Georgy genannt hat.«

»Früher kannte ich Senator Peshkov ziemlich gut.«

Dass sie Greg erwähnte, konnte nur eins bedeuten: Sie wusste, dass er Georges Vater war. »Wirklich? Woher?«

»Vor langer Zeit sind wir eine Weile zusammen gegangen. Wie geht es ihm?«

»Ganz gut. Ich esse ungefähr einmal im Monat mit ihm zu Mittag.«

»Ich nehme an, er hat nie geheiratet.«

»Bisher nicht.«

»Er muss aber doch schon über vierzig sein ...«

»Ich glaube, es gibt eine Frau in seinem Leben.«

»Oh, keine Sorge, ich habe es nicht auf ihn abgesehen. Bei Greg ... Senator Peshkov habe ich diese Entscheidung schon vor langer Zeit getroffen. Wie dem auch sei, ich wünsche ihm alles Gute.«

»Ich werde es ihm ausrichten. Tja, dann will ich jetzt erst mal zu Maria.«

Georgetown war nur ein paar Minuten entfernt, aber die Fahrt kam ihm sehr lang vor. Hoffentlich hatte es keine Komplikationen gegeben. Er stellte sich vor, wie Maria auf dem Boden lag, hilflos und unter Schmerzen, verscheuchte den Gedanken aber rasch.

Die Adresse, die George von Nelly bekommen hatte, gehörte zu einem eleganten alten Haus, das in Studioapartments unterteilt war. Maria reagierte nicht auf Georges Klingeln an der Haustür, doch eine junge Schwarze, die wie eine Studentin aussah, ließ ihn herein und führte ihn zu Marias Wohnung.

Maria kam im Bademantel an die Tür. George zuckte zusammen, als er sie erblickte. Sie sah bleich und krank aus. Ihr Gesicht war verhärmt, ihre Miene betrübt. Dennoch lächelte sie bei seinem Anblick. Dann bat sie ihn mit müder Stimme herein.

Wenigstens ist sie nicht bettlägerig, dachte George. Er hatte Schlimmeres befürchtet.

Das Apartment war winzig, nur ein Raum mit einer Kochecke und einer Schlafgelegenheit. George vermutete, dass Maria sich das Badezimmer auf dem Flur mit anderen teilen musste.

Er betrachtete sie forschend. Es schmerzte ihn, sie in so elendem Zustand zu sehen. Am liebsten hätte er sie in die Arme genommen. »Was ist los mit dir, Maria? Du siehst schrecklich aus.«

»Ach, das sind bloß Frauenbeschwerden.« Mit müden Schritten ging sie zu einem Stuhl.

George war sich ziemlich sicher, dass etwas anderes dahintersteckte als »Frauenbeschwerden«.

»Soll ich dir einen Kaffee machen?«, fragte er. »Oder einen Tee?« Er zog sein Sakko aus. Dabei fiel sein Blick auf den Stuhl, auf den Maria sich setzen wollte. Er sah, dass auf der Sitzfläche Blut war.

Sie bemerkte es und errötete.

George blickte sie an. Mit leiser Stimme fragte er: »Sag mir dir Wahrheit, Maria. Hast du eine Fehlgeburt erlitten?«

»Nein«, antwortete sie tonlos.

»Woher kommt das Blut?«

Sie zögerte.

»Sag es mir, Maria«, drängte George sie behutsam.

»Es war eine Abtreibung.«

George schwieg. Er nahm ein Handtuch aus der Kochnische, faltete es zusammen und legte es auf den Blutfleck. »Setz dich erst mal. Ruh dich aus.« Er schaute in das Regal über dem Kühlschrank und entdeckte ein Päckchen Jasmintee, nahm es heraus und setzte Wasser auf.

Die Abtreibungsgesetze unterschieden sich von Bundesstaat zu Bundesstaat. George wusste, dass eine Abtreibung in D.C. legal war, wenn dadurch Leben und Gesundheit der Mutter geschützt wurden. Viele Ärzte legten diese Bestimmung allerdings sehr weit aus und schlossen das »allgemeine Wohlergehen« einer Frau in die Definition von Gesundheit ein. Praktisch jeder mit dem nötigen Geld konnte einen Arzt finden, der bereit war, eine Abtreibung vorzunehmen.

Mit einem dankbaren Nicken nahm Maria die Tasse Tee, die George ihr hinhielt. Er setzte sich mit einer eigenen Tasse ihr gegenüber. »Dein Liebhaber«, begann er. »Ich nehme an, er ist der Vater ...«

Maria senkte den Kopf und schwieg.

»Er würde dich niemals heiraten, oder?«, fragte George.

»Nein.«

»Weil er bereits verheiratet ist, nehme ich an.«

Maria gab keine Antwort.

»Deshalb hat er dir einen Arzt besorgt und die Rechnung für die Abtreibung bezahlt.«

Sie nickte.

In diesem Moment hätte George ihren Liebhaber ermorden können.

»Wo ist er jetzt?«, fragte George.

»Er ruft gleich an.« Sie blickte zur Uhr. »Wahrscheinlich schon bald.«

George beschloss, keine weiteren Fragen zu stellen. Er wollte Maria nicht aushorchen. Außerdem war es ihr Leben. Und er brauchte ihr nicht klarzumachen, wie töricht sie sich verhalten hatte; das wusste sie selbst am besten.

»Kann ich irgendetwas für dich tun?«

Sie brach in Tränen aus. »Ich kenne dich kaum, aber du bist der Einzige, der sich dafür interessiert, wie es mir geht. Wie kommt es, dass du in der ganzen Stadt mein einziger richtiger Freund bist? Ein Glück für mich, dass du so nett bist ... und dass ich dich habe.«

»Hast du Schmerzen?«

»Ja.«

»Soll ich einen Arzt rufen?«

»Nein, so schlimm ist es auch nicht. Sie haben mir gesagt, dass ich mit Schmerzen rechnen muss.«

»Hast du Schmerztabletten?«

»Nein.«

»Soll ich dir welche holen?«

»Würdest du das tun?«

»Was für eine dumme Frage.«

Maria beschrieb ihm den Weg zur nächsten Drogerie.

»Okay.« George stellte seine Tasse ab und zog sich das Jackett über. »Ich bin gleich wieder da.«

»Könnte ich dich um einen noch größeren Gefallen bitten?«, fragte Maria.

»Sicher.«

»Ich brauche Damenbinden. Könntest du mir eine Schachtel mitbringen?«

»Sicher. Oder hast du Angst, dass sie mich deswegen verhaften?«

Maria lächelte müde. »Die Marke heißt Kotex.«

George nickte. »Okay. Ich bin sofort wieder zurück.«

Die Drogerie hatte drei Selbstbedienungsgänge und eine Arzneitheke, an der Aspirin und andere Schmerzmittel verkauft wurden. Zu Georges Erschrecken galt das auch für Damenhygieneartikel.

Er nahm einen Pappträger mit sechs Flaschen Cola. Maria blutete, also brauchte sie Flüssigkeit. Doch den Moment der Peinlichkeit konnte er nicht länger hinauszögern. Er ging zur Theke. Die Apothekerin war eine Weiße mittleren Alters. George stellte die Colaflaschen auf die Theke. »Ich brauche außerdem noch Aspirin, bitte.«

»Wie viele, Sir?«

»Äh ... die größte Menge, bitte.«

Die Apothekerin stellte ihm ein Fläschchen auf die Theke. »Sonst noch etwas?«

Eine junge Frau stellte sich mit einem Drahteinkaufskorb voll Kosmetika hinter George an. Er seufzte leise. Sie würde alles mithören.

»Darf es noch etwas sein?«, wiederholte die Apothekerin.

»Eine Packung Damenbinden«, sagte er. »Kotex.«

Die junge Frau hinter ihm unterdrückte ein Kichern.

Die Apothekerin sah ihn über den Rand ihrer Brille hinweg an. »Tun Sie das wegen einer Wette?«

»Nein«, erwiderte er ein wenig gereizt. »Für eine Frau, die zu krank ist, um selbst zu kommen.«

Die Apothekerin musterte ihn von oben bis unten – den dunkelgrauen Anzug, das weiße Hemd, die schlichte Krawatte und das sorgfältig gefaltete weiße Tuch in der Brusttasche seines Jacketts. Dann griff sie unter die Theke und holte eine Schachtel hervor.

George schluckte. Der Herstellername war in großen Lettern auf die Seite gedruckt.

Die Apothekerin las seine Gedanken. »Ich nehme an, Sie möchten gern, dass ich Ihnen das einwickele.«

»Keine schlechte Idee.«

Mit geübten Griffen schlug sie die Schachtel in braunes Papier ein und steckte sie zusammen mit dem Aspirin in eine Tragetasche.

George bezahlte.

Die Apothekerin schaute ihn an. »Tut mir leid, was ich vorhin gesagt habe. Sie müssen dem Mädchen ein sehr guter Freund sein.«

»Ich hoffe es«, erwiderte George und verließ die Drogerie. Trotz der Oktoberkühle schwitzte er.

Als er wieder in Marias Wohnung war, nahm sie drei Aspirin und ging mit der eingewickelten Schachtel zum Bad.

George stellte die Cola in den Kühlschrank und schaute sich im Zimmer um. Ein Regal mit juristischer Literatur hing über einem kleinen Schreibtisch, auf dem gerahmte Fotografien standen. Ein Gruppenfoto zeigte offenbar Marias Eltern und einen älteren Geistlichen, bei dem es sich vermutlich um ihren eigenwilligen Großvater handelte. Ein anderes Bild zeigte Maria in der Robe bei der Abschlussfeier an der Uni. Auch von Präsident Kennedy gab es ein Foto.

Dann waren da ein Fernsehgerät, ein Radio und ein Plattenspieler. George sah die Schallplatten durch. Maria mochte die aktuelle Popmusik, stellte er fest: The Crystals, Little Eva, Booker T & The M. G.'s. Auf dem Nachttisch an ihrem Bett lag der Bestsellerroman *Das Narrenschiff*.

Das Klingeln des Telefons ließ George zusammenzucken.

Er nahm den Hörer ab. »Ja?«

Eine Männerstimme fragte: »Könnte ich mit Maria sprechen?«

Die Stimme war George vage vertraut, aber er kam nicht darauf, wem sie gehörte. »Sie ist gerade nebenan«, sagte er. »Wer spricht denn ... Moment, sie kommt gerade.«

Maria nahm George den Hörer aus der Hand. »Hallo? Oh, ja ... ja, ein Freund, er hat mir Aspirin gebracht ... nein, nicht allzu schlimm, ich komme schon zurecht ...«

»Ich warte vor der Tür«, sagte George.

Was für ein Kerl war Marias Geliebter? Selbst wenn er verheiratet war, hätte er in ihrer Situation bei ihr sein müssen. Schließlich hatte er sie geschwängert. Wenigstens nach der Abtreibung hätte er sich um sie kümmern müssen.

Aber diese Stimme ... George hatte sie schon irgendwo gehört.

Aber wo?

War er Marias Geliebtem schon einmal begegnet?

Wenn der Mann ein Arbeitskollege war, wie Georges Mutter vermutete, wäre das nicht allzu überraschend.

Pierre Salinger? Nein, dem gehörte die Stimme am Telefon eindeutig nicht.

Plötzlich fiel George ein anderer Name ein. Ist das möglich?, fragte er sich. Kann das sein?

Das Mädchen, das George hereingelassen hatte, kam auf dem Weg zur Haustür an ihm vorbei, während er auf dem Flur stand wie ein Schüler, der den Unterricht gestört hatte.

»Na, ungezogen gewesen?«, fragte sie.

»*Ich* nicht«, sagte George.

Lachend ging das Mädchen weiter.

Woher sollst du auch wissen, wie ich das gemeint habe, dachte George.

Kurz darauf öffnete Maria die Tür, und George kehrte in die Wohnung zurück. Maria streichelte ihm zärtlich übers Haar. »Dass du mitten in dieser schlimmen Krise nach mir siehst«, sagte sie, »werde ich dir nie vergessen.«

Nun, da sie mit ihrem Geliebten gesprochen hatte, schien es ihr ein wenig besser zu gehen.

»Diese Stimme vorhin am Telefon ...«, begann George.

»Du hast sie erkannt?«

»Das war Dave Powers, nicht wahr? Hast du eine Affäre mit Powers?«

Zu Georges Verblüffung lächelte Maria. »Ich bitte dich.«

George erwiderte nichts. Maria hatte recht: Es war ein verrückter Gedanke. Powers, der persönliche Referent des Präsidenten, war ein unscheinbarer Mann um die fünfzig und Jack Kennedys persönlicher ...

Jack Kennedy!

In diesem Augenblick wurde ihm klar, mit wem Maria eine Affäre hatte.

»Ach du liebe Zeit.« Er starrte sie an.

Maria sagte nichts.

»Du schläfst mit Kennedy«, sagte George.

»Bitte, verrate es niemandem!«, flehte sie. »Sonst verlässt er mich. Bitte, versprich es mir.«

»Du hast mein Wort«, sagte George.

*

Zum ersten Mal in seinem Erwachsenenleben hatte Dimka etwas schmählich falsch gemacht.

Er war zwar nicht mit Nina verheiratet, aber sie erwartete von ihm, dass er ihr treu blieb – genauso wie Dimka davon ausging, dass sie ihn nicht betrog. Deshalb bestand kein Zweifel, dass er Ninas Vertrauen missbraucht hatte, als er die Nacht mit Natalja verbrachte.

Dimka hatte ehrlich geglaubt, es würde die letzte Nacht seines Lebens sein; nun aber kam ihm diese Entschuldigung lächerlich vor. Er hatte zwar nicht wirklich mit Natalja geschlafen, aber auch das war nur eine Ausflucht. Was er und Natalja getan hatten, war genauso intim wie normaler Sex.

Dimka hatte ein furchtbar schlechtes Gewissen. Er hatte sich nie für unzuverlässig oder gar unehrlich gehalten, aber nun musste er es sich eingestehen.

Sein Freund Valentin hätte in einer solchen Situation wohl mit beiden Frauen fröhlich weitergemacht, bis man ihn ertappt hätte. Dimka aber dachte nicht einmal daran. Er fühlte sich schon nach dieser einen Nacht miserabel. So etwas konnte er unmöglich beibehalten, sonst würde er irgendwann in die Moskwa springen.

Er musste es Nina sagen oder mit ihr Schluss machen. Auf jeden Fall konnte er mit dieser Last nicht leben. Doch er musste sich eingestehen, dass er Angst hatte. Aber das war lächerlich. Er war Dmitri Iljitsch Dworkin, Chruschtschows bester Mann, von einigen gehasst, von vielen gefürchtet. Wie konnte er Angst vor einer Frau haben?

Aber genauso war es.

Dimka hatte Hunderte Fragen an Natalja. Er wollte wissen, wie sie zu ihrem Mann stand. Dimka wusste nichts über ihn, kannte nur seinen Namen: Nik. Wollte Natalja sich scheiden lassen? Und falls ja – hätte das Ende ihrer Ehe etwas mit ihm, Dimka, zu tun? Und am wichtigsten: Gab es überhaupt eine Zukunft für ihn und Natalja?

Dimka sah sie immer wieder im Kreml, aber nie waren sie unter sich. Am Dienstag kamen Politbüro und Ministerrat dreimal zusammen – morgens, nachmittags und abends –, und die Berater waren den ganzen Tag beschäftigt. Jedes Mal, wenn Dimka die schöne Natalja anschaute, sah sie verlockender aus. Wie die meisten anwesenden Männer trug auch Dimka noch den Anzug, in dem er geschlafen hatte, doch Natalja hatte sich inzwischen ein dunkelblaues Kleid mit einem dazu passenden Blazer angezogen. Sie sah geschäftsmäßig und verführerisch zugleich aus. Dimka fiel es schwer, sich bei den Besprechungen zu konzentrieren, obwohl es darum ging, einen Dritten Weltkrieg zu verhindern. Immer wieder starrte er Natalja an und erinnerte sich an das, was sie miteinander getrieben hatten.

Doch das Arbeitspensum war so groß, dass Dimka nicht einmal ein paar Sekunden ungestört mit ihr reden konnte.

Spätabends fuhr Chruschtschow schließlich heim, und alle taten es ihm nach.

Am Mittwochmorgen überbrachte Dimka dem Generalsekretär als Erstes die gute Nachricht, die er von seiner Schwester in Kuba bekommen hatte: Die *Alexandrowsk* hatte sicher in La Isabela angelegt. Den Rest des Tages herrschte genauso große Hektik wie am Tag zuvor. Dimka sah Natalja ständig, doch wieder hatten sie keine Minute füreinander Zeit.

Inzwischen stellte Dimka sich jede Menge Fragen. Wie bewertete er selbst, was Montagnacht geschehen war? Was wünschte er selbst sich für die Zukunft? Wollte er den Rest seines Lebens mit Natalja oder mit Nina verbringen, falls sie alle in einer Woche noch lebten?

Am Donnerstag trieben diese Fragen ihn fast in den Wahnsinn. Er wollte nicht in einem Atomkrieg sterben, ohne vorher die Antworten zu haben.

Die Sitzung begann um zehn Uhr morgens, deshalb trafen sich die Berater bereits um acht im Onilowa-Zimmer. Dimka sollte den anderen einen neuen Vorschlag Chruschtschows vortragen. Außerdem hoffte er, Gelegenheit zu bekommen, mit Natalja unter vier Augen zu reden.

Er wollte gerade zu ihr, als Jewgeni Filipow mit den Morgenausgaben der wichtigsten europäischen Zeitungen erschien. »Die Schlagzeilen sind alle gleich, und sie sind schlecht«, sagte Filipow und tat so, als wäre er todtraurig, doch Dimka wusste, dass das genaue Gegenteil der Fall war. »Dass unsere Schiffe vor Kuba umgekehrt sind, wird als Demütigung der Sowjetunion dargestellt.«

Das war keine Übertreibung, wie Dimka sah, als er einen Blick in die Zeitungen warf.

Natalja stellte sich auf Chruschtschows Seite. »Das ist eine Verdrehung der Tatsachen!«, schimpfte sie. »Diese Schmierblätter gehören Kapitalisten. Habt ihr erwartet, dass sie die Klugheit und den Weitblick des Generalsekretärs loben? Wie naiv seid ihr eigentlich?«

»Wie naiv sind *Sie*?«, entgegnete Filipow. »Die *Times* aus London, *Corriere della Sera* aus Italien, *Le Monde* aus Paris ... das sind genau die Zeitungen, die von den politischen Führern der Dritten Welt gelesen werden, die wir auf unsere Seite ziehen wollen. Und die *glauben*, was da steht.«

Da hatte er recht. Die Welt vertraute der kapitalistischen Presse mehr als den kommunistischen Publikationen.

Natalja erwiderte: »Wir können unsere Außenpolitik nicht an den möglichen Reaktionen der westlichen Presse orientieren.«

»Die Operation in Kuba sollte streng geheim bleiben«, sagte Filipow. »Trotzdem haben die Amerikaner es herausgefunden. Und wir alle wissen, wer für die Sicherheit verantwortlich war.« Damit meinte er Dimka. »Warum sitzt diese Person überhaupt noch hier am Tisch? Sollte sie nicht lieber verhört werden?«

»Die Schuld liegt bei der Armee«, erklärte Dimka. »Wenn wir wissen, wie die Information ans Licht gekommen ist, werden wir ja sehen, wen wir verhören müssen.«

Filipow wechselte das Thema. »Bei der heutigen Sitzung wird der KGB berichten, dass die Amerikaner ihre Truppenpräsenz in Florida massiv erhöht haben. Die Eisenbahnstrecken sind verstopft von Waggons voller Panzer und Artillerie. Die 1. Panzerdivision hat die Pferderennbahn in Hallandale übernommen. Tausende von Männern schlafen auf den Tribünen. Munitionsfabriken arbeiten rund um die Uhr und produzieren Geschosse für Flugzeuge, die gegen sowjetische und kubanische Truppen eingesetzt werden können. Napalmbomben ...«

»Damit war zu rechnen«, unterbrach ihn Natalja.

»Aber was werden wir tun, wenn die Amerikaner in Kuba einmarschieren?«, fragte Filipow. »Bei einer Auseinandersetzung mit konventionellen Waffen können wir nicht siegen. Dafür sind die Amerikaner zu stark. Sollen wir mit Atomwaffen antworten? Kennedy hat klar und deutlich gesagt, dass er die Sowjetunion bombardieren lässt, sollte auch nur eine Atomrakete von Kuba aus starten.«

»Das kann er nicht ernst meinen«, sagte Natalja.

»Dann lesen Sie die Berichte des militärischen Geheimdienstes. Die amerikanischen Bomber kreisen bereits über uns!« Filipow zeigte zur Decke, als könne man hindurchschauen und die Flugzeuge sehen. »Es gibt nur zwei Möglichkeiten. Wenn wir Glück haben, werden wir international gedemütigt. Haben wir Pech, droht uns der atomare Tod.«

Natalja schwieg, und sie war nicht die Einzige. Niemand am Tisch wusste, was er darauf erwidern sollte.

Außer Dimka.

»Genosse Chruschtschow kennt die Lösung«, erklärte er.

Alle schauten ihn überrascht an.

Dimka fuhr fort: »In der heutigen Sitzung wird der Genosse Generalsekretär vorschlagen, den Vereinigten Staaten ein Angebot zu unterbreiten. Wir werden unsere Raketen in Kuba abbauen ...«

Laute Rufe unterbrachen ihn. Einige schnappten nach Luft, andere protestierten lautstark. Dimka hob Schweigen gebietend die Hand. Allmählich kehrte wieder Ruhe ein.

»Wenn wir unsere Raketen demontieren«, fuhr Dimka schließlich fort, »dann nur im Tausch für eine Garantie, die wir schon lange wollen. Die Amerikaner müssen uns zusagen, nicht in Kuba einzumarschieren.«

Es dauerte ein paar Augenblicke, bis alle Anwesenden diese Worte verdaut hatten.

Natalja fasste sich als Erste. »Das ist brillant«, sagte sie. »Wie könnte Kennedy sich dem verweigern? Geht er nicht darauf ein, müsste er zugeben, dass er schon die ganze Zeit die Absicht gehabt hat, in ein armes, wehrloses Land einzumarschieren. Dann würde man ihm auf der ganzen Welt Kolonialismus vorwerfen. Und es wäre der Beweis, dass Kuba unsere Waffen tatsächlich zur Verteidigung braucht.« Natalja war nicht nur die hübscheste Person am Tisch, sie war auch die klügste.

»Aber wenn Kennedy akzeptiert«, sagte Filipow, »müssen wir die Raketen wieder nach Hause holen.«

»Das ist dann keine Gefahr mehr, weil sie dann ja nicht mehr nötig sind«, entgegnete Natalja. »Weil Kuba dann sicher ist.«

Dimka sah, dass Filipow widersprechen wollte, nur wusste er nicht, mit welchen Argumenten. Chruschtschow hatte die Sowjetunion in arge Schwierigkeiten gebracht, aber er hatte einen Weg gefunden, wie sie sich aus der Klemme befreien und dabei das Gesicht wahren konnte.

Nach Ende der Besprechung gelang es Dimka endlich, Natalja von den anderen wegzulotsen.

Sie gingen in die Kantine, zogen sich in eine Ecke zurück und setzten sich. Dimka starrte auf Nataljas Kleid und dachte sehnsuchtsvoll an ihre kleinen Brüste mit den harten Brustwarzen.

»Starr mich nicht so an«, sagte sie. »Sonst merken die anderen was.« Natalja wirkte mit einem Mal verängstigt. »Niemand darf erfahren, was wir getan haben, hörst du!«

»Tut mir leid. Ich kann nicht anders.« Dimka war geknickt. Das war nicht das intime, muntere Gespräch, das er sich erträumt hatte. Er hatte das Gefühl, mit einem anderen Menschen zu reden. Das war nicht die attraktive, reizvolle Frau, die ihn vorgestern verführt hatte. »Natürlich will ich es nicht jedem auf die Nase binden«, fügte er hinzu, »aber du solltest auch kein Staatsgeheimnis daraus machen.«

»Ich bin verheiratet!«

»Willst du bei Nik bleiben?«

»Was ist denn das für eine Frage?«

»Hast du Kinder?«

»Nein.«

Dimka beugte sich zu ihr vor. »Eine Scheidung ist nichts Ungewöhnliches ...«

»Mein Mann würde niemals in eine Scheidung einwilligen.«

»Warum bist du dann mit mir ins Bett gegangen?«

»Ich dachte, wir würden alle sterben.«

»Und jetzt bereust du es?«

»Ich bin verheiratet«, wiederholte sie.

»Das beantwortet meine Frage nicht«, sagte Dimka.

»Es muss dir trotzdem reichen«, erwiderte Natalja und ließ ihn am Tisch in der Kantine sitzen.

*

Politbüro und Ministerrat diskutierten Chruschtschows Vorschlag fast den ganzen Tag. Es gab Komplikationen. Würden die Amerikaner darauf bestehen, die Raketenstellungen zu inspizieren? Würde Castro solch einer Inspektion zustimmen? Würde er versprechen, sich nicht anderswo Atomwaffen zu besorgen, zum Beispiel in China?

Doch Dimka hielt Chruschtschows Idee für die größte Hoffnung auf Frieden, trotz aller Probleme und offenen Fragen.

Zwischendurch dachte Dimka immer wieder an Nina und Natalja. Vor dem Gespräch heute Morgen hatte er geglaubt, er könne sich für eine der beiden entscheiden, aber jetzt erkannte er, dass er sich nur etwas vorgemacht hatte. Natalja würde ihren Mann niemals verlassen.

Aber Dimka musste eingestehen, dass sie ihn verhext hatte. Er war verrückt nach ihr, mehr als es bei Nina je der Fall gewesen war. Jedes Mal, wenn es an seiner Bürotür klopfte, hoffte er, dass es Natalja war. In seiner Erinnerung durchlebte er immer wieder ihre gemeinsame Nacht. Doch so lange sie an ihrer Ehe festhielt, war sie unerreichbar für ihn.

Aber Natalja war die einzige Frau, die er wollte. Also musste er ehrlich zu Nina sein und ihr sagen, dass ihre Beziehung keine Zukunft hatte. Er konnte keine Affäre mit einer Frau haben, die für ihn an zweiter Stelle kam. Das wäre unehrlich gewesen.

Im Geiste hörte Dimka, wie Valentin ihn wegen seiner Skrupel verspottete, aber das war ihm egal. Es ging nicht anders. Er würde es Nina heute Abend sagen. Sie wollten sich zu viert in der Wohnung der Frauen treffen. Er, Dimka, würde Nina zur Seite nehmen und ihr sagen, dass ...

Ja, was?

Je mehr er darüber nachdachte, desto weniger fiel ihm ein.

Komm schon, ermahnte er sich. Du schreibst Reden für Chruschtschow, da kannst du ja wohl auch eine für dich selbst schreiben.

Unsere Beziehung ist vorbei ... Ich will dich nicht mehr sehen ... Ich dachte, ich liebe dich, aber ich weiß jetzt, das stimmt nicht ... Es war schön, so lange es gedauert hat ...

Alles, was Dimka einfiel, klang grausam oder kitschig. Konnte er es Nina denn nicht auf elegante und zugleich behutsame Weise beibringen?

Wie wäre es mit der Wahrheit?

Ich habe eine andere kennengelernt, und ich liebe sie ...

Nein, das hörte sich noch schlimmer an.

*

Am späten Nachmittag beschloss Chruschtschow, dass der Ministerrat und das Politbüro ihren guten Willen öffentlich bekunden sollten, indem sie gemeinsam ins Bolschoi gingen, wo der Amerikaner Jerome Hines die Titelrolle in der beliebtesten aller russischen Opern sang, Boris Godunow. Dimka und die anderen Berater waren ebenfalls eingeladen. Er hielt das für keine gute Idee. Wer würde sich davon täuschen lassen, dass ein Amerikaner den Titelpart in der russischsten aller russischen Opern sang? Andererseits war er froh, die Verabredung mit Nina absagen zu können, denn inzwischen fürchtete er sich davor.

Kurz bevor Nina nach Hause fuhr, rief Dimka sie auf der Arbeit an. »Ich schaffe es heute Abend nicht«, sagte er. »Ich muss mit dem Chef ins Bolschoi.«

»Kannst du dich nicht irgendwie herausreden?«, fragte sie.

»Soll das ein Witz sein?« Ein Mann, der für den Generalsekretär arbeitete, würde eher die Beerdigung seiner Mutter absagen.

»Ich will dich sehen.«

»Das geht nicht.«

»Dann komm nach der Oper, ja?«

»Es wird sehr spät.«

»Ist mir egal. Wenn nötig, warte ich die ganze Nacht auf dich.«

Dimka war verwirrt. Normalerweise war Nina nicht so hartnäckig. Sie klang beinahe leidend, und das passte so gar nicht zu ihr.

»Stimmt was nicht?«, fragte er.

»Es gibt da etwas, worüber wir reden müssen.«

»Was?«

»Das sage ich dir heute Nacht.«

»Nein, sag's mir jetzt.«

Nina legte auf.

Dimka seufzte tief. Warum nicht auch noch das, dachte er, zog seinen Mantel an und ging ins Theater, das nur wenige Schritte vom Kreml entfernt lag.

Jerome Hines war ungewöhnlich groß, und seine Präsenz war atemberaubend. Sein volltönender Bass schien den gesamten Theatersaal zu füllen. Dennoch bekam Dimka kaum etwas von Mussorgskis berühmter Oper mit. Er ignorierte das Geschehen auf der Bühne vollkommen. Stattdessen zerbrach er sich den Kopf darüber, wie die Amerikaner wohl auf Chruschtschows Vorschlag reagierten und was Nina zum Ende ihrer Beziehung sagen würde.

Nach der Vorstellung, nachdem Chruschtschow sich verabschiedet hatte, ging Dimka zur Wohnung der Mädchen, knapp zwanzig Gehminuten vom Bolschoi entfernt. Unterwegs überlegte er, worüber Nina wohl so dringend mit ihm reden wollte. Vielleicht würde sie von sich aus die Beziehung beenden. Das wäre eine Erleichterung für ihn. Vielleicht hatte man ihr eine Beförderung angeboten, für die sie nach Leningrad ziehen musste. Oder auch sie hatte jemand anderen kennengelernt und war zu dem Schluss gekommen, dass er der Richtige für sie war. Beide Erklärungen hätten es Dimka leichter gemacht.

Wie versprochen wartete Nina auf ihn.

Sie trug eine grüne Seidenrobe, als wollte sie ins Bett, doch ihr Haar war perfekt frisiert, und sie hatte sogar ein wenig Make-up aufgelegt. Sie küsste Dimka auf den Mund, doch er erwiderte den Kuss nur zögernd und voller Gewissensbisse. Er betrog Natalja, weil er diesen Kuss genoss, und er betrog Nina, weil er dabei an Natalja dachte. Dieses doppelte Schuldgefühl bereitete ihm Magenschmerzen.

Nina schenkte ihm ein Glas Bier ein, und Dimka trank rasch die Hälfte davon. Der Alkohol tat ihm gut. Das konnte er jetzt gebrauchen.

Nina setzte sich neben ihn auf die Couch. Dimka war ziemlich sicher, dass sie nichts unter der Robe trug. Diese Vorstellung weckte seine Lust, und die Gedanken an Natalja verblassten ein wenig.

»Wir haben keinen Krieg«, sagte er. »Noch nicht. Das ist meine Neuigkeit. Und was ist deine?«

Nina nahm ihm das Bierglas aus den Fingern, stellte es auf den Tisch und ergriff seine Hand. »Ich bin schwanger«, sagte sie.

Es traf Dimka wie ein Schlag. Er starrte Nina schockiert an.

»Schwanger ...«, wiederholte er dümmlich.

»Im zweiten Monat und etwas mehr.«

»Bist du sicher?«

»Ich habe zweimal hintereinander keine Periode mehr gehabt.«

»Aber ...«

»Schau mal.« Nina öffnete die Robe und zeigte Dimka ihre Brüste. »Sie sind größer geworden.«

Sie hatte recht. Dimka sah es mit einer Mischung aus Lust und Verzweiflung.

»Und sie tun weh.« Nina schloss die Robe wieder. »Und wenn ich rauche, wird mir schlecht. Verdammt, ich *fühle* mich schwanger.«

Das konnte unmöglich stimmen. »Aber du hast doch gesagt ...«

»Dass ich keine Kinder bekommen kann, ich weiß.« Sie schaute weg. »Das hatte mir mein Arzt gesagt.«

»Warst du bei ihm?«

»Ja. Und er hat es bestätigt.«

»Und was sagt er jetzt?«

»Dass es ein Wunder ist.«

»Ärzte glauben nicht an Wunder.«

»Das dachte ich bis heute auch.«

Dimka riss sich zusammen. Sich in Verzweiflung zu ergehen, brachte ihn nicht weiter. Aber es war verrückt: Da war die Welt um ein Haar dem Untergang entronnen, und nun schlitterte er, Dimka, in seine eigene Katastrophe. Er musste jetzt praktisch denken.

»Du willst nicht heiraten, und ich auch nicht«, sagte er. »Was also willst du jetzt tun?«

»Du musst mir das Geld für eine Abtreibung geben.«

Dimka schluckte. Abtreibungen waren in Moskau kein Problem, nur gab es sie nicht kostenlos. Dimka überlegte, wie er das Geld auftreiben sollte. Er hatte vorgehabt, sein Motorrad zu verkaufen, um sich einen Gebrauchtwagen zu holen. Wenn er das hinausschob, könnte er sich die Abtreibung vielleicht leisten. Oder er borgte sich das Geld von seinen Großeltern.

»Ich weiß nicht, ob ich das Geld zusammenbekomme«, sagte er.

»Wir könnten jeder die Hälfte zahlen«, lenkte Nina ein. »Schließlich haben wir das Baby ja auch gemeinsam gemacht.«

Als sie das Wort »Baby« aussprach, fühlte Dimka sich mit einem Mal hin und her gerissen. Vor seinem geistigen Auge sah er sich mit seinem kleinen Sohn oder seiner Tochter im Arm. Er sah, wie er dem Kind bei seinen ersten Schritten zuschaute, wie er ihm Lesen beibrachte, wie er mit ihm zur Schule ging ...

»Bist du sicher, dass du abtreiben willst?«, fragte er.

»Wie denkst du denn darüber?«

»Ich weiß nicht, ich fühle mich irgendwie unwohl dabei ...« Er fragte sich, warum. »Natürlich glaube ich nicht, dass eine Abtreibung Sünde ist oder so etwas, aber ich habe mir gerade vorgestellt, ein Baby im Arm zu halten ... mein Baby ... *unser* Baby ...« Er hatte keine Ahnung, woher diese Gefühle plötzlich kamen. »Könnten wir das Kind nicht zur Adoption freigeben?«

»Ich soll das Kind auf die Welt bringen und dann Fremden geben?«

»Das gefällt mir auch nicht, aber es ist schwer, ein Kind allein großzuziehen. Natürlich werde ich dir helfen.«

»Warum?«

»Es wäre auch mein Kind.«

Nina nahm seine Hand. »Danke.« Plötzlich sah sie schrecklich verletzlich aus.

Dimka schlug das Herz bis zum Hals. Sie hatte ja keine Ahnung, dass er sich von ihr trennen wollte.

»Wir lieben einander, nicht wahr?«, sagte sie.

»Ja«, antwortete Dimka, und es war keine Lüge. In diesem Moment liebte er sie wirklich. Flüchtig dachte er an Natalja, aber irgendwie war sie weit weg, und Nina war hier ...

»Und wir beide werden das Kind lieben, nicht wahr?«

»Ja.«

»Also, dann ...«

»Aber du willst doch nicht heiraten.«

»Stimmt. Wollte ich nicht.«

»Wollte?«

»Ich war gegen die Heirat, als ich noch nicht schwanger war.«

»Und jetzt hast du deine Meinung geändert?«

»Irgendwie ist jetzt alles anders ...«

Dimka war verwirrt. Sprachen sie über eine Hochzeit? In seiner Ratlosigkeit versuchte er es mit einem müden Scherz: »Wenn du mir einen Heiratsantrag machen willst, wo sind dann Brot und Salz?« Brot und Salz gehörten zur traditionellen russischen Verlobungszeremonie.

Zu Dimkas maßlosem Erstaunen brach Nina in Tränen aus. Eine Woge der Zärtlichkeit erfasste ihn, und er schloss sie in die Arme und zog sie an sich. Zuerst widersetzte sie sich, doch schon bald erlahmte ihre Gegenwehr. Ihre Tränen nässten sein Hemd, während er ihr über das Haar streichelte.

Schließlich hob Nina den Kopf und küsste ihn. Als sie sich voneinander lösten, fragte sie: »Willst du mich noch einmal lieben, bevor ich fett und hässlich werde?«

Ihre Robe hatte sich gelöst, und Dimka sah eine weiche Brust.

»Ja«, antwortete er und schob Nataljas Bild immer weiter in den Hintergrund.

»Was du am Anfang gesagt hast, hast du doch nicht ernst gemeint, oder?«

Dimka wusste nicht, worauf sie anspielte. »Was meinst du?«

»Dass du ganz bestimmt nicht heiraten willst. Hast du das ernst gemeint?«

Dimka lächelte. »Nein«, sagte er. »Kein bisschen.«

*

Am Donnerstagnachmittag verspürte George Jakes einen Anflug von Optimismus.

Es kochte im Topf, aber der Deckel war noch darauf. Die Quarantäne war in Kraft, die sowjetischen Schiffe hatten abgedreht, und es war zu keiner Machtprobe auf hoher See gekommen. Die Vereinigten Staaten waren nicht in Kuba einmarschiert, und niemand hatte eine Atomwaffe abgefeuert. Vielleicht konnte der Dritte Weltkrieg doch noch abgewendet werden.

Das Gefühl der Erleichterung sollte noch ein wenig anhalten.

Im Büro der Referenten Bobby Kennedys stand ein Fernseher.

Um fünf Uhr nachmittags schauten sie sich die Übertragung einer dramatischen Sitzung aus dem Gebäude der Vereinten Nationen in New York an. Der Sicherheitsrat tagte an einem riesigen Hufeisentisch. Innerhalb des Hufeisens saßen Dolmetscher mit Kopfhörern. Der Rest des Sitzungssaals war mit persönlichen Mitarbeitern der anwesenden Politiker und mit Beobachtern gefüllt, die mit einer Mischung aus Furcht und Faszination die Konfrontation der beiden Supermächte verfolgten.

Der Ständige Vertreter der Vereinigten Staaten bei den Vereinten Nationen war Adlai Stevenson, ein kahlköpfiger Intellektueller, der sich 1960 ursprünglich als demokratischer Präsidentschaftskandidat hatte aufstellen lassen wollen, doch er hatte dem telegeneren und aussichtsreicheren Jack Kennedy das Feld geräumt.

Der sowjetische Repräsentant, der farblose Walerian Sorin, dementierte in seiner leiernden monotonen Sprechweise, dass es Atomwaffen auf Kuba gebe.

Vor dem Fernsehgerät im Washingtoner Justizministerium rief George, der neben Dennis Wilson saß, entnervt aus: »Der Kerl ist ein Lügner! Stevenson sollte einfach die Fotos vorlegen.«

»Genau das hat der Präsident ihm aufgetragen.«

»Und warum tut er es dann nicht?«

Wilson zuckte mit den Schultern. »Männer wie Stevenson glauben immer, sie wüssten es besser.«

Auf dem Bildschirm war zu sehen, wie Stevenson sich erhob. »Ich möchte Ihnen eine ganz einfache Frage stellen. Bestreiten Sie, Botschafter Sorin, dass die UdSSR Mittelstreckenraketen mittlerer und größerer Reichweite und deren Abschussrampen auf Kuba stationiert hat und weiter stationiert? Ja oder nein?«

George sagte: »Gut gemacht, Adlai!«

Die anderen Referenten, die mit George und Dennis Wilson im Zimmer saßen, nickten beipflichtend.

Stevenson blickte Sorin an, der nur ein paar Plätze von ihm entfernt am Hufeisentisch saß und sich weiter Notizen auf seinem Block machte.

Ungeduldig fragte Stevenson: »Warten Sie nicht auf die Übersetzung. Ja oder nein?«

Die Referenten im fernen Washington waren erleichtert. Adlai Stevenson hatte die Situation völlig unter Kontrolle.

Schließlich antwortete Sorin auf Russisch, und der Dolmetscher übersetzte: »Mr. Stevenson, setzen Sie Ihre Ausführungen bitte fort, die Antwort erhalten Sie zu gegebener Zeit, keine Sorge.«

»Ich bin bereit, auf meine Antwort zu warten, bis die Hölle zufriert«, erwiderte Stevenson.

Bobby Kennedys Referenten jubelten. Endlich bot Amerika den Russen die Stirn.

Stevenson fuhr fort: »Und ich bin bereit, die Beweise hier in diesem Saal zu präsentieren.«

»Jawohl!« George stieß die Faust in die Luft.

»Wenn Sie einen Augenblick Geduld haben«, fuhr Stevenson fort, »wir müssen da vorn, wo es hoffentlich jeder sehen kann, schnell noch einen Tafelständer aufbauen.«

Die Kamera richtete sich auf ein halbes Dutzend Männer in Anzügen, die rasch mehrere großformatige Fotos aufstellten.

»Jetzt haben wir die Dreckskerle an den Hammelbeinen!«, rief George.

Stevenson fuhr ruhig und gemessen fort: »Das erste dieser Fotos zeigt ein Gebiet nördlich der Ortschaft Candelaria bei San Cristóbal, südwestlich von Havanna. Diese Aufnahme wurde Ende August 1962 gemacht, als die ländliche Umgebung noch friedlich war.«

Die Delegierten und andere scharten sich um den Tafelständer und versuchten zu erkennen, was Stevenson beschrieb.

Ein Beiklang von Aggressivität legte sich in Stevensons Stimme: »Das zweite Foto zeigt das gleiche Gebiet in der vergangenen Woche. Es sind Zelte und Fahrzeuge zu erkennen. Neue Zubringerwege wurden angelegt, und die Hauptstraße wurde ausgebaut.« Stevenson hielt kurz inne. Im Sitzungssaal herrschte Schweigen. »Die dritte Fotografie, nur vierundzwanzig Stunden später aufgenommen, zeigt die für ein sowjetisches Raketenbataillon erforderlichen Einrichtungen.«

Im Sitzungssaal waren erstaunte Ausrufe der Delegierten und lautes Gemurmel zu vernehmen.

Stevenson machte unbeirrt weiter. Noch mehr Fotos wurden gezeigt. Bis zu diesem Moment hatten viele Delegierte noch dem Dementi des sowjetischen Botschafters geglaubt, nun aber kannte jeder die Wahrheit.

Sorin saß mit steinernem Gesicht da und sagte kein Wort.

Als George den Blick vom Fernseher nahm, betrat Larry Mawhinney das Büro. George schaute ihn fragend an. Das eine Mal, als sie sich unterhalten hatten, war Larry wütend auf ihn geworden, jetzt aber wirkte er freundlich. »Hallo, George«, sagte er, als hätten sie nie ein böses Wort gewechselt.

»Was gibt's Neues aus dem Pentagon?«, fragte George unverbindlich.

»Ich bin hier, um Sie zu warnen, dass wir ein sowjetisches Schiff aufbringen werden«, erwiderte Larry. »Der Präsident hat vor wenigen Minuten die Entscheidung getroffen.«

»Verdammt!«, fluchte George. »Gerade als ich dachte, die Lage hätte sich beruhigt.«

»Offenbar ist Kennedy der Ansicht«, fuhr Mawhinney fort, »dass die Quarantäne bedeutungslos ist, wenn wir nicht wenigstens ein verdächtiges Schiff abfangen und durchsuchen. Der Präsident ist bereits unter Beschuss geraten, weil wir einen Öltanker durchgelassen haben.«

»Und welches Schiff werden wir aufbringen?«

»Die *Marucla*, einen libanesischen Frachter mit griechischer Besatzung, den die Sowjetunion gechartert hat. Sie kommt von Riga und bringt angeblich Papier, Schwefel und Ersatzteile für russische Lastwagen.«

»Ich kann mir nicht vorstellen, dass die Sowjets ihre Raketen einer griechischen Besatzung anvertrauen.«

»Wenn Sie recht haben, gibt es keinen Ärger.«

George blickte auf die Uhr. »Wann wird es so weit sein?«

»Über dem Atlantik ist es jetzt Nacht«, sagte Larry und wandte sich zum Gehen. »Wahrscheinlich früh am Morgen.«

Larry ging, und George fragte sich, wie gefährlich die Lage wirklich war. Wenn die *Marucla* so unschuldig war, wie sie zu sein vorgab, ging die Inspektion vielleicht ohne Gewaltanwendung über die Bühne. Doch wenn das Schiff Atomwaffen beförderte, was dann?

Wieder hatte Kennedy eine Entscheidung getroffen, die auf des Messers Schneide stand.

Und er hatte Maria Summers verführt.

George überraschte es nicht besonders, dass Kennedy sich mit einer Schwarzen auf eine Affäre einließ. Wenn nur die Hälfte der Gerüchte stimmte, war der Präsident kein bisschen wählerisch bei seinen Frauengeschichten. Er war bekanntermaßen kein Kostverächter. Es war ein offenes Geheimnis, dass er reife Frauen ebenso mochte wie Teenager, Blonde ebenso wie Brünette, Damen der Gesellschaft ebenso wie Stenotypistinnen vom Lande.

Einen Augenblick fragte sich George, ob Maria ahnte, dass sie nur eine von vielen war.

Wahrscheinlich.

Die Hautfarbe eines Menschen war für Kennedy immer eher eine politische Frage gewesen. Obwohl er sich nicht mit Percy Marquand und Babe Lee hatte fotografieren lassen wollen, weil er fürchtete, es könnte ihn weiße Wählerstimmen kosten, hatte George gesehen, wie er schwarzen Männern und Frauen freundlich die Hand schüttelte und entspannt und ungezwungen mit ihnen plauderte und lachte. Außerdem waren George Gerüchte zu Ohren gekommen, dass Kennedy Partys besuchte, an denen Prostituierte verschiedener Hautfarben teilnahmen, aber er wusste nicht, ob diese Gerüchte der Wahrheit entsprachen.

Doch die Abgebrühtheit des Präsidenten hatte George entsetzt – nicht der Eingriff, dem Maria sich hatte unterziehen müssen, obwohl er bestimmt unangenehm genug gewesen war, sondern der Umstand, dass sie allein zu einem Arzt hatte gehen müssen. Der Mann, von dem sie geschwängert worden war – der mächtigste Mann der Welt –, hätte Maria nach der Operation abholen, sie nach Hause fahren und bei ihr bleiben müssen, bis feststand, dass mit ihr alles in Ordnung war. Ein Telefonanruf reichte nicht. Und dass er Präsident war, genügte nicht als Entschuldigung. Jack Kennedy war in Georges Achtung tief gesunken.

Gerade als er über Männer nachdachte, die in ihrer Verantwortungslosigkeit junge Frauen schwängern und sie dann im Stich ließen, kam sein Vater ins Büro.

George blickte ihn verwundert an. Greg Peshkov hatte ihn noch nie hier besucht.

»Hallo, George«, sagte Greg. Sie gaben einander die Hand, als wären sie nicht Vater und Sohn, sondern Geschäftspartner. Greg trug einen zerknautschten Anzug aus einem weichen Stoff mit Nadelstreifen, der aussah, als wäre Kaschmirwolle darin enthalten. Wenn ich mir so einen Anzug leisten könnte, ging es George durch den Kopf, würde ich immer darauf achten, dass er gebügelt ist. Er dachte oft an solche äußerlichen Dinge, wenn er Greg sah.

»Was für ein unerwarteter Besuch«, sagte er. »Wie geht es dir?«

»Ich kam gerade zufällig an deiner Tür vorbei. Gehen wir etwas trinken?«

George nickte. »Klar.«

Sie gingen in die Kantine. Greg bestellte sich Tee, George eine Flasche Cola mit Strohhalm. Nachdem sie sich gesetzt hatten, meinte George: »Neulich hat mich jemand nach dir gefragt. Eine Dame aus der Presseabteilung.«

»Wie hieß sie?«

»Warte mal, wie hieß sie gleich ... Nelly Ford?«

»Nelly Fordham.« Greg blickte in die Ferne. Auf seinem Gesicht lag die Sehnsucht nach fast vergessenen Freuden.

George lachte auf. »Eine Freundin offensichtlich.«

»Mehr als das. Wir waren verlobt.«

»Tatsache?« George war erstaunt. »Warum habt ihr nicht geheiratet?«

»Sie hat die Verlobung gelöst.«

George zögerte. »Es geht mich ja nichts an, aber wieso?«

»Wenn du die Wahrheit wissen willst ... sie hatte von dir erfahren und sagte, dass sie keinen Mann heiraten will, der schon eine Familie hat.«

George war fasziniert. Über die alten Zeiten sprach sein Vater nur selten so offen. Er wirkte nachdenklich. »Nelly hatte vermutlich recht. Du und deine Mutter, ihr wart meine Familie. Aber ich konnte deine Mom nicht heiraten. Eine schwarze Frau und eine politische Karriere waren nicht zu vereinbaren. Ich habe mich für die Karriere entschieden. Dass es mich glücklich gemacht hätte, kann ich allerdings nicht behaupten.«

»Davon hast du mir nie erzählt.«

»Nun ja«, sagte Greg, »damit ich dir die Wahrheit sage, war offenbar ein drohender Dritter Weltkrieg nötig.«

»Stand je zur Debatte, dass du Mom heiratest?«

»Als ich fünfzehn war, wollte ich nichts sehnlicher, als deine Mutter zur Frau zu nehmen. Aber mein Vater hat dafür gesorgt, dass es nicht so weit kam. Ein Jahrzehnt später hatte ich eine weitere Gelegenheit, aber da war ich alt genug, um zu begreifen, was für eine verrückte Idee das war. Gemischtrassige Paare haben es heutzutage schon schwer genug. Stell dir vor, wie es in den Vierzigerjahren gewesen ist. Wir wären vermutlich alle drei im Elend gelandet. Außerdem hatte ich nicht den Mumm dazu – und *das* ist die Wahrheit.« Für einen Moment war sein Blick nach innen gerichtet, und er war tief in Erinnerungen versunken, dann gab er sich einen Ruck, blickte George an und forderte ihn auf: »Und jetzt erzähl mir von Kuba und den sowjetischen Raketen. Wie ist der Stand der Dinge?«

Mit Mühe konzentrierte George sich auf das aktuelle Geschehen. »Vor einer Stunde glaubte ich noch, wir kämen heil durch, aber jetzt hat Präsident Kennedy der Navy befohlen, morgen früh ein sowjetisches Schiff abzufangen.« Er berichtete Greg von der *Marucla*.

»Wenn sie wirklich ein Frachter ist«, sagte Greg, »dürfte es keine Probleme geben.«

»Hoffentlich. Unsere Leute gehen an Bord und sehen sich die Ladung an, dann verteilen sie ein paar Schokoriegel und verschwinden wieder.«

»Schokoriegel?«

»Jedem abgefangenen Schiff stehen zweihundert Dollar zur Verfügung. Für ›Material zur Völkerverständigung‹, wie es genannt wird. Schokoriegel, Zeitschriften und billige Feuerzeuge.«

»Gott segne Amerika.«

George lächelte. »Dieser Spruch gilt umso mehr, wenn die Besatzung aus sowjetischem Militär besteht und die Ladung aus atomaren Gefechtsköpfen. Dann wird das Schiff wohl kaum auf Anforderung stoppen. Und dann wird scharf geschossen.«

»Steht es so schlimm?«, fragt Greg besorgt.

»Ich fürchte, ja.«

»Dann sollte ich dich besser deiner Aufgabe überlassen, die Welt zu retten.«

Sie standen auf und verließen die Kantine. Auf dem Flur schüttelten sie sich zum Abschied die Hände. »Übrigens, der Grund, weshalb ich vorbeigekommen bin ...«

Er hielt inne. George wartete.

»Nun ja, vielleicht sterben wir alle an diesem Wochenende, wenn es stimmt, was du sagst. Aber ehe wir abtreten, wollte ich dir etwas sagen.«

»Und was?«, fragte George.

»Du bist das Beste, was ich je zustande gebracht habe.«

»Wow«, sagte George leise.

»Ich bin kein guter Vater, und ich war nie besonders gut zu deiner Mutter. Das weißt du ja alles. Aber ich bin stolz auf dich, George. Ich kann mir nichts darauf einbilden, was du geschafft hast, weil ich kaum etwas dazu beigetragen habe, aber ich bin verdammt stolz auf dich.«

George sah, dass seinem Vater Tränen in den Augen standen. Er hätte nie gedacht, dass Greg so tief für ihn empfand, und wusste nicht, wie er auf diese unerwartete Zurschaustellung von Gefühlen reagieren sollte. Am Ende sagte er nur: »Danke.«

»Auf Wiedersehen, George.«

»Wiedersehen.«

»Gott schütze dich.« Greg ging davon.

*

Am frühen Freitagmorgen betrat George den Lageraum des Weißen Hauses.

Präsident Kennedy hatte diese Zimmerflucht im Untergeschoss des Westflügels einrichten lassen, wo zuvor eine Kegelbahn gewesen war. Ihr offizieller Zweck bestand darin, die Kommunikation im Krisenfall zu beschleunigen. Eigentlicher Hintergrund war jedoch, dass Kennedy glaubte, das Militär habe ihm während des Debakels in der Schweinebucht Informationen vorenthalten. Er wollte sicherstellen, dass Männer vom Schlage eines Curtis LeMay nie wieder Gelegenheit dazu bekamen.

An diesem Morgen bedeckten Karten von Kuba in großen Maßstäben die Wände. Auch die Zugänge zur Insel über das Meer waren auf den Karten verzeichnet. Die Fernschreiber zirpten wie Zikaden in einer warmen Nacht. Telegramme aus dem Pentagon wurden hier kopiert. Der Präsident hörte die militärische Kommunikation mit. Die gegen Kuba verhängte Quarantäne wurde von einem Raum im Pentagon aus geleitet, dem sogenannten Navy Flag Plot; die Funksprüche zwischen diesem Raum und den Schiffen auf See wurden jedoch hier abgehört.

Das Militär hasste den Lageraum.

George saß auf einem unbequemen Stuhl an einem billigen Esstisch und hörte zu. Sein Gespräch vom Vorabend mit Greg ging ihm noch immer durch den Kopf. Ob er sich erhofft hatte, dass George ihn umarmte und ihn mit »Daddy« anredete? Wahrscheinlich nicht. Greg schien sich in seiner onkelhaften Rolle zu gefallen, und George hatte nicht den Wunsch, irgendetwas daran zu ändern. Mit sechsundzwanzig Jahren konnte er nicht plötzlich anfangen, Greg wie einen richtigen Vater zu behandeln. Zugleich war George froh über das, was Greg ihm erzählt hatte. Es war nicht zu verkennen, dass sein Vater ihn liebte.

Im Morgengrauen rief die USS *Joseph P. Kennedy* die *Marucla*.

Die *Kennedy* war ein Zerstörer von 2400 Tonnen und mit acht Raketen, einem Anti-U-Boot-Raketenwerfer, sechs Torpedorohren und 127-mm-Zwillingsgeschützen bewaffnet. Außerdem konnte sie nukleare Wasserbomben werfen.

Die *Marucla* stoppte augenblicklich ihre Maschinen.

George atmete auf.

Die *Kennedy* ließ ein Beiboot zu Wasser, und sechs Mann setzten zur *Marucla* über. Die See war rau, doch die Crew der *Marucla* ließ gehorsam eine Strickleiter über die Reling. Dennoch erschwerte der Wellengang das Anbordgehen. Der Offizier, der das Enterkommando befehligte, wollte sich nicht blamieren, indem er ins Wasser fiel, schließlich aber traute er sich, sprang an die Leiter und stieg an Bord. Seine Männer folgten ihm.

Die griechische Crew bot den amerikanischen Marinesoldaten Kaffee an. Dann öffneten die Griechen die Luken, damit die Amerikaner die Fracht inspizieren konnten, die aber weitgehend den Angaben entsprach. Erst als die Amerikaner darauf bestanden, eine Kiste zu öffnen, die mit »Wissenschaftliche Instrumente« beschriftet war, wurde die Lage angespannt. Doch wie sich zeigte, enthielt die Kiste Labormaterial, wie man es an jeder amerikanischen Highschool fand.

Die Amerikaner zogen ab, und die *Marucla* setzte ihre Fahrt nach Havanna fort.

*

Nachdem George die guten Neuigkeiten telefonisch an Bobby Kennedy weitergegeben hatte, stieg er in ein Taxi und ließ sich an die Ecke der Fifth und K Streets bringen, in eins der berüchtigtsten Slumviertel der Stadt. Hier, über dem Verkaufsbüro eines Autohändlers, befand sich die Bildauswertungsstelle der CIA, das National Photographic Interpretation Center. George wollte diese Kunst erlernen und hatte um eine Einweisung gebeten. Da er für Bobby Kennedy arbeitete, war sein Antrag genehmigt worden.

Über einen Gehsteig, der mit leeren Bierflaschen übersät war, gelangte er zu dem Gebäude, durchschritt ein Sicherheitsdrehkreuz und wurde vom Empfang aus in den vierten Stock gebracht. Dort führte ein grauhaariger Bildauswerter namens Claud Henry ihn herum. Claud hatte seine Arbeit im Zweiten Weltkrieg gelernt, wo er Luftaufnahmen von Bombenschäden in Deutschland analysiert hatte.

»Gestern hat die Navy Crusader-Aufklärer nach Kuba geschickt«, sagte er zu George, »deshalb haben wir jetzt Fotos aus niedriger Höhe, die viel einfacher auszuwerten sind.«

George fand es ganz und gar nicht einfach. Ihm erschienen die Fotos, die in Henrys Büro hingen, noch immer wie abstrakte Kunst – bedeutungslose Formen, zu einem willkürlichen Muster angeordnet.

»Das ist ein sowjetischer Militärstützpunkt«, sagte Claud, wobei er auf eines der Fotos deutete.

»Woher wissen Sie das?«

»Das rechteckige Fußballfeld. Sehen Sie, hier? Kubanische Soldaten spielen keinen Fußball. Wäre es ein kubanischer Stützpunkt, würden wir ein rautenförmiges Baseballfeld sehen.«

George nickte. Ganz schön clever, dachte er.

»Und das hier ist eine Kolonne Panzer, alle vom Typ T-54.«

Für George sahen sie wie dunkle Rechtecke aus.

»Diese Zelte hier sind Schutzdächer für Raketen«, fuhr Claud fort. »Sagen unsere Zeltologen.«

»Zeltologen?«

»Ja. Ich bin eigentlich Kistologe. Ich habe das CIA-Handbuch über Kisten geschrieben.«

George grinste. »Ist das Ihr Ernst?«

»Na klar. Wenn die Sowjets sehr große Teile wie Kampfflugzeuge verschiffen, müssen sie an Deck transportiert werden. Sie tarnen diese Teile, indem sie die Maschinen in Kisten packen. Aber wir können normalerweise die Abmessungen der Kisten ermitteln. Und eine MiG-15 muss in einer anderen Kiste verschifft werden als eine MiG-21.«

»Haben die Sowjets die gleichen Möglichkeiten zur Luftbildaufklärung wie wir?«

»Wir gehen nicht davon aus. Überlegen Sie mal. Sie haben eine U-2 abgeschossen, also wissen sie, dass wir mit Kameras bestückte Aufklärer für große Flughöhen besitzen. Trotzdem glaubten sie, Raketen nach Kuba bringen zu können, ohne dass wir dahinterkämen. Und bis gestern, als wir die Fotos vorlegten, haben sie die Existenz der Raketen bestritten. Sie wissen also von den Aufklärungsflugzeugen und den Kameras, aber bis jetzt wussten sie offenbar nicht, dass wir ihre Raketen aus Stratosphärenhöhe identifizieren können. Das lässt meines Erachtens darauf schließen, dass sie uns auf dem Gebiet der Luftbildaufklärung hinterherhinken.«

»Das klingt einleuchtend.«

»Aber hier ist die große Offenbarung von gestern Nacht.« Claud wies auf einen Umriss mit Flossen auf einem der Fotos. »Mein Chef wird den Präsidenten innerhalb der nächsten Stunde davon unterrichten. Das Ding ist elf Meter lang. Wir nennen es Frog, für Free Rocket Over Ground. Das ist eine Kurzstreckenrakete, eine Gefechtsfeldwaffe.«

»Das heißt, sie würde gegen amerikanische Soldaten eingesetzt, sollten wir in Kuba einmarschieren.«

»Richtig. Und sie trägt einen nuklearen Gefechtskopf.«

»Ach du Scheiße«, sagte George.

»Das wird Präsident Kennedy vermutlich auch sagen«, entgegnete Claud.

KAPITEL 18

In der Küche des Hauses an der Great Peter Street lief am Freitagabend das Radio. Überall auf der Welt hatten die Menschen die Radios eingeschaltet und warteten ängstlich auf Eilmeldungen.

Die Küche war groß. In der Mitte stand ein langer Tisch mit polierter Kiefernholzplatte. Jasper Murray machte Toast und las dabei Zeitung. Lloyd und Daisy Williams bezogen sämtliche Londoner Blätter, dazu einige große Zeitungen vom Kontinent. Lloyds Hauptinteresse als Parlamentarier war die Außenpolitik; so war es schon, seit er im Spanischen Bürgerkrieg gekämpft hatte. Auf der Suche nach einem Hoffnungsschimmer überflog Jasper die Seiten.

Morgen, am Samstag, würde in London ein Protestmarsch stattfinden, vorausgesetzt, London existierte morgen noch. Jasper würde als Reporter für die Studentenzeitung, die *St. Julian's News*, daran teilnehmen. Er schrieb nicht gern Berichte, er zog Features vor, längere, ausführlichere Artikel, in denen man größeren schreiberischen Gestaltungsraum hatte. Eines Tages, so hoffte er, würde er für Zeitschriften arbeiten, oder vielleicht für das Fernsehen.

Zuerst aber wollte er Redakteur der *St. Julian's News* werden. Der Posten brachte eine kleine Vergütung und ein Urlaubsjahr an der Uni mit sich. Die Stellung war begehrt, denn sie garantierte dem Studenten, der sie innehatte, nach seinem Abschluss eine gute Anstellung als Journalist. Jasper hatte sich darauf beworben, doch Sam Cakebread hatte ihn geschlagen. Der Name Cakebread war in britischen Journalistenkreisen berühmt: Sams Vater war Mitherausgeber der *Times*, sein Onkel ein beliebter Radiokommentator. Seine jüngere Schwester besuchte das St. Julian's College und hatte als Praktikantin bei der *Vogue* gearbeitet. Jasper vermutete, dass Sams Name und nicht seine Fähigkeiten ihm den Job verschafft hatte.

Können allein reichte in Großbritannien niemals aus. Jaspers Großvater war General gewesen. Sein Vater hatte ebenfalls eine militärische Karriere eingeschlagen, hatte dann aber den Fehler gemacht, eine Jüdin zu heiraten. Infolgedessen war er nie über den Dienstgrad eines Colonels hinaus befördert worden. Das britische Establishment verzieh niemandem, der es wagte, gegen seine Regeln zu verstoßen. Jasper hatte gehört, in den Vereinigten Staaten wäre es anders.

Evie Williams war mit Jasper in der Küche. Sie saß am Tisch und machte ein Transparent, auf dem stand: HÄNDE WEG VON KUBA!

Evie hatte ihre schulmädchenhafte Schwärmerei für Jasper abgelegt – zu seiner großen Erleichterung. Sie war sechzehn und auf eine blasse, ätherische Art schön, doch zu ernst und verbissen für seinen Geschmack. Der junge Bursche, der mit ihr gehen wollte, müsste ihr leidenschaftliches Engagement für Feldzüge gegen Grausamkeit und Ungerechtigkeit aller Art teilen, von der Apartheid in Südafrika bis hin zu Tierversuchen. Jasper hatte kein Interesse daran; außerdem zog er Mädchen wie die kesse Beep Dewar vor, die ihm mit dreizehn die Zunge in den Mund gesteckt und sich an seiner Erektion gerieben hatte.

Während er zuschaute, malte Evie in das O des Wortes VON das »Peace«-Zeichen der Protestbewegung für atomare Abrüstung. »Wie es aussieht, unterstützt dein Slogan zwei idealistische Ziele zum Preis von einem«, sagte er.

»Da ist nichts Idealistisches daran«, entgegnete Evie. »Wenn heute Nacht der Krieg ausbricht, weißt du ja wohl, was das erste Ziel der sowjetischen Atombomben sein wird. Großbritannien. Und zwar deshalb, weil wir eigene Atombomben haben, die sie ausschalten müssen, ehe sie die USA angreifen können. Norwegen oder Portugal oder irgendein Land, das genügend Verstand besitzt, sich aus dem atomaren Wettrüsten herauszuhalten, werden sie bestimmt nicht bombardieren. Wer logisch über die Verteidigung unseres Landes nachdenkt, kommt ganz von selbst darauf, dass Atomwaffen uns nicht schützen, sondern uns im Gegenteil in Gefahr bringen.«

Jaspers Bemerkung war als Scherz gemeint, doch Evie nahm einfach alles ernst.

Ihr vierzehnjähriger Bruder Dave saß ebenfalls am Tisch und fertigte kleine kubanische Flaggen. Mit einer Schablone hatte er die Streifen auf dickes Papier gezeichnet; nun befestigte er sie mit einem geborgten Klammergerät an kleinen Sperrholzstäben. Jasper verabscheute Dave für sein privilegiertes Leben mit reichen, nachsichtigen Eltern, doch er gab sich alle Mühe, freundlich zu bleiben.

»Wie viele Fahnen machst du?«, fragte er.

»Dreihundertsechzig«, antwortete Dave.

»Das ist keine zufällige Zahl, oder?«

»Nein. Wenn wir nicht heute Nacht totgebombt werden, verkaufe ich sie bei der Demonstration morgen für sechs Pence das Stück. Dreihundertsechzig Sixpence sind neun Pfund. So viel kostet der Gitarrenverstärker, den ich haben möchte.«

Dave hatte ein Näschen für Geschäfte. Jasper erinnerte sich an den Getränkestand bei der Schulaufführung, bemannt mit Jungen im Teenageralter, die so schnell arbeiteten, wie sie nur konnten, weil sie Kommission erhielten. Aber Dave war ein schlechter Schüler; in allen akademischen Fächern kam er auf einen der hinteren Plätze in seiner Klasse, wenn nicht sogar auf den letzten Platz. Seinen Vater trieb es an den Rand des Wahnsinns, denn sein Sohn war kein Dummkopf, ganz im Gegenteil. Deshalb beschuldigte Lloyd ihn der Faulheit.

Doch Jasper glaubte, dass die Sache komplizierter war. Dave hatte Schwierigkeiten, etwas Geschriebenes zu entziffern. Seine Schrift war schrecklich, voller orthografischer Fehler; manchmal schrieb er die Buchstaben sogar verkehrt herum. Jasper fühlte sich an seinen besten Freund auf der Schule erinnert, der nicht in der Lage gewesen war, das Schullied zu singen, und der kaum zwischen seinem eintönigen Brummen und der Melodie unterscheiden konnte, die die anderen Jungen sangen. Ähnlich musste Dave sich anstrengen, um etwa den Unterschied zwischen den Buchstaben »d« und »b« zu erkennen. Zu gern hätte er die Erwartungen seiner erfolgreichen Eltern erfüllt, aber er versagte jedes Mal.

Während er nun seine Sixpence-Flaggen zusammenheftete, ließ er seinen Gedanken offenbar freien Lauf, denn ohne jeden erkennbaren Grund sagte er: »Unsere Mütter können nicht viel gemeinsam gehabt haben, als sie sich kennenlernten.«

»Da hast du wohl recht«, sagte Jasper. »Daisy Peshkov war die Tochter eines amerikanischen Gangsters russischer Abstammung. Eva Rothmann war Arzttochter aus einer jüdischen Berliner Mittelstandsfamilie, die nach Amerika geschickt wurde, um den Nazis zu entkommen. Deine Mutter hat meine Mutter damals aufgenommen.«

Evie, die nach Eva benannt war, meinte: »Meine Mutter hat ein großes Herz.«

Jasper sagte, mehr zu sich selbst: »Ich wünschte, mich würde auch jemand nach Amerika schicken.«

»Warum gehst du nicht einfach?«, erwiderte Evie. »Du könntest denen sagen, sie sollen die Leute in Kuba in Ruhe lassen.«

Jasper interessierten die Kubaner kein bisschen. »Ich kann's mir nicht leisten.« Obwohl er mietfrei wohnte, war er zu nahe an der Pleite, als dass er sich eine Reise in die USA leisten konnte.

In diesem Augenblick kam die Frau mit dem großen Herzen ins Zimmer. Mit ihren sechsundvierzig Jahren war Daisy Williams nach wie vor eine attraktive Frau mit großen blauen Augen und hellen Locken. Sie war noch immer schlank, wenn auch nicht mehr ganz so rank und schlank wie einst. Heute war sie bescheiden gekleidet und trug einen mittelblauen Rock mit passender Jacke ohne Schmuck. Sie verbirgt ihren Reichtum, dachte Jasper missgünstig, weil es besser zu ihrer Rolle als Frau eines Labour-Politikers passt. Aber in jungen Jahren muss sie unwiderstehlich gewesen sein. Wenn er sie sich nackt vorstellte, kam ihm stets der Gedanke, dass sie im Bett bestimmt besser war als ihre Tochter Evie. Daisy wäre wie Beep: zu allem bereit. Es überraschte Jasper, sexuellen Fantasien nachzuhängen, in deren Mittelpunkt eine Frau stand, die so alt war wie seine Mutter. Wie gut, sagte er sich, dass Frauen nicht imstande sind, die Gedanken der Männer zu lesen.

»Was für ein nettes Bild«, sagte Daisy freundlich. »Drei junge Leute, die still und friedlich arbeiten.« Sie sprach nach wie vor mit deutlichem amerikanischen Akzent, auch wenn die harten Kanten durch ein Vierteljahrhundert in London abgeschliffen waren. Überrascht blickte sie auf Daves Flaggen. »Du zeigst nicht oft Interesse am Weltgeschehen.«

»Die verkaufe ich für sechs Pence das Stück.«

»Ich hätte mir gleich denken können, dass deine Anstrengungen nicht dem Weltfrieden gelten.«

»Den Weltfrieden überlasse ich Evie.«

Evie erwiderte voller Kampfgeist: »Jemand muss sich ja darum kümmern. Wir könnten alle tot sein, ehe der Marsch beginnt, weil die Amerikaner solche Heuchler sind.«

Jasper blickte Daisy an, doch sie nahm keinen Anstoß; sie war die harschen Verlautbarungen ihrer Tochter gewöhnt. Milde entgegnete sie: »Ich nehme an, den Amerikanern haben die Atomraketen auf Kuba einen Heidenschreck eingejagt.«

»Hoffentlich«, sagte Evie. »Dann würden die Amis sehen, wie andere Menschen empfinden, und ihre Raketen aus der Türkei abziehen.«

»Ja, Präsident Kennedy hat einen Fehler begangen, als er die Raketen dort stationiert hat. Trotzdem gibt es einen großen Unterschied. Wir in Europa sind es gewöhnt, dass Raketen auf uns zielen – auf beiden Seiten des Eisernen Vorhangs. Aber als Chruschtschow heimlich Raketen nach Kuba geschickt hat, da hat er den Status quo auf erschreckende Weise geändert.«

»Auge um Auge.«

»Findest du? Pragmatische Politik sieht anders aus. Schau dir nur an, wie die Geschichte sich wiederholt. Mein Sohn ist wie mein Vater. Er lauert selbst am Vorabend des Dritten Weltkriegs noch auf eine Gelegenheit, sich ein paar Mäuse zu verdienen. Und meine Tochter ist wie mein bolschewistischer Onkel Grigori wild entschlossen, die Welt zu verändern.«

Evie blickte auf. »Wenn er Bolschewik war, *hat* er die Welt verändert.«

»Aber zum Guten?«

Lloyd kam ins Zimmer. Wie seine Kohle hauenden Ahnen war er untersetzt und breitschultrig; außerdem bewegte er sich auf eine Weise, die Jasper stets daran denken ließ, dass Lloyd früher Boxchampion gewesen war. Er kleidete sich mit altmodischem Flair in einen schwarzen Anzug mit Fischgrätmuster; in der Brusttasche steckte ein steifes weißes Leinentuch. Das Ehepaar ging offenbar zu einer politischen Veranstaltung.

»Ich wäre so weit, Liebling«, sagte er zu Daisy. »Und du?«

»Worum geht es auf eurem Treffen?«, fragte Evie.

»Kuba«, antwortete ihr Vater. »Um was sonst?« Sein Blick fiel auf Evies Transparent. »Wie ich sehe, hast du deine Position zu dieser Frage bereits gefunden.«

»So kompliziert war das ja auch nicht«, erwiderte Evie. »Das kubanische Volk sollte das Recht haben, über sein Schicksal selbst zu entscheiden. Ist das nicht ein grundsätzliches demokratisches Prinzip?«

Jasper sah einen Streit aufziehen. In dieser Familie ging es bei ungefähr der Hälfte der Auseinandersetzungen um politische Fragen. Gelangweilt von Evies Idealismus, warf er ein: »Hank Remington wird morgen am Trafalgar Square ›Poison Rain‹ singen.« Remington, ein junger Ire, der mit richtigem Name Harry Riley hieß, war Leadsänger einer Popgruppe namens The Kords. In dem Song ging es um radioaktiven Niederschlag.

»Er ist großartig«, sagte Evie. »So klar im Denken.« Hank zählte zu ihren Helden.

»Er war bei mir und wollte mich sprechen«, sagte Lloyd.

Evie änderte augenblicklich den Tonfall. »Davon hast du mir gar nichts gesagt!«

»Es war erst heute.«

»Was hältst du von ihm?«

»Er ist ein echtes Genie aus der Arbeiterschicht.«

»Was wollte er?«

»Dass ich mich im Unterhaus erhebe und Präsident Kennedy als Kriegstreiber anprangere.«

»Das solltest du auch!«

»Und was, wenn Labour die nächste Parlamentswahl gewinnt? Angenommen, ich werde Außenminister. Dann muss ich vielleicht ins Weiße Haus und den Präsidenten um seine Unterstützung für etwas bitten, das die Labour-Regierung erreichen will ... sagen wir, eine UN-Resolution gegen die Rassentrennung in Südafrika. Dann erinnert sich Kennedy, dass ich ihn beleidigt habe, und sagt mir, ich soll mich zum Teufel scheren.«

»Trotzdem solltest du es tun«, blieb Evie beharrlich.

»Jemanden als Kriegstreiber zu bezeichnen, hilft einem meist nicht weiter. Wenn ich die momentane Krise dadurch beenden könnte, würde ich keine Sekunde zögern. Allerdings kann man diesen Trumpf nur ein einziges Mal ausspielen, und ich hebe ihn mir lieber für eine Situation auf, in der ich damit gewinnen kann.«

Lloyd ist ein pragmatischer Politiker, überlegte Jasper. Das gefiel ihm.

Evie gefiel es nicht. »Ich finde, die Leute sollten sich erheben und die Wahrheit sagen.«

Lloyd lächelte. »Ich bin stolz, solch eine Tochter zu haben. Ich hoffe, du hältst dein Leben lang an diesem Glauben fest. Aber ich muss jetzt gehen und meinen Wählern im East End die Krise erklären.«

»Bye, Kids«, sagte Daisy. »Bis später.«

Sie gingen hinaus.

Evie fragte: »Wer hat den Streit jetzt gewonnen?«

Dein Vater, dachte Jasper, und zwar mit links.

Aber er sagte es nicht.

*

Tief beunruhigt kehrte George in die Washingtoner Innenstadt zurück. Bisher war jeder davon ausgegangen, dass eine Invasion Kubas erfolgreich verlaufen würde. Die Frogs änderten alles. US-Truppen würden auf dem Gefechtsfeld Atomwaffen gegenüberstehen. Vielleicht würde die amerikanische Seite trotzdem siegen, aber der Kampf wäre härter und würde mehr Opfer fordern, und das Ergebnis stand nicht mehr von vornherein fest.

Am Weißen Haus stieg George aus dem Taxi und ging zur Presseabteilung. Maria saß an ihrem Platz. Er war froh, dass sie viel besser aussah als vor drei Tagen.

»Mir geht es prima, danke«, beantwortete sie Georges Frage.

Ihm fiel eine kleine Last vom Herzen, aber eine größere Sorge bedrückte ihn weiterhin: Maria erholte sich körperlich, aber er wusste nicht, welchen seelischen Schaden ihre geheime Liebesaffäre verursacht hatte.

Im Moment jedenfalls konnte er ihr keine vertraulichen Fragen stellen, weil sie nicht allein war. An ihrem Schreibtisch stand ein junger Schwarzer in einer Tweedjacke. Maria stellte ihn als Leopold Montgomery vor. »Er arbeitet für Reuters und ist hier, um eine Presseerklärung abzuholen.«

»Sagen Sie Lee zu mir.« Montgomery reichte George die Hand.

»In Washington gibt es bestimmt nicht viele schwarze Reporter, stimmt's, Lee?«

»Ich bin der einzige.«

»George Jakes arbeitet für Bobby Kennedy«, sagte Maria.

Lee wirkte mit einem Mal viel interessierter. »Wie ist er denn so?«

George wich der Frage aus. »Der Job ist großartig. In erster Linie berate ich ihn in Bürgerrechtsfragen. Wir unternehmen rechtliche Schritte gegen Südstaaten, die den Negern das Wahlrecht verweigern.«

»Aber wir brauchen ein neues Bürgerrechtsgesetz.«

»Das kannst du laut sagen, Bruder.« George wandte sich an Maria. »Tut mir leid, ich kann nicht bleiben. Aber ich bin froh, dass es dir besser geht.«

»Ich begleite Sie, falls Sie zum Justizministerium gehen«, sagte Lee.

George mied die Gesellschaft von Reportern, empfand aber eine gewisse Verbundenheit mit Lee, der genau wie er selbst versuchte, im weißen Washington voranzukommen, deshalb erwiderte er: »Okay.«

»Danke, dass Sie vorbeigekommen sind, Lee«, sagte Maria. »Rufen Sie mich an, wenn Sie weitere Erläuterungen brauchen.«

»Mach ich.«

George und Lee verließen das Gebäude und gingen über die Pennsylvania Avenue. »Was steht in Ihrer Presseverlautbarung?«, erkundigte sich George.

»Obwohl die Schiffe abgedreht sind, errichten die Sowjets auf Kuba nach wie vor Raketenabschussbasen, und zwar im Eiltempo.«

George dachte an die Luftaufklärungsbilder, die er vorhin gesehen hatte. Er war versucht, Lee davon zu erzählen. Er hätte einem jungen schwarzen Reporter gern zu einem Knüller verholfen. Allerdings hätte er damit gegen die Sicherheitsbestimmungen verstoßen, also behielt er es für sich. »So wird's sein«, sagte er unverbindlich.

»Die Regierung scheint nichts zu unternehmen«, fuhr Lee fort.

»Was wollen Sie damit sagen?«

»Die Quarantäne ist wirkungslos, das ist nicht zu übersehen, und der Präsident unternimmt nichts weiter.«

George war ein wenig getroffen. Er gehörte zur Regierung, wenn auch nur in untergeordneter Position, und fühlte sich zu Unrecht angegriffen. »In seiner Fernsehansprache vom Montag hat der Präsident gesagt, die Quarantäne sei erst der Anfang.«

»Also unternimmt er weitere Schritte?«

»Das hat er offensichtlich vor.«

»Und was wird er tun?«

George lächelte, als ihm klar wurde, dass Lee ihn auszuquetschen versuchte. »Abwarten.«

Als er wieder ins Justizministerium kam, hatte Bobby gerade einen Wutanfall. Es war nicht Bobbys Art, herumzuschreien und zu fluchen und mit irgendwelchen Dingen um sich zu werfen, seine Wut war kalt und schneidend. Der durchdringende Blick seiner blauen Augen war legendär.

»Auf wen ist er sauer?«, erkundigte George sich leise bei Dennis Wilson.

»Tim Tedder. Er hat drei Infiltrationstrupps nach Kuba geschickt, sechs Mann pro Trupp. Noch mehr sind abmarschbereit.«

»Wozu? Wer hat die CIA dazu aufgefordert?«

»Die Aktion gehört zur Operation Mongoose. Nur hat ihr offenbar niemand gesagt, sie soll aufhören.«

»Aber sie könnten den Dritten Weltkrieg auslösen!«

»Deshalb ist Bobby ja so sauer. Außerdem haben sie einen Zwei-Mann-Trupp losgeschickt, um eine Kupfermine zu sprengen – nur hat man leider den Funkkontakt zu den Leuten verloren.«

»Also sitzen die beiden jetzt vermutlich hinter Gittern und zeichnen ihren Vernehmungsoffizieren die Pläne des CIA-Büros in Miami auf.«

»Gut möglich.«

»Aus unterschiedlichen Gründen ist es ein sehr unglücklicher Zeitpunkt für so etwas«, sagte George. »Kuba bereitet sich auf die Invasion vor. Dort wird jetzt alles in höchster Alarmbereitschaft sein.«

»Oh ja. Bobby hat in ein paar Minuten eine Mongoose-Besprechung im Pentagon. Ich nehme an, bei der Gelegenheit nagelt er Tedder ans Kreuz.«

George begleitete Bobby nicht ins Verteidigungsministerium, denn bei den Mongoose-Besprechungen wurde er noch immer nicht hinzugezogen – und im Grunde war er froh darüber: Sein Ausflug nach La Isabela hatte ihn überzeugt, dass die Operation verbrecherisch war, und er wollte nichts mehr damit zu tun haben.

Er saß an seinem Schreibtisch, konnte sich aber nicht konzentrieren. Die Bürgerrechtsfrage war ohnehin zurückgestellt: In dieser Woche zerbrach sich niemand den Kopf über Gleichheit für Neger.

George hatte immer mehr den Eindruck, dass Präsident Kennedy die Krise aus den Händen glitt. Gegen seine Überzeugung hatte Kennedy angeordnet, die *Marucla* zu entern. Der Zwischenfall war ohne Folgen geblieben, aber was würde beim nächsten Mal geschehen? Jetzt gab es nukleare Gefechtsfeldwaffen auf Kuba. Die USA konnten zwar nach wie vor einmarschieren, doch der Preis wäre hoch. Und als hätte sie nichts Besseres zu tun, als zusätzliche Risiken zu schaffen, kochte die CIA ihr eigenes Süppchen.

Jeder versuchte, die Situation zu entschärfen, aber die Temperatur fiel immer weiter – eine albtraumhafte Eskalation der Krise, die niemand wollte.

Am späten Nachmittag kehrte Bobby aus dem Pentagon zurück, in der Hand den Bericht einer Nachrichtenagentur. »Was soll das jetzt?«, fragte er seine Referenten und las vor: »Als Reaktion auf den beschleunigten Aufbau von Raketenabschussbasen auf Kuba werden neue Schritte Präsident Kennedys unmittelbar erwartet ...« Er hob die Hand, den Zeigefinger hochgestreckt. »... lassen Quellen aus der näheren Umgebung des Justizministers verlauten.« Bobby schaute sich im Raum um. »Wer von euch hat geplappert?«

»Oh, Scheiße«, sagte George.

Alle sahen ihn an.

»Haben Sie mir etwas zu sagen, George?«, fragte Bobby.

George wäre am liebsten im Boden versunken. »Tut mir leid«, antwortete er. »Ich habe nur die Ansprache des Präsidenten zitiert, in der er gesagt hat, die Quarantäne sei erst der Anfang.«

»So können Sie sich Reportern gegenüber nicht äußern! Sie haben ihm eine Story zugeschustert.«

»Ja, leider, das weiß ich jetzt auch.«

»Und Sie haben die Krise verschärft, während wir alle versuchen, die Lage zu beruhigen. In der nächsten Story geht es wahrscheinlich darum, welche Schritte der Präsident im Sinn hat, wie? Wenn er dann nichts unternimmt, wird die Öffentlichkeit behaupten, er eiert herum.«

»Jawohl, Sir.«

»Warum haben Sie überhaupt mit dem Kerl gesprochen?«

»Er wurde mir im Weißen Haus vorgestellt, und er hat mich auf der Pennsylvania Avenue begleitet.«

Dennis Wilson fragte Bobby: »Ist das ein Reuters-Bericht?«

»Ja, wieso?«

»Wahrscheinlich ist er von Lee Montgomery.«

George ächzte innerlich. Er wusste, was als Nächstes kam. Wilson legte es darauf an, den Vorfall noch schlimmer aussehen zu lassen.

»Wie kommen Sie darauf, Dennis?«, fragte Bobby.

Wilson zögerte, daher beantwortete George die Frage. »Montgomery ist ein Neger.«

»Haben Sie deshalb mit ihm gesprochen, George?«, fragte Bobby.

»Ich wollte ihm nicht einfach sagen, er soll sich verpissen, Sir.«

»Beim nächsten Mal sagen Sie ihm genau das, okay? Das gilt für jeden Reporter, der versucht, eine Story aus Ihnen herauszubekommen, egal, welche Hautfarbe er hat.«

George war erleichtert, als er »beim nächsten Mal« hörte, denn es bedeutete, dass er nicht gefeuert war. »Danke«, sagte er. »Ich werde es nicht vergessen.«

»Das rate ich Ihnen.« Bobby verschwand in seinem Büro.

»Da sind Sie ja noch mal davongekommen«, sagte Wilson. »Glückspilz.«

»Ja«, entgegnete George. »Danke auch für Ihre Hilfe, Dennis.«

Alle kehrten an die Arbeit zurück. George konnte kaum glauben, was er getan hatte. Er hatte ungewollt Benzin in die Flammen gegossen. Er war noch immer sauer auf sich selbst, als die Vermittlung ein Ferngespräch aus Atlanta zu ihm durchstellte.

»Hi, George, hier ist Verena Marquand.«

Ihre Stimme heiterte ihn auf. »Wie geht es dir?«

»Ich mache mir Sorgen.«

»Die ganze Welt macht sich Sorgen.«

»Dr. King hat mich gebeten, dich anzurufen und mich zu erkundigen, was vor sich geht.«

»Ihr wisst vermutlich genauso viel wie wir«, sagte George. Er stand noch immer unter dem Eindruck von Bobbys Zurechtweisung und war nicht bereit, eine weitere Indiskretion zu begehen. »In der Zeitung steht so ziemlich alles.«

»Werden wir wirklich in Kuba einmarschieren?«

»Das weiß nur der Präsident.«

»Wird es einen Atomkrieg geben?«

»Das weiß nicht einmal der Präsident.«

»Ich vermisse dich, George. Ich wünschte, ich könnte mich mit dir zusammensetzen und ein bisschen reden.«

George war überrascht. In Harvard hatte er Verena nicht gut gekannt, und ihre letzte Begegnung lag ein halbes Jahr zurück. Er wäre nie auf den Gedanken gekommen, sie könne ihn vermissen, und wusste nicht, was er entgegnen sollte.

»Was sage ich denn nun Dr. King?«, wollte Verena wissen.

»Sag ihm ...« George zögerte. Er dachte an die vielen Menschen in der Umgebung des Präsidenten – die hitzköpfigen Generäle, die den Krieg wollten, die CIA-Leute, die versuchten, James Bond zu spielen, und die Reporter, die sich über Untätigkeit beklagten, wenn der Präsident vorsichtig war. »Sag ihm, der klügste Kopf der Vereinigten Staaten sitzt am Ruder. Etwas Besseres könnten wir uns nicht wünschen.«

»Okay.« Verena legte auf.

George fragte sich, ob er an seine eigenen Worte glaubte. Er hasste Jack Kennedy für sein Verhalten Maria gegenüber. Doch wer konnte diese Krise besser handhaben als Kennedy? George fiel niemand ein, der die gleiche Kombination aus Mut, Klugheit, Besonnenheit und Gelassenheit mitbrachte.

Am frühen Abend nahm Wilson einen Telefonanruf entgegen; dann sagte er zu allen im Raum: »Leute, wir bekommen einen Brief von Chruschtschow. Er kommt übers Außenministerium rein.«

Jemand fragte: »Was steht drin?«

»Bisher nicht viel«, sagte Wilson. Er blickte in sein Notizbuch. »Ich zitiere: ›Sie drohen uns mit Krieg, doch Sie wissen sehr wohl, dass Sie zur Antwort mindestens das erhalten würden, was Sie uns zugefügt hätten. Sie müssten die gleichen Folgen tragen ...‹ Der Brief wurde unserer Botschaft in Moskau heute Morgen um kurz vor zehn Uhr unserer Zeit zugeleitet.«

George rief: »Um zehn? Wir haben jetzt sechs Uhr abends. Wozu brauchen die denn so lange?«

Wilson antwortete voller Herablassung, als wäre er es leid, Anfängern grundlegende Vorgehensweisen erklären zu müssen: »Unsere Leute in Moskau müssen den Brief ins Englische übersetzen, dann verschlüsseln, dann übertragen. Nachdem er hier in Washington empfangen wurde, muss er im Außenministerium entschlüsselt und getippt werden. Und jedes einzelne Wort muss dreimal überprüft werden, ehe der Präsident handeln kann. Es ist ein langwieriger Vorgang.«

»Danke«, sagte George. Wilson war ein selbstgefälliger Schnösel, aber er kannte sich aus.

Es war Freitagabend, doch niemand ging nach Hause.

Chruschtschows Brief traf häppchenweise ein. Wie vorauszusehen, kam das Wichtigste am Schluss: Wenn die Vereinigten Staaten sich verpflichteten, nicht in Kuba einzumarschieren, hätte sich, so Chruschtschow, »die Präsenz unserer Militärexperten in Kuba erübrigt«.

Es war ein Kompromissvorschlag. Aber was genau bedeutete er?

Offenbar waren die Sowjets bereit, ihre Atomwaffen von Kuba abzuziehen. Weniger wäre auch nichts wert gewesen. Doch konnten die Vereinigten Staaten die Verpflichtung eingehen, niemals in Kuba einzumarschieren? Würde Präsident Kennedy auch nur in Erwägung ziehen, sich die Hände fesseln zu lassen? Wohl kaum, überlegte George. Kennedy würde die Hoffnung, Castro irgendwann loszuwerden, bestimmt nicht aufgeben.

Und wie würde die Welt ein solches Abkommen aufnehmen? Würde man es als außenpolitischen Coup Chruschtschows betrachten? Oder würde man es so sehen, dass Kennedy die Sowjets gezwungen hatte, klein beizugeben? War es überhaupt eine gute Neuigkeit? George wusste es nicht.

Larry Mawhinney streckte seinen Stoppelkopf zur Tür herein. »Kuba hat jetzt auch nukleare Kurzstreckenraketen.«

»Wissen wir«, entgegnete George. »Die CIA hat sie gestern entdeckt.«

»Das heißt, wir brauchen das Gleiche.«

»Wie meinen Sie das?«

»Die Invasionstruppen in Kuba müssen ebenfalls mit nuklearen Gefechtsfeldwaffen ausgerüstet werden.«

»Müssen sie?«

»Selbstverständlich! Die Vereinigten Stabschefs werden es verlangen. Würden Sie Ihre Männer in den Kampf schicken, wenn sie weniger gut ausgerüstet wären als der Gegner?«

Da hatte er recht, musste George einräumen. Doch die Konsequenz war entsetzlich. »Von jetzt an ist also jeder Krieg gegen Kuba ein Atomkrieg.«

»Verdammt richtig«, sagte Larry und ging.

*

Als Letztes sah George bei seiner Mutter vorbei. Jacky machte Kaffee und setzte ihm einen Teller mit Keksen vor, doch er rührte nichts an.

»Gestern habe ich Greg gesehen«, sagte er.

»Ach? Was macht er denn so?«

»Alles beim Alten. Nur dass er mir sagte, ich sei das Beste, was er je zustande gebracht hat.«

»Hm!«, machte Jacky abwertend. »Wie kam er denn darauf?«

»Er wollte mir zu verstehen geben, wie stolz er auf mich ist.«

»Soso. In dem Mann steckt also doch noch etwas Gutes.«

»Wie lange ist es her, seit du Lev und Marga das letzte Mal gesehen hast?«

Jacky kniff misstrauisch die Augen zusammen. »Was ist denn das für eine Frage?«

»Du kommst gut mit Großmutter Marga aus.«

»Weil sie dich liebhat. Wenn jemand dein Kind liebhat, macht ihn das sympathisch. Du wirst es am eigenen Leib erfahren, wenn du selbst mal Kinder hast.«

»Du hast Marga seit der Abschlussfeier in Harvard nicht mehr gesehen. Über ein Jahr ist das her.«

»Stimmt.«

»Du arbeitest nicht am Wochenende.«

»Der Frauenclub hat samstags und sonntags geschlossen. Als du klein warst, musste ich die Wochenenden freinehmen, damit ich mich um dich kümmern konnte, wenn du nicht in der Schule warst.«

»Die First Lady hat Caroline und John Junior nach Glen Ora gebracht.«

»Ach, und ich soll mich deiner Meinung nach wohl auch auf mein Landhaus in Virginia zurückziehen und dort ein paar Tage meine Pferde reiten?«

»Du könntest Marga und Lev in Buffalo besuchen.«

»Übers Wochenende nach Buffalo?«, fragte sie ungläubig. »Um Himmels willen. Ich würde den ganzen Samstag im Zug dorthin sitzen – und den ganzen Sonntag im Zug zurück.«

»Du könntest fliegen.«

»Das kann ich mir nicht leisten.«

»Ich zahle dir die Flugkarte.«

»Ach du lieber Gott!«, rief sie. »Du glaubst, die Russen bombardieren uns dieses Wochenende, oder?«

»Wir standen nie so dicht davor. Flieg nach Buffalo.«

Jacky trank ihre Tasse aus, stand auf und ging an die Spüle, um sie zu reinigen. »Und was ist mit dir?«

»Ich muss hierbleiben und helfen, das Schlimmste zu verhindern.«

Jacky schüttelte entschlossen den Kopf. »Ich gehe nicht nach Buffalo.«

»Damit würdest du mir aber eine große Last von der Seele nehmen, Mom.«

»Wenn du deine Seele erleichtern willst, dann bete zum Herrn.«

»Weißt du, was die Araber sagen? ›Vertraue auf Allah, aber binde dein Kamel an.‹ Ich bete, wenn du nach Buffalo fliegst.«

»Woher willst du wissen, dass die Russen Buffalo nicht bombardieren?«

»Ich kann es nicht wissen. Aber es wäre wahrscheinlich ein sekundäres Ziel. Und vielleicht ist es außer Reichweite der Raketen auf Kuba.«

»Für einen Anwalt argumentierst du ganz schön schwach.«

»Es ist mein Ernst, Mom.«

»Meiner auch«, sagte sie. »Und du bist ein guter Sohn, dass du dir Sorgen um deine Mutter machst. Aber hör mir jetzt mal zu. Seit ich sechzehn war, habe ich mein ganzes Leben nichts anderem gewidmet, als dich großzuziehen. Wenn jetzt alles, was ich getan habe, durch einen Atomblitz ausgelöscht wird, möchte ich mit diesem Wissen nicht weiterleben. Ich bleibe, wo du bist.«

»Entweder überleben wir beide, oder wir sterben beide?«

»Ja. Der Herr hat's gegeben, der Herr hat's genommen«, zitierte sie. »Gelobt sei der Name des Herrn.«

*

Dimkas Onkel Wolodja zufolge verfügten die Vereinigten Staaten über zweihundert nukleare Raketen, die in der Lage waren, die Sowjetunion zu erreichen. Und die Amerikaner vermuteten, die Sowjetunion habe ungefähr die Hälfte davon, sagte Wolodja. In Wahrheit besaß die UdSSR nur zweiundvierzig Interkontinentalraketen, und einige waren veraltet.

Als die Vereinigten Staaten nicht sofort auf das sowjetische Kompromissangebot reagierten, befahl Chruschtschow, selbst die ältesten und nicht gerade zuverlässigen Raketen abschussbereit zu machen.

Am frühen Samstagmorgen telefonierte Dimka mit dem Raketentestzentrum Baikonur in Kasachstan. Die dortige Armeebasis verfügte über zwei fünfstrahlige Semjorkas, Raketen vom Typ R-7, die vor fünf Jahren den Sputnik, den ersten Satelliten, in die Umlaufbahn getragen hatten. Jetzt bereitete man eine der Semjorkas vor, eine Marssonde ins All zu tragen.

Dimka ließ die Marsexpedition abblasen. Beide Semjorkas wurden dem sowjetischen Atomarsenal einverleibt. Man brauchte sie für den Dritten Weltkrieg.

Dimka befahl den Wissenschaftlern, die Raketen mit Atomsprengköpfen auszustatten.

Die Startvorbereitungen würden zwanzig Stunden dauern. Die Semjorkas verwendeten instabilen Flüssigtreibstoff und konnten daher nicht länger als einen Tag in Bereitschaft gehalten werden. Entweder wurden sie noch dieses Wochenende eingesetzt oder gar nicht.

Außerdem explodierten Semjorka-Raketen häufig beim Start. Geschah das allerdings nicht, waren sie extrem gefährlich und konnten ihr Ziel Chicago erreichen.

Beide wurden mit 2,8-Megatonnen-Bomben bestückt. Sollte nur eine dieser Bomben das Stadtzentrum Chicagos treffen, würde sie in fünfzehn Kilometern Umkreis alles auslöschen.

Als Dimka sicher war, dass der kommandierende Offizier seine Befehle verstanden hatte, ging er ins Bett.

KAPITEL 19

Das Telefon weckte Dimka. Ihm schlug das Herz bis zum Hals. War das der Krieg? Wie viele Minuten hatte er noch zu leben?

Er schnappte sich den Hörer. Natalja war am Apparat. »Es gibt Neuigkeiten von Plijew.«

General Plijew war der sowjetische Oberkommandierende in Kuba.

»Und?«, fragte Dimka. »Was sagt er?«

»Sie glauben, dass die Amerikaner noch heute angreifen werden, kurz nach Sonnenaufgang ihrer Zeit.«

In Moskau war es noch dunkel. Dimka schaltete die Nachttischlampe ein und schaute auf die Uhr. Es war acht Uhr früh. Er hätte schon längst im Kreml sein sollen. Doch in Kuba dämmerte es erst in fünf Stunden. Sein Puls beruhigte sich wieder.

»Woher will Plijew das wissen?«, fragte er.

»Darum geht es nicht«, erwiderte Natalja ungeduldig.

»Worum dann?«

»Ich lese dir den letzten Satz mal vor: ›Wir haben beschlossen, im Fall eines amerikanischen Angriffs auf unsere Einrichtungen alle uns zur Verfügung stehenden Mittel einzusetzen.‹ Das heißt Atomwaffen!«

»Ohne unsere Erlaubnis dürfen sie das nicht!«

»Aber genau die wollen sie haben.«

»Malinowski wird das nicht zulassen.«

»Darauf würde ich nicht wetten.«

Dimka stieß einen leisen Fluch aus. Manchmal hatte er den Eindruck, als *wollte* das Militär einen Atomkrieg. »Wir treffen uns in der Kantine.«

»Gib mir eine halbe Stunde.«

Dimka duschte schnell. Anja, seine Mutter, bot ihm Frühstück an, aber er lehnte ab. Also packte sie ihm stattdessen ein Butterbrot ein.

»Vergiss Opas Feier heute Abend nicht«, mahnte Anja. Heute hatte Grigori Geburtstag. Er wurde vierundsiebzig, und zur Feier des Tages gab es ein großes Abendessen in der Wohnung von Dimkas Großeltern. Dimka hatte versprochen, Nina mitzubringen; sie wollten alle überraschen, indem sie ihre Verlobung verkündeten.

Aber wenn die Amerikaner Kuba angriffen, würde es keine Feier geben.

Dimka wollte sich gerade auf den Weg machen, da hielt Anja ihn noch einmal auf. »Sag mir die Wahrheit. Was wird geschehen?«

Er umarmte sie. »Tut mir leid, Mama, aber ich weiß es nicht.«

»Deine Schwester ist in Kuba.«

»Ja.«

»Sie ist genau in der Schusslinie.«

»Die Amerikaner haben Interkontinentalraketen, Mama. Wir sind *alle* in der Schusslinie.«

Anja umarmte ihren Sohn und ließ ihn gehen.

Dimka fuhr mit dem Motorrad zum Kreml. Als er den Senatspalast erreichte, wartete Natalja bereits in der Kantine. Wie Dimka, hatte auch sie sich so schnell wie möglich angezogen und sah ein wenig zerzaust aus. Das Haar fiel ihr unordentlich ins Gesicht, doch Dimka fand es attraktiv.

Ich muss aufhören, so zu denken, ermahnte er sich. Ich werde das einzig Richtige tun, Nina heiraten und unser Kind großziehen.

Was würde Natalja wohl sagen, wenn er es ihr erzählte? Aber jetzt war nicht der richtige Augenblick.

Dimka holte sein Butterbrot aus der Tasche. »Ich wünschte, ich hätte eine Tasse Tee dazu«, sagte er. Die Kantine war zwar offen, aber es wurde noch nichts ausgeschenkt.

»Ich habe gehört, in den USA sind die Restaurants geöffnet, wenn die Leute essen und trinken wollen, und nicht, wenn das Personal mal Lust hat zu arbeiten«, sagte Natalja. »Glaubst du, das stimmt?«

»Das ist vermutlich Propaganda«, erwiderte Dimka und setzte sich.

»Lass uns eine Antwort an Plijew entwerfen«, sagte Natalja und schlug ihr Notizbuch auf.

Kauend konzentrierte Dimka sich aufs Thema. »Der Ministerrat sollte Plijew den Einsatz von Atomwaffen ausdrücklich verbieten, es sei denn, es gibt einen entsprechenden Befehl aus Moskau.«

»Ich würde ihm eher verbieten, die Gefechtsköpfe auf die Trägerraketen setzen zu lassen, dann können sie auch nicht versehentlich abgefeuert werden.«

»Gute Idee.«

Jewgeni Filipow erschien. Er trug einen braunen Pullover unter seinem grauen Jackett.

»Guten Morgen, Genosse«, sagte Dimka. »Wollen Sie sich bei mir entschuldigen?«

»Mich entschuldigen? Wofür denn?«

»Sie haben mich beschuldigt, das Geheimnis unserer kubanischen Raketen nicht ausreichend geschützt zu haben. Sie haben sogar gesagt, man solle mich verhaften. Jetzt wissen wir, dass ein Spionageflugzeug der CIA die Stellungen fotografiert hat. Ich glaube, wenn sich hier jemand entschuldigen muss, dann Sie.«

»Machen Sie sich nicht lächerlich«, erwiderte Filipow gereizt. »Dass man auf Fotos, die aus einer solchen Höhe aufgenommen wurden, etwas so Kleines wie eine Rakete erkennen kann, konnten wir nicht wissen. Was hecken Sie beide jetzt wieder aus?«

Natalja antwortete wahrheitsgemäß: »Wir diskutieren General Plijews Bericht von heute Morgen.«

»Darüber habe ich bereits mit Malinowski gesprochen«, sagte Filipow. »Er stimmt mit Plijew überein.«

Dimka war entsetzt. »Wir können Plijew doch nicht erlauben, nach eigenem Ermessen einen Weltkrieg vom Zaun zu brechen!«

»Das wird er auch nicht tun. Er wird unsere Truppen gegen eine amerikanische Aggression verteidigen, nicht mehr und nicht weniger.«

»Plijew muss Zeit schinden. Er darf keinen atomaren Schlagabtausch provozieren.«

»Marschall Malinowski ist der Auffassung, dass wir die Waffen in Kuba mit allen Mitteln schützen müssen«, erklärte Filipow. »Wenn die Amerikaner sie zerstören, würde die Verteidigungsfähigkeit der UdSSR erheblich geschwächt.«

Daran hatte Dimka gar nicht gedacht. Ein großer Teil des sowjetischen Atomwaffenarsenals befand sich nun in Kuba. Wenn die Amerikaner diese kostbaren Waffen vernichteten, wäre das in der Tat ein schwerer Schlag für die Sowjetunion.

»Nein«, sagte Natalja. »Unsere Strategie muss auf der Maßgabe basieren, diese Waffen eben *nicht* einzusetzen, weil wir im Vergleich zu den Amerikanern nur wenige davon haben.« Sie beugte sich über den Tisch. »Hören Sie doch, Jewgeni. Wenn es zu einem weltweiten Atomkrieg kommt, siegen die Amerikaner.« Sie lehnte sich wieder zurück. »Wir können zwar prahlen und drohen, aber wir dürfen unsere Waffen nicht abfeuern. Ein Atomkrieg wäre Selbstmord für uns.«

»Das sieht man im Verteidigungsministerium aber anders.«

Natalja zögerte. »Sie reden, als wäre die Entscheidung längst getroffen.«

»So ist es auch. Malinowski hat Plijew freie Hand gegeben.«

»Das wird Chruschtschow aber gar nicht gefallen«, sagte Dimka.

»Doch«, erwiderte Filipow. »Er hat bereits zugestimmt.«

Erst jetzt erkannte Dimka, wie viel er verschlafen hatte. Nun war er erheblich im Nachteil. Er stand auf. »Gehen wir«, sagte er zu Natalja.

Sie verließen die Kantine. Als sie auf den Aufzug warteten, sagte Dimka gereizt: »Verdammt! Wir müssen diese Entscheidung irgendwie rückgängig machen.«

»Ich bin sicher, Kossygin wird das bei der heutigen Sitzung zur Sprache bringen.«

»Formuliere du einfach den Befehl, den wir entworfen haben, und schlag ihn Kossygin vor«, sagte Dimka. »Ich werde versuchen, Chruschtschow weichzuklopfen.«

»In Ordnung.«

Sie trennten sich. Dimka betrat Chruschtschows Büro. Der Genosse Generalsekretär las gerade Übersetzungen von Artikeln aus kapitalistischen Zeitungen.

»Haben Sie Walter Lippmanns Artikel gelesen?«, fragte er, als Dimka hereinkam.

Lippmann war ein liberaler amerikanischer Kolumnist. Angeblich stand er Kennedy sehr nahe.

»Nein.« Dimka hatte heute noch keinen Blick in eine Zeitung geworfen.

»Lippmann schlägt einen Tausch vor. Wir sollen unsere Raketen aus Kuba abziehen, und die Amerikaner holen ihre aus der Türkei. Das ist eine Botschaft an mich. Von Kennedy.«

»Lippmann ist nur Journalist ...«

»Nein, nein. Er ist das Sprachrohr des Präsidenten.«

Dimka bezweifelte, dass die amerikanische Demokratie so funktionierte, sagte aber nichts dazu.

Chruschtschow fuhr fort: »Das heißt, wenn wir einen solchen Tausch vorschlagen, wird Kennedy akzeptieren.«

»Aber wir haben bereits etwas anderes gefordert: das amerikanische Versprechen, nicht in Kuba einzumarschieren.«

»Also lassen wir Kennedy weiter im Ungewissen.«

In jedem Fall werden wir ihn verwirren, dachte Dimka. Aber das war Chruschtschows Art. Warum sollte man auch berechenbar sein? Das machte es dem Feind nur leichter.

Dimka wechselte das Thema. »In der nächsten Sitzung wird es Fragen zu General Plijews Bericht geben. Ihm die Erlaubnis zu erteilen, Atomwaffen nach eigenem Gutdünken ...«

»Machen Sie sich keine Sorgen«, unterbrach Chruschtschow ihn und winkte ab. »Die Amerikaner werden jetzt nicht angreifen. Sie reden sogar mit dem UN-Generalsekretär. Sie wollen Frieden.«

»Natürlich«, erwiderte Dimka unterwürfig. »So lange Sie sich sicher fühlen.«

»Ja.«

Ein paar Minuten später versammelten sich die politischen Führer der Sowjetunion im Sitzungssaal des Ministerrats. Chruschtschow eröffnete die Versammlung mit einer langen Rede und erklärte, das Zeitfenster für einen amerikanischen Angriff habe sich geschlossen. Dann sprach er an, was er den »Lippmann-Vorschlag« nannte. Es weckte nur wenig Begeisterung am Tisch, doch niemand widersprach ihm. Den meisten war klar, dass der Genosse Generalsekretär seine eigene Art von Diplomatie betrieb.

Chruschtschow war von dieser neuen Idee so begeistert, dass er an Ort und Stelle einen Brief an Kennedy diktierte, während die anderen zuhörten. Dann befahl er, den Brief in Radio Moskau zu verlesen. Auf diese Weise konnte die amerikanische Botschaft ihn nach Washington weiterleiten, ohne dass er vorher verschlüsselt und an den KGB in Washington geschickt werden musste.

Schließlich kam Kossygin auf Plijews Anfrage zu sprechen. Er argumentierte, dass die Kontrolle über die Atomwaffen in Moskau bleiben müsse. Anschließend verlas er den Befehl, den Dimka und Natalja aufgesetzt hatten.

»Jaja, schicken Sie den«, sagte Chruschtschow ungeduldig.

Dimka atmete tief durch.

Eine Stunde später fuhr er mit Nina im Aufzug des Hauses am Ufer. »Wir sollten unsere Sorgen eine Weile vergessen«, sagte er. »Kuba ist weit weg. Lass uns auf die Feier gehen und Spaß haben.«

»Ja, sehr gern!«, erwiderte Nina.

Sie gingen zur Wohnung von Dimkas Großeltern. Katherina öffnete die Tür. Zur Feier des Tages trug sie ein rotes Kleid. Erstaunt sah Dimka, dass es ihr nach neuester westlicher Mode nur bis zu den Knien reichte, doch sie konnte es sich erlauben: Seine Großmutter hatte noch immer schlanke Beine. Als ihr Mann im diplomatischen Korps gedient hatte, war auch Katherina im Westen gewesen; dort hatte sie gelernt, sich eleganter zu kleiden, als es in der Sowjetunion üblich war.

Mit der typischen Neugier alter Menschen musterte sie Nina von Kopf bis Fuß. »Gut siehst du aus«, sagte sie, doch in einem so seltsamen Tonfall, dass Dimka sich fragte, was los war.

Nina wertete Katherinas Bemerkung als Kompliment. »Danke. Sie sehen aber auch großartig aus.«

Katherina führte sie ins Wohnzimmer. Dimka erinnerte sich, wie er als Kind hierhergekommen war. Seine Großmutter hatte ihm immer kleine Apfelkuchen gebacken. Bei dem Gedanken daran lief ihm das Wasser im Mund zusammen. Die Apfelkuchen hätte er jetzt gern gehabt.

Katherina wirkte auf ihren hohen Schuhen ein wenig unsicher. Grigori saß wie immer im Sessel vor dem Fernseher. Er hatte bereits eine Flasche Wodka aufgemacht. Vielleicht war das ja der Grund, weshalb Katherina so schwankte.

»Alles Gute zum Geburtstag, Großvater«, grüßte Dimka.

»Trink einen Schluck«, sagte Grigori.

Dimka musste vorsichtig sein. Betrunken nutzte er Chruschtschow nichts. Er kippte den Wodka hinunter, den Grigori ihm gab, und stellte das Glas dann außer Reichweite seines Großvaters ab, damit der ihm nicht mehr nachschenken konnte.

Dimkas Mutter war bereits da und half Katherina. Sie kam mit einem Tablett voll Salzgebäck und rotem Kaviar aus der Küche. Anja hatte nichts von Katherinas Stilsicherheit geerbt. Egal, was sie trug, sie sah immer irgendwie plump aus.

Sie küsste Nina.

Dann klingelte es an der Tür, und Onkel Wolodja erschien mitsamt Familie. Wolodja war achtundvierzig; sein kurz geschorenes Haar war grau geworden. Er trug Uniform, denn jeden Augenblick konnte er ins Büro gerufen werden. Tante Zoja folgte ihm. Sie war fast fünfzig, aber noch immer eine blasse russische Göttin. Ihr folgten zwei Halbwüchsige, Dimkas Vetter Kotja und Galina, seine Cousine.

Dimka stellte Nina vor. Wolodja und Zoja begrüßten sie freundlich.

»So, jetzt sind alle da«, sagte Katherina.

Dimka ließ den Blick über die Anwesenden schweifen: über das alte Ehepaar, mit dem alles begonnen hatte; über seine schlichte Mutter und ihren gut aussehenden, blauäugigen Bruder; über seine schöne Tante, seinen halbstarken Vetter und seine halbwüchsige Cousine, und über den üppig gebauten Rotschopf, den er heiraten würde. Das war seine Familie, und sie war das Wertvollste, was er heute verlieren würde, sollten seine schlimmsten Befürchtungen sich bewahrheiten. Sie alle lebten in gut zwei Kilometern Umkreis vom Kreml. Sollten die Amerikaner heute Nacht Atomwaffen auf Moskau feuern, wären sie morgen alle tot, ihre Gehirne gekocht, ihre Körper zermalmt und ihre Haut verkohlt. Dimkas einziger Trost war, dass er nicht um seine Lieben trauern würde, weil er dann auch nicht mehr existierte.

Sie tranken auf Grigoris Wohl.

»Ich wünschte, Lew wäre hier, mein kleiner Bruder«, sagte Grigori.

»Und Tanja«, fügte Anja hinzu.

»So klein ist Lew nicht mehr, Vater«, sagte Wolodja. »Er lebt in Amerika, ist siebenundsechzig Jahre alt und Millionär.«

»Ob er in Amerika Enkel hat?«

»Nicht in Amerika«, sagte Wolodja. Der Geheimdienst der Roten Armee konnte so etwas leicht herausfinden, das wusste Dimka. »Lews unehelicher Sohn, Greg, der Senator, ist Junggeselle«, fuhr Wolodja fort. »Aber seine eheliche Tochter, Daisy, die jetzt in London lebt, hat einen Jungen und ein Mädchen, die ungefähr so alt sind wie Kotja und Galina.«

»Dann habe ich britische Großneffen«, sagte Grigori mit zufriedenem Beiklang. »Wie heißen sie? John und Kate?« Die anderen lachten. Die Namen klangen seltsam in ihren russischen Ohren.

»David und Evie«, antwortete Wolodja.

»Wisst ihr eigentlich, dass damals eigentlich *ich* nach Amerika gehen sollte?«, erzählte Grigori. »Aber im letzten Augenblick habe ich meine Passage Lew gegeben.« Er versank in Erinnerungen. Die Familie kannte die Geschichte. Trotzdem hörten sie Grigori zu; schließlich hatte er Geburtstag.

Kurz darauf nahm Wolodja Dimka beiseite und fragte: »Wie lief die Sitzung heute Morgen?«

»Sie haben Plijew befohlen, ohne ausdrücklichen Befehl aus Moskau keine Raketen abzufeuern.«

Wolodja schnaubte verächtlich. »Zeitverschwendung.«

Dimka war überrascht. »Wieso?«

»Weil es keinen Unterschied macht.«

»Willst du damit etwa sagen, Plijew wird den Befehl nicht befolgen?«

»Das würde kein Kommandeur. Du warst noch nie im Kampf, nicht wahr?« Wolodja schaute Dimka tief in die Augen. »Wenn man unter Feuer steht und um sein Leben kämpft, wehrt man sich mit allen Mitteln. Das ist ein Urinstinkt. Man kann nichts dagegen tun. Wenn die Amerikaner in Kuba einmarschieren, werden unsere Jungs ihnen alles entgegenwerfen, was sie haben, egal, was Moskau sagt.«

»Scheiße«, fluchte Dimka. Falls Wolodja recht hatte, war alle Mühe umsonst gewesen.

Großvater beendete seine Geschichte. Nina legte Dimka die Hand auf den Arm. »Ich glaube«, sagte sie, »jetzt wäre der richtige Zeitpunkt.«

Dimka nickte und wandte sich an die versammelte Familie. »Da wir Großvater nun zu seinem Ehrentag beglückwünscht haben, möchte ich etwas verkünden. Darf ich um Ruhe bitten?« Er wartete, bis auch die beiden Halbstarken verstummt waren. »Ich habe Nina gefragt, ob sie mich heiraten will, und sie hat Ja gesagt.«

Alle jubelten. Wieder wurde Wodka eingeschenkt, doch Dimka wich dem Glas geschickt aus.

Anja küsste ihn. »Gut gemacht, mein Sohn«, sagte sie. »Sie wollte nicht heiraten, bis sie dich kennengelernt hat.«

»Vielleicht habe auch ich ja bald Enkel.« Grigori zwinkerte Nina zu.

»Vater!«, sagte Wolodja. »Bring das arme Mädchen nicht in Verlegenheit!«

»In Verlegenheit? Unsinn. Nina und ich, wir sind Freunde.«

»Mach dir über Enkel keine Gedanken«, sagte Katherina, die inzwischen betrunken war. »Sie ist schon schwanger.«

»Mutter!«, protestierte Wolodja.

»Was ist denn?« Katherina zuckte mit den Schultern. »Eine Frau sieht so was.«

Deshalb hat sie Nina so aufmerksam gemustert, als wir gekommen sind, dachte Dimka. Er sah, wie Wolodja und Zoja einen Blick tauschten. Wolodja hob die Augenbrauen, Zoja nickte knapp, und Wolodja bildete ein »Oh!« mit den Lippen.

Anja riss die Augen auf. »Aber du hast mir doch gesagt ...«, wandte sie sich an Nina.

»Ich weiß«, sagte Dimka. »Wir haben beide gedacht, Nina könne keine Kinder bekommen. Tja, die Ärzte haben sich geirrt.«

Wieder hob Grigori das Glas. »Ein dreifach Hurra auf alle Ärzte, die sich irren! Ich will einen Jungen, Nina, einen Urenkel, der die Blutlinie der Peschkows und Dworkins fortführen kann.«

Nina lächelte. »Ich werde mein Bestes tun, Grigori Sergejwitsch.«

Anja wirkte noch immer besorgt. »Die Ärzte haben einen Fehler gemacht?«

»Du weißt doch, wie Ärzte sind«, erwiderte Nina. »Sie würden niemals zugeben, dass sie sich geirrt haben. Deshalb nennen sie es ein Wunder.«

»Ich hoffe nur, ich lebe noch lange genug, um meinen Urenkel zu sehen«, sagte Grigori. »Diese verdammten Amerikaner.« Er kippte seinen nächsten Wodka.

Kotja, der Sechzehnjährige, fragte in die Runde: »Warum haben die Amerikaner mehr Raketen als wir?«

Zoja antwortete: »Als wir Physiker 1940 begonnen haben, mit Kernenergie zu arbeiten, haben wir der Regierung gesagt, man könne damit eine gewaltige Bombe bauen, aber Stalin hat uns nicht geglaubt. Also hat der Westen einen Vorsprung gegenüber der UdSSR bekommen, und den hat er noch heute. Das kommt dabei herum, wenn Regierungen nicht auf die Wissenschaftler hören.«

Wolodja blickte seinen Sohn streng an. »Wiederhol bloß nicht in der Schule, was deine Mutter gerade gesagt hat!«

»Ach, wen kümmert das schon«, warf Anja ein. »Stalin hat die eine Hälfte von uns umgebracht, und Chruschtschow erledigt jetzt den Rest.«

»Anja!«, protestierte Wolodja. »Nicht vor den Kindern!«

»Ich denke ständig an Tanja«, sagte Anja und überging den Tadel ihres Bruders. »Drüben in Kuba, ganz allein und mit den Amerikanern vor der Tür ...« Sie weinte. »Ich wünschte nur, ich könnte mein kleines Mädchen wiedersehen.« Tränen liefen ihr über die Wangen. »Nur noch einmal, bevor ich sterbe.«

*

Am Samstagmorgen waren die USA zum Angriff auf Kuba bereit.

Im unterirdischen Lageraum des Weißen Hauses erläuterte Larry Mawhinney für George die Einzelheiten. Präsident Kennedy nannte diesen Teil des Gebäudes einen Hamsterkäfig, weil er ihn als so beengt empfand. Er war allerdings in großen, geräumigen Häusern aufgewachsen: Der Lageraum war größer als Georges Wohnung.

Mawhinney zufolge hatte die Air Force 576 Flugzeuge auf fünf verschiedenen Stützpunkten startklar für den Luftschlag, der Kuba in ein verbranntes, rauchendes Ödland verwandeln würde. Die Army hatte 150 000 Mann für die Invasion aufgestellt, die auf den Luftschlag folgen sollte. Die Navy kreiste mit sechsundzwanzig Zerstörern und drei Flugzeugträgern den Inselstaat ein.

Mawhinney berichtete dies alles voller Stolz, als wäre es seine persönliche Leistung.

»Nichts davon nützt etwas gegen Atomraketen«, gab George zu bedenken.

»Zum Glück haben wir eigene Kernwaffen«, entgegnete Mawhinney, als stünde damit alles bestens.

»Und wie genau feuern wir die ab?«, fragte George. »Ich meine, was tut der Präsident in diesem Fall?«

»Er ruft den Joint War Room im Pentagon an. Sein Telefon im Oval Office hat einen roten Knopf, mit dem er eine sofortige Verbindung herstellen kann.«

»Und was würde er dann sagen?«

»Er hat einen Aktenkoffer aus schwarzem Leder, der einen Satz Codes enthält, die er benutzen müsste. Der Aktenkoffer begleitet ihn überallhin.«

»Und dann?«

»Alles läuft automatisch. Es gibt ein Programm namens Single Integrated Operational Plan, kurz SIOP. Unsere Bomber und Raketen starten mit etwa dreitausend Atomsprengköpfen und greifen ungefähr eintausend Ziele im Ostblock an.« Mawhinney machte eine Handbewegung, als würde er etwas platt schlagen. »Und löschen sie aus!«, fügte er enthusiastisch hinzu.

»Und die Sowjets tun mit uns das Gleiche«, murmelte George.

Mawhinney blickte ihn gereizt an. »Wenn wir den Erstschlag landen, können wir die meisten sowjetischen Waffen noch am Boden vernichten.«

»Aber es ist unwahrscheinlich, dass der Erstschlag von uns ausgeht, denn wir sind keine Barbaren, und wir wollen keinen Atomkrieg anfangen, der Millionen Todesopfer kostet.«

»Da liegt ihr Politiker falsch. Ein Erstschlag ist die Garantie für den Sieg.«

»Aber selbst wenn – um welchen Preis? Wir könnten nur die meisten feindlichen Waffen vernichten, aber nicht alle. Sie haben es eben selbst gesagt.«

»Stimmt, wir können nicht hundert Prozent erwischen.«

»Was also auch passiert, auf die USA fallen Atombomben.«

»Krieg ist nun mal kein Sonntagspicknick«, erwiderte Mawhinney verärgert.

»Wenn wir den Krieg vermeiden, können wir weiterhin Picknicks veranstalten.«

»Wir müssen los.« Mawhinney blickte auf seine Armbanduhr. »Ex-Comm um zehn.«

Sie verließen den Lageraum und gingen nach oben in den Kabinettssaal, wo die wichtigsten Berater des Präsidenten und ihre Referenten zusammentrafen. Präsident Kennedy kam ein paar Minuten nach zehn.

George sah ihn zum ersten Mal seit Marias Abtreibung und betrachtete ihn mit anderen Augen. Dieser Mann mittleren Alters im dunklen Nadelstreifenanzug hatte eine junge Frau geschwängert und sie dann auf sich allein gestellt zum Engelmacher geschickt. In George loderte Wut auf. In diesem Moment hätte er Jack Kennedy umbringen können. Zugleich konnte er sich vorstellen, was der Mann in diesen Tagen und Stunden durchlebte. Von seinen Entscheidungen hingen Abermillionen Menschenleben ab. Gegen seinen Willen empfand George einen Anflug von Mitgefühl.

Wie üblich eröffnete CIA-Chef McCone die Sitzung mit einer Zusammenfassung der nachrichtendienstlichen Erkenntnisse. In seinem gewohnt leiernden, ermüdenden Tonfall gab er Neuigkeiten bekannt, die beängstigend genug waren, um jeden hellwach zu halten. Fünf Mittelstreckenraketenbasen auf Kuba waren nun voll einsatzfähig. Jede verfügte über vier Raketen, sodass zwanzig feuerbereite Atomwaffen auf die USA gerichtet waren.

Und mindestens eine davon zielt genau auf dieses Gebäude, dachte George, und sein Magen verkrampfte sich.

McCone empfahl eine Rund-um-die-Uhr-Überwachung der feindlichen Basen. Acht Jets der US Navy standen startklar auf Key West in Florida, um die Abschussrampen in niedriger Höhe zu überfliegen. Weitere acht konnten den gleichen Flug am Nachmittag machen. Wenn es dunkel wurde, konnten die Maschinen erneut starten und die Basen mit Leuchtkugeln erhellen. Zusätzlich wurden die Aufklärungsflüge in großer Höhe mit U-2-Spionageflugzeugen fortgesetzt.

George fragte sich, was das bewirken sollte. Bei diesen Überflügen entdeckte man möglicherweise Startvorbereitungen für die russischen Raketen, aber was konnten die USA dagegen unternehmen? Selbst wenn die amerikanischen Bomber auf der Stelle abhoben, konnten sie Kuba nicht erreichen, ehe die Raketen abgefeuert wurden.

Und es gab noch ein Problem. Zusätzlich zu den Atomraketen, die auf die USA gerichtet waren, verfügte die Rote Armee auf Kuba über SAMs, Luft-Boden-Raketen zum Abschuss von Flugzeugen. Alle vierundzwanzig SAM-Batterien seien einsatzklar, berichtete McCone, ihr Radar aktiv. Amerikanische Flugzeuge, die Kuba überflogen, konnten von nun an geortet und anvisiert werden.

Ein Referent kam mit einem langen Streifen Papier, der von einem Fernschreiber abgerissen war, in den Raum. Er reichte das Papier Präsident Kennedy.

»Das ist von der Associated Press in Moskau«, sagte der Präsident und las vor: »»Ministerpräsident Chruschtschow hat Präsident Kennedy am gestrigen Tag unterrichtet, er werde Angriffswaffen von Kuba abziehen, falls die Vereinigten Staaten ihre Raketen aus der Türkei entfernen.‹«

Mac Bundy, der nationale Sicherheitsberater, meldete sich zu Wort. Er war dreiundvierzig, entstammte einer Familie konservativer Republikaner und vertrat eine harte Linie. »Ein solches Angebot hat Chruschtschow doch gar nicht unterbreitet«, sagte er verwirrt.

George war genauso verwundert wie alle anderen. In seinem Brief vom gestrigen Tag hatte Chruschtschow von den USA gefordert, nicht nach Kuba einzumarschieren; von der Türkei war gar nicht die Rede gewesen. Hatte die Associated Press einen Fehler begangen? Oder versuchte Chruschtschow es wieder einmal mit seinen üblichen Tricks?

Kennedy meinte: »Er wird noch eine Nachricht schicken, aus der die Zusammenhänge ersichtlich werden.«

Genau so war es. In den nächsten Minuten verdeutlichten weitere Berichte die Situation. Chruschtschow machte einen gänzlich neuen Vorschlag und ließ ihn über Radio Moskau verbreiten.

»Er hat uns ganz schön in der Klemme«, sagte Präsident Kennedy. »Die meisten Menschen würden das als durchaus vernünftigen Vorschlag betrachten.«

Mac Bundy gefiel die Idee nicht. »Welche meisten Menschen, Mr. President?«

Kennedy erwiderte: »Die Weltöffentlichkeit. Chruschtschow sagt: ›Schafft eure Raketen aus der Türkei weg, dann holen wir unsere von Kuba zurück.‹ Wenn wir eine Militäraktion einleiten, ohne dass wir über Chruschtschows Vorschlag verhandelt hätte, stehen wir als die Bösen da. Ich fürchte, das ist ein sehr heikler Punkt.«

Bundy legte nahe, auf Chruschtschows erstes Angebot zurückzukommen. »Wieso sollten wie diesen Weg einschlagen, wenn er uns in den vergangenen vierundzwanzig Stunden einen anderen angeboten hat?«

Ungeduldig sagte der Präsident: »Weil das die neueste sowjetische Position ist, und sie wurde bereits öffentlich gemacht.« Die Presse wusste zwar noch nichts von Chruschtschows Telegramm, aber der neue Vorschlag war über Radio Moskau erfolgt.

Doch Bundy bestand auf seiner Position. Amerikas NATO-Partner würden sich hintergangen fühlen, wenn die Vereinigten Staaten Raketen gegen Raketen tauschten, sagte er.

Verteidigungsminister Bob McNamara verlieh der Verunsicherung und Angst Ausdruck, die alle empfanden. »Wir hatten ein Angebot in dem Telegramm, jetzt haben wir ein anderes«, sagte er. »Wie können wir mit jemandem verhandeln, der ein zweites Angebot macht, ehe man Gelegenheit hat, auf das erste zu reagieren?«

Darauf wusste niemand eine Antwort.

*

An diesem Samstag trugen die Weihnachtssternbäume in den Straßen von Havanna große rote Blüten, die wie Blutflecken aussahen.

Früh am Morgen ging Tanja in den Laden und kaufte Vorräte für das Ende der Welt: Räucherfleisch, Dosenmilch, Schmelzkäse, eine Stange Zigaretten, eine Flasche Rum und frische Batterien für ihre Taschenlampe. Zwar gab es auch hier eine Schlange, aber sie wartete nur fünfzehn Minuten, nichts im Vergleich zu dem, was sie aus Moskau gewöhnt war.

In den schmalen Straßen der Altstadt herrschte Weltuntergangsstimmung. Die Habaneros schwenkten keine Macheten mehr und sangen auch nicht mehr die Nationalhymne. Stattdessen sammelten sie Sand, den sie als Löschmittel benutzen konnten, in Eimern, und klebten Plastikplanen über die Fenster, um sie vor herumfliegenden Splittern zu schützen. Sie waren dumm genug gewesen, einer Supermacht zu trotzen, ihrem Nachbarn, und nun wurden sie dafür bestraft. Sie hätten es besser wissen müssen.

Aber hatten die Leute recht? War Krieg jetzt unvermeidbar? Tanja hatte das Gefühl, dass kein Staatschef wirklich einen Krieg wollte, nicht einmal Castro, auch wenn dessen Äußerungen sich immer verrückter anhörten. Dennoch schien die Auseinandersetzung unausweichlich. Tanja dachte daran, was sie über das Jahr 1914 wusste. Auch damals hatte niemand einen Krieg gewollt, aber der österreichische Kaiser hatte die serbische Unabhängigkeit als Bedrohung wahrgenommen, genau wie Kennedy jetzt die kubanische Unabhängigkeit als Bedrohung betrachtete. Nachdem Österreich Serbien den Krieg erklärt hatte, war es zu einem tödlichen Dominoeffekt gekommen, und schließlich war die ganze Welt in den grausamsten und blutigsten Krieg aller Zeiten verstrickt worden. Das würde man diesmal doch sicher vermeiden können ... oder?

Tanja dachte an Wassili Jenkow im Straflager in Sibirien. Er würde einen Atomkrieg vermutlich überstehen. Was für eine Ironie: Seine Strafe konnte ihm das Leben retten. Tanja hoffte es jedenfalls.

Zurück in ihrer Wohnung schaltete sie das Radio ein. Es war auf einen der amerikanischen Sender in Florida eingestellt. In den Nachrichten hieß es, Chruschtschow habe Kennedy ein Angebot unterbreitet. Die Sowjets würden die Raketen aus Kuba abziehen, wenn Kennedy die US-Raketen aus der Türkei entfernen ließe.

Tanja schaute auf die Dosenmilch, und ein Gefühl der Erleichterung überkam sie. Vielleicht würde sie ihre Notrationen ja doch nicht brauchen.

Aber sicher fühlen durfte sie sich noch lange nicht. Würde Kennedy den Vorschlag annehmen? Würde er sich als klüger erweisen als der ultrakonservative österreichische Kaiser Franz-Joseph vor fast fünfzig Jahren?

Draußen hupte ein Auto. Es war Paz Oliva. Tanja sollte mit ihm auf die Ostseite der Insel fliegen und über eine sowjetische Flugabwehrstellung schreiben. Sie hatte nicht wirklich damit gerechnet, dass Paz auftauchte, doch als sie aus dem Fenster schaute, sah sie seinen Buick vor der Tür, dessen Scheibenwischer gegen einen tropischen Wolkenbruch ankämpften. Tanja nahm Regenmantel und Tasche und ging hinaus.

»Hast du gehört, was euer großer Präsident getan hat?«, sagte Paz wütend, als Tanja in den Wagen stieg.

Sein Zorn überraschte sie. »Meinst du das mit der Türkei?«

»Er hat kein Wort zu uns gesagt! Kein Brief, kein Anruf, nichts!« Paz fuhr los, viel zu schnell für die schmalen Straßen.

Tanja hatte nicht einmal darüber nachgedacht, ob die kubanischen Führer an den Verhandlungen teilnehmen sollten, und für Chruschtschow galt offenbar das Gleiche. Die Welt betrachtete die Krise als Konflikt der Supermächte, aber die Kubaner gingen natürlich davon aus, dass es um sie ging. Jede noch so kleine Aussicht auf einen Kompromiss musste ihnen wie ein Verrat erscheinen.

Tanja musste Paz beruhigen, und sei es nur, um einen Unfall zu vermeiden. »Was hättet ihr denn gesagt, wenn Chruschtschow euch gefragt hätte?«

»Dass wir unsere Sicherheit nicht gegen die der Türkei eintauschen würden!«, stieß Paz hervor. Er lenkte mit dem Handballen.

Die Atomwaffen hatten Kuba keine Sicherheit gebracht, überlegte Tanja, im Gegenteil. Kubas Unabhängigkeit war gefährdeter denn je. Doch sie beschloss, den Mund zu halten. Paz war schon wütend genug.

Er fuhr zu einem Militärflugfeld draußen vor der Stadt, wo eine Maschine auf sie wartete, ein leichtes sowjetisches Transportflugzeug vom Typ Jak-16. Interessiert schaute Tanja sich die Maschine an. Als Kriegsberichterstatterin hatte sie viele technische Dinge gelernt, die vor allem Militärs wussten, insbesondere über Flugzeuge, Panzer und Schiffe. Diese Maschine, erkannte sie, war eine militärische Version der Jak. Sie sah es am Abwehrstand auf dem Rumpfrücken.

Sie teilten sich die zehn Plätze in der Kabine mit zwei Majoren des 32. Gardejägerregiments. Die beiden Offiziere trugen die viel zu weiten Kampfuniformen, die man verteilt hatte, damit die sowjetischen Soldaten wie Kubaner aussahen.

Der Start der Maschine zerrte an Tanjas Nerven. Es herrschte Regenzeit in der Karibik, und heftige Böen warfen die Jak-16 hin und her. Das Land tief unter ihnen sahen sie nur gelegentlich durch Lücken in der Wolkendecke. Zwei Stunden lang wurde das kleine Flugzeug durchgeschüttelt. Dann klärte der Himmel sich auf, und sie landeten unweit der Stadt Banes.

Dort wurden sie von einem Oberst der Roten Armee mit Namen Iwanow empfangen. Er wusste bereits über Tanja und den Artikel Bescheid, den sie verfassen sollte, und fuhr sie zur Luftabwehrstellung. Um zehn Uhr kubanischer Zeit trafen sie dort ein.

Die Stellung war wie ein sechsstrahliger Stern geformt. In der Mitte befand sich die Feuerleitanlage, an den Spitzen waren die Raketen. Neben jeder Abschussplattform stand ein Transporter mit einer einzigen Boden-Luft-Rakete auf der Ladefläche. Die Soldaten sahen in den durchnässten Gräben mitleiderregend aus, und im Feuerleitstand starrten Offiziere auf grüne Radarschirme, die unablässig piepten.

Iwanow stellte Tanja und Paz dem befehlshabenden Major der Batterie vor. Der Mann war angespannt. Ohne Zweifel hätte er gern auf diesen Besuch verzichtet.

Ein paar Minuten nach ihrer Ankunft wurde ein unbekanntes Flugzeug in großer Höhe über dem kubanischen Luftraum entdeckt, zweihundert Meilen westlich von ihrer Position. Es wurde als Ziel Nr. 33 markiert.

Alle sprachen Russisch; also musste Tanja für Paz übersetzen. »Das muss eine U-2 sein«, sagte er. »Keine andere Maschine fliegt so hoch.«

Tanja war misstrauisch. »Ist das eine Übung?«, fragte sie Iwanow.

»Wir haben zwar geplant, Ihnen etwas vorzuspielen, worüber Sie schreiben können«, antwortete der Oberst, »aber das hier ist echt.«

Er wirkte so besorgt, dass Tanja ihm jedes Wort glaubte. »Wir werden das Flugzeug doch nicht abschießen, oder?«, fragte sie.

»Das weiß ich nicht.«

»Diese Arroganz der Amerikaner!«, schimpfte Paz. »Sie fliegen direkt über unsere Köpfe hinweg! Was würden sie wohl sagen, würde ein kubanisches Flugzeug über Fort Bragg kreisen? Diese Demütigung!«

Der Major gab Alarm, und Soldaten transportierten die Raketen von den Lastwagen zu den Startanlagen. Sie arbeiteten ruhig und effizient; offenbar hatten sie jeden Handgriff Dutzende Male geübt.

Ein Hauptmann berechnete den Kurs der U-2. Kuba war 1250 Kilometer lang, aber nur fünfzig bis zweihundert Kilometer breit. Tanja sah, dass die U-2 sich bereits hundert Kilometer in kubanischem Luftraum befand.

»Wie schnell fliegt die Maschine?«, erkundigte sie sich.

»Fast achthundert Stundenkilometer.«

»Und wie hoch?«

»Siebzigtausend Fuß, ungefähr doppelt so hoch wie andere Strahlflugzeuge.«

»Können wir ein Ziel treffen, das so weit weg ist und so schnell fliegt?«

»Wir müssen es nicht direkt treffen«, erklärte Iwanow. »Die Raketen haben einen Annäherungszünder. Sie explodieren, sobald sie nahe genug sind.«

»Ich weiß, dass wir auf dieses Flugzeug zielen«, sagte Tanja. »Aber bitte sagen Sie mir, dass wir nicht darauf *schießen*.«

»Der Batteriechef ruft gerade an, um die Befehle einzuholen.«

»Aber die Amerikaner könnten zurückschlagen!«

»Das ist nicht meine Entscheidung.«

Das Radar verfolgte den Eindringling. Ein Leutnant las Höhe, Geschwindigkeit und Entfernung von einem Bildschirm ab. Draußen hatten die Artilleristen die Raketen inzwischen startklar gemacht. Ziel Nr. 33 überflog Kuba von Nord nach Süd, bog dann nach Osten ab, folgte der Küste und näherte sich Banes. Langsam drehten sich die Raketen auf ihren Startanlagen und verfolgten das Ziel wie Wölfe, die Witterung aufgenommen hatten.

»Und wenn sie aus Versehen feuern?«, wollte Tanja von Paz wissen.

Doch Paz zerbrach sich den Kopf über ganz andere Dinge. »Sie fotografieren unsere Stellungen!«, stieß er hervor. »Und diese Fotos werden sie als Zielvorgabe für ihre Landungstruppen nutzen. Es kann nicht mehr lange dauern.«

»Aber die Wahrscheinlichkeit einer Invasion erhöht sich dramatisch, wenn wir einen ihrer Piloten abschießen!«, rief Tanja.

Der Major hielt sich den Hörer ans Ohr und beobachtete das Feuerleitradar. Dann schaute er zu Iwanow und sagte: »Sie fragen bei Plijew nach.« Tanja wusste, dass Plijew der sowjetische Oberkommandierende in Kuba war. Aber ohne direkten Befehl aus Moskau würde Plijew kein amerikanisches Flugzeug abschießen. Oder doch?

Die U-2 erreichte das Südende Kubas, wendete und flog die Nordküste entlang, an der Banes lag. Der Kurs der U-2 führte direkt über die Stadt hinweg. Aber die U-2 konnte auch jeden Moment nach Norden abdrehen; dann wäre sie binnen Sekunden verschwunden.

»Schießt das Ding ab!«, rief Paz. »Sofort!«

Alle ignorierten ihn.

Die U-2 wendete nach Norden. Sie war nun fast genau über der Batterie, allerdings in zwanzig Kilometern Höhe.

Nur ein paar Sekunden, betete Tanja, obwohl sie nicht an Gott glaubte. Bitte!

Tanja, Paz und Iwanow blickten auf den Major, der auf den Bildschirm starrte. Im Raum herrschte Totenstille.

Dann sagte der Major: »Jawohl, Genosse.«

Was bedeutete das? Gnadenfrist oder Untergang?

Ohne den Hörer aufzulegen, befahl der Major den Männern im Raum: »Zerstören Sie Ziel Nr. 33. Zwei Raketen.«

»Nein!«, schrie Tanja.

Draußen ertönte ein ohrenbetäubendes Grollen. Tanja schaute hinaus. Eine Rakete glitt aus der Starthalterung und war einen Augenblick später verschwunden. Die zweite folgte nach wenigen Sekunden.

Tanja schlug die Hand vor den Mund. Sie hatte Angst, sich vor Panik übergeben zu müssen.

In gut einer Minute würden die Raketen auf gleicher Höhe sein wie die U-2.

Vielleicht geht ja irgendetwas schief, dachte Tanja. Vielleicht versagen die Raketen, weichen vom Kurs ab und fallen harmlos ins Meer.

Auf dem Radarschirm erschienen zwei kleine Punkte neben dem größeren. Es waren die U-2 und die beiden Raketen.

Tanja betete, dass die Raketen ihr Ziel verfehlten.

Die drei Punkte bewegten sich schnell. Dann verschmolzen sie miteinander.

Paz stieß einen Triumphschrei aus.

Eine Wolke winziger Pünktchen erschien auf dem Bildschirm.

Der Major sagte ins Telefon: »Melde: Ziel Nr. 33 wurde zerstört.«

Tanja schaute aus dem Fenster, als könnte sie sehen, wie die U-2 zu Boden fiel.

Der Major hob die Stimme. »Wir haben einen Abschuss. Gut gemacht, Genossen.«

»Ein Abschuss ...«, murmelte Tanja. »Und was wird Kennedy jetzt tun?«

*

Am Samstagnachmittag war George voller Hoffnung. Chruschtschows Botschaften waren verwirrend und widersprüchlich, aber der sowjetische Ministerpräsident schien immerhin einen Ausweg aus der Krise zu suchen. Und Präsident Kennedy wollte ganz sicher keinen Krieg. Wenn beide Seiten sich aufeinander zubewegten, konnte die Katastrophe doch noch abgewendet werden.

Auf dem Weg in den Kabinettsraum schaute George in der Presseabteilung vorbei und fand Maria an ihrem Schreibtisch. Sie trug ein schlichtes graues Kostüm, hatte dazu allerdings ein leuchtend rosa Stirnband angelegt, als wollte sie der Welt zeigen, dass sie wohlauf und glücklich war. George beschloss, sie nicht zu fragen, wie es ihr ging; Maria wollte offensichtlich nicht wie eine Kranke behandelt werden.

»Na, viel zu tun?«, fragte er stattdessen.

»Wir warten auf die Antwort des Präsidenten an Chruschtschow. Das sowjetische Angebot war öffentlich, deshalb gehen wir davon aus, dass die amerikanische Antwort an die Presse gehen wird.«

»Genau darum geht es bei dem Treffen mit Bobby, zu dem ich unterwegs bin«, sagte George. »Der Entwurf unserer Antwort.«

»Ich finde, es ist ein vernünftiger Vorschlag, den Raketenabzug von Kuba durch den Tausch gegen den Abzug unserer Raketen aus der Türkei zu erreichen«, meinte Maria. »Besonders, wenn man damit uns allen das Leben rettet.«

»Gelobt sei der Herr«, sagte George.

»Das hast du von deiner Mutter.«

»Woher weißt du das?« George lachte und ging weiter. Im Kabinettsaal versammelten sich die Berater und Referenten für das auf vier Uhr angesetzte Treffen von ExComm. In der Traube aus Stabsoffizieren der Teilstreitkräfte, die sich vor der Tür gebildet hatte, stand Larry Mawhinney. »Wir dürfen nicht zulassen«, sagte er zu einem der Referenten, als sie den Besprechungsraum betraten, »dass die Politiker die Türkei den Kommunisten ausliefern.«

George schüttelte den Kopf, während auch er den Raum betrat. Für das Militär war alles ein Kampf auf Leben und Tod. In Wahrheit würde niemand die Türkei aufgeben. Der amerikanische Vorschlag sah vor, Raketen zu verschrotten, die ohnehin veraltet waren. Würde sich das Pentagon wirklich gegen ein Friedensabkommen stellen? George konnte es kaum glauben.

Präsident Kennedy kam in den Sitzungsraum und nahm seinen gewohnten Platz mitten an dem langen Tisch ein, die Fenster im Rücken. Allen Konferenzteilnehmern lagen Kopien eines Entwurfs für eine Antwort vor, der zuvor erstellt worden war und besagte, dass die USA nicht über Raketen in der Türkei reden würden, ehe die Kubakrise gelöst sei.

Doch dem Präsidenten gefiel die Formulierung der Antwort an Chruschtschow nicht. »Damit weisen wir seinen Vorschlag zurück«, erklärte er. »So funktioniert das nicht. Er wird behaupten, wir hätten sein Angebot abgelehnt. Wir sollten den Sowjets zu verstehen geben, dass wir *gern* über das Thema reden, sobald wir sichere Anzeichen sehen, dass sie ihre Aktivitäten in Kuba eingestellt haben.«

Jemand wandte ein: »Das brächte dann aber die Türkei als Gegenleistung in die Debatte, Sir.«

»Genau das ist meine Sorge«, sagte Mac Bundy, der nationale Sicherheitsberater. »Wenn wir bei der NATO und anderen Verbündeten den Anschein erwecken, wir wollten auf diesen Handel eingehen, geraten wir in arge Schwierigkeiten.«

George war entmutigt: Bundy stellte sich auf die Seite des Pentagons und sprach sich gegen einen Deal mit den Sowjets aus.

Bundy fuhr fort: »Und wenn unsere Verbündeten befürchten, dass wir die Türkei wegen einer Bedrohung in Kuba aufgeben, schwächen wir die NATO.«

Genau das ist der Punkt, überlegte George. Die Jupiter-Raketen mochten veraltet sein, aber sie symbolisierten die amerikanische Entschlossenheit, die Ausbreitung des Kommunismus einzudämmen.

Doch der Präsident war von Bundys Einwand nicht überzeugt. »Das gilt aber auch, wenn wir in Sachen Verhandlungen nicht flexibel sind, Mac. Anderenfalls müssen wir davon ausgehen, dass wir morgen, spätestens übermorgen in Kuba intervenieren.« Er wandte sich wieder dem Thema Türkei zu. »Um die sowjetische Reaktion auf einen US-Angriff auf Kuba gegenüber der NATO zu minimieren, ziehen wir die Jupiter-Raketen aus der Türkei ab, ehe wir Kuba angreifen, und lassen es die Sowjets wissen. In diesem Fall bezweifle ich, dass die Sowjets die Türkei angreifen.«

Wie ironisch, dachte George: Um die Türkei zu beschützen, müssen wir die Kernwaffen von dort abziehen.

Außenminister Dean Rusk warnte: »Die Sowjets könnten aber woanders aktiv werden, Sir, und zwar in Berlin.«

George nickte. Es war paradox, dass der amerikanische Präsident eine Karibikinsel nicht angreifen konnte, ohne die Auswirkungen zu berücksichtigen, die eine solche Entscheidung siebentausend Meilen entfernt in Mitteleuropa hätte. Die ganze Welt war für die beiden Supermächte zum Schachbrett geworden.

Robert McNamara, der Verteidigungsminister, warf ein: »Ich bin nicht bereit, Luftangriffe auf Kuba zu empfehlen. Stattdessen rate ich dazu, die Angelegenheit allmählich realistischer zu betrachten.«

General Maxwell Taylor ergriff das Wort. »Die Empfehlung der Vereinigten Stabschefs geht dahin, dass der große Schlag, Operationsplan 312, nicht später als am Montagmorgen ausgeführt werden darf, es sei denn, es gäbe bis dahin unwiderlegbare Beweise, dass die sowjetischen Angriffswaffen entfernt werden.«

Mawhinney und seine Gesinnungsfreunde, die hinter Taylor saßen, wirkten zufrieden. Das sieht dem Militär ähnlich, dachte George. Sie können es kaum erwarten, in den Krieg zu ziehen, auch wenn es das Ende der Welt bedeutet. Er hoffte inständig, dass die Politiker im Sitzungsraum sich nicht von den Militärs umstimmen ließen.

General Taylor fuhr fort: »Und nach Ausführung des Luftschlagplans würde Operationsplan 316, die Invasion, sieben Tage später erfolgen.«

»Na, so eine Überraschung«, sagte Bobby Kennedy spöttisch.

Am Tisch wurde gelacht. Anscheinend hielten die meisten Anwesenden die Empfehlungen der Militärs für geradezu lächerlich vorhersehbar. George war erleichtert.

Doch die Stimmung verdüsterte sich wieder, als McNamara, der soeben eine Nachricht gelesen hatte, die ein Assistent ihm gereicht hatte, der Versammlung erklärte: »Ich erfahre soeben, dass die U-2 abgeschossen wurde.«

George schnappte nach Luft. Er wusste bereits, dass der Kontakt zu einem Höhenaufklärer, der einen Einsatz über Kuba geflogen hatte, abgerissen war, aber wie jeder hoffte auch er, dass es lediglich ein Problem mit dem Funkgerät gab und die Maschine sich auf dem Heimflug befand.

Präsident Kennedy war offensichtlich nicht über das vermisste Flugzeug informiert. »Eine U-2 wurde abgeschossen?«, fragte er. In seiner Stimme schwang Furcht mit.

George wusste, weshalb: Bis zu diesem Augenblick hatten die Supermächte einander zwar die Stirn geboten, doch es war bei Drohgebärden geblieben. Nun aber war der erste Schuss gefallen. Von diesem Moment an war ein Krieg viel schwieriger zu verhindern.

»Wright sagt gerade, das abgeschossene Wrack wurde gefunden«, erklärte McNamara. Colonel John Wright gehörte der Defence Intelligence Agency an, der Dachorganisation der Nachrichtendienste der amerikanischen Teilstreitkräfte.

»Wurde der Pilot getötet?«, fragte Bobby.

Wie so oft, hatte er die Schlüsselfrage gestellt.

»Jawohl, Sir«, antwortete Taylor. »Das Wrack der U-2 ist am Boden, der Pilot ist tot.«

Im Sitzungsraum wurde es still. Das änderte alles. Ein Amerikaner war tot, über Kuba abgeschossen von sowjetischen Luftabwehrraketen.

»Das wirft die Frage der Vergeltung auf«, sagte General Taylor in das Schweigen hinein.

Alle wussten, dass er recht hatte. Das amerikanische Volk würde Rache verlangen. George empfand genauso. Mit einem Mal wünschte er sich, dass der Präsident den massiven Luftangriff befahl, den das Pentagon verlangte. Vor seinem geistigen Auge sah George Hunderte von Bombern in dichter Formation über die Floridastraße jagen und ihre tödliche Ladung wie einen Hagelsturm über Kuba abwerfen. Er wollte, dass jeder Raketenwerfer in die Luft gesprengt, alle sowjetischen Soldaten vernichtet und Castro getötet wurde. Wenn ganz Kuba leiden musste, dann war es eben so. Dieses Land musste lernen, dass man Amerikaner nicht ungestraft tötete.

Die Sitzung dauerte bereits zwei Stunden, und die Luft war neblig vom Tabakrauch. Der Präsident ließ eine Pause einlegen. George war froh darüber; er musste sich beruhigen, um wieder einen klaren Kopf zu bekommen. Wenn die anderen genauso rachsüchtig dachten wie er, waren sie nicht in der Lage, vernünftige Entscheidungen zu treffen.

Doch George kannte auch den anderen Grund, weshalb Kennedy eine Pause einlegen ließ: Er musste seine Medikamente nehmen. Den meisten war bekannt, dass er Rückenprobleme hatte, aber nur wenige wussten, dass er es mit einer ganzen Palette von Leiden zu tun hatte, darunter Nebennierenrindeninsuffizienz und Kolitis. Zweimal am Tag spritzten seine Ärzte ihm eine Mischung aus Steroiden und Antibiotika, damit er durchhielt.

Bobby machte sich daran, den Brief an Chruschtschow mit Hilfe von Ted Sorensen, dem jungen Redenschreiber Kennedys, neu zu formulieren. Begleitet von George und ihren Referenten gingen die beiden ins

Arbeitszimmer des Präsidenten, ein kleines Büro neben dem Oval Office. George nahm einen Stift und einen gelben Schreibblock und hielt alles fest, was Bobby zu ihm sagte. Da nur Bobby und Ted Sorensen an dem Entwurf arbeiteten, waren sie schnell fertig.

Die wichtigsten Absätze lauteten:

1. Die Sowjetunion erklärt sich bereit, ihre Waffensysteme unter angemessener Beobachtung und Aufsicht durch die Vereinten Nationen aus Kuba abzuziehen, und verpflichtet sich, unter geeigneter Sicherheitsüberwachung die weitere Stationierung derartiger Waffensysteme in Kuba zu unterlassen.

2. Nachdem die Vereinten Nationen geeignete Vorkehrungen getroffen haben, um sich von der Erfüllung und Einhaltung dieser Verpflichtungen zu vergewissern, erklären die Vereinigten Staaten sich bereit, (a) die Quarantänemaßnahmen, die derzeit gelten, umgehend einzustellen und (b) zu garantieren, dass keine Invasion Kubas erfolgt. Wir sind zuversichtlich, dass andere Länder der westlichen Hemisphäre bereit sind, sich uns anzuschließen.

Die USA akzeptierten also Chruschtschows erstes Angebot. Doch was war mit dem zweiten?

Bobby und Sorensen einigten sich auf folgenden Text:

Die Wirkung, die eine solche Einigung auf den Abbau der Spannungen in der Welt hätte, würde es uns ermöglichen, auf eine umfassende Vereinbarung über »andere Waffensysteme« hinzuarbeiten, wie Generalsekretär Chruschtschow es in seinem zweiten Brief vorschlägt.

Viel war es nicht, nur die Andeutung eines Versprechens, über einen weiteren Abbau von Vernichtungswaffen zu verhandeln, aber es war vermutlich das Äußerste, was ExComm billigen würde.

George fragte sich insgeheim, wie das ausreichen sollte.

Er gab seinen handschriftlichen Entwurf einer Sekretärin des Präsidenten und bat sie, ihn abzutippen.

Ein paar Minuten später wurde Bobby ins Oval Office gerufen, wo eine kleinere Gruppe sich versammelt hatte: der Präsident, Dean Rusk, Mac Bundy und zwei oder drei andere mit ihren Referenten. Vizepräsident Lyndon B. Johnson war nicht dabei. George war froh darüber.

Johnson war ein kluger politischer Strippenzieher, aber sein rabiates texanisches Naturell wäre in einer solchen Situation nur schwer mit der intellektuellen Kultiviertheit der Kennedy-Brüder aus Boston unter einen Hut zu bringen.

Der Präsident wünschte, dass Bobby den Brief persönlich Anatoli Dobrynin überreichte, dem sowjetischen Botschafter in Washington. Bobby und Dobrynin hatten sich in den letzten Tagen mehrmals informell getroffen. Sie mochten einander nicht besonders, aber sie konnten offen sprechen und hatten einen inoffiziellen Kanal geschaffen, der die Washingtoner Bürokratie umging. In einem Treffen unter vier Augen konnte Bobby vielleicht eher ein Versprechen andeuten, über die Raketen in der Türkei reden zu wollen, ohne vorher die Einwilligung Ex-Comms einzuholen.

Dean Rusk schlug vor, dass Bobby bei Dobrynin noch ein Stück weiter gehen sollte. In den heutigen Unterredungen war klar geworden, dass im Grunde niemand die Jupiter-Raketen in der Türkei behalten wollte. Vom militärischen Standpunkt aus waren sie nutzlos. Das Problem war eher kosmetischer Natur: Die türkische Regierung und die anderen NATO-Verbündeten wären verärgert, würden die USA die Raketen für eine Einigung bezüglich Kubas opfern. Rusk schlug eine Lösung vor, die George für ausgesprochen klug hielt. »Bieten Sie an, die Jupiter-Raketen später abzuziehen ... sagen wir, in fünf bis sechs Monaten«, schlug Rusk vor. »Dann können wir es in aller Stille tun, mit Billigung unserer Verbündeten, und unsere nuklear bewaffneten Unterseeboote im Mittelmeer verstärken. Die Sowjets müssen nur versprechen, diese Abmachung streng geheim zu behandeln.«

Der Vorschlag war brillant, fand George.

Erstaunlich schnell war man sich einig. Bobby wies George an, sich mit Dobrynin in Verbindung zu setzen, und blickte auf die Armbanduhr. Es war 19.15 Uhr. »Bitten Sie ihn, mich in einer halben Stunde im Justizministerium zu treffen«, sagte Bobby.

Der Präsident fügte hinzu: »Und fünfzehn Minuten später geht der Brief an die Presse.«

George ging an eines der Telefone ins Vorzimmer neben dem Oval Office und hob den Hörer ab. »Geben Sie mir die sowjetische Botschaft«, sagte er zur Telefonistin.

Dobrynin stimmte dem Treffen sofort zu.

George brachte den getippten Brief zu Maria und sagte ihr, der Präsident wünsche, dass er um 20.00 Uhr an die Presse gegeben werde.

Maria blickte auf die Uhr und sagte: »Das ist knapp, aber wir schaffen das. Okay, Mädels, machen wir uns an die Arbeit.«

Bobby und George verließen das Weiße Haus. Bobby sah erschöpft aus. Ein Wagen brachte die beiden Männer zum Justizministerium. In der spärlichen Wochenendbeleuchtung schienen die Statuen in der Great Hall sie misstrauisch zu beobachten. George informierte das Wachpersonal, dass in Kürze ein wichtiger Besucher eintreffen werde, um mit Bobby zu sprechen.

Mit dem Aufzug fuhren sie nach oben. Auf den menschenleeren Fluren des riesigen Gebäudes hallten ihre Schritte wider. Bobbys ausgedehntes Büro war nur schwach beleuchtet, aber er verzichtete darauf, weitere Lampen einzuschalten. Müde ließ er sich auf den Stuhl hinter seinem großen Schreibtisch sinken und rieb sich die Augen.

George blickte aus dem Fenster auf die Straßenlaterne. Bis auf das Zentrum, ein hübscher Park mit Denkmälern und alten Herrenhäusern, war Washington eine dicht besiedelte Metropole mit über fünf Millionen Einwohnern, davon mehr als die Hälfte Schwarze. Gab es die Stadt morgen um diese Zeit noch? George hatte Bilder von Hiroshima gesehen: eine gigantische Trümmerlandschaft aus zerschmetterten Gebäuden; zwischen den Ruinen lagen verbrannte Leichen; verstümmelte Überlebende irrten durch die Vorstädte und starrten mit leeren Augen auf eine Welt, die sie nicht wiedererkannten und in der nichts mehr so sein würde, wie es gewesen war.

Würde Washington am nächsten Morgen genauso aussehen?

Um genau Viertel vor acht wurde Botschafter Dobrynin eingelassen. Er war ein kahler Mann Anfang vierzig, der seine informellen Treffen mit dem Bruder des Präsidenten zu genießen schien.

»Ich möchte Ihnen die alarmierende Lage so darstellen, wie der Präsident sie sieht, Herr Botschafter«, sagte Bobby ohne Umschweife. »Eines unserer Flugzeuge wurde über Kuba abgeschossen. Der Pilot ist tot.«

»Ihre Flugzeuge haben kein Recht, Kuba zu überfliegen«, erwiderte Dobrynin kühl.

Bobbys Gespräche mit dem Botschafter konnten laut und aggressiv werden, doch heute war der Justizminister nicht in der Stimmung, sich auf ein Wortgefecht mit Dobrynin einzulassen. »Ich möchte, dass Sie die politischen Realitäten verstehen«, sagte er. »Der Präsident steht unter gewaltigem Druck und wird von allen Seiten gedrängt, mit Härte zu reagieren. Wir können die Aufklärungsflüge nicht einstellen. Sie sind unsere einzige Möglichkeit, den Aufbau Ihrer Raketenbasen im Auge zu behalten. Aber wenn die Kubaner auf unsere Flugzeuge schießen, feuern wir zurück.«

Bobby erläuterte Dobrynin, was im Brief Präsident Kennedys an Ministerpräsident Chruschtschow stand.

»Und was ist mit der Türkei?«, fragte Dobrynin lauernd.

»Wenn dies das einzige Hindernis sein sollte, das dem Abkommen im Weg steht, sieht der Präsident keine unüberwindbaren Schwierigkeiten. Die größte Hürde für den Präsidenten ist die öffentliche Diskussion dieser Frage. Würde eine solche Entscheidung jetzt bekannt gegeben, würde sie die NATO zerreißen. Wir brauchen vier bis fünf Monate, um die Raketen aus der Türkei abzuziehen. Aber das ist streng vertraulich. Nur eine Handvoll Personen weiß, dass ich Ihnen diese Information zukommen lasse.«

George beobachtete Dobrynins Gesicht sorgfältig. Bildete er sich das nur ein oder verbarg der Diplomat seine plötzliche Erregung?

Bobby sagte: »George, geben Sie dem Botschafter die Telefonnummern, mit denen man den Präsidenten direkt erreichen kann.«

George nahm einen Notizblock, schrieb drei Nummern auf, riss das Blatt ab und reichte es Dobrynin.

Bobby erhob sich, und Dobrynin tat es ihm gleich.

»Wir brauchen morgen eine Antwort«, sagte Bobby. »Das ist kein Ultimatum, das ist die Realität. Unsere Generalität ist versessen auf Kampf. Und schicken Sie uns keinen dieser ellenlangen Chruschtschow-Briefe, deren Entschlüsselung einen ganzen Tag dauert. Wir brauchen eine klare, sachliche Antwort von Ihnen, Herr Botschafter, und wir brauchen sie schnell.«

»Wie Sie wünschen«, sagte der Russe und ging.

*

Am Sonntagmorgen meldete der KGB-Chef in Havanna dem Kreml, dass die Kubaner einen amerikanischen Angriff für unvermeidbar hielten.

Dimka war in der Regierungsdatscha in Nowo-Ogarjowo, einem malerischen Dorf am Stadtrand von Moskau. Die Datscha war verhältnismäßig klein und erinnerte mit ihren weißen Säulen ein wenig an das Weiße Haus in Washington. Dimka bereitete gerade eine Sitzung vor, die in ein paar Minuten hier stattfinden sollte, um zwölf Uhr mittags. Er ging um den langen Eichentisch mit den achtzehn Aktendeckeln herum und richtete jeden einzelnen ordentlich aus. In den Mappen befand sich Kennedys neueste Botschaft an Chruschtschow, übersetzt ins Russische.

Dimka war guter Hoffnung. Der amerikanische Präsident hatte jeder der ursprünglichen Forderungen Chruschtschows zugestimmt. Wäre dieser Brief schneller eingetroffen, Minuten nach Chruschtschows erstem Angebot, wäre diese Krise augenblicklich zu Ende gewesen. Doch die Verzögerung in der Kommunikation zwischen den beiden Ländern hatte dazu geführt, dass Chruschtschow in der Zwischenzeit neue Forderungen gestellt hatte. Und leider erwähnte Kennedy in seinem Brief die Türkei mit keinem Wort. Allerdings wusste Dimka nicht, wie wichtig dieser Punkt für seinen Chef wirklich war.

Die Politbüromitglieder versammelten sich gerade, als Natalja Smotrow den Raum betrat. Als Erstes fiel Dimka auf, dass ihr lockiges Haar immer länger und hübscher wurde, doch dann sah er, dass sie Angst hatte. Immer wieder hatte er nach einer Gelegenheit gesucht, ihr von seiner Verlobung zu erzählen. Er wollte sie nicht öffentlich machen, ohne Natalja vorher Bescheid zu sagen, aber bis jetzt hatte er keine Gelegenheit gehabt, unter vier Augen mit ihr zu reden.

Natalja kam direkt zu ihm. »Diese Trottel haben ein amerikanisches Flugzeug abgeschossen«, sagte sie.

»Oh nein!«

Sie nickte. »Ein Spionageflugzeug. Eine U-2. Der Pilot ist tot.«

»Verdammt. Wer war das? Wir oder die Kubaner?«

»Das will niemand sagen. Und das bedeutet, dass vermutlich wir es waren.«

»Aber ein solcher Befehl wurde nie erteilt!«

»Jaja.«

Das war genau, wovor sie sich immer gefürchtet hatten: dass irgendjemand ohne Befehl zu schießen begann.

Die Politbüromitglieder setzten sich; wie immer nahmen ihre Berater hinter ihnen Platz. »Ich werde es ihm sagen«, erklärte Dimka.

In diesem Augenblick betrat Chruschtschow den Raum. Dimka ging zu ihm und flüsterte ihm die Neuigkeit ins Ohr. Chruschtschow antwortete nicht, verzog aber grimmig das Gesicht. Dann eröffnete er die Sitzung mit einer offenbar vorbereiteten Ansprache. »Es gab Zeiten, da sind wir vorgerückt, zum Beispiel im Oktober 1917«, begann er. »Dann aber mussten wir den Rückzug antreten, nachdem wir in Brest-Litowsk den Friedensvertrag mit den Deutschen unterzeichnet hatten. Doch aufhalten konnte uns das nicht. Jetzt drohen uns Krieg und eine nukleare Katastrophe. Wenn wir die Welt retten wollen, müssen wir uns zurückziehen.«

Das hört sich sehr danach an, dass es auf einen Kompromiss hinausläuft, dachte Dimka.

Aber Chruschtschow kam rasch auf militärische Fragen zu sprechen. Was sollte die Sowjetunion tun, wenn die Vereinigten Staaten noch heute Kuba angreifen würden? Und genau damit rechneten die Kubaner ja. General Plijew musste die sowjetischen Truppen in Kuba verteidigen. Aber sollte er vor dem Einsatz von Atomwaffen um Erlaubnis fragen?

Während die Politbüromitglieder die unterschiedlichen Möglichkeiten diskutierten, wurde Dimka von Vera Pletner aus dem Raum gerufen. Da war ein Anruf für ihn.

Natalja folgte ihm hinaus.

Das Außenministerium hatte Neuigkeiten, die Chruschtschow sofort erfahren musste ... Ja, auch mitten in einer Sitzung. Gerade war ein Telegramm des sowjetischen Botschafters in Washington eingetroffen. Bobby Kennedy hatte ihm erklärt, dass die Raketen in der Türkei in vier, fünf Monaten verschwinden würden. Das musste allerdings streng geheim bleiben.

»Endlich mal gute Neuigkeiten!«, rief Dimka erfreut. »Ich werde es ihm sofort mitteilen.«

»Eines noch«, sagte der Beamte des Außenministeriums am anderen Ende der Leitung. »Bobby Kennedy hat ausdrücklich betont, dass es sehr schnell gehen muss. Sein Bruder steht offenbar unter großem Druck durch das Pentagon. Die Generäle wollen Kuba angreifen.«

»Genau, wie wir es uns gedacht haben.«

»Bobby sagt, es bleibt nicht mehr viel Zeit. Sie brauchen heute noch eine Antwort.«

»Ich werde es dem Genossen Generalsekretär sagen.«

Dimka legte auf. Natalja stand neben ihm und schaute ihn erwartungsvoll an. Sie hatte eine Nase für bedeutsame Neuigkeiten. »Bobby Kennedy hat uns angeboten, die Raketen aus der Türkei abzuziehen«, sagte Dimka.

Natalja lächelte. »Dann ist es vorbei«, sagte sie. »Wir haben gewonnen!« Sie küsste ihn auf den Mund.

Aufgeregt kehrte Dimka in den Sitzungssaal zurück. Malinowski sprach gerade. Dimka ging zu Chruschtschow und sagte mit leiser Stimme: »Ein Telegramm von Dobrynin. Bobby Kennedy hat ihm ein neues Angebot unterbreitet.«

»Sagen Sie das allen«, verlangte Chruschtschow und unterbrach den Verteidigungsminister.

Dimka wiederholte, was der Beamte des Außenministeriums ihm mitgeteilt hatte.

Politbüromitglieder lächelten nur selten, aber jetzt sah Dimka überall am Tisch freudige Gesichter. Kennedy hatte ihnen alles gegeben, was sie verlangt hatten! Es war für die Sowjetunion und für Chruschtschow persönlich ein Triumph.

»Wir müssen so schnell wie möglich akzeptieren«, sagte Chruschtschow. »Holen Sie einen Stenotypisten. Ich werde sofort einen Brief und eine Verlautbarung für Radio Moskau diktieren.«

»Ab wann soll Plijew die Raketen demontieren?«, fragte Malinowski.

Chruschtschow schaute ihn an, als hätte er einen Verrückten vor sich. »Na, ab wann wohl? Ab sofort natürlich!«

*

Nach der Sitzung bekam Dimka endlich Gelegenheit, unter vier Augen mit Natalja zu sprechen. Sie saß in einem Vorzimmer und ging ihre Notizen durch.

»Ich muss dir etwas sagen«, begann er. Aus irgendeinem Grund war ihm mulmig zumute, auch wenn es keinen Grund dafür ab.

»Ja?« Natalja blätterte eine Seite weiter.

Dimka zögerte. Er hatte das Gefühl, als höre sie ihm gar nicht zu. Dann aber legte sie das Notizbuch beiseite und lächelte.

Jetzt oder nie.

»Nina und ich werden heiraten«, sagte er.

Natalja blickte ihn fassungslos an und wechselte die Farbe.

»Gestern haben wir es meiner Familie gesagt«, fuhr Dimka fort, »auf der Geburtstagsfeier meines Großvaters.« Hör auf zu plappern, ermahnte er sich. Halt den Mund. »Er ist vierundsiebzig geworden ...«

Nataljas Antwort überraschte ihn. »Und was ist mit mir?«

Dimka wusste nicht, was sie meinte. »Mit dir?«

Sie senkte die Stimme zu einem Flüstern. »Wir haben eine Nacht miteinander verbracht.«

»Und die werde ich nie vergessen.« Dimka war verwirrt. »Aber danach hast du immer wieder zu mir gesagt, dass du verheiratet bist.«

»Ich hatte Angst.«

»Angst wovor?«

Jetzt zeigte sich ehrliche Verzweiflung auf ihrem Gesicht, und sie verzog den Mund, als hätte sie Schmerzen. »Heirate nicht. Bitte!«

»Warum nicht?«

»Weil ich es nicht will.«

Dimka fiel aus allen Wolken. »Warum hast du mir das nicht schon früher gesagt?«

»Ich wusste nicht, was ich tun sollte.«

»Aber jetzt ist es zu spät.«

»Wirklich?« Natalja schaute ihn flehend an. »Man kann eine Verlobung wieder lösen, wenn man will.«

»Nina bekommt ein Kind.«

Natalja schnappte nach Luft.

»Du hättest vorher etwas sagen sollen«, murmelte Dimka.

»Was wäre dann geschehen?«

Dimka schüttelte den Kopf. »Es bringt nichts, darüber zu spekulieren.«

»Ja«, sagte sie. »Das stimmt wohl.«

»Nun ja.« Dimka seufzte. »Wenigstens haben wir einen Atomkrieg verhindert.«

»Ja«, erwiderte Natalja. »Wir leben noch. Das ist wenigstens etwas.«

KAPITEL 20

Der Geruch nach Kaffee weckte Maria. Sie schlug die Augen auf. Jack Kennedy saß neben ihr im Bett, mehrere Kissen im Rücken, trank Kaffee und las die Sonntagsausgabe der *New York Times*. Wie Maria trug er ein hellblaues Nachthemd.

»Oh!«, rief sie.

Er lächelte. »Du klingst überrascht.«

»Das bin ich«, sagte sie. »Überrascht zu leben. Ich dachte, wir sterben heute Nacht.«

»Diesmal nicht.«

Als Maria zu Bett gegangen war, hatte sie beinahe gehofft, es würde geschehen. Ihr graute vor dem Ende der Liebesaffäre mit Jack Kennedy. Aber sie wusste natürlich, dass ihre Beziehung keine Zukunft hatte. Seine Frau zu verlassen, hätte Jack politisch zugrunde gerichtet; es für eine Schwarze zu tun, war völlig undenkbar. Davon abgesehen wollte er Jackie gar nicht verlassen; er liebte sie, und er liebte ihre gemeinsamen Kinder. Er war glücklich verheiratet. Maria war seine Geliebte, und wenn er sie satthatte, würde er sie abservieren.

Doch manchmal wollte Maria lieber sterben – besonders, wenn der Tod käme, während sie an Jacks Seite war, und wenn das Ende im grellen Blitz einer atomaren Explosion käme, die vorüber wäre, ehe sie wussten, wie ihnen geschah.

Doch sie sagte nichts davon, natürlich nicht. Ihre Rolle bestand darin, Jack Kennedy glücklich zu machen, nicht traurig.

Sie setzte sich auf, küsste ihn aufs Ohr, blickte über seine Schulter auf die Zeitung, nahm ihm die Tasse aus der Hand und trank von seinem Kaffee. Allen Unbilden zum Trotz war sie froh, dass sie noch lebten.

Die Abtreibung hatte er nie erwähnt. Beinahe so, als hätte er sie vergessen. Auch Maria selbst hatte das Thema nie aufgebracht. Damals hatte sie Dave Powers angerufen und ihm gesagt, sie sei schwanger. Powers hatte ihr daraufhin eine Telefonnummer gegeben und gesagt, um das Honorar des Arztes würde er sich kümmern. Nur ein einziges Mal hatte Jack Kennedy davon gesprochen: als er Maria nach dem Eingriff angerufen hatte. Er hatte größere Sorgen.

An diesem Tag dachte Maria kurz daran, das Thema selbst aufzubringen, entschied sich aber rasch dagegen. Wie Dave Powers, wie Bobby Kennedy, wie George und alle anderen wollte sie den Präsidenten entlasten, nicht ihm weitere Sorgen aufbürden. Maria zweifelte keine Sekunde daran, dass es die richtige Entscheidung war; dennoch war sie im Innern traurig und verletzt, dass sie über etwas so Wichtiges nicht mit ihm reden konnte.

Sie hatte befürchtet, Sex könne nach dem Eingriff schmerzhaft sein. Doch als Dave Powers sie gestern Abend gebeten hatte, sich in die Residenz zu begeben, hatte sie nicht ablehnen wollen und beschlossen, das Wagnis einzugehen – und es war wundervoll gewesen.

»Ich sollte mich beeilen«, sagte der Präsident. »Ich gehe heute Morgen in die Kirche.«

Gerade als er aufstehen wollte, klingelte das Telefon auf dem Nachttisch. Er nahm den Hörer ab. »Guten Morgen, Mac«, sagte er.

Offenbar war McGeorge Bundy am Apparat, der nationale Sicherheitsberater.

Maria stand auf und ging ins Bad. Jack nahm morgens im Bett oft Telefonanrufe entgegen. Maria nahm an, dass die Leute, die anriefen, entweder nicht wussten, dass er Gesellschaft hatte, oder dass es ihnen gleichgültig war. Doch sie ersparte dem Präsidenten mögliche Peinlichkeiten, indem sie sich während solcher Gespräche zurückzog – nur für den Fall, dass sie geheim waren.

Sie spähte rechtzeitig ins Zimmer, um zu sehen, wie er auflegte. »Es gibt großartige Neuigkeiten«, verkündete er. »Radio Moskau hat bekannt gegeben, dass Chruschtschow die Raketen auf Kuba demontieren und in die UdSSR zurückschaffen lässt.«

Trotz ihrer privaten Probleme hätte Maria am liebsten vor Freude losgeschrien.

Es war vorbei!

»Ich fühle mich wie ein neuer Mensch«, sagte Kennedy ungewohnt ernst und leise.

Maria umarmte und küsste ihn. »Du hast die Welt gerettet, Johnny«, sagte sie.

Einen Augenblick schaute er nachdenklich ins Leere. Dann sagte er: »Ja, das habe ich wohl.«

*

Tanja stand auf dem Balkon, auf die schmiedeeiserne Brüstung gestützt, und atmete die feuchte Luft Havannas, als Paz' Buick vor der Tür hielt und die schmale Straße versperrte. Paz sprang aus dem Wagen und blickte das Gebäude hinauf. Kaum sah er Tanja, rief er: »Du hast mich hintergangen!«

»Wie bitte?« Sie war verwirrt. »Wie denn?«

»Das weißt du ganz genau.«

Paz war leidenschaftlich und unberechenbar, aber Tanja hatte ihn noch nie so wütend gesehen. Zum Glück stürmte er nicht die Treppe zu ihr hinauf. Doch sie hatte keine Ahnung, was ihn so aufgebracht hatte. »Ich habe weder irgendwelche Geheimnisse verraten«, sagte sie, »noch habe ich mit einem anderen Mann geschlafen, wenn du das meinst.«

»Warum bauen deine Leute die Raketenbatterien ab?«

Tanja konnte kaum glauben, was sie da hörte. Wenn das stimmte, war die Krise vorbei. »Bist du sicher?«

»Tu doch nicht so! Das weißt du ganz genau!«

»Wenn es stimmt, was du sagst, sind wir gerettet.« Aus dem Augenwinkel heraus sah Tanja, wie ihre Nachbarn neugierig die Fenster und Türen öffneten, doch sie beachtete die Leute nicht. »Warum bist du so wütend?«

»Weil Chruschtschow mit den Yankees einen Deal gemacht hat, ohne mit Castro darüber zu sprechen.«

»Davon wusste ich nichts«, erwiderte Tanja verärgert. »Glaubst du vielleicht, Chruschtschow ruft mich vorher an?«

»Er hat dich doch auch hergeschickt.«

»Aber nicht persönlich.«

»Und er spricht mit deinem Bruder!«

»Hältst du mich für Chruschtschows Sondergesandten oder so etwas?«

»Warum, glaubst du wohl, bin ich seit all den Monaten ständig bei dir?«

Leise antwortete Tanja: »Ich dachte, weil du mich magst.«

Jetzt hatte sie zumindest die weiblichen Nachbarn auf ihrer Seite.

»Du bist hier nicht mehr willkommen!«, rief Paz. »Pack deine Sachen. Du wirst Kuba verlassen. Noch heute.«

Mit diesen Worten sprang er in den Wagen und jagte davon.

»War nett, dich kennenzulernen«, murmelte Tanja.

*

Dimka und Nina feierten an diesem Abend in einer Kneipe nicht weit von Ninas Wohnung.

Dimka war entschlossen, nicht mehr über das beunruhigende Gespräch mit Natalja nachzudenken. Es hätte ohnehin nichts geändert, also schob er es weit von sich. Sie hatten nur eine Nacht zusammen gehabt, und jetzt war es vorbei. Er liebte Nina, und er würde sie heiraten.

Mit ein paar Flaschen dünnem russischen Bier setzte er sich neben Nina auf die Bank. »Wir werden heiraten«, sagte er. »Und zur Hochzeit bekommst du ein wunderschönes Kleid.«

Nina schüttelte den Kopf. »Ich will kein großes Fest. Ich möchte eine Feier, die einer zweiten Ehe angemessen ist ... in dem Bewusstsein, dass nicht immer alles nach Plan verläuft. Bei einer Hochzeit versprechen sich zwei junge Menschen, einander für immer zu lieben. Das geht nicht zweimal.« Ninas Ansichten waren ein wenig altmodisch. Vielleicht lag es ja daran, dass sie aus der Provinz kam. »Verstehst du? Deshalb will ich keine große Feier.«

»Ich auch nicht, aber meine Mutter und meine Großmutter werden darauf bestehen. Ich bin der Erste aus meiner Generation, der heiratet. Was ist mit deiner Familie?« Er wusste, dass Ninas Vater im Krieg gefallen war, aber ihre Mutter lebte noch, und sie hatte einen jüngeren Bruder.

»Ich hoffe, meiner Mutter geht es dann gut genug, dass sie kommen kann.« Ninas Mutter lebte in Perm, anderthalbtausend Kilometer von Moskau entfernt. Aber irgendetwas sagte Dimka, dass Nina keinen Wert darauflegte, dass ihre Mutter kam.

»Was ist mit deinem Bruder?«

»Er wird um Urlaub bitten.« Ninas Bruder war bei der Roten Armee. »Ich weiß nur nicht, wo er zurzeit stationiert ist. Vielleicht ist er ja sogar in Kuba.«

»Das finde ich heraus«, sagte Dimka. »Onkel Wolodja kann ein paar Strippen ziehen.«

»Mach dir nicht so viel Mühe.«

»Das ist keine Mühe. Außerdem weiß man ja nie. Vielleicht ist es meine einzige Hochzeit.«

Nina lachte. »Dummkopf!«

Dimka lächelte. »Wir haben allen Grund zur Freude. Wir heiraten, wir bekommen ein Kind, und Chruschtschow hat die Welt gerettet.«

*

An diesem Morgen, bei der letzten ExComm-Sitzung der Krise, beschrieb Mac Bundy die unterschiedlichen Lager der Ratgeber des Präsidenten auf neue Weise: »Jeder weiß, wer die Falken waren und wer die Tauben«, sagte er. Bundy selbst war ein Falke. »Heute war der Tag der Tauben.«

An diesem Morgen gab es nur wenige Falken. Jeder lobte Kennedys Handhabung der Krise, sogar einige seiner Gegner, die erst kürzlich erklärt hatten, der Präsident sei gefährlich schwach, und die ihn gedrängt hatten, die USA in einen Krieg zu verwickeln.

George riskierte einen Scherz: »Vielleicht sollten Sie sich als Nächstes um den indisch-chinesischen Grenzkrieg kümmern, Mr. President.«

Kennedy zwinkerte ihm zu. »Ich glaube nicht, dass eine der Parteien oder sonst jemand das von mir will.«

»Aber heute waren Sie drei Meter groß, Sir.«

Der Präsident lachte. »Das hält ungefähr eine Woche an, dann schrumpfe ich wieder.«

Bobby Kennedy war erfreut über die Aussicht, mehr von seiner Familie zu sehen. »Ich hätte beinahe den Weg nach Hause vergessen«, sagte er.

Unglücklich waren nur die Generäle. Die Vereinigten Stabschefs, die sich im Pentagon trafen, um den Plänen für den Luftschlag gegen Kuba den letzten Schliff zu geben, zeigten sich enttäuscht, ja erbost. Sie schickten dem Präsidenten ein Memo, in dem sie behaupteten, Chruschtschows Einlenken sei eine Täuschung, durch die er Zeit gewinnen wolle. Curtis LeMay, Generalstabschef der Air Force, erklärte sogar, sie hätten die größte Niederlage in der Geschichte der USA erlitten. Doch niemand nahm Notiz von den Militärs.

George hatte etwas Wichtiges gelernt: Politische Sachverhalte waren viel enger miteinander verflochten, als er bislang für möglich gehalten hätte. Er hatte immer angenommen, Probleme wie Berlin und Kuba könnten isoliert betrachtet werden und hätten keine Verbindung zu innenpolitischen Fragen wie den Bürgerrechten oder der medizinischen Versorgung. Doch Kennedy hätte die Krise um die Raketen auf Kuba nicht bewältigen können, ohne an die Folgen für Deutschland zu denken. Und hätte er die Kubakrise nicht gelöst, wären bei den bevorstehenden Zwischenwahlen seine innenpolitischen Programme auf Grund gelaufen. Dann hätte er unmöglich ein neues Bürgerrechtsgesetz einbringen können. Alles war miteinander verflochten, alles hing zusammen. Diese Einsicht hatte Auswirkungen auf Georges Karriere, über die er noch intensiv nachdenken musste.

Als die Sitzung beendet wurde, behielt George den Anzug an und ging zu Fuß zum Haus seiner Mutter. Es war ein sonniger Herbsttag, die Blätter hatten sich rot und golden gefärbt. Jacky machte ihm Abendessen. Es gab Steak und Kartoffelbrei. Das Steak war George zu sehr durch; er bevorzugte es englisch. Dennoch genoss er das Essen, denn wie immer hatte Jacky es mit Liebe zubereitet.

Nachdem sie gemeinsam gespült und abgetrocknet hatten, machten sie sich für den Abendgottesdienst in der Bethel Evangelical Church fertig. »Wir müssen dem Herrn danken, dass er uns alle gerettet hat«, sagte Jacky, als sie vor dem Spiegel neben der Tür stand und sich den Hut aufsetzte.

»Du dankst dem Herrn, Mom«, sagte George, »ich danke Präsident Kennedy.«

»Warum einigen wir uns nicht darauf, beiden zu danken?«

»Einverstanden«, sagte George, und sie verließen das Haus.

VIERTER TEIL

DIE WAFFE, *1963*

KAPITEL 21

Joe Henry's Dance Band trat samstagabends regelmäßig im Restaurant des Europahotels in Ostberlin auf und spielte Jazz- und Revuenummern für die ostdeutsche Elite und ihre Ehefrauen. Joe, der mit bürgerlichem Namen Josef Heinried hieß, war Wallis Meinung nach zwar kein besonders guter Drummer, aber er konnte selbst mit betrunkenem Kopf den Takt halten. Außerdem war Joe Funktionär des Musikerverbandes, deshalb konnte man ihn nicht feuern.

Kurz nach sechs traf Joe mit seinem wertvollen Schlagzeug im gepolsterten Laderaum seines alten schwarzen Framo V901-Kleinlasters am Lieferanteneingang des Hotels ein. Während er sich an die Bar setzte und trank, bestand Wallis Aufgabe darin, das Schlagzeug auszuladen, auf die Bühne zu schleppen und so aufzubauen, wie Joe es mochte. Da waren eine Basstrommel, zwei Tom-Toms, eine Snare, ein Hi-Hat, ein Crash- und ein Effektbecken. Walli behandelte das Schlagzeug wie ein rohes Ei. Es waren amerikanische Drums der Marke Slingerland, die Joe in den Vierzigerjahren von einem GI gewonnen hatte. So etwas bekam man heutzutage nicht mehr.

Die Bezahlung war ein Witz, doch als Teil ihrer Abmachung traten Walli und Karolin in der Pause zwanzig Minuten lang als die »Bobbsey Twins« auf, und wichtiger noch: Sie hatten Mitgliedsausweise des Musikerverbandes bekommen, obwohl Walli mit seinen siebzehn Jahren eigentlich noch zu jung dafür war.

Wallis englische Großmutter, Maud, hatte vor Lachen gegluckst, als Walli ihr den Namen des Duos genannt hatte. »Seid ihr Flossie und Freddie oder Bert und Nan?«, hatte sie gefragt. »Oh, Walli, du bringst mich immer wieder zum Lachen.«

Wie sich herausstellte, hatten die Bobbsey Twins nicht das Geringste mit den Everly Brothers zu tun, dem berühmten Musikerduo aus USA. Es gab eine Reihe altmodischer Kinderbücher über eine geradezu lächerlich perfekte Familie namens Bobbsey, die zwei wunderschöne, pausbäckige Kinder hatte, Zwillinge. Trotzdem waren Walli und Karolin bei dem Namen geblieben.

Joe war ein Trottel, aber Walli lernte dennoch von ihm. So sorgte Joe dafür, dass die Band laut genug war, um nicht überhört zu werden, aber nicht so laut, dass die Leute ihr eigenes Wort nicht mehr verstanden. Er überließ jedem Bandmitglied das Scheinwerferlicht für eine Nummer, und alle waren glücklich. Zuerst spielte er immer einen bekannten Song, und er beendete einen Auftritt erst dann, wenn die Tanzfläche rappelvoll war, sodass die Leute jedes Mal nach Zugabe riefen.

Walli wusste nicht, was die Zukunft für ihn bereithielt, aber er wusste, was er wollte. Er wollte Musiker werden, Bandleader, beliebt und berühmt. Und er würde Rockmusik spielen. Vielleicht würden die Kommunisten ihre Haltung zur amerikanischen Kultur ja überdenken. Vielleicht würde der Sozialismus scheitern. Oder, was das Allerbeste wäre, Walli fand eine Möglichkeit, nach Amerika zu gehen.

Aber das alles lag noch in weiter Ferne. Im Augenblick hatte er erst einmal den Ehrgeiz, die Bobbsey Twins so populär zu machen, dass er und Karolin davon leben konnten.

Joes Musiker trafen nacheinander ein, während Walli alles aufbaute. Um Punkt sieben begann ihr Auftritt.

Die meisten Kommunisten hatten ein ambivalentes Verhältnis zum Jazz. Sie waren misstrauisch gegenüber allem, was aus Amerika kam, aber die Nazis hatten den Jazz verboten, und das wiederum machte ihn zu einer antifaschistischen Musik. Also hatten sie ihn schließlich zugelassen, zumal er sehr beliebt war. Joes Band hatte keinen Sänger, sodass es keine Probleme mit bourgeoisen Texten gab wie »Top Hat«, »White Tie and Tails« oder »Puttin' on the Ritz«.

Karolin traf eine Minute später ein. Allein ihre Anwesenheit ließ die schäbige Bühne in sanftem Licht erstrahlen, tauchte die grauen Wände in ein rosiges Leuchten und ließ die schmutzigen Ecken in den Schatten verschwinden.

Zum ersten Mal gab es etwas in Wallis Leben, das ihm noch mehr bedeutete als die Musik. Er hatte auch vorher schon Freundinnen gehabt, und für gewöhnlich waren sie bereit gewesen, Sex mit ihm zu haben. Für Walli war Geschlechtsverkehr also kein unerreichbarer Traum wie für die meisten seiner Mitschüler. Aber er hatte noch nie so etwas erlebt wie die überwältigende Liebe und Leidenschaft, die er für Karolin empfand. Walli und Karolin konnten genauso unbefangen über Sex reden wie über Musik, und sie vertrauten einander ohne jede Scham an, was sie mochten und was nicht, egal auf welchem Gebiet.

»Wir denken das Gleiche. Manchmal sagen wir sogar das Gleiche«, hatte Walli Maud anvertraut, worauf sie erwidert hatte: »Aaah, Seelenverwandte!«

Die Band würde noch eine Stunde spielen. Walli und Karolin zogen sich in den Laderaum von Joes Kleinlaster zurück und legten sich hin. Im gelben Schein der Parkplatzlaternen verwandelte sich der Laderaum in ein Boudoir. Joes Kissen waren ein samtbezogener Diwan, und Karolin eine verträumte orientalische Jungfer, die verführerisch ihr Gewand öffnete, damit Walli ihren Körper liebkosen konnte.

Sie hatten es auch schon mit Kondomen versucht, mochten es aber beide nicht. Stattdessen zog Walli sich im letzten Augenblick zurück, bevor er kam, wenn sie miteinander schliefen – nicht gerade die sicherste Methode der Empfängnisverhütung. Doch heute stellte sich diese Frage nicht: Sie benutzten die Hände. Nachdem Walli in Karolins Taschentuch abgespritzt hatte, zeigte sie ihm, wie er sie befriedigen konnte. Sie führte seine Finger und ließ beim Orgasmus ein leises, langgezogenes »Oooh« hören, das mehr erstaunt als lustvoll klang.

»Sex mit einem Menschen, den man liebt, ist die zweitbeste Sache der Welt«, hatte Maud zu Walli gesagt. Aus irgendeinem Grund konnte Maud all die Dinge ansprechen, die Wallis Mutter nie über die Lippen gekommen wären, ohne dass es peinlich gewesen wäre.

»Und was ist das Beste?«, hatte Walli gefragt.

»Die eigenen Kinder glücklich zu sehen.«

Nachdem sie einander befriedigt hatten, hörten Walli und Karolin Musik. Walli hatte ein Radio in seinem Zimmer und hörte gern die amerikanischen Sender aus Westberlin; deshalb wusste er immer, was musikalisch gerade angesagt war. Seine aktuelle Lieblingsnummer hieß »If I Had a Hammer« von einem amerikanischen Trio mit Namen Peter, Paul and Mary. Der Song hatte einen mitreißenden Beat; Walli war sicher, dass das Publikum ihn lieben würde. Doch Karolin hatte ihre Zweifel, was den Text betraf, denn es kamen »Gerechtigkeit« und »Freiheit« darin vor.

»Ich weiß«, sagte Walli. »In Amerika wird der Komponist, Peter Seeger, wegen dem Song als Kommunist beschimpft. Offenbar gibt es nicht nur bei uns Idioten.«

»Und wie soll uns das jetzt weiterhelfen?«, fragte Karolin. Sie war stets die Praktische von ihnen beiden.

»Hier versteht doch sowieso keiner den englischen Text«, sagte Walli.

»Na gut«, gab sie nach. »Ich muss ohnehin mit der Musik aufhören.«

»Was?«, stieß Walli fassungslos hervor. »Was meinst du damit?«

Karolin blickte ihn ernst an. Walli erkannte, dass sie mit der schlechten Nachricht bis jetzt gewartet hatte, um ihnen den Sex nicht zu verderben. »Mein Vater wurde von der Stasi verhört«, sagte sie.

Karolins Vater war Aufseher in einem Busdepot. So viel Walli wusste, war er nicht an Politik interessiert und damit im Grunde uninteressant für die Stasi. »Wieso denn?«, fragte er. »Was wollten sie von ihm wissen?«

»Sie haben nach dir gefragt.«

»Ach du Schande.«

»Sie haben ihm gesagt, du wärst ideologisch unzuverlässig.«

»Wie hieß der Mann, der ihn verhört hat? Hans Hoffmann?«

»Keine Ahnung.«

»Ich wette, der war es.« Und selbst wenn Hans das Verhör nicht persönlich geführt hatte – Walli war sicher, dass er dahintersteckte.

»Sie haben gesagt, dass Papa seine Arbeit verliert, wenn ich weiter in der Öffentlichkeit mit dir singe.«

»Musst du denn auf deine Eltern hören? Du bist neunzehn.«

»Aber ich wohne noch bei ihnen.« Karolin ging zwar nicht mehr zur Schule, aber sie lernte jetzt Buchhaltung an einem Berufskolleg. »Außerdem möchte ich nicht dafür verantwortlich sein, dass mein Vater gefeuert wird.«

Walli war am Boden zerstört. Sein Traum war geplatzt. »Aber wir sind ein großartiges Duo. Die Leute mögen uns!«

»Ich weiß. Und es tut mir ja auch leid ...«

»Woher weiß die Stasi überhaupt von deinen Auftritten?«

»Erinnerst du dich an den Mann mit der Schlägermütze, der uns an dem Abend gefolgt ist, als wir uns kennengelernt haben? Ich sehe ihn manchmal, wenn ich bei dir bin.«

»Glaubst du, er überwacht mich?«

»Nicht ständig«, antwortete Karolin mit leiser Stimme. Die Menschen flüsterten oft, wenn sie über die Stasi sprachen, auch wenn niemand sie hören konnte. »Aber oft genug, dass er mich bei dir gesehen hat. Dann ist er mir gefolgt und hat meinen Namen und meine Adresse herausgefunden. So sind sie dann auf meinen Vater gekommen.«

»Dann gehen wir in den Westen!«, sagte Walli entschlossen.

Karolin verzog gequält das Gesicht. »Wenn das so einfach wäre.«

»Was andere können, können wir auch«, sagte Walli zuversichtlich.

Sie hatten schon öfter über eine Flucht gesprochen. Flüchtlinge schwammen durch Kanäle oder durch die Ostsee, besorgten sich falsche Pässe, versteckten sich in Lkws oder rannten einfach durch die Checkpoints. Manchmal berichtete das westdeutsche Radio über eine besonders dramatische Flucht.

»Aber immer wieder werden Leute erschossen, wenn sie flüchten wollen«, sagte Karolin.

So gerne Walli geflohen wäre – die Vorstellung, Karolin könnte verletzt oder gar getötet werden, war ihm unerträglich. Die Grenzsoldaten schossen, um zu töten. Und die Mauer veränderte sich ständig. Von Tag zu Tag wurde sie undurchlässiger. Ursprünglich war sie nur ein Stacheldrahtzaun gewesen. Jetzt bestand sie an vielen Stellen aus zwei Reihen Betonplatten mit einer breiten, von Scheinwerfern erhellten Schneise dazwischen, in der die Grenzer mit Hunden patrouillierten und die mit Wachtürmen gesichert war. Es gab sogar Panzerfallen. Zwar hatte noch nie jemand versucht, die Mauer mit einem Panzer zu durchbrechen, aber selbst Grenzsoldaten flohen, und das gar nicht mal so selten.

»Meine Schwester ist auch geflohen«, sagte Walli.

»Aber ihr Mann ist dabei zum Krüppel geworden«, murmelte Karolin. Rebecca und Bernd waren inzwischen verheiratet und lebten in Hamburg. Beide waren Lehrer, obwohl Bernd im Rollstuhl saß. Er hatte sich bis jetzt nicht von seinem Sturz erholt. Wenn sie Carla und Werner einen Brief schickten, wurde er von den Zensoren abgefangen, aber irgendwann erreichte er sein Ziel, wenn auch mit reichlich Verspätung.

»Ich will hier aber nicht leben«, stieß Walli verächtlich hervor. »Ich will nicht mein Leben lang Songs vortragen, die von der Partei abgesegnet wurden. Und du musst Buchhalterin werden, wenn dein Vater seine Stelle im Busdepot behalten will. Nein, da bin ich lieber tot!«

»Irgendwann wird der Sozialismus untergehen.«

»Ach ja? Den gibt's aber schon seit 1917«, erwiderte Walli. »Und was ist, wenn wir Kinder haben?«

»Wie kommst du jetzt darauf?«

»Weil auch unsere Kinder zu einem Leben in diesem Knast verurteilt sind, der sich Staat nennt, wenn wir bleiben.«

»Willst du denn Kinder?«

Walli hatte dieses Thema eigentlich nicht ansprechen wollen. Er wusste nicht einmal, ob er tatsächlich Kinder wollte. Zuerst musste er sich ein eigenes Leben aufbauen. »Auf jeden Fall will ich hier im Osten keine Kinder«, antwortete er.

Karolin schaute ihn ernst an. »Dann sollten wir tatsächlich über eine Flucht nachdenken«, sagte sie. »Aber wie sollen wir das anstellen?«

Walli hatte viele Ideen, aber eine gefiel ihm ganz besonders. »Hast du schon mal den Grenzübergang in der Nähe meiner Schule gesehen?«

»Ich weiß nur, wo er ist, mehr auch nicht.«

»Da fahren Lastwagen rüber, die alles Mögliche nach Westberlin transportieren – Fleisch, Obst, Käse und so weiter.« Es gefiel der ostdeutschen Regierung zwar nicht, die Westberliner durchzufüttern, aber Wallis Vater zufolge brauchte der Osten Geld.

»Und?«

Walli hatte es sich schon genau überlegt. »Als Schranke haben sie dort nur einen dicken Holzbalken. Man zeigt seine Papiere, dann öffnet der Grenzer die Schranke, und der Lkw kann durch. Die Ladung wird in einer kleinen Halle überprüft. Dahinter ist dann noch mal eine Schranke.«

»Ja, solche Grenzanlagen gibt es überall.«

Walli klang selbstbewusster, als er sich fühlte. »Mir ist schon öfter der Gedanke gekommen, dass ein Fahrer, der Ärger mit den Grenzern hat, die Schranken einfach durchbrechen könnte ...«

»Nein, Walli. Das wäre viel zu gefährlich.«

»Es gibt keinen sicheren Weg nach drüben. Alles ist gefährlich.«

»Aber du hast keinen Lastwagen.«

»Doch. Wir nehmen den von Joe.« Nach der Show saß Joe immer in der Bar, während Walli das Schlagzeug verlud. Sobald Joe mehr oder weniger betrunken war, fuhr Walli ihn nach Hause. Er hatte zwar keinen Führerschein, aber das wusste Joe nicht, und bis jetzt war er nie nüchtern genug gewesen, um sich über Wallis katastrophale Fahrweise zu beschweren. Nachdem er Joe in seine Wohnung verfrachtet hatte, musste Walli noch das Schlagzeug im Flur verstauen und den Lkw in die Garage fahren.

»Ich könnte mir den Laster schon heute Abend unter den Nagel reißen, gleich nach der Show«, sagte er leise zu Karolin. »Morgen früh, wenn der Grenzübergang geöffnet wird, könnten wir rüber.«

»Wenn ich zu spät nach Hause komme, wird mein Vater nach mir suchen.«

»Geh nach Hause, leg dich ins Bett, und steh früh auf. Ich warte vor der Schule auf dich. Vor Mittag kriecht Joe sowieso nicht aus der Kiste. Bis der merkt, dass sein Laster weg ist, spazieren wir schon durch den Tiergarten.«

Karolin küsste ihn. »Ich habe Angst«, sagte sie, »aber ich liebe dich.«

Walli hörte, wie die Band die Schlussnummer spielte, einen Titel namens »Avalon«. Erst jetzt wurde ihm klar, wie lange sein Gespräch mit Karolin schon dauerte. »Wir sind in fünf Minuten dran«, sagte er. »Gehen wir.«

Die Band verließ die Bühne, und die Tanzfläche leerte sich. Walli brauchte weniger als eine Minute, um die Mikrofone und den kleinen Gitarrenverstärker aufzubauen. Das Publikum widmete sich derweil wieder seinen Drinks und Gesprächen. Dann waren die Bobbsey Twins an der Reihe. Einige Gäste beachteten sie gar nicht; andere schauten interessiert zu, denn Walli und Karolin waren ein attraktives Pärchen, das Blicke auf sich zog.

Wie stets begannen sie mit »Noch einen Tanz«, was die Aufmerksamkeit der Leute erregte und sie zum Schmunzeln brachte. Dann sangen sie ein paar Volkslieder, zwei Nummern der Everly Brothers und »Hey Paula«, den Hit des amerikanischen Duos Paul and Paula. Walli hatte eine hohe Stimme und sang über Karolin, und auf der Gitarre hatte er einen Stil entwickelt, der rhythmisch und melodisch zugleich war.

Sie beendeten ihren Auftritt mit »If I Had a Hammer«. Die meisten Zuhörer liebten den Song und klatschten im Takt, doch ein paar verzogen bei den Worten »Gerechtigkeit« und »Freiheit« das Gesicht.

Walli und Karolin wurden mit lautem Applaus verabschiedet. Walli war in Hochstimmung, wie immer, wenn das Publikum zufrieden war. Das war besser, als sich zu betrinken.

Hinter der Bühne fing Joe sie ab. »Wenn ihr diesen Song noch mal singt, seid ihr gefeuert!«

Walli hatte das Gefühl, als hätte ihm jemand ins Gesicht geschlagen. Abrupt wurde er aus seiner Euphorie gerissen.

»Jetzt reicht's«, sagte er zu Karolin, als sie aus Joes Hörweite waren. »Ich hab die Schnauze voll. Ich haue ab, noch heute!«

Karolin schwieg, musterte ihn nur ängstlich.

Mit Joes Kleinlaster machten sie sich auf den Weg zur Wohnung von Karolins Eltern. »Wann kannst du dich morgen frühestens mit mir treffen?«, fragte Walli.

Sie dachte nach. »Ich sage meinen Eltern, dass ich sofort ins Bett gehe, weil ich morgen ganz früh raus muss ... wegen einer Schulprobe für die Parade zum 1. Mai, in Ordnung?«

»Gut«, sagte Walli.

»Um sieben könnte ich dann bei dir sein, ohne Verdacht zu erregen.«

»Perfekt. Um diese Uhrzeit, noch dazu am Sonntagmorgen, ist am Grenzübergang nicht viel los.«

Sie küssten sich zum Abschied.

»Wenn wir uns das nächste Mal küssen, sind wir in Freiheit«, sagte Walli.

Karolin stieg aus. »Sieben Uhr«, sagte sie, winkte zum Abschied und verschwand in der Nacht.

*

Walli fuhr zurück zum Europahotel. Den Rest des Abends wurde er von Hoffnung getragen, in die sich Angst und Wut mischten. Ständig war er versucht, Joe seine Verachtung zu zeigen, aber größer noch als sein Zorn war die Angst, dass es ihm aus irgendeinem Grund nicht gelingen würde, den Lastwagen zu stehlen. Doch wie auch immer – Joe bemerkte nichts, und um ein Uhr hatte Walli den Framo vor seiner Schule geparkt. Der Grenzübergang war von hier aus nicht zu sehen, aber das war gut so. Schließlich wollte Walli nicht den Verdacht der Grenzer erregen.

Mit geschlossenen Augen legte er sich auf die Kissen im Laderaum, aber es war zu kalt zum Schlafen. So verbrachte er einen großen Teil der Nacht damit, an seine Familie zu denken. Sein Vater war seit mehr als einem Jahr kaum noch ansprechbar. Die Fernsehfabrik in Westberlin gehörte ihm nicht mehr. Er hatte sie Rebecca überschrieben, damit die DDR-Regierung ihn nicht enteignen konnte. Trotzdem versuchte er noch immer, die Firma zu leiten, aber das war unmöglich. Also hatte er einen dänischen Prokuristen namens Enok Andersen eingestellt, der ihm als Verbindungsmann diente. Als Ausländer konnte Andersen einmal die Woche problemlos von West nach Ost reisen und sich mit ihm treffen. Aber auf lange Sicht konnte man ein Unternehmen nicht auf diese Weise führen, und das hatte Wallis Vater zu einem mürrischen, unglücklichen Mann werden lassen.

Walli glaubte auch nicht, dass seine Mutter glücklich war. Sie konzentrierte sich ganz auf ihre Arbeit als Pflegedienstleiterin in einem großen Krankenhaus. Sie hasste die Kommunisten genauso sehr, wie sie die Nazis gehasst hatte, aber sie konnte nichts tun.

Nur Oma Maud war so gelassen wie eh und je. Deutschland habe gegen Russland gekämpft, so lange sie denken könne, sagte sie; sie hoffe nur, dass sie noch lange genug lebte, um zu sehen, wer endgültig den Sieg davontrage. Und im Unterschied zu Wallis Eltern, die Musik als Zeitverschwendung betrachteten, hielt Maud große Stücke auf Wallis Gitarrenkünste.

Am meisten aber würde Walli nicht Maud oder seine Eltern vermissen, sondern seine Schwester Lili. Sie war jetzt vierzehn und nicht mehr die Nervensäge von damals, als sie beide Kinder gewesen waren, sondern ein hübsches, nettes Mädchen.

Walli versuchte, nicht allzu viel über die Gefahren nachzudenken, die vor ihm lagen. Er wollte nicht den Mut verlieren. Als seine Entschlossenheit in den frühen Morgenstunden trotzdem ins Wanken geriet, dachte er an Joes Worte: »Wenn ihr diesen Song noch mal singt, seid ihr gefeuert.« Die Erinnerung entfachte Wallis Wut aufs Neue. Wenn er in Ostdeutschland blieb, würde er für den Rest seiner Tage mit Flaschen wie Joe auftreten, und das wäre kein Leben für ihn, sondern die Hölle. Nein, er musste gehen, was auch geschah. Für ihn gab es keine Alternative.

Dieser Gedanke verlieh ihm neuen Mut.

Um sechs Uhr stieg er aus dem Kleinlaster, um sich irgendwo ein Frühstück zu besorgen, doch zu dieser Stunde hatte noch nichts geöffnet, nicht einmal am Bahnhof, und so kehrte er hungrig zum Framo zurück. Wenigstens hatte der Spaziergang ihn aufgewärmt.

Mit dem Tageslicht verschwand die Kälte. Walli setzte sich auf den Fahrersitz und hielt nach Karolin Ausschau. Sie würde ihn ohne Schwierigkeiten finden, denn sie kannte den Laster. Außerdem parkte niemand in der Nähe der Schule.

Immer wieder ging Walli in Gedanken durch, was er gleich tun würde. Er würde die Grenzer überraschen. Es würde ein paar Sekunden dauern, bis sie erkannten, was los war. Und dann würden sie schießen.

Doch mit viel Glück wären er und Karolin dann schon so nahe an die Grenzer herangekommen, dass sie nur noch das Heck des Framo treffen konnten. Wie gefährlich war das? Walli wusste es nicht. Noch nie hatte jemand auf ihn geschossen. Er wusste nicht einmal, ob Kugeln das Blech des Lasters durchschlagen konnten.

Für einen Moment überfiel ihn Panik, als ganz in der Nähe ein Streifenwagen vorbeifuhr. Der Polizist auf dem Beifahrersitz starrte ihn argwöhnisch an. Wenn der Streifenwagen hielt, und die Männer fragten ihn nach seinem Führerschein, war alles aus. Warum war er auch nicht im Laderaum geblieben, verdammt!

Walli atmete auf, als die Polizisten weiterfuhren.

Dann meldete sich die Furcht wieder zurück. Schaudernd stellte Walli sich vor, wie er und Karolin von den Grenzern erschossen wurden, nachdem irgendetwas schiefgegangen war. Vor allem kam ihm der erschreckende Gedanke, dass nur einer von ihnen getötet werden könnte, während der andere überlebte. Es war eine grauenhafte Vorstellung. Und was, wenn einer von ihnen zum Krüppel wurde wie Bernd? Wenn Karolin wegen ihm im Rollstuhl endete? Das wäre sein Tod.

Walli warf einen Blick auf die Uhr. Es war sieben. Er fragte sich, ob Karolin ähnliche Gedanken hegte wie er. Vermutlich. Über was sonst hätte sie in dieser langen Nacht nachdenken sollen, wo die Entscheidung über ihrer beider Zukunft, ihrer beider Leben so nahe bevorstand?

Aber zu welchem Ergebnis war Karolin gekommen? Walli fragte sich, ob sie sich gleich neben ihn setzen und ihm sagen würde, sie sei doch nicht bereit, das Risiko einzugehen. Was würde er dann tun? Auf keinen Fall würde er aufgeben und den Rest seines Lebens hinter dem Eisernen Vorhang verbringen. Aber würde er es über sich bringen, allein die Flucht zu wagen und Karolin zurückzulassen?

Ein ungutes Gefühl überkam ihn, als Karolin nach fünfzehn Minuten noch immer nicht erschienen war.

Um halb acht machte er sich Sorgen.

Um acht war er verzweifelt.

Was war schiefgegangen?

Hatte Karolins Vater herausgefunden, dass heute gar keine Probe für die Maiparade stattfand? Aber warum sollte er sich die Mühe machen, das zu überprüfen?

War Karolin krank? Gestern Abend war sie noch vollkommen gesund gewesen.

Oder hatte sie einfach nur ihre Meinung geändert?

Möglich. Karolin war von der Notwendigkeit einer Flucht nie so überzeugt gewesen wie er. Sie hatte Zweifel geäußert, Schwierigkeiten vorausgesehen. Als sie gestern Abend darüber sprachen, hatte Walli sogar den Eindruck gehabt, Karolin sei gegen eine Flucht – bis er von Kindern angefangen hatte. Das hatte Karolin schließlich auf seine Seite gebracht. Nun aber sah es so aus, als hätte sie es sich doch noch anders überlegt.

Walli beschloss, ihr bis neun Uhr Zeit zu geben.

Und dann? Sollte er alleine fliehen?

Plötzlich hatte er keinen Hunger mehr. Seine Anspannung war so groß, dass er keinen Bissen herunterbekommen hätte. Nur Durst quälte ihn.

Um fünf vor neun kam ein schlankes Mädchen mit langem blonden Haar auf den Laster zu. Walli schlug das Herz bis zum Hals. Doch als sie näher kam, sah er, dass sie dunkle Augenbrauen, einen kleinen Mund und einen leichten Überbiss hatte. Das war nicht Karolin.

Um neun Uhr war Karolin immer noch nicht da.

Gehen oder bleiben?

Wenn ihr diesen Song noch mal singt, seid ihr gefeuert ...

Walli ließ den Motor an.

Langsam fuhr er los und bog um die Ecke.

Er musste schnell sein, um die Schranken zu durchbrechen, aber nicht zu schell: Wenn er auf die Grenzer zuraste, wären sie vorgewarnt. Er musste mit normaler Geschwindigkeit heranfahren, um die Grenzer in Sicherheit zu wiegen, und dann Vollgas geben.

Nur tat sich nicht viel, wenn man im Framo auf das Gaspedal trat. Der Kleinlaster hatte einen 0,9-Liter-Motor mit drei Zylindern, der kaum Leistung brachte. Walli fragte sich, ob er das Schlagzeug im Laderaum hätte lassen sollen. Das zusätzliche Gewicht hätte dem Wagen mehr Wucht verliehen, wenn er gegen den Schlagbaum prallte. Andererseits wäre er dann noch langsamer auf Touren gekommen.

Walli bog um die zweite Ecke, und vor ihm lag der Grenzübergang. Dreihundert Meter entfernt wurde die Straße von einer Schranke versperrt, hinter der die Wachhäuser lagen. Die Wachstation als solche war vielleicht dreißig Meter lang, dann kam eine weitere Schranke. Dahinter führte die Straße durch ein Stück Niemandsland. Und dahinter lag Westberlin.

Westberlin, dachte Walli, dann Westdeutschland, dann Amerika.

An der ersten Schranke wartete ein Lastwagen. Walli bremste sofort, als er den Laster sah. Wenn er sich hinter dem Lkw in eine Schlange einreihte, fehlte ihm die Anlaufstrecke, die der Framo brauchte, um Geschwindigkeit aufzunehmen.

Als der Laster durch die Schranke gelassen wurde, fuhr ein zweites Fahrzeug heran. Walli wartete.

Plötzlich schaute ein Grenzer in seine Richtung. Sofort wusste Walli, dass er bemerkt worden war. Um nicht allzu verdächtig zu erscheinen, stieg er aus, ging um den Framo herum, als wollte er ihn inspizieren, und öffnete den Laderaum. Von dort konnte er durch die Windschutzscheibe blicken. Kaum war das zweite Fahrzeug in die Grenzanlage gefahren, stieg Walli wieder ins Führerhaus.

Doch er zögerte. Noch war es nicht zu spät zur Umkehr. Er könnte den Framo in Joes Garage fahren und nach Hause gehen, als wäre nichts gewesen. Dann musste er nur noch seinen Eltern erklären, warum er die Nacht weg gewesen war. Aber dafür wurde man nicht erschossen.

Leben oder Tod.

Wenn Walli jetzt noch wartete, konnte ein weiterer Laster auftauchen und ihm den Weg versperren. Irgendwann würde ein Grenzer erscheinen und ihn fragen, was er hier trieb. In der Nähe eines Grenzübergangs lungerte man nicht herum.

Wenn ihr diesen Song noch mal singt ...

Walli löste die Handbremse und fuhr an.

Er erreichte fünfzig Stundenkilometer und nahm leicht den Fuß vom Gaspedal. Der Grenzer an der Schranke beobachtete ihn, doch als Walli auf die Bremse trat, drehte der Mann sich weg.

In diesem Moment trat Walli das Gaspedal durch.

Der Grenzer hörte das Aufheulen des Motors, drehte sich wieder um und legte die Stirn in Falten, als der Framo Geschwindigkeit aufnahm, anstatt langsamer zu werden. Der Grenzer winkte Walli, mit dem Tempo herunterzugehen, aber Walli ließ den Fuß auf dem Gaspedal.

Immer schneller kam die Grenzanlage näher. Walli ließ den Posten keine Sekunde aus den Augen. Endlich reagierte der Mann. Er stand dem Framo zwar nicht direkt im Weg, sprang aber ein paar Schritte zurück und drückte sich an die Wand.

Walli stieß einen wilden Schrei aus.

Mit lautem Krachen durchbrach der Framo die Schranke. Holzsplitter wirbelten durch die Luft. Die Wucht des Aufpralls schleuderte Walli gegen das Lenkrad, und ein stechender Schmerz zuckte durch seine Rippen. Plötzlich bekam er kaum noch Luft. Der Framo raste weiter, war aber merklich langsamer als zuvor.

Es krachte im Getriebe, als Walli herunterschaltete, um den schwerfälligen Kleinlaster wieder beschleunigen zu können. Der kleine Motor jaulte gequält. Die beiden Fahrzeuge vor ihm waren auf die Seite gefahren, sodass der Weg frei war. Erst jetzt drehten sich die Männer, die sich an der Grenzstation aufhielten – drei Soldaten und die beiden Fahrer –, nach dem Lärm um. Der Framo nahm wieder Geschwindigkeit auf. Walli jubelte innerlich. Er hatte es beinahe geschafft.

In diesem Moment kniete einer der Grenzer sich hin und hob die Maschinenpistole. Walli fuhr ihm direkt vor die Mündung. Er wusste, der Mann würde keine Sekunde zögern, auf ihn zu feuern.

Ohne nachzudenken, riss Walli das Lenkrad herum und jagte genau auf den Grenzer zu. Der Mann schoss. Die Windschutzscheibe zerbarst in tausend Stücke, doch zu seinem Erstaunen wurde Walli nicht getroffen. Dann hatte er den Grenzer fast erreicht. Panik erfasste ihn. Er wollte den Mann nicht überfahren. Wieder riss er das Lenkrad herum, diesmal, um dem Grenzer auszuweichen, doch es war zu spät. Er traf den Mann mit einem Übelkeit erregenden Geräusch und schleuderte ihn zu Boden.

»Nein!«, schrie Walli. »*Nein!*«

Er verlangsamte das Tempo, wollte aus dem Fahrzeug springen, um nachzusehen, ob der Grenzer noch lebte. Doch wieder peitschten

Schüsse. Im Rücken hörte Walli das blecherne Geräusch, als die Kugeln die Karosserie durchschlugen.

Er wusste, dass die Grenzer ihn töten würden, wenn sie die Möglichkeit bekamen. Es gab nur die Flucht nach vorn. Wieder gab er Gas, riss erneut das Lenkrad herum und versuchte, den Framo auf die Straße zurückzubekommen. Doch er hatte Schwung verloren. Zwar fuhr er jetzt auf die zweite Schranke zu, war aber zu langsam, um sie durchbrechen zu können.

In diesem Augenblick spürte er einen heftigen Schmerz, als hätte ihm jemand ein Messer ins Bein gerammt. Er schrie laut auf. Sein Fuß rutschte vom Pedal, und der Framo verlor beängstigend schnell an Geschwindigkeit. Trotz der Schmerzen gab Walli wieder mit aller Kraft Gas. Warmes Blut strömte ihm über den Schenkel und in den Schuh.

Der Framo rammte die zweite Schranke. Wieder wurde Walli nach vorne geschleudert, wieder schoss Schmerz durch seine Rippen, doch auch diesmal gab die Schranke nach. Walli war durch.

Der Laster rumpelte über ein Stück betonierte Fahrbahn, und das Schießen endete abrupt.

Er war im Westen.

Walli sah eine Straße mit Läden, bunte Reklame für Lucky Strike und Coca-Cola und – das Allerbeste – eine kleine Gruppe erstaunter Soldaten in amerikanischen Uniformen. Er nahm den Fuß vom Gas, trat auf die Bremse. Vor Aufregung lenkte er den Laster gegen einen Laternenpfahl.

Die Soldaten rannten zu ihm und rissen die Tür auf. »Gut gemacht, Junge«, sagte einer von ihnen. »Du hast es geschafft!«

Ich hab's geschafft, dachte Walli benommen. Ich lebe, und ich bin frei.

Aber ohne Karolin.

»Das war ja ein richtiger Höllenritt«, bemerkte der Soldat bewundernd. Er war nicht viel älter als Walli.

»Mein Bein tut weh«, brachte Walli mühsam hervor. Der Schmerz war kaum zu ertragen.

Der Soldat sah sich die Verletzung an. »Verdammt viel Blut.« Er drehte sich um und befahl einem seiner Kameraden: »Ruf einen Krankenwagen!«

Walli verlor das Bewusstsein.

*

Wallis Schussverletzung wurde genäht, und am nächsten Tag wurde er mit verstauchten Rippen und einem Verband um das Bein aus dem Krankenhaus entlassen.

Den Zeitungsberichten zufolge war der Grenzer, den er überfahren hatte, seinen Verletzungen erlegen.

Walli humpelte zur Fernsehfabrik seines Vaters und erzählte Enok Andersen, dem dänischen Prokuristen, seine Geschichte. Andersen versprach, Werner und Carla Bescheid zu geben, und steckte Walli ein paar Mark zu. Walli besorgte sich ein Zimmer im CVJM, wo er eine fast schlaflose Nacht verbrachte, so sehr schmerzten seine Rippen, wenn er sich im Bett umdrehte, und so sehr plagte ihn sein Gewissen.

Am nächsten Tag holte er seine Gitarre aus dem Framo. Im Unterschied zu ihm selbst war das Instrument unversehrt. Der Framo war nur noch ein Wrack.

Walli beantragte einen westdeutschen Pass, auf den jeder Flüchtling Anspruch hatte.

Er war frei, war den erstickenden Restriktionen des sozialistischen Regimes entkommen. Er konnte spielen und singen, was er wollte.

Und fühlte sich hundeelend.

Er vermisste Karolin. Es war, als hätte er eine Hand verloren. Sobald er ein hübsches Mädchen auf der Straße sah, musste er daran denken, wie er und Karolin sich am nächsten Samstag in Joes Kleinlaster geliebt hätten. Doch es gab keinen nächsten Samstag mehr, keinen Joe, keinen Framo. Und wenn Walli an einem Club vorbeikam, wo er nach einer Auftrittsmöglichkeit hätte fragen können, verzichtete er darauf. Ohne Karolin war er nichts.

Walli telefonierte mit seiner Schwester Rebecca, die ihn drängte, so schnell wie möglich nach Hamburg zu kommen, um bei ihr und ihrem Mann zu wohnen. Doch Walli lehnte dankend ab. Er brachte es nicht über sich, Berlin zu verlassen, solange Karolin noch im Osten lebte. Er vermisste sie schrecklich.

Eine Woche später ging er mit seiner Gitarre zum Minnesänger, wo Karolin und er sich vor zwei Jahren kennengelernt hatten. Draußen hing ein Schild, das »Montags geschlossen« verkündete, doch die Tür stand offen, und so trat Walli ein.

An der Bar saß Danni Hausmann, der Clubbesitzer, und machte Buchführung. »Ich kann mich an dich erinnern«, sagte er, nachdem Walli sich ihm vorgestellt hatte. »Die Bobbsey Twins, stimmt's? Ihr wart großartig. Warum seid ihr nie wiedergekommen?«

»Ich habe meine Partnerin nicht mehr.«

»Oh, tut mir leid. Sie war ein hübsches Mädchen. Was ist mit ihr?«

»Wir haben beide im Osten gewohnt. Sie lebt noch immer dort, aber ich bin geflohen.«

»Und wie?«

»Ich habe mit einem Kleinlaster die Sperre an einem Grenzübergang durchbrochen.«

»Das warst du? Ich habe in der Zeitung darüber gelesen. Stramme Leistung. Aber warum hast du das Mädel nicht mitgebracht?«

»Sie ist nicht gekommen, obwohl wir es verabredet hatten.«

»Dein Pech, Junge.« Danni ging hinter die Bar. »Ein Bier?«

»Danke, ja. Ich würde gerne zurück, um sie zu holen, aber ich werde drüben wegen Mordes gesucht.«

Danni zapfte zwei Glas Bier. »Ja, drüben haben sie wegen der Sache einen ziemlichen Wirbel gemacht. Sie bezeichnen dich als Gewaltverbrecher.«

Die DDR-Behörden hatten sogar Wallis Auslieferung gefordert. Doch die BRD hatte sich geweigert und sich auf den Standpunkt gestellt, der Grenzer habe auf einen deutschen Staatsbürger geschossen, der lediglich von einer Berliner Straße zur nächsten wollte. Deshalb sei allein die Regierung der DDR für den Tod des Grenzers verantwortlich.

Was Walli betraf, sagte ihm sein Verstand, dass er nichts falsch gemacht hatte; dennoch konnte er sich nicht an den Gedanken gewöhnen, einen Menschen auf dem Gewissen zu haben.

»Wenn ich über die Grenze gehe, werden sie mich verhaften«, sagte er zu Danni.

»Wahrscheinlich. Du steckst wirklich bis zum Hals im Dreck.«

»Und ich weiß immer noch nicht, warum meine Freundin nicht gekommen ist.«

»Und du kannst auch nicht zurück, um sie zu fragen. Es sei denn ...«

Walli spitzte die Ohren. »Was?«

Danni zögerte. »Ach, nichts.«

Walli stellte sein Glas ab. »Komm schon. Was wolltest du mir sagen?«

»Wenn ich in Berlin überhaupt jemandem trauen kann«, sagte Danni nachdenklich, »dann wahrscheinlich einem Burschen wie dir, der einen ostdeutschen Grenzer umgebracht hat ...«

Es war zum Verrücktwerden. »Wovon redest du eigentlich?«

»Es gibt vielleicht einen Weg, wie du rüberkannst, ohne dass du durch einen Grenzposten musst.«

»Und wie?«

Danni beantwortete die Frage mit einer Gegenfrage. »Bist du bereit, noch heute zurückzugehen? Sofort?«

Walli hatte Angst, doch er zögerte nicht. »Ja. Aber warum die Eile?«

»Damit du keine Möglichkeit hast, jemandem was zu erzählen. Die Leute, von denen ich rede, sind keine Profis, was Sicherheit betrifft, aber sie sind auch nicht dumm.«

Walli stand auf. »Kann ich meine Gitarre hierlassen?«

»Ich werde sie ins Lager bringen.« Danni nahm das Instrument und schloss es weg. »Gehen wir«, sagte er.

Der Club war nicht weit vom Ku'damm entfernt. Danni schloss ab, und gemeinsam gingen sie zur U-Bahn-Station. Danni bemerkte Wallis Humpeln. »In der Zeitung stand, dass sie dich angeschossen haben.«

»Ja. Tut beschissen weh.«

»Ich nehme an, ich kann dir vertrauen. Ein verdeckter Stasiagent würde sich mit Sicherheit nicht selbst ins Bein schießen.«

Walli wusste nicht, ob er sich freuen oder Angst haben sollte. Konnte er wirklich nach Ostberlin zurück? Heute noch? Karolin wiederzusehen wäre zu schön, um wahr zu sein. Doch die Vorstellung erfüllte ihn zugleich mit Furcht. In Ostdeutschland gab es nach wie vor die Todesstrafe. Wenn man ihn fasste, endete er vermutlich unter dem Fallbeil.

Walli und Danni fuhren mit der U-Bahn durch die Stadt. Walli kam der Gedanke, dass es eine Falle sein könnte. Die Stasi hatte mit Sicherheit Agenten in Westberlin, und soweit Walli wusste, könnte der Besitzer des Minnesängers einer davon sein. Aber würden sie sich wegen ihm wirklich so viel Mühe machen? So weit hergeholt der Gedanke auch erscheinen mochte – Walli wusste, wie rachsüchtig Hans Hoffmann war.

Und was war mit Danni? Heimlich musterte Walli ihn während der U-Bahn-Fahrt. Danni ein Stasiagent? Er konnte es sich nur schwer vorstellen. Danni war Mitte zwanzig und hatte langes Haar, war nach der neuesten Mode gekleidet und führte einen erfolgreichen Musikclub. So sah kein Spitzel aus. Andererseits war er geradezu perfekt, um die jugendlichen Antikommunisten in Westberlin auszuspionieren. Vermutlich kamen die meisten von ihnen in seinen Club, und Danni kannte jeden Studentenführer in der Stadt.

Aber kümmerte es die Stasi überhaupt, was diese Halbstarken taten und was nicht?

Natürlich kümmerte es sie. Die Stasi nahm ihren Auftrag geradezu fanatisch ernst. Doch das war Wallis einzige Chance, noch einmal mit Karolin zu sprechen.

Allerdings nahm er sich vor, wachsam zu bleiben.

Als sie die U-Bahn in Wedding verließen, dämmerte es bereits. Sie gingen nach Süden, und Walli bemerkte, dass sie sich auf dem Weg zur Bernauer Straße befanden, wo Rebecca damals geflohen war.

Die Straße hatte sich verändert. Auf der Südseite erhob sich nun eine Betonmauer anstelle des Stacheldrahtverhaus, und die Gebäude auf der sozialistischen Seite wurden abgerissen. Auf der freien Seite – dort, wo Walli und Danni standen – wirkte die Straße wie leer gefegt. Alles sah heruntergekommen aus. Walli nahm an, dass niemand freiwillig an der Mauer wohnen wollte, die in jeder Hinsicht abstoßend war: für das Auge, für das Herz und für den Verstand.

Danni führte ihn zur Rückseite eines Gebäudes und dort durch den Hintereingang in ein verlassenes Ladenlokal. Offenbar war es einst ein Lebensmittelgeschäft gewesen, denn an den Kachelwänden hingen Werbetafeln für Lachs in Dosen und für Kakao. Allerdings waren die Räume jetzt voller Erdhaufen, zwischen denen ein schmaler Pfad hindurchführte. Allmählich hatte Walli eine Ahnung, was hier vor sich ging.

Danni öffnete eine Tür und stieg eine Betontreppe hinunter, die von einer einsamen Glühbirne spärlich erhellt wurde. Walli folgte ihm. Danni rief eine Phrase, die vermutlich als Kennwort diente: »U-Boot-Fahrer auf Tauchgang!« Am Fuß der Treppe befand sich ein großer Kellerraum, der früher wahrscheinlich als Lager gedient hatte. Jetzt klaffte dort ein Loch im Boden, gut einen Meter im Durchmesser. Darüber erhob sich ein professionell aussehender Kran.

Sie hatten hier einen Tunnel gegraben.

»Wie lange ist der schon hier?«, fragte Walli. Hätte seine Schwester letztes Jahr davon gewusst, wäre Bernd jetzt vielleicht kein Krüppel.

»Ziemlich lange«, antwortete Danni. »Wir sind vor einer Woche fertig geworden. Wir benutzen ihn nur bei Dämmerung. Tagsüber wären wir zu gut zu sehen, und nachts müssten wir Taschenlampen benutzen, was noch schlimmer wäre. Aber auch bei Dämmerlicht erhöht sich das Risiko mit jedem Mal, wenn wir jemanden rüberbringen.«

Ein junger Mann in Jeans, vermutlich einer der Tunnelgräber, kam die Leiter herauf. Er musterte Walli misstrauisch. »Wer ist das, Danni?«, fragte er dann.

»Ich bürge für ihn, Becker«, sagte Danni. »Ich kenne ihn noch aus der Zeit vor der Mauer.«

»Warum ist er hier?« Becker blieb feindselig und argwöhnisch.

»Er will rüber.«

»In den Osten?«

Walli erklärte: »Ich bin letzte Woche geflohen, aber ich muss zurück, um meine Freundin zu holen. Und über einen normalen Grenzübergang kann ich nicht. Ich habe einen Grenzer umgebracht. Jetzt werde ich wegen Mordes gesucht.«

»Du bist das?« Becker musterte ihn mit neu erwachtem Interesse. »Ja, jetzt erkenne ich dich. Ich hab dein Foto in der Zeitung gesehen.« Seine Haltung änderte sich. »In Ordnung, du kannst gehen, aber du hast nicht viel Zeit.« Er schaute auf die Uhr. »In genau zehn Minuten kommen sie vom Osten rüber, und im Tunnel ist kaum Platz für einen. Ich will nicht, dass es wegen dir einen Stau gibt.«

Walli hatte Angst, wollte diese Chance aber nicht verstreichen lassen. »Ich gehe sofort.«

»Gut«, sagte Becker. »Dann los.«

Walli schüttelte Danni die Hand. »Danke. Ich bin bald wieder da und hole meine Gitarre.«

»Tu das. Und viel Glück mit deinem Mädchen.«

Walli stieg die Leiter hinunter.

Der Schacht war knapp drei Meter tief. Am Fuß befand sich der Eingang zum Tunnel, der ungefähr einen Meter Durchmesser besaß. Er war solide gebaut; das sah Walli sofort. Der Boden war mit Brettern befestigt, und die Decke wurde in regelmäßigen Abständen von Balken gestützt.

Walli ließ sich auf alle viere nieder und kroch hinein. Erst nach ein paar Sekunden fiel ihm auf, dass es kein Licht gab. Es dauerte nicht lange, und es war stockdunkel um ihn her. Er konnte nicht einmal die Hand vor Augen sehen. Um sich von seiner Furcht abzulenken, versuchte er, sich die Straße über ihm vorzustellen, während er unter dem Asphalt hindurchkroch, dann unter der Mauer, bis er unter eines der halb abgerissenen Häuser auf der sozialistischen Seite gelangte. Allerdings wusste er nicht, wie weit der Tunnel ging.

Walli atmete schwer. Seine Hände und Knie waren wund von den rauen Planken, und die Schusswunde an seinem Bein brannte vor Schmerz. Aber ihm blieb keine andere Wahl, als die Zähne zusammenzubeißen und weiterzukriechen, wobei er gegen die Furcht ankämpfte, dass am anderen Ende des Tunnels die Stasi auf ihn wartete. Er musste ruhig bleiben. Und der Gedanke an Karolin verlieh ihm Kraft.

Dann glaubte er, ein Stück voraus einen Lichtschimmer zu sehen. Oder bildete er es sich nur ein? Lange Zeit war der Schimmer zu schwach, als dass Walli sicher sein konnte, dann aber wurde das Leuchten heller, und wenig später wurde der Tunnel von elektrischem Licht erhellt.

Über Wallis Kopf befand sich ein weiterer Schacht. Er stieg die Leiter hinauf und fand sich in einem Keller wieder. Drei junge Leute starrten ihn an. Zwei hatten Gepäck dabei. Walli nahm an, es waren die Flüchtlinge. Bei dem dritten Mann handelte es sich vermutlich um einen der Fluchthelfer. Er starrte Walli an und sagte: »Ich kenne dich nicht. Wer bist du?«

»Danni hat mich mitgebracht«, erwiderte Walli. »Ich bin Walli Franck.«

»Scheiße. Was soll das? Es wissen schon viel zu viele Leute von diesem Tunnel«, sagte der Mann. Vor lauter Aufregung klang seine Stimme schrill.

Natürlich, dachte Walli, mit jedem Flüchtling, der durch den Tunnel entkam, kannte einer mehr das Geheimnis. Jetzt verstand er auch, was Danni damit gemeint hatte, dass die Gefahr sich mit jeder Benutzung des Tunnels erhöhte. Walli fragte sich, ob der Tunnel wohl noch offen sein würde, wenn er zurück in den Westen wollte. Der Gedanke, in Ostdeutschland gefangen zu sein, hätte ihn beinahe wieder umkehren lassen.

Der Mann drehte sich zu den beiden anderen um. »Los«, sagte er. Die Flüchtlinge stiegen den Schacht hinunter. Dann wandte der Fluchthelfer sich wieder Walli zu und deutete eine Steintreppe hinauf. »Geh da rauf und warte«, sagte er. »Sobald die Luft rein ist, macht Christina von draußen die Luke auf. Dann bist du auf dich allein gestellt.«

»In Ordnung.« Walli stieg die Treppe hinauf, bis er mit dem Kopf gegen eine schwere eiserne Falltür in der Decke stieß. Leise fluchend kauerte er sich auf die Treppe und zwang sich zur Geduld. Zum Glück hielt draußen jemand Wache; ansonsten hätte man ihn womöglich sehen können, wenn er den Keller verließ.

Nach ein paar Minuten öffnete sich die Falltür, und Walli sah im Abendlicht eine junge Frau mit grauem Kopftuch. Er kletterte hinaus, und zwei weitere Personen mit Gepäck stiegen die Treppe hinunter. Die junge Frau mit Namen Christina schloss die Falltür wieder. Überrascht sah Walli, dass sie eine Pistole unter dem Gürtel trug.

Walli schaute sich um. Er befand sich in einem kleinen, ummauerten Hof auf der Rückseite eines verlassenen Wohnhauses.

Christina deutete zu einer Holztür in der Mauer. »Da lang.«

»Danke.«

»Mach, dass du wegkommst. Schnell.« Offenbar standen diese Leute viel zu sehr unter Druck, als dass sie Zeit für Höflichkeiten gehabt hätten.

Walli öffnete die Tür und trat auf die Straße hinaus. Links von ihm, ein paar Meter entfernt, erhob sich die Mauer. Er wandte sich nach rechts. Zuerst schaute er sich ständig um. Beinahe rechnete er damit, dass jeden Augenblick ein Streifenwagen mit kreischenden Reifen vor ihm hielt und ihm den Weg versperrte. Doch mit jeder verrinnenden Minute wurde er sicherer. Er versuchte, so normal wie möglich zu erscheinen, als er über den Bürgersteig schlenderte. Doch wie sehr er sich bemühte, sein Humpeln wurde er nicht los. Das Bein schmerzte viel zu sehr.

Wallis erster Gedanke war, auf direktem Weg zu Karolin zu gehen; aber er konnte nicht einfach an ihre Tür klopfen. Ihr Vater hätte sofort die Polizei gerufen. Vielleicht wäre es besser, er fing sie morgen nach der Schule ab. Schließlich war es nichts Ungewöhnliches, wenn ein junger Mann vor einem Berufskolleg auf seine Freundin wartete. Er musste nur dafür sorgen, dass keiner von Karolins Klassenkameraden sein Gesicht sah. Keine Vorsichtsmaßnahmen zu treffen, wäre verrückt gewesen.

Aber was sollte er bis dahin tun?

Der Tunnel hatte an der Strelitzer Straße geendet, die nach Süden ins Stadtzentrum führte, wo Wallis Familie wohnte. Er war nur wenige Blocks von ihrem Haus entfernt.

Er könnte nach Hause gehen ...

Doch als Walli sich der Straße näherte, fragte er sich, ob das Haus observiert wurde. In diesem Fall konnte er auf keinen Fall dorthin. Sein Aussehen zu verändern, wäre eine Möglichkeit gewesen, nur hatte er nichts dabei, womit sich hätte verkleiden können. Wie denn auch? Er hatte ja nicht im Traum damit gerechnet, bei Sonnenuntergang wieder in Ostberlin zu sein, als er heute Morgen sein Zimmer im CVJM verließ.

Zum Glück war es inzwischen fast dunkel. Walli ging durch die Straße, an der das Haus seiner Eltern stand, und ließ den Blick auf der Suche nach Stasispitzeln über die Passanten schweifen. Doch niemand lungerte herum, saß in einem geparkten Auto oder lehnte sich aus dem Fenster, um ihn zu beobachten. Trotzdem ging Walli noch einmal um den Block herum. Als er zurückkam, duckte er sich in eine Gasse, die zu den Hinterhöfen führte. Er öffnete ein Tor, überquerte den Hof am Haus seiner Eltern und gelangte zum Kücheneingang. Inzwischen war es halb zehn, doch sein Vater hatte die Tür noch nicht abgeschlossen. Walli öffnete sie und betrat das Haus.

Das Licht brannte, doch die Küche war leer. Wallis Familie war vermutlich oben im Salon. Er durchquerte den Flur und ging hinauf. Die Salontür stand offen, und er betrat das Zimmer. Seine Mutter, sein Vater, seine Schwester und seine Großmutter schauten Fernsehen.

»Hallo, Leute«, sagte Walli.

Lili schrie auf.

Maud rief auf Englisch: »O my goodness!«

Carla wurde blass und schlug die Hände vor den Mund.

Und Werner stand auf: »Mein Junge ...« Mit drei langen Schritten durchquerte er das Zimmer und schloss seinen Sohn in die Arme. »Walli, Gott sei Dank.«

Walli weinte.

Auch seine Mutter umarmte ihn, dann Lili, dann Maud. Alle ließen ihren Tränen freien Lauf, auch Walli. Dass ihn seine Gefühle derart übermannten, überraschte ihn. Er hatte sich für härter gehalten. Doch nun musste er erkennen, dass er seine Tränen nur unterdrückt hatte.

Carla legte ihm einen frischen Verband an, denn seine Schusswunde war auf dem Weg durch den Tunnel wieder aufgebrochen. Dann kochte sie Kaffee und brachte Kuchen. Walli erzählte seiner Familie die Geschichte seiner Flucht, stellte sich ihren Fragen und fiel schließlich todmüde ins Bett.

*

Am nächsten Tag schien die Sonne über Berlin. Um halb vier lehnte Walli an einer Mauer gegenüber der Berufsschule, die Karolin besuchte. Er trug eine Kappe und Sonnenbrille. Es war noch Zeit. Die Mädchen kamen erst um vier aus dem Gebäude.

Walli konnte es kaum erwarten. In ein paar Minuten würde er Karolin wiedersehen – ihr hübsches Gesicht, ihr langes blondes Haar, ihr bezauberndes Lächeln. Zugleich machte er sich Sorgen, denn die große Frage lautete noch immer: Warum war Karolin vor neun Tagen nicht zu ihrem Treffen erschienen? Warum war sie nicht mit ihm geflohen?

Walli war sicher, dass irgendetwas Karolins Pläne durchkreuzt hatte. Vielleicht hatte ihr Vater etwas geahnt und sie in ihrem Zimmer eingesperrt. Oder ihr war etwas anderes dazwischengekommen.

Aber was konnte so wichtig sein, dass es sie davon abgehalten hatte, mit ihm in den Westen zu fliehen? Hatte sie ihre Meinung geändert?

Liebte sie ihn überhaupt noch? Die ostdeutschen Medien hatten ihn als kaltblütigen Mörder hingestellt.

Du wirst es bald herausfinden, sagte er sich.

Wallis Eltern waren wegen seiner Tat verzweifelt gewesen, hatten aber nicht versucht, ihn zu überreden, seine Pläne rückgängig zu machen. Sie hatten ihm auch keine Vorwürfe gemacht, hatten ihm nicht gesagt, er sei noch zu jung, denn sie wussten, dass er es im Osten nicht aushalten würde. Stattdessen hatten sie ihn gefragt, was er im Westen vorhabe, ob er arbeiten oder studieren wollte. Walli hatte erwidert, das könne er erst entscheiden, wenn er mit Karolin gesprochen habe.

Seine Eltern hatten es akzeptiert. Zum ersten Mal hatte sein Vater nicht versucht, ihm vorzuschreiben, was er zu tun und zu lassen hatte. Stattdessen hatten sie ihn wie einen Erwachsenen behandelt, was Walli sich seit Jahren wünschte.

Nun aber fühlte er sich einsam und hatte Angst.

Die ersten Schülerinnen verließen das Gebäude, eine ehemalige Bank. Die meisten waren Mädchen zwischen sechzehn und achtzehn, die sich hier zu Stenotypistinnen und Sekretärinnen ausbilden ließen, zu Buchhalterinnen und Bürokauffrauen. Sie hatten Taschen voller Bücher und Hefte dabei und waren schmucklos und schlicht gekleidet, aber das erwartete man von angehenden Sekretärinnen.

Schließlich kam Karolin. Sie trug ein grünes Twinset und hielt eine alte Aktentasche mit ihren Büchern in der Hand. Sie sah verändert aus. Ihr Gesicht wirkte runder. Walli staunte. Konnte sie in nur einer Woche so viel zugenommen haben?

Sie plauderte mit zwei anderen Mädchen, verzog aber keine Miene, als die beiden lachten. Für einen Moment war Walli ratlos. Wenn er Karolin jetzt ansprach – würden die beiden anderen Mädchen ihn trotz seiner Verkleidung erkennen? Ihn, den Republikflüchtling und Mörder Walli Franck?

Panik stieg in ihm auf, aber er kämpfte sie nieder. Er hatte so viel riskiert, war so weit gekommen, da durfte er sich nicht von einer solchen Kleinigkeit aufhalten lassen.

Doch zu Wallis Erleichterung bogen die beiden anderen Mädchen nach links ab und winkten Karolin zum Abschied. Sie überquerte allein die Straße. Als sie näher kam, nahm Walli die Sonnenbrille ab und sagte: »Hallo, Baby.«

Sie hob erstaunt den Blick, erkannte ihn und blieb wie angewurzelt stehen. Walli sah Fassungslosigkeit und Furcht auf ihrem Gesicht, aber da war noch etwas anderes ... ein schlechtes Gewissen vielleicht? Dann ließ sie ihre Aktentasche fallen, rannte zu ihm und warf sich in seine Arme.

Walli war unendlich erleichtert. Seine wichtigste Frage war damit beantwortet: Karolin liebte ihn noch immer.

Dann erst bemerkte er, dass die Passanten sie anstarrten. Einige lächelten, andere verzogen missbilligend das Gesicht. Rasch setzte Walli die Sonnenbrille wieder auf.

»Gehen wir«, sagte er. »Ich will nicht, dass jemand mich erkennt.« Er hob Karolins Aktentasche auf, und Händchen haltend gingen sie die Straße hinunter.

»Wie bist du zurückgekommen?«, fragte Karolin aufgeregt. »Ist es auch sicher? Was wirst du jetzt tun? Weiß jemand, dass du hier bist?«

Walli lächelte. »Eins nach dem anderen. Wir haben viel zu bereden. Lass uns ein ruhiges Plätzchen suchen.«

Auf der anderen Seite der Straße stand eine Kirche. Walli führte Karolin zur Eingangstür.

»Du humpelst ja«, bemerkte sie.

»Ein Grenzer hat mir ins Bein geschossen.«

»Diese Schweine. Tut es sehr weh?«

»Oh ja.«

Die Kirchentür war unverschlossen, und sie gingen hinein. Es war eine schmucklose protestantische Kirche, schummrig beleuchtet und mit harten Bänken. Am anderen Ende staubte eine ältere Frau die Kanzel ab. Walli und Karolin setzten sich in die letzte Reihe und sprachen leise miteinander.

»Was ist am Sonntagmorgen passiert? Du wolltest dich doch mit mir treffen.«

»Ich hatte Angst«, sagte Karolin.

Das war nicht die Antwort, die Walli erwartet hatte, und es fiel ihm schwer, sie zu verstehen. »Ich hatte auch Angst«, sagte er. »Aber wir hatten es uns versprochen.«

»Ich weiß.«

Walli sah, wie sehr sie litt, aber da war noch etwas anderes. Er wollte sie nicht quälen, aber er musste die Wahrheit wissen. »Ich habe ein großes Risiko auf mich genommen«, sagte er. »Du hättest nicht einfach wegbleiben sollen.«

»Ich weiß. Tut mir leid.«

»Ich hätte dir das nie angetan«, fuhr er fort und fügte vorwurfsvoll hinzu: »Dafür liebe ich dich zu sehr.«

Karolin zuckte unwillkürlich zusammen, als hätte er sie geschlagen. Dennoch erwiderte sie trotzig: »Ich bin kein Feigling.«

»Wenn du mich wirklich liebst, warum hast du mich dann im Stich gelassen?«

»Ich würde mein Leben für dich geben.«

»Wenn das stimmt, wärst du mit mir gekommen.«

»Es ging nicht nur um mein Leben.«

»Ich weiß. Es ging auch um meins.«

»Und um das von noch jemandem.«

Walli war verwirrt. »Was redest du da?«

»Ich rede vom Leben unseres Kindes.«

»Was?«

»Ich bin schwanger.«

Walli verschlug es die Sprache. Von einem Augenblick auf den anderen war seine Welt wie auf den Kopf gestellt.

Ein Kind!

»Ich war überwältigt«, sagte Karolin. »Ich wollte ja mit dir gehen, aber ich konnte unser Baby nicht in Gefahr bringen. Ich konnte nicht in den Lastwagen steigen in dem Wissen, dass wir damit eine Absperrung durchbrechen wollen. Wäre ich verletzt worden, wäre es mir egal gewesen, aber das Kind ...« Sie blickte ihn flehentlich an. »Das verstehst du doch?«

»Ja«, sagte Walli, noch immer wie benommen von der unerwarteten Neuigkeit.

Karolin drückte seine Hand. »Du bist erwachsen geworden. Gott sei Dank. Schließlich wirst du Vater, bevor du achtzehn bist.«

Allerdings. Es war eine beängstigende Vorstellung. Walli stellte sich seinen eigenen Vater vor, mit seinen kurz geschorenen Haaren und den altmodischen Anzügen. Jetzt musste er selbst diese Rolle übernehmen. Er war noch nicht bereit dazu, egal, was Karolin sagte, aber ihm blieb keine Wahl.

»Wann ist es so weit?«, fragte er.

»Im November.«

»Möchtest du heiraten?«

Karolin lächelte. »Willst du mich denn?«

»Mehr als alles andere.«

Sie umarmte ihn, drückte ihn an sich.

»Aber du weißt, dass ich nicht im Osten bleiben kann ...«, sagte Walli.

»Kann dein Vater dir keinen Anwalt besorgen?«, fragte Karolin. »Oder politisch Druck ausüben? Vielleicht lässt man dich in Ruhe, wenn man den Verantwortlichen die Umstände schildert.«

Walli schüttelte nachsichtig den Kopf. Wenn es so einfach wäre! Aber Karolins Familie war unpolitisch und in solchen Dingen schrecklich naiv. Walli wusste, dass man ihm die Tötung des Grenzsoldaten nie vergeben würde. »Völlig unmöglich«, erwiderte er. »Wenn ich hierbleibe, wird man mich wegen Mordes hinrichten.«

»Und was willst du jetzt tun?«

»Ich muss in den Westen zurück.« Mit einem wehmütigen Lächeln fügte er hinzu: »Und dort muss ich bleiben, bis der Sozialismus zusammenbricht. Ich glaube allerdings nicht, dass ich das noch erlebe.«

»Ich auch nicht.« Karolin senkte den Blick.

»Du musst mit nach Westberlin.«

»Wie denn?«

»Wir werden auf dem gleichen Weg fliehen, auf dem ich gekommen bin.« Unwillkürlich senkte er die Stimme. »Ein paar Studenten haben unter der Bernauer Straße einen Tunnel in den Westen gegraben.« Er schaute auf die Uhr. Die Zeit verrann viel zu schnell. »Wir müssen bei Sonnenuntergang dort sein.«

Karolin riss die Augen auf. »Heute noch?«

»Ja. Sofort.«

»O Gott.«

»Würdest du es denn nicht lieber sehen, wenn dein Kind in einem freien Land aufwächst?«

Karolin verzog das Gesicht. »Ich will kein Risiko eingehen.«

»Ich auch nicht, aber uns bleibt keine Wahl.«

Karolin wandte sich von Walli ab und schaute zur Kanzel. Dahinter stand auf einer Tafel an der Wand: *Ich bin der Weg, die Wahrheit und das Leben.*

Das ist auch nicht gerade hilfreich, dachte Walli.

Schließlich traf Karolin eine Entscheidung. »Also gut«, sagte sie und stand auf.

Sie verließen die Kirche und gingen nach Norden. Karolin wirkte bedrückt und schien Angst zu haben. Ob wir beobachtet werden?, überlegte Walli. Allerdings war er ziemlich sicher, dass niemand ihn gesehen hatte, als er heute Morgen aus dem Haus seiner Eltern gekommen war. Er hatte den Hinterausgang genommen, und niemand war ihm gefolgt. Aber vielleicht wurde Karolin beschattet. Vielleicht hatte ja noch jemand vor dem Kolleg auf sie gewartet. Jemand, der ausgebildet war, sie unauffällig im Auge zu behalten.

Walli blickte immer wieder über die Schulter. Er sah niemanden, machte Karolin aber nervös.

»Was ist los?«, fragte sie ängstlich. »Beobachtet uns jemand?«

»Ich glaube nicht«, erwiderte Walli. »Aber ich bin mir nicht sicher.«

Sie kamen an eine Haltestelle. Kurz entschlossen zog er Karolin zum Ende der Schlange. »Komm, lass uns in einen Bus steigen. Dann sehen wir, ob jemand mit uns ein- und wieder aussteigt.«

Leider waren um diese Zeit viele Pendler unterwegs. Abertausende von Berlinern fuhren mit dem Bus oder der Bahn nach Hause. Als schließlich ein Bus kam, hatten sich mehrere Leute hinter Walli und Karolin eingereiht. Walli musterte jeden von ihnen. Da waren eine Frau im Regenmantel, ein hübsches Mädchen, ein Mann im Blaumann, ein Mann im Anzug und mit Filzhut und zwei Halbstarke.

Walli und Karolin fuhren drei Haltestellen weit, dann stiegen sie aus. Die Frau im Regenmantel und der Mann im Blaumann folgten ihnen.

Walli bog nach Westen ab; er ging denselben Weg zurück, den sie gekommen waren. Sollte ihnen tatsächlich jemand folgen, würde er sich verdächtig machen, wenn er den gleichen unlogischen Weg nahm. Zu Wallis großer Erleichterung war das nicht der Fall.

»Ich bin mir ziemlich sicher, dass wir nicht verfolgt werden«, sagte er zu Karolin.

»Ich hab trotzdem eine Heidenangst«, murmelte sie.

Die Sonne ging unter. Sie mussten sich beeilen, als sie sich nordwärts in Richtung Wedding bewegten. Noch einmal schaute Walli über die Schulter, um ganz sicherzugehen. Diesmal sah er einen Mann mittleren Alters im braunen Kittel eines Lagerarbeiters, der ihm bis jetzt aber nicht aufgefallen war. Wahrscheinlich ging von dem Mann keine Gefahr aus.

»Ich werde meine Familie nie wiedersehen, nicht wahr?«, fragte Karolin.

»Auf jeden Fall längere Zeit nicht«, antwortete Walli. »Es sei denn, sie fliehen ebenfalls in den Westen.«

»Mein Vater? Niemals. Er liebt seine Busse.«

»Busse gibt es auch im Westen.«

»Du kennst meinen Vater nicht.«

Walli kannte ihn tatsächlich nicht, doch Karolin hatte recht: Ihr Vater war das vollkommene Gegenteil zum klugen, selbstbewussten Werner. Er war kein Anhänger irgendeiner Ideologie oder Religion, und Dinge wie Meinungsfreiheit waren ihm egal. Würde er in einer Demokratie leben – er hätte sich vermutlich die Mühe gespart, zur Wahl zu gehen. Aber er liebte seine Arbeit, seine Familie und seine Stammkneipe. Brot war sein Lieblingsessen, und der Sozialismus gab ihm alles, was er brauchte. Er würde nie in den Westen fliehen.

Es dämmerte bereits, als Walli und Karolin die Strelitzer Straße erreichten. Karolin wurde immer nervöser, als sie die Straße hinuntergingen, die an der Mauer in einer Sackgasse endete.

Vor sich sah Walli ein junges Paar mit Kind. Er fragte sich, ob sie auch

Flüchtlinge waren. Es hatte ganz den Anschein, denn sie öffneten die Tür zum Hof und verschwanden.

Augenblicke später erreichten Walli und Karolin die Hofmauer. »Da müssen wir rein«, sagte Walli. »Wir sind fast da. Hinter dieser Tür ist ein Hof mit einer Falltür. Dort klettern wir in einen Schacht und kriechen durch einen Tunnel in die Freiheit. Du brauchst keine Angst mehr zu haben.«

»Ich habe keine Angst vor der Flucht«, sagte Karolin. »Ich habe Angst vor der Geburt. Ich möchte, dass meine Mutter dabei ist, wenn ich das Kind bekomme.«

»Du meine Güte, wir müssen verschwinden!« Walli war der Verzweiflung nahe. »Dir wird schon nichts passieren. Im Westen gibt es sehr gute Krankenhäuser und viel mehr Ärzte und Krankenschwestern als hier im Osten.«

»Aber ich will meine Mutter«, sagte Karolin trotzig.

Genervt warf Walli einen Blick über die Schulter und sah, wie der Mann in dem braunen Kittel zweihundert Meter entfernt an der Straßenecke mit einem Vopo sprach.

»Verdammter Mist!«, fluchte er. »Sie sind uns also doch gefolgt.« Er schaute zur Tür, dann zu Karolin. »Jetzt oder nie«, sagte er. »Ich habe keine andere Wahl. Ich muss gehen. Kommst du jetzt mit oder nicht?«

Karolin brach in Tränen aus. »Ich will ja, aber ich kann nicht ...«

Ein Wagen bog in hohem Tempo um die Ecke und hielt neben dem Vopo und dem Mann in dem braunen Kittel. Eine vertraute Gestalt stieg aus. Hans Hoffmann. Er sprach mit dem Mann im braunen Kittel.

»Oh Gott!« Walli wandte sich Karolin zu. »Entweder folgst du mir jetzt, oder du machst, dass du hier wegkommst. Gleich gibt's Ärger.« Er streichelte ihr über die Wange. »Ich liebe dich. Und jetzt komm endlich!«

Die junge Frau von vorhin, Christina, stand an der Falltür. Sie trug noch immer das Kopftuch und die Pistole im Gürtel. Als sie Walli sah, riss sie die Falltür auf.

»Die Waffe wirst du gleich brauchen«, sagte Walli. »Die Polizei ist hier.«

Noch einmal warf er einen Blick zurück. Die Hoftür blieb geschlossen.

Karolin war ihm nicht gefolgt.

Wallis Magen verkrampfte sich. Er zögerte kurz; dann gab er sich einen Ruck und rannte die Stufen hinunter. Im Keller stand das junge Paar bei einem Studenten.

»Beeilung!«, rief Walli. »Die Polizei!«

Sie kletterten den Schacht hinunter: zuerst die Mutter, dann das Kind, schließlich der Vater. Das Kind kam nur langsam voran. Christina kam die Treppe herunter und schloss die schwere Falltür hinter sich.

»Wie haben die uns gefunden?«, fragte sie, keuchend von der Anstrengung.

»Die Stasi ist meiner Freundin gefolgt.«

»Du Blödmann hast uns verraten!«

»Kann sein«, sagte Walli. »Deshalb gehe ich als Letzter.«

Der Student kletterte in den Schacht. Christina schickte sich an, ihm zu folgen.

»Gib mir deine Waffe«, sagte Walli.

Sie zögerte.

»Nun mach schon. Wenn ich hinter dir bin, kannst du sie nicht benutzen!«, drängte Walli.

Christina reichte ihm die Pistole. Sie sah genauso aus wie die Waffe, die Wallis Vater am Tag von Rebeccas und Bernds Flucht aus der Schublade geholt hatte. Der bloße Anblick machte Walli nervös.

Christina bemerkte es. »Hast du noch nie geschossen?«

»Noch nie.«

Sie nahm ihm die Waffe wieder ab und legte am Schaft einen kleinen Hebel um. »So, jetzt ist sie entsichert«, erklärte sie. »Du musst nur noch zielen und abdrücken.« Sie sicherte die Waffe wieder und gab sie Walli zurück. Dann stieg sie die Leiter hinunter.

Draußen hörte Walli laute Rufe und Motorgeräusche. Er hatte keine Ahnung, was die Vopos machten, aber ihm lief die Zeit davon.

Jetzt wusste er jedenfalls, was schiefgegangen war: Hans Hoffmann hatte Karolin beschatten lassen, ohne Zweifel in der Hoffnung, dass Walli zurückkam und sie holte. Dann war er dabei beobachtet worden, wie er sich mit Karolin getroffen hatte und mit ihr weggegangen war. Doch jemand hatte beschlossen, ihn und Karolin nicht sofort zu verhaften, sondern abzuwarten, ob die beiden sie zu ihren Mitverschwörern führten. Nachdem sie aus dem Bus gestiegen waren, hatten die sie beschattenden Beamten sich geschickt abgewechselt, und ein neuer Mann hatte die Verfolgung übernommen – der Kerl in dem braunen Kittel. Irgendwann war ihm klar geworden, dass Walli und Karolin zur Mauer wollten, und er hatte Alarm geschlagen.

Jetzt durchkämmten Polizei und Stasi die Hinterhöfe der verlassenen Häuser, um herauszufinden, wohin Walli und Karolin verschwunden waren. Nicht mehr lange, und sie würden die Falltür entdecken.

Die Pistole in der Hand, kletterte Walli in den Schacht und folgte den anderen.

Als er den Fuß der Leiter erreichte, hörte er das Quietschen der eisernen Falltür. Die Polizei hatte den Eingang gefunden. Einen Augenblick später hallten erstaunte, aber auch triumphierende Schreie den Schacht hinunter, als die Verfolger das Loch im Boden entdeckten.

Walli musste einen langen, quälenden Augenblick am Tunneleingang warten, bis Christina darin verschwunden war. Dann folgte er ihr, hielt aber sofort inne. Er war schlank, und so gelang es ihm, wenn auch mit Mühe, sich im Tunnelgang umzudrehen. Er spähte hinaus, blickte den Schacht hinauf und sah einen Vopo oben an der Leiter.

Ihm stockte der Atem. Die Verfolger waren ihnen viel zu nahe. Sie mussten nur in den Tunnel zielen und abdrücken. Walli würde sofort getroffen – und wenn er fiel, traf es den Nächsten in der Reihe. Ein Gemetzel war unvermeidlich. Und Walli wusste, dass die Vopos rücksichtslos von der Schusswaffe Gebrauch machen würden. Republikflüchtlinge hatten keine Gnade zu erwarten. Walli musste die Vopos aus dem Schacht vertreiben – irgendwie.

Aber er wollte nicht noch einen Menschen töten.

Er kniete sich in den Tunneleingang und entsicherte die Walther. Dann hielt er die Hand mit der Waffe aus dem Tunnel, richtete sie nach oben und drückte ab.

Der Rückstoß riss seinen Arm nach unten, und der Knall hallte ohrenbetäubend durch den engen Stollen. Kaum war das Geräusch verhallt, hörte er die Schreie der Verfolger, aber es lag kein Schmerz darin, sondern Wut und Furcht. Offenbar hatte er ihnen Angst eingejagt, ohne jemanden zu treffen.

Wieder spähte Walli aus dem Tunneleingang. Er sah, wie einer der Vopos hastig die Leiter hinaufkam und aus dem Schacht verschwand.

Walli wartete. Er wusste, dass die Flüchtlinge vor ihm wegen des Kindes nur langsam vorankamen. Angespannt lauschte er und hörte, wie die Vopos aufgeregt darüber diskutierten, was sie jetzt tun sollten. Offenbar war keiner von ihnen bereit, wieder in den Schacht zu klettern. »Das ist Selbstmord«, hörte Walli einen von ihnen sagen. Aber er wusste auch, dass die Verfolger die Flüchtlinge nicht ohne Weiteres entkommen ließen.

Walli feuerte noch einmal. Er hörte schnelle Schritte, als die Vopos hastig vom Schacht zurückwichen. Sofort drehte er sich um und kroch tiefer in den Tunnel hinein – in der Hoffnung, die Verfolger vertrieben zu haben.

Dann hörte er eine Stimme, die er nur allzu gut kannte.

»Wir brauchen Handgranaten!«, rief Hans Hoffmann.

»Oh, verdammt«, murmelte Walli.

Er schob sich die Pistole unter den Gürtel und kroch schneller. Er musste so rasch wie möglich weg vom Schacht. Tatsächlich dauerte es nicht lange, bis er Christinas Schuh vor sich ertastete.

»Mach schnell«, drängte er. »Die Hurensöhne besorgen sich Handgranaten!«

»Ich kann nicht schneller als der Kerl vor mir«, gab Christina schwer atmend zurück.

Walli blieb keine andere Wahl, als ihr zu folgen. Inzwischen war es stockdunkel, und Walli hörte kein Geräusch mehr aus dem Keller hinter sich. Vopos waren normalerweise nicht mit Handgranaten ausgerüstet, nahm er an, aber in ein paar Minuten würde Hans Verstärkung geholt haben.

Walli konnte nichts sehen, hörte aber das Keuchen seiner Mitflüchtlinge und das Scharren ihrer Knie auf den Planken. Das Kind begann zu weinen. Gestern noch hätte Walli es verflucht, doch jetzt war er werdender Vater, und er hatte Mitleid.

Was würden die Vopos tun, wenn sie Granaten hatten? Würden sie auf Nummer sicher gehen und sie zuerst nur in den Schacht werfen, wo sie keine große Wirkung hatten? Oder würden sie die Leiter herunterklettern und sie in den Tunnel schleudern? Das konnte die Flüchtlinge töten.

Walli erkannte, dass er noch mehr tun musste, um den Vopos den Mut zu nehmen. Er legte sich auf den Bauch, rollte sich herum, zog die Waffe und stützte sich auf den linken Ellbogen. Dann zielte er durch den Tunnel zurück und feuerte blindlings in die Dunkelheit.

Schreie gellten.

»Was war das?«, fragte Christina atemlos.

Walli steckte die Waffe weg, rollte sich zu ihr herum und kroch weiter. »Ich hab den Vopos ein bisschen Angst gemacht.«

»Das nächste Mal warnst du uns, kapiert?«

Walli sah weiter vorne Licht. Der Tunnel schien auf dem Rückweg kürzer zu sein. Erleichterung machte sich unter den Flüchtlingen breit. Das Ziel war zum Greifen nahe.

Walli kroch wieder schneller und stieß erneut gegen Christinas Schuhe.

In diesem Moment gab es eine Explosion im Tunnel hinter ihnen.

Walli schloss die Augen. Er rechnete damit, jeden Augenblick von einer heranrasenden Feuerwand verbrannt oder von Splittern zerfetzt zu werden. Dann jagte die Druckwelle auch schon über ihn hinweg, aber sie war nur schwach. Erleichtert erkannte Walli, dass ihre Verfolger die erste Granate nur den Schacht hinuntergeworfen hatten, sodass die Wucht der Explosion nach oben entwichen war.

Doch er konnte sich denken, was Hans jetzt tun würde. Nachdem er dafür gesorgt hatte, dass niemand mehr am Tunneleingang lauerte, würde er einen Vopo die Leiter hinunterschicken, um eine Granate in den Tunnel zu werfen.

Vor Walli erreichten die Flüchtlinge in diesem Moment den Keller des alten Lebensmittelladens.

»Schnell!«, rief Walli. »Die Leiter rauf!«

Christina kroch aus dem Tunnel und stand lächelnd im Schacht. »Entspann dich«, sagte sie. »Das hier ist der Westen. Wir sind frei!«

Das Paar mit dem Kind kletterte quälend langsam die Leiter hinauf. Der Student und Christina folgten ihnen. Walli stand am unteren Ende der Leiter und zitterte vor Furcht und Ungeduld. Er folgte Christina so dichtauf wie möglich, das Gesicht an ihren Knien.

Als Walli oben aus der Tunnelöffnung kroch, standen alle beisammen, lachten und umarmten sich.

»Runter!«, rief er. »Granate!« Er warf sich auf den Boden.

Ein ohrenbetäubender Knall war tief im Schacht zu hören. Der ganze Keller bebte. Dann folgte ein Zischen wie von einem Brunnen. Walli vermutete, dass ein Wasserrohr nahe der Tunnelwand geplatzt war. Sekunden später schossen Schlamm und Staub aus dem Tunnelausgang. Dann brach der Stollen in sich zusammen.

Allmählich verhallte der Lärm. Stille senkte sich über das Kellergewölbe. Nur das Schluchzen des Kindes war noch zu hören. Walli schaute sich um. Das Kind hatte Nasenbluten, schien ansonsten aber unverletzt. Auch sonst schien niemand zu Schaden gekommen zu sein.

Zitternd stand Walli auf.

Er hatte es geschafft. Er lebte und war in Freiheit.

Doch er war allein.

*

Rebecca hatte das Geld ihres Vaters zum größten Teil für eine Wohnung in Hamburg ausgegeben. Sie befand sich im Erdgeschoss eines prachtvollen alten Kaufmannshauses. Die Zimmer waren groß genug für Bernd in seinem Rollstuhl, selbst das Bad, und Rebecca hatte jede erdenkliche

Hilfe für ihren von der Hüfte abwärts gelähmten Mann beschafft: Seile und Griffe waren an Wänden und Decken installiert, damit Bernd sich selbst waschen, anziehen und ins Bett gehen konnte. Er konnte sich in der Küche sogar etwas zubereiten, wenn er wollte, doch wie die meisten Männer brachte er höchstens ein gekochtes Ei zustande.

Rebecca hatte sich fest vorgenommen, trotz Bernds Verletzung so normal wie möglich mit ihm zusammenzuleben und ihre Ehe, ihre Arbeit und die Freiheit zu genießen. Sie würden ein erfülltes Leben führen. Alles andere wäre ein Sieg für die Tyrannen auf der anderen Seite der Mauer.

Bernds Zustand hatte sich nicht verändert, seit er aus dem Krankenhaus entlassen worden war. Doch die Ärzte sagten, er solle die Hoffnung nicht aufgeben, sein Zustand könne sich durchaus noch bessern. Eines Tages, erklärten sie, könne er vielleicht sogar ein Kind zeugen.

Das sind doch gar keine so schlechten Aussichten, überlegte Rebecca.

In ihrem Leben gab es vieles, über das sie glücklich sein konnten. Sie arbeitete wieder als Lehrerin und machte junge Menschen mit den geistigen Reichtümern der Welt vertraut, in der sie lebten. Und sie liebte Bernd, dessen ungebrochener Humor und Lebensmut jeden Tag zu einem Vergnügen machten.

Und sie waren frei. Sie konnten lesen, was sie wollten, denken, was sie wollten, und sagen, was sie wollten, ohne Angst vor Spitzeln haben zu müssen.

Außerdem hatte Rebecca ein langfristiges Ziel. Sie sehnte sich danach, eines Tages mit ihrer Familie wiedervereint zu sein. Nicht mit ihrer ursprünglichen Familie – die Erinnerung an ihre biologischen Eltern war fern und verschwommen –, sondern mit Carla, die sie vor der Hölle des Krieges gerettet und ihr in einer Zeit des Schreckens ein Gefühl von Sicherheit und Liebe vermittelt hatte. Im Laufe der Jahre hatte sich das Haus in Berlin-Mitte mit immer mehr Menschen gefüllt, die Rebecca liebten: Da waren Walli, ihr neuer Vater Werner und Lili, das Nesthäkchen. Selbst Maud, die würdevolle englische Lady, hatte Rebecca lieben gelernt.

Eines Tages, wenn die beiden Hälften Deutschlands wiedervereint waren, würde Rebecca sie wiedersehen.

Doch die meisten glaubten, dass dieser Tag nie kommen würde, und vielleicht hatten sie recht. Aber Carla und Werner hatten Rebecca beigebracht, dass man nicht auf Veränderungen warten, sondern dafür kämpfen musste. »Apathie ist meiner Familie unbekannt«, hatte Rebecca zu Bernd gesagt. Um ihre politischen Ziele zu verfolgen, waren sie in die

FDP eingetreten, nachdem Bernd erklärt hatte, die SPD des Regierenden Bürgermeisters von Berlin, Willy Brandt, sei ihm zu »links«. Inzwischen war Rebecca Bezirksvorsitzende und Bernd Schatzmeister.

In Westdeutschland konnte man sich jeder Partei anschließen, mit Ausnahme der verbotenen KPD. Das gefiel Rebecca nicht. Sie konnte die Kommunisten zwar nicht ausstehen, aber ein Parteienverbot passte nicht zu einer funktionierenden Demokratie.

Jeden Tag fuhren Rebecca und Bernd gemeinsam zur Arbeit und kamen nach Schulschluss gemeinsam zurück. Dann deckte Bernd den Tisch, während Rebecca Essen kochte. Manchmal kam dann Heinz, Bernds Masseur. Da Bernd die Beine nicht bewegen konnte, mussten sie regelmäßig massiert werden, um für eine gute Durchblutung zu sorgen und den Muskelschwund zumindest zu verlangsamen. Auch heute war Heinz erschienen. Rebecca räumte den Tisch ab, während Heinz seinen Patienten behandelte.

Anschließend korrigierte sie Klassenarbeiten. Sie hatte ihren Schülern die Aufgabe erteilt, einen Werbetext über Moskau als touristisches Reiseziel zu schreiben. Das entbehrte natürlich nicht einer gewissen Ironie, aber genau das gefiel ihr.

Eine Stunde später verabschiedete sich Heinz, und Rebecca ging zu Bernd ins Schlafzimmer.

Er lag nackt auf dem Bett. Sein Oberkörper war ungewöhnlich muskulös, denn er konnte sich nur mithilfe seiner Arme fortbewegen, die entsprechend kräftig ausgebildet waren. Doch seine Beine sahen wie die eines alten Mannes aus, dünn und weiß.

Normalerweise fühlte Bernd sich nach einer Massage körperlich und geistig gut. Rebecca beugte sich über ihn und küsste ihn. »Ich liebe dich«, sagte sie. »Und ich bin glücklich, dass ich mit dir zusammen sein darf.« Diese Worte sagte sie oft, denn es war die Wahrheit, und Bernd konnte es gar nicht oft genug hören. Rebecca wusste, dass er sich manchmal fragte, warum sie einen Krüppel liebte.

Betont langsam zog sie sich aus. Sie wusste, dass es Bernd gefiel, auch wenn er keinen Ständer mehr bekam. Männer wie er hatten nur selten eine psychogene Erektion, die durch einen erregenden Anblick oder stimulierende Gedanken hervorgerufen wurde. Trotzdem beobachtete Bernd mit offensichtlichem Genuss, wie Rebecca ihren BH öffnete und sich das Höschen auszog.

»Du siehst scharf aus«, sagte er.

»Und ich gehöre dir.«

Sie legte sich neben ihn, und sie streichelten einander. Der Sex mit Bernd war schon immer von Zärtlichkeiten bestimmt gewesen, auch vor dem Unfall. Hans war ganz anders gewesen; er hatte sich beim Sex immer an einen geradezu buchhalterischen Plan gehalten: Küssen, Ausziehen, steif werden, kommen. Bei Bernd hatte alles viel mehr Gefühl und Fantasie, selbst jetzt noch.

Nach einer Weile setzte Rebecca sich auf ihn und drehte sich so, dass Bernd ihre Brüste streicheln und an den Brustwarzen saugen konnte. Bernd hatte ihre Brüste schon immer bewundert, und auch jetzt genoss er sie mit derselben Hingabe wie vor dem Unfall – und das wiederum brachte Rebecca auf Touren.

»Möchtest du es versuchen?«, fragte sie mit belegter Stimme.

»Klar«, antwortete er. »Wir sollten es immer wieder probieren.«

Rebecca rutschte zurück, beugte sich über sein Glied und stimulierte es mit der Hand. Es richtete sich auf – eine sogenannte reflexhafte Erektion, wie beide inzwischen wussten – und war für einen Augenblick hart genug für einen normalen Beischlaf, fiel dann aber in sich zusammen.

»Oh nein«, stöhnte Bernd.

»Macht nichts«, sagte sie.

»Du hast gut reden.« Bernd seufzte. »Der Geist ist willig ...«

Rebecca legte sich neben ihn, nahm seine Hand und legte sie auf ihre Scham. Bernd drehte die Finger so, wie sie es ihm beigebracht hatte, und Rebecca drückte die Hand auf seine und bewegte rhythmisch die Hüften. Es war wie Selbstbefriedigung, nur dass sie Bernds Hand dazu benutzte. Mit der anderen Hand streichelte er ihr liebevoll übers Haar. Wie jedes Mal kam Rebecca zum Orgasmus.

»Danke«, sagte sie, nachdem sie wieder zu Atem gekommen war.

»Immer wieder gern.«

»Nicht nur dafür.«

»Wofür denn noch?«

»Dass du mit mir in den Westen gegangen bist. Ich kann dir nicht sagen, wie viel es mir bedeutet. Ich ...«

Es klingelte an der Tür. Verwundert schauten sie einander an. Sie erwarteten niemanden.

»Vielleicht hat Heinz etwas vergessen«, sagte Bernd.

Rebeccas Euphorie verflog. Sie zog sich einen Bademantel an und ging zur Tür.

Da stand Walli.

Er war verhärmt, ungewaschen und stank. Er trug amerikanische Jeans und ein schmutziges T-Shirt, aber keinen Mantel. Außer seiner Gitarre hatte er kein Gepäck.

»Hallo, Rebecca«, sagte er schlicht.

Sie strahlte über das ganze Gesicht. »Walli!«, rief sie. »Wie schön, dich zu sehen!«

Sie trat einen Schritt zurück.

Walli kam in den Flur.

»Oh Gott, Walli! Wie geht es dir?« Rebecca fiel ihm um den Hals. »Kann ich etwas für dich tun?«

»Mich bei euch wohnen lassen«, antwortete er.

KAPITEL 22

Birmingham in Alabama war vermutlich die Rassistenhauptstadt der USA. Im April 1963 flog George Jakes dorthin.

Als er zum letzten Mal nach Alabama gekommen war – daran erinnerte er sich lebhaft –, hatte man versucht, ihn umzubringen.

Birmingham war eine schmutzige Industriestadt. Vom Flugzeug aus gesehen umgab ihre rosa-pinkfarbene Aura der Luftverschmutzung sie wie ein Chiffontuch den Hals einer alternden Prostituierten.

George spürte die Feindseligkeit, als er die Ankunftshalle durchquerte. Er war der einzige Farbige in einem Anzug. Er erinnerte sich an den Angriff auf Maria, sich selbst und die Freedom Riders in Anniston, das nur sechzig Meilen von Birmingham entfernt war – an die Bomben, die Baseballschläger, die durch die Luft pfeifenden Eisenketten und die zu Fratzen des Hasses und Wahnsinns verzerrten Gesichter.

Er verließ den Flughafen, ging zum Taxistand und stieg in das erste Fahrzeug in der Reihe.

»Raus aus mein' Wagen, Boy«, sagte der Fahrer.

»Bitte?«

»Ich fahr keinen gottverdammten Nigger nich'!«

George seufzte. Auszusteigen widerstrebte ihm. Am liebsten wäre er aus Protest sitzen geblieben. Es ging ihm gehörig gegen den Strich, einem Rassisten nachzugeben. Doch er hatte in Birmingham einen Job zu erledigen, und das konnte er nicht, wenn er hinter Gittern saß. Also stieg er aus.

Als er neben der offenen Wagentür stand, blickte er die Reihe entlang. Der zweite Wagen hatte ebenfalls einen weißen Fahrer; dort würde er vermutlich die gleiche Behandlung über sich ergehen lassen müssen. Drei Wagen weiter schob sich ein dunkelbrauner Arm aus dem Fahrerfenster und winkte ihm.

Er entfernte sich von dem ersten Taxi. »Mach die Tür zu!«, brüllte der Fahrer ihm hinterher.

George zögerte, dann sagte er: »Ich schließe keine Türen für gottverdammte Rassisten.« Eine besonders schlagfertige Erwiderung war es nicht, doch sie verschaffte ihm wenigstens eine kleine Genugtuung. Er ließ das Taxi mit sperrangelweiter Tür hinter sich stehen.

Als er in die Taxe mit dem schwarzen Fahrer stieg, begrüßte ihn der Mann: »Ich weiß, wohin Sie wollen. Die Baptistenkirche auf der Sixteenth Street, stimmt's?«

Die Kirche war der Stützpunkt des mitreißenden Predigers Fred Shuttlesworth. Er hatte die Organisation »Christen in Alabama für Menschenrechte« gegründet, nachdem der Staatsgerichtshof die gemäßigte NAACP, den Nationalverband zur Förderung der Farbigen, für rechtswidrig erklärt hatte.

Natürlich, dachte George, jeder Neger, der am Flughafen ankam, musste für einen Bürgerrechtsaktivisten gehalten werden, der zu Shuttlesworth wollte. Doch George wollte nicht zu der Kirche. »Bringen Sie mich bitte zum Gaston Motel«, sagte er.

»Das Gaston kenne ich«, sagte der Fahrer. »Da hab ich Little Stevie Wonder in der Lounge gesehen. Ist nur 'n Steinwurf von der Kirche weg.«

Der Tag war heiß, und das Taxi hatte keine Klimaanlage. George kurbelte das Fenster herunter und ließ sich vom Fahrtwind die schwitzende Haut kühlen.

Bobby Kennedy schickte ihn mit einer Nachricht zu Martin Luther King. Die Nachricht lautete: »Nicht mehr forcieren, die Lage beruhigen und die Proteste beenden. Die Dinge ändern sich.« George hatte das unbestimmte Gefühl, dass der Tenor der Botschaft Dr. King nicht gefallen würde.

Das Gaston war ein moderner, flacher Hotelbau. Sein Besitzer, A.G. Gaston, war ein Kohlehauer, der sich zu Birminghams führendem schwarzen Geschäftsmann hochgearbeitet hatte. George wusste, dass Gaston verängstigt war wegen der Unruhe, die Reverend King mit seiner Kampagne nach Birmingham brachte, dass er King aber dennoch unterstützte, wenn auch in Grenzen.

Georges Taxi fuhr durch die Einfahrt des Motels. Martin Luther King hatte Zimmer 30, die einzige Suite im Gebäude. Doch ehe er King aufsuchte, war George mit Verena Marquand im nahen Jockey Boy Restaurant zum Mittagessen verabredet.

Als er seinen Hamburger englisch bestellte, schaute die Kellnerin ihn an, als rede er in einer Fremdsprache. Verena orderte einen Salat. In ihrer weißen Hose und der schwarzen Bluse sah sie verlockender aus denn je. George fragte sich, ob sie einen Freund hatte.

»Mit dir geht's abwärts«, zog er sie auf, als sie auf das Essen warteten. »Zuerst Atlanta, jetzt Birmingham. Komm nach Washington, ehe du in einem Kuhdorf in Mississippi endest.«

»Ich gehe dahin, wohin die Bürgerrechtsbewegung mich bringt«, erwiderte sie ernst.

»Warum hat King sich gerade Birmingham ausgesucht?«, fragte George, nachdem das Essen serviert worden war.

»Der Mann, der hier für die öffentliche Sicherheit sorgen soll, ist ein widerlicher weißer Rassist namens Eugene Connor, genannt ›Bull‹«, antwortete Verena.

»Den Namen kenne ich aus der Zeitung. Er ist hier der Polizeichef?«

»Unter anderem. Der Spitzname verrät dir alles, was du über ihn wissen musst. Und als wäre das nicht genug, gibt es in Birmingham auch noch die gewalttätigste Gruppe des Ku-Klux-Klans.«

»Hast du eine Erklärung dafür?«

»Birmingham lebt vom Stahl, aber die Industrie ist auf dem absteigenden Ast. Die gut bezahlten Facharbeiterjobs waren immer den Weißen vorbehalten, während Schwarze schlecht bezahlte Hilfsarbeiten machen mussten. Jetzt versuchen die Weißen verzweifelt, ihren sinkenden Wohlstand und ihre Privilegien festzuhalten – und genau in dem Augenblick verlangen die Schwarzen ihren gerechten Anteil.«

George nickte anerkennend, denn Verenas Analyse war knapp und präzise. »Und wie zeigt sich das?«

»In gemischten Vierteln werfen Klanmitglieder selbst gebastelte Bomben in die Häuser wohlhabender Schwarzer. Manche nennen die Stadt schon ›Bombingham‹. Unnötig zu erwähnen, dass die Polizei nie jemanden wegen der Bombenanschläge festnimmt, und das FBI findet seltsamerweise nie heraus, wer dafür verantwortlich sein könnte.«

»Das ist keine Überraschung. J. Edgar Hoover kann die Mafia auch nirgendwo finden. Dafür kennt er jeden Kommunisten in Amerika mit vollem Namen.«

»Dennoch, die weiße Herrschaft bröckelt. Immer mehr Menschen begreifen, dass der Rassismus der Stadt schadet. Bull Connor hat erst vor Kurzem die Bürgermeisterwahl verloren.«

»Ja, ich habe davon gehört. Das Weiße Haus ist der Ansicht, dass die Schwarzen in Birmingham bald bekommen, was sie wollen, wenn sie nur geduldig sind.«

»Dr. King vertritt die Ansicht, dass jetzt der richtige Zeitpunkt ist, um den Druck zu erhöhen.«

»Und wie wirkt sich das aus?«

»Um ehrlich zu sein, wir sind enttäuscht. Wenn wir uns in eine Imbissstube setzen, machen die Kellnerinnen das Licht aus und sagen uns, dass sie leider schließen.«

»Na toll. Mit den Freedom Riders sind einige Städte genauso umgegangen. Statt Aufruhr zu machen, haben sie so getan, als wäre bei ihnen nichts los. Aber diese Zurückhaltung hat den meisten Segregationisten nicht gefallen, also sind sie bald wieder auf die Neger losgegangen.«

»Ich weiß. Bull Connor erteilt uns keine Erlaubnis für Demonstrationen, deshalb sind unsere Märsche rechtswidrig, und die Protestierer landen meist hinter Gittern. Es sind einfach zu wenige, als dass landesweit über sie berichtet würde.«

»Vielleicht ist es wieder mal an der Zeit, die Taktik zu ändern.«

Eine junge Schwarze kam ins Café und trat an ihren Tisch. »Mr. Jakes, Reverend King hat jetzt Zeit für Sie.«

George und Verena ließen ihre Mahlzeiten halb gegessen stehen. Wie den Präsidenten ließ man auch einen Martin Luther King nicht warten.

Sie kehrten zum Gaston zurück und gingen hinauf zu Kings Suite. Wie immer trug er einen schwarzen Straßenanzug: Die Hitze schien ihm kaum etwas auszumachen. Erneut fiel George auf, wie klein er war und wie gut er aussah. Diesmal war King weniger vorsichtig und offener. »Setzen Sie sich bitte«, sagte er und wies auf eine Couch. Seine Stimme blieb sanft, obwohl seine Worte härter wurden. »Was lässt der Justizminister mir ausrichten, das er mir nicht am Telefon sagen kann?«

»Er möchte, dass Sie in Erwägung ziehen, Ihre Kampagne hier in Alabama auszusetzen«, antwortete George.

»Irgendwie überrascht mich das nicht.«

»Bobby Kennedy unterstützt Ihre Ziele, ist aber der Ansicht, der Protest könnte zeitlich unpassend sein.«

»Erklären Sie mir, wieso.«

»Bull Connor hat erst kürzlich die Bürgermeisterwahl gegen Albert Boutwell verloren. Es gibt eine neue Stadtregierung. Boutwell ist Reformer.«

»Einige Leute finden, dass Boutwell nur eine gediegenere Version von Bull Connor sei.«

»Das mag sein, Reverend. Jedenfalls, Bobby möchte, dass Sie Boutwell eine Gelegenheit geben, zu zeigen, wie er ist – so oder so.«

»Ich verstehe. Die Botschaft lautet also: Abwarten.«

»Ja, Sir.«

King blickte Verena an, als wollte er sie zu einem Kommentar auffordern, doch sie schwieg.

Nach kurzem Nachdenken sagte King: »Im letzten September hatten Geschäftsleute hier aus Birmingham versprochen, die diskriminierenden Nur-für-Weiße-Schilder von ihren Läden zu entfernen. Im Gegenzug hat Fred Shuttlesworth sich mit einem Stopp der Demonstrationen einverstanden erklärt. Wir Schwarze haben unser Versprechen gehalten, aber die Geschäftsleute nicht. Wie schon so oft in der Vergangenheit wurden unsere Hoffnungen zerschlagen.«

»Es tut mir leid, das zu hören«, sagte George, »aber ...«

King beachtete seinen Einwurf nicht. »Mit gewaltlosen direkten Aktionen versucht man so viel Spannung und Krisenstimmung zu schaffen, dass eine Gemeinde gezwungen ist, ernsthaften Verhandlungen die Tür zu öffnen. Sie, George, bitten mich, Boutwell Zeit zu geben, Farbe zu bekennen. Boutwell mag kein solcher Rohling sein wie Connor, aber er ist Segregationist und entschlossen, den Status quo der Rassentrennung aufrechtzuerhalten. Er muss zu Zugeständnissen gebracht werden.«

Was King sagte, leuchtete George ein. Deshalb gab er gar nicht erst vor, anderer Meinung zu sein, wenngleich die Wahrscheinlichkeit, den Reverend zu einem Sinneswandel bewegen zu können, damit rapide sank.

»Ohne Druck haben wir bei den Bürgerrechten nie Fortschritte erzielt«, fuhr King fort. »Offen gesagt, George, ich habe noch nie eine Kampagne begonnen, die in den Augen von Männern wie Bobby Kennedy zur rechten Zeit kam. Seit Jahren höre ich immer wieder: ›Wartet noch.‹ Mir ist das so vertraut, dass es mir in den Ohren sticht. Dieses Abwarten bedeutet jedes Mal: ›Nie.‹ Wir warten seit dreihundertvierzig Jahren auf unsere Rechte. Die afrikanischen Nationen nähern sich mit der Geschwindigkeit von Düsenjägern ihrer Unabhängigkeit, aber wir rollen noch immer mit Pferdekarren in Richtung Fortschritt, der für uns schon darin besteht, dass wir in einem Schnellimbiss einen Kaffee bestellen dürfen.«

George begriff, dass er eine einstudierte Predigt hörte, doch Kings Worte schlugen ihn trotzdem in Bann. Jede Hoffnung, Bobby Kennedys Auftrag noch erfüllen zu können, hatte er längst aufgegeben.

»Der große Stolperstein auf unserem Marsch in die Freiheit ist weder das durchschnittliche Mitglied des White Citizens Councils noch des Ku-Klux-Klans, sondern der gemäßigte Weiße, dem Ordnung wichtiger ist als Gerechtigkeit und der wie Bobby Kennedy ständig sagt: ›Ich gebe euch recht mit dem Ziel, das ihr anstrebt, aber eure Methoden kann ich nicht gutheißen.‹ Diese gemäßigten Weißen glauben, den Zeitplan aufstellen zu dürfen, nach dem die Neger die Freiheit erlangen.«

George, in seiner Funktion als Bobbys Bote, fühlte sich angesprochen, musste King aber recht geben.

»Diese Generation muss nicht nur unter den hasserfüllten Worten und Taten schlechter Menschen leiden, sondern auch unter dem entsetzlichen Schweigen der guten«, fuhr King fort. »Um Gutes zu tun, ist immer die richtige Zeit. ›Es soll aber das Recht offenbart werden wie Wasser und die Gerechtigkeit wie ein starker Strom‹, so sagt der Prophet Amos. Richten Sie das Bobby Kennedy von mir aus, George.«

»Ja, Sir, das werde ich«, antwortete George.

*

Als George wieder in Washington war, rief er Cindy Bell an, die Frau, mit der seine Mutter ihn zusammenzubringen versucht hatte, und fragte sie, ob sie mit ihm ausgehen wolle.

»Warum nicht«, war ihre Antwort.

Es war Georges erste Verabredung, seit er Norine Latimer abserviert hatte in der vergeblichen Hoffnung, etwas mit Maria Summers anzufangen. Am folgenden Samstagabend fuhr er mit dem Taxi zu Cindy. Sie wohnte noch bei ihren Eltern in einem kleinen Arbeiterhaus.

Ihr Vater öffnete die Tür. Er hatte einen buschigen Bart: George nahm an, dass ein Koch wohl nicht auf ein gepflegtes Äußeres achten musste. »Ich freue mich, Sie kennenzulernen, George«, sagte er. »Ihre Mutter gehört zu den großartigsten Menschen, denen ich je begegnet bin. Ich hoffe, Sie nehmen es mir nicht übel, wenn ich gleich so was Persönliches sage.«

»Ich danke Ihnen, Mr. Bell«, erwiderte George. »Außerdem bin ich ganz Ihrer Meinung.«

Bell lachte. »Kommen Sie herein, Cindy ist fast so weit.«

An der Flurwand bemerkte George ein kleines Kruzifix und erinnerte sich, dass die Bells Katholiken waren. Unwillkürlich musste er daran denken, was er als Teenager gehört hatte: »Klosterschülerinnen sind die schärfsten Bräute.«

Als wollte sie diesem Klischee entsprechen, erschien Cindy in einem engen Sweater und einem Rock, der so kurz war, dass ihr Vater die Stirn furchte. Doch er erhob keine Einwände. George wurde der Mund trocken. Cindy hatte tolle Kurven und wollte sie sichtlich nicht verbergen. Zwischen ihren üppigen Brüsten hing ein kleines Silberkreuz an einem Kettchen – vielleicht zu ihrem Schutz?

George reichte ihr eine Schachtel Pralinen mit blauer Schleife.

Als sie das Haus verlassen hatten und Cindy das wartende Taxi sah, zog sie die Brauen hoch.

»Ich kaufe mir demnächst einen Wagen«, sagte George. »Ich hatte bisher nie Zeit.«

Als sie Richtung Innenstadt fuhren, sagte Cindy: »Mein Vater bewundert deine Mutter dafür, dass sie dich allein großgezogen hat. Und vor allem, was dabei herausgekommen ist.«

George war geschmeichelt. »Danke. Und sie leihen einander Bücher, nicht wahr? Ist das deiner Mutter recht?«

Cindy kicherte. Die Vorstellung sexueller Eifersucht in der Generation ihrer Eltern kam ihr offenbar seltsam vor. »Du bist ein kluger Junge. Mom weiß, dass da nichts läuft, aber wachsam ist sie trotzdem.«

George war froh, dass er Cindy um ein Rendezvous gebeten hatte. Sie schien klug, warmherzig und humorvoll zu sein. Sie gingen in ein italienisches Restaurant. Cindy gestand, dass sie Pasta in jeder Form liebte, also bestellte George ihnen Tagliatelle mit Pilzen und dann Kalbsschnitzel in Sherrysoße.

Cindy hatte einen Abschluss an der Georgetown University, arbeitete aber als Sekretärin für einen schwarzen Versicherungsmakler. »Selbst Collegeabsolventinnen werden nur als Sekretärinnen eingestellt«, sagte sie. »Ich würde gern für die Regierung arbeiten. Ich weiß, die Leute finden das langweilig, aber Washington regiert nun mal das ganze Land. Leider stellt aber auch die Regierung vor allem Weiße für die wichtigen Jobs ein.«

»Besonders die Regierung.«

»Wie bist du da reingekommen?«

»Bobby Kennedy wollte ein schwarzes Gesicht in seiner Mannschaft, um zu zeigen, dass er ernsthaft für Bürgerrechte eintritt.«

»Also bist du eine Art Symbol.«

»Anfangs. Jetzt ist es besser.«

Nach dem Essen gingen sie ins Kino und schauten sich Tippi Hedren und Rod Taylor im neusten Hitchcock-Film *Die Vögel* an. Während der Horrorszenen klammerte Cindy sich auf eine Weise an George, die er als sehr angenehm empfand.

Auf dem Weg aus dem Kino stritten sie freundschaftlich über das Ende des Films. Cindy gefiel es nicht. »Ich bin ganz schön enttäuscht«, schimpfte sie. »Da wartet man auf die Erklärung für das alles, und dann kommt sie nicht.«

George zuckte mit den Schultern. »Nicht alles im Leben hat eine Erklärung.«

»Doch. Nur kennen wir sie manchmal nicht.«

Zum Abschluss gingen sie auf einen Schlummertrunk in die Bar des Hotels Fairfax. George bestellte sich einen Scotch, Cindy einen Daiquiri. Ihr silbernes Kreuz fiel ihm ins Auge. »Ist das nur Schmuck«, fragte er, »oder bedeutet es mehr?«

»Es bedeutet mehr«, antwortete sie. »Ich fühle mich damit sicherer.«

»Vor etwas Speziellem?«

»Nein. Es beschützt mich ganz allgemein.«

George war skeptisch. »Das glaubst du doch selbst nicht.«

»Wieso nicht?«

»Ich will dich ja nicht beleidigen, aber mir kommt es abergläubisch vor.«

»Ich dachte, du wärst religiös. Du gehst doch in die Kirche?«

»Ich begleite meine Mutter, weil es ihr wichtig ist. Um ihr eine Freude zu machen, singe ich die Lieder mit und höre mir die Gebete und die Predigt an, aber wenn ich ehrlich sein soll, für mich ist das alles Hokuspokus.«

»Glaubst du nicht an Gott?«

»Ich glaube, dass es eine höhere Intelligenz gibt, die das Universum lenkt, ein Wesen, das über die Naturgesetze entschieden hat, oder den Wert von Pi. Aber diesem Wesen wird es vermutlich egal sein, ob wir sein Loblied singen oder nicht. Ich bezweifle, dass es sich in seinen Entscheidungen beeinflussen lässt, weil wir vor einer Statue der Jungfrau Maria beten, und ich glaube auch nicht, dass es dir eine Sonderbehandlung zugesteht, weil du das Kreuz um den Hals hängen hast.«

»Oh.«

George merkte, dass er sie gekränkt hatte. Erst jetzt wurde ihm klar, dass er argumentiert hatte wie bei einer Besprechung im Weißen Haus, wo die Fragen zu wichtig waren, als dass man auf die Gefühle anderer Rücksicht nehmen konnte. »Wahrscheinlich sollte ich nicht so direkt sein«, sagte er. »Habe ich dich beleidigt?«

»Nein. Ich bin froh, dass du es mir gleich gesagt hast.« Sie trank aus.

George legte Geld auf die Theke und ließ sich vom Hocker rutschen. »Hat mir sehr gefallen, mit dir zu reden.«

»Schöner Film, enttäuschendes Ende«, sagte sie.

Damit fasste Cindy den ganzen Abend ziemlich gut zusammen. Sie war nett und attraktiv, aber George konnte sich nicht vorstellen, sich mit einer Frau einzulassen, deren Sicht des Universums seiner eigenen so sehr widersprach.

Sie gingen hinaus und winkten ein Taxi heran.

Auf der Rückfahrt begriff George, dass er im Grunde nicht allzu traurig war über den Ausgang des Rendezvous. Er war noch immer nicht ganz über Maria hinweg und fragte sich, wie lange er noch brauchen würde.

Als das Taxi vor Cindys Haus hielt, sagte sie: »Danke für einen wunderschönen Abend.« Sie küsste ihn auf die Wange und stieg aus.

Am nächsten Tag schickte Bobby Kennedy George erneut nach Alabama.

*

Am Freitag, dem 3. Mai 1963, um zwölf Uhr mittags standen George und Verena im Kelly Ingram Park mitten im schwarzen Birmingham. Auf der anderen Straßenseite erhob sich die Sixteenth Street Baptist Church, ein beeindruckender Ziegelsteinbau mit romanischen und byzantinischen Elementen, der von einem schwarzen Architekten entworfen worden war. Im Park drängten sich Bürgerrechtsaktivisten, Zuschauer und besorgte Eltern.

Aus der Kirche hörte man Gesang: »Ain't Gonna Let Nobody Turn Me Around.« Tausend schwarze Highschool-Schüler machten sich marschbereit.

Am Ostende des Parks wurden die breiten Straßen, die in die Innenstadt führten, von Hunderten von Polizeibeamten blockiert. Bull Connor hatte Schulbusse requiriert, die die Marschierer ins Gefängnis fahren sollten; für den Fall, dass jemand sich widersetzte, wurden Kampfhunde in Bereitschaft gehalten. Die Polizei wurde von Feuerwehrleuten mit Löschschläuchen unterstützt.

Bei Polizei und Feuerwehr gab es keinen einzigen Farbigen.

Die Bürgerrechtsaktivisten ersuchten jedes Mal völlig korrekt und den Gesetzen entsprechend um eine Genehmigung ihres Marsches. Und jedes Mal wurde ihr Gesuch abgelehnt. Marschierten sie trotzdem, wurden sie verhaftet und ins Gefängnis geworfen.

Deshalb weigerten sich die Neger aus Birmingham, an den Demonstrationen teilzunehmen, sodass die rein weiße Führung der Stadt behaupten konnte, Martin Luther Kings Bewegung genieße nur wenig Rückhalt in der schwarzen Bevölkerung.

King selbst war vor genau drei Wochen ins Gefängnis gekommen, am Karfreitag. George hatte sich gewundert, wie dumm die Segregationisten sich verhielten. Wussten sie nicht, wer noch an Karfreitag verhaftet worden war? King hatte in Einzelhaft gesessen, und das aus keinem anderen Grund als purer Missgunst.

Doch die Zeitungen hatte kaum über Kings Inhaftierung berichtet. Ein Neger, der schlecht behandelt wurde, weil er seine Rechte als Amerikaner einforderte, war keine Schlagzeile wert. In einem Brief, der große Bekanntheit erlangte, hatten weiße Geistliche King kritisiert. Daraufhin hatte er im Gefängnis eine wortgewaltige Antwortschrift verfasst, nur hatte keine Zeitung sie bisher abgedruckt. Vielleicht kam das noch, doch alles in allem erhielt die Kampagne wenig öffentliche Aufmerksamkeit.

Birminghams schwarze Teenager verlangten, sich den Demonstrationen anschließen zu dürfen; schließlich hatte King sogar eingewilligt, Schulkinder marschieren zu lassen. Doch nichts hatte sich geändert. Am Vortag hatte Bull Connor die Kinder verhaften lassen, und niemanden hatte es interessiert.

Die Lieder aus der Kirche stachelten zwar an, aber das genügte nicht. Mit Martin Luther Kings Kampagne in Birmingham ging es nicht weiter.

George beobachtete die Feuerwehrleute auf den Straßen östlich des Parks. Sie benutzten eine Hochleistungsspritze als Waffe, bei der Wasser aus zwei Schläuchen durch eine einzelne Düse gepresst wurde, was dem Strahl eine beinahe zerstörerische Kraft verlieh. Diese Wasserkanone war auf ein Dreibein montiert; ein Mann allein konnte dieses Ungeheuer nicht bedienen. George hatte den starken Verdacht, dass der Strahl mehr anrichtete, als sein Ziel nur zu durchnässen. Deshalb war er froh, dass er nur als Beobachter fungierte. Am Marsch selbst würde er nicht teilnehmen.

Die Kirchentüren öffneten sich, und eine Gruppe von Schülern kam aus dem Gotteshaus und stieg die langen breiten Treppenstufen hinunter zur Straße. Sie trugen ihre Sonntagskleidung und sangen. Es waren ungefähr sechzig, doch George wusste, dass noch viel mehr kamen; in der Kirche hielten sich noch Hunderte auf. Die meisten waren Highschoolschüler im letzten Jahr; dazwischen waren aber auch immer wieder jüngere Kinder zu sehen.

George und Verena folgten ihnen in einigem Abstand. Im Park jubelten und applaudierten die Zuschauer, als die Schüler die 16th Street entlangparadierten und an Geschäften und Betrieben vorbeigingen, die hauptsächlich im Besitz von Schwarzen waren. Sie bogen in die

5th Avenue nach Osten ein und erreichten die Ecke der 17th Street, wo ihnen Polizeisperren den Weg verstellten.

Ein Captain rief in ein Megafon: »Geht auseinander! Runter von der Straße!« Er wies auf die Feuerwehrleute hinter sich. »Sonst werdet ihr nass!«

Bisher hatte die Polizei die Demonstranten stets in Gefängniswagen und Busse gepfercht und zum Gefängnis gefahren. Doch die Zellen waren mittlerweile überfüllt. Deshalb hoffte Bull Connor, die Zahl der Festnahmen an diesem Tag möglichst gering halten zu können. Am besten hätte es ihm in den Kram gepasst, wenn alle nach Hause gegangen wären.

Aber das war so ziemlich das Letzte, was die Demonstranten tun würden. Die sechzig Jugendlichen standen auf der Straße, stellten sich den dichten Reihen der weißen Autorität gegenüber und sangen aus vollem Hals.

Der Polizeicaptain gab den Feuerwehrleuten ein Zeichen, und sie stellten das Wasser an. George sah, dass sie normale Schläuche einsetzten, nicht den Wasserwerfer auf dem Dreibein. Dennoch trieb der Strahl die meisten Marschierer zurück, und die Zuschauer flüchteten sich tiefer in den Park und in Hauseingänge. Durch sein Megafon verlangte der Captain immer wieder: »Räumt das Gelände! Räumt das Gelände!«

Die meisten Marschierer zogen sich zurück – aber nicht alle. Zehn von ihnen setzten sich auf den Boden. Bereits nass bis auf die Haut, ignorierten sie das Wasser und sangen weiter.

Jetzt setzten die Feuerwehrleute den Wasserwerfer ein. Die Wirkung war verheerend. Statt eines Wasserschwalls, der unangenehm, aber harmlos war, traf ein Strahl von solcher Kraft die sitzenden Schüler, dass sie auf den Rücken geschleudert wurden. Aus dem Kirchenlied wurden Schreie der Angst und des Schmerzes.

Ein kleines Mädchen war unter ihnen. Das Wasser hob es vom Boden und schleuderte es zurück. Die Kleine wurde regelrecht über die Straße gefegt. Hilflos ruderte sie mit Armen und Beinen. Viele Zuschauer brüllten, schimpften und fluchten vor hilfloser Wut, doch gnadenlos folgten die Feuerwehrleute mit dem Strahl ihrer Wasserkanone dem Kind, das der Gewalt dieser Flut nicht entrinnen konnte. Sie versuchten das Mädchen wegzuspülen wie Unrat im Rinnstein.

George stieß eine Verwünschung aus und rannte auf die Straße. Er war der erste von mehreren Männern, die das Mädchen erreichten, stellte sich zwischen den Wasserwerfer und den Körper der Kleinen und schirmte sie mit dem Rücken ab.

Es war, als träfe ihn ein Keulenhieb.

Der Strahl warf ihn auf die Knie. Wenigstens war das Mädchen jetzt geschützt. Sie kam auf die Beine und rannte zum Park, doch der Wasserstrahl folgte ihr und schleuderte sie erneut zu Boden.

George war außer sich vor Wut. Begleitet von den zornigen Rufen der Umstehenden, rannte er dem Mädchen hinterher und schirmte es ein zweites Mal ab. Diesmal wappnete er sich gegen den Aufprall des Wasserstrahls, und es gelang ihm, das Gleichgewicht zu halten, als er mit voller Wucht getroffen wurde. Er kniete sich hin und nahm das Mädchen in die Arme. Ihr rosa Sonntagskleid war eiskalt und völlig durchnässt. Mit schwankenden Schritten trug George sie zum Bürgersteig. Die Feuerwehrleute jagten ihn mit dem Wasserstrahl und wollten ihn erneut zu Boden schleudern, doch er blieb lange genug auf den Beinen, um das Mädchen hinter ein parkendes Auto zu schaffen.

Die Kleine weinte und zitterte vor Angst am ganzen Körper. »Es ist gut, du bist in Sicherheit«, sprach George ihr Mut zu, aber sie wollte sich nicht trösten lassen. Eine Frau rannte zu ihnen, die Augen vor Entsetzen weit aufgerissen, und hob das Mädchen in die Arme. Die Kleine klammerte sich verzweifelt an ihr fest. Offenbar war die Frau ihre Mutter. Weinend trug sie das Mädchen davon.

George, nass bis auf die Haut, stöhnte vor Schmerz, als er sich umdrehte, um zu beobachten, was vor sich ging. Die Marschierer waren in gewaltlosem Protest unterwiesen worden, die wütenden Zuschauer dagegen nicht. Sie reagierten mit Gegengewalt und warfen Steine auf die Feuerwehrleute. Die friedliche Demonstration wurde zur Straßenschlacht.

George hielt nach Verena Ausschau, konnte sie aber nirgendwo entdecken.

Polizei und Feuerwehr rückten auf der 5th Avenue vor und versuchten, die Menge zu zerstreuen, doch ein Hagel von Wurfgeschossen verlangsamte ihren Vormarsch. Mehrere Demonstranten zogen sich in die Häuser am Südrand der Straße zurück und bombardierten die Polizisten aus den oberen Fenstern mit Steinen, Flaschen und Müll. George entfernte sich von dem Tumult. An der nächsten Ecke, vor dem Jockey Boy Restaurant, stellte er sich zu einer Gruppe von Presseleuten und Zuschauern, Schwarzen wie Weißen.

Als er nach Norden blickte, kamen weitere Gruppen junger Marschierer aus der Kirche und schlugen verschiedene Straßen in Richtung Süden ein. Das würde Bull Connor Probleme bereiten, denn nun musste er seine Kräfte aufsplittern.

Bull Connor reagierte, indem er seine Hunde einsetzte.

Die Zähne gebleckt, sprangen sie knurrend aus den Kastenwagen und zerrten an ihren Lederleinen. Die Hundeführer sahen genauso brutal aus wie ihre Tiere: gedrungene weiße Männer mit Polizeimützen und Sonnenbrillen. Angriffslustige Bestien – Tiere und Menschen gleichermaßen. Wie ein Rudel stürmten sie vor. Marschierer und Zuschauer versuchten zu fliehen, doch auf der Straße war die Menge nun zu dicht; viele Menschen kamen weder vor noch zurück.

Die Hunde waren rasend vor Erregung, schnappten und bissen und fügten Menschen an Armen und Beinen blutende Wunden zu. Einige flohen Richtung Westen, in die Tiefen des Schwarzenviertels, verfolgt von Cops. Andere suchten Sicherheit in der Kirche. Durch den Drillingstorbogen des Gotteshauses kamen nun keine weiteren Marschierer mehr; die Demonstration näherte sich ihrem Ende.

Doch die Polizei hatte noch immer nicht genug.

Wie aus dem Nichts erschienen zwei Beamte mit Hunden neben George. Einer packte einen großen jungen Neger, der George aufgefallen war, weil er eine teuer aussehende Strickweste trug. Der Junge war vielleicht fünfzehn und hatte an der Demonstration nur als Zuschauer teilgenommen. Trotzdem riss der Cop ihn herum. Der Hund sprang an ihm hoch und schlug ihm seine Fangzähne in die Hüfte. Vor Schmerz und Angst schrie der Junge durchdringend. Einer der Presseleute riss seine Kamera hoch und schoss ein Foto.

George wollte gerade einschreiten, als der Cop den Hund wegzog. Dann verhaftete er den Jungen wegen »Paradierens ohne Erlaubnis«.

Ein weißer, dickbäuchiger Mann, der ein Hemd ohne Jackett trug, beobachtete die Festnahme. George kannte ihn von Zeitungsfotos. Es war Bull Connor.

»Warum hast du keinen fieseren Köter mitgebracht?«, fragte er den Hundeführer.

George war drauf und dran, auf den Kerl loszugehen. Connor nannte sich »Commissioner of Public Safety« und war für die öffentliche Sicherheit verantwortlich, benahm sich aber wie ein Gangsterboss. Doch George war klar, dass er Gefahr lief, selbst verhaftet zu werden, besonders jetzt, wo sein schicker Anzug nur noch ein nasser Lumpen war. Und Bobby Kennedy wäre nicht sehr erfreut, wenn sein Bote hinter Gittern landete.

Mit Mühe unterdrückte er seine Wut, hielt den Mund, drehte sich um und kehrte eiligen Schrittes zum Gaston Motel zurück.

Zum Glück hatte er eine Ersatzhose im Gepäck. Er nahm eine Dusche, zog sich trockene Kleidung an und gab seinen Anzug zum Bügeln. Danach rief er im Justizministerium an und diktierte einer Sekretärin seinen Bericht über die Ereignisse des Tages, der später Bobby Kennedy vorgelegt wurde. George hielt den Bericht so sachlich wie möglich und verschwieg, dass er mit dem Wasserwerfer beschossen worden war.

Er traf Verena in der Lounge des Hotels wieder. Obwohl sie unverletzt entkommen war, wirkte sie erschüttert. »Großer Gott, die können mit uns machen, was sie wollen«, stieß sie hervor. In ihrer Stimme lag ein hysterischer Unterton.

George sah es ähnlich, doch für Verena musste es noch schlimmer sein. Im Gegensatz zu ihm war sie kein Freedom Rider gewesen, und George vermutete, dass sie brutale Gewalt, die dem Rassenhass entsprang, heute zum ersten Mal in ihrer ungeschminkten Abscheulichkeit gesehen hatte.

»Komm, ich geb dir einen Drink aus«, sagte George, und sie gingen in die Bar.

Während der nächsten Stunde versuchte George, sie zu beruhigen. Die meiste Zeit brauchte er nur zuzuhören; hin und wieder machte er eine mitfühlende oder aufmunternde Bemerkung. Er half Verena, sich zu beruhigen, indem er sich selbst gelassen gab, doch in Wahrheit war er aufgewühlt und hatte alle Mühe, es sich nicht anmerken zu lassen.

Still aßen sie gemeinsam im Hotelrestaurant zu Abend. Als sie nach oben gingen, war es gerade erst dunkel geworden. Im Flur fragte Verena: »Kommst du mit in mein Zimmer?«

George war überrascht. Der Abend war weder romantisch gewesen, noch hatte einer von ihnen irgendwelche Andeutungen gemacht oder geflirtet. Sie waren nur zwei Aktivisten, die einander Trost und Hilfe spendeten.

Verena bemerkte sein Zögern. »Ich möchte nur, dass jemand mich hält«, sagte sie. »Ist das in Ordnung?«

George war nicht sicher, ob er verstand, aber er nickte. Ganz kurz blitzte Marias Bild vor seinen Augen auf. Er schob es beiseite. Es war Zeit, sie zu vergessen.

Als sie im Zimmer waren, schloss Verena die Tür und umarmte George. Er drückte sich an sie, küsste sie auf die Stirn. Sie drehte ihr Gesicht weg und legte ihre Wange an seine Schulter.

Okay, dachte er, du möchtest umarmt werden, aber küssen willst du nicht. Er beschloss, einfach auf ihre Zeichen zu reagieren. Was immer sie von ihm wollte, es sollte ihm recht sein.

Nach einer Weile sagte Verena: »Ich möchte nicht alleine schlafen.«

»Okay.«

»Können wir einfach nur kuscheln?«

»Ja«, sagte George, auch wenn er nicht glaubte, dass es dabei blieb.

Sie löste sich aus seiner Umarmung. Rasch stieg sie aus ihren Schuhen und zog sich das Kleid über den Kopf. Sie trug einen weißen Büstenhalter und ein weißes Höschen. George bewunderte ihre makellose dunkle Haut. Als sie seinen Blick bemerkte, streifte sie ihre Unterwäsche ab. Ihre Brüste waren klein und fest mit dunklen Warzen, und ihr Schamhaar hatte einen rötlichgoldenen Schimmer. Sie war die schönste Frau, die George je nackt gesehen hatte.

Sie schlüpfte ins Bett.

George zog sein Hemd aus.

»Dein Rücken!«, entfuhr es Verena. »Das sieht ja schrecklich aus.«

Georges Rücken schmerzte zwar vom Wasserwerferstrahl, aber er hatte nicht damit gerechnet, dass irgendetwas zu sehen war. Er stellte sich mit dem Rücken zum Spiegel und blickte über die Schulter. Jetzt sah er, weshalb Verena sich so erschreckt hatte: Sein Rücken war voller blauer Flecken.

Er drehte sich wieder zum Bett um. Langsam zog er Schuhe und Socken aus. Er hatte eine Erektion und hoffte, dass sie verschwinden würde, doch so kam es nicht. Also zog er hastig Hose und Unterhose aus und huschte so schnell unter die Bettdecke wie vor ihm Verena.

Sie umarmten sich. Seine Erektion drückte gegen ihren warmen, flachen Bauch, doch sie zeigte keine Reaktion. Ihr Haar kitzelte ihn am Nacken, ihre Brüste drückten gegen seine Brust. George war unglaublich erregt, doch irgendetwas riet ihm, sich nicht zu bewegen, und er gehorchte dem Rat seines Instinkts.

Und dann erkannte er, dass er richtig gehandelt hatte, denn Verena brach in Tränen aus. George zog sie an sich und tätschelte ihr den Rücken, eine unbeholfene Geste des Trostes, während sie schluchzte.

Irritiert fragte er sich, was er hier eigentlich tat. Da lag er nackt mit einer wunderschönen Frau im Bett und konnte nichts weiter tun, als ihr den Rücken zu tätscheln. Zugleich hatte er das unbestimmte, aber sichere Gefühl, dass sie einander einen Trost spendeten, der stärker war als jedes sexuelle Verlangen. Es war eine intensive Empfindung, für die George keinen Namen hatte. Vielleicht war es die Furcht, in der Not einsam und allein zu sein; vielleicht war es die Sehnsucht nach menschlicher Nähe und Wärme nach den Schrecken dieses Tages.

Verenas Schluchzen verebbte allmählich. Schließlich entspannte sie sich. Ihr Atem wurde gleichmäßig und flach, und sie fiel in einen Schlaf der Erschöpfung.

Georges Erektion verschwand. Er schloss die Augen, konzentrierte sich auf die Wärme ihres Körpers und den schwachen weiblichen Duft, der von ihrer Haut und ihrem Haar aufstieg. Mit einer solchen Frau in den Armen, da war er sicher, könnte er niemals einschlafen.

Er irrte sich.

Als er am Morgen aufwachte, war Verena verschwunden.

*

Maria war pessimistisch, als sie an diesem Samstagmorgen zur Arbeit ging.

Während Martin Luther King in Alabama hinter Gittern saß, hatte die Bürgerrechtskommission einen erschreckenden Bericht über die Misshandlung von Negern in Mississippi vorgelegt. Die Regierung Kennedy allerdings hatte ihn clever unterminiert. Ein Anwalt aus dem Justizministerium namens Burke Marshall hatte ein Memorandum verfasst, in dem er die Ergebnisse wortklauberisch zerpflückte. Marias Chef, Pierre Salinger, hatte die Vorschläge des Berichts als extremistisch dargestellt, und die amerikanische Presse hatte sich täuschen lassen.

Und hinter allem steckte der Mann, den Maria liebte. John F. Kennedy hatte ein gutes Herz, davon war sie überzeugt, doch sein Auge war stets auf die nächste Wahl gerichtet. Bei den Zwischenwahlen des vergangenen Jahres hatte er gut abgeschnitten: Seine Besonnenheit während der Kubakrise hatte ihm Beliebtheit verschafft, und der erwartete Erdrutschsieg der Republikaner war verhindert worden. Nun aber sorgte er sich um seine Wiederwahl im kommenden Jahr. Jack Kennedy hasste die Segregationisten in den Südstaaten, war aber auch nicht bereit, im Kampf gegen sie zum Opfer der Politik zu werden.

Deshalb lief die Bürgerrechtskampagne sich tot.

Marias Bruder hatte vier Kinder, die sie sehr mochte. Doch ihre Nichten und Neffen würden als Amerikaner zweiter Klasse aufwachsen. Wenn sie in die Südstaaten reisten, hätten sie Schwierigkeiten, ein Hotel zu finden, das sie aufnahm. Wenn sie zu einer weißen Kirche gingen, wies man sie ab, es sei denn, der Pastor betrachtete sich als liberal und schickte sie in einen speziell mit Seilen abgetrennten Sitzbereich für Neger. Sie würden an öffentlichen Toiletten ein NUR-FÜR-WEISSE-Schild vorfinden, und das Schild FÜR FARBIGE würde sie zu einem Eimer hinter dem Haus führen. Die Kinder ihrer Bruders würden fragen, weshalb man im Fernsehen nie Schwarze zu Gesicht bekam, doch ihre Eltern wüssten nicht, was sie darauf antworten sollten.

Als Maria die Pressestelle betrat, sah sie die Zeitungen.

Auf der Titelseite der *New York Times* war ein Foto aus Birmingham, das Maria vor Schreck nach Luft schnappen ließ. Es zeigte einen weißen Polizisten mit einem aggressiven Schäferhund. Der Hund biss einen harmlos aussehenden schwarzen Teenager, den der Cop an seiner Strickweste festhielt. Der Polizist grinste boshaft und schien sich an der Angst seines Opfers zu weiden.

Nelly Fordham hob den Blick von der *Washington Post*. »Hässlich, nicht wahr?«, sagte sie.

Maria nickte nur.

Das gleiche Foto war auf den Titelseiten vieler anderer amerikanischer Zeitungen, ebenso auf den Luftpostausgaben ausländischer Blätter.

Maria setzte sich an ihren Schreibtisch und begann zu lesen. Mit einem Funken Hoffnung bemerkte sie, dass der Ton sich geändert hatte. Der Presse war es nicht mehr möglich, Martin Luther King die Schuld zuzuschieben und zu behaupten, seine Kampagne erfolge zu einem schlechten Zeitpunkt, und die Neger müssten sich gedulden. Die Geschichte war dank der unaufhaltsamen und rätselhaften Chemie der Presseberichterstattung umgeschlagen – ein geheimnisvoller Prozess, den Maria zu respektieren und zu fürchten gelernt hatte.

Offenbar waren die weißen Südstaatler zu weit gegangen. Maria wurde immer aufgeregter, je mehr sich dieser Eindruck verfestigte. Die Presse redete von Gewalt gegen Kinder auf den Straßen Amerikas. Noch immer wurden Männer zitiert, die behaupteten, alles sei die Schuld Kings und seiner Agitatoren, aber die selbstsichere Herabsetzung, die stets den Ton der Segregationisten charakterisiert hatte, war verschwunden; man hörte nun eher verzweifeltes Abstreiten heraus. Konnte es sein, dass ein einziges Foto alles änderte?

Salinger kam ins Büro. »Alle mal herhören«, sagte er. »Der Präsident hat heute Morgen die Bilder aus Birmingham in den Zeitungen gesehen. Er war angeekelt. Er möchte, dass die Presse es erfährt. Das ist keine offizielle Verlautbarung, sondern eine inoffizielle Besprechung. Das Schlüsselwort lautet ›angeekelt‹. Bitte geben Sie es sofort heraus.«

Maria blickte Nelly an, und beide zogen die Brauen hoch. Irgendeine Veränderung war eingetreten.

Maria hob den Telefonhörer ab.

Am Montagmorgen bewegte George sich vorsichtig wie ein alter Mann, um den stechenden Schmerz möglichst gering zu halten. Den Zeitungsberichten nach erzeugte die Wasserkanone der Birminghamer Feuerwehr einen Druck von einhundert Pfund pro Quadratzoll, und George spürte jedes einzelne Pfund auf seinem Rücken.

Er war nicht der Einzige, der am Montagmorgen unter Schmerzen litt. Hunderte von Demonstranten hatten Prellungen davongetragen. Einige hatten so schlimme Hundebisse erlitten, dass sie genäht werden mussten. Tausende Schulkinder saßen noch im Gefängnis.

George betete, dass ihre Opfer und ihr Leid nicht umsonst waren.

Und nun gab es tatsächlich Hoffnung. Die reichen weißen Geschäftsleute von Birmingham wollten ein Ende des Konflikts. Niemand kaufte ein: Die Wirkung eines schwarzen Boykotts aller Läden in der Innenstadt wurde von der Furcht der weißen Kunden verstärkt, sie könnten mitten in einen Aufruhr geraten. Selbst die abgebrühten Eigentümer der Stahlwerke und Fabriken hatten den Eindruck, dass sich der Ruf ihrer Stadt als Welthauptstadt des gewalttätigen Rassismus geschäftsschädigend auswirkte.

Und dem Weißen Haus kamen die Schlagzeilen und nicht abreißenden Berichte über den amerikanischen Rassismus aus aller Welt ganz und gar nicht gelegen. Ausländische Zeitungen, die das Recht der Schwarzen auf Gerechtigkeit und Demokratie als Selbstverständlichkeit betrachteten, äußerten ihr Unverständnis, dass der Präsident der Vereinigten Staaten offenbar nicht imstande war, den Gesetzen der Vereinigten Staaten Geltung zu verschaffen.

Bobby Kennedy schickte Burke Marshall zu Birminghams Honoratioren, um einen Handel zu schließen. Dennis Wilson begleitete Marshall als Referent. George traute beiden nicht. Marshall hatte den Bericht der Bürgerrechtskommission mit juristischen Spitzfindigkeiten untergraben, und Wilson war stets eifersüchtig auf George gewesen.

Direkt mit Martin Luther King wollte Birminghams weiße Elite nicht verhandeln, daher mussten Dennis Wilson und George als Mittelsmänner auftreten, während Verena als Kings Vertreterin fungierte.

Dennis Wilson verlangte in Marshalls Auftrag, dass King die Montagsdemonstration absagte.

»Und den Druck wegnehmen, wo wir gerade die Oberhand bekommen?«, widersprach Verena in der piekfeinen Lounge des Gaston Motels ungläubig.

»Die Stadtverwaltung kann im Moment nichts unternehmen«, entgegnete Wilson.

Tatsächlich hatte Bull Connor gegen die verlorene Wahl zum Bürgermeister geklagt; nun nahmen zwei Männer für sich in Anspruch, Birminghams Bürgermeister zu sein. Verena sagte: »Also sind sie gespalten und geschwächt – gut! Wenn wir abwarten, bis sie ihre Differenzen beigelegt haben, sind sie nachher nur umso entschlossener. Versteht ihr im Weißen Haus denn gar nichts von Politik?«

Dennis Wilson führte an, die Bürgerrechtsaktivisten seien unklar in ihren Forderungen.

Verena reagierte verärgert: »Unklar? Wir haben vier ganz einfache Forderungen«, widersprach sie. »Erstens: sofortige Aufhebung der Rassentrennung in Lokalen, Waschräumen, Trinkbrunnen und allen Einrichtungen in Geschäftsräumen. Zweitens: keine Rassendiskriminierung bei der Einstellung und Beförderung schwarzer Beschäftigter. Drittens: die Freilassung aller Demonstranten und die Aufhebung sämtlicher Anklagen gegen sie. Viertens: die Einrichtung eines gemischtrassigen Komitees, das die Aufhebung der Segregation bei der Polizei, in Schulen, Parks, Kinos und Hotels aushandelt.« Sie funkelte Wilson an. »Ist noch etwas unklar?«

King verlangte Zugeständnisse, die eigentlich selbstverständlich waren; dennoch war es den Weißen zu viel. Am Abend kam Wilson noch einmal ins Gaston und legte George und Verena die Gegenvorschläge vor. Die Geschäftsinhaber waren bereit, die Rassentrennung in Umkleidekabinen auf der Stelle aufzuheben, in anderen Einrichtungen nach einer Übergangszeit. Fünf oder sechs schwarze Beschäftigte könnten in »Anzugjobs« befördert werden, sobald die Demonstrationen geendet hätten. Für die Festgenommenen könnten die Geschäftsleute nichts tun, das sei Sache der Gerichte. Für die Rassentrennung an Schulen und anderen städtischen Einrichtungen seien Bürgermeister und Stadtrat zuständig.

Zum ersten Mal verhandelten die Weißen, doch Verena war enttäuscht. »Das ist gar nichts«, sagte sie. »Es wird sowieso nie verlangt, dass zwei Frauen sich eine Umkleidekabine teilen, das hat mit Rassentrennung nichts zu tun. Und in Birmingham gibt es mehr als fünf Neger, die sich für einen ›Anzugjob‹ eine Krawatte binden können. Was den Rest angeht ...«

»Die Geschäftsleute haben nicht die Macht, die Entscheidungen der Gerichte aufzuheben oder die Gesetze zu ändern«, warf Wilson ein.

»Wie naiv sind Sie eigentlich?«, erwiderte Verena. »In dieser Stadt tun die Gerichte und die Stadtverwaltung, was die Geschäftsleute ihnen sagen.«

Bobby Kennedy bat George, eine Liste der einflussreichsten weißen Unternehmer in Birmingham zusammenzustellen, mitsamt ihren Telefonnummern. Der Präsident wollte sie persönlich anrufen und zu weiteren Zugeständnissen auffordern. Das war vielversprechend, doch George bemerkte weitere positive Anzeichen. Bei Massenkundgebungen in Birminghamer Kirchen am Montagabend wurden unglaubliche vierzigtausend Dollar Spenden für die Kampagne gesammelt. Kings Leute brauchten fast die ganze Nacht, um das Geld zu zählen, was in einem Hotelzimmer geschah, das eigens für diesen Zweck gemietet worden war. Weiteres Geld kam per Post. Die Bewegung lebte normalerweise von der Hand in den Mund, doch Bull Connor und seine Hunde hatten ihr einen warmen Regen beschert.

Verena und Kings Leute setzten sich zu einer spätabendlichen Besprechung im Wohnzimmer von Kings Suite zusammen und diskutierten, wie sie den Druck aufrechterhalten konnten. George war nicht eingeladen. Er war nicht einmal böse darüber, denn er wollte gar nichts erfahren, bei dem er sich möglicherweise verpflichtet fühlte, es Bobby zu melden. Deshalb ging er früh zu Bett.

Am Morgen zog er seinen Anzug an und ging nach unten zu Kings für zehn Uhr angesetzten Pressekonferenz. Im Innenhof des Motels drängten sich mehr als hundert Journalisten von überall auf der Welt und schwitzten unter der Alabama-Sonne. Kings Birmingham-Kampagne war eine heiße Neuigkeit; auch das verdankten die Bürgerrechtsaktivisten Bull Connors Übergriffen.

»Was sich im Laufe der letzten Tage in Birmingham ereignet hat, markiert die Mündigwerdung der gewaltfreien Bewegung«, sagte King. »Es ist die Erfüllung eines Traumes.«

George konnte Verena nirgendwo entdecken, und ihm kam der Verdacht, dass etwas *wirklich* Wichtiges woanders stattfand. Er verließ das Hotel und ging um die Ecke zur Kirche. Auch dort fand er Verena nicht, doch er bemerkte, dass Schulkinder aus dem Keller des Gotteshauses kamen und in Autos stiegen, die in einer langen Reihe an der 5th Avenue parkten. Die Erwachsenen, die sie beaufsichtigten, wirkten gelassen, aber George sah die Anspannung auf ihren Gesichtern.

Dennis Wilson lief ihm über den Weg: Er hatte interessante Neuigkeiten. »Das Senior Citizens Committee hält in der Handelskammer eine

Notsitzung ab.« George hatte von diesem inoffiziellen Gremium aus einflussreichen Bürgern gehört, die man die »Big Mules« nannte, die »großen Mulis«. In Birmingham übten diese Männer die eigentliche Macht aus. »Was haben Kings Leute vor?«, fragte Wilson.

George war froh, die Antwort nicht zu kennen. »Ich war nicht zur Besprechung einladen«, antwortete er. »Aber irgendetwas haben sie sich ausgedacht.«

Er verabschiedete sich von Wilson und ging Richtung Innenstadt. Selbst wenn er alleine unterwegs war, das wusste er, konnte er wegen »Paradierens ohne Erlaubnis« festgenommen werden, aber dieses Risiko musste er eingehen: Wenn er sich die ganze Zeit im Gaston Motel versteckte, nutzte er Bobby nichts.

Nach zehn Minuten hatte er Birminghams für Südstaatenstädte typisches Zentrum erreicht: Kaufhäuser, Kinos, Amtsgebäude, in der Mitte von einer Eisenbahnlinie durchschnitten.

George erkannte erst, was King vorhatte, als er sah, wie der Plan in die Tat umgesetzt wurde: Plötzlich schlossen sich Schwarze, die allein, zu zweit und zu dritt unterwegs gewesen waren, zu kleinen Gruppen zusammen und hielten Plakate in die Höhe, die sie bis jetzt verborgen hatten. Einige setzten sich und versperrten die Bürgersteige, andere knieten sich auf die Treppe des Rathauses und beteten. Polonaisen aus Teenagern, die Kirchenlieder sangen, tanzten in rassengetrennte Läden hinein und wieder heraus. Der Straßenverkehr kam zum Erliegen.

Die Polizei war überrumpelt. Sie hatte sich am Kelly Ingram Park konzentriert, eine halbe Meile entfernt, nun erschienen die Demonstranten plötzlich wie aus heiterem Himmel in ihrem Rücken. Doch George war überzeugt, dass dieser Protest spätestens dann endete, wenn Bull Connor zurückschlug.

George kehrte zum Gaston Motel zurück, wo er Verena antraf. Sie wirkte besorgt. »Die Idee war großartig, nur ist es leider außer Kontrolle geraten«, sagte sie. »Unsere Leute sind im gewaltlosen Protest geschult, aber Tausende andere schließen sich ihnen an, und die haben keine Disziplin.«

»Es erhöht den Druck auf die Big Mules«, sagte George.

»Aber wir wollen nicht, dass der Gouverneur das Kriegsrecht ausruft.« Gouverneur von Alabama war George Wallace, ein unnachgiebiger Segregationist.

»Aber Kriegsrecht würde bedeuten, dass Washington die Kontrolle übernimmt«, erwiderte George. »Dann müsste der Präsident wenigstens eine teilweise Integration anordnen.«

»Wenn sie den Big Mules von außen aufgezwungen wird, werden sie Mittel und Wege finden, die Sache zu untergraben. Es wäre besser, sie würden sich selbst dazu durchringen.«

Verena war eine clevere Taktikerin. Ohne Zweifel hatte sie viel von King gelernt. George war sich allerdings nicht sicher, ob sie diesmal richtiglag.

Er aß ein Schinkensandwich und ging wieder. Rings um den Kelly Ingram Park herrschte angespannte Stimmung. Hunderte von Polizisten waren im Park, schwangen die Schlagstöcke und hielten ihre aggressiven Hunde zurück. Die Feuerwehr schleuderte mit ihren Hochdruckspritzen jeden zu Boden, der in die Innenstadt wollte. Wütende Schwarze warfen mit Steinen und Colaflaschen nach den Polizisten. Verena und andere Mitarbeiter Kings bewegten sich durch die Menge und beschworen die Leute, ruhig zu bleiben und auf Gewalt zu verzichten, konnten aber nur wenig ausrichten. Ein seltsames weißes Fahrzeug, das die Leute den »Panzer« nannten, fuhr auf der 16th Street auf und ab. Es war ein Panzerspähwagen aus alten Armeebeständen, den Bull Connor gekauft hatte. Connor saß in dem Wagen und verlangte über Lautsprecher: »Geht auseinander! Gebt die Straßen frei!«

George entdeckte Fred Shuttlesworth, Kings Rivalen als Anführer der Kampagne. Der Einundvierzigjährige war ein drahtiger, hart aussehender Mann, gut gekleidet, mit gestutztem Schnurrbart. Er hatte zwei Bombenanschläge überlebt, und seine Frau war von einem Ku-Klux-Klan-Mann niedergestochen worden, doch er schien keine Angst zu kennen und weigerte sich, die Stadt zu verlassen. »Ich wurde nicht gerettet, damit ich fliehe«, sagte er oft. Obwohl von Natur aus ein Kämpfer, versuchte er nun, einige Jüngere im Zaum zu halten. »Ihr dürft die Polizisten nicht reizen«, beschwor er sie immer wieder. »Erweckt nicht den Anschein, als wollet ihr sie schlagen.« Das war ein guter Rat, fand George.

Jugendliche sammelten sich um Shuttlesworth, und er führte sie wie ein Rattenfänger zurück zu seiner Kirche. Dabei schwenkte er ein weißes Taschentuch durch die Luft, ein Versuch, der Polizei seine friedliche Absicht zu zeigen.

Beinahe hätte es funktioniert.

Shuttlesworth führte die Jugendlichen an den Feuerwehrwagen vor der Kirche vorbei zum Kellereingang, der auf Straßenebene lag, und ließ sie vor sich die Treppe hinuntersteigen. Als sie alle im Gebäude waren, wandte er sich ab und wollte ihnen folgen. In diesem Moment hörte George, wie eine Stimme sagte: »Gönnen wir dem Reverend mal 'ne kleine Erfrischung.«

Shuttlesworth drehte sich stirnrunzelnd um. Im selben Moment traf ihn ein Strahl aus einer Wasserkanone voll gegen die Brust. Er taumelte, stürzte und fiel mit wütendem Gebrüll die Treppe hinunter.

Umstehende schrien auf. George eilte näher. Shuttlesworth lag keuchend am Fuß der Treppe.

»Ist Ihnen was passiert?«, fragte George besorgt. Der Reverend antwortete nicht. »Einen Krankenwagen, schnell!«, rief George den Umstehenden zu.

Er war erstaunt, dass die Behörden sich so dumm verhielten. Shuttlesworth genoss große Popularität. Wollten sie die Demonstranten mit Absicht zu einem Aufstand anstacheln?

Mehrere Rettungswagen standen in der Nähe. Nach kurzer Zeit erschienen zwei Männer mit einer Trage, legten Shuttlesworth darauf und brachten ihn fort. George folgte ihnen auf den Gehsteig. Schwarze Zuschauer und weiße Polizisten wogten gefährlich hin und her. Reporter waren erschienen, und Pressefotografen drückten die Auslöser, als die Trage mit Shuttlesworth in den Rettungswagen gehoben wurde. Alle schauten dem Fahrzeug hinterher, als es davonraste.

Im nächsten Moment erschien Bull Connor. »Ich hab die ganze Woche gewartet, dass Shuttlesworth von so 'nem Strahl getroffen wird«, sagte er wütend. »Und jetzt hab ich's verpasst!«

George kochte vor Wut. Er hoffte, dass einer der Zuschauer Connor die Faust ins feiste Gesicht schmettern würde. Ein weißer Zeitungsreporter sagte: »Er wurde mit dem Rettungswagen weggebracht.«

»In 'nem Leichenwagen hätte mir besser gefallen«, entgegnete Connor.

George musste sich abwenden, um seine Wut unter Kontrolle zu halten. Dennis Wilson, der wie aus dem Nichts erschien und seinen Arm packte, bewahrte ihn vor einer Unbesonnenheit. »Gute Neuigkeiten«, sagte Wilson. »Die Big Mules haben nachgegeben.«

George fuhr herum. »Was soll das heißen – nachgegeben?«

»Sie haben ein Komitee gebildet, das mit den Aktivisten verhandeln soll.«

Das war in der Tat eine gute Nachricht. Irgendetwas hatte sie zum Umdenken bewegt: die Demonstrationen, die Anrufe des Präsidenten oder das drohende Kriegsrecht. Was immer der Grund sein mochte, die Big Mules waren verzweifelt genug, um sich mit Schwarzen an einen Tisch zu setzen und einen Waffenstillstand auszuhandeln. Vielleicht konnten sie sich einigen, ehe die Unruhen außer Kontrolle gerieten.

»Aber sie brauchen einen Treffpunkt«, fuhr Wilson fort.

»Verena wird wissen, was zu tun ist. Suchen wir sie.« George wollte gehen, drehte sich dann aber noch einmal zu Bull Connor um. Der Mann verlor seine Bedeutung, begriff George. Connor war auf den Straßen und verhöhnte die Bürgerrechtsaktivisten, aber in der Handelskammer hatten die mächtigen Männer der Stadt eine Kursänderung beschlossen, ohne Connor hinzuzuziehen.

Vielleicht kam bald eine Zeit, in der fette weiße Schläger in den Südstaaten nicht mehr den Ton angaben.

*

Der Kompromiss wurde auf einer Pressekonferenz am Freitag bekannt gegeben. Fred Shuttlesworth nahm trotz gebrochener Rippen, die er der Wasserkanone zu verdanken hatte, daran teil und verkündete: »Birmingham hat sich heute seinem Gewissen gestellt!« Kurz darauf verlor er das Bewusstsein und musste aus dem Saal getragen werden. Martin Luther King erklärte einen Sieg für die Schwarzen und flog heim nach Atlanta.

Birminghams weiße Elite hatte endlich mehreren Maßnahmen zur Aufhebung der Rassentrennung zugestimmt. Verena beklagte sich, dass es nicht viel sei, und in gewisser Hinsicht hatte sie recht: Die Weißen machten ein paar kleinere Zugeständnisse. George fand jedoch, dass eine grundlegende Änderung des Prinzips stattgefunden hatte: Die Weißen hatten akzeptiert, dass sie mit den Schwarzen über die Integration verhandeln mussten. Sie konnten nicht mehr einfach bestimmen, was rechtens war und was nicht. Diese Verhandlungen würden weitergehen, und sie konnten nur in eine Richtung verlaufen.

Ob es nun ein kleiner Fortschritt oder ein wichtiger Wendepunkt sein mochte, alle Farbigen in Birmingham feierten am Samstagabend, und Verena lud George in ihr Zimmer ein.

Er stellte bald fest, dass sie nicht zu den Frauen gehörte, die es mochten, wenn im Bett der Mann den Ton angab. Sie wusste, was sie wollte, und sie scheute sich nicht, danach zu fragen. George war es nur recht.

Er war begeistert von ihrem wunderschönen Körper und ihren grünen Hexenaugen. Sie redete, während sie sich liebten, sagte ihm, was sie empfand, fragte ihn, ob ihm dies gefalle oder jenes nicht. Es vertiefte die Intimität, und George begriff mehr denn je, dass Sex eine Möglichkeit bot, den Charakter und die Natur eines anderen Menschen ebenso sehr kennenzulernen wie dessen Körper.

Und noch keine Frau hatte mit ihm gemacht, was Verena mit ihm machte: Sie kniete rittlings über ihm, und er hielt ihre Hüften und bewegte sich mit ihr. Sie schloss die Augen, während er ihr Gesicht betrachtete, in einem Nebel aus Lust und Faszination. Als Verena den Höhepunkt erreichte, kam auch George – so intensiv, wie er es nie zuvor erlebt hatte.

Ein paar Minuten vor Mitternacht stand er im Morgenmantel am Fenster und blickte auf die Straßenlaternen der 5th Avenue hinunter, während Verena im Bad war. Seine Gedanken drehten sich um die Vereinbarung, die King mit den weißen Honoratioren Birminghams geschlossen hatte. Wenn es ein Triumph für die Bürgerrechtsbewegung war, würden eingefleischte Segregationisten keine Niederlage akzeptieren, vermutete er; doch was würden sie unternehmen? Bull Connor hatte ohne Zweifel einen Plan, die Vereinbarung zu sabotieren. Gleiches galt vermutlich für George Wallace, den rassistischen Gouverneur.

An diesem Tag hatte der Ku-Klux-Klan eine Kundgebung in Bessemer abgehalten, eine Kleinstadt achtzehn Meilen südwestlich von Birmingham. Bobby Kennedys Informanten zufolge waren Unterstützer aus Georgia, Tennessee, South Carolina und Mississippi angereist. Ohne Zweifel hatten die Sprecher den Abend genutzt, um die Klansmänner zu einem Sturm der Entrüstung aufzupeitschen, weil Birmingham einigen Forderungen der Neger nachgab.

Mittlerweile waren die Frauen und Kinder sicher nach Hause gefahren, aber die Männer hatten zu trinken angefangen und prahlten mit dem, was sie vorhatten.

Morgen war Muttertag – Sonntag, der 12. Mai 1963. George erinnerte sich an den Muttertag vor zwei Jahren, als Weiße versucht hatten, ihn und andere Freedom Riders zu töten, indem sie ihren Bus in Anniston, sechzig Meilen entfernt, mit Brandbomben bewarfen.

Verena kam aus dem Badezimmer. »Komm wieder ins Bett«, sagte sie und glitt unter die Decke.

George war erregt. Er hoffte, sie vor der Morgendämmerung noch einmal lieben zu können. Doch gerade als er sich vom Fenster abwenden wollte, fiel ihm etwas auf. Die Scheinwerfer zweier Pkws näherten sich auf der 5th Avenue. Das vordere Fahrzeug war ein weißer Streifenwagen der Polizei von Birmingham, markiert mit der Nummer 25. Ihm folgte ein alter Chevrolet mit gerundeter Motorhaube aus den frühen Fünfzigerjahren. Beide Wagen bremsten, als sie auf Höhe des Gaston Motels waren.

Jetzt erst bemerkte George, dass die Cops und Staatspolizisten, die um das Motel patrouilliert hatten, verschwunden waren. Auf dem Bürgersteig war niemand zu sehen.

Was, zum Teufel, hatte das zu bedeuten?

In der nächsten Sekunde wurde irgendetwas aus dem offenen Heckfenster des Chevrolets geworfen und flog über den Gehsteig gegen die Mauer des Motels. Der Gegenstand landete unter den Fenstern der Ecksuite, Zimmer 30, in der Martin Luther King gewohnt hatte, bis er am gleichen Tag abgereist war.

Beide Wagen beschleunigten.

George wandte sich vom Fenster ab, durchmaß das Zimmer mit zwei langen Schritten und warf sich auf Verena. Ihr protestierender Schrei wurde von einer gewaltigen Explosion erstickt. Das gesamte Gebäude erzitterte wie bei einem Erdbeben. Das Klirren zerberstender Glasscheiben und das Rumpeln zusammenbrechender Mauern waren zu vernehmen. Das Zimmerfenster zersprang mit einem klingelnden Laut wie von tausend Totenglocken. Dann folgte ein gespenstischer Augenblick der Stille. Während die Motorgeräusche der beiden Autos in der Ferne verklangen, hörte George Rufe und Schreie aus dem gesamten Gebäude.

»Alles in Ordnung?«, fragte er Verena.

Ihr Augen waren weit aufgerissen. »Du lieber Himmel, was war das?«

»Jemand hat eine Bombe aus einem Auto geworfen.« Georges Miene wurde hart. »Das Auto hatte eine Polizeieskorte. Kannst du das glauben?«

»In dieser verdammten Stadt? Jede Wette!«

George ließ den Blick durchs Zimmer schweifen. Der Fußboden war mit Glasscherben übersät. Ein Stück grünen Tuchs lag über dem Fußende des Bettes; George brauchte einen Moment, bis er begriff, dass es der Vorhang war. Ein Bild von Präsident Roosevelt war von der Druckwelle von der Wand gerissen worden und lag mit dem Porträt nach oben auf dem Boden. Das Glas über dem Lächeln des Präsidenten war gesprungen.

»Wir müssen nach unten«, sagte Verena. »Es könnte Verletzte geben.«

»Ja«, pflichtete George ihr bei. »Warte, ich hole deine Schuhe.«

Er setzte den Fuß auf eine freie Stelle auf dem Teppich. Um das Zimmer zu durchqueren, musste er Glasscherben aufheben und zur Seite werfen. Seine Schuhe und die von Verena standen nebeneinander im Schrank. George schob einen Fuß in seine Oxfords aus schwarzem Leder, dann nahm er Verenas weiße Kitten-Heels und brachte sie ihr.

In diesem Moment ging das Licht aus. Mit einiger Mühe zogen sie sich im Dunkeln an. Dann mussten sie feststellen, dass es im Bad kein Wasser mehr gab.

Vorsichtig gingen sie im dunklen Flur nach unten.

Die Lobby, in die von draußen schummriges Licht fiel, war voller verängstigter Angestellter und Motelgäste. Mehrere Personen bluteten, aber Tote schien es nicht zu geben. George schob sich zwischen den Leuten hindurch und ging nach draußen. Im Licht der Straßenlaternen sah er ein anderthalb Meter großes Loch in der Mauer des Gebäudes; auf dem Bürgersteig lagen schwere Trümmerbrocken. Wohnwagen, die auf dem Nachbargrundstück abgestellt gewesen waren, hatte die Druckwelle in Wracks verwandelt. Doch wie durch ein Wunder war niemand schwer verletzt.

Ein Cop mit einem Hund traf ein. Dann hielt ein Rettungswagen vor dem Gaston; kurz darauf kamen weitere Polizisten. Im Kelly Ingram Park und in der Gegend um das Motel sammelten sich Gruppen von Schwarzen. Doch es waren nicht die gewaltfreien Christen, die fröhlich aus der Sixteenth Street Baptist Church gekommen waren, bemerkte George besorgt. Diese Menge hatte den Samstagabend in Bars, Billardhallen und Schwarzenkneipen verbracht, und sie hingen nicht der Gandhi-Philosophie des passiven Widerstands an, die Martin Luther King propagierte.

Jemand rief, es sei noch eine weitere Bombe explodiert, ein paar Blocks entfernt – in dem Pfarrhaus, in dem Martin Luther Kings Bruder Alfred wohnte, der als A.D. King bekannt war. Ein Augenzeuge hatte gesehen, wie ein uniformierter Polizist ein paar Sekunden vor der Detonation ein Paket auf der Veranda abgestellt hatte. Offenbar hatte die Polizei von Birmingham versucht, beide King-Brüder gleichzeitig zu ermorden.

In der Menge brodelte es vor Zorn. Bald flogen die ersten Flaschen und Steine. Hunde und Wasserkanonen waren die bevorzugten Ziele.

George ging zurück ins Motel. Er machte sich große Sorgen. Wenn die Gewalt eskalierte, gab es kein Halten mehr. Er entdeckte Verena, die im Licht einer Taschenlampe versuchte, eine ältere schwarze Frau aus einem verwüsteten Zimmer im Erdgeschoss zu bergen.

»Draußen wird es hässlich«, sagte George. »Sie bewerfen die Polizei mit Steinen.«

»Das sollten sie auch. Die Polizei hat die verdammten Bomben gelegt.«

»Ja, und warum? Denk mal genau nach«, sagte George. »Weshalb wollen die Weißen, dass es heute Nacht zu einem Tumult kommt? Um die Vereinbarung zu sabotieren!«

Verena wischte sich Mörtelstaub von der Stirn. George beobachtete ihr Gesicht und sah, wie Wut der Berechnung wich. »Verdammt, du hast recht«, sagte sie.

»Das können wir nicht zulassen.«

»Und wie willst du es verhindern?«

»Wir müssen alle Anführer der Bewegung herschaffen, damit sie die Leute beruhigen.«

Verena nickte. »Ja, du hast recht. Ich rufe alle zusammen.«

George ging wieder nach draußen. Der Tumult hatte sich weiter zugespitzt. Ein Taxi war umgeworfen und in Brand gesetzt worden und loderte mitten auf der Straße. Eine Querstraße entfernt stand ein Lebensmittelgeschäft in Flammen. Streifenwagen, die sich aus Richtung Innenstadt nähern wollten, wurden an der 17th Street durch einen Wurfgeschosshagel aufgehalten.

George schnappte sich ein Megafon, das auf der Kühlerhaube eines Streifenwagens lag, und rief der Menge zu: »Bleibt ruhig, Leute. Bringt unseren Deal nicht in Gefahr. Die Rassisten wollen euch zum Aufruhr anstacheln. Gebt ihnen nicht, was sie wollen! Geht friedlich nach Hause!«

Ein Schwarzer, der in der Nähe stand, fragte ihn: »Wie kommt's, dass *wir* jedes Mal nach Hause gehen sollen, wenn *die* mit der Gewalt anfangen?«

George kletterte auf die Motorhaube des Streifenwagens und stellte sich aufs Dach. »Gewalt hilft uns nicht weiter!«, rief er. »Unsere Bewegung ist gewaltlos! Geht alle nach Hause!«

Jemand brüllte: »Ja, wir sind gewaltlos, aber *die* nicht!«

Eine leere Whiskyflasche flog durch die Luft und traf George an der Stirn. Benommen stieg er vom Dach des Autos und strich sich mit der Hand über den Kopf. Er hatte Schmerzen, aber er blutete nicht.

Andere nahmen seinen Ruf auf. Verena kam mit mehreren Schwarzenführern und Predigern aus dem Motel. Sie mischten sich unter die Menge und versuchten, die Leute zu beruhigen. A.D. King stieg auf einen Wagen. »Soeben wurde auf unser Haus ein Anschlag verübt«, rief er. »Wir sagen: Vater, vergib ihnen, denn sie wissen nicht, was sie tun. Ihr aber seid nicht hilfreich – ihr schadet unserer Sache! Ich bitte euch, räumt den Park!«

Langsam zeigten die Appelle Wirkung. Bull Connor war nirgendwo zu sehen, bemerkte George. Diesmal hatte Polizeichef Jamie Moore das Sagen, der nicht aus politischen Gründen auf seinem Posten saß, sondern als Berufspolizist, und das half. Die Ordnungskräfte verhielten sich anders als zuvor; Hundeführer und Feuerwehrleute schienen es nicht mehr auf einen Kampf anzulegen. George hörte, wie ein Cop zu einer Gruppe von Schwarzen sagte: »Wir sind eure Freunde!« Das war natürlich Unsinn, aber solche Töne hatte man vorher nicht gehört.

Auch unter den Segregationisten gab es Falken und Tauben, das wusste George. Martin Luther King hatte sich mit den Tauben verbündet. Jetzt versuchten die Falken, das Feuer des Hasses neu zu entfachen. Doch als das Reizmittel ausblieb, die Polizeigewalt, verlor die Menge den Willen zum Aufruhr. George hörte Rufe, die zur Ruhe gemahnten, und beschwichtigende Stimmen. Als das brennende Lebensmittelgeschäft zusammenbrach, waren die Kommentare geradezu bußfertig. »Das ist eine verdammte Schande für uns«, sagte ein Mann, und ein anderer meinte: »Wir sind zu weit gegangen.«

Am Ende brachten die Prediger die Leute dazu, dass sie Kirchenlieder sangen. Die Spannung fiel von George ab. Die größte Gefahr schien gebannt.

Er entdeckte Jamie Moore, den Polizeichef, an der Ecke der 5th Avenue und der 17th Street, und eilte zu ihm. »Am Hotel sind Notreparaturen erforderlich, Chief«, sagte er. »Es gibt keinen Strom und kein Wasser. Da wird's schnell unhygienisch.«

»Ich will sehen, was ich tun kann«, sagte Moore und hielt sich sein Walkie-Talkie ans Ohr.

Doch ehe er hineinsprechen konnte, trafen die Staatspolizisten ein. Sie trugen blaue Stahlhelme und waren mit Karabinern und doppelläufigen Schrotflinten bewaffnet. Die meisten kamen in Pkws, einigen zu Pferd. Binnen weniger Sekunden standen zweihundert oder mehr von ihnen da.

George beobachtete sie entsetzt. Das Erscheinen dieser Männer war eine Katastrophe – sie würden den Aufruhr neu anstacheln. Und genau das, erkannte er, wollte Gouverneur George Wallace. Wie Bull Connor und die Bombenwerfer sah auch Wallace die einzige Hoffnung für die Segregationisten im völligen Zusammenbruch von Recht und Ordnung.

Ein Wagen führ vor. Der rassistische Leiter der Staatspolizei von Alabama, Colonel Al Lingo, sprang heraus, ein Schrotgewehr in der Hand. Zwei Männer begleiteten ihn offenbar als Leibwächter; sie waren mit Thompson-Maschinenpistolen bewaffnet.

Polizeichef Moore steckte sein Walkie-Talkie in die Koppeltasche. Er sprach leise, redete Lingo aber demonstrativ nicht mit dem Dienstgrad an. »Wenn Sie wieder gehen würden, Mr. Lingo, wäre ich Ihnen zu Dank verbunden.«

Lingo hielt sich nicht mit Höflichkeiten auf. »Schaffen Sie Ihren feigen Arsch wieder in Ihr Büro«, polterte er. »Ich führe hier das Kommando, und ich habe den Befehl, die schwarzen Hurensöhne zu Bett zu bringen.«

George rechnete damit, dass man ihm sagte, er solle verschwinden, doch die beiden Männer waren zu sehr in ihren Streit vertieft, um sich für ihn zu interessieren.

»Die Waffen sind überflüssig«, sagte Moore. »Würden Sie sie bitte in die Fahrzeuge legen? Am Ende kommt noch jemand zu Tode.«

»Da haben Sie verdammt recht!«, versetzte Lingo.

George ging rasch davon und kehrte zum Motel zurück. Kurz bevor er das Gebäude betrat, drehte er sich noch einmal um und sah, wie die Staatspolizisten sich auf die Menge stürzten.

Der Aufruhr begann von Neuem.

George fand Verena im Innenhof des Motels. »Ich muss sofort nach Washington«, sagte er. Gehen wollte er nicht. Er wollte die Zeit gern mit Verena verbringen, wollte mit ihr reden, ihre neu gefundene Intimität vertiefen. Er wollte, dass sie sich in ihn verliebte. Aber das musste warten.

»Wieso?«, fragte sie.

»Ich muss dafür sorgen, dass die Kennedys begreifen, was hier vor sich geht. Jemand muss ihnen klarmachen, dass Gouverneur Wallace die Gewalt provoziert, um wieder Zwietracht zwischen Schwarzen und Weißen zu säen.«

»Es ist drei Uhr morgens.«

»Ich möchte so früh wie möglich zum Flughafen und die erste Maschine nehmen. Möglicherweise muss ich in Atlanta umsteigen.«

»Wie willst du zum Flughafen kommen?«

»Ich suche mir ein Taxi.«

»Kein Taxi wird heute Nacht einen Schwarzen mitnehmen, schon gar nicht einen mit einer Beule auf der Stirn.«

»Ich muss es versuchen.«

»Was ist mit deinem Gepäck?«

»Im Dunkeln kann ich nicht packen. Außerdem habe ich nicht viel dabei. Ich gehe zu Fuß.«

»Sei vorsichtig«, sagte Verena.

George küsste sie. Sie legte ihm die Arme um den Hals und drückte sich an ihn. »Es war wundervoll«, flüsterte sie, ehe sie sich von ihm löste.

Er verließ das Motel. Die Straßen, die direkt in die Innenstadt von Birmingham führten, waren nach Osten versperrt; George müsste einen

Bogen schlagen. Er ging zuerst in westlicher Richtung, dann nach Norden und schließlich, als er das Gefühl hatte, dem Tumult ausgewichen zu sein, nach Osten. Doch er bekam kein einziges Taxi zu Gesicht. Vielleicht musste er auf den ersten Bus des Sonntagmorgens warten.

Am Osthimmel zeigte sich bereits schwaches Licht, als mit kreischenden Bremsen ein Wagen neben ihm hielt. Drei Staatspolizisten mit schussbereiten Karabinern stiegen aus. George wusste, dass die Troopers keinen Grund brauchten, um ihn zu töten. Panik überfiel ihn. Er war den Männern in dieser Situation schutzlos ausgeliefert.

Der Anführer war ein kleiner Kerl, der sich George mit schnellen Schritten näherte. George sah die Winkel eines Sergeants auf seinem Ärmel. »Wohin willst du denn, Boy?«, fragte er.

»Ich versuche, zum Flughafen zu kommen, Sarge«, sagte George. »Vielleicht können Sie mir sagen, wo ich ein Taxi finde.«

Der Sergeant wandte sich grinsend den anderen zu. »Er will zum Flughafen«, wiederholte er, als wäre schon die Vorstellung lachhaft. »Er glaubt, wir können ihm helfen, ein Taxi zu finden!«

Seine Kumpane lachten glucksend.

»Was machst du denn am Flughafen?«, fragte der Sergeant. »Die Klos putzen?«

»Ich muss eine Maschine nach Washington bekommen. Ich bin Jurist und arbeite für das Justizministerium.«

»Ach, ehrlich? Na, ich arbeite für George Wallace, den Gouverneur von Alabama, und wir achten hier unten nicht besonders viel auf Washington. Also steig in den verdammten Wagen, bevor ich dir deinen krausen Niggerschädel einschlage.«

»Weshalb nehmen Sie mich fest?«

»Komm mir bloß nicht oberschlau, Boy.«

»Wenn Sie mich ohne Grund festnehmen, sind Sie kein Staatspolizist, sondern ein Straftäter.«

Unvermittelt schwang der Sergeant sein Gewehr, den Kolben voran. George duckte sich und hob instinktiv die Hand, um sein Gesicht zu schützen. Der Schaft traf schmerzhaft sein linkes Handgelenk. Die beiden anderen Trooper packten ihn bei den Armen. George leistete keinen Widerstand, doch sie zerrten an ihm, als würde er sich heftig wehren. Der Sergeant öffnete die hintere Wagentür, und sie warfen ihn auf den Rücksitz. Ehe George ganz im Wagen war, knallten sie die Tür zu und klemmten dabei sein rechtes Bein ein. Er schrie vor Schmerz. Sie öffneten die Tür wieder, schoben sein Bein in den Wagen und schlossen die

Tür. Schlaff lag George auf dem Rücksitz. Sein Bein schmerzte höllisch, aber noch schlimmer war das Handgelenk.

Sie können mit uns tun, was sie wollen, weil wir schwarz sind, schoss es ihm durch den Kopf. Nur weil wir schwarz sind!

In diesem Augenblick wünschte er sich, er hätte Steine und Flaschen auf die Polizei geworfen, statt den Leuten zu sagen, sie sollten sich beruhigen und nach Hause gehen.

Die Staatspolizisten fuhren zum Gaston. Dort öffneten sie die hintere Tür des Wagens und warfen George hinaus. Das linke Handgelenk mit der rechten Hand umfasst, hinkte er zurück auf den Innenhof.

*

Erst am Sonntagvormittag fand George ein Taxi mit schwarzem Fahrer, ließ sich zum Flughafen bringen und stieg in eine Maschine nach Washington. Sein linkes Handgelenk schmerzte so sehr, dass er den Arm nicht benutzen konnte. Er steckte die Hand in die Tasche, um sie zu stützen. Das Handgelenk war geschwollen; um den Schmerz zu lindern, nahm er die Armbanduhr ab und knöpfte die Manschette auf.

Von einem Münztelefon am National Airport rief er beim Justizministerium an und erfuhr, dass für 18 Uhr eine Krisensitzung im Weißen Haus einberufen war. Der Präsident flog von Camp David aus ein, und Burke Marshall kam mit dem Hubschrauber von West Virginia. Bobby war auf dem Weg zum Ministerium und berief soeben eine Besprechung ein.

George blieb keine Zeit, nach Hause zu fahren und sich umzuziehen; er schwor sich, in Zukunft ein sauberes Hemd in einer Schreibtischschublade zu deponieren. Mit einem Taxi fuhr er zum Justizministerium und ging direkt zu Bobbys Büro.

Das Angebot, einen Arzt kommen zu lassen, wies George zurück; seine Verletzungen seien zu unbedeutend. Aber er verzog jedes Mal vor Schmerz das Gesicht, wenn er versuchte, den linken Arm zu bewegen, als er die Ereignisse der Nacht für Bobby Kennedy und eine Gruppe von Beratern zusammenfasste, der auch Marshall angehörte. Aus irgendeinem Grund war auch Bobbys großer schwarzer Neufundländer Brumus zugegen.

»Das Übereinkommen, das diese Woche so mühsam geschlossen wurde, ist in Gefahr«, fasste George zum Schluss zusammen. »Die Bombenanschläge und die brutalen Übergriffe der Staatspolizei haben die Bereitschaft der Schwarzen geschwächt, am Grundsatz der Gewaltlosigkeit festzuhalten. Andererseits drohen die Tumulte die Position der Weißen zu unterminieren, die mit Martin Luther King verhandelt haben. Die Feinde der Integration, George Wallace und Bull Connor, hoffen nun darauf, dass sich eine oder beide Seiten von der Übereinkunft lossagen. Wir müssen verhindern, dass es so weit kommt.«

Nachdem George Bericht erstattet hatte, stiegen alle in Bobbys Straßenkreuzer, einen Ford Galaxie 500. Es war Sommer, und Bobby fuhr den kurzen Weg zum Weißen Haus mit offenem Verdeck. Dort hatten sich mehrere tausend Demonstranten versammelt, Schwarze und Weiße, und hielten Transparente, auf denen stand: RETTET DIE SCHULKINDER VON BIRMINGHAM!

Präsident Kennedy erwartete die Gruppe aus dem Justizministerium im Oval Office. Er saß auf seinem Lieblingssessel, einem Schaukelstuhl. Bei ihm war ein mächtiges Trio mit militärischer Befehlsgewalt: Bob McNamara, der Verteidigungsminister, dazu der Secretary of the Army, der das Heeresamt innerhalb des Verteidigungsministeriums leitete, sowie der Generalstabschef.

Diese Männer hatten sich hier versammelt, erkannte George, weil die Schwarzen von Birmingham in der Nacht zuvor Brände gelegt und Flaschen geworfen hatten. Eine ähnliche Krisensitzung war während der langen Jahre gewaltfreier Bürgerrechtsproteste nie einberufen worden, nicht einmal, als der Ku-Klux-Klan Bomben in Häuser von Negern warf.

Die Spitzen des Verteidigungsministeriums und der Generalstabschef diskutierten die Frage, ob die Army nach Birmingham beordert werden sollte, doch Bobby Kennedy konzentrierte sich wie immer auf die politische Realität. »Die Leute werden den Präsidenten zum Handeln auffordern«, sagte er. »Aber da liegt das Problem. Wir können nicht zugeben, dass wir Truppen entsenden, um die Staatspolizei an die Kandare zu nehmen. Damit würde das Weiße Haus dem Bundesstaat Alabama den Krieg erklären. Wir müssten also sagen, wir schicken die Soldaten, um die Aufständischen im Zaum zu halten – aber das wiederum wäre eine Kriegserklärung des Weißen Hauses an die Schwarzen.«

Präsident Kennedy nickte. »Sobald die Weißen sich unter dem Schutz der Bundestruppen wüssten, könnten sie die Übereinkunft widerrufen, die sie gerade erst getroffen haben.«

Mit anderen Worten, dachte George, die Androhung von Negeraufständen ist das Einzige, was die Übereinkunft am Leben erhält. Ihm gefiel diese Schlussfolgerung nicht besonders, doch man konnte sich ihr kaum entziehen.

Burke Marshall ergriff das Wort. Er betrachtete die Übereinkunft als sein Baby. »Wenn dieses Abkommen scheitert«, sagte er, »werden die Neger ... äh ...«

Präsident Kennedy beendete den Satz. »Außer Kontrolle geraten.«

Marshall nickte. »Und nicht nur in Birmingham.«

Im Oval Office wurde es still. Alle hatten den gleichen beängstigenden Gedanken: Was, wenn ähnliche Unruhen sich auch in anderen amerikanischen Städten ausbreiteten? Es könnte zum Flächenbrand werden.

»Was macht King heute?«, fragte der Präsident.

»Er fliegt nach Birmingham zurück.« George hatte es unmittelbar vor seinem Aufbruch erfahren. »Wahrscheinlich fährt er jetzt von einer Kirche zu nächsten und drängt die Leute, nach dem Gottesdienst friedlich nach Hause zu gehen und die Nacht in den eigenen vier Wänden zu verbringen.«

»Werden die Schwarzen tun, was King verlangt?«

»Ja. Vorausgesetzt, es gibt keine weiteren Bombenanschläge, und die Staatspolizei wird unter Kontrolle gebracht.«

»Wie können wir dafür sorgen?«, fragte der Präsident.

»Könnten Sie die US-Truppen nicht in der *Nähe* Birminghams postieren, ohne sie ins Stadtgebiet zu schicken? Damit würden wir demonstrieren, dass wir die Übereinkunft unterstützen. Connor und Wallace wüssten, dass sie ihre Macht verlieren, wenn sie sich nicht am Riemen reißen. Gleichzeitig würden die Weißen dadurch keine Gelegenheit bekommen, das Abkommen zu widerrufen.«

Genau so wurde es beschlossen.

George und eine kleine Abordnung begaben sich in den Kabinettssaal und entwarfen eine Presseerklärung. Die Sekretärin des Präsidenten tippte sie. Pressekonferenzen wurden üblicherweise in Pierre Salingers Büro abgehalten, doch heute waren für diesen Raum zu viele Reporter und Fernsehkameras erschienen.

Weil es ein warmer Sommerabend war, wurde die Erklärung im Rosengarten abgegeben. George schaute zu, wie der Präsident nach draußen kam, sich vor die Weltpresse stellte und erklärte: »Die Übereinkunft von Birmingham war und ist eine gerechte Vereinbarung. Die Regierung der Vereinigten Staaten wird nicht zulassen, dass sie von einzelnen Extremisten gleich welcher Seite sabotiert wird.«

Zwei Schritte vor, einer zurück und wieder zwei vor, dachte George. Aber wir kommen voran.

KAPITEL 23

Dave Williams hatte Pläne für Samstagabend. Drei Mädchen aus seiner Klasse wollten zum Jump Club in Soho; er und zwei andere Jungen hatten erklärt, dass sie die Mädchen dort vielleicht treffen würden. Eine aus dem Trio war Linda Robertson.

Dave hatte ihr Gesicht vor Augen, als er sein neues Hemd mit den langen Kragenspitzen anprobierte. Er war sicher, dass Linda ihn mochte. Und er war ein guter Tänzer; selbst seine Freunde räumten ein, dass er von ihnen allen den heißesten Twist aufs Parkett legen konnte. Deshalb glaubte Dave, dass er eine gute Chance hatte, bei Linda zu landen.

Dave war fünfzehn, doch zu seiner Verärgerung bevorzugten die meisten gleichaltrigen Mädchen ältere Jungen. Er wurde immer noch wütend, wenn er daran dachte, wie er vor einem Jahr der süßen Beep Dewar in der Hoffnung gefolgt war, sich einen Kuss zu stehlen, nur um sie in leidenschaftlicher Umarmung mit dem achtzehnjährigen Jasper Murray zu ertappen.

Wie an jedem Samstagmorgen gingen die Williams-Kinder auch diesmal zu ihrem Vater ins Arbeitszimmer, um dort ihr wöchentliches Taschengeld abzuholen. Die siebzehnjährige Evie erhielt ein Pfund, Dave bekam die Hälfte, zehn Shilling. Wie Arme in viktorianischer Zeit mussten sie sich oft erst eine Predigt anhören, ehe sie das Geld in die Finger bekamen. Evie kassierte ihr Pfund und durfte sofort gehen, Dave aber musste warten. Als Evie die Tür hinter sich geschlossen hatte, sagte sein Vater: »Deine Noten sind sehr schlecht.«

Das wusste Dave auch so. In zehn Schuljahren hatte er so ziemlich jede schriftliche Arbeit verhauen, die er je hatte schreiben müssen. »Tut mir leid«, sagte er. Er wollte nicht streiten: Er wollte nur sein Geld und verschwinden.

Dad trug ein kariertes Hemd und eine Strickweste, wie an jedem Samstagmorgen. »Aber du bist nicht dumm«, sagte er.

»Die Lehrer halten mich für begriffsstutzig«, erwiderte Dave.

»Ich glaube das nicht. Du bist intelligent, aber faul.«

»Ich bin nicht faul.«

»Was bist du dann?«

Darauf hatte Dave keine Antwort. Er las allerdings sehr langsam, und als wäre das nicht schlimm genug, vergaß er, was er gelesen hatte, sobald er die Seite umblätterte. Außerdem war er schlecht im Schreiben: Wenn er »Brot« schreiben wollte, schrieb sein Füllhalter »Bort«, ohne dass Dave den Unterschied bemerkte. Seine Rechtschreibung war eine einzige Katastrophe.

»In Deutsch und Französisch bin ich mündlich Klassenbester«, sagte er.

»Was nur beweist, dass du es kannst, wenn du dich anstrengst.«

Das bewies es keineswegs, aber Dave wusste nicht, wie er es seinem Vater erklären sollte.

»Ich habe lange und eingehend darüber nachgedacht, was ich unternehmen kann«, fuhr Dad fort, »und deine Mutter und ich haben es ausführlich besprochen.«

Das hörte sich in Daves Ohren gar nicht gut an. Was kam jetzt?

»Du bist zu alt für eine Tracht Prügel«, fuhr Dad fort, »und wir haben ohnehin nie viel von körperlicher Bestrafung gehalten.«

Da hatte er recht. Die meisten Jugendlichen in Daves Alters fingen sich eine, wenn sie sich danebenbenahmen, doch von seiner Mutter hatte er seit Jahren keine Ohrfeige mehr bekommen, und von seinem Vater noch nie. Was Dave allerdings Sorge bereitete, war das Wort »Bestrafung«. Ihm blühte irgendetwas, so viel stand fest.

»Es gibt nur eines, womit ich dich zwingen kann, dich auf die Schule zu konzentrieren. Ich werde dir dein Taschengeld entziehen.«

Dave konnte es nicht fassen. »Wie meinst du das – entziehen?«

»Ich werde dir kein Geld mehr geben, bis ich eine Verbesserung deiner Schulnoten beobachte.«

Damit hatte Dave nicht gerechnet. »Aber wie soll ich denn ohne Geld irgendwohin fahren?« Und Zigaretten kaufen, und in den Jump Club kommen, fügte er in Panik hinzu.

»Zur Schule läufst du doch sowieso. Und wenn du woandershin möchtest, musst du eben bessere Noten vorweisen.«

»So kann ich nicht leben!«

»Du hast freie Kost und Logis und einen Schrank voller schicker Sachen. Not wirst du nicht leiden. Und alles andere liegt an dir. Wenn du fleißig lernst, hast du bald wieder Geld, um irgendwohin zu fahren.«

Dave war sauer. Seine Pläne für den Abend fielen ins Wasser. Er fühlte sich hilflos und zum Kind gemacht. »Das ist dein letztes Wort?«

»Ja.«

»Dann verschwende ich meine Zeit.«

»Keineswegs. Du hörst deinem Vater zu, wie er dich nach bestem Wissen und Gewissen anleitet, etwas aus deinem Leben zu machen.«

»Wo ist da der Unterschied?«, sagte Dave und stapfte aus dem Zimmer. Im Flur riss er seine Lederjacke vom Haken und verließ das Haus. Es war ein milder Frühlingsmorgen. Wohin sollte er gehen? Für heute hatte Dave geplant, am Piccadilly Circus Freunde zu treffen. Er wollte mit ihnen die Denmark Street entlangspazieren, sich Gitarren anschauen, in einem Pub ein Bier trinken und dann nach Hause gehen, um sich das Hemd mit den langen Kragenspitzen anzuziehen.

In der Tasche hatte er ein bisschen Kleingeld – es reichte für ein Halbes. Woher aber sollte er das Eintrittsgeld für den Jump Club nehmen? Vielleicht konnte er ein bisschen arbeiten. Fragte sich nur, wer ihn so kurzfristig einstellte. Einige seiner Freunde hatten Wochenendjobs und arbeiteten samstags oder sonntags in Läden und Restaurants, die an Wochenenden zusätzliches Personal brauchten. Dave überlegte, ob er in ein Café gehen und seine Dienste als Spülhilfe in der Küche anbieten sollte. Einen Versuch war es wert.

Er machte sich auf den Weg in Richtung West End.

Dann fiel ihm etwas anderes ein. Er hatte Verwandte, die ihm vielleicht einen Job geben konnten. Seine Tante Millie, Dads Schwester, war in der Modebranche und besaß drei Geschäfte in wohlhabenden Vorstädten im Norden Londons: in Harrow, Golders Green und Hampstead. Vielleicht gab sie ihm einen Samstagsjob. Blieb allerdings die Frage, wie Dave damit zurechtkam, Damen Kleider zu verkaufen. Vielleicht war Millies Mann, Abie Avery, die bessere Wahl. Er war Ledergroßhändler und besaß ein Lagerhaus in Ostlondon. Aber sowohl Tante Millie als auch Onkel Abie würden vermutlich bei Dad nachfragen, und der würde ihnen mitteilen: »Dave soll lernen, nicht arbeiten.«

Aber es gab noch eine Möglichkeit. Millie und Abie hatten einen Sohn, Lenny, dreiundzwanzig, der als fliegender Händler arbeitete. An Samstagen war Lenny mit seinem kleinen Marktstand im East End, in Aldgate. Er verkaufte Chanel Nr. 5 und andere teure Parfüms zu absurd niedrigen Preisen. Seinen Kundinnen wisperte er zu, es sei Hehlerware; in Wirklichkeit waren es primitive Produktfälschungen – billige Düfte in teuer aussehenden Flakons.

Dave hatte gerade genug Geld für die Fahrt mit der U-Bahn. Lenny würde ihn vielleicht einen Tag lang beschäftigen. Ließ er ihn abblitzen, wüsste Dave allerdings nicht, wie er zurückkommen sollte. Notfalls musste er die paar Meilen zu Fuß gehen.

Die Bahn brachte Dave aus dem wohlhabenden Westen in den vorwiegend von Arbeitern bewohnten Osten Londons. Auf dem Markt wimmelte es bereits von Kunden, die zu niedrigeren Preisen einkaufen wollten als in den normalen Läden. Einiges von dem, was hier angeboten wurde, war mit Sicherheit gestohlen, vermutete Dave: elektrische Wasserkocher, Trockenrasierer, Bügeleisen und Radios, die wahrscheinlich zur Hintertür irgendeiner Fabrik hinausgeschmuggelt worden waren. Anderes war Produktionsüberschuss, den die Hersteller billig verscherbelten: Schallplatten, die niemand wollte, Bücher, die keine Bestseller geworden waren, hässliche Bilderrahmen, Aschenbecher in Form von Muscheln. Aber das meiste war fehlerhaft oder minderwertig: ranzige Schokolade, gestreifte Halstücher mit Webfehlern, scheckige Lederschuhe, die ungleichmäßig gefärbt waren, Porzellanteller mit nur einer halben Blume.

Mit seinem dichten dunklen Haar und den braunen Augen sah Lenny ihrem gemeinsamen Großvater, dem verstorbenen Bernie Leckwith, sehr ähnlich. Lenny hatte sich die Haare eingefettet und sich eine schwungvolle Elvistolle gekämmt. Er begrüßte Dave freundschaftlich, wurde aber gleich geschäftsmäßig: »Wie wär's mit 'nem schönen Duft für die Freundin? Versuch's mal mit Fleur Sauvage.« Er sprach es »Fleuer Savidsch« aus. »Da rutscht ihr Höschen garantiert von selbst runter. Für nur zwei Shilling und sechs Pence gehört es dir.«

»Ich brauche einen Job, Lenny«, sagte Dave. »Kann ich für dich arbeiten?«

»Wozu brauchst du 'nen Job? Deine Mutter ist doch Millionärin«, entgegnete Lenny ausweichend.

»Dad hat mir das Taschengeld gestrichen.«

»Warum?«

»Weil meine Noten so beschissen sind. Deshalb bin ich blank. Ich möchte nur genug verdienen, dass ich heute Abend rausgehen kann.«

»Hältst du mich fürs Arbeitsamt, oder was?«

»Komm schon, Lenny, gib mir eine Chance. Ich wette, ich kann Parfüm verkaufen.«

Lenny wandte sich einer Kundin zu. »Sie haben einen erlesenen Geschmack, Madam! Keine Parfüms auf dem Markt haben mehr Klasse als die von Yardley, trotzdem kostet die Flasche, die Sie da halten, bloß drei Shilling. Zweieinhalb musste ich dem Kerl geben, der sie geklaut ... Verzeihung, der sie geliefert hat.«

Die Frau kicherte und kaufte das Parfüm.

»Ein Gehalt kann ich dir nicht zahlen«, sagte Lenny, als er sich wieder

Dave zuwandte. »Aber ich geb dir zehn Prozent von deinen Einnahmen. In Ordnung?«

»Abgemacht«, sagte Dave und trat zu Lenny hinter den Stand.

»Behalt das Geld erst mal in den Taschen, wir rechnen später ab.« Lenny gab ihm ein »Startkapital« von einem Pfund in kleinen Münzen, damit er wechseln konnte.

Dave nahm eine Flasche Yardley, zögerte, lächelte eine vorüberschlendernde Frau an und sagte: »Das Parfüm mit der meisten Klasse auf dem ganzen Markt.«

Die Frau lächelte zurück, kaufte aber nicht.

Er versuchte es weiter, indem er Lennys Sprüche nachahmte. Nach ein paar Minuten hatte er eine Flasche Joy von Jean Patou für zweieinhalb Shilling an die Frau gebracht. Bald kannte er sämtliche Sprüche Lennys: »Nicht jede Frau kann das tragen, aber Sie!« – »Kaufen Sie es nur, wenn es einen Mann gibt, dem Sie *wirklich* gefallen wollen.« – »Das sind die letzten Lagerbestände. Die Regierung hat den Duft verboten, weil er zu sexy ist und die Leute ganz verrückt macht.«

Die meisten Leute waren gut gelaunt und in Kaufstimmung. Sie putzten sich heraus, wenn sie auf den Markt gingen; für sie war es eine Art gesellschaftliches Ereignis. Dave lernte eine Menge neuer Slangbegriffe für Geldstücke: Ein Sixpencestück hieß »Tilbury«, fünf Shilling hießen »Dollar«, und eine Zehnshillingnote war ein »halber Knicker«.

Die Zeit verging wie im Flug. Eine Kellnerin in einem Café in der Nähe brachte zwei Sandwiches aus dickem weißen Brot mit gebratenem Speck und Ketchup. Lenny bezahlte und gab eines davon Dave, der ganz überrascht war, dass schon Zeit fürs Mittagessen sein sollte. Die Taschen seiner Röhrenjeans beulten sich vor Münzen, und er rief sich freudig in Erinnerung, dass zehn Prozent von dem Geld ihm gehörten.

Am Nachmittag fiel ihm auf, dass kaum ein Mann auf den Straßen war. Lenny sagte ihm: »Die sind alle zum Fußball.«

Als der Abend heranrückte, lief das Geschäft immer schlechter und kam fast zum Stillstand. Aber Dave war ziemlich sicher, fast fünf Pfund in den Taschen zu haben; in diesem Falle hätte er zehn Shilling verdient, sein normales Taschengeld, und davon konnte er in den Jump Club.

Um fünf machte Lenny sich daran, den Stand abzubauen. Dave half mit. Er räumte die nicht verkauften Flakons in Pappkartons; dann luden sie alles in Lennys gelben Bedford-Kastenwagen.

Als sie Daves Geld zählten, hatte er knapp über neun Pfund eingenommen. Lenny gab ihm ein Pfund, ein bisschen mehr als die vereinbarten zehn Prozent, »weil du mir beim Einpacken geholfen hast«. Dave konnte es kaum glauben: Er hatte doppelt so viel Geld, wie er am Morgen von seinem Vater hätte bekommen sollen. Er beschloss, seine Finanzen in Zukunft jeden Samstag auf diese Weise aufzubessern, falls möglich, zumal er sich dann nicht Dads Sermon anhören musste.

Sie gingen in den nächsten Pub und tranken jeder ein großes Bier. »Du spielst doch Gitarre, oder?«, fragte Lenny, als sie sich an einen schmierigen Tisch mit einem vollen Aschenbecher setzten.

»Ja.«

»Was hast du denn für eine?«

»Eine Eko. Ist ¸ne Art Billigversion von ¸ner Gibson.«

»Elektrisch?«

»Nein, ¸ne Halbresonanzgitarre.«

Lenny blickte ihn ungeduldig an. Vielleicht verstand er nicht viel von Gitarren. »Kann man die einstöpseln?«

»Klar. Wieso?«

»Weil ich einen Rhythmusgitarristen für meine Gruppe suche.«

Dave horchte auf. Er hatte nie mit dem Gedanken gespielt, sich einer Gruppe anzuschließen, aber die Idee gefiel ihm auf Anhieb. »Ich wusste gar nicht, dass du ¸ne Gruppe hast.«

»Die Guardsmen.«

»Und was spielst du da?«

»Piano. Und ich singe.«

»Was für eine Musik macht ihr?«

»Die einzig wahre. Rock and Roll.«

»Von welchen Musikern?«

»Na, von den größten. Elvis, Chuck Berry, Johnny Cash ...«

»Was ist mit den Beatles?«, fragte Dave.

»Wer?«

»Eine neue Gruppe. Die sind einsame Spitze.«

»Nie gehört.«

»Na, egal. Ich kann auch uralte Rocksongs mit der Rhythmusgitarre begleiten.«

Lenny schien ein wenig verärgert, fragte aber nur: »Möchtest du für die Guardsmen vorspielen?«

»Na klar!«

Lenny blickte auf die Uhr. »Wie lange brauchst du, um nach Hause zu fahren und deine Gitarre zu holen?«

»Eine halbe Stunde. Und noch ¸ne halbe Stunde, um zurückzukommen.«

»Dann treffen wir uns um sieben im Aldgate Workingmen's Club. Du kannst vorspielen, ehe die Vorstellung losgeht. Hast du einen Verstärker?«

»Einen kleinen.«

»Dann muss der reichen.«

Dave stieg in die U-Bahn. Sein Erfolg als Verkäufer und das Bier, das er getrunken hatte, versetzten ihn in Hochstimmung. Er rauchte im Waggon eine Zigarette und genoss den Triumph über seinen Vater. Dann stellte er sich vor, wie er Linda Robertson gegenüber beiläufig erwähnte: »Ich spiele Gitarre in einer Beatgruppe.« Das würde sie schwer beeindrucken.

Zu Hause angekommen, schlich er sich durch die Hintertür bis in sein Zimmer, ohne seinem Vater oder seiner Mutter über den Weg zu laufen. Er brauchte nur wenige Augenblicke, dann hatte er die Gitarre in den Kasten gepackt und sich den Verstärker geschnappt.

Er wollte gerade gehen, als seine Schwester Evie ins Zimmer kam, für den Samstagabend herausgeputzt. Sie trug einen kurzen Rock und kniehohe Stiefel; ihr Haar war hochgesteckt zu einer Bienenkorbfrisur. Dazu trug sie üppiges Augen-Make-up in dem Pandastil, den Dusty Springfield modisch gemacht hatte. Sie sah älter aus als siebzehn.

»Wo gehst du hin?«, fragte Dave.

»Auf eine Party. Hank Remington kommt auch.«

Hank Remington war Leadsänger der Kords und sympathisierte mit einigen von Evies Weltverbesserungsansichten, was er auch in Interviews zum Ausdruck brachte.

»Du hast heute ja ganz schön Wirbel gemacht«, sagte Evie, machte ihm aber keine Vorwürfe. Bei Auseinandersetzungen mit den Eltern stellte sie sich immer auf seine Seite. Schließlich tat Dave das Gleiche für sie.

»Wieso?«, fragte er. »Was ist denn los?«

»Dad ist ganz schön sauer.«

»Sauer?« Dave war nicht sicher, was er dazu sagen sollte. Sein Vater konnte wütend sein, streng, autoritär oder tyrannisch, und dann wusste er, wie er reagieren musste, aber sauer? »Weswegen sollte er sauer sein?«

»Ich nehme an, ihr habt euch gestritten.«

»Er wollte nicht mit dem Taschengeld rausrücken, weil ich die Klassenarbeiten verhauen habe.«

»Und was hast du da gemacht?«

»Nichts. Ich bin abgehauen. Wahrscheinlich habe ich mit der Tür geknallt.«

»Wo warst du den ganzen Tag?«

»Ich habe an Lenny Averys Marktstand gearbeitet und ein Pfund verdient.«

»Ein Pfund!« Evie war beeindruckt. »Und wo willst du jetzt mit deiner Gitarre hin?«

»Lenny hat eine Beatgruppe. Ich soll bei denen Rhythmusgitarre spielen.«

»Na, da wünsche ich dir viel Glück!«

»Ich nehme an, du sagst Mum und Dad, wohin ich bin.«

»Nur wenn du willst.«

»Mir ist es egal.« Dave ging zur Tür, dann zögerte er. »Dad ist sauer, hast du gesagt?«

»Und wie!«

Dave zuckte mit den Schultern und ging. Er kam ungesehen aus dem Haus und zur U-Bahn. Auf das Vorspielen freute er sich. Er spielte und sang viel mit Evie, hatte aber noch nie mit einer richtigen Gruppe gespielt, die einen Schlagzeuger hatte. Er hoffte nur, er war gut genug.

Dave fand den Aldgate Workingmen's Club und ging mit seiner Gitarre und dem Verstärker hinein. Das Etablissement war ziemlich trostlos. Grelle Neonröhren warfen kaltes Licht auf Resopaltische und Stahlrohrstühle, die in Reihen aufgestellt waren und Dave an eine Fabrikkantine erinnerten. Kaum der passende Ort für Rock and Roll.

Die Guardsmen waren bereits auf der Bühne und stimmten ihre Instrumente. Außer Lenny am Piano gab es Lew am Schlagzeug, Buzz am Bass und Geoffrey an der Leadgitarre. Vor Geoffrey stand ein Mikro, also übernahm er vermutlich auch den Gesangspart. Alle vier waren älter als Dave, Anfang zwanzig, was ihm ein bisschen Angst machte. Wahrscheinlich hatten sie mehr Erfahrung und waren bessere Musiker als er.

Dave stimmte seine Gitarre auf das Piano ab, verband sie mit dem Verstärker und schlug ein paar Akkorde an.

»Klingt gar nicht so übel«, sagte Lenny. Wahrscheinlich hatte er es gut gemeint, aber seine Worte verfehlten völlig ihren Zweck. »Kennst du ›Mess of Blues‹?«

Dave kannte den Song und war erleichtert. Es war eine Nummer in C-Dur, geführt vom Piano und leicht auf der Gitarre zu begleiten. Lenny erwies sich als erstaunlich guter Sänger, Buzz und Lew bildeten eine passable Rhythmusgruppe, und Geoff beherrschte sogar ein paar raffinierte Licks auf der Leadgitarre. Die Gruppe war nicht übel, allerdings ein bisschen einfallslos. Ein wenig erleichtert erkannte Dave, dass er keinen

Grund hatte, eingeschüchtert zu sein. Die Guardsmen kochten auch nur mit Wasser.

Als sie den Song zu Ende gespielt hatten, sagte Lenny: »Deine Akkorde sind nicht übel, aber du musst den Rhythmus besser halten.«

Dave war überrascht und ein bisschen beleidigt. Er hatte geglaubt, er hätte gut gespielt, doch er sagte nur: »Okay.«

Die nächste Nummer war »Shake, Rattle and Roll«, ein alter Hit von Jerry Lee Lewis, den Dave blind spielen konnte. Es war eine Nummer, bei der das Piano den Rhythmus vorgab. Geoffrey übernahm zusammen mit Lenny den Gesangspart. Diesmal schien Dave besser bei Lenny anzukommen.

Als Lenny »Johnny B. Goode« ankündigte, spielte Dave begeistert die Chuck-Berry-Einleitung, ohne gefragt worden zu sein. Als er zum fünften Takt kam, erwartete er, dass die Gruppe einfiel, wie auf der Schallplatte, aber die Guardsmen blieben stumm. Dave hörte zu spielen auf. Noch während seine Gitarre mit einem schrägen Misston verklang, sagte Lenny: »Normalerweise spiele *ich* das Intro auf dem Piano.«

»Oh«, sagte Dave, »tut mir leid.«

Lenny fing den Song neu an. Dave fühlte sich entmutigt. Das lief gar nicht gut.

Die nächste Nummer war »Wake up, Little Susie« von den Everly Brothers. Zu Daves Überraschung fiel Geoffrey nicht in den Gesang ein. Kurz entschlossen schob Dave sich nach dem ersten Vers an Geoffreys Mikrofon und sang mit Lenny zusammen. Es dauerte nicht lange, und zwei junge Kellnerinnen, die Aschenbecher auf die Tische stellten, hielten in ihrer Arbeit inne und hörten zu. Am Ende des Songs klatschten sie. Dave strahlte. Zum ersten Mal hatte ihm jemand applaudiert, der nicht zur Familie gehörte.

Eines der Mädchen fragte Dave: »Wie heißt deine Gruppe?«

Lennys Miene verdüsterte sich.

Rasch zeigte Dave auf ihn. »Es ist *seine* Gruppe. Sie heißt die Guardsmen.«

»Oh.« Das Mädchen wirkte ein wenig enttäuscht.

Lennys letzte Wahl war »Take Good Care of My Baby«, und wieder sang Dave mit ihm. Die Kellnerinnen tanzten dazu in den Gängen zwischen den Tischreihen.

Nach der Nummer stand Lenny vom Klavier auf, als wollte er eine Rede halten. »Na ja, du bist kein besonders toller Gitarrist«, sagte er zu Dave, »aber du singst ganz ordentlich, und die Mädels scheinen drauf abzufahren.«

»Danke«, sagte Dave. »Bin ich dabei oder nicht?«

»Kannst du heute Abend spielen?«

»Heute Abend!« Dave war geschmeichelt, hatte aber nicht damit gerechnet, sofort anfangen zu müssen. Außerdem wollte er sich mit Linda Robertson treffen.

»Wieso? Hast du was Besseres vor?« Lenny wirkte ein wenig verärgert.

»Ja, ich meine ... ich wollte ein Mädchen treffen, aber dann muss sie eben warten. Wann sind wir denn fertig?«

»Das hier ist ,ne Arbeiterkneipe, die bleiben nicht lange auf. Wir sind so um halb elf von der Bühne.«

Dave rechnete sich aus, dass er dann gegen elf am Jump Club sein konnte. »Okay«, sagte er. »Ich bin dabei.«

»Gut«, sagte Lenny. »Willkommen bei den Guardsmen.«

*

Jasper Murray konnte sich noch immer keine Reise nach Amerika leisten. Am Londoner St. Julian's College gab es eine Gruppe, die sich »Nordamerikaclub« nannte. Sie charterte Flüge und verkaufte die Tickets sehr günstig. Eines späten Nachmittags betrat Jasper ihr kleines Büro im Studentenwerk und erkundigt sich nach den Preisen. Für neunzig Pfund könne er nach New York fliegen, erfuhr er. Nur war das leider immer noch zu viel für ihn.

In der Cafeteria entdeckte er Sam Cakebread. Seit mehreren Tagen wartete er auf eine Gelegenheit, Sam außerhalb des Büros der *St. Julian's News*, der Studentenzeitung, zu sprechen. Sam war der Chefredakteur, Jasper der Nachrichtenredakteur.

Mit an Sams Tisch saß seine jüngere Schwester Valerie, die ebenfalls am St. Julian's studierte. Sie trug eine Tweedmütze und ein Minikleid. Valerie schrieb Artikel über Mode für die *St. Julian's News*. Sie war attraktiv. Unter anderen Umständen hätte Jasper mit ihr geflirtet, doch heute hatte er etwas anderes im Kopf. Zwar hätte er mit Sam lieber unter vier Augen gesprochen, sagte sich dann aber, dass Valeries Gegenwart kein Problem darstelle.

Er trat mit seiner Kaffeetasse an Sams Tisch. »Ich möchte Ihren Rat«, begann er. In Wirklichkeit wollte er Informationen und keine Ratschläge. Aber sosehr es den Leuten schmeichelte, wenn man sie um Rat fragte, so sehr widerstrebte es ihnen, Informationen preiszugeben.

Sam trug ein Fischgrätensakko mit Krawatte und rauchte eine Pfeife.

Womöglich versuchte er, älter zu erscheinen, als er war. »Nehmen Sie Platz«, sagte er und faltete die Zeitung zusammen, in der er gelesen hatte.

Jasper setzte sich. Sein Verhältnis zu Sam war schwierig. Sie hatten um den Posten des Chefredakteurs konkurriert, und aus diesem Wettstreit war Sam als Sieger hervorgegangen. Jasper hatte seinen Zorn darüber immer verborgen, zumal Sam ihn zum Nachrichtenredakteur gemacht hatte. Sie waren Kollegen geworden, aber keine Freunde.

»Ich möchte nächstes Jahr Chefredakteur werden«, begann Jasper in der Hoffnung, dass Sam ihm half, und sei es aus einem Schuldgefühl heraus.

»Das entscheidet Lord Jane«, sagte Sam ausweichend. Jane war Rektor des Colleges.

»Lord Jane wird Sie nach Ihrer Meinung fragen, was die personelle Besetzung der Chefredakteursstelle angeht.«

»Über die Ernennung entscheidet ein Komitee.«

»Aber Sie und der Rektor sind die Komiteemitglieder, auf die es ankommt.«

Sam erhob keine Einwände. »Allerdings. Deshalb also möchten Sie meinen Rat?«

»Ja. Wer bewirbt sich sonst noch?«

»Toby natürlich.«

»Ernsthaft?« Toby Jenkins war der Kulturredakteur, ein Arbeitstier. Er hatte eine langweilige Serie respekttriefender Artikel über die Arbeit der Amtsträger an der Universität verfasst, beispielsweise den Archivar und den Schatzmeister.

»Ja, er will sich bewerben.«

Sam selbst hatte den Job als Chefredakteur zum Teil den Journalisten in seiner Verwandtschaft zu verdanken. Lord Jane zeigte sich von solchen Verbindungen beeindruckt. Jasper fand es ärgerlich, ließ es aber unerwähnt.

»Tobys Artikel sind ... nun ja, langatmig.«

»Er ist ein sorgfältiger Reporter, wenn auch fantasielos.«

Jasper erkannte die Bemerkung als einen Stich gegen sich selbst. Er war das Gegenteil von Toby: In seinen Berichten wurde jede Rangelei zum Faustkampf, jeder Plan zur Verschwörung, und ein Versprecher war nie weniger als eine offenkundige Lüge. Er wusste, dass die Menschen Zeitungen wegen der Sensationen lasen und nicht, um sich zu informieren.

Sam Cakebread fügte hinzu: »Und er hat den Artikel über Ratten in der Mensa geschrieben.«

»Das stimmt.« Jasper hatte ihn ganz vergessen. Der Artikel hatte einen Aufschrei ausgelöst. Dabei war es Glückssache gewesen: Tobys Vater arbeitete für den Stadtrat und wusste von den Bemühungen des Gesundheitsamts, den Nagetierbefall in den Kellern des St. Julian's College zu beseitigen, die aus dem achtzehnten Jahrhundert stammten. Toby war dank dieses Artikels Kulturredakteur geworden, aber seitdem hatte er nichts mehr geschrieben, was auch nur halb so gut gewesen wäre. »Also bräuchte ich auch einen solchen Knüller?«

»Vielleicht.«

»So etwas wie die Enthüllung, dass der Rektor mit unterschlagenen Universitätsgeldern seine Spielschulden begleicht?«

»Ich bezweifle, dass Lord Jane dem Glücksspiel frönt.« Sams Sinn für Humor war nicht allzu gut entwickelt.

Jasper dachte an Lloyd Williams. Konnte der ihm vielleicht einen Wink geben? Wohl kaum, Lloyd war schrecklich diskret.

Dann fiel ihm Evie ein. Sie hatte sich am Irving-Institut für Schauspielerei beworben, das zum St. Julian's gehörte, deshalb war sie für die Studentenzeitung von Interesse. Sie hatte gerade ihre erste Rolle beim Film erhalten und nahm an den Dreharbeiten eines Streifens namens *Alles wegen Miranda* teil. Außerdem ging sie mit Hank Remington von den Kords. Vielleicht ...

Jasper erhob sich. »Danke für Ihre Hilfe, Sam. Ich weiß das wirklich zu schätzen.«

»Immer wieder gern«, sagte Sam.

Jasper stieg in die U-Bahn nach Hause. Je mehr er darüber nachdachte, Evie zu interviewen, desto besser gefiel ihm der Gedanke. Er kannte die Wahrheit über Evie und Hank. Sie gingen nicht nur zusammen, sie hatten eine leidenschaftliche Affäre. Evies Eltern wussten lediglich, dass ihre Tochter sich an zwei oder drei Abenden in der Woche mit Hank traf und am Samstag um Mitternacht wieder zu Hause war. Jasper und Dave allerdings wussten viel mehr: Evie fuhr an den meisten Tagen nach der Schule zu Hanks Wohnung in Chelsea und hatte Sex mit ihm. Hank hatte bereits ein Lied über sie geschrieben, das »Too Young to Smoke« hieß.

Aber würde sie ihm, Jasper, ein Interview geben?

Als er am Haus auf der Great Peter Street eintraf, saß Evie in der rot gekachelten Küche und lernte ihren Text. Ihr Haar war unordentlich hochgesteckt, und sie trug ein ausgebleichtes altes Hemd; trotzdem sah sie fabelhaft aus. Jaspers Verhältnis zu Evie war von beinahe väterlicher Wärme geprägt. Während Evie schulmädchenhaft für ihn geschwärmt hatte, war er stets freundlich zu ihr gewesen, ohne sie zu ermutigen. Er hatte sich so vorsichtig verhalten, weil er keine Krise wollte, die einen Graben zwischen ihm und ihren großzügigen Eltern aufriss. Nun war Jasper heilfroh, dass er sich das Mädchen warmgehalten hatte.

»Wie läuft's?«, fragte er mit einem Nicken auf ihr Drehbuch.

Evie zuckte mit den Schultern. »Die Rolle ist nicht schwer, aber ein Film ist eine neue Herausforderung.«

»Vielleicht sollte ich dich mal interviewen.«

Sie schaute ihn betreten an. »Leider darf ich nur Publicity machen, wenn das Studio sie arrangiert.«

Jasper empfand einen Anflug von Panik. Wie würde er als Journalist dastehen, wenn es ihm nicht einmal gelang, ein Interview mit Evie an Land zu ziehen, wo er mit ihr unter dem gleichen Dach wohnte? »Es ist ja nur für die Studentenzeitung«, sagte er.

»Na ja ... also gut. Ich glaube, das zählt nicht.«

Jaspers Hoffnung stieg. »Ganz bestimmt nicht. Und vielleicht hilft es dir, vom Irving-Institut angenommen zu werden.«

Evie legte das Drehbuch hin. »Okay. Was möchtest du wissen?«

Jasper unterdrückte sein Triumphgefühl. Kühl fragte er: »Wie hast du die Rolle in *Alles wegen Miranda* bekommen?«

»Ich bin zu einem Vorsprechen gegangen.«

»Erzähl mir davon.« Jasper zog ein Notizbuch aus der Tasche und schrieb auf, was sie sagte.

Mit Bedacht erwähnte er nicht Evies Nacktszene in *Hamlet*. Er befürchtete, sie könnte ihm verbieten, darauf einzugehen. Zum Glück brauchte er sie nicht danach zu fragen, denn er hatte die Szene mit eigenen Augen gesehen. Stattdessen erkundigte er sich nach den Stars des Films und anderen berühmten Leuten, die Evie kennengelernt hatte. Langsam arbeitete er sich zu Hank Remington vor.

Als Jasper auf Hank zu sprechen kam, trat ein Leuchten in Evies Augen. »Hank ist der mutigste und hingebungsvollste Mensch, den ich kenne«, säuselte sie. »Ich bewundere ihn sehr.«

»Aber du bewunderst ihn nicht nur.«

»Stimmt. Ich bete ihn an.«

»Und ihr geht zusammen.«

»Ja, aber ich möchte nicht, dass du allzu sehr darauf eingehst.«

»Natürlich, kein Problem.« Sie hatte »Ja« gesagt, das reichte ihm.

Auf dem Flur näherten sich Schritte. Es war Dave, der aus der Schule kam. Er nahm sich heiße Milch vom Herd und machte sich Instantkaffee. »Ich dachte, du sollst keine Publicity machen«, sagte er zu Evie.

Halt die Klappe, du verwöhnter kleiner Scheißer, ging es Jasper durch den Kopf.

»Das ist nur für die *St. Julian's News*«, erwiderte Evie.

Am Abend schrieb Jasper den Artikel.

Kaum lag er getippt vor ihm, begriff er, dass er mehr sein konnte als nur ein Beitrag für die Studentenzeitung. Hank Remington war ein Star, Evie eine angehende Schauspielerin, und Lloyd war Parlamentsabgeordneter. Das kann eine Hammerstory werden, sagte sich Jasper und wurde immer aufgeregter. Wenn er es irgendwie zuwege brachte, dass der Artikel in einem überregionalen Blatt erschien, würde es seinen Karriereaussichten einen enormen Schub verleihen. Es würde ihm allerdings auch Schwierigkeiten mit der Familie Williams einbringen.

Am nächsten Tag reichte er den Artikel bei Sam Cakebread ein.

Dann rief er voller Beklemmung das Boulevardblatt *Daily Echo* an und bat, den Nachrichtenredakteur sprechen zu dürfen. Zu dem kam er zwar nicht durch, aber man verband ihn mit einem Reporter namens Barry Pugh.

»Ich bin Journalistikstudent und hätte eine Story für Sie«, sagte Jasper.

»Worum geht's?«

Jasper zögerte nur kurz. Ihm war klar, dass er Evie und die gesamte Familie Williams hinterging; dennoch machte er weiter. »Es geht um die Tochter eines Parlamentsabgeordneten, die mit einem Popstar schläft.«

»Das ist fein«, sagte Pugh. »Wer sind Sie?«

»Können wir uns treffen?«

»Ich nehme an, Sie möchten Geld?«

»Ja, aber das ist noch nicht alles.«

»Was noch?«

»Ich möchte meinen Namen über dem Artikel lesen, wenn er erscheint.«

»Schauen wir uns erst mal die Story an, dann sehen wir weiter.«

Pugh versuchte es mit den gleichen leeren Versprechungen, die Jasper bei Evie angewendet hatte. »Nein danke«, sagte Jasper bestimmt. »Wenn Ihnen die Geschichte nicht gefällt, brauchen Sie sie nicht zu drucken. Aber *wenn* die Story erscheint, steht mein Name darüber.«

»Na gut«, sagte Pugh. »Wann können wir uns treffen?«

Zwei Tage später las Jasper beim Frühstück, dass Martin Luther King eine Großdemonstration zivilen Ungehorsams in Washington plante, um eine Änderung der Bürgerrechtsgesetze voranzutreiben. King sagte voraus, dass mehr als tausend Menschen erscheinen würden.

»Junge, das würde ich zu gerne sehen«, sagte Jasper.

»Ich auch«, sagte Evie.

Die Kundgebung sollte im August stattfinden, während der Semesterferien, und Jasper hätte sich freimachen können. Nur die neunzig Pfund für den Flug in die USA konnte er nicht aufbringen.

Daisy Williams öffnete einen Umschlag und rief: »Meine Güte! Lloyd, das ist ein Brief von deiner deutschen Cousine Rebecca!«

Dave, der Jüngste, schluckte seine gezuckerten Frühstücksflocken und fragte kauend: »Wer, zum Henker, ist Rebecca?«

Sein Vater hatte mit der Geschwindigkeit des Berufspolitikers die Zeitungen durchgeblättert. Er sah auf. »Eigentlich ist sie keine Cousine. Entfernte Verwandte von mir haben sie adoptiert, nachdem ihre Eltern im Krieg ums Leben gekommen waren.«

Jasper hatte bemerkt, dass Lloyd stets verdächtig vage blieb, was seine Verwandtschaft anging. Der verstorbene Bernie Leckwith war sein Stiefvater gewesen, doch niemand sprach je von seinem richtigen Vater. Jasper war sich sicher, dass Lloyd illegitim war. Aber das war keine Story für die Skandalpresse: Eine uneheliche Herkunft bedeutete längst keine so große Schande mehr wie früher. Dennoch gab Lloyd niemals Einzelheiten preis.

Nun fuhr er fort: »Rebecca habe ich zuletzt 1948 gesehen. Sie muss ungefähr siebzehn gewesen sein. Da war sie bereits von meiner Verwandten adoptiert, Carla Franck. Sie wohnten in Berlin-Mitte, also steht ihr Haus jetzt auf der anderen Seite der Mauer. Was ist aus ihr geworden?«

»Offenbar ist sie irgendwie aus Ostdeutschland rausgekommen und nach Hamburg geflohen«, antwortete Daisy. »Oje, hier steht, ihr Mann wurde bei der Flucht verletzt und sitzt jetzt im Rollstuhl.«

»Und weshalb schreibt sie uns?«

»Sie versucht, Hannelore Rothmann zu finden.« Daisy blickte Jasper an. »Deine Großmutter. Offenbar hat sie Rebecca im Krieg geholfen, als deren leibliche Eltern getötet wurden.«

Jasper hatte die Familie seiner Mutter nie kennengelernt. »Wir wissen nicht genau, was aus meinen deutschen Großeltern geworden ist, aber Mutter ist sicher, dass sie tot sind«, sagte er.

»Ich werde deiner Mutter diesen Brief zeigen«, erklärte Daisy. »Sie sollte Rebecca schreiben.«

Lloyd schlug das *Daily Echo* auf und rief: »Hölle und Verdammnis, was ist denn das?«

Auf diesen Augenblick hatte Jasper gewartet. Er faltete die Hände auf dem Schoß, um ihr Zittern zu unterbinden.

Lloyd breitete die Zeitung auf dem Tisch aus. Auf Seite drei war ein Foto von Evie, wie sie mit Hank Remington aus einem Nachtclub kam. Die Schlagzeile lautete:

KORDS-STAR HANK
UND LABOUR-MPS
BLITZER-TOCHTER (17)
VON BARRY PUGH UND JASPER MURRAY

»Das habe ich nicht geschrieben!«, log Jasper. Doch seine Empörung klang sogar in seinen eigenen Ohren unaufrichtig; innerlich empfand er ein Hochgefühl, weil er seinen Namen über einem Artikel in einer überregionalen Zeitung las. Die anderen schienen seine gemischten Gefühle aber nicht zu bemerken.

Lloyd las vor: »Popstar Hank Remington hat eine neue Flamme, die gerade siebzehnjährige Tochter von Lloyd Williams, Parlamentsabgeordneter für Hoxton. Das Filmstarlet Evie Williams ist berühmt für ihren Nacktauftritt auf der Bühne von Lambeth Grammar, der vornehmen Schule für die Kinder der oberen Zehntausend ...«

»Oh Gott«, sagte Daisy, »wie peinlich.«

Lloyd las weiter: »Evie sagte: ›Hank ist der mutigste und hingebungsvollste Mensch, den ich kenne.‹ Evie und Hank unterstützen die Bewegung zur atomaren Abrüstung, trotz der Missbilligung durch Evies Vater, dem militärpolitischen Sprecher der Labour-Partei.« Lloyd blickte Evie ernst an. »Du kennst eine Menge mutige und hingebungsvolle Menschen, darunter deine Mutter, die in der Luftschlacht um England einen Krankenwagen gefahren hat, und deinen Großonkel Billy, der an der Somme kämpfte. Hank muss wirklich bemerkenswert sein, dass er die beiden in den Schatten stellt.«

»Ich dachte«, warf Daisy ein, »du darfst ohne Erlaubnis des Studios keine Interviews geben, Evie.«

»Oh Gott, das ist meine Schuld«, sagte Jasper. Alle blickten ihn an. Er hatte gewusst, dass eine solche Szene bevorstand und war darauf vorbereitet. Und es bereitete ihm keine Schwierigkeiten, den Verzweifelten zu spielen: Er fühlte sich tatsächlich ein bisschen schuldig. »Ich habe Evie für die Studentenzeitung interviewt. Das *Echo* muss meine Story geklaut und umgeschrieben haben, damit sie zur Sensation wird!« Auch diese Lüge hatte er sich vorher ausgedacht.

»Die erste Lektion des Lebens in der Öffentlichkeit«, sagte Lloyd. »Journalisten sind heimtückisch.«

Genau das bin ich auch, dachte Jasper. Heimtückisch. Doch die Williams' schienen zu glauben, er hätte nicht gewollt, dass die Story im *Echo* erschien.

Evie war den Tränen nahe. »Hoffentlich verliere ich jetzt nicht meine Rolle!«

»Ich kann mir nicht vorstellen«, sagte Daisy, »dass der Artikel dem Film schadet, im Gegenteil.«

»Ich hoffe, du hast recht«, sagte Evie.

»Es tut mir sehr leid, Evie«, murmelte Jasper mit aller Aufrichtigkeit, die er zu mobilisieren vermochte. »Ich fühle mich schrecklich. Ich habe dich furchtbar enttäuscht.«

»Das wolltest du ja nicht«, sagte Evie rücksichtsvoll.

Jasper atmete innerlich auf. Wie es schien, war er noch einmal davongekommen. Am ganzen Tisch kein vorwurfsvoller Blick. Der Bericht im *Echo* war für keinen von ihnen seine, Jaspers Schuld. Nur bei Daisy war er sich nicht ganz sicher: Sie zeigte ein leichtes Stirnrunzeln und wich seinem Blick aus. Doch sie mochte Jasper um seiner Mutter willen und würde ihm kein falsches Spiel vorwerfen.

Jasper stand auf. »Ich gehe zur Redaktion des *Daily Echo*«, verkündete er. »Dieser Mistkerl von Pugh soll mir erklären, wie der Artikel zustande kommt!«

Er war froh, aus dem Haus zu kommen. Er hatte sich erfolgreich aus einer schwierigen Lage herausgelogen, und seine Erleichterung nach der Anspannung war gewaltig.

Eine Stunde später war er in der Nachrichtenredaktion des *Echo*. Wie großartig, hier zu sein! Das war die Welt, in die er wollte: der große Konferenztisch, die Schreibmaschinen, die klingelnden Telefone, die Rohrpost, die Satzfahnen durch den Raum transportierte, die aufgeregte Atmosphäre.

Barry Pugh war Mitte zwanzig, ein kleiner Mann mit Schielaugen in einem zerknitterten Anzug und abgestoßenen Wildlederschuhen. »Das haben Sie gut gemacht«, sagte er.

»Die arme Evie weiß noch immer nicht, dass ich Ihnen die Story gegeben habe«, sagte Jasper zerknirscht.

Pugh hatte keine Geduld mit Jaspers Skrupeln. »Würden wir jedes Mal um Erlaubnis bitten, kämen nur verdammt wenige Storys in die Zeitung.«

»Sie sollte alle Interviews ablehnen, außer denen, die vom Pressebetreuer des Studios vereinbart werden.«

»Pressebetreuer sind die Feinde des Journalisten. Sie sollten stolz darauf sein, dass Sie einem von diesen Typen eine lange Nase drehen konnten.«

»Bin ich auch.«

Pugh reichte ihm ein Kuvert. Jasper riss es auf. Es enthielt einen Scheck. »Ihre Bezahlung«, sagte Pugh. »So viel bekommen sie für einen Aufmacher auf Seite drei.«

Jasper blickte auf die Summe. Es waren neunzig Pfund.

Er dachte an den Aufmarsch in Washington. Neunzig Pfund kostete der Flug in die USA. Jetzt konnte er nach Amerika reisen! Er steckte den Scheck ein. »Ich danke Ihnen sehr.«

Barry nickte. »Sagen Sie Bescheid, wenn Sie wieder so eine Story haben.«

*

Dave Williams war nervös wegen des Auftritts im Jump Club, einem Londoner Edelschuppen gleich an der Oxford Street. Der Club stand in dem Ruf, immer wieder neue Stars hervorzubringen, und etliche Gruppen, die zurzeit in der Hitparade waren, hatten im Jump Club angefangen. Außerdem kamen bekannte Musiker hierher, um sich Talente anzuhören.

Die Einrichtung des Jump Clubs jedenfalls war nichts Besonderes: An einem Ende war eine kleine Bühne, am anderen Ende eine Theke. Dazwischen gab es genug Platz, dass zweihundert Leute Hintern an Hintern tanzen konnten. Der Fußboden diente als riesiger Aschenbecher, und die einzige Dekoration waren zerfledderte Poster berühmter Bands, die hier gespielt hatten – außer in der Garderobe, deren Wände von den obszönsten Graffiti strotzten, die Dave je gesehen hatte.

Daves musikalische Zusammenarbeit mit den Guardsmen lief in letzter Zeit viel besser, zum Teil dank der Hilfsbereitschaft seines Cousins. Lenny hatte eine Schwäche für Dave und behandelte ihn onkelhaft, obwohl er nur acht Jahre älter war. »Achte auf den Schlagzeuger«, hatte Lenny ihm gesagt. »Dann bist du immer im Takt.« Und: »Bring dir bei zu spielen, ohne auf die Gitarre zu gucken, dann kannst du dem Publikum in die Augen schauen. Das ist immer von Vorteil.«

Dave war dankbar für jeden Tipp, zumal er noch weit davon entfernt war, wie ein Profi auszusehen. Gleichzeitig fühlte er sich großartig, wenn er auf der Bühne stand. Er hatte sich sogar ausgemalt, wie es wäre, Berufsmusiker zu werden, doch er wusste, wie gering die Chancen standen.

Doch die Gruppe wurde tatsächlich immer besser. Wenn Dave mit Lenny zusammen sang, klangen sie moderner als die meisten Konkurrenten aus der örtlichen Musikszene, fast schon wie die Beatles. Außerdem hatte Dave die anderen überzeugt, sich auf musikalisches Neuland zu wagen und Blues und Soul zu spielen, auf den man tanzen konnte – die Art Musik, wie einige jüngere Gruppen sie bevorzugten. Mit Erfolg: Sie bekamen mehr Gigs als zuvor. Statt einmal alle vierzehn Tage waren sie jetzt jeden Freitag- und Samstagabend gebucht.

Doch Daves Nervosität an diesem Tag hatte ganz andere Gründe: Sie hatten diesen Gig bekommen, nachdem er Evies Freund, Hank Remington, um eine Empfehlung für die Gruppe gebeten hatte. Dabei hatte Hank über ihren Namen die Nase gerümpft. »Guardsmen hört sich furchtbar altmodisch an. Wie Four Aces oder Jordanaires. Fällt euch nichts Besseres ein?«

»Den Namen könnten wir ja ändern«, hatte Dave erwidert; für einen Auftritt im Jump Club war er zu allem bereit.

»Hast du schon 'ne Idee?«

Dave schüttelte den Kopf. »Noch nicht.«

»In letzter Zeit suchen sich viele Bands die Namen nach alten Bluesnummern aus, wie die Rolling Stones es getan haben.«

Dave erinnerte sich an einen Song von Booker T & The M.G.'s, den er vor ein paar Tagen gehört hatte. Der Name hatte sich ihm eingeprägt. »Wie wär's mit Plum Nellie?«, fragte er.

Hank hatte die Idee gefallen, und so hatte er dem Jump Club »eine geniale neue Gruppe namens Plum Nellie« empfohlen. Ein Vorschlag von jemandem, der so berühmt war wie Hank, kam einem Befehl gleich, und Plum Nellie bekam den Gig.

Doch als Dave die Namensänderung vorgeschlagen hatte, hatte Lenny sie rundheraus abgelehnt. »Wir sind die Guardsmen, und wir bleiben die Guardsmen«, hatte er störrisch erwidert und abrupt das Thema gewechselt.

Dave hatte nicht gewagt, ihm zu sagen, dass sie im Jump Club bereits unter dem neuen Namen auftreten würden. Jetzt war der kritische Augenblick gekommen.

Phil Burleight, der Besitzer des Clubs, kam zu ihnen und hörte zu, als die Gruppe sich warm spielte. Phil war vorzeitig kahl geworden, was ihm – wie könnte es anders sein – den Spitznamen »Curly« eingebracht hatte, »Lockenkopf«. Am Ende nickte er zufrieden. »Nicht übel, Plum Nellie.«

Lenny bedachte ihn mit einem giftigen Blick. »Die Gruppe heißt Guardsmen.«

»Wir hatten doch davon gesprochen, den Namen zu ändern«, warf Dave schüchtern ein.

»*Du* hast davon gesprochen. Ich habe Nein gesagt.«

»Guardsmen ist ein schrecklicher Name«, sagte Curly.

»So heißen wir aber!«, fuhr Lenny auf.

»Jetzt hör doch mal«, sagte Curly mit einem Anflug von Verzweiflung, »heute Abend kommt Byron Chesterfield in den Club. Er ist der wichtigste Promoter in London, vielleicht sogar in ganz Europa. Er kann vielleicht was für euch tun, aber nicht mit dem Namen.«

»Byron Chesterfield?« Lenny lachte. »Den kenne ich seit 'ner halben Ewigkeit. Sein richtiger Name ist Brian Chesnowitz. Sein Bruder hat in Aldgate 'nen Marktstand.«

»Trotzdem«, erwiderte Curly. »*Euer* Name macht mir Kopfzerbrechen, nicht seiner.«

»Unser Name ist bombig.«

»Ich kann keine Gruppe auf die Bühne lassen, die sich die Guardsmen nennt. Ich hab einen Ruf zu verlieren.« Curly stand auf. »Tut mir leid, Jungs. Ihr könnt euer Zeug zusammenpacken.«

»Komm schon, Curly«, sagte Dave. »Du willst doch nicht, dass Hank Remington sauer auf dich ist, oder?«

»Hank ist ein guter Kumpel von mir«, entgegnete Curly. »In den Fünfzigern haben wir in der 2i's Coffee Bar zusammen Skiffle gespielt. Aber er hat mir eine Band namens Plum Nellie empfohlen, keine bescheuerten Guardsmen.«

Dave war der Panik nahe. »Alle meine Freunde kommen heute!«, rief er. »Du kannst uns doch jetzt nicht rauswerfen!«

»Doch«, erwiderte Curly. »Tut mir leid.«

Dave wandte sich an Lenny. »Sei doch vernünftig«, sagte er. »Was ist denn schon ein Name?«

»Es ist meine Gruppe, nicht deine«, erwiderte Lenny störrisch.

Darum also ging es. »Natürlich ist es *deine* Gruppe. Aber du hast mir beigebracht, dass der Kunde immer recht hat.« Ihm kam eine Idee. »Außerdem kannst du den Namen ja morgen früh wieder in Guardsmen ändern, wenn du willst.«

»Nein«, sagte Lenny, schien aber nicht mehr ganz so abgeneigt.

»Das ist besser, als nicht zu spielen.« Dave versuchte, seinen Vorteil nicht aus der Hand zu geben. »Wäre doch Wahnsinn, jetzt alles hinzuschmeißen, wo wir diese Chance haben.«

»Okay«, lenkte Lenny ein. »Aber nur für diesen einen Abend!«

Zu Daves Erleichterung war die Krise überwunden.

Nun standen sie an der Theke und tranken Bier, während die ersten Gäste eintrudelten. Dave beschränkte sich auf ein Pint: Es genügte zu seiner Entspannung, ohne dass er die Akkorde vermasselte. Lenny hingegen trank zwei Pints, Geoffrey drei.

Dann erschien Linda Robertson in einem kurzen lila Kleid und weißen Kniestiefeln. Sie und die anderen Freunde Daves waren zu jung, um in Kneipen legal Alkohol trinken zu dürfen, aber sie gaben sich große Mühe, älter auszusehen, und das Gesetz wurde sowieso nicht allzu streng gehandhabt.

Lindas Verhalten gegenüber Dave hatte sich verändert. Früher hatte sie ihn behandelt wie einen kleinen Bruder, der aufgeweckt war für sein Alter, obwohl sie beide gleich alt waren. Dass Dave nun im Jump Club auftrat, schien ihn in Lindas Augen zu einem anderen Menschen zu machen. Jetzt betrachtete sie ihn als weltgewandten Erwachsenen und stellte ihm aufgeregt Fragen über die Gruppe.

Wenn ich das schon bekomme, nur weil ich mit Lennys Schmalspurband auftrete, überlegte Dave, wie muss es dann erst sein, wenn man ein richtiger Popstar ist?

Mit den anderen ging er zurück in die Garderobe, um sich umzuziehen. Professionelle Gruppen traten gewöhnlich in zueinander passenden Anzügen auf, aber die waren teuer. Lennys Kompromisslösung bestand darin, dass jeder ein rotes Hemd trug. Dave fand sowieso, dass uniformierte Bands außer Mode kamen: Bei den anarchistischen Rolling Stones kleidete sich jeder so, wie er wollte.

Plum Nellie stand auf dem Plakat ganz unten und spielte deshalb als Erste. Lenny, als Chef der Gruppe, kündigte die Songs an. Er saß auf der Seite der Bühne, und das Piano war so aufgestellt, dass er das Publikum anschauen konnte. Dave stand in der Mitte, wenn er spielte und sang, sodass die meisten Blicke auf ihn fielen. Jetzt, wo er sich vorerst keine Sorgen um den Namen der Gruppe mehr zu machen brauchte, konnte er sich entspannen. Er wiegte sich geschmeidig in den Hüften, als er spielte, und schwang die Gitarre, als wäre sie seine Tanzpartnerin. Wenn er sang, stellte er sich vor, dass er vor dem Publikum eine Rede hielt, und betonte die Wörter mit Gesichtsausdrücken und Bewegungen des Kopfes. Wie immer reagierten besonders die Mädchen darauf und schmachteten ihn an, während sie zum Beat tanzten.

Nach dem Auftritt kam Byron Chesterfield zu ihnen in die Garderobe. Er war um die vierzig, trug einen hellblauen Anzug mit Weste und einen Schlips mit Gänseblumenmuster. Zu beiden Seiten einer altmodischen Brillantinetolle zog sein Haar sich bereits dramatisch zurück. Er kam mit einer Wolke Eau de Cologne in den Raum.

»Nicht übel, deine Band«, sagte er zu Dave.

Dave wies auf Lenny. »Danke, Mr. Chesterfield, aber es ist Lennys Gruppe.«

»Hallo, Bryon«, sagte Lenny, »erinnerst du dich denn nicht an mich?«

Bryon zögerte einen Augenblick, dann rief er: »Ich fass es nicht! Lenny Avery!« Sein Londoner Akzent wurde breiter. »Ich hätte dich nie erkannt. Was macht der Marktstand?«

»Die Geschäfte laufen bestens«, sagte Lenny. »Sind nie besser gelaufen.«

»Die Band ist nicht schlecht, Lenny.« Mit dem Daumen deutete er auf Dave. »Und die Mädchen mögen den Jungen da. Habt ihr viele Auftritte?«

Dave war ganz aufgeregt. Byron Chesterfield gefiel die Band!

»Wir treten jedes Wochenende auf«, sagte Lenny.

»Ich könnte euch im Sommer einen Gig außerhalb Londons verschaffen, für sechs Wochen, falls ihr interessiert seid«, sagte Byron. »Fünf Abende jede Woche, Dienstag bis Samstag.«

»Ich weiß nicht ...« Lenny gab sich gleichgültig. »Dann müsste meine Schwester den Marktstand übernehmen, solange ich weg bin.«

»Neunzig Pfund die Woche, bar auf die Kralle, keine Abzüge.«

Das war mehr, als ihnen je gezahlt worden war, rechnete Dave sich aus. Und mit etwas Glück fiel der Gig in die Schulferien.

»Was ist mit Verpflegung und Unterkunft?«, fragte Lenny.

Zuerst wurde Dave wütend, weil Lenny noch immer unschlüssig zu sein schien, dann aber erkannte er, dass Lenny verhandelte.

»Ihr bekommt Unterkunft, aber keine Verpflegung«, sagte Byron.

Dave fragte sich, ob es ein Ferienort an der See war, dass dort im Sommer so viele Entertainer auftraten.

Lenny sagte: »Für so wenig Geld kann ich den Stand nicht allein lassen, Brian. Schade, dass es nicht hundertzwanzig die Woche sind. Dann würde ich darüber nachdenken.«

»Der Schuppen lässt sich vielleicht auf fünfundneunzig ein, aber das wäre ein persönlicher Gefallen.«

»Sagen wir hundertzehn.«

»Wenn ich auf mein Honorar verzichte, kann ich euch hundert geben.«

Lenny blickte die anderen an. »Was sagt ihr, Jungs?«

Alle wollten den Gig.

»Welcher Schuppen ist es denn?«, fragte Lenny.

»Ein Club namens Dive.«

Lenny schüttelte den Kopf. »Nie gehört. Wo ist der?«

»Hab ich das nicht gesagt?«, entgegnete Byron Chesterfield. »In Hamburg.«

*

Dave konnte sein Glück kaum fassen. Ein Sechs-Wochen-Gig in Deutschland! Und rechtlich gesehen war er alt genug, um die Schule zu verlassen. Gab es vielleicht doch eine Chance, dass er Berufsmusiker wurde?

In überschwänglicher Stimmung nahm er seine Gitarre, seinen Verstärker und Linda Robertson mit zum Haus auf der Great Peter Street. Er wollte sein Zeug loswerden, ehe er Linda nach Hause begleitete; sie wohnte in Chelsea. Leider waren seine Eltern noch auf, und seine Mutter überfiel ihn im Hausflur.

»Wie war es?«, fragte sie fröhlich.

»Toll. Ich stelle nur meine Sachen ab, dann bringe ich Linda nach Hause.«

»Hallo, Linda«, sagte Daisy. »Schön, dich wiederzusehen.«

»Wie geht es Ihnen?«, fragte Linda höflich und machte auf züchtiges Schulmädchen, aber Dave entging nicht, wie argwöhnisch seine Mutter das kurze Kleid und die sexy Stiefel musterte.

»Wird euch der Club wieder beschäftigen?«, wollte sie dann wissen.

»Ein Veranstalter namens Byron Chesterfield hat uns einen Sommerjob in einem anderen Club angeboten, der in die Schulferien fällt. Ist das nicht klasse?«

Sein Vater kam aus dem Wohnzimmer. Er trug noch immer den Anzug von der politischen Veranstaltung, die er am Samstagabend besucht hatte, was immer es gewesen war. »Was gibt es in den Schulferien?«

»Unsere Gruppe hat ein sechswöchiges Engagement.«

Lloyd runzelte die Stirn. »In den Ferien musst du einiges nachholen. Nächstes Jahr stehen die Schulabschlussprüfungen an. Und bisher sind deine Noten längst nicht so gut, dass du dir erlauben könntest, auch nur einen Tag freizunehmen, geschweige denn die ganzen Sommerferien.«

»Ich kann ja tagsüber lernen. Wir spielen nur abends.«

»Hmm. Es scheint dir egal zu sein, ob du das jährliche Familientreffen in Tenby verpasst.«

»Das stimmt nicht«, log Dave. »Ich bin gern in Tenby. Aber das ist eine große Chance für mich.«

»Tja, ich wüsste nur nicht, wie wir dich zwei Wochen lang allein im Haus lassen könnten, während wir in Wales sind. Du bist erst fünfzehn.«

»Ähem ... der Club ist nicht in London«, sagte Dave.

»Wo denn?«

»In Hamburg.«

»Wie bitte?«, fragte Daisy.

»Sei nicht albern, mein Junge«, sagte Lloyd. »Glaubst du allen Ernstes, wir erlauben dir, in deinem Alter sechs Wochen in Hamburg zu arbeiten? Ganz davon abgesehen, dass es gegen das deutsche Arbeitsschutzgesetz verstoßen dürfte.«

»Nicht alle Gesetze werden streng durchgesetzt«, wandte Dave ein. »Du hast auch schon Bier in Pubs gesüffelt, ehe du achtzehn warst.«

»Als ich achtzehn war, bin ich mit meiner Mutter nach Deutschland gereist. Ich habe mit fünfzehn ganz bestimmt keine sechs Wochen ohne Begleitung in einem fremden Land verbracht.«

»Ich wäre ja nicht ohne Begleitung. Cousin Lenny ist mit dabei.«

»Ich kann mir nicht vorstellen, dass Lenny eine verlässliche Aufsichtsperson wäre.«

»Aufsichtsperson?«, fragte Dave eingeschnappt. »Warum nicht gleich eine Anstandsdame, als wäre ich eine Jungfrau im viktorianischen Zeitalter!«

»Du bist dem Gesetz zufolge ein Kind und in der Realität ein Heranwachsender. Ganz bestimmt bist du noch nicht erwachsen.«

»Ich habe doch eine Cousine in Hamburg«, sagte Dave voller Verzweiflung. »Rebecca. Sie hat Mam geschrieben. Ihr könntet sie bitten, sich um mich zu kümmern.«

»Sie ist eine entfernte Cousine und nur durch Adoption unsere Verwandte. Außerdem habe ich sie seit sechzehn Jahren nicht mehr gesehen. Das ist für mich keine ausreichend enge Verbindung, dass ich ihr den ganzen Sommer einen aufsässigen Teenager aufhalsen würde. Ich hätte sogar Bedenken, meine eigene Schwester um so etwas zu bitten.«

Daisy sagte in versöhnlichem Tonfall: »In ihrem Brief macht sie aber einen sehr netten Eindruck, Lloyd. Und ich glaube nicht, dass sie eigene Kinder hat. Vielleicht hat sie nichts dagegen, wenn wir sie fragen.«

Lloyd blickte sie verärgert an. »Möchtest du wirklich, dass Dave nach Hamburg geht?«

»Natürlich nicht. Wenn es nach mir ginge, käme er mit uns nach Tenby. Aber er wird erwachsen, und vielleicht müssen wir ihn ein bisschen von der Leine lassen.« Sie schaute Dave an. »Er wird feststellen, dass die Arbeit härter ist und weniger Spaß macht, als er sich jetzt ausmalt. Vielleicht lernt er etwas fürs Leben daraus.«

»Nein«, sagte Lloyd. »Wenn er achtzehn wäre, dann vielleicht. Aber er ist zu jung, viel zu jung.«

Dave wollte vor Wut losschreien und gleichzeitig in Tränen ausbrechen. Sie konnten ihm doch nicht diese Chance vermasseln!

»Es ist spät«, sagte Daisy. »Reden wir morgen früh darüber. Dave muss Linda nach Hause bringen, ehe ihre Eltern sich Sorgen machen.«

Dave zögerte. Er wollte die Auseinandersetzung nicht aufschieben.

Lloyd ging zur Treppe. »Mach dir keine Hoffnungen«, sagte er über die Schulter zu Dave. »Daraus wird nichts.«

Dave öffnete die Haustür. Er wusste, wenn er jetzt ging, ohne etwas zu erwidern, würden seine Eltern die Situation völlig falsch einschätzen. Er musste ihnen klarmachen, dass sie ihn nicht daran hindern konnten, nach Hamburg zu gehen. »Hört mir gut zu«, sagte er in einem Tonfall, der seinen Vater innehalten ließ. »Zum ersten Mal im Leben habe ich mit etwas Erfolg. Wenn ihr versucht, mir das wegzunehmen, haue ich ab. Und ich schwöre euch – wenn ich einmal weggehe, komme ich nie wieder.«

Er schob Linda hinaus und knallte die Tür hinter sich zu.

KAPITEL 24

Tanja Dworkin war wieder in Moskau, Wassili Jenkow nicht.

Nachdem sie beide am Majakowski-Platz verhaftet worden waren, hatte man Wassili wegen »konterrevolutionärer Umtriebe und Propaganda« zu zwei Jahren Lagerhaft in Sibirien verurteilt. Tanja hatte ein schlechtes Gewissen. Sie war Wassilis Mitverschwörerin gewesen, aber sie war damit durchgekommen.

Tanja nahm an, dass Wassili geschlagen und verhört worden war. Aber sie war noch immer frei und arbeitete als Journalistin; also hatte er sie nicht verraten. Vielleicht hatte er sich ja geweigert zu reden. Wahrscheinlicher war jedoch, dass er erfundene Namen genannt hatte, und der KGB ging nun davon aus, dass die betreffenden Personen schwer zu fassen waren.

Im Sommer 1963 hatte Wassili seine Strafe abgesessen. Wenn er noch lebte – wenn er die Kälte, den Hunger und die Krankheiten überstanden hatte, die viele Lagerinsassen dahinrafften –, sollte er jetzt frei sein. Aber rätselhafterweise war er nicht wieder aufgetaucht.

Normalerweise war es Gefangenen gestattet, jeden Monat einen Brief zu verschicken und zu empfangen, wenn auch stark zensiert. Doch Wassili durfte Tanja nicht schreiben; damit hätte er sie an den KGB verraten. Deshalb hatte sie keine Informationen über Wassilis Schicksal, was vermutlich auch für die meisten seiner Freunde galt.

Aber vielleicht hatte er ja seiner Mutter in Leningrad geschrieben. Tanja hatte sie nie kennengelernt. Wassili hatte seine Verbindung zu Tanja sogar vor der eigenen Mutter geheim gehalten.

Wie dem auch sei, Wassili war Tanjas bester Freund gewesen. Nachts lag sie wach und machte sich Sorgen um ihn. War er krank? Vielleicht sogar tot? Möglicherweise hatte man ihn noch wegen anderer Verbrechen verurteilt und seine Haftstrafe verlängert. Die Ungewissheit trieb Tanja beinahe in den Wahnsinn.

Eines Nachmittags nahm sie das Risiko auf sich und erwähnte Wassili ihrem Chef gegenüber, Daniil Antonow. Tanjas Redaktion bei der TASS war ein großer, lauter Raum voller Journalisten, die ständig tippten, telefonierten, Zeitung lasen oder diskutierten. Wenn sie leise genug sprach, würde niemand sie hören.

»Was ist eigentlich aus Ustin Bodian geworden?«, begann sie vorsichtig. Es war Bodians Schicksal gewesen, das überhaupt erst zur Veröffentlichung des Artikels in der *Opposition* geführt hatte, die wiederum Wassilis Verurteilung nach sich gezogen hatte. Und Tanja hatte den Artikel geschrieben.

»Bodian ist an Lungenentzündung gestorben«, sagte Daniil.

Das wusste Tanja längst. Sie spielte nur die Unwissende, um unauffällig auf Wassili zu sprechen zu kommen. »Da war doch so ein Schreiberling, den man am gleichen Tag verhaftet hat wie mich ... Wassili Jenkow«, sagte sie. »Hast du eine Ahnung, was mit ihm passiert ist?«

»Du meinst den Drehbuchautor? Der hat zwei Jahre bekommen.«

»Dann müsste er inzwischen frei sein, oder?«

»Schon möglich. Ich habe nichts mehr von ihm gehört. Seine alte Stelle bekommt er jedenfalls nicht zurück. Keine Ahnung, was er stattdessen macht.«

Tanja war sicher, dass Wassili nach Moskau kam. Aber sie tat erst einmal so, als würde die Sache sie nicht mehr interessieren. Stattdessen schrieb sie weiter an einem Artikel über Arbeiter in einer Ziegelei.

Tanja hatte bereits mehrmals diskret bei verschiedenen Leuten nachgefragt, die es wissen mussten, falls Wassili zurückgekehrt war. Doch niemand konnte ihr helfen, niemand wollte etwas gehört haben.

Dann, an diesem Nachmittag, erfuhr Tanja doch etwas.

Als sie nach Feierabend das TASS-Gebäude verließ, wurde sie von einem Fremden angesprochen. Eine Stimme fragte: »Tanja Dworkin?«

Tanja drehte sich um und sah einen blassen, dünnen Mann in schmutziger Kleidung.

»Ja?«, antwortete sie ein wenig nervös. Sie konnte sich nicht vorstellen, was so ein Mann von ihr wollte.

»Wassili Jenkow hat mir das Leben gerettet«, sagte der Unbekannte.

Es kam so unerwartet, dass Tanja einen Augenblick lang nicht wusste, wie sie darauf reagieren sollte. Ihre Gedanken rasten. Woher kannte dieser Mann Wassili? Wo und wann hatte Wassili ihm das Leben gerettet? Und warum kam der Mann jetzt zu ihr?

Der Fremde drückte Tanja einen großen, schmuddeligen Umschlag in die Hand und wandte sich zum Gehen.

Es dauerte einen Moment, bis Tanja sich gefasst hatte. Dann wurde ihr klar, dass es eine Frage gab, die ihr wichtiger war als alle anderen. »Lebt Wassili noch?«, rief sie dem Mann hinterher.

Der Fremde blieb stehen und schaute zurück. Er schwieg, sodass Tanja schon mit dem Schlimmsten rechnete. Dann aber sagte er: »Ja.«

Erleichterung erfasste Tanja. Wassili lebte!

Als der Mann weiterging, rief sie ihm hinterher: »Warten Sie!« Doch der Unbekannte beschleunigte seine Schritte, bog um eine Hausecke und verschwand.

Tanja betrachtete den Umschlag. Er war nicht verschlossen. Sie schaute hinein. Da waren mehrere Blatt Papier. Tanja erkannte Wassilis Handschrift. Rasch zog sie die Hälfte der Blätter heraus. Das erste trug die Überschrift:

FROSTBRAND
VON IWAN KUZNETSOW

Tanja steckte die Blätter wieder in den Umschlag und ging zur Bushaltestelle. Sie hatte Angst und war aufgeregt zugleich. »Iwan Kuznetsow« war offensichtlich ein Pseudonym, der gewöhnlichste Name, den man sich vorstellen konnte, wie Hans Schmidt in Deutschland oder Jean Lefevre in Frankreich.

Was hatte Wassili geschrieben? Einen Artikel? Eine Geschichte? Tanja konnte es kaum erwarten, Wassilis Zeilen zu lesen, obwohl sie sich zugleich der Gefahr bewusst war, denn ohne Zweifel war der Text subversiv.

Tanja steckte den Umschlag in ihre Umhängetasche. Als der Bus kam, war er bis auf den letzten Platz besetzt; viele Leute hatten um diese Zeit Feierabend. Deshalb konnte Tanja sich das Manuskript auf der Heimfahrt unmöglich anschauen. Nicht auszudenken, wenn jemand ihr über die Schulter blickte. Nein, sie musste ihre Ungeduld im Zaum halten.

Tanja dachte über den Mann nach, der ihr den Umschlag gegeben hatte. Er war schlecht gekleidet gewesen, halb verhungert, in miserablem Gesundheitszustand, und er hatte ängstlich ausgesehen ... wie ein Mann, der gerade aus dem Lager entlassen worden war. Er schien froh gewesen zu sein, den Umschlag loszuwerden, und er hatte nicht mehr sagen wollen als unbedingt nötig. Aber er hatte ihr wenigstens erklärt, warum er den gefährlichen Auftrag angenommen hatte: Er hatte eine Schuld beglichen. »Wassili Jenkow hat mir das Leben gerettet«, hatte der Fremde gesagt.

Wieder fragte sich Tanja, was genau das bedeutete.

Sie stieg aus und ging zum Haus am Ufer. Nach ihrer Rückkehr aus Kuba war sie wieder bei ihrer Mutter eingezogen. Sie hatte keinen Grund, sich eine eigene Wohnung zu suchen, und selbst wenn, wäre sie kaum so luxuriös gewesen.

Tanja wechselte ein paar Worte mit ihrer Mutter. Dann ging sie ins Schlafzimmer, setzte sich aufs Bett und las, was Wassili geschrieben hatte.

Seine Handschrift hatte sich verändert. Die Buchstaben waren kleiner geworden und hatten deutlich weniger Schnörkel. War das auf eine Persönlichkeitsveränderung zurückzuführen, überlegte Tanja, oder nur auf Papiermangel?

Sie begann zu lesen.

Josip Iwanowitsch Maslow, genannt Soso, war überglücklich, dass das Essen verdorben war.

Normalerweise stahlen die Wachen die meisten Rationen und verkauften sie, und für die Gefangenen blieben nur Haferschleim am Morgen und Rübensuppe am Abend. In Sibirien, wo fast ständig Minusgrade herrschen, wird Nahrung nur selten schlecht, doch der Sozialismus konnte Wunder wirken. Wenn also das Fleisch manchmal voller Maden war und das Fett ranzig, dann wurde nichts gestohlen, und der Koch warf alles zusammen in einen Topf, und die Gefangenen freuten sich. Soso schlang die ölige, stinkende Kascha herunter und sehnte sich nach mehr.

Tanja wurde übel, aber sie musste weiterlesen. Und je mehr sie las, desto beeindruckter war sie. Die Geschichte drehte sich um die ungewöhnliche Beziehung zwischen zwei Gefangenen – der eine ein intellektueller Dissident, der andere ein ungebildeter Straßenräuber. Wassili hatte einen schlichten, direkten Stil, der sich aber als bemerkenswert eindringlich erwies. Er beschrieb das Lagerleben in einer brutal offenen und lebendigen Sprache.

Aber da war mehr als nur diese Beschreibungen. Vielleicht lag es an Wassilis Erfahrung in der Hörspielredaktion, aber er wusste genau, wie man Spannung erzeugte, und Tanja musste einfach weiterlesen.

Das erfundene Lager lag mitten in einem sibirischen Lärchenwald, und die Gefangenen mussten Bäume fällen. Dabei wurde weder auf die Sicherheit geachtet, noch gab man den Gefangenen ordentliche Ausrüstung, deshalb waren Unfälle an der Tagesordnung. Vor allem eine Episode ging Tanja zu Herzen: Der Verbrecher schnitt sich mit einer Säge eine Arterie im Arm auf, und der Intellektuelle rettete ihn, indem er die Wunde abband. Hatte Wassili auf diese Weise das Leben des Mannes gerettet, der das Manuskript von Sibirien nach Moskau geschmuggelt hatte?

Zweimal las Tanja die Geschichte. Es war beinahe so, als würde sie mit Wassili sprechen. Vieles war typisch für ihn: die Komik, die Dramatik, die Ironie.

Tanja vermisste ihn schrecklich.

Doch nun, da sie wusste, dass Wassili lebte, musste sie herausfinden, warum er nicht nach Moskau zurückgekehrt war. Leider fand sich in der Geschichte kein Hinweis darauf. Aber Tanja kannte jemanden, der fast alles herausfinden konnte, was in der UdSSR vor sich ging: ihren Bruder.

Sie legte das Manuskript in die Nachttischschublade und verließ ihr Schlafzimmer. »Ich gehe zu Dimka«, sagte sie zu ihrer Mutter. »Ich bin gleich wieder da.«

Mit dem Aufzug fuhr sie in den Stock, in dem ihr Bruder seine Wohnung hatte. Dimkas Frau Nina öffnete die Tür. Sie war im neunten Monat schwanger.

»Du siehst gut aus«, bemerkte Tanja.

Aber das war eine Lüge. Nina hatte den Punkt, an dem man Schwangere als »das blühende Leben« bezeichnete, längst überschritten. Sie war regelrecht aufgequollen; ihre Brüste hingen, und ihr Bauch war straff gespannt. Ihre Haut war kreidebleich unter den Sommersprossen, und ihr rotbraunes Haar war fettig. Sie sah viel älter aus als neunundzwanzig.

»Komm rein«, sagte sie müde.

Dimka schaute Nachrichten. Als er Tanja sah, machte er den Fernseher aus, küsste sie und bot ihr ein Bier an.

Ninas Mutter, Mascha, war ebenfalls da. Sie war mit dem Zug aus Perm gekommen, um ihrer Tochter zu helfen, wenn das Baby kam. Mascha war eine kleine, faltige Bauersfrau, die stets Schwarz trug und sichtlich stolz auf ihre Tochter in ihrer schicken Wohnung war. Tanja war ein wenig überrascht gewesen, als sie Mascha kennengelernt hatte. Sie hatte immer geglaubt, Ninas Mutter sei Lehrerin, doch in Wahrheit war sie Putzfrau in einer Dorfschule. Wie viele Menschen in der Sowjetunion hatte auch Nina übertrieben, was den Status ihrer Eltern betraf.

Als sie sich über Ninas Schwangerschaft unterhielten, überlegte Tanja, wie sie es anstellen sollte, allein mit ihrem Bruder zu sprechen. Sie wollte auf keinen Fall vor Nina und ihrer Mutter über Wassili reden. Instinktiv misstraute sie der Frau ihres Bruders.

Aber warum eigentlich?, fragte sie sich schuldbewusst. Möglicherweise lag es an der Schwangerschaft. Nina war zwar keine Intellektuelle, aber sie war klug; eine Frau wie sie wurde nicht aus Versehen schwanger. Tanja hatte einen Verdacht: Sie glaubte, dass Nina ihren Bruder hereingelegt hatte, um ihn zur Ehe zu bewegen. Dimka war gebildet und in politischen Fragen geradezu gerissen, aber was Frauen betraf, war er naiv.

Warum aber hatte Nina ihn an sich binden wollen? Weil die Dworkins eine privilegierte Familie waren und Nina Ehrgeiz hatte?

Du solltest dich schämen, so zu denken, tadelte Tanja sich selbst.

Eine halbe Stunde lang plauderten sie über dies und das, dann stand Tanja auf. Sofort erhob sich auch Dimka. Die Beziehung der Zwillinge hatte nichts Übernatürliches, aber sie kannten einander gut genug, um zu wissen, wann der andere etwas auf dem Herzen hatte.

»Ich muss noch den Müll runterbringen«, sagte Dimka. »Hilfst du mir, Tanja?«

Gemeinsam fuhren sie mit dem Aufzug nach unten, jeder mit einem Müllbeutel in der Hand. Als sie draußen waren, fragte Dimka nach einem raschen Blick in die Runde: »Was ist los?«

»Wassili Jenkow hat seine Strafe abgesessen, aber er ist nicht wieder nach Moskau zurückgekehrt.«

Dimkas Gesicht wurde hart. Er liebte Tanja, das wusste sie, aber in politischen Fragen stimmte er nicht mit ihr überein. »Jenkow hat die Autorität der Regierung untergraben, für die ich arbeite«, sagte er. »Warum sollte es mich kümmern, was mit ihm ist?«

»Er glaubt an Freiheit und Gerechtigkeit, genau wie du.«

»Ach ja? Wegen solcher subversiven Aktivitäten haben die Falken im Kreml einen Grund, sich allen Reformen zu widersetzen.«

Tanja wusste, dass sie nicht nur Wassili, sondern auch sich selbst verteidigte. »Ohne Menschen wie Wassili würden die Falken behaupten, dass alles gut ist, und dass es keinen Grund für Reformen gäbe. Außerdem, wie hätte sonst jemand davon erfahren sollen, dass Ustin Bodian ermordet wurde?«

»Bodian ist an einer Lungenentzündung gestorben.«

»Dimka, das ist deiner unwürdig. Er ist an Vernachlässigung gestorben, und das weißt du.«

»Jaja.« Verlegen senkte Dimka den Blick. »Liebst du Wassili Jenkow?«, fragte er dann leise.

»Nein, aber ich mag ihn. Er ist humorvoll, klug und tapfer. Leider gehört er zu der Sorte Männer, die nicht treu sein können. Außerdem zieht er junge Mädchen vor.«

»Vielleicht war das mal so. Lolitas gibt es in einem Arbeitslager nicht.«

»Wie auch immer, Wassili ist mein Freund, und er hat seine Strafe verbüßt.«

»Die Welt ist nun mal ungerecht.«

»Dimka, ich will wissen, was mit ihm passiert ist. Du kannst es herausfinden, wenn du willst!«

Dimka seufzte. »Und was ist mit meiner Karriere? Im Kreml wird Mitleid für Dissidenten nicht gern gesehen.«

Tanja schöpfte neue Hoffnung. Sie hatte Dimka fast so weit. »Bitte, Dimka. Es bedeutet mir sehr viel.«

»Ich kann dir nichts versprechen.«

»Tu einfach dein Bestes.«

»Also gut.«

Vor Dankbarkeit küsste Tanja ihn auf die Wange. »Du bist ein lieber Kerl«, sagte sie. »Danke.«

*

Genau wie es von den Eskimos hieß, sie hätten unterschiedliche Worte für »Schnee«, so hatten die Moskowiter viele Ausdrücke für den Schwarzmarkt. Abgesehen von den grundlegendsten Dingen musste man alles »nebenan« kaufen. Und viele dieser Einkäufe waren schlichtweg kriminell. So wurden Jeans erst aus dem Westen eingeschmuggelt und dann für Unsummen verkauft. Andere Dinge waren weder völlig legal noch illegal. So musste man sich für ein Radio oder einen Teppich in eine Liste eintragen, aber damit man auf dieser Liste ein wenig nach oben rutschte, konnte man jemandem »etwas Gutes tun« oder »bei Freunden« fragen. Diese Praxis war so weit verbreitet, dass die meisten Moskowiter nie wirklich warteten, bis sie an der Reihe waren.

Eines Tages wurde Dimka von Natalja Smotrow gebeten, sie zum Schwarzmarkt zu begleiten, um etwas zu kaufen. »Normalerweise würde ich ja Nik fragen«, sagte sie. Nikolai war ihr Mann. »Aber es geht um ein Geburtstagsgeschenk für ihn, und das soll ja eine Überraschung sein.«

Dimka wusste nur wenig über Nataljas Leben außerhalb des Kremls, nur dass sie verheiratet war und keine Kinder hatte. Kreml-Apparatschiks gehörten zur sowjetischen Elite, aber Nataljas importiertes Parfüm und ihr Mercedes deuteten auf eine weitere, andere Geldquelle hin. Doch in den obersten Rängen der sozialistischen Hierarchie gab es keinen Nikolai Smotrow, sonst hätte Dimka ihn gekannt.

»Und was willst du ihm schenken?«, fragte er.

»Ein Tonbandgerät. Er will ein Grundig. Das ist ein deutsches Fabrikat.«

Ein deutsches Tonbandgerät konnte man in der Tat nur auf dem Schwarzmarkt erwerben. Dimka fragte sich nur, wie Natalja sich ein so teures Geschenk leisten konnte. »Und wo willst du den holen?«, hakte er nach.

»Am Zentralmarkt gibt es einen Mann namens Max.« Der Basar in Sadowaja Samotjochnaja war eine legale Alternative zu den Staatsläden. Man konnte dort Gemüse aus Privatgärten kaufen, allerdings zu horrenden Preisen, dafür ohne lange Schlangen und unattraktive Auslagen – jedenfalls, wenn man es sich leisten konnte. Und oft dienten diese legalen Geschäfte als Fassade für den noch weitaus profitableren Schwarzmarkt.

Dimka wusste, warum Natalja einen Begleiter wollte. Einige der Leute dort waren Schwerstkriminelle; eine Frau hatte allen Grund, vorsichtig zu sein.

Dimka hoffte nur, das war ihr einziges Motiv. Er wollte nicht in Versuchung geführt werden. Zwar fühlte er sich Nina näher denn je, aber da sie kurz vor der Niederkunft stand, hatten sie schon seit Monaten keinen Sex mehr gehabt, und Dimka wusste nicht, ob er Nataljas Reizen widerstehen konnte. Eine Affäre mit Natalja war das Letzte, was er jetzt wollte, aber er konnte ihr diesen harmlosen Gefallen schwerlich abschlagen.

Sie gingen in der Mittagspause. Natalja fuhr in ihrem alten Mercedes mit Dimka zum Markt. Trotz seines Alters war der Wagen schnell und bequem.

Wo bekommt sie nur die Ersatzteile her?, fragte sich Dimka.

Unterwegs erkundigte Natalja sich nach Nina.

»Das Baby kann jeden Augenblick kommen«, antwortete Dimka.

»Gib mir Bescheid, wenn ihr irgendwas für das Kind braucht«, sagte Natalja. »Niks Schwester hat einen Dreijährigen. Die Nuckelflaschen und das alles benötigt sie nicht mehr.«

»Danke, gern.« Dimka war überrascht. Nuckelflaschen waren sogar noch seltener als deutsche Tonbandgeräte.

Sie stellten den Wagen ab und gingen über den Markt zu einem Laden, der gebrauchte Möbel verkaufte. Auch das war nicht völlig legal: Zwar durften die Leute ihre eigenen Sachen zu Geld machen, aber Zwischenhandel war verboten – eine ausgesprochen ineffiziente Regelung. Für Dimka war es ein typisches Beispiel für die Unzulänglichkeiten mancher sozialistischer Vorschrift. Reformen mussten her, auch wenn das bedeutete, die ein oder andere kapitalistische Praxis einzuführen.

Max war ein stämmiger Mann Mitte dreißig, der mit Jeans und weißem T-Shirt in amerikanischem Stil gekleidet war. Er saß an einem Küchentisch, trank Tee und rauchte. Um ihn herum standen billige Sofas, Kommoden und Betten, die meisten uralt und beschädigt.

»Was wollen Sie?«, fragte er unfreundlich.

»Ich habe letzten Mittwoch wegen eines Grundig-Tonbands mit Ihnen telefoniert«, antwortete Natalja. »Sie haben gesagt, ich soll in einer Woche vorbeikommen.«

»Tonbandgeräte sind schwer zu beschaffen, deshalb ...«, begann Max.

Dimka mischte sich ein. »Lassen Sie das Geschwafel. Haben Sie einen oder nicht?«

Max schnaubte verächtlich. »Sie müssen in amerikanischen Dollars zahlen.«

»Ich habe mich mit Ihrem Preis schon einverstanden erklärt«, sagte Natalja. »Und genau so viel habe ich mit. Mehr nicht.«

»Zeigen Sie mir das Geld.«

Natalja holte ein Bündel amerikanischer Geldscheine aus ihrer Rocktasche.

Max streckte die Hand aus.

Dimka packte Nataljas Handgelenk, damit sie ihm das Geld nicht zu früh aushändigte. »Wo ist das Tonband?«, wollte er wissen.

»Josip!«, rief Max über die Schulter.

Im Hinterzimmer bewegte sich jemand. »Ja?«

»Tonband!«

»Jaja!«

Josip erschien. Er war deutlich jünger als Max, vielleicht neunzehn, klein und muskulös. Eine Zigarette baumelte zwischen seinen Lippen. Er stellte einen unscheinbaren Karton auf den Tisch. »Der ist schwer«, sagte er. »Haben Sie ein Auto?«

»Um die Ecke.«

Natalja zählte das Geld ab.

»Der hat mich mehr gekostet, als ich erwartet habe«, sagte Max.

»Ich habe aber nicht mehr Geld«, erwiderte Natalja.

Max nahm die Geldscheine und zählte noch einmal nach. »Also gut«, sagte er widerwillig. »Er gehört Ihnen.« Er stand auf und schob sich das Geld in die Hosentasche. Ehe er im Hinterzimmer verschwand, sagte er: »Josip wird ihn zu Ihrem Wagen bringen.«

Josip nahm den Karton.

»Einen Moment noch«, sagte Dimka.

»Was denn jetzt?«, fragte Josip gereizt. »Ich habe keine Zeit.«

»Machen Sie den Karton auf«, befahl Dimka.

Josip ignorierte ihn, doch Dimka legte die Hand auf den Karton und machte es Josip unmöglich, ihn hochzuheben. Josip funkelte ihn wütend an, und kurz glaubte Dimka, dass es zu Gewalttätigkeiten kommen würde. Dann aber trat Josip einen Schritt zurück. »Machen Sie das verdammte Ding doch selber auf«, sagte er.

Der Deckel war getackert und verklebt, sodass Dimka und Natalja einige Mühe hatten, ihn zu öffnen. Tatsächlich befand sich ein Tonbandgerät in dem Karton, aber der Markenname war nicht Grundig, sondern Magic Tone.

»Das ist kein Grundig«, sagte Natalja.

»Die sind besser«, erwiderte Josip. »Besserer Klang.«

»Ich habe aber für einen Grundig bezahlt«, sagte Natalja. »Das hier ist eine billige japanische Kopie.«

»Heutzutage bekommt man keinen Grundig.«

»Dann will ich mein Geld zurück.«

»Das geht nicht. Jetzt nicht mehr, wo Sie den Karton geöffnet haben.«

»Bevor wir den Karton geöffnet haben, haben wir aber nicht gewusst, dass Sie uns über den Tisch ziehen wollen.«

»Niemand will Sie über den Tisch ziehen. Sie wollten ein Tonband, und das ist eins.«

»Ach, scheiß drauf«, sagte Dimka und ging zur Hinterzimmertür.

»Sie können da nicht rein!«, rief Josip.

Dimka ignorierte ihn und ging weiter. Der Raum war voller Kartons. Ein paar davon waren offen; Fernseher, Plattenspieler und Radios befanden sich darin, alles Importware. Nur Max war nicht zu sehen.

Dimka ging zurück nach vorne. »Max ist mit deinem Geld auf und davon«, berichtete er Natalja.

»Max hat viel zu tun«, erklärte Josip. »Er hat jede Menge Kunden.«

»Was soll der Blödsinn?«, knurrte Dimka. »Max ist ein Dieb, und das bist du auch, Jüngelchen.«

Josip richtete den Finger auf Dimkas Gesicht. »Das ist kein Blödsinn«, erwiderte er in drohendem Tonfall.

»Gib der Frau das Geld zurück«, sagte Dimka. »Sonst bekommst du Arger.«

Josip grinste. »Was wollen Sie denn tun? Die Miliz rufen?«

Josip hatte recht; das konnten sie tatsächlich nicht. Sie waren in ein illegales Geschäft verwickelt, und die Miliz würde vermutlich sie beide, Dimka und Natalja, verhaften, nicht aber Josip und Max, von denen sie zweifellos geschmiert wurde.

»Wir können hier ohnehin nichts ausrichten«, sagte Natalja. »Gehen wir.«

»Nehmen Sie Ihr Tonband mit«, sagte Josip.

»Nein danke«, erwiderte Natalja und ging zu Tür. »Das ist nicht, was ich will.«

»Wir kommen wieder«, sagte Dimka, »und dann holen wir uns das Geld.«

Josip lachte. »Wie wollt ihr das denn anstellen?«

»Das wirst du schon sehen«, antwortete Dimka und folgte Natalja hinaus.

Dimka kochte vor Wut, als Natalja ihn zum Kreml zurückfuhr. »Ich hole dir dein Geld zurück!«

»Bitte nicht«, erwiderte sie. »Diese Männer sind gefährlich. Ich will nicht, dass dir was passiert. Lass es auf sich beruhen.«

Dimka würde es nicht auf sich beruhen lassen, aber er schwieg.

Als er wieder in seinem Büro war, lag Wassili Jenkows KGB-Akte auf seinem Tisch.

Sie war nicht allzu dick. Jenkow war ein Drehbuchautor, der bis zum Mai 1961 nie polizeilich aufgefallen war; erst dann hatte man ihn wegen Besitz von fünf Exemplaren der subversiven Zeitschrift *Opposition* verhaftet. Im Verhör hatte Jenkow behauptet, man habe ihm nur wenige Minuten zuvor gut ein Dutzend Exemplare davon in die Hand gedrückt; die hätte er dann aus Mitgefühl mit dem kranken Opernsänger verteilt. Bei einer Hausdurchsuchung hatte man nichts gefunden, was Jenkows Aussage widersprochen hätte. Seine Schreibmaschine passte nicht zum Text.

Erst nachdem man ihn mit Elektroschocks in Lippen und Fingern gefoltert hatte, hatte er die Namen von Mitverschwörern genannt. Wie üblich waren einige dieser Leute verdiente Parteimitglieder, während der KGB die anderen nicht ausfindig machen konnte. Zu guter Letzt war der KGB zu der Auffassung gelangt, dass Jenkow nicht der Herausgeber der *Opposition* war.

Dimka konnte nicht anders, als den Mann für seine Standhaftigkeit im Verhör zu bewundern. Jenkow hatte Tanja beschützt und war dafür gefoltert worden. Vielleicht hatte er sich seine Freiheit ja wirklich verdient.

Und Dimka kannte die Wahrheit, die Jenkow verschwiegen hatte. Schließlich war er in der Nacht, nachdem Jenkow verhaftet worden war, mit Tanja zur Wohnung des Mannes gefahren; dort hatten sie die Schreibmaschine geholt, mit der der Artikel in der *Opposition* getippt worden war. Eine halbe Stunde später hatte Dimka sie in die Moskwa geworfen. Und Schreibmaschinen schwammen nicht. Er und Tanja hatten Jenkow vor einer wesentlich längeren Strafe bewahrt.

Der Akte zufolge befand Jenkow sich nicht mehr in dem Holzfällerlager. Jemand hatte herausgefunden, dass er sich gut mit Technik auskannte. Vor seiner Zeit als Drehbuchautor hatte er bei Radio Moskau als Techniker gearbeitet, und da in Sibirien ein chronischer Mangel an Fachkräften herrschte, hatte man ihm eine Stelle als Elektriker in einem Kraftwerk verschafft.

Ohne Zweifel hatte Jenkow sich zunächst gefreut, drinnen und nicht mehr draußen arbeiten zu müssen, wo er jederzeit eine Hand oder gar ein Bein an eine ungeschickt geführte Axt hätte verlieren können, aber die Sache hatte auch eine Kehrseite: Die Behörden ließen tüchtige Techniker nur ungern wieder aus Sibirien weg. Nachdem er seine Strafe abgesessen hatte, hatte er sich auf dem üblichen Weg um eine Reiseerlaubnis nach Moskau beworben, doch sein Antrag war abgelehnt worden. Damit war ihm keine andere Wahl geblieben, als in dem Kraftwerk weiterzumachen. Er saß fest.

Das war ungerecht, aber Ungerechtigkeit gab es überall. Das hatte Dimka seiner Schwester immer wieder gesagt.

Er betrachtete das Foto in der Akte. Jenkow sah wie ein Filmstar aus. Er hatte ein ausdrucksvolles Gesicht, volle Lippen, schwarze Augenbrauen und dichtes dunkles Haar. Aber da war noch mehr. Sein Ausdruck hatte etwas Schelmisches, was vermuten ließ, dass er sich selbst nicht allzu ernst nahm. Es hätte Dimka nicht überrascht, wenn Tanja doch in diesen Mann verliebt gewesen wäre.

Wie auch immer – Dimka würde versuchen, ihn freizubekommen.

Er würde mit Chruschtschow über den Fall reden. Allerdings musste er damit warten, bis sein Chef gut gelaunt war. Also legte er die Akte erst einmal in seine Schublade.

Doch an diesem Nachmittag sollte Dimka keine Gelegenheit mehr bekommen, sie wieder hervorzuholen, denn Chruschtschow machte sich früh auf den Heimweg.

Auch Dimka wollte gerade nach Hause, als Natalja zur Tür hereinschaute. »Komm mit, einen trinken«, sagte sie. »Nach unserem Abenteuer auf dem Markt haben wir uns einen Schluck verdient.«

Dimka zögerte. »Ich muss nach Hause zu Nina. Es ist bald so weit.«

»Nur ein Glas.«

»Na gut.« Dimka schraubte die Kappe auf seinen Füller und sagte zu seiner Sekretärin: »Sie können jetzt gehen, Vera.«

»Danke, aber ich muss noch was erledigen«, erwiderte sie pflichtbewusst.

Die junge Kremlelite ging gerne in eine Kneipe am Fluss, die deshalb nicht ganz so heruntergekommen war wie andere Lokale in der Stadt. Die Stühle waren bequem, die Snacks essbar, und für besser bezahlte Apparatschiks gab es Scotch und Bourbon unter dem Tresen. An diesem Abend wimmelte es hier von Leuten, die Dimka und Natalja kannten. Größtenteils waren es Berater wie sie. Irgendjemand drückte Dimka ein Glas Bier in die Hand, und er trank. Die Stimmung war ausgelassen. Boris Koslow, wie Dimka einer von Chruschtschows persönlichen Mitarbeitern, erzählte einen gefährlichen Witz. »He, Leute! Was passiert, wenn Saudi-Arabien sozialistisch wird?«

Die anderen grölten und forderten ihn auf, es ihnen zu sagen.

»Nach einer Weile wird der Sand knapp!«

Alle lachten. Zwar arbeiteten die Gäste hier voller Eifer am Aufbau des Sozialismus, aber sie waren nicht blind. Die Kluft zwischen den Ansprüchen der Partei und der Wirklichkeit bereitete ihnen Kopfzerbrechen, und solche Scherze lösten die Spannung ein wenig.

Dimka leerte sein Bier und bestellte sich ein neues.

Natalja hob ihr Glas, als wollte sie einen Toast ausbringen. »Die beste Hoffnung auf den Sieg der Weltrevolution ist eine amerikanische Firma mit Namen United Fruit«, erklärte sie. Die Leute um sie her lachten. »Nein, ernsthaft«, fuhr sie fort. »United Fruit überredet die amerikanische Regierung immer wieder, die brutalsten rechtsgerichteten Diktaturen in Mittel- und Südamerika zu unterstützen. Hätte United Fruit auch nur einen Funken Verstand, würden sie den Weg hin zu einem Mindestmaß an bürgerlichen Freiheiten fördern – Rechtsstaatlichkeit, Meinungsfreiheit, Gewerkschaften –, aber zum Glück für die kommunistische Bewegung sind sie zu dämlich dafür, genau wie Karl Marx es vorausgesehen hat.« Sie stieß mit dem Mann neben ihr an. »Lang lebe United Fruit!«

Dimka lachte. Natalja war nicht nur eine der klügsten Frauen im Kreml, sie war auch die hübscheste. So ausgelassen wie jetzt und mit einem strahlenden Lächeln auf den Lippen war sie bezaubernd. Dimka konnte nicht anders, als sie mit der trägen, aufgequollenen und lustlosen Frau zu vergleichen, die zu Hause auf ihn wartete. Dabei wusste er genau, wie falsch und grausam es war, so zu denken.

Natalja ging zum Tresen, um eine Kleinigkeit zu essen zu bestellen.

Dimka bemerkte, dass er schon über eine Stunde hier war. Er musste los. Also ging er zu Natalja, um sich von ihr zu verabschieden. Doch das Bier machte ihn unvorsichtig, und als Natalja ihn anlächelte, küsste er sie. Natalja erwiderte seinen Kuss leidenschaftlich.

Dimka verstand sie nicht. Sie hatte die Nacht mit ihm verbracht, hatte ihn angeschrien, dass sie verheiratet sei, hatte ihn dann auf ein Bier eingeladen und ihn schließlich geküsst. Was kam als Nächstes?

Plötzlich löste Natalja sich abrupt von ihm.

»Was ist?«, fragte Dimka.

»Ich habe nach Ihnen gesucht«, sagte in diesem Moment eine Stimme hinter ihm.

Dimka zuckte zusammen.

Es war Vera, seine Sekretärin. Sie blickte ihn vorwurfsvoll an. »Kurz nachdem Sie gegangen sind, kam ein Anruf von Ihrer Schwiegermutter«, sagte sie. »Bei Ihrer Frau haben die Wehen eingesetzt. Keine Sorge, alles ist gut, aber Sie sollten ins Krankenhaus fahren.«

»Danke«, sagte Dimka. Er kam sich vor wie der schlechteste Ehemann der Welt.

»Gute Nacht«, sagte Vera kühl und ging hinaus.

Draußen vor der Kneipe atmete Dimka erst einmal tief durch. Dann stieg er auf sein Motorrad und fuhr zum Krankenhaus. Was für ein Augenblick, um dabei erwischt zu werden, wie er eine Kollegin küsste. Er hatte es verdient, gedemütigt zu werden. Er hatte etwas sehr Dummes getan.

Im Krankenhaus angekommen, ging er zur Geburtsstation. Nina saß im Bett. Mascha, ihre Mutter, hockte daneben auf einem Stuhl und hielt ein Baby in den Armen. Es war in ein weißes Tuch gewickelt.

»Ich gratuliere«, sagte sie zu Dimka. »Es ist ein Junge.«

»Ein Junge ...« Dimka war selig und blickte Nina liebevoll an. Sie lächelte müde, aber glücklich.

Dimka schaute sich das Baby an. Es hatte nasses, dunkles Haar, und seine Augen waren blau, was Dimka an seinen Großvater Grigori erinnerte. Dann fiel ihm ein, dass alle Babys blaue Augen hatten. Aber war es nur Einbildung, oder hatte das Kind tatsächlich den gleichen intensiven Blick wie Grigori?

Mascha hielt Dimka das Baby hin. Vorsichtig nahm er ihr das kleine Bündel aus den Händen. Angesichts dieses Wunders waren die Dramen des Tages vergessen.

Ich habe einen Sohn, dachte er, und seine Augen wurden feucht.

»Er ist wunderschön«, sagte Dimka. »Lass ihn uns Grigori nennen.«

Zwei Dinge hielten Dimka in dieser Nacht wach. Einmal das schlechte Gewissen: Als seine Frau inmitten von Blut und Schmerz in den Wehen gelegen hatte, hatte er Natalja geküsst. Und dann war da die Wut darüber, wie er sich von Max und Josip über den Tisch hatte ziehen lassen. Zwar war nicht er, sondern Natalja ausgeraubt worden, trotzdem ärgerte er sich.

Am nächsten Morgen fuhr er mit dem Motorrad auf dem Weg zur Arbeit am Zentralmarkt vorbei. Die halbe Nacht hatte er sich überlegt, was er zu Max sagen würde: »Mein Name ist Dmitri Iljitsch Dworkin. Fragen Sie mal nach, wer ich bin. Fragen Sie mal nach, für wen ich arbeite. Fragen Sie mal nach, wer mein Onkel ist und wer mein Vater war. Dann bringen Sie mir morgen Nataljas Geld, und beten Sie, dass ich nicht nachtragend bin.« Er fragte sich nur, ob er wirklich den Nerv hatte, das zu sagen. Und würde Max sich davon beeindrucken lassen oder nur verächtlich grinsen? Würden diese Worte ihn bewegen, Natalja ihr Geld und ihm, Dimka, seinen Stolz zurückzugeben?

Doch Max saß nicht an seinem Tisch, und er war auch nicht im Hinterzimmer. Dimka wusste nicht, ob er enttäuscht oder erleichtert sein sollte.

Dann erschien Josip in der Tür zum Hinterzimmer. Dimka überlegte, ob er dem Halbstarken seine für Max vorbereitete Rede halten sollte. Vermutlich hatte der Junge nicht die Macht, ihm das Geld zurückzugeben, aber Dimka wäre erst einmal erleichtert. Während er noch zögerte, fiel ihm auf, dass von der Arroganz, die Josip gestern noch an den Tag gelegt hatte, nichts mehr geblieben war. Zu Dimkas Erstaunen blickte der Halbwüchsige ihn verängstigt an, bevor er auch nur ein Wort gesagt hatte. »Tut mir ... tut mir leid!«, stammelte er dann. »Tut mir sehr leid!«

Dimka hatte keine Ahnung, was der Grund für diese Verwandlung war. Hätte Josip über Nacht herausgefunden, dass Dimka im Kreml arbeitete und aus einer politisch einflussreichen Familie stammte, wäre er jetzt versöhnlich gestimmt und würde ihm vielleicht sogar das Geld zurückgeben, aber er hätte mit Sicherheit keine Todesangst gehabt – und genau danach sah es aus.

»Ich will nur Nataljas Geld«, sagte Dimka.

»Das haben wir doch schon zurückgegeben!«

Dimka war verwirrt. War Natalja vor ihm hier gewesen? »Wem habt ihr es gegeben?«

»Na, den beiden Männern.«

Das ergab für Dimka keinen Sinn. »Wo ist Max?«

»Im Krankenhaus«, antwortete Josip. »Sie haben ihm beide Arme gebrochen. Reicht Ihnen das noch nicht?«

Dimka dachte kurz nach. Wenn das nicht irgendeine Scharade war, hatten offenbar zwei Unbekannte Max zusammengeschlagen und ihn gezwungen, das Geld zurückzugeben, das er Natalja gestohlen hatte. Aber wer waren diese Leute? Und warum hatten sie das getan? Josip wusste offenbar auch nichts.

Verwirrt drehte Dimka sich um und verließ den Laden.

Auf jeden Fall war nicht die Miliz dafür verantwortlich, überlegte er auf dem Weg zu seinem Motorrad, und auch nicht die Armee oder der KGB. Die hätten Max verhaftet, weggebracht und ihm die Arme hinter verschlossenen Türen gebrochen. Also war das eine private Sache.

Und »privat« bedeutete in diesem Zusammenhang »kriminell«. Blieb nur die Frage, ob diese Kriminellen zu Nataljas Freunden oder zu ihrer Familie zählten.

Kein Wunder, dass sie so wenig von ihrem Privatleben preisgab.

Dimka fuhr schnell zum Kreml, doch unglücklicherweise war Chruschtschow vor ihm da. Wenigstens war sein Chef gut gelaunt. Dimka hörte ihn lachen. Vielleicht war das ja der geeignete Moment, Wassili Jenkow zu erwähnen. Er öffnete seine Schreibtischschublade und holte Jenkows KGB-Akte heraus. Doch als er sich dann noch eine Unterschriftenmappe für Chruschtschow nahm, zögerte er. Er wäre ein Narr, wenn er das tat, selbst für seine geliebte Schwester. Doch er unterdrückte seine Angst und ging ins Hauptbüro.

Der Genosse Generalsekretär saß hinter einem großen Schreibtisch und telefonierte. Das mochte Chruschtschow nicht allzu sehr. Ein Gespräch von Angesicht zu Angesicht war ihm lieber als jedes Telefonat. Auf diese Art, pflegte er zu sagen, könne er wenigstens sehen, wenn die Leute lügen. Aber das Telefongespräch, das er zurzeit führte, war offensichtlich freundschaftlicher Natur. Dimka legte die Unterschriftenmappe vor seinen Chef, und der begann zu unterschreiben, während er weiter am Telefon redete und lachte.

Nachdem er aufgelegt hatte, fragte Chruschtschow: »Was haben Sie da in der Hand? Sieht wie eine KGB-Akte aus.«

»Wassili Jenkow«, antwortete Dimka. »Er ist wegen eines Pamphlets über Ustin Bodian, den Opernsänger, zu zwei Jahren Lagerhaft in Sibirien verurteilt worden. Jetzt hat er seine Strafe abgesessen, aber man behält ihn noch immer dort.«

Chruschtschow hielt inne und hob den Blick. »Haben Sie ein persönliches Interesse an diesem Fall?«

Dimka bekam eine Gänsehaut. Angst erfasste ihn. »Nein, Genosse Generalsekretär, nicht im Mindesten«, log er. Irgendwie gelang es Dimka, sich seine Furcht nicht anmerken zu lassen. Wenn er zugab, dass es eine Verbindung zwischen Tanja und einem verurteilten Dissidenten gab, war nicht nur ihre Karriere vorbei, sondern auch seine.

Chruschtschow kniff die Augen zusammen. »Warum sollte ich den Mann dann nach Hause lassen?«

Dimka wünschte sich, er hätte Tanjas Bitte abgelehnt. Er hätte wissen müssen, dass Chruschtschow ihn durchschaut. Man wurde nicht zum mächtigsten politischen Führer der Sowjetunion, ohne so misstrauisch zu sein, dass es schon an Paranoia grenzte.

Dimka ruderte verzweifelt zurück. »Ich sage ja nicht, dass wir ihn nach Hause holen sollten, Genosse Generalsekretär«, erwiderte er so ruhig er konnte. »Ich dachte nur, dass Sie vielleicht von diesem Fall wissen wollen. Sein Verbrechen war geringfügig, und er hat seine Strafe abgesessen. Ich dachte mir, wenn Sie sich einem unbedeutenden Dissidenten gegenüber gnädig zeigen, wäre das ein Zeichen für Ihre vorsichtige Politik der Liberalisierung.«

Doch so leicht ließ ein Mann wie Chruschtschow sich nicht aufs Glatteis führen. »Jemand hat Sie um einen Gefallen gebeten, nicht wahr?« Dimka öffnete den Mund, um seine Unschuld zu beteuern, doch Chruschtschow hob die Hand. »Leugnen ist zwecklos. Aber es ist mir auch egal. Einfluss ist Ihr Lohn für harte Arbeit.«

Dimka fühlte sich, als hätte man ihn soeben zum Tode verurteilt und sofort wieder begnadigt. »Danke«, stieß er hervor.

»Was macht Jenkow denn in Sibirien?«, wollte Chruschtschow wissen.

Dimka bemerkte, dass die Hand zitterte, in der er die Akte hielt, und drückte sich den Arm fest an die Seite. »Er ist Elektriker in einem Kraftwerk. Er ist zwar nicht dafür qualifiziert, aber er hat früher beim Radio gearbeitet.«

»Und was hat er in Moskau gemacht?«

»Er war Drehbuchautor.«

»Oh, verdammt!« Chruschtschow warf den Füllfederhalter beiseite. »Ein Drehbuchautor? Was nutzt denn ein Drehbuchautor? In Sibirien werden händeringend Elektriker gesucht! Lassen Sie ihn da. Da tut er wenigstens etwas Sinnvolles.«

Dimka starrte ihn verzweifelt an. Er wusste nicht, was er sagen sollte. Chruschtschow griff wieder nach seinem Füllfederhalter und unterschrieb weiter. »Ein Drehbuchautor«, murmelte er vor sich hin. »So ein Scheiß.«

*

Tanja tippte Wassilis Kurzgeschichte ab und machte zwei Kopien davon.

Aber die Geschichte war zu gut, um nur im *Samisdat* veröffentlicht zu werden. Wassili erweckte die brutale Welt der Straflager mit bemerkenswerter Intensität zum Leben, und nicht nur das ... Als sie die Kopien anfertigte, erkannte Tanja schmerzerfüllt, dass das Lager sinnbildlich für die Sowjetunion stand, und die Geschichte war eine Kritik an der sowjetischen Gesellschaft allgemein. Wassili erzählte die Wahrheit auf eine Art, wie Tanja es nie gekonnt hätte.

Sie hatte ein schlechtes Gewissen. Jeden Tag schrieb sie Artikel, die überall in der UdSSR in Zeitungen und Zeitschriften veröffentlicht wurden, und jeden Tag ging sie dabei der Wahrheit aus dem Weg. Sie verbreitete zwar keine Lügen, aber sie mied Dinge wie Armut, Ungerechtigkeit, Unterdrückung und Verschwendung, die dieses Land charakterisierten. Wassili hingegen bewies mit seiner Kurzgeschichte, dass ihr ganzes Leben eine einzige große Lüge war.

Tanja brachte den maschinengeschriebenen Text zu Daniil Antonow, ihrem Redakteur. »Das kam heute mit der Post. Kein Absender«, sagte sie. Auch wenn Daniil vermutete, dass sie log, würde er sie nicht verraten. »Es ist eine Kurzgeschichte, die in einem Straflager spielt.«

»Das können wir nicht veröffentlichen«, erklärte Daniil sofort.

»Ich weiß. Aber sie ist sehr gut. Ich glaube, das war ein großer Schriftsteller.«

»Warum zeigst du mir das?«

»Du kennst doch den Chefredakteur der Zeitschrift *Neue Welt*.«

Nachdenklich legte Daniil die Stirn in Falten. »Ja, sicher. Der veröffentlicht manchmal unorthodoxe Texte.«

Tanja senkte die Stimme. »Ich weiß natürlich nicht, wie weit Chruschtschow mit seiner Tauwetterpolitik gehen will ...«

»Das weiß nur er selbst«, erwiderte Daniil. »Im Allgemeinen aber gilt, dass wir Fehler der Vergangenheit beim Namen nennen und verurteilen sollen.«

»Würdest du es wenigstens lesen?«, bat Tanja. »Und wenn es dir gefällt, deinem Freund geben?«

»Sicher.« Daniil las die ersten Zeilen. »Warum, glaubst du, hat man das ausgerechnet dir geschickt?«

»Vermutlich ist das von jemandem, den ich vor zwei Jahren in Sibirien getroffen habe.«

»Verstehe.« Daniil nickte. »Das erklärt es natürlich«, sagte er, meinte aber: Keine schlechte Lüge.

»Der Autor wird seine Identität wahrscheinlich preisgeben, wenn der Text veröffentlicht wird.«

»Na schön«, sagte Daniil. »Ich werde mein Bestes tun.«

KAPITEL 25

Die Universität von Alabama war die letzte ausschließlich von Weißen besuchte staatliche Hochschule der USA. Am Dienstag, dem 11. Juni, erschienen zwei junge Schwarze auf dem Campus von Tuscaloosa und wollten sich als Studenten einschreiben. George Wallace, der kleine Gouverneur von Alabama, stand vor den Toren des Foster-Auditoriums, die Arme verschränkt, die Füße auseinandergestellt, und schwor, die beiden draußen zu halten.

Im Washingtoner Justizministerium saß George Jakes mit Bobby Kennedy und anderen zusammen und hörte sich die telefonischen Berichte von Beobachtern an der Universität an. Der Fernseher lief, doch im Augenblick zeigte kein Sender die Ereignisse live.

Kein Jahr lag es zurück, dass bei einem Aufruhr an der Universität von Mississippi zwei Menschen erschossen worden waren, nachdem der erste farbige Student sich eingeschrieben hatte. Die Kennedy-Brüder waren entschlossen, die Wiederholung eines solchen Dramas zu verhindern.

George war in Tuscaloosa gewesen und hatte den grünen Campus der Universität gesehen. Man hatte ihn argwöhnisch dabei beobachtet, wie er über den Rasen schlenderte – das einzige dunkle Gesicht zwischen hübschen weißen Mädchen mit Söckchen und eleganten jungen Männern in Blazern. Für Bobby hatte George eine Skizze des prächtigen Säulenvorbaus am Foster-Auditorium mit seinen drei Türen angefertigt, vor dem Gouverneur Wallace nun an einem tragbaren Rednerpult stand, umgeben von Highway Patrolmen. Die Junitemperatur in Tuscaloosa lag über fünfunddreißig Grad. George konnte sich gut vorstellen, wie sich die Reporter und Fotografen vor Wallace drängten, in der Sonne schwitzten und darauf warteten, dass die Gewalt losbrach.

Die Konfrontation war seit Langem erwartet und von beiden Seiten geplant.

George Wallace war ein Demokrat aus den Südstaaten. Abraham Lincoln, der die Sklaven befreit hatte, war Republikaner gewesen, während die von der Sklaverei überzeugten Südstaatler der demokratischen Partei angehört hatten. Solche Südstaatler waren noch immer aufseiten der Demokraten, verhalfen demokratischen Präsidenten zur Wahl und unterminierten sie, sobald sie im Amt waren.

Wallace war ein kleiner, hässlicher Mann, der sein Haar mit Brillantine tränkte und zu einer albernen Locke kämmte. Doch er war verschlagen, und George Jakes vermochte nicht zu durchschauen, was der Mann an diesem Tag vorhatte. Auf welches Ergebnis hoffte er? Ein Blutbad – oder etwas Subtileres?

Die Bürgerrechtsbewegung, die vor zwei Monaten noch zum Aussterben verurteilt schien, hatte nach den Unruhen in Birmingham neuen Zulauf. Geld strömte herein: Bei einer Spendenaktion in Hollywood hatten Filmstars wie Paul Newman und Tony Franciosa Schecks über jeweils tausend Dollar ausgestellt. Das Weiße Haus fürchtete weiteres Chaos und versuchte verzweifelt, die Protestierer zu beschwichtigen.

Bobby Kennedy war endlich zu der Überzeugung gelangt, dass die USA ein neues Bürgerrechtsgesetz benötigten. Er gab nun offen zu, es sei für den Kongress an der Zeit, Rassentrennung in der Öffentlichkeit – in Hotels, Restaurants, Bussen, Waschräumen – zu untersagen und das Wahlrecht der Neger zu schützen. Allerdings hatte er seinen Bruder, den Präsidenten, noch nicht überzeugen können.

Bobby täuschte an diesem Morgen Gelassenheit vor. Er tat so, als hielte er die Fäden in der Hand. Ein Fernsehteam filmte ihn, während drei seiner sieben Kinder im Büro umherrannten. Doch George wusste, wie schnell Bobbys entspannte Offenheit in kalten Zorn umschlagen konnte, wenn etwas schiefging.

Bobby hatte sich fest vorgenommen, Unruhen zu verhindern. Doch genauso entschlossen wollte er durchsetzen, dass die beiden Studenten in Alabama sich einschreiben konnten. Ein Richter hatte eine entsprechende Verfügung erlassen, und Bobby, als Justizminister, konnte es sich nicht erlauben, gegenüber dem Gouverneur eines Bundesstaates klein beizugeben – zumal bei einem Mann wie Wallace, der die Absicht hatte, das Gesetz zu brechen. Bobby war bereit, notfalls Truppen zu entsenden und Wallace mit Gewalt aus dem Amt zu entfernen. Aber das wäre die schlechteste aller denkbaren Lösungen gewesen; dann stünde Washington als Tyrann da, der dem Süden seinen Willen aufzwang.

Bobby war in Hemdsärmeln und beugte sich tief über die Freisprechanlage auf seinem breiten Schreibtisch, sodass die dunklen Schweißflecken unter seinen Achseln zu sehen waren. Die Army hatte eine Funkverbindung eingerichtet; jemand in der Menge berichtete Bobby, was im Moment vor sich ging.

»Nick ist eingetroffen«, sagte die Stimme aus dem Lautsprecher. Nicholas Katzenbach war stellvertretender Justizminister und vertrat die US-

Regierung vor Ort. »Jetzt tritt er auf Wallace zu ... händigt ihm die Unterlassungsverfügung aus.« Katzenbach hatte eine Proklamation des Präsidenten bei sich, in der Kennedy den Gouverneur anwies, sich der gerichtlichen Anordnung zu beugen. »Jetzt hält Wallace eine Ansprache.«

George trug den linken Arm in einer diskreten Schlinge aus schwarzer Seide. Als er versucht hatte, den Gewehrkolbenhieb des Staatspolizisten in Birmingham abzuwehren, hatte er sich eine Fraktur im Handgelenk zugezogen. Zwei Jahre zuvor war ihm der Arm in Anniston von einem rassistischen Aufrührer gebrochen worden. Beide Zwischenfälle hatten sich in Alabama ereignet. George hoffte, nie wieder in diesen Bundesstaat zurückkehren zu müssen.

»Wallace redet nicht über Segregation«, sagte die Stimme im Lautsprecher. »Er spricht über die Rechte der Bundesstaaten. Er sagt, Washington habe nicht die Befugnis, sich in die Bildungspolitik Alabamas einzumischen. Ich versuche näher heranzukommen, damit Sie ihn selbst hören können.«

George runzelte die Stirn. In seiner Antrittsrede als Gouverneur hatte Wallace gesagt: »Rassentrennung jetzt, Rassentrennung morgen, Rassentrennung für immer.« Aber da hatte er zu Weißen aus Alabama gesprochen. Wen versuchte er heute zu beeindrucken? Offenbar ging hier etwas vor, das die Kennedy-Brüder und ihre Berater noch nicht durchschaut hatten.

Wallace' Rede war lang. Als er schließlich endete, forderte Katzenbach ihn erneut auf, die richterliche Entscheidung zu befolgen. Wallace weigerte sich. Es war eine Pattsituation.

Katzenbach verließ den Schauplatz der Auseinandersetzung, aber das Drama war noch nicht zu Ende. Die beiden Studenten, Vivian Malone und James Hood, warteten in einem Auto. Nach vorheriger Absprache begleitete Katzenbach Vivian in ihr Wohnheim, während James von einem Juristen aus dem Justizministerium nach Hause gebracht wurde. In beiden Fällen war es eine vorübergehende Maßnahme, denn offiziell einschreiben konnten beide sich nur im Foster-Auditorium.

Im Fernsehen wurden die Mittagsnachrichten gebracht, und in Bobby Kennedys Büro drehte jemand den Ton auf. Wallace stand an einem Rednerpult; er sah größer aus als in Wirklichkeit. Er sagte nichts über Neger oder Rassentrennung oder Bürgerrechte. Er sprach über die Macht der Zentralregierung, die den Bundesstaat Alabama in seiner Souveränität beschneide. Indigniert sprach er von Freiheit und Demokratie, als gebe es keine Schwarzen, denen das Wahlrecht verwehrt würde. Er zitierte die amerikanische Verfassung, als würde er selbst sie nicht Tag für Tag mit Füßen treten. Seine Rede war ein Bravourstück der Verlogenheit, und das erfüllte George mit Sorge.

Burke Marshall, der weiße Jurist, der der Bürgerrechtsabteilung vorstand, hielt sich in Bobbys Büro auf. George traute ihm noch immer nicht, aber Marshall war seit Birmingham radikaler geworden. Nun schlug er vor, das Patt in Tuscaloosa durch Entsendung von Bundestruppen zu lösen.

Bobby stimmte zu.

Doch es brauchte Zeit. Bobbys Referenten bestellten Sandwiches und Kaffee. Auf dem Campus hielt derweil jeder seine Stellung.

Aus Vietnam kamen Neuigkeiten. An einer Straßenkreuzung in Saigon hatte sich ein buddhistischer Mönch namens Thich Quang Duc mit zwanzig Liter Benzin übergossen, in aller Seelenruhe ein Streichholz entzündet und sich in Brand gesetzt. Sein Selbstmord war ein Protest gegen die Verfolgung der buddhistischen Mehrheit durch den von Amerika unterstützten Präsidenten Ngo Dinh Diem, der Katholik war.

Für Präsident Kennedy ging die Mühsal nicht zu Ende.

Endlich sagte die Stimme aus Bobbys Telefon: »General Graham ist eingetroffen – mit vier Soldaten.«

»Vier?«, fragte George. »Das ist unsere Machtdemonstration?«

Sie hörten eine neue Stimme, die vermutlich dem General gehörte, der Wallace anredete. Er sagte: »Sir, es ist meine traurige Pflicht, Sie zu bitten, auf den Befehl des Präsidenten der Vereinigten Staaten beiseitezutreten.«

Graham war Kommandeur der Nationalgarde von Alabama, und eindeutig erfüllte er seine Pflicht gegen seine Überzeugung.

Doch die Stimme am Telefon rief: »Wallace zieht ab ... Er räumt das Feld! Wallace geht! Es ist vorbei!«

Im Büro wurde gejubelt, und man schüttelte einander die Hände.

Dann erst bemerkten die anderen, dass George sich nicht am Jubel beteiligte.

»Was ist los mit Ihnen?«, fragte Dennis Wilson.

Nach Georges Meinung dachten die anderen nicht weit genug. »Wallace hat das geplant«, sagte er. »Das war alles Theater. Er wollte schon die ganze Zeit nachgeben, sobald wir die Nationalgarde eingeschaltet hatten.«

»Aber wieso?«, fragte Wilson.

»Ich bin sicher, Wallace hat uns benutzt.«

»Und wozu?«

»Er konnte sich im Fernsehen als einfacher Mann darstellen, der einer tyrannischen Regierung die Stirn bietet.«

»Governor Wallace beklagt sich, dass man ihn schikaniert? Das ist ja zum Schießen!«

Bobby hatte den Wortwechsel verfolgt, jetzt schritt er ein. »Hören Sie George gut zu«, sagte er. »Er stellt die richtigen Fragen.«

»Ihnen und mir mag das wie ein Witz erscheinen«, sagte George. »Aber vielen Amerikanern aus der Arbeiterschicht kommt es vor, als würde ihnen die Rassenintegration von Gutmenschen in Washington aufgezwungen. Von Leuten wie uns hier.«

»Das weiß ich«, sagte Wilson. »Auch wenn es ungewöhnlich ist, das von einem ...« Er hatte sagen wollen, »von einem Neger zu hören«, überlegte es sich aber anders. »... von jemandem zu hören, der für die Bürgerrechte eintritt. Worauf wollen Sie hinaus?«

»Wallace hat heute die weißen Wähler aus der Arbeiterschicht angesprochen, nur darum ging es ihm. Sie haben ja gesehen, wie er dastand und sich Nick Katzenbach widersetzt hat, dem feinen Pinkel von der Ostküste, oder wie die Soldaten ihn gezwungen haben, den Weg freizugeben.«

»Wallace ist Gouverneur von Alabama. Weshalb sollte er den Wunsch haben, das ganze Land anzusprechen?«

»Ich vermute, er will bei den demokratischen Vorwahlen im nächsten Jahr gegen Jack Kennedy antreten. Er hat es auf die Präsidentschaft abgesehen, Leute. Und heute hat er im landesweiten Fernsehen seinen Wahlkampf begonnen – mit unserer Hilfe.«

Im Büro trat Stille ein, als die anderen über diese Worte nachdachten. George erkannte, dass sein Argument sie überzeugt hatte und dass die Konsequenzen ihnen Sorgen bereiteten.

»Im Moment ist Wallace das Tagesgespräch, und er steht da wie ein Held«, fügte George hinzu. »Ich glaube, Präsident Kennedy sollte die Initiative zurückgewinnen.«

Bobby drückte den Knopf der Gegensprechanlage auf seinem Tisch. »Geben Sie mir den Präsidenten.« Er zündete sich eine Zigarre an.

Dennis Wilson nahm auf einem anderen Apparat ein Gespräch entgegen. »Die beiden Studenten haben das Foster-Auditorium betreten und sich eingeschrieben«, verkündete er.

Bobby nickte ihm knapp zu, nahm den Hörer ab und meldete seinem Bruder den gewaltlosen Sieg über Gouverneur Wallace. Dann hörte er zu. »Ja«, sagte er. »Ja ... George Jakes ist auch dieser Meinung ...« Wieder gab es eine lange Pause. »Heute Abend? Aber es gibt keine Rede ... Natürlich kann sie geschrieben werden ... Nein, ich glaube, du hast die richtige Entscheidung getroffen. Tun wir's.« Er legte auf, ließ den Blick in die Runde schweifen und erklärte: »Der Präsident wird ein neues Bürgerrechtsgesetz ankündigen.«

Das kam so unerwartet, dass George zuerst glaubte, sich verhört zu haben. Dann erst wurde ihm klar, dass sich womöglich ein Traum erfüllte. Dafür hatten er selbst, Martin Luther King und die Bürgerrechtsbewegung jahrelang gekämpft!

Bobby fuhr fort: »Er wird es heute Abend live im Fernsehen bekannt gegeben.«

»Heute Abend schon?«, stieß George hervor.

Bobby Kennedy nickte. »In ein paar Stunden.«

Das ergibt Sinn, überlegte George, so überstürzt es auch sein mag. Der Präsident wäre wieder an erster Stelle in den Nachrichten, wohin er auch gehörte – vor George Wallace und vor Thich Quang Duc.

»Er möchte, dass Sie und Ted Sorensen die Rede ausarbeiten, George«, fugte Bobby hinzu. »Jetzt gleich.«

»Ja, Sir.« George verließ das Justizministerium voller Aufregung und gespannter Erwartung. Er ging so schnell, dass er außer Atem war, als er das Weiße Haus erreichte. Im Erdgeschoss des Westflügels blieb er stehen und schnappte nach Luft. Dann ging er hinauf zu Ted Sorensen, den er mit einer Gruppe von Mitarbeitern in seinem Büro antraf.

George begrüßte die Anwesenden knapp, legte das Jackett ab, setzte sich und sah die Papiere durch, die sich auf dem Tisch angesammelt hatten. Darunter war ein Telegramm von Martin Luther King an John F. Kennedy: In Danville, Virginia, waren fünfundsechzig Schwarze, die gegen die Rassentrennung protestiert hatten, so brutal zusammengeschlagen worden, dass achtundvierzig ins Krankenhaus mussten. »Die Geduld der Neger könnte am Rande ihrer Belastbarkeit angelangt sein«, stand in Kings Telegramm. George unterstrich den Satz.

Die Gruppe arbeitete intensiv an Kennedys Rede. In Abständen brachte Ted Sorensen den Sekretärinnen die handgeschriebenen Seiten zum Abtippen. Der Präsident würde zu Beginn auf die Vorfälle des Tages in Tuscaloosa zu sprechen kommen und hervorheben, dass die Nationalgardisten lediglich eine richterliche Anordnung durchgesetzt hatten. Doch Kennedy würde nicht bei den Einzelheiten dieser Auseinandersetzung bleiben, sondern zu einem deutlichen Appell an die moralischen Werte aller Amerikaner übergehen.

Auf der einen Seite bedauerte es George, dass etwas so Wichtiges in letzter Sekunde erledigt werden musste, auf der anderen Seite kannte er den Grund dafür: Gesetzesentwürfe waren das Ergebnis langer Entscheidungsprozesse; im Unterschied dazu war Politik häufig eine Sache der Intuition. John F. Kennedy verfügte über sehr gute politische Instinkte – und nun sagte ihm sein Bauchgefühl, dass er noch heute die Initiative übernehmen müsse.

Die Zeit verging viel zu schnell. Die Rede war noch nicht zu Ende geschrieben, als bereits Fernsehteams ins Oval Office kamen und ihre Scheinwerfer aufbauten. Präsident Kennedy kam in Sorensens Büro und erkundigte sich, wie es vorangehe. Sorensen zeigte ihm ein paar Seiten, doch sie gefielen dem Präsidenten nicht. Die beiden Männer gingen ins Vorzimmer; dort diktierte Kennedy Änderungen, die getippt werden mussten. Darüber wurde es acht Uhr, und die Rede war immer noch nicht fertig.

Doch der Präsident musste auf Sendung.

George saß in Ted Sorensens Büro vor dem Fernseher und biss sich vor Aufregung auf die Fingernägel.

Und Präsident Kennedy gab die Vorstellung seines Lebens.

Er begann ein wenig zu förmlich, erwärmte sich aber, als er von den Chancen sprach, die ein schwarzes Baby hatte, das am heutigen Tag geboren wurde: Seine Aussichten, die Highschool abzuschließen, waren nur halb so groß wie die eines weißen Babys. Die Chance auf einen Collegeabschluss lag nur bei dreißig Prozent; dafür lag die Wahrscheinlichkeit, arbeitslos zu werden, um fünfzig Prozent höher. Und die Lebenserwartung war sieben Jahre geringer als die eines weißen Babys.

»Wir haben es hier vorwiegend mit einem Problem der Moral zu tun«, sagte Kennedy. »Es ist so alt wie die Heilige Schrift und so deutlich wie die amerikanische Verfassung.«

George kam aus dem Staunen nicht heraus. Die Rede war größtenteils improvisiert; sie zeigte einen neuen Jack Kennedy – den geschmeidigen jungen Präsidenten, der entdeckt hatte, wie viel Kraft eine Rede durch den Bezug auf die Bibel gewinnen konnte. Vielleicht hatte er etwas vom Prediger Martin Luther King gelernt. »Wer von uns würde gerne die Hautfarbe eines Schwarzen annehmen und an seine Stelle treten?«, fragte er und griff auf kurze, einfache Wörter zurück. »Wer von uns wäre zufrieden, würde man ihm dazu raten, geduldig zu sein und Verzögerungen in Kauf zu nehmen? Wir predigen weltweit von Freiheit, aber wollen wir anderen gegenüber und – was noch wichtiger ist – unter Amerikanern wirklich sagen, dass dies das Land der freien Bürger ist, obwohl Neger davon ausgenommen sind? Dass wir keine Bürger zweiter Klasse haben mit Ausnahme der Neger? Dass wir kein Klassen- oder Kastensystem haben, keine Gettos und keine Herrenrasse, wenn man einmal von den Negern absieht?«

George jubelte innerlich. Das war starker Tobak – besonders die Erwähnung der »Herrenrasse«, die an die Wortwahl der Nazis gemahnte. Es war die Art Rede, die George sich von Jack Kennedy immer erhofft hatte.

»Die Feuer der Enttäuschung und der Zwietracht brennen in jeder Stadt, sowohl im Norden als auch im Süden, wo es keine entsprechenden Rechtsmittel gibt«, sagte Kennedy. »Nächste Woche werde ich den Kongress der Vereinigten Staaten zum Handeln auffordern. Dort muss eine Verpflichtung abgegeben werden, wie es in diesem Jahrhundert noch nicht in vollem Umfang geschehen ist: Es geht um die Absichtserklärung«, er war förmlich geworden, kehrte dann aber zur einfachen Sprache zurück, »dass Rasse im Hinblick auf das Leben oder das Recht in den Vereinigten Staaten keine Rolle spielt.«

Das ist ein Zitat für die Zeitungen, dachte George: Rasse spielt im Leben oder im Recht in den Vereinigten Staaten keine Rolle.

Noch nie hatte George sich so sehr als Zeuge einer historischen Umwälzung gefühlt wie in diesem Augenblick: Amerika änderte sich genau jetzt, von einer Minute zur anderen, und er, George Jakes, hatte Teil an dieser Veränderung.

»Diejenigen, die nichts unternehmen, rufen Schande und Gewalt hervor«, sagte der Präsident, und auch wenn es vor wenigen Stunden noch nicht seine Politik gewesen war, glaubte man ihm unbenommen jedes Wort. »In dieser Hinsicht bitte ich alle Mitbürger um ihre Unterstützung. Vielen Dank.«

Die Übertragung endete, die Aufnahmescheinwerfer wurden abgeschaltet, und die Fernsehteams packten ihre Ausrüstung zusammen.

Ted Sorensen gratulierte dem Präsidenten.

George war euphorisch und erschöpft zugleich. Er fuhr nach Hause, machte sich Rührei und schaute sich die Nachrichten an. Wie er gehofft hatte, war die Ansprache des Präsidenten das Hauptthema.

In dieser Nacht träumte Jack von einem besseren Amerika.

Bis das Telefon ihn aus dem Schlaf riss.

Verena Marquand war am Apparat. Sie weinte haltlos und sprach unzusammenhängend.

»Was ist passiert?«, fragte George besorgt.

»Medgar ...«, sagte sie und fügte etwas hinzu, das George nicht verstand.

»Sprichst du von Medgar Evers?« George kannte den schwarzen Aktivisten aus Jackson, Mississippi, ein führendes Mitglied der NAACP, der gemäßigten schwarzen Bürgerrechtsgruppe. Evers hatte den Mord an dem vierzehnjährigen Emmett Till untersucht und einen Boykott weißer Läden organisiert. Das hatte ihn landesweit bekannt gemacht.

»Sie haben ihn niedergeschossen«, sagte Verena schluchzend. »Vor seinem Haus.«

»Ist er tot?«

»Ja. Er hat drei Kinder, George ... drei Kinder. Sie haben den Schuss gehört, sind rausgerannt und haben ihren Vater in der Auffahrt gefunden, wo er verblutet ist ...«

»Oh Gott.«

»Was stimmt nicht mit den Weißen? Warum tun sie uns das an, George? Warum?«

»Ich weiß es nicht«, flüsterte George. »Ich weiß es einfach nicht.«

*

Zum zweiten Mal wurde George von Bobby Kennedy mit einer Nachricht zu Martin Luther King nach Atlanta geschickt.

Als George mit Verena telefonierte, um den Termin auszumachen, sagte er: »Ich würde gern mal deine Wohnung sehen.«

Er wurde nicht schlau aus Verena. In jener Nacht in Birmingham hatten sie sich geliebt und den rassistischen Bombenanschlag überlebt; sie hatten sich einander sehr nahe gefühlt. Dann waren Tage und Wochen vergangen, und ihre Intimität hatte sich verflüchtigt. Nun aber, als Verena wegen des Mordes an Medgar Evers so verstört und verzweifelt gewesen war, hatte sie nicht Martin Luther King angerufen oder ihren Vater, sondern ihn, George. Er wusste nicht, wie er ihre Beziehung einordnen sollte.

»Sicher«, sagte sie nun. »Wieso nicht?«

»Ich bringe eine Flasche Wodka mit.« George hatte erfahren, dass sie Wodka am liebsten trank.

»Ich teile mir die Wohnung mit einer anderen.«

»Soll ich zwei Flaschen mitbringen?«

Sie lachte. »Langsam, Tiger. Wenn du mich besuchen kommst, wird

Laura am Abend ausgehen. Ich habe ihr oft genug den gleichen Gefallen getan.«

»Heißt das, du kochst?«

»Ich bin keine große Köchin.«

»Wie wär's, wenn du uns zwei Steaks in die Pfanne haust, und ich mache Salat?«

»Du hast ja einen ausgefallenen Geschmack.«

»Deshalb mag ich dich so sehr.«

»Glattzüngiger Bastard.«

Am nächsten Tag flog George nach Atlanta, nahm sich ein Hotelzimmer und fuhr mit dem Taxi zu Verena. Unterwegs kam ihm ein Gedanke. Als er Martin Luther King das letzte Mal eine Nachricht von Bobby überbracht hatte – den Vorwurf, sich mit Kommunisten einzulassen –, hatte er sich in seiner Haut nicht wohlgefühlt. Diesmal aber hatte Bobby Kennedy recht, und Martin Luther King war im Unrecht. Deshalb war George entschlossen, King umzustimmen. Und es bot sich an, die Schlagkraft seiner Argumente vorher bei Verena auszuprobieren.

Atlanta war heiß im Juni, und Verena empfing ihn in einem ärmellosen Tenniskleid, das ihre langen, hellbraunen Arme frei ließ. Ihre Füße waren nackt, sodass George sich unwillkürlich fragte, ob sie überhaupt etwas unter dem Kleid trug. Sie küsste ihn auf die Lippen, aber nur kurz, beinahe zaghaft.

Sie bewohnte ein geschmackvolles Apartment mit modernen Möbeln. Von dem Gehalt, das Martin Luther King ihr zahlte, konnte sie sich das schwerlich leisten. Vermutlich wurde die Miete von Percy Marquands Schallplatteneinnahmen bestritten.

George stellte die Wodkaflasche auf die Küchentheke, und Verena reichte ihm eine Flasche Wermut und einen Schüttelbecher.

»Ich muss dir etwas sagen«, begann George, ehe er die Cocktails mixte. »Präsident Kennedy steckt im größten Schlamassel seiner politischen Laufbahn, viel schlimmer als die Schweinebucht.«

Verena erschrak, ganz wie George es beabsichtigt hatte. »Wieso?«

»Wegen seiner Initiative in Sachen Bürgerrechtsgesetz. Am Morgen nach seiner Fernsehansprache – nachdem du mich angerufen hattest, um mir zu sagen, dass Medgar ermordet wurde – hat der Mehrheitsführer im Repräsentantenhaus Kennedy angerufen und ihm gesagt, es sei unmöglich, das Agrargesetz, die Finanzierung der Massenverkehrsmittel, die Auslandshilfe und den Raumfahrtetat durchzubringen. Kennedys Gesetzesprogramm ist völlig aus den Fugen. Wie wir befürchtet haben, nehmen die Südstaatendemokraten Rache. Und in den Meinungsumfragen ist der Präsident über Nacht um zehn Punkte gefallen.«

»Dann müsst ihr euch für ihn einsetzen!«, sagte Verena kämpferisch. »Im internationalen Ansehen steht Kennedy sehr gut da.«

»Wir setzen uns für Kennedy ein, glaub mir«, sagte George. »Lyndon B. Johnson hat sich sogar auf eigene Faust eingeschaltet.«

»Dieser Cowboy? Willst du mich auf den Arm nehmen?«

»Nein, keineswegs.« George war mit einem Referenten des Vizepräsidenten befreundet, mit Skip Dickerson. »Wusstest du, dass die Stadt Houston dem Marinehafen den Strom abgestellt hat, um damit gegen die neue Politik der Navy zu protestieren? Den gemeinsamen Landgang für die schwarze und weiße Schiffsbesatzung?«

»Ja, die Mistkerle.«

»Lyndon hat das Problem gelöst.«

»Wie denn?«

»Die NASA plant in Houston eine Bodenstation für Abermillionen Dollar. Lyndon hat gedroht, den Bau abzusagen. Sekunden später hat die Stadt den Strom wieder angestellt. Lyndon B. Johnson sollte man niemals unterschätzen.«

»Wir könnten mehr solcher Leute in der Regierung gebrauchen.«

»Das stimmt.« Die Kennedy-Brüder wollten sich nicht die Hände schmutzig machen. Sie zogen es vor, eine Meinungsverschiedenheit durch Argumente für sich zu entscheiden und nicht, indem sie die Ärmel hochkrempelten und Druck ausübten, wie der Texaner Johnson. Tatsächlich blickten sie sogar ein wenig auf den hemdsärmeligen Vizepräsidenten hinunter.

George füllte den Cocktailshaker mit Eis, goss Wodka hinzu und schüttelte ihn. Verena öffnete den Kühlschrank und nahm zwei Cocktailgläser heraus. George gab einen Teelöffel Wermut in jedes gekühlte Glas, schwenkte es herum, um die Wände zu befeuchten, und goss den kalten Wodka ein. Verena gab in jedes Glas eine Olive.

George mochte das Gefühl, mit ihr zusammen zu sein. »Wir sind ein gutes Team, nicht wahr?«

Verena hob ihr Glas. »Du machst einen guten Martini.«

George lächelte wehmütig. Er hatte auf eine andere, intimere Antwort gehofft. »Ja«, sagte er und nippte an seinem Glas.

Verena holte einen Salatkopf, Tomaten und zwei Filetsteaks aus dem Kühlschrank. Während George den Salat wusch, lenkte er das Gespräch auf den eigentlichen Grund seines Besuchs. »Ich weiß, wir haben schon darüber gesprochen, aber für das Weiße Haus ist es nicht hilfreich, dass Dr. King mit Kommunisten verkehrt.«

»Wer sagt denn so was?«

»Das FBI.«

Verena schnaubte verächtlich. »Eine für ihre Verlässlichkeit berühmte Informationsquelle über die Bürgerrechtsbewegung! Du weißt doch, George, dass J. Edgar Hoover jeden für einen Kommunisten hält, der anderer Meinung ist als er, Bobby Kennedy eingeschlossen. Wo sind die Beweise?«

»Anscheinend hat das FBI welche.«

»Anscheinend? Das heißt, du hast noch nichts gesehen. Und Bobby?«

George war die Sache peinlich. »Hoover sagt, die Quelle ist vertraulich.«

»Hoover weigert sich, dem Justizminister Beweismaterial vorzulegen? Was glaubt Mr. Hoover denn, für wen er arbeitet?« Sie nippte nachdenklich an ihrem Cocktail. »Hat denn wenigstens der Präsident die Beweise gesehen?«

George sagte nichts.

Verena konnte es nicht fassen. »Hoover kann dem *Präsidenten* doch nichts verweigern!«

»Ich glaube, Kennedy hat beschlossen, in dieser Sache jede Konfrontation zu vermeiden.«

»Wie naiv seid ihr eigentlich? Es gibt keine Beweise, George!«

George lenkte ein. »Wahrscheinlich hast du recht. Ich glaube nicht, dass Jack O'Dell und Stanley Levison Kommunisten sind, auch wenn sie es vermutlich mal waren. Aber ...«

»Was, aber?«

»Siehst du nicht, dass die Wahrheit keine Rolle spielt? Es gibt Verdachtsgründe, und die reichen aus, um die Bürgerrechtsbewegung zu diskreditieren. Und jetzt, wo der Präsident eine Gesetzesvorlage zur Bürgerrechtsreform eingebracht hat, wird auch er in Misskredit gebracht.« George hüllte den gewaschenen Salat in ein Handtuch und wirbelte ihn am ausgestreckten Arm herum, um die Blätter zu trocknen. »Jack Kennedy hat für die Bürgerrechte seine politische Existenz aufs Spiel gesetzt. Wir dürfen nicht zulassen, dass der Vorwurf, Verbindungen zu Kommunisten zu haben, ihn zu Fall bringt.« Er füllte den Salat in eine Schüssel. »Werdet die beiden Burschen los, und das Problem ist gelöst.«

Verena entgegnete geduldig: »O'Dell ist Angestellter von Martin Luther Kings Organisation, genau wie ich, und Levison steht nicht mal auf der

Gehaltsliste. Er ist ein Freund und Ratgeber von Martin. Willst du Hoover tatsächlich so viel Macht geben, dass er Martin Luther King die Freunde aussucht?«

»Verena, sie stehen dem Bürgerrechtsgesetz im Weg. Sag Dr. King einfach, er soll sie loswerden – bitte.«

Verena seufzte. »Es wird eine Zeit lang dauern, bis sein christliches Gewissen sich an den Gedanken gewöhnt hat, langjährige Unterstützer abzuservieren, aber am Ende wird er es tun.«

»Gott sei Dank.« Georges Stimmung hob sich. Endlich konnte er Bobby einmal gute Neuigkeiten mitbringen.

Verena salzte die Steaks und legte sie in eine Bratpfanne. »Und jetzt will ich dir mal etwas verraten«, sagte sie. »Es wird nicht das Geringste ausmachen. Hoover wird weiterhin an die Presse durchsickern lassen, dass die Bürgerrechtsbewegung bloß eine Fassade für die Kommunisten ist. Das würde er sogar dann noch behaupten, wenn wir unser Leben lang republikanisch gewählt hätten. J. Edgar Hoover ist ein krankhafter Lügner, der Neger hasst, und es ist eine verdammte Schande, dass dein Chef nicht den Mumm hat, ihn zu feuern.«

George wollte protestieren, aber leider stimmte diese Anschuldigung. Er schnitt eine Tomate in den Salat.

Verena fragte: »Möchtest du dein Steak gut durch?«

»Nicht allzu sehr.«

»Lieber englisch, aha. So mag ich es auch.«

George machte ihnen noch zwei Cocktails, und sie setzten sich zum Essen an den kleinen Tisch. George kam zum zweiten Teil seiner Nachricht: »Dem Präsidenten würde es sehr helfen, wenn Dr. King seine geplante Sitzblockade in Washington abblasen könnte.«

»Das wird nicht geschehen.«

King hatte zu einer »massiven, militanten und monumentalen Sitzblockade« des Kongresses aufgerufen, mit der landesweite Aktionen zivilen Ungehorsams einhergehen sollten. Die Kennedy-Brüder waren aufgebracht. »Überleg mal«, sagte George. »Im Kongress gibt es Abgeordnete, die auf jeden Fall für die Bürgerrechte stimmen, und andere, die es niemals tun werden. Es geht um diejenigen, die noch schwanken.«

»Wechselwähler«, sagte Verena. Sie benutzte einen Ausdruck, der in Mode gekommen war.

»Genau. Sie wissen, dass der Gesetzesantrag moralisch richtig, aber politisch unpopulär ist, und sie suchen nach einem Vorwand, dagegenzustimmen. Eure Demonstration gibt ihnen Gelegenheit zu sagen: ›Ich bin für die Gewährung der Bürgerrechte, aber nicht, wenn man mir die Pistole auf die Brust setzt.‹ Der Zeitpunkt ist falsch.«

»Wie Martin sagt: Für die Weißen ist der Zeitpunkt immer falsch.«

George grinste. »Du bist weißer als ich.«

Sie warf den Kopf zurück. »Und hübscher.«

»Das stimmt. Du bist so ziemlich das Hübscheste, was ich je gesehen habe.«

»Danke. Greif zu.«

Sie aßen. George machte Verena ein Kompliment wegen der Steaks; sie erwiderte, er mache einen guten Salat – für einen Mann.

Als sie fertig waren, gingen sie mit ihren Getränken ins Wohnzimmer und setzten sich auf die Couch. George nahm den Gesprächsfaden wieder auf. »Aber jetzt ist es anders. Die Regierung ist auf unserer Seite. Der Präsident tut sein Bestes, um das Gesetz durchzubringen, das wir seit Jahren fordern.«

Verena schüttelte den Kopf. »Wenn wir eines gelernt haben, dann die Einsicht, dass Veränderungen schneller eintreten, wenn wir den Druck aufrechterhalten. Wusstest du, dass in Birmingham mittlerweile Neger in den Restaurants von weißen Kellnerinnen bedient werden?«

»Ja. Eine unglaubliche Entwicklung.«

»Und sie wurde nicht durch geduldiges Abwarten erreicht, sondern durch Steinewerfen und das Anzünden von Häusern.«

»Die Situation ist heute anders.«

»Martin wird die Demonstration nicht absagen.«

»Würde er sie abändern?«

»Wie meinst du das?«

George stellte seinen Ausweichplan vor. »Könnte es nicht ein ganz legaler Marsch auf Washington werden statt einer Sitzblockade? Die Kongressabgeordneten würden sich dann weniger bedroht fühlen.«

»Ich weiß nicht. Kann sein, dass Martin es in Erwägung zieht.«

»Veranstaltet den Marsch an einem Mittwoch, um die Teilnehmer nicht zu ermutigen, übers Wochenende in der Stadt zu bleiben. Und beendet ihn früh, damit sie die Stadt vor Einbruch der Nacht verlassen.«

»Du versuchst, der Demonstration den Stachel zu ziehen.«

»Wenn schon eine Demonstration stattfinden muss, sollten wir alles tun, um dafür zu sorgen, dass sie gewaltfrei abläuft und einen positiven Eindruck hinterlässt. Besonders im Fernsehen.«

»Wie wär's, wenn wir an der ganzen Strecke tragbare Toiletten aufstellen? Ich bin sicher, Bobby kann das einrichten, selbst wenn er Hoover nicht feuern kann.«

»Gute Idee.«

»Und wie wär's, wenn wir ein paar weiße Befürworter mitbringen? Die Sache macht sich im Fernsehen bestimmt besser, wenn auch weiße Marschierer dabei sind.«

George überlegte. »Ich wette, Bobby könnte die Gewerkschaften dazu bringen, Abordnungen zu schicken.«

»Wenn du mir die weißen Marschierer versprechen kannst, haben wir vielleicht eine Chance, Martin umzustimmen«, sagte Verena.

»Und die Toiletten.«

Sie lachte. »Und die Toiletten.«

George erkannte, dass sie seine Ansicht bereits übernommen hatte; es ging ihr nur noch darum, wie King umzustimmen war. Es war bereits ein halber Sieg.

»Und wenn du King überreden kannst, aus der Sitzblockade einen Marsch zu machen«, sagte George, »wird der Präsident ihn möglicherweise gutheißen.« Er wusste, er lehnte sich weit aus dem Fenster, aber möglich war es.

»Ich werde mein Bestes tun«, versprach Verena.

George legte den Arm um ihre Schultern. »Siehst du? Wir sind wirklich ein gutes Team.« Sie lächelte, sagte aber nichts. »Findest du nicht auch?«, hakte er nach.

Sie küsste ihn. Der Kuss war so wie der letzte: mehr als nur freundschaftlich, weniger als sexy. Nachdenklich sagte sie: »Nachdem die Bombe das Fenster meines Hotelzimmers zerschmettert hatte, bist du barfuß durchs Zimmer gegangen, um mir meine Schuhe zu holen.«

»Ja. Überall auf dem Boden lagen Glasscherben.«

»Stimmt«, sagte sie. »Das war dein Fehler.«

George runzelte die Stirn. »Ich verstehe nicht. Ich dachte, das wäre nett von mir gewesen.«

»Genau. Du bist zu gut für mich, George.«

»Was? Das ist doch verrückt.«

Ihr war es ernst. »Ich schlafe mit jedem, der mir gefällt, George. Ich betrinke mich. Ich bin untreu. Ich hatte sogar schon Sex mit Martin.«

George zog die Augenbrauen hoch, sagte aber nichts.

»Du hast was Besseres verdient«, fuhr Verena fort. »Du hast eine großartige Karriere vor dir. Vielleicht wirst du unser erster schwarzer Präsident. Du brauchst eine Frau, die dir treu ist, die an deiner Seite steht und dich unterstützt. Das kann ich nicht.«

George sagte leise: »Ich hatte bloß gehofft, dich noch ein paar Mal zu küssen.«

Sie lächelte ihn an. »Das lässt sich machen.«

Er küsste sie lange und genüsslich, schob die Hand unter den Rock ihres Tenniskleids und streichelte ihr über den Oberschenkel. Seine Hand wanderte hoch bis zur Hüfte. Er hatte richtig vermutet: Sie trug tatsächlich keine Unterwäsche.

Sie wusste, was er dachte. »Siehst du?«, fragte sie. »Ein böses Mädchen.«

»Ich weiß«, sagte George. »Ich bin trotzdem verrückt nach dir.«

KAPITEL 26

Es war Walli schwergefallen, Berlin zu verlassen, denn Karolin lebte in dieser Stadt, und er wollte in ihrer Nähe sein. Aber da war eine Mauer zwischen ihnen. Sie waren nur wenige Kilometer voneinander entfernt, doch Karolin hätte genauso gut auf dem Mond sein können. Und Walli konnte die Grenze nicht noch einmal überqueren. Dass die Grenzer ihn nicht schon beim letzten Mal erschossen hatten, war pures Glück gewesen.

Trotzdem war es ihm nicht leichtgefallen, nach Hamburg zu ziehen.

Walli redete sich ein, verstehen zu können, weshalb Karolin beschlossen hatte, bei ihrer Familie zu bleiben und dort das Baby zu bekommen. Denn wer hätte ihr besser bei der Geburt helfen können: ihre Mutter oder ein siebzehnjähriger Gitarrist? Doch so nachvollziehbar es auch sein mochte, ein Trost war es nicht für ihn.

Walli dachte ständig an Karolin. Er fragte sich, wie es ihr ging. War ihr von der Schwangerschaft ständig übel, oder strahlte sie vor Glück? Waren ihre Eltern wütend auf sie, oder freuten sie sich auf ihr Enkelkind?

Beide schrieben sich regelmäßig und beendeten jeden Brief mit »Ich liebe dich«. Aber sie zögerten, mehr von ihren Gefühlen preiszugeben, denn sie wussten, dass alles von einem Beamten der Zensurbehörde gelesen wurde – vielleicht sogar von jemandem, den sie kannten, wie Hans Hoffmann. Und solche Leute gingen ihre Gefühle nichts an.

Da ihm in Berlin die Hände gebunden waren, war Walli nach Hamburg gefahren und bei seiner Schwester eingezogen.

Rebecca nörgelte nie an ihm herum, im Gegensatz zu seinen Eltern: In ihren Briefen bedrängten sie ihn ständig, wieder zur Schule zu gehen oder eine Lehre anzufangen. Sie machten eine ganze Reihe dummer Vorschläge. Walli solle Elektriker werden, Anwalt oder Lehrer wie Bernd und Rebecca.

Rebecca stellte keine solchen Anforderungen. Wenn Walli den ganzen Tag auf seinem Zimmer blieb und auf der Gitarre übte, hatte sie nichts dagegen. Sie bat ihn nur, seine Kaffeetasse zu spülen und nicht einfach in die Spüle zu stellen. Und wenn Walli doch einmal mit ihr über seine Zukunft redete, sagte sie nur: »Warum hast du es so eilig? Du bist erst siebzehn. Tu, was du willst, und warte ab, was passiert.«

Bernd war genauso tolerant. Walli vergötterte Rebecca, und Bernd mochte er mit jedem Tag mehr.

An Westdeutschland hatte Walli sich immer noch nicht gewöhnt. Die Leute hier hatten größere Autos, modernere Kleidung und schönere Wohnungen als die Menschen im Osten. Die Regierung wurde in den Zeitungen, sogar im Fernsehen offen kritisiert. Wann immer Walli einen Angriff auf den »Alten« las, Bundeskanzler Konrad Adenauer, schaute er sich instinktiv um aus Angst, jemand könne ihn dabei erwischen. Schließlich waren solche Gedanken subversiv. Dann aber schüttelte er den Kopf. Er war ja im Westen. Hier gab es Pressefreiheit.

Und so traurig Walli gewesen war, Berlin verlassen zu müssen – Hamburg war das Herz der westdeutschen Musikszene und eine Hafenstadt von internationalem Rang; hier wimmelte es von Seeleuten aus aller Herren Länder. Und es gab die Reeperbahn, den Rotlichtbezirk mit seinen Bars, Striplokalen und Musikclubs.

Walli wünschte sich nur zwei Dinge im Leben: Er wollte mit Karolin zusammen sein und professionell Musik machen.

Eines Tages, kurz nachdem er nach Hamburg gezogen war, schlenderte er mit seiner Gitarre auf dem Rücken über die Reeperbahn und fragte in jedem Laden nach, ob sie einen Gitarristen und Sänger suchten. Er hielt sich für einen guten Musiker. Er konnte singen, er konnte Gitarre spielen, und er konnte ein Publikum unterhalten. Das Einzige, was er jetzt noch brauchte, war eine Chance, es zu beweisen.

Nach gut einem Dutzend Absagen hatte er in einem Bierkeller mit Namen El Paso Glück. Der Laden war ganz auf Amerika getrimmt. Über der Tür hing der Schädel eines Longhornbullen, und an den Wänden waren Plakate von Westernfilmen. Der Besitzer trug einen Stetson, hieß Dieter und sprach mit starkem norddeutschen Akzent. »Kannst du amerikanische Musik spielen?«, fragte er.

»You betcha«, antwortete Walli auf Englisch.

»Dann komm um halb acht wieder, und ich gebe dir eine Chance.«

»Wie viel würden Sie mir denn zahlen?«, wollte Walli wissen. Zwar erhielt er noch immer monatlich Geld von Enok Andersen, dem Prokuristen seines Vaters, aber er wollte unbedingt beweisen, dass er für sich selbst sorgen konnte, und die Vorbehalte seiner Eltern Lügen strafen, was seine Berufswahl betraf.

Dieter schaute ihn beleidigt an. »Spiel einfach mal 'ne halbe Stunde«, sagte er. »Wenn's mir gefällt, können wir übers Geld reden.«

Walli war zwar unerfahren, aber nicht dumm, und er war sicher, dass die Gage nicht allzu hoch ausfallen würde – falls er überhaupt eine bekam. Andererseits war es das einzige Angebot, was er in zwei Stunden bekommen hatte, und so nahm er an.

Er fuhr nach Hause und verbrachte den Rest des Nachmittags damit, ein halbstündiges Programm zusammenzustellen. Er beschloss, mit »If I Had a Hammer« zu beginnen. Beim Publikum im Europahotel war die Nummer ja auch gut angekommen. Dann würde er »This Land is Your Land« und »Mess of Blues« spielen. Also übte er die Stücke noch einmal, obwohl es gar nicht nötig war.

Als Rebecca und Bernd aus der Schule kamen und die Neuigkeit erfuhren, sagte Rebecca kurz entschlossen: »Ich habe dich noch nie vor Publikum spielen hören. Und beim Üben hast du nie einen Song richtig zu Ende gespielt. Ich komme mit, in Ordnung?«

»Na klar!« Walli freute sich umso mehr, als er niemals damit gerechnet hätte: Seine Schwester fieberte schon seit Wochen dem Besuch von Präsident Kennedy in Deutschland entgegen. Dieser Besuch schlug hohe Wellen zu beiden Seiten der Mauer. Walli musste an seine Eltern denken. Sie glaubten, dass nur die Standhaftigkeit der Amerikaner die Sowjetunion davon abhielt, sich Westberlin einzuverleiben. Für sie war Kennedy ein Held. Was Walli betraf, mochte er ohnehin jeden, der den Tyrannen in Ostdeutschland das Leben schwer machte.

Er deckte den Tisch, während Rebecca Essen kochte.

»Was glaubst du, wird Kennedy tun?«, fragte er.

»Vielleicht sagt er, dass wir uns mit einem geteilten Deutschland abfinden müssen, vorläufig jedenfalls. Und das stimmt ja auch, obwohl wir es nicht hören wollen. Aber um die Wahrheit zu sagen – ich hoffe, dass er den Kommunisten vors Schienbein tritt, und zwar kräftig.«

Nach dem Abendessen schauten sie Nachrichten auf dem neuesten Franck-Fernseher. Das Schwarz-Weiß-Bild war scharf und klar, nicht mehr verschwommen und grünlich wie bei den alten Geräten.

An diesem Tag war Kennedy in Westberlin gewesen und hatte auf den Stufen des Schöneberger Rathauses eine Rede gehalten. Der riesige Platz war vor Menschen förmlich aus den Nähten geplatzt; dem Nachrichtensprecher zufolge waren es fast eine halbe Million.

Der gut aussehende junge Präsident hielt seine Rede vor einem riesigen Sternenbanner an der Rathausfassade, und der Wind zerzauste ihm das dichte Haar. Kennedy gab sich kämpferisch. »Es gibt Leute, die sagen, dem Kommunismus gehöre die Zukunft«, rief er. »Sie sollen nach Berlin kommen!«

Die Menge jubelte ihm begeistert zu.

»Sehr gut«, sagt Rebecca. »Er spricht weder von Normalisierung noch davon, den Status quo zu akzeptieren.«

»Ein Leben in der Freiheit ist nicht leicht«, fuhr Kennedy fort, »und die Demokratie ist nicht vollkommen.« Beinahe verächtlich fügte er hinzu: »Aber wir hatten es nie nötig, eine Mauer aufzubauen, um unsere Leute bei uns zu halten und sie daran zu hindern, woanders hinzugehen!«

»Verdammt richtig«, sagte Walli.

Die Junisonne strahlte auf den Kopf des jungen Präsidenten. »Alle freien Menschen, wo immer sie leben mögen, sind Bürger dieser Stadt Westberlin«, rief er. »Und deshalb bin ich als freier Mann stolz darauf, sagen zu können: Ich bin ein Berliner!«

Den letzten Satz sprach er auf Deutsch, woraufhin die Menge in Jubelstürme ausbrach. Kennedy trat vom Mikrofon zurück und steckte seine Notizzettel in die Jackentasche.

Bernd lächelte. »Ich denke, das haben auch die Sowjets verstanden.«

»Chruschtschow wird toben«, bemerkte Rebecca.

»Das will ich doch sehr hoffen«, sagte Walli.

Er und Rebecca waren bester Laune, als sie in dem VW-Bus zur Reeperbahn fuhren, der für Bernd und seinen Rollstuhl umgebaut worden war. Am Nachmittag war das El Paso leer gewesen, doch jetzt saßen ein paar Gäste an den Tischen. Dieter, der noch immer seinen Stetson trug, machte einen mürrischen Eindruck. Erst tat er so, als habe er Walli und seinen Auftritt ganz vergessen, dann deutete er mit dem Daumen auf eine winzige Bühne in der Ecke.

Außer Dieter gab es nur noch eine Angestellte, eine Frau mittleren Alters mit beachtlicher Oberweite. Sie trug ein kariertes Hemd und ein breites Stirnband. Walli vermutete, dass sie Dieters Frau war. Offensichtlich wollten die beiden der Bar mit ihrem Aussehen einen amerikanischen Anstrich verleihen, nur hatten sie leider kein bisschen Ausstrahlung; deshalb zogen sie auch nicht allzu viele Gäste an, ob Amerikaner oder nicht.

Vielleicht, sagte sich Walli, kann ich das mit meinem Auftritt ändern.

Rebecca bestellte zwei Bier. Walli schloss seinen Verstärker an und schaltete das Mikro ein. Er war aufgeregt. Das war die Welt, die er liebte. Das war es, was er konnte.

Er fragte sich, wann er anfangen sollte, und schaute zu Dieter und seiner Frau, doch keiner von beiden zeigte irgendein Interesse an ihm. Also spielte er einfach einen Akkord und begann mit »If I Had a Hammer«.

Kurz schaute die Handvoll Gäste neugierig zu ihm herüber; dann widmeten sie sich wieder ihren Gesprächen und Drinks. Nur Rebecca klatschte begeistert im Takt, sonst niemand. Trotzdem gab Walli alles und sang so laut er konnte. Vielleicht dauerte es ja zwei, drei Nummern; irgendwann würde er das Publikum schon auf seine Seite ziehen.

Er hatte gerade die Hälfte des Songs gespielt, als das Mikro versagte.

»Der Strom ist weg«, rief er Dieter zu.

»Ich weiß«, erwiderte der. »Ich habe ihn abgedreht.«

»Warum das denn?«, fragte Walli verwirrt.

»Ich will diesen Mist nicht hören.«

Walli war wie vor den Kopf gestoßen. Bis jetzt hatte den Leuten seine Musik immer gefallen. Als »Mist« hatte sie noch nie jemand bezeichnet. Für einen Moment verschlug es ihm die Sprache.

»Ich hab nach amerikanischer Musik gefragt«, fügte Dieter hinzu.

Aufgebracht erwiderte Walli: »Das *ist* amerikanische Musik. In Amerika ist das die Nummer eins!«

»Der Laden hier ist nach ›El Paso‹ von Marty Robbins benannt«, erklärte Dieter, »dem großartigsten Song, der je geschrieben wurde. Ich dachte, du spielst so was. ›Tennessee Waltz‹ oder ›On Top of Old Smoky‹, Songs von Johnny Cash, Hank Williams und Jim Reeves.«

Jim Reeves war der langweiligste Musiker, den die Welt je gesehen hatte. »Das ist Country & Western«, sagte Walli.

Dieter wollte sich nicht belehren lassen. »Ich rede von amerikanischer Musik«, wiederholte er trotzig.

Es war sinnlos, mit einem Ignoranten zu diskutieren. Außerdem hätte Walli sowieso nicht gespielt, was der Mann von ihm hören wollte, selbst wenn er gekonnt hätte. Walli hatte nicht die Absicht, »On Top of Old Smoky« an die Spitze der Hitparade zu reiten.

Walli packte seine Gitarre ein und stieg von der Bühne.

Rebecca schaute ihn verwirrt an. »Was ist los?«

»Dem Wirt hat mein Repertoire nicht gefallen.«

»Aber er hat sich nicht mal einen einzigen Song angehört!«

»Offenbar hält er sich für einen Musikexperten.«

»Du armer Kerl«, sagte Rebecca mitfühlend. »Da hattest du dir so große Hoffnungen gemacht, und jetzt so was ...«

Dieters Sturheit und Verachtung waren Walli egal, doch Rebeccas Mitleid trieb ihm Tränen in die Augen. »Ach, egal«, sagte er. »Ich will sowieso nicht für so einen Blödmann spielen.«

»Ich glaube, ich sollte dem Kerl mal die Meinung geigen ...«, sagte Rebecca.

»Nein, bitte nicht«, hielt Walli sie auf. »Wie sieht das aus, wenn ich meine große Schwester auf ihn hetze?«

»Hast recht«, sagte Rebecca. »Daran habe ich nicht gedacht.«

»Komm.« Walli nahm seine Gitarre und den Verstärker. »Gehen wir nach Hause.«

*

Dave Williams und Plum Nellie trafen voller Hoffnungen in Hamburg ein. Es lief gut. In London waren sie bereits populär, jetzt würden sie Deutschland erobern.

Der Geschäftsführer des The Dive war ein Herr Fluck, was die Musiker von Plum Nellie zum Schreien komisch fanden. Nicht ganz so komisch war die Tatsache, dass Plum Nellie Herrn Fluck nicht gefiel. Schlimmer noch: Nach zwei Abenden kam Dave zu dem Schluss, dass Herr Fluck womöglich recht haben könnte: Die Band bot dem Publikum einfach nicht das, was es wollte.

»Make dance«, sagte Herr Fluck auf Englisch. »Make dance!«

Die Gäste im Club, fast alles Halbstarke, wollten vor allem tanzen. Die erfolgreichsten Nummern waren die, bei denen die Mädchen auf die Tanzfläche gelockt wurden, sodass die Jungs sich eine schnappen konnten.

Doch meist gelang es der Band nicht, die Gäste des Dive zum Tanzen zu bewegen. Dave konnte es nicht fassen. Das hier war ihre große Chance, und sie vermasselten es. Wenn sie nicht besser wurden, und zwar schnell, würde man sie nach Hause schicken.

»Zum ersten Mal in meinem Leben, Dad, habe ich Erfolg mit etwas«, hatte Dave zu seinem skeptischen Vater gesagt, der ihm schließlich doch erlaubt hatte, nach Hamburg zu fahren. Musste er jetzt wieder nach Hause zurück und zugeben, dass er erneut versagt hatte?

Dave wusste einfach nicht, wo das Problem lag – Lenny schon. »Das Problem ist Geoff«, sagte er. Geoffrey war der Leadgitarrist. »Er hat Heimweh.«

»Spielt er deswegen so schlecht?«

»Nein, aber er säuft, und besoffen spielt er miserabel.«

Dave rückte daraufhin näher ans Schlagzeug heran und spielte härter, rhythmischer, aber auch das machte keinen großen Unterschied. Enttäuscht musste er erkennen, dass die ganze Gruppe darunter litt, wenn ein Einziger nicht die gewohnte Leistung brachte.

Am vierten Tag nach seiner Ankunft besuchte Dave Rebecca. Zu seiner Freude stellte er fest, dass er nicht nur einen, sondern zwei Verwandte in Hamburg hatte – und dieser zweite Verwandte war obendrein ein siebzehnjähriger Gitarrist.

Dave hatte Deutsch in der Schule gehabt, aber nur wenig behalten; Walli hatte ein bisschen Englisch von seiner Großmutter aufgeschnappt, aber auch nicht allzu viel. Das machte die Verständigung zwischen den beiden nicht gerade einfach, aber sie redeten beide die Sprache der Musik, und so verbrachten sie den ganzen Nachmittag damit, einander Riffs und Grifftechniken zu zeigen.

Am Abend nahm Dave seinen Vetter mit ins The Dive und schlug vor, er solle in den Pausen zwischen den Auftritten von Plum Nellie spielen. Zur Probe spielte Walli einen neuen amerikanischen Hit mit Namen »Blowin' in the Wind«. Dem Geschäftsführer gefiel es, und Walli bekam ein Engagement.

Eine Woche später luden Rebecca und Bernd die ganze Band zum Essen ein. Walli erklärte seiner Schwester, dass die Jungs bis spät in die Nacht spielen mussten und deshalb erst mittags aufstanden. Sie aßen meist gegen sechs, kurz vor ihrem Auftritt.

»Gut«, sagte Rebecca. »Kein Problem.«

Vier der fünf Musiker nahmen die Einladung an. Nur Geoff wollte nicht.

Rebecca hatte einen ganzen Berg Schweinekoteletts gebraten; dazu gab es eine dicke Soße, Bratkartoffeln, Pilze und Kohl. Dave nahm an, Rebecca wollte auf ihre mütterliche Art dafür sorgen, dass die Jungs wenigstens einmal die Woche etwas Ordentliches zwischen die Rippen bekamen. Das war tatsächlich ein Problem, denn größtenteils lebten sie von Bier und Zigaretten.

Bernd half Rebecca beim Kochen und Servieren; dabei bewegte er sich mit überraschendem Geschick. Dave war sofort aufgefallen, wie glücklich Rebecca war und wie sehr sie Bernd liebte.

Die Bandmitglieder verschlangen das Essen und unterhielten sich dabei in einer Mischung aus Deutsch und Englisch. Die Atmosphäre war locker und freundschaftlich, auch wenn beide Seiten nicht alles verstanden, was die jeweils andere sagte.

Nach dem Essen bedankten die Jungs sich bei Rebecca und fuhren mit dem Bus zur Reeperbahn.

Hamburgs Rotlichtbezirk war mit Soho in London vergleichbar, nur war die Reeperbahn offener, weniger diskret. Hier erfuhr Dave zum ersten Mal, dass es nicht nur weibliche, sondern auch männliche Prostituierte gab.

The Dive war ein schmuddeliger Club. Im Vergleich dazu war der Jump Club geradezu vornehm. Im Dive waren die Möbel abgenutzt, Heizung oder Lüftung gab es nicht, und die Toiletten befanden sich im Hinterhof.

Als die Jungs dort eintrafen, die Bäuche voll von Rebeccas Essen, hockte Geoff an der Bar und trank.

Um acht betraten sie die Bühne. Mit Unterbrechungen würden sie bis drei Uhr morgens spielen. Jede Nacht spielten sie sämtliche Songs, die sie kannten, mindestens einmal, ihre Lieblingsstücke sogar dreimal. Herr Fluck ließ sie schwer schuften für ihr Geld.

Doch heute spielten sie so schlecht wie nie.

Während des gesamten ersten Sets stand Geoff völlig neben sich. Er spielte falsch und verhaute seine Soli, und das wiederum brachte die anderen aus dem Takt. Anstatt sich darauf zu konzentrieren, die Leute zu unterhalten, versuchten sie krampfhaft, Geoffs Fehler auszubügeln. Am Ende des Sets war Lenny wütend.

In der Pause setzte Walli sich vorne an der Bühne auf einen Barhocker, spielte Gitarre und sang Songs von Bob Dylan. Dave schaute ihm zu. Genau wie Dylan trug Walli eine Mundharmonika an einem Gestell um den Hals, sodass er gleichzeitig Gitarre spielen konnte. Wieder einmal wurde Dave bewusst, dass Walli ein sehr guter Musiker war, der obendrein erkannt hatte, dass Bob Dylan zurzeit gut ankam. Das Publikum im The Dive zog zwar Rock 'n' Roll vor, doch die meisten hörten zu. Als Walli die Bühne verließ, bekam er tosenden Applaus von einem Tisch voller Mädchen.

Dave begleitete Walli in die Garderobe.

Und dort sahen sie sich mit der schwersten Krise in der Geschichte der Band konfrontiert. Geoff lag auf dem Boden. Er war völlig betrunken und konnte ohne Hilfe nicht mehr aufrecht stehen. Lenny kniete über ihm und schlug ihm immer wieder ins Gesicht. Das half vielleicht Lenny, sich abzuregen, aber Geoff kam nicht wieder zu sich. Dave holte einen Becher schwarzen Kaffee von der Bar, und gemeinsam zwangen sie Geoff, ihn zu trinken. Doch Erfolg hatten sie damit nicht.

»Dann müssen wir eben ohne beschissenen Leadgitarristen weiterspielen«, schimpfte Lenny. »Oder kannst du Geoffs Soli übernehmen, Dave?«

»Ich kann nur die Sachen von Chuck Berry, das weißt du doch«, erwiderte Dave.

»Dann spielen wir alles andere eben nicht. Das fällt diesem Scheißpublikum ja sowieso nicht auf.«

Dave war sich da nicht so sicher. Gitarrensoli sorgten dafür, dass die Rocksongs mit ihrem stampfenden Rhythmus und dem sich ständig wiederholenden Tonmuster aufgelockert wurden, deshalb hörten die Leute besonders genau hin.

»Ich kann Geoffs Soli spielen«, meldete Walli sich zu Wort.

Lenny schaute ihn herablassend an. »Du hast doch noch nie mit uns gespielt.«

»Ich habe euch aber drei Nächte lang gehört«, erwiderte Walli. »Ich kann eure Songs spielen.«

Dave sah die beinahe rührende Erwartung in den Augen seines Vetters. Offensichtlich sehnte er sich nach einer Gelegenheit wie dieser.

Lenny blieb skeptisch. »Wirklich?«

»Klar! So schwer ist das nicht.«

»Ach ja?« Lenny war ein wenig beleidigt.

Dave beschloss, Walli eine Chance zu geben. »Er ist ein besserer Gitarrist als ich, Lenny.«

»Das ist ja auch nicht schwer.«

»Und er ist besser als Geoff.«

»Hat er denn schon mal in einer Band gespielt?«

Walli verstand die Frage. »In einem Duo«, sagte er. »Mit einer Sängerin.«

»Dann hat er noch nie mit einem Drummer gearbeitet.«

Das war der Punkt, und das wusste Dave. Er erinnerte sich daran, wie erschrocken er gewesen war, als er zum ersten Mal mit den Guardsmen gespielt hatte und sich dem disziplinierten Takt eines Schlagzeugs hatte unterwerfen müssen. Aber er hatte es geschafft, und Walli konnte das auch. »Lass es ihn wenigstens mal versuchen, Lenny«, sagte Dave. »Wenn's dir nicht gefällt, kannst du ihn nach der ersten Nummer ja wieder von der Bühne schicken.«

Herr Fluck steckte den Kopf zur Tür herein und rief: »Los, Leute! Raus! Showtime!«

»Jaja, wir kommen ja schon.« Lenny stand auf. »Schnapp dir deine Klampfe, und mach, dass du auf die Bühne kommst, Walli.«

Walli eilte los.

Die Eröffnungsnummer des zweiten Sets war »Dizzy Miss Lizzy«, ein Song, bei dem die Gitarre führte. Vor dem ersten Takt fragte Dave: »Oder willst du lieber was Leichteres, um dich warm zu spielen?«

»Nein«, antwortete Walli kurz und bündig.

Dave hoffte nur, dass Wallis Selbstvertrauen berechtigt war.

Lew, der Drummer, zählte: »Drei, zwei, *eins*.«

Walli spielte das Riff genau auf den Punkt. Einen Takt später fiel die Band mit ein. Sie spielten das Intro so gut wie lange nicht. Kurz bevor Lennys Gesangspart begann, schaute Dave zu ihm. Lenny nickte anerkennend.

Walli spielte perfekt und scheinbar mühelos.

Am Ende des Songs zwinkerte Dave ihm zu.

Sie spielten das gesamte Set hindurch. Walli wurde mit jeder Nummer besser, sang manchmal sogar im Background mit. Plum Nelly lief zu alter Form auf und bekam die Mädels doch noch auf die Tanzfläche.

Es war das beste Set, das sie seit ihrer Ankunft in Deutschland gespielt hatten.

Als sie die Bühne verließen, legte Lenny seinem Cousin den Arm um die Schultern und sagte: »Willkommen in der Band.«

*

In dieser Nacht bekam Walli kaum ein Auge zu. Als er mit Plum Nellie auf der Bühne stand, hatte er das Gefühl gehabt, endlich seine musikalische Heimat gefunden zu haben. Er hatte die Band bereichert, hatte sie besser gemacht. Das machte ihn so glücklich, dass er beinahe Angst bekam. Als Lenny gesagt hatte: »Willkommen in der Band«, hatte er es da ernst gemeint?

Am nächsten Tag ging Walli zu der schäbigen Pension in St. Pauli, in der die Band abgestiegen war. Es war gegen Mittag, und die Jungs waren gerade erst aufgestanden.

Walli hing ein paar Stunden mit Dave und Buzz herum, dem Bassisten, ging das Repertoire der Band durch und arbeitete an Anfang und Ende der einzelnen Songs. Alle schienen davon auszugehen, dass er weiter mit ihnen spielte, aber Walli wollte Gewissheit.

Lenny und Lew, der Drummer, tauchten gegen drei auf. Lenny kam direkt auf den Punkt: »Willst du wirklich in die Band?«

»Ja«, antwortete Walli.

»Also gut«, sagte Lenny. »Du bist dabei.«

Walli war noch immer nicht überzeugt. »Und was ist mit Geoff?«

»Ich werde mit ihm reden, sobald er wach ist.«

Sie gingen in ein Café auf der Großen Freiheit, tranken Kaffee, rauchten und kehrten nach ungefähr einer Stunde zurück, um Geoff zu wecken. Geoff sah krank aus, was kein Wunder war, wenn man bedachte, was er gestern in sich hineingeschüttet hatte. Er setzte sich auf die Bettkante, während Lenny mit ihm sprach; die anderen hörten von der Tür aus zu.

»Du bist raus aus der Band«, sagte Lenny ohne Umschweife. »Tut mir leid, aber du hast uns gestern böse im Stich gelassen. Du konntest ja nicht mal mehr stehen, von spielen ganz zu schweigen. Walli hat gestern deinen Platz in der Band eingenommen, und dabei bleibt es.«

»*Der?* Der ist doch noch ein Kind«, brachte Geoff mühsam hervor.

»Mag sein«, erwiderte Lenny, »aber er kippt kein Bier in sich rein, als gäbe es kein Morgen. Außerdem ist er ein besserer Gitarrist als du.«

»Ich brauch 'nen Kaffee«, sagte Geoff.

»Geh über die Straße, da ist ein Café.«

Bis sie zum Club aufbrachen, sahen sie Geoff nicht wieder. Dann, als sie gerade ihr Equipment aufbauten, kam er herein. Er war vollkommen nüchtern und hatte sich die Gitarre umgehängt.

Walli starrte ihn konsterniert an. Er hatte geglaubt, Geoff habe seinen Rausschmiss bei Plum Nellie akzeptiert. Aber vielleicht war er vorhin nur zu verkatert gewesen, um sich zu streiten.

Doch was immer der Grund sein mochte, Geoff hatte seine Sachen nicht gepackt und war nicht gegangen. Walli wurde nervös. Er hatte schon zu viele Rückschläge hinnehmen müssen: die Polizei, die seine Gitarre nach dem Auftritt im Minnesänger zerschlagen hatte; Karolin, die nach dem Gig im Europahotel gegangen war, und der Wirt des El Paso, der ihm mitten im ersten Song einfach den Saft abgedreht hatte. Das hier konnte doch nicht schon wieder eine Enttäuschung werden ... oder?

Alle beobachteten stumm, wie Geoff auf die Bühne stieg und seinen Gitarrenkoffer öffnete.

Schließlich fragte Lenny: »Was machst du da, Geoff?«

»Ich werde euch zeigen, dass ich der beste Gitarrist bin, den ihr je gehört habt.«

»Nein, verdammt! Du bist gefeuert, und fertig. Verpiss dich, und nimm den nächsten Zug nach Hook.«

Geoffs Stimme nahm einen beinahe kläglichen Tonfall an. »Hör mal, Lenny, wir spielen jetzt sechs Jahre lang zusammen. Zählt das denn gar nichts? Du musst mir wenigstens eine Chance geben.«

Walli erschien es durchaus vernünftig, was Geoff sagte; zugleich befürchtete er, dass Lenny es genauso sah. Aber der schüttelte den Kopf. »Du bist als Gitarrist ganz okay, aber nichts Besonderes. Außerdem bist du ein Arschloch. Seit wir hier sind, spielst du so mies, dass man uns gestern Nacht gefeuert hätte, wäre Walli nicht für dich eingesprungen.«

Geoff schaute sich um. »Und? Was denken die anderen?«, fragte er in die Runde.

»Unsere Band ist keine Demokratie«, sagte Lenny.

»Ach ja?« Geoff drehte sich zu Lew um, dem Drummer, der gerade sein Basspedal aufbaute. »Und wie denkst du darüber?«

Lew war Geoffs Vetter. »Gib ihm noch 'ne Chance«, sagte er zu Lenny.

Geoff wandte sich an den Bassisten. »Und was ist mit dir, Buzz?«

Buzz war ein eher gemächlicher Typ, der stets dem zustimmte, der am lautesten schrie. »Also, ich würd ihm auch 'ne Chance geben.«

Geoff schaute Lenny triumphierend an. »Damit steht es drei zu eins, Lenny.«

»Nein.« Dave schüttelte den Kopf. »In einer Demokratie muss man auch zählen können. Es steht drei zu drei: Du, Buzz und Lew gegen Lenny, mich und Walli. Damit herrscht Gleichstand.«

»Spar dir die Mühe«, sagte Lenny. »Das hier ist meine Band, und *ich* treffe die Entscheidungen. Geoff ist gefeuert. Nimm deine Gitarre und verschwinde, Geoff, sonst ziehe ich sie dir über den Schädel.«

Endlich schien Geoff einzusehen, dass Lenny es ernst meinte. Er packte die Gitarre weg und schlug den Deckel zu. Dabei sagte er: »Eins kann ich euch versprechen, ihr Scheißkerle. Wenn ich gehe, dann geht ihr alle.«

Walli fragte sich, was das bedeutete. War es nur eine leere Drohung? Wie auch immer, er hatte keine Zeit, darüber nachzudenken. Ein paar Minuten später begann ihr Auftritt.

Wallis Ängste waren wie weggeblasen. Er wusste, dass er gut war, und dass die Band von ihm profitierte. Die Zeit verstrich. In der Pause ging Walli allein auf die Bühne und sang Songs von Bob Dylan. Dann folgte eine Nummer, die er selbst geschrieben hatte: »Karolin«. Sie kam beim Publikum bestens an. Anschließend spielte er wieder mit der Band und begann mit »Dizzy Miss Lizzie«.

Als er »You Can't Catch Me« spielte, fielen ihm ein paar uniformierte Polizisten auf, die im hinteren Teil des Clubs mit Fluck sprachen, dem Geschäftsführer, aber er dachte sich nichts dabei.

Als sie nach Mitternacht die Bühne verließen, wartete Fluck in der Garderobe auf sie. Er kam direkt auf den Punkt und fragte Dave: »Wie alt bist du?«

»Einundzwanzig«, antwortete Dave.

»Erzähl keinen Stuss.«

»Was geht Sie das überhaupt an?«

»In Deutschland gibt es Gesetze gegen Kinderarbeit in Clubs wie dem hier.«

»Kinderarbeit? Ich bin achtzehn.«

»Mag ja sein, aber die Polizei sagt, du bist fünfzehn.«

»Woher will die Polizei das wissen?«

»Sie haben mit dem Gitarristen gesprochen, den ihr gerade gefeuert habt, diesem Geoff.«

»Der Bastard hat uns verpfiffen!«, stieß Lenny hervor.

»Ich führe einen Club«, sagte Fluck. »Hier gehen Prostituierte ein und aus, Drogenhändler und alles mögliche Gesocks. Ich muss der Polizei ständig beweisen, dass ich ein gesetzestreuer Bürger bin. Sie haben gesagt, ich muss euch nach Hause schicken, euch alle. Also, auf Wiedersehen.«

»Wann müssen wir denn gehen?«, fragte Lenny fassungslos.

»Den Club müsst ihr jetzt sofort verlassen, Deutschland morgen.«

»Soll das ein Witz sein?«

»Als Clubbesitzer muss man tun, was die Polizei einem sagt.« Fluck deutete auf Walli. »Er muss das Land natürlich nicht verlassen. Er ist ja Deutscher.«

»Scheiße«, fluchte Lenny. »Jetzt habe ich zwei Gitarristen an einem Tag verloren.«

»Nein, hast du nicht«, sagte Walli. »Ich komme mit euch nach England.«

KAPITEL 27

Jasper Murray verliebte sich in die USA. Hier gab es die ganze Nacht hindurch Radio und drei Fernsehkanäle und in jeder Stadt eine andere Morgenzeitung. Die Landschaft war gewaltig, die Städte modern und weitläufig, die Menschen entspannt und zwanglos. Zu Hause benahmen sich die Engländer, als führten sie ständig ein steifes Teegespräch in einem viktorianischen Salon, auch wenn sie übers Geschäft redeten, Fernsehinterviews gaben oder sich über Sport unterhielten. Jaspers Vater, dem Heeresoffizier, fiel das nicht auf, Jaspers deutsch-jüdischer Mutter aber schon. Hier in den Vereinigten Staaten war man direkter, selbstbewusster. Die Kellner in den Restaurants waren tüchtig, ohne unterwürfig zu sein, und niemand benahm sich servil.

Jasper plante eine Reihe von Artikeln über seine Reisen für die *St. Julian's News*, verfolgte aber noch höhere Ziele. Vor seiner Abreise aus London hatte er mit Barry Pugh gesprochen und ihn gefragt, ob das *Daily Echo* vielleicht interessiert sei an dem, was er schrieb.

»Klar, sicher, wenn Sie bei einer Sache dabei sind, die irgendwie ... nun ja, aus der Art fällt«, hatte Pugh ohne große Begeisterung geantwortet.

Vergangene Woche hatte Jasper in Detroit Smokey Robinson interviewt, den Leadsänger der Miracles, und hatte den Artikel per Express an das *Echo* geschickt; vermutlich war die Story bereits angenommen. Er hatte die Nummer der Dewars angegeben, aber Pugh hatte sich noch nicht gemeldet, deshalb wollte Jasper ihn heute anrufen.

In Washington wohnte er bei den Dewars. Die Familie hatte dort ein Apartment, eine große Wohnung in einem schicken Gebäude nur wenige Querstraßen vom Weißen Haus. »Mein Großvater Cameron Dewar hat es vor dem Ersten Weltkrieg gekauft«, sagte Woody Dewar am Frühstückstisch zu Jasper. »Er und mein Vater waren US-Senatoren.«

Ein farbiges Dienstmädchen namens Miss Betsy schenkte Jasper Orangensaft ein und fragte ihn, ob er Rührei wolle.

»Nein danke, nur Kaffee«, sagte er. »In einer Stunde treffe ich mich mit einem Freund der Familie zum Frühstück.«

Jasper hatte die Dewars in dem Jahr, das sie in London verbracht hatten, nicht besonders eng kennengelernt, sah man von der kurzen Liebelei mit Beep ab; dennoch hatten sie ihn gut ein Jahr später mit offenen Armen bei sich zu Hause empfangen. Wie die Williams' legten sie eine lässige, beinahe selbstverständliche Großzügigkeit an den Tag, besonders gegenüber jungen Leuten: Lloyd und Daisy Williams hatten kein Problem damit, Teenager für eine Nacht oder eine Woche bei sich aufzunehmen – oder, in Jaspers Fall, für ein paar Jahre. Die Dewars schienen ähnlich zu sein.

»Nett von Ihnen, dass ich hier bleiben darf«, sagte Jasper zu Bella.

»Ach, das ist doch gar nichts. Sie sind herzlich willkommen«, erwiderte sie und meinte es auch so.

Jasper wandte sich an Woody. »Ich nehme an, Sie fotografieren den Marsch der Bürgerrechtler heute für *Life*?«

»Allerdings«, sagte Woody. »Ich mische mich unter die Menge und mache diskrete Aufnahmen mit einer kleinen Fünfunddreißig-Millimeter-Kamera. Die offiziellen Fotos der Prominenten auf der Rednertribüne macht jemand anders.«

Er war formlos gekleidet, in eine Chinohose und ein kurzärmeliges Hemd, doch für einen so großen Mann war es dennoch schwierig, nicht aufzufallen. Allerdings waren Woodys entlarvende Pressefotos weltberühmt.

»Ich bin mit Ihrer Arbeit vertraut«, sagte Jasper. »So wie jeder, der sich für Journalismus interessiert.«

»Interessiert Sie ein bestimmtes Thema besonders?«, fragte Woody. »Verbrechen? Politik? Krieg?«

»Nein, nein. Ich berichte gern über alles Mögliche – so wie Sie wohl auch.«

»Mich interessieren Gesichter. Egal, um was es in der Story geht – eine Trauerfeier, ein Footballspiel, eine Mordermittlung –, ich mache gern Porträts.«

»Was erwarten Sie heute auf dieser Massenkundgebung?«

»Schwer zu sagen. Martin Luther King jedenfalls rechnet mit einhunderttausend Teilnehmern. Wenn es wirklich so viele werden, wäre es der größte Bürgerrechtsmarsch aller Zeiten. Wir alle hoffen, dass er friedlich verläuft, aber eine Garantie gibt es natürlich nicht. Denken Sie nur daran, was in Birmingham passiert ist.«

»Washington ist anders«, warf Bella ein. »Wir haben hier sogar farbige Polizeibeamte.«

»Aber nicht viele«, erwiderte Woody. »Trotzdem kann man darauf wetten, dass sie heute an vorderster Front stehen.«

Beep Dewar kam ins Esszimmer. Sie war eine zierliche Fünfzehnjährige. »Wer steht an vorderster Front?«, fragte sie.

»Du nicht, hoffe ich«, sagte ihre Mutter. »Du hältst dich bitte aus allem Ärger heraus.«

»Aber sicher, Mama.«

Jasper bemerkte, dass Beep sich in den zwei Jahren seit ihrer letzten Begegnung ein gewisses Maß an Diskretion angeeignet hatte. Heute sah sie in ihrer hellbraunen Jeans und dem weiten Cowboyhemd hübsch aus, aber nicht besonders sexy – ein vernünftiges Outfit für einen Tag, der haarig werden konnte.

Jasper gegenüber gab sie sich so, als hätte sie ihren Flirt in London völlig vergessen. Offenbar sollte er sich nicht der Illusion hingeben, dort weitermachen zu können, wo er aufgehört hatte. Zweifellos hatte Beep in der Zwischenzeit feste Freunde gehabt. Jasper sollte es recht sein; dann glaubte Beep wenigstens nicht, er gehöre ihr.

Als letztes Mitglied der Familie Dewar erschien Cameron zum Frühstück, Beeps zwei Jahre älterer Bruder. Er kleidete sich wie ein Mann in mittleren Jahren in ein Leinenjackett mit weißem Hemd und Krawatte.

»Halt auch du dich aus allem Ärger heraus, Cam«, sagte seine Mutter.

»Ich habe nicht vor, mich auch nur in die Nähe des Marsches zu begeben«, entgegnete Cameron pikiert. »Ich möchte ins Smithsonian.«

Beep sagte: »Bist du denn nicht auch der Meinung, farbige Menschen müssten wählen dürfen?«

»Vor allem sollten sie keine Schwierigkeiten machen.«

»Was soll das denn heißen? Würde man ihnen das Wahlrecht zugestehen, müssten sie nicht auf die Straße!«

»Das reicht, ihr zwei«, sagte Bella.

Jasper trank seinen Kaffee aus. »Ich müsste einen Telefonanruf nach Europa machen«, sagte er und fühlte sich bemüßigt, hinzuzufügen: »Ich zahle natürlich dafür«, auch wenn er nicht wusste, ob er genug Geld hatte.

»Nur zu«, sagte Bella. »Benutzen Sie den Apparat im Arbeitszimmer. Und machen Sie sich keine Gedanken um die Kosten.«

Jasper war erleichtert. »Sehr freundlich von Ihnen.«

Bella winkte ab. »Ich nehme an, unsere Telefonrechnung bezahlt sowieso die Zeitschrift *Life*«, sagte sie leichthin.

Jasper ging ins Arbeitszimmer. Er rief das *Daily Echo* in London an und erreichte Barry Pugh, der sich als Erstes erkundigte: »Gefallen Ihnen die Vereinigten Staaten?«

»Ist toll hier.« Jasper schluckte nervös. »Haben Sie meinen Artikel über Smokey Robinson bekommen?«

»Ja, danke. Gut geschrieben, nur passt er nicht ins *Echo*. Versuchen Sie es mit dem *New Musical Express*.«

Jasper war enttäuscht. Er hatte kein Interesse, für die Popmusikpresse zu schreiben. »Okay«, sagte er, war aber noch nicht bereit aufzugeben. »Ich dachte, es würde das Interview interessanter machen, dass Smokey der Lieblingssänger der Beatles ist.«

»Schon, nur nicht genug. Aber es war ein netter Versuch.«

Jasper gab sich alle Mühe, sich seine Unzufriedenheit nicht anmerken zu lassen. »Danke.«

Pugh sagte: »Findet da heute nicht irgendeine Demonstration in Washington statt?«

»Ja, wegen der Bürgerrechte für Schwarze.« Jaspers Hoffnungen stiegen wieder. »Ich bin dabei, wenn Sie einen Bericht möchten ...«

»Hmm ... Rufen Sie an, wenn es gewalttätige Ausschreitungen gibt.«

Und sonst nicht, begriff Jasper. Enttäuscht sagte er: »Okay, mach ich.«

Er legte auf und starrte das Telefon nachdenklich an. Er hatte hart am Smokey-Robinson-Artikel gearbeitet und fand, dass die Verbindung zu den Beatles ihn zu etwas Besonderem machte. Doch er hatte falschgelegen. Also musste er es noch einmal versuchen.

Er kehrte ins Esszimmer zurück. »Ich muss gehen«, sagte er. »Ich treffe mich mit Senator Peshkov im Hotel Willard.«

»Im Willard? Da wohnt doch Martin Luther King«, sagte Woody.

»Tatsache?« Jaspers Laune besserte sich schlagartig. »Vielleicht kann ich ein Interview bekommen.« Daran wäre das *Echo* mit Sicherheit interessiert.

Woody lächelte. »Darauf werden mehrere Hundert Reporter warten.«

Jasper wandte sich an Beep. »Sehen wir uns später?«

»Wir treffen uns um zehn am Washington Monument«, sagte sie. »Angeblich tritt Joan Baez dort auf.«

»Dann suche ich da nach dir.«

Woody fragte: »Sagten Sie, Sie treffen sich mit Greg Peshkov?«

»Ja. Er ist der Halbbruder von Daisy Williams.«

»Ich weiß. Die häuslichen Verhältnisse von Gregs Vater, Lev Peshkov, waren das heiße Thema in Buffalo, als Ihre Mutter und ich dort als Teenager lebten. Bitte grüßen Sie Greg von mir.«

»Sicher, gern«, sagte Jasper und verließ das Zimmer.

*

George Jakes betrat das Café des Willard-Hotels und hielt nach Verena Ausschau, aber sie war nicht eingetroffen. Allerdings entdeckte er Greg Peshkov. Sein Vater frühstückte mit einem gut aussehenden jungen Mann um die zwanzig mit einem blonden Beatles-Haarschnitt. George setzte sich an ihren Tisch und wünschte einen guten Morgen.

»Das ist Jasper Murray, ein Student aus London«, sagte Greg. »Er ist der Sohn einer alten Freundin. Jasper, das ist George Jakes.«

Sie schüttelten einander die Hände. Jasper wirkte ein wenig erstaunt, wie es bei Menschen oft der Fall war, wenn sie Greg und George zusammen sahen; aber wie die meisten anderen war er zu höflich, nach einer Erklärung zu fragen, was sie miteinander zu tun hatten.

Greg erklärte George: »Jaspers Mutter ist aus Nazideutschland geflohen.«

»Meine Mutter hat nie vergessen, wie das amerikanische Volk sie in diesem Sommer willkommen hieß.«

»Dann sind Sie mit dem Thema der rassischen Diskriminierung also vertraut«, sagte George zu Jasper.

»Nicht richtig. Meine Mutter spricht nicht gern über alte Zeiten.« Er lächelte gewinnend. »Auf der Schule in England wurde ich eine Weile Jasper Jewboy genannt, der Judenjunge, aber das gab sich irgendwann. Haben Sie mit dem heutigen Marsch zu tun, George?«

»In gewisser Weise. Ich arbeite für Bobby Kennedy. Wir wollen sicherstellen, dass alles glattläuft.«

Jasper war sofort interessiert. »Wie gehen Sie da vor?«

»Die Mall ist voller tragbarer Trinkbrunnen, Erste-Hilfe-Stationen und Baustellentoiletten. Wir haben sogar eine Stelle, an der man Schecks einlösen kann. Eine New Yorker Kirche hat achtzigtausend Sandwiches fürs Mittagessen gemacht, die die Organisatoren kostenlos vergeben können. Alle Reden sind auf sieben Minuten Länge begrenzt, daher wird die Demonstration pünktlich zu Ende gehen, und die Besucher können die Stadt vor Einbruch der Dunkelheit verlassen. Und für den gesamten heutigen Tag ist der Verkauf von Spirituosen in ganz Washington verboten.«

»Wird es funktionieren?«

Das wusste George nicht. »Offen gesagt hängt alles von den Weißen ab. Es bedarf nur ein paar Polizisten, die sich wichtigmachen, Schlagstöcke einsetzen oder Wasserschläuche oder Kampfhunde, und aus einer Gebetsversammlung wird ein Aufruhr.«

»Washington ist nicht der tiefe Süden«, wandte Greg ein.

»Auch nicht der Norden«, entgegnete George. »Deshalb lässt sich nicht vorhersagen, was passieren wird.«

Jasper bohrte weiter. »Und wenn es einen Aufruhr gibt?«

Greg beantwortete die Frage. »In den Vorstädten sind viertausend Soldaten stationiert, und nicht weit weg, in North Carolina, fünfzehntausend Fallschirmjäger. Die Washingtoner Krankenhäuser haben alle nicht akuten Eingriffe verschoben, damit im Notfall mehr Betten für Verletzte frei sind.«

»Mannomann«, sagte Jasper. »Ihnen ist es ja wirklich ernst.«

George runzelte die Stirn. Die Vorsichtsmaßnahmen waren nicht für die Öffentlichkeit bestimmt. Greg als Senator war informiert, aber er hätte Jasper nichts sagen sollen.

Verena kam an ihren Tisch. Die drei Männer erhoben sich. Sie sprach Greg an. »Guten Morgen, Senator. Schön, Sie wiederzusehen.«

Greg stellte ihr Jasper vor, dem die Augen übergingen. Verena hatte diese Wirkung auf schwarze und weiße Männer. »Verena arbeitet für Martin Luther King«, sagte Greg.

Jasper bedachte sie mit einem Hundertwattlächeln. »Könnten Sie mir ein Interview mit ihm verschaffen?«

»Wieso das?«, fuhr George auf.

»Ich bin Journalistikstudent. Habe ich das nicht erwähnt?«

»Nein, haben Sie nicht.« George ließ sich seine Verärgerung deutlich anhören.

Verena jedoch war gegenüber Jaspers Charme nicht immun. »Es tut mir leid«, sagte sie mit einem bedauernden Lächeln. »Ein Interview mit Dr. King steht heute außer Frage.«

George war sauer. Greg hätte ihn warnen müssen, dass Jasper Journalist war. George hatte durch sein letztes Gespräch mit einem Reporter Bobby Kennedy in Verlegenheit gebracht. Er hoffte, dass er heute noch keine Indiskretion begangen hatte.

Verena wandte sich an George. Sie klang verärgert. »Ich habe gerade mit Charlton Heston gesprochen. FBI-Beamte haben heute Morgen unsere prominenten Unterstützer angerufen und sie aufgefordert, den Tag über in ihren Hotelzimmern zu bleiben, weil es zu Ausschreitungen kommen werde.«

George gab einen verärgerten Laut von sich. »Das FBI macht sich Sorgen, aber nicht, weil der Marsch gewalttätig werden könnte, sondern weil er vielleicht erfolgreich verläuft.«

Das reichte Verena nicht. »Kannst du sie nicht davon abhalten, dass sie diese Sache sabotieren?«

»Ich werde mit Bobby reden, aber ich kann mir nicht vorstellen, dass er wegen solch einer Kleinigkeit mit J. Edgar Hoover die Klingen kreuzen will.« George berührte Greg am Arm. »Verena und ich haben etwas zu bereden. Bitte entschuldige uns.«

Verena sagte: »Mein Tisch ist da drüben.«

Sie durchquerten den Raum. George hatte den hinterhältigen Jasper Murray schon vergessen. Als sie sich gesetzt hatten, fragte er Verena: »Wie ist die Lage?«

Sie beugte sich über den Tisch und antwortete leise, obwohl sie vor Aufregung schier platzte: »Es wird größer als erwartet.« Ihre Augen glänzten. »Hunderttausend Teilnehmer ist noch zu niedrig geschätzt.«

»Woher weißt du das?«

»Jeder planmäßige Bus, jeder Zug und jedes Flugzeug nach Washington ist heute voll«, sagte sie. »Heute Morgen sind wenigstens zwanzig Sonderzüge eingetroffen. Auf der Union Station versteht man sein eigenes Wort nicht mehr, alles singt ›We Shall Not Be Moved‹. Durch den Baltimore-Tunnel kommen jede Stunde hundert Sonderbusse. Mein Vater hat für die Filmstars ein Flugzeug in Los Angeles gechartert. Marlon Brando ist hier, und James Garner. CBS überträgt das Ereignis live.«

»Was meinst du denn, wie viele Leute kommen?«

»Im Moment rechnen wir mit einer Verdopplung der ursprünglichen Schätzung.«

George war entgeistert. »Was? Zweihunderttausend Personen?«

»Das nehmen wir jetzt an. Es könnten noch mehr werden.«

»Ich weiß nicht, ob das gut oder schlecht ist.«

Verena runzelte irritiert die Stirn. »Wie könnte es schlecht sein?«

»Wir haben nicht für so viele geplant. Ich möchte keine Schwierigkeiten.«

»George, es ist eine Protestbewegung. Dabei geht es darum, Schwierigkeiten zu machen.«

»Mir ging es um etwas anderes. Ich will zeigen, dass sich hunderttausend Neger in einem Park versammeln können, ohne dass es zu einem Kampf kommt.«

»Wir sind bereits im Kampf, und den haben die Weißen begonnen. Sie haben dir das Handgelenk gebrochen, bloß weil du zum Flughafen wolltest.«

George berührte sich reflexhaft am linken Arm. Der Arzt sagte, der Bruch sei verheilt, doch manchmal spürte er dennoch Stiche. »Hast du

Meet the Press gesehen?«, fragte er Verena. King war in der Polittalksendung der NBC von Journalisten befragt worden.

»Ja, natürlich.«

»Jede Frage drehte sich entweder um Gewalttätigkeiten von Negern oder um Kommunisten innerhalb der Bürgerrechtsbewegung. Wir dürfen nicht zulassen, dass das die Themen sind, über die berichtet wird!«

»Wir können uns aber auch nicht von *Meet the Press* unsere Strategie diktieren lassen. Was hast du denn gedacht, wovon diese weißen Journalisten reden wollen? Erwarte von ihnen bloß nicht, dass sie Martin über gewalttätige weiße Cops befragen, voreingenommene Geschworene in den Südstaaten, korrupte weiße Richter oder den Ku-Klux-Klan.«

»Dann lass es mich anders ausdrücken«, sagte George. »Angenommen, der heutige Tag verläuft friedlich, aber der Kongress lehnt den Bürgerrechtsgesetzesantrag ab, und *dann* kommt es zu Ausschreitungen. Dr. King könnte sagen: ›Einhunderttausend Neger sind heute friedlich hierhergekommen, haben Choräle gesungen und Ihnen die Chance gegeben, das zu tun, was richtig wäre – doch Sie haben die Gelegenheit ausgeschlagen, die wir Ihnen angeboten haben, und jetzt sehen Sie die Folgen Ihres Starrsinns. Wenn es Ausschreitungen gibt, trägt niemand anders die Schuld daran als Sie selbst.‹ Wie wäre es damit?«

Verena lächelte widerstrebend und nickte zustimmend. »Du bist wirklich gewitzt, George.«

*

Die National Mall war ein Park von hundertzwanzig Hektar Fläche, der sich lang und schmal zwei Meilen weit zwischen Capitol und dem Lincoln Memorial erstreckte. Die Marschierer versammelten sich in der Mitte, am Washington Monument, einem mehr als hundertfünfzig Meter hohen Obelisken. Eine Bühne war aufgebaut worden, und als Jasper ankam, stimmte Joan Baez mit ihrer klaren Stimme gerade »Oh, Freedom« an.

Jasper sah sich nach Beep Dewar um, aber die Menge war bereits fünfzigtausend Köpfe oder mehr stark, und wenig überraschend entdeckte er sie nirgends.

Er verbrachte den interessantesten Tag seines Lebens, und es war noch nicht mal elf Uhr morgens. Greg Peshkov und George Jakes waren Washingtoner Insider, die ihm nebenbei exklusive Informationen geliefert hatten: Wie sehr er sich wünschte, das *Daily Echo* wäre interessiert.

Und die grünäugige Verena Marquand war vermutlich die schönste Frau, die Jasper je erblickt hatte. Schlief George mit ihr? Wenn ja, konnte er sich glücklich schätzen.

Auf Joan Baez folgten Odetta und Josh White, doch als Peter, Paul and Mary auftraten, raste die Menge. Jasper konnte kaum fassen, dass er all diese Stars ohne Eintrittskarte live auf der Bühne erlebte. Peter, Paul and Mary sangen ihren neuesten Hit, »Blowin in the Wind«, einen Song von Bob Dylan. Er schien sich auf die Bürgerrechtsbewegung zu beziehen und schloss die Zeile ein: »Wie viele Jahre können Menschen leben, ohne dass sie frei sein dürfen?«

Das Publikum steigerte sich noch mehr in seine Begeisterung hinein, als Dylan selbst auftrat. Er sang einen neuen Song über den Mord an Medgar Evers, den ermordeten schwarzen Bürgerrechtler, der »Only a Pawn in their Game« hieß. Der Song klang sehr geheimnisvoll in Jaspers Ohren, doch die Zuhörer bemerkten die Mehrdeutigkeit nicht und erfreuten sich daran, dass der heißeste neue Star im amerikanischen Musikgeschäft sich auf ihre Seite stellte.

Die Menge wuchs mit jeder Minute. Jasper war groß und konnte über die meisten Köpfe hinwegblicken, aber den Rand der Menschenansammlung konnte er nicht mehr ausmachen. Im Westen führte das berühmte lange Reflexionsbecken zu dem griechischen Tempel, das Lincoln Memorial, das an Abraham Lincoln erinnerte. Die Demonstranten sollten später gemeinsam dorthin marschieren, doch Jasper sah, dass viele sich bereits an den westlichen Rand des Parks begaben, vermutlich in der Absicht, sich für die Reden die besten Plätze zu sichern.

Bislang hatte es keinerlei Hinweise auf Gewalttätigkeiten gegeben, so pessimistisch die Presse auch geklungen hatte – oder war es eher das Wunschdenken der Journalisten gewesen?

Überall schienen Fotografen und Fernsehkameras zu sein. Sie richteten die Objektive oft auf Jasper, vielleicht wegen seines Popstar-Haarschnitts.

Jasper dachte bereits über einen Artikel nach. Das Ereignis erinnerte ihn an ein Picknick im Wald, bei dem die Ausflügler auf einer sonnigen Lichtung zu Mittag aßen, während blutdürstige Raubtiere durch den finsteren Forst strichen, der die Lichtung umschloss.

Mit der Menge schlenderte er nach Westen. Die Neger trugen ihre Sonntagskleidung, bemerkte er, die Männer Krawatte und Strohhüte, die Frauen bunt bedruckte Kleider und Kopftücher; die Weißen gingen im Freizeitdress. Die Forderungen umfassten mehr als die Abschaffung der

Rassentrennung, die man hier Segregation nannte, und die Plakate verlangten nach Stimmrecht, Arbeit und Wohnraum. Gewerkschaften, Kirchen und Synagogen hatten ihre Abordnungen geschickt.

Vor dem Lincoln Memorial traf er auf Beep, die zu einer Gruppe junger Mädchen gehörte, die in die gleiche Richtung gingen. Sie fanden eine Stelle, von der sie ungehinderte Sicht auf die Bühne hatten, die auf den Stufen des Denkmals errichtet worden war.

Die Mädchen reichten eine große Flasche mit warmer Coca-Cola herum. Einige von ihnen waren Beeps Freundinnen, erfuhr Jasper; andere hatten sich ihnen einfach angeschlossen. Sie interessierten sich für ihn, weil er ein exotischer Fremder war, und Jasper genoss es; er lag in der Augustsonne und plauderte mit den Mädchen, bis die Reden begannen. Mittlerweile erstreckte die Menge sich weiter, als Jasper sehen konnte. Kein Zweifel – es waren viel mehr gekommen als die hunderttausend, mit denen man gerechnet hatte.

Das Rednerpult stand vor der riesigen Statue des 1865 ermordeten Präsidenten Lincoln, die auf einem gewaltigen Marmorthron saß, die massigen Hände auf den Armlehnen, die buschigen Augenbrauen zusammengezogen, das Gesicht ernst.

Die meisten Redner waren schwarz, doch es waren auch ein paar Weiße darunter, zu denen ein Rabbi gehörte. Marlon Brando kam auf die Plattform und schwenkte einen elektrischen Viehtreiber, einen Stock, den die Polizei von Gadsden, Alabama, gegen Neger einsetzte. Jasper gefiel besonders der scharfzüngige Gewerkschaftsführer Walter Reuther, der bissig sagte: »Wir können die Freiheit in Berlin nicht verteidigen, solange wir die Freiheit in Birmingham verweigern.«

Doch die Menge wurde unruhig und rief immer lauter nach Martin Luther King.

Er gehörte zu den letzten Rednern.

King war ein wortgewaltiger Prediger, das erkannte Jasper auf der Stelle. Seine Diktion war scharf, seine Stimme ein lebhafter, melodiöser, mitunter beschwörender Bariton. King besaß die Macht, die Emotionen einer Menge zu steuern – eine wertvolle, aber auch gefährliche Gabe, die Jasper bewunderte. Doch zu so vielen Menschen hatte vermutlich nicht einmal Martin Luther King bisher gepredigt.

Er warnte davor, dass die Demonstration, so erfolgreich sie auch war, nichts bedeutet, so lange sie zu keiner echten Veränderung führe. »Wer hofft, der Neger werde jetzt zufrieden sein, nachdem er Dampf abgelassen hat, wird ein böses Erwachen haben, wenn die Nation wieder weitermacht wie vorher.« Die Zuhörer jubelten bei jedem nachhallenden Satz. »Es wird weder Ruhe noch Rast in Amerika geben, bis dem Neger die vollen Bürgerrechte zugebilligt werden«, warnte King. »Die Stürme des Aufruhrs werden weiterhin die Grundfesten unserer Nation erschüttern, bis der helle Tag der Gerechtigkeit anbricht.«

Als er sich dem Ende seiner Rede näherte, baute King, der Pastor, biblische Bezüge in sie ein. »Wir können nicht zufriedengestellt sein, solange noch unsere Kinder ihrer Freiheit und Würde beraubt werden durch Zeichen, auf denen es heißt: ›Nur für Weiße‹«, sagte er. »Wir werden nicht zufriedengestellt sein, bis das Recht strömt wie Wasser und die Gerechtigkeit wie ein mächtiger Strom.«

Hinter ihm auf der Plattform rief die Gospelsängerin Mahalia Jackson: »My Lord! My Lord!«

»Trotz der Schwierigkeiten von heute und morgen habe ich einen Traum«, sagte King.

Jasper merkte, dass King seine vorbereitete Rede verworfen hatte, denn er wirkte jetzt nicht mehr gezielt auf die Empfindungen seiner Zuhörerschaft ein. Stattdessen schien er seine Worte aus einem tiefen, kalten Brunnen des Leidens und der Qualen zu schöpfen, einer Zisterne, die Jahrhunderte der Grausamkeit gebaut hatten. Jasper begriff, dass Neger ihr Leid mit Prophetenworten des Alten Testaments schilderten und ihre Qualen mit dem Trost und der Hoffnung des Evangeliums Jesu Christi ertrugen.

Kings Stimme bebte, als er sagte: »Ich habe einen Traum, dass eines Tages diese Nation sich erheben wird und der wahren Bedeutung ihres Credos gemäß leben wird: Wir halten diese Wahrheit für selbstverständlich: dass alle Menschen gleich erschaffen sind.

Ich habe einen Traum, dass eines Tages auf den roten Hügeln von Georgia die Söhne früherer Sklaven und die Söhne früherer Sklavenhalter miteinander am Tisch der Brüderlichkeit sitzen können.

Ich habe einen Traum, dass sich eines Tages selbst der Staat Mississippi, ein Staat, der in der Hitze der Ungerechtigkeit und Unterdrückung verschmachtet, in eine Oase der Gerechtigkeit verwandelt. Ich habe einen Traum.«

Er hatte einen Rhythmus gefunden, und zweihunderttausend Menschen spürten, wie er ihre Seelen aufrüttelte. Es war mehr als nur eine Rede: Es war ein Gedicht, ein Lobgesang und ein Gebet so tief wie das Grab. Die herzzerreißende Wendung »Ich habe einen Traum« kam wie ein Amen am Ende jedes schallenden Satzes und sollte Geschichte schreiben.

»Dass meine vier kleinen Kinder eines Tages in einer Nation leben werden, in der man sie nicht nach ihrer Hautfarbe, sondern nach ihrem Charakter beurteilen wird – ich habe einen Traum.

Ich habe einen Traum, dass eines Tages in Alabama – mit seinen bösartigen Rassisten, mit seinem Gouverneur, von dessen Lippen Worte wie ›Intervention‹ und ›Annullierung der Rassenintegration‹ triefen –, dass eines Tages genau dort in Alabama kleine schwarze Jungen und Mädchen die Hände schütteln mit kleinen weißen Jungen und Mädchen als Brüdern und Schwestern. Ich habe einen Traum.

Mit diesem Glauben werden wir imstande sein, aus dem Berg der Verzweiflung einen Stein der Hoffnung zu hauen.

Mit diesem Glauben können wir die schrillen Missklänge in unserem Land in eine wunderschöne Symphonie der Brüderlichkeit verwandeln.

Mit diesem Glauben werden wir fähig sein, zusammen zu arbeiten, zusammen zu beten, zusammen zu kämpfen, zusammen ins Gefängnis zu gehen, zusammen für die Freiheit aufzustehen, in dem Wissen, dass wir eines Tages frei sein werden.«

Als Jasper sich umsah, sah er schwarze und weiße Gesichter, über die Tränen liefen. Selbst er fühlte sich bewegt, und dabei hatte er sich stets für immun gegen solche Dinge gehalten.

»Und wenn das geschieht – wenn wir die Freiheit erschallen lassen, wenn wir sie erschallen lassen von jedem Dorf und jedem Weiler, von jedem Staat und jeder Großstadt, dann lassen wir den Tag schneller kommen, an dem alle Kinder Gottes – schwarze und weiße Menschen, Juden und Gojim, Protestanten und Katholiken – sich die Hände reichen und die Worte des alten Negrospirituals singen können:

›Endlich frei!

Endlich frei!

Großer allmächtiger Gott, wir sind endlich frei!‹«

Er trat vom Mikrofon weg.

Die Menge gab ein Geräusch von sich, wie Jasper es noch nie gehört hatte – ein gewaltiges, tiefes Raunen, das sich zu einem Donnern steigerte. Die Menschen waren wie verzückt und voller Hoffnung, den Beginn einer Zeitenwende zu erleben. Der Applaus brandete über alles und jeden hinweg und erschien so endlos wie die Wellen des Meeres.

So ging es weiter, bis Kings weißhaariger geistiger Ziehvater, Benjamin Mays, ans Mikrofon trat und einen Segen sprach. Viele Menschen wandten sich widerstrebend von der Bühne ab, um den Heimweg anzutreten; viele hatten den Wunsch, diese kostbaren Augenblicke für immer festzuhalten.

Auch Jasper fühlte sich, als hätte er einen Sturm durchgestanden, oder eine Schlacht, oder eine Liebesnacht: Er war erschöpft, seelisch und körperlich, doch er glühte innerlich vor Glück und Freude.

Beep und er schlugen den Weg zum Apartment der Dewars ein und sprachen kaum ein Wort. Bestimmt, überlegte Jasper, würde auch das *Echo* sich für diese bewegende Veranstaltung interessieren, die mit einem Mal ihren ganz eigenen Regeln gefolgt war. Hunderttausende Menschen hatten einen herzergreifenden Appell um Gerechtigkeit gehört.

Die britische Politik mit ihren widerlichen Sexskandalen, überlegte er, kann mit etwas so Großartigem bestimmt nicht um den Platz auf der Titelseite einer Zeitung konkurrieren.

Er hatte recht.

Beeps Mutter saß am Küchentisch und hülste Erbsen aus, während Miss Betsy Kartoffeln schälte. Kaum war Jasper durch die Tür, sagte Bella Dewar zu ihm: »Das *Daily Echo* in London hat zweimal für Sie angerufen. Ein Mr. Pugh.«

»Danke sehr.« Jaspers Herz schlug schneller. »Hätten Sie etwas dagegen, wenn ich den Anruf erwidere?«

»Natürlich nicht.«

Jasper ging ins Arbeitszimmer und rief Pugh an.

»Haben Sie an dem Marsch teilgenommen?«, fragte Pugh. »Haben Sie die Rede gehört?«

»Ja«, sagte Jasper. »Es war unglaublich.«

»Ich weiß. Wir stellen alles darauf ab. Können Sie uns einen Ich-war-dabei-Artikel schreiben? So persönlich und impressionistisch, wie Sie wollen. Halten Sie sich nicht allzu sehr mit Fakten und Zahlen auf, die haben wir schon im Hauptbericht.«

»Das würde ich gern tun.« Jasper untertrieb maßlos; er war begeistert.

»Lassen Sie es richtig laufen, ja? Ungefähr tausend Wörter. Kürzen können wir immer noch.«

»Alles klar.«

»Rufen Sie mich in einer halben Stunde an, ich stelle Sie zu einem Stenografen durch.«

»Könnte ich ein bisschen mehr Zeit haben?«, fragte Jasper, doch Pugh hatte schon aufgelegt.

»Oh Mann«, sagte Jasper zur Wand.

Auf Woody Dewars Schreibtisch lag ein gelber Schreibblock im amerikanischen Legal-Format. Jasper zog ihn zu sich und nahm einen Bleistift. Eine Minute lang dachte er nach, dann schrieb er:

Heute stand ich in einer Menge von zweihunderttausend Menschen und habe gehört, wie Martin Luther King neu definiert hat, was es heißt, Amerikaner zu sein.

*

Maria Summers fühlte sich wie im Rausch.

In der Presseabteilung war der Fernseher eingeschaltet gewesen. Maria hatte die Arbeit unterbrochen, um sich Martin Luther Kings Rede anzuhören, wie fast jeder andere im Weißen Haus, Präsident Kennedy eingeschlossen.

Als Kings Rede zu Ende war, ging Maria wie auf Wolken. Was der Präsident wohl von der Rede hielt? Sie konnte es kaum abwarten.

Ein paar Minuten später wurde sie ins Oval Office gerufen. Der Versuchung zu widerstehen, Jack Kennedy zu umarmen, fiel ihr heute noch schwerer als sonst.

»Dieser Mann ist wirklich außergewöhnlich«, war Kennedys ein wenig verhaltene Reaktion. Dann sagte er: »Er ist übrigens auf dem Weg hierher.«

Maria hätte vor Freude die ganze Welt umarmen können. Jack Kennedy hatte sich verändert. Damals, als Maria sich in ihn verliebte, hatte er die Bürgerrechte für Schwarze mit dem Verstand, aber nicht mit dem Herzen befürwortet. Natürlich war diese Veränderung nicht auf die Affäre zurückzuführen, die sie mit ihm hatte, das war Maria völlig klar. Es war vielmehr die gnadenlose Brutalität und Gesetzlosigkeit der Segregationisten, die Jack Kennedy so sehr geschockt hatte, dass er nun eine aufrichtige persönliche Verpflichtung empfand. Und indem er den neuen Antrag für das Bürgerrechtsgesetz einbrachte, hatte er alles riskiert. Maria wusste besser als irgendjemand sonst, welche Sorgen es ihm bereitete.

George Jakes trat ein, makellos gekleidet wie immer. Heute trug er einen dunkelblauen Anzug mit hellgrauem Hemd und eine gestreifte Krawatte. Er lächelte Maria freundlich an. Sie mochte ihn; er hatte sich in der Not als Freund erwiesen. Für Maria war er der zweitattraktivste Mann, den sie je kennengelernt hatte.

Sie wusste, dass sie und George hier waren, um gezeigt zu werden, denn sie gehörten zu der kleinen Anzahl Farbiger in der Verwaltung des Weißen Hauses. Beide waren gewöhnt, als Symbole benutzt zu werden, aber das war nicht heuchlerisch: Obwohl ihre Zahl noch klein war, hatte Kennedy mehr hochrangige Positionen mit Schwarzen besetzt als jeder Präsident zuvor.

Als Martin Luther King hereinkam, schüttelte Kennedy ihm die Hand und sagte: »Ich habe einen Traum.«

Maria wusste, dass er seine Worte gut meinte, befürchtete jedoch, sein Zitat könnte unüberlegt sein. Martin Luther Kings Traum entsprang dem Gefühl brutaler Unterdrückung. Jack Kennedy hingegen, der Millionärssohn, war in die privilegierte Elite der USA hineingeboren und reich und mächtig. Wie konnte er da behaupten, einen Traum von Freiheit und Gleichheit zu haben?

King empfand es offenbar genauso, denn er wirkte ein wenig betreten und wechselte das Thema. Maria wusste, dass Jack Kennedy sie später, im Bett, fragen würde, wo er einen falschen Schritt gemacht habe; sie musste sich etwas einfallen lassen, um es ihm auf schonende Art und Weise beizubringen.

King und die anderen führenden Männer der Bürgerrechtsbewegung hatten seit dem Frühstück nichts mehr gegessen, deshalb bestellte Kennedy ihnen Kaffee und Sandwiches aus der Küche des Weißen Hauses.

Maria bat alle, sich für ein offizielles Foto in einer Reihe aufzustellen. Anschließend begann die Diskussion. King und die anderen wurden noch immer von einer Woge des Hochgefühls getragen. Nach der heutigen Demonstration, sagten sie dem Präsidenten, könne die Vorlage des Bürgerrechtsgesetzes verschärft werden. Es sollte einen neuen Abschnitt enthalten, der rassische Diskriminierung im Beruf untersagte. Junge schwarze Männer verließen in alarmierend hoher Zahl die Schulen ohne Abschluss, weil sie keine Zukunft sahen.

Präsident Kennedy regte an, die Schwarzen sollten es den Juden nachmachen, die Bildung schätzten und ihre Kinder zum Studium animierten. Maria kam aus einer schwarzen Familie, die genau das tat, und sie stimmte ihm zu. Wieso sollte die Regierung daran schuld sein, wenn schwarze Jugendliche die Schule abbrachen? Sie sah aber auch, wie geschickt Kennedy das Gespräch vom eigentlichen Kernpunkt abbrachte: Es gab Millionen Jobs, die Weißen vorbehalten waren.

Die Bürgerrechtler baten Kennedy, den Kreuzzug für ihre Sache anzuführen. Maria wusste, wie Jack Kennedy darüber dachte, ohne dass er es aussprechen durfte: Sobald er, der Demokrat, zu sehr mit den Anliegen der Schwarzen identifiziert wurde, würden viele weiße Amerikaner ins Lager der Republikaner überwechseln.

Der clevere Walter Reuther bot einen anderen Rat an. Man solle die Unternehmer und Manager, die hinter der Republikanischen Partei standen, in kleinen Gruppen bearbeiten, schlug er vor. Man solle ihnen sagen, ihre Gewinne würden leiden, wenn sie nicht kooperierten. Maria kannte dieses Vorgehen als »Lyndon-B.-Johnson-Methode« – eine Kombination aus Schmeichelei und Drohung. Doch mit diesem Ratschlag redete Reuther am Präsidenten vorbei: Die Hemdsärmeligkeit des Texaners Johnson war einfach nicht Kennedys Stil.

Jack Kennedy ging die Kongressabgeordneten und Senatoren durch und zählte an den Fingern ab, wer sich dem Gesetzesantrag vermutlich in den Weg stellen würde. Es war eine traurige Liste der Vorurteile, der Trägheit und Zaghaftigkeit. Er habe schon Schwierigkeiten, eine verwässerte, entschärfte Fassung des Antrags durchzubringen, stellte Kennedy klar. Alles, was härter war, wäre zum Scheitern verurteilt.

Marias Hochgefühl und ihre Illusionen verflüchtigten sich angesichts dieser bedrückenden Realität. Mit einem Mal fühlte sie sich müde, deprimiert und pessimistisch, hatte rasende Kopfschmerzen und wollte nur noch nach Hause.

Nach der mehr als einstündigen Besprechung hatte sich auch bei den anderen alle Euphorie verflüchtigt. Die Vertreter der Bürgerrechtsbewegung verließen nacheinander das Büro. Der Zauber des Marsches auf Washington war verflogen; Enttäuschung stand ihnen ins Gesicht geschrieben. Gut und schön, wenn King einen Traum hatte, nur teilte das amerikanische Volk ihn offenbar nicht.

Trotz der bewegenden Geschehnisse am heutigen Tag schien es, als wären sie alle dem großen Ziel von Gleichheit und Freiheit kein Stück nähergekommen.

KAPITEL 28

Jasper war zuversichtlich, den Posten als Chefredakteur der *St. Julian's News* zu erhalten. Bei seiner Bewerbung reichte er einen Ausschnitt seines *Daily-Echo*-Artikels über Martin Luther Kings »Ich-habe-einen-Traum«-Rede ein. Alle meinten, es sei ein großartiger Beitrag. Jasper hatte dafür fünfundzwanzig Pfund bekommen, weniger als für das Interview mit Evie. Politik war nun mal nicht so lukrativ wie Promi-Skandale.

»Toby Jenkins hat keine einzige Zeile außerhalb der Studentenpresse veröffentlicht«, sagte Jasper zu Daisy Williams, als sie in der Küche des Hauses auf der Great Peter Street saßen.

»Ist er dein einziger Konkurrent?«, fragte sie.

»So viel ich weiß, ja.«

»Wann erfährst du die Entscheidung?«

Jasper blickte auf die Armbanduhr, obwohl er wusste, wie spät es war. »Das Komitee berät gerade. Vor Lord Janes Büro wird eine Mitteilung ausgehängt, wenn sie um halb eins in die Mittagspause gehen. Mein Freund Pete Donegan ist dort. Er wird mein Stellvertreter. Er ruft mich sofort an.«

»Weshalb bist du so versessen auf den Posten?«

Weil ich weiß, wie verdammt gut ich bin, dachte Jasper. Doppelt so gut wie Cakebread, zehnmal so gut wie Toby Jenkins. Ich verdiene diesen Job!

Doch er öffnete Daisy Williams nicht sein Herz. Er wahrte ihr gegenüber Vorsicht. Sie mochte seine Mutter, nicht ihn. Als das Interview mit Evie im *Echo* erschienen war und Jasper sich bestürzt gegeben hatte, war es ihm vorgekommen, als hätte er Daisy nicht völlig täuschen können. Nun sorgte er sich, dass sie ihn durchschaute. Doch um seiner Mutter willen war sie stets freundlich zu ihm.

Jasper präsentierte ihr eine abgeschwächte Version der Wahrheit: »Ich kann aus der *St. Julian's News* eine bessere Zeitung machen. Im Moment ist es wie ein Kirchenblatt. Es verrät dir zwar, was vor sich geht, fürchtet aber jeden Konflikt und jede Kontroverse.« Er überlegte, was an Daisys Ideale appellieren könnte. »Zum Beispiel hat das St. Julian's College einen Beirat. Einige dieser Leute haben in Südafrika investiert, trotz der Apartheid. Ich würde gern darüber schreiben und öffentlich die Frage aufwerfen, wie solche Männer Beirat eines Colleges werden können, das für seine freiheitlichen Prinzipien bekannt ist.«

»Gute Idee«, sagte Daisy. »Das würde sie aufrütteln.«

Walli Franck kam in die Küche. Es war Mittag, doch er war offenbar gerade erst aufgestanden. Aber das war vermutlich normal für jemanden, der nach dem Rock-and-Roll-Tagesrhythmus lebte.

»Was willst du eigentlich tun, wo Dave jetzt wieder in der Schule ist?«, wollte Daisy von ihm wissen.

Walli schüttete Instantkaffee in eine Tasse. »Gitarre üben.«

Daisy lächelte. »Wenn deine Mutter hier wäre, würde sie dich bestimmt fragen, ob du dir nicht ein bisschen Geld verdienen willst.«

»Ich *will* kein Geld verdienen, ich *muss*. Deshalb habe ich einen Job.«

Wallis Ausdrucksweise war manchmal so präzise, dass sie schwer zu verstehen war. Daisy fragte: »Du möchtest kein Geld, aber du hast einen Job?«

»Ich spüle Biergläser im Jump Club.«

»Das ist doch schon mal was.«

»Ja, ganz toll.«

Es klingelte an der Tür. Kurz darauf führte ein Dienstmädchen Hank Remington in die Küche. Er war ein lebhafter irischer Rotschopf, der über eine Menge Charme verfügte und für jeden ein munteres Lächeln übrig hatte. »Hallo, Mrs. Williams«, sagte er. »Ich möchte Ihre Tochter zum Mittagessen ausführen – es sei denn, Sie stehen zur Verfügung!«

Die Frauen genossen seine Schmeicheleien. »Hallo, Hank«, sagte Daisy freundlich. Sie wandte sich an das Dienstmädchen. »Sagen Sie Evie Bescheid, dass Mr. Remington hier ist.«

»Was denn, jetzt bin ich *Mister* Remington?«, fragte Hank. »Erwecken Sie bei den Leuten bloß nicht den Eindruck, ich wäre ein achtbarer Mann, das könnte meinen schlechten Ruf ruinieren.« Er schüttelte Jasper die Hand. »Evie hat mir deinen Artikel über Martin Luther King gezeigt – der war toll, sehr gut gemacht.« Er wandte sich Walli zu. »Hi, ich bin Hank Remington.«

Walli war von diesem Überfall an Charme und Redseligkeit ein wenig aus der Fassung, schaffte es aber, sich vorzustellen. »Ich bin Daves Cousin, und ich spiele Gitarre bei Plum Nellie.«

»Wie war es in Hamburg?«

»Toll, bis wir rausgeworfen wurden, weil Dave zu jung war.«

»Die Kords haben auch in Hamburg gespielt«, sagte Hank. »Ich bin in

Dublin geboren, aber auf der Reeperbahn erwachsen geworden, wenn du verstehst, was ich meine.«

Jasper fand Hank faszinierend. Er war reich und berühmt, einer der größten Popstars der Welt; dennoch gab er sich alle Mühe, nett zu jedem Anwesenden zu sein. Hatte er ein unstillbares Bedürfnis, gemocht zu werden? War dies das Geheimnis seines Erfolges?

Evie kam herein. Sie sah großartig aus. Ihr Haar war zu einem kurzen Pony geschnitten wie bei den Beatles, und sie trug ein schlichtes A-Linien-Kleid von Mary Quant, das ihre Beine frei ließ. Hank tat so, als würde es ihn umhauen. »Himmel, da muss ich dich ja glatt in irgendeinen feudalen Schuppen bringen, so wie du aussiehst«, sagte er. »Und ich hatte an einen Hamburger gedacht.«

»Egal, wo wir essen, es muss schnell gehen«, erwiderte Evie. »Ich muss um halb vier vorsprechen.«

»Wofür?«

»Ein neues Stück, *Prozess einer Frau*. Ein Gerichtsdrama.«

Hank war erfreut. »Dann hast du ja dein Bühnendebüt!«

»Wenn ich die Rolle bekomme.«

»Ach, die kriegst du schon. Komm, wir gehen lieber, ich stehe im Parkverbot.«

Sie machten sich auf den Weg, und Walli ging auf sein Zimmer zurück. Jasper blickte auf die Armbanduhr: halb eins. Der neue Chefredakteur wurde jeden Moment bekannt gegeben.

Um ein wenig Konversation zu machen und sich abzulenken, sagte er: »Ich habe die Staaten sehr gemocht.«

»Würdest du gern dort leben?«, fragte Daisy.

»Mehr als alles andere. Und ich möchte fürs Fernsehen arbeiten. Die *St. Julian's News* werden ein erster großer Schritt sein, aber im Grunde sind Zeitungen überholt. Den Fernsehnachrichten gehört die Zukunft.«

»Amerika ist meine Heimat«, sagte Daisy nachdenklich, »aber die Liebe habe ich in London gefunden.«

Das Telefon klingelte. Die Entscheidung über den Chefredakteur war gefallen. War es Jasper oder Toby Jenkins?

Daisy nahm ab. »Hier ist er«, sagte sie und reichte den Hörer an Jasper weiter, dem das Herz bis zum Hals schlug.

Der Anrufer war Pete Donegan. »Valerie Cakebread hat den Job.«

Zuerst begriff Jasper nicht. »Was?«, fragte er. »Wer?«

»Valerie Cakebread ist die neue Chefredakteurin der *St. Julian's News*. Sam Cakebread hat seinem Schwesterchen den Weg geebnet.«

»Valerie?« Als Jasper endlich verstand, hätte er beinahe die Fassung verloren. »Aber ... aber ... Sie hat nie über etwas anderes geschrieben als über Modepüppchen!«

»Und in der Redaktion der *Vogue* Tee gekocht.«

»Wie konnte das passieren?«

»Frag mich nicht.«

»Ich wusste ja, dass Lord Jane ein Scheißkerl ist, aber das ...«

»Soll ich vorbeikommen?«

»Wozu?«

»Wir könnten irgendwo hingehen und unseren Kummer ersäufen.«

»Okay.« Jasper legte auf.

»Ich nehme an«, sagte Daisy, »es gibt schlechte Neuigkeiten. Das tut mir leid.«

Jasper war erschüttert. »Sie haben den Posten der Schwester des aktuellen Chefredakteurs zugeschanzt! Damit hätte ich nie gerechnet.« Er dachte an sein Gespräch mit Sam und Valerie in der Cafeteria des Studentenwerks. Dieses hinterlistige Pärchen! Keiner von beiden hatte auch nur angedeutet, dass Valerie im Rennen sein könnte. Jemand, der noch verschlagener war als er selbst, hatte ihn ausmanövriert, erkannte er verbittert.

»Was für eine Schande«, sagte Daisy.

Typisch britisch, dachte Jasper verbittert. Beziehungen waren wichtiger als Können. Sein Vater war dem gleichen Syndrom zum Opfer gefallen und deshalb beim Dienstgrad eines Colonels stecken geblieben.

»Was wirst du jetzt tun?«, fragte Daisy.

»Auswandern.« Jaspers Entschluss stand fest, fester denn je.

»Mach aber zuerst das College zu Ende«, riet Daisy ihm. »Amerikanern ist eine abgeschlossene Ausbildung wichtig.«

»Da hast du wohl recht«, sagte Jasper. Sein Studium hatte allerdings immer hinter seinem Artikelschreiben zurückstehen müssen. »Mit Valerie als Chefredakteurin kann ich nicht für die *St. Julian's News* arbeiten. Letztes Jahr, als Sam den Job bekam und nicht ich, habe ich mich in Würde gefügt, aber das schaffe ich nicht noch einmal.«

»Du hast recht. Das würde irgendwie ... zweitklassig aussehen.«

Jasper durchfuhr ein Gedanke. Dann nahm ein Plan Gestalt an. »Am schlimmsten ist«, sagte er, »dass es jetzt keine Zeitung mehr gibt, die so etwas offenlegt wie den Skandal, dass Collegebeiräte Investitionen in Südafrika tätigen.«

Daisy nahm den Köder auf. »Vielleicht bringt jemand eine Konkurrenzzeitung heraus.«

Jasper gab sich skeptisch. »Das bezweifle ich.«

»Genau das haben Daves und Wallis Großmütter 1916 gemacht. Die Zeitung hieß *The Soldier's Wife*. Wenn sie es geschafft haben ...«

Jasper setzte ein unschuldiges Gesicht auf und stellte die entscheidende Frage. »Woher hatten sie das Geld?«

»Mauds Familie war reich. Aber viel kann es nicht kosten, zweitausend Exemplare zu drucken. Dann zahlst du für die zweite Ausgabe mit den Einnahmen der ersten.«

»Ich habe vom *Echo* fünfundzwanzig Pfund für meinen Artikel über Martin Luther King bekommen. Ich glaube nicht, dass das reicht ...«

»Vielleicht springe ich ein.«

Jasper heuchelte Widerstreben. »Könnte sein, dass du dein Geld nie zurückbekommst.«

»Stell einen Kostenplan auf.«

»Jack ist hierher unterwegs. Wir könnten ein paar Anrufe machen.«

»Wenn du dein eigenes Geld einbringst, lege ich den gleichen Betrag noch einmal drauf.«

»Danke!«, rief Jasper mit gespieltem Erstaunen. Er hatte nicht die Absicht, eigenes Geld auszugeben. Doch einen Kostenplan konnte man mit der Klatschkolumne einer Zeitung vergleichen: Das meiste durfte erfunden werden, weil sowieso nie jemand die Wahrheit erfuhr. »Wir könnten die erste Ausgabe zum Semesteranfang fertig haben, wenn wir uns beeilen.«

»Ihr solltet die Story über die Investitionen in Südafrika auf der Titelseite bringen.«

Jasper hatte wieder Mut gefasst. Das hier war vielleicht sogar besser als die dämliche Chefredakteursstelle. Erregung packte ihn. »Ja, verdammt ... die *St. Julian's News* wird irgendeine läppische Titelseite haben ... ›Willkommen in London‹ oder so was. Wir hätten die echte Zeitung.«

»Leg mir den Kostenplan so bald vor, wie du kannst«, sagte Daisy. »Ich bin sicher, wir werden uns einig.«

»Ich auch«, sagte Jasper.

KAPITEL 29

Im Herbst 1963 kaufte George Jakes sich ein Auto. Er konnte es sich leisten, und ihm gefiel die Vorstellung, einen Wagen zu besitzen, auch wenn man in Washington ganz gut mit öffentlichen Verkehrsmitteln zurechtkam. Er zog ausländische Fahrzeuge vor; er fand sie schicker. Bei seiner Suche stieß er auf ein dunkelblaues, fünf Jahre altes Mercedes-Benz-220S-Cabrio, das erstklassig aussah. Am dritten Sonntag im September fuhr er nach Prince George's County in Maryland, der Vorstadt Washingtons, wo seine Mutter wohnte. Sie würde für ihn kochen; anschließend wollten sie gemeinsam zur Bethel Evangelical Church zum Abendgottesdienst. In letzter Zeit fand George wenig Zeit, seine Mutter zu besuchen, nicht einmal sonntags.

Unter einer milden Septembersonne fuhr er mit offenem Verdeck über den Suitland Parkway und dachte darüber nach, welche Fragen seine Mutter ihm stellen und welche Antworten er geben würde. Zuerst würde sie sich garantiert nach Verena erkundigen. »Sie meint, sie ist nicht gut genug für mich, Mom«, würde er antworten. »Wie denkst du darüber?«

»Sie hat recht«, würde seine Mutter vermutlich erwidern. Ihrer Meinung nach waren nur wenige Frauen gut genug für ihren Sohn. Dann würde sie sich erkundigen, wie er mit Bobby Kennedy zurechtkam. Die Wahrheit war: Bobby war ein Mensch der Extreme. Es gab Männer, die er unerbittlich hasste: J. Edgar Hoover war einer von ihnen. Das konnte George nur zu gut verstehen, denn Hoover war erbärmlich. Aber bei Lyndon B. Johnson sah die Sache anders aus. George fand es schade, dass Bobby den Vizepräsidenten so sehr verabscheute, denn er hätte ein mächtiger Verbündeter sein können. Doch leider waren Bobby und Lyndon wie Öl und Wasser. George versuchte sich den großen, prahlerischen Vizepräsidenten zu Besuch beim ultraschicken Kennedy-Klan auf einem Boot in Hyannis Port vorzustellen. Bei dem Gedanken musste er lächeln: Lyndon wäre wie ein Nashorn in einem Ballettkurs.

Bobby mochte Menschen genauso intensiv, wie er andere hasste, und zu Georges Glück zählte er zu denen, die Bobby leiden konnte. Mittlerweile gehörte er sogar Bobby Kennedys kleinem inneren Kreis an – Leuten, denen Bobby so sehr vertraute, dass er ihnen sogar dann verzieh, wenn ihnen Fehler unterliefen; Bobby ging davon aus, dass diese Leute immer nur die besten Absichten verfolgten.

Was sollte George seiner Mutter über Bobby erzählen? »Er ist ein kluger Mann, der Amerika nach bestem Wissen und Gewissen zu einem besseren Land machen möchte.«

Sie würde wissen wollen, weshalb die Kennedy-Brüder so langsam vorgingen, was die Bürgerrechte betraf. George beschloss, darauf zu antworten: »Würden sie es schneller vorantreiben, würden viele Weiße sich dagegen wehren, und das hätte böse Folgen. Erstens würde die Gesetzesvorlage im Kongress nicht durchkommen, und zweitens würde Jack Kennedy nächstes Jahr die Präsidentschaftswahl verlieren. Und wenn Kennedy verliert, wer gewinnt dann? Richard Nixon? Barry Goldwater? Es könnte sogar George Wallace sein – möge der Himmel es verhindern.«

Während George dies alles durch den Kopf ging, parkte er auf der Auffahrt vor Jacky Jakes' kleinem, hübschem Haus im Ranchstil und ging zur Vordertür.

Seine Gedanken verflüchtigten sich augenblicklich, als er seine Mutter weinen hörte. Er durchlitt einen Augenblick kindlicher hilfloser Furcht. George hatte nicht oft erlebt, dass seine Mutter weinte: In der Landschaft seiner Jugend war sie immer ein Wehrturm unerschütterlicher Stärke gewesen. Doch die wenigen Male, als sie ihrem Schmerz und ihrer Angst nachgegeben hatte, war der kleine Georgy jedes Mal fassungslos und verängstigt gewesen in einer für ihn fremden, furchterregenden Welt. Jetzt, nur einen Augenblick lang, musste er diese kindliche Furcht unterdrücken, als sie sich in seinem Inneren ausbreiten wollte. Er rief sich ins Gedächtnis, dass er ein erwachsener Mann war, den die Tränen seiner Mutter nicht einschüchtern konnten.

Er knallte die Tür zu und ging mit raschen Schritten durch den kleinen Flur ins Wohnzimmer. Jacky saß auf dem hellbraunen Samtsofa vor dem Fernseher, die Hände auf die Wangen gepresst. Tränen liefen ihr über die Wangen, und ihre Schultern zuckten, so heftig schluchzte sie.

»O Gott«, flüsterte sie immer wieder. »O Gott.«

»Momma! Was ist los, um Himmels willen!«

»Vier kleine Mädchen ...«

George blickte auf das schwarz-weiße Fernsehbild. Er sah zwei Autos, die aussahen wie nach einem fürchterlichen Zusammenstoß. Dann schwenkte die Kamera auf ein Gebäude und strich über beschädigte Wände und zerbrochene Fenster hinweg. Als sie sich zurückzog, erkannte George das Gebäude, und sein Herz setzte einen Schlag aus. »Mein Gott, das ist ja die Sixteenth Street Baptist Church in Birmingham!«, stieß er hervor. »Was ist da passiert?«

»Die Weißen haben eine Bombe in die Sonntagsschule geworfen.«

George wollte es nicht glauben. Das konnte nicht sein, durfte nicht sein. Selbst in Alabama konnte doch niemand eine Bombe in eine Sonntagsschule werfen!

»Vier Mädchen sind tot«, flüsterte Jacky. »Wieso lässt Gott so etwas zu?«

Im Fernsehen sagte ein Nachrichtensprecher: »Die Toten wurden identifiziert als Denise McNair, elf Jahre ...«

»Elf!«, rief George. »Das darf nicht wahr sein!«

»... Addie Mae Collins, vierzehn Jahre, Carole Robertson, vierzehn Jahre, und Cynthia Wesley, vierzehn Jahre.«

»Aber das sind doch Kinder!«, rief George.

»Mehr als zwanzig weitere Personen wurden bei der Explosion verletzt«, fuhr der Nachrichtensprecher mit emotionsloser Stimme fort. Die Kamera zeigte einen Rettungswagen, der den Schauplatz des Grauens verließ.

George setzte sich neben seine Mutter, nahm sie in die Arme, drückte sie an sich. »Was tun wir jetzt?«, fragte er.

»Beten«, sagte sie schlicht.

Der Nachrichtensprecher fuhr gnadenlos fort: »Das war der einundzwanzigste Bombenanschlag auf Neger in Birmingham während der vergangenen acht Jahre. Die städtische Polizei hat bisher in keinem dieser Fälle einen Täter festgenommen.«

»Beten?«, fragte George, und seine Stimme zitterte vor Trauer und Wut. Beten?

Nein, in diesem Moment hätte er am liebsten jemanden getötet.

*

Der Bombenanschlag auf die Sonntagsschule erschütterte die Welt. Im fernen Wales sammelte eine Gruppe von Bergleuten Geld, um das Buntglasfenster der Sixteenth Street Baptist Church ersetzen zu lassen, das bei der Explosion zerschmettert worden war.

Bei der Trauerfeier sagte Martin Luther King: »Trotz der Finsternis dieser Stunde dürfen wir nicht den Glauben an unsere weißen Brüder verlieren.«

George versuchte, diesen Ratschlag zu beherzigen, aber es fiel ihm schwer. Eine Zeit lang hatte er den Eindruck, als würde das Pendel der öffentlichen Meinung in die andere Richtung ausschlagen, zugunsten der Bürgerrechtler. Ein Ausschuss des Kongresses verschärfte Kennedys Gesetzesantrag und fügte das Verbot beruflicher Diskriminierung hinzu, das die Aktivisten so vehement gefordert hatten.

Doch ein paar Wochen später kamen die Segregationisten aus ihrer dunklen Ecke und nahmen den Kampf auf.

Mitte Oktober traf ein Umschlag im Justizministerium ein und wurde an George weitergeleitet. Er enthielt einen dünnen gebundenen Bericht des FBI mit dem Titel:

Kommunismus und die Negerbewegung – eine aktuelle Analyse

»Was soll das denn, zum Teufel?«, murmelte George.

Er überflog den Bericht. Er war elf Seiten lang und vernichtend. Martin Luther King wurde darin als »Mann ohne Prinzipien« bezeichnet, der »wissentlich, willentlich und regelmäßig« den Rat von Kommunisten in Anspruch nehme. Mit der Selbstsicherheit des Eingeweihten behauptete der Autor: »Funktionäre der Kommunistischen Partei erwägen die Möglichkeiten, eine Situation zu schaffen, vermittels derer gesagt werden könnte: Wohin die Kommunistische Partei geht, dahin geht auch Martin Luther King.«

Diese dreisten Unterstellungen wurden einfach in den Raum gestellt. Es gab nicht die geringsten Beweise.

George nahm den Telefonhörer ab und rief Joe Hugo in der FBI-Zentrale an, die sich in einem anderen Stockwerk des Justizministeriums befand.

»Was ist denn das für ein Stuss?«, fragte er.

Joe wusste sofort, wovon George sprach, und machte sich gar nicht erst die Mühe, sich zu verstellen. »Ist doch nicht meine Schuld, dass Ihre Freunde allesamt Kommunisten sind«, sagte er. »Erschießen Sie nicht den Boten.«

»Das ist kein Bericht. Das sind zusammengeschmierte, durch nichts untermauerte Unterstellungen.«

»Wir haben Beweise.«

»Beweise, die nicht vorgelegt werden können, sind keine Beweise, Joe, sondern Hörensagen. Haben Sie an der Uni nicht aufgepasst?«

»Informationsquellen müssen geschützt werden.«

»Wem haben Sie diesen Dreck sonst noch geschickt?«

»Lassen Sie mich mal nachsehen ... dem Weißen Haus, dem Außenminister, dem Verteidigungsminister, der CIA, der Army, der Navy und der Air Force.«

»Also ganz Washington, Sie Arschloch.«

»Offenbar versuchen wir nicht, Informationen über die Feinde unseres Landes zu unterdrücken.«

»Das ist ein offenkundiger Versuch, das Bürgerrechtsgesetz des Präsidenten zu sabotieren.«

»So etwas würden wir nie tun, George. Wir sind eine Strafverfolgungsbehörde.« Joe legte auf.

George brauchte ein paar Minuten, um sich zu beruhigen. Dann ging er den Bericht noch einmal durch und unterstrich die ungeheuerlichsten Behauptungen. Er tippte eine Notiz, in der die Regierungsabteilungen aufgelistet waren, an die Hugo zufolge der Bericht verschickt worden war, und legte das Dokument anschließend Bobby Kennedy vor.

Wie stets saß Bobby in Hemdsärmeln am Schreibtisch, die Krawatte gelockert, die Brille auf der Nase. Er rauchte eine Zigarre.

»Das wird Ihnen nicht gefallen, Sir«, sagte George. Er reichte Bobby den Bericht und fasste ihn zusammen.

»Hoover, dieser Schwanzlutscher«, sagte Bobby.

Zum zweiten Mal nannte er Hoover in Georges Gegenwart so. »Das meinen Sie nicht wörtlich«, sagte George.

»Ach nein?«

George war erstaunt. »Hoover ist ein Homo?« Das war nur schwer vorstellbar. Hoover war ein kleiner, übergewichtiger Mann, dessen Haar dünn wurde; er war nicht gerade attraktiv mit seiner platten Nase, den schiefen Zügen und dem Stiernacken. Er war das genaue Gegenteil dessen, wie man sich landläufig einen Schwulen vorstellte.

»Ich habe gehört, das Syndikat hat Fotos von ihm in Frauenkleidern«, sagte Bobby.

»Behauptet er deshalb immer und überall, es gäbe keine Mafia?«

»Das ist eine Theorie.«

»Himmel noch mal!«

»Machen Sie mir für morgen einen Termin mit ihm.«

»Ja, Sir«, sagte George. »Inzwischen möchte ich gern Levisons abgehörte Telefonate durchgehen. Wenn er Martin Luther King in Richtung Kommunismus beeinflusst, muss es in diesen Gesprächen Hinweise geben. Levison würde über die Bourgeoisie sprechen, die Massen, den Klassenkampf, die Weltrevolution, die Diktatur des Proletariats, Lenin, Marx, die Sowjetunion, solche Dinge. Ich notiere mir jedes Vorkommen solcher Bezüge und sehe, welches Bild sich daraus ergibt.«

»Keine schlechte Idee. Legen Sie mir ein Memo vor, ehe ich Hoover empfange.«

George kehrte in sein Büro zurück und ließ sich die Abschriften von Levisons Telefongesprächen kommen – mit freundlichen Grüßen von Hoovers

FBI für das Justizministerium kopiert. Eine halbe Stunde später erschien ein Bürobote mit einem Aktenwagen, und George machte sich an die Arbeit. Das nächste Mal sah er auf, als eine Putzfrau die Tür öffnete und fragte, ob sie sein Büro fegen könne. George blieb am Schreibtisch sitzen, während sie um ihn herum arbeitete. Er erinnerte sich, wie er in Harvard die Nächte durchgearbeitet hatte, besonders während des brutal schwierigen ersten Jahres.

Lange bevor er fertig war, stand für ihn fest, dass Levisons Gespräche mit King nichts mit Kommunismus zu tun hatten. Keines von Georges Schlagwörtern – von »Arbeiter-und-Bauern-Paradies« bis »Zapata« – fiel. Die beiden Männer hatten über ein Buch gesprochen, an dem King schrieb; außerdem hatten sie über die Beschaffung von Mitteln diskutiert und den Marsch auf Washington geplant. King gab seinem Freund gegenüber Ängste und Zweifel zu: Die Frage stand im Raum, ob er sich an Aufruhr und Bombenanschlägen mitschuldig machte, die auf friedliche Demonstrationen folgten, obwohl er zu Gewaltverzicht aufforderte. Kaum einmal berührten sie größere politische Fragen, und niemals die Brennpunkte des Kalten Krieges, von denen jeder Kommunist geradezu besessen war: Berlin, Kuba, Vietnam.

Gegen vier Uhr morgens senkte George den Kopf auf den Schreibtisch und nickte ein. Um acht nahm er sein sauberes Hemd aus der Schreibtischschublade, das noch immer in der Hülle aus der Reinigung war, und ging auf die Herrentoilette, um sich zu waschen. Dann tippte er das Memo, das Bobby angefordert hatte; er schrieb, dass Stanley Levison und Martin Luther King in zwei Jahren Telefongesprächen kein einziges Mal über Kommunismus oder irgendein Thema gesprochen hatten, das auch nur entfernt damit zu tun hätte.

»Sollte Levison für Moskau agitieren, ist er der schlechteste Propagandist aller Zeiten«, lautete Georges Fazit.

Am gleichen Tag suchte Bobby Kennedy Hoover beim FBI auf. Als er zurückkam, sagte er zu George: »Er war einverstanden, den Bericht zurückzuziehen. Morgen suchen seine Verbindungsbeamten jeden Empfänger auf und sammeln alle Exemplare ein, mit der Begründung, der Bericht müsse überarbeitet werden.«

»Gut«, sagte George. »Aber es ist zu spät, oder?«

»Ja«, erwiderte Bobby. »Der Schaden ist angerichtet.«

*

Als hätte John F. Kennedy im Herbst 1963 nicht schon Sorgen genug, kochte am ersten Novembersamstag die Krise in Vietnam über.

Von Kennedy ermutigt, stürzte das südvietnamesische Militär den unbeliebten Präsidenten Ngo Dinh Diem. In Washington weckte Sicherheitsberater McGeorge Bundy den Präsidenten um drei Uhr morgens und meldete ihm, der Putsch, den er autorisiert hatte, sei vonstattengegangen; man habe Diem und seinen Bruder Nhu verhaftet. Kennedy ordnete an, Diem und seiner Familie sicheres Geleit ins Exil zu gewähren.

Bobby nahm George um zehn Uhr morgens mit in eine Besprechung im Kabinettssaal. Während der Sitzung kam ein Telegramm mit der Meldung, die beiden Ngo-Dinh-Brüder hätten Selbstmord begangen.

Präsident Kennedy reagierte dermaßen schockiert, wie George es selten erlebt hatte. Er wurde blass unter seiner Sonnenbräune, sprang auf und eilte aus dem Zimmer.

»Sie haben keinen Selbstmord begangen«, sagte Bobby nach der Sitzung zu George. »Sie waren gläubige Katholiken.«

George wusste, dass Tim Tedder in Saigon war und zwischen der CIA und der ARVN, der Armee der Republik Vietnam, als Verbindungsmann fungierte. Niemand wäre überrascht gewesen, hätte sich herausgestellt, dass Tedder seinen Job vermasselt hatte.

Gegen Mittag legte ein CIA-Telegramm offen, dass die Ngo-Dinh-Brüder im Heck eines Schützenpanzerwagens der Armee hingerichtet worden waren.

»Wir haben da drüben keinerlei Kontrolle«, sagte George ernüchtert zu Bobby. »Wir versuchen, den Leuten auf dem Weg zu Freiheit und Demokratie zu helfen, aber was wir auch tun, nichts bewirkt etwas.«

»Wir machen nur noch ein Jahr so weiter«, erwiderte Bobby. »Derzeit dürfen wir Vietnam nicht an die Kommunisten verlieren, mein Bruder würde bei der Präsidentschaftswahl im nächsten November unterliegen. Aber sobald er wiedergewählt wurde, wird er sich dort schneller zurückziehen, als Sie blinzeln können, Sie werden sehen.«

*

In diesem November saß eines Abends eine trübsinnige Gruppe von Referenten in dem Büro neben dem von Bobby Kennedy. Hoovers Intervention hatte gewirkt; die Vorlage für das Bürgerrechtsgesetz war ins Wanken geraten. Kongressabgeordnete, die sich für ihren Rassismus schämten, hatten nach einem Vorwand gesucht, um gegen den Antrag zu stimmen, und Hoover hatte ihnen geliefert, was sie brauchten.

Die Gesetzesvorlage war routinegemäß an den Regelausschuss gegeben worden, das Gremium im Repräsentantenhaus, das die Geschäftsordnung bestimmte. Sein Vorsitzender, Howard W. Smith aus Virginia, zählte zu den erbittertsten konservativen Südstaatendemokraten. Kaum stärkten die Kommunismusvorwürfe des FBI gegen die Bürgerrechtsbewegung ihm den Rücken, als Smith auch schon bekannt gab, sein Ausschuss werde den Gesetzesantrag bis auf Weiteres ruhen lassen.

George konnte es nicht fassen. Begriffen diese Menschen denn nicht, dass eine solche Einstellung zu den Morden an den Sonntagsschulmädchen geführt hatte? Solange geachtete Leute es absegneten, dass man Neger wie halb menschliche Kreaturen behandeln durfte, glaubten ungebildete Schlägertypen weiterhin, sie hätten die Erlaubnis, Kinder zu töten.

Aber es kam noch schlimmer.

Die nächste Präsidentschaftswahl war nur ein Jahr entfernt, und Kennedy büßte an Beliebtheit ein. Vor allem der Staat Texas machte den Kennedy-Brüdern Sorgen. Jack hatte 1960 die Präsidentschaftswahl in Texas gewonnen, weil er einen beliebten Texaner an seiner Seite hatte, Lyndon B. Johnson. Leider hatten drei Jahre Mitarbeit in der liberalen Regierung Kennedy die Glaubwürdigkeit Johnsons bei der konservativen Businesselite so gut wie zerstört.

»Es geht nicht nur um Bürgerrechte für Schwarze«, führte George an. »Wir schlagen vor, die Ölförderungsfreibeträge abzuschaffen. Die texanischen Ölbarone zahlen seit Jahrzehnten nicht die Steuern, die sie zahlen sollten, und uns hassen sie, weil wir ihnen ihre Privilegien nehmen wollen.«

»Was immer der Grund ist«, sagte Dennis Wilson, »Tausende konservativer Texaner haben die Demokraten verlassen und sich den Republikanern angeschlossen. Und sie lieben Senator Goldwater.« Barry Goldwater war ein Republikaner des rechten Flügels, der die Sozialversicherung abschaffen und Vietnam mit Atombomben eindecken wollte. »Wenn Barry für die Präsidentschaft kandidiert, gewinnt er Texas auf jeden Fall.«

Ein anderer Referent sagte: »Der Präsident muss da runter und diese Bauern umgarnen.«

»Genau das hat er vor«, sagte Wilson. »Und Jackie begleitet ihn.«

»Wann?«

»Am 21. November fliegen sie nach Houston«, antwortete Dennis. »Am nächsten Tag geht es nach Dallas.«

KAPITEL 30

Maria Summers saß in der Presseabteilung des Weißen Hauses und schaute sich im Fernsehen an, wie die Air Force One bei strahlendem Sonnenschein auf dem Flughafen von Dallas, Texas, aufsetzte, der Love Field genannt wurde.

Eine Fluggasttreppe wurde vor die Hecktür gerollt. Vizepräsident Lyndon B. Johnson und seine Frau, Lady Bird, nahmen ihre Positionen am Fuße der Gangway ein und warteten darauf, John F. Kennedy und Jackie zu begrüßen. Ein Maschendrahtzaun hielt eine zweitausendköpfige Zuschauermenge zurück.

Die Flugzeugtür öffnete sich. Eine spannungsvolle Pause folgte, dann kam Jackie Kennedy aus der Maschine. Sie trug ein Kostüm von Chanel und einen dazu passenden Pillbox-Hut. Gleich hinter ihr kam ihr Mann, Marias Geliebter, Präsident John F. Kennedy. Insgeheim dachte Maria als »Johnny« von ihm; mit diesem Namen sprachen ihn gelegentlich seine Brüder an.

Der Fernsehkommentator sagte: »Ich kann seine Sonnenbräune von hier aus erkennen!« Er war ein Neuling, vermutete Maria: Obwohl das Fernsehbild schwarz-weiß war, verriet er seinen Zuschauern nicht, was welche Farbe hatte. Jede Frau unter den Zuschauern hätte es interessiert, dass Jackie ein Ensemble in Rosarot trug.

Maria fragte sich, ob sie mit Jackie tauschen würde, wenn sie die Möglichkeit hätte. In ihrem Herzen sehnte sie sich danach, dass Johnny ihr gehörte und dass er alle Welt wissen ließ, dass er sie liebe; sie wollte auf ihn zeigen und sagen können: »Das ist mein Ehemann.« Doch eine solche Ehe würde nicht nur Freude bringen, sondern auch Kummer. Jack Kennedy betrog seine Frau fortwährend, und das nicht nur mit Maria. Obwohl er es nie zugab, hatte Maria mit der Zeit bemerkt, dass sie nur eine von mehreren Freundinnen war, Dutzenden vielleicht. Es fiel ihr schwer genug, Kennedys Geliebte zu sein und ihn zu teilen. Wie viel schmerzhafter musste es da für Jackie sein, zu wissen, dass er mit anderen Frauen intim war, dass er sie küsste, ihr Geschlecht berührte und ihnen bei jeder Gelegenheit seinen Schwanz in den Mund steckte. Maria musste sich bescheiden: Sie hatte alles, was eine Geliebte verlangen konnte. Doch Jackie hatte *nicht*, was einer Ehefrau zustand. Maria wusste nicht, was schlimmer war.

Das Präsidentenpaar stieg die Gangway hinunter und schüttelte den texanischen Würdenträgern, die sie erwarteten, die Hand. Maria fragte sich, wie viele von denen, die sich an diesem Tag so gern und stolz mit Kennedy zeigten, ihn bei der Wahl im nächsten Jahr unterstützen würden – und wie viele bereits jetzt planten, hinter ihrem Lächeln verborgen, ihn zu verraten.

Die texanische Presse war feindselig. Die *Dallas Morning News*, die einem fanatischen Konservativen gehörte, hatte Kennedy in den letzten beiden Jahren als Gauner, Kommunistensympathisant, Dieb und »fünfzigfachen Narren« bezeichnet. Heute Morgen aber hatte diese Zeitung ziemliche Schwierigkeiten gehabt, irgendetwas Negatives zu finden, das sie über die triumphale Reise von Jack und Jackie schreiben konnte. So hatte sie sich mit der schwächlichen Schlagzeile begnügt: STURM POLITISCHER KONTROVERSE BEGLEITET KENNEDY-BESUCH. Im Innenteil allerdings befand sich eine kämpferische ganzseitige Anzeige des »American Fact-Finding Committee« mit einer Liste hinterfotziger Fragen an den Präsidenten, wie etwa: »Wie kommt es, dass Gus Hall, der Vorsitzende der Kommunistischen Partei in den USA, so gut wie jede Ihrer politischen Entscheidungen gutheißt?«

Die politischen Vorstellungen dieses »faktensuchenden Komitees« hätten dümmer nicht sein können, fand Maria; wer Präsident Kennedy für einen verkappten Kommunisten hielt, gehörte in die Klapsmühle. Doch der Ton der Anzeige war von tiefstem Hass geprägt und ließ sie schaudern.

Die Stimme eines Pressesprechers riss sie aus ihren Gedanken. »Maria, wenn Sie nicht beschäftigt sind …«

»Was kann ich für Sie tun?«

»Ich möchte Sie bitten, zum Archiv zu gehen.« Das Nationalarchiv war weniger als eine Meile vom Weißen Haus entfernt. »Hier steht, was ich brauche.« Er reichte ihr ein Blatt Papier.

Maria verfasste häufig Presseerklärungen oder entwarf sie zumindest, aber sie war noch nicht zur Pressesprecherin befördert worden; das hatte noch keine Frau geschafft. Nach mehr als zwei Jahren war sie noch immer Rechercheurin. Wäre die Affäre mit dem Präsidenten nicht gewesen, sie hätte sich längst einen anderen Job gesucht.

Sie schaute auf die Liste. »Ich kümmere mich sofort darum.«

»Danke.«

Maria nickte dem Mann zu und warf einen letzten Blick auf den Fernseher. Der Präsident entfernte sich von der offiziellen Gruppe und ging zu der Menschenmenge, streckte den Arm über den Maschendrahtzaun und schüttelte Hände. Jackie ging mit ihrem Pillbox-Hut hinter ihm. Die Menschen waren völlig aus dem Häuschen, das goldene Paar berühren zu können. Maria sah, wie die Männer vom Secret Service, die sie gut kannte, aufmerksam versuchten, dicht am Präsidenten zu bleiben. Mit harten Augen musterten sie die Menge, lauerten wachsam auf jedes Anzeichen von Ärger.

»Bitte, Jungs, passt gut auf meinen Johnny auf«, flüsterte sie.

Dann machte sie sich auf den Weg.

*

An diesem Morgen fuhr George Jakes in seinem Mercedes-Cabrio nach McLean in Virginia, acht Meilen vom Weißen Haus. Bobby Kennedy wohnte hier mit seiner großen Familie im Hickory Hill, einem weiß gestrichenen Ziegelhaus mit dreizehn Schlafzimmern. Der Justizminister hatte ein mittägliches Arbeitsessen anberaumt, bei dem über das organisierte Verbrechen gesprochen werden sollte. Dieses Thema fiel zwar nicht in Georges Spezialgebiet, aber er wurde zu immer mehr Besprechungen eingeladen, je enger er mit Bobby zusammenarbeitete.

Nun stand George mit seinem Rivalen Dennis Wilson im Wohnzimmer und schaute sich die Fernsehübertragung aus Dallas an. Der Präsident und Jackie taten, was jeder in der Regierung von ihnen wollte: Sie nahmen die Texaner für sich ein, plauderten mit ihnen und berührten sie. Jackie schenkte ihnen ihr berühmtes unwiderstehliches Lächeln und reichte den Leuten ihre behandschuhte Hand. George entdeckte auch seinen Freund Skip Dickerson im Hintergrund, nahe bei Vizepräsident Johnson.

Schließlich zogen die Kennedys sich zu ihrer Limousine zurück, einem lang gestreckten viertürigen Lincoln-Continental-Cabrio mit offenem Verdeck. Die Bewohner von Dallas würden ihren Präsidenten leibhaftig sehen, ohne dass ein Fenster oder sonst etwas dazwischenkam. Der texanische Gouverneur John Connally stand an der offenen Tür, einen großen weißen Cowboyhut auf dem Kopf. Der Präsident und Jackie nahmen auf der Rückbank Platz. Kennedy ließ den rechten Ellbogen auf der Kante ruhen; er wirkte entspannt und zufrieden. Der Wagen rollte langsam los, der Begleitschutz folgte. Drei Busse mit Reportern bildeten die Nachhut.

Die Fahrzeugkolonne verließ den Flughafen und bog auf die Straße ein. Die Fernsehberichterstattung endete. George schaltete den Apparat aus.

Auch in Washington war schönes Wetter, und Bobby hatte beschlossen, die Besprechung unter freiem Himmel stattfinden zu lassen. Daher gingen sie in einer Reihe durch die Hintertür und überquerten den Rasen zur Veranda mit dem Swimmingpool, wo bereits Tische und Stühle aufgestellt waren. Als George zurück zu Bobbys Haus blickte, sah er, dass ein neuer Flügel angebaut wurde. Er war noch nicht vollendet, denn mehrere Anstreicher waren bei der Arbeit. Sie ließen ein Transistorradio spielen; die Klänge waren auf die Entfernung nur ein Wispern.

George hegte große Bewunderung für Bobby Kennedys Maßnahmen gegen das organisierte Verbrechen. Er ließ verschiedene Regierungsabteilungen zusammenarbeiten und führende Köpfe der Mafiafamilien aufs Korn nehmen. Das Federal Bureau of Narcotics, die Drogenbehörde, war in Schwung gebracht worden, und das Bureau of Alcohol, Tobacco and Firearms hatte seinen Dienst aufgenommen. Überdies hatte Bobby angeordnet, dass die Finanzbehörde die Steuererklärungen der Gangsterbosse unter die Lupe nahm. Außerdem ließ er jeden Mafioso, der kein US-Bürger war, von der Einwanderungsbehörde abschieben. Sämtliche Maßnahmen waren im Zusammenspiel der effektivste Angriff auf das Verbrechen in den USA, der jemals unternommen worden war.

Nur das FBI ließ Bobby im Stich. Der Mann, der dem Justizminister als treuester Verbündeter hätte zur Seite stehen müssen, J. Edgar Hoover, gab sich unnahbar und behauptete, so etwas wie das organisierte Verbrechen gebe es nicht, vielleicht – wie George jetzt wusste – weil die Mafia ihn mit seiner Homosexualität erpresste.

In Texas wurde Bobbys Kreuzzug verachtet, wie so vieles, was die Regierung Kennedy unternahm. Illegales Glücksspiel, Prostitution und Drogenmissbrauch waren bei reichen Texanern beliebt. Die *Dallas Morning News* hatte Bobby angegriffen, weil er die Bundesregierung zu stark mache, und verlangt, für die Verbrechensbekämpfung sollten die örtlichen Polizeibehörden zuständig bleiben – von denen allerdings jeder wusste, dass sie größtenteils inkompetent oder korrupt waren.

Die Besprechung wurde unterbrochen, als Ethel Kennedy, Bobbys Frau, Mittagessen bringen ließ: Thunfischsandwiches und Muschelsuppe. George betrachtete Ethel voller Bewunderung. Sie war eine schlanke, attraktive Frau von fünfunddreißig Jahren; wenn man sie sah, konnte man kaum glauben, dass sie erst vor vier Monaten ihr achtes Kind zur Welt gebracht hatte. Sie war mit der unaufdringlichen Eleganz gekleidet, die George mittlerweile als Markenzeichen der Kennedy-Frauen kannte.

Am Pool klingelte ein Telefon, und Ethel nahm ab. »Ja«, sagte sie und trug das Telefon an der langen Schnur zu Bobby. »J. Edgar Hoover für dich.«

George war erstaunt. Sollte Hoover erfahren haben, dass sie ohne ihn über das organisierte Verbrechen sprachen? Und rief nun an, um sie zur Schnecke zu machen? Hatte er Bobbys Veranda verwanzt?

Bobby nahm den Apparat von Ethel entgegen. »Hallo?«

George bemerkte, dass am anderen Ende des Rasens einer der Anstreicher sich merkwürdig aufführte. Er nahm sein tragbares Radio, fuhr herum und rannte in Richtung Veranda.

George blickte wieder auf den Justizminister. Ein Ausdruck des Entsetzens trat in Bobbys Gesicht. Angst überkam George. Dann wandte Bobby sich von der Gruppe ab und schlug die Hand vor den Mund.

Was hat Hoover gesagt, dieser Hundesohn?, fragte sich George.

Bobby wandte sich wieder der mittagessenden Gruppe zu und schrie: »Jack wurde angeschossen! Vielleicht ist er tot!«

Georges Gedanken bewegten sich mit träger Langsamkeit wie unter Wasser.

Jack. Der Präsident. Angeschossen. In Dallas. Vielleicht tot. John F. Kennedy.

Tot?

Ethel rannte zu Bobby. Alle sprangen auf. Der Anstreicher erreichte in diesem Moment die Veranda. Er hielt das Radio in die Höhe und brachte kein Wort heraus.

Dann sprachen plötzlich alle gleichzeitig.

George kam sich noch immer vor wie unter Wasser. Er dachte an die wichtigen Menschen in seinem Leben. Verena war in Atlanta und würde die Neuigkeit aus dem Radio erfahren. Seine Mutter war auf der Arbeit, im Frauenclub der Universität; sie würde es innerhalb der nächsten Minuten hören. Der Kongress tagte, und Greg wäre dort. Und Maria ...

Maria Summers. Ihr geheimer Geliebter war angeschossen worden. Sie würde todunglücklich sein, wenn sie es erfuhr, und sie hatte niemanden, der sie tröstete.

George musste zu ihr.

Er rannte über den Rasen und durchs Haus zum Parkplatz vorn, sprang in seinen offenen Mercedes und jagte los.

*

In Washington war es kurz vor zwei Uhr nachmittags, in Dallas eins und elf Uhr vormittags in San Francisco, wo Cam Dewar im Mathematikunterricht saß und über Differenzialgleichungen brütete. Er fand sie schwer verständlich – eine neue Erfahrung für ihn, denn bisher war ihm das Lernen immer leichtgefallen.

Sein Jahr an der Londoner Schule hatte ihm nicht geschadet, auch wenn die englischen Kinder ihm ein wenig voraus gewesen waren, weil sie jünger in die Schule kamen. Nur sein Ego hatte Schaden erlitten, als Evie Williams ihn so verächtlich zurückwies.

Cameron hatte vor dem hippen jungen Mathelehrer, Mark »Fabian« Fanshore, mit seinem Bürstenschnitt und seinen Strickkrawatten nur wenig Respekt. Fanshore wollte der Freund seiner Schüler sein, doch Cameron fand, ein Lehrer sollte Autorität ausstrahlen.

Der Direktor, Dr. Douglas, trat ins Klassenzimmer. Ihn mochte Cameron lieber als Fanshore. Der Schulleiter war ein trockener, auf Distanz bedachter Akademiker, dem es gleichgültig war, ob man ihn mochte, solange man tat, was er sagte.

»Fabian« sah überrascht auf: Dr. Douglas kam nur selten in ein Klassenzimmer. Douglas raunte ihm etwas zu. Es musste schockierend sein, denn Fabians attraktives Gesicht erblasste unter der Sonnenbräune. Sie sprachen kurz miteinander, dann nickte Fabian, und Douglas verließ das Klassenzimmer.

Als es zur Pause klingelte, sagte Fabian mit fester Stimme: »Bleibt bitte auf euren Plätzen und hört mir ruhig zu, ja?« Er hatte die merkwürdige Gewohnheit, seine Sätze unnötig oft mit »Ja?« und »Okay?« zu beenden. »Ich habe schlechte Neuigkeiten«, fuhr er fort. »Furchtbar schlechte Neuigkeiten, okay? In Dallas, Texas, ist etwas Schreckliches passiert.«

»Der Präsident ist heute in Dallas«, sagte Cameron.

»Das stimmt, aber unterbrecht mich nicht, okay? Die entsetzliche Neuigkeit ist, dass auf unseren Präsidenten geschossen wurde. Wir wissen noch nicht, ob er tot ist, ja?«

Jemand sagte laut: »Scheiße!«, doch erstaunlicherweise achtete Fabian nicht darauf.

»Jetzt möchte ich, dass ihr ruhig bleibt. Einige Mädchen regen sich vielleicht zu sehr auf.« Da mochte er recht haben, doch in der Mathematikklasse gab es keine Mädchen. »Die jüngeren Schüler werden Zuspruch benötigen. Ich erwarte von euch, dass ihr euch wie die jungen Männer benehmt, die ihr seid, und anderen helft, die verletzlicher sind als ihr, okay? Geht jetzt normal in die Pause. Mögliche Änderungen im schulischen Ablauf heute werden per Aushang bekannt gegeben. So, jetzt geht, okay?«

Cameron nahm seine Bücher und ging hinaus auf den Gang, wo alle Hoffnung auf Ruhe und Ordnung sich in Sekundenschnelle verflüchtigte. Die Stimmen der Kinder und Heranwachsenden, die aus den Klassenzimmern strömten, vermischten sich zu einem einzigen Gebrüll. Einige Kinder rannten, andere standen wie vom Donner gerührt da, einige weinten, die meisten unterhielten sich lautstark.

Jeder fragte, ob der Präsident tot sei.

Cam mochte Jack Kennedys liberale Politik nicht, aber das spielte plötzlich keine Rolle mehr. Wäre Cam alt genug gewesen, hätte er für Nixon gestimmt; dennoch fühlte er sich persönlich getroffen. Kennedy war der US-Präsident, vom amerikanischen Volk gewählt. Ein Anschlag auf ihn war ein Anschlag auf ganz Amerika.

Wer hat auf meinen Präsidenten geschossen?, überlegte er. Die Russen? Fidel Castro? Die Mafia? Der Ku-Klux-Klan?

Er entdeckte Beep, seine jüngere Schwester. »Ist der Präsident tot?«, fragte sie atemlos.

»Keiner weiß es«, sagte Cam. »Wer hat ein Radio?«

Beep überlegte kurz. »Doctor Duggie.«

Sie hat recht, fiel Cam ein; im Büro des Schuldirektors stand ein altmodisches Röhrenradio mit Mahagonigehäuse.

»Ich gehe zu ihm«, sagte er, drängte sich durch das Gewühl auf den Gängen zum Büro des Schulleiters und klopfte an. Dr. Douglas rief: »Herein!« Cameron öffnete die Tür und sah, dass Douglas mit drei anderen Lehrern Radio hörte.

»Was willst du, Dewar?«, fragte Douglas in seinem üblichen gereizten Tonfall.

»Sir, jeder in der Schule würde gern hören, was im Radio kommt.«

»Hier passen nicht alle rein, Junge.«

»Ich dachte, Sie könnten das Radio vielleicht in die Aula stellen und die Lautstärke hochdrehen.«

»Ach, hast du dir gedacht?« Douglas schien zu einer herablassenden Ablehnung anzusetzen, doch seine Stellvertreterin, Mrs. Elcot, kam ihm zuvor. »Keine schlechte Idee«, sagte sie leise.

Douglas zögerte kurz und nickte. »Also schön, Dewar. Geht in die Aula, ich bringe das Radio.«

»Danke, Sir«, sagte Cameron.

Jasper Murray war zur Premiere von *Prozess einer Frau* im King's Theatre im Londoner West End eingeladen. Normalerweise erhielten Journalisten einer Studentenzeitung solche Einladungen nicht, aber Evie Williams gehörte zur Besetzung und hatte dafür gesorgt, dass er auf die Liste kam.

Jaspers Zeitung, *The Real Thing*, lief so gut, dass er ein Urlaubsjahr genommen hatte, um sich ganz dem Journalismus widmen zu können. Die erste Ausgabe war blitzschnell ausverkauft gewesen, nachdem Lord Jane sie während der Einführungswoche mit einem ungewohnt schroffen Ausdruck angegriffen hatte, weil sie Mitglieder der Regierungskreise anschwärzte. Jasper genoss es, Lord Jane wütend zu sehen, dieses Denkmal des britischen Establishments, das auf Leute wie Jasper und seinen Vater hinunterblickte. Die zweite Ausgabe, die weitere Enthüllungen über hohe Tiere am College und ihre zweifelhaften Investitionen bot, hatte sich und die erste Nummer finanziert; bereits die dritte Ausgabe hatte Gewinn eingefahren. Jasper hatte das Ausmaß seines Erfolges vor Daisy Williams verheimlichen müssen, sonst hätte sie ihn am Ende noch aufgefordert, ihr Darlehen zurückzuzahlen.

Die vierte Ausgabe ging morgen in Druck. Jasper war nicht ganz glücklich mit ihr; Ausgabe vier fehlte ein großes kontroverses Thema.

Diese Sorge aber hatte Jasper zunächst einmal beiseitegeschoben und es sich auf seinem Platz gemütlich gemacht. Evies Karriere hatte ihre Ausbildung überflügelt: Es hatte keinen Sinn, die Theaterschule zu besuchen, wenn man bereits Rollen im Film und auf den Bühnen des West Ends bekam. Das Mädchen, das einmal backfischhaft für Jasper geschwärmt hatte, war heute eine selbstsichere junge Erwachsene, die ihr Können noch entdeckte, bei der aber kein Zweifel bestand, wohin sie sich entwickeln würde.

Ihr berühmter Freund saß neben Jasper. Hank Remington war im gleichen Alter wie er. Obwohl Hank millionenschwer und prominent war, blickte er nicht auf einen einfachen Studenten herunter. Im Gegenteil, Hank hatte mit fünfzehn die Schule abgebrochen und neigte in Gegenwart von Menschen, die er für gebildet hielt, zu Minderwertigkeitskomplexen. Jasper war es zufrieden, doch er sprach wohlweislich nicht aus, dass Hanks ungeschliffenes Genie weit mehr zählte als Schulabschlüsse.

Evies Eltern saßen in der gleichen Reihe, ebenso ihre Großmutter, Eth Leckwith. Nur ihr Bruder Dave, dessen Gruppe einen Gig hatte, glänzte durch Abwesenheit.

Der Vorhang hob sich. Das Stück war ein Gerichtsdrama. Jasper hatte zugehört, wie Evie ihren Text lernte; deshalb wusste er, dass der dritte Akt in einem Gerichtssaal spielte, doch die Handlung begann im Büro des Staatsanwalts. Evie, die seine Tochter gab, trat zur Mitte des ersten Akts auf und hatte eine Streitszene mit ihrem Vater.

Jasper war beeindruckt von Evies Selbstvertrauen und der Kraft ihrer Darbietung. Immer wieder musste er sich ins Gedächtnis rufen, dass diese junge Frau unter dem gleichen Dach wohnte wie er. Erstaunt erkannte er, dass er den Vater für seine selbstgefällige Herablassung verabscheute und die hilflose Wut der Tochter teilte. Als das Ende des Akts nahte, hielt Evie ein leidenschaftliches Plädoyer um Gnade, mit dem sie das Publikum vollends in Bann schlug.

Dann geschah etwas.

Die Menschen begannen zu murmeln.

Zuerst bemerkten die Schauspieler auf der Bühne es nicht. Jasper blickte sich um. Kurz fragte er sich, ob jemand die Besinnung verloren oder sich übergeben hatte, konnte den Grund für die plötzliche Unruhe aber nicht entdecken. Am anderen Ende des Zuschauerraums erhoben sich zwei Männer von ihren Sitzen und gingen mit einem dritten Mann hinaus, der anscheinend gekommen war, um sie zu holen. Neben Jasper zischte Hank: »Warum können diese Blödmänner nicht die Klappe halten?«

Nach einer Minute ließ Evies Darbietung nach. Jasper wusste, sie hatte bemerkt, dass irgendetwas vor sich ging. Sie versuchte die Aufmerksamkeit des Publikums zurückzugewinnen, indem sie stärker auftrug als zuvor: Sie sprach lauter, ihre Stimme bebte vor Emotionen, und sie schritt wild gestikulierend über die Bühne. Es war ein tapferes Bemühen, und Jaspers Bewunderung stieg; doch es funktionierte nicht. Das Gemurmel wurde zu einem Stimmengewirr, dann zu lauten Rufen.

Hank stand auf, drehte sich um und fuhr die Leute hinter sich an: »Könnten Sie freundlicherweise mal die Fresse halten?«

Auf der Bühne verlor Evie ein wenig den Faden. »Überleg doch, was diese Frau ...« Sie zögerte. »Überleg doch, was diese Frau durchlebt ... erduldet ... durchgemacht hat ...« Sie verstummte.

Der erfahrene Bühnenschauspieler, der ihren Vater gab, stand vom Schreibtisch auf und sagte: »Na, na, meine Liebe«, eine Zeile, die vielleicht im Stück stand, vielleicht aber auch nicht. Er trat vor an die Rampe, wo Evie stand, und legte ihr den Arm um die Schulter. Dann drehte er sich um, blinzelte in die Scheinwerfer und sprach das Publikum direkt an.

»Wenn Sie so gütig wären, Ladys und Gentlemen«, sagte er in dem anzüglichen Bariton, für den er berühmt war, »uns mitzuteilen, was geschehen ist?«

*

Rebecca Held hatte es eilig. Sie kam mit Bernd von der Arbeit, kochte das Abendessen und machte sich dann für eine Sitzung zurecht, während Bernd abräumte. Vor Kurzem war Rebecca in den Hamburger Senat gewählt worden. Immer mehr Frauen arbeiteten im Parlament.

»Macht es dir wirklich nichts aus, wenn ich jetzt gehe?«, fragte sie Bernd.

Bernd drehte sich mit seinem Rollstuhl zu ihr herum. »Du darfst nie etwas für mich opfern«, sagte er. »Niemals. Ich will nicht, dass du auf irgendetwas verzichtest, weil du dich um deinen verkrüppelten Mann kümmern musst. Ich möchte, dass du ein erfülltes Leben führst. Nur dann wirst du glücklich sein, bei mir bleiben und mich weiter lieben.«

Rebecca hatte eigentlich nur aus Höflichkeit gefragt, doch Bernd hatte offenbar darüber nachgedacht. Seine Worte rührten sie. »Du bist ein wundervoller Mann«, sagte sie. »Und ich liebe dich mehr denn je. Du bist wie Werner, mein Stiefvater. Du bist stark.«

»Wo wir gerade von Werner reden ...«, sagte Bernd. »Was denkst du über Carlas Brief?«

Sämtliche Post aus Ostdeutschland wurde von der Stasi gelesen. Wenn jemand das Falsche schrieb, konnte es böse Folgen für ihn haben. Das galt besonders bei Briefen, die nach Westen gingen. Wenn man die Versorgungsengpässe, die Arbeitslosigkeit oder gar die Stasi erwähnte, bekam man Ärger. Also redete Carla in ihren Briefen oft um den heißen Brei herum, und Rebecca musste zwischen den Zeilen lesen.

»Sie schreibt, dass Karolin jetzt bei ihr und Werner wohnt«, sagte sie. »Deshalb müssen wir wohl davon ausgehen, dass ihre Eltern das arme Mädchen rausgeworfen haben ... vermutlich unter Druck der Stasi oder sogar von Hans höchstpersönlich.«

»Kennt die Rachsucht dieses Mannes denn gar kein Ende?«, sagte Bernd kopfschüttelnd.

»Wie auch immer, Karolin und Lili haben sich angefreundet. Lili ist fast fünfzehn, also im richtigen Alter, um von einer Schwangerschaft fasziniert zu sein. Und Oma Maud wird der werdenden Mutter bestimmt eine Menge gute Ratschläge erteilen. Das Haus wird für Karolin eine Zuflucht sein, genau wie es für mich eine Zuflucht war, als meine Eltern getötet wurden.«

Bernd nickte. »Hast du eigentlich nie daran gedacht, über deine Herkunft nachzuforschen?«, fragte er. »Du sprichst nie darüber, dass du Jüdin bist.«

Rebecca schüttelte den Kopf. »Meine Eltern waren nicht sehr fromm. Ich weiß, dass Walter und Maud früher immer in die Kirche gegangen sind, aber Carla hat es sich abgewöhnt. Religion hat mir nie etwas bedeutet, und die Sache mit der Rasse sollte man ganz schnell vergessen. Ich will meine Eltern ehren, indem ich für Demokratie und Freiheit kämpfe – in ganz Deutschland, Ost und West.« Sie lächelte. »Tut mir leid. Ich wollte dir keine Rede halten. Aber jetzt muss ich in den Senat.« Sie schnappte sich ihre Aktentasche.

Bernd blickte auf die Uhr. »Lass uns noch mal kurz in die Nachrichten schauen, bevor du gehst. Vielleicht gibt es ja etwas, was du wissen solltest.«

Rebecca schaltete den Fernseher ein. Die Nachrichten hatten gerade erst angefangen.

Soeben sagte der Sprecher: »... die Meldung erhalten, dass Präsident John F. Kennedy heute in Dallas, Texas, bei einem Attentat ums Leben kam.«

»Nein!«, schrie Rebecca.

»Der junge Präsident und seine Frau Jacqueline fuhren in einem offenen Wagen durch die Stadt, als ein Schütze mehrere Kugeln abfeuerte und den Präsidenten traf, der wenige Minuten später in einem Krankenhaus für tot erklärt wurde.«

»Oh Gott.« Rebecca brach in Tränen aus. »Seine arme Frau ... und die Kinder ...«

»Vizepräsident Lyndon B. Johnson, der ebenfalls in dem Konvoi fuhr, ist unbestätigten Meldungen zufolge bereits auf dem Weg nach Washington, um dort als neuer Präsident der Vereinigten Staaten vereidigt zu werden.«

»Kennedy war der Verteidiger von Berlin«, schluchzte Rebecca. »Er war ein Berliner ... Er war unser Held.«

»Ja«, sagte Bernd mit belegter Stimme. »Das war er.«

»Was wird jetzt mit uns geschehen?«

*

»Ich habe einen schrecklichen Fehler begangen«, sagte Karolin zu Lili, als sie in der Küche des alten Stadthauses in Berlin-Mitte saßen. »Ich hätte mit Walli gehen sollen. Kannst du mir noch eine Wärmflasche machen? Ich hab so Rückenschmerzen.«

Lili nahm eine Wärmflasche vom Schrank und füllte sie mit heißem Wasser. »Du bist zu hart gegen dich selbst«, sagte sie. »Du hast immer nur das Beste für das Baby gewollt.«

»Nein, ich hatte Angst«, erwiderte Karolin.

Lili machte sich hinter ihr am Herd zu schaffen. »Möchtest du warme Milch?«

»Ja, gern.«

Lili goss Milch in einen Topf und setzte ihn auf den Herd.

»Ich habe mich von meiner Angst leiten lassen«, fuhr Karolin fort. »Ich hielt Walli für zu jung, um mich auf ihn verlassen zu können ... im Gegensatz zu meinen Eltern. Aber das war ein schrecklicher Irrtum.«

Karolins Vater hatte sie hinausgeworfen, nachdem die Stasi ihm mit Entlassung gedroht hatte. Lili war schockiert gewesen. Sie hätte nie geglaubt, dass Eltern zu so etwas fähig sein könnten.

»Meine Eltern hätten sich nie gegen mich gestellt«, sagte sie. »Jedenfalls nicht so.«

»Ich weiß.« Karolin seufzte. »Deine Eltern sind ganz anders. Als ich vor ihrer Tür stand, obdachlos, ohne einen Pfennig in der Tasche und im sechsten Monat schwanger, haben sie mich ohne zu zögern aufgenommen.« Ein stechender Schmerz durchfuhr ihren Körper, und sie zuckte zusammen.

Lili goss die warme Milch in einen Becher und reichte ihn Karolin.

Karolin nippte daran. »Ich bin dir und deiner Familie sehr dankbar«, sagte sie, »aber nie wieder werde ich einem Menschen vertrauen. Letzten Endes kann man sich nur auf sich selbst verlassen. Das habe ich gelernt.« Sie verzog das Gesicht und keuchte. »Oh Gott!«

»Was ist?«

»Ich hab mich vollgepinkelt.« Ein nasser Fleck breitete sich unter ihrem Rock auf dem Boden aus.

»Das ist deine Fruchtblase«, sagte Lili. »Das Baby kommt!«

»Ich muss mich sauber machen.« Karolin stand auf und stöhnte. »Ich glaube, ich schaffe es nicht ins Bad ...«

Lili hörte die Haustür. »Mutter ist da«, sagte sie. »Gott sei Dank!«

Einen Augenblick später kam Carla in die Küche. Sie sah sofort, was los war. »In welchem Abstand kommen die Wehen?«, fragte sie.

»Ein, zwei Minuten ...«, antwortete Karolin.

»Dann haben wir keine Zeit mehr«, sagte Carla entschlossen. »Ich werde nicht mal versuchen, dich nach oben zu bekommen.« Rasch breitete sie Handtücher auf dem Boden aus. »Leg dich hin, Karolin. Ich habe Walli auf diesem Fußboden zur Welt gebracht«, fügte sie lächelnd hinzu. »Dann wird das bei dir wohl auch klappen.«

Karolin gehorchte, und Carla zog ihr die durchnässte Unterwäsche aus.

Lili hatte Angst, obwohl sie wusste, wie tüchtig und resolut ihre Mutter war. Aber sie konnte sich beim besten Willen nicht vorstellen, dass ein ganzes Baby durch so eine winzige Öffnung kam. Und ein paar Minuten später wuchs ihre Angst noch, als sie sah, wie die Öffnung sich vergrößerte.

»Das geht alles schön schnell«, sagte Carla. »Du hast Glück.«

Karolin stöhnte vor Schmerz. Lili war sicher, dass sie sich die Seele aus dem Leib geschrien hätte, wäre sie an Karolins Stelle gewesen.

Carla sagte zu Lili: »Leg die Hand hierhin, und halt den Kopf, wenn das Baby rauskommt.« Lili zögerte, doch Carla schaute sie beruhigend an. »Mach nur. Da passiert schon nichts.«

Die Küchentür öffnete sich, und Lilis Vater kam herein. »Habt ihr die Nachrichten gehört? Auf Kennedy wurde ein Attentat ...« Er verstummte, als er sah, was los war.

»Hier ist jetzt kein Platz für Männer«, sagte Carla, ohne ihm einen Blick zu gönnen. »Geh ins Schlafzimmer, mach die oberste Kommodenschublade auf und bring mir den hellblauen Kaschmirschal.«

»Ja, sicher, sofort ...«, stammelte Werner, rührte sich aber nicht vom Fleck.

»Die Nachrichten können warten«, sagte Carla. »Was ist? Hol den Schal!«

Werner verschwand.

»Was hat er über Kennedy gesagt?«, fragte Carla.

»Keine Ahnung ... Ich glaube, das Baby kommt.« Lilis Stimme zitterte.

Karolin stieß einen schrillen Schmerzensschrei aus, und der Kopf des Babys kam zum Vorschein. Lili stützte ihn mit einer Hand. Er war nass, schleimig und warm.

»Es lebt!«, rief sie. Eine Woge reiner Liebe für dieses winzige Lebewesen brandete über sie hinweg.

Und auf einmal hatte sie keine Angst mehr.

*

Jaspers Zeitung entstand in einem winzigen Büro im Gebäude des Studentenwerks. In dem Raum standen lediglich ein Schreibtisch mit zwei Telefonen und drei Stühle. Eine halbe Stunde nach Verlassen des Theaters traf Jasper sich dort mit Pete Donegan.

»An diesem College gibt es fünftausend Studenten. Weitere zwanzigtausend oder mehr besuchen andere Londoner Colleges, darunter viele Amerikaner«, sagte Jasper, als Pete hereinkam. »Wir müssen unsere Reporter anrufen und sie sofort losschicken. Sie müssen mit jedem amerikanischen Studenten reden, der ihnen einfällt, am besten noch heute Abend, spätestens morgen früh. Wenn wir es richtig anpacken, können wir 'ne Menge Geld verdienen.«

»Was ist der Aufmacher?«

»Wahrscheinlich UNTRÖSTLICHE US-STUDENTEN. Lass ein Porträtfoto von jedem machen, der einen Satz sagt, den wir bringen können. Ich kümmere mich um die amerikanischen Dozenten ... Heslop von den Anglisten, Rawlings von den Ingenieuren, Cooper von den Philosophen. Cooper wird zwar irgendwas Haarsträubendes von sich geben, aber das tut er ja immer.«

»Wir sollten eine Kurzbiografie von Kennedy als Randspalte bringen«, sagte Donegan. »Und vielleicht eine Seite mit Bildern aus seinem Leben ... Harvard, die Navy, seine Hochzeit mit Jackie ...«

»Warte mal«, sagte Jasper. »Hat er nicht auch eine Zeit lang in London studiert? Sein Vater war hier amerikanischer Botschafter ... ein Konservativer, der Hitler unterstützt hat. Aber wenn ich mich recht erinnere, hat John F. Kennedy die London School of Economics besucht.«

»Stimmt, jetzt fällt's mir auch wieder ein«, sagte Donegan. »Aber er hat sein Studium nach ein paar Wochen abgebrochen.«

»Egal«, sagte Jasper aufgeregt. »Jemand dort muss ihn kennengelernt haben, selbst wenn dieser Jemand keine fünf Minuten mit ihm gesprochen hat. Wir brauchen bloß irgendein Zitat, und wenn es nur ›Er war ziemlich groß‹ ist. Unser Aufmacher ist ICH KANNTE JFK ALS STUDENTEN, VON PROF SOUNDSO AN DER LSE.«

»Ich mache mich sofort an die Arbeit«, sagte Donegan.

*

Als George Jakes noch eine Meile vom Weißen Haus entfernt war, kam der Verkehr ohne ersichtlichen Grund zum Stehen. Zornig schlug er aufs Lenkrad.

Die Leute begannen zu hupen. Mehrere Wagen vor George stieg ein Fahrer aus und sprach mit jemandem auf dem Gehsteig. An der Ecke hatte sich ein halbes Dutzend Menschen um einen geparkten Wagen geschart, dessen Fenster offen standen, und lauschte anscheinend auf das Autoradio. Eine gut gekleidete Frau schlug sich entsetzt die Hand vor den Mund.

Vor Georges Mercedes stand ein neuer weißer Chevrolet Impala. Die Tür öffnete sich, und der Fahrer stieg aus. Er trug Anzug und Hut, war vielleicht ein Vertreter, der von Haustür zu Haustür zog. Er sah sich um, entdeckte George in seinem offenen Wagen und fragte: »Ist es wahr?«

»Ja«, antwortete George. »Der Präsident wurde angeschossen.«

»Ist er tot?«

»Ich weiß es nicht.« Georges Auto war ohne Radio.

Der Vertreter trat an das offene Fenster eines Buicks. »Ist der Präsident tot?«

George verstand die Antwort nicht.

Im Stau ging es keinen Millimeter voran.

Kurz entschlossen stellte George den Motor ab, sprang aus dem Wagen und rannte los, obwohl er außer Form war; er hatte viel zu viel Arbeit, um zu trainieren. Er konnte sich nicht einmal erinnern, wann er sich das letzte Mal verausgabt hatte. Er schwitzte und atmete schwer, während er zwischen Dauerlauf und schnellem Gehen wechselte.

Als er das Weiße Haus erreichte, war sein Hemd schweißdurchtränkt. Maria war nicht im Pressebüro.

»Sie ist zum Nationalarchiv, um etwas nachzuschlagen«, sagte Nelly Fordham mit tränennassem Gesicht. »Wahrscheinlich hat sie es noch gar nicht gehört.«

»Weiß man schon, ob der Präsident tot ist?«

»Ja, er ist tot.« Nelly begann haltlos zu schluchzen.

»Ich möchte nicht, dass Maria es von einem Fremden erfährt«, sagte George, verließ das Gebäude und eilte die Pennsylvania Avenue entlang zum National Archives Building.

*

Dimka war seit einem Jahr mit Nina verheiratet, und Grigori, ihr gemeinsames Kind, war sechs Monate alt, als er sich endlich eingestand, dass er Natalja liebte.

Natalja und ihre Freunde gingen nach der Arbeit oft in die Kneipe am Fluss, und Dimka schloss sich ihnen häufig an, wenn Chruschtschow ihn früher gehen ließ. Manchmal blieb er auf mehr als ein Bier, und oft waren er und Natalja die letzten Gäste.

Dimka hatte herausgefunden, dass es ihm leichtfiel, sie zum Lachen zu bringen. Im Allgemeinen galt er zwar nicht als Stimmungskanone, aber genau wie Natalja sah auch er die Ironie in vielen Bereichen des sowjetischen Alltagslebens.

»Also, pass auf. Ein Arbeiter in einer Fahrradfabrik will die Schutzblechproduktion beschleunigen«, sagte er an diesem Abend zu Natalja. »Also walzt er ein einzelnes langes Stück Blech und schneidet ruckzuck hundert Schutzbleche daraus. Sein Vorarbeiter sieht es, kommt zu ihm und sagt: Warum schneidest du nicht hundert Bleche und walzt jedes einzelne? Willst du den Fünfjahresplan gefährden?«

Natalja lachte. Ihre Augen funkelten, ihre weißen Zähne blitzten. Sie sah so umwerfend attraktiv aus, dass Dimkas Herz schneller schlug. Vor seinem geistigen Auge sah er, wie sie den Kopf genauso nach hinten warf wie jetzt, während sie sich liebten. Wehmut erfasste ihn, und eine Sehnsucht, wie er sie noch nie verspürt hatte. Er gestand sich ein, dass diese Frau sein Leben war, es immer schon gewesen war, und zum Teufel mit seinem schlechten Gewissen.

Doch er sprach es nicht aus. Es durfte nicht sein. Er war verheiratet und hatte ein Kind. Er war es Nina und dem kleinen Grigori schuldig, treu zu sein. Und Natalja hatte einen Mann, mit dem sie glücklich zu sein schien. Zumindest sprach sie nicht schlecht über ihn, obwohl sie es nie eilig hatte, nach Hause zu kommen.

Doch am liebsten hätte Dimka gesagt: Ich liebe dich, Natalja. Für dich würde ich meine Familie verlassen. Würdest du für mich deinen Mann verlassen, mit mir zusammenleben und den Rest unseres Lebens meine Geliebte sein?

Stattdessen sagte er: »Es ist spät. Ich sollte jetzt besser gehen.«

»Ich fahre dich«, erbot sich Natalja. »Für das Motorrad ist es zu kalt.«

Er lächelte sie an. »Danke.«

Natalja hielt am Haus am Ufer. Dimka beugte sich zu ihr, um sie zum Abschied zu küssen. Natalja ließ zu, dass ihre Lippen sich einen Wimpernschlag lang berührten, dann zog sie sich rasch zurück.

Dimka stieg aus dem Wagen und ging ins Haus.

Als er im Aufzug nach oben fuhr, überlegte er, wie er Nina sein spätes Erscheinen erklären sollte. Am besten, er schob die Krise im Kreml vor. Die diesjährige Weizenernte war eine Katastrophe gewesen; die sowjetische Regierung versuchte verzweifelt, im Ausland Getreide einzukaufen, um die Bevölkerung ernähren zu können.

Als Dimka die Wohnung betrat, schlief Grigori, und Nina schaute Fernsehen.

Dimka küsste sie auf die Stirn. »Tut mir leid, aber ich wurde im Büro aufgehalten«, sagte er. »Wir haben noch den Bericht über die Missernte fertig geschrieben.«

»Du dreckiger Lügner!«, fuhr Nina ihn an. »Dein Büro hat alle zehn Minuten hier angerufen. Sie haben dich gesucht, um dir zu sagen, dass Präsident Kennedy ermordet wurde!«

*

Als Maria der Magen knurrte, blickte sie auf die Uhr und bemerkte, dass sie das Mittagessen vergessen hatte. Sie war ganz in ihrer Arbeit aufgegangen, und seit zwei oder drei Stunden hatte niemand mehr sie gestört, indem er diesen Bereich betrat. Da sie beinahe fertig war, beschloss sie, die Recherchen zu beenden und dann erst ein Sandwich zu essen.

Maria beugte den Kopf über das altmodische Kontenbuch, in dem sie las, als sie ein Geräusch hörte. Sie blickte auf. Zu ihrem Erstaunen kam George Jakes ins Zimmer. Er keuchte, seine Anzugjacke war schweißnass, seine Augen glänzten wie im Fieber.

»George!«, rief sie und sprang auf. »Was ist?«

»Maria«, sagte er leise, »es tut mir leid.«

Er kam um den Tisch und legte ihr die Hände auf die Schultern, eine Geste, die für ihre strikt platonische Freundschaft ein wenig zu intim erschien.

»Was tut dir leid?«, fragte sie. »Was hast du getan?«

»Nichts.«

Sie versuchte sich zurückzuziehen, doch er verstärkte den Griff.

»Sie haben ihn erschossen«, sagte er.

Maria bemerkte erst jetzt, dass George den Tränen nahe war. Sie wehrte sich nicht mehr, trat näher. »Wer wurde erschossen?«

»In Dallas.«

Allmählich begriff sie, und entsetzliche Furcht breitete sich in ihr aus. »Nein.«

George nickte. Mit leiser Stimme sagte er: »Der Präsident ist tot. Es tut mir leid, Maria.«

»Tot?«, sagte Maria. »Nein, er kann nicht tot sein.«

Ihre Beine gaben nach, und sie sank auf die Knie. Vor ihren Augen wurde alles grau und trist und hoffnungslos. George kniete sich rasch neben sie, schloss sie in die Arme, hielt sie ganz fest.

»Nicht Johnny«, flüsterte Maria mit tränenerstickter Stimme. »Nicht Johnny ... er darf uns nicht verlassen ... bitte ... was soll denn jetzt werden?«

Dann ergab sie sich ihrem Schmerz und ihrer Schwäche und sank zu Boden. Die Welt um sie her wurde schwarz und leer.

*

Auf der Bühne des Jump Clubs in London brachte Plum Nellie eine stürmische Version von »Dizzy Miss Lizzy« und ging unter »Zugabe!«-Rufen von der Bühne.

Auf dem Weg zur Umkleide sagte Lenny: »Das war einsame Spitze, Jungs. Das Beste, was wir je gespielt haben!«

Dave blickte Walli an. Beide strahlten um die Wette. Die Gruppe entwickelte sich rasant, und jeder Gig war besser als der vorherige.

Dave war erstaunt, als seine Schwester in der Umkleide auf ihn wartete. »Na, wie war's?«, fragte er. »Tut mir leid, aber ich konnte nicht kommen.«

»Das Stück wurde im ersten Akt abgebrochen«, sagte Evie mit tonloser Stimme.

»Wieso?«

»Präsident Kennedy ist erschossen worden.«

»*Was!* Wann ist das passiert?«

»Vor ein paar Stunden.«

Dave dachte an seine amerikanische Mutter. »Wie geht es Mam?«

»Ganz furchtbar.«

»Wer hat ihn erschossen?«

»Das weiß niemand. Er war in Texas, in einer Stadt namens Dallas.«

»Nie gehört.«

Buzz, der Bassist, fragte: »Was geben wir für eine Zugabe?«

Lenny sagte: »Wir können keine Zugabe geben, das wäre pietätlos. Kennedy ist einem Anschlag zum Opfer gefallen. Wir könnten eine Schweigeminute machen oder so.«

»Oder wir spielen einen traurigen Song«, meinte Wallie.

Evie sagte: »Dave, du weißt, was wir tun sollten.«

»Weiß ich das?« Er dachte kurz nach. »Oh, yeah.«

»Dann komm mit.«

Dave ging mit Evie auf die Bühne und stöpselte seine Gitarre ein. Sie stellten sich gemeinsam vor das Mikrofon. Der Rest der Gruppe schaute aus den Kulissen zu.

Dave sprach ins Mikrofon. »Meine Schwester und ich sind halb britisch, halb amerikanisch, aber heute Abend ist uns sehr amerikanisch zumute.« Er schwieg kurz. »Wie die meisten von euch wahrscheinlich schon wissen, wurde Präsident Kennedy bei einem Attentat erschossen.«

Im Publikum schnappten etliche Zuschauer nach Luft, ein Zeichen, dass sie noch nicht davon gehört hatten. Dann breitete sich tiefe Stille aus.

»Wir würden jetzt gerne ein besonderes Lied spielen, ein Lied für uns alle, aber speziell für die Amerikaner.«

Er schlug einen B-Dur-Akkord an. Und Evie sang:

»Oh sag, kannst du sehen
In des Morgens frühem Licht
Was wir so stolz bejubelt
In der Dämm'rung letztem Schein ...«

Im Raum war es totenstill.

»Dessen Streifen so breit
Und dessen Sterne so hell
Die gefahrvollen Kämpfe hindurch
Erhaben über den Wällen wehten
Über die wir gewacht ...«

Evies Stimme stieg an:

»Oh sag, ob das Banner
Mit Sternen übersät
Noch über dem Land der Freien
Und der Tapferen weht ...«

Dave sah, dass im Publikum mehrere Zuschauer hemmungslos weinten.

»Danke fürs Zuhören«, sagte er. »Gott segne Amerika.«

FÜNFTER TEIL

DER SONG
1963 bis 1967

KAPITEL 31

An der Beisetzung durfte Maria nicht teilnehmen.

Der Tag nach dem Mordanschlag war ein Samstag, doch wie die meisten Angestellten im Weißen Haus ging sie zur Arbeit und erledigte ihre Aufgaben in der Presseabteilung unter Tränen. Sie fiel damit nicht auf; die Hälfte aller Beschäftigten weinte.

Im Büro ging es ihr besser als allein zu Hause. Die Arbeit lenkte sie ein wenig von der Trauer ab, und Arbeit gab es unendlich viel: Die Weltpresse wollte über jedes Detail der Beisetzungsvorbereitungen informiert werden. Jede Minute wurde übertragen. Millionen amerikanischer Familien saßen das ganze Wochenende vor ihren Fernsehern. Die drei TV-Gesellschaften setzten alle regulären Programme ab. Die Nachrichten befassten sich ausschließlich mit dem Attentat, und zwischen den Meldungen gab es Dokumentarsendungen über John F. Kennedy, sein Leben, seine Familie, seine Karriere und seine Präsidentschaft. Mit gnadenlosem Pathos wiederholten sie die Aufnahmen von Jack und Jackie, wie sie am Freitagmorgen auf Love Field die Menge grüßten, eine Stunde vor den tödlichen Schüssen. Maria erinnerte sich, wie sie der müßigen Frage nachgegangen war, ob sie mit Jackie den Platz tauschen würde. Jetzt hatten sie beide Jack Kennedy verloren.

Gegen Sonntagmittag fiel der Hauptverdächtige, ein gewisser Lee Harvey Oswald, im Keller des Polizeipräsidiums von Dallas selbst einem Anschlag zum Opfer. Das Fernsehen sendete live. Der Täter war ein kleiner Gangster namens Jack Ruby. Das Ganze war ein düsteres Geheimnis, das aus einer unerträglichen und rätselhaften Tragödie entstand, deren genaue Umstände niemals geklärt werden sollten.

Am Sonntagnachmittag erkundigte Maria sich bei Nelly Fordham, ob sie Eintrittskarten für die Beisetzung bräuchten.

»Oh, Liebes, das tut mir leid, aber niemand aus der Abteilung ist eingeladen«, sagte Nelly. »Nur Pierre Salinger.«

Maria überkam ein Panikanfall. Ihr Herz flatterte. Wie konnte sie fehlen, wenn der Mann, den sie liebte, zu Grabe getragen wurde? »Ich muss hin«, stieß sie hervor. »Ich spreche mit Pierre ...«

»Das geht nicht, Maria«, fiel Nelly ihr ins Wort. »Sie dürfen auf keinen Fall dort auftauchen.«

Irgendetwas in Nellys Stimme ließ bei Maria eine Alarmglocke klingeln. Nelly erteilte ihr nicht nur einen guten Rat, sie klang beinahe ängstlich. Was steckte dahinter?

»Wieso nicht?«, fragte Maria.

Nelly senkte die Stimme. »Jackie weiß über Sie Bescheid.«

Zum ersten Mal gab jemand aus der Abteilung zu, dass er von Marias Verhältnis mit dem Präsidenten wusste, doch in ihrem Schmerz nahm Maria es kaum wahr. »Das kann sie unmöglich wissen. Ich war immer vorsichtig.«

»Fragen Sie mich nicht, woher sie es weiß, ich habe keine Ahnung.«

»Ich glaube Ihnen nicht!«

Nelly hätte gekränkt sein können, doch sie erwiderte nur traurig: »Ich weiß nicht viel über solche Dinge, aber ich habe den Eindruck, dass die Ehefrau es immer merkt.«

Maria wollte widersprechen; dann aber dachte sie an Jenny und Jerry, die Sekretärinnen, und die Gesellschaftsdamen Mary Meyer, Judith Campbell und andere. Maria war überzeugt davon, dass die Gerüchte der Wahrheit entsprachen und dass alle diese Frauen eine sexuelle Beziehung zum Präsidenten gehabt hatten. Sie hatte keine Beweise, aber jedes Mal, wenn sie eine von ihnen mit Jack Kennedy gesehen hatte, hatte sie es gewusst. Und auch Jackie besaß weibliche Intuition.

Und das bedeutete, dass Maria nicht zur Beisetzung konnte. Sie sah es jetzt ein: Man durfte Jackie an diesem schweren Tag keine Begegnung mit der Geliebten ihres Mannes zumuten. Maria begriff es jetzt mit vollkommener, trauriger, niederschmetternder Gewissheit.

Also blieb sie am Montag zu Hause, um sich die TV-Übertragung des Begräbnisses anzusehen.

Der Leichnam war öffentlich in der Rotunde des Kapitols aufgebahrt gewesen. Um halb elf wurde der mit Flaggen drapierte Sarg aus dem Gebäude getragen und auf eine Geschützlafette gelegt, vor die sechs weiße Pferde gespannt waren. Die Prozession zog zum Weißen Haus.

Zwei Männer stachen aus dem Trauerzug heraus, weil sie größer waren als die anderen: der französische Präsident Charles de Gaulle und der neue US-Präsident Lyndon B. Johnson.

Maria hatte keine Tränen mehr. Fast drei Tage lag die brutale Wirklichkeit des Attentats jetzt zurück. Wenn sie nun auf den Fernsehschirm blickte, sah sie nur Pomp – ein Schauspiel, inszeniert für die Welt. Für sie aber ging es hier nicht um Trommeln und Flaggen und Uniformen. Sie hatte einen Mann verloren – einen warmherzigen, charmanten, attraktiven Mann; einen Mann mit kaputtem Rücken, Fältchen in den Winkeln seiner haselnussbraunen Augen und einer Sammlung Gummienten auf dem Rand seiner Badewanne. Sie würde ihn nie wieder sehen. Ohne Jack lag der Rest ihres Lebens wie ein langer, leerer, dunkler Tunnel vor ihr.

Als die Kameras Jackie näher heranholten, deren hübsches Gesicht trotz des Schleiers gut zu sehen war, erkannte Maria, dass auch sie wie betäubt aussah. »Ich habe dir Unrecht angetan«, sagte sie leise. »Möge Gott mir vergeben.«

Als es an der Tür klingelte, fuhr sie zusammen. Es war George Jakes. »Hallo, Maria«, sagte er. »Du solltest jetzt nicht alleine sein.«

Maria empfand tiefe Dankbarkeit. Wenn sie wirklich einen Freund brauchte, war George stets für sie da. »Komm herein«, sagte sie. »Tut mir leid, dass ich so schlampig aussehe.« Sie trug ein Nachthemd und einen alten Morgenmantel.

»Für mich siehst du wundervoll aus.« George hatte sie in schlimmerem Zustand erlebt. Er hatte eine Tüte Blätterteiggebäck mitgebracht. Maria legte die Teilchen auf einen Teller. Sie hatte noch kein Frühstück gehabt, trotzdem aß sie nichts. Sie war kein bisschen hungrig.

Eine Million Menschen säumten den Weg des Trauerzugs, behauptete der Fernsehkommentator. Der Sarg wurde vom Weißen Haus zur St. Matthews's Cathedral gefahren, wo eine Messe stattfand.

Ab zwölf Uhr mittags wurden fünf Schweigeminuten abgehalten, und in den gesamten USA stand der Verkehr still. Die Kameras zeigten regungslos Menschenmengen auf den Straßen der Städte. Es war beinahe surreal, in Washington zu sein und draußen keine Autos zu hören.

Maria und George standen in dem kleinen Apartment vor dem Fernseher. Sie senkten die Köpfe. George nahm Marias Hand und hielt sie fest.

Als das fünfminütige Schweigen vorüber war, machte Maria Kaffee. Ihr Appetit kehrte zurück, und sie aßen das Gebäck, während sie sich wieder vor den Fernseher setzten. In der Kirche waren keine Kameras zugelassen, und eine Zeit lang gab es nichts zu sehen.

George beschloss, Maria abzulenken. Sie war ihm dankbar dafür, auch wenn sie es ihm nicht sagte.

»Bleibst du bei der Presseabteilung?«, erkundigte sich George.

Maria hatte kaum darüber nachgedacht, kannte aber die Antwort. »Nein. Ich werde das Weiße Haus verlassen. Es gibt für mich keine Zukunft in der Presseabteilung ... von dem, was passiert ist, mal ganz abgesehen. Frauen werden nie befördert, also würde ich den Rest meines Lebens als Rechercheurin verbringen. Aber ich arbeite für die Regierung, weil ich etwas bewirken und Dinge verändern möchte.«

»Im Justizministerium gibt es eine offene Stelle, die könnte zu dir passen.« George redete, als wäre ihm der Gedanke gerade erst gekommen, doch Maria hatte den Verdacht, dass er es schon länger im Kopf hatte. »Es geht um den Umgang mit Firmen, die gegen staatliche Vorschriften verstoßen. Man nennt es Regelüberwachung. Könnte interessant sein.«

»Glaubst du, ich habe eine Chance?«

»Mit einem Juraexamen aus Chicago und zwei Jahren Erfahrung im Weißen Haus? Absolut.«

»Sie stellen da aber nicht viele Neger ein.«

»Weißt du was? Ich glaube, Präsident Johnson wird das ändern.«

»Meinst du wirklich? Er ist doch Südstaatler.«

»Verurteile ihn nicht vorschnell. Um ehrlich zu sein, unsere Leute haben ihn mies behandelt. Bobby verabscheut ihn, frag mich nicht warum. Vielleicht, weil Lyndon seinen Schwanz immer Jumbo nennt.«

»Was?« Zum ersten Mal seit drei Tagen musste Maria kichern. »Du machst Witze.«

»Offenbar ist er riesig. Wenn Lyndon jemanden einschüchtern will, holt er ihn raus und sagt: ›Ich möchte Ihnen Jumbo vorstellen.‹ Das habe ich schon mehrmals gehört.« Männer erzählten sich ständig solche Geschichten. Sie konnten sogar wahr sein.

Maria wurde wieder ernst. »Jeder im Weißen Haus findet, dass Johnson sich gefühllos verhalten hat, besonders den Kennedys gegenüber.«

»Das sehe ich anders. Unmittelbar nach Jack Kennedys Tod wusste niemand, was als Nächstes zu tun war. Die Vereinigten Staaten waren in einem extrem verletzlichen Zustand. Was, wenn die Sowjets beschlossen hätten, in dieser Situation Westberlin einzukassieren? Wir arbeiten für die Regierung des mächtigsten Landes der Welt, und wir müssen unsere Arbeit tun, ohne eine Sekunde innezuhalten, egal, wie traurig wir sind. Johnson hat augenblicklich die Zügel in die Hand genommen. Und das war gut so, denn sonst hat niemand daran gedacht.«

»Nicht einmal Bobby?«

»Am wenigsten Bobby. Ich mag ihn sehr, das weißt du, aber er hat sich ganz seiner Trauer ergeben. Er tröstet Jackie, er organisiert das Begräbnis seines Bruders, aber er regiert nicht die USA. Die meisten unserer Leute sind genauso schlimm. Sollen sie Johnson ruhig für herzlos halten. Ich finde, er tut seine Pflicht.«

Am Ende der Messe wurde der Sarg aus der Kirche getragen und für die Fahrt zum Nationalfriedhof Arlington wieder auf die Lafette gelegt. Die Trauernden schlossen sich dem Zug mit einer langen Reihe schwarzer Limousinen an. Die Prozession passierte das Lincoln Memorial und überquerte den Potomac.

Maria fragte: »Was wird Johnson wegen des Entwurfs für das Bürgerrechtsgesetz unternehmen?«

»Das ist die Frage. Im Augenblick ist die Vorlage zum Scheitern verurteilt. Sie liegt beim Regelausschuss, dessen Vorsitzender, Howard Smith, nicht einmal sagen will, wann sie darüber reden.«

Maria dachte an den Bombenanschlag auf die Sonntagsschule. Wie konnte sich jemand auf die Seite der Südstaatenrassisten stellen? »Kann sein Ausschuss ihn nicht überstimmen?«

»Theoretisch schon, aber wenn die Republikaner sich mit den Südstaatendemokraten zusammentun, haben sie die Mehrheit. Sie können ein neues Bürgerrechtsgesetz jederzeit verhindern, egal, was die Öffentlichkeit davon hält. Ich weiß nicht, wie diese Leute so tun können, als glaubten sie an die Demokratie, aber irgendwie kriegen sie das hin, und man nimmt es ihnen sogar ab.«

Im Fernsehen entzündete Jackie Kennedy eine ewige Flamme, die ununterbrochen auf dem Grab ihres Mannes brennen sollte. George nahm wieder Marias Hand, und sie sah Tränen in seinen Augen. Schweigend schauten sie zu, wie der Sarg langsam in den Boden gesenkt wurde.

Jack Kennedy war nicht mehr.

»Was soll jetzt aus uns werden?«, fragte Maria.

»Ich weiß es nicht«, antwortete George.

*

George ließ Maria widerstrebend allein. In ihrem Baumwollnachthemd und ihrem alten Samtmorgenmantel, mit natürlich gelocktem, unordentlichem statt mühsam gestrafftem Haar war sie attraktiver, als sie ahnte. Aber sie brauchte George nicht mehr: Sie hatte vor, sich am Abend mit Nelly Fordham und anderen Mitarbeiterinnen aus dem Weißen Haus in einem chinesischen Restaurant zu einer privaten Totenwache zu treffen, also war sie nicht allein.

George aß mit Greg zu Abend. Sie saßen in dem dunkel vertäfelten Occidental Grill, einen Steinwurf vom Weißen Haus entfernt. George lächelte über das Äußere seines Vaters: Wie immer trug er teure Kleidung, als handelte es sich um Lumpen. Seine schmale schwarze Satinkrawatte hing schief, die Manschetten waren nicht zugeknöpft, und auf dem Revers seines schwarzen Jacketts war ein weißlicher Fleck. George war froh, diesen Hang zur Schlampigkeit nicht geerbt zu haben.

»Ich habe mir gedacht, wir könnten ein bisschen Aufmunterung gebrauchen«, sagte Greg. Er liebte hochklassige Restaurants und raffinierte Küche; *diese* Eigenschaft hatte George von ihm geerbt.

Sie bestellten Hummer und Chablis.

Seit der Kubakrise, als Greg ihm angesichts eines drohenden Atomkrieges sein Herz geöffnet hatte, fühlte George sich ihm näher. Er, das uneheliche Kind, hatte sich stets als Makel empfunden und geglaubt, Greg erfüllte seine Vaterrolle – wenn überhaupt – nur aus Pflichtgefühl, aber ohne Begeisterung. Doch seit dem überraschenden Gespräch wusste er, dass Greg ihn wirklich liebte. Ihre Beziehung blieb ungewöhnlich und eher distanziert, doch George glaubte nun, dass sie auf etwas Ehrlichem und Dauerhaftem basierte.

Als sie auf ihr Essen warteten, kam Skip Dickerson, mit dem George befreundet war, an ihren Tisch. Er trug anlässlich der Beisetzung einen dunklen Anzug mit schwarzer Krawatte, die sich schroff von seinem weißblonden Haar und seiner blassen Haut abhoben. Mit seinem schleppenden Südstaatlerakzent sagte er: »Hallo, George. Guten Abend, Senator. Darf ich kurz stören?«

»Das ist Skip Dickerson«, stellte George ihn vor. »Er arbeitet für Lyndon. Für den Präsidenten, sollte ich wohl sagen.«

»Ziehen Sie sich einen Stuhl ran«, sagte Greg.

Skip holte sich einen roten Lederstuhl, nahm Platz, beugte sich vor und sprach eindringlich zu Greg. »Der Präsident weiß, dass Sie Wissenschaftler sind.«

Nanu, dachte George. Was gibt das denn? Skip verschwendete nie Zeit mit belanglosem Geplauder.

Greg lächelte. »Mein Hauptfach auf dem College war Physik, das stimmt.«

»Sie haben Ihr Studium in Harvard summa cum laude abgeschlossen.«

»Johnson lässt sich davon stärker beeindrucken als nötig.«

»Aber Sie gehören zu den Wissenschaftlern, die die Atombombe entwickelt haben.«

»Ich habe beim Manhattan-Projekt mitgearbeitet, das ist richtig.«

»Präsident Johnson möchte sich vergewissern, dass Sie mit den Plänen für das Eriesee-Projekt einverstanden sind.«

George wusste, wovon Skip sprach. Die US-Regierung finanzierte eine

Studie über das Hafengebiet der Stadt Buffalo, die vermutlich zu einem groß angelegten Hafenbauprojekt führen würde. Etliche Firmen in Upstate New York konnten Millionen Dollar daran verdienen.

»Nun, Skip«, sagte Greg, »wir würden uns natürlich gern darauf verlassen, dass das Projektbudget nicht beschnitten wird.«

»Darauf können Sie zählen, Sir. Der Präsident ist der Meinung, das Projekt habe oberste Priorität verdient.«

»Freut mich zu hören.«

Mit Wissenschaft hatte dieses Gespräch eindeutig nichts zu tun. Es ging um »Pork«, wie Kongressabgeordnete es nannten: die Zuteilung lukrativer Bundesprojekte an bevorzugte US-Bundesstaaten.

Skip sagte: »Gern geschehen. Und guten Appetit. Ach, bevor ich gehe – können wir darauf zählen, dass Sie den Präsidenten bei diesem vermaledeiten Weizen-Gesetz unterstützen?«

Die Sowjets hatten eine schlechte Ernte gehabt und benötigten dringend Getreide. Im Zuge der Bemühungen, besser mit der Sowjetunion auszukommen, hatte Präsident Kennedy ihnen überschüssigen amerikanischen Weizen auf Kredit überlassen.

Greg lehnte sich zurück und sagte nachdenklich: »Im Kongress vertreten einige Abgeordnete die Meinung, dass es nicht an uns ist, den Kommunisten zu helfen, wenn sie ihre Leute nicht ernähren können. Senator Mundts Weizen-Gesetz würde Kennedys Geschäft rückgängig machen. Ich bin geneigt, Mundt recht zu geben.«

»Und Präsident Johnson ist mit Ihnen einer Meinung, Senator«, betonte Skip. »Er möchte den Kommunisten ganz sicher nicht unter die Arme greifen. Aber es ist die erste Abstimmung nach Jack Kennedys Beerdigung. Da möchte keiner von uns, dass sie zu einer Ohrfeige für den toten Präsidenten wird.«

»Ist das wirklich Johnsons Sorge?«, entgegnete George. »Oder möchte er deutlich machen, dass er jetzt über die Außenpolitik bestimmt und dem Kongress nicht erlauben will, jede noch so nebensächliche Entscheidung, die er trifft, zu hinterfragen?«

Greg lachte leise. »Manchmal vergesse ich, wie clever du bist, George. Genau darum geht es Lyndon.«

»In Sachen Außenpolitik«, sagte Skip, »möchte der Präsident den Kongress mit Samthandschuhen anfassen. Trotzdem wäre er dankbar, könnte er morgen auf Ihre Unterstützung zählen. In seinen Augen wäre es eine Entwürdigung von Präsident Kennedys Andenken, wenn das Weizen-Gesetz verabschiedet wird.«

Keiner der Männer wollte aussprechen, um was es hier wirklich ging. Aber George wusste auch so, dass Johnson schlicht und einfach damit drohte, das Hafenbauprojekt für Buffalo einzustellen, sollte Greg für das Weizen-Gesetz stimmen.

Und Greg gab nach. »Bitte sagen Sie dem Präsidenten, dass ich seine Bedenken teile. Er kann auf meine Stimme zählen.«

Skip erhob sich. »Vielen Dank, Senator. Der Präsident wird sehr erfreut sein.«

»Ehe du gehst, Skip ...«, sagte George. »Ich weiß, dass der Präsident alle Hände voll zu tun hat, aber irgendwann in den nächsten Tagen wird er sich mit der Vorlage für ein Bürgerrechtsgesetz befassen. Bitte ruf mich an, wenn du glaubst, dass ich dabei in irgendeiner Weise behilflich sein kann.«

»Sicher, George. Danke für dein Angebot.« Skip verabschiedete sich und ging.

»Gut gemacht«, sagte Greg.

»Nur damit er weiß, dass die Tür offen ist.«

»So etwas ist extrem wichtig in der Politik.«

Ihr Essen kam. Als die Kellner sich zurückgezogen hatten, nahm George Messer und Gabel auf. »Ich bin ein Bobby-Kennedy-Mann durch und durch«, sagte er, als er sich daranmachte, seinen Hummer zu öffnen. »Aber Johnson sollte man nicht unterschätzen.«

»Da hast du recht.« Greg nickte. »Aber überschätzen sollte man ihn auch nicht.«

»Wie meinst du das?«

»Lyndon kann den Kennedys von der Intelligenz her nicht das Wasser reichen. Damit wir uns richtig verstehen, er ist verschlagen wie ein texanischer Iltis, aber das ist nicht das Gleiche. Er hat ein Lehrerkolleg in Texas besucht und ein paar Jahre an Colleges in Houston unterrichtet, aber nie abstraktes Denken gelernt. Gegenüber uns Harvard-Absolventen fühlt er sich unterlegen, und damit hat er vollkommen recht. Er hat zwei große Defizite: Sein Verständnis für internationale Politik ist wenig ausgeprägt. Die Chinesen, die Buddhisten, die Kubaner, die Bolschewisten ... sie alle denken in Bahnen, die Lyndon nie begreifen wird.«

»Und sein zweites Defizit?«

»Er ist moralisch schwach. Er hat keine Prinzipien. Er unterstützt die Bürgerrechte für alle aufrichtig, aber nicht aus ethischen Überlegungen. Er sympathisiert mit Farbigen, weil er sie als Underdogs betrachtet. Er hält auch sich selbst für einen Underdog, weil er aus einer armen texanischen Familie stammt. Seine Unterstützung kommt aus dem Bauch.«

George lächelte. »Er hat dich gerade dazu gebracht, genau das zu tun, was er will.«

»Stimmt. Lyndon weiß, wie man Menschen manipuliert – aber nur einzeln, einen nach dem anderen. Er ist der geschickteste Parlamentspolitiker, dem ich je begegnet bin, aber er ist kein Staatsmann. Kennedy war sein genaues Gegenteil: hoffnungslos unfähig im Umgang mit dem Kongress, aber überragend auf der internationalen Bühne. Lyndon wird den Kongress meisterhaft handhaben, aber als politischer Führer der freien Welt? Ich weiß nicht.«

»Glaubst du, er hat eine Chance, den Antrag für das Bürgerrechtsgesetz an Howard Smiths Regelausschuss vorbeizubekommen?«

Diesmal lächelte Greg. »Ich kann kaum abwarten, was Lyndon unternehmen wird. Iss deinen Hummer, er wird kalt.«

Am nächsten Tag wurde Senator Mundts Gesetzesantrag mit 57 zu 36 Stimmen abgelehnt.

Die Schlagzeile am Tag darauf lautete:
WEIZEN-GESETZ – ERSTER SIEG FÜR JOHNSON.

*

Das Begräbnis war vorüber. Kennedy war unter der Erde, und der Präsident hieß Johnson. Die Welt hatte sich verändert, doch George wusste nicht, was das bedeutete – und wie ihm ging es allen anderen. Als was für ein Präsident würde Johnson sich erweisen? Wie würde er sich von Jack Kennedy unterscheiden? Ein Mann, von dem die meisten Menschen nie gehört hatten, war mit einem Mal zum mächtigsten Mann der freien Welt geworden und regierte das mächtigste Land der Erde. Was würde er tun?

Johnson schickte sich an, genau das zu verkünden.

Im Ratssaal des Repräsentantenhauses gab es keinen freien Platz mehr. Fernsehscheinwerfer strahlten grell auf die versammelten Kongressabgeordneten und Senatoren. Die Richter des Obersten Gerichtshofs trugen ihre schwarzen Roben, und an den Vereinigten Stabschefs funkelten die Orden.

George saß neben Skip Dickerson auf der Galerie, die genauso voll war; sogar die Stufen in den Gängen waren besetzt. George beobachtete Bobby Kennedy, der tief unter ihm am Ende der Kabinettsreihe saß und mit gesenktem Kopf auf den Boden starrte. Bobby war in den fünf Tagen seit dem Attentat abgemagert. Außerdem hatte er sich angewöhnt, die Anzüge seines toten Bruders zu tragen, die ihm nicht passten, was den bestürzenden Eindruck eines Mannes, der geschrumpft war, zusätzlich verstärkte.

In der Präsidentenloge saß Lady Bird Johnson mit ihren beiden Töchtern, die eine schön, die andere unscheinbar, alle drei mit altmodischen Frisuren. Sie saßen inmitten etlicher prominenter Demokraten: der Chicagoer Bürgermeister Daley, Gouverneur Lawrence von Pennsylvania und Arthur Schlesinger, der Hausintellektuelle der Kennedys, der – wie George zufällig wusste – bereits seine Beziehungen spielen ließ, um Johnson beim Präsidentschaftswahlkampf im nächsten Jahr auszubooten. Überraschenderweise sah George auch zwei schwarze Gesichter in der Loge. Er kannte sie; sie gehörten Zephyr und Sammy Wright, Köchin und Chauffeur der Familie Johnson. War das ein gutes Zeichen?

Die große Flügeltür schwang auf. Ein Türsteher mit dem seltsamen Namen Fishbait – Fischköder – Miller rief: »Mr. Speaker! Der Präsident der Vereinigten Staaten!« Dann schritt Lyndon B. Johnson herein. Alles erhob sich und applaudierte.

George gingen zwei bange Fragen zu Lyndon B. Johnson durch den Kopf, und beide wurden heute beantwortet. Würde er die schwierige Vorlage für das Bürgerrechtsgesetz kippen? Die Pragmatiker innerhalb der Demokratischen Partei drängten ihn dazu. Johnson hätte eine gute Entschuldigung, wenn er wollte: John F. Kennedy war es nicht gelungen, im Kongress Unterstützung für die Vorlage zu gewinnen, und sie war zum Scheitern verurteilt. Der neue Präsident hatte das Recht, sie als schlechte Arbeit fallen zu lassen: Johnson konnte vorschieben, eine gesetzliche Regelung zur Frage der Segregation müsse bis nach der Wahl warten, da sonst eine politische Spaltung drohte.

Doch wenn er das behauptete, wäre die Bürgerrechtsbewegung um Jahre zurückgeworfen. Die Rassisten würden einen Sieg feiern, und der Ku-Klux-Klan konnte den Eindruck gewinnen, dass alles, was er bisher verbrochen hatte, gerechtfertigt wäre. Die korrupten weißen Polizisten und Richter, die hohen Geistlichen und Politiker des Südens würden wissen, dass sie ohne Angst vor dem Gesetz weiterhin Schwarze verfolgen, prügeln, foltern und ermorden konnten.

Aber wenn Johnson es nicht sagte, sondern der Bürgerrechtsbewegung seine Unterstützung aussprach, warf er eine andere Frage auf: ob er die nötige Autorität besaß, um in Kennedys Fußstapfen zu treten. Auch diese Frage würde innerhalb der nächsten Stunde beantwortet werden, und die

Aussichten waren erbärmlich. Lyndon B. Johnson war ein Schlitzohr, aber wenn er bei formellen Anlässen vor großen Versammlungen sprechen musste, hinterließ er kaum Eindruck. Aber genau das *musste* er in wenigen Augenblicken. Für das amerikanische Volk war es Johnsons erster großer Auftritt als Präsident; dieser Auftritt würde über seine Zukunft bestimmen, zum Guten wie zum Schlechten.

Skip Dickerson kaute auf den Fingernägeln. George fragte ihn: »Hast du die Rede geschrieben?«

»Ein paar Zeilen. Es war Teamarbeit.«

»Was wird Johnson sagen?«

Skip schüttelte nervös den Kopf. »Wart's ab, du wirst es gleich hören.«

Eingeweihte Washingtoner Kreise rechneten damit, dass Johnson die Sache vermasselte. Er war vor großem Publikum ein schlechter Redner, weitschweifig und steif. Manchmal sprach er zu schnell, manchmal schien er nicht vom Fleck zu kommen. Wenn er etwas betonen wollte, wurde er einfach nur laut, und seine Gestik war auf peinliche Weise unbeholfen: Er hob eine Hand und stach mit einem Finger in die Luft, oder er hob beide Arme und schwenkte die Fäuste. Reden legten Lyndons größte Schwächen offen.

George konnte Johnsons Gebaren nichts entnehmen, als der Präsident nun durch die applaudierende Menge schritt, aufs Podest stieg, sich ans Rednerpult stellte und ein schwarzes Notizbuch mit losen Blättern aufschlug. Er zeigte weder Selbstvertrauen noch Nervosität, als er eine randlose Brille aufsetzte und geduldig wartete, bis der Applaus erstarb und die Zuhörer sich auf ihren Sitzen zurechtgerückt hatten.

Schließlich ergriff er das Wort. In gemessenem Tonfall sagte er: »Alles, was ich besitze, hätte ich darum gegeben, und zwar mit Freuden, um heute nicht hier stehen zu müssen.«

Im Saal wurde es still. Er hatte genau den richtigen Ton sorgenvoller Demut getroffen. Ein guter Start, dachte George.

Johnson machte in diesem Stil weiter und sprach mit gemessener Würde. Wann immer er das Gefühl hatte, sein Tempo verschärfen zu müssen, unterdrückte er es sofort. Sein Anzug und seine Krawatte waren dunkelblau, und er trug ein Hemd mit Tabkragen, was in den Südstaaten als förmliches Outfit galt. Gelegentlich blickte er von links nach rechts, sprach zur Kammer in ihrer Gesamtheit und schien ihr zugleich zu befehlen.

Ganz wie Martin Luther King redete er von Träumen: von Kennedys Träumen von der Eroberung des Weltalls, von Bildung für alle Kinder, von einem Friedenskorps. »Das ist unsere Herausforderung«, sagte er. »Nicht zu zögern, nicht innezuhalten, uns nicht abzuwenden und uns von diesem bösartigen Vorfall lähmen zu lassen, sondern weitergehen auf unserem Weg, damit wir eines Tages vielleicht das Schicksal erfüllen, das die Geschichte uns zugedacht hat.«

Wegen des aufbrandenden Beifalls musste er kurz unterbrechen. Dann fuhr er fort: »Unsere vordringlichsten Aufgaben liegen hier auf diesem Hügel.«

Das war der springende Punkt. Der Capitol Hill, auf dem der Kongress tagte, hatte fast das gesamte Jahr 1963 hindurch mit dem Präsidenten im Krieg gelegen. Der Kongress besaß die Macht, die Verabschiedung von Gesetzen zu verzögern, und benutzte sie ganz offen, selbst wenn der Präsident die Werbetrommel gerührt und für seine Pläne öffentliche Unterstützung gesichert hatte. Doch seit John F. Kennedy den Antrag für sein Bürgerrechtsgesetz eingebracht hatte, hatte das Kapitol den Eindruck einer bestreikten Fabrik voll militanter Arbeiter gemacht: Es verzögerte alles, weigerte sich starrsinnig, sogar Routineverordnungen durchzuwinken, missachtete die öffentliche Meinung und den demokratischen Prozess.

»Erstens«, sagte Johnson, und George hielt den Atem an, während er wartete, was der Präsident an die erste Stelle setzte.

»Keine Grabrede oder Lobpreisung könnte Präsident Kennedys Andenken mehr ehren, als so schnell wie möglich das Bürgerrechtsgesetz zu verabschieden, für das er so lange gekämpft hat.«

George sprang auf und applaudierte. Er war nicht allein: Der Beifall setzte wieder ein, und diesmal hielt er noch länger an als zuvor.

Johnson wartete, bis wieder Stille eingekehrt war, und fuhr fort: »In diesem Land haben wir lange genug über Bürgerrechte gesprochen. Wir haben hundert Jahre und mehr darüber geredet. Es wird Zeit, es wird *jetzt* Zeit, das nächste Kapitel zu beginnen und es in die Gesetzesbücher zu schreiben.«

Wieder gab es tosenden Applaus.

Euphorisch blickte George auf die wenigen schwarzen Gesichter in der Kammer: fünf farbige Kongressabgeordnete, einschließlich Gus Hawkins aus Kalifornien, der aber wie ein Weißer aussah; Mr. und Mrs. Wright in der Präsidentenloge, die in die Hände klatschten, und hier und da schwarze Gesichter unter den Zuschauern auf der Galerie. Ihre Mienen zeigten Erleichterung, Hoffnung, Freude.

Dann fiel Georges Blick auf die Reihen hinter dem Kabinett, wo die älteren Senatoren saßen, die meisten von ihnen Südstaatler – mürrische Männer voller Bitterkeit.

Keiner von ihnen fiel in den Applaus ein.

*

Skip Dickerson erklärte es George sechs Tage später im kleinen Arbeitszimmer direkt neben dem Oval Office. »Unsere einzige Chance ist ein Entlassungsantrag.«

»Und wie funktioniert das?«

Dickerson schob sich die blonde Stirnlocke aus der Stirn. »Das ist eine Entscheidung, die der Kongress verabschiedet. Er entbindet damit den Regelausschuss von der Kontrolle über die Gesetzesvorlage und erzwingt, dass sie zur Debatte gestellt wird.«

George war enttäuscht und wütend, dass solche obskuren Verfahren angewendet werden mussten, damit Marias Großvater nicht mehr ins Gefängnis geworfen werden konnte, weil er versuchte, sich als Wähler registrieren zu lassen. »Davon habe ich noch nie gehört«, sagte er.

»Wir brauchen einen Mehrheitsbeschluss. Die Südstaatendemokraten werden gegen uns sein, daher rechne ich mit achtundfünfzig Stimmen, die uns fehlen.«

»Scheiße. Wir bräuchten also achtundfünfzig Republikaner, die uns unterstützen, ehe wir tun können, was richtig ist?«

»Ja. Und da kommst du ins Spiel.«

»Ich?«

»Viele Republikaner behaupten, die Bürgerrechte zu unterstützen. Ihre Partei ist immerhin die Partei Abraham Lincolns, der die Sklaven befreit hat. Wir möchten, dass Martin Luther King und alle schwarzen Aktivisten ihre republikanischen Abgeordneten anrufen, ihnen die Lage erklären und sie bitten, für die Petition zu stimmen. Ihnen muss klar sein, dass man nicht von sich behaupten kann, für Bürgerrechte einzutreten, wenn man die Petition nicht unterstützt.«

George nickte. »Sehr gut.«

»Einige werden behaupten, sie seien durchaus für die Bürgerrechte, dass ihnen das eilige Durchpeitschen der Gesetzesvorlage aber nicht gefällt. Diesen Leuten muss klargemacht werden, dass Senator Smith eingefleischter Segregationist ist, der dafür sorgen wird, dass sein Ausschuss so lange über die Regelungen diskutiert, bis es für den Gesetzesantrag zu spät ist. Er zögert die Sache nicht hinaus, er *sabotiert* sie.«

Eine Sekretärin steckte den Kopf zur Tür herein und sagte: »Er hat jetzt Zeit für Sie.«

Die beiden jungen Männer erhoben sich und gingen ins Oval Office. Wie immer war George von Lyndon B. Johnsons schierer Größe von eins neunzig beeindruckt, die dieser bewusst einsetzte, um Gegner zu beeindrucken. Er schüttelte George die Hand und hielt sie fest, packte ihn mit der Linken bei der Schulter und stand dabei so dicht vor ihm, dass George wegen der körperlichen Nähe Unbehagen empfand.

Johnson sagte: »George, ich habe alle Kennedy-Leute gebeten, im Weißen Haus zu bleiben und mir zu helfen. Ihr alle seid in Harvard gewesen, und ich habe das staatliche Lehrerkolleg von Südwesttexas besucht. Ich brauche euch alle viel dringender, als Jack euch gebraucht hat.«

George wusste nicht, was er antworten sollte. So viel Unterwürfigkeit war ihm peinlich. Nach kurzem Zögern sagte er: »Ich bin hier, um Ihnen in jeder Hinsicht zu helfen, Mr. President, so gut ich kann.«

Mittlerweile mussten tausend Personen das Gleiche oder etwas Ähnliches zu ihm gesagt haben, doch Johnson reagierte, als hätte er es noch nie gehört. »Das freut mich sehr, George. Ich danke Ihnen.« Dann kam er zur Sache. »Ich bin von vielen Leuten gebeten worden, die Vorlage für ein Bürgerrechtsgesetz aufzuweichen, damit die Südstaatler sie leichter schlucken. Diese Leute haben vorgeschlagen, das Verbot der Segregation in öffentlichen Einrichtungen herauszunehmen. Dazu bin ich nicht bereit, George, aus zwei Gründen. Erstens sind diese Leute sowieso gegen die Vorlage, egal, wie hart oder weich sie ist. Außerdem glaube ich nicht, dass sie den Antrag unterstützen, egal, wie sehr ich ihm die Zähne ziehe.«

Das klang in Georges Ohren vernünftig. »Wenn man schon kämpfen muss, kann man auch für das kämpfen, was man wirklich will, Sir.«

»Ganz recht. Und ich will Ihnen auch den zweiten Grund nennen: Ich habe eine Freundin und Angestellte namens Mrs. Zephyr Wright.«

George erinnerte sich an das Ehepaar Wright, das im Repräsentantenhaus in der Präsidentenloge gesessen hatte.

Johnson fuhr fort: »Einmal, als sie nach Texas fahren wollte, bat ich sie, meinen Hund mitzunehmen. Sie sagte: ›Bitten Sie mich doch nicht darum.‹ Ich musste fragen, wieso. ›Durch den Süden zu fahren ist schwer genug, wenn man schwarz ist‹, sagte sie. ›Man findet nichts, wo man essen oder schlafen oder auch nur austreten kann. Mit einem Hund ist es völlig unmöglich.‹ Das hat mich verletzt, George. Ich war den Tränen nahe. Mrs. Wright hat einen Collegeabschluss, müssen Sie wissen. In diesem Moment habe ich begriffen, wie zentral die öffentlichen Einrichtungen sind, wenn man über Rassentrennung spricht. Ich weiß, wie es ist, wenn andere auf einen herunterblicken, George, und ich wünsche es niemand anderem, das können Sie mir glauben.«

»Es tut gut, das zu hören«, entgegnete George.

Ihm war klar, dass er umgarnt wurde. Johnson hielt ihn immer noch an Hand und Schulter und beugte sich noch ein bisschen näher zu ihm, wobei er George mit bemerkenswerter Eindringlichkeit aus seinen dunklen Augen anblickte. George wusste, was Johnson tat; es wirkte dennoch. Er fühlte sich von der Geschichte um Zephyr Wright berührt, und er glaubte Johnson, dass er wusste, wie es war, wenn auf einen heruntergeblickt wird. Er empfand einen Anflug von Bewunderung für diesen großen, ungelenken, emotionalen Mann, der auf der Seite der Neger zu stehen schien.

»Es wird schwer, aber ich glaube, wir können siegen«, sagte Johnson. »Tun Sie Ihr Bestes, George.«

»Ja, Sir«, sagte George. »Das werde ich.«

*

George erklärte Verena Marquand die Strategie Johnsons, kurz bevor Martin Luther King das Oval Office aufsuchte. Verena sah in ihrem leuchtend roten Regenmantel aus PVC atemberaubend aus, doch ausnahmsweise ließ George sich nicht von ihrer Schönheit ablenken. »Wir müssen alles, was wir haben, in diese Sache investieren«, beschwor er sie. »Wenn die Petition scheitert, scheitert die Gesetzesvorlage, und die Neger in den Südstaaten stehen wieder am Anfang.«

Er reichte Verena eine Liste republikanischer Kongressabgeordneter, die noch nicht die Petition unterzeichnet hatten.

Sie war beeindruckt. »Präsident Kennedy hatte nie so eine Liste.«

»So ist Lyndon nun mal«, entgegnete George. »Wenn die Fraktionsvorsitzenden ihm sagen, Mr. President, wir glauben, wir haben soundso viele Stimmen, antwortet Johnson: ›Glauben reicht nicht, ich muss es wissen.‹ Er will die Namen kennen. Und da hat er recht. Diese Sache ist zu wichtig, um sich auf Schätzungen zu verlassen.«

George fuhr fort, die führenden Köpfe der Bürgerrechtsbewegung müssten Druck auf liberale Republikaner ausüben. »Jeder dieser Männer muss einen Anruf von jemandem bekommen, dessen Anerkennung ihm wichtig ist.«

»Ist es das, was der Präsident heute Morgen Dr. King eröffnen möchte?«

»Ganz genau.« Johnson hatte die wichtigsten Führer der Bürgerrechtsbewegung empfangen, einen nach dem anderen. John F. Kennedy hätte sie alle in einem Raum versammelt, doch Lyndon B. Johnson konnte vor großen Gruppen seine Wirkung nicht so gut ausüben.

»Glaubt Johnson denn, die maßgeblichen Männer der Bürgerrechtsbewegung können diese Republikaner umdrehen?«, fragte Verena skeptisch.

»Nicht sie allein, deshalb spannt er noch andere ein. Er wird sämtliche Gewerkschaftschefs empfangen. Heute Morgen hat er mit George Meany von der AFL-CIO gefrühstückt.«

Verena schüttelte verwundert ihren schönen Kopf. »Eins muss man ihm lassen, Energie hat er.« Sie blickte George nachdenklich an. »Warum hat Präsident Kennedy so etwas nie getan?«

»Aus dem gleichen Grund, aus dem Lyndon keine Jacht steuern kann: Er wusste nicht, wie es geht.«

Johnsons Besprechung mit King verlief gut. Doch schon am nächsten Morgen zerplatzte die Blase von Georges Optimismus unter dem Stachel segregationistischer Vergeltung. Führende Republikaner verurteilten die Petition. Senator McCullough aus Ohio behauptete, sie habe Personen verärgert, die andernfalls die Bürgerrechtsgesetzesvorlage unterstützt hätten. Gerald Ford, der spätere Präsident, erklärte vor Reportern, dem Regelausschuss sollte Zeit eingeräumt werden, Anhörungen abzuhalten, was Blödsinn war: Jeder wusste, dass Senator Smith nicht über die Vorlage debattieren, sondern sie zu Fall bringen wollte. Dennoch wurde den Reportern mitgeteilt, die Petition sei gescheitert.

Doch so schnell gab Johnson nicht auf. Am Mittwochmorgen sprach er zum Wirtschaftsrat, dem achtundneunzig der wichtigsten amerikanischen Geschäftsleute angehörten, und erklärte: »Ich bin der einzige Präsident, den Sie haben. Wenn Sie wollen, dass ich scheitere, dann scheitern auch Sie, weil dann das ganze Land scheitert.«

Anschließend appellierte er an den Verwaltungsrat der AFL-CIO, des größten US-Gewerkschaftsbundes, und sagte: »Ich brauche Sie, ich will Sie, und ich finde, Sie sollten auf meiner Seite stehen.« Johnson erntete stürmischen Applaus, und die dreiunddreißig Lobbyisten der Stahlarbeitergewerkschaft stürmten den Capitol Hill.

George saß dort in einem der Restaurants mit Verena beim Abendessen, als Skip Dickerson an ihrem Tisch vorbeikam und zischte: »Clarence Brown hat Howard Smith aufgesucht. Er will mit ihm sprechen.«

George erklärte Verena: »Brown ist der dienstälteste Republikaner in Smiths Ausschuss. Entweder rät er Smith, er soll durchhalten und die Lobbyisten nicht beachten, oder er sagt, die Republikaner könnten dem Druck nicht mehr standhalten. Wenn zwei Ausschussmitglieder sich gegen Smith stellen, können seine Entscheidungen durch Mehrheitsbeschluss aufgehoben werden.«

»Könnte es so schnell vorüber sein?«, wunderte sich Verena.

»Smith könnte springen, ehe er gestoßen wird. Damit würde er sich ein bisschen Würde bewahren.« George schob seinen Teller von sich. Die Anspannung verdarb ihm den Appetit.

Eine halbe Stunde später kam Dickerson erneut vorbei. »Smith hat nachgegeben!«, sagte er triumphierend. »Morgen gibt es eine formelle Erklärung.«

George und Verena lächelten einander an. »Gott segne Lyndon B. Johnson«, sagte Verena.

»Amen«, bekräftigte George. »Das müssen wir feiern.«

»Und wie?«

»Komm mit in mein Apartment. Mir fällt schon was ein.«

KAPITEL 32

Daves Schule schrieb keine Uniformen vor, aber Jungen, die sich zu sehr herausputzten, mussten damit rechnen, Zielscheiben des Spottes zu werden. Dave musste sich einiges anhören, als er in einem Sakko mit vier Knöpfen, einem weißen Hemd mit langen Kragenspitzen, einer Paisley-Krawatte und blauer Hüfthose mit weißem Plastikgürtel aufkreuzte. Aber die Spötteleien waren ihm egal. Er hatte ein Ziel, das er mit aller Konsequenz verfolgte.

Seit Jahren krauchte Lennys Gruppe als Randerscheinung des Showbusiness herum. Wie es aussah, konnten sie noch gut zehn weitere Jahre Rock 'n' Roll in Clubs und Pubs spielen. Aber Dave wollte mehr vom Jahr 1964. Und der Weg nach oben führte über eine Schallplatte.

Nach der Schule fuhr er mit der U-Bahn bis Tottenham Court Road und ging von dort zu einer Adresse in der Denmark Street. Im Erdgeschoss des Gebäudes befand sich ein Gitarrenladen; daneben war eine Tür, die zum Büro im ersten Stock führte. Sie trug ein Schild mit der Aufschrift CLASSIC RECORDS.

Dave hatte mit Lenny darüber gesprochen, einen Plattenvertrag an Land zu ziehen, aber Lenny machte ihm wenig Mut. »Hab ich selbst schon versucht«, sagte er. »Da kriegst du keinen Fuß in die Tür. Das ist 'ne geschlossene Gesellschaft.«

Aber das hörte sich unsinnig an. Irgendwie musste man ja in diesen erlauchten Kreis hineinkommen, sonst hätte es nie Schallplatten gegeben. Doch Dave wusste, dass er bei Lenny mit Logik nicht weiterkam. Deshalb hatte er beschlossen, es auf eigene Faust zu versuchen.

Angefangen hatte er damit, sich mit den Namen der Schallplattenfirmen vertraut zu machen, deren Titel in der Hitparade standen – keine einfache Sache, denn es gab viele Labels, die aber nur wenigen großen Unternehmen gehörten. Das Telefonbuch hatte Lenny geholfen, sich in diesem Dschungel halbwegs zurechtzufinden, und er hatte beschlossen, es zuerst bei Classic Records zu versuchen.

Er hatte ihre Nummer angerufen und gesagt: »Hier ist das Fundbüro der britischen Eisenbahn. Wir haben ein Tonband in einer Schachtel, auf der steht: ›Aufnahmeleitung, Classic Records‹. Wohin sollen wir es schicken?« Die Frau am Telefon hatte ihm einen Namen und diese Adresse auf der Denmark Street genannt.

Am oberen Ende der Treppe stand er dann vor einer Empfangsdame, vermutlich der gleichen jungen Frau, mit der er am Telefon gesprochen hatte. Er gab sich voller Selbstvertrauen und benutzte den Namen, den er von ihr erfahren hatte: »Ich möchte gern Eric Chapman sprechen.«

»Und wie heißen Sie, bitte?«

»Dave Williams. Sagen Sie ihm, Byron Chesterfield schickt mich.«

Das war gelogen, aber Dave hatte nichts zu verlieren.

Die Empfangsdame verschwand durch eine Tür. Dave schaute sich um. Der Empfangsbereich war mit gerahmten goldenen und silbernen Schallplatten dekoriert. Ein Foto von Percy Marquand, dem Schwarzen Bing Crosby, trug die Aufschrift: »Für Eric, und vielen Dank für alles!« Dave bemerkte, dass sämtliche Platten wenigstens fünf Jahre alt waren. Eric brauchte offenbar neue Talente.

Dave fühlte sich nicht recht wohl in seiner Haut. Es war nicht seine Art, andere zu täuschen, doch er sagte sich: Sei nicht zaghaft! Schließlich brach er kein Gesetz. Wenn man ihm auf die Schliche kam, konnte man ihn allenfalls auffordern, zu gehen und nicht die Zeit anderer zu verschwenden. Dieses Risiko war es ihm wert.

Die Sekretärin kam zurück. Sie wurde von einem Mann mittleren Alters begleitet. Er trug eine grüne Strickweste über einem weißen Hemd, dazu eine unscheinbare Krawatte. Sein graues Haar lichtete sich bereits. Er lehnte sich an den Türrahmen und musterte Dave von oben bis unten. Dann sagte er: »Soso, Byron schickt dich?«

Sein Tonfall war skeptisch: Offensichtlich glaubte er Daves Geschichte nicht. Der vermied es, die gleiche Lüge zweimal zu erzählen; stattdessen griff er zu einer anderen. »Byron hat gesagt: ›EMI hat die Beatles, Decca hat die Rolling Stones, Classic braucht Plum Nellie.‹« Natürlich hatte Byron nichts dergleichen gesagt. Dave hatte es sich nach ausgiebigem Studium der Musikpresse selbst überlegt.

»Plum was?«

Dave reichte Chapman ein Foto der Gruppe. »Wir haben eine Zeit lang im Dive in Hamburg gespielt, so wie die Beatles, und im Jump Club in London, wie die Stones.« Er war erstaunt, dass Chapman ihn noch nicht hinausgeworfen hatte, und fragte sich, wie lange sein Glück noch anhalten würde.

»Woher kennst du Byron?«

»Er ist unser Manager.« Noch eine Lüge.

»Was für Musik macht ihr?«

»Rock 'n' Roll, aber mit viel Harmoniegesang.«

»So wie jede andere Popgruppe im Augenblick auch.«

»Aber wir sind besser.«

Chapman schwieg lange. Dave war zufrieden, dass der Mann überhaupt mit ihm gesprochen hatte. Lenny hatte ihm gesagt, er käme nicht mal durch die Tür. So weit hatte Dave das Gegenteil bewiesen.

Dann sagte Chapman: »Du bist ein dreckiger Lügner.«

Dave öffnete den Mund, um zu protestieren, doch Chapman hob eine Hand, damit er schwieg. »Erzähl mir nicht noch mehr Scheiße. Byron ist nicht dein Manager, und er hat dich nicht zu mir geschickt. Du bist ihm vielleicht mal über den Weg gelaufen, aber er hat nie und nimmer gesagt, dass Classic Records Plum Nellie braucht.«

Dave erwiderte nichts. Er war aufgeflogen, und es war eine Demütigung. Er hatte versucht, sich zu einer Plattenfirma durchzubluffen, und war gescheitert.

»Wie heißt du noch gleich?«, fragte Chapman.

»Dave Williams.«

»Was willst du von mir, Dave?«

»Einen Plattenvertrag.«

»Was für eine Überraschung.«

»Lassen Sie uns vorspielen. Ich verspreche Ihnen, Sie werden es nicht bereuen.«

»Ich will dir ein Geheimnis verraten, Dave. Als ich achtzehn war, bekam ich meinen ersten Job in einem Aufnahmestudio, weil ich behauptet hatte, ich wäre gelernter Elektriker. Das war gelogen. Die einzige Qualifikation, die ich mitbrachte, bestand darin, dass ich mittelprächtig Klavier spielen konnte.«

Dave fasste neue Hoffnung.

»Mir gefällt deine Frechheit«, sagte Chapman und fügte ein wenig traurig hinzu: »Wenn ich die Uhr zurückdrehen könnte, hätte ich nichts dagegen, wieder so ein junger Windhund zu sein wie du.«

Dave hielt den Atem an.

»Ich lasse euch vorspielen.«

»Danke!«

»Kommt am Tag nach Weihnachten ins Aufnahmestudio.« Mit dem Daumen zeigte er auf die Empfangsdame. »Cherry gibt dir einen Termin.« Damit verschwand er wieder in seinem Büro und schloss die Tür hinter sich.

Dave konnte sein Glück kaum fassen. Er war bei seinen lächerlichen Lügen ertappt worden und hatte trotzdem ein Vorspielen bekommen!

Er machte einen vorläufigen Termin mit Cherry und versprach anzurufen, sobald er mit dem Rest der Gruppe gesprochen hatte. Auf dem Nachhauseweg ging er wie auf Wolken.

Kaum wieder im Haus auf der Great Peter Street, rief er Lenny vom Telefon im Flur an. »Ich habe uns ein Vorspielen bei Classic Records besorgt!«, sagte er triumphierend.

Lenny war nicht so begeistert, wie Dave erwartet hatte. »Wer hat dir gesagt, dass du das in die Wege leiten sollst?« Lenny gab sich mürrisch, weil Dave die Initiative übernommen hatte, aber Dave hatte nicht die Absicht, sich die Laune verderben zu lassen. »Was haben wir denn zu verlieren?«

»Wie hast du das überhaupt geschafft?«

»Ich hab mich reingeblufft. Ich habe mit Eric Chapman gesprochen, und er hat okay gesagt.«

»Pures Glück«, sagte Lenny. »So was gibt's.«

»Yeah«, sagte Dave, obwohl er dachte: Ich hätte kein Glück gehabt, wäre ich zu Hause auf meinem Hintern sitzen geblieben.

»Classic ist eigentlich gar kein Pop-Label«, sagte Lenny.

»Deshalb brauchen sie uns ja.« Dave ging die Geduld aus. »Sag mal, Lenny, was soll denn daran schlecht sein?«

»Nichts. Es ist prima. Mal gucken, was daraus wird.«

»Wir müssen uns aber jetzt entscheiden, was wir bei dem Termin spielen. Die Sekretärin hat gesagt, sie nehmen zwei Stücke von uns auf.«

»Auf jeden Fall spielen wir ›Shake, Rattle and Roll‹, ist ja klar.«

Dave sank das Herz. »Warum?«

»Unsere beste Nummer. Kommt immer gut an.«

»Findest du den Song nicht ein bisschen altmodisch?«

»Das ist ein Klassiker.«

Dave wusste, dass er sich jetzt nicht mit Lenny streiten durfte. Lenny hatte seinen Stolz schon einmal heruntergeschluckt; auch bei ihm gab es Grenzen. Außerdem spielte die Band ja zwei Songs. Vielleicht konnte die zweite Nummer sie ein bisschen mehr hervorstechen lassen. »Wie wär's mit einem Blues?«, fragte Dave verzweifelt. »Als Kontrast, um unsere Vielseitigkeit zu zeigen.«

»Ja, gut. Spielen wir ›Hoochie Coochie Man‹.«

Das war schon besser – mehr in Richtung Rolling Stones. »Okay«, sagte Dave.

Er ging ins Wohnzimmer. Walli war dort, eine Gitarre auf dem Knie. Er wohnte bei den Williams', seit er mit der Gruppe aus Hamburg nach

London gekommen war. Zwischen der Schule und dem Abendessen saßen Dave und er oft in diesem Zimmer, spielten und sangen.

Dave berichtete ihm die Neuigkeit. Walli freute sich, aber Lennys Auswahl der Songs bereitete ihm Kopfzerbrechen. »Zwei Songs, die in den Fünfzigern Hits waren«, sagte er. Sein Englisch wurde schnell besser.

»Es ist Lennys Gruppe«, sagte Dave hilflos. »Wenn du meinst, du kannst ihn umstimmen, dann versuch es.«

Walli zuckte mit den Schultern. Er war ein erstklassiger Musiker, aber ziemlich antriebslos, fand Dave.

Sie brüteten noch über Lennys Geschmack, als Evie mit Hank Remington ins Zimmer kam. *Prozess einer Frau* war trotz der katastrophalen Premiere am Tag von Präsident Kennedys Ermordung ein Kassenschlager, und Hank nahm mit den Kords ein neues Album auf. Er und Evie verbrachten die Nachmittage zusammen, dann trennten sie sich und gingen ihren jeweiligen Jobs nach.

Hank trug eine Hüfthose aus Knautschsamt und ein Hemd mit Punktemuster. Er setzte sich zu Dave und Walli, während Evie nach oben ging, um sich umzuziehen. Wie immer war Hank charmant und lustig und erzählte Geschichten von der letzten Tournee der Kords.

Dann schnappte er sich Wallis Gitarre, schlug geistesabwesend ein paar Akkorde an und fragte: »Wollt ihr einen neuen Song hören?«

Natürlich wollten sie.

Es war eine sentimentale Ballade namens »Love Is It«, eine hübsche Melodie mit einem leichten Shuffle im Beat, die ins Ohr ging. Sie baten Hank, den Song noch einmal zu spielen, und er tat es.

»Was war das für ein Akkord am Beginn der Brücke?«, fragte Walli.

»Cis-Moll.« Hank zeigte es ihm, dann reichte er Walli die Gitarre.

Walli spielte, und Hank sang die Ballade ein drittes Mal. Dave improvisierte einen Harmoniegesang.

»Hört sich super an«, sagte Hank. »Schade, dass wir es nicht aufnehmen.«

»Was?« Dave konnte es nicht fassen. »Der Song ist einsame Spitze!«

»Die Kords finden ihn schmalzig. Wir sind eine Rockgruppe. Wir wollen uns nicht so anhören wie Peter, Paul and Mary.«

»Ich glaube, das könnte 'ne Nummer eins werden«, sagte Dave.

Seine Mutter steckte den Kopf zur Tür herein. »Walli«, sagte sie. »Ein Anruf für dich aus Deutschland.«

Sicher Wallis Schwester Rebecca in Hamburg, überlegte Dave. Wallis Familie in Ostberlin konnte ihn nicht anrufen: Das SED-Regime gestattete keine Telefonate in den Westen.

Während Walli nicht im Zimmer war, kam Evie zurück. Sie hatte sich das Haar hochgesteckt, trug Jeans und ein T-Shirt und war bereit, dass Maskenbildner und Garderobieren sich bei ihr ans Werk machten. Hank wollte sie auf dem Weg zum Aufnahmestudio am Theater absetzen.

Dave war abgelenkt. Er dachte an »Love Is It«, den tollen Song, den die Kords nicht wollten.

Walli kam zurück, gefolgt von Daisy. »Das war Rebecca«, verkündete er.

»Ich mag Rebecca«, sagte Dave und dachte an Schweinekoteletts und Bratkartoffeln.

»Sie hat gerade einen Brief bekommen, der lange unterwegs gewesen ist, von Karolin in Ostberlin. Ich ...« Walli stockte; er wirkte sehr aufgeregt. Schließlich brachte er heraus: »Karolin hat das Baby bekommen. Es ist ein Mädchen.«

Alle sprangen auf und gratulierten ihm. Daisy und Evie gaben ihm einen Kuss. »Wann war das?«, fragte Daisy.

»Am 22. November. Leicht zu merken. Der Tag von Kennedys Ermordung.«

»Wie viel hat sie gewogen?«, fragte Daisy.

»Gewogen?«, wiederholte Walli, als wäre ihm die Frage völlig unverständlich.

Daisy lachte. »Das kriegt man immer als Erstes zu hören, wenn jemand Nachwuchs bekommt.«

»Ich hab mich nicht erkundigt, tut mir leid.«

»Schon gut. Wie soll die Kleine heißen?«

»Karolin schlägt Alice vor.«

»Ein schöner Name«, meinte Daisy.

»Karolin schickt mir ein Foto«, sagte Walli. »Von meiner Tochter«, fügte er wie benommen hinzu. »Aber sie schickt es über Rebecca, weil Briefe nach England noch länger in der Zensur festhängen.«

»Ich kann's nicht abwarten, das Foto zu sehen!«, rief Daisy.

Hank klimperte ungeduldig mit den Autoschlüsseln. Vielleicht langweilten ihn Gespräche über Babys. Oder es passt ihm nicht, überlegte Dave, wenn das Baby dafür sorgt, dass er nicht mehr im Rampenlicht steht.

»Ach du lieber Gott«, sagte Evie, »es ist spät. Bye, ihr alle. Noch mal meinen Glückwunsch, Walli.«

Als sie gingen, fragte Dave: »Sag mal, Hank, werden die Kords ›Love Is It‹ wirklich nicht aufnehmen?«

»Wirklich nicht. Wenn sie sich erst mal entschieden haben, können sie ein halsstarriger Haufen sein.«

»Wenn das so ist ... könnten Walli und ich den Song für Plum Nellie haben? Wir spielen nach Weihnachten bei Classic Records vor.«

»Klar«, sagte Hank achselzuckend. »Wieso nicht?«

*

Am Samstagmorgen bat Lloyd Williams seinen Sohn Dave zu sich ins Arbeitszimmer.

Dave wollte gerade ausgehen. Er trug einen waagerecht gestreiften blau-weißen Sweater, Jeans und Lederjacke. »Wozu?«, fragte er kampflustig. »Du gibst mir ja kein Taschengeld mehr.« Viel Geld verdiente er mit den Auftritten von Plum Nellie nicht, aber es reichte für U-Bahn-Fahrkarten, Bier und hin und wieder ein Hemd oder ein neues Paar Schuhe.

»Ist Geld der einzige Grund, mit deinem Vater zu sprechen?« Dave zuckte mit den Schultern und folgte ihm in das Zimmer mit dem antiken Schreibtisch und den Ledersesseln. Ein Feuer knisterte im Kamin. An der Wand hing ein Bild, das Lloyd im Cambridge der Dreißigerjahre zeigte. Das Zimmer war eine Art Schrein all dessen, was aus der Zeit gefallen war. Es roch geradezu nach Anachronismus

Lloyd sagte: »Gestern bin ich im Reform Club Will Furbelow über den Weg gelaufen.«

Will Furbelow war der Direktor von Daves Schule. Da er kahlköpfig war und sein Name »Pelz unten« bedeutete, nannten ihn alle »Oben Ohne«.

»Er sagt, du könntest in allen Fächern durchfallen.«

»Er war nie mein größter Fan.«

»Wenn das passiert, darfst du nicht an der Schule bleiben. Es wäre das Ende deiner Ausbildung.«

»Gott sei Dank.«

Lloyd ließ sich nicht provozieren. »Jeder akademische Beruf wird dir verschlossen sein, von Apotheker bis Zoologe. Ohne Hochschulreife wird das nichts. Die nächste Möglichkeit für dich wäre eine Lehrstelle. Vielleicht solltest du dir mal überlegen, was dir gefallen könnte: Maurer, Koch, Kfz-Mechaniker ...«

Dave fragte sich, ob sein Vater den Verstand verloren hatte. »Maurer?«, fragte er. »Kennst du mich überhaupt? Ich bin Dave. Dein Sohn Dave!«

»Tu nicht so ungläubig. Das sind ehrbare Berufe, die Leute erlernen, die nicht ans College wollen oder können. Unterhalb dieser Ebene könntest du in einem Geschäft aushelfen, oder in einer Fabrik.«

»Ich kann nicht glauben, was ich da höre.«

»Das hatte ich befürchtet. Ich finde, du verschließt die Augen vor der Wirklichkeit.«

Wenn hier jemand die Augen verschließt, bist du es, dachte Dave.

»Natürlich weiß ich, dass du allmählich zu alt wirst, als dass ich noch Gehorsam von dir erwarten könnte …«

Dave war erstaunt. Das waren neue Töne. Er sagte nichts.

»Ich möchte aber, dass klar ist, wo wir stehen. Wenn du von der Schule abgehst, erwarte ich, dass du arbeitest.«

»Ich arbeite, und zwar hart. Ich spiele an drei oder vier Abenden die Woche, und Walli und ich versuchen jetzt, eigene Songs zu schreiben.«

»Gut und schön, aber ich möchte, dass du auf eigenen Füßen stehst. Deine Mutter hat zwar ein Vermögen geerbt, aber wir haben uns schon vor langer Zeit darauf geeinigt, unsere Kinder keinesfalls im Nichtstun zu unterstützen.«

»Ich bin kein Nichtstuer!«

»Du magst deine Musik für Arbeit halten, aber die Welt sieht das vielleicht anders. Wie auch immer, wenn du weiterhin hier wohnen möchtest, musst du deinen Teil beitragen.«

»Du meinst, Miete zahlen?«

»Wenn du es so nennen möchtest, ja.«

»Jasper hat nie Miete gezahlt, und er wohnt hier schon seit Jahren!«

»Er ist noch immer Student. Und er besteht seine Examina.«

»Was ist mit Walli?«

»Der ist ein Sonderfall wegen seiner Vorgeschichte, aber früher oder später muss auch er seinen Beitrag leisten.«

Dave versuchte die Bedeutung dessen, was gesagt worden war, herauszuarbeiten. »Wenn ich also kein Maurer oder Hilfsarbeiter werden will und mit der Gruppe nicht genug Geld verdiene, um Miete zu zahlen …«

»Wirst du dich nach einer anderen Unterkunft umsehen müssen.«

»Dann setzt du mich auf die Straße?«

Lloyd blickte ihn gequält an. »Dein Leben lang wurde dir immer nur das Beste auf einem Silbertablett serviert: ein schönes Zuhause, eine erstklassige Schule, das beste Essen, Spielzeug, Bücher, Klavierstunden, Skiurlaube. Das war alles richtig, solange du ein Kind warst. Jetzt bist du beinahe erwachsen. Du musst dich der Wirklichkeit stellen.«

»Ja, aber *meiner* Wirklichkeit, nicht deiner.«

»Du verachtest die Arbeit, die normale Menschen leisten. Du bist anders, du bist ein Rebell. Meinetwegen. Aber Rebellen zahlen einen Preis. Früher oder später musst du das lernen.«

Dave saß kurze Zeit nachdenklich da. Dann stand er auf. »Okay«, sagte er. »Botschaft angekommen.«

Er ging zur Tür. Als er das Zimmer verließ, blickte er zurück und sah, dass sein Vater ihn mit einem merkwürdigen Gesichtsausdruck betrachtete.

Diese Miene ging ihm nicht aus dem Kopf, als er aus dem Haus ging und die Tür hinter sich zuknallte. Was war das für ein Ausdruck? Was bedeutete er?

Er grübelte noch immer darüber nach, als er sich ein U-Bahn-Ticket kaufte. Auf der Rolltreppe nach unten fiel sein Blick auf das Plakat für ein Theaterstück namens *Haus Herzenstod*.

Das ist es, dachte Dave. *Das* bedeutete Dads Gesichtsausdruck.

Sein Vater hatte ausgesehen, als würde ihm das Herz brechen.

*

Mit der Post kam ein kleines Farbfoto von Alice. Walli betrachtete es voller Neugier. Es zeigte ein Baby wie jedes andere auch: ein winziges rosiges Gesicht mit wachen blauen Augen, ein dünner Schopf dunkelbraunen Haars und eine fleckige Kehle. Der Rest des kleinen Körpers war in eine himmelblaue Decke gewickelt. Dennoch empfand Walli eine plötzliche Aufwallung von Liebe und das unvermittelte Bedürfnis, das hilflose Geschöpf, das er gezeugt hatte, zu schützen und zu hegen.

Er fragte sich, ob er das Baby je sehen würde.

Mit dem Bild kam ein Brief von Karolin. Sie schrieb, dass sie Walli liebe und ihn vermisse, und dass sie einen Antrag auf Auswanderung in den Westen stellen wolle.

Auf dem Bild hielt Karolin ihre kleine Tochter und blickte in die Kamera. Karolin hatte zugenommen; ihr Gesicht war runder, wozu ihr zurückgekämmtes Haar beitrug. Sie glich nicht mehr den anderen hübschen Mädchen im Minnesänger, dem Berliner Folkclub. Sie war jetzt Mutter. In Wallis Augen wurde sie dadurch nur umso begehrenswerter.

Er zeigte Daves Mutter das Foto.

»Na, ich muss schon sagen, das ist ein schönes Baby!«, sagte Daisy Williams.

Walli lächelte, auch wenn seiner Meinung nach kein Baby schön war, nicht einmal sein eigenes.

»Ich finde, sie hat deine Augen, Walli.«

Wallis Augen hatten einen leicht orientalischen Einschlag. Er vermutete, dass ein ferner Ahnherr Chinese gewesen sein musste. Er konnte aber nicht sagen, ob Alice' Augen den seinen glichen.

Daisy plapperte munter weiter. »Und das ist also Karolin.« Daisy hatte sie noch nie gesehen; Walli besaß keine anderen Fotos von ihr. »Was für eine hübsche junge Frau.«

»Warte, bis du sie mal siehst, wenn sie zurechtgemacht ist«, sagte Walli stolz. »Die Leute auf der Straße bleiben stehen und drehen sich nach ihr um.«

»Ich hoffe, wir sehen sie eines Tages.«

Ein Schatten fiel auf Wallis Glück, als hätte sich eine Wolke vor die Sonne geschoben. »Das hoffe ich auch«, sagte er.

Er schaute sich die Nachrichten aus Ostberlin an, las in der öffentlichen Bibliothek deutsche Zeitungen und redete oft mit Lloyd Williams, der Außenpolitik zu seinem Spezialgebiet gemacht hatte. Walli wusste, dass es mit jedem Tag schwieriger wurde, aus Ostberlin herauszukommen: Die DDR baute die Mauer aus, verstärkte sie mit mehr Grenztruppen und weiteren Wachtürmen. Eine Flucht würde Karolin niemals versuchen, schon gar nicht jetzt, wo sie ein Kind hatte. Aber es gab vielleicht eine andere Möglichkeit.

Offiziell gab die DDR nicht bekannt, ob legale Auswanderung möglich war; man erfuhr nicht einmal, welche Stelle die Anträge bearbeitete. Doch in der britischen Botschaft in Bonn hatte Lloyd erfahren, dass jedes Jahr ungefähr zehntausend Personen eine Ausreisegenehmigung erhielten. Vielleicht konnte Karolin eine dieser Glücklichen sein.

»Eines Tages, da bin ich mir sicher«, sagte Daisy, doch sie wollte nur nett sein.

Walli zeigte das Bild auch Evie und Hank Remington, die im Wohnzimmer saßen und ein Drehbuch lasen. Die Kords hofften, einen Film zu machen, und Hank wollte, dass Evie mitspielte. Die beiden legten die Seiten hin und schauten sich schmunzelnd das Babyfoto an.

»Heute spielen wir bei Classic Records vor«, sagte Walli zu Hank. »Ich treffe mich mit Dave, wenn die Schule aus ist.«

»He, Mann, viel Glück!«, sagte Hank. »Spielt ihr ›Love Is It‹?«

»Ich hoffs. Lenny will lieber ›Shake, Rattle and Roll‹«

Hank schüttelte den Kopf, wodurch seine lange rote Mähne wallte, was eine Million halbwüchsige Mädchen vor Entzücken hätte kreischen lassen. »Zu altmodisch.«

»Mein Reden.«

Im Haus auf der Great Peter Street herrschte ein ständiges Kommen und Gehen. Jasper Murray kam mit einer Frau herein, die Walli noch nie gesehen hatte. »Das ist meine Schwester Anna«, stellte Jasper sie vor.

Anna Murray war eine dunkeläugige Schönheit Mitte zwanzig. Jasper sah ebenfalls gut aus; sie mussten eine ansehnliche Familie sein. Anna war ein bisschen mollig – eine Figur, die aus der Mode war, nachdem alle Models flachbrüstig waren wie Jean Shrimpton, genannt »Shrimp«.

Jasper stellte sie einander vor. Hank erhob sich, schüttelte Anna die Hand und sagte: »Ich hatte gehofft, Sie kennenzulernen. Jasper hat erzählt, dass Sie Lektorin für Bücher sind.«

»Das stimmt.«

»Ich habe daran gedacht, meine Lebensgeschichte zu schreiben.«

Walli fand Hank mit zwanzig ein bisschen jung, um eine Autobiografie zu verfassen, doch Anna sah es anders.

»Was für eine großartige Idee«, sagte sie. »Millionen würden das Buch lesen wollen.«

»Meinen Sie wirklich?«

»Ich weiß es, auch wenn Biografien nicht mein Gebiet sind. Ich bin auf Übersetzungen deutscher und osteuropäischer Literatur spezialisiert.«

»Mein Onkel war Pole. Hilft das vielleicht?«

Anna lachte so herzhaft, dass Walli sich auf der Stelle für sie erwärmte. Hank ging es genauso. Sie setzten sich zusammen und sprachen über das Buch. Walli hatte Jasper und Anna eigentlich das Foto zeigen wollen, sagte sich jetzt aber, dass es der falsche Augenblick sei. Außerdem musste er sowieso gehen.

Mit zwei Gitarren verließ er das Haus.

Hamburg und Ostdeutschland waren in seinen Augen so unterschiedlich gewesen wie Tag und Nacht, London jedoch war nervenaufreibend anders, unruhig und anarchisch. Die Leute trugen alle denkbaren Kleidungsstile von Melone bis Minirock. Junge Männer mit langem Haar waren zu alltäglich, als dass sie überhaupt beachtet wurden. Politische Kommentare waren nicht nur erlaubt, sie waren ungeheuerlich: Im Fernsehen hatte Walli zu seinem Entsetzen einen Mann gesehen, der Premierminister Harold Macmillan nachahmte, mit seiner Stimme sprach, einen kleinen silbrigen Schnurrbart trug und idiotische Verlautbarungen machte. Doch Familie Williams hatte herzlich darüber gelacht.

Walli war auch von der Vielzahl dunkler Gesichter beeindruckt, die man in London zu sehen bekam. In Deutschland gab es ein paar kaffeebraune türkische Gastarbeiter, doch in London lebten Tausende dunkelhäutiger Menschen von den karibischen Inseln und vom indischen Subkontinent. Sie kamen, um in Krankenhäusern und Fabriken, in Bussen und Zügen zu arbeiten. Walli war bereits aufgefallen, dass die karibischen Mädchen sich sehr schick kleideten und ausgesprochen sexy waren.

Er traf sich mit Dave am Schultor, und sie stiegen in die U-Bahn nach Nordlondon.

Dave war nervös, das merkte Walli. Er selbst war ziemlich gelassen. Er wusste, er war ein guter Musiker. Er arbeitete jeden Abend im Jump Club und hörte Dutzende Gitarristen, und er traf nur selten auf einen, der besser war als er. Die meisten begnügten sich mit ein paar Akkorden und jeder Menge Enthusiasmus. Wenn Walli einen wirklich guten Gitarristen hörte, hielt er beim Gläserspülen inne und beobachtete die Gruppe, studierte die Technik des Gitarristen, bis der Chef ihm befahl, weiterzuarbeiten. Sobald er dann nach Hause kam, setzte er sich in sein Zimmer und ahmte nach, was er gehört und gesehen hatte, bis er es perfekt beherrschte.

Leider machte Virtuosität noch lange keinen Popstar aus. Dazu brauchte es viel mehr: Charme, gutes Aussehen, die richtigen Klamotten, Publicity, einen cleveren Manager und natürlich vor allem gute Songs.

Und Plum Nellie *hatte* einen guten Song. Walli und Dave hatten dem Rest der Gruppe »Love Is It« vorgespielt; außerdem hatten sie den Song in der Weihnachtszeit, als sie alle Hände voll zu tun hatten, bei mehreren Gigs aufgeführt. Er kam gut an, obwohl man – wie Lenny anmerkte – nicht dazu tanzen konnte.

Doch Lenny wollte »Love Is it« nicht vorspielen. »Das ist nicht unser Ding«, hatte er gesagt. Er war der gleichen Ansicht wie die Kords: Der Song sei zu weich und sentimental für eine Rockgruppe.

Von der U-Bahn-Station gingen Walli und Dave zu einem großen alten Haus, das schallisoliert und in Tonstudios umgebaut worden war. Sie warteten im Foyer. Die anderen kamen ein paar Minuten später. Eine Empfangsdame bat sie alle, ein Papier zu unterschreiben, von dem sie sagte, es sei »für die Versicherung«. Walli erschien es mehr wie ein Vertrag. Dave las es mit gerunzelter Stirn, aber sie unterzeichneten alle.

Nach ein paar Minuten öffnete sich eine innere Tür, und ein unvorteilhaft gekleideter junger Mann schlurfte hindurch. Er trug einen V-Ausschnitt-Pullover über Hemd und Krawatte und rauchte eine Selbstgedrehte.

»Gut«, sagte er zur Begrüßung und wischte sich das Haar aus der Stirn. »Wir sind fast fertig für euch. Ist das euer erstes Mal in einem Tonstudio?«

Sie erwiderten, dass dem so sei.

»Gut. Unser Job ist es, euch so gut klingen zu lassen, wie es nur geht, also befolgt einfach unsere Anweisungen, okay?« Er schien der Meinung zu sein, dass er ihnen einen riesigen Gefallen tat. »Kommt ins Studio und schließt eure Instrumente an, dann übernehmen wir.«

Dave fragte: »Wie heißt du?«

»Laurence Grant«, sagte der junge Bursche, verschwieg aber, was genau er hier eigentlich tat. Walli hielt ihn für einen kleinen Assistenten, der sich wichtigmachen wollte.

Dave stellte sich und die Gruppe vor, was Laurence zu ungeduldigen Zuckungen verleitete; dann gingen sie hinein.

Das Studio war ein großer Raum mit schummriger Beleuchtung. Auf der einen Seite stand ein Steinway-Flügel, fast wie der in Wallis Zuhause in Ostberlin. Auf dem Instrument lag eine gepolsterte Abdeckung; ein mit Decken behängter Standschirm verbarg es teilweise. Lenny setzte sich an den Flügel und spielte eine Reihe von Akkorden über die gesamte Breite der Klaviatur. Das Instrument hatte den warmen Klang, der für Steinways charakteristisch war. Lenny schien beeindruckt.

Ein Schlagzeug war fertig aufgebaut. Lew hatte seine eigene Snaredrum mitgebracht und machte sich daran, sie auszutauschen.

»Stimmt was nicht mit unseren Drums?«, fragte Laurence.

»Nein, nur dass ich mehr an das Gefühl meiner eigenen Snare gewöhnt bin.«

»Unsere eignet sich aber besser für die Aufnahme.«

»Okay.« Lew nahm seine Trommel ab und setzte die Snare des Studios wieder auf.

Drei Verstärker standen auf dem Boden. Ihre Lampen zeigten, dass sie eingeschaltet und betriebsbereit waren. Walli und Dave schlossen ihre Gitarren an die beiden Vox AC-30 an, Buzz nahm den größeren Ampeg-Bassverstärker. Sie stimmten sich nach dem Klavier.

»Ich kann den Rest der Gruppe nicht sehen«, sagte Lenny. »Brauchen wir diesen Standschirm?«

Laurence nickte. »Ja, brauchen wir.«

»Wofür ist der da?«

»Das ist’ne Schallwand.«

Walli konnte Lenny ansehen, dass diese Antwort ihn auch nicht schlauer machte, aber er hakte nicht nach.

Ein Mann mittleren Alters in einer Strickweste und mit einer Zigarette im Mundwinkel kam durch eine andere Tür hinein. Er schüttelte Dave die Hand; offenbar hatten sie einander schon gesehen. Dann stellte er sich dem Rest der Gruppe vor. »Ich bin Eric Chapman«, sagte er. »Ich produziere euer Vorspielen.«

Das also ist der Mann, der unsere Zukunft in Händen hält, dachte Walli. Wenn er uns gut findet, machen wir Schallplatten. Wenn nicht, war's das. Ich möchte zu gern wissen, worauf der Kerl steht. Wie ein Rock'n'Roller sieht er nicht aus. Eher wie ein Frank-Sinatra-Typ.

»Ich nehme an, ihr habt so was noch nie gemacht«, sagte Chapman. »Aber es ist nicht viel dabei. Am besten achtet ihr zuerst gar nicht auf die viele Technik. Seid ganz entspannt und spielt, als wäre es ein normaler Gig. Wenn ihr einen kleinen Fehler macht, spielt einfach weiter.« Er zeigte auf Laurence. »Larry hier ist unser Faktotum, also fragt ihn nach allem, was ihr braucht, Tee, Kaffee, Kabel, egal was.«

Walli hatte das englische Wort für Faktotum noch nicht gehört, konnte sich aber zusammenreimen, was es bedeutete.

»Eine Sache wäre da noch, Eric«, sagte Dave. »Unser Schlagzeuger, Lew, hat seine eigene Snare mitgebracht, weil er besser damit zurechtkommt.«

»Was für eine ist das?«

Lew antwortete: »Ludwig Oyster Black Pearl.«

»Sollte kein Problem sein«, sagte Eric. »Tausch sie einfach aus.«

»Muss die Schallwand hier stehen?«, wollte Lenny wissen.

»Ich furchte, ja«, sagte Eric. »Sie verhindert, dass das Klaviermikro zu viel Schlagzeugsound aufnimmt.«

Aha, dachte Walli. Eric weiß, wovon er redet, und Larry ist ein Dummschwätzer.

»Wenn ihr mir gefallt«, sagte Eric, »sprechen wir über das, was als Nächstes zu tun ist. Wenn nicht, rede ich nicht um den heißen Brei herum. Ich sag euch dann offen, dass ihr nicht seid, wonach ich suche. Ist das okay für euch?«

Alle bejahten.

»Gut, dann frisch ans Werk.«

Eric und Larry zogen sich durch eine schalldichte Tür zurück und erschienen hinter einem internen Fenster. Eric setzte einen Kopfhörer auf und sprach in ein Mikrofon. Die Gruppe hörte seine Stimme aus einem kleinen Lautsprecher an der Wand. »Seid ihr so weit?«

Sie waren so weit.

»Das Band läuft. Vorspielen Plum Nellie, Take eins. Legt los, Jungs.«

Lenny begann mit einem Boogie-Woogie. Auf dem Steinway klang er großartig. Nach vier Takten fiel die Gruppe ein wie nach der Uhr. Sie spielten diese Nummer bei jedem Gig und beherrschten den Song im Schlaf. Lenny gab sein Äußerstes und sang im Stil von Jerry Lee Lewis. Als sie fertig waren, spielte Eric ihnen die Aufnahme kommentarlos vor.

Walli fand, dass es sich toll anhörte. Aber was hielt Eric davon?

»Ihr spielt das gut«, sagte er aus dem Lautsprecher, als die Wiedergabe vorbei war. »Aber habt ihr auch was Moderneres?«

Sie spielten »Hoochie Coochie Man«. Erneut klang das Klavier in Wallis Ohren großartig, die Mollakkorde donnerten heraus.

Eric bat sie, beide Songs noch einmal zu spielen, dann kam er aus dem Kontrollstand heraus. Er hockte sich auf den Verstärker und zündete eine Zigarette an. »Ich habe gesagt, ich bin ehrlich zu euch, und daran halte ich mich«, sagte er. Walli wusste sofort, dass er sie nicht unter Vertrag nehmen würde. »Ihr spielt ganz gut, aber ihr seid altmodisch. Die Welt braucht keinen weiteren Jerry Lee Lewis oder Muddy Waters. Ich suche nach dem nächsten großen Erfolg, und das seid ihr nicht. Tut mir leid.« Er nahm einen tiefen Zug von seiner Zigarette und blies den Rauch aus. »Das Band könnt ihr haben und damit machen, was ihr wollt. Danke, dass ihr gekommen seid.« Er stand auf.

Sie blickten einander an. Die Enttäuschung stand allen ins Gesicht geschrieben.

Eric ging wieder in den Kontrollstand zurück. Durch die Scheibe schaute Walli ihm zu, wie er das Tonband aus der Maschine nahm.

Walli stand auf und wollte seine Gitarre einpacken.

In diesem Moment blies Dave ins Mikro. Das Geräusch, elektronisch verstärkt, klang schrill und laut; alles war noch an. Er schlug einen Akkord.

Walli hielt inne.

Dave stimmte »Love Is It« an.

Sofort spielte Walli mit, und sie sangen zusammen. Lew fiel mit einem leisen Beat ein, und Buzz spielte eine einfache Basslinie. Dann setzte auch Lenny mit dem Klavier ein.

Sie spielten etwa zwei Minuten, dann schaltete Laurence alles ab, und die Gruppe verstummte.

Aus, vorbei. Sie hatten es nicht geschafft. Wallis Enttäuschung saß tiefer, als er gedacht hätte. Er war so sicher, dass die Gruppe gut war! Warum erkannte Eric das nicht?

Er löste den Gurt seiner Gitarre.

In diesem Moment kam Eric wieder ins Studio. »Was war denn das?«, fragte er.

»Ein neuer Song«, antwortete Dave. »Hat er Ihnen gefallen?«

»Das war ja ganz was anderes«, sagte Eric. »Warum habt ihr aufgehört?«

»Larry hat uns abgeschaltet.«

»Schalt sie wieder ein, Larry, du dummer Arsch«, sagte Eric. Er wandte sich wieder an Dave. »Woher habt ihr den Song?«

»Hank Remington hat ihn für uns geschrieben«, sagte Dave.

»Der von den Kords?« Eric verbarg seine Skepsis kein bisschen. »Warum sollte er für euch einen Song schreiben?«

Dave war genauso offen. »Weil er mit meiner Schwester zusammen ist.«

»Verstehe. Das erklärt es.«

Ehe Eric in den Kontrollstand zurückging, erteilte er Larry eine Anweisung. »Ruf Paulo Conti an. Der wohnt gleich um die Ecke. Wenn er zu Hause ist, bitte ihn, sofort vorbeizukommen.«

Larry verließ das Studio.

Eric ging wieder in die Kabine. »Band läuft«, sagte er über den Lautsprecher. »Wenn ihr so weit seid.«

Sie spielten den Song noch einmal.

Alles, was Eric anschließend sagte, war: »Noch mal, bitte.«

Nach dem zweiten Mal kam er wieder aus der Kabine. Walli befürchtete, er würde ihnen erneut unter die Nase reiben, sie wären doch nicht gut genug. »Machen wir's noch mal«, sagte Eric. »Diesmal nehmen wir zuerst nur die Begleitung auf, danach die Stimmen.«

»Wieso?«, fragte Dave.

»Weil ihr besser spielt, wenn ihr nicht singen müsst, und besser singt, wenn ihr nicht spielt.«

Sie nahmen die Instrumente auf, dann sangen sie den Text, während sie die Aufnahme über Kopfhörer hörten. Hinterher kam Eric aus der Kabine, um sie sich mit ihnen anzuhören. Ein gut gekleideter junger Mann mit einem Beatles-Haarschnitt trat zu ihnen: Paulo Conti, nahm Walli an. Wieso war er hier?

Sie hörten sich den zusammengeschnittenen Track an. Eric saß dabei wieder auf einem Verstärker und rauchte.

Als der Mitschnitt zu Ende war, sagte Paulo mit Londoner Akzent: »Gefällt mir. Hübscher Song.«

Er wirkte selbstsicher und Respekt einflößend, obwohl er erst um die zwanzig war.

Eric zog an seiner Zigarette. »Also, vielleicht haben wir hier etwas«, sagte er. »Aber es gibt ein Problem. Der Klavierteil ist falsch. Nehmen Sie's mir nicht übel, Lenny, aber der Jerry-Lee-Lewis-Stil ist ein bisschen schwerfällig. Paulo ist hier, um Ihnen zu zeigen, was ich meine. Nehmen wir noch mal mit Paulo am Klavier auf.«

Walli blickte Lenny an und merkte, dass er wütend war; doch Lenny zügelte sich. Er blieb auf dem Klavierhocker sitzen und sagte: »Stellen wir eines klar, Eric. Das ist meine Gruppe. Sie können mich nicht raushauen und Paulo reinsetzen.«

»An Ihrer Stelle würde ich mir keine großen Sorgen darüber machen, Lenny«, sagte Eric. »Paulo spielt mit dem Royal Philharmonic Orchestra und hat drei Alben mit Beethoven-Sonaten eingespielt. Er möchte keiner Popgruppe beitreten. Ich wünschte, es wäre anders – ich wüsste ein halbes Dutzend Bands, die ihn schneller nehmen würden, als Sie ›Hitparade‹ sagen können.«

Lenny verbarg sein Erstaunen und sagte aggressiv: »Na gut, so lange wir uns richtig verstehen.«

Sie spielten den Song noch einmal. Walli hörte sofort, was Eric meinte: Paulo spielte leise Triller mit der rechten und einfache Akkorde mit der linken Hand, und das passte viel besser zum Song.

Sie nahmen das Band wieder mit Lenny auf. Er versuchte zu spielen wie Paulo und schlug sich wacker, aber das richtige Gefühl hatte er nicht.

Sie spielten die Begleitung noch zweimal ein, einmal mit Paulo und einmal mit Lenny; dann zeichneten sie den Gesangsteil dreimal auf. Endlich war Eric zufrieden. »So«, sagte er, »wir brauchen eine B-Seite. Was habt ihr denn, was so ähnlich ist?«

»Moment mal«, sagte Dave. »Heißt das, wir haben das Vorspielen bestanden?«

»Na klar«, sagte Eric. »Glaubst du vielleicht, wir machen uns so viel Mühe mit einer Band, die ich dann zum Teufel schicke?«

»›Love Is It‹ von Plum Nellie kommt also als Schallplatte raus?«

»Das will ich verdammt hoffen. Wenn mein Boss es ablehnt, kündige ich.«

Walli war erstaunt, dass Eric einen Boss hatte. Bisher hatte er den Eindruck vermittelt, *er* sei der Boss. Das war nur eine banale Täuschung, aber Walli nahm sich vor, es nicht zu vergessen.

»Glauben Sie wirklich, das könnte ein Hit werden?«, fragte David.

»Ich mache keine Vorhersagen, dazu bin ich zu lange in diesem Geschäft. Aber wenn ich der Meinung wäre, der Song fällt durch, würde ich hier nicht mit euch reden, sondern wäre unten im Pub.«

Dave blickte seine Mitstreiter an. »Sieht so aus, als hätten wir das Vorspielen bestanden.«

»Habt ihr«, bestätigte Eric ungeduldig. »Also, was habt ihr für die B-Seite?«

*

»Bist du bereit für eine richtig gute Neuigkeit, Dave?«, fragte Eric Chapman einen Monat später am Telefon. »Ihr geht nach Birmingham.«

Zuerst wusste Dave nicht, was Eric meinte. »Wozu?«, fragte er. Birmingham war eine Industriestadt 120 Meilen nördlich von London. »Was ist in Birmingham?«

»Das Fernsehstudio, wo sie *It's Fab!* drehen, du Idiot!«

»Oh!« Dave stockte der Atem vor Aufregung. Eric redete von einer beliebten Show, die Popgruppen zeigte, die zu ihren Schallplatten einen Auftritt mimten. »Sind wir dabei?«

»Klar doch. ›Love Is It‹ wird ihr heißer Tipp der Woche.«

Die Platte war seit fünf Tagen draußen. Sie war einmal von der BBC gespielt worden, und mehrmals auf Radio Luxemburg. Zu Daves Überraschung wusste Eric nicht, wie viele Exemplare tatsächlich verkauft worden waren. Was das anging, hielt die Schallplattenindustrie die Zahlen nicht besonders gut nach.

Eric hatte die Version mit Paulo am Klavier veröffentlicht und behandelte Dave als den Chef der Gruppe, trotz allem, was Lenny gesagt hatte. Lenny tat so, als bemerkte er es nicht.

»Habt ihr vernünftige Klamotten?«, fragte Eric.

»Wir treten normalerweise in roten Hemden und schwarzen Jeans auf.«

»Okay. Es ist eine Schwarz-Weiß-Sendung, also sieht es wahrscheinlich ganz gut aus. Achtet darauf, dass ihr alle die Haare gewaschen habt.«

»Wann fahren wir?«

»Übermorgen.«

»Dann muss ich die Schule ausfallen lassen«, sagte Dave besorgt. Das konnte Ärger bedeuten.

»Vielleicht musst du von der Schule abgehen, Dave.«

Dave schluckte. Ob das stimmte?

Eric fuhr fort: »Wir treffen uns um zehn Uhr morgens am Bahnhof Euston. Ich bringe eure Fahrkarten mit.«

Dave legte auf und starrte das Telefon an.

Er hatte einen Auftritt in *It's Fab!*

Allmählich sah es so aus, als könnte er tatsächlich davon leben, dass er sang und Gitarre spielte. Je realistischer diese Aussicht wurde, desto mehr wuchs seine Abneigung gegen die Alternativen. Was für ein Abstieg, wenn er sich jetzt einen ganz alltäglichen Job suchen müsste ...

Er rief sofort den Rest der Gruppe an. Seiner Familie würde er erst hinterher von der Sache erzählen. Das Risiko war zu groß, dass sein Vater versuchte, ihn an der Fahrt nach Birmingham zu hindern.

Den ganzen Abend behielt er das aufregende Geheimnis für sich. Am nächsten Tag um die Mittagszeit fragte er im Schulsekretariat, ob er den Direktor sprechen könne, den alten »Oben Ohne«.

Dave fühlte sich im Büro des Schulleiters eingeschüchtert. In der Anfangszeit an dieser Schule hatte er in diesem Büro mehrmals den Hintern versohlt bekommen, weil er auf dem Korridor gerannt war oder sich ähnlich ernster Vergehen schuldig gemacht hatte.

Er erklärte die Situation und tat so, als wäre keine Zeit gewesen, sich die Einwilligung seines Vaters zu beschaffen.

»Nun, du stehst jedenfalls vor der Wahl, ob du eine anständige Schulbildung bekommen oder Popsänger werden willst«, sagte Mr. Furbelow. Als er das Wort »Popsänger« aussprach, verzog er das Gesicht zu einer Grimasse des Abscheus, als hätte man ihn gezwungen, eine Dose kaltes Hundefutter zu essen.

Dave überlegte, ob er entgegnen sollte: Mein eigentlicher Ehrgeiz ist eine Zuhälterkarriere, aber er verkniff es sich: Furbelows Sinn für Humor war genauso spärlich wie sein Haar. »Sie haben meinem Vater mitgeteilt, dass ich meine Prüfungen nicht bestehen kann und der Schule verwiesen werde.«

»Wenn deine Leistungen sich nicht drastisch verbessern und du weiterhin alle schriftlichen Arbeiten verhaust, wirst du nicht in die elfte Klasse versetzt«, erwiderte der Direktor mit pedantischer Präzision. »Das ist ein Grund mehr für dich, keine Schultage zu versäumen, um in minderwertigen Fernsehsendungen aufzutreten.«

Dave überlegte, dem Attribut »minderwertig« zu widersprechen, sagte sich dann aber, dass es keinen Sinn hätte. »Ich dachte, dass die Besichtigung eines Fernsehstudios eine bildende Erfahrung sein kann«, sagte er.

»Nein. Heutzutage wird viel zu viel über bildende Erfahrungen schwadroniert. Bildung findet im Klassenzimmer statt, nirgendwo sonst.«

Trotz Furbelows Unnachgiebigkeit versuchte Dave es weiterhin mit Vernunftargumenten. »Ich würde gern eine musikalische Karriere verfolgen.«

»Du spielst nicht mal im Schulorchester.«

»Weil sie dort Instrumente benutzen, die vor zweihundert Jahren modern waren.«

»Und das ist auch gut so.«

Dave hatte immer größere Mühe, sich zu beherrschen. »Ich spiele ziemlich gut E-Gitarre.«

»Ich würde eine Elektrogitarre nicht als Musikinstrument bezeichnen.«

Wider alle Vernunft hob Dave leicht die Stimme. »Was ist sie dann?«

Furbelow musterte ihn herablassend. »Eine Art Nigger-Krachmacher.«

Einen Augenblick lang verschlug es Dave die Sprache. Dann verlor er die Fassung. »Das ist boshafte Ignoranz!«

»Wag es ja nicht, in diesem Ton mit mir zu reden.«

»Sie sind ein verdammter Rassist!«

Furbelow stand auf. »Raus aus meinem Büro!«

»Sie finden es wohl in Ordnung, mit Ihren bescheuerten Vorurteilen um sich zu werfen, bloß weil Sie der abgehalfterte Direktor an einer Schule für reiche Gören sind, was?«

»Sei still!«

»Niemals«, sagte Dave und verließ das Büro des Direktors.

Draußen auf dem Flur sagte er sich, er könne jetzt nicht einfach in den Unterricht zurück.

Im nächsten Moment wurde ihm klar, dass er nicht einmal an dieser Schule bleiben konnte.

Er hatte es nicht geplant, aber in einem hitzköpfigen Augenblick hatte er sich tatsächlich von der Schule katapultiert.

Dann ist es eben so, dachte er und verließ das Gebäude.

Er ging zu einem Café in der Nähe und bestellte sich Rührei mit Pommes frites. Also hatte er die Brücken hinter sich verbrannt. Nachdem er den Direktor als Ignoranten und Rassisten bezeichnet hatte, war seine schulische Karriere zu Ende, egal, was geschah. Er fühlte sich verängstigt und befreit zugleich.

Doch er bereute nicht, was er getan hatte. Da bekam er die Chance, Popstar zu werden – und die Schule verlangte, dass er sie sich entgehen ließ!

Ironischerweise wusste er nicht, was er mit seiner neu erlangten Freiheit anstellen sollte. Ein paar Stunden lang streifte er ziellos durch die Straßen, dann kehrte er zur Schule zurück, wartete am Tor auf Linda Robertson und brachte sie nach Hause. Natürlich hatte die Klasse sein Fehlen bemerkt, aber die Lehrer hatten kein Wort dazu gesagt. Als Dave Linda erzählte, was geschehen war, schaute sie ihn ehrfürchtig an. »Also gehst du trotzdem nach Birmingham?«

»Darauf kannst du wetten.«

»Du wirst von der Schule abgehen müssen.«

»Bin ich schon.«

»Und was willst du jetzt tun?«

»Wenn die Platte ein Hit wird, kann ich mir mit Walli zusammen eine Wohnung mieten.«

»Wow. Und wenn nicht?«

»Dann sitze ich in der Tinte.«

Linda nahm ihn mit ins Haus. Ihre Eltern waren nicht da, deshalb gingen sie in ihr Zimmer wie schon vorher. Sie küssten sich. Linda ließ zu, dass er ihre Brüste liebkoste, doch er merkte, dass sie nicht bei der Sache war.

»Was ist los?«, fragte er.

»Du wirst ein Star«, sagte sie. »Ich weiß es.«

»Freust du dich nicht?«

»Die Mädchen werden dich umschwärmen und alles mit sich machen lassen.«

»Das will ich doch hoffen.«

Linda brach in Tränen aus.

»Hey, war nur ein Scherz«, sagte er. »Tut mir leid!«

»Du warst immer der süße kleine Typ, mit dem ich gern geredet habe. Keins von den Mädchen wollte auch nur mit dir knutschen. Dann bist du bei der Band eingestiegen und zum coolsten Jungen auf der Schule geworden, und alle haben mich beneidet. Jetzt wirst du berühmt, und ich verliere dich.«

Wahrscheinlich wollte sie jetzt von ihm hören, dass er ihr immer treu sein würde, egal, was geschah. Dave war versucht, ihr unsterbliche Liebe zu schwören, hielt sich aber zurück. Er mochte Linda wirklich, war aber noch keine sechzehn und zu jung, um sich ewig zu binden. Andererseits wollte er ihre Gefühle nicht verletzen, deshalb sagte er: »Warten wir einfach ab, was passiert, okay?«

Er sah die Enttäuschung in ihrem Gesicht, auch wenn sie sich rasch wieder im Griff hatte. Sie wischte sich die Tränen ab und sagte: »Gute Idee.«

Sie gingen in die Küche, tranken Tee und aßen Schokoladenkekse, bis Lindas Mutter kam.

Als Dave wieder im Haus auf der Great Peter Street war, gab es keine Anzeichen für irgendetwas Ungewöhnliches. Dave schloss daraus, dass die Schule seine Eltern nicht angerufen hatte. Zweifellos zog Oben Ohne es vor, ihnen einen Brief zu schreiben. Damit hatte Dave einen Tag Gnadenfrist.

Am nächsten Morgen sagte er nichts zu seinen Eltern. Sein Vater verließ um acht Uhr das Haus, dann erst sprach Dave mit seiner Mutter und verkündete: »Ich gehe nicht zur Schule.«

Wider Erwarten fuhr sie nicht aus der Haut. »Überleg doch mal, welchen Weg dein Vater hinter sich hat«, sagte sie stattdessen. »Er ist unehelich auf die Welt gekommen, wie du weißt. Seine Mutter hat bei einer ausbeuterischen Firma im East End geschuftet, ehe sie in die Politik gegangen ist. Sein Großvater war Bergmann. Dennoch hat dein Vater eine der besten Universitäten der Welt besuchen können, und mit nur einunddreißig hatte er ein politisches Amt.«

»Aber ich bin anders!«

»Natürlich, aber für ihn sieht es aus, als möchtest du alles wegwerfen, was er, seine Eltern und seine Großeltern erreicht haben.«

»Ich will mein eigenes Leben führen.«

»Das weiß ich.«

»Ich habe die Schule abgebrochen. Ich hatte einen Streit mit Oben Ohne. Wahrscheinlich bekommt ihr heute einen Brief von ihm.«

»Ach herrje. Das wird dein Vater dir kaum verzeihen.«

»Ich weiß. Deshalb ziehe ich aus.«

Ihr kamen die Tränen. »Und wohin willst du?«

Auch Dave fühlte sich den Tränen nahe, doch er riss sich zusammen. »Ein paar Tage werde ich im CVJM wohnen, dann suche ich mir mit Walli zusammen eine Wohnung.«

Sie legte ihm die Hand auf den Arm. »Sei nicht böse auf deinen Vater. Er liebt dich sehr.«

»Ich bin nicht böse auf ihn«, behauptete Dave, doch es war eine Lüge. »Ich will mich nur nicht von ihm kleinhalten lassen.«

»Du bist genauso wild, wie ich es war. Und genauso stur.«

Dave war überrascht. Er wusste, dass sie eine unglückliche erste Ehe hinter sich hatte; dennoch konnte er sich seine Mutter nicht als »wild« vorstellen.

»Ich hoffe, du machst keine so schlimmen Fehler wie ich«, fügte sie hinzu.

Bevor Dave ging, leerte sie ihr Portemonnaie und gab ihm alles Geld, das sie fand.

Walli wartete im Flur. Mit ihren Gitarren verließen er und Dave das Haus. Kaum standen sie auf der Straße, verflüchtigte sich Daves Bedauern; er fühlte sich aufgeregt und beklommen zugleich. Er würde ins Fernsehen kommen! Doch er setzte alles auf eine Karte. Jedes Mal, wenn er daran dachte, dass er Schule und Zuhause hinter sich gelassen hatte, wurde ihm ein wenig schwindlig.

Mit der U-Bahn fuhren sie nach Euston. Dave musste dafür sorgen, dass ihr Fernsehauftritt ein Erfolg wurde; das war wichtiger als alles andere. Wenn die Platte sich nicht verkauft, überlegte Dave ängstlich, und Plum Nellie bleibt erfolglos, was dann? Dann musste er vielleicht im Jump Club Gläser spülen wie Walli.

Was konnte er tun, dass die Leute die Platte kauften?

Er hatte keine Ahnung.

Eric Chapman wartete in einem Nadelstreifenanzug am Bahnhof. Buzz, Lew und Lenny waren bereits da. Dave und Walli stiegen mit ihren Gitarren in den Zug. Die Drums und Verstärker wurden einzeln in einem Lieferwagen nach Birmingham transportiert, den Larry Grant fuhr; die wertvollen Gitarren allerdings wollte ihm niemand anvertrauen.

Im Zug sagte Dave zu Eric: »Danke für die Fahrkarten.«

»Dankt mir nicht. Ich ziehe den Fahrpreis von eurer Gage ab.«

»Ah ... der Fernsehsender zahlt unsere Gage an Sie?«

»Ja, und ich ziehe fünfundzwanzig Prozent plus Auslagen ab und zahle euch, was übrig bleibt.«

»Wieso?«, fragte Dave.

»Weil ich euer Manager bin, deshalb.«

»Sind Sie das? Wusste ich gar nicht.«

»Nun, du hast den Vertrag unterzeichnet.«

»Hab ich?«

»Ja. Sonst hätte ich euch nicht ins Studio gelassen. Sehe ich aus wie ein Sozialarbeiter?«

»Ach so. Der Zettel, den wir vor dem Vorspielen unterschreiben mussten ...?«

»Genau.«

»Cherry sagte, das wäre für die Versicherung.«

»Unter anderem.«

Dave hatte das Gefühl, übers Ohr gehauen worden zu sein.

»Die Sendung ist Samstag, Eric«, sagte Lenny. »Wie kommt's, dass wir donnerstags fahren?«

»Das meiste ist aufgezeichnet. Nur eine oder zwei Nummern sind an dem Tag live.«

Dave hörte es mit Erstaunen. Wenn man die Show im Fernsehen sah, hatte man den Eindruck, dass eine Menge junge Leute dabei waren, die tanzten und Spaß hatten. »Gibt es ein Publikum?«

»Heute nicht. Ihr müsst so tun, als würdet ihr für tausend kreischende Mädchen singen, die wegen euch nasse Höschen bekommen.«

Buzz meinte: »Das ist leicht. Seit ich dreizehn bin, trete ich vor Girls auf, die so hübsch sind, dass sie nur in meiner Fantasie existieren.«

Er meinte es eher im Scherz, doch Eric sagte: »Er hat recht. Schaut in die Kamera und stellt euch vor, das hübscheste Mädchen, das ihr kennt, steht da und zieht sich für euch den BH aus. Bei der Vorstellung grinst ihr wie die Honigkuchenpferde – das ist genau das richtige Gesicht.«

Dave bemerkte, dass er jetzt schon grinste.

Um eins erreichten sie das Studio. Allzu beeindruckend sah es nicht aus. Das meiste war schäbig wie in einer Fabrikhalle. Was ins Bild kam, strahlte kitschigen Glamour aus, aber alles außerhalb der Kamera war schmuddelig und abgegriffen. Mitarbeiter des Studios wimmelten eilig umher, ohne Plum Nellie auch nur einen Blick zu gönnen. Dave hatte den Eindruck, als wüsste hier jeder, dass er Anfänger war.

Eine Gruppe namens Billy and the Kids war auf der Bühne, als sie eintrafen. Eine Aufnahme der Gruppe wurde laut abgespielt, und dazu sangen und spielten sie, hatten aber keine Mikrofone, und die Gitarren waren nicht angeschlossen. Die meisten Zuschauer merkten nicht, dass nur markiert wurde, so viel wusste Dave von seinen Freunden. Er fragte sich, wie die Leute so blöd sein konnten.

Lenny rümpfte die Nase über die Vorstellung von Billy and the Kids, aber Dave war beeindruckt. Die Bandmitglieder lächelten und gestikulierten dem nicht existierenden Publikum zu. Als der Song zu Ende war, verbeugten sie sich und winkten, als nähmen sie tosenden Applaus entgegen. Dann machten sie das Gleiche noch einmal, mit nicht weniger Energie und Charme. So machten es Profis, begriff Dave.

Die Garderobe für Plum Nellie war geräumig und sauber, mit großen Spiegeln, die von Lampenleisten umrahmt wurden, und einem Kühlschrank voller Erfrischungsgetränke.

»Das ist besser als alles, was wir kennen«, sagte Lenny. »Auf dem Lokus gibt's sogar Klopapier.«

Dave zog sein rotes Hemd an und ging zurück ins Studio, wo Mickie McFee ihre Nummer aufführte. Sie hatte in den Fünfzigern eine Reihe von Hits gelandet und machte jetzt ein Comeback. Sie war wenigstens dreißig, schätzte Dave, aber in ihrem pinkfarbenen Sweater, der sich über ihren Brüsten spannte, sah sie wirklich sexy aus. Und sie hatte eine super Stimme. Sie sang eine Soul-Ballade namens »It Hurts Too Much« und klang dabei wie eine Schwarze.

Wie es wohl ist, fragte Dave sich, wenn man so großes Selbstvertrauen hat? Ihm selbst kribbelte der Magen vor Aufregung.

Die Kameraleute und Techniker – sie gehörten zum Großteil der älteren Generation an –, mochten Mickie und klatschten, als sie fertig war.

Sie kam von der Bühne und erblickte Dave. »Hallo, Kid«, sagte sie.

»Sie waren toll«, sagte Dave und stellte sich vor.

Mickie bat ihn, sie zu duzen, und fragte ihn nach der Gruppe. Er erzählte ihr gerade von Hamburg, als sie von einem Mann in einem Sweater mit Argyle-Muster unterbrochen wurden. »Plum Nellie auf die Bühne, bitte«, sagte er mit sanfter Stimme. »Tut mir leid, dass ich unterbreche, Mickie, Darling.« Er wandte sich Dave zu. »Ich bin Kelly Jones, Produzent.« Er musterte Dave von Kopf bis Fuß. »Du siehst lecker aus. Hol deine Gitarre.« Er wandte sich wieder an Mickie. »Vernaschen kannst du ihn später noch.«

»Hey, Mann«, protestierte sie, »gib mir wenigstens die Chance, so zu tun, als wäre ich nicht leicht zu haben.«

»Das möchte ich mal erleben, Duckie.«

Mickie winkte zum Abschied und verschwand.

Dave fragte sich, ob die beiden ernst meinten, was sie gesagt hatten.

Ihm blieb nur wenig Zeit, darüber nachzudenken. Die Gruppe ging auf die Bühne und bekam ihre Plätze gezeigt. Wie üblich klappte Lenny den Hemdkragen hoch, wie Elvis es tat. Dave beschwor sich, nicht nervös zu sein. Du brauchst ja nur so zu tun als ob, sagte er sich. Du musst den Song nicht mal richtig spielen!

Dann war es so weit. Walli markierte die Einleitung, als die Platte angespielt wurde.

Dave blickte auf die leeren Sitzreihen und stellte sich vor, wie Mickie McFee ihren pinkfarbenen Sweater abstreifte und einen schwarzen BH zeigte. Bei diesem Gedanken grinste er breit in die Kamera und sang seinen Text.

Die Platte war zwei Minuten lang, doch es schien nach fünf Sekunden vorüber zu sein.

Dave rechnete damit, dass man sie bat, den Song noch einmal zu spielen, deshalb warteten er und die anderen auf der Bühne. Er sah, wie Kelly Jones mit ernster Miene ein paar Worte mit Eric wechselte. Dann kamen beide zur Gruppe. »Ein technisches Problem, Jungs«, sagte Eric.

Scheiße, schoss es Dave durch den Kopf. Jetzt wird bestimmt unser Fernsehauftritt abgesagt.

»Was für ein technisches Problem?«, fragte Lenny.

»Es geht um dich, Lenny. Tut mir leid.«

»Wovon redest du?«

Eric blickte Kelly an, worauf der zu Lenny sagte: »In der Sendung geht es um junge Leute mit schicken Klamotten und Beatles-Frisuren, die zu den neusten Hits tanzen. Tut mir leid, Lenny, aber Sie sind kein junger Mann mehr, und Ihr Haarschnitt ist seit fünf Jahren aus der Mode.«

Lenny entgegnete verärgert: »Na, das tut mir aber leid.«

»Sie wollen, dass die Gruppe ohne dich auftritt, Lenny«, sagte Eric.

»Vergiss es«, erwiderte Lenny. »Das ist meine Gruppe.«

Dave war entsetzt. Er hatte alles für den Auftritt geopfert. »Hören Sie mal«, sagte er, »was, wenn Lenny sich das Haar nach vorn kämmt und den Kragen runterklappt?«

»Das mach ich nicht!«, stieß Lenny hervor.

»Er würde immer noch zu alt aussehen«, sagte Kelly.

»Ist mir egal!«, rief Lenny. »Entweder wir alle, oder keiner.« Er blickte von einem zum anderen. »Stimmt's, Jungs?«

Niemand sagte ein Wort.

»Stimmt's?«, wiederholte Lenny.

Dave hatte Angst, aber er zwang sich zu antworten. »Hör mal, Lenny, wir können uns diese Chance nicht entgehen lassen ...«

»Ihr Schweine!«, rief Lenny wütend. »Ich hätte euch nie erlauben dürfen, den Namen zu ändern. Die Guardsmen waren eine großartige Rock-and-Roll-Combo. Jetzt ist sie eine beschissene Schuljungenband! Plum Nellie! Nennt euch doch Pissnelken!«

»Okay, Jungs«, sagte Kelly ungeduldig. »Geht wieder auf die Bühne, ohne Lenny, und spielt das Ganze noch mal.«

»Werde ich jetzt aus meiner eigenen Gruppe geschmissen?«, fragte Lenny.

Dave kam sich vor wie ein Verräter. »Ist ja nur für heute.«

»Nee, ist es nicht«, sagte Lenny. »Wie soll ich meinen Freunden erklären, dass meine Gruppe in der Glotze ist, und ich bin nicht dabei? Scheiß drauf! Alles oder nichts. Wenn ich jetzt gehe, gehe ich für immer.«

Niemand sagte etwas.

»Na gut«, sagte Lenny und verließ das Studio.

Alle blickten zu Boden.

»Das war brutal«, sagte Buzz.

»Das ist Showbusiness«, sagte Eric.

»Noch einen Take, bitte«, sagte Kelly.

Dave befürchtete, nach diesem Vorfall nicht mehr sexy herumhüpfen und von Mädchen ohne BHs träumen zu können, doch zu seinem Erstaunen gelang es ihm wunderbar.

Sie spielten den Song noch zweimal herunter. Kelly lobte: »Super Auftritt.« Er dankte ihnen für ihr Verständnis und sagte, er hoffe, dass sie bald wieder in seine Sendung kämen.

Als Plum Nellie zurück in die Garderobe ging, blieb Dave im Studio und setzte sich ein paar Minuten lang in den leeren Zuschauerraum. Er war emotional ausgelaugt. Er hatte sein TV-Debüt bekommen, aber seinen Cousin verraten, und konnte nicht vergessen, wie viele nützliche Ratschläge Lenny ihm erteilt hatte.

Ich bin ein undankbarer Drecksack, dachte er.

Als er schließlich zu den anderen ging, blickte er in eine offene Tür und entdeckte Mickie McFee in ihrer Garderobe. Sie hielt ein Glas in der Hand. »Magst du Wodka?«, fragte sie.

»Ich weiß nicht, wie der schmeckt.«

»Pass auf.« Mit einem Fußtritt schloss sie die Tür, legte ihm die Arme um den Hals und küsste ihn mit offenem Mund. Ihre Zunge schmeckte nach Schnaps, ein bisschen wie Gin. Dave erwiderte den Kuss voller Feuer.

Mickie löste die Umarmung, goss mehr Wodka in ihr Glas und hielt es Dave hin.

»Nein, trink du es«, sagte er. »Mir gefällt's so besser.«

Sie leerte das Glas und küsste ihn noch einmal. Nach einer Weile sagte sie: »Oh Mann, Süßer, du machst mich ganz schön heiß.«

Sie trat zurück, zog sich den engen pinkfarbenen Sweater über den Kopf und warf ihn beiseite.

Dave konnte es nicht fassen.

Sie trug einen schwarzen BH.

KAPITEL 33

Dimkas Großmutter Katherina starb im Alter von siebzig Jahren an einem Herzinfarkt und wurde auf dem Nowodewitschi-Friedhof beigesetzt, einem kleinen Park voller Grabdenkmäler und kleiner Kapellen. Schnee lag auf den Grabsteinen wie Zuckerguss auf einer Torte.

Die prestigeträchtige Ruhestätte war für führende Sowjetbürger reserviert. Katherina wurde hier bestattet, weil man Großvater Grigori, ein Held der Oktoberrevolution, neben ihr begraben würde. Sie waren fast fünfzig Jahre verheiratet gewesen. Dimkas Großvater war wie benommen. Er konnte einfach nicht fassen, dass da seine lebenslange Gefährtin in die gefrorene Erde hinuntergelassen wurde.

Dimka fragte sich, wie es wohl war, eine Frau ein halbes Jahrhundert lang zu lieben und sie dann so plötzlich zu verlieren. Immer wieder murmelte Grigori vor sich hin: »Was hatte ich für ein Glück, was hatte ich für ein Glück ...«

So eine Ehe ist vermutlich das Beste auf der Welt, dachte Dimka. Seine Großeltern hatten einander geliebt und waren glücklich gewesen. Ihre Liebe hatte zwei Weltkriege und eine Revolution überstanden. Sie hatten Kinder und Enkel.

Was die Leute wohl über seine eigene Ehe sagen würden, fragte sich Dimka, wenn er einst in die Moskauer Erde gebettet wurde? »Nenne keinen Mann glücklich, bevor er nicht tot ist«, hatte der griechische Dramatiker Aischylos gesagt. Dimka hatte dieses Zitat an der Uni gehört und nie vergessen. Ein jugendliches Gelübde konnte im Alter in einer Tragödie enden, doch Leid wurde oft mit Weisheit belohnt.

Einer Familienlegende zufolge hatte die junge Katherina eigentlich mehr für Lew übriggehabt, Grigoris kleinkriminellen Bruder, der nach Amerika geflohen war und sie schwanger zurückgelassen hatte. Daraufhin hatte Grigori die junge Katherina geheiratet und Wolodja wie den eigenen Sohn großgezogen. Vielleicht hatten die beiden ihr Glück erst später gefunden, aber das bewies nur, dass Aischylos recht hatte.

Auch Dimka hatte wegen einer unerwarteten Schwangerschaft geheiratet. Vielleicht wurden er und Nina irgendwann genauso glücklich wie Grigori und Katherina. Zumindest schnte Dimka sich danach – trotz der Gefühle, die er für Natalja hegte. Wenn er sie doch nur vergessen könnte ...

Dimka schaute über das Grab hinweg zu Onkel Wolodja, Tante Zoja und ihren beiden Kindern. Zoja war mit fünfzig Jahren noch immer strahlend schön. Auch das schien eine Ehe zu sein, die den Beteiligten ewiges Glück beschert hatte.

Doch was seine eigenen Eltern betraf, war Dimka sich nicht so sicher. Sein verstorbener Vater war ein kaltherziger Mann gewesen. Warum, wusste Dimka nicht; vermutlich hatte seine Arbeit beim Geheimdienst damit zu tun gehabt. Wie hätten Menschen, die im Beruf so grausam sein mussten, im Privatleben auch liebevoll und mitfühlend sein können? Dimka schaute zu Anja, seiner Mutter, die den Verlust ihrer eigenen Mutter beweinte. Wirklich glücklich war sie erst geworden, nachdem ihr Mann, Dimkas Vater, gestorben war.

Dimka schaute aus dem Augenwinkel zu Nina. Seine Frau war ernst, weinte aber nicht. Ob sie wohl glücklich war, mit ihm verheiratet zu sein? Schließlich war sie geschieden; als Dimka sie kennenlernte, hatte sie erklärt, nie wieder heiraten zu wollen und keine Kinder bekommen zu können. Nun aber stand sie als seine Frau neben ihm und trug Grigori auf dem Arm, ihren neun Monate alten Sohn. Manchmal wusste Dimka nicht, was in Nina vor sich ging.

Weil Großvater Grigori 1917 den Winterpalast gestürmt hatte, waren jede Menge Leute gekommen, um von seiner toten Frau Abschied zu nehmen, darunter hochgestellte Persönlichkeiten. Da waren Leonid Breschnew, der Vorsitzende des Präsidiums des Obersten Sowjets, der den Trauergästen eifrig die Hände schüttelte, und Marschall Michail Puschnoj, den Grigori als jungen Mann im Zweiten Weltkrieg unter seine Fittiche genommen hatte. Puschnoj, ein übergewichtiger Schürzenjäger, strich sich immer wieder über den prächtigen grauen Schnurrbart und ließ seinen Charme bei Tante Zoja spielen.

Da Onkel Wolodja mit diesen Gästen gerechnet hatte, hatte er in einem Restaurant nicht weit vom Roten Platz einen kleinen Empfang organisiert. Die Restaurants in der Sowjetunion waren trist, die Kellner übel gelaunt und das Essen schlecht. Im Westen war das anders ... zumindest hatten Grigori und Wolodja das immer so erzählt. Dieses Restaurant jedoch war typisch sowjetisch. Als sie eintrafen, waren die Aschenbecher voll und die Häppchen alt. Es gab trockene Blinis und alten Toast mit den üblichen Eierscheiben und Räucherfisch. Zum Glück konnten selbst Russen bei Wodka nichts verkehrt machen, und davon gab es jede Menge.

Die sowjetische Versorgungskrise war endlich vorbei. Chruschtschow war es gelungen, in den USA und anderswo Getreide zu kaufen, und so würde es diesen Winter keinen Hunger geben. Aber die Notlage war nur Symptom eines wesentlich grundlegenderen Problems gewesen: Chruschtschow hatte alle Hoffnung darauf gesetzt, die sowjetische Landwirtschaft zu modernisieren und produktiver zu gestalten, und war gescheitert. Ständig fluchte er über die Ineffizienz, Ignoranz und Schwerfälligkeit der Kolchosen und Sowchosen, doch er hatte keinen Hebel gefunden, um diese Probleme anzugehen. Und die Landwirtschaft war nicht das einzige Gebiet, auf dem er mit seinen Reformen gescheitert war. Trotz seiner kühnen Ideen und radikalen Veränderungen war die UdSSR im Vergleich zum Westen immer noch rückständig. Nur beim Militär sah die Sache anders aus.

Doch das Schlimmste war, dass der Widerstand gegen Chruschtschow im Kreml von Männern angeführt wurde, die nicht mehr Reformen wollten, sondern weniger – engstirnige Konservative wie der prahlerische Marschall Puschnoj oder der joviale Breschnew, die soeben über Grigoris Kriegsgeschichten lachten. Noch nie hatte Dimka sich so große Sorgen um die Zukunft seines Landes, seinen Chef und seine eigene Karriere gemacht.

Nina reichte ihm das Baby und holte sich etwas zu trinken. Kurz darauf lachte sie mit Breschnew und Puschnoj. So war es immer beim Leichenschmaus: Die Leute lachten viel. Das war Dimka schon öfter aufgefallen. Vermutlich eine Reaktion auf den Ernst einer Beisetzung.

Aber Nina hatte das Recht, ein bisschen zu feiern, fand Dimka. Sie hatte Grigori ausgetragen, hatte ihn gestillt, umhegt und gepflegt und war davon so sehr in Anspruch genommen worden, dass sie sich seit mehr als einem Jahr nicht mehr richtig amüsiert hatte.

Vor allem war sie nicht mehr wütend auf Dimka, nachdem er sie in der Nacht des Kennedy-Attentats belogen hatte. Dimka hatte sie mit einer weiteren Lüge beruhigt. »Ich habe wirklich lange gearbeitet, aber danach bin ich mit ein paar Kollegen einen trinken gegangen.« Eine Zeit lang war Nina noch wütend gewesen, aber nicht allzu sehr, und jetzt schien sie den Vorfall ganz vergessen zu haben. Auf jeden Fall war Dimka sicher, dass sie nichts von seinen Gefühlen für Natalja ahnte.

Dimka führte Klein-Grigori bei der Familie herum und zeigte jedem stolz den ersten Zahn. Das Restaurant befand sich in einem alten Haus; die Tische waren auf mehrere unterschiedlich große Räume im Erdgeschoss verteilt. Schließlich landete Dimka im letzten Zimmer bei Onkel Wolodja und Tante Zoja. Dort erwischte ihn dann auch seine Schwester Tanja.

»Hast du gesehen, wie Nina sich aufführt?«, fragte sie.

Dimka lachte. »Betrinkt sie sich?«

»Ja. Und sie flirtet!«

Das störte Dimka nicht. Außerdem war er sowieso nicht in der Position, Nina zu verurteilen. Schließlich machte er mit Natalja das Gleiche, wenn er mit ihr in die Kneipe am Ufer ging. »Es ist ja auch eine Party«, sagte er.

Tanja hatte keine Skrupel, ihrem Zwilling offen die Meinung zu sagen, und das tat sie nun auch: »Mir ist aufgefallen, dass sie gleich zu den Männern mit dem höchsten Status gelaufen ist. Breschnew ist inzwischen gegangen, aber Puschnoj macht sie noch immer schöne Augen ... Dabei ist der Mann mindestens zwanzig Jahre älter als sie.«

»Manche Frauen finden Macht nun mal attraktiv.«

»Hast du gewusst, dass ihr erster Mann sie von Perm nach Moskau gebracht und ihr die Stelle bei der Gewerkschaft verschafft hat?«

»Nein.«

»Und dann hat sie ihn verlassen.«

»Woher weißt du das?«

»Das hat ihre Mutter mir erzählt.«

»Von mir hat Nina aber nur eins bekommen: ein Kind.«

»Und eine Wohnung im Haus am Ufer.«

»Glaubst du wirklich, sie hat es nur auf so was abgesehen?«

»Ich mache mir Sorgen um dich«, erwiderte Tanja. »Du bist klug, aber von Frauen hast du keine Ahnung.«

»Ja, Nina ist ein bisschen materialistisch, aber das ist ja wohl keine große Sünde.«

»Dann macht es dir nichts aus?«

»Nein.«

»Na gut. Aber wenn sie meinem Bruder wehtut, kratze ich ihr die Augen aus.«

*

Daniil setzte sich in der TASS-Kantine Tanja gegenüber, stellte sein Tablett ab und steckte sich sein Taschentuch als Serviette in den Kragen. »Den Leuten bei der *Neuen Welt* gefällt *Frostbrand*«, sagte er.

»Gut!« Tanja freute sich. »Die haben sich ja auch lange genug Zeit gelassen ... mindestens sechs Monate, wenn ich mich nicht irre. Aber das sind erfreuliche Neuigkeiten.«

Daniil goss sich ein Glas Wasser ein. »Auf jeden Fall ist es einer der mutigsten Texte, die sie je gedruckt haben.«

»Dann werden sie es veröffentlichen?«

»Ja.«

Tanja wünschte sich, sie könnte es Wassili erzählen; aber er würde es selbst herausfinden müssen. Ob er in Sibirien die Zeitschrift bekam?

»Und wann?«, fragte sie.

»Das ist noch nicht entschieden, aber bei der *Neuen Welt* hat man es nie eilig.«

»Dann muss ich mich wohl in Geduld üben.«

*

Dimka wurde vom Telefon geweckt. Eine Frauenstimme sagte: »Sie kennen mich nicht, aber ich habe Informationen für Sie.«

Dimka war verwirrt. Die Stimme gehörte Natalja. Schuldbewusst warf er einen raschen Blick zu seiner Frau, die neben ihm schlief, dann schaute er auf die Uhr. Es war halb sechs morgens.

»Stellen Sie keine Fragen«, sagte Natalja.

Dimka stutzte. Warum tat Natalja so, als wäre sie eine Fremde? Und wie es schien, wollte sie das Gleiche von ihm. Hatte sie Angst, sein Tonfall könne seine Zuneigung für sie verraten? Schließlich ahnte sie vermutlich, dass er um diese Zeit noch neben seiner Frau lag.

Was immer der Grund sein mochte, Dimka spielte mit. »Wer sind Sie?«

»Sie haben sich gegen Ihren Chef verschworen«, sagte Natalja.

Dimka erkannte, dass er mit seiner ersten Vermutung falschgelegen hatte: Natalja hatte Angst, dass sein Telefon abgehört wurde. Sie wollte sichergehen, dass er nichts sagte, was dem KGB ihre Identität verraten hätte. Dimka lief es eiskalt über den Rücken. Ob es nun stimmte oder nicht – es bedeutete Ärger für ihn.

»Wer hat sich verschworen?«, fragte er.

Neben ihm schlug Nina die Augen auf.

Dimka schaute sie an und zuckte hilflos mit den Schultern.

»Leonid Breschnew plant mit anderen Politbüromitgliedern einen Putsch.«

»*Was!*« Breschnew war nach Chruschtschow einer der mächtigsten Männer im Staat. Außerdem war er ausgesprochen konservativ und ideenlos.

»Podgorny und Schelepin hat er bereits auf seiner Seite.«

»Wann?« Dimka ignorierte die Bitte, keine Fragen zu stellen. »Wann wollen sie zuschlagen?«

»Sie werden den Genossen Chruschtschow nach seiner Rückkehr aus Schweden verhaften.« Chruschtschow hatte für Juni eine Skandinavienreise geplant.

»Aber warum?«

»Sie glauben, er hat den Verstand verloren«, antwortete Natalja. Dann wurde die Verbindung unterbrochen.

Dimka legte auf. Inbrünstig sagte er: »Scheiße.«

»Was ist denn?«, fragte Nina verschlafen.

»Ein paar Probleme im Büro«, antwortete Dimka. »Schlaf weiter.«

Chruschtschow hatte nicht den Verstand verloren, war aber ständig zwischen ausgelassener Freude und tiefer Verzweiflung hin und her gerissen. Der Hauptgrund dafür war die schwere Krise der Landwirtschaft. Unglücklicherweise neigte er zu überstürzten Lösungsansätzen: Wunderdünger, ausgefallene Bestäubungsmethoden, neue Getreidesorten. Es gab nur eines, was er nie auch nur in Erwägung zog: die Kontrolle abzugeben. Aber wie auch immer, Chruschtschow war die beste Hoffnung der Sowjetunion. Breschnew hingegen war kein Reformer. Sollte Leonid Breschnew zum politischen Führer der Sowjetunion aufsteigen, ging es bergab.

Doch es war nicht Chruschtschows Zukunft, über die Dimka sich nun Sorgen machte, es war die eigene. Er musste Chruschtschow von diesem Telefonat erzählen. Das war auf jeden Fall sehr viel weniger gefährlich, als es zu verschweigen. Doch Chruschtschow war ein Bauer; für ihn wäre es nicht ungewöhnlich, den Unglücksboten zu bestrafen.

Dimka fragte sich, ob jetzt der geeignete Zeitpunkt war, das sinkende Schiff zu verlassen. Aber leicht würde das nicht werden. Im Allgemeinen gingen Apparatschiks wie er nur dorthin, wohin man sie befehligte. Aber es gab durchaus Möglichkeiten. So konnte man einen anderen hohen Parteifunktionär dazu bewegen, die Versetzung eines jungen Beraters in sein eigenes Büro zu beantragen. So etwas ließ sich durchaus arrangieren. Dimka könnte sich sogar um eine Stelle bei einem der Verschwörer bewerben, vielleicht bei Breschnew selbst. Aber was nutzte das schon? Zwar würde er auf diese Art vermutlich seine Karriere retten, aber sein Leben hätte keinen Sinn mehr. Dimka wollte nicht den Rest seiner Jahre damit verbringen, Breschnew zu helfen, jeglichen Fortschritt zu verhindern.

Aber wenn er auf seinem alten Posten überleben wollte, mussten er und Chruschtschow den Verschwörern immer einen Schritt voraus sein. Auf keinen Fall durften sie abwarten und Tee trinken.

Es war der 17. April 1964, Chruschtschows siebzigster Geburtstag. Dimka würde der Erste sein, der ihm gratulierte.

Im Nachbarzimmer weinte Grigori.

»Das Telefon hat ihn geweckt«, sagte Dimka.

Nina seufzte und stand auf.

Dimka wusch sich und zog sich an. Dann schob er sein Motorrad aus der Garage und fuhr zu Chruschtschows Haus in den Leninhügeln.

Er traf gleichzeitig mit einem Kleinlaster ein, der ein Geburtstagsgeschenk brachte. Dimka schaute zu, wie Sicherheitsbeamte einen riesigen Fernsehschrank mit einer Metallplakette ins Wohnzimmer trugen, auf der stand:

VON IHREN GENOSSEN
IM ZENTRALKOMITEE
UND IM MINISTERRAT

Chruschtschow ermahnte die Leute oft auf seine mürrische Art, keine öffentlichen Gelder für Geschenke an ihn zu verschwenden, doch alle wussten, dass er es insgeheim genoss.

Iwan Tepper, der Butler, führte Dimka hinauf in Chruschtschows Ankleidezimmer. Dort lag ein neuer dunkler Anzug für den Genossen Generalsekretär bereit. Er würde ihn später bei den Feierlichkeiten tragen. Drei von Chruschtschows höchsten Orden hingen bereits am Brustteil des Jacketts. Er selbst saß im Morgenmantel an einem Tisch, trank Tee und las Zeitung.

Dimka erzählte ihm von dem Telefonat, während Iwan Tepper Chruschtschow mit Hemd und Krawatte half. Der KGB – falls er Dimkas Telefon tatsächlich abhörte – würde den anonymen Anruf bestätigen, sollte Chruschtschow nachfragen. Natalja hatte das geschickt gemacht, wie immer.

»Ich weiß nicht, ob es wichtig ist«, sagte Dimka vorsichtig, »aber es ist auch nicht an mir, das zu entscheiden.«

Chruschtschow winkte ab. »Schelepin ist nicht bereit, die Führung zu übernehmen«, sagte er. Schelepin war der stellvertretende Ministerpräsident und ehemaliger Chef des KGB. »Nikolai Podgorny ist viel zu engstirnig, und Breschnew passt nicht in diese Rolle. Wissen Sie, dass man ihn früher Primaballerina genannt hat?«

»Nein«, antwortete Dimka. Es fiel ihm schwer, sich den kantigen, plumpen Breschnew als eleganten Tänzer vorzustellen.

»Das war vor dem Krieg. Damals war er Parteisekretär in Dnepropetrowsk.«

Dimka sah, dass Chruschtschow von ihm erwartete, dass er nachfragte. »Wieso ›Primaballerina‹?«

»Weil jeder ihn drehen konnte, wie er wollte!« Chruschtschow lachte herzhaft und zog sich das Jackett an.

Und mit diesem schlechten Scherz schien das Thema des drohenden Putsches erledigt zu sein. Dimka war erleichtert, dass Chruschtschow ihm nicht vorwarf, Unsinn zu verbreiten. Doch er machte sich noch immer Sorgen. Hatte Chruschtschow recht mit seiner Intuition? In der Vergangenheit hatte sein Instinkt sich zumindest stets als zuverlässig erwiesen.

Natalja wiederum wusste vieles, was anderen verborgen blieb, und Dimka hatte noch nie erlebt, dass sie sich irrte.

Chruschtschow schien das Thema auch noch nicht in Ruhe zu lassen. Er kniff die Augen zusammen, die so gerissen und verschmitzt zugleich blicken konnten, und fragte: »Haben diese armseligen Verschwörer denn einen Grund zur Unzufriedenheit? Das muss Ihnen der anonyme Anrufer doch gesagt haben.«

Es war eine peinliche Frage. Dimka wagte es nicht, Chruschtschow zu sagen, dass man ihn für verrückt hielt. Also improvisierte er und antwortete: »Es geht um die Ernte. Die Leute geben Ihnen die Schuld an der Missernte letztes Jahr.« Er hoffte nur, dass es nicht ganz so beleidigend war.

Chruschtschow war tatsächlich nicht beleidigt, aber wütend. »Wir brauchen neue Anbaumethoden!«, schimpfte er. »Diese Leute müssen endlich auf Lyssenko hören!« Erfolglos fingerte er an seinen Knöpfen herum und überließ es dann Tepper.

Dimka zog es vor zu schweigen. Trofim Lyssenko war ein wissenschaftlicher Scharlatan, der es jedoch verstanden hatte, Chruschtschow um den Finger zu wickeln, obwohl seine Forschungen wertlos waren. Immer wieder versprach er höhere Erträge, die aber jedes Mal ausblieben. Seine Gegner verunglimpfte er als »antifortschrittlich« – ein Vorwurf, der in der UdSSR genauso schwer wog wie in den USA die Anschuldigung, »Kommunist« zu sein.

»Lyssenko experimentiert an Kühen«, fuhr Chruschtschow fort, »während seine Konkurrenten sich mit Fruchtfliegen beschäftigen! Du liebe Güte, wen interessieren denn Fruchtfliegen?«

Dimka erinnerte sich daran, was seine Tante Zoja ihm immer über das Verhältnis zwischen Wissenschaft und politischer Führung gesagt hatte. »Ich glaube, Gene entwickeln sich in Fruchtfliegen schneller ...«

»Gene?«, unterbrach Chruschtschow ihn. »Blödsinn! Noch nie hat jemand ein Gen gesehen.«

»Es hat auch noch niemand ein Atom gesehen, trotzdem hat die Bombe Hiroshima vernichtet.« Dimka bereute seine Worte, kaum dass er sie ausgesprochen hatte.

»Was wissen Sie denn schon davon?«, brüllte Chruschtschow. »Sie plappern doch nur nach, was andere Ihnen vorkauen! Wie ein Papagei! Skrupellose Bastarde nutzen naive Trampel wie Sie aus, um ihre Lügen zu verbreiten!« Er schüttelte die Faust. »Wir werden den Ertrag erhöhen! Sie werden schon sehen! Und jetzt aus dem Weg!«

Chruschtschow stürmte an Dimka vorbei aus dem Zimmer.

Iwan Tepper zuckte entschuldigend mit den Schultern.

»Machen Sie sich keine Sorgen«, sagte Dimka zu ihm. »Er war auch früher schon wütend auf mich. Morgen hat er es vergessen.« Er hoffte nur, dass es stimmte.

Doch Chruschtschows Wut war bei Weitem nicht so beunruhigend wie seine Irrtümer. Er lag falsch, was die Landwirtschaft betraf. Andrej Kossygin, der beste Ökonom im Politbüro, hatte Reformpläne entwickelt, die unter anderem eine Lockerung der ministerialen Kontrolle über Landwirtschaft und Industrie vorsahen. Dimkas Meinung nach war *das* genau der richtige Weg, nicht irgendwelche Wundermittel.

Und wenn Chruschtschow sich in diesem Fall schon irrte, irrte er sich dann vielleicht auch, was die Verschwörer betraf? Dimka wusste es nicht. Er hatte sein Bestes getan und seinen Chef gewarnt. Mehr war nicht drin. Er konnte schwerlich einen Gegenputsch anzetteln.

Als Dimka die Treppe hinunterstieg, hörte er Applaus aus der offenen Tür des Speisezimmers. Dort nahm Chruschtschow die Glückwünsche des Politbüros entgegen. Dimka blieb im Flur stehen. Der Beifall verstummte. Dann hörte er den tiefen Bass Leonid Breschnews: »Lieber Nikita Sergejewitsch! Wir, Ihre engsten Waffenbrüder, Mitglieder und Kandidaten des Politbüros und Sekretäre des Zentralkomitees, wünschen Ihnen von ganzem Herzen alles Gute zu Ihrem siebzigsten Geburtstag.«

Nach sowjetischen Standards war das geradezu überschwänglich.

Und das war immer ein schlechtes Zeichen.

*

Ein paar Tage später bekam Dimka eine Datscha.

Er musste dafür zahlen, doch die Miete war nur symbolisch. Aber wie bei allen Luxusgütern in der Sowjetunion war nicht der Preis das Problem, sondern wie man an die Spitze der Schlange kam.

Eine Datscha war das große Ziel eines jeden bessergestellten sowjetischen Paares, noch vor einem Auto. Und natürlich hatten nur Parteimitglieder einen Anspruch darauf.

»Ich frage mich, wie wir die bekommen haben«, sinnierte Dimka, nachdem er den Brief geöffnet hatte.

Für Nina war das sonnenklar. »Du arbeitest für Chruschtschow. Du hättest schon längst eine bekommen sollen.«

»Nicht unbedingt. Normalerweise muss man dafür mehrere Jahre im Amt sein. Vielleicht habe ich in letzter Zeit ja irgendwas getan, was ihm ausgesprochen gut gefallen hat ... Ich weiß nur nicht, was das sein könnte.« Dimka erinnerte sich an die Diskussion über Genforschung. »Eigentlich ist eher das Gegenteil der Fall.«

»Er mag dich«, sagte Nina. »Irgendjemand hat ihm eine Liste leer stehender Datschas gegeben, und er hat deinen Namen neben eine davon geschrieben. Vermutlich hat er nicht länger als fünf Sekunden darüber nachgedacht.«

»Wahrscheinlich hast du recht.«

Eine Datscha konnte alles Mögliche sein, von einem Palast am Meer bis hin zu einer Hütte im Ödland. Am folgenden Sonntag fuhren Dimka und Nina los, um sich anzuschauen, was sie bekommen hatten. Sie hatten einen Picknickkorb gepackt, sich Klein Grigori geschnappt und fuhren mit dem Zug zu einem kleinen Dorf dreißig Kilometer von Moskau. Die Neugier brachte sie beinahe um. Ein Bahnhofsangestellter erklärte ihnen den Weg zu ihrer Datscha. Zu Fuß waren es fünfzehn Minuten.

Die Datscha erwies sich als eingeschossige Holzhütte. Sie hatte einen großen Wohnraum mit offener Küche und zwei Schlafzimmer und stand in einem kleinen Garten mit einem Bach. Für Dimka war es das Paradies auf Erden. Erneut fragte er sich, womit er das verdient hatte.

Auch Nina gefiel es sehr. Aufgeregt lief sie durch die Zimmer und öffnete die Schränke. Dimka hatte sie schon seit Monaten nicht mehr so glücklich gesehen.

Grigori, der gerade laufen lernte, schien sich ebenfalls zu freuen, einen neuen Ort zu haben, an dem er stolpern und hinfallen konnte.

Dimka war optimistisch. Er stellte sich eine Zukunft vor, in der er und Nina Jahr für Jahr im Sommer herfuhren, zumindest an den Wochenenden. Und jedes Jahr würden sie darüber staunen, wie groß Grigori geworden war. Sie würden das Heranwachsen ihres Sohnes in Sommern messen: Nächsten Sommer würde er sprechen können, im übernächsten Sommer einen Ball fangen, und dann schwimmen und lesen. Jetzt war er noch ein Kleinkind, dann würde er im Garten auf Bäume klettern, und zu guter Letzt würde er den Mädchen im Dorf den Kopf verdrehen.

Offenbar war das Haus seit Jahren nicht mehr genutzt worden, und so rissen sie erst einmal die Fenster auf, wischten Staub und putzten den Boden. Eine Einrichtung war zwar teilweise vorhanden; dennoch stellten Dimka und Nina eine Liste all der Dinge auf, die sie bei ihrem nächsten Besuch mitbringen wollten: ein Radio, einen Samowar, einen Eimer ...

»Im Sommer könnte ich mit Grigori freitagmorgens herfahren«, sagte Nina. Sie spülte Tonschüsseln in der Küche. »Freitagabend könntest du dann nachkommen ... oder Samstagmorgen, wenn du Überstunden machen musst.«

»Es macht dir nichts aus, nachts allein hier zu sein?«, fragte Dimka, der gerade die Arbeitsplatte schrubbte. »Ich finde, hier ist es ganz schön einsam.«

Grigori quengelte und schrie nach seinem Mittagessen, und Nina setzte sich, um ihn zu füttern. Dimka schaute sich draußen um. Am Ende des Gartens würde er einen Zaun bauen müssen, damit Grigori nicht in den Bach fiel. Der war zwar nicht sonderlich tief, aber Dimka hatte gelesen, dass Kleinkinder bereits in wenige Zentimeter tiefem Wasser ertrinken konnten.

Ein Tor in der Mauer führte zu einem größeren Garten hinter der Datscha. Dimka fragte sich, wer wohl ihre Nachbarn waren. Das Tor war nicht verschlossen; also öffnete er es und ging hindurch. Er fand sich in einem kleinen Wäldchen wieder und erkundete es ein wenig, bis er ein Herrenhaus entdeckte. Wahrscheinlich hatte der Gärtner der Villa früher in der Datscha gewohnt.

Da er nicht in die Privatsphäre fremder Leute eindringen wollte, machte Dimka kehrt ... und stand plötzlich einem Soldaten gegenüber.

»Wer sind Sie?«, wollte der Mann wissen.

»Dmitri Dworkin. Ich ziehe in das kleine Haus nebenan.«

»Sie Glücklicher. Das ist wirklich ein Juwel.«

»Ja. Ich habe mich ein bisschen umgeschaut. Ich hoffe, das ist kein Problem.«

»Nein, nein, aber bleiben Sie lieber auf Ihrer Mauerseite. Das hier gehört Marschall Puschnoj.«

»Oh!« Dimka war überrascht. »Puschnoj ist ein Freund meines Großvaters.«

»Dann hat er Ihnen wohl auch die Datscha verschafft«, sagte der Soldat.

»Ja«, erwiderte Dimka misstrauisch. »So wird's wohl sein.«

KAPITEL 34

Georges Wohnung befand sich im obersten Stockwerk eines hohen, schmalen viktorianischen Reihenhauses in Capitol Hill. Ihm war es lieber als ein modernes Gebäude; er mochte die Proportionen der Zimmer aus dem neunzehnten Jahrhundert. Er hatte Ledersessel, einen Hi-Fi-Plattenspieler, jede Menge Bücherregale und statt überladener Vorhänge schlichte Leinwandjalousien vor den Fenstern.

Wenn Verena da war, sah die Wohnung sogar noch besser aus.

George liebte es, sie zu beobachten, wenn sie in seinem Zuhause alltägliche Dinge tat: sich auf die Couch setzen und die Schuhe abstreifen, in Unterwäsche Kaffee aufsetzen, nackt im Bad stehen und sich die Zähne putzen. Am meisten mochte er es, sie schlafend in seinem Bett zu sehen, so wie jetzt, die weichen Lippen leicht geöffnet, das hübsche Gesicht entspannt, einen langen schlanken Arm über den Kopf erhoben, sodass die auf seltsame Weise sexuell erregende Achselhöhle zu sehen war.

Er beugte sich vor und küsste sie dort. Sie gab einen kehligen Laut von sich, wachte aber nicht auf.

Verena wohnte hier, wenn sie in Washington war, was ungefähr einmal im Monat vorkam. Es trieb George schier in den Wahnsinn. Er wollte sie die ganze Zeit bei sich haben, doch sie war nicht bereit, ihre Arbeit für Martin Luther King in Atlanta aufzugeben, und George seinerseits konnte Bobby Kennedy nicht verlassen. Deshalb saßen sie fest.

George stieg aus dem Bett und ging nackt in die Küche. Er setzte Kaffee auf und dachte über Bobby nach, der jetzt die Kleidung seines erschossenen Bruders trug, zu viel Zeit mit Jackie an der Hand am Grab verbrachte und zuließ, dass seine politische Karriere den Bach hinunterging.

Bobby war der Favorit der Öffentlichkeit für den Posten des Vizepräsidenten. Lyndon B. Johnson hatte ihn bisher weder gebeten, im November sein Vizepräsidentschaftskandidat zu werden, noch hatte er die Möglichkeit ausgeschlossen. Die beiden Männer mochten einander nicht, aber das musste keineswegs ein Hinderungsgrund sein, sich zusammenzutun und für die Demokraten den Wahlsieg einzufahren.

Bobby bräuchte sich jedenfalls nicht sehr anzustrengen, um Johnsons Freund zu werden. Bei Lyndon kam man mit ein bisschen Anbiederung sehr weit. Eine Dinnerparty für Johnson auf Hickory Hill, dem Herrenhaus von Bobby und Ethel Kennedy in Virginia, ein paar herzliche Händedrücke vor aller Augen auf den Gängen des Kapitols, eine Rede, in der Bobby erklärte, Lyndon sei ein würdiger Nachfolger seines Bruders – es war leicht zu erreichen.

George hoffte, es würde so kommen. Eine Wahlkampagne holte Bobby vielleicht aus seiner lähmenden Trauer. Und George gefiel die Aussicht, an einem Präsidentschaftswahlkampf teilzunehmen.

Bobby konnte aus dem politisch relativ unbedeutenden Posten des Vizepräsidenten einiges machen – genauso, wie er das Amt des Justizministers revolutioniert hatte. Er würde zu einem prominenten Verfechter sämtlicher Ideale werden, an die er glaubte, vor allem der Bürgerrechte.

Doch zuerst musste Bobby zurück ins Leben geholt werden – irgendwie.

George schenkte zwei Becher Kaffee ein und ging ins Schlafzimmer zurück. Ehe er wieder unter die Decke schlüpfte, schaltete er den Fernseher ein. Wie Elvis hatte er in jedem Raum ein TV-Gerät: Ihm wurde unbehaglich, wenn er zu lange keine Nachrichten sah.

»Mal schauen«, murmelte er, »wer in Kalifornien die Vorwahlen der Republikaner gewonnen hat.«

Verena erwiderte schläfrig: »Du bist so ein Romantiker, Baby, ich könnte sterben.«

George lachte leise. »Wen versuchst du zu täuschen?«, fragte er. »Du willst die Nachrichten doch auch sehen.«

»Okay, hast ja recht.« Sie setzte sich auf und nippte von ihrem Kaffee. Die Bettdecke rutschte von ihr. George musste den Blick von ihr losreißen und auf den Bildschirm schauen.

Die führenden Kandidaten für die republikanische Nominierung waren Barry Goldwater, der rechtsgerichtete Senator aus Arizona, und Nelson Rockefeller, der liberale Gouverneur des Bundesstaates New York. Goldwater war ein Extremist, der die Gewerkschaften hasste, die Wohlfahrt, die Sowjetunion und am allermeisten die Bürgerrechtsbewegung. Der kultivierte Rockefeller war Befürworter der Rassenintegration und ein Bewunderer Martin Luther Kings.

Bislang hatten sie Kopf an Kopf gelegen, aber das Ergebnis der gestrigen Vorwahl in Kalifornien wäre entscheidend. Der Gewinner bekäme sämtliche Delegierten des Bundesstaates; das machte rund fünfzehn Prozent der Gesamtzahl auf der Nominierungsversammlung der Republikanischen Partei. Wer immer gestern Abend gesiegt hatte, war mit ziemlicher Sicherheit republikanischer Präsidentschaftskandidat.

Die Werbepause endete, die Sendung begann, und die Vorwahl war die Topnachricht. Goldwater hatte gewonnen. Sein Sieg war knapp – 52 zu 48 Prozent –, aber er hatte sämtliche kalifornischen Delegierten in der Tasche.

»Zum Teufel«, sagte George.

»Allerdings«, sagte Verena.

»Das ist wirklich eine schlechte Nachricht. Ein eingefleischter Rassist als einer der beiden Präsidentschaftskandidaten.«

»Vielleicht ist es eine gute Nachricht«, wandte Verena ein. »Möglich, dass alle vernünftigen Republikaner für die Demokraten stimmen, nur um Goldwater aus dem Amt zu halten.«

»Das ist eine Hoffnung wert.«

Das Telefon klingelte. George nahm am Apparat auf dem Nachttisch ab. Augenblicklich erkannte er den Südstaatlerakzent von Skip Dickerson. »Hast du das Ergebnis gesehen, George?«

»Ja. Goldwater, dieser Scheißkerl.«

»Wir halten es für eine gute Nachricht. Rockefeller hätte Johnson schlagen können, aber Goldwater ist zu konservativ. Im November wischt Johnson den Boden mit ihm auf.«

»Der Meinung sind auch Martin Luther Kings Leute.«

»Das weißt du jetzt schon? Es wurde doch gerade erst bekannt gegeben. Du liegst doch nicht etwa mit Dr. King im Bett?«

George lachte. »Völlig egal, mit wem ich im Bett liege. Was hat Johnson zu dem Ergebnis gesagt?«

Skip zögerte. »Das wird dir nicht gefallen.«

»Jetzt muss ich es erst recht wissen.«

»Also, er sagte: ›Jetzt kann ich ohne die Hilfe von diesem kleinen Wicht gewinnen.‹ Ich entschuldige mich dafür, aber du hast gefragt.«

»Verdammt, ja.«

Der »kleine Wicht« war Bobby Kennedy. George sah augenblicklich, welche politische Rechnung Lyndon B. Johnson angestellt hatte. Wäre Rockefeller sein Gegner gewesen, hätte er hart um die Stimmen der liberalen Wähler kämpfen müssen, und Bobby an seiner Seite hätte ihm geholfen, sie zu erringen. Doch wenn er gegen Goldwater antrat, konnte er ganz von selbst auf sämtliche liberalen Demokraten und obendrein viele liberale Republikaner zählen. Sein Problem wäre eher, sich die Stimmen der weißen Arbeiter zu sichern, unter denen es viele Rassisten gab. Also brauchte er Bobby nicht mehr – im Gegenteil, Bobby wäre jetzt eine Belastung für ihn.

»Tut mir leid, George«, sagte Skip, »aber das ist Realpolitik.« Er benutzte das deutsche Wort.

»Yeah. Ich sage es Bobby. Obwohl der es wahrscheinlich schon erraten hat. Danke für die Information.«

»Gern geschehen.«

George legte auf. Zu Verena sagte er: »Johnson möchte Bobby jetzt nicht mehr als Vizepräsidentschaftskandidaten.«

»Das leuchtet ein. Er kann Bobby nicht leiden, und jetzt braucht er ihn nicht mehr. Wen nimmt er stattdessen?«

»Gene McCarthy, Hubert Humphrey oder Thomas J. Dodd.«

»Wo steht dann Bobby?«

»Da liegt das Problem.« George stand auf und drehte die Lautstärke des Fernsehers auf ein Murmeln herunter, dann kam er zurück ins Bett. »Als Justizminister ist Bobby seit dem Attentat auf seinen Bruder nutzlos. Ich mache weiter Druck mit Verfahren gegen Südstaaten, die Neger am Wahlrecht hindern, aber es interessiert Bobby nicht besonders. Er hat auch das organisierte Verbrechen aus den Augen verloren – und dabei kam er so gut voran! Wir konnten Jimmy Hoffa verurteilen, und Bobby hat es kaum bemerkt.«

»Wo stehst dann du, George?«

»Vielleicht kündige ich.«

»Wow.«

»Seit einem halben Jahr treten wir auf der Stelle«, sagte George. »Das mache ich nicht mehr lange mit. Wenn Bobby sich wirklich verausgabt hat, mache ich woanders weiter. Ich bewundere ihn mehr als jeden anderen, aber ich werde ihm nicht mein Leben opfern.«

»Was willst du machen?«

»Wahrscheinlich könnte ich eine gute Stelle in einer Washingtoner Kanzlei bekommen. Ich bringe drei Jahre Erfahrung im Justizministerium mit. Das ist eine Menge wert.«

»Nur stellen sie kaum Neger ein.«

»Stimmt. Etliche Kanzleien laden mich nicht mal zum Vorstellungsgespräch ein. Aber andere nehmen mich vielleicht, nur um zu zeigen, wie liberal sie sind.«

»Wirklich?«

»Die Zeiten ändern sich. Lyndon legt großen Wert auf Chancengleichheit. Er hat Bobby eine Note geschickt, in der er sich beschwert, dass das Justizministerium kaum weibliche Juristen einstellt.«

»Gut für Johnson.«

»Bobby war stocksauer.«

»Also arbeitest du für eine Kanzlei.«

»Wenn ich in Washington bleibe.«

»Wohin würdest du denn gehen?«

»Nach Atlanta. Falls Dr. King mich noch will.«

»Du würdest nach Atlanta ziehen«, sagte Verena nachdenklich.

»Das könnte ich.«

Stille. Beide blickten auf den Bildschirm. Ringo Starr habe eine Mandelentzündung, informierte sie der Nachrichtensprecher. George sagte: »Würde ich nach Atlanta ziehen, könnten wir die ganze Zeit zusammen sein.«

Verena schaute ihn ernst an.

»Würde dir das gefallen?«, fragte George.

Noch immer antwortete sie nicht.

Er wusste wieso. Er hatte es zwar nicht geplant, aber sie waren an dem Punkt gelangt, an dem sie entscheiden mussten, ob sie heiraten wollten oder nicht.

Verena wartete darauf, dass er ihr einen Antrag machte.

Das Bild Maria Summers' trat George vor Augen, ungebeten, ungewollt. Er zögerte.

Das Telefon klingelte.

George nahm ab. Bobby Kennedy war am Apparat. »He, George, aufwachen«, sagte er im Scherz.

George versuchte, den Gedanken an Heirat für eine Minute von sich wegzuschieben. Bobby klang so fröhlich wie lange nicht mehr.

»Haben Sie das Ergebnis aus Kalifornien mitbekommen?«, fragte George.

»Ja. Es bedeutet, dass Lyndon mich nicht braucht. Deshalb kandidiere ich als Senator. Was halten Sie davon?«

George war verblüfft. »Als Senator? Für welchen Staat?«

»New York.«

Also käme Bobby in den Senat. Vielleicht konnte er die verkrusteten alten Konservativen mit ihren Filibustern und ihren Verzögerungstaktiken aufrütteln. »Das ist ja großartig!«, stieß George hervor.

»Ich möchte Sie in meinem Wahlkampfteam haben. Was sagen Sie?«

George blickte Verena an. Er war ganz kurz davor gewesen, um ihre Hand anzuhalten, aber jetzt zog er nicht nach Atlanta, sondern würde auf Wahlkampfreise sein. Und wenn Bobby siegte, kam er nach Washington zurück und arbeitete für Senator Kennedy. Alles hatte sich geändert – schon wieder.

»Ich sage Ja«, antwortete George. »Wann fangen wir an?«

KAPITEL 35

Dimka war mit Chruschtschow in Pizunda am Schwarzen Meer, als Breschnew anrief. Es war Montag, der 12. Oktober 1964.

Chruschtschow war nicht gerade in Hochform. Es mangelte ihm an Energie, und er sprach häufig davon, dass alte Männer in den Ruhestand gehen und für die nächste Generation Platz machen sollten. Dimka vermisste den alten Chruschtschow, den pummeligen Gnom mit den schelmischen Ideen; er fragte sich, ob dieses alte Schlitzohr je wieder zurückkehrte.

Das Arbeitszimmer war ein vollständig mit Holz verkleideter Raum. Auf dem Boden lag ein dicker Orientteppich, und auf dem Mahagonischreibtisch stand gleich eine ganze Reihe von Telefonen. Der Apparat, der nun klingelte, war eine der Verbindungen zwischen hohen Partei- und Regierungsstellen. Dimka nahm ab, hörte Breschnews tiefe, grollende Stimme und reichte Chruschtschow den Hörer.

Dimka bekam nur die Hälfte mit. Was immer Breschnew sagte, sein Chef antwortete mit: »Warum? Über welches Thema? ... Was ist denn so dringend? Ich bin in Urlaub ... Was soll das heißen, alle sind zusammengekommen? ... Morgen? ... Na gut!«

Nachdem Chruschtschow aufgelegt hatte, erklärte er Dimka, was los war. Das Politbüro wollte, dass er umgehend nach Moskau zurückkehrte, um dringende landwirtschaftliche Probleme zu besprechen. Breschnew war sehr nachdrücklich gewesen.

Dann saß Chruschtschow lange Zeit einfach nur da und dachte nach. Er ließ Dimka nicht gehen. Schließlich sagte er: »Es gibt keine dringenden landwirtschaftlichen Probleme. Es geht um das, wovor Sie mich vor sechs Monaten gewarnt haben, damals an meinem Geburtstag. Die werden mich absägen.«

Dimka war entsetzt. Natalja hatte also recht gehabt. Doch Dimka hatte Chruschtschows Versicherungen geglaubt, und tatsächlich war im Juni auch nichts geschehen. Niemand hatte Chruschtschow nach seiner Skandinavienreise verhaftet, und Natalja hatte zugegeben, dass sie nicht mehr wisse, was hinter den Kulissen vor sich ging.

Also war Dimka davon ausgegangen, dass die Verschwörung sich zerschlagen hatte.

Jetzt aber sah es so aus, als wäre das Ganze nur verschoben worden. Doch Chruschtschow war ein Kämpfer.

»Was werden Sie jetzt tun?«, fragte Dimka.

»Nichts«, antwortete Chruschtschow. »Wenn Breschnew glaubt, er kann es besser, soll er es ruhig versuchen, der Arsch.«

»Aber was wird geschehen, wenn er das Sagen hat? Er hat nicht annähernd die Vorstellungskraft und Energie, um die Reformen gegen den Widerstand der Bürokratie voranzutreiben.«

»Breschnew sieht keine Notwendigkeit für Reformen«, sagte der alte Mann. »Vielleicht hat er damit sogar recht.«

Dimka war entsetzt.

Im April hatte er kurz darüber nachgedacht, Chruschtschow zu verlassen und sein Glück bei einem anderen Kremlführer zu versuchen, hatte sich letztendlich aber dagegen entschieden. Jetzt sah es ganz so aus, als wäre das ein schwerer Fehler gewesen.

»Wir werden morgen aufbrechen«, erklärte Chruschtschow nüchtern. »Sagen Sie mein Mittagessen mit dem französischen Außenminister ab.«

Dimka regelte alles. Er sorgte dafür, dass die französische Delegation früher erschien, stellte sicher, dass das Flugzeug und Chruschtschows persönlicher Pilot bereitstanden, und änderte den Terminplan für morgen. Doch er tat das alles wie in Trance. Wie hatte es nur so weit kommen können, und dann auch noch so schnell?

Bis jetzt war noch nie ein sowjetischer Führer zurückgetreten. Sowohl Lenin als auch Stalin waren im Amt gestorben. Würden die Rivalen Chruschtschow jetzt umbringen? Und wenn ja, was drohte dann seinen Mitarbeitern?

Dimka fragte sich, wie lange er noch zu leben hatte. Ob sie ihn den kleinen Grigori noch einmal sehen ließen?

Dann aber verdrängte er diese Gedanken erst einmal. Wenn er von Furcht wie gelähmt war, konnte er nicht handeln.

Um ein Uhr am nächsten Tag brachen sie auf.

Der Flug nach Moskau dauerte zweieinhalb Stunden, ohne die Zeitzone zu wechseln. Dimka hatte keine Ahnung, was sie dort erwartete.

Sie flogen nach Wnukowo, südlich von Moskau. Von dort gingen alle offiziellen Flüge ab. Dimka stieg hinter Chruschtschow aus dem Flugzeug. Nicht die üblichen Regierungsmitglieder erwarteten sie, nur eine kleine Gruppe niederrangiger Funktionäre. In diesem Moment wusste Dimka, dass es vorbei war.

Zwei Wagen parkten auf dem Flugfeld: eine ZIL-III-Limousine und ein fünfsitziger Moskwitsch 403. Chruschtschow ging zu der Limousine, während Dimka zu dem bescheideneren Moskwitsch geführt wurde.

Chruschtschow erkannte sofort, dass man sie trennen wollte. Bevor er in den Wagen stieg, drehte er sich noch einmal um und sagte: »Dimka.«

Dimka war den Tränen nahe. »Ja, Genosse Generalsekretär?«

»Ich werde Sie vielleicht nie wiedersehen.«

»Das kann nicht sein!«

»Es gibt da noch etwas, was ich Ihnen sagen sollte.«

»Und was, Genosse?«

»Puschnoj fickt Ihre Frau.«

Dimka starrte ihn sprachlos an.

»Ich dachte, das sollten Sie wissen«, sagte Chruschtschow. »Auf Wiedersehen.« Er stieg ein, und die Limousine fuhr davon.

Wie benommen setzte Dimka sich in den Moskwitsch. Er würde den alten Bauern vielleicht nie wiedersehen. Und Nina schlief mit einem dicklichen alten Marschall mit grauem Schnurrbart. Das war alles zu viel für ihn.

Nach einer Minute fragte der Fahrer: »Nach Hause oder ins Büro?«

Dimka war überrascht, dass er überhaupt eine Wahl hatte. Also würde man ihn doch nicht in den Keller der Lubjanka bringen ... jedenfalls nicht heute. Er war erleichtert.

Er dachte kurz nach. Arbeiten war sinnlos. Er konnte ja wohl kaum Termine für einen politischen Führer vorbereiten, der kurz vor seinem Sturz stand.

»Nach Hause«, sagte er.

Als er dort ankam, brachte er es nicht über sich, Nina zur Rede zu stellen. Es war ihm peinlich, als wäre er derjenige, der etwas falsch gemacht hatte.

Und er hatte ja tatsächlich Schuld auf sich geladen. Eine Nacht Oralsex mit Natalja war zwar nicht so schlimm wie eine Monate währende Affäre, wie Chruschtschow angedeutet hatte, aber schlimm genug.

Dimka sagte nichts, während Nina Grigori fütterte. Dann badete Dimka seinen Sohn und brachte ihn ins Bett, während Nina das Abendessen kochte. Beim Essen erzählte Dimka seiner Frau, dass Chruschtschow heute oder morgen von allen Ämtern zurücktreten würde. In ein paar Tagen würde es dann in der Zeitung stehen, vermutete er.

Nina war besorgt. »Und was ist mit deiner Stelle?«

»Ich weiß es nicht«, antwortete Dimka bedrückt. »Im Augenblick zerbricht sich niemand wegen irgendwelcher Mitarbeiter den Kopf. Vermutlich geht es jetzt erst einmal darum, ob sie Chruschtschow umbringen oder nicht. Um die kleinen Fische können sie sich später kümmern.«

»Dir wird schon nichts passieren«, sagte Nina nach kurzem Nachdenken. »Deine Familie hat Einfluss.«

Dimka war sich da nicht so sicher.

Sie räumten den Tisch ab. Nina fiel auf, dass Dimka nicht viel gegessen hatte. »Hat dir der Eintopf nicht geschmeckt?«, fragte sie.

»Ich stehe ein wenig neben mir«, antwortete Dimka und platzte dann heraus: »Bist du Marschall Puschnojs Geliebte?«

»Mach dich nicht lächerlich«, schnaubte Nina.

»Ich meine es ernst. Bist du seine Geliebte oder nicht?«

Nina knallte das Geschirr in die Spüle. »Wie kommst du denn auf so eine verrückte Idee?«

»Genosse Chruschtschow hat es mir gesagt. Ich nehme an, er hat die Information vom KGB.«

»Woher wollen die das denn wissen?«

Dimka fiel auf, dass seine Frau jede Frage mit einer Gegenfrage beantwortete, was für gewöhnlich ein Schuldeingeständnis war. »Der KGB behält jeden hohen Funktionär im Auge.«

»Mach dich nicht lächerlich«, sagte Nina noch einmal, setzte sich und holte ihre Zigaretten hervor.

»Du hast auf der Beerdigung meiner Großmutter mit Puschnoj geflirtet.«

»Flirten ist eine Sache ...«

»Und dann haben wir eine Datscha bekommen, die direkt neben seiner liegt.«

Nina steckte sich die Zigarette zwischen die Lippen und entzündete ein Streichholz, doch es erlosch sofort wieder. »Das war nur Zufall ...«

»Du weißt dich wirklich zu beherrschen, Nina. Aber deine Hände zittern.«

Nina warf das erloschene Streichholz auf den Boden. »Was glaubst du eigentlich, wie ich mich fühle?«, fuhr sie ihn an. »Ich sitze den ganzen Tag in dieser Wohnung und kann mit niemandem reden außer mit einem Baby und deiner Mutter. Ich wollte eine Datscha! *Du* hast uns ja keine besorgt!«

Es traf Dimka wie ein Schlag ins Gesicht. »Dann hast du also die Beine breitgemacht, um an die Datscha zu kommen?«

»Jetzt sei doch mal realistisch! Wie soll man denn in Moskau sonst etwas bekommen?« Schließlich gelang es ihr doch noch, die Zigarette anzuzünden, und sie nahm einen kräftigen Zug. »Du arbeitest für einen verrückten Generalsekretär, und ich, ich gehe mit einem geilen alten Marschall ins Bett. Na und? Das ist kein so großer Unterschied.«

»Und warum bist du mit mir ins Bett gegangen?«

Nina schwieg, ließ den Blick aber demonstrativ in die Runde schweifen.

Dimka verstand sofort. »Für eine Wohnung im Haus am Ufer?«

Nina leugnete nicht.

»Ich dachte, du liebst mich«, sagte er.

»Ach, ich hab dich schon gemocht, und das reicht doch wohl, oder? Sei nicht so ein Weichling. Das hier ist die Wirklichkeit. Wenn du etwas willst, musst du den Preis dafür zahlen.«

»Na, dann ist es wohl kein Problem, wenn ich dir sage, dass ich dir auch nicht treu war.«

»Ha!«, rief Nina. »Und ich dachte, du hättest nicht den Mumm. Wer ist die Glückliche?«

»Das möchte ich lieber nicht sagen.«

»Irgendeine kleine Tippse im Kreml, nicht wahr?«

»Es war nur eine Nacht, und wir hatten auch keinen Geschlechtsverkehr, aber das macht es nicht besser.«

»Oh, um Himmels willen! Glaubst du vielleicht, das interessiert mich? Mach ruhig! Genieß es!«

War Nina wütend? Oder zeigte sie gerade ihr wahres Gesicht? Dimka war verwirrt. »So eine Ehe habe ich mir nicht für uns vorgestellt«, sagte er.

»Glaub mir, es gibt keine anderen Ehen.«

»Oh doch«, widersprach er ihr.

»Träum du deine Träume, ich träume meine.« Sie schaltete den Fernseher ein.

Dimka starrte eine Zeit lang auf den Bildschirm, ohne etwas zu sehen oder zu hören. Irgendwann ging er ins Bett, schlief aber nicht. Später kroch Nina zu ihm, doch sie berührten einander nicht.

Am nächsten Tag verließ Chruschtschow den Kreml für immer.

Dimka fuhr weiterhin jeden Morgen zur Arbeit. Jewgeni Filipow lief inzwischen in einem schönen neuen Anzug herum. Er war befördert worden. Offenbar war er Teil der Verschwörung gegen Chruschtschow gewesen und hatte sich eine Belohnung verdient.

Zwei Tage später, am Freitag, verkündete die *Prawda* Chruschtschows Rücktritt.

Dimka saß in seinem Büro und hatte wenig zu tun außer Zeitunglesen. Die westlichen Medien berichteten, der britische Premierminister habe ebenfalls sein Amt verloren. Der konservative Sir Alec Douglas-Home war nach der Wahl durch den Labourpolitiker Harold Wilson ersetzt worden.

Zynisch dachte Dimka: Irgendwas stimmt nicht, wenn in einem kapitalistischen Land ein aristokratischer Premier vom Volk gefeuert und durch einen Sozialdemokraten ersetzt wird, während im führenden sozialistischen Staat solche Dinge hinter verschlossenen Türen geregelt und erst Tage später einem machtlosen Volk verkündet werden.

Und die Briten untersagten die Kommunistische Partei nicht einmal. Sechsunddreißig Kandidaten der KP waren zu den Parlamentswahlen angetreten, doch keiner war gewählt worden.

Vor einer Woche hätte Dimka so etwas noch mit der grundsätzlichen Überlegenheit des Sozialismus gerechtfertigt, besonders nachdem er reformiert worden war. Doch jetzt war alle Hoffnung auf Reform dahin, und die Sowjetunion würde auf absehbare Zeit mit ihren Fehlern leben müssen. Dimka wusste, was seine Schwester nun sagen würde: »Genau dieser Widerstand gegen jede Veränderung ist das Problem.« Doch Dimka wollte es einfach nicht akzeptieren.

Am Tag darauf verurteilte die *Prawda* Subjektivismus und Abweichlertum, verrückte Ideen, Prahlerei und andere Sünden Chruschtschows. Dimkas Meinung nach war alles völliger Blödsinn, wie es nicht anders zu erwarten gewesen war. Was hier geschah, war schlicht ein gewaltiger Rückschlag. Die Nomenklatura verweigerte sich dem Fortschritt. Stattdessen hatte sie beschlossen, sich an das zu halten, was sie kannte: strenge Kontrolle der Wirtschaft, Unterdrückung jeglicher Kritik und Verzicht auf Experimente. So fühlten sie sich wohl ... und die Sowjetunion lief weiter dem Westen hinterher, ökonomisch, militärisch, global.

Breschnew gab Dimka nur kleine Aufgaben. Nach wenigen Tagen teilte er sich ein kleines Büro mit einem von Breschnews Beratern. Es war nur eine Frage der Zeit, bis er rausgeworfen wurde. Allerdings wohnte Chruschtschow noch immer in seinem Haus auf den Leninhügeln; deshalb wuchs mit jedem Tag Dimkas stille Hoffnung, dass er und sein Chef das Ganze zumindest überlebten.

Nach einer Woche wurde Dimka versetzt.

Vera Pletner brachte ihm die Anweisung in einem versiegelten Umschlag, sah dabei aber so traurig aus, dass Dimka sofort wusste, dass es nichts Gutes zu bedeuten hatte. Er öffnete den Umschlag. In dem Brief gratulierte man ihm zu seiner Beförderung. Von jetzt an war er stellvertretender Parteisekretär von Charkow.

»Charkow«, sagte er. »Scheiße.«

Dimkas Beziehung zu dem in Ungnade gefallenen Sowjetführer hatte offenbar schwerer gewogen als der Einfluss seiner weithin respektierten Familie. Das war keine Beförderung, sondern eine Degradierung. Mit einer Gehaltserhöhung durfte er nicht rechnen ... Allerdings war das Geld in der Sowjetunion auch nicht viel wert. Zwar würde man ihm eine Wohnung zuweisen und ein Auto, aber dafür würde er in der Ukraine festsitzen, weit weg vom Zentrum der Macht.

Und am schlimmsten von allem: Er würde fast tausend Kilometer von Natalja entfernt sein.

Dimka versank in Depression. Chruschtschow war erledigt; Dimkas eigene Karriere ging den Bach hinunter; die Sowjetunion würde bestenfalls stagnieren; seine Ehe mit Nina lag in Trümmern, und er musste Natalja verlassen, den einzigen Lichtblick in seinem Leben.

Wie hatte es nur so weit kommen können?

Dieser Tage wurde in der Kneipe am Ufer nicht viel gefeiert, doch an diesem Abend traf Dimka Natalja dort zum ersten Mal seit seiner Rückkehr aus Pizunda. Nataljas Chef, Andrej Gromyko, hatte der Putsch nicht getroffen. Er war nach wie vor Außenminister, und so hatte auch Natalja ihre Stelle behalten.

»Chruschtschow hat mir ein Abschiedsgeschenk gemacht«, sagte Dimka.

»Welches?«

»Er hat mir erzählt, dass Nina eine Affäre mit Marschall Puschnoj hat.«

»Glaubst du das?«

»Ich nehme an, Chruschtschow wusste es vom KGB.«

»Auch der KGB kann sich mal irren.«

Dimka schüttelte den Kopf. »Nina hat es zugegeben. Da war doch diese wunderbare Datscha, die wir direkt neben Puschnojs Villa bekommen haben ...«

»Oh, Dimka, das tut mir leid.«

»Ich frage mich nur, wer auf Grigori aufgepasst hat, während die beiden im Bett waren.«

»Was wirst du jetzt tun?«

»Ich kann schwerlich den Entrüsteten spielen. Hätte ich den Mut dazu, hätte ich schon längst eine Affäre mit dir.«

Natalja schaute ihn besorgt an. »Sag das nicht.« Die unterschiedlichsten Gefühle huschten über ihr Gesicht: Mitleid, Trauer, Sehnsucht, Angst, Unsicherheit. Mit einer fahrigen Geste strich sie sich das Haar zurück.

»Aber jetzt ist es ohnehin zu spät dafür«, sagte Dimka. »Ich bin nach Charkow versetzt worden.«

»*Was?*«

»Ich habe gerade davon erfahren. Stellvertretender Parteisekretär.«

»Aber ... wann sehe ich dich dann wieder?«

»Nie, nehme ich an.«

Natalja traten Tränen in die Augen. »Aber ich kann ohne dich nicht leben ...«

Dimka war überrascht. Natalja mochte ihn, das wusste er, aber so hatte sie noch nie geredet, auch nicht in der einen Nacht, die sie gemeinsam verbracht hatten. »Was meinst du damit?«, fragte er dümmlich.

»Ich liebe dich. Hast du das nicht gewusst?«

»Nein, ich ...« Er war vollkommen verwirrt.

»Ich liebe dich schon lange.«

»Warum hast du mir das nie gesagt?«

»Ich hatte Angst.«

»Angst? Wovor denn?«

»Vor meinem Mann.«

Dimka hatte es sich schon gedacht. Er hatte zwar keine Beweise, nahm aber an, dass Nik für die brutalen Prügel verantwortlich war, die Max, der Schwarzmarkthändler, hatte einstecken müssen, nachdem er Natalja übers Ohr gehauen hatte. Da konnte es kaum verwundern, dass Niks Frau Angst hatte, einem anderen Mann ihre Liebe zu gestehen. Und das war auch der Grund für Nataljas Launenhaftigkeit Dimka gegenüber.

»Ja, vor dem fürchte ich mich auch«, sagte er.

»Wann gehst du?«

»Freitag kommen die Möbelpacker.«

»So bald schon?«

»Im Büro bin ich untragbar. Sie wollen mich aus dem Weg haben.«

Natalja holte ein weißes Taschentuch aus der Tasche und tupfte sich damit die Augen ab. Dann beugte sie sich über den kleinen Tisch zu Dimka. »Erinnerst du dich noch an das Zimmer mit den alten Zarenmöbeln?«

Er lächelte. »Wie könnte ich das vergessen?«

»Und das Bett mit den vier Pfosten?«

»Natürlich.«

»Es war so staubig.«

»Und kalt.«

Nataljas Stimmung hatte sich schon wieder verändert; jetzt neckte sie ihn. »An was erinnerst du dich vor allem?«

Eine Sache fiel Dimka sofort ein: Nataljas kleine Brüste und die spitzen Brustwarzen. Aber das schob er rasch beiseite.

»Komm schon«, forderte Natalja ihn auf. »Du kannst es mir ruhig sagen.«

Was hatte er zu verlieren? »An deine Brustwarzen«, sagte er teils verlegen, teils erregt.

Sie kicherte. »Möchtest du sie noch mal sehen?«

Dimka schluckte. »Rate mal.«

Natalja stand auf und schaute ihn mit plötzlicher Entschlossenheit an. »Komm um sieben ins Möbelzimmer«, sagte sie und ging hinaus.

*

Nina war außer sich. »Charkow?«, rief sie wutentbrannt. »Was soll ich denn in so einem Scheißkaff?«

Normalerweise fluchte Nina nie. Sie empfand es als primitiv und ihrer sozialen Stellung nicht mehr angemessen. Dass sie sich nun vergaß, zeigte, wie sehr es sie traf.

Aber Dimka hatte kein Mitleid mit ihr. »Ich bin sicher, du wirst auch dort bei der Gewerkschaft arbeiten können.« Auf jeden Fall war es an der Zeit, dass sie Grigori im Kindergarten anmeldete und wieder zur Arbeit ging. Das erwartete man von sowjetischen Müttern.

»Ich will aber nicht in die Provinz verbannt werden.«

»Ich auch nicht. Glaubst du vielleicht, ich hätte mich freiwillig gemeldet?«

»Hast du das nicht kommen sehen?«

»Doch, und ich habe sogar darüber nachgedacht, die Stelle zu wechseln, aber ich hatte immer noch die Hoffnung, der Putsch sei abgeblasen worden. Dabei hatten sie ihn bloß verschoben. Und die Verschwörer haben natürlich alles getan, damit ich im Dunkeln bleibe.«

Nina musterte ihn mit berechnendem Blick. »Ich nehme an, du hast dich letzte Nacht von deiner Tippse verabschiedet.«

»Du hast doch gesagt, das ist dir egal.«

»Na schön, Klugscheißer. Wann müssen wir los?«

»Am Freitag.«

»Verdammt!« Wütend begann Nina zu packen.

Am Mittwoch sprach Dimka mit seinem Onkel Wolodja über den Umzug. »Es geht nicht nur um meine Karriere«, sagte er. »Ich arbeite ja nicht für mich selbst in der Regierung. Ich will beweisen, dass der Sozialismus funktionieren kann. Aber dann muss er sich verändern und verbessern. Jetzt habe ich Angst, dass es wieder rückwärtsgeht.«

»Wir werden dich so schnell wie möglich wieder nach Moskau holen«, erklärte Wolodja.

»Danke.« Dimka seufzte. Sein Onkel hatte ihn schon immer unterstützt.

»Du hast es verdient«, sagte Wolodja warmherzig. »Du bist klug und sorgst dafür, dass sich etwas bewegt. Solche Menschen gibt es nicht im Überfluss. Ich wollte, ich hätte dich bei mir.«

»Ich war nie der soldatische Typ.«

»Ich weiß. Hör zu, du musst deine Loyalität jetzt durch harte Arbeit beweisen. Du darfst dich nicht beschweren ... und vor allem darfst du nicht ständig darum betteln, wieder nach Moskau geschickt zu werden. Wenn du das fünf Jahre durchhältst, kann ich an deiner Rückkehr arbeiten.«

»Fünf Jahre?«

»Dann kann ich damit *anfangen*, mich für dich einzusetzen. Du musst mit mindestens zehn Jahren rechnen. Wir wissen ja noch nicht, wie es mit Breschnew läuft.«

In zehn Jahren könnte die Sowjetunion endgültig den Anschluss an den Westen verloren haben und in Armut versunken sein, dachte Dimka. Aber es war sinnlos, das auszusprechen. Wolodja war nicht nur Dimkas beste Chance, er war seine einzige.

Dimka sah Natalja am Donnerstag wieder. Ihre Lippe war aufgeplatzt. »War das Nik?«, fragte Dimka aufgebracht.

»Ich bin auf einer vereisten Treppe ausgerutscht und aufs Gesicht gefallen«, antwortete sie.

»Ich glaube dir nicht.«

»Es stimmt aber«, erwiderte Natalja, wollte sich aber nicht noch einmal im Möbelzimmer mit ihm treffen.

Am Freitagmorgen hielt ein Möbelwagen vor dem Haus am Ufer. Zwei Männer in Arbeitsanzügen transportierten Dimkas und Ninas Halbseligkeiten mit dem Aufzug hinunter.

Als der Lastwagen fast vollgepackt war, legten sie eine kurze Pause ein. Nina machte ihnen Butterbrote und Tee. Das Telefon klingelte, und der

Pförtner sagte: »Da ist ein Bote aus dem Kreml, Genosse Dworkin. Er will Sie persönlich sehen.«

»Schicken Sie ihn rauf.«

Zwei Minuten später stand Natalja in einem champagnerfarbenen Nerz vor der Tür. Mit ihrer aufgeplatzten Lippe sah sie wie eine Göttin aus, die verprügelt worden war.

Dimka starrte sie verblüfft an. Dann schaute er zu Nina.

Der fiel sein schuldbewusster Blick sofort auf, und sie funkelte Natalja wütend an. Dimka fürchtete schon, die beiden Frauen würden sich an die Kehle gehen. Rasch trat er zwischen sie.

Nina verschränkte die Arme vor der Brust. »Soso, Dimka«, sagte sie. »Ich nehme an, das ist deine kleine Tippse.«

Was sollte er darauf sagen? Ja? Nein? Sie ist meine Geliebte?

Trotzig hielt Natalja dem Blick Ninas stand. »Ich bin keine Tippse«, sagte sie.

»Keine Angst«, erwiderte Nina. »Ich weiß genau, was du bist.«

Und das von einer Frau, die mit einem fetten alten Marschall gebumst hat, um eine Datscha zu bekommen, dachte Dimka.

Natalja musterte ihn ernst; dann reichte sie ihm einen offiziell aussehenden Briefumschlag.

Dimka riss ihn auf. Der Brief kam von Alexej Kossygin, dem Reformökonomen. Trotz seiner radikalen Ideen verfügte er über eine starke Machtbasis, und Breschnew hatte ihn zum Ministerpräsidenten ernannt.

Dimkas Herz setzte einen Schlag aus. In dem Brief bot Kossygin ihm eine Stelle als Berater an – hier in Moskau.

»Wie hast du das denn geschafft?«, fragte er Natalja.

»Das ist eine lange Geschichte.«

»Danke!« Am liebsten hätte Dimka sie umarmt und geküsst, doch er hielt sich zurück. Stattdessen wandte er sich Nina zu. »Ich bin gerettet«, verkündete er. »Ich kann in Moskau bleiben. Natalja hat mir eine Stelle bei Kossygin besorgt.«

Die beiden Frauen funkelten einander an. Der gegenseitige Hass war offensichtlich. Niemand wusste, was er sagen sollte.

Nach langem Schweigen fragte einer der Umzugshelfer: »Heißt das, wir müssen wieder ausladen?«

*

Tanja flog mit Aeroflot nach Sibirien und machte auf dem Weg nach Irkutsk eine Zwischenlandung in Omsk. Bei dem Flugzeug handelte es sich um eine bequeme Tupolew Tu-104. Der Nachtflug dauerte acht Stunden, und Tanja döste die meiste Zeit.

Offiziell war sie im Auftrag der TASS unterwegs. Insgeheim aber suchte sie nach Wassili.

Vor zwei Wochen war Daniil Antonow an ihren Schreibtisch gekommen und hatte ihr diskret das Manuskript von *Frostbrand* hingeschoben. »*Die Neue Welt* kann es doch nicht veröffentlichen«, hatte er gesagt. »Breschnew zeigt eine harte Hand. Die alte Garde hat jetzt das Sagen.«

Tanja ließ das Manuskript in einer Schublade verschwinden. Sie war enttäuscht, hatte sich so etwas aber schon gedacht. »Erinnerst du dich an die Artikel, die ich vor drei Jahren über das Leben in Sibirien geschrieben habe?«, fragte sie.

»Natürlich«, antwortete Daniil. »Es war eine der beliebtesten Serien, die wir je gemacht haben ... und die Regierung konnte sich plötzlich nicht mehr vor Bewerbungen von Familien retten, die in die Wildnis ziehen wollten.«

»Vielleicht sollte ich die Reihe fortsetzen. Ich könnte mit einigen von diesen Leuten sprechen und sie fragen, wie sie zurechtkommen.«

»Gute Idee.« Daniil senkte die Stimme. »Weißt du, wo er ist?«

Er hatte es also erraten. Das war nicht überraschend. »Nein«, antwortete Tanja. »Aber ich finde es heraus.«

Tanja wohnte noch immer im Haus am Ufer. Nach Katherinas Tod waren sie und ihre Mutter hinauf in die größere Wohnung ihrer Großeltern gezogen, damit sie sich um Großvater Grigori kümmern konnten. Der allerdings behauptete, er könne sich durchaus um sich selbst kümmern. Immerhin hatte er sich und seinen kleinen Bruder Lew schon vor dem Ersten Weltkrieg versorgt, als sie beide Fabrikarbeiter gewesen waren und in einem Petersburger Armenviertel gelebt hatten. Aber die Wahrheit sah anders aus: Grigori war ein sechsundsiebzigjähriger Mann, der seit der Revolution kein Essen mehr zubereitet oder den Flur geputzt hatte.

An diesem Abend fuhr Tanja nach unten und klopfte an der Tür ihres Bruders.

Nina machte auf. »Oh«, sagte sie nur, ging in die Wohnung zurück und ließ die Tür offen. Sie und Tanja hatten einander nie gemocht.

Tanja betrat den kleinen Flur. Dimka kam aus dem Schlafzimmer. Er lächelte, denn er freute sich, Tanja zu sehen. »Kann ich mal unter vier Augen mit dir sprechen?«, bat sie.

Dimka nahm die Schlüssel von einem kleinen Tisch und führte Tanja hinaus. Sie fuhren mit dem Aufzug nach unten und setzten sich in der großen Lobby auf eine Bank. »Ich möchte, dass du herausfindest, wo Wassili ist«, sagte sie.

Dimka schüttelte den Kopf. »Nein.«

Tanja traten Tränen in die Augen. »Warum nicht?«

»Ich bin gerade erst einer Verbannung nach Charkow entgangen. Ich habe eine neue Stelle. Was würde es für einen Eindruck machen, wenn ich mich nach einem Dissidenten erkundige?«

»Ich muss mit Wassili reden!«

»Ach ja? Und warum?«

»Stell dir doch mal vor, wie er sich fühlt. Er hatte seine Strafe vor mehr als einem Jahr abgesessen, trotzdem ist er noch in Sibirien. Bestimmt hat er Angst, den Rest seines Lebens dort verbringen zu müssen. Ich muss ihm sagen, dass wir ihn nicht vergessen haben!«

Dimka nahm ihre Hand. »Tut mir leid, Tanja. Ich weiß, dass du ihn magst. Aber was bringt es, wenn ich mich in Gefahr begebe?«

»Wassili hat das Zeug zu einem großen Schriftsteller. In seinem Text hat er genau herausgearbeitet, was in unserem Land alles schiefgeht. Ich muss ihm sagen, dass er unbedingt weiterschreiben soll.«

»Und?«

»Du arbeitest im Kreml. Du kannst nichts verändern. Breschnew wird den Sozialismus nie reformieren.«

»Ich weiß. Es ist zum Verzweifeln.«

»Die Politik in diesem Land ist am Ende. Jetzt bleibt uns nur eine Hoffnung: die Literatur.«

»Glaubst du wirklich, eine Kurzgeschichte kann etwas verändern?«

»Wer weiß? Und was können wir sonst tun? Komm schon, Dimka. Wir waren immer unterschiedlicher Meinung, wenn es darum ging, ob der Sozialismus reformiert oder abgeschafft werden sollte, aber wir haben beide nie aufgegeben.«

»Ich weiß nicht ...«

»Finde heraus, wo Wassili Jenkow lebt und arbeitet. Sag, es wäre eine Recherche für einen vertraulichen Bericht.«

Dimka seufzte. »Du hast recht. Wir dürfen nicht einfach aufgeben.«

»Danke.«

Zwei Tage später hatte Dimka die Information. Wassili war aus irgendeinem Grund, der nicht in den Akten stand, aus dem Straflager entlassen worden. Derzeit arbeitete er in einem Kraftwerk wenige Kilometer vor

Irkutsk; die Behörden empfahlen, ihm die Reiseerlaubnis auf absehbare Zeit zu verweigern.

Tanja wurde am Flughafen von einem Vertreter des sibirischen Rekrutierungsbüros empfangen, einer Frau Mitte dreißig namens Irina. Tanja wäre ein Mann lieber gewesen, denn Frauen waren einfühlsamer: Irina könnte den wahren Zweck von Tanjas Reise erahnen.

»Ich dachte, am besten beginnen wir im Zentralkaufhaus«, sagte Irina und lächelte. »Wir haben dort viele Dinge, die man in Moskau nicht so leicht bekommt.«

Tanja täuschte Enthusiasmus vor. »Toll!«

Irina fuhr sie mit einem allradgetriebenen Moskwitsch 410 in die Stadt. Tanja gab ihre Tasche im Zentral-Hotel ab und ließ sich dann durchs Kaufhaus führen. Nur mühsam hielt sie ihre Ungeduld im Zaum, während sie den Geschäftsführer interviewte.

Dann sagte sie: »Ich würde gerne mal das Tschenkow-Kraftwerk sehen.«

»Oh!«, sagte Irina. »Warum denn das?«

»Bei meinem letzten Besuch war ich schon mal dort.« Das war gelogen, aber das konnte Irina nicht wissen. »Ich möchte unter anderem darüber schreiben, was sich hier alles verändert hat. Vielleicht kann ich mit ein paar Leuten reden, mit denen ich mich schon beim letzten Mal unterhalten habe.«

»Aber Ihr Besuch im Kraftwerk ist nicht angemeldet.«

»Das war Absicht. Ich möchte die Genossen nicht bei ihrer Arbeit behindern. Wir werden uns nur ein bisschen umschauen, und in der Mittagspause spreche ich dann mit ein paar Mitarbeitern.«

»Wie Sie wollen.« Es gefiel Irina zwar nicht, aber sie war verpflichtet, der wichtigen Journalistin jeden Wunsch zu erfüllen.

Das Tschenkow war ein altes Kohlekraftwerk aus den Dreißigern, als der Schutz der Umwelt noch kein Thema gewesen war. Die Luft roch nach Kohle, und alles war schwarz von Staub. Die Frauen wurden vom Werksleiter begrüßt. Er trug einen Anzug und ein schmutziges Hemd und war erkennbar überrascht.

Während Tanja durch die Anlage geführt wurde, hielt sie nach Wassili Ausschau. Er würde leicht auszumachen sein: ein großer Mann mit dichtem schwarzen Haar und dem Aussehen eines Filmstars. Doch wenn sie ihn entdeckte, durfte sie sich nichts anmerken lassen. »Sie kommen mir irgendwie bekannt vor«, würde sie zu ihm sagen. »Ich glaube, ich habe Sie interviewt, als ich das letzte Mal hier war.« Wassili hatte eine rasche

Auffassungsgabe. Er würde sofort verstehen, und Tanja würde so lange wie möglich weiterreden, um ihm Zeit zu verschaffen, den Schock zu verdauen.

Ein Elektriker wie Wassili arbeitete im Kontrollzentrum oder an den Generatoren, vermutete Tanja. Aber natürlich könnte er auch gerade irgendwo in dem großen Komplex eine Steckdose wechseln.

Sie fragte sich, wie sehr Wassili sich in den letzten Jahren verändert hatte. Vermutlich betrachtete er sie noch immer als Freundin. Schließlich hatte er ihr ja auch die Geschichte geschickt. Und ganz bestimmt hatte er eine Freundin hier – eher mehrere, wie Tanja ihn kannte. Würde er die Verlängerung seiner Strafe philosophisch sehen, oder würde er ob der Ungerechtigkeit vor Wut kochen? War er am Boden zerstört, oder würde er darauf brennen, von hier wegzukommen?

Tanja arbeitete gründlich. Sie fragte verschiedene Arbeiter, wie sie und ihre Familien über das Leben in Sibirien dachten. Alle schwärmten vom hohen Gehalt und den raschen Beförderungen, die auf den Fachkräftemangel zurückzuführen waren. Viele sprachen sogar fröhlich über die Härten des Lebens hier. Es herrschte wahrer Pioniergeist.

Gegen Mittag hatte Tanja noch immer keine Spur von Wassili entdeckt. Es war zum Verzweifeln. So weit weg konnte er doch nicht sein.

Irina führte sie in die Kantine der Geschäftsführung, doch Tanja bestand darauf, mit den Arbeitern zu essen. Die Leute entspannten sich bei den Mahlzeiten und waren meist offener. Tanja notierte sich, was die Leute ihr erzählten, und ließ den Blick immer wieder durch den Raum schweifen, während sie von einem Interviewpartner zum nächsten ging.

Doch die Mittagspause verstrich, und Wassili war immer noch nicht aufgetaucht. Die Kantine leerte sich. Irina schlug vor, zum nächsten Termin zu fahren – zu einer Schule, wo Tanja mit jungen Müttern sprechen konnte. Tanja fiel nichts ein, wie sie das hätte verhindern können.

Sie würde direkt nach Wassili fragen müssen. Nur wie? »Ich kann mich an einen interessanten Mann erinnern, den ich beim letzten Mal getroffen habe, einen Elektriker. Ich glaube, er hieß Wassili ... Wassili Jenkow. Könnten Sie wohl herausfinden, ob er noch hier arbeitet?«

Nein, das klang wenig plausibel. Irina würde sich erkundigen, aber sie war nicht dumm und würde sich fragen, was Tanja ausgerechnet an diesem Mann so interessierte. Nicht lange, und sie hätte herausgefunden, dass Wassili als Sträfling nach Sibirien gekommen war. Und dann stellte sich die Frage, ob Irina den Mund hielt und sich um ihre eigenen Angelegenheiten kümmerte – was die meisten Sowjetbürger vorzogen –, oder ob sie sich bei der Partei einschmeicheln wollte und es meldete.

Jahrelang hatte niemand etwas von der Freundschaft zwischen Tanja und Wassili gewusst. Das war ihr Schutz gewesen. Das war der Grund, warum sie beide nicht wegen subversiver Publikationen zu lebenslanger Lagerhaft verurteilt worden waren. Nach Wassilis Verhaftung hatte Tanja nur eine Person in ihr Geheimnis eingeweiht, ihren Zwillingsbruder Dimka. Und der hatte es erraten. Doch jetzt bestand die Gefahr, dass sie sich bei einer Fremden verdächtig machte.

Trotzdem wollte Tanja es riskieren, als Wassili erschien.

Sie schlug die Hand vor den Mund, um nicht aufzuschreien.

Wassili war ein alter Mann geworden, dünn und gebeugt. Sein Haar war lang, zerzaust und mit Grau durchsetzt. Sein einst so volles, sinnliches Gesicht war ausgemergelt und voller Falten, und er trug einen schmutzigen Blaumann und hatte Schraubenzieher in den Taschen. Beim Gehen schlurfte er.

»Stimmt etwas nicht, Genossin Dworkin?«

»Zahnschmerzen ...«, improvisierte Tanja.

»Oh. Tut mir leid.«

Tanja konnte nicht sagen, ob Irina ihr glaubte oder nicht. Das Herz schlug ihr bis zum Hals. Sie war überglücklich, Wassili gefunden zu haben; zugleich war sie entsetzt über sein Aussehen. Vor allem aber musste sie den Sturm der Gefühle in ihrem Innern vor Irina verbergen.

Sie stand auf, damit Wassili sie sehen konnte. Nur wenige Leute waren noch in der Kantine; also konnte er sie kaum übersehen. Um keinen unnötigen Verdacht zu erregen, drehte sie das Gesicht zur Seite und schaute ihn nicht an. Dann griff sie nach ihrer Tasche, als wolle sie gehen. »Sobald ich wieder zu Hause bin, muss ich zum Zahnarzt«, stöhnte sie.

Aus dem Augenwinkel sah sie, wie Wassili plötzlich stehen blieb und sie anstarrte. Damit Irina es nicht bemerkte, sagte sie rasch: »Erzählen Sie mir von der Schule, zu der wir fahren. Wie alt sind die Schüler?«

Langsam gingen sie zur Tür, während Irina die Frage beantwortete. Tanja versuchte, Wassili im Auge zu behalten, ohne ihn direkt anzuschauen. Er starrte sie weiterhin an wie eine Erscheinung. Als die beiden Frauen sich ihm näherten, musterte Irina ihn fragend.

Dann schaute auch Tanja ihm in die Augen.

Wassili wirkte wie benommen. Der Mund stand ihm offen; blinzelte nicht einmal. Aber da war nicht nur Schock in seinen Augen, da war auch Hoffnung – erstaunte, ungläubige, sehnsüchtige Hoffnung. Wassili war noch nicht besiegt. Irgendetwas hatte diesem Wrack von einem Mann die Kraft verliehen, eine wunderbare Geschichte zu schreiben.

Tanja erinnerte sich an die Worte, die sie sich vorhin ausgedacht hatte: »Sie kommen mir bekannt vor ... Habe ich nicht schon letztes Mal mit Ihnen gesprochen, als ich vor drei Jahren hier war? Ich heiße Tanja Dworkin und arbeite für die TASS.«

Wassili schloss den Mund und riss sich zusammen, aber es hatte ihm noch immer die Sprache verschlagen.

Tanja fuhr fort: »Ich schreibe einen Nachfolger zu meiner Serie über Emigranten in Sibirien. Leider ist mir Ihr Name entfallen. Ich habe in den letzten drei Jahren Hunderte von Leuten interviewt, wissen Sie.«

»Jenkow«, sagte Wassili endlich. »Wassili Jenkow.«

»Wir hatten ein sehr interessantes Gespräch«, entgegnete Tanja. »Das weiß ich noch. Ich möchte Sie gerne noch einmal interviewen.«

Irina blickte auf die Uhr. »Uns läuft die Zeit davon«, drängte sie. »Hier schließen die Schulen früh.«

Tanja nickte. »Könnten Sie sich heute Abend mit mir treffen?«, fragte sie Wassili. »Im Zentral-Hotel? Wir könnten etwas trinken.«

»Im Zentral-Hotel«, wiederholte Wassili.

»Um sechs?«

»Um sechs im Zentral-Hotel.«

»Dann bis später«, sagte Tanja und ging hinaus.

*

Tanja hatte Wassili zu verstehen geben wollen, dass er nicht vergessen war. Das hatte sie getan, aber reichte das? Konnte sie ihm noch mehr Hoffnung machen? Sie wollte ihm sagen, dass seine Geschichte wunderbar war und dass er weiterschreiben sollte, aber sie hatte nichts in der Hand, womit sie es untermauern konnte. *Frostbrand* konnte nicht veröffentlicht werden; Gleiches würde vermutlich für jeden anderen Text gelten. Tanja hatte Angst, er könne sich nach dem Gespräch noch schlechter fühlen als zuvor.

Sie wartete an der Bar auf ihn. Das Hotel war durchaus passabel. In Sibirien waren alle Besucher VIPs – niemand kam hierher, um Urlaub zu machen –, deshalb gab es hier genau jenes Maß an Luxus, das die Nomenklatura erwartete.

Als Wassili kam, sah er ein wenig besser aus als zuvor. Er hatte sich gekämmt und ein sauberes Hemd angezogen. Zwar wirkte er noch immer wie ein Mann, der sich von einer schweren Krankheit erholte, aber in seinen Augen funkelte der alte Esprit.

Er ergriff Tanjas Hand. »Danke, dass du gekommen bist«, sagte er mit zitternder Stimme. »Ich kann dir gar nicht sagen, wie viel mir das bedeutet. Du bist eine echte Freundin.«

Sie küsste ihn auf die Wange.

Sie bestellten Bier, und Wassili schlang die kostenlosen Erdnüsse herunter, als stünde er kurz vor dem Verhungern.

»Deine Geschichte ist wunderbar«, sagte Tanja. »Nicht einfach nur gut, sondern außergewöhnlich.«

Er lächelte. »Danke. Dann hat dieser furchtbare Ort vielleicht doch etwas Gutes.«

»Und ich bin nicht die Einzige, die *Frostbrand* bewundert. Die Herausgeber der *Neuen Welt* haben die Geschichte zur Veröffentlichung angenommen.« Wassili strahlte, doch Tanja musste ihm die Freude gleich wieder verderben. »Aber nach Chruschtschows Absetzung haben sie ihre Meinung wieder geändert.«

Wassili seufzte und griff sich noch eine Handvoll Nüsse. »Das überrascht mich nicht«, sagte er leise. »Na ja, wenigstens hat sie ihnen gefallen. Das ist das Wichtigste. Dann war es die Arbeit wert.«

»Ich habe ein paar Kopien davon gemacht und sie verschickt, anonym, versteht sich, an dieselben Leute, die immer die *Opposition* gelesen haben.« Tanja zögerte. Was sie nun sagen wollte, war kühn, und war es einmal ausgesprochen, konnte sie es nicht mehr zurücknehmen. Sie wagte es trotzdem. »Jetzt könnte ich nur noch eines tun: den Text in den Westen schmuggeln.«

Tanja sah das optimistische Leuchten in Wassilis Augen, doch er tat so, als hätte er so seine Zweifel. »Das wäre ziemlich gefährlich für dich.«

»Und für dich.«

Er zuckte mit den Schultern. »Was können Sie mir schon anhaben? Mich nach Sibirien schicken? Aber du könntest alles verlieren.«

»Kannst du noch weitere Geschichten schreiben?«

Wassili holte einen großen gebrauchten Briefumschlag unter seiner Jacke hervor und reichte ihn Tanja. »Hab ich schon«, sagte er und leerte sein Glas.

Tanja warf einen Blick in den Umschlag. Die Seiten waren über und über mit Wassilis kleiner, sauberer Handschrift bedeckt. »Das reicht ja für ein ganzes Buch!«, sagte sie begeistert. Dann wurde ihr bewusst, dass auch sie in Sibirien landen würde, wenn man sie mit dem Text erwischte. Rasch ließ sie den Umschlag in ihrer Umhängetasche verschwinden.

»Was wirst du damit tun?«, fragte Wassili.

Tanja hatte schon darüber nachgedacht. »In Leipzig findet jährlich eine Buchmesse statt. Ich könnte für die TASS dorthinfahren. Schließlich spreche ich ein bisschen Deutsch. Und zu der Messe kommen auch Verlage aus dem Westen ... Paris, London, New York. Vielleicht kann ich sie dazu bringen, eine Übersetzung zu veröffentlichen.«

In Wassilis Augen erschien ein hoffnungsvoller Ausdruck. »Glaubst du wirklich?«

»*Frostbrand* jedenfalls ist gut genug dafür.«

»Das wäre großartig. Aber du müsstest ein gewaltiges Risiko eingehen.«

Tanja nickte. »Du auch. Sollten die sowjetischen Behörden herausfinden, wer der Autor ist, steckst du in großen Schwierigkeiten.«

Wassili lachte. »Schau mich doch an. Halb verhungert, zerlumpt, allein in einem Männerheim, wo nur selten geheizt wird. Viel schlimmer kann es nicht kommen, weshalb sollte ich mir da groß Sorgen machen?«

Tanja hatte gar nicht daran gedacht, dass Wassili nur wenig zu essen bekam. »Es gibt hier ein Restaurant«, sagte sie. »Sollen wir hin?«

»Ja, bitte.«

Wassili orderte ein Boeuf Stroganoff mit Kartoffeln. Nachdem die Kellnerin die Bestellung aufgenommen hatte, brachte sie einen kleinen Brotkorb an den Tisch. Wassili aß das Brot restlos auf. Nach dem Boeuf Stroganoff bestellte er sich Piroschki. Zum guten Schluss verschlang er auch noch alles, was Tanja übrig gelassen hatte.

»Ich dachte, Fachkräfte würden hier gut bezahlt«, bemerkte sie.

»Nur die Freiwilligen, ehemalige Sträflinge nicht. Die Behörden rücken nur Geld heraus, wenn sie dazu gezwungen sind.«

»Kann ich dir was zu essen schicken?«

Wassili schüttelte den Kopf. »Der KGB reißt sich alles unter den Nagel. Päckchen werden aufgerissen und bekommen einen Aufkleber: ›Verdächtiges Paket. Zur Inspektion.‹ Und dann ist der Inhalt futsch.«

Tanja unterschrieb die Rechnung für das Essen.

»Hat dein Zimmer hier ein Bad?«, fragte Wassili.

»Ja.«

»Heißes Wasser?«

»Natürlich.«

»Darf ich mich da duschen? Im Heim haben wir nur einmal die Woche heißes Wasser, und dann müssen wir uns auch noch beeilen, bevor es aufgebraucht ist.«

»Komm mit.«

Sie gingen nach oben.

Wassili blieb lange im Badezimmer. Tanja setzte sich aufs Bett und blickte hinaus auf den schmutzigen Schnee. Sie war wie benommen. Sie hatte schon immer eine ungefähre Ahnung gehabt, was in einem Arbeitslager vor sich ging, aber Wassili so zu sehen, war etwas vollkommen anderes. Bis jetzt hatte sie sich das Leid der Gefangenen nicht wirklich vorstellen können. Trotz alledem hatte Wassili sich nicht der Verzweiflung ergeben, im Gegenteil. Irgendwie hatte er die Kraft gefunden, mit Humor und Leidenschaft über seine Erfahrungen zu schreiben. Tanja bewunderte ihn mehr denn je.

Als Wassili schließlich aus dem Badezimmer kam, verabschiedeten sie sich voneinander. Früher hätte er in einer solchen Situation an Sex gedacht, doch jetzt schien er keine Gedanken mehr daran zu verschwenden.

Tanja gab ihm alles Geld, was sie in der Tasche hatte, einen Schokoladenriegel und zwei Unterhemden, die ihm vermutlich etwas zu kurz waren. »Aber sie sind auf jeden Fall besser als das, was du hast«, sagte sie.

»Oh ja«, erwiderte Wassili. »Ich habe nämlich gar keine Unterwäsche.«

Nachdem er gegangen war, brach Tanja in Tränen aus.

KAPITEL 36

Jedes Mal, wenn sie »Love Is It« im SFB spielten, weinte Karolin.

Lili, inzwischen sechzehn, glaubte zu wissen, wie Karolin sich fühlte. Es war, als wäre Walli wieder daheim und würde im Nebenzimmer spielen, nur dass sie nicht hineingehen, ihn sehen und ihm sagen konnten, wie gut es sich anhörte.

Wenn Alice wach war, setzten sie die Kleine vors Radio und sagten: »Das ist dein Papa.« Sie verstand es natürlich nicht, aber sie wusste, es war etwas Aufregendes. Manchmal sang Karolin ihr den Song vor, und Lili begleitete sie dabei auf der Gitarre.

Lilis Ziel im Leben war, Karolin und Alice bei der Ausreise in den Westen zu helfen, zu Walli.

Karolin wohnte im Haus der Francks in Berlin-Mitte. Ihre Eltern wollten nichts mehr mit ihr zu tun haben. Sie sagten, Karolin hätte durch ihr uneheliches Kind Schande über die Familie gebracht. Die Wahrheit aber war, dass die Stasi ihrem Vater mit dem Verlust der Arbeitsstelle gedroht hatte, wenn er seine Tochter nicht verstieß. Also hatten sie Karolin hinausgeworfen, und sie war zu den Francks gezogen.

Lili war froh, sie hier zu haben. Karolin war wie eine ältere Schwester für sie, ein Ersatz für Rebecca. Und Lili vergötterte das Baby. Jeden Tag, wenn sie aus der Schule kam, passte sie ein paar Stunden auf Alice auf, um Karolin ein bisschen Freiraum zu verschaffen.

Heute war Alice' erster Geburtstag. Sie saß in ihrem Hochstuhl und schlug fröhlich mit einem Holzlöffel auf ihre Schüssel ein, während Lili einen lockeren Kuchen backte, den das Baby essen konnte. Karolin war oben in ihrem Zimmer und hörte SFB.

Alice' Geburtstag war außerdem der Jahrestag des Kennedy-Attentats. Im westdeutschen Radio und Fernsehen liefen ständig Sendungen über Präsident Kennedy und die Folgen seiner Ermordung. Die ostdeutschen Sender hingegen spielten dieses Thema herunter.

Lyndon B. Johnson war nun genauso lange Präsident. Vor drei Wochen hatte er bei den Wahlen einen erdrutschartigen Sieg errungen und Barry Goldwater geschlagen, den ultrakonservativen Kandidaten der Republikaner. Lili war froh darüber. Obwohl Hitler schon vor ihrer Geburt Selbstmord begangen hatte, kannte sie die Geschichte ihres

Landes und hatte Angst vor Politikern, die Rassismus zu ihrem Credo erhoben.

Johnson war zwar nicht so charismatisch wie Jack Kennedy, schien aber genauso entschlossen zu sein, Westberlin zu verteidigen, und das war das Wichtigste für die Deutschen zu beiden Seiten der Mauer.

Als Lili den Kuchen aus dem Ofen holte, kam ihre Mutter von der Arbeit. Es war Carla gelungen, ihre Stelle im Krankenhaus zu behalten, obwohl sie als Sozialdemokratin bekannt war. Als einmal das Gerücht die Runde machte, sie solle gefeuert werden, hatten die anderen Krankenschwestern mit Streik gedroht, sodass der Chef des Krankenhauses sich gezwungen sah, Carla als Pflegedienstleiterin zu bestätigen.

Lilis Vater wiederum hatte schlussendlich doch noch eine Arbeit im Osten annehmen müssen, obwohl er weiterhin versuchte, seine Fabrik im Westen aus der Ferne zu leiten. Er arbeitete als Ingenieur in einem Staatsbetrieb in Ostberlin, der ebenfalls Fernseher herstellte, allerdings in weit schlechterer Qualität als die im Westen. Anfangs hatte er ein paar Vorschläge gemacht, um das Produkt zu verbessern, aber dies wurde als Kritik an seinen Vorgesetzten betrachtet, und so hatte er schließlich den Mund gehalten.

Als er an diesem Abend nach Hause kam, sangen die anderen gerade »Hoch soll sie leben« für die kleine Alice. Dann setzten sie sich an den Küchentisch und sprachen darüber, ob Alice ihren Vater wohl jemals sehen würde.

Karolin hatte einen Ausreiseantrag gestellt. Die Flucht wurde von Jahr zu Jahr schwieriger. Wäre sie allein gewesen, hätte sie es versuchen können, aber sie wollte Alice'Leben nicht riskieren. Aber vielleicht hatte sie ja Glück; jedes Jahr durfte eine Handvoll Personen legal ausreisen. Niemand wusste, wie diese Leute ausgewählt wurden, aber es waren meist »unproduktive« Bürger, Kinder und Alte. Karolin und Alice waren unproduktive Bürger; trotzdem war ihr Antrag abgelehnt worden.

Wie immer hatte man keinen Grund dafür genannt.

Natürlich brachte dieses Schweigen die Leute auf die unmöglichsten Ideen. Einige sagten sogar, man könne sich wegen seiner Ausreise direkt an Walter Ulbricht wenden, den Staatsratsvorsitzenden.

Dabei war Ulbricht ein wahrhaft seltsamer Retter, dieser kleine, geradezu sklavisch orthodoxe Mann mit seinem Leninbart. Gerüchten zufolge freute er sich über den Putsch in Moskau, denn Chruschtschow war ihm schon immer zu liberal und fortschrittlich gewesen. Trotzdem hatte Karolin einen Brief an Ulbricht geschrieben und erklärt, sie müsse ausreisen, um den Vater ihres Kindes zu heiraten.

»Man sagt von Ulbricht, dass er ein starker Verfechter traditioneller Familienwerte ist«, sagte Karolin. »Wenn das stimmt, muss er einer Frau doch helfen, die nichts weiter will als einen Vater für ihr Kind.«

Die Menschen in der DDR verbrachten ihr halbes Leben damit, sich den Kopf darüber zu zerbrechen, was die Regierung plante, wollte oder dachte. Das Regime war unberechenbar. Erst erlaubte es ein paar Folkrocksongs, um sie kurz darauf zu verbieten. Zeitweise zeigte sie sich tolerant, was Kleidung betraf, dann verhaftete sie junge Männer, die Jeans trugen. Und die Verfassung des Landes garantierte zwar die Reisefreiheit, aber nur wenige erhielten die Erlaubnis, ihre Verwandten im Westen zu besuchen.

Oma Maud mischte sich in die Diskussion ein. »Man weiß nie, was ein Tyrann als Nächstes tut«, sagte sie. »Ungewissheit ist seine Waffe. Ich habe unter den Nazis und später unter den Kommunisten gelebt. Da gibt es erschreckende Ähnlichkeiten.«

Es klopfte an der Tür. Lili öffnete und sah entsetzt, dass ihr ehemaliger Schwager auf der Schwelle stand, Hans Hoffmann. Sie hielt die Tür nur einen Spalt auf und fragte: »Was willst du?«

Hans war ein großer Mann. Er hätte Lili leicht aus dem Weg stoßen können, tat es aber nicht. »Mach schon auf, Lili«, sagte er stattdessen. »Ich bin bei der Staatssicherheit. Du kannst mich sowieso nicht draußen halten.«

Lili schlug das Herz bis zum Hals, aber sie hielt die Stellung und rief über die Schulter: »Mama! Hans Hoffmann steht vor der Tür!«

Carla kam herbei. »Hast du Hans gesagt?«

»Ja.«

Carla nahm Lilis Platz an der Tür ein. »Du bist hier nicht willkommen, Hans«, sagte sie mit ruhigem Trotz, doch Lili hörte ihr aufgeregtes Atmen.

»Ach ja?«, erwiderte Hans kühl. »Egal, ich muss mit Karolin Koontz sprechen.«

Lili stieß einen leisen Angstschrei aus. Warum Karolin?

Carla sprach es aus: »Warum?«

»Sie hat einen Brief an den Genossen Staatsratsvorsitzenden geschrieben.«

»Ist das ein Verbrechen?«

»Nein, im Gegenteil. Jeder kann an ihn schreiben. Er freut sich jedes Mal, persönlich von den Werktätigen zu hören.«

»Warum bist du dann hier und willst Karolin Angst machen?«

»Ich werde Fräulein Koontz den Grund meines Hierseins nur persönlich erklären. Lässt du mich jetzt rein oder nicht?«

Carla raunte Lili zu: »Vielleicht ist er ja wegen des Ausreiseantrags hier. Das müssen wir herausfinden.« Sie öffnete die Tür gerade weit genug, dass Hans sich hindurchzwängen konnte. Er trat in den Flur. Inzwischen war er Ende dreißig, ein großer Mann, der noch immer leicht vornübergebeugt ging. Er trug einen schweren, zweireihigen blauen Mantel von einer Qualität, wie sie im Osten nicht leicht zu bekommen war. Er sah darin noch massiger und bedrohlicher aus, als er ohnehin schon war. Instinktiv wich Lili vor ihm zurück.

Natürlich kannte Hans das Haus, und er führte sich auf, als würde er hier noch immer wohnen. Er zog den Mantel aus und hing ihn an die Garderobe; dann ging er ohne Aufforderung direkt in die Küche.

Lili und Carla folgten ihm.

Werner stand auf. Ängstlich fragte sich Lili, ob ihr Vater bereits die Pistole aus dem Versteck in der Küchenschublade geholt hatte. Vielleicht hatte Carla ja so lange an der Tür geredet, um ihm Zeit dafür zu verschaffen. Lili zitterte am ganzen Körper.

Werner machte sich gar nicht erst die Mühe, seine Feindseligkeit zu verbergen. »Ich bin überrascht, dich in diesem Haus zu sehen«, sagte er zu Hans. »Schämst du dich nicht?«

Karolin war schrecklich nervös. Lili erkannte, dass sie nicht wusste, wer Hans war. Lili ging zur ihr und flüsterte ihr ins Ohr: »Hans ist bei der Stasi. Er war ein Jahr lang mit meiner Schwester verheiratet und hat uns ausspioniert.«

Karolin schlug die Hand vor den Mund. »*Der* ist das?«, stieß sie hervor. »Walli hat mir davon erzählt. Wie konnte er so etwas tun?«

Hans hörte die beiden flüstern. »Sie müssen Karolin sein«, sagte er. »Sie haben an den Genossen Staatsratsvorsitzenden geschrieben.«

Karolin schaute ihn ängstlich, aber trotzig an. »Ich will den Vater meines Kindes heiraten. Lassen Sie mich?«

Hans blickte zu Alice. »Was für ein süßes Kind«, sagte er. »Junge oder Mädchen?«

Widerwillig antwortete Karolin: »Mädchen.«

»Und wie heißt sie?«

»Alice.«

»Alice. Ja, ich glaube, das stand auch in Ihrem Brief.«

Aus irgendeinem Grund ließen ihn die freundlichen Worte über das Baby sogar noch gefährlicher wirken.

Hans zog sich einen Stuhl heran und setzte sich an den Küchentisch. »So, Karolin ... ich darf doch Karolin sagen, oder? Sie wollen also unser Land verlassen.«

»Das sollte Sie doch freuen. Der Regierung gefällt meine Musik ohnehin nicht.«

»Warum wollen Sie auch unbedingt dekadente amerikanische Poplieder spielen?«

»Der Rock and Roll wurde von den amerikanischen Negern erfunden. Er ist die Musik der Unterdrückten. Er ist revolutionär. Deshalb finde ich es seltsam, dass Genosse Ulbricht Rock and Roll nicht leiden kann.«

Wie immer, wenn Hans kein Gegenargument hatte, ignorierte er das Gesagte einfach. »Aber in Deutschland gibt es einen riesigen Fundus an wundervoller traditioneller Musik«, sagte er.

»Ich liebe traditionelle deutsche Musik«, erklärte Karolin. »Wahrscheinlich mehr als Sie. Aber Musik ist international.«

Oma Maud beugte sich vor und sagte lächelnd: »Wie der Sozialismus, Genosse.«

Hans beachtete sie gar nicht.

»Und meine Eltern haben mich aus dem Haus geworfen«, sagte Karolin.

»Ja, wegen Ihres unmoralischen Lebenswandels.«

Lili ballte vor Wut die Fäuste. »Sie haben sie wegen *dir* rausgeworfen, Hans! *Du* hast ihren Vater bedroht!«

»Nein, habe ich nicht«, widersprach er in nüchternem Ton. »Was sollen anständige Eltern denn tun, wenn ihre Tochter ein asoziales Leben führt und mit jedem ins Bett springt?«

Tränen der Wut stiegen Karolin in die Augen. »So etwas habe ich nie getan!«

»Aber Sie haben ein uneheliches Kind.«

Wieder meldete Maud sich zu Wort. »Ich glaube, du bringst da biologisch was durcheinander, Hans. Um ein Kind zu zeugen, braucht man nur *einen* Mann, egal, ob unehelich oder nicht. Ob wechselnde Partner oder nicht, hat damit nichts zu tun.«

Hans wirkte eingeschnappt, doch wieder schluckte er den Köder nicht. Noch immer an Karolin gewandt, sagte er: »Der Mann, den Sie heiraten wollen, wird wegen Mordes gesucht. Er hat einen Grenzsoldaten getötet und ist in den Westen geflohen.«

»Ich liebe ihn.«

»So, Karolin, und jetzt bitten Sie den Genossen Staatsratsvorsitzenden um das Privileg der Ausreise.«

»Das ist kein Privileg«, mischte Carla sich ein. »Das ist ein Recht. Freie Menschen dürfen gehen, wohin sie wollen.«

Das war selbst für Hans zu viel. »Ihr glaubt wohl, euch einfach alles leisten zu können! Euch ist einfach nicht klar, dass ihr Teil einer Gesellschaft seid, die nur als Einheit funktionieren kann. Selbst die Fische im Meer wissen, dass sie im Schwarm schwimmen müssen.«

»Wir sind aber keine Fische.«

Hans ignorierte diesen Einwurf und wandte sich wieder an Karolin. »Sie sind eine unmoralische Frau, die aufgrund ihres ungeheuerlichen Verhaltens von der eigenen Familie verstoßen wurde. Sie haben Zuflucht bei einer Familie gesucht, die für ihre asozialen Neigungen bekannt ist. Und Sie wollen einen Mörder heiraten.«

»Er ist kein Mörder«, flüsterte Karolin.

»Wenn Menschen an den Genossen Ulbricht schreiben, werden ihre Briefe von der Staatssicherheit geprüft«, erklärte Hans. »Ihr Brief, Karolin, ist bei einem niederen Offizier gelandet. Da er jung und unerfahren war und Mitleid mit einer unverheirateten Mutter hatte, hat er vorgeschlagen, den Antrag zu genehmigen.« Lili horchte auf, war aber sicher, dass da noch ein Haken war. Genauso war es auch. Hans fuhr fort: »Glücklicherweise hat sein Vorgesetzter mich über den Vorgang informiert, da er sich daran erinnern konnte, dass ich bereits mit dieser ...« Er schaute sich angewidert um. »Dass ich bereits mit dieser undisziplinierten, asozialen Gruppe zu tun hatte.«

Lili wusste, was er jetzt sagen würde. Es war herzzerreißend. Hans war gekommen, um ihnen zu sagen, dass *er* für die Ablehnung von Karolins Antrag verantwortlich war. Er wollte es ihnen persönlich unter die Nase reiben.

»Sie werden noch eine formelle Antwort erhalten. Die erhält jeder«, sagte er. »Aber ich kann Ihnen jetzt schon sagen, dass Ihr Ausreiseantrag abgelehnt worden ist.«

»Kann ich Walli wenigstens besuchen?«, bettelte Karolin. »Nur ein paar Tage! Alice hat ihren Vater noch nie gesehen!«

»Nein«, sagte Hans und grinste schmierig. »Personen, die die Ausreise beantragt haben, erhalten keine Erlaubnis mehr für einen Auslandsurlaub.« Kurz war der glühende Hass in seinen Augen zu sehen, als er hinzufügte: »Halten Sie uns für dumm?«

»In einem Jahr werde ich einen neuen Antrag stellen«, sagte Karolin.

Hans stand auf, und ein triumphierendes Lächeln erschien auf seinem Gesicht. »Nächstes Jahr wird die Antwort die gleiche sein, und im Jahr darauf auch.« Er ließ den Blick über die Francks schweifen. »Keiner von euch wird jemals gehen dürfen. Nie, nie, nie. Das verspreche ich euch.«

Mit diesen Worten ging er hinaus.

*

Dave Williams rief bei Classic Records an. »Hallo, Cherry, hier Dave. Kann ich Eric sprechen?«

»Er ist gerade außer Haus.«

Dave war enttäuscht und wütend. »Ich rufe jetzt schon zum dritten Mal an!«

»Pech.«

»Er könnte mich mal zurückrufen.«

»Ich sag es ihm.«

Dave legte auf.

Er hatte kein Pech. Da war etwas faul.

Plum Nellie hatte ein großartiges Jahr 1964. »Love Is It« war die Nummer eins in der Hitparade geworden, und die Gruppe hatte – ohne Lenny – im Gefolge von Popstars wie dem legendären Chuck Berry eine Tournee durch Großbritannien gemacht. Dave und Walli waren in eine Dreizimmerwohnung im Theaterviertel gezogen. Aber jetzt auf einmal kam alles ins Stocken. Es war zum Verzweifeln.

Plum Nellie hatte eine zweite Platte herausgebracht. Classic hatte »Shake, Rattle and Roll« mit »Hoochie Coochie Man« als B-Seite auf den Markt geworfen. Doch Eric hatte es nicht mit der Gruppe abgesprochen, und Dave wäre ein neuer Song lieber gewesen.

Er hatte recht behalten. »Shake, Rattle and Roll« war gefloppt. Jetzt war Januar 1965; wenn Dave an das bevorstehende Jahr dachte, befiel ihn Panik. Nachts träumte er, dass er abstürzte – von einem Dach, aus einem Flugzeug, von einer Leiter –, und schreckte mit dem Gefühl hoch, dass sein Leben zu Ende war. Das gleiche Gefühl überkam ihn, wenn er über seine Zukunft nachdachte.

Er hatte sich der Illusion hingegeben, aus ihm könne ein Musiker werden. Er hatte das Haus seiner Eltern verlassen und die Schule abgebrochen. Er war sechzehn, alt genug, um zu heiraten und Steuern zu zahlen. Er hatte geglaubt, einen Beruf zu haben. Und plötzlich brach alles auseinander. Er wusste nicht, was er tun sollte. Er taugte zu nichts anderem als Musik. Die Demütigung, wieder bei seinen Eltern zu wohnen, hätte er nicht ertragen. In altmodischen Geschichten lief der Junge, der der Held war, von zu Hause weg und ging zur Marine. Dave gefiel die Vorstellung, zu verschwinden und fünf Jahre später zurückzukehren, braun gebrannt und bärtig, voller Geschichten von fernen Ländern. Doch im Herzen wusste er, dass er Drill und Disziplin in der Navy nicht durchstehen würde. Das wäre noch schlimmer als die Schule. Er hatte nicht mal eine Freundin. Kurz nachdem er von der Schule abgegangen war, hatte er seine Romanze mit Linda Robertson beendet. Sie sagte, sie habe damit gerechnet, weinte aber trotzdem bittere Tränen.

Als Dave das Geld für den Auftritt von Plum Nellie bei *It's Fab!* bekam, hatte er sich Mickie McFees Telefonnummer bei Eric besorgt und sie gefragt, ob sie mit ihm ausgehen wolle, vielleicht zum Abendessen und ins Kino. Sie hatte ziemlich lange nachgedacht und dann geantwortet: »Nein. Du bist süß, aber mit einem Sechzehnjährigen kann ich mich nicht sehen lassen. Mein Ruf ist mies genug, aber so blöd möchte ich dann doch nicht dastehen.« Dave war verletzt gewesen.

Walli saß neben ihm, wie üblich mit der Gitarre. Er spielte mit einem Metallröhrchen am linken Mittelfinger und sang: *»Woke up this morning, believe I'll dust my broom.«*

Dave runzelte die Stirn. »Das ist doch der Elmore-James-Sound!«

»Man nennt es Bottleneck-Gitarre«, erklärte Walli. »Sie haben es damals mit einem abgebrochenen Flaschenhals gespielt, aber heutzutage werden diese Blechdinger hergestellt.«

»Klingt toll.«

»Warum rufst du immer wieder Eric an?«

»Ich will wissen, wie viele Platten von ›Shake, Rattle and Roll‹ wir verkauft haben, und wie es mit der amerikanischen Veröffentlichung von ›Love Is It‹ aussieht. Außerdem könnte es Tourdaten geben. Aber unser Manager spricht ja nicht mit mir.«

»Feuern wir ihn«, sagte Walli. »Er ist 'n Arsch.«

»Wie kann ich ihn feuern, wenn ich ihn nicht ans Telefon bekomme?«, fragte Dave düster.

»Geh zu seinem Büro.«

Dave blickte Walli an. »Du bist gar nicht so blöd, wie du dich anhörst.« Mit einem Mal fühlte er sich besser. »Genau das werde ich tun.«

Das Gefühl der Niedergeschlagenheit fiel von ihm ab, als er nach draußen ging. Aus einem unerklärlichen Grund heiterten die Londoner Straßen ihn auf, wie jedes Mal. London war eine der größten Städte der Welt; hier konnte alles geschehen.

Die Denmark Street war keine Meile weit weg. Dave war nach einer Viertelstunde am Ziel und stieg die Treppe zum Büro von Classic Records hinauf.

»Eric ist nicht da«, sagte Cherry.

»Bist du sicher?«, fragte Dave und öffnete die Tür zum Büro.

Eric saß am Schreibtisch. Er blickte Dave ein wenig belämmert an, als er bei der Täuschung ertappt wurde, dann schlug seine Verlegenheit in Wut um. »Was willst du?«

Dave trat ein, schloss die Tür hinter sich, setzte sich auf den Stuhl vor Erics Schreibtisch und schlug die Beine übereinander. »Wieso gehst du mir aus dem Weg?«

»Ich bin beschäftigt, du arroganter kleiner Schnösel. Was gibt's denn so Dringendes?«

»Was ist mit ›Shake, Rattle and Roll‹? Was machen wir im neuen Jahr? Gibt es Neuigkeiten aus Amerika?«

»Nichts, nichts und nichts«, sagte Eric. »Bist du jetzt zufrieden?« Er zog ein paar Scheine aus der Brieftasche legte sie vor Dave auf den Schreibtisch. »Das ist euer Anteil.«

Dave rührte die Scheine nicht an. »Ich möchte die Zahlen sehen.«

Eric lachte. »Zahlen? Für wen hältst du dich?«

»Du bist mein Manager.«

»Manager? Bei dir gibt's nichts zu managen, du Knalltüte. Du warst 'ne Eintagsfliege. So was wie dich gibt's ständig in diesem Geschäft. Du hattest Glück, dass Hank Remington dir den Song überlassen hat, aber echtes Talent hattest du nie. Es ist vorbei. Vergiss es, geh wieder zur Schule.«

»Ich kann nicht wieder zur Schule.«

»Wieso nicht? Wie alt bist du? Sechzehn? Siebzehn?«

»Ich verhaue jede Klassenarbeit.«

»Dann such dir 'nen Job.«

»Nein. Plum Nellie wird eine der erfolgreichsten Gruppen der Welt. Ich bleib den Rest meines Lebens Musiker.«

»Träum weiter, Söhnchen.«

»Das werde ich.« Dave wollte gerade nach den Geldscheinen greifen, als ihm einfiel, dass es noch einen Haken gab. Er hatte einen Vertrag mit Eric. Falls die Gruppe doch Erfolg hatte, könnte Eric einen Anteil verlangen. »Du bist also nicht mehr der Manager von Plum Nellie?«, fragte Dave. »Willst du mir das sagen?«

»Halleluja! Er hat's endlich kapiert!«

»Dann möchte ich den Vertrag zurück.«

Eric sah plötzlich misstrauisch aus. »Was? Wieso?«

»Der Vertrag, den wir an dem Tag unterzeichnet haben, an dem wir ›Love Is It‹ aufgenommen hatten. Du willst ihn doch nicht behalten, oder?«

Eric zögerte. »Wieso willst du ihn zurück?«

»Du hast mir gerade gesagt, ich hätte kein Talent. Wenn du natürlich eine große Zukunft für die Gruppe siehst ...«

»Bring mich nicht zum Lachen.« Eric nahm den Telefonhörer ab. »Cherry, Liebes, hol den Plum-Nellie-Vertrag aus dem Aktenschrank und gib ihn Dave, wenn er geht.« Er legte auf.

Dave nahm das Geld vom Schreibtisch. »Einer von uns ist ein Trottel, Eric«, sagte er. »Fragt sich nur, wer.«

*

Walli liebte London. Überall war Musik: Folk-Clubs, Beat-Clubs, Theater, Konzertsäle und Opernhäuser. An jedem Abend, an dem Plum Nellie nicht spielen musste, zog er los, um Musik zu hören, manchmal mit Dave, manchmal allein. Hin und wieder besuchte er ein klassisches Konzert.

Die Engländer waren merkwürdig. Sobald er sagte, dass er Deutscher war, kamen sie auf den Zweiten Weltkrieg zu sprechen. Sie hielten sich für die Sieger des Krieges und waren beleidigt, wenn er darauf hinwies, dass es eigentlich die Sowjets gewesen waren, die die deutsche Wehrmacht besiegt hatten. Manchmal behauptete er, Pole zu sein, nur um nicht wieder das gleiche langweilige Gespräch führen zu müssen.

Doch die Hälfte aller Leute in London waren ohnehin keine Engländer, sondern Iren, Schotten, Waliser, Kariben, Inder und Chinesen. Alle Drogenhändler kamen von Inseln: Malteser verkauften Amphetamin, die Heroinpusher kamen aus Hongkong, und Marihuana bekam man bei den Jamaikanern. Walli ging gern in die karibischen Clubs, wo Musik mit einem anderen Beat gespielt wurde. Überall sprachen ihn Mädchen an, doch er sagte ihnen immer, er sei verlobt.

An einem Tag klingelte das Telefon, als Dave nicht da war. Der Anrufer fragte, ob er Walter Franck sprechen könne.

Walli hätte beinahe geantwortet, dass sein Großvater seit über zwanzig Jahren tot sei. »I am Walli«, sagte er nach kurzem Zögern.

Der Anrufer wechselte ins Deutsche. »Mein Name ist Enok Andersen. Ich rufe aus Westberlin an.«

Andersen war der dänische Prokurist, der die Firma verwaltete, die

Wallis Vater gehörte. Walli erinnerte sich an einen kahlköpfigen Mann mit Brille und einem Kugelschreiber in der Brusttasche seines Jacketts.

»Stimmt was nicht?«, fragte er.

»Ihrer Familie geht es gut, aber ich habe leider enttäuschende Nachrichten. Karolin und Alice wurde die Ausreiseerlaubnis verweigert.«

Walli kam sich vor, als hätte man ihn geschlagen. Er setzte sich schwerfällig hin. »Aus welchem Grund?«

»Die DDR begründet ihre Entscheidungen nicht. Allerdings hat ein Stasimitarbeiter, den Sie kennen, das Haus aufgesucht – Hans Hoffmann.«

»Dieser Mistkerl!«

»Er hat der Familie mitgeteilt, dass keiner von ihnen jemals die Erlaubnis erhalten wird, in den Westen auszuwandern oder auch nur dorthin zu reisen.«

Walli bedeckte die Augen mit der Hand. »Niemals?«

»Das hat er gesagt. Ihr Vater hat mich gebeten, es Ihnen mitzuteilen. Es tut mir sehr leid.«

»Danke.«

»Kann ich Ihrer Familie etwas ausrichten? Ich fahre einmal die Woche nach Ostberlin.«

»Sagen Sie ihnen bitte, dass ich sie alle liebe.« Es schnürte Walli die Kehle zu.

»Sehr gern.«

Walli schluckte. »Und sagen Sie ihnen, ich werde sie alle eines Tages wiedersehen. Da bin ich mir ganz sicher.«

»Gut. Auf Wiederhören.«

»Wiederhören.« Walli legte auf, von schwarzer Verzweiflung erfüllt. Schließlich nahm er seine Gitarre und spielte einen Mollakkord. Musik tröstete. Sie kam aus einer Welt, in der es nur Klänge und deren harmonische Beziehungen gab. In dieser Welt gab es keine Spitzel, keine Verräter, keine Polizisten, keine Mauern.

Walli sang davon, wie sehr er seine Tochter vermisste: »*I miss you, Alice ...*«

*

Dave freute sich, seine Schwester wiederzusehen. Er traf sich mit ihr vor dem Büro ihrer Agentur, International Stars. Evie trug eine purpurfarbene Melone.

»Zu Hause ist es ganz schön langweilig ohne dich«, begrüßte sie ihn.

»Niemand streitet sich mit Dad?«, fragte Dave.

»Er hat sehr viel zu tun, seit Labour die Wahl gewonnen hat. Er gehört jetzt dem Kabinett an.«

»Und du?«

»Ich drehe einen neuen Film.«

»Glückwunsch!«

»Aber du hast deinen Manager gefeuert.«

»Eric hielt Plum Nellie für 'ne Eintagsfliege. Aber wir haben nicht aufgegeben. Wir müssen uns allerdings mehr Auftritte beschaffen. Von den paar Abenden im Jump Club kommt nicht mal die Miete rein.«

»Ich kann dir nicht versprechen, dass die International Stars euch nimmt«, sagte Evie. »Die Agentur war nur bereit, mit dir zu reden.«

»Ich weiß.« Aber Agenten empfangen niemanden, den sie gleich wieder auf die Straße setzen wollen, sagte sich Dave. Und mit Evie Williams, der höchstgehandelten jungen Schauspielerin in London, wollte die Agentur es sich bestimmt nicht verderben. Deshalb hegte er große Hoffnungen.

Sie betraten das Gebäude. Es sah anders aus als bei Eric Chapman. Hier gab es keine Kaugummi kauende Empfangsdame, und an den Wänden des Foyers hingen keine Trophäen, sondern geschmackvolle Aquarelle. Es hatte Klasse, aber wenig Rock and Roll.

Sie brauchten nicht zu warten. Die Empfangsdame führte sie ins Büro von Mark Batchelor, einem großen Mann Ende zwanzig in einem Hemd mit modischem Tabkragen und Strickkrawatte. Seine Sekretärin brachte ein Kaffeetablett. »Wir mögen Evie gern, und wir möchten ihrem Bruder helfen«, sagte Batchelor, als die üblichen Höflichkeiten ausgetauscht waren. »Ich bin mir nur nicht sicher, ob wir das können. ›Shake, Rattle and Roll‹ hat Plum Nellie geschadet.«

»Da widerspreche ich Ihnen nicht«, sagte Dave, »aber sagen Sie mir doch genau, was Sie meinen.«

»Wenn ich offen sein darf ...«

»Klar«, sagte Dave. Wie sehr sich diese Unterredung von einem Gespräch mit Eric Chapman unterschied!

»Sie machen den Eindruck einer durchschnittlichen Popgruppe, die das Glück hatte, einen Song von Hank Remington in die Finger zu bekommen«, sagte Batchelor. »Die Leute finden den Song toll, nicht Sie. Wir leben in einer kleinen Welt – ein paar Schallplattenfirmen, eine Handvoll Tour-Promoter, zwei Fernsehsendungen –, und jeder denkt das Gleiche. Ich kann Sie bei niemandem unterbringen.«

Dave schluckte und versuchte, sich seine Enttäuschung nicht anmerken zu lassen. Er hatte nicht erwartet, dass Batchelor *so* offen sein würde. »Ja, wir hatten Glück, einen Hank-Remington-Song zu bekommen«, gab er zu. »Aber wir sind eine überdurchschnittliche Band. Wir haben eine erstklassige Rhythmusgruppe, einen spitzenmäßigen Leadgitarristen, und wir sehen gut aus.«

»Dann müssen Sie den Leuten beweisen, dass Sie keine Eintagsfliege sind.«

»Schon klar. Nur weiß ich nicht, wie ich das anstellen soll, ohne Schallplattenvertrag und größere Auftritte.«

»Sie brauchen einen weiteren Hit. Können Sie noch einen Song von Remington bekommen?«

Dave schüttelte den Kopf. »Hank schreibt keine Songs für andere. ›Love Is It‹ war etwas Einmaliges, eine Ballade, die die Kords nicht einspielen wollten.«

»Vielleicht könnte er noch eine Ballade schreiben.« Batchelor breitete die Hände in einer Geste aus, die »Wer weiß?« bedeutete. »Ich habe keine kreative Ader, deshalb bin ich Agent geworden, aber ich weiß genug, um zu erkennen, dass Hank ein Ausnahmetalent ist.«

»Na ja.« Dave blickte Evie an. »Fragen kann ich ihn ja.«

Batchelor sagte fröhlich: »Was kann es schaden?«

Evie zuckte mit den Schultern. »Mir ist es gleich.«

»Also gut«, sagte Dave.

Batchelor erhob sich und reichte Dave die Hand. »Viel Glück.«

Als sie das Gebäude verließen, sagte Dave zu Evie: »Können wir jetzt direkt zu Hank fahren?«

»Ich muss noch einiges einkaufen«, antwortete Evie. »Ich habe ihm gesagt, wir sehen uns heute Abend.«

»Es ist sehr wichtig, Evie. Mein Leben liegt in Trümmern.«

»Na schön«, sagte sie. »Ich parke um die Ecke.«

In Evies Sunbeam Alpine fuhren sie nach Chelsea. Dave kaute auf der Lippe. Batchelor hatte ihm den Gefallen getan, brutal ehrlich zu sein. Doch Batchelor glaubte nicht an Plum Nellies Talent – nur an das Talent Hank Remingtons. Dennoch, wenn Dave einen weiteren guten Song von Hank bekommen konnte, wäre die Gruppe wieder auf Kurs. Was sollte er sagen? »Hi, Hank, hast du noch ein paar Balladen?« Nein, zu vertraulich. »Hank, ich stecke in der Klemme.« Zu jammervoll. »Unsere Plattenfirma hat einen Riesenfehler begangen, als sie ›Shake, Rattle and Roll‹ rausgebracht hat, aber wir können die Lage noch retten – mit ein bisschen Hilfe von dir ...« Zu plump.

Dave gefiel keine dieser Möglichkeiten, allein schon, weil er nicht gern um etwas bat.

Er würde es trotzdem tun.

Hank hatte eine Wohnung an der Themse. Evie führte Dave in ein großes altes Haus, und sie fuhren in einem quietschenden Aufzug nach oben. Evie verbrachte mittlerweile die meisten Nächte hier, deshalb wunderte es Dave nicht, dass sie die Wohnungstür mit ihrem eigenen Schlüssel öffnete.

»Hank!«, rief sie. »Ich bin's!«

Dave trat hinter ihr ein. Sie gingen durch einen Flur mit einem knalligen modernen Gemälde, kamen an einer funkelnden Küche vorbei und blickten in ein Wohnzimmer, in dem ein großer Flügel stand. Niemand war zu sehen.

»Er ist nicht da«, sagte Dave mutlos.

»Vielleicht macht er einen Mittagsschlaf«, meinte Evie.

Dann ging eine Tür auf, und Hank kam aus einem Raum, bei dem es sich offensichtlich um das Schlafzimmer handelte. Er schloss die Tür hinter sich und zog seine Jeans hoch. »Hallo, Liebes«, sagte er. »Ich war im Bett. Hey, Dave, was machst du denn hier?«

»Evie hat mich mitgebracht. Ich möchte dich um einen großen Gefallen bitten.«

»Yeah.« Hank blickte Evie an. »Ich hab dich erst später erwartet.«

»Dave konnte nicht warten.«

»Wir brauchen einen neuen Song«, sagte Dave.

»Das ist kein guter Zeitpunkt«, entgegnete Hank. Dave wartete, dass er genauer ausführte, was er damit meinte, aber er schwieg.

»Stimmt was nicht?«, fragte Evie.

»Yeah, könnte man so sagen«, antwortete Hank.

»Wie meinst du das? Ist da wer im Schlafzimmer?«

»Tut mir leid.« Hank zuckte mit den Schultern. »Ich hab dich nicht erwartet.«

In diesem Moment öffnete sich die Schlafzimmertür, und Anna Murray kam heraus.

Dave riss schockiert den Mund auf. Jaspers Schwester war mit Evies Freund im Bett gewesen!

Anna war vollständig angezogen: Sie trug ein Businesskostüm mitsamt Strümpfen und hochhackigen Schuhen, aber ihr Haar war zerwühlt, ihre Jacke falsch geknöpft. Sie sagte kein Wort, wich allen Blicken aus, verschwand im Wohnzimmer und kam mit einer Aktentasche wieder zum Vorschein. Immer noch schweigend, eilte sie zur Tür, nahm einen Mantel von der Garderobe und verließ wortlos die Wohnung.

»Sie ist nur vorbeigekommen, um über meine Autobiografie zu reden«, sagte Hank. »Nun ja, dann führte eins zum anderen ...«

Evie brach in Tränen aus. »Hank, wie konntest du nur!«

»Ich wollte es eigentlich gar nicht, ehrlich. Es ist nun mal passiert.«

»Ich dachte, du liebst mich!«

»Tu ich ja auch. Es war nur ...« Er stockte.

»Nur was?«

Hank blickte Dave hilfesuchend an. »Es gibt Versuchungen, denen ein Mann einfach nicht widerstehen kann.«

Dave dachte an Mickie McFee und nickte.

»Dave ist noch ein Junge«, sagte Evie wütend. »Ich dachte, du wärst ein Mann, Hank.«

»He«, sagte er und sah plötzlich aggressiv aus. »Pass auf, was du sagst.«

Evie konnte es nicht fassen. »*Ich* soll aufpassen? Ich habe dich gerade eben mit einer anderen im Bett erwischt!«

»Es ist mein Ernst«, sagte Hank drohend. »Pass auf, dass du nicht zu weit gehst.«

Dave hatte plötzlich Angst. Hank sah aus, als wollte er Evie schlagen. Schließlich war er Ire, und die langten schnell zu. Was sollte er dann tun? Seine Schwester vor ihrem Liebhaber beschützen? Sollte er sich mit dem größten musikalischen Genie seit Elvis Presley prügeln?

»Ich? Zu weit gehen?«, entgegnete Evie zornig. »Ich kann gar nicht weit genug weg von dir sein, du Hurenbock!« Damit drehte sie sich um und stolzierte aus der Wohnung.

Dave sah Hank an. »Äh ... wegen dem Song ...«

Hank schüttelte schweigend den Kopf.

»Okay«, sagte Dave. »Schon klar.« Ihm fiel nichts ein, wie er das Gespräch fortsetzen konnte.

Hank hielt ihm die Tür auf, und er ging hinaus.

Im Auto versiegten Evies Tränen. »Ich fahre dich nach Hause«, sagte sie und tupfte sich die Augen trocken.

Als sie wieder im West End waren, bot Dave ihr an: »Komm mit rauf, ich mach dir einen Kaffee.«

»Danke«, sagte sie.

Walli saß auf der Couch und spielte Gitarre. »Evie ist ein bisschen aufgebracht«, sagte Dave zu ihm. »Sie hat mit Hank Schluss gemacht.« Er ging in die Küche und setzte Wasser auf.

»Ihr Engländer sagt ›ein bisschen aufgebracht‹, wenn ihr todunglücklich seid«, erwiderte Walli. »Wenn ihr nur ein bisschen unglücklich seid, weil man euren Geburtstag vergessen hat oder so, seid ihr ›schrecklich aufgebracht‹, stimmt's?«

Evie lächelte gequält. »Sehr scharfsinnig, Walli.«

»Und kreativ noch dazu«, sagte Walli. »Ich werde dich ein bisschen aufheitern, okay? Hör dir das an.« Er fing an zu spielen und sang »I miss ya, Alicia«.

Dave kam aus der Küche, um zuzuhören. Walli sang eine traurige Ballade mit ein paar Akkorden, die Dave nicht kannte. Als das Lied zu Ende war, meinte er: »Das ist ein schöner Song. Von wem ist er?«

»Von mir. Hab ich mir ausgedacht.«

»Wow«, sagte Dave. »Spiel ihn noch mal.«

Diesmal improvisierte Dave einen Begleitgesang.

Evie sagte: »Hey, das ist toll! Ihr braucht Hank gar nicht, dieses Schwein.«

»Ich möchte den Song gern Mark Batchelor vortragen.« Dave blickte auf die Uhr. Es war halb fünf durch. Er nahm den Telefonhörer ab und rief International Stars an. Batchelor saß noch in seinem Büro. »Wir haben einen neuen Hit«, sagte Dave. »Können wir zu Ihnen kommen und ihn vorspielen?«

»Würde ich mir ja gerne anhören, aber ich wollte gerade nach Hause ...«

»Können Sie auf dem Nachhauseweg in der Henrietta Street vorbeischauen?«

Batchelor zögerte, dann sagte er: »Ja, das könnte ich, ist nicht weit von meinem Bahnhof.«

»Was trinken Sie?«

»Gin Tonic.«

Zwanzig Minuten später saß Batchelor mit einem Glas in der Hand auf dem Sofa. Dave und Walli spielten den Song auf zwei Gitarren und sangen zweistimmig, während Evie beim Refrain mit einfiel. Als der Song zu Ende war, sagte Batchelor: »Spielen Sie das noch mal.«

Nach dem zweiten Mal schauten sie ihn erwartungsvoll an. Er schwieg eine Weile, dann sagte er: »Ich wäre nicht in diesem Geschäft, würde ich einen Hit nicht erkennen, wenn ich ihn höre. Das ist einer.«

Dave und Walli lächelten einander an. »Das habe ich mir auch gedacht«, meinte Dave.

»Mir gefällt der Song sehr«, sagte Batchelor. »Damit kann ich Ihnen einen Plattenvertrag verschaffen.«

Dave legte die Gitarre ab, stand auf und schüttelte Batchelor die Hand, um die Abmachung zu besiegeln. »Dann sind wir im Geschäft.«

Batchelor nahm einen langen Schluck von seinem Drink. »Hat Hank das Lied vom Fleck weg geschrieben, oder hatte er es irgendwo in der Schublade?«

Dave hätte jubeln können. Jetzt, wo sie sich die Hand gegeben hatten, konnte er offen zu Batchelor sein. »Das ist kein Song von Hank Remington«, sagte er.

Batchelor zog die Brauen hoch. »Wo haben Sie ihn her?«

»Walli hat ihn geschrieben«, sagte Dave. »Heute Nachmittag, als ich bei Ihnen im Büro war.«

»Alle Achtung«, sagte Batchelor und wandte sich Walli zu. »Was hätten Sie denn für die B-Seite?«

*

»Du musst mal raus aus der Bude«, sagte Lili Franck zu Karolin.

Sie alle sorgten sich um Karolins Gesundheit. Seit Hans Hoffmanns Besuch hatte sie stark an Gewicht verloren. Sie sah blass und lustlos aus. »Karolin ist erst zwanzig«, hatte ihre Mutter Carla gesagt. »Sie kann sich doch nicht für den Rest ihres Lebens wie eine Nonne einschließen. Kannst du sie nicht mal irgendwohin mitnehmen?«

Sie waren in Karolins Zimmer, spielten Gitarre und sangen der kleinen Alice etwas vor, die auf dem Boden saß, umgeben von Spielzeug.

»Ich kann nicht raus«, erwiderte Karolin. »Ich muss mich um Alice kümmern.«

»Meine Mutter kann doch auf sie aufpassen«, meinte Lili. »Oder Oma Maud. Abends ist die Kleine doch ganz ruhig.« Alice war inzwischen vierzehn Monate alt und schlief nachts durch.

»Also, ich weiß nicht. Das käme mir irgendwie nicht richtig vor.«

»Du warst seit Jahren nicht mehr abends weg ... und das meine ich wörtlich.«

»Wie würde Walli darüber denken?«

»Er erwartet bestimmt nicht von dir, dass du dich in deinen vier Wänden versteckst und nie Spaß hast.«

»Ich weiß nicht ...«

»Ich gehe heute Abend in den Jugendclub von Sankt Gertrud. Warum kommst du nicht einfach mit? Da gibt es Musik, Tanz, nette Gespräche. Ich glaube nicht, dass Walli was dagegen hätte.«

Die Führung der DDR wusste, dass die jungen Leute Unterhaltung brauchten, nur gab es da ein Problem: Alles, was der Jugend gefiel – Popmusik, Mode, Comics, Hollywoodfilme –, stand entweder nicht zur Verfügung oder war verboten. Sport durften sie treiben, aber normalerweise waren Jungen und Mädchen dabei getrennt.

Lili wusste, dass die meisten jungen Leute ihres Alters die Regierung hassten. Teenager verschwendeten keinen Gedanken an die Kluft zwischen Sozialismus und Kapitalismus. Sie interessierten sich vor allem für Frisuren, Mode und Popmusik. Ulbrichts puritanische Abneigung gegen alles, was der Jugend gefiel, hatte Lilis Generation dem Staat entfremdet. Und schlimmer noch: Sie hatten einen Traum – einen vollkommen unrealistischen Traum vermutlich – von einem Leben wie ihre Altersgenossen im Westen, die, so glaubten sie, alle einen Plattenspieler im Schlafzimmer hatten und einen Schrank voller schicker Sachen.

Die Jugendclubs der Kirchen ließ man nur deshalb zu, weil man auf diese Weise die Lücken im Leben der Heranwachsenden zu schließen versuchte. Diese Clubs galten als unverdächtig; vor allem waren sie nicht so selbstgerecht wie alles andere, was die FDJ zu bieten hatte.

Karolin schaute nachdenklich drein. »Vielleicht hast du recht«, sagte sie. »Ich kann nicht mein Leben lang das Opfer spielen. Stimmt schon, ich hatte viel Pech, aber ich sollte mich nicht davon beherrschen lassen. Für die Stasi bin ich nur eine Frau, deren Liebhaber einen Grenzsoldaten ermordet hat, aber ich muss das ja nicht akzeptieren.«

»Genau!« Lili war zufrieden.

»Gut, dann gehe ich mit dir. Ich kann Walli dann ja schreiben und ihm alles berichten.«

»Dann los. Ziehen wir uns um.«

Lili ging in ihr Zimmer und zog einen kurzen Rock an. Es war kein Minirock, wie er im Westfernsehen zu sehen war, aber er endete deutlich über dem Knie. Nun, da Karolin sie begleiten wollte, fragte Lili sich, ob es richtig gewesen war, sie zu überreden. Sicher, Karolin musste ihr eigenes Leben führen, aber was würde Walli denken, wenn er erfuhr, dass sie wieder ausging? Würde er sich Sorgen machen, Karolin könnte ihn vergessen? Lili hatte ihren Bruder seit fast zwei Jahren nicht mehr gesehen. Er war inzwischen neunzehn und ein Popstar. Sie wusste nicht mehr, wie und was er dachte.

Karolin lieh sich Lilis Jeans; dann schminkten sich beide. Lilis ältere Schwester, Rebecca, hatte ihnen einen schwarzen Konturstift und blauen Lidschatten aus Hamburg geschickt, den die Stasi wundersamerweise nicht einkassiert hatte.

Schließlich gingen sie hinunter in die Küche, um sich zu verabschieden. Carla fütterte die kleine Alice. »Mama geht ein bisschen raus«, sagte Karolin zu ihr, worauf Alice so glücklich zum Abschied winkte, dass Karolin fast schon beleidigt war.

Die beiden jungen Frauen gingen zu der protestantischen Kirche, nur ein paar Straßen entfernt. Regelmäßig in die Kirche ging nur noch Oma Maud, aber Lili war schon zweimal in dem Jugendclub gewesen, den die Gemeinde in der alten Krypta eingerichtet hatte. Er wurde von einem jungen Pastor namens Odo Vossler geführt, der sein schwarzes Haar wie die Beatles trug. Er war ein ziemlich scharfer Typ, aber zu alt für Lili, mindestens fünfundzwanzig.

Für die Musik im Club sorgten ein Klavier, zwei Gitarren und ein Plattenspieler. Lili tanzte mit Berthold, einem Jungen in ihrem Alter. Er war nett, aber ein bisschen langweilig. Lili hatte ein Auge auf Thorsten geworfen. Der war zwar ein wenig älter, sah aber ein bisschen wie Paul McCartney aus.

Es dauerte nicht lange, bis jemand »I Feel Fine« von den Beatles auflegte, und alle tanzten Twist. Der Tanz war ausgelassen, und zufrieden sah Lili, dass auch Karolin lachend herumwirbelte. Sie sah schon viel besser aus als in den Tagen zuvor.

Nach einer Stunde machten sie Pause und tranken ein Glas Vita Cola, das sozialistische Gegenstück zur imperialistischen Coca-Cola. Zu Lilis Freude strahlte Karolin. Sie sah glücklich aus.

Odo ging herum und sprach mit jedem. Sollte irgendjemand Probleme haben, sagte er, auch in einer Beziehung oder mit Sex, stehe er jederzeit mit Rat und Tat zur Verfügung.

Um zehn, als der Plattenspieler ausgeschaltet wurde, überraschte Karolin Lili damit, dass sie sich eine der beiden Gitarren schnappte. Sie winkte Lili, sich die andere zu nehmen. Die beiden jungen Frauen hatten daheim viel zusammen gespielt, aber Lili hätte nie auch nur daran gedacht, in der Öffentlichkeit aufzutreten. Jetzt begann Karolin mit einer Nummer der Everly Brothers, »Wake Up, Little Susie«. Die beiden Gitarren klangen gut zusammen, und Karolin und Lili sangen im Duett. Es dauerte nicht lange, und die jungen Leute in der Krypta bewegten sich im Takt.

Karolin und Lili spielten »I Want to Hold Your Hand«, »If I Had a Hammer« und als langsame Nummer »Love Is It«. Die Jugendlichen wollten gar nicht, dass die beiden aufhörten, doch Odo bat sie, nach der nächsten Nummer Schluss zu machen, bevor es Ärger gab. Zum Finale spielten die Mädchen »Back in the USA«.

KAPITEL 37

Anfang 1965, als Jasper Murray sich auf seine Abschlussexamina vorbereitete, schrieb er jeden Fernsehsender in den USA an, dessen Adresse er auftreiben konnte.

Alle Sender erhielten den gleichen Brief. Jasper schickte ihnen seinen Artikel über Evies Verhältnis mit Hank, den Artikel über Martin Luther King und die Attentats-Sonderausgabe von *The Real Thing*. Und er bat um einen Job, egal welchen, Hauptsache, es war beim amerikanischen Fernsehen.

Noch nie hatte Jasper etwas so sehr gewollt. Fernsehnews waren besser als Zeitungsnachrichten – schneller, fesselnder, lebendiger –, und das amerikanische Fernsehen war besser als das britische. Außerdem wusste Jasper, dass er auf dem Gebiet ein Könner sein würde. Er brauchte nur einen Einstieg; das war sein sehnlichster Wunsch.

Nachdem er die Briefe aufgegeben hatte, was nicht ganz billig war, ließ er sich von seiner Schwester Anna zum Mittagessen einladen. Sie gingen ins Gay Hussar, ein ungarisches Restaurant, das von links stehenden Autoren und Politikern frequentiert wurde. Anna bestellte kalte Kirschsuppe, das Markenzeichen des Gay Hussar. Jasper nahm gebratene Pilze mit Sauce Tartare.

»Und was machst du, wenn du keinen Job in den Staaten bekommst?«, fragte Anna, nachdem sie bestellt hatten.

Diese Möglichkeit machte Jasper sehr zu schaffen. »Keine Ahnung. In diesem Land wird von dir erwartet, dass du zuerst für Provinzblätter arbeitest und über Katzenausstellungen oder die Begräbnisse verdienstvoller Stadträte berichtest. Das ertrage ich nicht.«

»Kann ich verstehen«, sagte Anna. »Übrigens, ich muss mich entschuldigen.«

»Ja«, erwiderte Jasper. »Kann man so sagen.«

»Nun ja ... Hank und Evie waren nicht mal verlobt, geschweige denn verheiratet.«

»Aber du hast genau gewusst, dass sie ein Paar waren.«

»Tu nicht so scheinheilig. Für mich war es ungewöhnlich, aber bei dir wäre es fast schon normal.«

Jasper erhob keine Einwände, weil sie recht hatte: Er war des Öfteren mit Frauen ins Bett gestiegen, die verheiratet oder verlobt waren.

»Weiß Mutter davon?«, fragte er.

»Ja, und sie ist außer sich vor Wut. Daisy Williams war dreißig Jahre lang ihre beste Freundin und obendrein sehr großzügig zu dir, weil sie dich mietfrei in ihrem Haus wohnen ließ – und jetzt tue ich ihrer Tochter so etwas an. Was hat Daisy zu dir gesagt?«

»Sie ist wütend. Aber als sie sich damals in Lloyd verliebt hat, war sie schon verheiratet, deshalb hat sie nicht das Recht auf allzu große moralische Empörung.«

»Trotzdem, es tut mir leid.«

»Danke.«

»Nur dass es mir nicht wirklich leidtut.«

»Was soll das jetzt heißen?«

»Ich bin mit Hank ins Bett gegangen, weil ich mich in ihn verliebt habe. Seit dem ersten Mal habe ich fast jede Nacht mit ihm verbracht. Er ist der wunderbarste Mann, den ich je kennengelernt habe. Ich würde ihn auf der Stelle heiraten.«

»Darf ich dich als Bruder etwas fragen?«

»Klar.«

»Was sieht er in dir?«

»Außer großen Titten, meinst du?« Sie lachte.

»Du siehst klasse aus, aber du bist ein paar Jahre älter als Hank, und es gibt ungefähr eine Million üppige Mädchen in England, die zu ihm ins Bett springen würden, wenn er nur mit den Fingern schnipst.«

Sie nickte. »Stimmt. Aber erstens ist er ungebildet. Ich bin seine Fremdenführerin in der Welt des Geistes ... Kunst, Theater, Politik, Literatur.«

»Und was ist das andere?«, fragte Jasper.

»Du weißt, dass er mein zweiter Geliebter ist, nicht wahr?«

Jasper nickte.

»Ich war fast vier Jahre mit Sebastian zusammen«, fuhr Anna fort. »In dieser Zeit lernt man eine Menge über Sex. Hank ist unerfahren, weil er keine Freundin lange genug behalten hat, dass sich echte Intimität entwickeln konnte. Evie war seine dauerhafteste Beziehung, und sie war zu jung, um einem Mann viel beizubringen.«

»Verstehe.«

»Ein bisschen was hat er von einer Sängerin namens Mickie McFee gelernt, aber er hat nur zweimal mit ihr geschlafen.«

»Mickie McFee? Dave Williams hat sie in einer Garderobe gevögelt.«

»Das hat er dir erzählt?«

»Ich glaube, Dave hat es jedem erzählt. Gut möglich, dass es sein erstes Mal war.«

»Mickie kommt ganz schön rum, habe ich den Eindruck.«

»Scheint so. Dann bist du jetzt also Hanks Liebeslehrerin.«

»Nun ja, er lernt schnell. Und er wird rasch erwachsen. Was er Evie angetan hat, wird nie wieder vorkommen.«

Jasper war sich da nicht so sicher, behielt seine Bedenken aber für sich.

*

Zusammen mit einer großen Gruppe Außenamtsmitarbeiter, darunter Natalja Smotrow, flog Dimka im Februar 1965 nach Vietnam.

Es war Dimkas erste Auslandsreise. Das allein war schon aufregend. Aufregender war nur noch, dass Natalja dabei war. Dimka war sich zwar nicht sicher, was nun passieren würde, aber er fühlte sich irgendwie befreit, und er sah, dass Natalja genauso empfand. Sie waren weit weg von Moskau, weit weg von seiner Frau und ihrem Mann. Alles war möglich.

Dimka war im Allgemeinen sehr optimistisch. Kossygin, seit Chruschtschows Sturz sein Chef, wusste, dass die Sowjetunion aufgrund ihrer wirtschaftlichen Probleme den Kalten Krieg zu verlieren drohte. Die sowjetische Industrie war ineffizient, die Sowjets arm. Kossygin wollte die UdSSR produktiver gestalten. Die Bürger mussten lernen, Dinge zu produzieren, die die Menschen in anderen Teilen des riesigen Landes auch kaufen wollten. Sie mussten in Sachen Wohlstand mit den USA in Wettbewerb treten, nicht nur in Sachen Panzer und Atomraketen. Erst dann durften sie darauf hoffen, den Rest der Welt von der Richtigkeit ihrer Gesellschaftsform zu überzeugen. Diese Einstellung machte Dimka Mut. Breschnew, der Generalsekretär, war streng konservativ, aber vielleicht konnte Kossygin den Sozialismus ja reformieren.

Das ökonomische Problem bestand unter anderem darin, dass ein Großteil des Bruttosozialprodukts für das Militär verschleudert wurde. In der Hoffnung, diese Ausgaben zu verringern, hatte Chruschtschow auf die Politik der friedlichen Koexistenz gesetzt. Der Sozialismus sollte Seite an Seite mit dem Kapitalismus existieren, aber keine Kriege gegen den »Klassenfeind« führen. Doch Chruschtschow hatte nicht viel unternommen, diesen Gedanken in die Tat umzusetzen. Tatsächlich waren die Militärausgaben nach seinen Abenteuern in Berlin und Kuba sogar gestiegen. Aber fortschrittliche Denker im Kreml glaubten noch immer an die Strategie der friedlichen Koexistenz.

Vietnam war ein ernsthafter Test dafür.

Als Dimka aus dem Flugzeug stieg, flutete warme, feuchte Luft über ihn hinweg, wie er es noch nie erlebt hatte. Hanoi war die alte Hauptstadt eines uralten Landes, das lange Zeit von Fremden unterdrückt worden war: erst von den Chinesen, dann von den Franzosen, nun von den Amerikanern. Und Vietnam war bunt und lebhaft. Auch das war Dimka völlig unbekannt gewesen.

Und Vietnam war zweigeteilt.

Ho Chi Minh, der nordvietnamesische Präsident, hatte in den Fünfzigern die Franzosen besiegt, die alten Kolonialherren. Aber Ho war ein undemokratischer Kommunist, und die Amerikaner weigerten sich, seine Autorität anzuerkennen. Präsident Eisenhower hatte eine Marionettenregierung im Süden installiert, mit Sitz in der alten Provinzhauptstadt Saigon. Das ebenfalls nicht demokratisch gewählte Regime in Saigon war tyrannisch und unbeliebt und sah sich ständigen Angriffen der Widerstandskämpfer des Vietcongs ausgesetzt. Doch die südvietnamesische Armee war so schwach, dass sie 1965 von 23 000 Amerikanern hatte verstärkt werden müssen.

Die Amerikaner taten so, als wäre Südvietnam ein eigenständiges Land, aber die Sowjetunion tat in Ostdeutschland ja nichts anderes. Tatsächlich war Vietnam eine Art Spiegelbild des geteilten Deutschland, aber Dimka wagte es nicht, das auszusprechen.

Während die Minister an einem Bankett mit der nordvietnamesischen Führung teilnahmen, aßen ihre Mitarbeiter weit weniger formell mit ihren vietnamesischen Gegenstücken. Zum Glück sprachen die Vietnamesen allesamt Russisch. Einige von ihnen waren sogar schon in Moskau gewesen. Das Essen bestand vorwiegend aus Gemüse und Reis, dazu kleine Mengen Fisch und Fleisch, aber es schmeckte gut. In der vietnamesischen Delegation gab es keine Frauen, und die Männer schienen überrascht, Natalja und ihre beiden Geschlechtsgenossinnen zu sehen.

Dimka setzte sich neben einen mürrischen Apparatschik mit Namen Pham An. Natalja saß gegenüber und fragte ihn, was er sich von diesen Gesprächen erhoffte. Pham An antwortete mit einer Einkaufsliste: »Wir brauchen Flugzeuge, Artillerie, Radar, Luftabwehrsysteme, Handfeuerwaffen, Munition und Medikamente.«

Genau das, was die Sowjets zu vermeiden hofften.

Natalja erwiderte: »Aber das alles brauchen Sie doch nicht mehr, wenn der Krieg zu Ende ist.«

»Ja, wenn wir die amerikanischen Imperialisten besiegt haben, werden sich unsere Bedürfnisse ändern ... Wenn!«

»Wir alle wollen einen Sieg des Vietcong«, sagte Natalja, »aber es gibt auch andere Möglichkeiten.« Sie versuchte, dem Mann das Konzept der friedlichen Koexistenz näherzubringen.

»Nein, es gibt nur eine Möglichkeit: Sieg«, widersprach Pham An.

Dimka war bestürzt. Der Vietnamese weigerte sich stur, darüber zu reden, weshalb die Sowjets hergekommen waren. Vielleicht hielt er es ja für unter seiner Würde, mit einer Frau zu diskutieren. Dimka hoffte nur, dass es der einzige Grund für Ans Sturheit war. Wenn die Vietnamesen generell nicht über Alternativen sprechen wollten, war die sowjetische Mission jetzt schon gescheitert.

Doch Natalja gab sich nicht so leicht geschlagen. »Ein militärischer Sieg ist mit Sicherheit *nicht* der einzig mögliche Ausgang«, sagte sie. Ihre Hartnäckigkeit machte Dimka stolz.

»Reden Sie etwa von einer Niederlage?«, fragte An lauernd.

»Nein«, antwortete Natalja ruhig. »Aber Krieg ist nicht der einzige Weg zum Sieg. Verhandlungen sind eine Alternative.«

»Mit den Franzosen haben wir oft verhandelt«, erwiderte An wütend. »Sie haben jede Übereinkunft nur dazu genutzt, Zeit für neue Aggressionen zu gewinnen. Diese Lektion werden wir nie vergessen. Imperialisten kann man nicht vertrauen.«

Dimka hatte sich in die Geschichte Vietnams eingelesen, deshalb wusste er, dass Ans Wut berechtigt war. Die Franzosen waren genauso verlogen und hinterlistig gewesen wie alle anderen Kolonialmächte. Aber das war nicht das Ende der Geschichte.

Natalja blieb hartnäckig – und das war richtig so, denn Kossygin überbrachte Ho Chi Minh mit Sicherheit die gleiche Botschaft. »Ja, Imperialisten sind Lügner und Verräter, das wissen wir alle. Aber Revolutionäre können Verhandlungen auch zu ihrem Vorteil nutzen. Lenin hat in Brest-Litowsk verhandelt. Er hat Zugeständnisse gemacht, blieb dadurch an der Macht und hat die Zugeständnisse wieder zurückgenommen, als er stärker war.«

An plapperte Ho Chi Minhs Erklärung nach. »Wir werden Verhandlungen erst in Betracht ziehen, wenn in Saigon eine neutrale Koalition an der Macht ist, die den Vietcong mit einschließt.«

»Seien Sie doch vernünftig«, sagte Natalja. »Wenn man solche Forderungen zur Voraussetzung für Verhandlungen macht, kommt es gar nicht erst zu Gesprächen. Sie müssen doch wenigstens über einen Kompromiss *nachdenken*.«

Wütend entgegnete An: »Als die Deutschen in Russland einmarschiert sind und vor den Toren Moskaus standen, haben Sie da über einen Kompromiss nachgedacht?« Er schlug mit der Faust auf den Tisch, eine Geste, die Dimka erschrak. »Nein! Keine Verhandlungen, kein Kompromiss ... und *keine* Amerikaner.«

Kurz darauf war das Bankett beendet.

Dimka und Natalja fuhren in ihr Hotel zurück. Er brachte sie zu ihrem Zimmer. An der Tür sagte sie schlicht: »Komm rein.«

Es war erst ihre dritte gemeinsame Nacht. Die ersten beiden hatten sie auf einem alten Himmelbett in einem verstaubten Möbellager des Kremls verbracht. Doch irgendwie kam es ihnen ganz natürlich vor, als wären sie schon seit Jahren ein Liebespaar.

Sie küssten sich und zogen ihre Schuhe aus, küssten sich erneut, putzten sich die Zähne und küssten sich wieder. Sie wurden nicht von unbändiger Lust fortgerissen, sondern waren entspannt und verspielt. »Wir können tun, was wir wollen, und haben die ganze Nacht«, sagte Natalja. Für Dimka waren es die erotischsten Worte, die er je gehört hatte.

Sie liebten sich, aßen Kaviar und tranken Wodka, den sie mitgebracht hatten, und liebten sich erneut. Als sie dann auf den zerwühlten Laken lagen und hinauf zum Deckenventilator schauten, der sich träge drehte, sagte Natalja in die Stille hinein: »Ich nehme an, wir werden abgehört.«

»Das will ich doch hoffen«, sagte Dimka. »Immerhin hat es uns viel Geld und Zeit gekostet, den Vietnamesen beizubringen, wie man ein Hotel verwanzt.«

»Vielleicht hört Pham An ja zu«, sagte Natalja und kicherte.

»Dann hoffe ich, er genießt es mehr als unser Abendessen.«

»Ja. Das war wirklich eine Katastrophe.«

»Wenn sie Waffen von uns haben wollen, müssen sie ihre Haltung ändern. Selbst Breschnew will nicht, dass wir in Südostasien in einen Krieg verwickelt werden.«

»Aber wenn wir uns weigern, die Vietcong zu bewaffnen, könnten sie zu den Chinesen gehen.«

»Sie hassen die Chinesen.«

»Ich weiß. Trotzdem ...«

»Ja.«

Sie schliefen ein und wurden vom Telefon geweckt. Natalja hob ab und nannte ihren Namen. Sie hörte kurz zu und sagte dann: »Himmel!« Eine weitere Minute verging, und schließlich legte sie auf. »Neuigkeiten aus Südvietnam«, berichtete sie. »Der Vietcong hat letzte Nacht eine amerikanische Basis angegriffen.«

»Letzte Nacht? Nur wenige Stunden nach Kossygins Ankunft in Hanoi? Das ist kein Zufall. Wo?«

»An einem Ort mit Namen Plei Cu. Acht Amerikaner wurden getötet, gut hundert sind verwundet. Außerdem haben sie zehn amerikanische Flugzeuge am Boden zerstört.«

»Wie hoch sind die Verluste des Vietcong?«

»Auf dem Gelände wurde nur eine Leiche zurückgelassen.«

Dimka schüttelte den Kopf. »Eines muss man den Vietnamesen lassen, sie sind fantastische Kämpfer.«

»Aber nur der Vietcong. Die südvietnamesische Armee ist erbärmlich. Deshalb brauchen sie ja die Amerikaner.«

Dimka runzelte die Stirn. »Derzeit ist doch irgend so ein hohes Tier der Amis in Südvietnam, oder?«

»McGeorge Bundy, nationaler Sicherheitsberater, einer der schlimmsten imperialistischen Kriegshetzer.«

»Im Augenblick telefoniert er sicher mit Präsident Johnson.«

»Ja«, sagte Natalja, »und ich frage mich, was er ihm erzählt.«

Später am selben Tag bekam sie die Antwort.

Amerikanische Kampfjets vom Flugzeugträger *USS Ranger* bombardierten eine Armeebasis namens Dong Hoi an der Küste Nordvietnams. Es war das erste Mal, dass die Amerikaner ein Ziel im Norden angegriffen hatten. Damit trat der Konflikt in eine neue Phase.

Verzweifelt verfolgte Dimka, wie Kossygins Position im Laufe des Tages immer schwächer wurde.

Nach der Bombardierung verurteilten kommunistische und blockfreie Staaten überall auf der Welt die amerikanische Aggression aufs Schärfste. Die politischen Führer der Dritten Welt erwarteten von Moskau, dass es Vietnam zu Hilfe kam – einem kommunistischen Land, das direkt von den amerikanischen Imperialisten angegriffen wurde.

Kossygin wollte zwar keine Eskalation des Vietnamkrieges, und der Kreml konnte es sich nicht leisten, Ho Chi Minh massiv zu unterstützen, aber jetzt blieb ihm keine Wahl. Die Sowjetunion musste dem sozialistischen Bruder helfen, und das tat sie auch. Der Ruf der UdSSR als Verteidigerin des Sozialismus stand auf dem Spiel.

Jetzt redete niemand mehr von friedlicher Koexistenz.

Niedergeschlagenheit und Furcht erfassten Dimka, Natalja und die gesamte sowjetische Delegation. Der Angriff und seine Folgen hatten ihre Verhandlungsposition unterminiert. Kossygin hatte kein Ass mehr im Ärmel. Er musste Ho Chi Minh geben, was er wollte.

Sie blieben noch drei Tage in Hanoi. Dimka und Natalja liebten sich jede Nacht, und tagsüber machten sie sich Notizen zu Pham Ans Einkaufsliste. Noch bevor sie abflogen, war bereits eine Lieferung sowjetischer Boden-Luft-Raketen unterwegs nach Vietnam.

Dimka und Natalja saßen auf dem Heimflug nebeneinander. Dimka döste vor sich hin und genoss die Erinnerung an die vier schwülen Nächte voller Liebe unter dem trägen Deckenventilator.

»Was lächelst du so?«, fragte Natalja.

Er öffnete die Augen. »Du weißt schon.«

Sie kicherte. »Abgesehen davon ...«

»Was?«

»Wenn du die Reise im Kopf noch mal durchgehst, hast du da nicht das Gefühl, dass man uns hereingelegt hat?«

»Ja. Wir sind verarscht worden, vom ersten Tag an.«

»Ho Chi Minh hat die zwei mächtigsten Staaten der Welt gegeneinander ausgespielt und alles bekommen, was er wollte.«

Dimka nickte. »Das Gefühl habe ich auch.«

*

Mit Wassilis subversivem Text im Koffer fuhr Tanja zum Flughafen. Sie hatte Angst.

Sie hatte auch früher schon gefährliche Dinge getan. Sie hatte eine subversive Zeitung publiziert; sie war auf dem Majakowski-Platz verhaftet und in den berüchtigten Keller der Lubjanka verschleppt worden, und sie hatte in Sibirien Kontakt zu einem Dissidenten aufgenommen. Aber das hier war das Furchterregendste.

Kontakt zum Westen aufzunehmen war eines der schwersten Verbrechen in der UdSSR, und Tanja flog mit Wassilis Manuskript nach Leipzig, um es einem kapitalistischen Verlag zu übergeben.

Die Zeitung, die sie mit Wassili herausgegeben hatte, war nur in der Sowjetunion vertrieben worden. Doch wenn Samisdatliteratur ihren Weg nach Westen fand, war das etwas vollkommen anderes. Wer dabei erwischt wurde, galt nicht nur als Aufrührer, sondern als Verräter.

Tanja drehte sich vor Angst der Magen um, als sie im Fond des Taxis saß und an die Gefahr dachte. Instinktiv schlug sie die Hand vor den Mund, bis das Gefühl verflog.

Als sie am Flughafen ankamen, hätte sie dem Taxifahrer beinahe gesagt, er solle umkehren. Dann erinnerte sie sich an Wassili in Sibirien, hungrig und frierend, riss sich zusammen und trug ihren Koffer ins Terminal.

Die Reise nach Sibirien hatte sie verändert. Bis jetzt hatte sie den Sozialismus für ein fehlgeleitetes Experiment gehalten, das gescheitert war und beendet werden musste. Jetzt betrachtete sie ihn als brutale Tyrannei, deren Führer das personifizierte Böse waren. Jedes Mal, wenn sie an Wassili dachte, füllte sich ihr Herz mit Hass auf die Menschen, die ihm das angetan hatten. Inzwischen fiel es ihr sogar schwer, mit ihrem Zwillingsbruder zu reden, der nach wie vor auf Reformen hoffte. Sie liebte Dimka, aber er verschloss die Augen vor der Wirklichkeit.

Mittlerweile hatte Tanja aber auch erkannt, dass es dort, wo grausame Unterdrückung herrschte – sei es im tiefen Süden der USA, in Nordirland oder in der DDR –, sehr viele Menschen gab wie ihre Familie, die die brutale Realität einfach nicht sehen wollten. Doch Tanja gehörte nicht dazu. Sie würde bis zum Ende kämpfen, egal, welches Risiko sie dafür auf sich nehmen musste.

Am Schalter gab sie ihre Papiere ab und stellte den Koffer auf die Waage. Hätte sie an Gott geglaubt, sie hätte gebetet.

Das Personal am Abflugschalter gehörte ausnahmslos zum KGB. In Tanjas Fall handelte es sich um einen Mann Mitte dreißig mit blauschwarzem Stoppelbart. Manchmal versuchte Tanja, Menschen einzuschätzen, indem sie sich die Leute bei einem Interview vorstellte. Dieser Mann war selbstbewusst bis an die Grenze zur Aggression, erkannte sie. Er würde selbst die harmlosesten Fragen mit Feindseligkeit beantworten und nach versteckten Andeutungen und Vorwürfen Ausschau halten.

Der Mann blickte sie hart an und verglich ihr Gesicht mit dem auf dem Passfoto. Tanja versuchte, keine Angst zu zeigen. Andererseits hatte jeder Sowjetbürger Angst, wenn ein KGB-Mann ihn in Augenschein nahm.

Der Mann legte den Pass auf den Schalter und sagte: »Machen Sie den Koffer auf.«

Tanja hatte keine Ahnung, weshalb es von ihr verlangt wurde. Vielleicht hatte irgendetwas das Misstrauen des Mannes erregt; vielleicht wühlte er gern in Damenunterwäsche. Jedenfalls nannte er keinen Grund.

Mit pochendem Herzen öffnete Tanja den Koffer.

Der KGB-Mann kauerte sich hin und durchwühlte ihre Sachen. Er brauchte weniger als eine Minute, dann hatte er Wassilis Manuskript entdeckt. Er holte es heraus und las das Titelblatt: *Stalag: ein Roman über die nationalsozialistischen Gefangenenlager* von Klaus Holstein.

Es war natürlich eine Fälschung – wie auch das Inhaltsverzeichnis, das Vorwort und der Prolog.

»Was ist das?«, fragte der KGB-Mann.

»Die Teilübersetzung eines DDR-Romans. Ich fliege zur Buchmesse nach Leipzig.«

»Ist das genehmigt?«

»In der DDR natürlich, sonst hätten sie es ja nicht publiziert.«

»Und in der Sowjetunion?«

»Noch nicht. Bevor der Text nicht fertig ist, kann er ja nicht eingereicht werden.«

Tanja versuchte, so normal wie möglich zu atmen, während der Mann die Seiten durchblätterte.

»Diese Leute haben ja russische Namen«, sagte er.

»Wie Sie wissen, saßen auch viele Russen in den Nazilagern«, erwiderte Tanja.

Wenn der KGB-Mann ihr Lügengebilde ernsthaft überprüfte, würde es binnen kürzester Zeit in sich zusammenfallen. Nahm er sich Zeit und las mehr als nur ein paar Seiten, würde er rasch erkennen, dass es nicht um Nazilager ging, sondern um den Gulag. Und dann hätte der KGB in Windeseile herausgefunden, dass es weder ein ostdeutsches Buch noch einen ostdeutschen Verlag gab, und Tanja säße wieder im Keller der gefürchteten Lubjanka.

Der Mann blätterte weiter durch die Seiten, als überlege er, ob er eine große Sache daraus machen sollte oder nicht. Plötzlich kam es am Nachbarschalter zu Krawall. Ein Fluggast protestierte lautstark gegen die Konfiszierung einer Ikone. Der KGB-Mann reichte Tanja das Manuskript zusammen mit der Bordkarte und winkte sie durch. Dann eilte er seinem Kollegen zu Hilfe.

Natalja zitterten die Knie, sodass sie kaum gehen konnte. Schließlich aber sammelte sie ihre Kräfte und ließ die restlichen Formalitäten über sich ergehen.

Bei dem Flugzeug handelte es sich wieder um eine Tupolew Tu-104. Sechs Leute saßen in einer Reihe; es war ziemlich eng. Bis nach Leipzig waren es knapp 1500 Kilometer, und der Flug dauerte über drei Stunden.

Als Tanja ihren Koffer in der Gepäckausgabe abholte und ihn sich genau anschaute, fand sie keinerlei Hinweis darauf, dass er geöffnet worden war. Aber sicher war sie sich noch lange nicht. Als sie mit dem Koffer zum Zoll ging, kam es ihr vor, als würde sie Uran transportieren. Ihr wurde mulmig, denn von den ostdeutschen Behörden sagte man, sie seien noch härter als die sowjetischen und die Stasi allgegenwärtiger als der KGB.

Tanja zeigte ihre Papiere vor. Ein Beamter prüfte sie sorgfältig und schickte Tanja dann mit einer unhöflichen Geste weiter. Erleichtert ging sie direkt zum Ausgang, wobei sie darauf achtete, den Uniformierten, die die Passagiere musterten, nicht in die Augen zu schauen.

Dann trat ihr einer der Männer in den Weg. »Tanja Dworkin?«

Beinahe wäre Tanja vor Angst in Tränen ausgebrochen. »Ja.«

Der Mann sprach Deutsch. »Bitte, kommen Sie mit.«

Das war's, dachte sie. Mein Leben ist zu Ende.

Sie folgte dem Mann durch eine Nebentür. Zu ihrem Erstaunen führte er sie auf einen Parkplatz. »Der Messechef hat Ihnen einen Wagen geschickt«, sagte der Uniformierte.

Ein Fahrer wartete auf Tanja. Er stellte sich vor und verstaute den Koffer mitsamt dem subversiven Inhalt im Kofferraum einer grün-weißen Wartburg-Limousine.

Tanja ließ sich auf den Rücksitz fallen. Sie fühlte sich so hilflos, als wäre sie betrunken.

Doch je weiter der Wagen in die Stadt fuhr, desto rascher erholte sie sich. Leipzig war ein altes Wirtschaftszentrum, wo schon im Mittelalter große Märkte, die Vorläufer moderner Messen, stattgefunden hatten. Der Bahnhof war einer der größten in Europa. In ihrem Artikel würde Tanja die starke kommunistische Tradition der Stadt erwähnen, und wie man den Nazis hier bis in die Vierzigerjahre Widerstand geleistet hatte. Dass die prächtigen Gebäude aus dem 19. Jahrhundert viel schöner waren als die triste sozialistische Architektur, müsste sie allerdings verschweigen.

Das Taxi fuhr sie zum Messegelände. In einer großen Halle hatten Verlage aus Deutschland und der ganzen Welt ihre Stände aufgebaut und zeigten ihre Bücher. Tanja wurde vom Messechef herumgeführt. Er erklärte ihr, auf der Leipziger Buchmesse würden vor allem Rechte gehandelt.

Erst am späten Nachmittag wurde Tanja den Mann wieder los und hatte Gelegenheit, sich selbst umzuschauen. Sie staunte über die verwirrende Vielfalt an Publikationen. Da gab es wissenschaftliche Zeitschriften, Almanache, Kinderbücher, Bibeln, Kunstbände, Atlanten, Wörterbücher und die vollständigen Werke von Marx und Lenin in jeder wichtigen europäischen Sprache. Tanja suchte nach jemandem, der russische

Literatur übersetzen und im Westen veröffentlichen wollte; deshalb hielt sie nach russischen Romanen in anderen Sprachen Ausschau.

Zwar verwendeten die meisten westeuropäischen Sprachen das lateinische Alphabet, aber Tanja hatte in der Schule Deutsch und Englisch gelernt und Deutsch später auch an der Uni studiert. Also konnte sie die meisten Autorennamen lesen und die Titel zumindest erraten.

Sie sprach mit mehreren Verlegern, stellte sich als Journalistin der TASS vor und erkundigte sich, ob sie von der Messe profitierten. In kurzer Zeit hatte sie genug Material für einen Artikel zusammen. Aber Tanja deutete nicht einmal an, dass sie selbst einen russischen Text anzubieten hatte.

Am Stand eines Londoner Verlages namens Rowley griff sie nach einer englischen Übersetzung von *Die Junge Garde*, einem bekannten Roman des sowjetischen Schriftstellers Alexander Fadejew. Tanja kannte ihn gut, und es belustigte sie, die erste Seite auf Englisch zu entziffern, bis sie unterbrochen wurde. Eine attraktive Frau, in etwa so alt wie Tanja, sprach sie auf Deutsch an. »Lassen Sie es mich bitte wissen, wenn Sie Fragen haben.«

Tanja stellte sich vor und interviewte die Frau über die Messe. Rasch fanden sie heraus, dass die Frau besser Russisch sprach als Tanja Deutsch, und so wechselten sie die Sprache. Tanja erkundigte sich nach der englischen Übersetzung russischer Romane. »Ich würde gerne mehr davon herausbringen«, sagte die Frau. »Aber viele zeitgenössische sowjetische Romane – einschließlich dem, den Sie in der Hand halten – sind prosozialistisch.«

Tanja spielte die Entsetzte. »Sie wollen antisowjetische Propaganda veröffentlichen?«

»Nein, nein.« Die Frau lächelte. »Natürlich darf ein Schriftsteller seine Regierung mögen. Mein Verlag publiziert viele Bücher, die das Britische Empire und seine Triumphe feiern. Aber ein Autor, der nicht den kleinsten Fehler in seiner Gesellschaft sieht, wird häufig nicht ernst genommen. Es ist klüger, hier und da ein wenig Kritik einzubauen, und sei es nur um der Glaubwürdigkeit willen.«

Tanja mochte die Frau. »Können wir uns noch einmal treffen?«

»Haben Sie denn etwas für mich?«

Tanja ignorierte die Frage. »Wo wohnen Sie?«

»Im Hotel Europa.«

Auch Tanja hatte dort ein Zimmer. Das war angenehm. »Und wie heißen Sie?«

»Anna Murray. Und Sie?«

»Wir reden dann noch mal«, sagte Tanja und ging.

Sie fühlte sich instinktiv zu Anna Murray hingezogen, aber dieser Instinkt wurde von Fakten untermauert. Zunächst einmal war Anna offensichtlich Britin und keine Russin oder Ostdeutsche, die sich als Britin ausgab. Zweitens war sie weder Kommunistin, noch bemühte sie sich krampfhaft, das Gegenteil darzustellen. Ihre entspannte Neutralität konnte eine KGB-Agentin unmöglich vortäuschen. Drittens benutzte sie keinen Jargon. Menschen, die in der orthodoxen Sowjetunion groß geworden waren, konnten nicht anders, als ständig die Partei, den Klassenkampf, die Kader und die Ideologie zu erwähnen. Anna hatte kein einziges dieser Schlüsselworte benutzt.

Draußen wartete der grün-weiße Wartburg. Der Fahrer brachte Tanja zum Europa, und sie checkte ein, verließ ihr Zimmer aber gleich darauf wieder und ging in die Lobby.

Sie wollte keine Aufmerksamkeit erregen und nach Anna Murrays Zimmernummer fragen. Mit Sicherheit arbeitete zumindest einer der Portiers für die Stasi – und der könnte melden, dass sich eine sowjetische Journalistin für eine britische Verlagsangestellte interessierte.

Doch hinter der Rezeption gab es Kästen für Schlüssel und Nachrichten. Also klebte Tanja einfach einen leeren Umschlag zu, schrieb »Frau Anna Murray« darauf und gab ihn wortlos ab. Der Portier legte ihn sofort in das Fach von Zimmer 305. Dort lag auch ein Schlüssel, was bedeutete, dass Anna Murray im Augenblick nicht auf ihrem Zimmer war.

Tanja ging an die Bar. Auch da war Anna nicht. Tanja blieb eine Stunde, nippte an einem Bier und arbeitete die Rohfassung ihres Artikels durch. Dann ging sie ins Restaurant. Wieder nichts. Vermutlich war Anna mit Kollegen in der Stadt essen gegangen. Tanja saß allein an einem Tisch und bestellte sich Leipziger Allerlei, eine lokale Spezialität. Anschließend trank sie einen Kaffee und ging eine Stunde später.

Als sie durch die Lobby kam, warf sie noch einmal einen Blick hinter die Rezeption. Der Schlüssel von Zimmer 305 war verschwunden.

Tanja zögerte. Wenn sie die Sache jetzt durchzog, gab es kein Zurück mehr. Dann konnte sie sich nicht mehr herausreden. Sie verbreitete antisowjetische Propaganda im Westen. Wenn man sie dabei schnappte, war ihr Leben zu Ende.

Tanja klopfte an die Tür.

Anna machte auf. Sie war barfuß und hielt eine Zahnbürste in der Hand. Offensichtlich machte sie sich gerade fürs Bett zurecht.

Tanja legte den Finger auf die Lippen. Dann gab sie Anna das Manuskript, flüsterte: »Ich komme in zwei Stunden wieder«, und verschwand.

In ihrem eigenen Zimmer setzte sie sich zitternd aufs Bett.

Wenn Anna den Text ablehnte, wäre das schon schlimm genug. Aber wenn sie, Tanja, die Frau falsch eingeschätzt hatte, würde die sich vielleicht verpflichtet fühlen, den Vorfall den Behörden zu melden. Vielleicht hatte sie Angst, als Mitverschwörerin angeklagt zu werden, wenn sie den Mund hielt. Oder sie hielt es schlicht für einfacher, mit der Stasi zusammenzuarbeiten, wenn man weiter russische Literatur veröffentlichen wollte.

Doch Tanja glaubte, dass die meisten Westler nicht so dachten. Trotz Tanjas dramatischer Vorsichtsmaßnahmen würde Anna nicht glauben, sich eines Verbrechens schuldig gemacht zu haben, nur weil sie ein Manuskript gelesen hatte.

Die Hauptfrage lautete also, ob Anna Wassilis Arbeit gefiel. Daniil hatte sie gefallen – wie auch den Herausgebern der *Neuen Welt*. Aber das waren bis jetzt die Einzigen gewesen, die den Text gelesen hatten, und sie waren allesamt Russen. Wie würde ein Ausländer darauf reagieren? Tanja war überzeugt, dass Anna zumindest die handwerkliche Qualität des Textes schätzte, aber würde das Manuskript sie auch emotional berühren?

Ein paar Minuten nach elf kehrte Tanja zu Zimmer 305 zurück.

Anna öffnete die Tür, das Manuskript in der Hand.

Ihr Gesicht war nass von Tränen, und sie sagte im Flüsterton: »Das ist unerträglich. Die Welt muss davon erfahren.«

*

An einem Freitagabend fand Dave heraus, dass Lew, der Schlagzeuger von Plum Nellie, homosexuell war.

Bis dahin hatte er geglaubt, Lew sei bloß schüchtern. Viele Mädchen wollten Sex mit jungen Männern, die in Popgruppen spielten, und manchmal erinnerte die Umkleide an ein Bordell. Lew nutzte das nie aus. Das allein war noch nicht erstaunlich: Einige taten es, andere nicht. Walli ließ sich niemals mit »Groupies« ein, Dave gelegentlich, und Buzz, der Bassist, sagte niemals Nein.

Plum Nellie bekam wieder Auftritte. In den Top Twenty stand »I Miss Ya, Alicia« auf Platz 19 und holte auf. Dave und Walli schrieben zusammen Songs und hofften, eine Langspielplatte machen zu können. Spät an einem Nachmittag gingen sie zu den BBC-Studios auf der Portland Place und nahmen einen Radioauftritt auf. Die Bezahlung war Kleingeld, aber der Auftritt bedeutete gute Werbung für »I Miss Ya, Alicia«. Vielleicht kam der Song noch auf Platz 1. Und, wie Dave manchmal sagte, Kleinvieh machte auch Mist.

Anschließend traten sie blinzelnd in die Abendsonne und beschlossen, im Golden Horn, einem Pub in der Nähe, ein Bier trinken zu gehen.

»Ich hab keinen Durst«, sagte Lew.

»Sei nicht bescheuert«, sagte Buzz. »Seit wann sagst du Nein zu einem Glas Bier?«

»Dann lasst uns woandershin gehen«, sagte Lew.

»Wieso?«

»Mir gefällt der Schuppen nicht.«

»Wenn du Angst hast, dass sie dich nicht in Ruhe lassen, dann setz doch 'ne Sonnenbrille auf.«

Sie waren mehrmals im Fernsehen gewesen, und manchmal erkannten Fans sie in Restaurants und Bars, aber es gab kaum jemals Ärger. Sie hatten gelernt, sich von Lokalen fernzuhalten, wo Teenager zusammenkamen, Cafés in der Nähe von Schulen zum Beispiel, denn dort konnte es zu Aufläufen kommen. In Pubs mit erwachsenen Gästen jedoch waren sie sicher.

Sie gingen ins Golden Horn und traten an die Theke. Der Barkeeper lächelte Lew an und fragte: »Hallo, Lucy, Süße, was soll's sein? Ein Wod Ton wie immer?«

Die Bandmitglieder musterten Lew überrascht.

Buzz fragte: »Du bist hier Stammgast?«

Walli fragte: »Was ist ein Wod Ton?«

Dave fragte: »Lucy?«

Der Barkeeper wurde nervös. »Wer sind denn deine Freunde, Lucy?«

»Ihr Scheißkerle«, sagte Lew. »Ihr habt mich ertappt.«

»Bist du schwul?«, fragte Buzz.

Da die anderen es herausgefunden hatte, schlug Lew alle Vorsicht in den Wind. »Ja, stockschwul. Ich bin so warm wie ein Auspuff. Ich bin der Dreipfundschein, das purpurne Einhorn, ich spiel Fußball mit 'nem Schläger. Wenn ihr nicht genauso blind wie blöd wärt, hättet ihr es schon vor Jahren gemerkt. Ja, ich küsse Männer und gehe mit ihnen ins Bett, wann immer ich kann, ohne erwischt zu werden. Aber macht euch keine Sorgen, dass ich versuchen könnte, euch anzubaggern. Ihr seid mir zu hässlich. Und jetzt lasst uns was trinken.«

Dave jubelte und klatschte in die Hände, und nach einem Moment erschrockenen Zögerns schlossen sich Buzz und Walli an.

Dave war fasziniert. Er hatte nie einen homosexuellen Freund gehabt, so viel er wusste – allerdings hielten die meisten von ihnen es geheim wie Lew, denn wenn sie Sex mit Männern hatten, machten sie sich strafbar. Daves Großmutter, Lady Leckwith, setzte sich dafür ein, das Gesetz zu ändern, hatte bislang aber keinen Erfolg damit.

Dave stand hinter der Kampagne seiner Großmutter, vor allem, weil er die Art von Menschen hasste, die sich gegen Homos stellten: wichtigtuerische Geistliche, herablassende Tories und pensionierte Colonels. Bisher hatte er Schwulenfeindlichkeit nie als mögliche Gefahr für einen seiner Freunde betrachtet.

Sie tranken eine zweite Runde, dann eine dritte. Dave ging das Geld aus, aber er machte sich große Hoffnungen: »I Miss Ya, Alicia« sollte in den USA herauskommen. Wenn der Song dort ein Hit wurde, bedeutete es den Durchbruch für die Gruppe. Dann würde sich Dave nie wieder Gedanken über die Rechtschreibung machen müssen.

Der Pub füllte sich rasch. Die meisten Männer hatten etwas gemeinsam: eine Art zu gehen und zu reden, die leicht theatralisch wirkte. Sie nannten einander »Liebes« und »Schatz«. Nach einer Weile war leicht zu erkennen, wer schwul war und wer nicht. Vielleicht taten die Männer es genau deswegen – um erkannt zu werden. Auch ein paar Mädchen waren in Pärchen gekommen, die meisten mit kurzen Frisuren und Hosen. Es kam Dave so vor, als würde er einen Blick in eine neue Welt werfen.

Allerdings schlossen die Schwulen andere nicht aus und schienen nichts dagegen zu haben, ihr Stammlokal mit heterosexuellen Männern und Frauen zu teilen. Ungefähr die Hälfte der Gäste kannte Lew, und bald fand die Band sich im Zentrum einer gesprächigen Traube wieder. Die Schwulen flachsten auf eine unverkennbare, typische Art miteinander, die Dave urkomisch fand. Ein Mann, der ein ähnliches Hemd trug wie Lew, sagte: »Ooh, Lucy, du hast ja das gleiche Hemd an wie ich! Wie nett«, und fügte mit Bühnenflüstern hinzu: »Fantasielose Schlampe.« Die anderen lachten, Lew eingeschlossen.

Dave wurde von einem großen Mann angesprochen, der leise fragte: »Hör mal, Alter, weißt du wen, der mir ein paar Pillen verkaufen könnte?«

Dave wusste, wovon der Mann sprach. Viele Musiker nahmen Amphetamine, die »Pep« genannt wurden. In Lokalen wie dem Jump Club konnte man verschiedene Sorten Pillen bekommen. Dave hatte einige ausprobiert, fand die Wirkung aber eher abschreckend.

Er blickte den Fremden misstrauisch an. Der Mann trug zwar Jeans und einen gestreiften Sweater, aber die Hose war billig und passte nicht zum Rest der Kleidung, und der Haarschnitt war militärisch kurz. Dave hatte ein ungutes Gefühl. »Nein«, sagte er kurz angebunden und wandte sich ab.

In einer Ecke befand sich eine kleine Bühne mit einem Mikrofon. Um neun Uhr kam ein Komiker herein und bekam begeisterten Applaus. Der Mann war als Frau verkleidet, doch die Perücke und das Make-up waren so gut, dass Dave unter anderen Umständen womöglich gar nichts an ihm aufgefallen wäre.

»Würdet ihr bitte alle mal herhören?«, fragte der Komiker. »Ich habe eine wichtige öffentliche Ankündigung zu machen. Jerry Robertson hat VD.«

Alle lachten. Walli fragte Dave: »Was ist Vau-De?«

»Venereal disease«, sagte Dave. »Geschlechtskrankheit.«

Der Komiker machte eine Kunstpause und fügte hinzu: »Ich weiß das genau, weil er sie von mir hat.«

Damit erzielte er noch einen Lacher, dann wurde es an der Tür unruhig. Dave blickte in die Richtung und entdeckte mehrere Streifenpolizisten, die hereinstürmten und die Gäste aus dem Weg stießen.

Der Komiker rief: »Ach Gottchen, die Schmiere! Ich steh ja auf Männer in Uniform. Die Polizei kommt oft zu uns, ist euch das auch schon aufgefallen? Ich möchte mal wissen, was sie immer wieder hierherlockt.«

Er scherzte darüber, doch die Polizisten waren unangenehm ernst. Sie drängten sich durch die Menge und schienen Spaß daran zu haben, unnötig grob vorzugehen. Vier Beamte verschwanden auf der Herrentoilette. »Vielleicht müssen sie ja nur austreten«, sagte der Komiker. Ein Beamter trat auf die Bühne. »Sie sind ein Inspector, oder?«, fragte der Komiker kokett. »Kommen Sie, um mich zu inspizieren?«

Zwei andere Polizisten zerrten den Komiker weg. »Keine Sorge!«, rief er. »Ich leiste kaum Widerstand!«

Der Inspector packte das Mikrofon. »So, ihr dreckigen Schwuchteln«, sagte er. »Ich habe Informationen, dass in diesem Bumslokal Rauschgift verscherbelt wird. Wenn ihr nicht verletzt werden wollt, stellt ihr euch mit dem Gesicht zur Wand und lasst euch ohne Widerstand durchsuchen.«

Noch immer strömten weitere Polizisten herein. Dave sah sich nach einem Fluchtweg um, doch alle Türen waren von dunkelblau Uniformierten blockiert, allesamt mit Schlagstöcken bewaffnet. Einige Gäste stellten sich mit resignierter Miene an die Wand, als erlebten sie so etwas nicht zum ersten Mal. Im Jump Club, überlegte Dave, machte die Polizei nie eine Razzia, obwohl dort fast offen mit Drogen gedealt wurde.

Die Cops, die auf die Toilette verschwunden waren, kamen wieder heraus und führten zwei Männer ab, von denen einer aus der Nase blutete. Einer der Beamten sagte zum Inspector: »Die beiden waren in der gleichen Kabine, Chef.«

»Klag sie wegen öffentlicher Unzucht an.«

»Wird gemacht, Chef.«

Dave bekam einen schmerzhaften Schlag in den Rücken und schrie auf. Ein Polizist mit einem Schlagstock befahl ihm: »Da rüber an die Wand.«

»Warum haben Sie das getan?«, fragte Dave.

Der Polizist hielt ihm den Knüppel unter die Nase. »Halt die Fresse, du kleine Tunte, sonst schlag ich dir die Zähne aus.«

»Ich bin kein ...« Dave verstummte. Sollen sie glauben, was sie wollen, sagte er sich. Ich bin lieber ein Schwuler als aufseiten der Polizei.

Er trat an die Wand, stellte sich wie befohlen hin und rieb sich die schmerzende Stelle im Rücken.

Lew, der neben ihm stand, erkundigte sich: »Geht's?«

»Ja. Nur ein blauer Fleck. Und bei dir?«

»Nichts weiter.«

Dave begriff allmählich, wieso seine Großmutter das Gesetz ändern wollte, und schämte sich, so lange in Unwissenheit gelebt zu haben.

Mit leiser Stimme sagte Lew: »Wenigstens haben die Cops die Gruppe nicht erkannt.«

Dave nickte. »Das sind auch nicht die Typen, die Gesichter von Popstars kennen.«

Aus dem Augenwinkel sah er, wie der Inspector mit dem schlecht gekleideten Mann sprach, der Pillen hatte kaufen wollen. Jetzt wusste er, was die billige Jeans und der militärisch kurze Haarschnitt sollten: Der Mann war verdeckter Ermittler in mieser Verkleidung. Er zuckte mit den Schultern und breitete in einer hilflosen Geste die Arme aus. Dave vermutete, dass es dem Kerl nicht gelungen war, jemanden zu finden, der Drogen verkaufte.

Die Polizei durchsuchte sämtliche Gäste. Jeder musste seine Taschen umdrehen. Der Beamte, der Dave durchsuchte, betastete seinen Schritt sehr viel länger als nötig. Sind diese Polizisten selbst schwul?, fragte sich Dave. Tun sie das deswegen?

Mehrere Männer widersetzten sich dieser intimen Durchsuchung. Sie wurden mit Schlagstöcken verprügelt und dann wegen Widerstands gegen die Staatsgewalt festgenommen. Ein anderer Mann hatte Tabletten bei sich, von denen er behauptete, sie seien ihm verschrieben worden, aber auch er wurde abgeführt.

Schließlich verschwand die Polizei wieder. Der Barkeeper verkündete, die nächste Runde gehe aufs Haus, aber nur wenige Gäste nahmen das Angebot an. Die Mitglieder von Plum Nellie verließen den Pub. Dave beschloss, früh nach Hause zu gehen. Der Abend war ihm gründlich verleidet worden.

»Passiert euch das öfter?«, fragte er Lew, als sie sich verabschiedeten.

»Die ganze Zeit, Alter«, sagte Lew. »Die ganze beschissene Zeit.«

*

Eines Abends besuchte Jasper seine Schwester in der Wohnung Hank Remingtons in Chelsea. Es war sieben Uhr, deshalb konnte er sicher sein, dass Anna schon von der Arbeit nach Hause gekommen war, sie und Hank aber noch nicht ausgegangen sein konnten. Jasper war nervös. Er wollte etwas von Anna und Hank, das für seine Zukunft unentbehrlich war.

Er saß in der Küche und schaute zu, wie Anna ihrem Mann dessen Lieblingsessen zubereitete, ein Bratkartoffel-Sandwich. »Wie läuft's mit der Arbeit?«, fragte er, um ein Gespräch in Gang zu bringen.

»Wunderbar.« Annas Augen funkelten vor Begeisterung. »Ich habe einen neuen Autor entdeckt, einen russischen Dissidenten. Ich weiß nicht mal seinen richtigen Namen, aber er ist ein Genie. Ich veröffentliche eine Sammlung von Erzählungen, die in einem sibirischen Arbeitslager spielen. Der Titel wird *Frostbrand* sein.«

»Das klingt nicht besonders lustig.«

»Ist es auch nicht. Es zerreißt dir das Herz. Ich lasse es gerade übersetzen.«

Jasper blieb skeptisch. »Wer will denn schon über Gefangene in einem Arbeitslager lesen?«

»Die ganze Welt«, sagte Anna. »Warte nur ab, dann siehst du schon. Was ist mit dir? Weißt du schon, was du nach dem Abschluss machen wirst?«

»Mir wurde ein Job als Reporter bei der *Western Mail* angeboten, aber den will ich nicht. Ich bin Redakteur und Verleger meiner eigenen Zeitung gewesen, meine Güte.«

»Hast du Antworten aus Amerika?«

»Eine«, sagte Jasper.

»Nur eine? Was schreiben sie?«

Jasper zog den Brief aus der Tasche und zeigte ihn ihr. Er stammte von einer Fernsehnachrichtensendung namens *This Day*.

Anna las ihn. »Da steht nur, dass sie niemanden ohne Vorstellungsgespräch einstellen.«

»Ich habe die Absicht, sie beim Wort zu nehmen.«

»Wie meinst du das?«

Jasper zeigte auf die Adresse im Briefkopf. »Ich kreuze mit diesem Schreiben in der Redaktion auf und sage: ›Ich komme zum Vorstellungsgespräch.‹«

Anna lachte. »Eins müssen sie dann auf jeden Fall schon mal bewundern: deine Frechheit.«

»Die Sache hat nur einen Haken.« Jasper schluckte. »Ich brauche neunzig Pfund für den Flug, hab aber nur zwanzig.«

Anna hob einen Drahtkorb mit Kartoffeln aus der Fritteuse und stellte ihn zum Abtropfen weg. Dann schaute sie Jasper an. »Bist du deswegen hier?«

Er nickte. »Kannst du mir siebzig Pfund leihen?«

»Ganz bestimmt nicht«, sagte sie. »Ich habe keine siebzig Pfund. Ich bin Lektorin. Das ist fast ein Monatsgehalt.«

Jasper hatte es vorher gewusst. Trotzdem war es nicht das Ende des Gesprächs. Er biss die Zähne zusammen und fragte: »Kannst du das Geld von Hank bekommen?«

Anna schichtete die Bratkartoffeln auf eine Scheibe gebuttertes Weißbrot. Dann träufelte sie Malzessig darüber, salzte sie kräftig, legte eine zweite Scheibe Brot darauf und schnitt das Sandwich in zwei Hälften.

Hank kam herein und stopfte sich dabei das Hemd in eine orangerote Hüfthose aus Kord. Sein langes rotes Haar war nass vom Duschen. »Hi, Jasper«, sagte er mit seiner üblichen Herzlichkeit. Dann küsste er Anna. »Wow, Baby, das riecht gut.«

Anna entgegnete: »Das könnte das teuerste Sandwich sein, das du je essen wirst, Hank.«

KAPITEL 38

Dave Williams sah der Begegnung mit seinem berüchtigten Großvater Lev Peshkov entgegen.

Im Herbst 1965 tourte Plum Nellie durch die USA. Die All-Star Touring Beat Revue zahlte den Künstlern jede zweite Nacht ein Hotelzimmer. Die anderen Nächte verbrachten sie im Bus.

Sie traten auf, stiegen um Mitternacht in den Bus und fuhren zur nächsten Stadt. Im Bus schlief Dave nie richtig. Die Sitze waren unbequem, und die Toilette im Heck stank. Die einzigen Erfrischungen kamen aus einem Kühlschrank voller zuckriger Getränke, die kostenlos von Dr. Pepper zur Verfügung gestellt wurden, dem Sponsor der Tournee. Eine Soul-Gruppe aus Philadelphia, die sich The Topspins nannte, veranstaltete im Bus eine Pokerrunde: Dave verlor an einem Abend zehn Dollar und spielte nie wieder.

Am Morgen erreichten sie ein Hotel. Wenn sie Glück hatten, konnten sie gleich einchecken, wenn nicht, mussten sie in der Lobby herumhängen, schlecht gelaunt und ungewaschen, bis die Gäste der vergangenen Nacht ihre Zimmer geräumt hatten. Dann machten sie den Auftritt des nächsten Abends, verbrachten die Nacht im Hotel und kehrten am Morgen zum Bus zurück.

Plum Nellie liebte es einfach.

Viel Geld kam nicht dabei herum, doch sie tourten durch Amerika. Sie hätten es sogar ohne Bezahlungen getan.

Und es gab die Mädchen.

Buzz, der Bassist, hatte während eines einzigen Tages und einer Nacht oft mehrere weibliche Fans in seinem Hotelzimmer. Lew erkundete begeistert die Schwulenszene. Walli blieb Karolin treu, doch auch er war glücklich: Er lebte seinen Traum, Popstar zu sein.

Dave stand nicht so sehr auf Sex mit Groupies, aber an der Tour nahmen mehrere scharfe Mädchen teil. Er versuchte sich an die blonde Joleen Johnson von den Tamettes heranzumachen, die ihn jedoch abwies, da sie glücklich verheiratet sei, wie sie erklärte, seit sie dreizehn geworden war. Daraufhin versuchte Dave sein Glück bei Little Lulu Small, die zwar mit ihm flirtete, aber nicht mit in sein Zimmer wollte. Schließlich unterhielt er sich mit Mandy Love von Love Factory, einer Schwarzen aus Chicago.

Sie hatte große braune Augen und einen breiten Mund und glatte, mittelbraune Haut, die sich anfühlte wie Seide, wenn Dave mit den Fingerspitzen darüberstrich. Sie machte ihn mit Marihuana vertraut, das er lieber mochte als Bier. Nach Indianapolis verbrachten sie jede Hotelnacht miteinander, aber sie mussten diskret sein: In einigen Bundesstaaten war gemischtrassiger Sex strafbar.

An einem Mittwochmorgen fuhr der Bus in Washington ein. Dave hatte eine Verabredung zum Mittagessen mit seinem Großvater, die von seiner Mutter Daisy arrangiert worden war. Zu diesem Anlass kleidete er sich wie der Popstar, der er war: rotes Hemd, blaue Hüfthose, graues Tweedsakko mit rotem Muster und spitze Stiefel mit Blockabsatz. Von dem billigen Hotel aus, in dem die Gruppen untergebracht waren, nahm er ein Taxi zu dem feudalen Haus, in dem sein Großvater eine Suite hatte.

Dave war gespannt. Er hatte viel Schlechtes über den alten Mann gehört. Wenn die Familienlegenden stimmten, hatte Lev in Sankt Petersburg einen Polizisten umgebracht und bei seiner anschließenden Flucht aus Russland seine schwangere Freundin zurückgelassen. In Buffalo hatte er die Tochter seines Bosses geschwängert, sie geheiratet und ein Vermögen geerbt. Er war verdächtigt worden, seinen Schwiegervater ermordet zu haben, doch es war nie zur Anklage gekommen. In der Zeit der Prohibition war Lev Alkoholschmuggler gewesen, und während der Ehe mit Daisys Mutter hatte er zahlreiche Geliebte gehabt, darunter den Filmstar Gladys Angelus. Und so ging es weiter und weiter.

Während er in der Hotellobby wartete, fragte sich Dave, wie Lev wohl aussah. Sie waren einander nie begegnet. Offenbar war Lev einmal in London gewesen – bei Daisys Hochzeit mit ihrem ersten Mann, Boy Fitzherbert –, war aber nie zurückgekehrt.

Daves Eltern reisten ungefähr alle fünf Jahre in die USA, vor allem, um Daisys Mutter zu besuchen, Olga Peshkov, die nun in einem Pflegeheim in Buffalo wohnte. Dave wusste, dass Daisy ihren Vater nicht besonders leiden konnte, denn Lev war kaum zu Hause gewesen, als Daisy aufwuchs. Er hatte in der gleichen Stadt eine zweite Familie – eine Geliebte namens Marga und einen unehelichen Sohn mit Namen Greg –, und offenbar hatte er sie stets Daisy und ihrer Mutter vorgezogen.

In der Lobby entdeckte Dave einen Mann Anfang siebzig in einem silbergrauen Anzug mit rot-weiß gestreifter Krawatte. Dave fragte ihn: »Großvater Peshkov?«

»Der bin ich.« Sie schüttelten sich die Hände.

»Hast du keinen Schlips?«, fragte Lev.

Dave lächelte. »Hast du damals als junger Kerl in Sankt Petersburg einen Schlips getragen?«

Lev lächelte zurück. »Ich hatte ein Jackett mit Perlmuttknöpfen, eine Weste mit Uhrkette aus Messing und eine Samtmütze. Und mein Haar war lang und in der Mitte gescheitelt, so wie bei dir.«

»Also sind wir uns ähnlich«, entgegnete Dave. »Nur dass ich nie jemanden ins Jenseits befördert habe.«

Lev war einen Augenblick erstaunt, dann lachte er auf. »Du bist ein cleverer Junge«, sagte er. »Du hast meinen Verstand geerbt.«

Eine Frau in einem schicken blauen Mantel und dazu passendem Hut trat neben Lev. Sie bewegte sich wie ein Mannequin, obwohl sie fast so alt sein musste wie Lev. »Das ist Marga«, stellte Lev sie vor.

Die Geliebte, dachte Dave. »Wie soll ich Sie nennen?«

»Marga«, antwortete sie und betrachtete ihn eingehend. »Ich war früher auch Sängerin, hatte aber nie so viel Erfolg wie du.« Ihr Blick wurde noch intensiver. »Damals habe ich gut aussehende Burschen wie dich zum Frühstück verspeist.«

Sängerinnen ändern sich wohl nie, dachte Dave, und Mickie McFees Bild trat ihm vor Augen.

Sie gingen ins Restaurant. Marga stellte Fragen nach Daisy, Lloyd und Evie. Sie und Lev waren sehr neugierig, was Evies Schauspielkarriere anging, zumal Lev ein Hollywoodstudio besaß, doch am meisten interessierte er sich für Dave und sein Geschäft. »Man sagt, du bist Millionär, Dave.«

»Das stimmt nicht. Wir verkaufen zwar eine Menge Platten, aber es bringt nicht so viel ein, wie die Leute glauben. Wir bekommen etwa einen Penny pro verkaufter Platte. Wenn wir eine Million verkaufen, verdienen wir genug, dass jeder von uns sich ein kleines Auto leisten kann.«

»Jemand nimmt euch aus«, sagte Lev.

»Das würde mich nicht überraschen«, sagte Dave. »Aber ich weiß nicht, was ich dagegen tun soll. Unseren ersten Manager habe ich gefeuert. Der neue ist besser, aber ein Haus kann ich mir immer noch nicht leisten.«

»Ich bin im Filmgeschäft. Manchmal verkaufen wir Platten mit der Filmmusik. Deshalb weiß ich ein bisschen was darüber, wie die Leute in deiner Branche arbeiten. Möchtest du meinen Rat?«

»Ja, sicher.«

»Gründe deine eigene Plattenfirma.«

Dave nickte. Er hatte schon darüber nachgedacht, doch es kam ihm vor wie eine Träumerei. »Glaubst du, das wäre möglich?«

»Alles ist möglich. Ein Aufnahmestudio kannst du mieten, für einen, zwei Tage, so lange, wie ihr es braucht.«

»Klar, wir könnten die Musik aufnehmen. Wahrscheinlich würden wir auch eine Firma finden, die die Platten presst, aber ich weiß nicht, ob wir sie auch an den Mann bringen können. Und ich möchte meine Zeit nicht damit verplempern, eine Truppe von Vertretern zu managen.«

»Das wäre nicht nötig. Bring die große Plattenfirma dazu, den Verkauf und Vertrieb für dich zu übernehmen, auf Prozentbasis. Sie bekommen das Kleingeld, du den Gewinn.«

»Fragt sich nur, ob sie sich darauf einlassen würden.«

»Gefallen wird es ihnen nicht, aber sie werden es tun, weil sie es sich nicht leisten könnten, dich zu verlieren.«

»Kann sein.«

Dave fühlte sich zu dem gerissenen alten Mann hingezogen, schlechter Ruf hin oder her.

Aber Lev war noch nicht fertig. »Du schreibst die Songs selbst, nicht wahr?«

»Meist schreiben Walli und ich sie gemeinsam.« Tatsächlich brachte Walli die Songs zu Papier, denn Daves Schrift und Rechtschreibung waren so schlecht, dass niemand lesen konnte, was er schrieb. Das Komponieren und Texten war allerdings Teamarbeit. »Die Songschreiber-Tantiemen bringen uns auch noch ein bisschen was ein.«

»Ein bisschen? Sie sollten euch jede Menge einbringen. Ich wette, euer Verleger beschäftigt einen Auslandsagenten, der einen Anteil bekommt.«

»Stimmt.«

»Wenn ihr euch das genau anseht, werdet ihr feststellen, dass der Auslandsagent einen Subagenten beschäftigt, der ebenfalls einen Anteil erhält, und so weiter. Und alle diese Leute, die Anteile kassieren, gehören zur gleichen Firma. Wenn sie drei- oder viermal fünfundzwanzig Prozent abgezweigt haben, bleibt euch nichts mehr.« Lev schüttelte den Kopf. »Gründet euren eigenen Verlag. Ihr werdet nie Geld verdienen, so lange ihr nicht die Kontrolle behaltet.«

Marga fragte: »Wie alt bist du, Dave?«

»Siebzehn.«

»So jung ... Aber wenigstens bist du klug genug, dass du aufmerksam zuhörst, wenn es ums Geschäft geht.«

»Ich wünschte, ich wäre cleverer.«

Nach dem Lunch gingen sie in die Lounge. »Dein Onkel Greg schließt sich uns auf einen Kaffee an«, sagte Lev. »Er ist der Halbbruder deiner Mutter.«

Dave erinnerte sich, dass seine Mutter immer liebevoll von Greg sprach. In seiner Jugend habe er ein paar Dummheiten begangen, sagte sie, aber sie selbst ebenfalls. Greg war republikanischer Senator, doch sogar seine politische Einstellung verzieh sie ihm.

Marga sagte: »Mein Sohn Greg hat nie geheiratet, aber er hat selbst einen Sohn namens George.«

Lev fugte hinzu: »Das ist eine Art offenes Geheimnis. Niemand redet davon, aber jeder in Washington weiß es. Greg ist im Kongress nicht der Einzige mit einem unehelichen Kind.«

Dave wusste von George. Seine Mutter hatte von ihm erzählt, und Jasper Murray war ihm sogar begegnet. Dave fand es toll, einen farbigen Cousin zu haben.

»Dann sind George und ich also deine beiden Enkel.«

»Richtig.«

Marga sagte: »Da kommen Greg und George.«

Dave sah auf. Durch die Lounge kam ein Mann in mittleren Jahren in einem schicken grauen Flanellanzug, der einmal gründlich gebürstet und gebügelt werden musste. Neben ihm ging ein gut aussehender Schwarzer um die dreißig, tadellos gekleidet in einen dunkelgrauen Mohair-Anzug und eine schmale Krawatte.

Sie kamen an den Tisch. Beide Männer gaben Marga einen Kuss. »Greg, das ist dein Neffe Dave Williams«, sagte Lev. »George, das ist dein englischer Cousin.«

Sie setzten sich. Dave bemerkte, welche Selbstsicherheit George ausstrahlte, obwohl er der einzige Farbige im Raum war. Schwarze Popstars ließen ihr Haar länger wachsen, als es im Showbusiness üblich war, aber George trug das Haar kurz; vermutlich war er in der Politik.

Greg fragte: »Na, Daddy, hast du dir je so eine Familie ausgemalt?«

»Hör gut zu«, entgegnete Lev, »ich will dir mal was sagen. Wenn du in der Zeit zurückgehen könntest, dahin, als ich in dem Alter war, in dem Dave jetzt ist, und den jungen Lev Peshkov treffen und ihm sagen könntest, wie sein Leben sich entwickelt, was glaubst du wohl, würde er dir antworten? Er würde dir sagen, dass du den Verstand verloren hast.«

*

Am gleichen Abend führte George Maria Summers aus. Es war ihr neunundzwanzigster Geburtstag.

Er machte sich Sorgen um sie. Maria hatte sich in eine andere Abteilung versetzen lassen, hatte aber nach wie vor kein Liebesleben. Ungefähr einmal die Woche traf sie sich mit Mädchen aus dem Außenministerium, und hin und wieder ging sie mit George aus, aber das war auch schon alles. George fürchtete, dass sie immer noch um Jack Kennedy trauerte. Das Attentat lag fast zwei Jahre zurück, aber es konnte durchaus länger dauern, sich vom Mord an seinem Geliebten zu erholen.

Georges Zuneigung für Maria war eindeutig nicht brüderlicher Natur. Er fand sie sexy und anziehend, schon seit der gemeinsamen Busfahrt nach Alabama beim Freedom Ride. Doch wie die wunderschöne, charmante Frau seines besten Freundes Skip Dickerson war auch Maria unerreichbar für George. Hätte das Leben sich anders entwickelt, wäre er sicher glücklich mit ihr verheiratet. Aber er hatte Verena, und Maria wollte sowieso niemanden.

Sie gingen in den Jockey Club. Maria trug ein graues Wollkleid, schlicht, aber elegant. Sie hatte keinen Schmuck angelegt und trug die ganze Zeit ihre Brille. Ihr Haarteil wirkte ein bisschen altmodisch. Mit ihrem hübschen Gesicht, dem verlockenden Mund und ihrer netten Art hätte sie ohne Mühe einen Mann gefunden, wenn sie es nur versucht hätte. Doch George hatte den Eindruck, dass ihr die Karriere immer wichtiger wurde und dass ihr ganzes Leben sich nur noch um den Beruf drehte; deshalb machte er sich Sorgen um sie.

»Ich bin gerade befördert worden«, sagte sie, als sie sich im Restaurant an den Tisch setzten.

»Meinen Glückwunsch! Dann trinken wir Champagner.«

»Oh, nein, danke, ich muss morgen arbeiten.«

»Heute ist dein Geburtstag!«

»Trotzdem, ich trinke nicht. Vielleicht nehme ich nachher einen kleinen Brandy als Schlummertrunk.«

George zuckte mit den Schultern. »Na, dein Ernst erklärt wohl deine Beförderung. Ich weiß, dass du tüchtig und gebildet bist, aber normalerweise zählt das nichts, wenn deine Haut schwarz ist.«

»Absolut. Es war für uns Farbige praktisch unmöglich, hohe Regierungsposten zu erhalten.«

»Dieses Vorurteil hast du gründlich widerlegt.«

»Die Dinge haben sich geändert, seit du das Justizministerium verlassen hast. Weißt du wieso? Die Regierung versucht die Polizeibehörden in den Südstaaten zu überzeugen, Neger einzustellen, aber die Verantwortlichen unten im Süden erwidern: ›Seht euch doch mal euer eigenes Personal an – das sind alles Weiße.‹ Dadurch stehen die höheren Beamten unter Druck. Um zu beweisen, dass sie keine Vorurteile haben, müssen sie Farbige befördern.«

»Und denken vermutlich, dass ein Beispiel reicht.«

Maria lachte. »Bei Weitem.«

George nickte. Er und Maria hatten es geschafft, die Schranken der Hautfarbe zu überwinden, aber das hieß noch lange nicht, dass es keine mehr gab. Im Gegenteil, sie waren die Ausnahmen, die die Regel bestätigten.

»Bobby Kennedy scheint in Ordnung zu sein«, sagte Maria.

»Oh ja. Als ich ihn kennenlernte, hat er die Bürgerrechte als Ablenkung von den wirklich wichtigen Fragen betrachtet, aber was das angeht, hat er sich um hundertachtzig Grad gedreht.«

»Wie kommt er voran?«

»Er steht noch ganz am Anfang«, sagte George ausweichend. Bobby war zum Senator von New York gewählt worden, und George war nach wie vor einer seiner engsten Mitarbeiter. Er fand allerdings, dass Bobby sich nicht besonders gut an seine neue Rolle anpasste. Er hatte so viele Wechsel hinter sich – zuerst Berater seines Bruders, des Präsidenten, dann von Lyndon B. Johnson aufs Abstellgleis geschoben, jetzt jüngerer Senator –, dass er zu vergessen drohte, wer er war.

»Er sollte sich gegen den Vietnamkrieg aussprechen«, sagte Maria mit Nachdruck. George spürte, dass sie die Absicht hatte, bei ihm Lobbyarbeit zu verrichten. »Präsident Kennedy hat unsere Präsenz in Vietnam verringert und sich immer wieder geweigert, Bodentruppen zu schicken, aber kaum war Johnson gewählt, schickte er dreitausendfünfhundert Marineinfanteristen. Und das Pentagon verlangt noch viel mehr. Im Juni hat es weitere hundertfünfundsiebzigtausend Mann angefordert – und General Westmoreland sagt, das reiche vermutlich nicht einmal. Doch Johnson erzählt die ganze Zeit Lügen, was das angeht.«

»Ich weiß. Die Bombardierungen des Nordens sollten Ho Chi Minh an den Verhandlungstisch holen, aber wie es scheint, haben sie die Kommunisten nur entschlossener gemacht.«

»Genau das ist auch bei der Kriegssimulation des Pentagons herausgekommen.«

»Wirklich? Ich glaube nicht, dass Bobby davon weiß.« George würde es ihm am nächsten Tag berichten.

»Allgemein bekannt ist es nicht, aber man hat zwei Kriegsspiele durchgeführt, um festzustellen, wie sich die Bombardierungen Nordvietnams auswirken. Beide Male gab es das gleiche Ergebnis. Die Bombardierungen hatten eine Zunahme der Vietcong-Angriffe im Süden zur Folge.«

»Das ist genau die Spirale aus Versagen und Eskalation, die Jack Kennedy gefürchtet hat.«

»Und der Älteste meines Bruders kommt jetzt ins wehrfähige Alter.« Marias Gesicht spiegelte die Besorgnis um ihren Neffen. »Ich möchte nicht, dass Stevie in Südostasien stirbt, wo sein Leben noch gar nicht richtig angefangen hat. Warum spricht Senator Kennedy sich nicht gegen den Einsatz aus?«

»Er weiß, dass er sich unbeliebt machen würde.«

Das wollte Maria nicht akzeptieren. »Wirklich? Die Leute hassen diesen Krieg.«

»Die Leute hassen Politiker, die unseren Soldaten in den Rücken fallen, indem sie die Kriegführung kritisieren.«

»Er kann doch nicht der öffentlichen Meinung nachgeben.«

»Wer die öffentliche Meinung ignoriert, bleibt nicht lange in der Politik, jedenfalls nicht in einer Demokratie.«

Maria hob zornig die Stimme. »Also kann niemand gegen einen Krieg sein?«

»Vielleicht haben wir deshalb so viele.«

Als das Essen kam, wechselte Maria das Thema. »Wie geht es Verena?«

George glaubte Maria gut genug zu kennen, um offen zu sein. »Ich bete sie an«, sagte er. »Jedes Mal, wenn sie in die Stadt kommt, wohnt sie bei mir. Aber sie möchte keine Familie gründen.«

»Wenn sie mit dir eine Familie gründen wollte, müsste sie in Washington wohnen.«

»Wäre das so schlecht?«

»Ihr Job ist in Atlanta.«

George sah nicht, wo das Problem lag. »Die meisten Frauen wohnen da, wo ihr Mann arbeitet.«

»Die Zeiten ändern sich. Wenn die Schwarzen gleichberechtigt sein können, warum nicht auch die Frauen?«

»Ach, komm schon«, erwiderte George indigniert. »Das ist nicht das Gleiche.«

»Ganz bestimmt nicht. Sexismus ist noch schlimmer als Rassismus. Die Hälfte der Menschheit ist versklavt.«

»Versklavt?«

»Überleg mal, wie viele Hausfrauen sich den ganzen Tag abrackern, ohne bezahlt zu werden. Und in den meisten Teilen der Welt muss eine Frau, die ihren Mann verlässt, damit rechnen, von der Polizei aufgegriffen und wieder nach Hause geschleppt zu werden. Wie nennt man jemanden, der ohne Lohn schuftet und seine Arbeitsstelle nicht verlassen darf? Einen Sklaven.«

»Bist du deswegen alleinstehend?«, fragte George.

Maria schien sich in ihrer Haut nicht wohlzufühlen. »Zum Teil«, antwortete sie und wich seinem Blick aus.

»Was meinst du, wann du wieder mit Männern ausgehen wirst?«

»Bald, nehme ich an.«

»Möchtest du es nicht?«

»Schon, aber ich arbeite hart und habe nicht viel Freizeit.«

Das kaufte George ihr nicht ab. »Du glaubst, niemand kann dem Mann gleichkommen, den du verloren hast.«

»Ja. Oder irre ich mich da?«, fragte sie.

»Ich glaube, du könntest jemanden finden, der netter zu dir ist, als er es war. Jemanden, der klug, sexy und obendrein treu ist.«

»Vielleicht.«

»Würdest du eine Verabredung mit einem Unbekannten wollen?«

»Kann sein.«

»Wäre es dir wichtig, ob er schwarz oder weiß ist?«

»Er sollte schwarz sein. Mit Weißen auszugehen ist problematisch.«

»Okay.« George dachte an Leopold Montgomery, den Reporter, sagte aber noch nichts davon. »Wie war das Steak?«

»Ist mir auf der Zunge zergangen. Danke für die Einladung. Und dafür, dass du an meinen Geburtstag gedacht hast.«

Sie aßen Nachtisch und tranken Kaffee mit einem Schuss Brandy. »Ich habe einen weißen Cousin«, erzählte George. »Sein Name ist Dave Williams. Ich habe ihn heute kennengelernt. Was sagst du dazu?«

»Wie kommt es, dass du ihm vorher nie begegnet bist?«

»Er ist ein britischer Popsänger. Zurzeit ist er auf Tournee in den USA, mit seiner Gruppe, Plum Nellie.«

Maria hatte noch nie von dieser Band gehört. »Vor zehn Jahren kannte ich alle Namen, die auf der Hitparade standen. Werde ich alt?«

George lächelte. »Du bist heute neunundzwanzig geworden.«

»Nur ein Jahr, und ich bin dreißig. Wo ist die Zeit geblieben ...«

»Ihr großer Hit hieß ›I Miss Ya, Alicia‹.«

»Hey, das kenne ich aus dem Radio! Und dein Cousin spielt in dieser Gruppe?«

»Yeah.«

»Magst du ihn?«

»Ja. Er ist jung, noch keine achtzehn, aber er hat unseren knurrigen Großvater um den Finger gewickelt.«

»Hast du mal einen Auftritt von ihm gesehen?«

»Nein. Er hat mir eine Freikarte gegeben, aber sie sind nur heute Abend in der Stadt, und da war ich schon verabredet.«

»Du hättest mir absagen können.«

»An deinem Geburtstag? Niemals.«

Nachdem George die Rechnung bezahlt hatte, fuhr er Maria in seinem Mercedes-Cabrio nach Hause. Sie war in ein größeres Apartment in Georgetown gezogen, im gleichen Viertel.

Beide waren überrascht, als sie vor dem Haus einen Polizeiwagen mit flackerndem Blaulicht sahen.

George brachte Maria zur Tür. Ein weißer Cop stand vor dem Gebäude. »Stimmt etwas nicht, Officer?«, fragte George.

»Heute Abend wurde in drei Wohnungen in diesem Haus eingebrochen«, antwortete der Polizist. »Wohnen Sie hier?«

»Ich wohne hier!«, sagte Maria aufgeregt. »Ist auch in Nummer vier eingebrochen worden?«

»Schauen wir nach.«

Sie betraten das Haus. Tatsächlich war Marias Wohnungstür aufgebrochen. George und der Polizist folgten ihr hinein.

Maria sah sich um. »Alles sieht so aus, wie ich es verlassen habe.« Dann fügte sie hinzu: »Nur dass alle Schubladen offen sind.«

»Sie müssen nachschauen, was fehlt«, sagte der Polizeibeamte.

»Ich habe nichts, was sich zu stehlen lohnt.«

»Normalerweise nehmen Einbrecher Geld, Schmuck, Alkohol und Schusswaffen.«

»Meine Uhr und meinen Ring trage ich, ich trinke nicht, und ganz bestimmt besitze ich keine Waffe.« Maria ging in die Küche. George und der Polizeibeamte blickten durch die offene Tür und sahen, wie sie eine Kaffeedose öffnete. »Hier drin hatte ich achtzig Dollar«, sagte Maria. »Sie sind weg.«

Der Polizist notierte es sich. »Genau achtzig?«

»Drei Zwanziger und zwei Zehner.«

Es gab noch ein weiteres Zimmer. George öffnete die Tür.

»Nein!«, rief Maria. »Geh da nicht rein!«

Zu spät.

George blickte sich erstaunt im Schlafzimmer um. »Ach du liebe Güte«, sagte er. Er begriff nun, weshalb Maria mit niemandem ausging.

Maria wandte sich ab, starr vor Verlegenheit.

Der Cop ging an George vorbei ins Schlafzimmer. »Wow«, sagte er. »Das müssen ja hundert Bilder von Präsident Kennedy sein. Sie waren wohl ein Fan von ihm?«

Maria rang um Worte. »Ja.« Sie klang erstickt. »Ein Fan.«

»Also wirklich, mit den Kerzen und Blumen und so, das ist schon ein seltsamer Anblick.«

George wandte sich ab. »Tut mir leid, dass ich hineingeschaut habe ...«

Maria schüttelte den Kopf, um ihm zu sagen, dass er sich nicht entschuldigen musste, doch George wusste auch so, dass er ein Geheimnis verletzt und einen heiligen Ort entweiht hatte. Er hätte sich am liebsten geohrfeigt.

Der Polizist staunte noch immer. »Das ist fast wie ein ... Wie nennt man das noch mal in einer katholischen Kirche? Ein Schrein?«

»Ja«, sagte Maria. »Es ist ein Schrein.«

*

Die Sendung *This Day* gehörte zu einem Netz aus Fernseh- und Rundfunkstationen, von denen einige in einem Wolkenkratzer in der Innenstadt untergebracht waren. In der Personalabteilung saß eine attraktive Frau mittleren Alters namens Mrs. Salzman, die schnell Jasper Murrays Charme erlag. Sie schlug die wohlgeformten Beine übereinander, blickte ihn über den Rand ihrer blaugefassten Brille hinweg an und sagte ihm, es tue ihr schrecklich leid. Da sei er den ganzen Weg von Großbritannien gekommen in der Hoffnung, ein Vorstellungsgespräch für einen Job führen zu können, den es nicht gab.

»This Day«, sagte Mrs. Salzman, »stellt leider keine Neulinge ein. Das gesamte Personal besteht aus erfahrenen Fernsehreportern, Sendeleitern, Kameramännern und Rechercheuren. Selbst die Sekretärinnen sind Nachrichtenveteraninnen.«

»Ich bin kein Anfänger«, widersprach Jasper. »Ich war Herausgeber einer eigenen Zeitung.«

»Studentenpresse zählt nicht, so leid es mir tut«, entgegnete Mrs. Salzman.

Aber Jasper wollte auf keinen Fall nach London zurück; die Demütigung wäre zu groß gewesen. Er hätte alles getan, um in den USA bleiben zu können. Er flehte Mrs. Salzman an, ihm einen Job zu geben, egal welchen, Hauptsache, es war irgendwo in dem Sendernetz, zu dem *This Day* gehörte. Er zeigte ihr seine Greencard, die er sich bei der US-Botschaft in London beschafft hatte und die es ihm erlaubte, sich in den Staaten Arbeit zu suchen.

Mrs. Salzman seufzte. »Ich will sehen, was ich tun kann«, sagte sie. »Fragen Sie in einer Woche noch einmal nach.«

Jasper wohnte in einem internationalen Studentenwohnheim an der Lower East Side und zahlte einen Dollar pro Nacht. Eine Woche lang erkundete er New York und ging überallhin zu Fuß, um Geld zu sparen. Dann suchte er Mrs. Salzman ein zweites Mal auf und gab ihr eine einzelne Rose.

Und sie gab ihm einen Job.

Es war eine Stelle als Schreibkraft bei einem lokalen Radiosender. Jasper hatte die Aufgabe, den ganzen Tag das Programm zu hören und alles zu protokollieren: welche Werbung gesendet, welche Schallplatten gespielt und wer interviewt wurde; außerdem die Länge der Nachrichtensendungen, der Wettervorhersage und der Verkehrsmeldungen. Es war Welten von dem entfernt, was Jasper sich erhofft hatte, aber das war ihm egal. Er hatte einen Fuß in der Tür. Er arbeitete in den USA.

Das Personalbüro, der Radiosender und das Studio von *This Day* befanden sich im gleichen Wolkenkratzer. Jasper hoffte, dass er die Mitarbeiter von *This Day* persönlich kennenlernte, aber dazu kam es nicht. Sie waren eine elitäre Gruppe, die für sich blieb.

Eines Morgens begegnete Jasper im Fahrstuhl Herb Gould, dem Chefredakteur von *This Day*, einem Mann um die vierzig mit einem permanenten blauschwarzen Bartschatten. Jasper stellte sich vor und sagte: »Ich bin ein großer Bewunderer Ihrer Sendung.«

Gould bedankte sich höflich.

»Mein großes Ziel ist, für Sie zu arbeiten«, fuhr Jasper fort.

»Das ist fein, aber wir brauchen im Moment niemanden.«

»Ich würde Ihnen irgendwann, wenn Sie Zeit haben, gern meine Artikel zeigen, die ich in britischen überregionalen Zeitungen veröffentlicht habe.« Der Aufzug hielt an. Verzweifelt redete Jasper weiter. »Ich habe ...«

Gould hob Schweigen gebietend eine Hand und trat aus dem Lift. »Trotzdem danke«, sagte er und ging davon.

Ein paar Tage später saß Jasper mit Kopfhörer an seiner Schreibmaschine und lauschte der schmelzenden Stimme Chris Gardners, Moderator der Vormittagssendung: »Die britische Gruppe Plum Nellie ist in der

Stadt und tritt heute Abend im Rahmen des All-Star Touring Beat Review auf.« Jasper spitzte die Ohren. »Wir hatten gehofft, Ihnen ein Interview mit der Band bieten zu können, die schon die neuen Beatles genannt wird, aber ihr Promoter sagte uns, sie hätte keine Zeit. Zum Trost spielen wir ihren neusten Hit, geschrieben von Dave und Walli, ›Goodbye London Town‹.«

Als die Platte anlief, riss Jasper sich den Kopfhörer herunter, sprang vom Tisch auf – der in einer kleinen Nische auf dem Flur stand – und stürmte ins Studio. »Ich kann ein Interview mit Plum Nellie beschaffen!«, stieß er hervor.

Im Radio hörte Gardner sich wie ein Filmstar an, der immer die romantische Hauptrolle spielt, aber im wirklichen Leben war er ein unscheinbarer Mann mit Schuppen auf den Schultern seiner Strickjacke. »Wie wollen Sie das hinkriegen, Jasper?«, fragte er mit milder Skepsis.

»Ich kenne die Jungs. Ich bin mit Dave Williams aufgewachsen. Unsere Mütter sind eng befreundet.«

»Können Sie die Gruppe dazu bringen, zu uns ins Studio zu kommen?«

Vermutlich, aber das war es nicht, was Jasper wollte. »Nein«, sagte er deshalb. »Aber wenn Sie mir ein Mikrofon und ein Tonbandgerät mitgeben, garantiere ich Ihnen ein Interview in der Garderobe der Band.«

Einige bürokratische Hindernisse mussten beiseitegeräumt werden – der Geschäftsführer des Senders sah es nicht gern, dass ein teures Tonbandgerät das Gebäude verließ –, aber am gleichen Abend um sechs Uhr stand Jasper mit Plum Nellie hinter der Bühne.

Chris Gardner wollte von der Gruppe nur ein paar Minuten fader Kommentare: wie ihnen die USA gefielen, was sie über die Mädchen dachten, die bei ihren Konzerten kreischten, und ob sie Heimweh hatten. Doch Jasper hoffte, dem Radiosender viel mehr bieten zu können. Er hatte vor, das Interview zu seiner Eintrittskarte in die Welt des Fernsehens zu machen. Es musste eine Sensation werden, die ganz Amerika bewegte.

Zuerst interviewte er die Bandmitglieder alle zusammen, hakte die üblichen Fragen ab, sprach mit ihnen über ihre Anfänge in London, damit sie locker wurden. Er sagte ihnen, der Sender wollte sie als Menschen aus Fleisch und Blut präsentieren. So nannten es Journalisten, wenn sie zudringliche persönliche Fragen stellen wollten. Doch die Musiker von Plum Nellie waren jung und unerfahren und wussten das nicht. Sie begegneten Jasper offen, nur Dave hielt sich zurück; vielleicht erinnerte er sich an Jaspers Artikel über Hank Remington und Evie. Die anderen aber vertrauten ihm. Auch das mussten sie noch lernen: Vertraue keinem Journalisten.

Dann bat Jasper sie um Einzelinterviews. Dave hakte er als Ersten ab, denn er wusste, dass er der Anführer war. Jasper machte es ihm leicht, mied Fragen, die zu tief bohrten, und zog keine einzige Antwort in Zweifel. Mit gelassener Miene kehrte Dave in die Garderobe zurück, was die anderen beruhigte.

Als Letzten interviewte er Walli.

Walli war der Einzige, der eine richtige Geschichte zu erzählen hatte. Aber würde er sich öffnen? Alle Vorbereitungen Jaspers zielten darauf ab.

Jasper stellte ihre Stühle nahe beieinander und sprach mit leiser Stimme, damit eine Illusion von Privatsphäre entstand, obwohl das, was sie sagten, später von Millionen gehört wurde. Neben Wallis Stuhl stellte Jasper einen Aschenbecher, um ihn zum Rauchen zu animieren; bei einer Zigarette wäre er vielleicht entspannter. Walli steckte sich sofort eine an.

»Was für ein Kind warst du?«, fragte Jasper und lächelte, als wäre es ein unbeschwertes Schwätzchen unter Freunden. »Gut erzogen oder unartig?«

Walli lachte. »Total unartig.«

Ein guter Start, dachte Jasper.

Walli erzählte von seiner Kindheit im Nachkriegsberlin und seinem frühen Interesse an der Musik, dann über den Minnesänger-Folkclub, wo er bei einem Wettbewerb den zweiten Platz belegt hatte. Auf diese Weise kam Karolin ins Gespräch, da Walli und sie an jenem Abend zusammen gespielt hatten. Walli wurde lebhafter, als er sie beide als Musikduo schilderte, ihre Auswahl an Songs und die Art, wie sie zusammen spielten. Dabei wurde deutlich, wie sehr er Karolin liebte, auch wenn er es nicht aussprach.

Es war großartig, sehr viel besser als ein übliches Popstar-Interview, doch Jasper reichte es noch nicht.

»Ihr hattet euren Spaß, ihr habt gute Musik gemacht, und ihr habt euer Publikum zufriedengestellt«, sagte er. »Was ging schief?«

»Wir haben ›If I Had a Hammer‹ gesungen.«

»Erklär mir mal, wieso das ein Fehler war.«

»Dem Staatssicherheitsdienst hat es nicht gefallen. Karolins Vater hatte Angst, er könnte wegen uns seine Arbeit verlieren, deshalb sorgte er dafür, dass Karolin aufhört.«

»Am Ende konntest du deine Musik also nur im Westen spielen.«

»Ja«, sagte Walli knapp.

Jasper spürte, dass Walli versuchte, seine heftigen Gefühle einzudämmen. Und richtig, nach einem Augenblick des Zögerns fügte er hinzu: »Ich möchte nicht allzu viel über Karolin sagen. Es könnte sie in Schwierigkeiten bringen.«

»Ich glaube nicht, dass die ostdeutsche Geheimpolizei unseren Radiosender hört«, erwiderte Jasper lächelnd.

»Trotzdem ...«

»Ich sende nichts, was ein Risiko bedeuten könnte, versprochen.«

Das Versprechen war wertlos, aber Walli sagte: »Danke.«

Jasper machte rasch weiter. »Das Einzige, was du auf deiner Flucht mitgenommen hast, war deine Gitarre, nicht wahr?«

»Stimmt. Es war eine Entscheidung aus dem Bauch.«

»Du hast ein Auto gestohlen.«

»Ich habe für den Bandleader gearbeitet. Ich habe seinen Laster gestohlen.«

Jasper wusste, dass die Geschichte zwar groß durch die deutsche Presse gegangen war, aber in den USA war kaum darüber berichtet worden. »Du bist zum Kontrollpunkt gefahren ...«

»Und durch die Holzbarrikade.«

»Und die Grenzer haben auf dich geschossen.«

Walli nickte nur.

Jasper senkte die Stimme. »Und der Wagen hat einen Grenzsoldaten erfasst.«

Walli nickte wieder. Jasper hätte ihn am liebsten angebrüllt: Das hier ist Radio, hör auf zu nicken! Stattdessen sagte er: »Und ...«

»Ich habe ihn getötet«, sagte Walli schließlich. »Ich habe ihn umgebracht.«

»Aber er hat versucht, *dich* zu töten.«

Walli schüttelte den Kopf, als würde Jasper nicht begreifen, was Sache war. »Er war in meinem Alter. Ich habe später von ihm in der Zeitung gelesen. Er hatte eine Freundin.«

»Und das ist dir wichtig?«

Walli nickte wieder.

Jasper sagte: »Was bedeutet es für dich?«

»Er war mir ähnlich«, sagte Walli. »Nur dass ich auf Gitarren stand und er auf Schusswaffen.«

»Aber er diente dem Regime, das dich in Ostdeutschland eingesperrt hat.«

»Wir waren bloß zwei Jungs. Ich bin abgehauen, weil ich es musste. Er hat auf mich geschossen, weil er es musste. Das Böse ist die Mauer.«

Das Zitat war so umwerfend, dass Jasper seine Begeisterung im Zaum halten musste. Im Kopf schrieb er bereits den Artikel, den er dem Boulevardblatt *New York Post* anbieten würde. Er sah die Schlagzeile vor sich:

POPSTAR WALLI:
MEIN GEHEIMER SCHMERZ

Aber er wollte noch mehr. »Karolin ist nicht mit dir geflohen.«

»Sie ist nicht gekommen. Woran das lag, wusste ich nicht. Ich konnte es einfach nicht verstehen und war bitter enttäuscht. Deshalb bin ich trotzdem geflohen.« Im Schmerz des Erinnerns verlor Walli die Notwendigkeit zur Vorsicht aus den Augen.

Jasper soufflierte ihm wieder: »Aber dann bist du wegen ihr zurückgegangen.«

»Ich bin Leuten über den Weg gelaufen, die einen Tunnel für Flüchtlinge gruben, ja. Ich musste wissen, weshalb Karolin nicht gekommen war. Deshalb bin ich in der falschen Richtung durch den Tunnel gegangen, nach Osten.«

»Das war gefährlich.«

»Wenn sie mich erwischt hätten, ja.«

»Aber dann hast du Karolin gefunden, und sie ...«

»Sie sagte mir, dass sie schwanger ist.«

»Und sie wollte nicht mit dir fliehen?«

»Sie hatte Angst um das Baby.«

»Alicia.«

»Alice. Ich habe den Namen für den Song geändert. Damit es sich reimt, weißt du.«

»Verstehe. Und wie sieht es jetzt aus, Walli?«

Walli versagte fast die Stimme. »Karolin bekommt keine Erlaubnis, die DDR zu verlassen, nicht mal für einen kurzen Besuch. Und ich kann nicht zurück.«

»Also seid ihr eine Familie, die von der Mauer getrennt ist.«

»Ja.« Walli schluchzte. »Ich werde Alice vielleicht nie zu Gesicht bekommen.«

Jasper dachte: Treffer.

*

Dave Williams hatte Beep Dewar seit ihrem Besuch in London vor vier Jahren nicht mehr gesehen. Er freute sich darauf, sie wiederzutreffen.

Der letzte Auftritt der Beat Revue Tour war in San Francisco, wo Beep wohnte. Dave hatte die Adresse der Dewars von seiner Mutter erhalten und ihnen vier Eintrittskarten sowie eine Einladung hinter die Bühne nach der Vorstellung geschickt. Sie hatten ihm nicht antworten können, weil er jeden Tag in einer anderen Stadt war, daher wusste er nicht, ob sie auftauchen würden.

Er schlief nicht mehr mit Mandy Love – sehr zu seinem Bedauern. Sie hatte ihm viel beigebracht, Oralsex eingeschlossen. Doch ihr war nie richtig wohl dabei gewesen, mit einem weißen Briten zu gehen, und jetzt war sie zu ihrem Langzeitgeliebten zurückgekehrt, einem Sänger bei Love Factory. Seitdem hatte Dave keine andere gehabt.

Mittlerweile wusste er, welche Arten von Sex er mochte und welche nicht. Im Bett konnten Mädchen gefühlvoll sein, nuttig, seelenvoll, niedlich und unterwürfig oder lebhaft und praktisch. Dave gefiel es am besten, wenn sie verspielt waren.

Dave hatte das Gefühl, Beep wäre verspielt.

Er fragte sich, was geschehen würde, wenn sie heute Abend wirklich aufkreuzte.

Er erinnerte sich an sie mit dreizehn, wie sie auf der Great Peter Street im Garten hinter dem Haus Chesterfields geraucht hatte. Beep war hübsch und zierlich gewesen und hatte viel mehr Sex gehabt, als ein Mädchen in ihrem Alter haben sollte. Auf den dreizehnjährigen Dave, durch Pubertätshormone hypersensibilisiert, hatte sie unfassbar verlockend gewirkt. Er war verrückt nach ihr gewesen. Doch obwohl sie gut miteinander auskamen, hatte Beep kein Interesse an ihm gezeigt, jedenfalls nicht in romantischer Hinsicht. Zu seiner unsäglichen Enttäuschung hatte sie ihm den älteren Jasper Murray vorgezogen.

Daves Gedanken schweiften zu Jasper. Walli war wütend gewesen, als das Interview im Radio gesendet wurde. Noch schlimmer war der Artikel in der *New York Post* gewesen, unter der Schlagzeile:

Popstar-Dad:
»Vielleicht sehe ich
meine Tochter niemals«
von Jasper Murray

Walli fürchtete, Karolin könnte wegen des öffentlichen Aufsehens Schwierigkeiten in der DDR bekommen. Dave rief sich ins Gedächtnis, wie Evie von Jasper interviewt worden war, und nahm sich vor, nie wieder auch nur einem Wort aus Jaspers Mund zu trauen.

Er fragte sich, wie sehr Beep sich in den vier Jahren verändert hatte. Sie konnte größer sein als er; sie konnte auch fett geworden sein. Würde er sie noch immer so begehrenswert finden? Würde sie sich jetzt, wo er älter war, mehr für ihn interessieren?

Natürlich bestand die Möglichkeit, dass sie einen Freund hatte. Vielleicht ging sie heute Abend sogar mit dem Kerl aus, statt zu Daves Gig zu kommen.

Vor dem Auftritt blieben Plum Nellie ein paar Stunden, um sich umzusehen. Rasch begriffen sie, dass San Francisco die hippste Stadt der USA war, voller junger Leute in radikal durchgestylten Klamotten. Miniröcke waren out. Die Mädchen trugen Kleider, die über den Boden schleiften, Blumen im Haar und kleine Glöckchen, die bei jedem Schritt klingelten. Und die Männer trugen das Haar länger als irgendwo sonst, London eingeschlossen. Einige junge Schwarze, männlich wie weiblich, ließen es zu einer riesigen zottigen Wolke wachsen, die Afro-Look genannt wurde und absolut spektakulär aussah.

Besonders Walli liebte die Stadt. Er sagte, es käme ihm vor, als könne er hier einfach alles tun. San Francisco lag am Ostberlin genau entgegengesetzten Ende des Universums.

Zwölf Gruppen traten in der Beat Revue auf. Die meisten spielten zwei, drei Songs, dann gingen sie von der Bühne. Die Band ganz oben auf dem Plakat bekam zwanzig Minuten am Schluss der Veranstaltung. Plum Nellie war immerhin bekannt genug, um die erste Hälfte mit fünfzehn Minuten abzuschließen, in denen sie fünf kurze Songs spielten. Auf der Tournee wurden keine Verstärker mitgeführt: Sie mussten mit dem arbeiten, was auf der Bühne zur Verfügung stand, und das waren oft primitive Lautsprecher für Durchsagen bei Sportveranstaltungen.

Das Publikum, fast ausnahmslos Mädchen im Teenageralter, kreischte die ganze Zeit wie wild, sodass die Gruppe sich selbst nicht hören konnte. Aber das spielte kaum eine Rolle; es hörte sowieso niemand zu.

Der Kitzel, in den USA zu arbeiten, verflog. Die Gruppe fand die Tour immer langweiliger und freute sich schon auf London, wo sie ihr neues Album einspielen wollten.

Nach dem Auftritt verschwanden sie hinter der Bühne. Das Konzert fand in einem Theater statt, daher war ihre Garderobe groß genug und die Toilette sauber – ganz anders als in den Beatclubs von London und Hamburg. Als einzige Erfrischung gab es das kostenlose Dr. Pepper vom Sponsor, aber der Türsteher war normalerweise bereit, jemanden Bier holen zu schicken.

Dave bereitete die Gruppenmitglieder darauf vor, dass möglicherweise Freunde seiner Eltern hinter die Bühne kämen, sodass sie sich benehmen müssten. Alle stöhnten auf. Das bedeutete keine Drogen und keine Fummeleien mit Groupies, bis die alten Leute gegangen waren.

Während der zweiten Hälfte ging Dave zum Türsteher am Künstlereingang und sorgte dafür, dass er die Namen der Gäste hatte: Mr. Woody Dewar, Mrs. Bella Dewar, Mr. Cameron Dewar und Miss Ursula »Beep« Dewar.

Fünfzehn Minuten nach Ende des Konzerts standen die Dewars in der Tür der Garderobe.

Zu Daves Freude hatte Beep sich kaum verändert. Sie war noch immer zierlich und nicht größer als mit dreizehn, nur ein bisschen fülliger. Ihre Jeans lag eng an den Hüften an, hatte unter dem Knie aber Schlag – die neuste Mode –, und sie trug einen engen Sweater mit breiten blauen und weißen Streifen.

Dave fragte sich, ob sie sich für ihn herausgeputzt hatte. Welcher weibliche Teenager hätte sich nicht herausgeputzt, wenn er bei einem Popkonzert hinter die Bühne durfte?

Dave schüttelte den vier Besuchern die Hand und stellte sie dem Rest der Gruppe vor. Er hatte Angst, dass die anderen ihn blamierten, aber sie zeigten sich von ihrer besten Seite. Sie alle luden hin und wieder Gäste aus der eigenen Familie ein; deshalb war jeder froh, wenn die anderen sich in Gegenwart älterer Verwandter und Freunde ihrer Eltern zurückhielten.

Dave musste sich zwingen, Beep nicht anzustarren. Sie hatte noch immer diesen Ausdruck in den Augen, den auch Mandy Love besaß. Die Leute nannten es Sexappeal oder *je ne sais quoi* oder einfach das »gewisse Etwas«. Beep hatte ein spitzbübisches Lächeln und einen wiegenden Gang und strahlte lebhafte Neugierde aus. Dave wurde von dem gleichen verzweifelten Verlangen nach ihr verzehrt wie damals, als er dreizehn gewesen war und noch unschuldig.

Er versuchte sich mit Cameron zu unterhalten, der zwei Jahre älter war als Beep und bereits an der University of California in Berkeley studierte, vor den Toren von San Francisco. Doch Cam war schwierig. Er war für den Vietnamkrieg, er fand, dass die Rassengleichheit langsamer eingeführt werden sollte, und er war der Ansicht, dass Homosexualität zu Recht als Verbrechen verfolgt wurde. Außerdem hörte er Jazz.

Dave gab den Dewars eine Viertelstunde, dann sagte er: »Das ist der letzte Abend unserer Tour. Im Hotel beginnt in ein paar Minuten eine Abschiedsparty. Beep, Cam, wollt ihr mitkommen?«

»Ich nicht«, sagte Cameron sofort. »Trotzdem danke.«

»Zu schade«, sagte Dave mit unaufrichtiger Höflichkeit. »Was ist mit dir, Beep?«

»Ich würde gern mitkommen«, sagte sie und blickte ihre Mutter an.

»Um Mitternacht bist du zu Hause«, sagte Bella Dewar.

Woody sagte: »Bitte, nimm ein Taxi.«

»Ich sorge dafür«, versicherte Dave ihnen.

Die Eltern und Cameron gingen, und die Musiker stiegen mit ihren Gästen für die kurze Fahrt zum Hotel in den Bus.

Die Party fand in der Hotelbar statt, aber in der Lobby murmelte Dave Beep ins Ohr: »Hast du schon mal Marihuana geraucht?«

»Du meinst Pot?«, fragte sie. »Na klar!«

»Nicht so laut – es ist nicht erlaubt!«

»Hast du was?«

»Ja. Wir sollten es lieber in meinem Zimmer rauchen. Danach können wir zur Party.«

»Okay.«

Sie gingen in sein Zimmer. Dave drehte einen Joint, während Beep das Radio auf einen Rocksender einstellte. Sie setzten sich aufs Bett und reichten den Joint hin und her. Entspannt lächelte Dave und sagte: »Als du nach London gekommen bist ...«

»Was?«

»Hast du dich nicht für mich interessiert.«

»Ich hab dich gemocht, aber du warst zu jung.«

»Du warst auch zu jung für das, was ich so alles mit dir anstellen wollte.«

Sie lächelte spitzbübisch. »Was wolltest du denn mit mir anstellen?«

»Die Liste war lang.«

»Was stand ganz oben?«

»Ganz oben?« Das würde Dave ihr nicht sagen. Dann dachte er: Wieso nicht? »Ich wollte deine Titten sehen.«

Sie gab ihm den Joint und zog sich mit einer raschen Bewegung den Pullover über den Kopf. Sie trug nichts darunter.

Dave war erstaunt und überglücklich. Allein vom Hinsehen bekam er einen Ständer. »Mann, sind die schön«, sagte er.

»Ja, nicht?«, sagte sie verträumt. »So schön, dass ich sie manchmal selber anfassen muss.«

»Oh Gott«, ächzte Dave.

»Auf deiner Liste«, sagte Beep. »Was kam als Nächstes?«

*

Dave buchte auf einen Flug um, der eine Woche später ging, und behielt das Hotelzimmer. Er sah Beep jeden Werktag nach der Schule und den ganzen Samstag und Sonntag. Sie gingen ins Kino, sie kauften schicke Klamotten, sie spazierten durch den Zoo. Zwei oder drei Mal am Tag schliefen sie miteinander, und immer benutzten sie ein Kondom.

Eines Abends, als Dave sich auszog, sagte Beep: »Zieh deine Jeans aus.«

Er schaute sie an. Sie lag auf dem Hotelbett, nur in Höschen und einer Jeansmütze. »Was redest du da?«

»Heute Abend bist du mein Sklave. Tu, was ich dir sage. Zieh deine Jeans aus.«

Offenbar hing Beep irgendwelchen erotischen Fantasien nach. Das konnte Dave nur recht sein. Doch der Gedanke amüsierte ihn, und er gab sich widerborstig. »Ooooch, muss ich wirklich?«

»Du tust alles, was ich dir sage, denn du gehörst mir«, sagte sie. »Runter mit den Jeans.«

»Jawohl, Ma'am.«

Beep setzte sich aufrecht hin und beobachtete ihn. Er sah die schalkhafte Lust in ihrem angedeuteten Lächeln. »Sehr gut«, sagte sie.

»Was soll ich als Nächstes tun?«, fragte Dave.

Er wusste, weshalb er sich so sehr in Beep verguckt hatte, sowohl damals mit dreizehn als auch vor ein paar Tagen. Sie war unglaublich lustig, bereit, alles zu versuchen, hungrig nach neuen Erfahrungen. Mit ein paar Mädchen hatte Dave sich nach zwei Nummern gelangweilt. Bei Beep kam es ihm so vor, als würde er sich mit ihr nie langweilen.

Sie liebten sich, und Dave täuschte Widerstreben vor, während Beep ihm befahl, Dinge zu tun, nach denen er sich bereits gesehnt hatte. Es war auf seltsame Weise erregend.

Hinterher fragte er träge: »Woher hast du eigentlich deinen Spitznamen?«

»Hab ich dir das nie erzählt?«

»Nein. Es gibt vieles, das ich nicht über dich weiß. Trotzdem kommt es mir vor, als wären wir uns schon seit Jahren nahe.«

»Als ich klein war, hatte ich ein Spielzeugauto. So eins, wo man sich reinsetzt und in die Pedale tritt. Ich kann mich nicht mehr genau daran erinnern, aber ich muss das Ding geliebt haben. Ich bin stundenlang damit rumgefahren und habe immer eine Hupe nachgemacht: Beep! Beep!«

Sie zogen sich an und gingen Hamburger essen. Dave sah ihr zu, wie sie in ihren Burger biss, beobachtete fasziniert, wie ihr der Fleischsaft am Kinn hinunterlief, und erkannte, dass er verliebt war.

»Ich will nicht nach London zurück«, sagte er.

Sie schluckte und sagte: »Dann bleib hier.«

»Kann ich nicht. Plum Nellie nimmt ein neues Album auf. Dann gehen wir auf Tournee nach Australien und Neuseeland.«

»Ich bete dich an«, sagte sie. »Wenn du gehst, heul ich mir die Augen aus. Aber ich will uns den heutigen Tag nicht verderben, indem ich mich wegen morgen mies fühle. Iss deinen Burger. Du brauchst das Eiweiß.«

»Ich finde, wir sind Seelengefährten. Ich weiß, ich bin noch jung, aber ich hatte schon viele Mädchen.«

»Nicht nötig, damit zu prahlen. Ich hab auch viel ausprobiert.«

»Ich wollte nicht prahlen. Ich bin nicht mal stolz darauf. Für einen Popsänger ist es leicht. Ich will erklären, dir und mir selbst, weshalb ich so sicher bin.«

Sie tauchte ein Pommes frites in Ketchup. »Sicher worüber?«

»Dass ich etwas Dauerhaftes möchte.«

Sie erstarrte, das Pommes frites auf halbem Weg zum Mund. Dann legte sie es zurück auf den Teller. »Wie meinst du das?«

»Ich möchte, dass wir immer zusammen sind. Dass wir zusammenleben.«

»Zusammenleben ... wie denn?«

»Beep«, sagte er.

»Ja?«

Er griff über den Tisch und nahm ihre Hand. »Was würdest du davon halten, mich zu heiraten?«

»Ach du lieber Gott«, sagte sie.

»Ich weiß, es ist verrückt.«

»Es ist nicht verrückt«, sagte sie. »Es kommt nur so plötzlich.«

»Heißt das, du möchtest? Mich heiraten?«

»Du hast recht, wir sind Seelengefährten. Ich hatte noch mit keinem Freund auch nur halb so viel Spaß.«

Seine Frage beantwortete sie noch immer nicht. Er sagte langsam und betont: »Ich liebe dich. Möchtest du mich heiraten?«

Sie zögerte einen langen Augenblick, dann sagte sie: »Teufel, ja.«

*

»Ihr braucht gar nicht erst zu fragen«, sagte Woody Dewar verärgert. »Ihr zwei heiratet nicht!«

Er war ein großer Mann und trug eine Tweedjacke mit Buttondown-Hemd und Krawatte. Dave musste sich zusammenreißen, um sich nicht einschüchtern zu lassen.

»Woher hast du das gewusst?«, fragte Beep.

»Spielt keine Rolle.«

»Mein Arsch von Bruder hat es dir gesagt, nicht wahr? Was bin ich für eine Flasche, ihn einzuweihen.«

»Für solch eine Ausdrucksweise besteht keine Notwendigkeit.«

Sie waren im Wohnzimmer des viktorianischen Hauses der Dewars auf der Gough Street in Nob Hill. Die schönen alten Möbel und die teuren, aber ausgebleichten Vorhänge erinnerten Dave an das Haus auf der Great Peter Street. Er und Beep saßen nebeneinander auf dem roten Samtsofa, Bella in einem antiken Ledersessel, und Woody stand vor dem Kamin aus behauenem Stein.

»Ich weiß, es kommt plötzlich«, sagte Dave, »aber ich habe Verpflichtungen. Eine Plattenaufnahme in London, eine Tournee in Australien und noch mehr Sachen.«

»Es kommt plötzlich, sagst du?«, entgegnete Woody. »Völlig unverantwortlich ist das! Allein der Umstand, dass ihr diesen Vorschlag machen könnt, nachdem ihr gerade eine Woche miteinander gegangen seid, beweist schon, dass ihr nicht annähernd reif für die Ehe seid.«

Dave erwiderte: »Ich hasse es zu prahlen, aber du zwingst mich zu sagen, dass ich seit zwei Jahren ohne Unterstützung meiner Eltern zurechtkomme und in dieser Zeit ein internationales Geschäft aufgebaut habe, das Millionen Dollar umsetzt. Auch wenn ich nicht so reich bin, wie die Leute gern glauben, kann ich deiner Tochter ein angenehmes Leben bieten.«

»Beep ist siebzehn! Und du auch. Ohne Einwilligung kann sie nicht heiraten, und die gebe ich nicht. Ich wette, Lloyd und Daisy haben dir gegenüber die gleiche Haltung, junger Dave!«

»In manchen Ländern kann man mit achtzehn heiraten«, sagte Beep.

»Da kommst du mir aber nicht hin.«

»Was willst du tun, Daddy? Mich in ein Kloster stecken?«

»Soll das eine Drohung sein? Willst du durchbrennen?«

»Ich will nur darauf hinweisen, dass du am Ende nicht die Macht hast, uns aufzuhalten.«

Sie hatte recht. Dave hatte es in der öffentlichen Bibliothek von San Francisco auf der Larkin Street selbst nachgeprüft. Volljährig wurde man mit einundzwanzig, aber mehrere Länder gestatteten es Frauen, mit achtzehn auch ohne Einwilligung der Eltern zu heiraten. In Schottland lag das Alter sogar bei sechzehn. Praktisch war es für Eltern sehr schwer, die Heirat zweier Menschen zu verhindern, die entschlossen waren, in den Hafen der Ehe einzulaufen.

Doch Woody sagte: »Darauf würde ich nicht wetten. Es wird nicht so weit kommen.«

Dave erwiderte milde: »Wir möchten nicht mit dir darüber streiten, aber ich glaube, Beep wollte damit nur sagen, dass deine Meinung nicht die einzige ist, die hier zählt.«

Er hielt seine Wortwahl für friedfertig und hatte in höflichem Tonfall gesprochen, aber Woody schien es noch wütender zu machen. »Verschwinde aus diesem Haus, ehe ich dich rauswerfe!«

Zum ersten Mal schaltete Bella sich ein. »Bleib, wo du bist, Dave.«

Dave hatte sich nicht vom Fleck gerührt, denn Woody hatte ein kaputtes Bein, eine Kriegsverletzung; er konnte sowieso niemanden rauswerfen.

Bella wandte sich an ihren Mann. »Darling, vor einundzwanzig Jahren hast du in diesem Zimmer gesessen und dich mit meiner Mutter angelegt.«

»Ich war aber nicht siebzehn, ich war fünfundzwanzig.«

»Mutter hat dir damals vorgeworfen, du wärst schuld, dass ich meine Verlobung mit Victor Rolandson gelöst hatte. Sie hatte recht: Du warst der Grund dafür, auch wenn wir da nur einen einzigen Abend miteinander verbracht hatten. Wir hatten uns auf der Party von Daves Mutter kennengelernt, und danach bist du fort, um in der Normandie zu landen, und ein ganzes Jahr habe ich dich nicht wiedergesehen.«

Beep fragte: »Ein Abend? Was hast du mit ihm gemacht, Mom?«

Bella blickte ihre Tochter an, zögerte und sagte: »Ich habe ihm im Park einen geblasen.«

Dave war erstaunt. Bella und Woody? Unvorstellbar!

Woody fuhr auf: »Bella!«

»Nicht der richtige Augenblick für Wortklaubereien, Woody.«

Beep fragte: »Beim ersten Date? Wow, Mom! Gut gemacht!«

»Um Gottes willen ...«, stöhnte Woody.

»Liebling«, sagte Bella, »ich versuche nur, dich daran zu erinnern, wie es war, jung zu sein.«

»Ich habe dir nicht sofort einen Heiratsantrag gemacht!«

»Das stimmt, du warst schrecklich lahmarschig.«

Beep kicherte, und Dave grinste sich eins.

»Warum fällst du mir in den Rücken?«, fuhr Woody seine Frau an.

»Weil du dich gerade ein bisschen aufgeblasen benimmst.« Sie nahm seine Hand, lächelte und sagte: »Wir waren verliebt. Die beiden sind es auch. Wir hatten Glück, sie haben Glück.«

Woody beruhigte sich ein wenig. »Also sollen wir sie alles tun lassen, was sie wollen?«

»Ganz bestimmt nicht. Aber vielleicht finden wir einen Kompromiss.«

»Ich sehe nicht, wie das möglich sein sollte.«

»Angenommen, wir sagen ihnen, sie sollen uns in einem Jahr noch einmal fragen. Bis dahin wird Dave bei uns willkommen sein und kann in unserem Haus wohnen, wann immer er sich von der Arbeit mit der Gruppe freimachen kann. Während er hier ist, kann er Beeps Bett teilen, wenn es das ist, was sie wollen.«

»Natürlich, was denn sonst? Aber das kommt gar nicht infrage!«

»Sie werden es ohnehin tun, entweder hier oder woanders. Führe keine Schlachten, die du nicht gewinnen kannst. Und sei kein Heuchler. Du hast mit mir geschlafen, ehe wir verheiratet waren, und ehe du mich kennengelernt hast, hast du es mit Joanne Rouzrokh getrieben.«

Woody stand auf. »Ich werde darüber nachdenken.« Er verließ das Zimmer.

Bella wandte sich an Dave. »Ich gebe keine Befehle, Dave, weder dir noch Beep. Ich bitte dich, ich flehe dich an – hab Geduld. Du bist ein netter junger Mann aus guter Familie, und ich würde mich freuen, wenn du meine Tochter heiratest. Aber bitte wartet noch ein Jahr.«

Dave blickte Beep an. Sie nickte.

»Also gut«, sagte Dave. »Ein Jahr.«

*

Als Jasper am Morgen das Wohnheim verließ, schaute er in seinen Briefkasten. Zwei Briefe lagen darin. Der eine steckte in einem blauen Luftpostkuvert und war in der anmutigen Handschrift seiner Mutter adressiert. Auf dem anderen war die Adresse getippt. Ehe er die Umschläge öffnen konnte, wurde er gerufen. »Telefon für Jasper Murray!« Er steckte beide Briefe in seine Innentasche.

Am Apparat war Mrs. Salzman. »Guten Morgen, Mr. Murray. Tragen Sie einen Schlips, Mr. Murray?«

»Nein«, antwortete Jasper. Krawatten waren aus der Mode gekommen, und eine Schreibkraft brauchte sich ohnehin nicht gut zu kleiden.

»Hängen Sie einen um. Herb Gould möchte Sie um zehn Uhr sehen.«

»Tatsächlich? Wieso?«

»Bei *This Day* ist eine Rechercheur-Stelle frei. Ich habe ihm Ihre Artikelausschnitte gezeigt.«

»Danke! Sie sind ein Engel!«

»Vergessen Sie den Schlips nicht.« Mrs. Salzman legte auf.

Jasper kehrte in sein Zimmer zurück und zog ein sauberes weißes Hemd und eine nüchterne dunkle Krawatte an. Dann streifte er Jackett und Mantel wieder über und ging zur Arbeit.

Am Zeitungsstand in der Lobby des Wolkenkratzers kaufte er eine kleine Schachtel Pralinen für Mrs. Salzman.

Zehn Minuten vor zehn ging er ins Büro von *This Day*. Fünfzehn Minuten später führte eine Sekretärin ihn in Goulds Büro.

»Schön, Sie zu sehen«, sagte Gould. »Danke, dass Sie kommen konnten.«

»Ich freue mich, hier zu sein.« Jasper vermutete, dass Gould sich nicht an ihr Gespräch im Aufzug erinnerte.

Gould las die Attentatsnummer von *The Real Thing*. »In Ihrem Lebenslauf steht, Sie hätten diese Zeitung gegründet.«

»Das stimmt.«

»Wie kam es dazu?«

»Ich habe für die offizielle Studentenzeitung der Universität gearbeitet, für die *St. Julian's News*.« Jaspers Nervosität ließ nach, als er zu reden begann. »Ich hatte mich damals als Chefredakteur beworben, aber der Posten ging an die Schwester des vorherigen Chefredakteurs.«

»Also haben Sie es aus Groll getan.«

Jasper lächelte. »Zum Teil ja, aber ich fand, dass ich bessere Arbeit machen könnte als Valerie. Deshalb lieh ich mir fünfundzwanzig Pfund und gründete ein Konkurrenzblatt.«

»Und wie lief es?«

»Nach drei Ausgaben verkauften wir uns besser als die *St. Julian's News*. Wir machten sogar Gewinn, während die *St. Julian's News* subventioniert

›wurde.« Das war nur ein wenig übertrieben. *The Real Thing* hatte erst später Gewinn eingefahren.

»Das ist eine starke Leistung.«

»Danke sehr.«

Gould hielt den Ausschnitt mit dem Interview Wallis in der *New York Post* hoch. »Wie sind Sie an diese Story gekommen?«

»Was Walli erlebt hatte, war kein Geheimnis. Es hatte schon alles in der deutschen Presse gestanden. Aber damals war er noch kein Popstar. Wenn ich etwas sagen darf ...«

»Bitte sehr.«

»Ich glaube, die Kunst des Journalismus besteht nicht immer im Herausfinden von Fakten. Manchmal können bestimmte Tatsachen auch dann eine große Story ergeben, wenn sie bereits bekannt sind. Man muss sie nur richtig zusammenstellen.«

Gould nickte zustimmend. »Also gut. Wieso wollen Sie von der Zeitung zum Fernsehen wechseln?«

»Wir wissen, dass ein gutes Foto auf der Titelseite mehr Zeitungen verkauft als die beste Schlagzeile. Bewegte Bilder sind noch besser. Ohne Zweifel wird es immer einen Markt für Zeitungsartikel geben, die in die Tiefe gehen, aber in absehbarer Zukunft werden die meisten Leute ihre Nachrichten aus dem Fernsehen beziehen.«

Gould lächelte. »Kein Einwand.«

Der Lautsprecher auf seinem Schreibtisch piepte. »Mr. Thomas aus dem Washingtoner Büro ruft an«, sagte seine Sekretärin.

»Danke, Süße. War nett, mit Ihnen zu reden, Jasper. Wir bleiben in Verbindung.« Er nahm den Hörer ab. »Hallo, Larry, was gibt's?«

Jasper verließ das Büro. Das Gespräch war gut gelaufen, hatte aber mit erschreckender Plötzlichkeit geendet. Er wünschte sich, er hätte wenigstens fragen können, wann er eine Rückmeldung bekam. Doch er war Bittsteller: Niemanden interessierte, was er empfand.

Er kehrte zum Radiosender zurück. Während des Vorstellungsgesprächs hatte die Sekretärin, die ihn regelmäßig in der Mittagspause vertrat, seine Arbeit gemacht. Er bedankte sich bei ihr und übernahm wieder. Als er sein Jackett ablegte, fiel ihm die Post in seiner Tasche ein. Er setzte die Kopfhörer auf und nahm am kleinen Schreibtisch Platz. Im Radio kündigte ein Sportreporter die Übertragung eines Spiels an. Jasper nahm seine Briefe heraus und öffnete das Kuvert mit der maschinengetippten Adresse.

Das Schreiben war vom Präsidenten der Vereinigten Staaten.

Es war ein Formbrief; sein Name war handschriftlich in einem Kasten eingetragen.

Jasper las:

Sehr geehrter Herr!
Mit diesem Schreiben werden Sie in die Streitkräfte der Vereinigten Staaten von Amerika einberufen ...

Jasper entfuhr ein lautes: »Was?«

... und aufgefordert, sich am 20. Januar 1966 um 07.00 Uhr an unten stehender Adresse zu melden, von wo Sie zu einer Musterungsstelle der Streitkräfte verbracht werden.

Jasper kämpfte gegen aufsteigende Panik. Irgendein Bürokrat musste einen Fehler begangen haben. Er war Brite! Die US Army berief wohl kaum Ausländer ein.

Dennoch musste er die Sache so bald wie möglich aus der Welt schaffen. In den USA waren die Bürokraten genauso enervierend unfähig wie überall sonst auf der Welt und genauso imstande, endlosen unnötigen Ärger zu verursachen. Man musste ihnen vorgaukeln, sie ernst zu nehmen, so wie eine rote Ampel an einer menschenleeren Kreuzung.

Die in dem Schreiben genannte Adresse war nur ein paar Häuserblocks vom Radiosender entfernt. Als die Sekretärin Jasper zur Mittagspause ablöste, zog er sich Jackett und Mantel an und verließ das Gebäude.

Er klappte seinen Kragen gegen den kalten New Yorker Wind hoch und eilte durch die Straßen zum Bundesgebäude. Dort betrat er im dritten Stock eine Dienststelle der Army und stand vor einem Uniformierten mit den Rangabzeichen eines Captains, der an einem Schreibtisch saß. Seine Frisur, kurz an den Seiten und im Nacken, wirkte alberner denn je, wo sich heute selbst Männer im mittleren Alter das Haar länger wachsen ließen.

»Kann ich Ihnen helfen?«, fragte der Captain.

»Ich bin mir ziemlich sicher, dass mir dieser Brief irrtümlich geschickt wurde«, sagte Jasper und reichte dem Offizier den Umschlag.

Der Captain musterte das Kuvert. »Das wird schon seine Richtigkeit haben. Wehrpflichtige werden nach absteigendem Alter gezogen.« Er gab den Brief zurück.

Jasper lächelte. »Aber ich werde doch kaum wehrpflichtig sein, oder?«

»Wie kommen Sie darauf?«

Vielleicht hatte der Captain seinen Akzent nicht bemerkt. »Ich bin kein amerikanischer Staatsbürger«, sagte Jasper. »Ich bin Brite.«

»Und was tun Sie in den Vereinigten Staaten?«

»Ich bin Journalist und arbeite für einen Radiosender.«

»Und Sie haben eine Arbeitserlaubnis, nehme ich an.«

»Ja.«

»Sie sind ansässiger Ausländer.«

»Genau.«

»Dann sind Sie wehrpflichtig.«

»Aber ich bin kein Amerikaner!«

»Das spielt keine Rolle.«

Langsam wurde es ärgerlich. Die Army hatte einen Fehler begangen, da war Jasper sich beinahe sicher. Und nun sträubte sich der Captain, diesen Fehler einzugestehen – typisch untergeordneter Amtsträger. »Wollen Sie mir sagen, dass die Army der Vereinigten Staaten Ausländer einzieht?«

Der Captain blieb ungerührt. »Die Grundlage der Wehrpflicht ist die Ansässigkeit, nicht die Staatsbürgerschaft.«

»Das kann nicht stimmen.«

Der Captain blickte ihn gereizt an. »Wenn Sie mir nicht glauben, erkundigen Sie sich.«

»Genau das werde ich tun.«

Jasper verließ das Bundesgebäude und kehrte ins Büro zurück. In der Personalabteilung würde man sich mit diesen Dingen auskennen. Er ging zu Mrs. Salzman.

Als Erstes reichte er ihr die Pralinen.

»Sie sind süß«, sagte sie. »Mr. Gould mag Sie auch.«

»Was hat er gesagt?«

»Er hat sich nur bei mir bedankt, weil ich Sie zu ihm geschickt habe. Entschieden hat er sich noch nicht, aber ich weiß nicht, ob noch jemand in Betracht kommt.«

»Das ist großartig. Nur, ich habe da ein kleines Problem, bei dem Sie mir vielleicht helfen können.« Er zeigte ihr den Brief von der Army. »Das muss doch ein Fehler sein, oder?«

Mrs. Salzman setzte ihre Brille auf und las das Schreiben. »Oje«, sagte sie. »So ein Pech. Und gerade jetzt, wo es so gut läuft.«

Jasper traute seinen Ohren nicht. »Sie wollen damit doch nicht sagen, dass ich tatsächlich wehrpflichtig bin?«

»Doch«, erwiderte sie traurig. »Wir hatten den gleichen Ärger mit ausländischen Angestellten schon früher. Die Regierung sagt, wenn Sie in den Vereinigten Staaten wohnen und arbeiten möchten, sollten Sie auch dazu beitragen, das Land vor der kommunistischen Aggression zu schützen.«

»Das heißt, ich muss zur Army?«

»Nicht unbedingt.«

Jasper fasste Hoffnung. »Was ist die Alternative?«

»Sie könnten nach Hause gehen. Man wird Sie nicht daran hindern, das Land zu verlassen.«

»Das ist doch absurd! Gibt es keine andere Möglichkeit, da rauszukommen?«

»Haben Sie eine unheilbare Krankheit? Plattfüße, Tuberkulose, ein Loch im Herzen?«

»Bin nie krank gewesen.«

Sie senkte die Stimme. »Und ich nehme an, Sie sind nicht homosexuell.«

»Nein!«

»Ihre Familie gehört keiner Religion an, die den Militärdienst verbietet?«

»Mein Vater ist Colonel in der British Army.«

»Dann tut es mir leid.«

Allmählich glaubte Jasper daran. »Ich werde gehen. Selbst wenn ich den Job bei *This Day* bekommen sollte, könnte ich ihn nicht annehmen.« Ihm kam ein Gedanke. »Bekommt man den Job zurück, wenn man seinen Militärdienst beendet hat?«

»Nur wenn man den Job ein Jahr lang hatte.«

»Also könnte ich nicht einmal meinen Job als Schreibkraft beim Radiosender wiederbekommen?«

»Es gibt keine Garantie.«

»Aber wenn ich die USA jetzt verlasse ...«

»Sie können einfach nach Hause gehen. Aber dann dürfen Sie nie wieder in den Vereinigten Staaten arbeiten.«

»Verdammt.«

»Was werden Sie tun? Das Land verlassen oder zur Army gehen?«

»Ich weiß es wirklich nicht«, sagte er. »Danke für Ihre Hilfe.«

»Danke für die Pralinen, Mr. Murray.«

Jasper verließ das Büro wie benebelt. Zurück an seinen Tisch konnte er nicht: Er musste nachdenken. Er ging wieder nach draußen. Normalerweise liebte er die Straßen New Yorks: die hohen Gebäude, die riesigen Trucks, die extravaganten Autos, die glänzenden Schaufenster der berühmten Geschäfte. Heute war ihm alles vergällt.

Er ging Richtung East River und setzte sich in einen Park, von dem aus er die Brooklyn Bridge sehen konnte. Sollte er alles hinter sich lassen und mit eingeklemmtem Schwanz nach London zurückkehren? Zwei lange Jahre für eine britische Provinzzeitung arbeiten? Nie wieder in den USA arbeiten können?

Dann dachte er an die Army: kurzes Haar, Marschieren, tyrannische Unteroffiziere, Gewalt. Er dachte an die heißen Dschungel von Südostasien. Vielleicht musste er kleinwüchsige Bauern in Schlafanzügen über den Haufen schießen. Er konnte getötet oder verkrüppelt werden.

Er dachte an die vielen Menschen, die er in London kannte und die ihn beneidet hatten, als er in die Staaten gegangen war. Anna und Hank hatten ihn vor der Abreise ins Savoy ausgeführt. Daisy hatte im Haus auf der Great Peter Street eine Abschiedsparty für ihn gegeben. Seine Mutter hatte geweint.

Er wäre wie eine Braut, die aus den Flitterwochen nach Hause kommt und ihre Scheidung bekannt gibt. Die Demütigung erschien schlimmer als das Risiko, in Vietnam den Tod zu finden.

Was sollte er tun?

KAPITEL 39

Der Jugendclub von Sankt Gertrud hatte sich verändert.

Es hatte ganz harmlos angefangen, erinnerte sich Lili. Gegen Volkstänze hatte die SED-Regierung nichts, auch nicht, wenn sie im Keller einer Kirche aufgeführt wurden. Und die Regierung war auch mehr als glücklich darüber, wenn ein protestantischer Pastor wie Odo Vossler mit der Jugend über Sex sprach, denn seine Ansichten waren vermutlich genauso puritanisch wie die der SED.

Zwei Jahre später war der Club jedoch nicht mehr ganz so unschuldig. Sie begannen die Abende nicht länger mit Volkstanz, sondern spielten Rockmusik und tanzten auf die leidenschaftliche, individuelle Art wie Jugendliche überall auf der Welt. Anschließend spielten Karolin und Lili Gitarre und sangen von Freiheit, und zum Schluss leitete Pastor Odo eine Diskussion, bei der sie sich regelmäßig auf verbotenes Terrain vorwagten. Es ging um Demokratie, Religion, die Unzulänglichkeiten der sozialistischen Gesellschaft und die überwältigende Anziehungskraft des Westens.

Gesprächsstoff dieser Art kannte Lili von zu Hause, doch für viele Jugendliche war es etwas Neues, dass jemand die Regierung kritisierte oder die kommunistische Ideologie infrage stellte. Und das geschah nicht nur im Jugendclub von Sankt Gertrud. Drei, vier Abende die Woche gingen Lili und Karolin mit ihren Gitarren in andere Kirchenclubs oder Privathäuser in und um Berlin. Sie wussten, es war nicht ganz ungefährlich, aber sie glaubten beide, dass sie nichts zu verlieren hätten.

Nachdem amerikanische Zeitungen die Geschichte von Walli und Karolin veröffentlicht hatten, hatte die Stasi die Familie bestraft, indem sie Lili von der Uni geworfen hatte. Jetzt arbeitete sie als Kellnerin in der Kantine des Verkehrsministeriums. Doch die beiden jungen Frauen hatten beschlossen, sich nicht unterkriegen zu lassen, und inzwischen waren sie bei den jungen Leuten, die insgeheim Widerstand leisteten, zu Berühmtheiten geworden. Sie machten Bandaufnahmen ihrer Songs, die dann von Fan zu Fan weitergereicht wurden, und Lili hatte das Gefühl, dass sie wesentlichen Anteil daran hatten, dass das Feuer nicht erlosch.

Für Lili gab es noch eine weitere Attraktion in Sankt Gertrud: Thorsten Greiner, der Zweiundzwanzigjährige, der ein Milchgesicht hatte wie Paul McCartney und Lilis Leidenschaft für die Musik teilte.

Eines Abends im Jahre 1967 brachte Thorsten die neueste Beatles-Platte mit in den Club. Auf der einen Seite war das beschwingte »Penny Lane«, zu dem alle ausgelassen tanzten, auf der anderen der seltsame, faszinierende Song »Strawberry Fields Forever«, zu dem Lili und die anderen sich wie in Trance bewegten. Im Club spielten sie die Songs rauf und runter.

Wenn jemand fragte, wie Thorsten an die Platte gekommen war, tippte er sich geheimnisvoll an die Nase und schwieg. Doch Lili kannte die Wahrheit: Einmal die Woche fuhr Thorstens Onkel Horst mit einem Lastwagen voller billiger Kleidungsstücke, dem wichtigsten Exportgut der DDR, über die Grenze nach Westberlin. Horst gab den Grenzern jedes Mal ihren Anteil an Comics, Schallplatten, Kosmetik und den modernen Klamotten, die er von drüben mitbrachte.

Für Lilis Eltern war die Musik frivol und belanglos. Für sie zählte nur die Politik. Sie wollten nicht verstehen, dass Musik für Lili und ihre Generation auch politisch war, selbst wenn es in den Songs um Liebe ging. Und die neue Musik ging mit langen Haaren einher, mit einer anderen Art von Kleidung, mit Toleranz und sexueller Freiheit. Jeder Song von den Beatles oder Bob Dylan sagte der alten Generation: »Wir machen es anders als ihr.« Für die Teenager in Ostdeutschland war das eine sehr politische Botschaft, und die Regierung wusste es. Die Platten wurden verboten.

Lili tanzte gerade mit Thorsten zu »Strawberry Fields Forever«, als die Polizei erschien. Sie wusste sofort, dass die Stasi sich nun den Jugendclub vorknöpfte. Über kurz oder lang war es unvermeidlich gewesen. Junge Leute redeten nun mal über die aufregenden Dinge, die sie taten. Zwar wusste niemand, wie viele Informanten die Stasi wirklich hatte, aber Lilis Mutter sagte immer, dass es mehr seien, als die Gestapo gehabt habe.

Lili hörte sofort auf zu tanzen und schaute sich nach Karolin um, konnte sie aber nirgendwo sehen. Odo war ebenfalls verschwunden. Vermutlich hatten sie die Krypta verlassen; in einer Ecke war eine Treppe, die direkt hinauf ins Pfarrhaus führte.

Lili löste sich von Thorsten. »Komm schnell, wir müssen Odo holen«, sagte sie und bahnte sich einen Weg durch die Tänzer, von denen die meisten noch gar nicht bemerkt hatten, dass eine Razzia bevorstand. Sie erreichten im selben Augenblick den obersten Treppenabsatz, als John Lennon sang »Let me take you down ...« und abrupt unterbrochen wurde.

Die schroffe Stimme eines Polizeibeamten brüllte Befehle, während

Lili und Thorsten durch den Flur des Pfarrhauses liefen. Lili war nicht oft hier gewesen, aber sie wusste, dass es im Erdgeschoss ein Arbeitszimmer gab. Die Tür stand einen Spalt offen.

Lili stieß sie auf und ging hinein.

Und dort, in einem mit Eichenholz verkleideten Raum voller theologischer Werke, umarmten Odo und Karolin sich leidenschaftlich und küssten sich mit offenem Mund. Karolin hatte die Hände in Odos dichtem schwarzen Haar vergraben, während Odo ihre Brüste streichelte. Karolin schmiegte sich an ihn; ihr Körper krümmte sich wie ein Bogen.

Lili verschlug es die Sprache. Für sie war Karolin die Frau ihres Bruders. Dass sie nicht wirklich verheiratet waren, war nur eine belanglose Formsache. Nie wäre Lili der Gedanke gekommen, Karolin könne Gefühle für einen anderen entwickeln – ganz zu schweigen von einem Pastor.

»Ach du Scheiße«, sagte Thorsten.

Odo und Karolin sprangen so schnell voneinander weg, dass es fast schon komisch wirkte. Das schlechte Gewissen stand beiden ins Gesicht geschrieben. Schließlich sagte Odo stockend: »Wir ... wir wollten es dir sagen«, während Karolin zu Boden starrte und murmelte: »Tut mir leid, Lili ...«

Einen schrecklichen Augenblick lang war Lili sich der vielen kleinen Einzelheiten nur allzu bewusst: des Karomusters von Odos Jackett, Karolins Brustwarzen, die sich durch ihr Kleid drückten, Odos theologischem Zeugnis an der Wand, des altmodischen Teppichs vor dem Kamin.

Dann dachte sie an den Notfall, der sie hergeführt hatte, räusperte sich und sagte: »Die Polizei ist hier. Sie sind in der Krypta.«

»O Gott!«, stieß Odo hervor, lief hinaus und rannte die Treppe hinunter.

Karolin starrte Lili an. Keine der beiden Frauen wusste, was sie sagen sollte. Schließlich brach Karolin den Bann. »Ich muss mit ihm gehen«, sagte sie und folgte Odo.

Lili blieb mit Thorsten im Arbeitszimmer zurück. Sie ließ den Blick über die Eichenvertäfelung schweifen, den Kamin, die Bücher, den Teppich, und fragte sich, wie oft Odo und Karolin das schon getan hatten und ob sie schon weiter gegangen waren als vorhin.

Dann hörte sie Geschrei von unten und riss sich aus der Lethargie. Sie hatte keinen Grund, wieder nach unten zu gehen. Ihr Mantel war zwar noch in der Krypta, aber sie kam auch ohne ihn zurecht. Sie könnte fliehen.

Die Vordertür des Hauses lag dem Eingang der Krypta direkt gegenüber. Ob die Polizei den ganzen Gebäudekomplex umstellt hatte?

Lili nahm Thorstens Hand, zog ihn mit sich, durchquerte den Flur und öffnete die Haustür. Nirgends war ein Polizist zu sehen.

»Sollen wir's versuchen?«, fragte sie Thorsten.

»Ja. Schnell.«

Sie gingen hinaus und schlossen leise die Tür hinter sich.

»Ich bringe dich nach Hause«, sagte Thorsten leise. Sie liefen um die Ecke und wurden erst langsamer, als sie außer Sichtweite der Kirche waren.

»Das mit Karolin und Odo muss ein ziemlicher Schock für dich gewesen sein«, sagte Thorsten.

»Kann man wohl sagen!«, stieß Lili mit zitternder Stimme hervor. »Ich dachte, sie liebt Walli. Wie konnte sie ihm das nur antun. Und Odo ... du meine Güte, er ist Pfarrer.«

Thorsten legte ihr den Arm um die Schultern, und sie gingen weiter. »Wann ist Walli geflohen? Wann war das noch mal?«

»Vor knapp vier Jahren.«

»Hat Karolin eine realistische Aussicht, ausreisen zu dürfen?«

Lili schüttelte den Kopf. »Im Gegenteil.«

»Nun ja«, sagte Thorsten, »sie braucht jemanden, der ihr mit Alice hilft.«

»Sie hat mich und meine Familie.«

»Vielleicht hat sie das Gefühl, dass Alice einen Vater braucht.«

»Aber ... ein Pastor?«

»Die meisten Männer würden nicht mal darüber nachdenken, sich mit einer unverheirateten Mutter einzulassen. Odo ist anders, eben *weil* er Pastor ist.«

Zu Hause angekommen, musste Lili schellen, weil ihr Schlüssel noch im Mantel steckte. Ihre Mutter kam an die Tür, sah Lilis Gesicht und fragte sofort: »Was ist passiert? Aber kommt erst mal rein.«

»Die Polizei hat in der Kirche eine Razzia gemacht«, berichtete Lili, als sie im Flur standen. »Ich wollte Karolin warnen. Da habe ich sie dabei erwischt, wie sie Odo geküsst hat ... und es war alles andere als ein harmloser Kuss.«

Carla schloss die Haustür. »Kommt erst mal in die Küche, ihr beiden, und trinkt eine Tasse Kaffee.«

Kaum hatten sie ihre Geschichte erzählt, machte Lilis Vater sich auf den Weg, um alles dafür zu tun, dass Karolin die Nacht nicht im Gefängnis verbringen musste. Dann erklärte Carla, Thorsten solle lieber nach Hause gehen, falls seine Eltern von der Razzia gehört hatten und sich Sorgen machten. Lili brachte ihn zur Tür, und er küsste sie kurz, aber liebevoll.

Schließlich waren die drei Frauen allein in der Küche: Lili, Carla und Oma Maud. Alice, die inzwischen drei Jahre alt war, schlief oben.

Carla sagte zu Lili: »Sei nicht zu hart zu Karolin.«

»Warum nicht?«, erwiderte Lili. »Sie hat Walli betrogen!«

»Das ist jetzt vier Jahre her ...«

»Oma hat auch vier Jahre lang auf Opa Walter gewartet«, unterbrach Lili sie. »Und dabei hatte sie nicht mal ein Kind von ihm.«

»Das stimmt«, sagte Oma Maud. »Allerdings habe ich viel an Gus Dewar gedacht.«

»An Woodys Vater?« Carla war überrascht. »Das wusste ich ja gar nicht.«

»Und Walter wurde damals auch in Versuchung geführt«, fuhr Maud mit der Fröhlichkeit eines Menschen fort, der zu alt war, als dass es ihn noch verlegen machte. »Und zwar von Monika von der Helbard. Aber es ist nichts passiert.«

»Du hast gut reden, Oma«, sagte Lila. »Für dich liegt das alles weit zurück.«

»Aber Oma Maud hat recht«, sagte Carla. »Es ist kein Grund, wütend zu sein. Walli wird vielleicht nie mehr nach Hause kommen, und Karolin wird die DDR wohl nie verlassen. Können wir da wirklich von ihr erwarten, ihr ganzes Leben auf jemanden zu warten, den sie nie wiedersieht?«

»Ja!«, sagte Lili. »Genau das!«

»Ich finde, sie hat lange genug gewartet.«

»Lange? Sind vier Jahre etwa lange?«

»Lange genug für eine junge Frau, sich zu fragen, ob sie ihr Leben für eine Erinnerung opfern will.«

*

Gegen Mitternacht kam Werner mit Karolin nach Hause – und mit Odo.

Werner sagte: »Zwei der Jungs haben eine Schlägerei mit den Polizisten angefangen und sind im Gefängnis gelandet, aber glücklicherweise niemand sonst. Der Jugendclub ist allerdings geschlossen.«

Alle setzten sich an den Küchentisch. Odo saß neben Karolin. Zu Lilis

Entsetzen hielt er vor aller Augen Karolins Hand. »Lili«, sagte er. »Es tut mir leid, dass du es auf diese Weise herausgefunden hast. Dabei waren wir gerade bereit, es dir zu sagen.«

»Mir *was* zu sagen?«, fragte Lili aggressiv, obwohl sie es natürlich wusste.

»Dass wir uns lieben«, sagte Odo. »Ich weiß, das kannst du schwer akzeptieren, aber wir haben es uns genau überlegt und gebetet.«

»Gebetet?«, wiederholte Lili ungläubig. »Karolin hat noch nie gebetet!«

»Die Menschen ändern sich.«

Schwache Frauen ändern sich, um Männern zu gefallen, dachte Lili. Doch bevor sie es aussprechen konnte, meldete sich ihre Mutter zu Wort. »Das ist für uns alle schwer, Odo. Walli liebt Karolin und das Kind, das er nie gesehen hat. Das wissen wir aus seinen Briefen, und das hören wir in den Songs seiner Band. Viele dieser Lieder drehen sich um Trennung und Verlust.«

»Wenn ihr wollt, werde ich das Haus noch heute verlassen«, sagte Karolin.

Carla schüttelte den Kopf. »Nein. Es ist schwer für uns, aber für dich ist es noch schwerer, Karolin. Ich kann von einer normalen jungen Frau nicht verlangen, ihr ganzes Leben einem Mann zu widmen, den sie vermutlich nie wiedersehen wird ... auch nicht, wenn dieser Mann mein Sohn ist. Werner und ich haben schon darüber gesprochen. Wir wussten, dass es früher oder später passiert.«

Lili war schockiert. Ihre Eltern hatten es vorhergesehen? Und sie hatten ihr nichts gesagt? Wie konnten sie so herzlos sein! Oder waren sie einfach nur vernünftig? Nein, das konnte Lili nicht glauben.

»Wir wollen heiraten ...«, verkündete Odo.

Lili sprang auf. »Nein!«

»... und wir hoffen, dass ihr alle uns euren Segen gebt«, fuhr Odo fort. »Maud, Werner, Carla und vor allem du, Lili, die du Karolin all die Jahre eine so gute Freundin warst.«

»Fahrt zur Hölle«, zischte Lili und stürmte aus dem Zimmer.

*

Gefolgt von einem Rudel Fotografen, schob Dave Williams seine Großmutter in ihrem Rollstuhl über den Parliament Square. Plum Nellies Publicity-Manager hatte den Zeitungen vorher einen Tipp gegeben, deshalb hatten Dave und Ethel mit den Kameras gerechnet und zehn Minuten lang posiert. Dann sagte Dave: »Vielen Dank, Gentlemen«, und bog auf den Parkplatz des Westminster-Palasts. Am Peers-Eingang blieb er stehen, winkte für ein letztes Foto und schob den Rollstuhl ins Oberhaus.

Der Saaldiener sagte: »Guten Tag, M'lady.«

Grandma Ethel, Baronin Leckwith, hatte Lungenkrebs. Sie nahm starke Medikamente gegen die Schmerzen, doch im Kopf war sie klar. Noch konnte sie kurze Strecken gehen, wurde aber schnell atemlos. Sie hatte jeden Grund, sich aus der aktiven Politik zurückzuziehen. Doch heute wurde im Oberhaus der Antrag für das neue Sexualstrafgesetz diskutiert. Ethel engagierte sich stark in dieser Frage, nicht zuletzt wegen ihres schwulen Freundes Robert. Zu Daves Überraschung befürwortete auch sein Vater, den Dave als Ewiggestrigen betrachtete, leidenschaftlich die Gesetzesreform. Wie es schien, hatte Lloyd die Verfolgung Homosexueller durch die Nazis miterlebt und es nie vergessen, auch wenn er nicht über die Einzelheiten reden wollte.

Ethel würde während der Debatte nicht ans Rednerpult treten – dazu war sie zu krank –, aber sie wollte unbedingt abstimmen. Und wenn Eth Leckwith sich zu etwas entschlossen hatte, ließ sie sich von nichts aufhalten.

Dave schob sie durch die Eingangshalle, die eine Garderobe war. Jeder Mantelhaken war mit einer Schlaufe aus rosarotem Band versehen, in das die Angehörigen des Oberhauses ihre Degen hängen sollten. Das House of Lords tat nicht einmal so, als ginge es mit der Zeit.

In Großbritannien machte ein Mann sich strafbar, wenn er Sex mit einem anderen hatte. Jedes Jahr wurden Hunderte dieser Männer angeklagt, eingesperrt und – was das Schlimmste war – in den Zeitungen gedemütigt. Der Gesetzesantrag, über den heute beraten wurde, würde homosexuelle Handlungen im privaten Raum legalisieren.

Die Frage war kontrovers, der Gesetzesantrag in der Öffentlichkeit unpopulär, doch die Zeichen standen auf Reform. Die Kirche von England hatte entschieden, sich einer Gesetzesänderung nicht in den Weg zu stellen. Sie stellte sich zwar nach wie vor auf den Standpunkt, dass Homosexualität eine Sünde sei, wollte sie aber nicht mehr als Straftat betrachtet sehen. Die Gesetzesvorlage hatte eine gute Chance, doch ihre Befürworter fürchteten eine Gegenreaktion in letzter Sekunde – daher Ethels Entschlossenheit, sich an der Abstimmung zu beteiligen.

»Warum bist du eigentlich so versessen darauf, mich gerade zu dieser Debatte zu bringen?«, fragte sie Dave. »Du hast nie viel politisches Interesse gezeigt.«

»Lew, unser Schlagzeuger, ist schwul«, sagte Dave. »Ich war mal mit ihm in einem Pub, als die Polizei eine Razzia machte. Sie haben sich so widerlich benommen, dass ich seitdem aufseiten der Homosexuellen stehe.«

»Das ist gut«, sagte Ethel und fügte mit der spitzen Zunge hinzu, die im hohen Alter ihr Markenzeichen geworden war: »Es freut mich, dass bei dir der Kreuzfahrergeist deiner Ahnen nicht vollständig vom Rock and Roll ausradiert worden ist.«

Plum Nellie war erfolgreicher denn je. Sie hatten ein Konzeptalbum namens »For Your Pleasure Tonight« herausgebracht, das vorgab, die Aufnahme einer Show zu sein, in der Gruppen der verschiedensten musikalischen Stilrichtungen auftraten: altmodische Music Hall, Folk, Blues, Swing, Gospel, Motown ... tatsächlich aber spielte nur Plum Nellie. Das Album verkaufte sich millionenfach auf der ganzen Welt.

Ein Polizist half Dave, den Rollstuhl die Treppe hinaufzutragen. Als Dave ihm dankte, fragte er sich zugleich, ob der Mann je an einer Razzia auf einen Schwulenpub beteiligt gewesen war.

Sie erreichten die Peers' Lobby, und Dave schob seine Großmutter bis an die Schwelle des Ratssaals.

Ethel hatte ihren Auftritt geplant und vom Präsidenten des Oberhauses die Erlaubnis erhalten, im Rollstuhl teilzunehmen. Dave war es allerdings nicht gestattet, sie in den Saal zu schieben; deshalb wartete er, bis einer ihrer Freunde sie bemerkte und übernahm.

Die Debatte war bereits in Gang. Die Peers saßen zu beiden Seiten des Saales auf roten Lederbänken. Alles hier sah auf beinahe absurde Weise kostbar aus, wie in einem Palast aus einem Disney-Film.

Ein Peer redete, und Dave hörte zu. »Der Gesetzesantrag trägt die Handschrift eines Uranisten und wird die verabscheuungswürdigste aller Kreaturen, den männlichen Prostituierten, zu seinem Tun ermuntern«, sagte der Mann schwülstig. »Er wird die Versuchungen mehren, die am Wegesrand auf den Heranwachsenden lauern.« Wie seltsam, dachte Dave. Glaubt dieser Bursche, alle Männer sind schwul, und die meisten widerstehen nur der Versuchung? »Es ist nicht so, dass mir das Mitgefühl für den unglücklichen Homosexuellen abginge – ich empfinde allerdings auch Mitgefühl für diejenigen, die sich in seinem Netz verfangen.«

In seinem Netz verfangen?, dachte Dave. Was für ein Blödsinn.

Ein Mann erhob sich auf der Labour-Seite und packte die Griffe von Ethels Rollstuhl. Dave verließ den Eingang und stieg eine Treppe zur Zuschauergalerie hinauf.

Als er dort ankam, hatte ein anderer Peer das Wort ergriffen. »In einer beliebten Sonntagszeitung ist in der vergangenen Woche ein Bericht erschienen, den einige Ihrer Lordschaften vielleicht gelesen haben. Es war ein Bericht über eine homosexuelle Hochzeit in einem kontinentaleuropäischen Land.« Dave hatte den Artikel in der *News of the World* gelesen. »Ich finde, die betreffende Zeitung ist zu beglückwünschen, dass sie dieses widerliche Geschehnis deutlich offengelegt hat.« Wie konnte eine Hochzeit ein »widerliches Geschehnis« sein? »Deshalb hoffe ich, dass Praktiken dieser Art mit äußerster Wachsamkeit beobachtet werden, sollte der Gesetzesantrag durchkommen. Ich glaube zwar nicht, dass solche Dinge in unserem Land geschehen könnten, aber möglich wäre es.«

Wo graben sie solche Dinosaurier aus?, fragte sich Dave.

Zum Glück waren nicht alle Peers so schlimm. Eine wehrhaft aussehende Frau mit silbernem Haar erhob sich. Dave hatte sie im Haus seiner Mutter kennengelernt: Sie hieß Dora Gaitskell. »Wir als Gesellschaft übertünchen manche der sogenannten Perversionen, die zwischen Mann und Frau begangen werden, wenn sie unter sich sind«, sagte Gaitskell. »Was solche Dinge angeht, sind Gesetz und Gesellschaft sehr tolerant und schauen in die andere Richtung.« Dave war erstaunt. Was wusste diese Frau über Perversionen zwischen Männern und Frauen? »Männer, die von Geburt, durch Vorbild oder durch Verführung homosexuell sind, sollten das gleiche Maß an Toleranz erwarten dürfen, das Männern und Frauen auf sexuellem Gebiet gewährt wird.«

Gut gesprochen, Dora, dachte Dave.

Doch Daves Favoritin war eine andere weißhaarige alte Dame mit funkelnden Augen. Auch sie war öfter im Haus auf der Great Peter Street zu Gast gewesen; sie hieß Barbara Wootton. Nachdem ein weiterer Redner sich umfassend über »Abscheulichkeiten« und »widernatürliche Praktiken« ausgelassen hatte, wartete Wootton mit einem Schuss Ironie auf. »Ich frage mich, wovor die Gegner dieses Gesetzesantrags eigentlich Angst haben«, begann sie. »Sie können doch nicht ernsthaft befürchten, dass solche ›Abscheulichkeiten‹ vor ihren Augen vollzogen werden, da diese ›Praktiken‹ nur im privaten Bereich stattfinden. Sie können doch wohl nicht befürchten, dass die Jugend verdorben wird, da besagte Handlungen nur dann legal sind, wenn Erwachsene sie in vollem gegenseitigen Einverständnis praktizieren. Ich kann daher nur annehmen, dass die Gegner des Antrags befürchten, ihre Fantasie könnte von Visionen dessen gepeinigt werden, was anderswo vorgeht.« Mrs. Wootton deutete damit unverhohlen an, dass Männer, die Homosexualität als Straftat bestehen lassen wollten, auf diese Weise nur eigene Fantasien im Zaum zu halten versuchten. Dave lachte laut auf – und wurde prompt von einem Saaldiener aufgefordert, sich leise zu verhalten.

Die Abstimmung erfolgte um halb sieben. Dave kam es so vor, als hätten sich erheblich mehr Peers gegen den Gesetzentwurf ausgesprochen als dafür. Die Abstimmung als solche dauerte übertrieben lange. Statt einen Zettel in einen Kasten zu stecken oder einen Knopf zu drücken, musste jeder Peer aufstehen und den Ratssaal verlassen. Dabei durchschritt er eine von zwei Eingangshallen – eine für die »Zustimmenden« und eine für die »nicht Zustimmenden«. Ethel wurde mit ihrem Rollstuhl von einem anderen Peer in die Lobby für die Zustimmenden geschoben.

Der Gesetzentwurf wurde mit III zu 48 Stimmen angenommen. Dave hätte am liebsten laut gejubelt, aber das erschien ihm genauso unpassend, wie in einer Kirche in einen Beifallssturm auszubrechen.

Er holte seine Großmutter am Eingang der Lobby ab und übernahm wieder den Rollstuhl. Sie wirkte siegestrunken, aber erschöpft. Unwillkürlich stellte Dave sich die bange Frage, wie lange sie noch zu leben hatte.

Aber was für ein Leben sie hinter sich hat!, dachte er, als er sie durch die altehrwürdigen und prachtvoll verzierten Gänge zum Ausgang schob. Seine eigene Verwandlung vom Klassenletzten zum Popstar war nichts im Vergleich mit Ethels Reise aus einer Bergmannskate mit zwei Schlafkammern an der Abraumhalde von Aberowen bis in den goldverzierten Ratssaal des Oberhauses. Und ihr Heimatland hatte sich genauso verändert wie Ethel selbst. Sie hatte politische Schlachten geführt und gewonnen – um das Stimmrecht für Frauen, um Wohlfahrt, um kostenlose Krankenversicherung, um Bildung für Mädchen und jetzt um Freiheit für die verfolgte Minderheit homosexueller Männer. Dave hatte Songs geschrieben, die auf der ganzen Welt geliebt wurden, doch im Vergleich mit dem, was seine Großmutter erreicht hatte, erschien es ihm belanglos.

Ein alter Herr, der an zwei Stöcken ging, trat ihnen in einem vertäfelten Korridor in den Weg. Sein Flair hinfälliger Eleganz ließ bei Dave ein Glöckchen klingeln. Er erinnerte sich, diesen Mann schon einmal gesehen zu haben, hier im Oberhaus, an dem Tag, an dem Ethel zur Baronin erhoben wurde. Das war jetzt fünf Jahre her. Der Mann sagte liebenswürdig: »Nun, Ethel, wie ich sehe, hast du dein Sodom-und-Gomorra-Gesetz durchgepaukt. Meinen Glückwunsch.«

»Danke, Fitz«, sagte sie.

Nun erinnerte sich Dave. Der Mann war Earl Fitzherbert, der einst in

Aberowen eine prunkvolle Villa besessen hatte, Tŷ Gwyn, die jetzt die Fachoberschule der Stadt beherbergte.

»Es tut mir leid, dass du krank gewesen bist, meine Liebe.« Er schien sie wirklich gernzuhaben.

»Ich werde bei dir kein Blatt vor den Mund nehmen«, sagte Ethel. »Mir bleibt nicht mehr viel Zeit. Vermutlich siehst du mich nie wieder.«

»Sag das nicht. Es macht mich unendlich traurig.«

Zu Daves Erstaunen liefen dem alten Earl Tränen über das runzlige Gesicht, und er zog ein großes weißes Taschentuch aus der Brusttasche und wischte sich damit die Augen. Jetzt erinnerte sich Dave, dass er beim letzten Zusammentreffen der beiden eine starke, erotisch aufgeladene Emotionalität zwischen ihnen gespürt hatte.

»Ich bin glücklich, dich gekannt zu haben, Fitz«, sagte Ethel in einem Tonfall, der andeutete, er könnte das Gegenteil angenommen haben.

»Wirklich?«, entgegnete Fitz. Zu Daves Erstaunen fügte er hinzu: »Ich habe nie einen Menschen so geliebt wie dich.«

Daves Verwunderung verwandelte sich in Fassungslosigkeit, als Ethel erwiderte: »Das ist bei mir genauso.« Sie lächelte wehmütig. »Jetzt, wo mein lieber Bernie von uns gegangen ist, darf ich es ja sagen: Er war mein Seelengefährte, aber du warst etwas ganz anderes.«

Der alte Herr lächelte. »Das freut mich sehr, Ethel.«

»Ich bedaure nur eines ...«

»Ich weiß, was du meinst«, sagte Fitz. »Der Junge.«

»Ja. Wenn ich einen letzten Wunsch hätte, dann den, dass du ihm die Hand schüttelst.«

Dave fragte sich, wer »der Junge« sein mochte.

»Ich wusste, dass du mich darum bitten würdest«, sagte Earl Fitzherbert. »Ja, Fitz.«

Er nickte. »In meinem Alter sollte ich zugeben können, wenn ich mich geirrt habe.«

»Danke«, sagte sie. »Jetzt, wo ich das weiß, kann ich glücklich sterben.«

»Ich hoffe, es gibt ein Leben nach dem Tod.«

»Wir werden es bald wissen«, sagte Ethel. »Leb wohl, Fitz.«

Der alte Mann beugte sich über den Rollstuhl, was ihm nicht leichtfiel, küsste sie auf die Lippen und richtete sich wieder auf. »Habe die Ehre, Ethel.«

Dave schob den Rollstuhl weg.

Nach einer Weile fragte er: »Das war Earl Fitzherbert, nicht wahr?«

»Ja«, sagte Ethel. »Dein Großvater.«

*

Die Mädchen waren Wallis einziges Problem.

Jung, hübsch und sexy auf eine Art, die ihm typisch amerikanisch erschien, drängten sie sich zu Dutzenden vor seiner Tür, und alle wollten Sex mit ihm. Dass er seiner Freundin in Ostberlin treu blieb, schien sie sogar noch mehr anzuziehen.

»Kauft euch ein Haus«, hatte Dave den anderen Bandmitgliedern geraten. »Dann habt ihr wenigstens ein Dach über dem Kopf, wenn es mal nicht mehr so gut läuft.«

Inzwischen hatte Walli erkannt, dass Dave ziemlich klug war. Seit er die beiden Firmen gegründet hatte, Nellie Records und Plum Publishing, machte die Band deutlich mehr Geld. Walli war zwar noch immer nicht der Millionär, für den die Leute ihn hielten, würde es aber sein, sobald die Tantiemen für »For Your Pleasure Tonight« kamen. Bis dahin konnte er es sich zumindest leisten, ein Haus zu kaufen.

Anfang 1967 erwarb er eine viktorianische Villa in San Francisco, an der Haight Street nahe der Ecke Ashbury. In diesem Viertel waren die Immobilienpreise jahrelang wegen eines Freeways gefallen, der dann aber nie gebaut worden war. Die niedrigen Mieten zogen viele Studenten und andere junge Leute an, die für eine Atmosphäre sorgten, in der Musiker und Schauspieler sich wohlfühlten. Hier wohnten Bandmitglieder von The Grateful Dead und Jefferson Airplane. Es war nicht ungewöhnlich, Rockstars auf der Straße zu sehen, und Walli bewegte sich ganz selbstverständlich unter ihnen.

Die Dewars, die einzigen Leute, die Walli in San Francisco kannte, erwarteten von ihm, dass er das Haus von Grund auf sanierte. Doch Walli gefielen die altmodischen Stuckdecken und Holzpaneelen, und so ließ er alles, wie es war. Er strich es nur weiß.

Außerdem ließ Walli zwei luxuriöse Badezimmer bauen und stattete die Küche mit einer Spülmaschine aus. Anschließend kaufte er noch einen Fernseher und einen hochmodernen Plattenspieler. Das gebohnerte Parkett bedeckte er mit Teppichen und Kissen, und in den Schlafzimmern legte er Matratzen aus. Stühle hatte er nicht, nur die sechs Hocker, wie Gitarristen sie im Studio verwendeten.

Sowohl Cameron als auch Beep Dewar studierten in Berkeley, dem Ableger der University of California in San Francisco. Cam war ein seltsamer Kerl, der sich wie ein alter Mann kleidete und sogar noch konservativer war als Barry Goldwater. Aber Beep war cool. Sie stellte Walli ihren Freunden vor, von denen einige in der Gegend wohnten.

Walli lebte hier, wenn er nicht gerade auf Tour war oder in London eine neue Platte aufnahm. Und wenn er hier war, spielte er die meiste Zeit Gitarre. Es erforderte ein hohes Maß an Können und Selbstdisziplin, hier genauso mühelos zu spielen wie auf der Bühne, und es verging kein Tag, an dem er nicht mehrere Stunden übte. Anschließend arbeitete er an neuen Songs.

Einmal in der Woche schrieb er Karolin. Oft wusste er nicht, was genau er schreiben sollte. Es kam ihm irgendwie unfair vor, Karolin von Filmen, Konzerten und Restaurants zu erzählen, von denen sie ausgeschlossen blieb.

Mit Werners Hilfe hatte Walli eine Möglichkeit gefunden, Karolin und Alice monatlich Geld zukommen zu lassen. In westlicher Währung war das zwar nicht viel, aber im Osten konnte man sich dafür eine ganze Menge leisten.

Karolin schrieb einmal im Monat zurück. Sie hatte Gitarre gelernt und trat mit Lili als Duo auf. Sie spielten Protestsongs und vertrieben Bänder ihrer Lieder. Ansonsten schien ihr Dasein ziemlich langweilig zu sein im Vergleich zu dem Leben, das Walli führte. Am meisten erzählte sie in ihren Briefen von der kleinen Alice.

Wie die meisten Leute in der Gegend schloss auch Walli seine Tür nicht ab. Freunde und Fremde gingen bei ihm ein und aus. Nur seine Lieblingsgitarren verwahrte er in einem abgeschlossenen Raum. Ansonsten besaß er nicht viel, was einen Diebstahl wert gewesen wäre. Einmal die Woche ließ er sich von einem örtlichen Händler den Kühlschrank und die Speisekammer füllen. Gäste nahmen sich, was sie wollten, und waren die Vorräte mal aufgebraucht, aß Walli in einem Restaurant.

Abends ging er ins Kino oder ins Theater, hörte sich Bands an oder hing mit anderen Musikern herum, trank Bier und rauchte einen Joint. Auf der Straße gab es ständig etwas zu sehen und zu hören: Musik, Theater und die neue spektakuläre Kunstform, die man »Happening« nannte. Im Sommer 1967 wurde das Viertel als Zentrum der Hippie-Bewegung berühmt. Wenn Schulen und Colleges für die Ferien schlossen, kamen Jugendliche aus ganz Amerika per Anhalter nach San Francisco und an die Ecke Haight und Ashbury. Die Polizei beschloss, ein Auge zuzukneifen, was den weitverbreiteten Konsum von Marihuana und LSD betraf, und die jungen Leute hatten mehr oder weniger öffentlich Sex im Buena Vista Park. Alle Mädchen nahmen die Anti-Baby-Pille.

Mädchen. Sie waren Wallis einziges Problem.

Tammy und Lisa waren typische Beispiele. Sie waren mit dem Bus aus Dallas, Texas, gekommen. Tammy war blond, Lisa eine Latina. Beide waren achtzehn. Eigentlich hatten sie Walli nur um ein Autogramm bitten wollen und überrascht festgestellt, dass seine Tür offen stand; als sie das Haus betraten, saß er auf einem großen Kissen auf dem Boden und spielte Gitarre.

Nach ihrer Busfahrt bräuchten sie eine Dusche, sagten sie, und Walli erwiderte, das sei kein Problem. So hatten die Mädchen zusammen geduscht, allerdings ohne die Badezimmertür zu schließen, wie Walli herausfand, als er gedankenverloren hineinging, um zu pinkeln. War es Zufall gewesen, dass Tammy genau in diesem Augenblick Lisas kaffeebraune Brüste mit ihren weißen Händen eingeseift hatte?

Walli verschwand rasch wieder und nahm das andere Badezimmer, was ihn allerdings alle Kraft kostete.

Der Briefträger brachte ihm die Post, einschließlich der, die Mark Batchelor aus London an ihn weiterleitete, der Manager von Plum Nellie. Die Adresse auf einem Brief war in Karolins Handschrift, daneben klebte eine DDR-Briefmarke. Walli legte ihn beiseite, um ihn später zu lesen.

Es war ein ganz normaler Tag in Haight-Ashbury. Ein befreundeter Musiker kam vorbei, und sie versuchten, zusammen einen Song zu schreiben, doch ohne Erfolg. Dann kamen Dave Williams und Beep Dewar. Dave wohnte zurzeit im Haus von Beeps Eltern und suchte nach einer passenden Immobilie. Ein Dealer mit Namen Jesus brachte Marihuana vorbei, und Walli versteckte das meiste in einem Verstärker. Es machte ihm nichts aus, das Zeug zu teilen, aber wenn er es nicht rationierte, war bei Sonnenuntergang nichts mehr davon übrig.

Abends ging Walli mit ein paar Freunden essen. Sie nahmen Tammy und Lisa mit. Es war nun vier Jahre her, seit Walli den Ostblock verlassen hatte, doch er staunte noch immer über das Essen in Amerika: überdimensionale Steaks, saftige Hamburger, Berge von Pommes, alle möglichen Salate, riesige Milchshakes und das alles für so gut wie nichts. Kaffee gab es sogar umsonst! Nicht, dass ein solches Essen in der DDR teuer gewesen wäre. So etwas gab es dort einfach nicht. Den Metzgern mangelte es an gutem Fleisch, und in den Restaurants bekam man Gerichte serviert, die so interessant und vielfältig waren wie sozialistische Plattenbauten. Einen Milchshake hatte Walli dort nie gesehen.

Beim Essen mit Tammy und Lisa erfuhr er, dass Lisas Vater als Arzt in der mexikanischen Gemeinde von Dallas arbeitete. Lisa wollte eines Tages ebenfalls Medizin studieren und in seine Fußstapfen treten. Tammys Familie wiederum besaß eine gutgehende Tankstelle, aber die würden ihre Brüder übernehmen. Tammy wollte auf die Kunsthochschule und Modedesign studieren.

Es war ein warmer Abend. Nach dem Essen gingen Walli und die Mädchen in den Park und setzten sich zu einer Gruppe junger Leute, die Gospelsongs sangen. Walli sang mit, doch in der Dämmerung erkannte ihn niemand. Kurz nach Mitternacht kehrten sie nach Hause zurück, wo Walli den Mädchen das Angebot machte, auf dem Fußboden zu übernachten.

Er selbst ging nach oben ins Schlafzimmer. Es war halb zwei, als Walli ins Bett kam, ungewöhnlich früh für ihn. Er machte es sich auf seiner Matratze bequem, setzte sich aufrecht hin, das Kissen an der Wand, und zog sich das Laken unters Kinn. Dann öffnete er Karolins Brief.

Lieber Walli ...

Seltsam. Normalweise schrieb sie »Geliebter Walli« oder »Mein Geliebter«.

Ich weiß, dass dieser Brief dir Schmerz bereiten wird, und es bricht mir das Herz. Du bist vor vier Jahren weggegangen, und es gibt keine Hoffnung mehr, dass wir uns in absehbarer Zeit wiedersehen. Und ich kann die Vorstellung nicht ertragen, mein Leben lang allein zu sein.

Mit einem Mal zitterten Wallis Hände. Wollte sie mit ihm Schluss machen?

Ich habe jemanden kennengelernt, einen guten Mann, der mich liebt. Er heißt Odo und ist Pastor.

»Ein verdammter Pfaffe?«, zischte Walli.

Er wird für mich und mein Baby sorgen und uns lieben.

»*Mein* Baby? Alice ist auch *mein* Kind.«

Wir werden heiraten. Deinen Eltern gefällt das nicht, aber sie sind weiterhin nett zu mir, so wie zu allen. Selbst deine Schwester Lili versucht mich zu verstehen, auch wenn es ihr schwerfällt. Für kurze Zeit hast du mich glücklich gemacht, und du hast mir die wundervolle Alice geschenkt, und dafür werde ich dich immer lieben.

In Walli kochte Wut hoch.

Ich hoffe, du kannst mir und Odo verzeihen und dass wir uns eines Tages als Freunde wiederbegegnen.

»Ja, in der Hölle«, spie Walli hervor, feuerte den Brief in eine Zimmerecke und ging nach unten zu Tammy und Lisa.

Sie schliefen beide nackt. Und beide schienen nur darauf gewartet zu haben, dass er zu ihnen kam.

Abwechselnd liebte er die beiden Mädchen. Tammy war zärtlich und süß, Lisa leidenschaftlich und wild. Und Walli war beiden dankbar, dass sie ihn seine Wut vergessen ließen.

Zum ersten Mal vergaß er auch Karolin.

KAPITEL 40

Der Minenhund wurde müde.

Er war ein dünner Vietnamesenjunge, der nur Baumwollshorts am Leibe trug. Jasper Murray schätzte ihn auf ungefähr dreizehn Jahre. Der Junge war so dumm gewesen, an diesem Morgen in den Dschungel zu gehen, um Nüsse zu sammeln: ausgerechnet im Einsatzgebiet von Jaspers Einheit.

Seine Hände waren ihm auf den Rücken gefesselt und wurden von einer Leine gehalten, die dreißig Meter lang und an das Koppel eines Corporals geknotet war. Der Junge musste den Pfad vor den Soldaten gehen, doch es war ein langer Vormittag gewesen, und er war noch ein Junge. Seine Schritte wurden kürzer, und die Männer schlossen immer wieder unabsichtlich zu ihm auf. Sobald das geschah, warf Sergeant Smithy mit einer Patrone nach ihm, traf ihn an Hinterkopf oder Rücken, und der Junge schrie auf und ging wieder schneller.

Die Dschungelpfade waren von den Vietcong vermint, die üblicherweise nur »Charlie« genannt wurden. Es waren improvisierte Sprengfallen: mit Explosivstoffen gefüllte amerikanische Granathülsen, alte Schrapnellminen der US Army, die »Bouncing Betties« genannt wurden, Bombenblindgänger, sogar Tretminen des französischen Heeres aus den Fünfzigerjahren.

Einen vietnamesischen Bauern als Minenhund zu benutzen, war nicht ungewöhnlich, auch wenn es daheim in den Staaten niemand zugegeben hätte. Die Schlitzaugen wussten manchmal, welche Abschnitte eines Weges vermint waren, und oft entdeckten sie Warnzeichen, die den Soldaten entgingen. Und wenn der Minenhund die Falle nicht entdeckte, wurde er halt anstelle der Soldaten in Fetzen gerissen. Die Einheit konnte nur gewinnen.

Jasper war angeekelt, doch in den sechs Monaten, die er bisher in Vietnam verbracht hatte, hatte er noch viel Schlimmeres gesehen. Die Menschen, gleich welcher Volkszugehörigkeit oder Hautfarbe, waren zu unvorstellbaren Grausamkeiten fähig, besonders wenn sie Angst hatten. Jasper wusste, dass die British Army in Kenia unfassbare Gräueltaten begangen hatte: Sein Vater war dort gewesen, und wann immer die Sprache auf Kenia kam, wurde Dad bleich und murmelte lasch von Brutalitäten auf beiden Seiten.

Jaspers Einheit jedoch war etwas Besonderes.

Sie war Teil der Tiger Force, einer Kommandoeinheit der 101. Luftlandedivision. Der amerikanische Oberkommandierende, General William Westmoreland, nannte sie stolz »meine Feuerwehr«. Statt der üblichen Uniformen trugen sie Tarnanzüge mit Tigerstreifen ohne Abzeichen. Es war ihnen gestattet, sich Bärte stehen zu lassen und Faustfeuerwaffen offen zu tragen. Ihre Spezialität war Befriedung.

Jasper war vor einer Woche zu dieser Einheit versetzt worden, vermutlich durch einen bürokratischen Fehler: Eigentlich gehörte er gar nicht hierher. Der Zug war gemischt; Schwarze und Weiße hielten sich in etwa die Waage.

Sie wussten nicht, dass Jasper Engländer war. Die meisten GIs hatten noch nie einen Briten gesehen, und Jasper war es leid, ständig im Mittelpunkt der Neugier zu stehen und den anderen sagen zu müssen, dass er die Beatles wirklich nicht persönlich kannte. Er hatte sogar seinen Akzent geändert, sodass er sich anhörte wie ein Kanadier.

Ihre heutige Mission – Jaspers erster Einsatz bei den Tigers – bestand darin, ein Dorf zu »säubern«. Sie befanden sich in der Provinz Quang Ngai in jenem nördlichen Teil Südvietnams, den die Army als »I Corps Tactical Zone« bezeichnete, oder einfach als Nordregion. Wie ungefähr halb Südvietnam wurde sie nicht vom Regime in Saigon beherrscht, sondern von Vietcong-Guerillas, die die Dorfverwaltung stellten und sogar Steuern eintrieben.

»Die Vietnamesen kapieren einfach nicht die amerikanische Art«, sagte der Soldat, der neben Jasper ging. Er hieß Neville, ein baumlanger Texaner mit einem ironischen Sinn für Humor. »Als der Vietcong diese Region übernahm, gab es viel unkultiviertes Land, das reichen Leuten in Saigon gehörte, die sich nicht die Mühe machten, es zu bewirtschaften. Deshalb gab Charlie es den Bauern. Als wir das Gebiet dann zurückeroberten, erstattete die Regierung in Saigon den alten Eigentümern das Land zurück. Jetzt sind die Bauern sauer auf uns, ist das zu glauben? Die begreifen überhaupt nicht, was Privatbesitz bedeutet. Das zeigt dir schon, wie blöd die Schlitzaugen sind.«

Corporal John Donellan, ein schwarzer Soldat, den alle nur Donny nannten, hatte es gehört. »Du bist bloß ein Kommunistenschwein, Neville«, sagte er.

»Scheiße, nein. Ich hab für Goldwater gestimmt«, erwiderte Neville. »Er hat versprochen, großmäuligen Niggern in den Arsch zu treten.«

Die anderen in Hörweite lachten: Soldaten genossen solche derben

Frotzeleien. Sie lenkten sie von ihrer Angst ab. Auch Jasper mochte Nevilles Sarkasmus. Doch während ihres ersten Halts an diesem Morgen hatte er gesehen, wie Neville sich einen Joint drehte und ein wenig Rohheroin daraufstreute, das sie »Brown sugar« nannten. Wenn Neville noch kein Junkie war – bald würde er es sein.

»Guerillakämpfer bewegen sich im Volk wie Fische im Meer«, sollte der politische Führer der chinesischen Kommunisten, der Vorsitzende Mao, gesagt haben. General Westmorelands Strategie gegen die Vietcong-Fische bestand darin, dass er ihr Meer austrocknete. Dreihunderttausend Bauern in Quang Ngai wurden zusammengetrieben und in achtundsechzig bewachte Konzentrationslager gebracht, damit das Land leer war bis auf die Vietcong.

Aber das funktionierte nicht. Wie Neville sagte: »Die Schlitzaugen tun so, als hätten wir kein Recht, in ihr Land zu kommen und ihnen zu befehlen, ihre Häuser und ihre Felder zu verlassen und in einem Gefangenenlager zu leben. Was stimmt bloß nicht mit denen?« Viele Bauern entzogen sich der Verschleppung und blieben in der Nähe ihres Landes. Andere ließen sich wegbringen, flohen aber aus den überfüllten, schmutzigen Lagern und kehrten nach Hause zurück. Wie auch immer, in den Augen der Army waren sie nun legitime Ziele. »Wenn dort noch Leute sind – und nicht in den Camps –, dann sind es, so weit es uns betrifft, Rote«, hatte General Westmoreland gesagt. »Zumindest sympathisieren sie mit den Kommunisten.«

Der Offizier, der Jaspers Einheit einwies, hatte es noch deutlicher ausgedrückt. »Es gibt keine Freunde«, hatte er gesagt. »Haben Sie verstanden? Es gibt keine Freunde im Einsatzgebiet. Dort gibt es nur uns. Wenn sich etwas bewegt, schießen Sie drauf.«

Das Einsatzziel an diesem Morgen war ein Dorf, das evakuiert und dann wieder besetzt worden war. Der Auftrag bestand darin, es zu säubern und dem Erdboden gleichzumachen.

Aber zuerst mussten sie es finden, und im Dschungel war die Ortsbestimmung schwierig. Orientierungspunkte gab es nur selten, die Sicht war begrenzt.

Und Charlie konnte überall sein, vielleicht nur einen Meter entfernt. Dieses Wissen machte sie alle höllisch nervös. Jasper hatte gelernt, *durch* die Vegetation zu blicken, von einer Ebene zur nächsten, und nach Farben, Umrissen oder Mustern Ausschau zu halten, die nicht passten. Es war schwierig, wachsam zu bleiben, wenn man müde war, schweißgebadet und von Ungeziefer geplagt, doch wer im falschen Moment unaufmerksam war, lebte nicht lange.

Außerdem gab es unterschiedliche Arten von Dschungel. Bambusdickichte und Elefantengras waren praktisch unpassierbar, auch wenn das Oberkommando dies nicht zugeben wollte. Wälder mit geschlossenem Blätterdach waren leichteres Terrain, weil das schwache Licht nicht viel Unterwuchs zuließ. Gummiplantagen waren am besten: Die Bäume standen in sauberen Reihen, das Unterholz war niedrig, die Straßen brauchbar. Heute bewegte sich Jasper durch einen Mischwald aus Banyanbäumen, Mangroven und Jackfruchtbäumen; die hellen Farben tropischer Waldblumen – Orchideen, Aronstab und Chrysanthemen – sprenkelten den grünen Hintergrund.

Nie hat die Hölle so hübsch ausgesehen, dachte Jasper.

In diesem Moment ging die Bombe hoch.

Ein ohrenbetäubender Knall, dann schleuderte die Wucht der Detonation ihn zu Boden. Aber der Schock hielt nicht lange an. Jasper rollte sich vom Pfad, blieb im dürftigen Schutz eines Strauchs liegen. Er legte das M16-Sturmgewehr an. Sein Blick huschte nach links und rechts.

Am Anfang der Reihe aus Soldaten lagen fünf Mann am Boden, darunter der Lieutenant. Keiner von ihnen bewegte sich. Jasper hatte den Tod im Kampf mehrmals gesehen, seit er in Vietnam angekommen war, doch gewöhnen würde er sich nie daran. Vorhin waren dort noch fünf Männer gewesen, fühlende, gehende, redende, lachende Menschen, die einen Witz erzählten oder ein Bier ausgaben oder einem die Hand reichten, wenn man über einen umgestürzten Baum klettern musste. Jetzt lagen dort nur noch Klumpen aus blutigem rohen Fleisch.

Jasper konnte sich denken, was geschehen war. Jemand hatte den Fuß auf eine getarnte Tretmine gesetzt. Wieso hatte der Minenhund sie nicht ausgelöst? Der Junge musste die Mine entdeckt und die Geistesgegenwart besessen haben, sich nichts anmerken zu lassen und sie zu umgehen. Jetzt war er nirgendwo zu sehen. Am Ende hatte er es ihnen also doch noch gezeigt.

Ein anderer Soldat kam zu der gleichen Schlussfolgerung. Er war Mad Jack Baxter, ein hochgewachsener Mittelwestler mit schwarzem Bart. Er brüllte: »Das dreckige Schlitzauge hat uns in die Falle geführt!«, rannte los und feuerte sein Sturmgewehr ab, jagte Kugeln nutzlos ins Dickicht, verschwendete seine Munition. »Ich bring den Hurensohn um!«, schrie er. Dann war sein 20-Schuss-Magazin leer, und er blieb keuchend stehen.

Wütend waren sie alle, doch andere verhielten sich klüger. Sergeant Smithy war bereits am Funkgerät und rief den Rettungshubschrauber.

Corporal Donny kniete neben den am Boden Liegenden und suchte nach einem Puls, den es nicht mehr gab.

Jasper sah sofort, dass auf dem schmalen Pfad unmöglich ein Hubschrauber landen konnte. Er sprang auf und rief Smithy zu: »Ich suche eine Lichtung!«

Der Sergeant nickte. »McCain und Frazer, ihr geht mit Murray!«, befahl er.

Jasper vergewisserte sich, dass er zwei Willie Petes dabei hatte, Granaten mit weißem Phosphor. Dann verließ er den Pfad, gefolgt von den beiden anderen.

Er hielt nach Zeichen Ausschau, ob das Gelände steinig oder sandig wurde, sodass der Bewuchs sich vielleicht ausdünnte und eine Lichtung frei ließ. Sorgfältig prägte er sich Orientierungspunkte ein, damit er später zurückfand. Nach ein paar Minuten verließen sie den Dschungel und gelangten an den abschüssigen Rand eines Reisfelds.

Auf der anderen Seite des Feldes sah Jasper mehrere Gestalten in dünnen Baumwollpyjamas, der Alltagskleidung von Bauern. Sekunden später hatten sie ihn entdeckt und verschmolzen mit dem Dschungel.

Jasper fragte sich, ob sie aus dem Zieldorf waren. Wenn, hatte er sie unbeabsichtigt gewarnt, dass Amerikaner kamen. Das war bedauerlich, aber die Rettung Verwundeter hatte Vorrang.

McCain und Frazer rannten am Rand des Feldes entlang und sicherten. Jasper zündete eine Willie Pete. Die Phosphorgranate setzte den Reis in Brand, aber die Schösslinge waren grün, und die Flammen erloschen bald. Nur eine Säule aus dickem weißen Phosphorrauch stieg in die Luft und zeigte Jaspers Position an.

Er schaute um sich. Charlie wusste, dass die kurze Zeitspanne, in der die Amerikaner mit ihren Toten und Verwundeten beschäftigt waren, sich bestens für einen Angriff eignete. Jasper hielt sein M16 mit beiden Händen und suchte mit Blicken den Dschungel ab, bereit, sich auf den Boden fallen zu lassen und das Feuer zu erwidern, sollte auf ihn geschossen werden. McCain und Frazer taten es ihm gleich. Aller Wahrscheinlichkeit nach bekämen sie im Ernstfall keine Gelegenheit, sich zu ducken. Ein Heckenschütze in den Bäumen hätte alle Zeit der Welt, zu zielen und einen tödlich genauen Schuss abzufeuern.

So ist es immer in diesem beschissenen Krieg, dachte Jasper. Charlie sieht uns, aber wir sehen ihn nicht. Er schlägt zu und ist sofort wieder verschwunden. Am nächsten Tag zupft der Heckenschütze Unkraut auf einem Reisfeld und tut so, als wäre er ein einfacher Bauer, der nicht weiß, aus welchem Ende einer Kalaschnikow die Kugel kommt.

Während Jasper wartete, dachte er an zu Hause. Ich könnte jetzt für die *Western Mail* arbeiten, überlegte er. Ich könnte jetzt behaglich in einem Rathaus sitzen und dösen, während ein Landrat über die Gefahren unzureichender Straßenbeleuchtung schwadroniert, statt in einem Reisfeld am Arsch der Welt zu schwitzen und mich zu fragen, ob ich in der nächsten Sekunde eine Kugel abbekomme.

Er dachte an seine Familie und seine Freunde. Seine Schwester Anna war eine große Nummer in der Verlagswelt geworden, nachdem sie einen brillanten russischen Dissidenten entdeckt hatte, der unter dem Pseudonym Iwan Kusnetsow schrieb. Evie Williams, die einmal für ihn geschwärmt hatte, war heute Filmstar und lebte in Los Angeles. Dave und Walli scheffelten als Rockstars Millionen. Und er, Jasper, war Fußsoldat auf der Verliererseite in einem grausamen, sinnlosen Krieg Tausende Meilen von zu Hause.

Er dachte an die Antikriegsbewegung in den Staaten. Machte sie Fortschritte? Oder ließen sich die Menschen noch immer von der Propaganda täuschen, alle Protestierer seien Kommunisten und Rauschgiftsüchtige, die Amerika von innen zersetzten? Nächstes Jahr, 1968, stand eine Präsidentenwahl an. Wurde Johnson abgewählt? Und würde der Wahlsieger den Krieg beenden?

Der Hubschrauber landete. Jasper führte die Krankenträger durch den Dschungel zur Explosionsstelle. Er erkannte seine Orientierungspunkte wieder und fand seine Einheit ohne Schwierigkeiten. Kaum war er dort, sah er an der Haltung der Männer, dass die Verwundeten allesamt gestorben waren. Das Evakuierungsteam würde fünf Leichensäcke zurückschaffen.

Die Überlebenden waren voller Hass und Wut. »Das gottverdammte kleine Schlitzauge hat uns in 'ne Falle geführt«, sagte Corporal Donny. »Was für 'ne verfluchte Scheiße.«

»Aber echt«, sagte Mad Jack.

Wie immer tat Neville so, als wäre auch er dieser Meinung, während er gleichzeitig das Gegenteil sagte. »Der dämliche Junge glaubte wahrscheinlich, wir würden ihn umbringen, sobald wir ihn nicht mehr brauchen«, sagte er. »Er war zu blöd, um zu begreifen, dass Sergeant Smithy ihn mit nach Philadelphia nehmen und aufs College schicken wollte.«

Keiner lachte.

Jasper berichtete Smithy von den Bauern auf dem Reisfeld.

»Unser Dorf muss in dieser Richtung sein«, sagte Smithy.

Die Soldaten trugen die Leichen zum Hubschrauber. Nachdem er abgehoben hatte, bestrich Donny aus einem M2A1–7-Flammenwerfer das Reisfeld mit Napalm. Nach wenigen Minuten waren die Pflanzen schwarz verbrannt.

»Gute Arbeit«, sagte Smithy. »Jetzt wissen die Hurensöhne, dass sie nichts zu fressen haben, wenn sie wiederkommen.«

Jasper sagte zu ihm: »Ich nehme an, der Hubschrauber hat die Dörfler gewarnt. Wahrscheinlich ist das Dorf menschenleer.« Oder, dachte Jasper, es konnte einen Hinterhalt geben; aber das sprach er nicht aus.

»Leer wäre okay«, sagte Smithy. »Wir machen es sowieso platt. Der Geheimdienst sagt, dort gibt es Einstiege. Die müssen wir finden und vernichten.«

Die Vietnamesen gruben unterirdische Gänge, seit sie 1946 den Kampf gegen die französischen Kolonialherren aufgenommen hatten. Unter dem Dschungel verliefen buchstäblich Hunderte Meilen von Gängen mit Munitionslagern, Schlafsälen, Küchen, Werkstätten und sogar Lazaretten. Diese unterirdischen Anlagen ließen sich nur schwer zerstören. Wasserfallen, die in regelmäßigen Abständen angebracht waren, verhinderten, dass man die Besatzungen ausräucherte. Bombardierungen aus der Luft verfehlten meist das Ziel. Beschädigen konnte man diese Labyrinthe nur von innen.

Aber dazu musste man die Einstiege finden.

Sergeant Smithy führte seine Leute einen Pfad entlang, auf dem sie vom Reisfeld zu einer kleinen Kokospalmenplantage gelangten. Als sie zwischen den Palmen hervorkamen, konnten sie das Dorf sehen: ungefähr hundert Häuser oberhalb der bebauten Felder. Sie entdeckten keinerlei Lebenszeichen; dennoch bewegten sie sich vorsichtig.

Die Ortschaft schien verlassen zu sein.

Die Männer gingen von Hütte zu Hütte und brüllten: »*Di di mau!*«, was auf Vietnamesisch »Bewegt euch!« bedeutete. Als Jasper in eine der Behausungen blickte, sah er den Altar, der in den meisten vietnamesischen Wohngebäuden den Mittelpunkt bildete: Kerzen, Schriftrollen, Räucherstäbchen und Bilder, die den Ahnen der Familie geweiht waren. Dann feuerte Corporal Donny mit dem Flammenwerfer durch die Tür. Die Wände bestanden aus Bambus, der mit Lehm abgedichtet war, das Dach aus Palmwedeln. Das Napalm setzte die Hütte blitzschnell in Brand.

Während sich Jasper, das Sturmgewehr schussbereit, dem Dorfzentrum näherte, wunderte er sich über einen rhythmischen dumpfen Schlag.

Er begriff, dass er eine Trommel hörte, wahrscheinlich ein *Mo*, eine hölzerne Schlitztrommel, die mit einem Stab geschlagen wurde. Er vermutete, dass jemand damit die Dörfler gewarnt hatte, sodass sie fliehen konnten. Aber wieso trommelte er noch immer?

Jasper und die anderen folgten dem Geräusch bis zur Mitte des Dorfes. Dort entdeckten sie einen Lotusblumenteich vor einem kleinen *Dinh*, dem Gebäude, das den Mittelpunkt des Dorflebens darstellte; es war Tempel, Ratshalle und Schulgebäude in einem.

Im *Dinh* fanden sie einen kahl rasierten buddhistischen Mönch vor, der mit untergeschlagenen Beinen auf einem Boden aus gestampfter Erde saß und auf einem hölzernen Fisch von ungefähr einem halben Meter Länge trommelte. Er sah, wie die Männer hereinkamen, hörte aber nicht auf.

Einer der Soldaten – ein Weißer aus Iowa, den sie Slope nannten – sprach ein paar Brocken Vietnamesisch. Der Sergeant forderte ihn auf: »Slope, frag das Schlitzauge, wo die Einstiege sind.«

Slope brüllte den Mönch auf Vietnamesisch an. Der Mann beachtete ihn nicht und trommelte weiter.

Smithy nickte Mad Jack zu, der vortrat und dem Mönch mit seinem schweren M1966-Dschungelkampfstiefel der US Army ins Gesicht trat. Der Mann wurde nach hinten geschleudert. Blut schoss ihm aus Mund und Nase; Trommel und Stab flogen in entgegengesetzte Richtungen. Unheimlicherweise gab er keinen Laut von sich.

Jasper schluckte. Er hatte schon mit angesehen, wie Vietcong-Guerillas gefoltert wurden, um Informationen aus ihnen herauszupressen; das war weit verbreitet. Auch wenn es ihm nicht gefiel, fand er es gerechtfertigt, da sie ihn und seine Kameraden töten wollten. Jeder Vietnamese Anfang zwanzig, der in diesem Gebiet gefangen genommen wurde, war vermutlich selbst ein Guerilla oder ein aktiver Unterstützer. Jasper konnte damit leben, dass solche Männer gefoltert wurden, auch wenn es keinen Beweis gab, dass sie je gegen Amerikaner gekämpft hatten. Dieser Mönch mochte wie ein Mann aussehen, der mit den Kampfhandlungen nichts zu tun hatte, aber Jasper hatte schon einmal gesehen, wie ein zehnjähriges Mädchen eine Handgranate in einen abgestellten Hubschrauber warf.

Smithy riss den Mönch hoch und hielt ihn so fest, dass er den Soldaten zugewandt war. Seine Augen waren geschlossen, aber er atmete. Slope stellte ihm die Frage noch einmal.

Der Mönch gab keine Antwort.

Mad Jack hob den Holzfisch auf, nahm ihn beim Schwanz und drosch damit auf den Mönch ein, traf ihn an Kopf, Schultern, Brust, im Schritt und an den Knien. Hin und wieder hielt er inne, damit Slope die Frage wiederholen konnte.

Jasper fühlte sich zutiefst unbehaglich. Allein indem er zuschaute, beging er ein Kriegsverbrechen, doch es war nicht die Gesetzeswidrigkeit, die ihm zu schaffen machte: Er wusste, dass die Ermittler der US Army bei der Untersuchung solcher Gräueltaten stets unzureichende Beweise fanden. Er sah nur nicht, dass der Mönch eine solche Misshandlung verdiente. Angewidert wandte er sich ab.

Dennoch verübelte er es den Männern nicht. Überall, jederzeit, in jedem Land gab es Männer, die so etwas tun würden, wenn die Umstände stimmten. Jasper suchte die Schuld vielmehr bei den Offizieren, die wussten, was vor sich ging, und nichts unternahmen, bei den Generälen, die die Presse und Washington belogen, und vor allem bei den Politikern, die nicht den Mumm besaßen, aufzustehen und zu sagen: »Das ist falsch.«

Schließlich befahl Slope: »Lass gut sein, Jack, der Arsch ist tot.«

»Scheiße«, fluchte Smithy. Er ließ den Mönch los, der leblos zu Boden fiel. »Wir müssen die verfluchten Gänge finden!«

Captain Donny und vier andere Soldaten kamen in den Tempel. Sie zerrten drei Vietnamesen mit: einen Mann, eine Frau in mittlerem Alter und ein etwa fünfzehnjähriges Mädchen. »Diese Bilderbuchfamilie glaubte, sie könnte sich im Kokosnussschuppen vor uns verstecken«, sagte Donny.

Die drei Vietnamesen starrten entsetzt auf die Leiche des Mönchs mit seiner blutgetränkten Robe und seinem zu Brei geschlagenen Gesicht, das kaum noch menschlich aussah.

»Sag ihnen, dass sie genauso enden, wenn sie uns nicht die Einstiege zu den Gängen zeigen«, befahl Smithy.

Slope übersetzte. Der Bauer antwortete. Slope sagte: »Er behauptet, in diesem Dorf gibt es keine Einstiege in die Gänge.«

»Verlogener Drecksack«, sagte Smithy.

Jack fragte: »Soll ich mal ...?«

Smithy blickte nachdenklich drein. »Nimm das Mädchen, Jack. Die Eltern sollen zuschauen.«

Gierig riss Jack dem Mädchen die Kleidung herunter. Sie schrie und wehrte sich, doch er warf sie zu Boden. Ihr Körper war blass und gertenschlank. Donny hielt sie unten. Jack knöpfte seine Hose auf. Sein Glied war schon halb aufgerichtet; er rieb es, bis es hart und steif war.

Jasper war entsetzt, aber nicht überrascht. Vergewaltigung war zwar nicht allgemein üblich, kam aber viel zu oft vor. Gelegentlich wurden solche Vorfälle gemeldet, in der Regel von Männern, die neu in Vietnam waren. Dann ermittelte die Army zwar, befand die Vorwürfe aber als unzureichend, weil die anderen Soldaten erklärten, sie wollten keinen Ärger; außerdem hätten sie sowieso nichts gesehen. Und damit war die Angelegenheit erledigt.

Die ältere Frau stieß einen Schwall hysterischer, flehender Worte aus. Slope übersetzte: »Sie sagt, das Mädchen ist Jungfrau und wirklich noch ein Kind.«

»Ein Kind ist sie schon mal nicht«, erwiderte Smithy glucksend. »Guck dir den schwarzen Pelz an der kleinen Fotze an.«

»Die Mutter schwört bei allen Göttern, dass es hier keine Einstiege gibt. Sie sagt, sie unterstützt die Vietcong nicht, weil sie die Geldverleiherin des Dorfes war und Charlie ihr Geschäft verboten hat.«

Smithy befahl: »Fick sie, Jack.«

Jack legte sich auf das Mädchen. Sein massiger Körper verbarg sie zum größten Teil. Offenbar hatte er Schwierigkeiten, in sie einzudringen. Die anderen Männer feuerten ihn an und rissen obszöne Witze. Jack stieß kräftig zu, und das Mädchen kreischte auf.

Eine Minute lang pumpte er heftig. Die Mutter flehte unter Tränen, doch Slope machte sich nicht die Mühe, ihr Bitten und Betteln zu übersetzen. Der Vater war still, doch Jasper sah, wie auch ihm Tränen über die Wangen liefen. In seinen schwarzen Augen war zu sehen, wie er innerlich zerbrach.

Jack grunzte zweimal, dann hielt er inne und zog seinen Penis heraus. Das Mädchen hatte Blut an den Schenkeln, das sich grell von ihrer elfenbeinfarbenen Haut abhob.

»Wer darf als Nächster ran?«, fragte Smithy.

»Ich«, sagte Donny und öffnete den Hosenschlitz.

Jasper machte, dass er aus dem Tempel kam.

Das war nicht normal. Der Vorwand, den Vater zum Reden bewegen zu wollen, war Blödsinn. Hätte er etwas gewusst, hätte er es gesagt, ehe die Vergewaltigung begann. Jasper waren die Entschuldigungen für seine neuen Kameraden ausgegangen. Sie waren eine Bande, die außer Kontrolle geraten war. General Westmoreland hatte ein Monster erschaffen und ließ ihm freien Lauf – absichtlich. Diese Männer hatten den Verstand verloren. Sie waren Bestien, wahnsinnige, boshafte Teufel.

Neville folgte Jasper nach draußen. »He, Mann, vergiss nicht«, sagte er, »anders können wir das vietnamesische Volk nicht mit Herz und Seele für Demokratie und Freiheit gewinnen.«

Jasper wusste, dass Neville nur durch solche Sprüche das Unerträgliche ertragen konnte, aber im Augenblick ging ihm dieser Humor gegen den Strich. »Halt einfach die Fresse, ja«, sagte er und ging davon. »Du kotzt mich an.«

Er war nicht der Einzige, den der Vorfall im Tempel anwiderte. Ungefähr die Hälfte der Männer war draußen und sah zu, wie das Dorf niederbrannte. Fetter schwarzer Rauch lag wie ein Leichentuch über den Häusern. Jasper hörte das Mädchen im Tempel schreien, aber irgendwann verstummte sie. Einige Minuten später hörte er einen Schuss, dann einen zweiten.

Aber was sollte er tun? Wenn er den Vorfall meldete, wurde ja doch nichts unternommen; die Army fände nur eine Möglichkeit, ihn zu bestrafen, weil er Ärger machte. Vielleicht, dachte er, sollte ich es trotzdem tun. Auf jeden Fall, schwor er sich, würde er in die USA zurückkehren und den Rest seines Lebens damit verbringen, die Lügner und Narren bloßzustellen, die solche Gräueltaten möglich machten.

Donny kam zu ihm. »Smithy will was von dir«, sagte der Corporal.

Jasper folgte ihm zurück in den Tempel.

Das Mädchen lag mit ausgebreiteten Armen und Beinen auf dem Boden. In ihrer Stirn klaffte ein Einschussloch. Jasper bemerkte auch eine blutverschmierte Bisswunde an ihrer kleinen Brust.

Der Vater war ebenfalls tot.

Die Mutter kniete neben ihm und bettelte; vermutlich flehte sie um Gnade.

Smithy sagte: »Du bist noch Jungfrau, Murray.«

Damit meinte er, dass Jasper noch kein Kriegsverbrechen begangen hatte.

Jasper wusste, was jetzt kam.

Smithy sagte: »Knall die Alte ab.«

»Leck mich am Arsch, Smithy«, sagte Jasper. »Mach deine Drecksarbeit selber.«

Mad Jack hob sein Gewehr und drückte die Mündung seitlich gegen Jaspers Hals.

Plötzlich war alles still.

»Erschieß die Alte«, sagte Smithy, »oder Jack erschießt dich.«

Jasper hatte keinen Zweifel, dass Smithy bereit war, den Befehl zu geben, und dass Jack ihn befolgen würde. Er wusste warum: Sie mussten ihn zum Komplizen machen. Sobald er die Frau ermordet hatte, war er genauso schuldig wie sie alle, und das würde ihn daran hindern, Unruhe zu stiften.

Er sah sich um. Aller Augen waren auf ihn gerichtet. Niemand protestierte; niemandem schien unwohl zu sein. Dieses Ritual vollzogen sie nicht zum ersten Mal, das konnte Jasper spüren. Ohne Zweifel taten sie es mit jedem Neuen in der Tiger Force. Jasper fragte sich, wie viele Männer den Befehl verweigert hatten und dafür gestorben waren, um dann als »im Kampf gefallen« gemeldet zu werden. Die Einheit konnte nur gewinnen.

Smithy sagte: »Überleg nicht zu lange, wir haben noch Arbeit vor uns.«

Sie würden die Frau sowieso töten. Jasper konnte sie nicht retten, indem er sich weigerte, sie zu erschießen. Er würde sein eigenes Leben für einen Menschen hergeben, der ohnehin schon tot war.

Jack stieß ihn mit dem Gewehr an.

Jasper hob sein M16 und richtete es auf die Stirn der Frau. Sie hatte dunkelbraune Augen und ein wenig Grau im schwarzen Haar. Sie wich vor seiner Waffe nicht zurück, verzog nicht einmal das Gesicht, sondern flehte weiter in einer Sprache, die er nicht verstand.

Jasper berührte den Feuerwahlschalter an der linken Seite der Waffe und drehte ihn von SAFE auf SEMI, was ihm gestattete, eine einzige Patrone abzufeuern.

Seine Hände waren ganz ruhig.

Er drückte ab.

SECHSTER TEIL
DIE BLUME
1968

Jasper Murray verbrachte zwei Jahre in der Army, ein Jahr Ausbildung in den USA und ein Jahr Kampfeinsatz in Vietnam. Im Januar 1968 wurde er entlassen, ohne dass er verwundet worden wäre. Er fand, er habe Glück gehabt.

Daisy Williams zahlte ihm den Flug nach London, damit er seine Familie sehen konnte. Seine Schwester Anna war inzwischen Cheflektorin bei Rowley Publishing. Sie hatte schließlich doch Hank Remington geheiratet, der sich dauerhafter im Musikgeschäft halten konnte als die meisten Popstars. Das Haus auf der Great Peter Street war eigenartig still: Die jungen Leute waren alle ausgezogen, und nur Lloyd und Daisy wohnten noch dort. Lloyd war nun Minister in der Labour-Regierung und nur selten zu Hause.

Ethel starb in diesem Januar; ihre Beerdigung fand wenige Stunden vor Jaspers Abflug nach New York statt. Der Gottesdienst wurde in der Calvary Gospel Hall in Aldgate abgehalten, einem kleinen Holzbau, in dem Ethel vor fünfzig Jahren Bernie Leckwith geheiratet hatte, während ihr Bruder Billy und zahllose andere junge Männer im gefrorenen Schlamm der Schützengräben des Ersten Weltkriegs kämpften.

In der kleinen Kapelle fanden etwa hundert Personen einen Sitzplatz; zwanzig oder dreißig weitere konnten im hinteren Teil stehen, doch es kamen mehr als tausend Menschen, um sich von Ethel Leckwith zu verabschieden.

Der Pastor verlegte den Gottesdienst nach draußen, und die Polizei sperrte die Straße für den Autoverkehr. Die Redner stellten sich auf Stühle, damit die Menge sie sehen konnte. Ethels Kinder, Lloyd Williams und Millie Avery, beide über fünfzig, standen vorn mit den meisten ihrer Enkel und einer Handvoll Urenkel.

Evie Williams las die Geschichte vom Guten Samariter aus dem Lukasevangelium. Dave und Walli sangen »I Miss Ya, Alicia« und spielten Gitarre dazu. Das halbe Kabinett war gekommen. Earl Fitzherbert ebenfalls. Zwei Busse aus Aberowen brachten hundert walisische Sängerinnen und Sänger für die Kirchenlieder.

Doch die meisten Trauernden waren einfache Londoner, deren Leben von Ethel berührt worden war. Sie standen in der Januarkälte; die Männer hielten ihre Mützen in den Händen, die Frauen ermahnten die Kinder, leise zu sein, die alten Menschen zitterten in ihren billigen Mänteln. Als der Pastor gebetet hatte, Ethel möge in Frieden ruhen, erklang ein vielstimmiges »Amen«, das aus den dunklen Wolken zu kommen schien.

*

George Jakes hatte für 1968 einen einfachen Plan: Bobby Kennedy sollte Präsident werden und den Krieg beenden.

Nicht alle Mitarbeiter Bobbys waren dafür. Dennis Wilson hätte es genügt, wenn Bobby der Senator von New York bliebe. »Die Leute werden sagen, wir haben schon einen demokratischen Präsidenten, und dass Bobby Lyndon B. Johnson unterstützen und nicht gegen ihn antreten sollte«, sagte er.

Es war der 30. Januar 1968, und sie warteten im nationalen Presseclub von Washington auf Bobby, der mit fünfzehn Reportern frühstücken sollte.

»Das ist nicht richtig«, sagte George. »Gegen Truman sind Strom Thurmond und Henry Wallace angetreten.«

»Das ist zwanzig Jahre her. Außerdem wird Bobby nie und nimmer nominiert.«

»Ich glaube, er ist populärer als Johnson.«

»Popularität hat nichts damit zu tun«, erwiderte Wilson. »Die meisten Delegierten auf dem Nominierungskonvent werden von den politischen Strippenziehern der Partei gesteuert: Gewerkschaftsführer, Gouverneure und Bürgermeister. Männer wie Daley.« Der Bürgermeister von Chicago, Richard Daley, gehörte der übelsten Sorte altmodischer Politiker an, er war skrupellos und korrupt. »Und wenn sich Johnson auf eines versteht, dann auf innerparteiliche Grabenkämpfe.«

George schüttelte vor Abscheu den Kopf. Er war nicht in die Politik gegangen, um diesen alten Machtstrukturen nachzugeben, sondern um sie zu beseitigen. Und im Grunde seines Herzens hatte Bobby Kennedy das gleiche Ziel. »Bobby wird auf dem Land einen solchen Mitläufer-Effekt erzielen, dass die Strippenzieher ihn unmöglich ignorieren können.«

»Haben Sie denn nicht mit ihm darüber gesprochen?« Wilson tat ungläubig. »Haben Sie nicht gehört, wie er sagte, die Leute würden ihn als selbstsüchtig und von Ehrgeiz zerfressen betrachten, wenn er gegen den demokratischen Amtsinhaber antritt?«

»Aber noch viel mehr Leute halten ihn für den Erben seines Bruders.«

»Als er am Brooklyn College gesprochen hat, haben die Studenten ein Transparent hochgehalten, auf dem stand: ›Falke, Taube – oder feiges Huhn?‹«

Der Spott hatte Bobby getroffen und George entsetzt. Jetzt aber versuchte er, ihn in ein optimistisches Licht zu rücken. »Die Leute wollen, dass Bobby kandidiert!«, rief er. »Sie wissen, dass er der einzige Bewerber ist, der Alt und Jung, Schwarz und Weiß, Arm und Reich vereinen und dazu bringen kann, auf ein Ende des Krieges hinzuarbeiten und den Schwarzen die Gerechtigkeit zu geben, die sie verdienen.«

Wilson verzog höhnisch den Mund, doch ehe er George wegen seines Idealismus heruntermachen konnte, kam Bobby herein, und alle setzten sich an den Frühstückstisch.

Georges Einstellung zu Lyndon B. Johnson hatte sich um hundertachtzig Grad gedreht. Johnson war gut gestartet, hatte 1964 das Bürgerrechtsgesetz und 1965 das Wahlrechtsgesetz durchgebracht und plante nun den Krieg gegen die Armut. Doch ganz wie Georges Vater, Greg Peshkov, prophezeit hatte, besaß Johnson kein Gespür für die Außenpolitik. Er wollte nicht der Präsident sein, der Vietnam an die Kommunisten verlor. Deshalb steckte er in einem schmutzigen Krieg fest und versicherte dem amerikanischen Volk wider besseren Wissens, die USA würden siegen.

Auch die Begriffe hatten eine Wandlung durchlaufen. In Georges Jugend war »schwarz« eine vulgäre, abfällige Bezeichnung gewesen, »farbig« etwas zurückhaltender und »Neger« das höfliche Wort; die liberale *New York Times* hatte es verwendet. Jetzt betrachtete man »Neger« als herablassend und »farbig« als ausweichend, und jeder redete von schwarzen Menschen, der schwarzen Gemeinde, schwarzem Stolz und sogar schwarzer Macht. »Black is beautiful«, hieß es. George war sich nicht sicher, ob Wörter einen großen Unterschied ausmachen konnten.

Zum Essen kam er kaum. Er war zu sehr damit beschäftigt, sich als Vorbereitung für eine Presseerklärung Notizen zu den Fragen und Bobbys Antworten zu machen.

Einer der Journalisten wollte wissen: »Wie fühlen Sie sich unter dem Druck, für das Amt des Präsidenten zu kandidieren?«

George blickte von seinen Notizen auf und sah, wie Bobby kurz und humorlos lächelte und sagte: »Schlecht. Schlecht.«

George verkrampfte sich. Bobby war manchmal so verdammt ehrlich.

»Was halten Sie von Senator McCarthys Wahlkampf?«, fragte der Journalist.

Er sprach nicht von dem berüchtigten Senator Joe McCarthy, der in den Fünfzigerjahren Kommunisten gejagt hatte, sondern von jemand ganz anderem, von Senator Eugene McCarthy, ein Liberaler, der nicht nur Politiker, sondern auch Dichter war. Vor zwei Monaten hatte Gene McCarthy seine Absicht verkündet, die demokratische Nominierung anzustreben und als Antikriegskandidat gegen Johnson anzutreten. Von der Presse war sein Ansinnen bereits als hoffnungslos verworfen worden.

Bobby antwortete: »Ich denke, McCarthys Wahlkampf wird Johnson helfen.« Bobby nannte Lyndon noch immer nicht »Präsident«, was Skip Dickerson, der für Johnson arbeitete und mit George befreundet war, ihm verübelte.

»Und Sie? Kandidieren Sie?«

Bobby kannte zahllose Möglichkeiten, diese Frage nicht zu beantworten; er hatte ein riesiges Repertoire ausweichender Erwiderungen, doch heute benutzte er keine davon, sondern sagte schlicht und einfach: »Nein.«

George ließ seinen Bleistift fallen. Was zum Teufel sollte das nun wieder?

Bobby fügte hinzu: »Unter keinen erdenklichen Umständen würde ich kandidieren.«

Am liebsten hätte George ihn gefragt: Wenn das so ist, was tun wir dann hier?

Er sah, dass Dennis Wilson spöttisch grinste, und war versucht, auf der Stelle zu gehen, war aber zu höflich. Stattdessen blieb er und machte weiterhin Notizen, bis das Frühstück zu Ende war.

Als er wieder im Büro in Capitol Hill saß, schrieb er die Presseerklärung. Er arbeitete wie ein Automat. Bobbys Ausspruch änderte er in: »Unter keinen vorhersehbaren Umständen würde ich kandidieren«, aber es machte kaum einen Unterschied.

Drei Mitarbeiter Bobbys kündigten am Nachmittag. Sie waren nicht nach Washington gekommen, um für einen Verlierer zu arbeiten.

Auch George war wütend genug, dass er nahe daran war, das Handtuch zu werfen, aber er hielt den Mund. Er wollte nachdenken. Und er wollte mit Verena sprechen.

Sie war in der Stadt und wohnte wie immer bei ihm. Sie hatte nun ihren eigenen Schlafzimmerschrank, in dem sie warme Kleidung aufbewahrte, die sie in Atlanta nie brauchte.

An diesem Abend war sie dermaßen aufgebracht, dass ihr beinahe die

Tränen kamen. »Bobby ist alles, was wir haben!«, rief sie. »Weißt du eigentlich, wie viele Verluste wir letztes Jahr in Vietnam hatten?«

»Natürlich weiß ich das«, sagte George. »Achtzigtausend Mann. Ich habe es Bobby in eine Rede geschrieben, aber er hat es nicht erwähnt.«

»Achtzigtausend Tote, Verwundete oder Vermisste«, sagte Verena. »Das ist entsetzlich. Und es geht weiter.«

»Ja. Dieses Jahr werden die Verluste noch höher sein.«

»Bobby hat die Gelegenheit ausgeschlagen, ein großer Mann zu werden. Aber wieso? Warum tut er das?«

George zuckte mit den Schultern. »Ich bin zu wütend, um mit ihm darüber zu reden, aber ich glaube, dass er seinen eigenen Beweggründen misstraut. Ihn beschäftigt zu sehr die Frage, ob er für sein Land Präsident werden will oder für sein Ego. Solche Fragen quälen und zermürben ihn.«

»Martin Luther King ist genauso«, sagte Verena. »Er fragt sich, ob er an den gewalttätigen Unruhen in den Innenstädten schuld ist.«

»Aber King behält solche Zweifel für sich. Als Anführer muss man das.«

»Glaubst du, Bobby hat diese Bekanntmachung geplant?«

»Nein, er hat aus einem Impuls heraus geantwortet, da bin ich mir sicher. Das ist einer der Gründe, weshalb es so schwierig ist, für ihn zu arbeiten.«

»Was willst du jetzt tun?«

»Wahrscheinlich kündige ich. Ich denke noch darüber nach.«

Während sie sich fürs Dinner umzogen, verfolgten sie im Fernsehen die Nachrichten. Als George sich eine Krawatte mit breiten Streifen band, beobachtete er Verena im Spiegel, wie sie sich Unterwäsche anzog. In den fünf Jahren, seit er sie zum ersten Mal nackt gesehen hatte, hatte ihr Körper sich verändert. Dieses Jahr wurde sie neunundzwanzig; sie besaß nicht mehr den unschuldigen Charme eines langbeinigen Fohlens, sondern hatte Haltung und weibliche Anmut gewonnen. George fand, dass sie gereift noch schöner war. Sie hatte ihr Haar zu einer üppigen Frisur wachsen lassen, die als »natürlich« bezeichnet wurde und den Reiz ihrer grünen Augen verstärkte.

Sie stellte sich vor seinen Rasierspiegel und schminkte sich die Lider. »Wenn du kündigst, könntest du nach Atlanta kommen und für Martin arbeiten«, sagte sie.

»Nein«, erwiderte George. »Dr. King hat nur ein Thema. Protestierer protestieren, aber Politiker verändern die Welt.«

»Was würdest du denn tun?«

»Vermutlich für den Kongress kandidieren.«

Verena legte die Mascarabürste weg, wandte sich ihm zu und schaute ihn an. »Wow. Das kam wirklich unerwartet.«

»Ich bin nach Washington gekommen, um für Bürgerrechte zu kämpfen, aber die ungleiche Behandlung, die Schwarze erdulden müssen, ist nicht nur eine Frage der Rechte.« George hatte lange darüber nachgedacht. »Sie zeigt sich auch in der Wohnungssituation, der Arbeitslosigkeit und dem Vietnamkrieg, in dem jeden Tag junge Schwarze getötet werden. Auf lange Sicht wird das Leben von Schwarzen auch durch Ereignisse in Moskau und Peking beeinflusst. Ein Mann wie Dr. King inspiriert die Menschen, aber um wirklich etwas zu bewirken, muss man Allroundpolitiker sein.«

»Ich würde sagen, wir brauchen beides.« Verena wandte sich wieder ihrem Augen-Make-up zu.

George zog seinen besten Anzug an, in dem er sich immer gut fühlte. Später würde er einen Martini trinken, vielleicht auch zwei. Sieben Jahre seines Lebens waren unlösbar mit Robert Kennedy verknüpft. Vielleicht war es Zeit für etwas Neues.

»Ist dir schon mal der Gedanke gekommen, dass unsere Beziehung eigenartig ist?«, sagte er.

Sie lachte. »Und wie! Wir leben getrennt und treffen uns alle ein, zwei Monate für wilden, leidenschaftlichen Sex. Und das schon seit Jahren.«

»Ein Mann könnte tun, was du tust, und seine Geliebte auf Geschäftsreisen treffen«, sagte George. »Besonders, wenn er verheiratet wäre. Das wäre normal.«

»Interessante Idee. Fleisch und Kartoffeln zu Hause, unterwegs einen Happen Kaviar.«

»Ich bin froh, der Kaviar zu sein.«

Sie leckte sich die Lippen. »Mmh, salzig.«

George lächelte und beschloss, an diesem Abend nicht mehr über Bobby nachzudenken.

Im Fernsehen liefen die Nachrichten, und George drehte die Lautstärke hoch. Er rechnete damit, dass Bobbys Verzicht auf die Präsidentschaftskandidatur als erste Meldung käme, aber es gab eine noch bedeutsamere Neuigkeit. Während des Neujahrsfeiertages, den die Vietnamesen Tet nannten, hatte der kommunistische Norden eine massive Offensive begonnen und fünf der sechs größten Städte angegriffen, dazu sechsunddreißig Provinzhauptstädte und sechzig Kleinstädte. Der Angriff hatte das US-Militär durch seinen Umfang erstaunt; niemand hätte damit gerechnet, dass die nordvietnamesische Armee zu einer solch groß angelegten Operation fähig wäre.

Das Pentagon behauptete, die nordvietnamesischen Kräfte seien zurückgeschlagen worden, doch George glaubte nicht daran.

Der Nachrichtensprecher fuhr fort, dass weitere schwere Angriffe am morgigen Tag erwartet würden.

George wandte sich Verena zu. »Ich bin mal gespannt, was das für Gene McCarthys Wahlkampf bedeutet.«

*

Beep Dewar versuchte, Walli Franck zu überreden, eine politische Rede zu halten.

Zuerst weigerte er sich. Er war Gitarrist, kein Politiker, und hatte Angst, sich zum Narren zu machen. Ein Senator sang ja auch keine Popsongs in der Öffentlichkeit. Aber Walli kam aus einer politischen Familie, und seine Erziehung erlaubte es ihm nicht, untätig zu bleiben. Er erinnerte sich noch gut an die Verachtung, die seine Eltern für jene Westdeutschen empfunden hatten, die sich nicht gegen die Berliner Mauer und das SED-Regime erhoben. Diese Leute, hatte seine Mutter gesagt, hätten sich genauso schuldig gemacht wie die Kommunisten. Jetzt erkannte Walli, dass er genauso schlimm wäre wie Lyndon B. Johnson, würde er nicht die Gelegenheit nutzen und ein paar Worte für die Sache des Friedens sagen. Außerdem konnte er Beep nicht widerstehen. Also sagte er: »Okay.«

Beep holte ihn in Daves rotem Dodge Charger ab und fuhr mit ihm zu Gene McCarthys Wahlkampfhauptquartier in San Francisco. Dort sprach Walli vor einer kleinen Heerschar junger Freiwilliger, die den ganzen Tag durch die Straßen gezogen waren und an Türen geklopft hatten.

Walli war ein wenig nervös, als er vor die Zuhörer trat. Er hatte sich eine Eröffnungszeile ausgedacht. Bedächtig sagte er: »Einige Leute haben mir geraten, mich aus der Politik herauszuhalten, weil ich kein Amerikaner bin.« Er zuckte mit den Schultern. »Aber für dieselben Leute ist es okay, wenn Amerikaner nach Vietnam gehen und dort Menschen töten. Also ist es wohl auch nicht so schlimm, wenn ein Deutscher nach San Francisco kommt und redet ...«

Zu seinem Erstaunen lachten die Zuhörer und spendeten Applaus. Vielleicht wurde es ja doch nicht ganz so schlimm.

Seit der Tet-Offensive unterstützten immer mehr junge Leute McCarthys Wahlkampf. Alle waren bieder gekleidet. Die Jungs waren glatt rasiert und hatten ordentliche Frisuren, die Mädchen trugen Kostüme und Schnallenschuhe. Sie hatten sich so angezogen, um die Wähler davon zu überzeugen, dass McCarthy nicht nur der Präsidentschaftskandidat der Hippies war, sondern auch der Mittelschicht. Ihr Slogan lautete: »Macht euch schön für Gene.«

Walli legte eine rhetorische Pause ein, strich sich über die schulterlangen blonden Locken und fuhr dann fort: »Tut mir leid wegen der Matte.«

Wieder gab es Lacher unter seinen Zuhörern. Es war genau wie im Showbusiness, erkannte Walli: War man ein Star, liebten die Leute einen schon dafür, wenn man mehr oder weniger normal geblieben war. Bei einem Plum-Nellie-Konzert bejubelte das Publikum einfach *alles* frenetisch, egal, was Walli oder Dave ins Mikrofon sagten. Ein noch so fader Witz wurde komisch, wenn ein Star ihn erzählte.

»Ich bin kein Politiker«, fuhr Walli fort. »Ich weiß nicht, wie man eine politische Rede hält, aber ich nehme an, davon hört ihr ohnehin genug.«

»Viel zu viel!«, rief einer der Jungs, und wieder lachten die Leute.

»Aber ich habe auch so meine Erfahrungen, Leute. Ich habe in einem kommunistischen Land gelebt. Eines Tages hat die Polizei mich dabei erwischt, wie ich ›Back in the USA‹ von Chuck Berry gesungen habe. Dafür haben sie meine Gitarre zerschmettert.«

Das Publikum verstummte.

»Es war meine erste Gitarre, und damals hatte ich nur eine. Es hat mir das Herz gebrochen. Wie ihr seht, kenne ich mich mit dem Kommunismus aus. Vermutlich weiß ich sogar mehr darüber als Präsident Johnson. Ich hasse den Kommunismus.« Er wurde ein wenig lauter. »Und *trotzdem* bin ich gegen den Krieg.«

Die Leute jubelten.

»Manche Menschen glauben«, sprach Walli weiter, »dass Jesus eines Tages auf die Erde zurückkehren wird. Ich weiß nicht, ob das stimmt. Aber wenn er nach Amerika käme, würde man ihn vermutlich als Kommunisten beschimpfen.«

Er warf einen Blick zu Beep, die mit den anderen lachte. Sie trug ein Sweatshirt und einen kurzen, aber keineswegs gewagten Rock. Ihr Haar war zu einem Bob geschnitten. Doch auch in diesem eher konservativen Outfit konnte sie nicht verbergen, wie sexy sie war.

»Das FBI würde Jesus vermutlich wegen unamerikanischer Umtriebe verhaften«, fuhr Walli fort. »Aber das würde ihn nicht überraschen. Als er zum ersten Mal auf Erden war, ist es ihm ja nicht anders ergangen.«

Walli hatte nicht viel weiter als bis zu seinem ersten Satz geplant. Nun improvisierte er, aber es schien zu funktionieren. Doch er beschloss, sicherheitshalber aufzuhören, solange es noch lief.

Das Ende seiner Rede hatte er wieder vorbereitet. »Ich bin vor allem hier, um euch eins zu sagen: Danke! Danke im Namen der Millionen Menschen überall auf der Welt, die diesen schrecklichen Krieg beenden wollen. Wir wissen die harte Arbeit zu schätzen, die ihr hier leistet. Macht weiter so, und ich bete zu Gott, dass ihr gewinnt. Gute Nacht.«

Er trat vom Mikrofon zurück. Beep kam zu ihm, hakte sich bei ihm unter, und gemeinsam verließen sie unter Applaus das Gebäude durch die Hintertür. Kaum saßen sie wieder in Daves Wagen, sagte Beep: »Mann, du warst toll! Du solltest selbst als Präsident kandidieren!«

Walli lächelte und zuckte mit den Schultern. »Es freut die Leute immer, wenn sie sehen, dass ein Popstar auch nur ein Mensch ist.«

»Aber du warst so ernsthaft und gewitzt!«

»Danke.«

»Vielleicht hast du das von deiner Mutter. Sie war doch auch mal Politikerin, nicht wahr?«

»Nun ja, in der DDR sieht die Politik ganz anders aus als hier im Westen. Aber bevor die Kommunisten die Macht übernommen haben, war meine Mutter Stadträtin. Sag mal, ist mein Akzent eigentlich stark durchgekommen?«

»Ein bisschen.«

»Das hab ich schon befürchtet.« Walli war sensibel, was das betraf. Nach wie vor brachten die Menschen einen deutschen Akzent mit den Nazis in Verbindung. Er bemühte sich zwar, wie ein Amerikaner zu klingen, aber es war schwierig.

»Aber der Akzent ist eigentlich ganz niedlich«, sagte Beep. »Ich wünschte nur, Dave hätte dich gehört.«

»Wo steckt er überhaupt?«

»In London. Ich dachte, das wüsstest du.«

Walli zuckte mit den Schultern. »Ich weiß, dass er irgendwo geschäftlich zu tun hat. Aber er wird schon auftauchen, wenn wir wieder ein paar Songs schreiben, einen Film machen oder auf Tour gehen. Ich dachte, ihr beide wolltet heiraten.«

»Ja, werden wir auch. Bis jetzt sind wir nur nicht dazu gekommen. Dave ist viel zu beschäftigt. Außerdem haben unsere Eltern nichts dagegen, wenn wir im selben Zimmer schlafen.« Sie hielt vor Wallis Haus. »So, da wären wir.«

»Möchtest du noch eine Tasse Kaffee?«, fragte Walli, ohne groß darüber nachzudenken.

»Klar, warum nicht.« Beep stellte den Motor ab.

Das Haus war leer. Tammy und Lisa, die beiden Hippiegirls, hatten Walli geholfen, über seine Trauer hinwegzukommen, nachdem Karolin mit ihm Schluss gemacht hatte, und dafür würde er ihnen ewig dankbar sein. Aber sie hatten ein rauschhaftes, wildes Leben geführt, das nur einen Urlaub lang gedauert hatte. Am Ende des Sommers 1967, des Summer of Love, hatten sie San Francisco wieder verlassen und waren in den Alltag zurückgekehrt – so wie viele andere. Sie hatten Glück. Manche, die blieben, wurden zu Wracks, die nie mehr in die Wirklichkeit zurückfanden.

Walli legte das neue Beatles-Album auf, »Magical Mystery Tour«. Dann kochte er Kaffee und drehte einen Joint. Sie setzten sich auf ein riesiges Kissen, Walli im Schneidersitz, Beep mit untergeschlagenen Beinen, und ließen den Joint hin und her gehen.

»Ich hasse die Beatles«, sagte Walli nach einer Weile, schon leicht angeturnt von der Droge. »Sie sind viel zu gut.«

Beep kicherte.

»Und die bescheuerten Texte«, fuhr Walli fort. »Zum Beispiel ›four of fish and finger pies‹. Das klingt ... ich weiß nicht ... nach Kannibalismus. Was soll das eigentlich heißen?«

»In England gibt es Läden, in denen man Backfisch mit Pommes kaufen kann«, erwiderte Beep. »Sie nennen es ›Fish and Chips‹. Und ›four of fish‹ heißt Fish and Chips für vier Pence.«

»Und was ist ›finger pie‹?«

»Okay, das sagt man, wenn ein Junge einem Mädchen den Finger unten reinsteckt.«

»Oh! Und was hat das eine mit dem anderen zu tun?«

»Es bedeutet, wenn du einem Mädchen Fish and Chips kaufst, lässt sie sich von dir befummeln.«

»Verstehe. Erinnerst du dich an die Zeit, als das noch was Verbotenes war?« Walli seufzte in nostalgischer Erinnerung.

»Ja. Heutzutage ist es anders, zum Glück«, sagte Beep. »Die alten Regeln gelten nicht mehr. Heute geht es oft schon bei der ersten Verabredung zur Sache. Was magst du eigentlich lieber? Dass du einen geblasen bekommst, oder dass du selber leckst?«

Walli verschlug es die Sprache. »Also ich ... äh ...«

»Ich blase lieber«, sagte Beep und stieß langsam den Rauch aus. »Die meisten Jungs können einem so schlecht die Muschi lecken, dass es oft nicht das ist, was es sein sollte.«

Walli, geschockt von Beeps Ausdrucksweise, schnappte sich den Joint, nahm einen tiefen Zug und fragte mit belegter Stimme: »Wie macht man es denn richtig?«

»Zunächst einmal sollten die Männer nicht direkt mit der Zunge anfangen.«

»Aber darum geht es doch.«

»Nein. Zuerst musst du ganz sanft sein. Ein Kuss reicht schon.«

Walli schaute verstohlen auf Beeps Beine. Sie hatte die Knie zusammengedrückt. War es eine Abwehrhaltung, oder versuchte sie nur, ihre Lust im Zaum zu halten?

»Das hat mir noch nie eine Frau gesagt.« Walli reichte ihr den Joint zurück. Er starrte sie an, ihr Gesicht, ihren Busen, ihr Beine. Sexuelle Gier überkam ihn. Empfand sie genauso, oder trieb sie nur ein Spiel mit ihm?

Sie nahm einen letzten Zug und warf den Joint in den Aschenbecher. »Die meisten Mädchen sind viel zu schüchtern, um darüber zu reden, was ihnen gefällt oder nicht«, sagte sie. »Oft ist schon ein Kuss am Anfang zu viel. Tatsächlich ...« Sie schaute Walli in die Augen, und in diesem Moment wusste er, dass auch sie geil war. »Tatsächlich kannst du eine Frau schon in Fahrt bringen, indem du nur darauf atmest.«

»Oh.«

»Besser noch«, fuhr sie fort. »Du kannst durch ihren Slip drauf atmen.«

Sie bewegte sich leicht, machte die Beine breit, und Walli sah den weißen Baumwollslip unter ihrem kurzen Rock.

»Das ... das ist toll«, sagte Walli mit heiserer Stimme.

»Willst du es mal versuchen?«, fragte Beep.

»Ja, bitte.«

*

Kaum war Jasper Murray nach New York zurückgekehrt, suchte er Mrs. Salzman auf. Sie verschaffte ihm ein Vorstellungsgespräch mit Herb Gould für einen Job als Rechercheur bei der TV-Nachrichtensendung *This Day*.

Jasper befand sich nun in einer ganz anderen Position. Vor zwei Jahren war er als Bittsteller gekommen, als Schreiberling einer unbedeutenden Studentenzeitung, der händeringend Arbeit suchte – jemand, dem niemand etwas schuldete. Heute bewarb er sich als Veteran, der sein Leben für die Vereinigten Staaten aufs Spiel gesetzt hatte. Er war älter und klüger, und man schuldete ihm etwas, besonders Männer, die nicht gekämpft hatten wie er.

Er bekam den Job.

New York wirkte merkwürdig. Jasper hatte vergessen, wie kaltes Wetter sich anfühlte. Seine Kleidung störte ihn: ein Anzug und ein weißes Hemd mit Button-down-Kragen und Krawatte. Seine Oxford-Straßenschuhe waren so leicht, dass er ständig glaubte, er ginge barfuß. Auf dem Weg von seiner Wohnung zum Büro ertappte er sich dabei, wie er den Bürgersteig nach verborgenen Minen absuchte.

Andererseits war er beschäftigt. Nur selten gab es in der Welt der Zivilisten die langen Phasen der Inaktivität, die so typisch waren für das Leben beim Militär und die einen schier in den Wahnsinn trieben: Warten auf Befehle, Warten auf Transport, Warten auf den Feind.

Vom ersten Tag an, den er wieder arbeitete, telefonierte Jasper, las Akten, schlug Informationen in Bibliotheken nach und führte Vorinterviews.

In der Redaktion von *This Day* erwartete ihn ein milder Schock. Sam Cakebread, sein alter Rivale bei der Studentenzeitung, arbeitete jetzt für die Sendung. Er war mittlerweile ein anerkannter Reporter, denn er hatte nicht mit Kriegführen Zeit verloren. Ärgerlicherweise musste Jasper oft vorbereitende Recherchen zu Reportagen machen, die Sam dann vor die Kamera brachte.

Jasper arbeitete auf den verschiedensten Gebieten: Mode, Musik und Literatur, aber auch Wirtschaft, Justiz und Kriminalität. Er recherchierte für eine Reportage über *Frostbeulen*, den Bestseller seiner Schwester, und den Autor dieses Buches und spekulierte aufgrund von Schreibstil und der Schilderung der Lagererlebnisse darüber, welcher der bekannten sowjetischen Dissidenten sich hinter dem Pseudonym verbergen mochte. In der Reportage kam er zu dem Schluss, dass man vermutlich noch nie von dem Schreiber gehört hatte.

Kurz darauf beschlossen sie, eine Sendung über eine denkwürdige Operation der nordvietnamesischen Armee und des Vietcongs zu bringen: die Tet-Offensive.

Jasper war noch immer wütend wegen Vietnam. Sein Zorn loderte nicht mehr hell, sondern glomm tief in seinem Inneren wie ein fast erloschener Glutofen, aber er hatte nichts vergessen, am allerwenigsten seinen Schwur, jeden bloßzustellen, der das amerikanische Volk belog.

Als die Kämpfe in der zweiten Februarwoche nachließen, forderte Herb Gould von Sam Cakebread einen zusammenfassenden Bericht an, der einschätzen sollte, inwieweit die Tet-Offensive den Kriegsverlauf in Vietnam verändert hatte. Sam erläuterte seine vorläufigen Schlussfolgerungen bei einer Redaktionsbesprechung, an der das gesamte Team teilnahm, die Rechercheure eingeschlossen. Die Tet-Offensive, sagte er, sei für Nordvietnam in dreifacher Hinsicht ein Fehlschlag. »Erstens hatten die kommunistischen Verbände den allgemeinen Befehl, vorzurücken und den endgültigen Sieg zu erringen. Das wissen wir aus Dokumenten, die bei gefangenen feindlichen Soldaten gefunden wurden. Zweitens: Obwohl in Hue und Khe Sanh weiterhin gekämpft wird, hat der Vietcong keine einzige Stadt halten können. Drittens haben sie mehr als zwanzigtausend Mann verloren, und das für nichts.«

Herb Gould blickte in die Runde, ob jemand etwas zu sagen hatte.

Jasper war neu und ein Mann aus der zweiten Reihe, aber er konnte den Mund nicht halten. »Ich hätte da eine Frage an Sam.«

»Nur zu«, forderte Herb ihn auf.

»Auf was für einem Scheißplaneten leben Sie eigentlich?«

Seine Grobheit rief einen Augenblick schockierten Schweigens hervor. Dann sagte Herb milde: »Viele Leute sind in dieser Hinsicht skeptisch, Jasper, aber erklären Sie bitte, wieso das auch für Sie gilt. Am besten unter Verzicht auf weitere Kraftausdrücke, okay?«

»Sam hat nur wiederholt, was Präsident Johnson über die Tet-Offensive sagt. Seit wann ist diese Sendung eine Werbeveranstaltung für das Weiße Haus? Sollten wir die Sichtweise der Regierung nicht eher anzweifeln, als sie kritiklos zu übernehmen?«

Herb widersprach nicht. »Auf welcher Grundlage würden Sie sie anzweifeln?«, fragte er stattdessen.

»Erstens kann man Dokumente, die man bei gefangenen Feindsoldaten findet, nicht für bare Münze nehmen. Schriftliche Befehle an Soldaten sind keine verlässliche Quelle, was die strategischen Absichten des Gegners angeht. Ich habe hier eine genauere Übersetzung des Befehls: ›Zeigt entschlossen euer revolutionäres Heldentum, indem ihr alle Entbehrungen und Härten überwindet.‹ Das ist keine Strategie, das ist Zuspruch, Aufmunterung, eher noch Einpeitschen.«

Herb fragte: »Was war denn das strategische Ziel der Nordvietnamesen?«

»Ihre Macht zu demonstrieren, um das südvietnamesische Regime, unsere Truppen und das amerikanische Volk zu demoralisieren. Und dieses Ziel haben sie erreicht.«

Sam wandte ein: »Trotzdem haben sie keine einzige Stadt eingenommen.«

»Sie brauchen keine Städte einzunehmen – der Vietcong ist doch schon da. Was meinen Sie denn, wie sie die amerikanische Botschaft in Saigon erreicht haben? Die sind nicht mit dem Fallschirm abgesprungen, die sind einfach um die Ecke marschiert. Der Vietcong erobert keine Städte, weil er sie schon *hat*.«

»Was ist mit Sams drittem Punkt, den nordvietnamesischen Verlusten?«, fragte Herb.

»Den Zahlen des Pentagons über feindliche Verluste darf man nicht trauen«, antwortete Jasper.

»Glauben Sie allen Ernstes, wir sollten dem amerikanischen Volk in unserer Sendung sagen, dass die Regierung uns belügt?«

»Jeder lügt in dieser Hinsicht, von Lyndon B. Johnson bis hin zum Frontschwein auf Patrouille im Dschungel, denn jeder braucht hohe Zahlen von Getöteten, um zu rechtfertigen, was er tut. Aber ich kenne die Wahrheit, weil ich dort war. In Vietnam zählt jeder Tote als gefallener Feind. Wenn man eine Handgranate in einen Luftschutzbunker wirft und jeden darin umbringt – sagen wir, zwei junge Männer, vier Frauen, einen Greis und ein Baby –, werden im offiziellen Bericht acht tote Vietcong daraus.«

Herb zeigte Zweifel. »Wie können wir sicher sein, dass das auch stimmt?«

»Fragen Sie die Vietnamveteranen«, entgegnete Jasper.

»Das ist schwer zu glauben.«

»Ach ja? Seit vier Jahren schicken wir nun Bodenkampftruppen nach Südvietnam. Seitdem meldet das Pentagon einen Sieg nach dem anderen, und *This Day* hat die Erklärungen des Verteidigungsministeriums stets kritiklos an die Öffentlichkeit weitergegeben. Wenn wir seit vier Jahren siegen, wie kommt es dann, dass der Feind ins Herz der Hauptstadt vordringen und die US-Botschaft einschließen kann? Machen Sie doch mal die Augen auf!«

Jasper lag richtig, und Herb wusste es, hatte aber Bedenken, ein solch heftiges Statement zu übernehmen. »Wenn das stimmt, Jasper, was ist dann unsere Story?«, fragte er.

»Ganz einfach. Es geht um die Glaubwürdigkeit der Regierung nach der Tet-Offensive. Letzten November hat Vizepräsident Humphrey gesagt, dass wir den Krieg gewinnen. Im Dezember erklärte General Palmer den Vietcong für besiegt. Im Januar verkündete Verteidigungsminister

McNamara, dass die Nordvietnamesen ihren Kampfeswillen verlieren. General Westmoreland persönlich hat Reportern erzählt, die Kommunisten wären zu einer Großoffensive nicht in der Lage. Dann, eines Morgens, greift Nordvietnam fast jede größere Stadt in Südvietnam an.«

Sam warf ein: »Wir haben die Aufrichtigkeit des Präsidenten nie infrage gestellt. Das hat noch keine Fernsehsendung getan.«

»Dann ist es jetzt eben so weit. Lügt der Präsident? Diese Frage stellt sich halb Amerika.«

Alle blickten Herb an. Die Entscheidung lag bei ihm. Lange blieb er still. Dann sagte er: »Also gut. Das ist der Titel unserer Reportage. ›Belügt uns der Präsident?‹ Fangen wir an.«

*

Dave Williams bekam einen frühen Flug von New York nach San Francisco und aß in der First Class ein amerikanisches Frühstück: Pfannkuchen mit Speck.

Das Leben war schön. Plum Nellie war erfolgreich, und er würde nie mehr irgendeine Prüfung ablegen müssen. Er liebte Beep und würde sie heiraten, sobald er die Zeit dazu fand.

Als Einziger der Gruppe hatte er noch kein Haus gekauft, aber das hoffte er heute nachzuholen. Es sollte allerdings mehr als nur ein Haus sein. Dave wollte ein Anwesen auf dem Land erwerben, mit großem Grundstück, und ein Aufnahmestudio einrichten. Dann konnte die ganze Gruppe dort wohnen, während sie ein Album einspielten, was mittlerweile mehrere Monate in Anspruch nahm. Oft erinnerte sich Dave mit einem Lächeln daran, wie sie ihre erste Platte an nur einem Tag aufgenommen hatten.

Dave war aufgeregt, und nicht nur wegen des Hauses: Er freute sich riesig auf das Wiedersehen mit Beep, hatte jedoch beschlossen, zuerst das Geschäftliche zu erledigen, damit er seine Ruhe hatte, wenn er bei ihr war.

Am Flughafen holte ihn sein Finanzmanager ab, Mortimer Schulman. Dave hatte Morty eingestellt, damit er sich um die geldlichen Dinge kümmerte, die nichts mit der Gruppe zu tun hatten. Morty war ein Mann in mittleren Jahren und trug lässige kalifornische Kleidung, einen dunkelblauen Blazer mit blauem Hemd, das am Kragen offen stand. Weil Dave erst zwanzig war, hatte er oft erlebt, dass Anwälte oder Banker sich ihm gegenüber herablassend gaben und versuchten, ihm Anweisungen zu erteilen, statt ihn zu beraten. Morty behandelte ihn als den Boss, der er war, und legte ihm eine Auswahl von Möglichkeiten vor, ohne zu vergessen, dass die letzte Entscheidung allein bei Dave lag.

Sie stiegen in Mortys Cadillac, überquerten die Bay Bridge und fuhren nach Norden, vorbei an der Universitätsstadt Berkeley, wo Beep studierte. Unterwegs sagte Morty: »Ich habe ein Angebot für Sie. Das gehört zwar nicht in meinen Aufgabenbereich, aber man dachte wohl, ich käme gleich hinter Ihrem persönlichen Agenten, was den heißen Draht zu Ihnen angeht.«

»Was ist das für ein Angebot?«

»Ein Fernsehproduzent namens Charlie Lacklow möchte mit Ihnen darüber sprechen, ob Sie eine eigene TV-Sendung machen wollen.«

Dave war überrascht; damit hatte er nicht gerechnet. »Was für eine Sendung?«

»So etwas wie die *Danny-Kaye-Show* oder die *Dean-Martin-Show*.«

»Tatsache?« Das war eine große Neuigkeit. Manchmal hatte Dave den Eindruck, dass der Erfolg ihm in den Schoß fiel: Hits, Platinschallplatten, ausverkaufte Tourneen, erfolgreiche Kinofilme – und jetzt das.

Von Sendungen dieser Art gab es im US-Fernsehen jede Woche wenigstens ein Dutzend; in den meisten war ein Filmstar oder Komiker der Moderator. Er stellte einen Gast vor und redete kurz mit ihm, dann sang der Gast seinen oder ihren neusten Hit oder zeigte ein paar Sketche. In vielen solchen Sendungen waren Plum Nellie bereits als Stars aufgetreten, aber Dave sah nicht, wie sie als Gastgeber in dieses Sendeformat passen sollten. »Also wäre es die *Plum-Nellie-Show?*«

»Nein. *Dave Williams and Friends.* Man will nicht die Gruppe, man will nur Sie.«

Dave hatte seine Zweifel. »Das ist sehr schmeichelhaft, aber ...«

»Es ist eine große Gelegenheit, wenn Sie mich fragen. Popgruppen haben im Allgemeinen eine kurze Lebenserwartung, aber hier haben Sie eine Chance, ein Allround-Familien-Entertainer zu werden, und diese Rolle können Sie noch ausfüllen, wenn Sie siebzig sind.«

Das schlug in Dave eine Saite an. Er hatte sich bereits Gedanken darüber gemacht, was er tun sollte, wenn Plum Nellies Stern zu sinken begann. So erging es sämtlichen Stars der Popmusik, auch wenn es Ausnahmen gab: Elvis war noch immer groß. Dave wusste, dass es bei ihm anders sein würde; er würde später eine andere Möglichkeit finden müssen, seinem Leben einen neuen Sinn zu geben. Er hatte überlegt, Schallplattenproduzent und Bandmanager zu werden: Für Plum Nellie erledigte er beide Aufgaben gut. Doch jetzt ging es zu schnell. Die Gruppe war beliebt und verdiente sehr viel Geld.

»Das kann ich nicht machen«, sagte er zu Morty. »Die Band könnte daran zerbrechen, und das darf ich nicht riskieren, solange es so gut läuft wie im Moment.«

»Das verstehe ich. Soll ich Charlie Lacklow mitteilen, Sie sind nicht interessiert?«

»Ja. Und sagen Sie ihm, dass es mir leidtut.«

Sie überquerten eine weitere Brücke und gelangten in hügliges Land, das von kleinen Wäldern und Obstplantagen geprägt war. Die Pflaumen- und Mandelbäume waren in rosa und weiße Blüten gehüllt.

»Wir sind im Flusstal des Napa«, sagte Morty. Er bog auf eine staubige Nebenstraße ab, die sich bergauf wand. Nach einer Meile durchfuhr er ein offenes Tor und hielt vor einem großen Ranchhaus. »Das ist das Erste auf der Liste. Es liegt San Francisco am nächsten, aber ich weiß natürlich nicht, ob es Ihren Vorstellungen entspricht.«

Sie stiegen aus dem Wagen. Das Gebäude war ein weitläufiger Fachwerkbau; die Gesamtanlage machte den Eindruck, als wären dem Haupthaus zu unterschiedlichen Zeiten zwei oder drei Anbauten hinzugefügt worden. Als sie auf die Rückseite gingen, bot sich ihnen ein atemberaubender Ausblick auf das Tal.

»Wow«, sagte Dave. »Das wird Beep gefallen.«

Auf dem Hang vor dem Haupthaus erstreckten sich terrassenförmig angelegte bestellte Felder. »Was wird hier angebaut?«, fragte Dave. »Wein?«

»Ganz recht.«

»Ich will kein Winzer werden.«

»Sie wären nur Grundeigentümer. Dreißig Morgen sind verpachtet.«

Sie gingen ins Gebäude. Es war kaum eingerichtet; es gab nur ein paar Tische und Stühle, die nicht zueinander passten, und keine Betten.

»Wohnt hier jemand?«, fragte Dave.

»Nein. Für ein paar Wochen in jedem Herbst werden die Erntehelfer hier untergebracht.«

»Und wenn ich einziehe ...«

»Findet der Winzer eine andere Unterkunft für seine Saisonarbeiter.«

Dave schaute sich um. Das Haus war marode und heruntergekommen, aber wunderschön. Das Holz wirkte solide; das Haupthaus besaß hohe Decken und eine elegante Treppe. »Ich kann kaum erwarten, bis Beep das hier sieht«, sagte er.

Aus dem großen Schlafzimmer bot sich der gleiche spektakuläre Blick über das Tal. Dave stellte sich vor, wie Beep und er morgens aufstanden, gemeinsam die Aussicht genossen, Kaffee aufsetzten und mit zwei oder drei barfüßigen Kindern frühstückten. Es war perfekt.

Es gab Platz für ein halbes Dutzend Gästezimmer. Die große, frei stehende Scheune, die im Moment mit Landmaschinen vollgestellt war, hatte die richtige Größe für ein Aufnahmestudio.

Dave hätte das Anwesen am liebsten sofort gekauft, ermahnte sich aber, sich nicht zu schnell begeistern zu lassen, und fragte: »Was verlangt der Verkäufer?«

»Sechzigtausend Dollar.«

»Das ist eine Menge.«

»Zweitausend Dollar pro Morgen entspricht etwa dem Marktpreis für ein Weingut mit Ertrag«, sagte Morty. »Das Haus legen sie kostenlos drauf.«

»Aber es muss eine Menge Arbeit, Zeit und Geld in das Haus investiert werden.«

»Allerdings. Zentralheizung, elektrische Leitungen, Wärmedämmung, neue Bäder ... Sie können fast noch einmal so viel einplanen, wenn Sie es sanieren.«

»Wahrscheinlich hunderttausend Dollar ohne die Ausstattung des Studios.«

»Ja. Und das ist viel Geld.«

Dave lächelte. »Zum Glück kann ich es mir leisten.«

»Mit Sicherheit.«

Als sie hinausgingen, hielt ein Pick-up vor der Tür. Der Mann, der ausstieg, hatte breite Schultern und ein verwittertes Gesicht. Er sah aus wie ein Mexikaner, sprach aber ohne Akzent. »Ich bin Danny Medina, der Farmer hier«, sagte er und wischte sich die Hand an seinem Arbeitsanzug ab, ehe er sie Dave reichte.

»Ich spiele mit dem Gedanken, das Haus zu kaufen«, sagte Dave.

»Gut. Es wäre schön, einen Nachbarn zu haben.«

»Wo wohnen Sie, Mr. Medina?«

»Ich habe ein Haus am anderen Ende des Weinguts, gleich hinter dem Höhenrücken da hinten. Sind Sie Europäer?«

»Ja. Brite.«

»Die meisten Europäer mögen Wein.«

»Keltern Sie hier Wein?«

»Ein wenig. Wir verkaufen das meiste als Trauben. Amerikaner sind keine großen Weintrinker, bis auf die Italoamerikaner, und die importieren ihn. Die meisten Leute hierzulande ziehen Cocktails oder Bier vor. Aber unser Wein ist hervorragend.«

»Weiß oder rot?«

»Rot. Möchten Sie eine Flasche zum Probieren?«

»Sicher.«

Medina nahm zwei Flaschen aus einer Kiste auf der Ladefläche des Pick-ups und reichte sie Dave.

Dave las das Etikett. »Daisy Farm Red?«, fragte er.

Morty warf ein: »So heißt das Anwesen. Hatte ich das nicht erwähnt? Daisy Farm.«

»Daisy ist der Name meiner Mutter«, murmelte Dave.

»Vielleicht ist das ein gutes Zeichen«, meinte Danny Medina und stieg in seinen Pick-up. »Viel Glück!«

Als Danny abfuhr, sagte Dave: »Mir gefällt es hier. Wir kaufen das Haus.«

Morty wandte ein: »Ich könnte Ihnen noch fünf andere zeigen.«

»Ich habe es eilig, zu meiner Verlobten zu kommen.«

»Aber vielleicht gefällt Ihnen ein anderes Haus besser.«

Dave zeigte auf die Weinfelder. »Hat eines davon so eine Aussicht?«

»Nein.«

»Fahren wir zurück nach San Francisco.«

»Sie sind der Boss.«

Auf dem Rückweg fühlte Dave sich plötzlich eingeschüchtert vom Ausmaß seines Vorhabens. »Ich muss mir jetzt erst mal einen Bauunternehmer suchen«, murmelte er.

»Und einen Architekten«, sagte Morty.

»Um das Haus instand zu setzen?«

»Sicher. Ein Architekt bespricht mit Ihnen Ihre Wünsche, zeichnet Pläne, schreibt die Aufträge aus und vergibt sie an geeignete Baufirmen. Er würde auch die Arbeiten beaufsichtigen, theoretisch wenigstens ... meiner Erfahrung nach verlieren sie schnell das Interesse.«

»Okay«, sagte Dave. »Wissen Sie jemanden?«

»Möchten Sie ein alteingesessenes Büro oder jemanden, der jung und hip ist?«

Dave überlegte. »Wie wäre es mit jemand Jungem und Hippem, der für ein alteingesessenes Büro arbeitet?«

Morty lächelte. »Ich höre mich um.«

Sie fuhren nach San Francisco zurück.

Kurz nach Mittag setzte Morty Dave am Haus der Familie Dewar in Nob Hill ab. Beeps Mutter ließ ihn herein. »Willkommen!«, rief sie. »Du bist früh dran. Beep ist noch nicht hier.«

Dave war enttäuscht, aber nicht überrascht. Schließlich war er davon ausgegangen, den ganzen Nachmittag mit Morty Häuser zu besichtigen; deshalb hatte er Beep gesagt, sie könne erst am frühen Abend mit ihm rechnen. »Ich nehme an, sie ist in einer Vorlesung«, sagte Dave.

Beep studierte im zweiten Jahr in Berkeley. Doch im Unterschied zu ihren Eltern wusste Dave, dass sie sich herzlich wenig um das Studium kümmerte, sodass sie Gefahr lief, bei den Prüfungen durchzufallen und von der Uni zu fliegen.

Er ging in das Zimmer, das sie sich teilten, und stellte den Koffer ab. Beeps Anti-Baby-Pillen lagen auf dem Nachttisch. Sie war unvorsichtig und vergaß manchmal, die Pille zu nehmen, aber Dave störte es nicht. Wenn Beep schwanger wurde, würden sie einfach früher heiraten.

Er ging zurück nach unten, setzte sich zu Bella in die Küche und erzählte ihr von Daisy Farm. Sie ließ sich von seiner Begeisterung anstecken und war ganz versessen darauf, sich das Haus anzuschauen.

»Möchtest du etwas zu Mittag essen?«, bot sie ihm dann an. »Ich wollte mir gerade eine Suppe und ein Sandwich machen.«

»Nein danke, ich hatte im Flugzeug ein riesiges Frühstück. Ich fahre zu Walli und erzähle ihm von Daisy Farm.«

»Okay. Dein Wagen steht in der Garage.«

Dave stieg in seinen roten Dodge Charger und fuhr kreuz und quer durch San Francisco, vom reichsten Viertel ins ärmste. Walli würde die Idee gefallen, ein Farmhaus zu besitzen, in dem sie alle wohnen und Musik machen konnten, überlegte Dave. Sie könnten sich alle Zeit nehmen, die sie wollten, um ihre Aufnahmen zu perfektionieren. Walli war ganz versessen darauf, mit einem der neuen Achtspur-Bandgeräte zu arbeiten – man redete bereits von noch größeren Sechzehnspur-Maschinen –, und Studiostunden waren teuer. Dave war sicher, die richtige Lösung gefunden zu haben.

Während der Fahrt kam ihm ein Melodiefetzen in den Sinn, und er sang: »Wir alle fahren nach Daisy Farm.« Er lächelte. Vielleicht konnte das ein neuer Song werden. »Daisy Farm Red« wäre ein guter Titel. Das konnte ein Mädchen sein, eine Farbe oder eine Marihuana-Sorte.

Er parkte vor Wallis Haus in Haight-Ashbury. Die Haustür war wie immer unverschlossen. Das Wohnzimmer im Erdgeschoss war leer, aber überall lagen die Überreste der vergangenen Nacht herum: Pizzakartons, schmutzige Kaffeetassen, überquellende Aschenbecher und leere Bierflaschen.

Dave war enttäuscht, dass Walli noch nicht aufgestanden war. Er wollte unbedingt über Daisy Farm reden; deshalb beschloss er, Walli zu wecken.

Er ging nach oben. Im Haus war es still. Möglich, dass Walli doch schon aufgestanden und irgendwohin gefahren war, ohne vorher aufzuräumen.

Die Schlafzimmertür war geschlossen. Dave klopfte an und öffnete. Als er hineinging, summte er die Melodie von »Daisy Farm Red«.

Und verstummte abrupt.

Walli saß auf dem Bett, halb aufgerichtet, und starrte ihn erschrocken an. Neben ihm lag Beep.

Einen Augenblick war Dave zu geschockt, um auch nur ein Wort hervorzubekommen.

Walli sagte: »He, Mann ...«

Dave hatte ein Gefühl im Magen, als stände er in einem Aufzug, der rasend schnell in die Tiefe fuhr, und für einen Moment wurde ihm schwindelig unter dem Ansturm erschreckender Gewichtslosigkeit. Wie benommen sagte er: »Was ist denn das für eine Scheiße?«

»Nichts, Mann ...«

Daves Schock wich greller Wut. »Was laberst du da? Du bist mit meiner Verlobten im Bett, du Scheißkerl! Wie soll das *nichts* sein?«

Beep setzte sich aufrecht. Ihr Haar war zerzaust. Die Decke rutschte ihr von den Brüsten. »Dave, lass es uns erklären.«

»Okay, dann erklär's.« Dave verschränkte die Arme.

Beep stand auf. Die makellose Schönheit ihres Körpers raubte ihm den Atem, doch ihre Nacktheit ließ ihn mit der Wucht eines Fausthiebs erkennen, dass er sie verloren hatte. Für einen Moment war er benommen vor Begehren, Eifersucht und Schmerz.

Beep sagte: »Trinken wir alle einen Kaffee und ...«

»Ich scheiß auf deinen Kaffee.« Dave schlug einen barschen Ton an, um sich die Demütigung zu ersparen, in Tränen auszubrechen. »Die Erklärung genügt mir.«

»Ich habe nichts an.«

»Ja, das sehe ich. Weil du mit dem besten Freund deines Verlobten gefickt hast.« Dave stellte fest, dass sein Schmerz sich gut hinter hässlichen Worten verbergen ließ. »Du hast gesagt, du wirst es mir erklären. Ich warte.«

Beep schob sich das Haar aus der Stirn. »Hör mal, Eifersucht ist altmodisch, okay?«

»Was soll das heißen?«

»Ich liebe dich und will dich heiraten, aber Walli mag ich auch. Es macht mir Spaß, mit ihm ins Bett zu gehen, und Liebe ist frei, oder? Warum also lügen?«

»Das ist alles?«, fragte Dave ungläubig. »Das ist deine ganze Erklärung?«

Walli sagte: »He, mach mal halblang, Mann ... Ich glaube, ich bin immer noch 'n bisschen auf dem Trip.«

»Ihr habt gestern Abend Acid genommen? So ist das passiert?« Dave sah einen Hoffnungsschimmer. Wenn es ein Ausrutscher gewesen war, und die beiden hatten es nur einmal miteinander getrieben, weil sie LSD genommen hatten ...

»Sie liebt dich, Mann. Sie vertreibt sich nur die Zeit mit mir, wenn du weg bist.«

Daves Hoffnung erstarb jäh. Es war also doch nicht das einzige Mal gewesen. Sie schliefen regelmäßig miteinander.

Walli stand auf und stieg in seine Jeans. »Oh Mann, meine Füße sind heute Nacht gewachsen«, sagte er. »Voll schräg.«

Dave achtete nicht auf das Drogengeschwätz. »Ihr habt nicht mal gesagt, dass es euch leidtut. Keiner von euch beiden.«

»Es tut uns ja auch nicht leid«, sagte Walli. »Uns war nach Bumsen, also haben wir gebumst. Das ändert überhaupt nichts. Kein Schwein ist heute noch treu. ›All you need is Love‹ ... hast du den Song nicht kapiert?« Er starrte Dave fasziniert an. »Hey, Mann, hast du gewusst, dass du 'ne Aura hast? Fast wie ein Heiligenschein, nur ... blau. Ist mir noch nie aufgefallen.«

Dave hatte selbst schon LSD genommen und wusste deshalb, dass keine Hoffnung bestand, aus Walli in diesem Zustand auch nur ein vernünftiges Wort herauszubekommen.

Er wandte sich Beep zu, die langsam von der Droge herunterzukommen schien. »Tut es dir leid?«

»Ich finde nicht, dass es falsch ist, was wir getan haben. Diese Einstellung habe ich hinter mir gelassen. Du nicht?«

»Also würdest du es wieder tun?«

»Wieso? Würdest du dann mit mir Schluss machen, oder was?«

»Wie könnte ich noch Schluss mit dir machen? Wir haben keine Beziehung mehr. Du vögelst mit jedem, der dir gefällt. Meinetwegen kannst du so weiterleben, wenn du willst, aber das ist keine Basis für eine Ehe.«

»Du musst diese alten Vorstellungen hinter dir lassen.«

»Ich muss vor allem hier raus.« Daves Zorn verwandelte sich in Traurigkeit. Er begriff, dass er Beep verloren hatte: an die Drogen, an die freie Liebe und an die Hippie-Kultur, zu deren Entstehen seine Musik beigetragen hatte. »Ich muss weg von hier ... und von dir.« Er wandte sich ab.

»Geh nicht«, sagte Beep. »Bitte.«

Dave verließ das Schlafzimmer. Er rannte die Treppe hinunter und hinaus aus dem Haus, sprang in seinen Wagen und jagte mit aufbrüllendem Motor los. Fast hätte er einen langhaarigen jungen Mann überfahren, der die Ashbury Street entlangtorkelte, mit dümmlichem Grinsen, schon am Nachmittag total stoned. Zum Teufel mit den Hippies, dachte Dave. Zum Teufel mit Walli und Beep, der Nutte. Er wollte keinen von ihnen je wiedersehen.

Plum Nellie war am Ende, begriff er. Er und Walli waren das Herz der Band gewesen. Jetzt, wo sie sich zerstritten hatten, gab es keine Band mehr.

Scheißegal, dann ist es eben so, dachte Dave. Noch heute würde er seine Solokarriere in Angriff nehmen.

Als er eine Telefonzelle sah, hielt er. Er öffnete das Handschuhfach und holte die Rolle Vierteldollarmünzen heraus, die er darin aufbewahrte. Von der Zelle aus rief er Morty an.

»Hallo, Dave«, sagte Morty. »Ich habe schon mit dem Makler gesprochen. Ich habe ihm fünfzig Riesen geboten, und wir haben uns auf fünfundfünfzig geeinigt. Wie finden Sie das?«

»Das ist toll, Morty, großartig«, sagte Dave; schließlich würde er das geplante Aufnahmestudio für seine Soloarbeit brauchen. »Aber jetzt interessiert mir erst mal was anderes. Wie hieß gleich dieser Fernsehproduzent?«

»Charlie Lacklow. Wieso? Ich dachte, Sie hätten die Befürchtung, es könnte die Gruppe spalten, wenn Sie die Sendung übernehmen.«

»Vielleicht wäre das gar nicht *sooo* schlimm«, sagte Dave. »Machen Sie einen Termin mit ihm.«

*

Im März sah Georges Zukunft düster aus.

Genau wie die Zukunft Amerikas.

Am Dienstag, dem 12. März, dem Tag der Vorwahl in New Hampshire, dem ersten großen Kampf zwischen den Hoffnungsträgern der Demokratischen Partei, war George mit Bobby Kennedy in New York. Bobby nahm mit alten Freunden ein spätes Abendessen im eleganten Restaurant »21« auf der 52nd Street. Während Bobby oben war, aßen George und die anderen Mitarbeiter unten.

George hatte doch nicht gekündigt. Bobby hatte durch die Ankündigung, nicht zu kandidieren, wie befreit gewirkt. Nach der Tet-Offensive schrieb George ihm eine Rede, mit der er Präsident Johnson offen angriff, und zum ersten Mal zensierte Bobby sich nicht selbst, sondern benutzte jede einzelne Zeile. »Eine halbe Million US-Soldaten mit siebenhunderttausend vietnamesischen Verbündeten sind nicht in der Lage, eine einzige Stadt vor dem Angriff eines Feindes zu schützen, dessen Stärke bei zweihundertfünfzigtausend liegt.«

Im gleichen Maße, in dem Bobby sein Feuer zurückzuerlangen schien, hatten sich Georges Illusionen verflüchtigt, was Präsident Johnson anging, insbesondere durch Johnsons Reaktion auf den Kerner-Ausschuss, der einberufen worden war, um die Ursachen der Rassenunruhen während des langen heißen Sommers 1967 zu untersuchen. Der Bericht redete nicht um den heißen Brei herum: Der Grund für die Aufstände sei weißer Rassismus. Der Bericht kritisierte scharf die Regierung, die Medien und die Polizei und forderte radikales Handeln, was den Wohnungsmarkt, Arbeitsbeschaffungsmaßnahmen und Segregation anging. Der Bericht wurde als Taschenbuch veröffentlicht und verkaufte sich zwei Millionen Mal. Doch Lyndon B. Johnson wies den Bericht einfach zurück. Der Mann, der heldenhaft das Bürgerrechtsgesetz von 1964 und das Wahlrechtsgesetz von 1965 durchgebracht hatte – die Ecksteine des Fortschritts für die Schwarzen –, hatte den Kampf aufgegeben.

Bobby, der beschlossen hatte, nicht für das Amt des Präsidenten zu kandidieren, quälte sich mit der Frage herum, ob er die richtige Entscheidung getroffen hatte, wie es für ihn typisch war. Er sprach mit seinen ältesten Freunden ebenso darüber wie mit flüchtigen Bekanntschaften, mit seinen engsten Ratgebern, darunter George, ebenso wie mit Zeitungsreportern. Gerüchte kamen auf, Bobby habe sich umentschieden. Doch George wollte es nicht glauben, ehe er es aus Bobbys eigenem Mund hörte.

Bei Vorwahlen kämpften Politiker der gleichen Partei darum, wer Präsidentschaftskandidat dieser Partei werden sollte; die erste Vorwahl der Demokraten fand traditionell in New Hampshire statt. Gene McCarthy war die Hoffnung der jungen Menschen, doch er tat sich schwer in Meinungsumfragen und blieb weit hinter Präsident Johnson zurück, der sich zur Wiederwahl stellen wollte.

McCarthy hatte vergleichsweise wenig Geld für seinen Wahlkampf. Zehntausend begeisterte junge Freiwillige waren nach New Hampshire gefahren, um für ihn die Werbetrommel zu rühren, doch George und die anderen Mitarbeiter am Tisch im »21« erwarteten als Ergebnis des heutigen Abends einen Sieg Johnsons und einen weit abgeschlagenen McCarthy.

George blickte der Präsidentschaftswahl im November mit einiger Besorgnis entgegen. Auf der republikanischen Seite war der führende Gemäßigte, George Romney, aus dem Rennen und hatte das Feld dem exzentrischen Konservativen Richard Nixon überlassen. Bislang sah es so aus, als würde die Präsidentschaftswahl zwischen Johnson und Nixon ausgetragen werden, und sie waren beide für den Krieg.

Gegen Ende des in düsterer Stimmung verlaufenden Abendessens wurde George von einem Mitarbeiter ans Telefon gerufen und erfuhr das Ergebnis in New Hampshire.

Alle hatten sich geirrt. Das Ergebnis fiel völlig unerwartet aus. McCarthy hatte zweiundvierzig Prozent der Stimmen erhalten und lag damit erstaunlich nahe an Johnsons neunundvierzig Prozent.

George wurde klar, dass Johnson doch geschlagen werden konnte.

Er eilte nach oben und überbrachte Bobby die Neuigkeit.

Bobbys Reaktion war pessimistisch. »Das ist zu viel!«, rief er. »Wie soll ich McCarthy denn jetzt dazu bringen, dass er aufgibt?«

In diesem Moment begriff George, dass Bobby sehr wohl die Absicht hatte, für das Amt des Präsidenten zu kandidieren.

*

Walli und Beep gingen zu Bobby Kennedys Kundgebung, um sie zu stören.

Beide waren wütend auf Bobby. Monatelang hatte er sich nicht zum Präsidentschaftskandidaten erklären wollen. Er hatte nicht geglaubt, siegen zu können. Doch Walli und Beep waren der Meinung, dass er nicht den nötigen Mumm hatte, es einfach zu versuchen. Dadurch hatte er Gene McCarthy die Gelegenheit verschafft, sich so gut zu schlagen, dass er nun eine reelle Chance besaß, Präsident Johnson aus dem Amt zu verdrängen.

Bis jetzt. Denn nun hatte Bobby Kennedy seine Kandidatur erklärt und sich nach vorne gedrängt, um die Früchte der Arbeit zu ernten, die McCarthys Unterstützer geleistet hatten, und ihm den Sieg vor der Nase wegzuschnappen. Deshalb hielten Walli und Beep ihn für einen zynischen Opportunisten.

Walli empfand Verachtung, Beep glühte vor Zorn. Wallis Reaktion fiel gemäßigter aus, weil er die politische Realität hinter der persönlichen Moral erkannte. McCarthys Wählerbasis bestand vor allem aus Studenten und Intellektuellen. Sein Geniestreich hatte darin bestanden, seine jungen Anhänger zu einer Freiwilligenarmee von Wahlhelfern zu machen, und das hatte ihm einen Erfolgsschub verschafft, mit dem niemand gerechnet hatte. Doch konnten diese Freiwilligen ihn bis ins Weiße Haus bringen?

Als Jugendlicher hatte Walli über Jahre hinweg mitbekommen, wenn seine Eltern über Wahlen sprachen und ähnliche Urteile fällten – nicht die DDR-Wahlen, die zählten nicht, sondern die Wahlen in der Bundesrepublik Deutschland, in Frankreich und den USA.

Bobby genoss breite Unterstützung. Er gewann die Schwarzen hinzu, die glaubten, er sei auf ihrer Seite, und die riesige Schicht der katholischen Arbeiter – Iren, Polen, Italiener, Hispanoamerikaner. Walli verabscheute Bobbys moralische Seichtheit, musste aber zugeben – auch wenn es Beep wütend machte –, dass Bobby eine größere Chance als Gene McCarthy besaß, Präsident Johnson zu schlagen.

Dennoch waren sie sich einig, dass es das Richtige wäre, Bobby Kennedy an diesem Abend auszubuhen. Walli hatte sein Haar in einer Jeansmütze hochgesteckt und trug eine Sonnenbrille, damit er nicht erkannt wurde.

Im Publikum waren viele junge Leute wie sie: Hippiegirls mit nackten Füßen, junge Männer mit langen Haaren und Bärten. Walli fragte sich, wie viele davon gekommen waren, um zu stören. Schwarze jedes Alters waren erschienen, die jüngeren mit Frisuren in dem Stil, den man jetzt Afro nannte, ihre Eltern in den farbenfrohen Kleidern und modischen Anzügen, die sie auch zur Kirche trugen. Hinzu kam eine beträchtliche Minderheit von Weißen aus der Mittelschicht im mittleren Alter, die wegen der Kühle des Frühlings in San Francisco Chinohosen und Sweater trugen.

Das Podium war überraschend karg. Walli hatte mit Flaggen, Bannern, Transparenten und riesigen Fotoplakaten des Kandidaten gerechnet, wie er sie aus Fernsehübertragungen von anderen Wahlkundgebungen kannte. Doch bei Bobby gab es lediglich eine schmucklose Bühne mit einem Rednerpult und einem Mikrofon. Bei jedem anderen Kandidaten wäre dies ein Zeichen gewesen, dass ihm das Geld ausgegangen war, doch jeder wusste, dass Bobby unbegrenzten Zugang zum Kennedy-Vermögen hatte.

Im Augenblick stand ein demokratischer Lokalpolitiker am Mikrofon, der das Publikum für den Star des Abends heißmachte. Ganz wie im Showbusiness, überlegte Walli. Das Publikum übte das Lachen und Applaudieren ein und wurde gleichzeitig immer gespannter auf den Auftritt, wegen dem es gekommen war. Aus dem gleichen Grund trat bei Konzerten von Plum Nellie eine weniger bekannte Band als Vorgruppe auf.

Doch Plum Nellie existierte nicht mehr. Die Gruppe sollte nun eigentlich an einem neuen Album für das Weihnachtsgeschäft arbeiten, und Walli hatte ein paar Songs, mit denen er so weit war, dass er sie Dave hätte vorspielen können, damit der eine Überleitung schrieb oder einen Akkord änderte oder sagte: »Super, nennen wir ihn ›Soul Kiss‹.« Aber Dave war in der Versenkung verschwunden.

An Beeps Mutter hatte er einen höflich-kühlen Brief geschickt, in dem er ihr dankte, dass sie ihn in ihrem Haus aufgenommen hatte, und sie bat, seine Sachen zu packen, die ein Assistent abholen käme. Walli wusste durch ein Telefongespräch mit Daisy in London, dass Dave ein Farmhaus im Napa Valley renovierte und dort ein Aufnahmestudio plante. Und Jasper Murray hatte Walli angerufen und versucht, sich ein Gerücht bestätigen zu lassen, dass Dave eine Fernsehsendung ohne die Gruppe machen würde.

Dave litt unter altmodischer Eifersucht, die nach Auffassung der Hippies in der heutigen Zeit völlig überholt war. Er musste begreifen, dass man Menschen nicht an sich binden durfte und dass sie mit jedem Liebe machen konnten, mit dem sie wollten. So sehr Walli auch daran glaubte, gegen seine Schuldgefühle half es nicht. Er und Dave hatten einander nahegestanden, sie hatten einander gemocht und vertraut, und seit ihrer Begegnung auf der Reeperbahn waren sie unzertrennlich gewesen. Es schmerzte Walli und machte ihn unglücklich, seinen Freund verletzt zu haben.

Nicht dass Beep die Liebe seines Lebens gewesen wäre. Er mochte sie sehr; sie war schön, man hatte Spaß mit ihr, sie war großartig im Bett, und sie waren ein viel bewundertes Paar. Aber sie war nicht die einzige Frau auf der Welt. Walli hätte sie vermutlich nicht gebumst, wenn er gewusst hätte, dass er damit die Gruppe zerstörte. Doch er hatte nicht an die Folgen gedacht; er hatte für den Augenblick gelebt, wie die Menschen es tun sollten, und einem unvorsichtigen Impuls nachgegeben. Und das geschah besonders schnell, wenn man stoned war.

Beep war noch immer erschüttert, dass Dave sie verlassen hatte. Vielleicht lag es daran, dass sie und Walli die Gesellschaft des jeweils anderen so sehr genossen: Sie hatte Dave verloren, er Karolin.

Wallis Gedanken schweiften immer wieder ab, doch als Bobby Kennedy angekündigt wurde, riss es ihn zurück in die Gegenwart. Bobby war kleiner, als Walli ihn sich vorgestellt hatte, und weniger selbstsicher. Mit einem angedeuteten Lächeln und einem Winken, das beinahe schüchtern wirkte, ging er zum Rednerpult und schob die Hand in die Tasche seines Jacketts. Walli erinnerte sich, dass Präsident Kennedy genau das Gleiche getan hatte.

Mehrere Leute im Publikum hielten sofort Schilder in die Höhe. Walli sah KÜSS MICH, BOBBY! und BOBBY IST STARK!

Beep zog ein zusammengerolltes Papiertransparent aus ihrem Hosenbein, und zusammen mit Walli hielt sie es hoch. Darauf stand nur: VERRÄTER!

Bobby begann mit seiner Rede. Er blickte dabei in einen kleinen Packen Karteikarten, den er aus der Innentasche nahm. »Lassen Sie mich mit einer Entschuldigung beginnen«, sagte er. »Ich war an vielen frühen Entscheidungen über Vietnam beteiligt – Entscheidungen, die uns auf den Weg gebracht haben, dem wir augenblicklich folgen.«

Beep rief: »Ja, in den Abgrund!«, und die Leute ringsum lachten.

Bobby fuhr mit seinem flachen Bostoner Akzent fort: »Ich bin bereit, meinen Teil der Verantwortung zu tragen. Doch Fehler in der Vergangenheit dürfen kein Vorwand und keine Entschuldigung sein, sie weiterhin zu begehen. Tragik ist ein Werkzeug, mit dem die Lebenden Weisheit gewinnen. ›Jeder Mensch begeht Fehler‹, sagte der antike Philosoph Sophokles. ›Doch der ist weder unklug noch beschränkt, der nach dem Irrtum sich vom Fall erhebt, anstatt im Unrecht trotzig zu verharren.‹ Stolz ist die einzige Sünde.«

Das gefiel dem Publikum, und die Leute applaudierten. Während sie klatschten, senkte Bobby den Blick in seine Notizen. Walli erkannte sofort, welchen Fehler er damit beging: Die Rede sollte ein Austausch in beide Richtungen sein. Die Menge wollte, dass ihr Star sie anblickte und ihren Applaus würdigte. Doch Bobby schien er verlegen zu machen. Politische Veranstaltungen vor großem Publikum fielen ihm offenbar nicht leicht.

Kennedy fuhr fort, über Vietnam zu reden, doch trotz des Anfangserfolgs, den er mit seinem Bekenntnis erzielt hatte, schlug er sich nicht gut. Er zögerte, er stammelte, er wiederholte sich. Er stand steif da und wirkte hölzern; ihm schien es zu widerstreben, den Oberkörper zu bewegen oder mit den Händen zu gestikulieren.

Einige Gegner im Saal störten ihn durch Zwischenrufe. Walli und Beep beteiligten sich nicht daran, denn es war nicht nötig. Bobby Kennedy machte sich ohne Hilfe selbst unwählbar.

Während einer leisen Passage seiner Rede begann ein Baby zu weinen. Aus dem Augenwinkel beobachtete Walli, wie eine Frau aufstand und zum Ausgang ging. Bobby unterbrach sich mitten im Satz und sagte: »Bitte gehen Sie nicht, Ma'am!«

Das Publikum kicherte. Die Frau drehte sich im Gang um und blickte Bobby auf der Bühne an.

Er sagte: »Ich bin es gewöhnt, Babys weinen zu hören.«

Alles lachte. Jeder wusste, dass er zehn Kinder hatte.

»Außerdem«, fügte er hinzu, »wenn Sie gehen, steht morgen in der Zeitung, ich hätte gnadenlos eine Mutter und ihr Baby des Saales verwiesen.«

Lauter Jubel kam auf. Viele junge Leute hassten die Presse wegen ihrer voreingenommenen Berichterstattung über Demonstrationen.

Die Frau lächelte und kehrte an ihren Platz zurück.

Bobby blickte in seine Notizen. Einen Augenblick lang war er als warmherziges menschliches Wesen herübergekommen. An diesem Punkt hätte er die Menge auf seine Seite ziehen können. Doch wenn er nun zu seiner vorbereiteten Rede zurückkehrte, verlor er das Publikum wieder. Walli glaubte schon, dass Bobby diese Chance gar nicht erkannt hatte, als er plötzlich aufblickte und fragte: »Ich friere hier drin. Ist euch auch kalt?«

»Jaaa!«, brüllte die Menge.

»Dann klatscht«, rief Bobby. »Kommt, das wärmt uns auf.« Er begann in die Hände zu klatschen, und das Publikum schloss sich ihm begeistert an.

Nach einer Minute hörte er auf. »Jetzt fühle ich mich besser. Und ihr?« Wieder brüllten alle ihre Zustimmung heraus.

»Ich möchte über das Richtige sprechen«, fuhr Bobby fort. Er war wieder bei seiner Rede, blickte jetzt aber nicht mehr in seine Notizen. »Einige Leute halten lange Haare für nicht richtig. Sie halten nackte Füße und Knutschen im Park für nicht richtig. Ich will Ihnen sagen, wie ich darüber denke.« Er hob die Stimme. »Armut ist nicht richtig!« Die Menge jubelte zustimmend. »Analphabetismus ist nicht richtig!« Ein erneuter Beifallssturm. »Und ich sage, dass es genau hier in Kalifornien nicht richtig ist, wenn ein Mann sich auf einem Acker den Rücken krummschuftet, ohne je die Hoffnung zu haben, wenigstens seinen Sohn aufs College schicken zu können!«

Niemand konnte jetzt noch anzweifeln, dass Bobby glaubte, was er sagte. Die Karteikarten hatte er weggesteckt. Er wurde leidenschaftlich, schwenkte die Arme, schlug mit der Faust aufs Rednerpult. Die Zuhörer reagierten auf die Kraft seiner Emotionen und applaudierten jedem leidenschaftlich vorgetragenen Satz. Walli blickte in die Gesichter der Menschen und entdeckte den gleichen Ausdruck darin, den er sah, wenn er auf der Bühne stand: junge Männer und Frauen, die ihn wie gebannt anstarrten, die Augen groß, der Mund offen, das Gesicht leuchtend vor Bewunderung.

Gene McCarthy hatte so etwas nie geschafft.

Irgendwann bemerkte Walli, dass Beep und er ihr VERRÄTER-Transparent still zu Boden hatten sinken lassen.

Bobby sprach nun über Armut. »Im Mississippi-Delta habe ich Kinder gesehen, deren Bäuche geschwollen und deren Gesichter voller Geschwüre waren vor Hunger.« Er hob die Stimme. »Das können wir nicht hinnehmen! Indianer haben in ihren armseligen Reservaten so wenig Zukunftshoffnung, dass unter den Halbwüchsigen dort der Selbstmord die häufigste Todesursache ist. Das können wir nicht hinnehmen! Die Menschen in den Schwarzengettos hören die immer vollmundigeren Versprechungen von Gleichheit und Gerechtigkeit, aber sie sitzen in den gleichen verfallenden Schulen und müssen sich in den gleichen schmutzigen Mietskasernen die Ratten vom Leib halten. Ich bin überzeugt, das kann Amerika besser!«

Er näherte sich dem Höhepunkt seine Rede, Walli sah und spürte es genau. »Ich bin heute hierhergekommen, um Sie für die nächsten Monate um Hilfe zu bitten«, sagte Bobby. »Wenn auch Sie glauben, dass Armut nicht richtig ist, dann gewähren Sie mir Ihre Unterstützung.«

Die Leute tobten vor Begeisterung.

»Wenn auch Sie nicht mehr hinnehmen wollen, dass in unserem Land Kinder verhungern, dann unterstützen Sie bitte meinen Wahlkampf.«

Tosender Jubel.

»Glauben Sie wie ich, dass Amerika es besser kann?«

Die Leute brüllten ihre Zustimmung heraus.

»Dann schließen Sie sich mir an, und Amerika *wird* es besser machen!«

Er trat vom Rednerpult zurück.

Die Menge tobte.

Walli blickte Beep an. Er merkte, dass sie das Gleiche empfand wie er. »Er wird siegen, nicht wahr?«, fragte Walli.

»Ja«, sagte Beep. »Er marschiert geradewegs ins Weiße Haus.«

*

Bobbys zehntägige Wahlkampfreise führte ihn in dreizehn Bundesstaaten. Am Ende des letzten Tages stiegen er und seine Begleitmannschaft in Phoenix in ein Flugzeug nach New York. Zu diesem Zeitpunkt war George Jakes bereits sicher, dass Bobby Kennedy der nächste Präsident sein würde.

Die öffentliche Reaktion war überwältigend. Tausende bedrängten Bobby an Flughäfen. Sie verstopften die Straßen, um zu sehen, wie seine Autokolonne vorbeifuhr. Bobby stand dabei immer auf dem Rücksitz eines offenen Wagens, während George und andere auf dem Boden saßen und seine Beine festhielten, damit die Leute ihn nicht aus dem Auto zerren konnten. Scharen von Kindern rannten neben dem Fahrzeug her und schrien: »Bobby!« Sobald der Wagen stoppte, warfen sich die Leute auf ihn, rissen ihm die Manschettenknöpfe und Krawattennadeln ab, sogar die Knöpfe vom Jackett.

Im Flugzeug setzte sich Bobby und leerte seine Taschen. Ein wahrer Schneesturm aus Papier fiel heraus. George hob einige der Zettel vom Teppich auf. Es waren kleine Mitteilungen, Dutzende, säuberlich geschrieben und sorgfältig zusammengefaltet; die Leute hatten sie Bobby in die Taschen gesteckt. Auf den Zetteln wurde er gebeten, an Collegeabschlussfeiern teilzunehmen oder kranke Kinder in städtischen Krankenhäusern zu besuchen, oder sie teilten ihm mit, dass in den Häusern der Vorstädte Gebete für ihn gesprochen und in Kirchen auf dem Land Kerzen für ihn entzündet wurden.

Bobby legte das Jackett ab und rollte die Hemdsärmel hoch, wie es seine Gewohnheit war. George bemerkte, dass Bobbys Hände geschwollen waren; die Haut war von einem Netz aus roten Kratzern überzogen. Das geschah jedes Mal, wenn er sich unter die Menge wagte. Die Leute wollten ihn keinesfalls verletzen, verehrten ihn aber so sehr, dass sie ihn blutig kratzten.

Die Amerikaner hatten den Helden gefunden, den sie brauchten – doch auch Bobby hatte sich gefunden. Deshalb nannten George und die anderen Berater seine Wahlkampfreise die Free-at-Last-Tour – endlich frei. Bobby hatte einen Stil entwickelt, der ganz und gar aus ihm selbst kam, aus seinem Innern. Er besaß eine neue Variante des Kennedy-Charismas. Sein Bruder war charmant gewesen, aber verschlossen, selbstbezogen und distanziert – das richtige Verhalten für 1963. Bobby war offener. In seinen besten Augenblicken gab er dem Publikum das Gefühl, er entblöße seine Seele und gestehe ihnen, ein fehlbarer Mensch zu sein, der das Richtige tun wollte, aber nicht immer genau wusste, worin es bestand, anstatt vollmundige, aber leere Versprechungen zu machen, und die Leute liebten ihn dafür.

Die Hälfte der Personen im Flugzeug nach New York waren Reporter. Zehn Tage lang hatten sie die ekstatischen Menschenmengen fotografiert und gefilmt und Berichte eingereicht, wie der neue, wiedergeborene Bobby Kennedy die Herzen der Wähler eroberte. Den Strippenziehern der Demokratischen Partei mochte Bobbys jungenhafter Liberalismus nicht gefallen, aber das Phänomen seiner Popularität konnten sie unmöglich ignorieren.

Wie konnten sie ruhigen Gewissens Lyndon B. Johnson für eine zweite Kandidatur auswählen, wenn das amerikanische Volk lautstark nach Bobby verlangte? Und wenn sie einen anderen Kandidaten aufstellten, der für den Krieg eintrat – Vizepräsident Hubert Humphrey zum Beispiel oder Senator Muskie –, würde er Johnson Stimmen wegnehmen, ohne an der Unterstützung für Bobby zu rühren. George sah keine Möglichkeit für die Demokraten, an Bobby Kennedy vorbeizukommen.

Und den Republikaner würde Bobby schlagen. Fast mit Sicherheit wurde »Tricky« Dick Nixon der republikanische Kandidat, ein abgehalfterter Politiker, der schon einmal einem Kennedy unterlegen war.

Für Bobby schien der Weg zum Weißen Haus frei von Hindernissen zu sein.

Als das Flugzeug sich dem New Yorker John F. Kennedy Airport näherte, fragte sich George, womit Bobbys Gegner versuchen könnten, ihn zu stoppen. Präsident Johnson hatte eine landesweite Fernsehansprache für den heutigen Abend angekündigt, während die Maschine noch in der Luft war. George war gespannt, was Johnson gesagt hatte. Aber was es auch sein mochte, gegen Bobbys Ausstrahlung und Kraft und den Mythos der Kennedys würde es nichts ausrichten können.

»Es muss wirklich etwas sein«, sprach einer der Reporter Bobby an, »auf einem Flughafen zu landen, der nach dem eigenen Bruder benannt wurde.«

Es war eine unfreundliche, aufdringliche Frage von einem Reporter, der auf eine unbeherrschte Reaktion hoffte, aus der er eine gute Story machen konnte. Doch Bobby war so etwas gewöhnt und sagte nur: »Ich wünschte, er hieße weiterhin Idlewild.«

Das Flugzeug rollte zum Gate. Ehe das Anschnallzeichen erlosch, kam eine vertraute Gestalt an Bord der Maschine und eilte den Mittelgang entlang zu Bobby. Es war der Vorsitzende der Demokratischen Partei im Bundesstaat New York. Noch ehe er Bobby erreicht hatte, rief er: »Der Präsident kandidiert nicht! Der Präsident kandidiert nicht!«

»Sagen Sie das noch mal«, bat Bobby ihn.

»Lyndon B. Johnson kandidiert nicht!«

»Sie wollen mich wohl auf den Arm nehmen.«

George konnte es nicht fassen. Johnson, der die Kennedys hasste, hatte begriffen, dass er die Nominierung der Demokraten nicht gewinnen konnte – ohne Zweifel aus all den Gründen, die George sich überlegt hatte. Nun hoffte er, dass ein anderer Demokrat, der für die Fortsetzung des Vietnamkrieges eintrat, Bobby schlagen könnte. Johnson hatte sich ausgerechnet, dass er Bobbys Kandidatur nur verhindern konnte, indem er sich selbst aus dem Rennen nahm.

Die Karten wurden neu gemischt.

KAPITEL 42

Seine Schwester hatte etwas vor, das wusste Dave.

Er drehte die Pilotfolge von *Dave Williams and Friends*, seiner Fernseh-sendung. Als ihm der Vorschlag unterbreitet worden war, eine TV-Show zu moderieren, hatte er die Idee verworfen. Angesichts der Erfolge Plum Nellies war sie ihm überflüssig erschienen. Jetzt hatte sich die Gruppe aufgelöst, und Dave brauchte die Sendung. Er stand am Anfang seiner Solokarriere. Alles musste gut laufen.

Der Produzent hatte vorgeschlagen, Daves Schwester, den Filmstar, als Gast auftreten zu lassen. Evie war heißer denn je. Ihr neuester Film, eine Komödie über eine snobistische junge Frau, die einen schwarzen Anwalt engagiert, war ein Riesenerfolg.

Evie hatte vorgeschlagen, ein Duett mit Percy Marquand zu singen, ihrem Co-Star aus dem Film. Der Produzent, Charlie Lacklow, war ein kleiner, streitlustiger Mann mit heller Stimme. »Es muss aber ein schwungvolles Lied sein, das zum Film passt«, sagte er. »Sie können nicht ›True Love‹ oder ›Baby, It's Cold Outside‹ singen.«

»Leichter gesagt als getan«, entgegnete Dave. »Die meisten Duette sind romantisch.«

Charlie schüttelte den Kopf. »Dann vergessen Sie's. Wir sind im Fern-sehen. Wir können Sex zwischen einer Weißen und einem Schwarzen nicht mal andeuten.«

»Die beiden könnten ›Anything You Can Do, I Can Do Better‹ sin-gen. Das würde zu einer Komödie passen.«

»Nein. Die Leute würden es für einen Kommentar zu den Bürgerrech-ten halten.«

Charlie Lacklow war ein kluger Kopf, aber Dave mochte ihn nicht. Eigentlich mochte ihn niemand. Er war ein übel gelaunter Tyrann, und seine gelegentlichen Versuche, einschmeichelnd nett zu sein, machten al-les nur noch schlimmer.

»Wie wäre es mit ›Mockingbird‹?«, schlug Dave vor.

Charlie überlegte. »Hmm. *If that mockingbird don't sing, he's gonna buy me a diamond ring* ... Ja, ich würde sagen, damit kommen wir durch.«

»Sicher kommen wir damit durch«, sagte Dave. »Die Originalaufnahme ist von einem Geschwisterduo, Inez und Charlie Foxx. Da hat auch niemand an Inzest gedacht.«

»Okay.«

Dave besprach die Empfindlichkeiten des amerikanischen Fernsehpublikums mit Evie und erklärte die Auswahl des Liedes. Sie stimmte zu. Allerdings sah Dave ein Funkeln in ihren Augen, das er besser kannte, als ihm lieb war. Es bedeutete Ärger. Genauso hatte sie vor der Schulaufführung von *Hamlet* geguckt, bei der sie die Ophelia nackt gespielt hatte.

Sie hatten auch über seine Trennung von Beep gesprochen. »Jeder tut so, als wäre es bloß eine typische Teenagerromanze, die keinen Bestand gehabt hat«, beklagte sich Dave. »Ich hatte aber schon keine Teenagerromanzen mehr, als ich noch Teenager war, und ich habe es nie gemocht, einfach herumzuvögeln. Mir war es ernst mit Beep. Ich wollte Kinder.«

»Du bist schneller erwachsen geworden als Beep«, sagte Evie. »Und ich bin schneller erwachsen geworden als Hank. Hank hat Anna Murray geheiratet. Wie ich höre, vögelt er auch nicht mehr herum. Vielleicht tut Beep irgendwann das Gleiche.«

»Und für mich wird es zu spät sein, so wie es für dich zu spät war«, hatte Dave verbittert gesagt.

Das Orchester stimmte die Instrumente. Evie war geschminkt, und Percy zog sein Kostüm an. In der Zwischenzeit ließ Tony Peterson, der Regisseur, Daves Einführung in die Show aufzeichnen.

Die Sendung war in Farbe, und Dave trug einen Anzug aus burgunderrotem Samt. Er blickte in die Kamera, stellte sich vor, wie Beep mit zur Umarmung ausgebreiteten Armen in sein Leben zurückkehrte, und lächelte voller Wärme. »Und jetzt ein ganz besonderer Kick. Wir haben die beiden Stars des Filmhits *Meine Mandantin und ich* bei uns – Percy Marquand und meine Schwester, Evie Williams!« Er klatschte in die Hände. Im Studio war es still; den Applaus des Publikums würde man später einspielen, ehe die Sendung ausgestrahlt wurde.

»Mir gefällt das Lächeln, Dave«, sagte Tony. »Und jetzt noch mal.«

Dave machte es dreimal, dann war Tony zufrieden.

Unvermittelt kam Charlie mit einem Mann ins Studio. Der Fremde war Mitte vierzig und trug einen grauen Anzug. Dave erkannte sofort, dass Charlie auf Kriecher geschaltet hatte. »Dave, ich möchte Sie mit unserem Sponsor bekannt machen«, sagte er. »Das ist Albert Wharton, der Topmann bei National Soap und einer der führenden Geschäftsleute der Vereinigten Staaten. Er ist von Cleveland hierhergeflogen, um Sie kennenzulernen, ist das nicht großartig?«

»Ganz sicher«, sagte Dave. Die Leute flogen um die halbe Welt, wenn er ein Konzert gab, doch er zeigte in solchen Situationen jedes Mal Freude.

Wharton sagte: »Ich habe zwei Halbwüchsige, einen Jungen und ein Mädchen. Sie werden neidisch sein, dass ich Ihnen persönlich begegnet bin.«

Dave versuchte sich darauf zu konzentrieren, eine gute Show zu machen; ein Gespräch mit einem Waschpulvermagnaten konnte er jetzt am wenigsten gebrauchen. Doch ihm war klar, dass er diesen Mann höflich behandeln musste. »Da sollte ich Ihren Kindern vielleicht ein Autogramm geben«, sagte er.

»Das fänden sie ganz toll.«

Charlie schnipste mit den Fingern nach Miss Pritchard, seiner Sekretärin, die nach ihm hereingekommen war. »Jenny, Süße«, sagte er, obwohl sie eine spröde Vierzigjährige war. »Holen Sie mir zwei von Daves Fotos aus meinem Büro.«

Wharton wirkte wie ein typischer konservativer Geschäftsmann mit kurzem Haar und langweiliger Kleidung. Dies veranlasste Dave zu der Frage: »Was hat Sie bewogen, meine Sendung zu sponsern, Mr. Wharton?«

»Unser wichtigstes Produkt ist ein Waschmittel namens Foam ...«, begann Wharton.

»Foam wie Schaum. Ja, ich kenne die Werbung«, sagte Dave lächelnd. »›Foam wäscht sauberer als weiß.‹«

Wharton nickte. Vermutlich zitierte jeder, dem er begegnete, seinen Werbeslogan. »Foam ist bekannt und bewährt, und das seit vielen Jahren«, sagte er. »Deshalb gilt es als ein wenig altbacken. Junge Hausfrauen sagen oft: ›Foam, ja, sicher, meine Mutter hat das immer genommen.‹ Das ist gut und schön, aber es birgt auch Gefahren.«

Dave war erheitert, Wharton über den Charakter einer Seifenpulverpackung sprechen zu hören, als wäre es ein Mensch. Doch Wharton redete völlig ernst darüber, ohne jeden Anflug von Ironie, und Dave unterdrückte das Verlangen, eine flapsige Bemerkung zu machen. Stattdessen sagte er: »Also bin ich hier, um den Leuten zu sagen, dass Foam jung und groovy ist.«

»Genau«, erwiderte Wharton und lächelte endlich. »Gleichzeitig sollen Sie ein wenig populäre Musik und erbaulichen Humor in amerikanische Wohnzimmer bringen.«

Dave grinste. »Da ist es ja gut, dass ich nicht bei den Rolling Stones bin!«

»Ganz gewiss«, stimmte Wharton ihm todernst zu.

Jenny kehrte mit zwei großformatigen Farbfotos von Dave und einem Filzschreiber zurück.

»Wie heißen Ihre Kinder?«, fragte Dave.

»Caroline und Edward«, antwortete Wharton.

Dave schrieb für jeden eine Widmung und unterzeichnete.

Tony Peterson sagte: »Fertig für die ›Mockingbird‹-Aufnahme.«

Für die Nummer war eine kleine Kulisse aufgebaut worden, die eine schicke Ladenecke mit Vitrinen voller funkelnder Luxusgüter darstellte. Percy kam in einem dunklen Anzug und silbriger Krawatte herein; er sah aus wie ein Abteilungsleiter. Evie gab eine wohlhabende Kundin mit Hut, Handschuhen und Handtasche. Sie nahmen ihre Positionen zu beiden Seiten einer Ladentheke ein. Dave lächelte, als er sah, welche Mühe sich Charlie machte, um zu verhindern, dass die Beziehung seiner beiden Hauptdarsteller als amourös aufgefasst werden konnte.

Sie probten mit dem Orchester. Das Lied war fröhlich und peppig. Percys Bariton und Evies Alt harmonierten sehr gut. In geeigneten Augenblicken holte Percy unter der Theke einen Vogel in einem Käfig und ein Tablett mit Ringen hervor. »Wir spielen an dieser Stelle Lachen aus der Konserve ein, damit das Publikum weiß, dass es komisch sein soll«, sagte Charlie.

Sie sangen für die Kameras. Schon die erste Aufnahme war perfekt, doch zur Sicherheit wiederholten sie die Einspielung, wie immer.

Als sie zum Ende kamen, fühlte Dave sich gut. Das war perfekte Familienunterhaltung für ein amerikanisches Publikum. Zum ersten Mal glaubte er wirklich daran, seine Sendung könnte Erfolg haben.

Beim letzten Takt des Liedes beugte Evie sich über die Theke, stellte sich auf die Zehenspitzen und küsste Percy auf die Wange.

»Wunderbar!«, rief Tony, als er aufs Set kam. »Vielen Dank euch allen. Bitte jetzt Daves nächste Vorstellung.« Er hatte es spürbar eilig, und Dave fragte sich nach dem Grund.

Evie und Percy verließen das Set.

Neben Dave sagte Mr. Wharton: »Den Kuss können wir aber nicht senden.«

Ehe Dave etwas entgegnen konnte, erklärte Charlie Lacklow: »Natürlich nicht, keine Sorge, Mr. Wharton, der kommt raus, wir blenden wahrscheinlich zu Dave über, wie er applaudiert.«

Dave sagte verhalten: »Ich fand den Kuss charmant und ziemlich unschuldig.«

»So, fanden Sie«, erwiderte Wharton streng.

Dave fragte sich besorgt, ob sich ein Problem anbahnte.

»Lassen Sie es, Dave«, sagte Charlie. »Wir können im amerikanischen Fernsehen keinen gemischtrassigen Kuss zeigen.«

Dave wusste, dass die wenigen Schwarzen, die im Fernsehen zu sehen waren, nur selten, wenn überhaupt, von Weißen berührt wurden. Dennoch fragte er: »Ist das irgendeine Richtlinie oder so etwas?«

»Eher ein ungeschriebenes Gesetz«, antwortete Charlie. »Ungeschrieben und unumgänglich«, fügte er mit Nachdruck hinzu.

Evie hatte das Gespräch mit angehört und fragte herausfordernd: »Wieso eigentlich?«

Als Dave den Ausdruck in ihrem Gesicht sah, stöhnte er innerlich auf. Evie würde nicht nachgeben. Sie wollte einen Kampf.

Ein paar Augenblicke herrschte Schweigen. Niemand wusste, was er sagen sollte, besonders nicht, wenn Percy dabeistand.

Schließlich beantwortete Wharton in seinem trockenen Buchhalterton Evies Frage. »Das Publikum würde es missbilligen. Die meisten Amerikaner finden, die Rassen sollten sich nicht vermischen.«

Charlie Lacklow fügte hinzu: »Genau. Was im Fernsehen geschieht, das geschieht auch in Ihrem Haus, in Ihrem Wohnzimmer ... Ihre Kinder schauen zu, und Ihre Schwiegermutter.«

Wharton erinnerte sich, dass Percy mit Babe Lee verheiratet war, einer Weißen, und blickte ihn an. »Kränkt Sie das, Mr. Marquand? Das würde mir leidtun.«

»Ich bin es gewöhnt.« Percy bestritt nicht, dass es ihn kränkte, er lehnte es nur ab, die Sache aufzubauschen. Dave fand sein Verhalten bemerkenswert großherzig.

Indigniert sagte Evie: »Vielleicht sollte das Fernsehen darauf hinarbeiten, diese Vorurteile zu überwinden.«

»Seien Sie nicht naiv«, versetzte Charlie grob. »Wenn wir den Leuten etwas zeigen, das ihnen nicht gefällt, schalten sie um.«

»Dann sollten *alle* Sender das Gleiche tun und Amerika als ein Land zeigen, in dem es keine Unterschiede zwischen den Menschen gibt.«

»Das klappt nicht«, sagte Charlie.

»Mag sein«, entgegnete Evie, »aber versuchen müssen wir es, oder? Schließlich tragen wir Verantwortung.« Sie blickte alle nacheinander an: Charlie, Tony, Dave, Percy und Wharton. Dave fühlte sich schuldig unter ihrem Blick, denn er wusste, dass sie recht hatte. »Wir alle«, fuhr sie fort, »machen Fernsehprogramme, die das Denken und Handeln vieler Menschen beeinflussen und ihre Meinung mitbestimmen.«

Charlie wandte ein: »Nicht unbedingt. Ich glaube ...«

Dave unterbrach ihn. »Lassen Sie's gut sein, Charlie. Wir beeinflussen Menschen. Wäre das nicht so, würde Mr. Wharton sein Geld zum Fenster hinauswerfen.«

Charlie blickte ihn wütend an, hatte aber keine Antwort.

»Wir haben jetzt die Chance, die Welt ein kleines bisschen besser zu machen«, fuhr Evie fort. »Es würde niemanden interessieren, würde ich zur Hauptsendezeit Bing Crosby küssen. Helfen wir den Leuten zu verstehen, dass es keine Rolle spielt, wenn ich eine Wange küsse, die ein wenig dunkler ist.«

Alle blickten auf Wharton. Dave spürte, wie ihm unter seinem hautengen Rüschenhemd der Schweiß ausbrach.

»Sie argumentieren geschickt, junge Dame«, sagte Wharton. »Aber ich muss meine Pflicht gegenüber meinen Anteilseignern und Angestellten erfüllen. Ich bin nicht hier, um die Welt zu verbessern, sondern um Hausfrauen Foam zu verkaufen. Das wird mir aber nicht gelingen, wenn ich mein Produkt – bei allem schuldigen Respekt gegenüber Mr. Marquand – mit gemischtrassigem Sex in Verbindung setze. Ich bin übrigens ein großer Fan von Ihnen, Percy. Ich besitze alle Ihre Schallplatten.«

Dave musste an Mandy Love denken. Er war verrückt nach ihr gewesen. Sie war schwarz – kein helles Goldbraun wie bei Percy, sondern ein wunderschönes tiefes Dunkelbraun. Dave hatte ihre Haut geküsst, bis seine Lippen wund waren. Er hätte ihr vielleicht einen Antrag gemacht, wäre sie nicht zu ihrem alten Freund zurückgekehrt. Dann wäre Dave jetzt in Percys Lage und müsste versuchen, ruhig zu bleiben, während er ein Gespräch mitanhörte, in dem seine Ehe herabgesetzt wurde.

Charlie sagte: »Ich finde, das Duett ist ein schönes Symbol der Harmonie zwischen den Rassen, ohne das kitzlige Thema Sex zwischen Schwarz und Weiß auch nur anzudeuten. Meiner Ansicht nach haben wir hier großartige Arbeit geleistet – vorausgesetzt, wir lassen den Kuss weg.«

»Schön gesagt, Charlie«, wandte Evie ein, »aber das ist Blödsinn, und das wissen Sie.«

»Es ist die Realität.«

Dave versuchte, die Stimmung ein wenig aufzulockern. »Haben Sie gerade Sex als ›kitzliges Thema‹ bezeichnet, Charlie?«, sagte er. »Ganz schön komisch.«

Niemand lachte.

Evie blickte Dave an. »Was wirst du unternehmen, Dave, außer fade

Witze zu reißen?«, fragte sie in beinahe aufreizendem Tonfall. »Du und ich sind erzogen worden, für das einzustehen, was richtig ist. Unser Vater hat im Spanischen Bürgerkrieg gekämpft. Unsere Großmutter hat das Frauenwahlrecht erstritten. Willst du jetzt nachgeben?«

Percy Marquand wandte sich an Dave. »Sie treffen hier die Entscheidung, Dave. Diese Leute brauchen Sie. Ohne Sie gibt es keine Sendung. Sie haben Macht. Nutzen Sie diese Macht, um das Richtige zu tun.«

»Kommen Sie mal wieder zurück auf den Boden der Tatsachen«, sagte Charlie. »Ohne National Soap haben wir auch keine Sendung. Wir hätten es schwer, einen neuen Sponsor zu finden – vor allem, wenn die Leute hören, weshalb Mr. Wharton einen Rückzieher gemacht hat.«

Wharton hat doch gar nicht gesagt, dass er sein Sponsoring wegen des Kusses zurückzieht, überlegte Dave. Ebenso wenig hatte Charlie gesagt, dass es unmöglich sei, einen neuen Sponsor zu finden – nur schwierig. Wenn Dave darauf bestand, den Kuss zu behalten, ging die Sendung vielleicht doch weiter, und Daves Fernsehkarriere überlebte.

Vielleicht.

»Ist es wirklich meine Entscheidung?«, fragte er.

Evie sagte: »Sieht so aus.«

War er bereit, das Risiko einzugehen?

Nein, war er nicht.

»Der Kuss kommt raus«, sagte er.

*

Im April flog Jasper Murray nach Memphis, um über einen Streik bei der Müllabfuhr zu berichten, der in Gewalttätigkeiten ausartete.

Mit Gewalt kannte Jasper sich aus. Alle Menschen, auch er selbst, besaßen das Potenzial, friedfertig oder grausam zu sein; es hing nur von den äußeren Umständen ab, welche Seite zutage trat. Unter den passenden Umständen war fast jeder Mensch fähig, Folter, Vergewaltigung und Mord zu begehen, das glaubte Jasper nach seinem Vietnam-Trauma zu wissen.

Deshalb hörte er sich beide Seiten an, als er in Memphis war. Der Sprecher der Stadtverwaltung erklärte, auswärtige Aufwiegler stachelten die Streikenden zu Ausschreitungen an. Die Streikenden wiederum beschwerten sich über polizeiliche Brutalität.

»Wer hat hier das Sagen?«, fragte Jasper.

Die Antwort lautete: Henry Loeb.

Loeb, demokratischer Bürgermeister von Memphis, war ein unverhohlener Rassist, erfuhr Jasper. Er hielt Segregation für richtig, unterstützte das Konzept »getrennter, aber gleicher« Einrichtungen für Weiße und Schwarze und wetterte öffentlich gegen gerichtlich verordnete Integration.

Und fast alle Arbeiter bei der Müllabfuhr waren schwarz. Sie wurden so schlecht bezahlt, dass viele von ihnen die Wohlfahrt in Anspruch nehmen mussten. Sie mussten unbezahlte Überstunden leisten. Und die Stadt weigerte sich, ihre Gewerkschaft anzuerkennen.

Doch was den Streik ausgelöst hatte, waren Sicherheitsfragen. Zwei Männer waren von einem Müllwagen zu Tod gequetscht worden. Loeb weigerte sich, veraltete Fahrzeuge außer Dienst zu stellen oder die Sicherheitsbestimmungen zu verschärfen.

Der Stadtrat stimmte dafür, dem Streik ein Ende zu machen, indem man die Gewerkschaft anerkannte, doch Loeb überging den Ratsbeschluss. Der Protest weitete sich aus.

Als Martin Luther King sich für die Leute von der Müllabfuhr einsetzte, erhielt der Streit landesweite Aufmerksamkeit.

King flog zu seinem zweiten Besuch am gleichen Tag wie Jasper nach Memphis, am 3. April 1968, einem Mittwoch. Am Abend verdunkelte ein Gewitter die Stadt. In strömendem Regen ging Jasper zum Mason Temple, um zu hören, wie King bei einer Kundgebung sprach.

Ralph Abernathy war der Anheizer. Größer und dunkler als King, weniger gut aussehend und aggressiver, war er – den Gerüchten zufolge – Kings Kumpan bei Saufgelagen und Frauengeschichten und zudem sein engster Verbündeter und Freund.

Das Publikum bestand aus Arbeitern der Müllabfuhr, ihren Familien und Unterstützern. Ein Blick auf ihre abgetretenen Schuhe, die alten Jacken und Hüte verriet Jasper, dass sie zu den ärmsten Menschen in den USA gehörten. Sie waren ungebildet, verrichteten schmutzige Arbeit, wurden von oben herab behandelt und lebten in einer Stadt, die sie als Bürger zweiter Klasse betrachtete, als Nigger, als Boys. Doch sie besaßen Kampfgeist. Sie würden es nicht länger hinnehmen. Sie glaubten an ein besseres Leben. Sie hatten einen Traum.

Und sie hatten Martin Luther King.

King war neununddreißig, sah aber älter aus. Als Jasper ihn bei der Rede in Washington gesehen hatte, war er ein wenig pausbackig gewesen, doch in den fünf Jahren seither hatte er zugenommen und wirkte füllig.

Wäre nicht sein eleganter Anzug gewesen, hätte man ihn für einen Verkäufer halten können. Aber das alles galt nur, bis er den Mund öffnete. Wenn er redete, wurde er ein anderer.

Heute Abend war er in Weltuntergangsstimmung. Während es vor den Fenstern blitzte und der rollende Donner immer wieder seine Rede unterbrach, berichtete er seinen Zuhörern, sein Flugzeug habe an diesem Morgen wegen einer Bombendrohung Verspätung gehabt. »Aber das macht mir nun wirklich nichts aus, denn ich bin auf dem Gipfel des Berges gewesen«, sagte er, und seine Zuhörer jubelten. »Ich möchte nur Gottes Willen tun.« Dann erfasste ihn die Emotionalität seiner eigenen Worte, und seine Stimme bebte unter der Eindringlichkeit, wie damals auf den Stufen des Lincoln Memorials. »Und er hat mir erlaubt, auf den Berg zu steigen«, rief er. »Und ich habe hinübergesehen.« Er hob die Stimme. »Und ich habe das Gelobte Land gesehen ...«

King war ehrlich bewegt, das sah Jasper deutlich. Er schwitzte und vergoss Tränen. Die Menge teilte seine Leidenschaft und antwortete mit »Ja!«- und »Amen!«-Rufen.

»Vielleicht gelange ich nicht dorthin mit euch«, sagte King, und wieder zitterte seine Stimme, »aber ihr sollt heute Abend wissen, dass wir als ein Volk in das Gelobte Land einziehen werden.« Zweitausend Zuhörer brachen in Applaus und Amen-Rufe aus. »Und deshalb bin ich heute Abend so glücklich. Ich mache mir keine Sorgen mehr. Ich fürchte niemanden.« Er hielt inne und sagte langsam: »Mit eigenen Augen habe ich die Herrlichkeit der Wiederkunft des Herrn geschaut.«

Damit schien er vom Rednerpult zurückzutaumeln. Ralph Abernathy sprang hinter ihm auf, um ihn zu stützen, und führte ihn zu seinem Stuhl, begleitet von tosender Zustimmung und dem rollenden Donner des Gewitters, das sich draußen über dem schwülheißen Tennessee entlud.

Den nächsten Tag verbrachte Jasper damit, über einen Rechtsstreit zu berichten. Die Stadt versuchte, die Gerichte zu bewegen, eine Demonstration zu verhindern, die King für den kommenden Montag geplant hatte, während King an einem Kompromissvorschlag arbeitete, der einen kleinen, friedlichen Marsch gewährleisten würde.

Am Ende des Nachmittags telefonierte Jasper mit Herb Gould in New York. Sie wurden sich einig, dass Jasper versuchen sollte, Sam Cakebread ein Interview sowohl mit Loeb als auch mit King zu verschaffen – am Samstag oder Sonntag. Herb wollte ein Team schicken, das während der Demonstration am Montag filmen sollte, damit sie am Montagabend einen Bericht senden konnten.

Nach dem Telefonat mit Gould ging Jasper zu dem Motel, in dem King logierte, dem Lorraine, einem niedrigen zweistöckigen Gebäude, von dessen Balkons man einen Blick auf den Parkplatz hatte. Jasper entdeckte einen weißen Cadillac, der mitsamt Chauffeur von einem Beerdigungsinstitut in Memphis, das von Schwarzen betrieben wurde, an King vermietet worden war. Neben dem Wagen stand eine Gruppe von Kings Mitarbeitern, darunter Verena Marquand.

Sie war so atemberaubend schön wie vor fünf Jahren, hatte sich aber verändert. Sie trug eine Afrofrisur, einen Kaftan und Perlenschmuck. Jasper entdeckte winzige Fältchen der Anspannung um ihre Augen und fragte sich, wie es sein mochte, für einen Mann zu arbeiten, der so leidenschaftlich verehrt und zugleich so erbittert gehasst wurde wie Martin Luther King.

Jasper schenkte ihr sein gewinnendstes Lächeln, stellte sich vor und sagte: »Wir sind uns schon einmal begegnet.«

Sie blickte ihn misstrauisch an. »Ich glaube kaum.«

»Doch. Aber es wäre verzeihlich, wenn Sie es vergessen hätten. Es war am 28. August 1963. An dem Tag ist eine Menge geschehen.«

»Insbesondere Martins ›Ich-habe-einen-Traum‹-Rede.«

»Ich war Journalistikstudent und habe Sie um ein Interview mit Dr. King gebeten. Sie haben mich abblitzen lassen.« Jasper erinnerte sich, wie sehr ihn Verenas Schönheit in den Bann geschlagen hatte. Jetzt war es wieder genauso.

Die Härte fiel von ihr ab. Lächelnd sagte sie: »Und ich nehme an, Sie möchten das Interview noch immer.«

»Sam Cakebread kommt am Wochenende hierher. Er wird mit Henry Loeb sprechen. Ich finde, er sollte auch Dr. King unbedingt interviewen.«

»Ich tue mein Bestes, Mr. Murray.«

»Sagen Sie bitte Jasper zu mir.«

Sie zögerte. »Helfen Sie mir auf die Sprünge. Wie kam unser Treffen damals in Washington zustande?«

»Ich habe mit Congressman Greg Peshkov gefrühstückt, einem Freund der Familie. Sie waren in Begleitung von George Jakes.«

»Und wo sind Sie seitdem gewesen?«

»Einige Zeit in Vietnam.«

»Sie haben gekämpft?«

»Ich war im Gefecht, ja.« Er sprach nicht gern darüber. »Darf ich Ihnen eine persönliche Frage sprechen?«

»Versuchen Sie's. Ich kann Ihnen aber keine Antwort versprechen.«

»Sie und George sind immer noch zusammen?«

»Tut mir leid, darauf gebe ich keine Antwort.«

In diesem Augenblick hörten sie beide Kings Stimme und blickten hoch. Er stand auf dem Balkon vor seinem Zimmer, schaute hinunter und sagte etwas zu einem der Mitarbeiter, die bei Jasper und Verena auf dem Parkplatz standen. Dabei steckte er sich das Hemd unter den Hosenbund, als würde er sich anziehen, nachdem er geduscht hatte. Vermutlich macht er sich fürs Abendessen fertig, überlegte Jasper.

King legte beide Hände an das Geländer und beugte sich darüber, um mit jemandem zu scherzen, der unten stand. »Ben, ich möchte, dass du mir heute Abend ›My Precious Lord‹ vorsingst, wie du es noch nie gesungen hast, nämlich *schön*.«

Der Fahrer des weißen Cadillacs rief zu ihm hoch: »Es kühlt sich ab, Reverend. Vielleicht sollten Sie heute Abend einen Mantel tragen.«

King sagte: »Okay, Jonesy.« Er richtete sich vom Geländer auf.

In diesem Moment fiel ein Schuss.

King taumelte nach hinten, warf die Arme zurück wie ein Mann am Kreuz, prallte gegen die Wand hinter sich und stürzte zu Boden.

Verena schrie auf.

Kings Mitarbeiter suchten Deckung hinter dem weißen Cadillac.

Jasper ließ sich auf ein Knie sinken. Verena kauerte sich vor ihn. Er legte beide Arme um sie, zog ihren Kopf schützend an seine Brust und hielt Ausschau nach möglichen Stellen, von wo der Schuss gekommen sein konnte. Auf der anderen Straßenseite stand ein Gebäude, das eine Pension sein mochte.

Kein zweiter Schuss fiel.

Einen Augenblick lang war Jasper hin und her gerissen. Er entließ Verena aus seiner schützenden Umarmung. »Alles in Ordnung?«, fragte er.

»Oh, Martin!«, rief sie und blickte zum Balkon hinauf.

Sie standen beide vorsichtig auf, doch es fiel kein Schuss mehr.

Wortlos eilten sie an der Außentreppe zum Balkon hinauf.

King lag auf dem Rücken, die Füße gegen das Geländer gestemmt. Ralph Abernathy stand über ihn gebeugt, ebenso ein anderer Aktivist, der freundliche, bebrillte Billy Kyles. Von den Menschen auf dem Parkplatz, die mitbekommen hatten, was geschehen war, waren Jammern, Schreie und Stöhnen zu hören.

Die Kugel hatte Kings Hals und den Kiefer zerfetzt und seine Krawatte weggerissen. Die Wunde war grauenhaft. Jasper wusste sofort, dass

King von einem Teilmantelprojektil getroffen worden war, das man allgemein als Dum-Dum-Geschoss bezeichnete. Um Kings Schultern breitete sich eine Blutlache aus.

Abernathy brüllte: »Martin! Martin! Martin!« Er tätschelte Kings Wange. Jasper glaubte, in Kings Gesicht ein schwaches Anzeichen von Bewusstsein zu sehen. Abernathy sprach ihn an: »Martin, ich bin es, Ralph, keine Sorge, alles wird gut.« Kings Lippen bewegten sich, aber es kam kein Laut hervor.

Kyles erreichte das Telefon im Zimmer als Erster. Er riss den Hörer von der Gabel, aber offenbar saß niemand am Vermittlungspult. Kyles hämmerte mit der Faust gegen die Wand und brüllte: »Geh ans Telefon! Geh ans Telefon! Geh ans Telefon!«

Dann gab er es auf, rannte zurück auf den Balkon und rief den Menschen auf dem Parkplatz zu: »Ruft einen Krankenwagen! Dr. King wurde niedergeschossen!«

Jemand wickelte Kings zerschmetterten Kopf in ein Handtuch aus dem Badezimmer.

Kyles holte eine orange Tagesdecke vom Bett und breitete sie über den Körper des Reverends, bedeckte ihn bis an den zerfetzten Hals.

Jasper kannte sich mit Wunden aus. Er wusste, wie viel Blut ein Mann verlieren konnte, von welchen Wunden er sich erholen konnte und von welchen nicht.

Für Martin Luther King gab es keine Hoffnung mehr.

Kyles hob Kings Kopf an, zwang seine Finger auseinander und nahm ihm ein Päckchen Zigaretten weg. Jasper hatte King nie rauchen sehen: Wie es schien, rauchte er nur, wenn er allein war. Selbst jetzt noch schützte Kyles seinen sterbenden Freund. Die Geste berührte Jasper tief im Herzen.

Abernathy redete noch immer auf King ein. »Kannst du mich hören?«, fragte er. »Kannst du mich hören?«

Jasper beobachtete, wie sich die Farbe von Kings Gesicht dramatisch veränderte. Die dunkle Haut erbleichte und nahm ein gräuliches Hellbraun an. Die markanten Züge wurden unnatürlich ruhig.

Jasper kannte den Tod, und ihn sah er hier vor sich.

Verena sah es ebenfalls. Sie wandte sich ab und trat schluchzend in Kings Zimmer.

Jasper folgte ihr, legte die Arme um sie.

Sie ließ sich weinend gegen ihn sinken, und ihre heißen Tränen tränkten sein weißes Hemd.

»Es tut mir leid«, flüsterte Jasper. »Es tut mir schrecklich leid.«
Es tat ihm leid um Verena. Um Martin Luther King.
Es tat ihm leid um Amerika.

*

In dieser Nacht kam es in vielen Innenstädten in den gesamten Vereinigten Staaten zu einer Explosion der Gewalt.

Voller Entsetzen verfolgte Dave Williams im Bungalow des Beverly Hills Hotels, in dem er abgestiegen war, die Fernsehberichte. In 110 Städten gab es Krawalle. In Washington überwältigten zwanzigtausend Demonstranten die Polizei und steckten Gebäude in Brand. In Baltimore starben sechs Menschen, siebenhundert wurden verletzt. In Chicago wurde die West Madison Street auf zwei Meilen Länge in Trümmer gelegt.

Den ganzen nächsten Tag blieb Dave in seinem Zimmer und saß rauchend vor dem Fernseher auf der Couch. Wer trug die Schuld? Nicht nur der Schütze, der King ermordet hatte. Alle weißen Rassisten, die den Hass schürten. Und alle Menschen, die nichts gegen die grausame Ungerechtigkeit unternahmen.

Menschen wie er, Dave Williams.

Erst vor wenigen Tagen, in einem Fernsehstudio in Burbank, hatte er die einmalige Chance erhalten, dem Rassismus die Stirn zu bieten. Ihm war gesagt worden, eine weiße Frau könne im amerikanischen Fernsehen keinen schwarzen Mann küssen. Seine Schwester hatte verlangt, er, Dave, solle diese rassistisch motivierte Regel infrage stellen. Doch er hatte dem Vorurteil nachgegeben.

Er hatte Martin Luther King genauso sehr auf dem Gewissen wie die Rassisten Henry Loeb, Barry Goldwater und George Wallace.

Die Show würde morgen gesendet werden, am Samstag, um acht Uhr abends.

Ohne den Kuss.

Dave bestellte sich beim Zimmerservice eine Flasche Bourbon und schlief betrunken auf der Couch ein.

Als er am frühen Morgen aufwachte, wusste er, was er zu tun hatte.

Er duschte, nahm ein paar Aspirin gegen seinen Kater und zog seine konservativste Kleidung an, einen grün karierten Anzug mit breitem Revers und Schlaghosen. Er bestellte eine Limousine und ließ sich zum Studio in Burbank fahren, das er um zehn Uhr erreichte.

Er wusste, dass Charlie Lacklow sich in seinem Büro aufhielt, auch wenn Wochenende war, denn Samstag war Sendetag, und es gab mit Sicherheit Panik in letzter Sekunde.

Dave war gekommen, um für zusätzliche Panik zu sorgen.

Charlies Sekretärin Jenny, eine Frau in mittleren Jahren, saß an ihrem Schreibtisch im Vorzimmer. »Guten Morgen, Miss Pritchard«, sagte Dave. Er behandelte sie mit besonderem Respekt und Freundlichkeit, weil Charlie so widerlich zu ihr war. Deshalb betete sie Dave an und hätte alles für ihn getan. »Würden Sie bitte einen Flug nach Cleveland heraussuchen?«

»In Ohio?«

Er lächelte. »Gibt's noch ein anderes Cleveland?«

»Wollen Sie heute dorthin?«

»So bald wie möglich.«

»Wissen Sie, wie weit das ist?«

»Ungefähr zweitausend Meilen.«

Sie nahm den Telefonhörer ab.

Dave fügte hinzu: »Bestellen Sie eine Limousine zum Flughafen, die mich abholt.«

Sie machte sich eine Notiz, dann sprach sie ins Telefon. »Wann geht der nächste Flug nach Cleveland? Danke, ich bleibe am Apparat.« Sie blickte Dave wieder an. »Wohin nach Cleveland wollen Sie?«

»Geben Sie dem Fahrer Albert Whartons Privatadresse.«

»Erwartet Mr. Wharton Sie?«

»Nein, es soll eine Überraschung sein.« Er zwinkerte ihr zu und ging weiter ins Büro. Charlie saß hinter dem Schreibtisch.

»Könnten Sie zwei Schnittfassungen der Show machen?«, fragte Dave ohne Umschweife. »Eine mit dem Kuss und eine ohne?«

»Ja, sicher, kein Problem«, sagte Charlie. »Wir haben schon eine Fassung ohne Kuss, sendefertig. Die Alternative könnten wir noch heute Morgen fertigstellen. Aber das werden wir nicht tun.«

»Ich glaube schon. Im Laufe des Tages werden Sie einen Anruf von Albert Wharton bekommen, in dem er Sie bittet, den Kuss drinzulassen. Und Sie wollen unseren Sponsor ja nicht enttäuschen.«

»Auf keinen Fall. Aber was macht Sie so sicher, dass Wharton seine Meinung ändert?«

Dave war sich keineswegs sicher, aber das wollte er Charlie nicht verraten. »Wenn Sie beide Fassungen haben – wann etwa hätten Sie die letzte Möglichkeit, den Austausch vorzunehmen?«

»Ungefähr um zehn vor acht Eastern Time.«

Jenny Pritchard steckte den Kopf zur Tür hinein. »Sie sind für den Elf-Uhr-Flug gebucht, Dave. Der Flughafen ist sieben Meilen von hier, also müssen Sie sofort los.«

»Bin schon unterwegs.«

»Der Flug dauert viereinhalb Stunden, und es gibt drei Stunden Zeitunterschied, deshalb landen Sie um halb sieben.« Sie reichte ihm einen Zettel mit Whartons Adresse. »Sie sollten um sieben dort sein.«

»Dann habe ich Zeit genug«, sagte Dave und winkte Charlie zum Abschied zu. »Bleiben Sie in der Nähe des Telefons.«

Charlie wirkte verdutzt. Er war es nicht gewohnt, dass man ihn herumkommandierte. »Okay, ich gehe nirgendwohin«, sagte er.

Im Vorzimmer sagte Miss Pritchard: »Seine Frau heißt Susan, seine Kinder Caroline und Edward.«

»Vielen Dank.« Dave schloss Charlies Bürotür. »Miss Pritchard, wenn Sie hier mal die Nase voll haben, ich brauche eine Sekretärin.«

»Ich *habe* die Nase voll«, sagte sie. »Wann fange ich an?«

»Am Montag?«

»Soll ich um neun ins Beverly Hills Hotel kommen?«

»Sagen wir um zehn.«

Die Hotellimousine brachte Dave zum Flughafen von Los Angeles. Miss Pritchard hatte die Fluggesellschaft angerufen; eine Stewardess erwartete Dave bereits und führte ihn durch den VIP-Eingang, damit es in der Abflughalle nicht zu tumultartigen Szenen kam.

Er hatte nichts außer Aspirin gefrühstückt, deshalb war er froh über das Mittagessen, das auf dem Flug serviert wurde. Als die Maschine schließlich zum Landeanflug auf die Stadt am Eriesee ansetzte, brütete Dave darüber, was er zu Wharton sagen sollte. Leicht würde es nicht. Aber wenn er sich gut schlug, konnte er Wharton vielleicht umstimmen und seine Feigheit vom Drehtag wiedergutmachen. Er sehnte sich danach, Evie mitteilen zu können, dass er tätige Buße geleistet habe.

Miss Pritchard hatte gute Vorarbeit geleistet: Am Hopkins Airport wurde Dave bereits von einem Wagen erwartet, der ihn in eine grüne Vorstadt brachte, nicht weit vom Flughafen entfernt. Um kurz nach sieben hielt die Limousine in der Auffahrt einer großen, aber unaufdringlichen Villa im Ranchstil. Dave ging zur Tür und klingelte.

Er war nervös.

Wharton persönlich kam in einem grauen V-Ausschnitt-Pullover und Slacks an die Tür. »Dave Williams?«, fragte er verdutzt. »Was, zum ...«

»Guten Abend, Mr. Wharton«, sagte Dave. »Verzeihen Sie, dass ich Sie überfalle, aber ich würde Sie gern sprechen.«

Wharton wirkte erfreut, als er seine Überraschung überwunden hatte. »Kommen Sie herein«, sagte er. »Ich möchte Ihnen meine Familie vorstellen.«

Er führte Dave ins Esszimmer. Die Familie schien gerade das Abendessen zu beenden. Wharton hatte eine hübsche Frau Mitte dreißig, eine Tochter von etwa sechzehn Jahren und einen pickligen Jungen, der vielleicht zwei Jahre jünger war. »Wir haben einen Überraschungsgast«, verkündete Wharton. »Das ist Mr. Dave Williams von Plum Nellie.«

Mrs. Wharton schlug eine kleine weiße Hand vor den Mund. »Ach du liebe Güte!«

Dave schüttelte ihr die Hand und wandte sich den Jugendlichen zu. »Ihr müsst Caroline und Edward sein.«

Wharton war sichtlich erfreut, dass Dave sich an die Namen seiner Kinder erinnerte.

Die Jugendlichen waren wie vom Donner gerührt, einen Überraschungsbesuch von einem echten Popstar zu erhalten, den sie aus dem Fernsehen kannten. Edward brachte kaum ein Wort hervor. Caroline nahm die Schultern zurück, damit ihre Brüste zur Geltung kamen, und bedachte Dave mit einem Blick, den er schon bei tausend weiblichen Teenagern gesehen hat und der besagte: Du kannst alles mit mir machen, was du willst.

Dave tat so, als bemerkte er es nicht.

Wharton sagte: »Bitte, nehmen Sie Platz, Dave. Setzen Sie sich zu uns.«

Mrs. Wharton fügte hinzu: »Möchten Sie etwas Dessert? Wir haben Erdbeerboden.«

»Sehr gern«, sagte Dave. »Ich wohne in einem Hotel, da wäre etwas Selbstgebackenes großartig.«

»Ach, Sie Armer«, sagte Mrs. Wharton und verschwand in die Küche.

»Sind Sie heute von Los Angeles gekommen?«, fragte Wharton.

»Ja.«

»Aber nicht nur, um mich zu sprechen?«

»Doch. Ich möchte noch einmal über die Sendung heute Abend mit Ihnen reden.«

»Okay«, erwiderte Wharton gedehnt.

Dave wollte die Jugendlichen auf seine Seite ziehen, deshalb sagte er zu ihnen: »In der Sendung, die euer Dad und ich gemacht haben, singt Percy Marquand im Duett mit meiner Schwester Evie Williams.«

Edward sagte: »Ich hab ihren Film gesehen, der war klasse!«

»Am Ende des Songs gibt Evie Percy einen Kuss auf die Wange.« Dave hielt inne.

Caroline rief: »Na und? Das ist doch nichts.«

Mit einem koketten Hochziehen einer Augenbraue stellte Mrs. Wharton ihm ein großes Stück Erdbeerkuchen hin.

Dave fuhr fort: »Euer Dad und ich haben darüber gesprochen, ob es die Zuschauer verärgern könnte, und das will natürlich keiner von uns. Wir haben beschlossen, den Kuss wegzulassen.«

»Ich halte das nach wie vor für eine kluge Entscheidung«, erklärte Wharton.

»Ich bin anderer Meinung.« Dave schüttelte den Kopf. »Ich glaube, die Situation hat sich verändert, seit wir diese Entscheidung getroffen haben.«

»Sie sprechen vom Mordanschlag auf Martin Luther King.«

»King ist tot, aber Amerika blutet noch immer.« Der Satz flog ihm förmlich zu, wie es manchmal bei Liedzeilen der Fall war, wenn er Songtexte schrieb.

Wharton schüttelte den Kopf und presste die Lippen zusammen. Daves Optimismus verlor an Schwung. Wharton sagte umständlich: »Ich habe mehr als tausend Angestellte, darunter viele Neger. Wenn unser Absatz einbricht, weil wir Zuschauer verärgert haben, verlieren viele von ihnen ihren Job. Das darf ich nicht riskieren.«

»Wir würden beide ein Risiko eingehen«, erklärte Dave. »Meine Popularität steht ebenfalls auf dem Spiel. Aber ich möchte dazu beitragen, dass die Wunden dieses Landes verheilen.«

Wharton lächelte nachsichtig, als hätte eines seiner Kinder etwas hoffnungslos Idealistisches von sich gegeben. »Und Sie glauben, ein Kuss kann das?«

»Es ist Samstagabend, Albert«, sagte Dave eindringlich. »In ganz Amerika fragen sich junge Schwarze, ob sie losziehen, Fenster einwerfen und Feuer legen sollen, oder ob sie sich vom Ärger fernhalten. Ehe sie sich entscheiden, werden sich viele von ihnen *Dave Williams and Friends* anschauen, allein schon deswegen, weil es von einem Rockstar moderiert wird.«

»Nun, offensichtlich ...«

»Überlegen Sie, welche Kulisse wir für Percy und Eve aufgebaut haben. Alles daran schreit förmlich heraus, dass Schwarze und Weiße sich voneinander fernhalten sollen ... die Kostüme, die Rollen, die sie spielen, die Ladentheke, die sie trennt ...«

»Das war die Absicht.«

»Aber das möchte ich den Schwarzen nicht vorsetzen, schon gar nicht heute Abend, nachdem der Mann ermordet wurde, der ihnen Hoffnung gegeben hat. Es geht mir vor allem um Evies Kuss am Ende. Dieser Kuss sagt, dass wir einander nicht verprügeln und ermorden müssen. Er sagt, dass wir einander berühren können. Das sollte eigentlich keine große Sache sein, aber sie *ist* es nun mal.«

»Dave hat recht, Dad«, mischte Caroline sich ein. »Du solltest das wirklich machen.«

»Stimmt«, sagte Edward.

Wharton zeigte sich von den Meinungsäußerungen seiner Kinder nicht sonderlich berührt, wandte sich zu Daves Erstaunen aber seiner Frau zu und fragte: »Was sagst du dazu, Liebes?«

»Ich würde dir niemals raten, dass du irgendetwas tun sollst, was der Firma schadet, das weißt du«, antwortete sie. »Aber ich glaube, dieser Kuss könnte dem Unternehmen sogar nutzen. Wenn du kritisiert wirst, sagst du den Leuten, du hättest es wegen Martin Luther King getan. Am Ende könntest du als Held dastehen.«

»Wir haben Viertel vor acht, Mr. Wharton«, drängte Dave. »Charlie Lacklow wartet neben dem Telefon. Wenn Sie ihn in den nächsten fünf Minuten anrufen, hat er noch Zeit, die Bänder auszuwechseln. Die Entscheidung liegt bei Ihnen.«

Im Zimmer wurde es still. Wharton dachte nach. Schließlich stand er auf. »Verflixt, ich glaube, Sie haben recht«, sagte er.

Er ging in den Flur.

Sie hörten, wie er wählte.

Dave biss sich auf die Lippe.

»Mr. Lacklow bitte ... Hallo, Charlie ... Ja, er ist hier, er isst mit uns Dessert ... Ja, wir haben lange darüber gesprochen. Ich rufe an, um Sie zu bitten, den Kuss doch zu senden ... Ja, genau das habe ich gesagt. Danke, Charlie. Einen guten Abend.«

Dave hörte, wie der Hörer auf die Gabel gelegt wurde. Ein Gefühl der Dankbarkeit und des Triumphs durchströmte ihn.

Wharton kam wieder ins Zimmer. »Erledigt«, sagte er.

»Danke, Mr. Wharton«, sagte Dave.

*

»Der Kuss hat gewaltige Publicity bekommen, und es gab fast nur positive Reaktionen«, sagte Dave zu Evie, als sie am Dienstag in der Polo Lounge zu Mittag aßen.

»Also profitiert National Soap davon?«

»So sagt es mir mein neuer Freund Mr. Wharton. Der Absatz von Foam hat zugelegt, anstatt zurückzugehen.«

»Und die Show?«

»Ebenfalls ein Erfolg. Sie haben schon eine neue Staffel in Auftrag gegeben.«

»Und das alles, weil du das Richtige getan hast.«

»Meine Solokarriere startet großartig. Nicht schlecht für einen Kerl ohne Schulabschluss.«

Charlie Lacklow setzte sich zu ihnen an den Tisch. »Tut mir leid, dass ich so spät dran bin«, sagte er unaufrichtig. »Ich habe an einer gemeinsamen Presseerklärung mit National Soap gearbeitet. Ein bisschen spät, drei Tage nach der Sendung, aber sie möchten aus der guten Publicity so viel herausholen wie möglich.« Er reichte Dave zwei Blatt Papier.

Evie fragte: »Darf ich mal sehen?« Sie wollte nicht, dass Daves Leseschwäche für Charlie offenkundig wurde. Er reichte ihr die Blätter. Nachdem Evie sie überflogen hatte, rief sie: »Dave! Hier lassen sie dich sagen: ›Ich möchte dem Direktor von National Soap, Mr. Albert Wharton, für seinen Mut und seine Weitsicht danken, denn er hat darauf bestanden, dass in der Show der umstrittene Kuss gesendet wird.‹ So eine Frechheit!«

Dave nahm das Blatt wieder an sich.

Charlie reichte ihm einen Kugelschreiber.

Dave schrieb »Okay« oben auf das Blatt, unterzeichnete und gab es Charlie zurück.

Evie konnte sich kaum bezähmen. »Das ist doch verrückt!«, stieß sie hervor.

»Genau«, sagte Dave. »So wie das ganze Showbusiness.«

KAPITEL 43

An dem Tag, an dem Dimkas Scheidung offiziell wurde, gab es ein Treffen der Spitzenberater im Kreml, auf dem die Krise in der Tschechoslowakei diskutiert werden sollte.

Dimka war aufgeregt. Er sehnte sich danach, Natalja zu heiraten, und jetzt war eines der größten Hindernisse aus dem Weg. Er konnte es kaum erwarten, ihr davon zu erzählen, doch als sie im Nina-Onilowa-Zimmer eintraf, strahlend schön wie immer, waren bereits mehrere andere Personen zugegen, also musste er warten.

Die Entwicklung in der Tschechoslowakei war dramatisch, aber in Dimkas Augen mehr als vielversprechend. Der neue Mann in Prag, Alexander Dubček, war genau nach Dimkas Geschmack. Zum ersten Mal, seit er im Kreml arbeitete, hatte ein Satellitenstaat erklärt, man wolle einen anderen Weg zum Kommunismus einschlagen als die Sowjetunion. Am 5. April hatte Dubček ein Aktionsprogramm verkündet, zu dem die Redefreiheit, das Recht, in den Westen zu reisen, und das Ende willkürlicher Verhaftungen gehörten, außerdem größere unternehmerische Freiheiten für die Tschechen und Slowaken.

Wenn das in der Tschechoslowakei funktionierte, dann vielleicht auch in der Sowjetunion.

Im Gegensatz zu seiner Schwester und den anderen Dissidenten, die den Sozialismus abschaffen wollten, war Dimka stets der Überzeugung gewesen, dass man ihn auch reformieren könne.

Die Sitzung begann. Jewgeni Filipow legte einen Bericht des KGB vor, in dem es hieß, bourgeoise Kräfte versuchten, die tschechische Revolution zu untergraben.

Dimka seufzte. Das war typisch für den Kreml unter Breschnew. Wenn irgendjemand sich seiner Autorität widersetzte, fragten sie nie, ob es einen legitimen Grund dafür gab, sondern suchten stets nach einem verbrecherischen Motiv. Dementsprechend verächtlich fiel auch Dimkas Antwort darauf aus. »Ich bezweifele stark, dass es in der Tschechoslowakei nach zwanzig Jahren Sozialismus noch irgendwelche bourgeoisen Elemente gibt«, sagte er.

»Oh doch.« Zum Beweis holte Filipow zwei Blatt Papier hervor. Das eine war ein Brief von Simon Wiesenthal, dem Direktor des Dokumentationszentrums des Bundes Jüdischer Verfolgter des Naziregimes in Wien, in dem er die Arbeit seiner zionistischen Kollegen in Prag lobte. Das andere war ein in der Tschechoslowakei gedrucktes Flugblatt, das die Ukraine aufrief, sich von der Sowjetunion abzuspalten.

Natalja, die auf der anderen Seite des Tisches saß, hatte nur Spott dafür übrig. »Diese Dokumente sind so offensichtlich gefälscht, dass es schon lächerlich ist. Es ist nicht mal annähernd plausibel, dass Simon Wiesenthal die Konterrevolution in Prag organisiert. Das muss der KGB doch besser können.«

Wütend erwiderte Filipow: »Dubček ist uns in den Rücken gefallen!«

Das war nicht ganz unwahr. Als der vorherige tschechische Staatsführer Nowotny immer unpopulärer wurde, hatte Breschnew der Ernennung Dubčeks zugestimmt, da dieser als nicht besonders helle, aber zuverlässig gegolten hatte. Dass er sich dann als Radikaler entpuppte, war für die Konservativen im Kreml ein Schock gewesen.

Filipow fuhr fort: »Dubček hat den Zeitungen gestattet, Führungskader anzugreifen!«

Er war sichtlich empört, doch seine Argumentation stand auf tönernen Füßen. Dubčeks Vorgänger war ein Gangster gewesen. »Die befreiten Zeitungen«, erklärte Dimka, »haben herausgefunden, dass Nowotny Importlizenzen der Regierung missbraucht hat, um Sportwagen vom Typ Jaguar einzukaufen, die er dann wiederum für viel Geld an Parteigenossen verscherbelt hat.« Er spielte den Ungläubigen. »Wollen Sie wirklich solche Verbrecher schützen, Genosse Filipow?«

»Ich will, dass sozialistische Länder mit Disziplin und strenger Hand regiert werden«, erwiderte Filipow. »Nicht mehr lange, und die ersten subversiven Zeitungen werden nach einer sogenannten Demokratie im westlichen Stil schreien, in der bourgeoise Parteien die Illusion der Vielfalt pflegen, sich in Wahrheit jedoch zusammenrotten, um die Arbeiterklasse zu unterdrücken.«

»Das will niemand«, meldete Natalja sich wieder zu Wort. »Aber wir möchten, dass die Tschechoslowakei attraktiv für westliche Touristen wird. Wenn wir die Entwicklung jetzt aufhalten, und die Touristen bleiben aus, ist die Sowjetunion gezwungen, die tschechischen Genossen finanziell zu unterstützen.«

Filipow schnaubte verächtlich. »Ist das wirklich die Meinung des Außenministeriums?«

»Das Außenministerium will Verhandlungen mit Dubček fuhren, um sicherzustellen, dass die CSSR sozialistisch bleibt. Auf keinen Fall darf es zu einem Einschreiten durch die Sowjetunion kommen, gleich welcher Art, denn das würde kapitalistische Länder und die sozialistischen Bruderstaaten gleichermaßen von uns entfremden.«

Zu guter Letzt fanden die ökonomischen Argumente eine Mehrheit am Tisch. Die Berater empfahlen dem Politbüro, Dubček beim nächsten Gipfeltreffen des Warschauer Pakts in Dresden zu befragen. Dimka war zufrieden. Die Tauben hatten sich durchgesetzt – vorerst jedenfalls –, und die Gefahr einer Gegenbewegung der Falken war gebannt. Das aufregende tschechische Experiment zur Reform des Sozialismus konnte fortgesetzt werden.

Draußen kam Dimka auf die nicht weniger erfreulichen privaten Dinge zu sprechen. »Meine Scheidung ist durch«, sagte er zu Natalja. »Ich bin jetzt auch offiziell nicht mehr mit Nina verheiratet.«

Nataljas Reaktion war gedämpft. »Gut«, sagte sie bloß, schaute aber besorgt drein.

Seit nunmehr einem Jahr lebte Dimka von Nina und Klein Grigori getrennt. Er hatte seine eigene kleine Wohnung bezogen, und Natalja und er kamen ein-, zweimal die Woche kurz zusammen. Aber das war für sie beide unbefriedigend.

»Ich will dich heiraten«, sagte er.

»Ich dich doch auch.«

»Wirst du mit Nik reden?«

»Ja.«

»Heute noch?«

»Bald.«

»Wovor hast du denn Angst?«

»Ich habe keine Angst um mich«, antwortete Natalja. »Was mir passiert, ist mir egal.«

Dimka zuckte unwillkürlich zusammen. Er erinnerte sich noch gut an Nataljas aufgeplatzte Lippe.

»Du bist es, um den ich mir Sorgen mache«, fuhr sie fort. »Erinnerst du dich an den Mann vom Schwarzmarkt?«

Ja, Dimka erinnerte sich. Der Schwarzmarkthändler, der Natalja betrogen hatte, war so schlimm zusammengeschlagen worden, dass er im Krankenhaus gelandet war. Und nun deutete Natalja an, dass es Dimka ähnlich ergehen könnte, wenn sie Nik um die Scheidung bat.

Aber Dimka glaubte nicht daran. »Ich bin nicht irgendein Kleinkrimineller, ich bin die rechte Hand des Ministerpräsidenten. Nik kann mir nichts anhaben.«

»Ich weiß nicht«, erwiderte Natalja unglücklich. »Nik hat Beziehungen bis ganz nach oben.«

»Hast du noch immer Sex mit ihm?«, fragte Dimka leise.

»Nicht oft. Er hat andere Mädchen.«

»Und genießt du es?«

»Nein.«

»Er?«

»Nicht sehr.«

»Wo ist dann das Problem?«

»Das Problem ist sein Stolz«, erklärte Natalja. »Er kann die Vorstellung nicht ertragen, ich könnte einen anderen Mann ihm vorziehen.«

»Ich habe keine Angst vor seiner Wut.«

»Ich schon. Aber ich werde mit ihm reden. Versprochen.«

»Danke.« Dimka senkte die Stimme zu einem Flüstern. »Ich liebe dich.«

»Ich liebe dich auch.«

Dimka kehrte in sein Büro zurück und erstattete seinem Chef, Alexej Kossygin, von der Sitzung Bericht.

»Ich glaube dem KGB auch nicht«, sagte Kossygin. »Andropow will Dubčeks Reformen unterdrücken, und damit er freie Hand dafür bekommt, fälscht er Beweise.« Juri Andropow war der neue Chef des KGB und ein fanatischer Hardliner. Kossygin fuhr fort: »Aber ich brauche verlässliche Informationen aus der ČSSR. Dem KGB kann ich nicht trauen, aber wem dann?«

»Schicken Sie meine Schwester dorthin«, schlug Dimka vor. »Sie ist Reporterin bei der TASS. Während der Kubakrise hat sie Chruschtschow wichtige Informationen aus Havanna übermittelt. In Prag kann sie das Gleiche tun.«

»Gute Idee«, sagte Kossygin. »Würden Sie das bitte für mich arrangieren?«

*

Dimka sah Natalja am folgenden Tag nicht, doch am Tag darauf rief sie an, kurz bevor er das Büro verließ.

»Hast du mit Nik gesprochen?«, fragte er.

»Noch nicht. Aber es ist etwas passiert. Filipow hat ihn besucht.«

»Filipow?« Dimka war erstaunt. »Was hat ein Apparatschik des Verteidigungsministeriums mit deinem Mann zu tun?«

»Nichts Gutes, so viel steht fest. Ich glaube, er hat Nik von dir und mir erzählt.«

»Warum sollte er? Ja, wir streiten uns häufig in den Sitzungen, aber ...«

»Es gibt da etwas, was ich dir noch nicht erzählt habe. Filipow hat sich an mich herangemacht.«

»Wann?«

»Vor zwei Monaten, in der Bar am Ufer. Du warst gerade mit Kossygin weg.«

»Hat der Hurensohn wirklich geglaubt, du würdest mit ihm ins Bett gehen, weil ich nicht in der Stadt bin?«

»Ich nehme es an. Es war schrecklich peinlich. Ich habe ihm gesagt, ich würde nicht einmal mit ihm schlafen, wenn er der letzte Mann in Moskau wäre. Ich hätte wohl überlegter sein sollen.«

»Glaubst du, er hat aus Rache mit Nik gesprochen?«

»Bestimmt.«

»Und wie hat Nik reagiert?«

»Gar nicht, und genau das macht mir Sorgen. Ich habe Angst um dich.«

»Mir wird schon nichts passieren.«

»Sei trotzdem vorsichtig.«

»Ja.«

»Und geh nicht zu Fuß nach Hause. Fahr mit dem Wagen.«

»Das tue ich immer.«

Sie verabschiedeten sich voneinander und legten auf. Dimka zog seinen dicken Mantel an, setzte die Pelzmütze auf und verließ das Gebäude. Sein Moskwitsch 408 stand auf dem Kremlparkplatz, also konnte ihm auf dem Weg dorthin nichts passieren. Auf der Heimfahrt fragte er sich, ob Nik verrückt genug war, ihn von der Straße zu rammen, aber nichts geschah.

Dimka parkte einen Block von seiner Wohnung entfernt. Jetzt war er am verwundbarsten. Er musste im Licht der Straßenlaternen vom Wagen bis zur Haustür gehen. Wenn sie ihn verprügeln wollten, war jetzt der geeignete Zeitpunkt. Es war zwar niemand zu sehen, aber vielleicht versteckten sich die Schläger.

Wenn es zum Angriff kam, würde Nik selbst ihn nicht ausführen, vermutete Dimka. Er würde ein paar seiner Schläger schicken. Fragte sich nur, wie viele. Und sollte er sich wehren? Gegen zwei Mann hätte er vielleicht eine Chance. Er war kräftig, und er war kein Feigling. Sollten es aber drei oder mehr sein, könnte er es gleich ohne Gegenwehr über sich ergehen lassen.

Er stieg aus, schloss den Wagen ab und ging über den Bürgersteig. Sein Blick huschte umher. Würden sie sich aus einem geparkten Kleinbus auf ihn stürzen? Kamen sie um die Ecke des Nachbargebäudes? Vielleicht lauerten sie vor der Tür.

Dimka erreichte das Gebäude und ging hinein. Er musste lange auf den Aufzug warten. Als die Lifttür sich hinter ihm schloss, fragte er sich, ob sie vielleicht schon in seiner Wohnung waren.

Er öffnete die Tür. Alles war still. Er schaute in jedem Zimmer nach. Nichts.

Dimka verriegelte die Tür.

*

Zwei Wochen lebte Dimka in der ständigen Angst, überfallartig angegriffen zu werden. Dann gelangte er zu dem Schluss, dass nichts passieren würde. Vielleicht war es Nik ja doch egal, dass seine Frau eine Affäre hatte. Oder er hielt es für klüger, sich nicht mit jemandem anzulegen, der im Kreml arbeitete. Wie auch immer die Antwort lautete, Dimka fühlte sich allmählich wieder sicher.

Doch er wunderte sich immer noch über die Rachlust von Jewgeni Filipow. Hatte es den Kerl tatsächlich überrascht, dass Natalja ihn abgewiesen hatte? Filipow war dumm und konservativ, sah nicht gerade gut aus und war schlecht gekleidet. Hatte er wirklich geglaubt, eine attraktive Frau, die einen Mann und einen Geliebten hatte, würde sich mit ihm einlassen? Filipows Gefühle waren offenbar tief verletzt. Aber seine Rachepläne schienen nicht aufgegangen zu sein.

Doch mehr noch beschäftigte Dimka die tschechische Reformbewegung, die man inzwischen den »Prager Frühling« nannte. Er hatte für die größte Spaltung im Kreml seit der Kubakrise gesorgt. Dimkas Chef, Ministerpräsident Kossygin, gehörte zu den Optimisten, die darauf hofften, dass die Tschechen einen Weg aus dem Sumpf der Ineffektivität und Verschwendung fanden, den Markenzeichen der sozialistischen Ökonomie. Aus taktischen Gründen hielten sie ihren Enthusiasmus jedoch zurück und schlugen stattdessen vor, Dubček im Auge zu behalten und jegliche Konfrontation zu vermeiden. Doch Konservative wie Filipows Chef, Verteidigungsminister Andrej Gretschko, und KGB-Chef Andropow machten Prag nervös. Sie fürchteten, die radikalen Ideen könnten ihre Autorität untergraben, andere Länder anstecken und den gesamten Warschauer Pakt unterminieren. Sie wollten Panzer schicken, Dubček absetzen und ein rigides sozialistisches Regime installieren, das Moskau ergeben war.

Doch niemand wollte seine Meinung als Erster kundtun, und so überließen die politischen Führer der Sowjetunion es ihren Beratern, die Sache vor der Politbürositzung auszufechten.

»Es geht nicht nur um Dubčeks revisionistische Ideen, was die Pressefreiheit betrifft«, sagte Jewgeni Filipow eines Nachmittags vor dem Kabinettssaal zu Dimka. »Er ist Slowake, und er will der unterdrückten Minderheit, aus der er stammt, mehr Rechte geben. Stellen Sie sich nur mal vor, was passiert, wenn dieses Gedankengut sich in der Ukraine und den baltischen Staaten ausbreitet.«

Wie immer waren Filipows Kleidung und seine Frisur seit zehn Jahren aus der Mode. Heutzutage trug jeder sein Haar etwas länger, doch Filipow hatte noch immer einen militärischen Kurzhaarschnitt. Dimka versuchte zu vergessen, dass dieser Mann ein intriganter Bastard war. »Diese Gefahren sind rein hypothetischer Natur«, argumentierte er. »Es gibt keine direkte Bedrohung für die Sowjetunion, die ein militärisches Eingreifen rechtfertigen würde.«

»Dubček greift den KGB an. Er hat mehrere Agenten aus Prag ausgewiesen und eine Untersuchung über die Umstände des Todes von Außenminister Masaryk angeordnet.«

»Hat der KGB denn das Recht, Minister befreundeter Regierungen zu ermorden?«, konterte Dimka. »Ist das die Nachricht, die Sie den Ungarn und der DDR schicken wollen? Dann wäre der KGB schlimmer als die CIA. Die Amerikaner ermorden nur Personen in verfeindeten Staaten.«

Trotzig hob Filipow das Kinn. »Was haben wir zu gewinnen, wenn wir diesen Unsinn in Prag zulassen?«

»Wenn wir in die Tschechoslowakei einmarschieren, wird es zu einer diplomatischen Eiszeit kommen.«

»Na und?«

»Das würde unsere Beziehungen zum Westen beschädigen. Dabei versuchen wir derzeit, die Spannungen mit den Vereinigten Staaten abzubauen, damit wir unsere Militärausgaben senken können. Das alles wäre vorbei. Es könnte sogar bedeuten, dass Richard Nixon ins Weiße Haus einzieht. Und Nixon würde die Rüstung ankurbeln. Denken Sie mal darüber nach, was uns das kosten würde.«

Filipow versuchte, Dimka zu unterbrechen, aber der redete unbeirrt weiter. »Außerdem wäre es ein Rückschlag für die Dritte Welt. Und das ausgerechnet jetzt, wo wir versuchen, unsere Beziehungen zu den blockfreien Staaten zu verbessern und nicht ins Hintertreffen gegenüber den

Chinesen zu geraten, die uns die sozialistische Vormachtstellung streitig machen. Deshalb veranstalten wir im November ja die große Konferenz des Weltkommunismus. Aber sie könnte zu einer Pleite werden, wenn wir in die CSSR einmarschieren.«

Filipow schnaubte verächtlich. »Wollen Sie Dubček tatsächlich erlauben, zu tun und zu lassen, was er will?«

»Im Gegenteil.« Jetzt enthüllte Dimka den Vorschlag, den sein Chef bevorzugte. »Kossygin wird nach Prag reisen und einen Kompromiss aushandeln – einen *friedlichen* Kompromiss.«

Nun legte auch Filipow die Karten auf den Tisch. »Das Verteidigungsministerium wird diesen Plan im Politbüro unterstützen – unter der Bedingung, dass wir sofort mit den Vorbereitungen einer Invasion beginnen, falls die Verhandlungen fehlschlagen.«

»Einverstanden«, sagte Dimka, der sicher war, dass der Roten Armee ohnehin längst Pläne für ein militärisches Eingreifen vorlagen.

Er kehrte in dem Augenblick in sein Büro zurück, als Vera Pletner, seine Sekretärin, ans Telefon ging. Sie hörte ein paar Sekunden zu, dann reichte sie ihm mit besorgter Miene den Hörer. »Ihre Ex«, sagte sie leise.

Dimka seufzte, nahm den Hörer und fragte: »Was ist, Nina?«

»Du musst sofort kommen!«, rief sie. »Grigori ist weg!«

Dimkas Herz setzte einen Schlag aus. Grigori, den alle Grischka nannten, war nicht einmal fünf Jahre alt. »Was meinst du damit, Grigori ist weg?«

»Ich kann ihn nirgends finden. Er ist verschwunden. Und ich habe überall gesucht!«

Dimka versuchte, Ruhe zu bewahren. »Wann und wo hast du ihn das letzte Mal gesehen?«

»Er ist nach oben zu deiner Mutter gegangen. Ich habe ihn allein gehen lassen, wie immer. Es sind ja nur drei Stockwerke mit dem Lift.«

»Wann war das?«

»Vor weniger als einer Stunde. Du musst sofort kommen!«

»Ich bin schon unterwegs. Ruf die Miliz an.«

»Ja.«

Dimka legte auf und rannte los. Er zog sich nicht einmal den Mantel an, bemerkte die kalte Luft aber kaum. Er sprang in seinen Wagen und jagte los. Nina wohnte noch immer in ihrer alten Wohnung im Haus am Ufer, keine zwei Kilometer vom Kreml entfernt.

Der Pförtner gehörte zum KGB. »Guten Tag, Genosse Dworkin«, grüßte er höflich, als Dimka die Eingangshalle betrat.

»Haben Sie Grischka gesehen?«, fragte Dimka. »Meinen kleinen Jungen?«

»Nein, heute nicht.«

»Er ist verschwunden. Könnte er nach draußen gelaufen sein?«

»Nicht seit ich um eins aus der Mittagspause gekommen bin.«

»Waren heute irgendwelche Fremden hier?«

»Mehrere, wie immer. Ich habe eine Liste ...«

»Die schaue ich mir später an. Rufen Sie sofort in unserer Wohnung an, wenn Sie Grischka sehen.«

»Ja, natürlich.«

»Die Miliz wird gleich kommen.«

»Ich schicke sie sofort rauf.«

Dimka wartete auf den Aufzug. Er war verschwitzt und so nervös, dass er auf den falschen Knopf drückte, sodass der Lift einen Zwischenstopp einlegte. Als er schließlich Ninas Etage erreichte, stand sie mit seiner Mutter Anja im Flur.

Anja wischte sich zwanghaft die Hände an der Schürze ab. »Er ist nie bei mir angekommen, Dimka«, sagte sie. »Was ist denn passiert, um Himmels willen?«

»Könnte er sich verirrt haben?«, fragte Dimka.

»Er war schon zigmal oben«, antwortete Nina. »Er kennt den Weg. Aber vielleicht hat ihn etwas abgelenkt, und er hat sich verlaufen. Er ist ja erst fünf.«

»Der Pförtner ist sicher, dass Grischka das Gebäude nicht verlassen hat. Also müssen wir nur suchen. Wir klopfen an jede Tür. Nein, wartet ... Die meisten Bewohner haben Telefon. Ich gehe runter und rufe sie von der Rezeption aus an. Sucht ihr beide die Flure, Treppen und Besenkammern ab.«

»Gut«, sagte Anja. »Wir nehmen den Aufzug zum Dach und suchen von oben nach unten das Haus ab.«

Die beiden Frauen stiegen in den Lift, während Dimka die Treppe hinuntereilte. In der Lobby erklärte er dem Pförtner, was passiert war, und rief in den Wohnungen an, konnte aber nicht sicher sein, wie viele Leute sich zurzeit im Gebäude aufhielten. Hundert vielleicht? »Ein kleiner Junge ist weg. Haben Sie ihn gesehen?«, fragte er jedes Mal. Kaum hörte er ein »Nein«, legte er auf, wählte die nächste Nummer und notierte sich die Wohnungen, wo entweder niemand abhob oder die kein Telefon hatten.

Dimka hatte gerade vier Stockwerke abgegrast, als die Miliz erschien: ein fetter Unteroffizier und ein junger Milizionär. Sie waren unfassbar ruhig. »Na, dann werden wir uns mal umsehen«, schnaubte der Unteroffizier. »Wir kennen uns hier aus.«

»Um das Gebäude zu durchsuchen, braucht man mehr als zwei Mann!«, protestierte Dimka.

»Wenn nötig, holen wir Verstärkung, Genosse«, erwiderte der Unteroffizier.

Dimka wollte keine Zeit verschwenden und mit den Männern streiten. Stattdessen telefonierte er weiter. Doch allmählich glaubte er, dass Nina und Anja eine bessere Chance hatten, Grischka zu finden. Wenn der Junge in die falsche Wohnung getapst wäre, hätte der Besitzer bestimmt längst an der Rezeption angerufen.

Nachdem Dimka zehn Minuten telefoniert hatte, kamen die beiden Milizionäre aus dem Keller und hielten Grischka an den Händen.

Dimka ließ den Hörer fallen und rannte zu ihm.

»Ich kriegte die Tür nicht auf, da habe ich gerufen«, sagte Grischka.

Dimka hob ihn hoch, drückte ihn an sich und kämpfte mit den Tränen. »Was ist denn passiert?«

»Die Milizmänner haben mich gefunden.«

Anja und Nina kamen aus dem Treppenhaus, außer sich vor Erleichterung. Nina riss Dimka den Jungen aus den Armen und drückte ihn an ihre Brust.

»Wo haben Sie ihn gefunden?«, fragte Dimka den Unteroffizier.

»Im Keller, in einem Lagerraum. Die Tür war nicht abgeschlossen, aber er kam nicht an die Klinke. Er hatte Angst, aber ansonsten scheint ihm nichts passiert zu sein.«

Dimka wandte sich wieder an den Jungen. »Warum bist du in den Keller gelaufen, Grischka?«

»Der Mann hat gesagt, da ist ein Hündchen. Aber ich habe das Hündchen nicht gesehen!«

»Der Mann?«

»Ja.«

»Hast du ihn gekannt?«

Grischka schüttelte den Kopf.

Der Unteroffizier schob sich die Kappe in den Nacken. »Dann ist jetzt wohl alles in Ordnung.«

»Moment mal«, sagte Dimka. »Sie haben den Jungen gehört. Ein Mann hat ihn da runtergelockt.«

»Ja, Genosse, das hat er mir auch schon erzählt. Aber es wurde offensichtlich kein Verbrechen verübt.«

»Das Kind ist entführt worden!«

»Es ist schwer zu sagen, was wirklich geschehen ist, besonders wenn die Information von einem Kind stammt.«

»Ein Mann hat ein Kind in den Keller gelockt und es dort allein gelassen!«

»Warum sollte jemand so etwas tun? Der Junge hat sich verlaufen. Kinder verlaufen sich ständig.«

Dimka wurde misstrauisch. »Woher haben Sie überhaupt gewusst, wo Sie suchen müssen?«

»Das war geraten. Wie gesagt, wir kennen das Gebäude.«

Erneut wandte Dimka sich an seinen Sohn. »Hat der Mann dir seinen Namen gesagt?«

»Ja«, antwortete Grischka. »Nik.«

*

Am nächsten Morgen ließ Dimka sich die KGB-Akte von Nik Smotrow kommen.

Er war außer sich vor Wut. Am liebsten hätte er sich eine Waffe geschnappt und Nik über den Haufen geschossen. Es war dem Kerl mit Sicherheit nicht schwergefallen, am Pförtner vorbeizukommen. Vielleicht hatte er eine Lieferung vorgetäuscht oder einfach nur mit einem Parteiausweis gewedelt. Doch Dimka hatte keine Ahnung, woher Nik wusste, dass Grischka ohne Begleitung von einem Teil des Gebäudes in einen anderen ging. Wahrscheinlich hatte er das Haus ein paar Tage zuvor observiert. Vielleicht hatte er mit den Nachbarn geredet und sich die beste Gelegenheit ausgesucht. Und vermutlich hatte er die beiden Milizionäre bestochen. Wie auch immer, eines stand fest: Er hatte Dimka zu Tode erschrecken wollen. Aber das würde er nun bereuen.

Theoretisch konnte Kossygin als Ministerpräsident jede Akte anfordern, die er einsehen wollte. Praktisch jedoch entschied Juri Andropow, der KGB-Chef, wer was zu sehen bekam. Allerdings war Dimka sicher, dass Niks Aktivitäten zwar kriminell waren, aber keine politische Relevanz besaßen, deshalb gab es keinen Grund, die Akte unter Verschluss zu halten.

Und tatsächlich lag sie am Nachmittag auf seinem Schreibtisch.

Sie war dick.

Wie Dimka bereits vermutet hatte, war Nik Schwarzmarkthändler, und wie die meisten dieser Männer war er Opportunist. Er kaufte und verkaufte, was er in die Finger bekam: bedruckte Hemden, teures Parfüm, E-Gitarren, Spitzenunterwäsche, Scotch – alles illegal importierte Luxusgüter, die in der Sowjetunion schwer zu bekommen waren.

Dimka ging die Berichte sorgfältig durch und suchte nach irgendetwas, was er gegen Nik verwenden konnte. Doch der KGB beschäftigte sich viel mit Gerüchten, und Dimka brauchte etwas Handfestes, sodass er zur Miliz gehen und eine Ermittlung fordern konnte. Doch Nik hatte die Miliz mit Sicherheit in der Tasche, sonst wäre er nicht so lange im Geschäft. Also würden die Ermittlungen nichts ergeben.

In der Akte stand auch viel über Niks Privatleben. Er hatte eine Geliebte und mehrere Freundinnen, darunter eine, mit der er Marihuana rauchte. Dimka fragte sich, wie viel Natalja von diesen Freundinnen wusste. Nachmittags traf sich Nik mit seinen Geschäftspartnern in der Bar Madrid nahe des Zentralmarkts. Und er hatte eine hübsche Frau, die ...

Entsetzt las Dimka, dass Niks Frau schon seit Langem eine Affäre mit Dmitri Iljitsch »Dimka« Dworkin unterhielt, einem der Berater von Ministerpräsident Kossygin.

Seinen eigenen Namen zu lesen, war schrecklich. Offensichtlich war in diesem Land nichts privat. Wenigstens fand Dimka keine Fotos oder Tonaufnahmen in der Akte.

Allerdings gab es ein Foto von Nik, den Dimka ja noch nie gesehen hatte. Nik war ein gut aussehender Mann mit charmantem Lächeln. Auf dem Bild trug er ein Jackett mit Schulterklappen, ein hochmodernes Kleidungsstück. Dem Text zufolge war er eins neunzig groß und sportlich.

Na und?, sagte sich Dimka. Ich würde ihn trotzdem zu Brei schlagen. Doch er schob seine Rachefantasien erst einmal beiseite und las weiter.

Kurz darauf fand er, was er suchte: Nik kaufte Fernsehgeräte von der Roten Armee. Das sowjetische Militär verfügte über ein gigantisches Budget, das niemand infrage zu stellen wagte. Ein Teil des Geldes wurde für Hightech-Ausrüstung aus dem Westen verwendet. In diesem konkreten Fall ging es um Hunderte teure Fernsehapparate. Die bevorzugte Marke waren die Geräte der Firma Franck aus Westberlin, die für ihre hervorragende Bildqualität und ihren exzellenten Klang bekannt waren. Eine kleine Gruppe niederer Stabsoffiziere hatte sie bestellt – Männer, die in der Akte namentlich erwähnt waren. Dann hatten sie die Geräte für veraltet erklärt und billig an Nik verkauft, der sie seinerseits zu beachtlichen Preisen auf dem Schwarzmarkt verhökert hatte. Das machten sie bis heute so. Den Profit teilten sie sich.

Die meisten von Niks Geschäften waren Kleinkram, aber das hier … Damit hatte er im Laufe der Jahre gewaltige Summen verdient. Zwar fand sich in der Akte kein eindeutiger Beweis, aber für Dimka ergab es Sinn. Der KGB hatte die Angelegenheit der Armee gemeldet, doch als die den Sachverhalt untersucht hatte, war sie zu keinem Ergebnis gekommen. Wahrscheinlich, dachte Dimka, hatten auch die Ermittler einen Teil des Profits bekommen.

Er rief in Nataljas Büro an. »Ich habe nur eine kurze Frage«, sagte er. »Was habt ihr für einen Fernseher? Was für eine Marke?«

»Einen Franck«, antwortete sie sofort. »Der ist toll. Ich kann dir einen besorgen, wenn du willst.«

»Nein, danke.«

»Warum fragst du?«

»Das erkläre ich dir später.« Dimka legte auf.

Er schaute auf die Uhr. Es war fünf. Er verließ den Kreml und fuhr in die Große Sadowaja-Straße.

Er musste Nik Angst machen. Das würde nicht leicht werden, aber der Mann musste begreifen, dass er Dimkas Familie nie wieder bedrohen durfte.

Dimka parkte seinen Moskwitsch, stieg aber nicht sofort aus. Er rief sich die Härte und Entschlossenheit ins Gedächtnis, die er während der Kubakrise an den Tag gelegt hatte. Ohne mit der Wimper zu zucken, hatte er damals die Karrieren von Männern zerstört und ihr Leben ruiniert. Und jetzt würde er mit Nik das Gleiche machen.

Dimka schloss seinen Wagen ab, ging zur Bar Madrid und stieß die Tür auf. Dann blieb er erst einmal stehen und schaute sich um. Die Bar war ein moderner Laden, kalt, kahl und voller Plastik. Nur ein elektrischer Kamin und ein paar Fotos von Flamencotänzerinnen an den Wänden verbreiteten so etwas wie Wärme. Eine Handvoll Gäste schaute Dimka interessiert an. Sie sahen wie typische Kleinkriminelle aus, doch keiner von ihnen ähnelte Nik.

Am anderen Ende des Raumes gab es einen Tresen, daneben eine Tür mit der Aufschrift »Privat«.

Dimka ging zur Bar. Ohne stehen zu bleiben, fragte er den Mann hinter dem Tresen: »Ist Nik hinten?«

Der Mann schien Dimka aufhalten zu wollen, doch als er dessen Miene sah, änderte er seine Meinung. »Ja«, antwortete er schlicht.

Dimka stieß die Tür auf.

Vier Männer spielten in einem kleinen Hinterzimmer Karten. Auf dem Tisch lag jede Menge Geld. Auf einer Seite rauchten zwei junge

Frauen in Cocktailkleidern amerikanische Zigaretten und schauten gelangweilt drein.

Dimka erkannte Nik sofort. Sein Gesicht sah genauso gut aus wie auf dem Foto, doch der Kamera war es nicht gelungen, seinen eisigen Blick einzufangen. »Das ist ein Privatzimmer«, sagte er kalt. »Verpiss dich.«

»Ich habe eine Botschaft für dich«, erwiderte Dimka.

Nik legte seine Karten mit dem Bild nach unten auf den Tisch, lehnte sich nach hinten und grinste Dimka herausfordernd an. »Da bin ich aber gespannt.«

»Dir wird das Grinsen bald vergehen.«

Zwei der Kartenspieler standen auf und drehten sich zu Dimka um. Einer griff in sein Jackett. Dimka glaubte, der Mann würde eine Waffe ziehen, doch Nik hob die Hand, und der Mann zögerte. Nik ließ Dimka nicht aus den Augen.

»Wovon redest du?«, fragte er. »Wer bist du überhaupt?«

»Dmitri Iljitsch Dworkin. Ich bin der Grund deiner Probleme.«

»Ich habe keine Probleme, Arschloch.«

»Bis gestern. Dann hast du einen Fehler gemacht, Arschloch.« Die Männer waren sichtlich angespannt, blieben aber ruhig.

»Gestern?« Nik kniff die Augen zusammen. »Bist du der Arsch, den Natalja fickt?«

»Du wirst bald so viel Ärger haben, dass du nicht mehr weißt, was du tun sollst. Dann denk an meinen Namen.«

»Du bist Dimka!«

»Wir sehen uns wieder«, sagte Dimka, drehte sich langsam um und ging hinaus. Auf dem Weg durch die Bar waren alle Blicke auf ihn gerichtet. Dimka schaute stur geradeaus. Er rechnete damit, jeden Augenblick eine Kugel in den Rücken zu bekommen, erreichte aber unbehelligt die Tür und ging hinaus.

Er lächelte vor sich hin.

Jetzt musste er seiner Drohung nur noch Taten folgen lassen.

Er fuhr aus dem Stadtzentrum bis zum zehn Kilometer entfernten Flughafen Chodynka. Dort parkte er vor der Zentrale des militärischen Nachrichtendienstes. Das alte Gebäude war eines der bizarrsten Beispiele für die Architektur der Stalinzeit, ein neunzig Stockwerke hoher Turm, der von einem Ring aus zweistöckigen Gebäuden umschlossen wurde. Doch trotz dieser Größe hatte sich das Direktorat inzwischen auf ein neueres, fünfzehn Stockwerke hohes Gebäude auf ein angrenzendes Grundstück ausgedehnt. Militärische Einrichtungen wurden immer nur größer, nie kleiner.

Niks KGB-Akte unter dem Arm, betrat Dimka das alte Gebäude und fragte nach General Wolodja Peschkow.

»Haben Sie einen Termin?«, erkundigte sich ein Wachsoldat.

Dimka hob die Stimme. »Lass den Scheiß, Söhnchen. Ruf einfach im Sekretariat des Generals an und gib ihm Bescheid, dass ich hier bin.«

Hektische Betriebsamkeit brach aus. Kurz darauf wurde Dimka durch einen Metalldetektor geführt und fuhr im Lift zu einem Büro ganz oben im Gebäude, dem höchsten weit und breit; man hatte einen wundervollen Blick über die Dächer von Moskau.

Wolodja begrüßte Dimka herzlich und bot ihm Tee an. Dimka hatte seinen Onkel schon immer gemocht. Jetzt, mit Mitte fünfzig, hatte Wolodja silbergraues Haar. Trotz des harten Blicks seiner eisblauen Augen war er ein Reformer – im eher konservativen Militär mehr als ungewöhnlich. Aber Onkel Wolodja war ja auch schon mal in Amerika gewesen.

»Was kann ich für dich tun?«, fragte er schließlich. »Du siehst aus, als wolltest du jemanden umbringen.«

»Ich habe ein Problem«, begann Dimka. »Ich habe mir einen Feind gemacht.«

»In den Kreisen, in denen du arbeitest, ist das nichts Ungewöhnliches.«

»Es hat nichts mit Politik zu tun. Nik Smotrow ist ein Verbrecher.«

»Wie bist du an so einen geraten?«

»Ich schlafe mit seiner Frau.«

Wolodja runzelte missbilligend die Stirn. »Und jetzt bedroht er dich.«

Wolodja war Zoja vermutlich nie untreu gewesen, denn Zoja war nicht nur schön, sie war auch gebildet und intelligent. Und das bedeutete, dass Wolodja wenig Mitgefühl für Dimka aufbringen konnte. Allerdings hätte er vermutlich anders gedacht, wäre auch er mit einer Hexe wie Nina verheiratet gewesen.

»Dieser Nik, er hat Grischka entführt«, sagte Dimka.

Wolodja richtete sich auf. »Was? Wann?«

»Gestern. Wir haben ihn zurück. Er war nur im Keller des Hauses eingesperrt. Aber es war eine Warnung.«

»Du musst diese Frau aufgeben!«

Dimka ignorierte diese Aufforderung. »Ich bin aus einem ganz bestimmten Grund zu dir gekommen, Onkel«, sagte er stattdessen. »Du könntest mir helfen und gleichzeitig der Roten Armee einen Gefallen tun ...«

»Sprich weiter.«

»Nik steckt hinter einem groß angelegten Betrug, der die Armee jedes Jahr Millionen kostet.« Dimka erklärte den Betrug mit den Fernsehern. Als er fertig war, legte er Wolodja die Akte auf den Tisch. »Hier steht alles drin, einschließlich der Namen der Offiziere, die das Ganze organisieren.«

Wolodja rührte die Akte nicht an. »Ich bin kein Milizionär. Ich kann diesen Nik nicht verhaften. Und wenn er Milizionäre besticht, kann ich auch nicht viel ausrichten.«

»Aber du kannst die beteiligten Armeeoffiziere verhaften.«

»Oh ja. In vierundzwanzig Stunden sitzen die Kerle in einem Armeegefängnis.«

»Und du kannst dem Geschäft ein Ende machen.«

»Sehr schnell sogar.«

Und dann ist Nik ruiniert, dachte Dimka. »Danke, Onkel«, sagte er. »Du hast mir sehr geholfen.«

*

Dimka war gerade in seiner Wohnung und packte für die Reise in die CSSR, als Nik zu ihm kam.

Das Politbüro hatte Kossygins Plan genehmigt. Dimka würde mit ihm nach Prag fliegen, um die Krise ohne Waffengewalt zu lösen. Sie mussten einen Weg finden, das liberale Experiment fortzusetzen und gleichzeitig den Falken im Kreml zu versichern, dass das sowjetische System nicht bedroht war. Langfristig hoffte Dimka jedoch darauf, dass auch die Sowjetunion sich veränderte.

Im Mai war es in Prag mild und feucht. Dimka faltete gerade einen Regenmantel, als es an der Tür klingelte.

In diesem Gebäude gab es weder einen Pförtner noch eine Gegensprechanlage. Die Tür zur Straße war ständig unverschlossen, und Besucher konnten unangekündigt zu den Wohnungen gehen. Es war hier bei Weitem nicht so luxuriös wie im Haus am Ufer, wo Nina, Dimkas Ex, noch immer in ihrer alten Wohnung lebte, was Dimka gelegentlich ärgerte; andererseits war er froh, dass der kleine Grischka nicht weit von seiner Großmutter wohnte.

Dimka öffnete die Tür – und zuckte zusammen.

Vor ihm stand Nik, der Mann seiner Geliebten.

Nik war mehrere Zentimeter größer als Dimka und kräftiger, doch Dimka war bereit, es mit ihm aufzunehmen. Er trat einen Schritt zurück und schnappte sich den nächstbesten schweren Gegenstand, den er finden konnte: einen Kristallaschenbecher.

»Nicht nötig.« Nik trat ein und schloss die Tür hinter sich.

»Verschwinde«, sagte Dimka. »Hau ab, bevor du noch mehr Ärger bekommst.« Es gelang ihm, selbstbewusster zu klingen, als er war.

Nik funkelte ihn an. Der Hass in seinen Augen war nicht zu übersehen. »Du bist mächtig genug, mir das Leben zu versauen, und ich sollte Angst vor dir haben. Schon verstanden. Also gut, ich *habe* Angst.«

So klang er aber nicht.

»Was willst du hier?«, fragte Dimka.

»Die Schlampe ist mir scheißegal. Ich habe sie nur geheiratet, um meiner Mutter einen Gefallen zu tun, und die ist tot. Aber es verletzt nun mal den Stolz eines Mannes, wenn ein anderer in seinem Revier wildert. Du weißt, was ich meine.«

»Komm zur Sache.«

»Mein Geschäft ist ruiniert. In der Armee will niemand mit mir reden, geschweige denn, mir Fernseher verkaufen. Männer, die sich von dem Geld, das ich für sie verdient habe, Villen gebaut haben, gehen auf der Straße wortlos an mir vorbei ... sofern sie nicht im Knast sitzen.«

»Du hättest meinen Sohn nicht bedrohen sollen.«

»Das weiß ich jetzt auch. Ich dachte, meine Frau hätte für irgendeinen kleinen Apparatschik die Beine breit gemacht. Stattdessen hat sie einen verdammten Parteihengst gefickt. Ich habe dich unterschätzt.«

»Dann verpiss dich, und leck deine Wunden.«

»Ich muss meinen Lebensunterhalt verdienen.«

»Versuch's mal mit Arbeiten.«

»Hör zu, ich habe eine andere Quelle für Fernseher aus dem Westen aufgetan, die nichts mit der Armee zu tun hat.«

»Und? Was kümmert mich das?«

»Ich kann das Geschäft wieder aufbauen, das du zerstört hast.«

»Und?«

»Du bekommst zehn Prozent vom Profit.«

»Du willst mich als Geschäftspartner? Auf dem Schwarzmarkt? Hast du völlig den Verstand verloren?«

»Zwanzig Prozent. Und du musst nichts anderes tun, als mich in Ruhe zu lassen.«

»Ich will dein Geld nicht.«

»Was dann?«

Bisher hatte Dimka nur mit dem Mann geredet, um ihn aus dem

Gleichgewicht zu bringen, doch jetzt hatte er endlich die Gelegenheit, auf die er gewartet hatte. »Lass dich scheiden.«

»Was?«

»Lass dich scheiden«, wiederholte Dimka. »Spreche ich Chinesisch? Lass. Dich. Scheiden.«

»Ist das alles?«

»Ja. Wenn du dich von ihr scheiden lässt, lass ich dich in Ruhe. Ich bin nicht bei der Miliz, und ich führe keinen Krieg gegen die Korruption im Land. Ich habe Wichtigeres zu tun.«

»Abgemacht.« Nik öffnete die Tür. »Ich schicke sie gleich rauf.«

»Sie ist hier?«, fragte Dimka erstaunt.

»Sie wartet unten im Wagen. Morgen schicke ich dir ihre Sachen. Ich will sie nie wieder bei mir sehen.« In der Tür drehte Nik sich noch einmal um und richtete drohend den Zeigefinger auf Dimka. »Wenn du versuchst, mich zu verarschen, schneide ich ihr die Nippel mit einer Küchenschere ab.«

Dimka glaubte ihm aufs Wort und unterdrückte ein Schaudern. »Mach, dass du rauskommst.«

Nik ging, ohne die Tür zu schließen.

Dimka atmete heftig, als er im Flur seiner kleinen Wohnung stand und Niks schweren Schritten lauschte, die aus dem Treppenhaus zu ihm hinaufhallten. Schließlich löste er sich aus der Starre und stellte den Aschenbecher zurück auf den Tisch. Seine Finger waren nass vor Schweiß; beinahe wäre ihm das schwere Ding aus der Hand gerutscht.

Kurz darauf hörte er wieder Schritte draußen auf den Stufen, leichtfüßiger und schneller diesmal. Dann stand Natalja in der Tür. Ihr Lächeln ließ die ganze Wohnung strahlen. Sie warf sich in Dimkas Arme, und er vergrub sein Gesicht in ihren Locken.

»Endlich bist du hier«, sagte er.

»Ja, und ich werde nie mehr gehen.«

KAPITEL 44

Rebecca brachte es nicht über sich, Bernd zu belügen.

Reumütig erzählte sie ihm alles. »Ich habe jemanden kennengelernt, den ich sehr mag«, sagte sie. »Ich habe was mit ihm, aber ich werde Schluss machen, ich verspreche es dir. Es tut mir schrecklich leid ...«

Rebecca wartete. Sie hatte entsetzliche Angst vor Bernds Reaktion. Würde er die Scheidung verlangen?

»Es braucht dir nicht leidzutun«, sagte er schließlich. »Und du musst auch nicht Schluss mit ihm machen.«

Sie lagen im Bett. Nun drehte Rebecca sich zu ihm um und blickte ihn fassungslos an. »Das meinst du doch nicht ernst.«

»Doch«, sagte Bernd. »Ich weiß, dass du mich liebst und dass du gerne Sex mit mir hast, aber du darfst nicht den Rest deines Lebens auf echten Sex verzichten.«

»Willst du wirklich, dass ich mit einem anderen Mann ins Bett gehe?«

»Ja.«

»Aber ... warum?«

»Weil ich es längst weiß.«

»Du weißt es?«

»Glaubst du vielleicht, so etwas spürt man nicht? Außerdem bist du eine gesunde junge Frau, und es wäre seltsam, hättest du nicht ganz normale Bedürfnisse, die ich nun mal nicht befriedigen kann. Ich habe gewusst, dass es früher oder später so kommt. Oder hältst du mich für naiv?«

»Aber ...«

»Kein Aber. Geh weiter mit ihm ins Bett. Wenn du es nicht tust, wirst du immer das Gefühl haben, du hättest wegen mir etwas verpasst. Du wirst das Gefühl haben, ein Opfer für mich gebracht zu haben. Und das will ich nicht. Du musst mir ja nichts erzählen. Komm einfach immer wieder zu mir und sag mir, dass du mich liebst. Mehr erwarte ich gar nicht.«

Am Abend des nächsten Tages saß Rebecca neben ihrem Liebhaber, Klaus Krohn, in einem Sitzungssaal des Hamburger Rathauses. Rebecca war in der Bürgerschaft, dem Stadtparlament. Der Ausschuss, dem sie angehörte, diskutierte gerade einen Vorschlag, einen heruntergekommenen Wohnblock abzureißen und an seiner Stelle ein Einkaufszentrum zu errichten, doch Rebecca konnte nur an Klaus denken.

Sie wollte mit ihm schlafen, hatte aber gleichzeitig Angst davor. Sie wusste nicht, was sie tun sollte, und konnte sich einfach nicht auf die Debatte konzentrieren. Sie spielte an ihrem Terminkalender herum, war nervös und hatte Angst vor dem, was möglicherweise geschehen würde.

Klaus war ein attraktiver Mann – intelligent, freundlich, charmant und genau in ihrem Alter: siebenunddreißig. Seine Frau war vor zwei Jahren bei einem Autounfall ums Leben gekommen, und er hatte keine Kinder. Er sah zwar nicht aus wie ein Filmstar, hatte aber ein warmherziges Lächeln. Heute trug er einen Anzug wie alle Männer im Raum, hatte aber als einziger den Kragen aufgeknöpft.

Nach der Sitzung fragte er Rebecca, ob sie mit ihm in eine Bar an der Alster gehen wollte, und sie erklärte sich nur zu gern einverstanden. Sie fuhren getrennt dorthin. Die Bar war klein und dunkel und um diese Zeit so gut wie leer, da die meisten Gäste Bootsbesitzer aus der Nähe waren, die meist tagsüber kamen.

Klaus bestellte ein Bier, Rebecca ein Glas Sekt. Kaum hatten sie sich gesetzt, sagte Rebecca: »Ich habe meinem Mann von uns erzählt.«

Klaus erschrak. »Warum?«

»Ich kann ihn nicht anlügen. Ich liebe ihn.«

»Und mich willst du offenbar auch nicht anlügen.«

»Tut mir leid.«

»Du musst dich nicht entschuldigen, im Gegenteil. Danke, dass du ehrlich zu mir bist.« Nachdenklich drehte er das Bierglas in den Händen, ehe er fragte: »Aber wenn du es deinem Mann gebeichtet hast, warum bist du dann mit mir hier?«

»Er will, dass ich deine Geliebte bleibe.«

Für einen Moment verschlug es Klaus die Sprache. Dann fragte er: »Aber ... warum? Hat es mit seiner Lähmung zu tun?«

»Du meinst, ob er möchte, dass ich nicht auf Sex verzichten soll?«

»Ja.«

»Nein, darum geht es nicht«, log Rebecca. »Bernds Zustand hat keine Auswirkungen auf unser Sexualleben.«

Das war die Geschichte, die sie auch ihrer Mutter und ihren Freundinnen erzählte. Sie log für Bernd. Sie glaubte, dass es demütigend für ihn sein würde, wenn die Leute die Wahrheit erfuhren.

»Das heißt«, sagte Klaus, »es ist nicht Schluss zwischen euch beiden?«

»Ich weiß es noch nicht.«

Er legte die Hand auf ihre. »Lass dir Zeit.«

»An der Universität habe ich mit zwei Jungs geschlafen. Dann habe ich Hans geheiratet, aber der wollte mich nur ausspionieren. Danach habe ich mich in Bernd verliebt, und wir sind zusammen geflohen. Und schließlich habe ich dich kennengelernt. Und das ist auch schon die ganze Geschichte meines Liebeslebens ... besser gesagt, meiner Männergeschichten.«

»Deine Eltern leben noch immer im Osten?«

»Ja. Sie werden nie eine Ausreisegenehmigung bekommen. Wenn man sich einen Feind wie Hans Hoffmann gemacht hat, dann hat man einen Feind fürs Leben.«

»Du vermisst sie bestimmt.«

»Oh ja.« Rebecca hatte gar keine Worte dafür, wie sehr sie ihre Familie vermisste. Die Kommunisten hatten die Telefonleitungen nach Westen am Tag des Mauerbaus gekappt, sodass Rebecca noch nicht einmal mit ihren Eltern telefonieren konnte. Sie hatte nur die Briefe ... Briefe, die von der Stasi geöffnet und gelesen wurden, die oft viel zu spät kamen und noch dazu zensiert wurden. Nur ein paar Fotos waren durchgekommen, und die standen jetzt neben Rebeccas Bett. Ihr Vater war inzwischen grau geworden, ihre Mutter fülliger, und die kleine Lili hatte sich zu einer schönen Frau entwickelt.

»Wie ist es dir eigentlich im Krieg ergangen? Wir haben nie darüber gesprochen.«

»Da gibt es nicht viel zu erzählen. Ich habe gehungert, wie die meisten Kinder«, sagte Klaus. »Das Haus neben uns hat einen Bombentreffer abbekommen. Alle Bewohner waren tot, aber uns ist nichts passiert.«. Er zuckte die Achseln. »Mein Vater ist ein Überlebenskünstler. Im Krieg hat er Bombenschäden dokumentiert und Gebäude gesichert.«

»Hast du Geschwister?«

»Ja, einen Bruder und eine Schwester. Und du?«

»Meine Schwester Lili lebt noch immer in Ostberlin. Mein Bruder Walli ist kurz nach mir geflohen. Er ist Gitarrist in einer Band mit Namen Plum Nellie.«

»Plum Nellie? Das ist dein Bruder?«

»Ja. Eine Zeit lang hat er hier bei uns in Hamburg gewohnt. Er hat sich der Band angeschlossen, als sie in irgendeinem zweitklassigen Club auf der Reeperbahn gespielt hat.«

»Und jetzt ist er Popstar. Siehst du ihn manchmal?«

»Natürlich. Jedes Mal, wenn die Band in Deutschland spielt.« Klaus schaute auf ihr Glas und sah, dass es leer war. »Möchtest du noch einen Sekt?«

Rebecca schüttelte den Kopf. »Nein danke. Lieber nicht.«

»Hör zu«, sagte Klaus. »Eins sollst du wissen. Ich will unbedingt mit dir zusammenbleiben, aber ich kann mir vorstellen, dass du jetzt hin und her gerissen bist. Vergiss nie, dass du deine Meinung jederzeit wieder ändern kannst. Es gibt keinen Punkt, an dem es kein Zurück mehr gibt. Wie du dich auch entscheidest, ich werde nicht wütend auf dich sein, und ich werde dich auch nicht bedrängen, das verspreche ich dir. Ich möchte dich nicht zu irgendetwas zwingen.«

Klaus hatte die richtigen Worte gefunden. Rebeccas Spannung löste sich ein wenig. Sie hatte Angst gehabt, irgendwann erkennen zu müssen, die falsche Entscheidung getroffen zu haben und keinen Ausweg mehr zu sehen, doch Klaus' Versprechen beruhigte sie.

»Ich muss über alles nachdenken«, sagte sie leise. »Das verstehst du doch?«

»Aber ja.« Klaus streichelte zärtlich über ihre Wange. »Lass dir so viel Zeit, wie du brauchst.«

*

Die Leute hielten Cameron Dewar für verrückt, als er Richard Nixon einlud, in Berkeley zu reden. Berkeley galt als der radikalste Campus der Vereinigten Staaten. Man würde Nixon kreuzigen, hieß es. Es würde zu Unruhen kommen.

Cam war es egal. Er war fest davon überzeugt, dass Nixon die einzige Hoffnung für Amerika darstellte. Nixon war stark und entschlossen. Okay, die Leute hielten ihn für skrupellos und verschlagen. Na und? Genau so einen Präsidenten brauchte Amerika. Gott verhüte, dass jemand wie Bobby Kennedy Präsident wurde – ein Mann, der sich ständig fragte, was richtig und was falsch war. Der nächste Präsident der Vereinigten Staaten musste den Unruhestiftern in den Gettos ebenso den Garaus machen wie dem Vietcong im Dschungel Südostasiens, ohne dabei ständig sein Gewissen zu erforschen.

In seinem Brief an Nixon hatte Cam geschrieben, dass die Liberalen und Kommunisten auf dem Campus die gesamte Aufmerksamkeit der linksgerichteten Medien auf sich zogen. Dabei seien die meisten Studenten eher konservativ und gesetzestreu. Nixon könne in Berkeley einen großen Erfolg feiern.

Cams Familie war außer sich, als sie davon erfuhr. Sein Großvater und sein Urgroßvater waren demokratische Senatoren gewesen, und seine Eltern hatten stets die Demokratische Partei gewählt.

»Wie kannst du für die Republikaner in den Wahlkampf ziehen? Für einen Mann wie Richard Nixon? Für Ungerechtigkeit, Lüge und Krieg?«, wollte Beep, seine Schwester, von ihm wissen.

»Es gibt keine Gerechtigkeit ohne Ordnung auf den Straßen«, erwiderte Cam, »und es gibt keinen Frieden, solange der Kommunismus uns bedroht.«

Beep schüttelte den Kopf. »Wo warst du die letzten Jahre? Als die Schwarzen gewaltlos demonstriert haben, hat man sie mit Schlagstöcken und Hunden angegriffen. Und Gouverneur Reagan lobt die Polizei sogar noch dafür, dass sie demonstrierende Studenten verprügelt hat.«

»Du bist doch nur gegen die Polizei, gegen die Ordnung, gegen Recht und Gesetz!«

»Blödsinn. Aber Polizeibeamte, die Demonstranten verprügeln, sind Kriminelle. *Die* gehören in den Knast, nicht die Studenten.«

Cam freute sich, als er hörte, dass Vizepräsident Hubert Humphrey sich um die demokratische Präsidentschaftskandidatur bewarb. Humphrey war jahrelang Johnsons Stiefellecker gewesen, und niemand traute ihm zu, den Krieg zu beenden, sei es durch einen Sieg oder durch Verhandlungen. Zwar war es unwahrscheinlich, dass man Humphrey nominierte, aber er könnte dem weitaus gefährlicheren Bobby Kennedy in die Suppe spucken.

Wider Erwarten wurde Cams Brief an Nixon von einem der Mitglieder in Nixons Wahlkampfteam beantwortet, John Ehrlichman, der vorschlug, sich mit ihm zu treffen. Cam war aufgeregt, schließlich wollte er in der Politik arbeiten. Und nun bekam er Kontakt zu einem der Männer aus dem inneren Kreis um Richard Nixon. Vielleicht war das der Beginn einer großen Karriere!

Ehrlichman war Nixons Chefberater für innere Angelegenheiten. Er war einschüchternd groß, hatte dichte schwarze Augenbrauen und lichtes Haar. »Dick hat Ihr Brief sehr gefallen«, sagte er.

Sie hatten sich in einem Coffeeshop an der Telegraph Avenue getroffen, saßen an der Straße unter einem Baum und beobachteten die Studenten, die im Sonnenschein auf ihren Fahrrädern vorbeifuhren. »Das ist ein schöner Ort, um zu studieren«, bemerkte Ehrlichman. »Ich selbst bin auf die UCLA gegangen.«

Er stellte Cam eine Menge Fragen. Dass die Dewars eingefleischte Demokraten waren und Cam deshalb völlig aus der Art schlug, verwunderte und faszinierte ihn. »Meine Großmutter hat sogar mal eine Zeitung mit Namen *The Buffalo Anarchist* herausgegeben«, gab Cam zu.

»Nun, das spielt alles keine Rolle«, sagte Ehrlichman. »Dass Sie jetzt hier sitzen, ist ein Zeichen dafür, wie konservativ Amerika inzwischen ist.«

Cam war erleichtert, dass seine Familiengeschichte kein Hindernis für eine Karriere bei den Republikanern darstellte.

»Dick wird allerdings nicht auf dem Campus sprechen«, fuhr Ehrlichman fort. »Das ist zu riskant.«

Cam war enttäuscht. Er hielt das für einen Fehler. Nixons Rede wäre ein großer Erfolg geworden, davon war er überzeugt.

»Aber Dick möchte«, fuhr Ehrlichman fort, »dass Sie eine Gruppe mit Namen ›Berkeley-Studenten für Nixon‹ gründen. Das wird den Wählern zeigen, dass nicht alle jungen Leute sich von Gene McCarthy an der Nase herumführen lassen oder in Bobby Kennedy verknallt sind.«

Cam fühlte sich geschmeichelt, dass man ihn so ernst nahm, und erklärte sich einverstanden.

Sein engster Freund auf dem Campus war Jamie Mulgrove, der genau wie Cam im Hauptfach Russisch studierte und bei den Jungen Republikanern war. Sie gründeten die Gruppe und erhielten im *The Daily Californian* ein bisschen Publicity, aber nur zehn Leute traten ein.

Um Mitglieder zu werben, organisierten Cam und Jamie eine Versammlung. Mit Ehrlichmans Hilfe konnte Cam drei prominente Republikaner aus Kalifornien als Redner gewinnen und buchte einen Saal für 250 Personen.

Als Cam daraufhin eine Presseerklärung herausgab, weckte er das Interesse mehrerer Lokalzeitungen und Radiosender. Sie waren fasziniert von der scheinbar unsinnigen Vorstellung, Berkeley-Studenten könnten Nixon unterstützen. Mehrere Artikel über die bevorstehende Veranstaltung erschienen, und die Redakteure versprachen, ihre Reporter zu schicken.

Sharon McIsaac vom *San Francisco Examiner* rief Cam persönlich an. »Wie viele tausend Mitglieder haben Sie denn schon?«, fragte sie spöttisch.

Cam gefiel ihr Tonfall nicht. »Das kann ich Ihnen nicht sagen«, antwortete er kühl. »Es ist wie beim Militär. Vor einer Schlacht sagen Sie dem Feind ja auch nicht, wie viel Mann Sie haben.«

»Vor allem, wenn man keine Chance hat, den Krieg zu gewinnen«, sagte McIsaac verächtlich.

Nach und nach entwickelte sich die geplante Veranstaltung zu einem kleineren Medienevent. Es gab nur ein Problem: Sie brachten die Eintrittskarten nicht an den Mann. Natürlich hätten sie die Karten verschenken können, aber das war riskant. Linke Störenfriede könnten sie in die Finger bekommen. Dabei war Cam noch immer der Überzeugung, dass Tausende Studenten eher konservativ dachten, es aber in der Öffentlichkeit nicht zeigen wollten.

Am Tag vor der Veranstaltung hatte er noch mehr als zweihundert Eintrittskarten.

Was soll ich nur tun?, fragte er sich.

Dann rief Ehrlichman an. »Ich wollte nur mal nachhören, Cam«, sagte er. »Wie läuft's denn so?«

»Ich bin sehr zufrieden«, log Cam.

»Zeigt die Presse sich interessiert?«

»Wir können nicht klagen. Eine ganze Menge Reporter haben sich angekündigt.«

»Dann haben Sie viele Eintrittskarten verkauft?« Ehrlichman schien Cams Gedanken lesen zu können.

Cam fühlte sich ertappt, aber jetzt gab es kein Zurück mehr. »Nun ja, ein paar Karten sind noch übrig, aber bis zur Veranstaltung werden wir ausverkauft sein.« Mit ein bisschen Glück würde Ehrlichman nie die Wahrheit erfahren.

Dann ließ Ehrlichman die Bombe platzen. »Ich bin morgen ohnehin in San Francisco. Dann komme ich vorbei.«

»Großartig«, erwiderte Cam, dem der kalte Schweiß ausbrach.

»Bis dann.«

An diesem Nachmittag blieben Cam und Jamie im Seminarraum und zerbrachen sich den Kopf. Wo sollten sie so schnell zweihundert Studenten herbekommen, die bereit waren, Nixon zu unterstützen?

»Es müssen ja keine echten Studenten sein«, schlug Cam vor.

»Und wenn die Presse das merkt? Dann lesen wir morgen in der Zeitung, dass alles nur Theater war«, erwiderte Jamie nervös.

»Es brauchen ja keine Komparsen zu sein. Hauptsache, sie sind Republikaner.«

»Es ist trotzdem riskant.«

»Ich weiß. Aber immer noch besser als ein Reinfall.«

»Und wo sollen wir die Leute herbekommen?«

»Hast du die Nummer der Jungen Republikaner in Oakland?«

»Ja.«

Sie gingen zu einer Telefonzelle, und Cam rief an. »Ich brauche zweihundert Leute«, sagte er, »die zu einer für die Partei sehr wichtigen Veranstaltung erscheinen.«

»Ich werde sehen, was ich tun kann«, versprach der Mann am anderen Ende der Leitung.

»Aber sagen Sie den Leuten, dass sie nicht mit den Reportern sprechen dürfen. Die Presse darf auf keinen Fall herausfinden, dass die Berkeley-Studenten für Nixon größtenteils gar keine Studenten sind.«

Nachdem Cam aufgelegt hatte, fragte Jamie: »Ist das nicht Betrug?«

»Wie meinst du das?« Cam wusste genau, wie Jamie es meinte, wollte es aber nicht zugeben. Wegen so einer Kleinigkeit würde er doch seine Chancen bei Ehrlichman nicht gefährden!

»Nun ja«, sagte Jamie. »Wir erzählen den Leuten, dass die Studenten in Berkeley Nixon unterstützen, dabei stimmt das vorne und hinten nicht.«

»Wir können jetzt nicht mehr zurück«, sagte Cameron, der Angst bekam, dass Jamie die ganze Sache abbliese.

»Ja, da hast du wohl recht«, gab Jamie zu, war aber noch immer nicht überzeugt.

Den ganzen nächsten Morgen war Cam angespannt. Um halb eins waren nur sieben Personen im Saal. Als die Redner eintrafen, führte Cam sie in einen Nebenraum und bot ihnen Kaffee und Kekse an, die Jamies Mutter gebacken hatte. Um Viertel vor eins war der Saal noch immer fast leer. Dann aber, fünf Minuten später, trudelten die Mitglieder der Jungen Republikaner ein. Um eins war der Saal zum Bersten voll. Cam atmete auf.

Er bat Ehrlichman, die Veranstaltung zu leiten.

»Nein«, sagte der. »Es macht einen besseren Eindruck, wenn einer der Studenten das übernimmt.«

Cam stellte die Redner vor, hörte vor Nervosität aber kaum hin, was sie sagten. Seine Veranstaltung schien ein Erfolg zu werden, und Ehrlichman war beeindruckt, nur war die ganze Sache noch nicht vorbei.

Zum Schluss fasste Cam das Gesagte zusammen und erklärte, der Erfolg der Veranstaltung sei ein Beweis dafür, dass viele Studenten nichts mit Liberalismus, Demonstrationen, Drogen und der sogenannten sexuellen Revolution anfangen konnten. Dafür erhielt er donnernden Applaus.

Als alles vorbei war, konnte Cam es kaum erwarten, dass die Leute den Saal verließen.

Sharon McIsaac, die Reporterin, stand an der Tür. Ihre Augen funkelten belustigt. Sie erinnerte Cam an Evie Williams, die seine jugendlichen Avancen abgeschmettert hatte.

Sharon sprach die »Studenten« an. Ein paar lehnten es ab, mit ihr zu reden; dann nagelte sie zu Cams großer Erleichterung ausgerechnet einen der wenigen echten Berkeley-Republikaner fest. Am Ende des Interviews waren alle anderen verschwunden.

Um halb drei standen Cam und Ehrlichman in einem leeren Saal.

»Gut gemacht«, sagte Ehrlichman. »Aber sind Sie sicher, dass das alles Studenten waren?«

Cam zögerte. »Wenn ich Ihnen die Wahrheit sage, bleibt es dann unter uns?«

»Sehr gut!« Ehrlichman lachte. »Möchten Sie in Dicks Wahlkampfteam arbeiten, wenn das Semester vorbei ist? Wir könnten jemanden wie Sie gebrauchen.«

Cams Herz schlug schneller.

»Das wäre das Größte für mich!«, sagte er begeistert.

*

Dave war wieder in London und wohnte bei seinen Eltern in der Great Peter Street.

Sie saßen zu dritt in der Küche: Lloyd, Daisy und Dave. Evie hielt sich in Los Angeles auf. Es war sechs Uhr – die Stunde, zu der die Kinder früher Abendbrot gegessen hatten, das sie »Tee« nannten. Damals hatten ihre Eltern jedes Mal eine Zeit lang bei ihnen gesessen und über den Tag gesprochen, ehe sie am Abend ausgegangen waren; meist hatten sie anschließend eine politische Veranstaltung besucht. Daisy hatte geraucht, und Lloyd hatte manchmal Cocktails gemixt. Die Gewohnheit, sich zu dieser Stunde zum Plaudern in der Küche zu treffen, hatte sich noch lange Zeit gehalten, nachdem die Kinder für den »Tee« am Abend zu groß geworden waren.

An diesem Abend sprach Dave mit seinen Eltern über seine Trennung von Beep, als das Dienstmädchen hereinkam und meldete, Earl Fitzherbert sei gekommen.

Dave sah, wie sein Vater sich anspannte. Daisy legte ihm die Hand auf den Arm. »Mach dir keine Sorgen, alles wird gut, Lloyd.«

Dave brannte vor Neugier. Er wusste mittlerweile, dass Ethel als junge Frau von Earl Fitzherbert verführt worden war, als sie als Haushälterin für ihn gearbeitet hatte, und dass Lloyd, sein Vater, das uneheliche Kind aus dieser Affäre war. Er wusste auch, dass Fitz sich seit über einem halben Jahrhundert halsstarrig weigerte, Lloyd als seinen Sohn anzuerkennen. Was also wollte Fitzherbert heute Abend im Haus der Williams'?

Fitz kam an zwei Gehstöcken in die Küche. »Meine Schwester Maud ist gestorben«, sagte er ohne Vorrede.

Daisy erhob sich. »Oh, Fitz«, sagte sie. »Mein aufrichtiges Beileid. Aber bitte, setz dich doch erst mal.« Sie nahm seinen Arm.

Fitz zögerte und blickte Lloyd an. »Ich habe in diesem Haus kein Recht, mich zu setzen.« Dave merkte deutlich, dass Demut nicht zu Fitzherberts hervorstechenden Eigenschaften gehörte.

Lloyd erwiderte Fitz' Blick, unterdrückte jedoch seine Gefühle. Dieser Mann war sein Vater – ein Vater, von dem er sein Leben lang zurückgewiesen worden war. »Bitte, setzen Sie sich«, sagte er steif.

Dave zog einen Küchenstuhl heran, und Fitz setzte sich an den Tisch. »Ich nehme an Mauds Beerdigung teil«, sagte er. »Sie findet in zwei Tagen statt.«

Lloyd fragte: »Sie hat in der DDR gelebt, nicht wahr?«

»Ja.«

»Wie haben Sie erfahren, dass Maud gestorben ist?«

»Von ihrer Tochter Carla. Sie hat mir über einen gewissen Enok Andersen die Nachricht überbringen lassen. Ich werde die Sektorengrenze am Checkpoint Charlie überqueren, obwohl ihn eigentlich nur militärisches und diplomatisches Personal benutzen darf. Aber ich habe bis 1945 als Staatssekretär dem Außenministerium angehört, und das zählt noch immer etwas, wie ich zu meiner Freude sagen kann.«

Ohne gefragt zu werden, nahm Daisy eine Flasche Scotch aus einem Schrank, schenkte einen Zoll hoch in ein Glas und stellte es mit einem kleinen Krug Leitungswasser vor Fitz. Der gab einen Schuss Wasser in den Whisky und nahm einen Schluck. »Sehr freundlich vor dir, Daisy«, sagte er. »Schön, dass du dich an meine Gewohnheiten erinnerst.«

Dave entsann sich, dass Daisy eine Zeit lang in Fitz' Villa gewohnt hatte, als sie mit seinem Sohn Boy Fitzherbert verheiratet gewesen war. Deshalb wusste sie, wie er seinen Whisky trank.

»Maud war die beste Freundin meiner verstorbenen Mutter«, sagte Lloyd und klang jetzt ein bisschen weniger zugeknöpft als zu Anfang. »Ich habe sie zuletzt gesehen, als Mom mich 1933 mit nach Berlin genommen hat. Maud war damals Journalistin und schrieb Artikel, die bei Hitler Wutanfälle ausgelöst haben.«

»Ja.« Fitz nickte. »Seit 1919 habe ich meine Schwester weder gesehen noch gesprochen. Ich war ihr böse, weil sie ohne meine Erlaubnis geheiratet hatte, und dann auch noch einen Deutschen. Das habe ich ihr beinahe fünfzig Jahre lang nachgetragen.« Sein müdes altes Gesicht zeigte aufrichtige Trauer. »Jetzt ist es zu spät, ihr zu verzeihen. Was war ich für ein Narr.« Er blickte Lloyd in die Augen. »In dieser Hinsicht jedenfalls ... aber auch in anderer.«

Lloyd schwieg, nickte nur. Er wusste, was Fitzherbert meinte.

Dave suchte den Blick seiner Mutter. Er hatte das Gefühl, dass gerade etwas sehr Wichtiges geschehen war, und ihre Miene bestätigte es ihm. Fitz' Reue war tief und aufrichtig, und er war einer Entschuldigung so nahe gekommen, wie es ihm möglich war.

Dave konnte sich nur schwer vorstellen, dass dieser gebrechliche alte Mann einmal Gegenstand glühender Leidenschaften gewesen war. Doch Fitz hatte Ethel geliebt, und Dave wusste, dass Ethel das Gleiche für den Earl empfunden hatte. Fitz hatte ihr gemeinsames Kind zurückgewiesen, doch jetzt, nach einem Leben der Verleugnung, schaute er in die Vergangenheit und erkannte, wie viel er verloren hatte. Es mochte eine gerechte Strafe für ihn sein, aber zugleich war es unsagbar traurig.

»Ich begleite Sie«, sagte Dave impulsiv.

»Wie?«

»Zur Beerdigung. Ich begleite Sie nach Berlin.« Dave war sich nicht sicher, weshalb er den Wunsch hatte, doch er spürte, dass es eine heilsame Wirkung haben konnte.

»Sie sind sehr freundlich, Dave«, sagte Fitz.

»Das wäre ganz wunderbar von dir, Junge«, sagte Daisy.

Dave blickte seinen Vater an, ob von seiner Seite Missbilligung kam, doch in Lloyds Augen standen überraschenderweise Tränen.

Am nächsten Tag flogen Dave und Fitz nach Berlin. Sie übernachteten in einem Hotel im westlichen Teil der Stadt.

»Hast du etwas dagegen, wenn ich Fitz zu dir sage?«, fragte Dave beim Abendessen, nachdem sie sich auf das Du geeinigt hatten. »›Grandpa‹ war für uns immer Bernie Leckwith, auch wenn wir wussten, dass er der Stiefvater meines Vaters gewesen ist. Und als Kind bin ich dir nie begegnet.«

»Ich bin nicht in der Position, dir Vorschriften zu machen«, sagte Fitz. »Außerdem stört es mich nicht, ganz im Gegenteil.«

Sie sprachen über Politik. »Wir Konservativen hatten recht, was den Kommunismus angeht«, sagte Fitz. »Wir sagten, er würde nicht funktionieren, und er funktioniert nicht. Doch bei der Sozialdemokratie haben wir uns geirrt. Als Ethel damals für freie Schulbildung, medizinische Versorgung und Arbeitslosenversicherung gekämpft hat, sagte ich ihr, sie lebe in einer Traumwelt. Aber alles, wofür sie eingetreten ist, gibt es heute, und England ist doch England geblieben; ich war im Irrtum.«

Fitz hat eine charmante Art, seine Fehler einzugestehen, dachte Dave. So war er nicht immer gewesen. Mit seiner Familie hatte er jahrzehntelange Fehden geführt. Vielleicht war er im Alter mild geworden.

Am nächsten Morgen wartete ein schwarzer Mercedes mit Fahrer auf sie, bestellt von Daves Sekretärin Jenny Pritchard, um sie über die Grenze nach Ostberlin zu bringen.

Am Checkpoint Charlie fuhren sie durch eine Schranke und erreichten eine lange Kontrollbaracke, an der sie ihre Pässe abgeben mussten. Der Grenzer forderte sie auf, zu warten, und ging mit den Papieren davon. Nach einiger Zeit erschien ein großer, gebeugter Mann in Zivil. »Steigen Sie aus«, sagte er, »und folgen Sie mir.« Er ging mit langen Schritten voraus, verärgert über Fitz' Langsamkeit. »Beeilung, bitte«, sagte er auf Englisch.

Dave rief sich das Deutsch in Erinnerung, das er auf der Schule gelernt und in Hamburg verbessert hatte. »Immer mit der Ruhe«, erwiderte er gereizt. »Mein Großvater ist ein alter Mann.«

»Nicht mit ihm streiten«, raunte Fitz ihm zu. »Der arrogante Hundesohn ist von der Stasi.« Als Dave eine Augenbraue hochzog, weil er bislang noch nie erlebt hatte, dass Fitz zu Kraftausdrücken Zuflucht nahm, fuhr sein Großvater fort: »Der Verein ist noch schlimmer als der KGB, und das will etwas heißen.«

Sie wurden in ein kahles Büro mit einem Stahltisch und harten Holzstühlen geführt. Man bot ihnen keinen Platz an, doch Dave rückte einen Stuhl für Fitz zurecht, der sich dankbar darauf niederließ.

Der große Mann sprach auf Deutsch zu einem Dolmetscher, der Zigaretten rauchend übersetzte. »Warum möchten Sie in die Deutsche Demokratische Republik einreisen?«

»Weil wir heute Morgen um elf an der Beerdigung einer nahen Verwandten teilnehmen möchten«, antwortete Fitz und blickte auf seine Armbanduhr, eine goldene Omega. »Jetzt ist es zehn. Ich hoffe, es dauert nicht allzu lange.«

»Es wird so lange dauern wie nötig. Wie hieß Ihre Schwester?«

»Warum fragen Sie?«

»Sie sagten, Sie möchten an der Beerdigung teilnehmen. Wie war ihr Name?«

»Ich sagte, dass ich an der Beerdigung einer nahen Verwandten teilnehmen möchte. Ich habe nicht gesagt, dass es sich um meine Schwester handelt. Ich habe den Eindruck, Sie wissen schon alles.«

Der Stasi-Beamte hatte auf sie gewartet, erkannte Dave, hatte aber keine Erklärung dafür.

»Beantworten Sie die Frage. Wie hieß Ihre Schwester?«

»Maud von Ulrich«, antwortete Fitz, »wie Ihre Spitzel Ihnen zweifellos schon mitgeteilt haben.«

Dave bemerkte, dass sein Großvater immer verärgerter wurde und gegen seinen eigenen Vorsatz verstieß, so wenig wie möglich zu reden.

»Wie kommt es, dass ein Lord Fitzherbert eine deutsche Schwester hat?«, fragte der Mann.

»Maud hatte einen meiner Freunde geheiratet, einen gewissen Walter von Ulrich, ein deutscher Diplomat in London. Während des Krieges wurde er von der Gestapo ermordet. Was haben denn Sie im Krieg gemacht?«

Dave sah an dem wütenden Gesichtsausdruck des hochgewachsenen Mannes, dass er verstanden hatte; doch die Frage beantwortete er nicht. Stattdessen wandte er sich Dave zu. »Wo ist Walli Franck?«

»Walli Franck?« Dave war erstaunt. »Das weiß ich nicht.«

»Selbstverständlich wissen Sie das. Er ist in Ihrer Musikgruppe.«

»Die Band hat sich aufgelöst. Ich habe Walli seit Monaten nicht gesehen. Ich weiß nicht, wo er ist.«

»Ich glaube Ihnen nicht. Sie sind Partner.«

»Auch zwischen Partnern gibt es manchmal Streit.«

»Was ist der Grund für Ihren Streit?«

»Persönliche und musikalische Differenzen.« In Wahrheit waren die Meinungsverschiedenheiten rein persönlicher Natur. Musikalische Differenzen hatte es zwischen Walli und Dave niemals gegeben.

»Dennoch möchten Sie jetzt zur Beerdigung seiner Großmutter.«

»Sie war meine Großtante.«

»Wo haben Sie Walli Franck zuletzt gesehen?«

»In San Francisco.«

»Die Adresse?«

Dave zögerte.

»Antworten Sie bitte. Walli Franck wird wegen Mordes gesucht.«

»Zuletzt habe ich ihn im Buena Vista Park gesehen. Wo er wohnt, weiß ich nicht.«

»Ist Ihnen klar, dass es strafbar ist, die Volkspolizei bei der Ausübung ihrer Pflicht zu behindern?«

»Natürlich.«

»Und dass Sie verhaftet, vor Gericht gestellt und hier inhaftiert werden können, wenn Sie eine solche Straftat in der Deutschen Demokratischen Republik begehen?«

Dave bekam Angst, versuchte aber, ruhig zu erscheinen. »Dann werden Millionen Fans überall auf der Welt meine Freilassung verlangen.«

»Da hätten Ihre Fans aber Pech. Wir würden nämlich nicht zulassen, dass sie der Gerechtigkeit im Weg stehen.«

Fitz warf ein: »Sind Sie sicher, dass Ihre sowjetischen Brüder in Moskau mit Ihnen zufrieden wären, wenn Sie hier einen größeren diplomatischen Zwischenfall provozieren?«

Der große Mann lachte höhnisch, aber es klang nicht überzeugend.

Mit einem Mal wusste Dave, wen er vor sich hatte. »Sie sind dieser Hoffmann, nicht wahr? Hans Hoffmann?«

Der Dolmetscher übersetzte die Frage nicht, sondern erwiderte rasch: »Sein Name braucht Sie nicht zu kümmern.«

Doch Dave konnte dem großen Mann ansehen, dass er richtiglag. »Walli hat mir von Ihnen erzählt«, sagte er. »Seine Schwester hat Sie rausgeworfen. Seitdem lassen Sie Ihre Wut an der Familie aus.«

»Beantworten Sie die Frage.«

»Ist das Teil Ihres Racheplans? Zwei unschuldige Männer zu schikanieren, die zu einer Beerdigung wollen? Seid ihr Kommunisten alle so?«

»Warten Sie hier.« Hoffmann und sein Dolmetscher verließen den Raum. Dave hörte, wie die Tür von außen verriegelt wurde.

»Es tut mir leid«, sagte Dave. »Es scheint um Walli zu gehen. Du wärst wohl lieber ohne mich gefahren.«

»Schon gut. Du musst dir das nicht gefallen lassen. Ich hoffe nur, wir verpassen die Beisetzung nicht.« Fitz zog sein Zigarrenetui heraus. »Du rauchst nicht, oder?«

Dave schüttelte den Kopf. »Jedenfalls keinen Tabak.«

»Marihuana ist schlecht für dich.«

»Aber Zigarren sind wohl gesund?«

Fitz lächelte. »Punkt für dich.«

Bis er die Zigarre geraucht und den Stummel in einen Aschenbecher aus gestanztem Blech geworfen hatte, war elf Uhr durch. Sie hatten die Beisetzung verpasst, wegen der sie nach Berlin geflogen waren.

Um halb zwölf öffnete sich die Tür wieder. Hoffmann stand im Durchgang. Mit einem schmalen Lächeln sagte er: »Sie dürfen nun in die Deutsche Demokratische Republik einreisen.« Nach diesen Worten ging er davon.

Dave und Fitz kehrten zu ihrem Wagen zurück. »Dann fahren wir wohl besser gleich zum Haus«, sagte Fitz und nannte dem Chauffeur die Adresse.

Sie folgten der Friedrichstraße bis Unter den Linden. Die alten Regierungsgebäude waren gut in Schuss, doch die Bürgersteige waren verlassen. »Du meine Güte«, sagte Fitz, »das war einmal eine der belebtesten Einkaufsstraßen ganz Europas. Sieh sie dir jetzt an. Wie unser altes walisisches Merthyr Tydfil an einem Montag.«

Der Wagen hielt vor einem großen Haus, das in einem besseren Zustand war als die umstehenden Gebäude, die allesamt Wohnhäuser waren. »Mauds Tochter scheint wohlhabender zu sein als ihre Nachbarn«, bemerkte Fitz.

»Wallis Vater gehört eine Fabrik in Westberlin«, sagte Dave. »Sie produzieren Fernseher.«

»Offenbar gehen die Geschäfte gut«, meinte Fitz.

Sie gingen ins Haus, wo sich ihnen die Familie vorstellte. Wallis Eltern hießen Werner und Carla Franck; er war ein gut aussehender Mann, sie eine unscheinbare Frau mit kräftigen Gesichtszügen. Wallis Schwester Lili war neunzehn, sehr attraktiv und sah Walli überhaupt nicht ähnlich. Dann war da Karolin, die ihr langes helles Haar in der Mitte gescheitelt trug. Sie hatte Alice bei sich, die Inspiration für »I Miss Ya, Alicia«, ein schüchternes vierjähriges Mädchen, das als Zeichen der Trauer ein schwarzes Band im Haar trug. Karolins Mann Odo war ein bisschen älter, um die dreißig. Er hatte modisch langes Haar, trug aber einen Priesterkragen.

Dave erzählte, weshalb sie die Beisetzung verpasst hatten, und beantwortete eine Menge Fragen, wobei sich zeigte, dass die Deutschen besser Englisch sprachen als die Engländer Deutsch. Dave merkte, dass Fitz mit zwiespältigen Gefühlen betrachtet wurde, aber das war verständlich: Er hatte Maud ungerecht behandelt, und ihre Tochter war möglicherweise der Ansicht, dass es zu spät sei für Entschuldigungen. Doch auch für Vorwürfe war es zu spät, und niemand sprach die fünfzigjährige Entfremdung an.

Ein Dutzend Freunde und Nachbarn, die an der Beisetzung teilgenommen hatten, bekamen von Carla und Lili Kaffee und Kuchen gereicht. Dave unterhielt sich mit Karolin über Musik. Wie sich herausstellte, waren sie und Lili Stars der Untergrundmusik in der DDR. Schallplatten aufnehmen durften sie nicht, weil es in ihren Songs um Freiheit ging, aber die Leute machten Bandaufnahmen von ihren Auftritten und liehen sie untereinander aus. Ein wenig war es wie die Selbstveröffentlichungen in der Sowjetunion, die Samisdats. Sie diskutierten über Bandkassetten, ein neues Format, das bequemer zu handhaben war, aber eine schlechtere Tonqualität hatte.

Dave hatte Karolin als hartherzige Frau eingeschätzt, da sie ihre Beziehung zu Walli abgebrochen und Odo geheiratet hatte, doch wider Erwarten mochte er sie. Sie war freundlich und klug. Von Walli sprach sie mit großer Zuneigung und wollte alles über sein Leben wissen.

Dave erzählte ihr von dem Zerwürfnis zwischen ihnen beiden. Die Geschichte machte Karolin betroffen. »Das sieht ihm gar nicht ähnlich«, sagte sie. »Walli war immer treu. Und immer schon sind die Mädchen auf ihn geflogen. Er hätte jedes Wochenende eine andere haben können, hat sich aber nie auf so was eingelassen.« Dave zuckte mit den Schultern. »Er hat sich verändert.«

»Was ist mit deiner Exverlobten? Wie heißt sie?«

»Ursula, aber jeder nennt sie Beep. Um ehrlich zu sein, überrascht es mich nicht, dass sie untreu ist. Sie ist ein bisschen wild. Aber das macht sie ja gerade so anziehend.«

»Ich glaube, du bist noch nicht über sie hinweg.«

»Ich war verrückt nach ihr und bin es vielleicht noch immer.« Fitz kam zu ihm und Karolin. »Dave«, sagte er, »ich würde gern das Grab besuchen, ehe wir nach Westberlin zurückfahren. Hättest du etwas dagegen?«

»Natürlich nicht.« Dave erhob sich. »Wir sollten bald aufbrechen.«

Zum Abschied sagte Karolin: »Wenn du mit Walli sprichst, richte ihm meine Grüße aus. Sag ihm, dass ich den Tag herbeisehne, an dem er Alice sehen kann. Ich werde ihr von ihm erzählen, wenn sie alt genug ist.«

Alle hatten Nachrichten an Walli: Werner, Carla und Lili. Allein schon um diese Botschaften zu überbringen, musste Dave noch einmal mit Walli sprechen.

Als sie aufbrachen, wandte Carla sich an Fitz. »Ich finde, du solltest eine persönliche Erinnerung an Maud bekommen.«

»Das würde mir sehr gefallen.«

Carla verschwand für einen Moment und kehrte mit einem alten, in

Leder gebundenen Fotoalbum zurück. Fitz schlug es auf. Die Bilder waren alle schwarz-weiß, einige in Sepiatönen, viele verblasst. Sie waren mit großen, schwungvollen Buchstaben beschriftet, vermutlich von Mauds Hand. Das älteste Foto zeigte ein großes Herrenhaus auf dem Land. Dave las: *Tŷ Gwyn, 1905*. Es war der Landsitz der Fitzherberts. Heute befand sich dort die Fachoberschule von Aberowen.

Als Fitz die Fotos von sich und Maud in jungen Jahren sah, liefen ihm Tränen der Rührung über das runzlige Gesicht und nässten den Kragen seines makellos weißen Hemds. Mit bewegter Stimme sagte er: »Gute Zeiten kehren niemals wieder.«

Dann brachen sie auf. Der Chauffeur fuhr sie zu einem großen städtischen Friedhof, wo sie zu Mauds Grab gingen. Die Erde war bereits wieder in die Grube geschaufelt worden und von Blumen und Kränzen bedeckt. Ein paar Minuten standen sie schweigend nebeneinander am Grab. In der friedlichen Stille war nur Vogelgesang zu vernehmen.

Schließlich wischte Fitz sich das Gesicht mit einem großen weißen Taschentuch ab. »Gehen wir«, sagte er.

Am Checkpoint hielt man sie erneut auf. Hans Hoffmann stand neben dem Wagen und beobachtete, wie das Fahrzeug gründlich durchsucht wurde.

»Wonach suchen Sie eigentlich?«, fragte Dave. »Warum sollten wir etwas aus Ostdeutschland herausschmuggeln?« Provozierend fügte er hinzu: »Ihr habt hier nichts, aber auch gar nichts, worauf irgendjemand Wert legt.«

Niemand antwortete.

Ein uniformierter Beamter nahm Fitz das Fotoalbum ab und händigte es Hoffmann aus. Der blätterte es gelangweilt durch und sagte: »Das muss kriminaltechnisch untersucht werden.«

»Das dachte ich mir bereits«, sagte Fitz zynisch.

Sie mussten ohne das Album weiterfahren.

Als sie sich vom Checkpoint entfernten, blickte Dave zurück und sah, wie Hoffmann das Album in eine Mülltonne fallen ließ.

*

Die nächste Vorwahl fand in Kalifornien statt, was George Jakes die Gelegenheit verschaffte, Verena zu besuchen.

Als er von Portland nach Los Angeles flog, trug er einen Brillantring in der Jacketttasche.

Er war mit Bobby Kennedy auf Wahlkampftour gewesen und hatte Verena seit der Beisetzung Martin Luther Kings in Atlanta vor sieben Wochen nicht mehr gesehen.

George war noch immer tief betroffen wegen des Anschlags auf Martin Luther King und dessen Auswirkungen auf die Bürgerrechtsbewegung. King war das Licht der Hoffnung für die schwarzen Amerikaner gewesen. Nun war er tot, ermordet von einem weißen Rassisten mit einem Jagdgewehr. John F. Kennedy hatte den Schwarzen ebenfalls Hoffnung geschenkt, und auch er war von einem Weißen mit einem Gewehr erschossen worden. Welchen Sinn hat Politik, überlegte George, wenn große Männer so leicht ausgelöscht werden können?

Gott sei Dank hatten sie noch Bobby.

Auch Verena hatte die tragischen Geschehnisse noch längst nicht verwunden, insbesondere nicht den Mord an Martin Luther King, den Mann, den sie bewundert und verehrt und für den sie sieben Jahre lang gearbeitet hatte. In Atlanta gab es jetzt nichts mehr für sie. Für Kings Nachfolger, Ralph Abernathy, hatte sie nicht arbeiten wollen; deshalb hatte sie gekündigt. George war davon ausgegangen, dass sie nach Washington kommen und bei ihm einziehen würde; stattdessen war sie zu ihren Eltern nach Los Angeles zurückgekehrt. Vielleicht brauchte sie Zeit mit sich allein zum Trauern. Oder sie wollte mehr als nur eine Einladung, zu ihm zu ziehen.

Deshalb hatte George den Ring bei sich.

Am Flughafen mietete er sich einen weißen Plymouth Valiant – einen Kleinwagen, für den aus der Wahlkampfkasse gezahlt wurde – und fuhr zum North Roxbury Drive in Beverly Hills. Er hielt vor einer Villa im Tudorstil, die vermutlich so groß war wie fünf echte Tudorhäuser zusammen. Hier wohnten Verenas Eltern, Percy Marquand und Babe Lee. Sie lebten wie die Stars, die sie waren.

Ein Hausmädchen ließ George ein und führte ihn in ein Wohnzimmer von beeindruckenden Ausmaßen mit weißem Teppich, Klimaanlage und einem vom Boden bis zur Decke reichenden Fenster, durch das man auf einen Swimmingpool blickte.

»Darf ich Ihnen etwas zu trinken bringen?«, fragte das Hausmädchen.

»Eine Limonade bitte.«

Als Verena hereinkam, konnte George kaum glauben, was er sah. Die Afro-Frisur, die ihr so gut gestanden hatte, war verschwunden; ihr Haar war jetzt kurz. Sie trug eine schwarze Hose, ein blaues Hemd, eine Lederjacke und ein schwarzes Barett. Es war die Uniform der Black Panther Party.

Sie bot George ihre Lippen dar, aber nur kurz und ohne Zärtlichkeit.

George erkannte, dass ihre gedrückte Stimmung sich seit der Beerdigung Kings nicht geändert hatte.

Sie setzten sich auf eine Couch, die mit Stoff in einem Wirbelmuster aus Dunkelorange, Primelgelb und Schokoladenbraun bezogen war. Das Hausmädchen brachte George eine Limonade mit Eis in einem hohen Glas auf einem Silbertablett. Nachdem das Mädchen gegangen war, nahm er Verenas Hand. »Wieso trägst du diese Uniform?«

»Ist das nicht offensichtlich?«, fragte sie.

»Für mich nicht.«

»Martin Luther King ist für die Gewaltfreiheit eingetreten, und man hat ihn erschossen.«

George war enttäuscht. Er hatte ein besseres Argument erwartet. »Abraham Lincoln hat einen Bürgerkrieg geführt, und auch er wurde erschossen.«

»Schwarze haben ein Recht, sich zu verteidigen. Niemand sonst wird es tun, schon gar nicht die Polizei.«

In George stieg Zorn auf. »Willst du Weißen Angst machen? Mit dieser Art von Selbstdarstellung ist noch nie etwas erreicht worden.«

»Und was hat der Gewaltverzicht erreicht?«

»Das Bürgerrechtsgesetz von 1964, das Wahlrechtsgesetz von 1965, sechs schwarze Kongressabgeordnete und einen schwarzen Senator«, sagte George.

»Und das soll reichen? Hunderte von Schwarzen wurden gelyncht und ermordet, Tausende verprügelt und eingesperrt. Und niemand schafft es, das neue Gesetz gegen Diskriminierung bei der Wohnungsvergabe durchzusetzen.«

»Vielleicht haben die Weißen Angst, dass dann Black Panthers in SS-Uniformen mit Schrotflinten durch ihre schönen Vororte streifen«, sagte George zynisch.

»Red keinen Unsinn. Die Polizei hat Waffen. Wir brauchen auch welche.«

George begriff, dass es bei diesem Streit nur vordergründig um Politik ging; das Thema war in Wirklichkeit ihre Beziehung. Wenn er Verena die Black Panthers nicht ausreden konnte, war in seinem Leben kein Platz mehr für sie.

»Hör zu, ich weiß selbst, dass die Polizei in ganz Amerika mit gewalttätigen Rassisten durchsetzt ist. Aber die Lösung des Problems besteht darin, die Polizei zu verbessern, und nicht, auf Polizisten zu schießen. Wir müssen Politiker wie Ronald Reagan loswerden, die zur polizeilichen Brutalität ermutigen.«

»Ich werde niemals akzeptieren, dass die Weißen Waffen haben und wir nicht«, erwiderte Verena.

»Dann musst du für Waffenkontrolle kämpfen und dafür, dass es mehr schwarze Cops in übergeordneten Positionen gibt.«

»Martin hat daran geglaubt, und jetzt ist er tot.« Verena klang trotzig, brach dann aber in Tränen aus.

George versuchte sie in die Arme zu nehmen, doch sie stieß ihn von sich. »Verena«, sagte er, »bitte hör zu. Wenn du schwarze Menschen schützen willst, dann arbeite mit uns. Bobby wird der nächste Präsident der USA.«

»Selbst wenn er die Wahl gewinnt, wird der Kongress nicht zulassen, dass er irgendetwas verändert, das uns Schwarzen weiterhilft.«

»Und wenn Bobby die Wahl nicht gewinnt? Meinst du, es wird dann besser für uns? Man wird versuchen, Bobby aufzuhalten, und wir müssen einen politischen Kampf führen. Die eine Seite gewinnt, die andere verliert. So verändern sich die Dinge in Amerika. Es ist ein lausiges System, aber es ist immer noch besser, als aufeinander zu schießen.«

»Wir werden uns niemals einigen, George.«

»Okay.« Er senkte die Stimme. »Wir waren uns schon vorher uneinig, aber wir haben uns dennoch immer weiter geliebt, nicht wahr?«

»Diesmal ist es anders.«

»Wie meinst du das?«

»Mein ganzes Leben hat sich verändert.«

George sah ihr ins Gesicht und entdeckte eine Mischung aus Trotz und Schuldgefühl. Er wusste sofort, was los war. »Du schläfst mit einem von den Panthers, stimmt's?«

»Ja.«

»Das hättest du mir sagen müssen.«

»Ich sage es dir jetzt.«

George nestelte an dem Ring in seiner Tasche. Würde er dort bleiben? »Ist dir klar, dass es sieben Jahre her ist, seit wir in Harvard unseren Abschluss gemacht haben?«

»Ja. Ich weiß.«

»Polizeihunde in Birmingham. ›Ich habe einen Traum‹ in Washington. Präsident Johnson, der für Bürgerrechte eintritt. Zwei Attentate, die die Welt verändert haben ...«

»Ja. Und die Schwarzen sind noch immer die ärmsten Amerikaner, wohnen in den miesesten Häusern und erhalten die oberflächlichste Gesundheitsversorgung. Und prozentual gesehen kämpfen mehr Schwarze in Vietnam als Weiße.«

»Bobby wird das alles ändern.«

»Nein, wird er nicht.«

»Oh doch. Und dann lade ich dich ins Weiße Haus ein, damit du zugeben kannst, dass du falsch gelegen hast.«

»Tut mir leid, ich habe jetzt zu tun.« Verena erhob sich. »Leb wohl, George.«

Er schüttelte fassungslos den Kopf. »Ich kann nicht glauben, dass es so endet.«

»Das Hausmädchen bringt dich zur Tür.«

George war wie vor den Kopf geschlagen. Er liebte Verena und war überzeugt gewesen, dass sie früher oder später heiraten würden. Und jetzt servierte sie ihn für einen Black Panther ab.

Nachdem Verena ohne ein weiteres Wort gegangen war, kam das Hausmädchen ins Zimmer. »Hier entlang bitte, Mr. Jakes.«

Benommen folgte er dem Mädchen in die Halle. Sie öffnete ihm die Haustür.

»Danke«, sagte er.

»Auf Wiedersehen, Mr. Jakes.«

George stieg in seinen Mietwagen und fuhr davon.

*

Am Tag der kalifornischen Vorwahl war George mit Bobby im Strandhaus des Filmregisseurs John Frankenheimer in Malibu. Es war ein bedeckter, frischer Morgen, trotzdem schwamm Bobby mit seinem zwölfjährigen Sohn David im Meer. Beide wurden von der Strömung nach unten gezogen und kamen mit Kratzern und Abschürfungen aus dem Wasser, die sie sich an den Steinen auf dem Meeresgrund zugezogen hatten. Nach dem Mittagessen schlief Bobby am Pool ein, auf zwei Stühle ausgestreckt, den Mund offen. Als George durch die gläserne Verandatür blickte, sah er eine knallrote Stelle an Bobbys Stirn vom Schwimmunfall.

Er hatte Bobby nichts über seine Trennung von Verena gesagt. Erzählt hatte er nur seiner Mutter davon. Während einer Wahlkampfreise fand er kaum Zeit zum Nachdenken, und in Kalifornien war er nonstop beschäftigt: Menschenansammlungen am Flughafen, Autokolonnen, hysterische Mengen, überfüllte Konferenzsäle. George war froh, so sehr beschäftigt zu sein. Das hatte den Vorzug, dass er sich jeden Abend nur ein paar Minuten lang traurig fühlte, ehe er einschlief. Selbst dann ertappte er sich dabei, wie er sich Gespräche mit Verena ausmalte, in denen er sie überzeugte, in die Politik zurückzukehren und für Bobby Wahlkampf zu machen.

Um drei wurden die Ergebnisse der ersten Wählerbefragungen im Fernsehen gesendet. Bobby führte mit 49 zu 41 Prozent vor Gene McCarthy. George empfand ein Hochgefühl. Mein Mädchen gewinnen kann ich nicht, Wahlen schon, dachte er.

Bobby duschte und rasierte sich und zog ein weißes Hemd und einen blauen Nadelstreifenanzug an. Gegen halb sieben fuhr die Kennedy-Mannschaft nach Los Angeles. Sie gingen ins Hotel Ambassador, wo im Ballsaal bereits die Siegesfeier begonnen hatte. George fuhr mit Bobby hinauf in die Royal Suite im fünften Stock. Dort tranken hundert oder mehr Freunde, Ratgeber und eingeladene Journalisten Cocktails und beglückwünschten einander. In der Suite lief jeder Fernseher.

George und die engsten Ratgeber folgten Bobby durch das Wohnzimmer in einen der Schlafräume. Wie immer verband Bobby das Feiern mit politischen Gesprächen, in denen es zur Sache ging. Heute hatte er nicht nur in Kalifornien gesiegt, er hatte auch eine weniger wichtige Vorwahl in South Dakota gewonnen, dem Heimatstaat von Hubert Humphrey. Nach Kalifornien war er zuversichtlich, auch in New York siegreich zu sein, wo er den Vorzug genoss, Senator des Bundesstaats zu sein.

»Wir schlagen McCarthy!«, jubelte er, als er in einer Ecke des Raumes auf dem Boden saß und den Fernseher im Auge behielt.

Doch George war bereits einen Schritt weiter und machte sich Gedanken über den Parteikonvent. Wie konnte er dafür sorgen, dass Bobbys Popularität sich im Stimmverhalten der Delegierten aus Bundesstaaten niederschlug, in denen es keine Vorwahlen gab? »Humphrey kämpft mit allen Mitteln um Staaten wie Illinois«, sagte er, »wo Bürgermeister Daley darüber entscheidet, wie die Delegierten abstimmen.«

»Yeah«, sagte Bobby. »Aber letzten Endes können Männer wie Daley nicht die öffentliche Meinung ignorieren. Sie wollen gewinnen. Hubert Humphrey kann Dick Nixon nicht schlagen, ich schon.«

»Ja, aber wissen das auch die Strippenzieher in der Demokratischen Partei?«

»Bis August auf jeden Fall.«

George teilte Bobbys Gefühl, dass sie auf einer Welle ritten, sah aber die Gefahren, die vor ihnen lagen, nur allzu deutlich. »Für uns ist es wichtig, dass McCarthy aufgibt, damit wir uns auf Humphrey konzentrieren können. Wir müssen einen Deal mit McCarthy machen.«

Bobby schüttelte den Kopf. »Ich kann ihm die Vizepräsidentschaft nicht anbieten. Er ist Katholik. Die Protestanten stimmen vielleicht für einen Katholiken, aber nicht für zwei von uns.«

»Sie könnten ihm den Topjob im Kabinett anbieten.«

»Das Innenministerium?«

»Wenn er jetzt aufgibt.«

Bobby runzelte die Stirn. »Ich kann mir nur schwer vorstellen, mit ihm im Weißen Haus zusammenzuarbeiten.«

»Wenn Sie nicht gewinnen, kommen Sie nicht ins Weiße Haus. Soll ich mal die Fühler ausstrecken?«

»Lassen Sie mich noch ein bisschen darüber nachdenken.«

»Aber sicher.«

»Wissen Sie was, George?«, fragte Bobby unvermittelt. »Zum ersten Mal kommt es mir vor, als wäre ich nicht als Jacks Bruder hier.«

George lächelte. Das war ein riesiger Schritt nach vorn.

Er ging in den großen Raum, um mit Reportern zu reden, trank aber keinen Schluck. Solange er in Bobbys Nähe war, blieb er lieber bei klarem Verstand. Bobby selbst trank gern Bourbon, aber Inkompetenz in seinem Team regte ihn schrecklich auf, und wer ihn enttäuschte, den konnte er furchtbar zur Schnecke machen. George war nur wohl bei einem Schluck Alkohol, wenn Bobby weit weg war.

Er war noch immer stocknüchtern, als er Bobby ein paar Minuten vor Mitternacht nach unten in den Ballsaal begleitete, wo er seine Siegesrede halten wollte. Bobbys Frau Ethel sah in ihrem orangeweißen Minikleid mit weißer Strumpfhose umwerfend aus, obwohl sie mit ihrem elften Kind schwanger ging.

Die Menge raste wie immer, als Bobby erschien. Die jungen Männer trugen allesamt Kennedy-Strohhüte, die jungen Frauen waren einheitlich gekleidet: blauer Rock, weiße Bluse, rote Kennedy-Schärpe. Eine Band spielte ein Wahlkampflied. Starke Fernsehscheinwerfer steigerten die Hitze im Raum. Geführt von Leibwächter Bill Barry schoben sich Bobby und Ethel durch die Menge. Ihre jungen Unterstützer streckten die Hände aus, berührten sie, zerrten an ihrer Kleidung, bis sie eine kleine Bühne erreichten. Drängelnde und rempelnde Fotografen machten das Chaos noch schlimmer.

Für George und die anderen war die Hysterie der Massen ein Problem, zugleich war sie Bobbys Stärke: Seine Fähigkeit, bei Menschen emotionale Reaktionen hervorzurufen, würde ihn ins Weiße Haus bringen.

Bobby stand hinter einem Strauß aus Mikrofonen. Er hatte keine geschriebene Rede bei seinen Mitarbeitern angefordert, er hatte nur ein paar Notizen. Seinem Auftritt fehlte der Glanz, aber das kümmerte niemanden.

»Wir sind ein großes Land, ein uneigennütziges Land, ein barmherziges Land«, sagte er. »Das werde ich zur Grundlage meines Wahlkampfs machen.« Sonderlich inspirierend waren seine Worte nicht, doch die Menge verehrte ihn so sehr, dass Applaus aufbrandete.

George beschloss, Bobby nach der Rede nicht in die Diskothek Factory zu begleiten. Paare tanzen zu sehen, würde ihn nur daran erinnern, dass er nun allein war. Stattdessen würde er versuchen, die Nacht durchzuschlafen, ehe sie am Morgen nach New York flogen, um dort den Wahlkampf fortzuführen. Arbeit war im Moment die beste Therapie für George.

»Ich danke allen, die diesen Abend möglich gemacht haben«, sagte Bobby. Er machte das V-Zeichen, was im ganzen Saal von Hunderten junger Menschen nachgeahmt wurde, beugte sich vor und schüttelte von der Bühne herab Dutzende von Händen, die ihm entgegengereckt wurden.

Dann kam es zu einer Panne. Bobbys nächster Termin war die Presse in einem Nebenraum. Auf dem Weg dorthin sollte er sich durch die Menge bewegen, doch George sah, dass Bill Barry nicht in der Lage war, Bobby einen Weg durch die hysterischen Teenagerinnen zu bahnen, die »Wir wollen Bobby! Wir wollen Bobby!« skandierten.

Ein Hotelangestellter in der Kleidung eines Oberkellners löste das Problem. Er verwies Bobby auf eine Schwingtür mit zwei Flügeln, die offenbar durch Personalgänge zum Presseraum führte. Bobby und Ethel folgten dem Mann in einen dunklen Gang. George, Bill Barry und die anderen Mitarbeiter eilten ihnen hinterher.

Der Gang führte in eine hell erleuchtete Küche mit Warmhaltetischen aus Edelstahl und einer großen Eismaschine. Ein Radioreporter fragte Bobby im Gehen: »Wie werden Sie Mr. Humphrey entgegentreten, Senator?«

Bobby schüttelte auf dem Weg durch die Küche lächelnden Angestellten die Hände. Ein junger Küchenhelfer drehte sich von einem Tablettwagen weg, als wollte er Bobby begrüßen.

In einem Blitz grellen Entsetzens sah George die Waffe in der Hand des jungen Mannes. Es war ein kleiner schwarzer Revolver mit kurzem Lauf.

Der Mann richtete die Waffe auf Bobbys Kopf.

George öffnete den Mund, um zu schreien, aber der Schuss kam ihm zuvor.

Der Revolver machte ein Geräusch, das wie ein *Plopp* klang.

Bobby riss die Hände vor das Gesicht, taumelte zurück und stürzte auf den Betonboden.

George brüllte: »Nein! Nein!«

Einen Moment später war eine ganze Salve Schüsse zu hören, die wie ein chinesisches Feuerwerk klangen. Irgendetwas stach George in den Arm, doch er achtete nicht darauf.

Bobby lag neben der Eismaschine auf dem Rücken, die Hände über dem Kopf, die Füße auseinander. Seine Augen standen offen.

Menschen schrien, kreischten und jammerten. Der Radioreporter rief in sein Mikrofon: »Senator Kennedy ist angeschossen worden! O Gott, Kennedy wurde angeschossen! Ist das möglich? Ist das möglich?«

Mehrere Männer stürzten sich auf den Schützen. Jemand brüllte: »Nehmt die Waffe!«

George sah, wie Bill Barry dem Attentäter die Faust ins Gesicht schmetterte. Dann kniete er sich neben Bobby. Er lebte, blutete aber aus einer Wunde gleich hinter dem Ohr. Er sah schrecklich aus. George lockerte seine Krawatte, damit er leichter atmen konnte. Jemand schob Bobby ein zusammengefaltetes Jackett unter den Kopf.

Eine Männerstimme stöhnte: »Gott, nein ... Himmel, nein ...«

Ethel Kennedy drängte sich durch die Menge, kniete neben George nieder und sprach mit ihrem Mann. Über Bobbys Gesicht flackerte Erkennen; er versuchte, etwas zu sagen. George glaubte ihn fragen zu hören: »Sind die anderen okay?«

Ethel streichelte sein Gesicht.

George sah sich gehetzt um, konnte aber nicht sehen, ob noch jemand von Kugeln getroffen worden war. Dann fiel ihm sein eigener Unterarm auf. Der Ärmel war zerrissen, Blut lief aus einer Wunde. Er war getroffen. Jetzt, wo er es bemerkte, schmerzte es höllisch.

Die andere Tür öffnete sich, und Reporter und Fotografen aus dem Presseraum stürmten hindurch. Die Kameraleute brandeten wie eine Flutwelle gegen die Gruppe um Bobby, schoben sich gegenseitig hin und her, stiegen auf die Tische und Spülen, um bessere Aufnahmen von dem blutenden Opfer und seiner verzweifelten Frau zu machen.

»Bitte, lassen Sie ihm Platz!«, flehte Ethel. »Lassen Sie ihn atmen!«

Rettungssanitäter kamen mit einer Trage und hoben Bobby an Schultern und Füßen hoch. Mit matter Stimme rief er: »Oh, nein, nicht ...«

»Vorsichtig!«, bettelte Ethel die Sanitäter an. »Vorsichtig!«

Sie hoben Bobby auf die Trage, schnallten ihn fest.

Endlich schlossen sich Bobbys Augen.

Er sollte sie nie wieder öffnen.

KAPITEL 45

In diesem Sommer strichen Dimka und Natalja die Wohnung, stellten die Möbel nach Nataljas Geschmack um und sorgten für Ordnung, während die Sonne durch die offenen Fenster schien. Es dauerte länger als notwendig, weil beide gar nicht genug voneinander bekommen konnten und immer wieder Sex hatten.

Natalja hatte ihr wunderschönes Haar unter einem Lumpen versteckt und trug eines von Dimkas alten Hemden mit ausgefranstem Kragen, doch ihre kurze Hose war eng, und jedes Mal, wenn Dimka sie auf der Leiter sah, konnte er nicht anders, als sie verlangend zu küssen und ihr die Hose herunterzuziehen, sodass sie irgendwann darauf verzichtete und nur noch das Hemd trug.

An Heirat war allerdings erst zu denken, wenn Nataljas Scheidung durch war, und um des Anscheins willen nahm sie sich eine eigene kleine Wohnung in der Nähe. Doch inoffiziell führten sie bereits ihr neues Leben. Sie entwickelten Routinen: Dimka machte Frühstück, Natalja Abendessen; er putzte ihre Schuhe, sie bügelte seine Hemden; er kaufte Fleisch, sie Fisch.

Nik sahen sie nie wieder, und mit Nina arrangierten sie sich. Dimkas Exfrau war nun offiziell Marschall Puschnojs Mätresse und verbrachte viele Wochenenden bei ihm auf seiner Datscha, wo sie Dinnerpartys mit engen Freunden feierten, von denen einige ebenfalls ihre Mätressen mitbrachten. Dimka wusste nicht, welches Arrangement Puschnoj mit seiner Ehefrau getroffen hatte, doch zu offiziellen Anlässen erschien die ältere Dame nach wie vor an seiner Seite.

Wenn Nina auf dem Land war, kümmerten Dimka und Natalja sich um Grischka. Zuerst war Natalja nervös. Schließlich hatte sie selbst nie Kinder gehabt, denn Nik hasste Kinder. Doch rasch fand sie Gefallen an Grischka, der Dimka sehr ähnelte, und wenig überraschend dauerte es nicht lange, bis sie für den Kleinen Muttergefühle entwickelte.

Ihr Privatleben war glücklich, doch im Beruf lief es nicht gut. Die Falken im Kreml dachten gar nicht daran, den Kompromiss zu akzeptieren, was die CSSR betraf. Kaum waren Kossygin und Dimka aus Prag zurück, machten die Konservativen sich daran, das Abkommen zu unterminieren. Erneut drängten sie auf eine Invasion der CSSR, um Dubček abzusetzen und seinen Reformen ein Ende zu bereiten. Der Streit tobte den ganzen Juni und Juli hindurch, in der Hitze Moskaus und in den Datschen am Schwarzen Meer, in die sich die sowjetische Nomenklatura zur Sommerfrische zurückzog.

Für Dimka ging es hier nicht wirklich um die Tschechoslowakei. Es ging um seinen Sohn und um die Welt, in der Grischka aufwachsen würde. In fünfzehn Jahren würde er auf die Universität gehen, in zwanzig Jahren stand er im Beruf, und in fünfundzwanzig hatte er vielleicht selbst Kinder. Würde in der Sowjetunion dann ein anderer, besserer Sozialismus herrschen? Vielleicht so etwas wie Dubčeks Sozialismus mit menschlichem Gesicht? Oder würde die UdSSR dann immer noch eine Diktatur sein, in der eine unantastbare Partei herrschte, die ihren Willen mithilfe des KGB durchsetzte?

Dass Leonid Breschnew, der Generalsekretär, sich bei alledem stets unentschlossen zeigte, trieb Dimka schier in den Wahnsinn. Inzwischen verachtete er diesen Mann. Aus Angst, auf der Verliererseite zu stehen, traf Breschnew nie eine Entscheidung, bevor er nicht wusste, aus welcher Richtung der Wind wehte. Er hatte keine Vision, keinen Mut und keinen Plan, um die Sowjetunion zu einem besseren Land zu machen. Als Staatschef war er vollkommen ungeeignet.

Der Konflikt erreichte seinen Höhepunkt bei einer zweitägigen Politbürositzung, die am 15. August begann. Wie immer wurden dabei vor allem Höflichkeiten ausgetauscht, während draußen die wahre Schlacht geschlagen wurde.

Auf dem Platz vor dem Senatspalast, mitten im schönsten Sonnenschein und inmitten geparkter Limousinen, kam es zum Showdown zwischen Dimka und Jewgeni Filipow. »Schauen Sie sich die KGB-Berichte aus Prag doch mal an«, forderte Filipow ihn auf. »Überall konterrevolutionäre Studentenproteste! Öffentlich wird über den Sturz des Sozialismus diskutiert, und überall werden geheime Waffenlager angelegt.«

»Ich glaube diese Geschichten nicht«, erwiderte Dimka. »Sicher, Reformen werden diskutiert, aber die gescheiterten politischen Führer der Vergangenheit übertreiben die Gefahren, weil sie Angst haben, auf der Müllhalde der Geschichte zu landen.« In Wahrheit fälschte Andropow, der Chef des KGB, die Berichte, um den Falken Rückhalt zu verschaffen, doch Dimka war nicht so dumm, das laut auszusprechen.

Er wiederum hatte eine zuverlässige Informationsquelle: seine Zwillingsschwester. Tanja war in Prag, schickte neutrale Artikel an die TASS und versorgte Dimka und Kossygin gleichzeitig mit Berichten, in denen es hieß, Dubček sei für die Tschechen und Slowaken ein Held, abgesehen von den alten Apparatschiks.

In einer geschlossenen Gesellschaft war es für die Menschen nahezu unmöglich, die Wahrheit herauszufinden. Und die Russen logen viel. In der Sowjetunion war fast jedes Dokument gefälscht oder geschönt: Produktionszahlen, außenpolitische Einschätzungen, Verhörprotokolle der Miliz, Wirtschaftsprognosen. Hinter vorgehaltener Hand flüsterten sich die Menschen zu, dass die einzig »wahre« Seite in der Zeitung die mit den Fernsehprogrammen sei.

»Ich weiß nicht, in welche Richtung sich das entwickeln wird«, sagte Natalja am Freitagabend zu Dimka. Sie arbeitete noch immer für Andrej Gromyko, den Außenminister. »Alles, was wir aus Washington hören, spricht dafür, dass Präsident Johnson keinen Finger rühren wird, wenn wir in die Tschechoslowakei einmarschieren. Er hat genug eigene Probleme ... Rassenunruhen, Attentate, Vietnam. Und dann sind da noch die Präsidentschaftswahlen.«

Für heute hatten sie mit dem Anstreichen aufgehört; nun saßen sie auf dem Boden und teilten sich eine Flasche Bier. Natalja hatte einen gelben Farbfleck auf der Stirn. Dimka fand das niedlich, aber aus irgendeinem Grund erregte es ihn auch. Er überlegte gerade, ob sie es gleich hier auf dem Fußboden miteinander treiben sollten, oder ob sie warten sollten, bis sie gewaschen waren und ins Bett gingen, als Natalja sagte: »Bevor wir heiraten ...«

»Ja?«

»Sollten wir über Kinder reden.«

»Das hätten wir besser tun sollen, bevor wir den ganzen Sommer gevögelt haben bis zum Gehtnichtmehr.« Sie hatten nie verhütet.

»Ja, aber du hast schon ein Kind.«

»*Wir* haben ein Kind. Grischka ist auch dein Sohn. Bald bist du seine Stiefmutter.«

»Ich mag ihn sehr. Es ist ja auch leicht, einen Jungen zu lieben, der dir so ähnlich sieht. Aber wie denkst du darüber, noch mehr zu bekommen?«

Dimka fühlte, dass Natalja sich aus irgendeinem Grund Sorgen machte. Er musste sie beruhigen. Also stellte er die Bierflasche ab und nahm sie in die Arme. »Ich liebe dich«, sagte er, »und ich würde mich von ganzem Herzen über ein Kind von dir freuen.«

»Gott sei Dank.« Natalja seufzte. »Ich bin nämlich schwanger.«

*

Tanja musste feststellen, dass man in Prag nicht leicht an eine Zeitung kam. Ironischerweise war es eine direkte Folge von Dubčeks Abschaffung der Zensur. Bis dato hatte niemand sich die Mühe gemacht, die unehrlichen Artikel der staatlich kontrollierten Presse zu lesen, aber jetzt, da die Journalisten die Wahrheit schreiben konnten, kamen die Druckereien nicht mehr hinterher. Wenn Tanja eine Zeitung haben wollte, musste sie früh aufstehen, sonst gab es keine mehr.

Und auch das Fernsehen war endlich frei. In den Nachrichtensendungen durften Arbeiter und Studenten Minister kritisieren; man ließ sogar freigelassene politische Gefangene vor der Kamera die Geheimdienstleute befragen, die sie einst ins Gefängnis gebracht hatten. Vor den Fernsehgeräten in den Lobbys der größeren Hotels bildete sich dann stets eine Menschentraube.

Ähnlich sah es in den Cafés aus, in den Kantinen und im Rathaus. Menschen, die zwanzig Jahre lang ihre Gefühle hatten unterdrücken müssen, durften plötzlich sagen, was ihnen auf dem Herzen lag.

Diese Atmosphäre der Freiheit war ansteckend. Tanja hätte zu gern geglaubt, dass die alte Zeit vorbei war und nichts und niemand etwas daran ändern könne. Doch sie durfte nicht vergessen, dass die Tschechoslowakei nach wie vor ein sozialistisches Land war. Die Geheimpolizei gab es immer noch – und auch die Folterkeller.

Und Tanja hatte das Manuskript von Wassilis erstem Roman dabei. Es war kurz vor ihrem Abflug auf dem gleichen Weg angekommen wie *Frostbrand*. Erneut hatte es ihr ein Fremder auf der Straße überreicht, der keine Fragen beantworten wollte, und wie beim letzten Mal war es in kleiner Schrift geschrieben – ohne Zweifel, um Papier zu sparen. Der zynische Titel lautete: *Ein freier Mann*.

Tanja hatte es auf dünnes Luftpostpapier abgetippt. Sie musste davon ausgehen, dass man ihr Gepäck öffnete. Sicher, sie war eine anerkannte Vertreterin der TASS; trotzdem hätte die Geheimpolizei kein Problem damit, ihr Hotelzimmer auf den Kopf zu stellen. Sie hatte zwar ein gutes Versteck für das Manuskript gefunden; dennoch lebte sie in Angst. Es war, als würde sie eine scharfe Handgranate mit sich herumschleppen. Sie wollte das Manuskript so schnell wie möglich loswerden.

Tanja hatte sich mit dem Korrespondenten einer britischen Zeitung angefreundet, und bei der erstbesten Gelegenheit sagte sie zu ihm: »Es gibt da einen Verlag in London, der sich auf die Übersetzung osteuropäischer Romane spezialisiert, Rowley Publishing. Die Cheflektorin heißt Anna Murray. Ich würde sie gerne über tschechische Literatur interviewen. Könntest du ihr eine Nachricht von mir schicken?«

Natürlich war das gefährlich: Der KGB durfte nicht erfahren, dass Tanja Kontakt zu Anna hatte. Aber sie kam um das Risiko nicht herum.

Zwei Wochen später sagte der britische Journalist: »Anna Murray kommt nächsten Dienstag nach Prag. Ich konnte ihr leider deine Telefonnummer nicht geben, die habe ich ja selber nicht. Sie steigt im Palasthotel ab.«

Am Dienstag rief Tanja dort an und hinterließ eine Nachricht für Anna, in der es hieß: »Treffen Sie sich mit Jakub um vier am Denkmal von Jan Hus.« Jan Hus war ein Philosoph und Theologe aus dem Mittelalter, der verlangt hatte, dass die heilige Messe in der Landessprache gelesen werden sollte. Dafür hatte ihn der Papst auf dem Scheiterhaufen verbrennen lassen. Bis heute war er ein Symbol des tschechischen Widerstands gegen Kontrolle von außen. Sein Denkmal stand auf dem Altstädter Ring.

Die Geheimpolizisten, die in jedem Hotel präsent waren, hatten besonderes Interesse an Gästen aus dem Westen; deshalb musste Tanja davon ausgehen, dass sie auch das Denkmal überwachten, um festzustellen, mit wem Anna sich dort traf. Also ging Tanja gar nicht erst dorthin. Stattdessen fing sie Anna auf der Straße ab und steckte ihr die Visitenkarte eines Restaurants in der Altstadt zu. Darauf stand: »Acht Uhr heute Abend. Der Tisch ist auf den Namen Jakub reserviert.«

Natürlich bestand die Möglichkeit, dass man Anna ins Restaurant folgte, aber das war eher unwahrscheinlich. Der Geheimpolizei fehlten die Männer, jeden Ausländer ständig zu beschatten. Trotzdem blieb Tanja vorsichtig.

Am Abend zog sie trotz des warmen Wetters eine weite Lederjacke über und ging früh ins Restaurant. Dort setzte sie sich allerdings nicht an den reservierten Tisch, sondern in eine Ecke. Als Anna eintraf, hielt sie den Kopf gesenkt und beobachtete, wie Anna an den Tisch geführt wurde.

Anna war deutlich als eine Frau aus dem Westen zu erkennen. In Osteuropa war niemand so gut gekleidet. Sie trug einen dunkelroten Hosenanzug, der sich maßgeschneidert an ihre üppige Figur schmiegte. Dazu hatte sie sich ein buntes Tuch um den Hals gewickelt. Sie hatte dunkles Haar und dunkle Augen, die sie vermutlich von ihrer deutsch-jüdischen Großmutter geerbt hatte. Sie musste um die dreißig sein, schätzte Tanja, und war eine jener Frauen, die erst im reiferen Alter wirklich schön wurden.

Niemand folgte ihr ins Restaurant. Eine Viertelstunde blieb Tanja, wo sie war, und beobachtete die Neuankömmlinge, während Anja sich eine Flasche ungarischen Weins bestellte und an ihrem Glas nippte. Insgesamt vier Personen kamen nach ihr herein: ein älteres Ehepaar und zwei junge Leute. Keiner von ihnen sah auch nur annähernd nach Polizei aus. Schließlich stand Tanja auf, kam zu Anna an den reservierten Tisch und legte ihre Jacke über die Lehne.

»Danke, dass Sie gekommen sind«, sagte Tanja.

»Kein Problem.«

»Das war eine weite Reise.«

»Für die Frau, die mir *Frostbrand* gegeben hat, würde ich zehnmal so weit reisen.«

»Er hat einen Roman geschrieben.«

Anna seufzte zufrieden und lehnte sich zurück. »Darauf habe ich gehofft.« Sie schenkte Tanja Wein ein. »Wo ist er?«

»Versteckt. Bevor wir gehen, bekommen Sie ihn.«

»Okay.« Anna war verwirrt, denn sie sah nirgends ein Manuskript, akzeptierte aber Tanjas Erklärung. »Mit *Frostbrand* haben Sie mich zu einer glücklichen Frau gemacht.«

»Ich wusste immer, dass *Frostbrand* brillant ist«, sinnierte Tanja. »Aber selbst ich habe nicht mit diesem internationalen Erfolg gerechnet. Im Kreml toben sie vor Wut, vor allem, weil sie nicht wissen, wer der Autor ist.«

»Er hat übrigens schon eine Menge Tantiemen verdient. Er sollte sich das Geld bald abholen.«

Tanja schüttelte den Kopf. »Wenn er Geld aus dem Ausland bekäme, wäre er enttarnt.«

»Eines Tages vielleicht«, sagte Anna. »Ich habe die größte Londoner Literaturagentur gebeten, sich um ihn zu kümmern.«

»Was ist eine Literaturagentur?«

»Sie nimmt die Interessen eines Autors wahr, handelt Verträge aus und sorgt dafür, dass der Verlag pünktlich zahlt.«

»Verstehe.«

»Die Agentur hat ein Konto auf den Namen Iwan Kusnetsow eröffnet. Aber Sie müssen noch entscheiden, ob und wie das Geld investiert werden soll.«

»Um wie viel geht es denn?«

»Um mehr als eine Million Pfund.«

Tanja riss die Augen auf. Wenn Wassili dieses Geld bekam, wäre er einer der reichsten Männer Russlands.

Sie bestellten sich zu essen. Die Prager Restaurants waren in den letzten Monaten deutlich besser geworden, doch das Essen war noch immer traditionell. Rindfleisch und Hackbraten kamen mit dicker Soße, garniert mit Schlagsahne und einem Löffel Marmelade.

»Wie wird es hier in Prag weitergehen, was meinen Sie?«, fragte Anna.

»Dubček ist überzeugter Kommunist. Er will, dass die CSSR weiterhin im Warschauer Pakt bleibt. Also stellt er keine grundlegende Bedrohung für Moskau dar. Aber die Dinosaurier im Kreml sehen das anders. Niemand weiß, was jetzt passieren wird.«

»Haben Sie Kinder?«

Tanja lächelte. »Ja, das ist wohl die Schlüsselfrage«, sagte sie. »Für uns können wir ja entscheiden, das Sowjetsystem zu ertragen, aber wollen wir das auch für unsere Kinder? Nein, ich habe keine. Aber ich habe einen Neffen, Grischka. Ich liebe ihn. Er ist der Sohn meines Zwillingsbruders. Und heute Morgen hat mein Bruder mir geschrieben, dass die Frau, die bald seine zweite Ehefrau sein wird, schwanger ist. Also werde ich bald noch einen Neffen oder eine Nichte bekommen. Um ihretwillen hoffe ich, dass Dubček Erfolg haben wird, und dass andere sozialistische Staaten seinem Beispiel folgen. Aber das sowjetische System ist durch und durch konservativ und Veränderungen gegenüber noch misstrauischer als der Vatikan. Langfristig gesehen ist das vielleicht sein größter Fehler.«

Nachdem sie gegessen hatten, sagte Anna: »Wenn wir den Autor schon nicht bezahlen können, können wir Ihnen dann wenigstens ein Geschenk für ihn mitgeben? Gibt es irgendetwas aus dem Westen, das er gerne haben möchte?«

Was Wassili brauchte, war eine Schreibmaschine, aber das ging nicht, wenn er weiter unentdeckt bleiben wollte. »Einen Pullover«, sagte Tanja. »Einen richtig dicken, warmen Pullover. Ihm ist immer kalt. Und lange Unterwäsche.«

»Wenn es mehr nicht ist«, erwiderte Anna. »Ich fahre morgen nach Wien, dann werde ich ihm das Beste besorgen, was ich kriegen kann.«

Anna nickte zufrieden. »Sollen wir uns am Freitag wieder treffen? Hier?«

»Ja.«

Tanja stand auf. »Wir sollten getrennt gehen.«

Ein Hauch von Panik huschte über Annas Gesicht. »Was ist mit dem Manuskript?«

»Ziehen Sie meine Jacke an«, sagte Tanja. »Sie ist vielleicht ein bisschen klein für Sie, aber es wird schon gehen. Wenn Sie in Wien sind, trennen Sie das Futter auf.« Sie schüttelte Anna die Hand. »Verlieren Sie die Jacke nicht. Es ist das einzige Exemplar.«

*

Früh am Morgen wurde Tanja geweckt, als ihr Bett bebte. Erschrocken setzte sie sich auf, überzeugt, dass die Geheimpolizei gekommen war, um sie zu verhaften. Als sie das Licht einschaltete, sah sie, dass sie allein war, aber das Beben war keine Einbildung. Grischkas Bild auf ihrem Nachttisch schien zu tanzen, und sie hörte das Klirren der kleinen Flaschen in der Minibar.

Sie schwang sich aus dem Bett und trat ans Fenster. Die Sonne ging auf. Ein tiefes Grollen kam von der nahen Hauptstraße, aber Tanja konnte nicht sehen, was der Grund dafür war. Aber sie hatte eine Ahnung. Es hatte nichts Gutes zu bedeuten.

Tanja suchte nach ihrer Lederjacke; dann erinnerte sie sich daran, dass sie Anna die Jacke gegeben hatte. Rasch zog sie sich an und eilte hinaus. Trotz der frühen Stunde waren bereits viele Leute auf den Straßen.

Kaum hatte sie die Hauptstraße erreicht, wusste Tanja, was passiert war.

Das Geräusch stammte von Panzern. Langsam, aber unaufhaltsam rollten sie die Straße herunter. Auf den Panzern saßen Soldaten in den Uniformen unterschiedlicher Staaten des Warschauer Pakts, viele von ihnen jung, fast noch Kinder. Als Tanja die Straße hinunterschaute, sah sie im Licht des neuen Tages, dass die Panzerkolonne sich bis weit hinter die Karlsbrücke hinzog. Es waren Dutzende. Auf den Bürgersteigen standen die Tschechen, viele noch im Schlafanzug, und schauten verzweifelt zu, wie ihre Stadt überrollt wurde.

Die Konservativen im Kreml hatten die Oberhand behalten, erkannte Tanja. Der Warschauer Pakt war in die Tschechoslowakei einmarschiert. Die kurzen Monate der Reform und Hoffnung waren zu Ende.

Tanja blickte zu der Frau neben ihr. Sie war schon älter und trug ein altmodisches Haarnetz. Ihr Gesicht war tränenüberströmt.

In diesem Augenblick spürte Tanja die Nässe auf den eigenen Wangen. Auch sie weinte.

*

Eine Woche nachdem die Panzer Prag überrollt hatten, saß George Jakes in Unterwäsche auf der Couch in seiner Washingtoner Wohnung und schaute sich im Fernsehen die Berichterstattung über den Chicagoer Kongress der Demokraten an.

Zum Mittag hatte er sich eine Dose Tomatensuppe aufgewärmt und sie direkt aus dem Topf gegessen, der nun auf dem Couchtisch stand, während die sämigen Reste der roten Flüssigkeit darin gerannen.

George wusste, er hätte sich einen neuen Job, eine neue Freundin, ein neues Leben suchen sollen, doch er konnte sich nicht einmal dazu aufraffen, das Haus zu verlassen. Irgendwie sah er keinen Sinn mehr darin. Hoffnungslosigkeit und Depressionen machten ihm zu schaffen.

Das Spektakel der Amok laufenden Chicagoer Polizei berührte ihn kaum. Ein paar hundert Demonstranten hatten auf der Straße vor dem Kongresszentrum einen friedlichen Sitzstreik veranstaltet; nun watete die Polizei zwischen ihnen hindurch und drosch mit Schlagstöcken auf sie ein. Den Cops schien nicht bewusst zu sein, dass sie live im Fernsehen eine Körperverletzung begingen, oder es war ihnen egal. Irgendjemand, vermutlich Bürgermeister Richard Daley, hatte die Hunde von der Leine gelassen.

Der Gewaltverzicht als politische Strategie schien am Ende zu sein. Martin Luther King und Bobby Kennedy hatten sich geirrt, und jetzt waren beide tot. Die Black Panthers hatten recht behalten. Bürgermeister Richard Daley, Gouverneur Ronald Reagan, Präsidentschaftskandidat George Wallace und ihre vielen rassistischen Polizeichefs würden Gewalt gegen jeden anwenden, dessen Ideen ihnen nicht gefielen. Schwarze brauchten Pistolen, um sich zu schützen.

Es klingelte an der Wohnungstür, doch George reagierte nicht. Er erwartete keinen Besuch, und er wollte mit niemandem sprechen. Doch als es zum dritten Mal schellte, sehr beharrlich, wurde ihm klar, dass der Besucher nicht aufgeben würde, und er ging zur Tür.

Seine Mutter stand vor ihm, als er öffnete, und musterte ihn von oben bis unten. »Dachte ich's mir«, sagte sie, kam unaufgefordert in die Wohnung, stellte eine Auflaufform mit Essen, die sie mitgebracht hatte, in den Backofen, und schaltete ihn ein. »Los, nimm eine Dusche. Rasier dir dein trauriges Gesicht und zieh dich anständig an.«

»Okay«, sagte George lustlos, obwohl er sich am liebsten wieder vor den Fernseher gesetzt und Trübsal geblasen hätte.

Jacky räumte auf, stellte den Suppentopf in die Spüle, faltete die alten Zeitungen zusammen und öffnete die Fenster, um durchzulüften.

George duschte und rasierte sich, zog Chinos und ein blaues Button-down-Hemd an und kam ins Wohnzimmer zurück.

Jacky hatte inzwischen den Tisch gedeckt. »Setz dich«, sagte sie. »Das Essen ist fertig.« Sie hatte Hähnchen in einer Tomatensoße mit grünen Chilis gemacht, mit Käse knusprig überbacken.

George langte wider Erwarten kräftig zu.

»Na, dir schmeckt's aber«, sagte Jacky zufrieden.

George blickte sie dankbar an. »Ja, Mom«, sagte er und schaute zum Fernseher. Senator Abraham Ribicoff hatte das Wort ergriffen und nominierte George McGovern, einen in letzter Sekunde aufgestellten Kandidaten der Friedensfraktion. Es gab Unruhe, als Ribicoff erklärte: »Mit George McGovern als Präsident der Vereinigten Staaten hätten wir keine Gestapo-Methoden auf den Straßen von Chicago!«

»Richtig, gib's ihnen«, sagte Jacky.

In der Kongresshalle wurde es still. Der Regisseur schaltete auf eine Nahaufnahme von Bürgermeister Daley. Er sah aus wie ein Ochsenfrosch mit seinen hervorquellenden Augen, den Hängebacken und dem dicken Hals. Einen Moment lang vergaß er, dass er im Fernsehen war – ganz wie seine Cops –, und rief Ribicoff eine Schmähung zu, doch die Mikrofone erfassten seine Worte nicht.

»Ich würde zu gern wissen, was Daley da von sich gegeben hat«, murmelte George.

»Das kann ich dir sagen«, entgegnete Jacky. »Ich habe es von den Lippen abgelesen.«

»Und was hat Daley gesagt? Was hat er Ribicoff zugerufen?«

»›Fick dich, du jüdischer Hurensohn.‹«

*

Walli und Beep wohnten im Chicago Hilton im fünfzehnten Stock, wo McCarthy sein Wahlkampfhauptquartier hatte. Müde und lustlos gingen sie am letzten Tag des Nominierungsparteitags um Mitternacht auf ihre Zimmer. Sie hatten verloren. Hubert Humphrey, Johnsons Vizepräsident, war zum Präsidentschaftskandidaten der Demokraten nominiert worden. Jetzt hatten die Amerikaner nur noch die Wahl zwischen zwei Männern, die beide den Vietnamkrieg unterstützten.

»Tja«, sagte Beep, »das war's dann wohl. In ein paar Wochen muss ich wieder an die Uni.«

»Und ich mache eine neue Platte«, sagte Walli. »Ein paar Songs hab ich schon.«

»Glaubst du, du kannst das mit Dave wieder in Ordnung bringen?«

»Weiß ich nicht. Ich würde ja gerne, aber bei ihm bin ich mir da nicht so sicher. Als er mich angerufen hat, um mir zu erzählen, dass er meine Familie in Ostberlin gesehen hat, war er kalt wie eine Hundeschnauze.«

»Und wie willst du dein Album aufnehmen?«

»Ich reise nach London. Ich weiß, dass Lew für mich Schlagzeug spielt, und Buzz bekomme ich als Bassisten. Die sind beide stinksauer, weil Dave die Band einfach aufgelöst hat. Ich spiele den Song mit ihnen ein und mache selbst den Gesang. Mal sehen, wie ich das arrangiere.«

Plötzlich ertönte ein lauter Knall. Ein Blitz zuckte auf, und aus dem Flur fiel Licht ins Zimmer. Erschrocken erkannte Walli, dass jemand die Tür eingetreten hatte. Er warf das Laken weg und sprang aus dem Bett, als zwei uniformierte Polizisten ins Zimmer stürmten.

»He, verdammt!«, rief Walli. »Was soll das?«

Als Antwort bekam er einen Schlag mit dem Knüppel. Der Mann zielte auf den Kopf, doch Walli duckte sich rechtzeitig weg. Anstatt ihn an der Schläfe zu treffen, landete der Hieb an seiner Schulter. Walli schrie auf und wich zum Bett zurück. Der Cop schlug erneut zu. Diesmal traf der Knüppel den Hüftknochen. Wieder brüllte Walli vor Schmerz. Er fiel aufs Bett und rollte sich instinktiv auf Beep, um sie zu schützen, denn die Polizisten droschen weiter auf ihn ein. Ein Schlagstock traf ihn in den Rücken, der andere am Oberschenkel. »Aufhören!«, rief er. »Hört auf, verdammt! Wir haben nichts getan!«

Walli bekam noch zwei weitere Schläge ab und glaubte schon, das Bewusstsein zu verlieren. Dann hörte es plötzlich auf, und die Cops verschwanden so wortlos, wie sie gekommen waren.

Walli rollte von Beep herunter. »Scheiße, tut das weh!«, stöhnte er.

Beep schluchzte leise. »Ist dir was passiert?«

»Ich glaube nicht.« Draußen wurden weitere Türen eingetreten, und Menschen schrien, als sie aus den Betten gezerrt und verprügelt wurden. »Wie es aussieht, kann die Polizei von Chicago tun und lassen, was sie will.« Walli knirschte vor Schmerz mit den Zähnen. »Das ist ja schlimmer als in Ostberlin.«

*

Im Oktober saß Dave Williams im Flugzeug neben einem Nixon-Unterstützer.

Dave flog nach Nashville, um dort eine neue Platte aufzunehmen. Sein eigenes Studio im Napa Valley war noch im Bau. Außerdem gab es in Nashville einige der besten Musiker überhaupt. Für Dave war die moderne Rockmusik mit ihren psychedelischen Sounds und den zwanzigminütigen Gitarrensoli viel zu verkopft. Deshalb wollte er ein Album mit klassischen Zwei-Minuten-Songs aufnehmen. Außerdem wusste er, dass Walli zurzeit ein Soloalbum in London produzierte; da wollte er nicht hinten anstehen.

Doch es gab noch einen anderen Grund. Little Lulu Small, die mit ihm auf der All-Star Beat Review Tour geflirtet hatte, lebte nun in Nashville und arbeitete als Backgroundsängerin. Und Dave brauchte jemanden, der ihm half, Beep zu vergessen.

Auf der Titelseite der Zeitung war ein Foto von den Olympischen Spielen in Mexico City, die derzeit stattfanden. Es zeigte die Siegerehrung im 200-Meter-Lauf. Die Goldmedaille hatte Tommie Smith gewonnen, ein schwarzer Amerikaner; dabei hatte er einen neuen Weltrekord aufgestellt. Ein weißer australischer Athlet hatte die Silbermedaille errungen, ein weiterer schwarzer Amerikaner Bronze. Alle drei trugen bei der Siegerehrung Menschenrechtssticker an ihren Olympiajacken. Während die amerikanische Nationalhymne gespielt wurde, senkten die beiden US-Athleten die Köpfe und reckten die Fäuste zum Gruß der Black Panther empor. Das Bild, das in allen Zeitungen zu sehen war, hatte weltweite Empörung, aber auch Bewunderung und Zustimmung ausgelöst.

»Es ist eine Schande«, sagte der Mann, der neben Dave in der ersten Klasse saß. Er war um die vierzig, trug einen Anzug, ein weißes Hemd und Krawatte und machte sich Notizen auf einem getippten Dokument, das er aus seiner Aktentasche geholt hatte.

Normalerweise ging Dave im Flugzeug Gesprächen mit Fremden aus dem Weg. Solche Unterhaltungen entwickelten sich meist zu einem Interview über das Leben eines Popstars, und das war langweilig. Doch dieser Mann schien nicht zu wissen, wer Dave war. »Offenbar hat der Präsident des IOC diese sogenannten Sportler von den Spielen ausgeschlossen«, fuhr er fort. »Richtig so, sage ich.«

»Finden Sie? Der Mann heißt Avery Brundage«, sagte Dave, »und in meiner Zeitung steht, dass er 1936 in Berlin das Recht der Deutschen auf den Hitlergruß verteidigt hat.«

»Das gefällt mir auch nicht«, erklärte der Geschäftsmann. »Die Spiele sollten unpolitisch sein. Unsere Athleten treten als Amerikaner an.«

»Sie sind nur so lange Amerikaner, wie sie Rennen gewinnen oder in die Army eingezogen werden«, erwiderte Dave. »Aber sie sind Nigger, wenn sie ein Haus neben Ihrem kaufen wollen.«

»Ich bin durchaus für Gleichberechtigung, aber alles braucht seine Zeit.«

»Dann sollten wir vielleicht eine rein weiße Armee nach Vietnam schicken, bis die amerikanische Gesellschaft so weit ist.«

»Ich bin gegen den Krieg«, sagte der Mann. »Wenn die Vietnamesen so dumm sind und unbedingt Kommunisten sein wollen, meinetwegen. Es sind die Kommunisten in Amerika, über die wir uns Sorgen machen sollten.«

Dave hatte das Gefühl, als lebe der Mann auf einem anderen Planeten. »Darf ich fragen, was Sie beruflich machen?«

»Ich verkaufe Werbung für Radiosender.« Der Mann schüttelte Dave die Hand. »Ron Jones.«

»Dave Williams. Ich bin im Musikgeschäft. Ich hoffe, die Frage ist nicht zu persönlich, aber wen werden Sie im November wählen?«

»Nixon«, antwortete Jones, ohne zu zögern.

»Aber Sie sagten doch, Sie sind gegen den Krieg und für die Bürgerrechte, auch wenn das Ihrer Meinung nach alles zu schnell geht. Dann stimmen Sie in diesen Punkten also mit Humphrey überein?«

»Ja. Ich habe eine Frau und drei Kinder, eine Hypothek und einen Kredit auf mein Auto. Das ist das Einzige, was mich interessiert. Ich habe mich zum Bezirksleiter hochgekämpft, und in ein paar Jahren kann ich sogar noch weiter aufsteigen. Ich habe mir den Arsch aufgerissen, und das lasse ich mir von niemandem wegnehmen – nicht von prügelnden Negern, nicht von bekifften Hippies, nicht von Kommunisten und mit Sicherheit nicht von irgendwelchen weichherzigen Liberalen wie Hubert Humphrey. Mir ist es egal, was Sie über Nixon sagen, er steht für einfache Leute wie mich.«

In diesem Augenblick überkam Dave die düstere Vorahnung, dass Nixon die Wahl gewinnen würde.

*

Zum ersten Mal seit Monaten zog George Jakes einen Anzug an, ein weißes Hemd und eine Krawatte, denn er traf sich mit Maria Summers im Jockey Club zum Mittagessen. Sie hatte ihn eingeladen.

Er konnte nur vermuten, was geschehen würde. Maria hatte mit seiner

Mutter gesprochen, und die hatte ihr erzählt, dass er, George, den ganzen Tag in seiner Wohnung verbrachte und Trübsal blies. Vermutlich würde Maria ihm raten, sich einen Ruck zu geben und neu anzufangen.

George wusste nur nicht, wozu. Sein Leben war ein einziger Trümmerhaufen. Bobby Kennedy war tot, und der nächste Präsident hieß entweder Humphrey oder Nixon. Und man konnte nichts tun, um den Krieg in Vietnam zu beenden, Gleichheit für Schwarze zu erreichen oder Polizisten daran zu hindern, jeden zusammenzuschlagen, dessen Nase ihnen nicht passte.

Dennoch hatte George dem Lunch mit Maria zugestimmt. Sie kannten einander schon lange.

Maria sah auf reife Weise attraktiv aus. Sie trug ein schwarzes Kleid mit dazu passender Jacke und eine Perlenkette. Sie strahlte Selbstvertrauen und Autorität aus und sah aus wie die Frau, die sie war: eine erfolgreiche Juristin, die im Justizministerium arbeitete. Einen Cocktail lehnte sie ab; sie bestellten gleich ihr Mittagessen.

Als der Kellner gegangen war, sagte Maria: »Du kommst auch nie darüber hinweg, George, nicht wahr?«

Er begriff, dass sie seine Trauer um Bobby Kennedy mit ihrer Trauer um den Verlust Jack Kennedys verglich.

»Da ist ein Loch in deinem Herzen, das sich nie mehr schließt, stimmt's?«

»Ja.« George nickte. »Da hast du leider recht.«

»Arbeit ist die beste Medizin«, sagte sie. »Arbeit und Zeit.«

»Ich weiß.« Maria hatte überlebt. Dabei war ihr Verlust größer als seiner, denn Jack Kennedy war ihr Geliebter gewesen, nicht nur ihr Freund.

»Du hast mir geholfen«, sagte sie. »Du hast mir den Job im Ministerium verschafft. Das war meine Rettung ... eine neue Umgebung, eine neue Herausforderung.«

»Aber keinen neuen Freund.«

»Nein.«

»Bist du noch allein?«

»Ich habe zwei Katzen«, sagte sie. »Julius und Loopy.«

George nickte. Es hatte ihr geholfen, dass sie alleinstehend war. Im Justizministerium zögerte man, eine verheiratete Frau zu befördern, die möglicherweise schwanger wurde und kündigte. Eine Frau, die sich auf ihre Karriere konzentrierte, hatte eine bessere Chance.

Ihr Essen kam, und sie aßen schweigend ein paar Minuten. Dann legte Maria die Gabel weg. »Ich möchte, dass auch du wieder an die Arbeit gehst, George.«

Ihn berührte ihre liebevolle Sorge, und er bewunderte die zielstrebige Entschlossenheit, mit der sie sich wieder ein Leben aufgebaut hatte. Doch Begeisterung vermochte er nicht zu mobilisieren. Er zuckte hilflos mit den Schultern. »Bobby ist tot, und McCarthy kann nicht mehr Präsident werden. Für wen sollte ich arbeiten?«

Maria überraschte ihn, indem sie sagte: »Fawcett Renshaw.«

»Diese Mistkerle?« Die Kanzlei Fawcett Renshaw hatte George nach dem Studienabschluss einen Job angeboten, das Angebot aber zurückgezogen, nachdem er an den Freedom Rides teilgenommen hatte.

»Du könntest als ihr Bürgerrechtsexperte arbeiten.«

George hätte beinahe laut aufgelacht. Es war die reinste Ironie: Vor sieben Jahren war sein Eintreten für die Bürgerrechte der Hemmschuh gewesen, der verhindert hatte, dass er bei Fawcett Renshaw arbeitete; jetzt war es seine Qualifikation.

»Du hast im Justizministerium und im Kapitol gearbeitet, deshalb verfügst du über unbezahlbares Insiderwissen«, fuhr Maria fort. »Und weißt du was? Mit einem Mal gehört es bei Washingtoner Kanzleien zum guten Ton, wenigstens einen schwarzen Anwalt im Team zu haben.«

»Woher weißt du, was Fawcett Renshaw will?«

»Ich habe im Justizministerium viel mit ihnen zu tun. Meistens geht es darum, ihre Mandanten zu bewegen, die staatlichen Vorschriften einzuhalten.«

»Ich könnte am Ende Firmen verteidigen, die gegen die Bürgerrechtsgesetze verstoßen.«

»Aber du würdest aus erster Hand lernen, wie die Gleichstellungsgesetze in der Wirklichkeit funktionieren. Das wäre sehr wertvoll, wenn du je in die Politik zurückkehrst. In der Zwischenzeit würdest du gutes Geld verdienen.«

Als George den Blick hob, sah er seinen Vater, der durch das Restaurant an ihren Tisch kam. »Ich habe gerade zu Mittag gegessen«, sagte Greg Peshkov. »Nehmen wir den Kaffee zusammen?«

George fragte sich, ob dieses scheinbar zufällige Treffen von Maria geplant gewesen war. Jetzt erinnerte er sich auch, dass der alte Renshaw, der Seniorpartner der Kanzlei, ein Jugendfreund Gregs war.

Maria sagte zu Greg: »Wir sprechen gerade über Georges Rückkehr in die Welt der Arbeit. Fawcett Renshaw will ihn haben.«

»Ja, Renshaw sprach davon. Du wärst für sie unbezahlbar, George. Deine Kontakte sind Gold wert.«

»Wohl kaum. Wie es aussieht, gewinnt Nixon die Wahl«, erwiderte George. »Meine Kontakte sind zumeist Demokraten.«

»Nützlich wären sie trotzdem. Außerdem rechne ich nicht damit, dass Nixon sich lange hält. Er wird mit fliegenden Fahnen untergehen.«

George zog die Brauen hoch. Sein Vater war ein liberaler Republikaner, der jemanden wie Nelson Rockefeller als Präsidentschaftskandidat bevorzugt hätte. Nun aber verhielt er sich überraschend illoyal gegenüber seiner Partei. »Du glaubst, die Friedensbewegung wird Nixon zu Fall bringen?«, fragte George.

»Nicht mal im Traum. Eher andersherum. Nixon ist kein Lyndon B. Johnson. Er versteht etwas von Außenpolitik – wahrscheinlich mehr als die meisten in Washington. Lass dich nicht von seinem Geschwafel über die Kommunisten täuschen, das tut er nur für seine Anhänger in den Wohnwagenparks.« Greg war ein Snob. »Nixon holt uns aus Vietnam heraus, und er wird behaupten, wir hätten den Krieg verloren, weil die Friedensbewegung das Militär unterminiert hat.«

»Und was bringt ihn dann zu Fall?«

»Dick Nixon ist ein Lügner«, sagte Greg. »Er lügt, wenn er nur das Maul aufmacht. Als 1952 eine republikanische Regierung ins Amt kam, behauptete Nixon, wir hätten Tausende von Subversiven im Regierungsapparat entdeckt.«

»Und wie viele habt ihr gefunden?«

»Keinen einzigen. Ich weiß das, weil ich ein junger Kongressabgeordneter gewesen bin. Nixon hat sich damals sogar zu der Behauptung verstiegen, wir seien in den Akten der scheidenden demokratischen Regierung auf Pläne gestoßen, die USA in einen sozialistischen Staat umzuwandeln. Daraufhin wollten Reporter diese Akten sehen.«

»Aber er hatte keine Kopie.«

»Genau. Er sagte auch, er wäre im Besitz eines geheimen kommunistischen Memorandums, in dem aufgeführt sei, wie sie mithilfe der Demokratischen Partei ihre Ziele umsetzen wollten. Niemand hat es je zu Gesicht bekommen. Ich nehme an, seine Mutter hat Dick Nixon nie gesagt, dass Lügen eine Sünde ist.«

»In der Politik gibt es viel Unehrlichkeit«, sagte George.

»Und in vielen anderen Bereichen des Lebens auch. Aber nur wenige Menschen, die im Licht der Öffentlichkeit stehen, lügen so oft und schamlos wie Nixon. Er ist ein Betrüger und Gauner. Bisher ist er damit durchgekommen, aber wenn er Präsident werden sollte, sieht die Sache anders aus. Die Reporter wissen, dass sie belogen wurden, was Vietnam angeht. Sie nehmen immer kritischer unter die Lupe, was die Regierung verlautbaren lässt. Wenn Dick Nixon erwischt wird, ist er am Ende. Und weißt du was? Man *wird* ihn erwischen. Und er wird behaupten, die Presse hätte es von Anfang an auf ihn abgesehen.«

»Ich hoffe, du hast recht.«

»Nimm den Job, George«, beschwor ihn Greg. »Es gibt sehr viel zu tun.«

George nickte. »Vielleicht mache ich das.«

*

Klaus Krohn war ein Rotschopf. Sein Kopfhaar war dunkelrot, doch am Rest des Körpers war es fuchsig. Rebecca mochte vor allem das kleine Dreieck, das ihm vom Schritt bis zum Bauchnabel wuchs.

Das körperliche Arrangement war einfach, die Sache mit den Gefühlen nicht. Es war schwer, die beiden Männer im Kopf voneinander zu trennen – so schwer, dass Rebecca es manchmal am liebsten aufgegeben hätte. Sie hatte ein furchtbar schlechtes Gewissen gehabt, weil sie Bernd betrogen hatte. Doch die Belohnung dafür war leidenschaftlicher und befriedigender Sex mit einem gesunden, kräftigen Mann gewesen, der sie vergötterte.

Nun aber hatte Bernd ihr die Erlaubnis gegeben, ihre Lust und Leidenschaft auszuleben. Das rief Rebecca sich immer wieder ins Gedächtnis. Jetzt konnte sie sich ihre Schuldgefühle sparen.

Außerdem machten das heutzutage viele so, nach dem Motto: Love is all you need. Rebecca war zwar kein Hippie, sondern Lehrerin, aber auch sie hatte sich von der sexuellen Freizügigkeit anstecken lassen.

Und warum auch nicht?, sinnierte sie. Wenn sie auf die bisherigen siebenunddreißig Jahre ihres Lebens zurückblickte, bereute sie nur jene Dinge, die sie *nicht* getan hatte: Sie hatte ihren ersten Mann, diesen Mistkerl, *nicht* betrogen; sie war *nicht* von Bernd schwanger geworden, als es noch möglich gewesen war, und sie war *nicht* schon Jahre früher aus dem Osten geflohen.

Wenigstens würde sie jetzt nicht auch noch bereuen, Klaus *nicht* gefickt zu haben.

»Bist du glücklich?«, fragte er.

Ja, dachte Rebecca, wenn ich ein paar Minuten nicht an Bernd denke.

»Natürlich«, antwortete sie. »Ich liebe es, wenn wir zusammen sind, auch wenn es immer nur kurz ist.«

»Ja, leider. Ich hätte gerne noch ein zweites Leben. Das würde ich dann ganz mit dir verbringen. Aber das ein oder andere Wochenende würde mir auch schon reichen ...«

Zu spät erkannte Rebecca, worauf dieses Gespräch hinauslief. Genau davor hatte sie sich gefürchtet. Die Montagabende waren Hans nicht genug.

»Ich wünschte, das hättest du nicht gesagt«, erwiderte sie traurig.

»Ihr könntet euch doch eine Krankenschwester nehmen, die sich um Bernd kümmert.«

»Ja, sicher, damit ich die Zeit habe, mit dir herumzumachen.«

»Was soll das denn heißen? Was ist mit dir?«

»Ach, nichts. Schon gut.«

»Dann könnten wir nach Dänemark fahren, wo niemand uns kennt, und in einem kleinen Hotel am Meer absteigen. Wir könnten die Strände entlangwandern und die gute Luft genießen.«

»Ich wusste, dass das irgendwann passieren würde.« Rebecca stand auf. Gedankenverloren suchte sie nach ihrer Unterwäsche. »Es war nur eine Frage der Zeit.«

»Ich will dich zu nichts zwingen.«

»Das kannst du auch nicht.«

»Wenn du nicht übers Wochenende wegfahren willst, dann lassen wir's eben.«

Rebecca fand ihren Slip, zog ihn an und griff nach ihrem BH.

»Warum ziehst du dich an? Wir haben noch mindestens eine halbe Stunde.«

»Als wir damit angefangen haben, habe ich geschworen, damit aufzuhören, bevor es ernst wird.«

»Hör mal, dass ich das Wochenende mit dir verbringen wollte, tut mir leid. Ich werde es nie mehr erwähnen. Versprochen.«

»Das ist nicht das Problem.«

»Was dann?«

»Ich *will* ja mit dir weg. Und genau das macht mir Sorgen. Ich will es sogar mehr als du.«

»Aber ...«

»Also muss ich mich entscheiden. Ich kann nicht länger zwei Männer lieben.« Rebecca zog den Reißverschluss ihres Kleides zu und zog die Schuhe an.

»Dann entscheide dich für mich«, sagte Klaus. »Du hast Bernd schon sechs lange Jahre geschenkt. Reicht das denn nicht? Wie könnte er unzufrieden sein?«

»Ich habe ihm ein Versprechen gegeben.«

»Brich es.«

»Wer ein Versprechen bricht, verliert einen Teil von sich selbst. Er zerstört die eigene Seele. Ich kann doch meinen Mann nicht im Stich lassen!« Beschämt senkte Klaus den Blick. »Du hast recht.«

»Danke, dass du mich liebst, Klaus. Ich werde nie auch nur eine Sekunde unserer gemeinsamen Zeit vergessen.«

»Ich kann nicht glauben, dass ich dich verliere.« Er wandte sich von ihr ab.

Rebecca wollte ihn ein letztes Mal küssen, entschied sich dann aber dagegen.

»Leb wohl«, sagte sie und ging hinaus.

*

Zu guter Letzt entschied eine Handvoll Stimmen über den Ausgang der Wahl.

Im September war Cam fest von Nixons Sieg überzeugt gewesen. In den Umfragen lag er meilenweit vorn. Die Unruhen in Chicago, die das Fernsehpublikum noch frisch vor Augen hatte, warfen ein schlechtes Licht auf Hubert Humphrey, Nixons Gegner. Dann, im Laufe des Septembers und Oktobers, musste Cam erkennen, dass die Wähler ein erschreckend kurzes Gedächtnis hatten: Zu seinem Entsetzen schloss Humphrey zu Nixon auf. Am Freitag vor der Wahl lag Nixon bei Harris noch mit 40:37 vorne, am Montag führte er bei Gallup mit 42:40, und am Wahltag prognostizierte Harris einen knappen Sieg für Humphrey.

Am Wahlabend checkte Nixon in das Waldorf Towers in New York ein. Cam und andere führende Freiwillige versammelten sich in einem bescheidenen Zimmer vor dem Fernseher, darunter Cams neue Freundin, ein unscheinbares, farbloses Mädchen namens Stephanie Maple, mit der er nun dem Wahlausgang entgegenfieberte.

Cam fragte sich aufgeregt, wie viele von ihnen nach Nixons Sieg wohl einen Posten im Weißen Haus oder wenigstens im Dunstkreis der Macht bekommen würden.

Um halb zwölf sahen sie Herb Klein auf dem Bildschirm, den hochgewachsenen Pressesprecher Nixons, der mehrere Etagen unter ihnen in dem riesigen Presseraum sprach. »Wir glauben noch immer, dass wir mit einem Vorsprung von drei bis fünf Millionen Stimmen gewinnen können, aber im Augenblick läuft es eher auf drei Millionen hinaus.«

Cam schaute zu Stephanie und hob die Augenbrauen. Sie wussten, dass Herb Klein Mist erzählte. Um Mitternacht hatte Humphrey 600 000 Stimmen Vorsprung. Dann, zehn Minuten nach Mitternacht, kam die Nachricht, mit der sich Cams Hoffnungen beinahe zerschlugen: CBS berichtete, dass Humphrey New York gewonnen hatte – mit einer halben Million Stimmen Vorsprung.

Aller Augen richteten sich nun auf Kalifornien, wo die Abstimmung aufgrund der Zeitverschiebung noch drei Stunden lief.

Und Kalifornien ging an Richard Nixon.

Nun hing alles von Illinois ab. Niemand konnte das dortige Wahlergebnis voraussagen. Bürgermeister Daleys demokratische Wahlmaschinerie war dort besonders dreist zu Werke gegangen. Aber Daleys Macht hatte möglicherweise einen Rückschlag erlitten, nachdem man im Fernsehen live hatte sehen können, wie seine Polizei junge Leute verprügelte, die friedlich protestiert hatten.

Unterstützte er Humphrey wirklich? Schließlich hatte Humphrey indirekt Kritik an Daley geübt, indem er gesagt hatte: »Was letzten August in Chicago passiert ist, hat mich mit Schmerz erfüllt.«

Menschen wie Daley hatten eine dünne Haut, und Gerüchten zufolge war er sauer über diese Bemerkung gewesen, sodass er Humphrey nur noch halbherzig unterstützt hatte.

Doch was immer der Grund dafür war, es gelang Daley nicht, für Humphrey den Staat Illinois zu erobern. Nixon gewann Illinois mit 140 000 Stimmen Vorsprung.

Auf der Siegesparty kam John Ehrlichman zu Cam und fragte: »Wann machen Sie Ihren Abschluss?«

»Im Juni, Sir.«

»Kommen Sie anschließend zu mir. Vielleicht habe ich dann einen Job für Sie.«

Davon hatte Cam immer geträumt. Todmüde, aber bester Laune verschwanden er und Stephanie auf ihren Zimmern. Cam stellte seinen Wecker und ließ sich aufs Bett fallen.

Nixon hatte gesiegt! Die dekadenten, liberalen Sechziger neigten sich ihrem Ende entgegen. Von nun an würden die Menschen wieder arbeiten müssen für das, was sie wollten. Die Zeit der Hippies und Schmarotzer, der Proteste und Demonstrationen ist vorbei, dachte Cam triumphierend. Jetzt wird Amerika wieder stark, diszipliniert und reich.

In Washington kam ein neues Regime an die Macht.

Und er, Cam, würde Teil davon sein.

SIEBTER TEIL
DAS BAND, *1972 bis 1976*

KAPITEL 46

Jacky Jakes servierte Brathähnchen, Süßkartoffeln, Blattkohl und Maisbrot.

»Diät wird überbewertet«, sagte Maria Summers und langte kräftig zu. Sie liebte solches Essen. Ihr fiel auf, dass George sich zurückhielt. Er aß nur ein wenig Hähnchen und ein bisschen Kohl, aber kein Brot.

Es war Sonntag. Wenn Maria die Jakes' besuchte, gehörte sie fast zur Familie. Vor vier Jahren war es losgegangen, nachdem Maria George zu seinem Job bei Fawcett Renshaw verholfen hatte. An Thanksgiving hatte er Maria zum traditionellen Truthahn-Festmahl ins Haus seiner Mutter eingeladen – ein Versuch, sie alle aufzuheitern, nachdem ihre Hoffnungen von Nixons Wahlsieg zerschmettert worden waren. Maria hatte ihre eigene Familie vermisst, die im fernen Chicago lebte, und war dankbar gewesen. Sie mochte Jackys Herzenswärme, aber auch ihre Streitlust, und Jacky schien Maria ebenfalls gut leiden zu können. Seitdem kam Maria ungefähr jeden zweiten Monat zu Besuch.

Nach dem Essen setzten sie sich ins Wohnzimmer. Als George nicht im Raum war, sagte Jacky: »Dich bedrückt doch etwas, Kindchen. Was hast du auf dem Herzen?«

Maria seufzte. Jacky war eine gute Beobachterin. »Ich muss eine schwierige Entscheidung fällen.«

»Eine Liebesgeschichte? Oder geht es um die Arbeit?«

»Um die Arbeit. Weißt du, zuerst schien es, als wäre Nixon nicht so schlimm, wie wir alle befürchtet hatten. Er hat mehr für die Schwarzen getan, als irgendjemand sich hätte träumen lassen.« Sie zählte es an den Fingern ab. »Erstens hat er die Gewerkschaften im Baugewerbe gezwungen, mehr Schwarze auf den Baustellen zu akzeptieren. Die Gewerkschaften haben ihm Widerstand geleistet, aber er hat sich durchgesetzt. Zweitens hat er Minderheitenfirmen geholfen. In drei Jahren ist der Anteil von Minderheiten an Regierungsaufträgen von acht auf über zweihundert Millionen Dollar gestiegen. Drittens hat er die Schulen integriert. Die entsprechenden Gesetze waren längst in Kraft, aber Nixon hat sie durchgesetzt. Wenn Nixons erste Amtszeit zu Ende geht, wird in den Südstaaten der Anteil von Kindern an reinen Schwarzenschulen auf unter zehn Prozent gesunken sein, vor Nixons Amtsantritt lag er bei achtundsechzig Prozent.«

»Wo liegt dann das Problem?«

»Die Regierung tut Dinge, die schlichtweg kriminell sind. Nixon benimmt sich, als stünde er über dem Gesetz. Dabei wurden er und Agnew wegen ihres Versprechens gewählt, für Recht und Ordnung zu sorgen. Diese Heuchelei macht uns alle wütend.«

»Glaub mir, Schätzchen, alle Verbrecher sind der Meinung, das Gesetz gelte nicht für sie.«

»Aber wir im öffentlichen Dienst müssen verschwiegen sein. Das gehört zu unserem Kodex. Wir zeigen Politiker nicht an, selbst wenn wir nicht einverstanden sind mit dem, was sie tun.«

»Hmm. Zwei moralische Prinzipien im Konflikt. Deine Pflicht gegenüber deinem Chef steht im Widerspruch zu deiner Pflicht gegenüber deinem Land.«

»Ja. Ich könnte natürlich kündigen. In der Privatwirtschaft würde ich vermutlich sogar mehr verdienen. Aber dann könnten Nixon und seine Leute weitermachen wie die Mafiosi. Und ich möchte, dass Amerika ein besseres Land wird, besonders für Schwarze. Das ist mein Lebensziel. Weshalb sollte ich dieses Ziel aufgeben, nur weil Nixon ein Gauner ist? Aber wie kann man ihn bloßstellen?«

»Ihr müsst mit der Presse reden. Man liest doch immer wieder Artikel darüber, was ›Quellen‹ den Reportern erzählen. Ihr könntet etwas an die Presse durchsickern lassen.«

»Genau darüber denke ich nach.«

»Wenn du das tust«, sagte Jacky besorgt, »sei bitte vorsichtig.«

*

Nachdem sie gemeinsam den Abendgottesdienst in der Bethel Evangelical Church besucht hatten, brachte George Maria nach Hause. Er fuhr noch immer das alte dunkelblaue Mercedes-Cabrio, das er vor fast zehn Jahren gekauft hatte. »So ziemlich jedes Teil an diesem Wagen ist ersetzt worden«, sagte er. »Hat mich ein Vermögen gekostet.«

»Dann ist es ja gut, dass du bei Fawcett Renshaw ein Vermögen verdienst.«

»Ich bin zufrieden.«

Zögernd sagte Maria: »George, ich muss mit dir sprechen.«

»Nur zu.«

»Letzten Monat hat das Justizministerium auf direkte Anordnung des Weißen Hauses Anti-Trust-Ermittlungen gegen drei verschiedene Konzerne eingestellt.«

»Und die Gründe?«

»Es wurden keine genannt. Aber alle drei waren größere Spender für Nixons Wahlkampf 1968, und man rechnet damit, dass sie ihm seine Wiederwahlkampagne in diesem Jahr ebenfalls finanzieren.«

»Das wäre Justizbehinderung. Das wäre eine Straftat.«

»Genau.«

»Ich wusste, dass Nixon ein Lügner ist, aber ich hätte nie gedacht, dass er obendrein ein Verbrecher ist!«

»Ich möchte mit der Story an die Presse gehen, George.«

»Das ist nicht ungefährlich.«

»Das Risiko gehe ich ein. Aber ich werde vorsichtig sein.«

»Gut.«

»Kennst du Reporter, die Einfluss haben?«

George nickte. »Na klar. Lee Montgomery zum Beispiel.«

Maria lächelte. »Ich bin ein paar Mal mit ihm ausgegangen.«

»Ich weiß. Ich habe euch zusammengebracht.«

»Aber dadurch kennt er die Verbindung zwischen dir und mir. Wenn du ihm eine Story gibst und er sich fragt, wer die Quelle sein könnte, bin ich die Erste, die ihm einfällt.«

»Stimmt. Wie wär's mit Jasper Murray?«

»Der Leiter des Washington-Studios von *This Day?* Der wäre ideal. Woher kennst du ihn?«

»Ich habe ihn vor ein paar Jahren mal getroffen, als er noch für eine Studentenzeitung gearbeitet hat und Verena um ein Interview mit Martin Luther King anging. Vor etwa einem halben Jahr hat er mich auf einer Pressekonferenz eines Mandanten angesprochen. Wie sich herausstellte, war er damals in dem Motel in Memphis und hat mit Verena gesprochen, als Dr. King erschossen wurde. Sie waren beide Zeugen des Attentats. Er hat mich gefragt, was aus Verena geworden ist. Ich musste ihm sagen, dass ich keine Ahnung habe. Ich glaube, er hatte sich ein bisschen in sie verguckt.«

»Das geht den meisten Männern so.«

»Mich eingeschlossen.«

»Sprichst du mit Murray?« Maria war angespannt; sie fürchtete, George könnte sich weigern, weil er nicht in die Sache hineingezogen werden wollte. »Sagst du ihm, was ich dir erzählt habe?«

»Dann wäre ich dein Strohmann. Es gäbe keine direkte Verbindung zwischen dir und Jasper.«

»Richtig.«

George lachte leise. »Das ist ja wie in einem James-Bond-Film.«

»Machst du es?« Maria hielt den Atem an.

Er lächelte. »Na klar.«

*

Präsident Nixon war wütend. Er stand hinter seinem großen Schreibtisch im Oval Office, den Rücken gekrümmt, den Kopf gesenkt. Seine Wangen waren wie immer dunkel von einem Bartschatten. Ein Ausdruck von Trotz lag auf seinem Gesicht.

»Wie, ist mir scheißegal«, sagte er mit seiner tiefen, ein wenig rauen Stimme. »Tun Sie, was getan werden muss, damit die undichten Stellen geschlossen werden und in Zukunft nichts mehr durchsickert!«

Cam Dewar und sein Vorgesetzter, John Ehrlichman, standen vor Nixon und ließen das Unwetter über sich ergehen. Cam wusste, wieso der Präsident so zornig war. Sie hatten alle am Vorabend *This Day* gesehen. Jasper Murray hatte die Linse seiner neugierigen Kamera auf Nixons Geldgeber gerichtet. Er behauptete, Nixon habe Anti-Trust-Ermittlungen gegen drei große Konzerne einstellen lassen, die ihm ausnahmslos beträchtliche Wahlkampfspenden gemacht hatten.

Das entsprach der Wahrheit.

Schlimmer noch, Murray hatte angedeutet, dass jede Firma, die in diesem Wahljahr lästige Kontrollen abwenden wollte, nur einen ausreichend hohen Beitrag an das Komitee zur Wiederwahl des Präsidenten zu schicken brauchte.

Cam vermutete, dass auch das stimmte.

Nixon nutzte die Macht der Präsidentschaft, um seinen Freunden zu helfen. Zugleich griff er seine Feinde an, indem er Firmen, die an die Demokraten spendeten, mit Steuerprüfungen und anderen Untersuchungen traktieren ließ.

Cam war angeekelt gewesen von der Heuchelei in Murrays Bericht. Jeder wusste, dass es in der Politik nun einmal so und nicht anders lief. Was glaubten die Leute denn, woher das Geld für Wahlkampagnen sonst stammte? Die Kennedy-Brüder hätten es genauso gehalten, wären sie nicht ohnehin schon reicher gewesen als der liebe Gott.

Undichte Stellen waren die Geißel von Nixons Präsidentschaft. Die

New York Times hatte Nixons geheime Bombardierungen von Vietnams Nachbarland Kambodscha offengelegt, indem sie anonyme Quellen im Weißen Haus zitierte. Der investigative Journalist Seymour Hersh, der in mehreren Zeitungen veröffentlichte, hatte enthüllt, dass US-Soldaten in einem vietnamesischen Dorf namens My Lai Hunderte unschuldiger Menschen ermordet hatten – eine Gräueltat, die das Pentagon verzweifelt zu vertuschen gesucht hatte. Jetzt, im Januar 1972, befand sich Nixons Popularität auf einem absoluten Tiefpunkt.

Dick Nixon nahm es persönlich. Er nahm alles persönlich. Heute Vormittag sah er verletzt, verraten und empört aus. Er glaubte, die halbe Welt hätte es auf ihn abgesehen, und die »Lecks« bestätigten seine Paranoia.

Auch Cam war aufgebracht. Als er die Stelle im Weißen Haus antrat, hatte er gehofft, Teil einer Gruppe zu werden, die Amerika veränderte. Doch alles, was die Regierung Nixon versuchte, wurde von Liberalen in den Medien und ihren verräterischen »Quellen« im Regierungsapparat untergraben. Es war zum Verrücktwerden.

»Dieser Jasper Murray«, sagte Nixon. »Ist er Jude?«

Cam erinnerte sich an Jasper. Der Kerl hatte in London bei den Williams' gewohnt, als die Familie Dewar sie vor einem Jahrzehnt besucht hatte. Ein Nest verkappter Kommunisten.

»Habt ihr nicht gehört? Ich will wissen, ob dieser Murray Jude ist!«, rief Nixon.

Cam starrte ausdruckslos vor sich hin. Nixon hing einigen echten Schnapsideen an. Eine davon war, dass alle Juden geborene Spione seien.

Ehrlichman antwortete: »Das glaube ich nicht.«

»Ich habe ihn vor Jahren in London kennengelernt«, sagte Cam. »Seine Mutter ist Halbjüdin. Sein Vater ist ein britischer Heeresoffizier.«

»Murray ist Brite?«

»Ja, Mr. President, aber das können wir nicht gegen ihn verwenden, weil er in der US Army war und in Vietnam gedient hat. War im Gefecht, hat Auszeichnungen, die es beweisen.«

»Egal. Finden Sie einen Weg, diese Lecks zu stopfen. Und sagen Sie nicht, dass es nicht geht. Ich will keine Ausflüchte. Ich will Ergebnisse! Ich will, dass diese Sache erledigt wird, koste es, was es wolle!«

Das war die Art Kampfgeist, die Cam mochte. Er fühlte sich angespornt.

Ehrlichman sagte: »Danke, Mr. President«, und sie verließen das Oval Office.

»Na, das war ja deutlich genug!«, sagte Cam eifrig, als sie auf dem Gang standen.

»Wir müssen Murray überwachen lassen«, sagte Ehrlichman.

»Ich kümmere mich darum«, versprach Cam.

Ehrlichman ging in sein Büro. Cam verließ das Weiße Haus und folgte der Pennsylvania Avenue zum Justizministerium.

»Überwachung« konnte vieles bedeuten. Es war nicht gesetzeswidrig, ein Zimmer zu »verwanzen«, indem man dort ein Aufnahmegerät versteckte. Heimlich in das Zimmer zu gelangen, um die Wanze anzubringen, erforderte allerdings so gut wie immer die Straftat des Einbruchs oder wenigstens des Hausfriedensbruchs. Und der Mitschnitt von Telefongesprächen war gesetzeswidrig – mit Ausnahmen. Die Regierung Nixon betrachtete das Abhören als legal, wenn der Justizminister es genehmigte. In den vergangenen zwei Jahren hatte das Weiße Haus insgesamt siebzehn Telefone angezapft, und jede Abhöraktion war vom Justizminister aus Gründen der nationalen Sicherheit genehmigt und vom FBI ausgeführt worden.

Cam machte sich auf den Weg, um die Erlaubnis für Abhöraktion Nummer achtzehn einzuholen.

Seine Erinnerungen an Jasper Murray als jungen Mann waren verschwommen, aber die schöne Evie Williams sah er noch lebhaft vor sich. Sie hatte die Annäherungsversuche des damals fünfzehnjährigen Cam ziemlich brutal abgeschmettert. Als er ihr gestanden hatte, dass er in sie verliebt sei, hatte sie geantwortet, er solle nicht albern sein. Und als Cam sie bedrängt hatte, ihm einen Grund zu nennen, hatte sie geantwortet: »Ich bin in Jasper verliebt, du Blödmann.«

Cam sagte sich, dass es dumme Teenagerdramen gewesen seien. Evie war heute ein Filmstar und unterstützte jedes Anliegen der Linken und der sogenannten Fortschrittlichen, von Bürgerrechten bis zum Sexualkundeunterricht. In Cams Augen waren das allesamt Kommunisten. Und bei einem berühmten Eklat in der Fernsehsendung ihres Bruders hatte Evie den Neger Percy Marquand geküsst und ein Publikum schockiert, das nicht daran gewöhnt war zu sehen, wie ein Weißer einen Schwarzen auch nur berührte. In Jasper war Evie jedenfalls nicht mehr verliebt. Sie hatte lange Zeit ein Verhältnis mit Hank Remington gehabt, dem Popstar, aber auch die beiden waren nicht mehr zusammen.

Die Erinnerung an Evies verächtliche Zurückweisung brannte wie ein Feuer in Cam. Alle Weiber wiesen ihn zurück, verdammt! Sogar Stephanie

Maple, seine Freundin, die nun wirklich keine Schönheit war, hatte ihm am Abend von Nixons Wahlsieg eine Abfuhr erteilt. Erst später, als sie beide nach Washington gekommen waren, war sie bereit gewesen, mit ihm ins Bett zu gehen. Sie hatte das Verhältnis aber schon nach einer einzigen Nacht wieder aufgelöst, was in gewisser Weise noch schlimmer war als eine Zurückweisung.

Cam wusste, dass er groß und ungelenk war. Aber für seinen Vater galt das Gleiche, und der schien den Frauen immer gefallen zu haben.

Cam hatte einmal indirekt mit seiner Mutter darüber gesprochen. »Wie kam es überhaupt, dass du dich in Dad verliebt hast?«, hatte er gefragt. »Er sieht doch wirklich nicht gut aus oder so.«

»Er war aber so *nett*«, hatte sie geantwortet.

Cam wusste bis heute nicht, wie sie das gemeint hatte.

Er erreichte das Justizministerium und betrat die Great Hall mit ihren Art-déco-Lampen aus Aluminium. Die Genehmigung für die Abhöraktion einzuholen, sollte kein Problem darstellen: John Mitchell, der Justizminister, war ein alter Kumpel von Nixon und hatte 1968 als sein Wahlkampfmanager fungiert.

Die Aufzugtüren öffneten sich. Cam stieg ein und drückte den Knopf für den fünften Stock.

*

Zehn Jahre in der Washingtoner Bürokratie hatten Maria Wachsamkeit gelehrt. Ihr Büro befand sich auf dem Gang, der zu den Räumen des Justizministers führte, und sie ließ die Tür offen, damit sie sah, wer kam und wer ging. Am Tag nach der Sendung von *This Day*, die auf ihren Informationen beruhte, war sie besonders aufmerksam. Sie wusste, dass aus dem Weißen Haus mit einer explosiven Reaktion zu rechnen war, und wartete nun ab, wie diese Reaktion aussah.

Als einer von John Ehrlichmans Referenten an ihrem Büro vorbeiging, sprang sie auf und eilte ihm hinterher.

»Der Justizminister ist in einer Besprechung und darf nicht gestört werden«, sagte sie und stutzte, denn sie hatte den Mann schon einmal gesehen. Er war ein ungelenker, schlaksiger junger Weißer, groß und dünn mit Schultern, auf denen sein Jackett hing wie auf einem Kleiderbügel aus Draht. Sie kannte diesen Typ; solche Leute waren clever und naiv zugleich. Sie setzte ihr freundlichstes Lächeln auf. »Vielleicht kann ich etwas für Sie tun ...«

»Die Angelegenheit darf ich nicht mit einer Sekretärin besprechen«, erwiderte er gereizt.

Maria spürte Gefahr. Dennoch schützte sie weiterhin Hilfsbereitschaft vor. »Dann ist es ja gut, dass ich keine Sekretärin bin«, sagte sie. »Ich bin Juristin. Mein Name ist Maria Summers.«

Der Mann hatte erkennbar Schwierigkeiten mit der Vorstellung, es könne eine schwarzen Juristin geben. »Wo haben Sie denn studiert?«

Er erwartete vermutlich, dass sie ihm irgendein Negercollege nannte, das niemand kannte, daher genoss sie es, beiläufig zu antworten: »Chicago Law.« Sie konnte nicht widerstehen, die Frage anzufügen: »Und Sie?«

»Ich bin kein Jurist. Mein Hauptfach in Berkeley war Russisch. Mein Name ist Cam Dewar.«

»Dewar? Ich habe von Ihnen gehört. Sie arbeiten für John Ehrlichman, nicht wahr? Reden wir in meinem Büro weiter.«

»Nein. Ich warte lieber hier auf den Justizminister.«

»Geht es um die Fernsehsendung gestern Abend?«

Cam schaute sich unbehaglich um, stellte aber beruhigt fest, dass niemand zuhörte.

»Wir müssen in der Sache unbedingt was unternehmen«, sagte Maria nachdrücklich. »Wie sollen die Regierungsgeschäfte reibungslos laufen, wenn es ständig diese undichten Stellen gibt.« Sie gab sich indigniert. »Unmöglich, so etwas.«

Allmählich wurde der junge Mann zugänglicher. »Das findet der Präsident auch.«

»Und was können wir dagegen tun?«

»Wir müssen Jasper Murrays Telefon abhören.«

Maria schluckte. Gott sei Dank, dass sie das erfahren hatte. »Großartig«, sagte sie. »Endlich ein entschlossenes Vorgehen.«

»Ein Journalist, der offen zugibt, vertrauliche Information von staatlichen Stellen zu erhalten, ist eine Gefahr für die nationale Sicherheit.«

»Absolut. Machen Sie sich keine Gedanken um den Papierkram. Ich lege Mitchell noch heute einen Genehmigungsantrag vor. Er wird ihn gerne unterzeichnen, das weiß ich.«

»Ich danke Ihnen.«

»Kein Problem. Das wird ein Black-Bag-Job«, sagte Maria. Damit meinte sie, dass sich dabei jemand illegal Zutritt zu einer Wohnung oder einem Büro verschaffen müsste, beispielsweise durch Einbruch. »Joe Hugo vom FBI ist dafür zuständig.«

»Ich suche ihn sofort auf«, sagte Cam. Die Zentrale des FBI befand sich im gleichen Gebäude. »Danke für Ihre Hilfe, Maria.«

»Gern geschehen, Mr. Dewar.«

Sie schaute ihm hinterher, als er über den Flur davonging; dann schloss sie die Bürotür, nahm den Telefonhörer ab und rief bei Fawcett Renshaw an. »Ich möchte George Jakes eine Nachricht hinterlassen.«

*

Joe Hugo war ein blasser Mann Mitte dreißig mit hervortretenden blauen Augen. Wie alle FBI-Beamten war er konservativ gekleidet, in einem tristen grauen Anzug mit weißem Hemd. Dazu trug er eine unscheinbare Krawatte und spitze schwarze Schuhe. Cam hatte selbst einen konventionellen Geschmack, doch sein zurückhaltender brauner Kreidestreifenanzug mit den breiten Revers und die Schlaghose erschien im Vergleich zu Hugos Outfit geradezu modern.

Cam erklärte Hugo, dass er für Ehrlichman arbeitete, und sagte geradeheraus: »Das Telefon von Jasper Murray, dem Fernsehreporter, muss angezapft werden.«

Joe runzelte die Stirn. »Die Redaktion von *This Day* abhören? Wenn das herauskommt ...«

»Nicht sein Büro, seine Wohnung. Die unzuverlässigen Personen, über die wir sprechen, schleichen sich vermutlich spät am Abend heraus, gehen an ein Münztelefon und rufen ihn zu Hause an.«

»Trotzdem, es ist ein Problem. Das FBI macht keine Black-Bag-Jobs mehr.«

»Wieso nicht?«

»Mr. Hoover hat den Eindruck, das FBI läuft Gefahr, für gewisse Leute in der Regierung zum Sündenbock zu werden.«

Dagegen wusste Cam nichts vorzubringen. Wenn das FBI erwischt wurde, wie es in die Wohnung eines Journalisten einbrach, würde der Präsident natürlich jede Kenntnis abstreiten. So funktionierte das nun mal. Aber J. Edgar Hoover hatte jahrelang gegen das Gesetz verstoßen, und jetzt bekam er mit einem Mal kalte Füße? Andererseits, bei Hoover wusste man nie. Außerdem war er siebenundsiebzig und geistig nicht mehr der Frischeste.

Cam hob die Stimme. »Der Präsident hat um diese Abhöraktion gebeten, und der Justizminister wird sie mit Freuden genehmigen. Wollen Sie sich weigern?«

»Nur die Ruhe«, sagte Hugo. »Es besteht immer eine Möglichkeit, dem Präsidenten zu geben, was er braucht.«

»Was meinen Sie damit? Dann ist die Sache klar?«

»Ich meine damit, es gibt eine Möglichkeit.« Hugo schrieb etwas auf einen Block und riss das Blatt ab. »Rufen Sie den Burschen hier an. Früher hat er solche Jobs offiziell ausgeführt. Jetzt ist er im Ruhestand, was nur bedeutet, dass er so etwas inoffiziell erledigt.«

Cam war nicht wohl bei der Vorstellung, inoffizielle Aktionen in die Weg zu leiten. Was hieß das überhaupt? Aber jetzt war nicht der richtige Moment für Haarspaltereien.

Er nahm den Zettel. Darauf stand der Name Tim Tedder und eine Telefonnummer. »Ich rufe ihn noch heute an«, sagte Cam.

»Aber von einem Münzfernsprecher«, ermahnte ihn Hugo.

*

Robert Denny, der Bürgermeister von Roath, Tennessee, saß in George Jakes' Büro. Er wurde von zwei weißen Stadträten und drei ebenfalls weißen Assistenten begleitet.

»Nennen Sie mich Denny«, sagte er. »Denny kennt jeder. Selbst meine kleine Frau nennt mich so.«

Denny war die Sorte Mann, die George seit einem Jahrzehnt bekämpfte: ein hässlicher, dicker, vulgärer weißer Rassist. Seine Stadt errichtete mit Bundeshilfen einen Flughafen. Doch Empfänger von Bundesmitteln mussten sich der Chancengleichheit verpflichten. Maria Summers hatte allerdings herausgefunden, dass der neue Flughafen außer Gepäckträgern kein schwarzes Personal beschäftigen wollte.

Denny hätte herablassender nicht sein können. »Im Süden handhaben wir alles ein bisschen anders, George«, sagte er.

Als ob ich das nicht wüsste, dachte George. Ihr Mistkerle habt mir vor elf Jahren den Arm gebrochen, an kalten Tagen tut er noch immer höllisch weh.

»Die Menschen in Roath hätten kein Vertrauen in einen Flughafen, der von Negern betrieben wird«, fuhr Denny fort. »Sie hätten Angst, dass die Sache nicht richtig gemacht wird ... Sie wissen schon, unter dem Aspekt der Sicherheit. Sie verstehen?«

Darauf kannst du wetten, du rassistisches Arschloch.

Denny fuhr fort: »Der alte Renshaw sagte mir, dass Sie in Washington der Beste sind, um mir das Justizministerium vom Hals zu schaffen.«

»Mr. Renshaw hat recht«, sagte George. »Es gibt zwei Möglichkeiten, das zu erreichen. Wir könnten vor Gericht gehen und die Entscheidung des Justizministeriums anfechten. Dort arbeiten nicht die besten Leute, und wir könnten Schwachpunkte in ihrer Methodik finden, Formfehler in den Berichten, Voreingenommenheit. Außerdem wäre ein Rechtsstreit gut für die Kanzlei, denn unsere Honorare sind hoch.«

»Oh, zahlen können wir, keine Bange«, sagte Denny. Der Flughafen war ein lukratives Projekt.

»Ein Rechtsstreit hätte nur zwei Haken«, sagte George. »Erstens bedeutet er immer Verzögerungen – und Sie möchten ja, dass Ihr Flughafen so schnell wie möglich gebaut und betrieben werden kann. Zweitens kann kein Anwalt die Hand aufs Herz legen und Ihnen sagen, wie die Entscheidung des Gerichts ausfällt. Das weiß man vorher nie.«

»Jedenfalls nicht hier in Washington«, sagte Denny.

Eindeutig standen die Gerichte in Roath den Wünschen ihres Bürgermeisters offener gegenüber.

»Alternativ könnten wir verhandeln«, sagte George.

»Was würde das bedeuten?«

»Eine allmähliche Aufstockung der Beschäftigten durch mehr schwarze Angestellte auf allen Ebenen.«

»Versprechen Sie denen alles, was die wollen«, sagte Denny.

»Okay, aber das Justizministerium wird sich mit den Schwarzenorganisationen in Ihrer Stadt in Verbindung setzen.« George warf einen Blick auf die Akte, die vor ihm auf dem Tisch lag. »Der Fall ist dem Justizministerium von der Christlichen Vereinigung für die Gleichstellung von Schwarzen und Weißen in Ihrer Stadt vorgelegt worden.«

»Die Roath Christians, diese Scheißkommunisten!«, stieß Denny hervor.

»Das Justizministerium wird vermutlich jedem Kompromiss zustimmen, der die Billigung dieser Gruppe findet. Damit hätte das Ministerium Sie und die Roath Christians vom Hals.«

Denny lief rot an. »Sie wollen mir doch nicht etwa sagen, dass ich mit den gottverdammten Roath Christians verhandeln muss?«

»Das wäre der klügste Weg, wenn Sie eine rasche Lösung Ihres Problems wünschen.«

Denny richtete sich drohend auf.

George fügte hinzu: »Aber Sie brauchen nicht persönlich mit den Christians sprechen. Ich würde Ihnen sogar davon abraten.«

»Wer wird dann mit ihnen verhandeln?«

»Ich«, sagte George. »Ich fliege morgen früh dort runter.«

Der Bürgermeister grinste. »Und weil Sie selbst ein Schwarzer sind, können Sie diese Leute dazu bringen, einen Rückzieher zu machen.«

George hätte den Mann am liebsten erwürgt. »Damit Sie mich nicht missverstehen, Bürgermeister, Sie werden einige Veränderungen veranlassen müssen. Meine Aufgabe besteht darin, dafür zu sorgen, dass diese Veränderungen so schmerzlos wie möglich ablaufen. Sie sind doch ein erfahrener Politiker, der weiß, wie wichtig die Öffentlichkeitsarbeit ist, nicht wahr?«

»Oh ja.«

»Nun, wenn es auch nur die leisesten Gerüchte gibt, dass die Roath Christians von ihren Forderungen abrücken, könnte es die Abmachung platzen lassen. Für Sie wäre es besser, wenn Sie den Standpunkt vertreten, Sie hätten gegen Ihren Willen einige Zugeständnisse gemacht, damit zum Besten der Stadt der Flughafen gebaut werden kann.«

»Kapiert«, sagte Denny augenzwinkernd.

Ohne es zu begreifen, hatte der Bürgermeister eingewilligt, eine jahrzehntealte Praxis zu beenden und mehr Schwarze am Flughafen zu beschäftigten. Es war ein kleiner Sieg, doch George genoss ihn. Allerdings wäre Denny nicht glücklich, wenn er sich und den anderen nicht weismachen konnte, er hätte das Ministerium übers Ohr gehauen. Am besten war es wohl, sich auf die Illusion einzulassen.

Als die Abordnung aus Tennessee das Büro verließ, bedachte Georges Sekretärin ihn mit einem merkwürdigen Blick und legte ihm einen Zettel vor. Darauf war eine getippte Telefonnachricht: »Morgen um sechs Gebetsstunde in der Barney Circle Full Gospel Church.«

Der Blick der Sekretärin verriet, wie merkwürdig sie es fand, dass ein erfolgreicher Washingtoner Anwalt die Cocktailstunde mit solch einer Betätigung verbrachte.

George wusste, dass die Nachricht von Maria kam.

*

Cam mochte Tim Tedder nicht. Tedder trug einen Safarianzug und den kurzen Haarschnitt eines Soldaten. Zu einer Zeit, zu der so gut wie jeder Koteletten trug, hatte er keine. Außerdem fand Cam den Mann zu draufgängerisch. Eindeutig genoss er jede verdeckte Operation. Cam fragte sich, was Tedder gesagt hätte, wenn man ihn gebeten hätte, Jasper Murray nicht nur zu verwanzen, sondern umzubringen.

Tedder hatte keine Skrupel, das Gesetz zu brechen, doch er war es gewöhnt, mit staatlichen Organen zusammenzuarbeiten, und binnen vierundzwanzig Stunden kam er mit einem schriftlichen Plan und einer Kostenaufstellung in Cams Büro.

Der Plan beinhaltete drei Männer, die in den nächsten zwei Tagen Jasper Murrays Wohnung rund um die Uhr beobachten sollten, um seine Gewohnheiten kennenzulernen. Dann würden sie in die Wohnung eindringen, wenn Murray außer Haus war, und einen Sender in seinem Telefon platzieren. Außerdem würden sie in der Nähe ein Tonband aufstellen, vermutlich auf dem Dach des Gebäudes in einem Gehäuse, auf dem »50 000 Volt – nicht berühren!« stand, um jede Untersuchung zu verhindern. Sie würden einmal alle vierundzwanzig Stunden die Bänder wechseln, und Tedder würde Cam Abschriften sämtlicher Gespräche vorlegen.

Der Preis dafür betrug fünftausend Dollar. Cam würde das Geld aus dem Reptilienfonds des Wiederwahlkomitees erhalten.

Als Cam diesen Vorschlag Ehrlichman vorlegte, war ihm deutlich bewusst, dass er damit eine Grenze überschritt. In seinem ganzen Leben hatte er noch keine Straftat begangen, jetzt wurde er zum Mittäter eines Einbruchs. Aber es ging nicht anders: Die undichten Stellen mussten beseitigt werden, und Präsident Nixon hatte gesagt, es sei ihm gleichgültig, wie sie das anstellten. Dennoch hatte Cameron kein gutes Gefühl bei der Sache. Als würde er im Dunkeln auf einem Sprungbrett stehen und könnte das Wasser im Becken nicht sehen.

John Ehrlichman zeichnete das Schriftstück mit einem »E« ab.

Dann fügte er hinzu: *Unter der Voraussetzung, dass es nicht mit uns in Verbindung gebracht werden kann.*

Cam wusste, was das bedeutete.

Wenn etwas schiefging, musste er die Schuld auf sich nehmen.

*

Um halb sechs verließ George sein Büro und fuhr nach Barney Circle, eine schäbige Wohngegend östlich von Capitol Hill. Die Kirche war ein Schuppen auf einem Grundstück, das von einem hohen Maschendrahtzaun umschlossen wurde. Im Gotteshaus standen halb besetzte Reihen aus harten, unbequemen Stühlen. Alle Kirchgänger waren schwarz, die meisten Frauen. Für ein geheimes Treffen eignete sich die Kirche ideal: Jeder FBI-Agent wäre hier aufgefallen wie ein Hundehaufen auf einem Tischtuch.

Eine der Frauen drehte sich um. George erkannte Maria Summers und setzte sich neben sie.

»Was ist los?«, flüsterte er. »Haben wir einen Notfall?«

Sie legte einen Finger an die Lippen. »Danach.«

Er lächelte schief. Er müsste eine Stunde Gebete über sich ergehen lassen. Na ja, vermutlich tat es seiner Seele ganz gut.

George freute sich, mit Maria bei dieser Mantel-und-Degen-Geschichte dabei sein zu können. Seine Arbeit bei Fawcett Renshaw befriedigte sein leidenschaftliches Verlangen nach Gerechtigkeit nicht. Er half zwar, das Ziel der Gleichheit für Schwarze durchzusetzen, aber nur stückchenweise und langsam. George war nun sechsunddreißig und alt genug, um zu wissen, dass sich die Jugendträume von einer besseren Welt nur selten erfüllten; dennoch fand er, dass er mehr ausrichten musste, als nur dafür zu sorgen, dass der Flughafen von Roath ein paar Schwarze zusätzlich einstellte.

Ein Pfarrer in Soutane kam herein und sprach aus dem Stegreif ein Gebet, das gut zehn Minuten lang war. Dann forderte er die Gemeinde auf, schweigend dazusitzen und Zwiesprache mit Gott zu führen. »Wir freuen uns über die Stimme jedes Mannes, der sich vom Heiligen Geist bewegt fühlt, seine Gebete mit uns anderen zu teilen. Wie es der Apostel Paulus lehrt, schweigen in der Gemeinde die Frauen«, sagte er.

George stieß Maria an. Er wusste, dass sie über dieses Beispiel für sanktionierten Sexismus innerlich schäumte.

Georges Mutter war noch immer hin und weg von Maria. Er hatte den Verdacht, dass sie glaubte, sie hätte wie Maria sein können, wäre sie eine Generation später zur Welt gekommen. Vielleicht hat sie recht; dachte George. Vielleicht hätte sie dann tatsächlich eine gute Ausbildung erhalten, einen anspruchsvollen Job und ein schwarzes Kleid mit einer Perlenkette.

Während der Gebete schweiften Georges Gedanken zu Verena. Sie war in der Black-Panther-Bewegung verschwunden. Er hätte gern geglaubt, dass sie für die humanitäre Seite der Bewegung tätig wäre und in der Innenstadt kostenloses Frühstück an Schulkinder ausgab, deren Mütter frühmorgens die Büros der Weißen putzten. Doch wie er Verena kannte, konnte sie genauso gut Banken ausrauben.

Der Pfarrer beendete den Gottesdienst mit einem weiteren Gebet. Kaum hatte er geendet, als die Gemeindemitglieder sich einander zuwandten und zu plaudern begannen. Ihre Gespräche bildeten ein ausreichend lautes Hintergrundgeräusch, dass George sich mit Maria unterhalten konnte, ohne Lauscher befürchten zu müssen.

Maria sagte sofort: »Sie werden Jasper Murrays Privattelefon anzapfen.

Einer von Ehrlichmans Leuten ist vom Weißen Haus zu uns herübergekommen.«

»Offenbar hat das Jaspers letzte Fernsehsendung ausgelöst.«

»Darauf kannst du deine Socken verwenden.«

»Und es ist nicht Jasper, hinter dem sie eigentlich her sind.«

»Ich weiß. Sie sind hinter der Person her, die ihm die Informationen gibt. Das bin ich.«

»Okay. Ich treffe Jasper heute Abend und warne ihn, vorsichtig zu sein mit dem, was er an seinem Privatanschluss sagt.«

»Danke.« Maria blickte sich um. »Wir sind nicht so unauffällig, wie ich gehofft hatte.«

»Wieso?«

»Wir sind zu gut angezogen. Wir gehören erkennbar nicht hierher.«

»Und meine Sekretärin hält mich jetzt für einen Wiedergeborenen. Verschwinden wir von hier.«

»Wir können nicht zusammen hinausgehen. Du zuerst.«

George verließ die kleine Kirche und fuhr zum Weißen Haus zurück.

Er überlegte sich, dass Maria nicht die einzige Insiderin war, die Informationen an die Presse durchsickern ließ; davon gab es eine ganze Reihe. George vermutete, dass die Missachtung des Gesetzes durch den Präsidenten viele Regierungsangestellte so sehr aufgebracht und entsetzt hatte, dass sie ihre lebenslang gepflegte Verschwiegenheit aufgaben. Nixons Kriminalität war umso schockierender, als er ein Präsident war, in dessen Wahlkampf Recht und Ordnung einen Grundpfeiler gebildet hatten. George kam es vor, als wäre das amerikanische Volk einem gewaltigen Schwindel zum Opfer gefallen.

Er überlegte, wo er sich am besten mit Jasper treffen konnte. Beim letzten Mal war er einfach in die Redaktion von *This Day* spaziert. Das eine Mal war es vielleicht ungefährlich gewesen, aber wiederholte Besuche sollte er vermeiden; das wusste George. Er durfte von den Washingtoner Insidern nicht zu oft mit Jasper gesehen werden. Andererseits hatten sie sich bei dem Treffen ganz normal verhalten, ohne jede Verstohlenheit, um nicht aufzufallen, falls jemand sie beobachtete.

George fuhr zu dem Parkhaus unweit der Redaktion. Mehrere Plätze im dritten Geschoss waren für das Personal von *This Day* reserviert. George parkte in der Nähe und ging zu einem Münztelefon.

Jasper war an seinem Schreibtisch.

George nannte seinen Namen nicht. »Es ist Freitagabend«, sagte er ohne Einleitung. »Was meinen Sie, wann gehen Sie aus dem Büro?«

»Bald.«

»Sofort wäre besser.«

»Okay.«

George legte auf.

Ein paar Minuten später kam Jasper aus dem Aufzug, ein großer Mann mit einer hellen Haarmähne, einen Regenmantel über dem Arm. Er stieg in seinen Wagen, einen riesigen bronzefarbenen Lincoln Continental mit schwarzem Stoffdach.

George setzte sich auf der Beifahrerseite in den Straßenkreuzer und erzählte Jasper von der Wanze.

»Dann nehme ich den Apparat auseinander und hole das Mikrofon heraus«, sagte Jasper, als George geendet hatte.

George schüttelte den Kopf. »Wenn Sie das machen, wissen die anderen Bescheid, dass Sie es gemerkt haben, weil sie dann ja keine Aufnahmen bekommen.«

»Na und?«

»Dann finden sie eine andere Möglichkeit, Sie abzuhören, und nächstes Mal haben wir vielleicht nicht das Glück, rechtzeitig davon zu erfahren.«

»Mist, verdammt. Von zu Hause führe ich meine wichtigsten Telefonate. Was mache ich denn jetzt?«

»Wenn eine wichtige Quelle anruft, sagen Sie, dass Sie beschäftigt sind und zurückrufen. Dann gehen Sie draußen an ein Münztelefon.«

»Ich überlege mir schon etwas. Danke für den Tipp. Kommt er von der üblichen Quelle?«

»Ja.«

»Der Kerl ist gut informiert.«

»Oh ja«, sagte George. »Das ist er.«

KAPITEL 47

Beep Dewar suchte Dave Williams auf der Daisy Farm auf, seinem Aufnahmestudio im Napa Valley.

Die Zimmer waren einfach, aber gemütlich eingerichtet; das Studio allerdings begnügte sich nicht mit dem Einfachen, sondern strotzte vor modernsten Geräten. Mehrere Hit-Alben waren hier entstanden, und es hatte sich zu einem kleinen, aber profitablen Geschäft entwickelt, das Studio an Bands zu vermieten. Manchmal baten sie Dave, als Produzent tätig zu werden, und mit der Zeit stellte er fest, dass er ein Talent besaß, anderen Musikern dabei zu helfen, den Sound zu erarbeiten, den sie sich wünschten.

Und das war gut so, denn Dave verdiente nicht mehr so viel wie früher. Seit der Auflösung von Plum Nellie hatte es ein Greatest-Hits-Album, ein Live-Album und ein Album mit Outtakes und Alternativversionen gegeben. Jedes hatte sich schlechter verkauft als das vorhergehende. Die Soloalben früherer Mitglieder schlugen sich ordentlich. Dave war nicht in geldlichen Schwierigkeiten, aber er kaufte sich nicht mehr jedes Jahr einen neuen Ferrari. Tendenz fallend.

Als Beep anrief und sich erkundigte, ob sie am nächsten Tag zu ihm kommen und ihn sprechen könne, war Dave so überrascht gewesen, dass er nicht einmal gefragt hatte, ob es dafür einen besonderen Grund gab.

Am Morgen schamponierte er unter der Dusche seinen Bart, zog saubere Jeans an und suchte ein hellblaues Hemd heraus. Dann fragte er sich, weshalb er solch einen Aufstand veranstaltete. Er liebte Beep nicht mehr. Wieso interessierte ihn, was sie von seinem Äußeren hielt? Weil sie bereuen sollte, ihn betrogen zu haben, wurde ihm klar. »Blöder Hund«, sagte er laut zu sich selbst und zog ein altes T-Shirt über.

Trotzdem fragte er sich, was sie von ihm wollte.

Dave war im Studio und arbeitete mit einem jungen Liedermacher, der sein erstes Album aufnahm, als ein Blinklicht an der Wand ihm meldete, dass jemand durchs Tor gekommen war. Er ließ den jungen Musiker allein an seinen Tonfolgen arbeiten und ging hinaus. Beep fuhr in einem roten Mercury Cougar mit heruntergeklapptem Verdeck vor.

Dave erwartete, dass sie sich verändert hatte, und war deshalb gespannt, wie sie aussah, doch es stellte sich heraus, dass sie ganz die Alte war: klein und hübsch, mit einem schalkhaften Funkeln in den Augen. Sie schien sich kaum von der beunruhigend attraktiven Dreizehnjährigen zu unterscheiden, als die er sie vor einem Jahrzehnt kennengelernt hatte. Heute trug sie eine blaue Matadorhose und ein gestreiftes Tanktop; ihr Haar war zu einem kurzen Bubikopf geschnitten.

Zuerst führte Dave sie hinter das Haus und zeigte ihr die Aussicht über das Tal. Es war Winter, und die Reben waren kahl, doch die Sonne schien, und die Reihen aus braunen Weinstöcken warfen blaue Schatten, die aussahen wie zarte Pinselstriche.

»Welche Trauben ziehst du hier?«, fragte sie.

»Cabernet Sauvignon, die klassische rote Traube. Sie ist robust. Der steinige Boden bekommt ihr.«

»Kelterst du selbst Wein?«

»Ja. Toll ist er nicht, aber er wird besser. Komm rein und trink ein Glas.«

Beep gefiel die Küche, die ganz aus Holz war und altmodisch wirkte, obwohl sie mit den neusten technischen Schikanen ausgestattet war. Die Schränke waren aus naturbelassener handgeschroppter Kiefer, hell lasiert, sodass das Holz einen goldenen Schimmer zeigte. Dave hatte die flache Decke entfernt; das Zimmer reichte in der Höhe bis unter das schräge Hausdach.

Dave hatte viel Zeit damit verbracht, diesen Raum zu gestalten, weil er wie die Küche im Haus auf der Great Peter Street sein sollte: ein Zimmer, in das jeder kam, um eine Pause zu machen, zu essen, zu trinken und zu reden.

Sie setzten sich an den antiken Kieferntisch, und Dave öffnete eine Flasche »1969er Daisy Farm Red« vom ersten Jahrgang, den Danny Medina und er als Partner auf Flaschen gezogen hatten. Er schmeckte noch zu sehr nach Tannin, und Beep verzog das Gesicht. Dave lachte. »Du musst aber zugeben, dass er Potenzial hat.«

»Ich will es dir mal einfach glauben.«

Sie zog ein Päckchen Chesterfields aus der Tasche.

»Chesterfields hast du schon mit dreizehn geraucht«, sagte Dave.

»Ja. Ich sollte es aufgeben.«

»So lange Zigaretten hatte ich noch nie gesehen.«

»Du warst damals unheimlich süß, weißt du das?«

»Der Anblick deiner Lippen, wie sie an einer Chesterfield gesaugt haben, wirkte erregend auf mich, obwohl ich nicht hätte sagen können, wieso.«

Sie lachte. »Ich hätte es dir verraten können.«

Dave nahm noch einen Schluck Wein. In ein paar Jahren war er vielleicht besser. »Wie geht es Walli?«

»Prima. Er nimmt mehr Dope, als gut für ihn ist, aber was soll ich dir sagen? Er ist ein Rockstar.«

Dave lächelte. »Ich rauche auch an den meisten Abenden einen Joint.«

»Hast du eigentlich jemanden?«

»Sally Dasilva.«

»Die Schauspielerin, ja. Ich habe ein Foto von euch beiden gesehen, wie ihr zu irgendeiner Premiere geht, aber ich wusste nicht, dass es was Ernstes ist.«

Es war nichts Ernstes. »Sie ist in L.A., und wir arbeiten beide viel. Aber hin und wieder verbringen wir ein Wochenende zusammen.«

»Übrigens, ich bewundere deine Schwester sehr.«

»Evie ist eine gute Schauspielerin.«

»In dem Film, wo sie eine Polizeischülerin spielt, sind mir vor Lachen die Tränen gekommen. Aber viel mehr noch imponiert mir ihr Aktivismus. Der macht sie beinahe zur Heldin. Viele Leute sind gegen den Krieg, aber nicht viele haben den Mumm, nach Nordvietnam zu gehen.«

»Sie hatte eine Heidenangst.«

»Das glaube ich gern.«

Dave stellte sein Glas ab und schaute Beep direkt an. Er konnte seine Neugierde nicht länger bezähmen. »Was hast du wirklich im Sinn, Beep?«

»Zuerst möchte ich dir danken, dass du Zeit für mich hast. Das rechne ich dir hoch an. Du hättest auch Nein sagen können.«

»Kein Problem, gern geschehen.« Fast *hätte* er Nein gesagt, doch die Neugierde war stärker gewesen als der Zorn.

»Außerdem möchte ich mich entschuldigen für das, was ich '68 getan habe. Es tut mir leid, dass ich dich verletzt habe. Es war grausam, und ich werde mich immer dafür schämen.«

Dave nickte. Was das anging, wollte er ihr nicht widersprechen. Sich von ihm, ihrem Verlobten, mit seinem besten Freund im Bett erwischen zu lassen, war mit das Grausamste, was sie ihm hatte antun können; dass sie damals erst zwanzig gewesen war, reichte als Entschuldigung nicht aus.

»Walli tut es auch leid. Er und ich, wir lieben einander noch immer, verstehe mich nicht falsch, aber wir wissen, was wir getan haben. Walli wird es dir selber sagen, wenn du ihm je die Chance gibst.«

»Okay.« Allmählich rührte sie Daves Empfindungen. Er spürte den

Nachhall lange vergessener Leidenschaften – Wut, Groll, Verlust – und war mit einem Mal gespannt, wohin dieses Gespräch führte.

»Könntest du uns je verzeihen?«, fragte Beep.

Auf diese Frage war er nicht vorbereitet. »Das weiß ich nicht, ich habe nie darüber nachgedacht.« Noch gestern hätte er gesagt, dass es ihm egal sei, aber irgendwie weckten Beeps Fragen einen Schmerz, der lange geschlafen hatte. »Was würde das Verzeihen denn bedeuten?«

Beep holte tief Luft. »Walli will die Gruppe wieder zusammenholen.«

»*Was!*« Damit hätte Dave niemals gerechnet.

»Er vermisst die Arbeit mit dir. Und die Soloalben sind nicht so gut gelaufen.«

»Seine verkaufen sich besser als meine.«

»Aber es sind nicht die Verkäufe, um die es ihm geht. Das Geld ist ihm ziemlich egal. Die Hälfte von dem, was er verdient, gibt er nicht mal aus. Es geht ihm nur darum, dass die Musik besser war, als ihr beide sie zusammen gemacht habt.«

»Das kann ich nicht abstreiten«, sagte Dave.

»Er hat ein paar Songs, die er gern mit dir durchgehen möchte. Du könntest Lew und Buzz aus London holen. Wir könnten alle hier auf der Daisy Farm wohnen. Und wenn das Album rauskommt, könntet ihr ein Reunion-Konzert geben, vielleicht sogar eine ganze Tournee.«

Gegen seinen Willen empfand Dave Freude, ja Begeisterung. Nichts war so toll gewesen wie die Plum-Nellie-Jahre, der ganze weite Weg von Hamburg nach Haight-Ashbury. Die Gruppe war ausgebeutet, belogen und betrogen worden, doch sie hatten jede Minute dieser langen Zeit geliebt. Jetzt war er geachtet und verdiente sich eine goldene Nase; er war eine Fernsehpersönlichkeit, ein Familien-Entertainer, ein Showbusiness-Entrepreneur. Aber Spaß machte es nur halb so viel wie damals.

»Back on the Road?«, sagte er nachdenklich. »Ich weiß nicht ...«

»Denk darüber nach«, bat Beep. »Sag noch nicht Ja oder Nein.«

»Okay. Ich denk darüber nach.«

Doch er kannte die Antwort bereits.

Er brachte Beep hinaus zu ihrem Wagen. Auf dem Beifahrersitz lag eine Zeitung. Beep nahm sie und reichte sie ihm. »Hast du schon gesehen?«, fragte sie. »Da ist ein Foto deiner Schwester.«

*

Das Bild zeigte Evie Williams in einer Tarnuniform.

Als Erstes fiel Cam Dewar auf, wie verlockend sie aussah. Die weite Kleidung erinnerte ihn nur umso mehr daran, dass darunter der perfekte Körper steckte, den die Welt in dem Film *Das Modell des Künstlers* gesehen hatte. Die schweren Kampfstiefel und die zweckmäßige Mütze ließen sie noch begehrenswerter erscheinen.

Sie saß auf einem Panzer. Cam kannte sich mit solchen Kampfwagen nicht besonders aus, doch die Bildunterschrift verriet, dass es sich um einen sowjetischen T-54 mit einer 100-mm-Kanone handelte.

Uniformierte Soldaten der nordvietnamesischen Armee umstanden Evie. Sie schien ihnen etwas Amüsantes zu sagen; ihr Gesicht strahlte lebhaft vor Humor. Die Soldaten lächelten und lachten, wie Menschen überall auf der Welt, wenn sie einer Hollywoodberühmtheit nahe waren.

Dem Begleitartikel zufolge befand Evie sich auf einer Friedensmission. Sie hatte erfahren, dass das vietnamesische Volk keinen Krieg mit den Vereinigten Staaten wünschte. Sie wollten bloß in Ruhe gelassen werden, sagte Evie. »So eine Überraschung«, sagte Cam spöttisch.

Das Foto war ein öffentlicher Triumph für die Antikriegsbewegung. Die Hälfte aller jungen Dinger in Amerika wollte wie Evie Williams sein, die Hälfte aller jungen Männer wollte sie heiraten, und alle bewunderten ihren Mut, nach Nordvietnam zu reisen. Als wäre das nicht schlimm genug, krümmten die Kommunisten ihr kein Haar. Sie redeten mit Evie und behaupteten, sie wollten die Freunde des amerikanischen Volkes sein.

Wie konnte der böse Präsident nur Bomben auf so nette Leute abwerfen?

Cam hätte am liebsten gekotzt.

Doch das Weiße Haus nahm diese Sache nicht einfach hin.

Cam arbeitete am Telefon. Er rief die Journalisten, die auf ihrer Seite standen, einen nach dem anderen an. Allzu viele waren es nicht: Die liberale Presse hasste Nixon, und ein Teil der konservativen Presse fand ihn zu gemäßigt. Doch wenn sie mitspielten, gab es genügend Anhänger für einen Gegenschlag, davon war Cam überzeugt.

Vor ihm lag eine Liste der Argumente, die er anbringen konnte, und welche er auswählte, machte er davon abhängig, mit wem er sprach. »Was meinen Sie, wie viele junge Amerikaner sind von diesem Panzer schon getötet worden?«, fragte er den Moderator einer Talkshow.

»Weiß ich nicht, sagen Sie es mir«, entgegnete der Mann.

Die korrekte Antwort lautete vermutlich »null«, da nordvietnamesische Panzer im Allgemeinen nicht auf amerikanische Verbände stießen, sondern auf die südvietnamesische Armee. Darum ging es aber nicht. »Das ist eine Frage, die Liberalen in Ihrer Show gestellt werden sollte«, sagte Cam.

»Sie haben recht, es ist eine gute Frage.«

Als er mit dem Kolumnisten einer rechtsgerichteten Boulevardzeitung sprach, fragte er: »Wussten Sie, das Evie Williams Britin ist?«

»Ihre Mutter ist Amerikanerin«, wandte der Journalist ein.

»Ihre Mutter hasst Amerika so sehr, dass sie 1936 ausgewandert ist und seitdem nie wieder hier gelebt hat.«

»Guter Punkt!«

Im Gespräch mit einem liberalen Journalisten, der häufig Nixon angriff, sagte Cam: »Sogar Sie müssen doch zugeben, dass diese Evie naiv ist, wenn sie sich von den Nordvietnamesen derart für antiamerikanische Propaganda einspannen lässt. Oder nehmen Sie ihre Friedensmission etwa ernst?«

Sein Erfolg war spektakulär. Am nächsten Tag brach eine Gegenreaktion über Evie Williams herein, die weitaus umfassender war als ihr anfänglicher Triumph. Sie verdrängte Eldridge Cleaver, den Vergewaltiger und Black-Panther-Anführer, von der Position des Staatsfeinds Nummer eins. Briefe, in denen Evie beschimpft wurde, kamen gleich bergeweise ins Weiße Haus – und nicht alle stammten von den loyalen Ortsverbänden der Republikanischen Partei im ganzen Land. Evie Williams wurde zur Hassfigur für jene Menschen, die für Nixon gestimmt hatten und die sich an den einfachen Glauben klammerten, dass man entweder für Amerika war oder dagegen.

Cam fand die ganze Geschichte zutiefst befriedigend. Jedes Mal, wenn er wieder eine Hetzrede in einem Schmierblatt las, die gegen Evie gerichtet war, erinnerte er sich daran, wie sie seine Liebe albern genannt hatte.

Aber er war noch nicht mit ihr fertig.

Als die Wogen den höchsten Punkt erreichten, rief er Melton Faulkner an, einen Geschäftsmann und Nixon-Anhänger, der im Vorstand eines Fernsehsendernetzes saß. Cam ließ von der Vermittlung aus anrufen, damit Faulkners Sekretärin zu ihm sagte: »Ein Anruf aus dem Weißen Haus!«

Als er Faulkner am Apparat hatte, stellte Cam sich vor und sagte: »Sir, der Präsident hat mich gebeten, Sie wegen des Specials über Jane Addams anzurufen, das Ihr Sender plant.«

Jane Addams, die 1935 gestorben war, war eine Suffragette und Pionierin der Sozialen Arbeit gewesen, die mit dem Friedensnobelpreis ausgezeichnet worden war.

»Das stimmt«, sagte Faulkner. »Ist der Präsident ein Fan von ihr?«

Von wegen, dachte Cam. Jane Addams war genau die Sorte Liberaler mit Watte statt Hirn im Kopf, die er hasste. »Oh ja, er bewundert sie«, sagte Cam. »Und nun schreibt der *Hollywood Reporter*, dass Sie mit dem Gedanken spielen, Evie Williams als Jane zu besetzen.«

»Das stimmt.«

»Vermutlich haben Sie in letzter Zeit die Nachrichten über Evie Williams gelesen. Darüber, wie sie sich von den Feinden der USA für Propagandazwecke ausnutzen lässt.«

»Klar, die Story habe ich gelesen.«

»Sind Sie sicher, diese amerikafeindliche britische Schauspielerin mit sozialistischen Ansichten ist geeignet, eine amerikanische Heldin darzustellen?«

»Als Vorstandsmitglied habe ich bei der Besetzung ...«

»Der Präsident hat keine Handhabe, in dieser Hinsicht etwas zu unternehmen, das verhüte Gott, aber er dachte, Sie würden sich vielleicht für seine Meinung interessieren.«

»Verstehe. Ganz gewiss.«

»War schön, mit Ihnen zu reden, Mr. Faulkner.« Cam legte auf.

Er hatte schon gehört, dass Rache süß sei. Aber niemand hatte ihm gesagt, wie süß.

*

Dave und Walli saßen mit ihren Gitarren auf hohen Hockern im Aufnahmestudio und spielten einen Song namens »Back Together Again«. Er bestand aus zwei Teilen in unterschiedlichen Tonarten; für den Übergang brauchten sie einen passenden Akkord. Sie sangen das Lied immer wieder und probierten verschiedene Harmonien aus.

Dave war glücklich. Als Musiker hatten sie es immer noch drauf. Walli war originell; ihm fielen Melodien und Harmoniefolgen ein wie sonst niemandem. Sie befeuerten sich gegenseitig mit ihren Ideen, und das Ergebnis war besser als alles, was einer von ihnen allein zustande gebracht hätte. Ihnen stand ein triumphales Comeback bevor.

Beep hatte sich nicht verändert, Walli schon. Er war ausgemergelt. Seine hohen Jochbeine und die mandelförmigen Augen wurden durch seine Hagerkeit noch betont; in Daves Augen sah er aus wie ein attraktiver, aber halb verhungerter Vampir.

Buzz und Lew saßen dabei, rauchten, hörten zu, warteten. Sie waren geduldig. Als Dave und Walli den Song fertig hatten, gingen Buzz und

Lew an die Instrumente und arbeiteten die Schlagzeug- und Basspartien aus.

Es war zehn Uhr abends, und sie hatten drei Stunden gearbeitet. Sie würden bis drei oder vier Uhr morgens weitermachen und dann bis Mittag schlafen. Das waren Rock-'n'-Roll-Uhrzeiten.

Sie arbeiteten nun den dritten Tag im Studio. Den ersten hatten sie mit Warmmachen verbracht und alte Lieblingssongs gespielt, damit alle sich wieder aneinander gewöhnten. Walli waren wunderbar melodische Gitarrenlines gelungen. Am zweiten Tag hatte Walli dummerweise unter einer Magenverstimmung gelitten und war früh ins Bett gegangen. Deshalb war heute der erste Tag mit ernsthafter Arbeit.

Neben Walli standen auf einem Verstärker eine Flasche Jack Daniel's und ein hohes Glas mit Eiswürfeln. In den alten Zeiten hatten sie oft Whiskey getrunken oder Joints geraucht, wenn sie an einem Song arbeiteten. Das war Teil des Rundum-Vergnügens gewesen. Heutzutage arbeitete Dave lieber nüchtern, doch Walli hatte seine Gewohnheiten beibehalten.

Beep kam mit einem Tablett herein und brachte vier Bier. Dave vermutete, dass sie Walli anhalten wollte, keinen Whiskey, sondern Bier zu trinken. Sie brachte oft Essen ins Studio: Blaubeeren mit Eiscreme, Schokoladenkuchen, Schüsseln mit Erdnüssen, Bananen. Sie wollte, dass Walli von etwas anderem lebte als nur vom Alkohol. Er nahm dann einen Löffel Eiscreme oder eine Handvoll Erdnüsse, kehrte dann aber zu seinem Jack Daniel's zurück.

Zum Glück war er noch immer brillant, wie der neue Song zeigte. Trotzdem steigerte er sich in Wut, weil sie es nicht schafften, den richtigen Akkord für den Übergang zu finden. »Scheiße!«, rief er. »Ich habe ihn im Kopf, aber er kommt nicht raus.«

»Musikalische Verstopfung, Alter«, sagte Buzz. »Du brauchst ein Rock-Abführmittel. Was wäre das Gegenstück zu einem Schälchen Backpflaumen?«

»Eine Schönberg-Oper«, sagte Dave.

»Ein Trommelsolo von Dave Clark«, sagte Lew.

»Ein Demis-Roussos-Album«, sagte Walli.

Das Telefon meldete sich durch ein Blinkzeichen, um mögliche Studioaufnahmen nicht durch Klingeln zu stören. Beep hob ab. »Komm rein«, sagte sie in den Hörer, legte auf und wandte sich an Walli. »Es ist Hilton.«

»Okay.« Walli rutschte von seinem Stuhl, stellte die Gitarre in einen Ständer und ging hinaus.

Dave blickte Beep fragend an.

»Ein Dealer«, sagte sie.

Dave spielte den Song weiter. Dass ein Dope-Dealer in ein Aufnahmestudio kam, war nichts Besonders. Er wusste nicht, wieso Musiker so viel mehr Drogen konsumierten als die durchschnittliche Bevölkerung, aber so war es immer schon gewesen: Charlie Parker war an seiner Heroinsucht gestorben, und er hatte der vorletzten Generation angehört.

Während Dave die Saiten anschlug, nahm Buzz seinen Bass und spielte mit. Lew setzte sich hinters Schlagzeug und begann leise zu trommeln, suchte nach dem Groove. Sie hatten fünfzehn oder zwanzig Minuten lang improvisiert, als Dave aufhörte und fragte: »Fuck, wo bleibt eigentlich Walli?«

Er verließ das Studio, gefolgt von den anderen, und kehrte zum Haupthaus zurück.

Sie fanden Walli in der Küche. Er lag ausgestreckt auf dem Boden, die Spritze noch im Arm. Er hatte sich den Schuss gesetzt, kaum dass Nachschub gekommen war.

Beep beugte sich über ihn und zog vorsichtig die Kanüle aus der Vene. »Er ist jetzt bis morgen früh nicht ansprechbar«, sagte sie. »Tut mir leid.«

Dave fluchte. Damit konnten sie für den Rest des Tages die Arbeit vergessen.

Buzz fragte Lew: »Sollen wir beide zur Cantina gehen? Wir können ja doch nichts machen.«

»Okay«, sagte Lew.

Am Fuße des Hügels war eine Bar, die vor allem von mexikanischen Farmarbeitern besucht wurde. Sie trug den absurden Namen The Mayfair Lounge, daher nannten sie sie nur die Cantina.

Buzz und Lew gingen.

Beep sagte: »Hilf mir, ihn ins Bett zu bringen, Dave.«

Dave hob Walli bei den Schultern an, Beep nahm seine Beine. Sie trugen ihn in sein Schlafzimmer und kehrten dann in die Küche zurück. Beep lehnte sich an die Theke, während Dave Kaffee aufsetzte.

»Er ist süchtig, nicht wahr?«, fragte Dave, während er den Papierfilter einlegte.

Beep nickte.

»Glaubst du, wir schaffen es, dieses Album zu machen?«

»Ja!«, rief sie. »Bitte, gib ihn nicht auf. Ich habe Angst ...«

»Okay, bleib ruhig.« Er schaltete die Maschine ein.

»Ich krieg das schon hin«, sagte sie voller Verzweiflung. »Er ist abends immer klar und nimmt nur kleine Mengen, wenn er arbeitet, und am frühen Morgen setzt er sich einen Schuss und schläft es aus. Das heute war ungewöhnlich. Er bricht nicht oft so zusammen. Normalerweise greife ich den Stoff ab und rationiere ihn.«

Dave war erschüttert. »Du bist Kindermädchen für einen Junkie geworden?«

»Wir treffen diese Entscheidungen, wenn wir zu jung sind, um es besser zu wissen, und dann müssen wir damit leben, wenn wir älter werden«, sagte sie und fing an zu weinen.

Dave nahm sie in die Arme, und sie weinte an seiner Brust. Er ließ ihr Zeit. Die Vorderseite seines T-Shirts wurde feucht, und die Küche füllte sich mit dem Aroma des Kaffees. Schließlich löste er sich sanft von ihr und schenkte zwei Tassen ein.

»Keine Sorge«, sagte er. »Jetzt, wo wir das Problem kennen, können wir es angehen. Wenn Walli seine guten Phasen hat, erledigen wir das Schwierige: das Songschreiben, die Gitarrensolos, den Harmoniegesang. Wenn er nicht dabei ist, machen wir die Backing-Tracks und mischen grob ab. Wir bekommen das Album schon zusammen.«

»Ich danke dir«, sagte Beep unter Tränen. »Du hast ihm das Leben gerettet. Ich kann dir gar nicht sagen, wie erleichtert ich bin. Du bist ein guter Mann, Dave.« Sie stellte sich auf die Zehenspitzen und küsste ihn auf die Lippen.

Dave fühlte sich merkwürdig. Beep dankte ihm, dass er ihrem Freund das Leben rettete, und gleichzeitig küsste sie ihn.

Plötzlich sagte sie: »Es war dumm von mir, dich aufzugeben.«

Das war nicht gerade loyal gegenüber dem Mann im Schlafzimmer, aber Loyalität war nie Beeps starke Seite gewesen.

Sie legte die Arme um Daves Taille und schmiegte sich an ihn. Einen Moment hielt er die Hände in die Luft, weg von ihr; dann gab er nach und legte die Arme um sie. Vielleicht war Loyalität auch nicht *seine* Stärke.

»Junkies haben nicht viel Sex«, sagte Beep. »Es ist lange her ...«

Dave war nicht ganz wohl in seiner Haut, doch irgendwie hatte er geahnt, dass es so kommen würde, schon von dem Moment an, in dem Beep in ihrem roten Cabrio vorgefahren war.

Er zitterte, weil er sie so dringend wollte, aber er sagte noch immer nichts.

»Bring mich ins Bett, Dave«, drängte Beep. »Lass uns ficken wie früher ... nur einmal, um der alten Zeiten willen ...«

»Nein«, sagte er.

Aber er tat es.

Sie stellten das Album an dem Tag fertig, an dem FBI-Direktor J. Edgar Hoover starb.

Als sie am Tag darauf gegen Mittag in der Küche der Daisy Farm frühstückten, sagte Beep: »Mein Großvater ist Senator. Er sagt, J. Edgar hat gern Schwänze gelutscht.«

Alle waren bass erstaunt.

Dave grinste. Er war sich ziemlich sicher, dass der alte Gus Dewar seiner Enkeltochter gegenüber niemals vom »Schwänzelutschen« gesprochen hätte. Doch Beep redete gern so vor Männern. Sie wusste, dass es viele Kerle anmachte. Diese Unverfrorenheit und Freizügigkeit gehörten zu den Eigenschaften, die Beep so aufregend machten.

»Grandpapa hat erzählt«, fuhr sie fort, »dass Hoover mit seinem Stellvertreter zusammenlebte, einem Kerl namens Tolson. Sie gingen überall zusammen hin, wie ein verheiratetes Paar.«

Lew sagte: »Wegen Typen wie Hoover haben wir Schwule so einen schlechten Ruf.«

Walli, der ungewöhnlich früh aufgestanden war, warf ein: »Sagt mal, wir machen doch ein Reunion-Konzert, wenn das Album rauskommt, oder?«

»Ja«, sagte Dave. »Wieso?«

»Lasst uns damit Spenden für George McGovern sammeln.«

Dass Rockbands Spenden für liberale Politiker sammelten, verbreitete sich immer mehr, und McGovern war der Favorit für die demokratische Nominierung bei der diesjährigen Präsidentschaftswahl – ein Kandidat, der für den Frieden eintrat.

»Gute Idee«, sagte Dave. »Das verdoppelt unsere Publicity und trägt obendrein zum Ende des Krieges bei.«

Lew sagte: »Ich bin dafür.«

»Gut, ich bin überstimmt«, sagte Buzz. »Ich mache mit.«

Lew und Buzz brachen bald danach auf und flogen nach London. Walli ging ins Studio, um seine Gitarren in ihre Kästen zu räumen, eine Aufgabe, die er Roadies nur ungern überließ.

Dave sagte zu Beep: »Du kannst nicht einfach weggehen.«

»Wieso nicht?«

»Weil wir uns in den letzten sechs Wochen jedes Mal halb totgevögelt haben, wenn Walli zugedröhnt war.«

Sie grinste. »War toll, oder?«

»Ja. Außerdem lieben wir einander.« Dave wartete, ob Beep es bestätigen oder abstreiten würde.

Sie tat keines von beidem.

»Du kannst nicht einfach gehen«, wiederholte er.

»Was soll ich denn tun?«

»Sprich mit Walli. Sag ihm, er soll sich ein anderes Kindermädchen suchen. Bleib hier und leb mit mir zusammen.«

Beep schüttelte den Kopf.

»Ich hab dich vor zehn Jahren kennengelernt«, sagte Dave. »Wir haben uns geliebt. Wir waren verlobt. Ich glaube, ich kenne dich.«

»Und?«

»Du magst Walli, und du sorgst für ihn. Du willst, dass es ihm gut geht. Aber du hast kaum Sex mit ihm. Und vor allem, es ist dir egal. Das verrät mir, dass du ihn nicht liebst.«

Wieder bestritt Beep nicht, was er sagte, bestätigte es aber auch nicht.

»Ich glaube, du liebst mich«, sagte Dave.

Beep starrte in ihre leere Kaffeetasse, als fände sie Antworten in der erkalteten Pfütze am Boden.

»Sollen wir heiraten?«, fragte Dave. »Zögerst du deshalb? Willst du, dass ich dir einen Antrag mache? Dann tue ich das. Heirate mich, Beep. Ich liebe dich. Ich habe mich in dich verliebt, als wir dreizehn waren, und es hat nie aufgehört.«

»Nicht mal, als du mit Mandy Love im Bett warst?«

Er lächelte wehmütig. »Vielleicht habe ich dich hin und wieder ein paar Augenblicke vergessen können.«

»Jetzt glaube ich dir«, sagte sie lachend.

»Was ist mit Kindern? Hättest du gerne Kinder? Ich schon.«

Sie sagte nichts.

»Ich schütte dir hier mein Herz aus, und ich bekomme nichts zurück. Was geht in dir vor?«

Beep hob den Kopf. Dave sah, dass sie weinte. »Wenn ich Walli verlasse, ist das sein Tod.«

»Das glaube ich nicht«, sagte Dave. »Ich ...«

Beep hob eine Hand, damit er schwieg. »Du hast mich gefragt, was in mir vorgeht. Wenn du es wirklich wissen willst, dann widersprich nicht dem, was ich sage.«

Dave hielt den Mund.

»Ich habe in meinem Leben viele schlechte und selbstsüchtige Dinge getan. Von einigen weißt du, von anderen nicht.«

Dave glaubte ihr aufs Wort. Er wollte ihr gerne sagen, dass sie Freude und Lachen in das Leben vieler Menschen gebracht hatte, auch in seines, aber sie hatte ihn gebeten zuzuhören, also hörte er zu.

»Ich halte Wallis Leben in meinen Händen.«

Dave verbiss sich eine Erwiderung, doch Beep selbst sprach aus, was ihm auf der Zunge lag. »Okay, es ist nicht meine Schuld, dass er zum Junkie geworden ist. Und ich bin nicht seine Mutter, ich muss ihn nicht retten.«

Dave fragte sich, ob Walli vielleicht widerstandsfähiger war, als Beep glaubte. Andererseits war Jimi Hendrix tot, und Janis Joplin, und Jim Morrison ...

»Ich will mich ändern«, sagte Beep. »Vor allem möchte ich meine Fehler wiedergutmachen. Für mich wird es Zeit, etwas zu tun, was mich nicht aus dem Moment heraus bewegt. Es wird Zeit, dass ich etwas Gutes tue. Deshalb bleibe ich bei Walli.«

»Ist das dein letztes Wort?«

»Ja.«

»Dann leb wohl«, sagte Dave und eilte aus der Küche, damit sie seine Tränen nicht sah.

KAPITEL 48

»Nixons Chinareise hat im Kreml Panik ausgelöst«, sagte Dimka zu Tanja.

Sie waren in Dimkas Wohnung. Katja, seine dreijährige Tochter, saß auf Tanjas Knie; gemeinsam schauten sich die beiden ein Bilderbuch an. Dimka und Natalja waren wieder ins Haus am Ufer gezogen. Der Peschkow-Dworkin-Clan bewohnte nun drei Wohnungen im selben Gebäude. Großvater Grigori lebte noch immer in seiner alten Wohnung, inzwischen jedoch mit seiner Tochter Anja und seiner Enkelin Tanja. Dimkas geschiedene Frau Nina wohnte ebenfalls mit Grischka dort, der inzwischen acht Jahre alt war und in die Schule ging. Und jetzt waren auch noch Dimka, Natalja und die kleine Katja eingezogen.

Tanja vergötterte ihre Nichte und ihren Neffen und freute sich immer, wenn sie Babysitter spielen durfte. Das Haus am Ufer war fast wie ein Bauerndorf, dachte Tanja manchmal, wo sich die Großfamilie um die Kinder kümmerte.

Die Leute fragten Tanja oft, ob sie nicht auch Kinder haben wolle. »Dafür ist noch genug Zeit«, antwortete sie dann. Sie war ja auch erst zweiunddreißig. Aber was das Heiraten betraf, fühlte sie sich nicht frei dafür. Wassili war zwar nicht ihr Liebhaber, aber sie hatte sich ganz und gar ihrer gemeinsamen Untergrundarbeit verschrieben, zuerst mit der *Opposition*, dann mit dem Schmuggeln von Wassilis Büchern in den Westen. Hin und wieder machte ihr einer der stetig abnehmenden Zahl an Junggesellen ihres Alters den Hof; sie ging auch ein paar Mal mit einigen dieser Männer aus oder gar ins Bett, konnte aber keinem von ihnen anvertrauen, dass sie noch ein zweites Leben führte.

Wassilis Leben war jetzt wichtiger als ihres. Mit der Veröffentlichung von *Ein freier Mann* war er zu einem der wichtigsten Schriftsteller der Welt aufgestiegen. Er interpretierte die Sowjetunion für den Rest des Planeten. Nach seinem dritten Buch, *Das Zeitalter der Stagnation*, war sogar vom Nobelpreis die Rede gewesen, nur dass man ihn offenbar nicht an ein Pseudonym verleihen konnte. Tanja war der Weg, über den Wassilis Werk den Westen erreichte, und vor einem Ehemann könnte sie solch eine große und schreckliche Sache unmöglich geheim halten.

Die Kommunisten hassten »Iwan Kusnetsow«. Die ganze Welt

wusste, dass er seine Identität nicht preisgeben konnte aus Angst, sein Werk könne unterdrückt werden – und das wiederum stellte die Kremlelite als die Pharisäer bloß, die sie waren. Jedes Mal, wenn Wassilis Werk in den westlichen Medien erwähnt wurde, wies man darauf hin, dass es nie im Original publiziert worden war, auf Russisch; der Grund dafür war die sowjetische Zensur. Das machte den Kreml schier wahnsinnig.

»Nixons Reise war ein großer Erfolg«, sagte Tanja zu Dimka. »In unserer Redaktion bekommen wir die Nachrichtenticker aus dem Westen. Überall gratuliert man Nixon zu seiner visionären Politik. Das sei ein großer Schritt hin zur Stabilisierung der Weltpolitik, heißt es. Seine Umfragewerte schießen durch die Decke ... und das in einem Wahljahr in den USA.«

Die Vorstellung, die Kapitalisten könnten sich mit den unberechenbaren chinesischen Kommunisten arrangieren, war ein Albtraum für die sowjetische Führung. Als Reaktion darauf hatten sie Nixon sofort nach Moskau eingeladen, um das Gleichgewicht wiederherzustellen. »Und jetzt versucht man verzweifelt, Nixons Besuch hier zu einem Erfolg zu machen«, sagte Dimka. »Im Kreml würde man alles tun, um die Amerikaner davon abzuhalten, sich mit den Chinesen zusammenzutun.«

Tanja kam ein Gedanke. »Wirklich alles?«

»Nein, das ist natürlich übertrieben. Aber an was hast du denn gedacht?«

Tanjas Herz schlug schneller. »Würden sie dafür auch Dissidenten freilassen?«

»Aaah.« Dimka wusste sofort, dass Tanja an Wassili dachte. Dimka war einer der wenigen Menschen, die von ihrer Verbindung wussten. Allerdings war er viel zu vorsichtig, als dass er es laut ausgesprochen hätte. »Nein. Im Gegenteil. Der KGB hat sogar vorgeschlagen, den Druck zu erhöhen. Sie wollen alles und jeden einsperren, der auch nur auf die Idee kommen könnte, Nixon ein Plakat vors Gesicht zu halten.«

»Das ist doch dumm«, sagte Tanja. »Wenn wir plötzlich Hunderte Menschen einsperren, werden die Amerikaner davon Wind bekommen. Schließlich haben sie auch Spione. Und das wird ihnen gar nicht gefallen.«

Dimka nickte. »Nixon will sich mit Sicherheit nicht von seinen Kritikern anhören müssen, die Menschenrechte bei seinem Besuch ignoriert zu haben – nicht in einem Wahljahr.«

»Genau.«

Nachdenklich legte Dimka die Stirn in Falten. »Wir müssen diese Gelegenheit nutzen, so gut es geht«, sagte er. »Ich habe morgen eine Besprechung mit ein paar amerikanischen Diplomaten. Mal sehen ...«

*

Dimka hatte sich verändert. Der Einmarsch in der Tschechoslowakei war der Grund dafür. Bis zu diesem Augenblick hatte er sich stur an den Glauben geklammert, der Sozialismus könne reformiert werden. Doch 1968 hatte er erkennen müssen, dass diejenigen, die am meisten zu verlieren hatten, wenn sich etwas änderte, jeden noch so kleinen Reformansatz im Keim erstickten. Männer wie Breschnew oder Andropow genossen ihre Macht, ihren Status und ihre Privilegien. Warum sollten sie das alles aufs Spiel setzen?

Inzwischen stimmte Dimka mit seiner Schwester überein: Das größte Problem des Sozialismus war, dass die alles durchdringende Partei jedem Reformwillen die Luft abschnürte. Das Sowjetsystem steckte in einem panischen Konservativismus fest, genau wie das Zarenregime sechzig Jahre zuvor, als Dimkas Großvater Vorarbeiter in den Putilow-Werken gewesen war.

Wie ironisch das ist, sinnierte Dimka, besonders wenn man bedachte, dass ausgerechnet Karl Marx der erste Philosoph gewesen war, der das Phänomen des gesellschaftlichen Wandels beschrieben hatte.

Am nächsten Tag leitete Dimka eine lange Reihe von Besprechungen zu Nixons bevorstehendem Moskaubesuch. Natalja war ebenfalls dort, doch unglücklicherweise auch Jewgeni Filipow. Die amerikanische Delegation wurde von Ed Markham geführt, einem Karrierediplomaten mittleren Alters. Sie unterhielten sich mittels Dolmetscher.

Nixon und Breschnew wollten zwei Rüstungskontrollverträge und ein Umweltschutzabkommen unterzeichnen. Die Umwelt war zwar kein Thema in der sowjetischen Politik, doch Nixon legte offenbar großen Wert darauf. In den Vereinigten Staaten hatte er ein paar bahnbrechende Gesetze dazu auf den Weg gebracht. Diese drei Dokumente würden ausreichen, den Besuch als historischen Triumph zu werten und einer potenziellen Allianz zwischen China und den USA vorerst einen Riegel vorschieben. Pat Nixon, die First Lady, würde während ihres Aufenthalts Schulen und Krankenhäuser besuchen; Nixon selbst bestand darauf, sich mit dem Dichter Jewgeni Jewtuschenko zu treffen, einem Dissidenten, den er auch schon einmal in Washington getroffen hatte.

Beim heutigen Treffen diskutierten Sowjets und Amerikaner hauptsächlich Fragen der Sicherheit und des Protokolls, wie immer. Mitten im Gespräch äußerte Natalja die Worte, die sie vorher mit Dimka abgestimmt hatte. In beiläufigem Tonfall sagte sie zu den Amerikanern: »Wir haben sorgfältig über Ihre Forderung nachgedacht, als Beweis unseres guten Willens eine große Zahl sogenannter politischer Gefangener freizulassen, um Ihnen in Sachen Menschenrechte entgegenzukommen, wie Sie es nennen.«

Ed Markham warf einen erstaunten Blick zu Dimka, der die Sitzung leitete. Markham hatte im Vorfeld nichts davon gewusst, zumal die Amerikaner auch gar nichts in der Art gefordert hatten. Dimka winkte rasch ab, um Markham zu zeigen, dass er lieber schweigen solle. Und Markham, ein erfahrener Diplomat, verstand den Wink.

Filipow war ebenso überrascht. »Ich habe keinerlei Kenntnis von ...«

Dimka hob die Stimme. »Bitte, Genosse Filipow, unterbrechen Sie die Genossin Smotrow nicht! Ich muss darauf bestehen.«

Filipow schäumte vor Wut, doch seine Parteiausbildung zwang ihn, sich den Regeln zu unterwerfen.

Natalja fuhr fort: »Wir haben keine politischen Gefangenen in der Sowjetunion, und wir sehen auch nicht die Logik darin, Kriminelle auf die Straße zu entlassen, nur um ein fremdes Staatsoberhaupt zu beschwichtigen.«

»In der Tat«, warf Dimka ein.

Markham war verwirrt. Warum hatten die Sowjets eine fiktive Forderung gestellt, nur um sie sofort zurückzuweisen? Er wartete schweigend weiter, um zu erfahren, worauf Natalja hinauswollte. In der Zwischenzeit trommelte Filipow frustriert mit den Fingern auf einer Akte.

»Aber«, sagte Natalja, »einer kleinen Gruppe von Personen ist es aufgrund ihrer Verbindungen zu asozialen Gruppen und Unruhestiftern nicht gestattet, innerhalb der Sowjetunion umherzureisen.«

Das war genau die Situation von Tanjas Freund Wassili. Dimka hatte schon einmal versucht, ihn freizubekommen, war aber gescheitert. Vielleicht würde er diesmal ja mehr Glück haben.

Dimka beobachtete Markham aufmerksam. Würde der Amerikaner erkennen, was hier vor sich ging, und seine Rolle spielen? Dimka brauchte die Amerikaner als Vorwand. Dann konnte er sich in den Kreml begeben und erklären, die USA würden auf der Freilassung als Bedingung für Nixons Besuch bestehen. An diesem Punkt hätten die Einwände des KGB und anderer Konservativer kein Gewicht mehr, denn der Kreml wollte Nixon unbedingt begrüßen und ihn von den verhassten Chinesen weglocken.

Natalja fuhr fort: »Aber da diese Leute nicht rechtskräftig verurteilt worden sind, sondern lediglich unter Beobachtung stehen, ist unsere Regierung in dieser Hinsicht an kein Gesetz gebunden. Daher bieten wir Ihnen an, diesen Leuten als Zeichen unseres guten Willens die Reisegenehmigung zu erteilen.«

»Würde das Ihren Präsidenten zufriedenstellen?«, fragte Dimka die Amerikaner.

Markhams Gesicht hatte sich entspannt. Jetzt wusste er, was für ein Spiel Dimka und Natalja spielten, und er ließ sich gern auf diese Art missbrauchen. »Ja«, antwortete er, »ich denke, das wäre annehmbar.«

»Dann ist es abgemacht«, sagte Dimka und lehnte sich zufrieden auf seinem Stuhl zurück.

*

Präsident Nixon kam im Mai nach Moskau, als der Schnee geschmolzen war und die Sonne schien.

Tanja hatte gehofft, dass im Rahmen des Besuchs eine große Zahl an Dissidenten freigelassen würde, doch sie war enttäuscht worden. Es war die beste Chance seit Jahren gewesen, Wassili aus Sibirien nach Moskau zu holen. Tanja wusste, dass ihr Bruder alles Menschenmögliche versucht hatte, aber offenbar war er gescheitert. Am liebsten hätte sie geweint.

Daniil Antonow, ihr Chef, sagte: »Heute bist du dran, die Präsidentengattin zu begleiten, Tanja.«

»Vergiss es«, erwiderte Tanja gereizt. »Nur weil ich eine Frau bin, heißt das nicht, dass ich ständig über Frauen schreiben muss.«

Ihre gesamte Karriere hindurch hatte Tanja sich gegen »weibliche« Aufträge gewehrt. Manchmal hatte sie sich durchgesetzt, manchmal nicht.

Heute nicht.

Daniil war ein guter Kerl, aber er ließ sich nicht so leicht bequatschen. »Ich habe nie von dir verlangt, dass du ständig über Frauen schreibst, erzähl nicht solchen Mist. Aber heute wirst du dich um Pat Nixon kümmern. Los jetzt.«

Daniil war eigentlich ein toller Chef, und so gab Tanja nach.

Pat Nixon wurde zur Moskauer Universität gefahren, einem zweiunddreißigstöckigen Turm im Zuckerbäckerstil mit Tausenden von Räumen. Er war so gut wie leer.

»Wo sind denn die Studenten?«, fragte Pat Nixon.

Über den Dolmetscher antwortete ihr der Rektor: »Es ist Prüfungszeit. Sie lernen.«

»Ich lerne einfach keine echten Russen kennen«, beschwerte sich Mrs. Nixon.

Tanja hätte am liebsten erwidert: »Da hast du wohl recht. Echte Russen würden dir die Wahrheit sagen.« Mrs. Nixon sah selbst nach sowjetischen Standards konservativ aus. Sie hatte sich das Haar hochgesteckt und mit Spray förmlich einbetoniert, wie ein Wikingerhelm. Dazu trug sie ein Kleid, das einerseits viel zu jugendlich für sie war, andererseits aus der Mode. Und ihr Lächeln war wie festgefroren, selbst wenn die Reporterschar, die ihr folgte, mal unverschämt wurde.

Mrs. Nixon wurde in einen Seminarraum geführt, wo drei Studenten an den Tischen saßen. Sie schienen überrascht zu sein, die Dame zu sehen, und wussten offenbar nicht, wen sie vor sich hatten. Außerdem wollten sie offensichtlich gar nicht mit ihr sprechen.

Die arme Mrs. Nixon hatte vermutlich keine Ahnung, dass jeglicher Kontakt zu Westlern für Sowjetbürger gefährlich war. Die Studenten liefen Gefahr, hinterher verhaftet und verhört zu werden, besonders wenn das Gespräch im Vorfeld nicht arrangiert worden war. Nur die dümmsten Moskowiter sprachen mit ausländischen Besuchern.

Tanja schrieb im Kopf bereits an ihrem Artikel, während sie der Besucherin folgte.

Mrs. Nixon war von der modernen Moskauer Universität nachhaltig beeindruckt. In den USA gibt es keine Hochschule vergleichbarer Größe.

Die wirkliche Story jedoch wurde im Kreml geschrieben; deshalb war Tanja so sauer auf Daniil. Nixon und Breschnew unterzeichneten Verträge, die die Welt zu einem besseren Ort machen würden. *Das* war die Story, die Tanja haben wollte.

Aus der westlichen Presse wusste sie, dass Nixons Chinabesuch und diese Moskaureise seine Chancen bei der bevorstehenden Präsidentenwahl dramatisch erhöht hatten. Hatte er im Januar noch in den Umfragen weit hinten gelegen, so hatte die Zustimmung inzwischen ein Allzeithoch erreicht. Jetzt hatte er die besten Chancen, wiedergewählt zu werden.

Mrs. Nixon trug einen karierten Zweiteiler mit kurzer Weste, dazu einen Rock, der diskret bis unters Knie reichte. Ihre weißen Schuhe hatten flache Absätze, und ein Chiffonschal vervollständigte ihr Ensemble.

Tanja hasste es, über Mode zu schreiben. Sie hatte die Kubakrise journalistisch begleitet, verdammt noch mal – und zwar in *Kuba!*

Schließlich wurde die First Lady in einer Chryslerlimousine wegge-bracht, und die Pressemeute löste sich auf.

Auf dem Parkplatz fiel Tanja ein großer Mann auf, der trotz der Früh-lingssonne einen langen, ausgefransten Mantel trug. Er hatte ungekämm-tes eisengraues Haar, und sein faltiges Gesicht war sicher einmal schön gewesen.

Es war Wassili.

Tanja steckte sich die Faust in den Mund, um nicht laut zu schreien.

Wassili sah, dass sie ihn erkannt hatte, und lächelte, wobei zu sehen war, dass die lange Zeit in Sibirien Spuren in seinem Gebiss hinterlassen hatte.

Langsam ging Tanja zu ihm. Wassili hatte die Hände in den Mantel-taschen und blinzelte im Sonnenlicht.

»Sie haben dich gehen lassen«, sagte Tanja.

»Um dem amerikanischen Präsidenten zu gefallen«, erwiderte Wassili. »Danke, Dick Nixon.«

Tatsächlich hätte Wassili Dimka Dworkin danken sollen, aber vermut-lich war es besser, das niemandem zu sagen, nicht einmal Wassili.

Tanja schaute sich vorsichtig um. Es war niemand zu sehen.

»Mach dir keine Sorgen«, sagte Wassili. »Zwei Wochen lang hat es hier nur so von Miliz und KGB gewimmelt, doch seit fünf Minuten sind sie alle weg.«

Tanja konnte sich nicht mehr beherrschen. Sie warf sich Wassili in die Arme, und er tätschelte ihr den Rücken, als wolle er sie trösten. Sie drückte ihn fest an sich.

»Oh, Mädchen«, sagte er, »was riechst du gut.«

Tanja ließ ihn wieder los. Hundert Fragen schossen ihr durch den Kopf, doch sie musste sich für eine entscheiden. »Wo wohnst du?«

»Sie haben mir eine Stalinwohnung zugewiesen – alt, aber nett.«

Wohnungen aus der Stalinzeit hatten größere Zimmer und höhere Decken als modernere Wohnungen aus den späten Fünfzigern und Sech-zigern.

Tanja war außer sich vor Freude. »Kann ich dich da besuchen?«

»Noch nicht. Lass uns erst mal herausfinden, ob sie mich beobachten.«

»Hast du Arbeit?« Es war ein beliebter Trick der Partei, einem Mann die Arbeit zu verweigern, nur um ihn dann als Sozialparasiten zu verun-glimpfen.

»Ich arbeite im Landwirtschaftsministerium. Ich verfasse Broschüren, die den Bauern neue Techniken erklären. Du musst kein Mitleid mit mir haben. Das ist eine wichtige Beschäftigung, und ich bin gut auf dem Gebiet.«

»Und deine Gesundheit?«

»Ich bin fett!« Zum Beweis öffnete Wassili den Mantel.

Tanja lachte glücklich. Wassili war zwar nicht fett, aber er war auch nicht mehr so dünn, wie er mal gewesen war. »Du trägst ja den Pullover, den ich dir geschickt habe«, sagte sie. »Erstaunlich, dass er bei dir angekommen ist.« Es war der Pullover, den Anna Murray in Wien gekauft hatte. Jetzt würde sie, Tanja, Wassili alles erklären müssen. Sie wusste nur nicht, wo sie anfangen sollte.

»Ich habe ihn die letzten vier Jahre kaum einmal ausgezogen. In Moskau, im Mai, brauche ich ihn zwar nicht, aber es fällt mir irgendwie schwer, mich daran zu gewöhnen, dass es nicht ständig friert.«

»Ich kann dir einen neuen Pullover besorgen.«

»Du hast wohl das große Geld gemacht!«

»Ich nicht.« Tanja grinste. »Aber du.«

Wassili runzelte verwirrt die Stirn. »Wie das?«

»Gehen wir einen trinken«, sagte Tanja und nahm seinen Arm. »Ich habe dir viel zu erzählen.«

*

Auf der Titelseite der *Washington Post* stand am Morgen des 18. Juni eine seltsame Geschichte. Die meisten Leser waren vollkommen überrascht davon, aber eine Handvoll reagierte sehr nervös.

*5 Verdächtige im Zusammenhang mit Einbruch im Büro
der Demokraten verhaftet.*

*von Alfred E. Lewis
Redakteur, Washington Post*

Fünf Männer, einer davon ein ehemaliger Mitarbeiter der CIA, sind gestern um 02:30 Uhr bei dem Versuch verhaftet worden, das Wahlkampfzentrum der Demokratischen Partei zu verwanzen.

Bei dreien der Männer handelt es sich um gebürtige Kubaner. Ein weiterer soll Kubaner im Vorfeld der Schweinebuchtinvasion ausgebildet haben.

Sie wurden von drei Polizeibeamten in der sechsten Etage des Watergate-Gebäudes überrascht, 2600 Virginia Ave., NW, wo die Wahlkampfleitung der Demokraten das gesamte Stockwerk gemietet hat.

Bis jetzt gibt es keine Erklärung, weshalb die fünf Verdächtigen die Räumlichkeiten verwanzen wollten oder ob sie im Auftrag gehandelt haben.

Cameron Dewar las den Artikel und sagte: »Ach du Scheiße.«

Er schob seine Cornflakes beiseite. Ihm war der Appetit vergangen. Er wusste ganz genau, was da passiert war, und es stellte eine furchtbare Gefahr für Präsident Nixon dar. Wenn die Leute erfuhren oder auch nur glaubten, der Präsident habe einen Einbruch befohlen, war eine Wiederwahl unmöglich.

Cam überflog den Artikel, bis er die Namen der Verdächtigen fand. Er befürchtete, dass Tim Tedder dabei war, aber glücklicherweise wurde er nicht erwähnt.

Doch die Männer waren allesamt Freunde und Mitarbeiter Tedders.

Tedder und eine Gruppe ehemaliger FBI- und CIA-Agenten bildeten die Special Investigations Unit des Weißen Hauses. Sie hatten ein streng gesichertes Büro im Erdgeschoss des Executive Office Buildings gegenüber vom Präsidentensitz. An ihrer Tür klebte ein Zettel mit der Aufschrift »Klempner«. Das war ein Scherz, denn ihr Job bestand darin, undichte Stellen zu schließen.

Cam hatte nicht gewusst, dass sie vorhatten, das Hauptquartier der Demokraten zu verwanzen. Allerdings überraschte es ihn nicht. Tatsächlich war es sogar eine ziemlich gute Idee ...

... wenn diese Armleuchter sich nicht hätten erwischen lassen.

Der Präsident war auf den Bahamas. Morgen wurde er zurückerwartet.

Cam rief im Büro der Klempner an.

Tim Tedder hob ab. »Ja?«

»Was machen Sie gerade?«, fragte Cam.

»Akten vernichten.«

Im Hintergrund war das Jaulen eines Schredders zu hören. Cam nickte. »Gut.«

Er zog sich an und fuhr zum Weißen Haus. Zunächst sah es so aus, als hätte keiner der Einbrecher eine Verbindung zum Präsidenten, und den ganzen Sonntag hindurch glaubte Cam, man könne einen Skandal vermeiden. Dann stellte sich heraus, dass einer der Männer einen Tarnnamen verraten hatte. »Edward Martin« war in Wahrheit James McCord, ein ehemaliger Agent der CIA, der inzwischen für das Wahlkampfkomitee des Präsidenten arbeitete.

»Das war's dann wohl«, seufzte Cam. Er war am Boden zerstört. Das war furchtbar.

In der Montagsausgabe der *Washington Post* schrieben Bob Woodward und Carl Bernstein über McCord.

Doch immer noch hoffte Cam, die Beteiligung des Präsidenten irgendwie verheimlichen zu können.

Dann trat das FBI auf den Plan und ermittelte gegen die fünf Einbrecher. Früher, dachte Cam, hätte J. Edgar Hoover so etwas nie gemacht, doch Hoover war tot. Nixon hatte einen alten Freund als Hoovers Nachfolger eingesetzt, Patrick Gray, doch Gray hatte keine Ahnung vom FBI, und so wusste er auch nicht, wie er es kontrollieren konnte. Mit der Folge, dass das FBI sich wie eine Polizeibehörde verhielt.

Die Einbrecher hatten große Mengen Bargeld dabeigehabt, neue Scheine mit aufeinanderfolgenden Nummern. Das bedeutete, das FBI konnte das Geld zurückverfolgen und würde irgendwann herausfinden, woher es gekommen war.

Cam wusste es bereits. Dieses Geld stammte – wie alles Geld für verdeckte Operationen der Regierung – aus dem Wahlkampffonds des Präsidenten.

Die Ermittlungen mussten sofort aufhören.

*

Als Cam Dewar das Büro von Maria Summers im Justizministerium betrat, überkam sie Angst. Hatte man sie erwischt? Hatte das Weiße Haus irgendwie herausgefunden, dass sie Jasper Murrays Informationsquelle war?

Maria stand am Aktenschrank, und einen Augenblick wurden ihr die Knie so weich, dass sie kaum stehen konnte.

Doch Cam war freundlich, und Maria beruhigte sich wieder. Er lächelte, setzte sich und betrachtete sie auf eine Art, die erkennen ließ, dass er sie attraktiv fand.

Träum weiter, Weißbrot, dachte Maria verächtlich. Aber was wollte der Kerl?

Maria setzte sich an ihren Tisch, nahm die Brille ab und lächelte ihn an. »Na, Mr. Dewar?«, sagte sie. »Wie ist es mit dieser Telefonabhöraktion gelaufen?«

»Viel haben wir nicht erfahren«, antwortete Cam. »Wir vermuten, dass Murray irgendwo noch ein sicheres Telefon hat.«

Gott sei Dank, dachte Maria. »Schade«, sagte sie.

»Trotzdem wissen wir Ihre Hilfe sehr zu schätzen.«

»Sie sind sehr freundlich. Kann ich sonst noch etwas für Sie tun?«

»Ja. Der Präsident möchte, dass der Generalstaatsanwalt dem FBI befiehlt, die Ermittlungen in Sachen Einbruch einzustellen.«

Maria versuchte, ihr Erschrecken zu verbergen. Also steckte das Weiße Haus dahinter! Sie war erstaunt. Andererseits wäre außer Nixon wohl kein Präsident so arrogant und dumm gewesen.

Wieder würde sie am meisten herausfinden, wenn sie so tat, als würde sie diese Leute unterstützen. »Okay«, sagte sie. »Denken wir mal darüber nach. Kleindienst ist nicht Mitchell, wissen Sie?« John Mitchell war als Generalstaatsanwalt zurückgetreten, um das Komitee zur Wiederwahl des Präsidenten zu leiten. Sein Nachfolger, Richard Kleindienst, war zwar auch ein enger Freund Nixons, aber bei Weitem nicht so fügsam. »Kleindienst wird einen Grund dafür hören wollen«, sagte Maria.

»Den können wir ihm geben. Die Ermittlungen des FBI tangieren vertrauliche Fragen der Außenpolitik, besonders was die Rolle der CIA in der Schweinebucht betrifft.«

Das ist typisch für Tricky Dick Nixon, dachte Maria angewidert. Alle taten immer so, als würden sie die amerikanischen Interessen in der Welt schützen, während sie in Wahrheit nur dem Präsidenten den Arsch retten wollten. »Dann ist es also eine Frage der nationalen Sicherheit.«

»Genau.«

»Gut. Das rechtfertigt einen Abzug des FBI.« Aber so leicht wollte es Maria dem Weißen Haus dann doch nicht machen. »Allerdings wird Kleindienst auch konkrete Sicherheiten wünschen.«

»Die können wir ihm geben. Die CIA ist bereit, einen förmlichen Antrag zu stellen. Walters wird das für uns erledigen.« General Vernon Walters war der stellvertretende Direktor der CIA.

»Mit einem solchen Antrag dürfte es kein Problem mehr sein, dem Präsidenten zu geben, was er will.«

»Danke, Maria.« Cam stand auf. »Sie waren uns wieder einmal eine große Hilfe.«

»Gern geschehen, Mr. Dewar.«

Cam verließ das Büro.

Maria starrte nachdenklich auf den Stuhl, auf dem er gesessen hatte. Der Präsident musste entweder von diesem Einbruch gewusst und ein

Auge zugedrückt haben – oder er hatte ihn sogar befohlen. Das war der einzige Grund, weshalb Cam Dewar sich so viel Mühe gab, alles zu vertuschen. Denn hätte irgendjemand in der Regierung diesen Einbruch gegen Nixons ausdrücklichen Willen befohlen, hätte man ihn längst beim Namen genannt und gefeuert. Nixon hatte noch nie ein Problem damit gehabt, Leute loszuwerden, die ihm lästig wurden. Der Einzige, den er wirklich schützte, war er selbst.

Sollte Maria ihn damit durchkommen lassen?

Nie im Leben.

Sie griff zum Telefon. »Verbinden Sie mich bitte mit der Kanzlei Fawcett Renshaw.«

KAPITEL 49

Dave Williams war nervös. Fast fünf Jahre lag es zurück, seit Plum Nellie zum letzten Mal live vor Publikum gespielt hatte. Jetzt mussten sie im Candlestick Park in San Francisco sechzigtausend Fans gegenübertreten.

In einem Studio zu spielen war nicht das Gleiche, natürlich nicht. Die Bandmaschine verzieh Fehler; wenn man eine falsche Note anschlug, den Text vergaß oder die Stimme kiekste, konnte man einfach löschen und neu anfangen. Alles, was heute Abend falsch lief, wurde im ganzen Stadion gehört und konnte nicht korrigiert werden.

Mach dich nicht verrückt, ermahnte sich Dave. Das ist albern. Du bist schon Hunderte Male live aufgetreten.

Er erinnerte sich, wie er mit den Guardsmen in den Pubs des Londoner East Ends gespielt hatte, als er nur eine Handvoll Akkorde beherrschte. Im Rückblick staunte er über seine jugendliche Unverfrorenheit. Er dachte an den Abend im Dive in Hamburg, als Geoffrey stockbetrunken das Bewusstsein verloren hatte, Walli auf die Bühne kam und während des gesamten Auftritts die Leadgitarre spielte, ohne je mit der Gruppe geprobt zu haben. Was waren das für unbeschwerte Tage gewesen.

Mittlerweile hatte David neun Jahre Erfahrung, eine längere Zeit, als die gesamte Karriere vieler Popstars anhielt. Trotzdem überkam ihn das große Zittern, als die Fans hereinströmten, Bier, T-Shirts und Hotdogs kauften, ausnahmslos voller Zuversicht, dass Dave ihnen einen tollen Abend bescheren würde.

Eine junge Frau von der Musikfirma, die Nellie Records vertrieb, kam in Davids Garderobenzelt, um zu fragen, ob er irgendetwas brauchte. Sie trug eine Schlaghose und ein bauchfreies Top, das ihre perfekte Figur zeigte.

»Nein danke, Süße«, sagte er. Alle Garderoben hatten eine kleine Bar mit Bier und härterem Alkohol, Limonaden, Eis und einer Stange Zigaretten.

»Wenn du etwas brauchst, um dich zu entspannen, Dave, ich habe was«, sagte sie.

Er schüttelte den Kopf. Drogen wollte er jetzt nicht nehmen. Vielleicht rauchte er hinterher einen Joint.

Sie ließ sich nicht abwimmeln. »Oder ich kann, du weißt schon ...«

Sie bot ihm Sex an. Das Mädchen war so hübsch, wie eine schlanke Blondine aus Kalifornien nur sein konnte, und das war *sehr* übsch, aber Dave war nicht in Stimmung. Er war nicht mehr in Stimmung gewesen, seit er Beep das letzte Mal gesehen hatte.

»Vielleicht nach dem Auftritt«, sagte er. Wenn ich betrunken genug bin, fügte er in Gedanken hinzu. »Danke für das Angebot, aber im Moment möchte ich einfach nur in Ruhe gelassen werden.«

Sie war nicht beleidigt. »Schon okay. Sag Bescheid, wenn du es dir anders überlegst!«, rief sie fröhlich und ging hinaus.

Der Gig heute Abend sollte Spenden für George McGovern einbringen. Mit seiner Wahlkampagne war es ihm gelungen, Massen von jungen Leuten zurück in die Politik zu locken. In Europa hätte er als Mann der politischen Mitte gegolten, in den USA betrachtete man ihn als Linken. McGoverns herbe Kritik am Vietnamkrieg erfreute die Liberalen, und wegen seiner Kampfeinsätze im Zweiten Weltkrieg war er glaubwürdig und konnte aus eigener Erfahrung sprechen.

Daves Schwester Evie kam zu ihm, um ihm Glück zu wünschen. Sie war so gekleidet, dass sie keine Aufmerksamkeit erregte: Das Haar hatte sie unter einer Tweedmütze hochgesteckt, und sie trug eine Sonnenbrille und eine Motorradjacke.

»Ich kehre nach England zurück«, sagte sie.

Dave war überrascht. »Ich weiß, dass du wegen dieses Fotos in Hanoi schlechte Presse hattest, aber ...«

Sie schüttelte den Kopf. »Das ist mehr als schlechte Presse. Ich werde heute so leidenschaftlich gehasst, wie ich vor einem Jahr geliebt wurde. Schon Oscar Wilde hat das Phänomen bemerkt: Es schlägt mit bestürzender Plötzlichkeit vom einen ins andere um.«

»Ich dachte, du überstehst das.«

»Das dachte ich eine Zeitlang auch. Aber seit einem halben Jahr habe ich kein anständiges Angebot mehr erhalten. Ich könnte das beherzte Mädchen in einem Italowestern spielen oder eine Stripperin in einem Improvisationsstück an einem Off-Broadway-Theater, und ich hätte freie Rollenwahl in der Australientournee von *Jesus Christ Superstar*.«

»Das tut mir leid – das wusste ich nicht.«

»Es war nicht gerade spontan.«

»Wie meinst du das?«

»Einige Journalisten haben mir erzählt, sie hätten Anrufe aus dem Weißen Haus erhalten.«

»Das war organisiert?«

»Ich glaube schon. Schließlich war ich eine Prominente, die bei jeder Gelegenheit Nixon angegriffen hat. Da konnte es kaum überraschen, dass er mich niedergemacht hat, als ich so dumm war, ihm eine Gelegenheit zu geben. Es war nicht mal unfair. Ich tue ja mein Bestes, damit er seinen Job verliert.«

»Das ist sehr großherzig von dir.«

»Und am Ende steckt vielleicht nicht mal Nixon selbst dahinter. Von wem wissen wir, dass er im Weißen Haus arbeitet? Na?«

»Du meinst ... Beeps Bruder?« Dave konnte es nicht fassen. »Cam hat dir das angetan?«

»Damals in London stand er auf mich, und ich habe ihn ziemlich rüde abblitzen lassen.«

»Und all die Jahre trägt er dir das nach?«

»Beweisen konnte ich es nie.«

»Dieses Dreckschwein!«

»Also habe ich mein schickes Haus in Hollywood zum Verkauf angeboten, mein Cabrio verscheuert und meine Sammlung moderner Kunst zusammengepackt.«

»Was hast du jetzt vor?«

»Als Erstes gebe ich Lady Macbeth.«

»Wo?«

»Stratford-upon-Avon. Ich trete der Royal Shakespeare Company bei.«

»Eine Tür schließt sich, und eine andere geht auf.«

»Ich bin froh, wieder Shakespeare zu spielen. Es ist zehn Jahre her, seit ich in der Schule die Ophelia gewesen bin.«

»Nackt.«

Evie lächelte wehmütig. »Was war ich für eine kleine Angeberin.«

»Du warst damals schon eine großartige Schauspielerin.«

Sie stand auf. »Ich lasse dich allein, damit du dich fertig machen kannst. Viel Spaß heute Abend, kleiner Bruder. Ich bin im Publikum und schwofe.«

»Wann brichst du nach England auf?«

»Morgen sitze ich im Flugzeug.«

»Sag mir Bescheid, wenn es mit *Macbeth* losgeht. Ich komme und sehe es mir an.«

»Das wäre schön.«

Dave ging mit Evie davon. Die Bühne war auf einem Gerüst errichtet worden, das man am einen Ende des Spielfelds hochgezogen hatte. Auf einer Rasenfläche hinter der Bühne wimmelte es von Roadies, Tontechnikern, Angestellten der Schallplattenfirma und privilegierten Journalisten. Die Garderoben befanden sich in Zelten, die auf einem mit Seilen abgesperrten Areal standen.

Buzz und Lew waren schon da, doch von Walli war keine Spur zu sehen. Dave konnte nur hoffen, dass Beep ihn rechtzeitig herschaffte. Er fragte sich besorgt, wo sie blieben.

Kurz nachdem Evie gegangen war, kamen Beeps Eltern, Bella und Woody Dewar, in den Backstagebereich. Dave hatte wieder ein gutes Verhältnis zu den beiden. Er beschloss, ihnen nicht zu erzählen, was Evie über Cams Anstrengungen gesagt hatte, die Presse gegen sie aufzuhetzen. Als lebenslange Demokraten störte es sie schon genug, dass ihr Sohn für Nixon arbeitete.

Dave fragte Woody nach seiner Meinung über McGoverns Chancen. »George McGovern hat ein Problem«, sagte Woody. »Um Humbert Humphrey zu schlagen und als demokratischer Kandidat nominiert zu werden, musste er die Macht der alten Parteibarone brechen, der Bürgermeister, Gouverneure und Gewerkschaftsführer.«

Dave hatte das Thema nicht genau verfolgt. »Wie ist ihm das gelungen?«

»Nach dem Fiasko von Chicago 1968 hat die Partei die Regeln neu formuliert, und McGovern saß dem Ausschuss vor.«

»Wieso ist das ein Problem?«

»Weil jetzt die alten Strippenzieher nichts für ihn tun wollen. Einige verabscheuen ihn so sehr, dass sie eine Bewegung gegründet haben, die ›Demokraten für Nixon‹ heißt.«

»Die jungen Leute mögen McGovern.«

»Dann müssen wir hoffen, dass das reicht.«

Endlich kam Beep mit Walli. Das Ehepaar Dewar ging zu Wallis Umkleideraum. Dave zog sein Bühnenoutfit an, einen roten einteiligen Overall, dazu Motorradstiefel. Er begann mit Übungen, um seine Stimme aufzuwärmen. Während er Tonleitern sang, kam Beep herein.

Sie lächelte ihn strahlend an und küsste ihn auf die Wange. Wie immer hellte sie den Raum auf, indem sie einfach nur hereinkam; sie hatte diese Gabe. Ich hätte sie nie gehen lassen dürfen, dachte Dave. Was bin ich für ein Idiot.

»Wie geht es Walli?«, fragte er besorgt.

»Er hat sich einen Schuss gesetzt, gerade eben genug, um den Gig zu überstehen. Er kann spielen.«

»Gott sei Dank.«

Beep trug Hotpants aus Satin und ein paillettenbesetztes Bustier. Sie hatte ein bisschen zugenommen, seit sie mit den Aufnahmen begonnen hatten. Ihre Brust schien größer zu sein; sie hatte sogar einen süßen kleinen Bauch.

Dave bot ihr zu trinken an, und sie bat um ein Coke. »Nimm dir eine Zigarette«, sagte er.

»Ich hab aufgehört.«

»Ah, deshalb hast du zugenommen!«

»Nein, nicht deshalb.«

»Das war nicht abwertend gemeint. Du siehst fabelhaft aus.«

»Ich verlasse Walli.«

»Was?«, fragte Dave geschockt, wandte sich von der Bar ab und starrte sie an. »Wow. Weiß er das schon?«

»Ich sage es ihm heute nach dem Auftritt.«

»Okay. Aber was ist damit, was du *mir* gesagt hast ... dass du weniger selbstsüchtig sein willst, und dass du Walli das Leben retten willst?«

»Ich habe ein wichtigeres Leben zu retten.«

»Dein eigenes?«

»Das meines Babys.«

»Himmel!« Dave setzte sich. »Du bist schwanger.«

»Im dritten Monat.«

»Deshalb hast du zugenommen.«

»Und wenn ich rauche, muss ich kotzen. Ich nehme nicht mal mehr Pot.«

Der Lautsprecher im Umkleidezelt knisterte, und eine Stimme sagte: »An alle, noch fünf Minuten, dann geht's los. Alle Bühnentechniker auf ihre Posten. Macht hin, Leute.«

Dave fragte: »Wenn du schwanger bist, wieso verlässt du Walli dann?«

»Weil ich in diesem Milieu kein Kind großziehen werde. Mich zu opfern ist meine Sache, aber so was einem Kind zuzumuten, das geht gar nicht. Das Kind soll ein normales Leben haben.«

»Wohin willst du gehen?«

»Ich ziehe wieder bei meinen Eltern ein.« Verwundert über sich selbst, schüttelte sie den Kopf. »Es ist unfassbar. Zehn Jahre lang habe ich getan, was ich nur konnte, um sie auf die Palme zu bringen, aber kaum brauche ich ihre Hilfe, sagen sie einfach Ja. Total unfassbar.«

Der Lautsprecher verkündete: »Noch eine Minute. Die Band wird freundlich gebeten, sich auf die Bühnenseiten zu begeben, wenn ihr so weit seid.«

Dave kam ein Gedanke. »Drei Monate ...«

»Ich weiß nicht, von wem das Baby ist«, sagte Beep. »Es ist passiert, als ihr das Album aufgenommen habt. Ich hatte zwar die Pille genommen, aber manchmal habe ich sie vergessen, besonders, wenn ich stoned war.«

»Aber du hast mir gesagt, Walli und du hättet nur selten Sex gehabt.«

»Selten heißt nicht nie. Ich würde sagen, es besteht eine zehnprozentige Wahrscheinlichkeit, dass das Baby von Walli ist.«

»Also ist es zu neunzig Prozent von mir.«

Lew schaute in Daves Zelt. »Wir müssen!«, rief er.

»Ich komme«, sagte Dave.

Kaum war Lew verschwunden, wandte er sich wieder Beep zu. »Zieh zu mir.«

Sie starrte ihn an. »Ist das dein Ernst?«

»Ja.«

»Auch wenn es nicht dein Baby ist?«

»Ich bin mir sicher, ich liebe dein Baby. Ich liebe dich. Teufel, ich liebe sogar Walli – wie einen Bruder. Leb mit mir zusammen, bitte.«

»O Gott«, sagte sie und brach in Tränen aus. »Ich hatte so sehr gehofft, dass du das sagst.«

»Heißt das, die Sache geht klar?«

»Aber ja! Ich hab mich so sehr danach gesehnt.«

Es kam Dave vor, als wäre soeben an einem klaren Tag die Sonne aufgegangen. »Dann machen wir es so«, sagte er.

»Was ist mit Walli? Ich möchte nicht, dass er stirbt.«

»Da habe ich eine Idee«, sagte Dave. »Ich erkläre es dir nach der Show.«

»Geh auf die Bühne, sie warten auf dich.«

»Ja.« Er küsste sie sanft auf den Mund. Sie legte die Arme um ihn und drückte ihn ganz fest.

»Ich liebe dich«, sagte Dave.

»Ich liebe dich auch. Ich war verrückt, dich gehen zu lassen.«

»Mach's einfach nicht wieder.«

»Niemals.«

Dave ging hinaus. Er rannte übers Gras und die Stufen hinauf zur Band, die an den Bühnenseiten wartete. Dann traf ihn ein Gedanke. »Ich hab was vergessen«, sagte er.

Verärgert fragte Buzz: »Was denn? Die Gitarren sind doch schon oben.«

Dave gab keine Antwort. Er rannte zurück zu seinem Zelt. Beep war noch da. Sie saß da und wischte sich die Augen.

»Heiraten wir?«, fragte Dave.

»Okay.«

»Gut.«

Er rannte zurück zum Gerüst.

»Alles okay?«, fragte er.

»Alles okay«, sagte Buzz.

Dave führte die Band auf die Bühne.

*

Klaus Krohn bat Rebecca, nach der Bürgerschaftssitzung mit ihm einen trinken zu gehen.

Sie war überrascht. Inzwischen war es vier Jahre her, seit sie ihre Affäre beendet hatten, und Rebecca wusste, dass Klaus seit zwölf Monaten mit einer attraktiven Gewerkschafterin ausging. Inzwischen war er ein mächtiger Mann in der FDP, der auch Rebecca angehörte. Klaus und seine Freundin passten gut zueinander. Tatsächlich hatte Rebecca schon gehört, dass sie bald heiraten würden. Deshalb schaute sie ihn entmutigend an.

»Aber nicht an die Alster«, fügte Klaus rasch hinzu, der ihren Blick richtig deutete. »Irgendwo anders, wo es nicht ganz so verfänglich ist.«

»Gut«, sagte Rebecca beruhigt.

Sie gingen in eine Kneipe in der Stadt, nicht weit vom Rathaus entfernt. Um der alten Zeiten willen bestellte Rebecca ein Glas Sekt. »Ich will gleich auf den Punkt kommen«, sagte Klaus, kaum dass sie ihre Getränke hatten. »Wir wollen dich für die Bundestagswahl aufstellen.«

»Oh!« Rebecca war ehrlich erstaunt. »Es hätte mich weniger überrascht, wenn du mich angebaggert hättest.«

Er lächelte. »Das sollte dich nicht überraschen. Du bist intelligent und attraktiv. Du kannst gut reden, und die Leute mögen dich. Hier in Hamburg wirst du von allen Parteien respektiert. Außerdem hast du fast zehn Jahre Erfahrung in der Politik.«

»Aber es kommt sehr plötzlich.«

»Neuwahlen kommen immer plötzlich.«

Bundeskanzler Willy Brandt hatte in acht Wochen Neuwahlen angesetzt. Wenn Rebecca zustimmte, würde sie noch vor Weihnachten im Bundestag sitzen.

Nachdem sie ihre Überraschung überwunden hatte, gefiel ihr der Gedanke immer besser. Rebeccas größtes Ziel war die Wiedervereinigung Deutschlands, damit sie und zahllose andere Menschen ihre Familien wiedersehen konnten. Aber dieses Ziel würde sie in der Lokalpolitik nie erreichen. Im Bundestag aber konnte sie daran arbeiten.

Ihre Partei, die FDP, bildete eine Regierungskoalition mit Willy Brandts SPD. Rebecca befürwortete Brandts Ostpolitik, den Versuch, trotz der Mauer die Verbindung zum Osten zu verstärken und zu verbessern. Sie hielt das für den besten Weg, ebendiese Mauer eines Tages vielleicht zum Einsturz zu bringen.

»Aber ich muss erst mit meinem Mann sprechen«, sagte sie.

»Ich wusste, dass du das sagst«, erwiderte Klaus. »Das sagen Frauen immer.«

»Wenn ich in den Bundestag einziehe, müsste ich ihn oft allein lassen.«

»Das ist bei allen Bundestagsabgeordneten so.«

»Aber bei meinem Mann ist es etwas Besonderes.«

»Ich weiß.«

»Ich werde noch heute Abend mit ihm sprechen.« Rebecca stand auf. Klaus erhob sich ebenfalls. »Da wäre noch was, etwas Persönliches ...«

»Und was?«

»Wir kennen einander ziemlich gut.«

»Ja ...«

»Du solltest den Job übernehmen. Das ist deine Bestimmung.« Klaus war vollkommen ernst. »Du bist für die Bundespolitik geboren. Alles andere wäre eine Verschwendung deiner Talente. Eine üble Verschwendung.«

Seine Ernsthaftigkeit überraschte Rebecca. »Danke«, sagte sie.

Als sie nach Hause fuhr, war sie aufgeregt und zugleich wie benommen. Plötzlich hatte sich eine neue Zukunft für sie eröffnet. Sie hatte schon oft darüber nachgedacht, in die Bundespolitik zu gehen, aber Angst gehabt, es sei zu schwer für sie, besonders für eine Frau mit einem behinderten Ehemann. Doch jetzt stand dieser Traum kurz vor seiner Erfüllung.

Andererseits – was würde Bernd dann tun?

Rebecca parkte den Wagen und ging in ihre Wohnung. Bernd saß in seinem Rollstuhl am Küchentisch und korrigierte Aufsätze. Er trug nur einen Bademantel, eines der wenigen Kleidungsstücke, die er sich problemlos allein anziehen konnte. Bei Hosen fiel es ihm besonders schwer.

Rebecca erzählte ihm von Klaus' Angebot. »Bevor du jetzt was sagst, lass mich etwas hinzufügen«, bat sie. »Wenn du nicht willst, dass ich das mache, dann lass ich's. Keine Diskussion, keine Reue, keine Schuldzuweisungen. Wir sind Partner. Das bedeutet, dass keiner von uns das Recht hat, unser Leben einseitig zu verändern.«

»In Ordnung«, sagte Bernd. »Aber lass uns lieber die Einzelheiten besprechen.«

»Der Bundestag tagt von Montag bis Freitag für etwa zwanzig Wochen im Jahr, und es besteht Anwesenheitspflicht.«

»Dann wärst du in einem durchschnittlichen Jahr also gut achtzig Tage von zu Hause weg. Damit komme ich klar. Wir müssen uns nur eine Krankenschwester besorgen, die sich morgens um mich kümmert.«

»Es macht dir wirklich nichts aus?«

»Natürlich nicht. Außerdem sind die Nächte, die du daheim verbringst, dann umso schöner.«

»Du bist wunderbar, Bernd.«

»Du musst das tun, Rebecca. Es ist deine Bestimmung.«

Rebecca lachte. »Das hat auch Klaus gesagt.«

»Das überrascht mich nicht.«

Ihr Mann und ihr ehemaliger Liebhaber glaubten beide, dass sie in die Bundespolitik gehen sollte, und wenn sie ehrlich zu sich selbst war: Rebecca glaubte das auch. Und sie würde es schaffen, auch wenn es eine gewaltige Herausforderung war, denn in der Bundespolitik ging es wesentlich härter zu als in dem kleinen Hamburg. Vor allem die Presse war auf Bundesebene unerbittlich.

Mutter wäre sehr stolz, überlegte Rebecca. Carla wäre eine gute Politikerin geworden, aber dann waren ihr die Kommunisten in die Quere gekommen. Nun war es an ihrer Tochter, diesen Traum zu erfüllen.

Sie sprachen noch an drei Abenden darüber.

Am vierten Abend traf Dave Williams ein.

Sie hatten ihn nicht erwartet, und Rebecca war erstaunt, als er plötzlich vor der Tür stand. Er trug einen braunen Mantel und hatte einen kleinen Koffer in der Hand, an dem ein Flughafenschild baumelte.

»Du hättest doch anrufen können«, sagte Rebecca auf Englisch.

»Ich habe eure Nummer verloren«, erwiderte Dave auf Deutsch.

Rebecca küsste ihn auf die Wange. »Egal, es ist eine wunderbare Überraschung!« Sie hatte Dave schon gemocht, als Plum Nellie noch auf der Reeperbahn gespielt hatte und die Jungs einmal die Woche zum Essen zu ihr gekommen waren. Dave war gut für Wallis Entwicklung gewesen, dessen musikalisches Talent in ihrer Partnerschaft erst richtig aufgeblüht war.

Dave kam in die Küche, stellte seinen Koffer ab und schüttelte Bernd die Hand. »Kommst du aus London?«, fragte Bernd.

»San Francisco. Ich bin seit vierundzwanzig Stunden unterwegs.« Sie unterhielten sich in ihrer typischen Mischung aus Deutsch und Englisch.

Rebecca setzte Kaffee auf. Nachdem sie ihre Überraschung überwunden hatte, kam ihr der Gedanke, dass Dave womöglich einen besonderen Grund für seinen Besuch hatte, und sie wurde nervös. Dave erzählte Bernd gerade von seinem Tonstudio, doch Rebecca unterbrach ihn. »Warum hast du die weite Reise gemacht, Dave? Stimmt etwas nicht?«

»Könnte man so sagen.« Dave seufzte. »Es geht um Walli.«

Rebeccas Herz setzte einen Schlag aus. »Was ist passiert? Er ist doch nicht ...«

»Nein, nein. Aber er ist heroinsüchtig.«

»O Gott.« Rebecca ließ sich auf einen Stuhl sinken. »Oh nein.« Sie vergrub das Gesicht in den Händen.

»Und da ist noch mehr«, fuhr Dave fort. »Beep wird ihn verlassen. Sie ist schwanger, und sie will kein Kind in der Drogenszene großziehen.«

Rebecca war den Tränen nahe. »Mein armer kleiner Bruder ...«

»Was hat Beep denn vor?«, fragte Bernd.

»Sie zieht mit mir auf die Daisy Farm.«

»Oh.« Rebecca sah, dass Dave verlegen den Blick senkte. Wahrscheinlich hatte er seine Beziehung mit Beep wiederaufgenommen, was eine weitere Katastrophe für Walli war. »Wie können wir Walli helfen?«

»Das Wichtigste ist erst einmal, dass er mit dem Heroin aufhört.«

»Glaubst du, er schafft das?«

»Mit der richtigen Hilfe, ja. In den Staaten und auch hier in Europa gibt es Entzugsprogramme, wo man Therapien mit chemischen Ersatzstoffen kombiniert, für gewöhnlich Methadon. Aber Walli lebt in Haight-Ashbury. Da gibt es an jeder Ecke einen Dealer, und selbst wenn er nicht vor die Tür geht, klopft irgendwann einer bei ihm an. In so einer Umgebung ist ein Entzug unmöglich.«

»Also muss er umziehen.«

»Ja, und zwar am besten hierher.«

»O Gott.«

»Ich glaube, wenn er bei euch wohnt, hat er eine Chance, die Sucht zu besiegen.«

Rebecca schaute zu Bernd.

»Du hast einen Job und machst Karriere in der Politik«, sagte Bernd zu ihr. »Ich mag Walli, vor allem, weil du ihn liebst. Aber ich möchte nicht, dass du dein Leben für ihn opferst.«

»Es wäre ja nicht für immer«, warf Dave rasch ein. »Wenn ihr es schafft, dass er ein Jahr clean bleibt ...«

Rebecca schaute Bernd noch immer an. »Ich werde mein Leben nicht opfern, aber meine Bestimmung wird vielleicht ein Jahr warten müssen.«

»Wenn du das Bundestagsmandat jetzt ablehnst, bekommst du vielleicht nie mehr ein solches Angebot.«

»Ich weiß.«

»Sag mal, Rebecca«, warf Dave ein, »würdest du mit mir nach San Francisco fliegen und Walli überreden, dass er hierherzieht?«

»Wann?«

»Morgen. Ich habe die Tickets schon gebucht.«

»Morgen schon?« Aber sie wusste, dass sie gar keine Wahl hatte. Wallis Leben stand auf dem Spiel. Trotzdem trauerte sie der aufregenden Zukunft hinterher, die sich ihr für so kurze Zeit eröffnet hatte.

»Was war das eigentlich gerade von wegen Bundestag?«, fragte Dave.

»Nichts«, antwortete Rebecca. »Das war nur so ein Gedanke. Natürlich fliege ich mit dir nach San Francisco.«

»Morgen?«

»Ja.« Rebecca stand auf. »Ich werde sofort packen.«

KAPITEL 50

Jasper Murray war deprimiert. Präsident Nixon – Lügner, Betrüger und Gauner – war mit großer Mehrheit wiedergewählt worden; in neunundvierzig Staaten hatte er gesiegt. George McGovern, einer der erfolglosesten Präsidentschaftskandidaten in der Geschichte der USA, hatte nur Massachusetts und den District of Columbia errungen.

Als wäre das nicht schlimm genug, blieb Nixon weiterhin beliebt, während neue Enthüllungen über Watergate die liberalen Intellektuellen empörten. Fünf Monate nach der Wahl, im April 1973, lag die Zustimmungsrate für Nixon bei 60 zu 33.

»Was müssen wir denn *noch* alles tun?«, fragte der verzweifelte Jasper jeden, der ihm zuhörte. Die Presse, angeführt von der *Washington Post*, enthüllte ein Vergehen des Präsidenten nach dem anderen, während Nixon alle Hände voll zu tun hatte, seine Verwicklung in einen Einbruch zu vertuschen. Einer der Watergate-Einbrecher hatte einen Brief geschrieben, den der Richter während des Prozesses vorlas und in dem der Vorwurf erhoben wurde, die Angeklagten wären unter politischen Druck gesetzt worden, auf schuldig zu plädieren und zu schweigen. Wenn das der Wahrheit entsprach, versuchte der Präsident, das Recht zu beugen. Doch die Wähler schien das nicht zu stören.

Jasper war im Konferenzraum des Weißen Hauses, als sich am Dienstag, dem 17. April, das Blatt wendete.

An einer Seite des Raumes befand sich eine leicht erhöhte Bühne. Ein Rednerpult stand vor einem Vorhang, der in einem fernsehfreundlichen Blaugrau gehalten war. Hier gab es nie genug Stühle, und so saßen einige Reporter auf dem hellbraunen Teppich, während Fotografen und Kameraleute um die besten Plätze rangelten.

Das Weiße Haus hatte angekündigt, dass der Präsident eine kurze Erklärung abgeben, aber keine Fragen beantworten werde. Die Reporter hatten sich um drei Uhr nachmittags versammelt. Nun war halb vier durch, und nichts war geschehen.

Nixon erschien um sechzehn Uhr zweiundvierzig. Jasper fiel auf, dass seine Hände zu zittern schienen. Der Präsident gab das Ergebnis einer Auseinandersetzung zwischen dem Weißen Haus und Sam Ervin bekannt, dem Vorsitzenden des Senatsausschusses, der Watergate untersuchte. Angestellten des Weißen Hauses war es nun gestattet, vor dem Ervin-Ausschuss auszusagen, auch wenn sie sich bei jeder Frage auf ein Auskunftsverweigerungsrecht zurückziehen könnten. Ein großes Entgegenkommen war das nicht; ein unschuldiger Präsident hätte es allerdings gar nicht erst zu solch einer Auseinandersetzung kommen lassen.

Nixon sagte soeben: »Keiner Person, die in der Vergangenheit oder Gegenwart innerhalb der Regierung eine Position großer Bedeutung innegehabt hat, sollte Immunität vor der Strafverfolgung gewährt werden.«

Jasper runzelte die Stirn. Was bedeutete das? Jemand musste Immunität verlangt haben – jemand, der Nixon nahestand. Jetzt wies der Präsident dies öffentlich zurück. Mit anderen Worten: Er warf jemanden den Wölfen zum Fraß vor. Aber wen?

»Ich verurteile jeden Versuch der Vertuschung, egal, wer darin verwickelt ist«, sagte Nixon, obwohl er persönlich versucht hatte, darauf einzuwirken, dass die Ermittlungen des FBI eingestellt wurden. Er nickte den Pressevertretern zu und verließ den Raum.

Pressesprecher Ron Ziegler stieg unter einem Sturm von Fragen auf das Podium. Jasper jedoch schwieg. Er war gebannt von der Verweigerung der Immunitätsgewährung.

Ziegler sagte, die Erklärung, die der Präsident gerade abgegeben habe, sei die »aktuelle« Stellungnahme. Jasper erkannte es augenblicklich als Ausflucht, absichtlich vage und zu dem Zweck, die Wahrheit zu verschleiern, anstatt sie klar herauszustellen. Die anderen Journalisten im Raum begriffen es ebenso.

Johnny Apple von der *New York Times* stellte die Frage: »Und das bedeutet? Sind damit alle bisherigen Stellungnahmen *nicht mehr* aktuell?«

»So ist es«, sagte Ziegler.

Die Presseleute reagierten wütend, denn es bedeutete, dass auch sie belogen worden waren. Seit Jahren hatten sie pflichttreu Nixons Erklärungen verbreitet und ihnen die Glaubwürdigkeit verliehen, die dem Regierungschef einer Nation zustand. Man hatte sie zum Narren gehalten.

Sie würden Nixon nie wieder trauen.

Jasper kehrte zurück ins Büro von *This Day*. Er fragte sich noch immer, wer das eigentliche Ziel von Nixons Immunitätsverweigerung gewesen war.

Die Antwort bekam er zwei Tage später. Er nahm den Hörer ab, als das Telefon klingelte, und hörte eine Frau, die mit bebender Stimme erklärte, sie sei die Sekretärin von John Dean, dem Rechtsberater im Weißen Haus; sie rufe die leitenden Reporter in Washington an, um eine Erklärung ihres Chefs zu verlesen.

Das allein schon war bizarr. Wenn der Rechtsberater des Präsidenten der Presse etwas mitteilen wollte, hätte es über Ron Ziegler erfolgen müssen. Offenkundig gab es hier ein Zerwürfnis.

»Einige hoffen oder glauben vielleicht««, las die Sekretärin vor, »»dass ich mich im Watergate-Fall zum Sündenbock machen lasse. Wer das annimmt, kennt mich nicht ...‹«

Aha, dachte Jasper, die erste Ratte verlässt das sinkende Schiff.

*

Maria war von Nixon fasziniert. Der Mann war völlig würdelos. Obwohl immer mehr Menschen begriffen, was für ein Halunke er war, trat er nicht zurück, sondern blieb im Weißen Haus, trumpfte auf, verschleierte, drohte und log, log, log, dass sich die Balken bogen.

Ende April kündigten John Ehrlichman und Bob Haldeman gemeinsam. Beide waren enge Mitarbeiter Nixons gewesen. Wegen ihrer deutschen Namen hatten Leute, die sich von ihnen auf Abstand gehalten fühlten, sie die »Berliner Mauer« genannt. Sie hatten die kriminellen Aktivitäten wie Einbruch und Meineid für den Präsidenten organisiert: Konnte jemand wirklich glauben, sie hätten es gegen seinen Willen getan, und ohne dass jemand davon wusste? Allein die Vorstellung war lachhaft.

Am nächsten Tag stimmte der Senat geschlossen dafür, einen Sonderstaatsanwalt zu ernennen, der unabhängig vom ebenfalls mit Vorwürfen überhäuften Justizministerium ermitteln sollte, ob dem Präsidenten Verbrechen zur Last gelegt werden sollten.

Zehn Tage später fiel Nixons Zustimmungsrate auf 44 zu 45 – das erste Mal überhaupt, dass er negativ abschnitt.

Der Sonderstaatsanwalt begann rasch mit der Arbeit. Er stellte ein Team aus Juristen ein. Maria kannte eine davon, eine frühere Mitarbeiterin des Justizministeriums namens Antonia Capel. Antonia wohnte in Georgetown, nicht weit von Marias Apartment entfernt.

Eines Abends schellte Maria bei ihr an. Antonia öffnete die Tür und sah überrascht drein.

»Sag nicht meinen Namen«, sagte Maria.

Antonia stutzte, begriff dann aber schnell. »Okay.«

»Können wir reden?«

»Natürlich. Komm rein.«

»Können wir uns im Café am Ende der Straße treffen?«

Antonia wirkte beunruhigt, antwortete aber: »Sicher. Ich bitte meinen Mann, die Kinder zu baden ... sagen wir, in einer Viertelstunde?«

»Prima.«

Als Antonia ins Café kam, fragte sie als Erstes: »Wird unsere Wohnung abgehört?«

»Ich weiß es nicht. Möglich wäre es, jetzt, wo du für den Sonderstaatsanwalt arbeitest.«

»Ach du Schande.«

»Die Sache ist die«, sagte Maria. »Ich arbeite nicht für Dick Nixon. Meine Loyalität gehört dem Justizministerium und dem amerikanischen Volk.«

»Okay ...«

»Ich habe dir im Augenblick nichts Bestimmtes zu sagen, aber ich möchte dich wissen lassen, dass ich dir und dem Sonderstaatsanwalt auf jede erdenkliche Weise helfen werde, wenn ich kann.«

Antonia begriff sofort, dass Maria ihr anbot, innerhalb des Justizministeriums als Spionin für sie tätig zu werden. »Das könnte extrem wichtig sein«, sagte sie. »Aber wie bleiben wir in Kontakt, ohne dass wir auffliegen?«

»Ruf mich von einem Münzfernsprecher an. Nenne nicht deinen Namen. Sag was von einer Tasse Kaffee. Ich treffe dich hier am gleichen Tag. Ist diese Uhrzeit okay?«

»Perfekt.«

»Und wie läuft's?«

»Wir fangen gerade erst an. Wir suchen nach den richtigen Leuten für das Team.«

»Was das angeht, hätte ich einen Vorschlag: George Jakes.«

»Ich glaube, ich kenne ihn. Hilf mir mal auf die Sprünge.«

»Er hat sieben Jahre für Bobby Kennedy gearbeitet, zuerst im Justizministerium, als Bobby Justizminister war, danach im Senat. Nach Bobbys Ermordung ist er zu Fawcett Renshaw gewechselt.«

»Hört sich perfekt an. Ich rufe ihn an.«

Maria stand auf. »Lass uns getrennt gehen. Das verringert die Gefahr, dass wir zusammen beobachtet werden.«

»Schrecklich, dass wir so klammheimlich vorgehen müssen, obwohl wir das Richtige tun, nicht wahr?«

»Kann man wohl sagen.«

»Danke, dass du zu mir gekommen bist, Maria.«

»Sag deinem Chef nicht meinen Namen. Wir sehen uns.«

*

Cameron Dewar hatte einen Fernseher in seinem Büro. Wenn die Anhörungen des von Senator Sam Ervin geleiteten Watergate-Komitees live übertragen wurden, saß er jedes Mal vor dem Gerät, wie so ziemlich jeder in Washington, D.C.

Am Nachmittag des 17. Juli arbeitete Cam gerade an einem Bericht für seinen neuen Vorgesetzten, Al Haig, der Bob Haldeman als Stabschef des Weißen Hauses abgelöst hatte. Cam achtete nicht sonderlich auf die Aussage von Alexander Butterfield, der in Nixons erster Amtszeit den Terminkalender des Präsidenten organisiert hatte und jetzt die Bundesluftfahrtbehörde leitete.

Ein Anwalt des Senatsausschusses mit Namen Fred Thompson befragte Butterfield. »Hatten Sie Kenntnis von der Installation von Abhöreinrichtungen im Oval Office?«

Cam hob den Blick. Das kam unerwartet. Wanzen im Oval Office? Unmöglich!

Butterfield zögerte. Schweigen senkte sich über den Raum.

Cam flüsterte: »Um Himmels willen.«

Schließlich sagte Butterfield: »Ich hatte Kenntnis davon, ja.«

Cam sprang auf. »Scheiße, nein!«

Im Fernsehen fragte Thompson: »Wann wurden die Geräte im Oval Office installiert?«

Butterfield zögerte erneut, seufzte, schluckte und sagte dann: »Das muss im Sommer '69 gewesen sein.«

»Verflucht!«, rief Cam ins leere Zimmer. »Wie konnte das passieren? Wie konnte Nixon nur so blöd sein?«

»Bitte, erklären Sie uns, wie diese Geräte funktioniert haben«, forderte Thompson den Zeugen auf. »Wie wurden sie aktiviert?«

»Halt dein Maul!«, kreischte Cam. »Halt dein verdammtes Maul!«

Butterfield erklärte das System lang und breit und verriet schließlich, dass es schallgesteuert war.

Cam ließ sich auf den Stuhl fallen. Das war eine Katastrophe. Nixon hatte insgeheim alles aufgenommen, was im Oval Office geredet worden war. Er hatte über die Einbrüche geredet, über Bestechung und Erpressungen, und die ganze Zeit hatte er gewusst, dass diese belastenden Aussagen aufgenommen wurden. »Dumm, dumm, dumm!«, sagte Cam laut vor sich hin.

Er konnte sich denken, was als Nächstes geschehen würde. Sowohl der Senatsausschuss als auch der Sonderermittler würden die Herausgabe der Aufnahmen verlangen; mit ziemlicher Sicherheit würden sie den Präsidenten dazu zwingen können. Schließlich handelte es sich um entscheidende Beweise. Und dann würde die ganze Welt die Wahrheit erfahren.

Aber vielleicht würde es Nixon ja gelingen, die Bänder für sich zu behalten oder gar zu zerstören. Obwohl ... das wäre fast genauso schlimm. Denn wäre er unschuldig, würden die Bänder ihn entlasten. Warum sollte er sie dann zurückhalten? Sie zu vernichten, war so gut wie ein Schuldeingeständnis ... ganz davon abgesehen, dass die Vernichtung von Beweismitteln an sich schon ein Verbrechen war.

Nixons Präsidentschaft war Geschichte.

Trotzdem würde er sich ans Amt klammern. Cam kannte Nixon inzwischen gut genug. Dieser Mann wusste nie, wann er verloren hatte. Das war schon immer so gewesen. Sicher, einst waren seine Sturheit, sein verbissener Glaube an sich selbst seine größten Stärken gewesen, aber jetzt würde man ihn Woche für Woche demütigen, bis er irgendwann aufgab.

Aber dabei würde Cam nicht mitmachen.

Er griff nach dem Telefon und rief Tim Tedder an. Eine Stunde später trafen sie sich im Electric Diner, einem altmodischen Schnellimbiss.

»Haben Sie keine Angst, mit mir gesehen zu werden?«, fragte Tedder.

»Das ist jetzt auch egal«, erwiderte Cam. »Ich werde das Weiße Haus verlassen.«

»Warum?«

»Haben Sie nicht ferngesehen?«

»Heute noch nicht.«

»Im Oval Office gibt es ein schallgesteuertes Aufnahmesystem. Es hat alles aufgezeichnet, was in den letzten drei Jahren dort gesprochen wurde. Das ist das Ende. Mit Nixon ist es aus und vorbei.«

»Moment mal ... Er hat *sich selbst* abgehört?«

»Ja.«

»Das ist doch irre.«

»Allerdings.«

»Wie konnte er das tun?«

»Er hielt sich wohl für besonders klug. Offenbar hat er uns allesamt verarscht. Mich auf jeden Fall.«

»Und was machen Sie jetzt?«

»Deshalb habe ich Sie angerufen. Ich will einen Neuanfang. Ich will einen neuen Job.«

»Sie wollen für meine Sicherheitsfirma arbeiten? Aber ich bin der einzige Angestellte ...«

»Nein, nein. Hören Sie zu. Ich bin siebenundzwanzig, und ich habe fünf Jahre im Weißen Haus gearbeitet. Außerdem spreche ich Russisch.«

»Also wollen Sie für ...?«

»Für die CIA arbeiten. Ich bin mehr als qualifiziert.«

»Ja, stimmt. Trotzdem werden Sie eine Grundausbildung durchlaufen müssen.«

»Kein Problem. Das ist Teil des Neuanfangs.«

»Dann werde ich gerne ein paar Freunde anrufen und ein gutes Wort für Sie einlegen.«

»Ich danke Ihnen. Und da wäre noch etwas.«

»Und was?«

»Ich will keine große Sache daraus machen, aber ich weiß, wer welche Leichen wo im Keller hat. Im Zusammenhang mit Watergate hat auch die CIA ein paar Regeln gebrochen.«

»Das ist mir klar.«

»Natürlich will ich niemanden erpressen. Sie wissen genau, wem meine Treue gilt. Aber Sie könnten Ihren Freunden gegenüber andeuten, dass ich meinem jetzigen Arbeitgeber selbstverständlich nie etwas sagen würde.«

»Ich verstehe.«

»Und? Was denken Sie?«

»Ich denke, dass Sie ein Siegertyp sind.«

*

George war froh, dem Team des Sonderstaatsanwalts anzugehören. Es kam ihm so vor, als wäre er Teil einer Gruppe, die über die amerikanische Politik bestimmte, so wie damals, als er für Bobby Kennedy gearbeitet hatte. Er wusste nur nicht, wie er danach je wieder Pfennigfuchserfälle bearbeiten sollte wie die, mit denen er bei Fawcett Renshaw betraut gewesen war.

Fünf Monate dauerte es, doch am Ende war Nixon gezwungen, dem

Sonderstaatsanwalt drei unbearbeitete Bänder aus dem Abhörsystem des Oval Office auszuhändigen.

George Jakes war mit dem Rest des Teams im Büro, als sie sich das Band anhörten, das am 23. Juni 1972 aufgenommen worden war, keine Woche nach dem Watergate-Einbruch.

Er erkannte die Stimme Bob Haldemans. »Das FBI ist nicht unter Kontrolle, weil Gray gar nicht weiß, wie man es kontrolliert.«

Die Aufnahme war von mäßiger Qualität und hatte viel Hall, doch Haldemans kultivierter Bariton war klar zu verstehen.

Jemand fragte: »Wieso muss der Präsident das FBI unter Kontrolle haben?«

Eine rhetorische Frage, dachte George. Der einzige Grund bestand darin, das FBI davon abzuhalten, die Gesetzesbrüche des Präsidenten zu untersuchen.

Auf dem Band fuhr Haldeman fort: »Ihre Ermittlungen führen sie mittlerweile in die richtige Richtung, denn sie haben es geschafft, der Spur des Geldes zu folgen.«

George erinnerte sich, dass die Watergate-Einbrecher eine Menge Bargeld in neuen Scheinen mit aufeinanderfolgenden Nummern besessen hatten. Das bedeutete, das FBI konnte früher oder später herausfinden, wer ihnen das Geld gegeben hatte. Jeder wusste mittlerweile, dass dieses Geld von CREEP kam, wie man das Komitee zur Wiederwahl des Präsidenten nun nannte. Eigentlich hieß es »Committee to Re-elect the President« und wurde CRP abgekürzt, doch es war aus naheliegenden Gründen in CREEP umgetauft worden: »Widerling«.

Nixon bestritt immer noch, irgendetwas davon gewusst zu haben. Doch auf den Bändern sprach er sechs Tage nach dem Einbruch darüber!

Auch diesmal war wieder sein schnarrender Bass zu hören: »Die Leute, die Geld gespendet haben, könnten einfach sagen, sie hätten es den Kubanern gegeben.«

Jemand im Raum rief: »Heilige Scheiße!«

Der Sonderstaatsanwalt stoppte das Band.

»Wenn ich mich nicht irre«, sagte George, »schlägt der Präsident vor, seine Spender zu bitten, einen Meineid zu leisten.«

Kopfschüttelnd sagte der Sonderstaatsanwalt: »Ist das zu glauben?«

Er drückte die Taste, und Haldemans Stimme war zu hören: »Wir wollen nicht, dass Sie sich auf zu viele Personen verlassen müssen. Wir machen es so: Wir bitten Vernon Walters, Pat Gray anzurufen und nur zu sagen: ›Halten Sie sich bloß da raus.‹«

Es ähnelte sehr einer Story, die Jasper Murray auf Grundlage eines Tipps von Maria veröffentlicht hatte. General Walters war stellvertretender CIA-Direktor. Der Geheimdienst hatte eine seit Langem bestehende Abmachung mit dem FBI: Wenn eine Untersuchung der einen Behörde geheime Operationen der anderen bloßzustellen drohte, konnte fragliche Untersuchung durch eine einfache Anfrage eingestellt werden. Haldemans Idee schien dahin zu gehen, die CIA zu verleiten, so zu tun, als stellten die Ermittlungen des FBI gegen die Watergate-Einbrecher aus irgendeinem Grund eine Bedrohung der nationalen Sicherheit dar.

Und das wäre eine Rechtsbeugung.

Auf dem Band sagte Präsident Nixon: »Gut, einverstanden.«

Der Staatsanwalt stoppte das Band wieder.

»Haben Sie das gehört?«, fragte George ungläubig. »Er hat gesagt: ›Gut, einverstanden.‹«

Nixon fuhr fort: »Es könnte die Geschichte mit der Schweinebucht auffliegen lassen, was sehr unvorteilhaft wäre für die CIA, das Land und die amerikanische Außenpolitik.«

Offenbar denkt er sich eine Geschichte aus, die die CIA dem FBI als Vorwand auftischen könnte, überlegte George.

»Ja«, war Haldemans Stimme zu hören, »auf dieser Basis machen wir's.«

Der Staatsanwalt sagte fassungslos: »Der Präsident der Vereinigten Staaten sitzt in seinem Büro und leitet seine Berater an, wie man einen Meineid begeht!«

Jeder im Raum war wie gelähmt. Der Präsident war ein Straftäter; den Beweis dafür hielten sie in Händen.

»Der verlogene Hundesohn, wir haben ihn«, sagte George.

Auf dem Band erklärte Nixon: »Ich möchte nicht, dass sie auf die Idee kommen, wir würden das nur deshalb tun, weil wir politische Bedenken haben.«

Haldeman sagte: »Richtig.«

Die Anwälte, die sich um das Tonband geschart hatten, platzten vor Lachen heraus.

*

Maria saß im Justizministerium an ihrem Schreibtisch, als George anrief. »Ich habe gerade von unserem Freund gehört«, sagte er. Sie wusste, dass er Jasper meinte. Er verschwieg den Namen für den Fall, dass die Telefone angezapft waren. »Das Pressebüro des Weißen Hauses hat die Fernsehgesellschaften angerufen und Sendezeit für den Präsidenten gebucht. Heute Abend neun Uhr.«

Es war Donnerstag, der 8. August 1974.

Marias Herz schlug schneller. Konnte es endlich vorüber sein? »Vielleicht erklärt er seinen Rücktritt.«

»Vielleicht.«

»Mein Gott, ich hoffe es so sehr.«

»Entweder das, oder er will nur wieder seine Unschuld beteuern.«

»Möchtest du zu mir kommen?«, fragte sie. »Wir sehen es uns gemeinsam an.«

»Ja, okay.«

»Ich mache Abendessen.«

»Nichts zu Schweres.«

»George Jakes, du bist eitel.«

»Mach einen Salat.«

»Sei um halb acht da.«

»Ich bringe den Wein mit.«

In der Mittagshitze des Washingtoner Augusts ging Maria einkaufen. Ihre Arbeit war ihr nicht mehr allzu wichtig. Sie hatte den Glauben an das Justizministerium verloren. Wenn Nixon heute zurücktrat, würde sie sich nach einem anderen Job umsehen. Sie wollte im Staatsdienst bleiben; nur der Staat hatte die nötige Hebelkraft, um die Welt zu verbessern. Aber Maria hatte Verbrechen und die Ausflüchte Krimineller satt. Sie wollte eine Veränderung. Sie überlegte, ob sie es beim Außenministerium versuchen sollte.

Sie kaufte Salat, Nudeln, Parmesan und Oliven. George hatte einen erlesenen Geschmack und wurde umso wählerischer, je mehr er sich dem mittleren Alter näherte, aber er war nicht dick. Auch Maria selbst nicht; aber als dünn konnte man sie auch nicht bezeichnen. Vollschlank traf es am besten. Je näher die Vierzig rückten, desto mehr ähnelte sie ihrer Mutter. Besonders an den Hüften legte sie zu.

Kurz vor fünf verließ Maria das Büro. Vor dem Weißen Haus hatte sich eine Menschenmenge versammelt. Die Leute skandierten: »Jail to the Thief« – »Knast für den Dieb« –, eine Verballhornung des Marsches »Hail to the Chief«, der bei Auftritten des Präsidenten gespielt wurde.

Maria stieg in den Bus nach Georgetown.

Ihr Gehalt war im Lauf der Jahre gestiegen, und sie hatte mehrere Male die Apartments gewechselt und sich im gleichen Stadtteil immer größere Wohnungen gesucht. Beim letzten Umzug hatte sie sich von sämtlichen Fotos getrennt, die sie von Jack Kennedy hatte – bis auf eines.

Ihre jetzige Wohnung war großzügig und sehr gemütlich. Während George immer modernere, kantigere Möbel mit schlichtem Dekor anschaffte, mochte Maria eher die barocke Variante: gemusterte Stoffe, geschwungene Linien und jede Menge Kissen.

Ihre graue Katze Loopy kam ihr wie immer entgegen, um sie zu begrüßen, und rieb ihren Kopf an Marias Bein. Julius, der Kater, war unnahbarer; er würde später auftauchen.

Maria deckte den Tisch, wusch den Salat und rieb den Parmesan. Dann duschte sie und zog sich ein Sommerkleid aus Baumwolle an, türkis, ihre Lieblingsfarbe. Sie überlegte, ob sie Lippenstift auftragen sollte, entschied sich aber dagegen.

Die Abendnachrichten im Fernsehen bestanden vor allem aus Spekulationen. Nixon hatte eine Sitzung mit Vizepräsident Gerald Ford, der morgen vielleicht schon neuer Präsident war. Pressesprecher Ziegler hatte den im Weißen Haus akkreditierten Journalisten angekündigt, der Präsident werde um neun Uhr zur Nation sprechen; dann hatte er den Presseraum verlassen, ohne Fragen zu beantworten, worüber Nixon denn nun reden wollte.

George traf um halb acht ein. Er trug Slacks, Slipper und ein blaues Chambray-Hemd, das am Hals offen war. Maria schwenkte den Salat und gab die Pasta ins kochende Wasser, während George eine Flasche Chianti öffnete.

Die Schlafzimmertür stand offen, und George schaute hinein. »Kein Schrein mehr«, sagte er.

»Ich habe fast alle Fotos weggeworfen.«

Sie setzten sich an den kleinen Esstisch.

Seit dreizehn Jahren waren sie nun Freunde; jeder hatte den anderen im Abgrund der Verzweiflung erlebt. Und beide hatten eine große Liebe verloren: Verena Marquand an die Black Panthers, Präsident Kennedy an den Tod. In verschiedener Hinsicht waren sowohl George als auch Maria verlassen worden. Sie hatten so viel gemeinsam, dass sie sich in der Gegenwart des anderen ganz selbstverständlich geborgen und behaglich fühlten.

»Das Herz ist eine Karte der Welt«, sagte Maria, »wusstest du das?«

»Ich weiß nicht mal, was das bedeutet.«

»Ich habe mal eine mittelalterliche Karte gesehen. Sie zeigte die Erde als Scheibe, mit Jerusalem in der Mitte. Rom war größer als Afrika, und Amerika gab es natürlich noch gar nicht. Das Herz ist so eine Karte. Das Ich ist in der Mitte, und alles andere hat die verschiedensten Größen und Gestalten, die nicht zueinander passen. Du zeichnest die Freunde deiner Jugend groß ein. Später ist es unmöglich, sie zu verkleinern, wenn andere wichtige Menschen auf die Karte müssen, verstehst du? Manch einer, der dir unrecht getan hat, ist zu groß dargestellt, aber auch manch einer, den du geliebt hast.«

»Ja, ich verstehe, aber ...«

»Ich habe meine Fotos von Jack weggeworfen. Trotzdem wird er auf der Karte in meinem Herzen immer zu groß eingezeichnet sein. Das ist alles, was ich damit sagen will.«

Nach dem Essen spülten sie ab, dann setzten sie sich mit dem Rest Wein auf eine große weiche Couch vor dem Fernseher. Die Katzen gingen auf dem Teppich schlafen.

Richard Nixon erschien um neun auf dem Bildschirm.

Bitte, dachte Maria, lass die Peinlichkeit jetzt enden.

Nixon saß im Oval Office, hinter sich einen blauen Vorhang, das Sternenbanner zu seiner Rechten, die Flagge des Präsidenten links. Mit seiner tiefen, rauen Stimme ergriff er augenblicklich das Wort. »Zum siebenunddreißigsten Mal spreche ich zu Ihnen aus diesem Büro, in dem so viele Entscheidungen getroffen wurden, die die Geschichte unserer Nation bestimmt haben.«

Die Kamera fuhr langsam an ihn heran. Der Präsident trug einen blauen Anzug mit Krawatte. »Während der langen und schwierigen Periode von Watergate war ich der Ansicht, dass es meine Pflicht sei, durchzuhalten und jede erdenkliche Anstrengung zu unternehmen, meine Zeit in dem Amt zu vollenden, in das Sie mich gewählt haben. In den letzten Tagen ist mir jedoch zu Bewusstsein gekommen, dass ich nicht mehr über einen ausreichend starken politischen Rückhalt im Kongress verfüge, um eine Fortsetzung dieser Anstrengungen zu rechtfertigen.«

George rief aufgeregt: »Das ist es! Er tritt zurück!«

Maria packte gebannt seinen Arm.

Die Kameras fuhren noch näher heran. »Ich war nie ein Drückeberger«, sagte Nixon.

»Ach du Scheiße«, sagte George, »er kneift, oder?«

»Aber als Präsident muss ich die Interessen der Vereinigten Staaten an die erste Stelle setzen.«

»Nein«, sagte Maria, »er kneift nicht.«

»Aus diesem Grund trete ich morgen um zwölf Uhr mittags von der Präsidentschaft zurück. Zur gleichen Stunde wird Vizepräsident Ford in diesem Büro als mein Nachfolger vereidigt.«

»Jawohl!« George stieß die Faust in die Luft. »Er ist weg! Den sind wir los!«

Maria empfand nicht so sehr Triumph, vielmehr Erleichterung. Sie war wie aus einem Albtraum erwacht. In diesem schrecklichen Traum hatten Verbrecher die höchsten Ämter des Landes inne und ließen sich von nichts und niemandem aufhalten.

Im wirklichen Leben aber waren sie entlarvt, beschämt und aus ihren Ämtern entfernt worden. Maria empfand Erleichterung und erkannte, dass sie in den letzten zwei Jahren nicht mehr das Gefühl gehabt hatte, in den USA sicher leben zu können.

Nixon gestand nichts. Er gab nicht zu, dass er Verbrechen begangen, gelogen und versucht hatte, die Schuld auf andere Menschen abzuwälzen. Stattdessen verwies er auf seine Erfolge: China, Verhandlungen über Rüstungsbegrenzungen, Nahostdiplomatie. Er schloss seine Rede mit einer trotzigen Erklärung seines Stolzes.

»Es ist vorbei«, sagte Maria. »Ich kann es immer noch nicht glauben.«

»Ja. Wir haben gewonnen.« George nahm sie in die Arme.

Und dann, ohne darüber nachzudenken, küssten sie sich.

Es kam ihnen vor wie die natürlichste Sache auf der Welt.

Es war kein plötzlicher Ausbruch der Leidenschaft. Spielerisch erkundeten sie Lippen und Zunge des anderen. Es war, als entdeckten sie ein faszinierendes Gesprächsthema, das sie bis dahin außen vor hatten. Maria ertappte sich, wie sie beim Küssen lächelte: George schmeckte nach Wein.

Ihre innige Umarmung verwandelte sich rasch in Leidenschaft. Marias Verlangen wurde schier überwältigend. Sie keuchte, wand sich, knöpfte mit zitternden Fingern Georges blaues Hemd auf, damit sie seine Brust reiben konnte. Sie hatte beinahe vergessen, wie es war, den muskulösen Körper eines Mannes zu berühren. Sie genoss es, wie seine großen Hände ihre intimsten Stellen liebkosten, denn sie fühlten sich auf wundervolle Weise anders an als ihre kleinen weichen Finger.

Beide sahen nicht, wie die Katzen das Zimmer verließen, als wüssten sie, was sich anbahnte, und wollten sich diskret zurückziehen.

George war überaus zärtlich und ließ sich Zeit. Maria hatte vorher nur einen Mann gehabt, und der war nicht so geduldig gewesen: Er hätte sie längst genommen. Maria war hin und her gerissen zwischen den sanften Berührungen Georges und dem beinahe schmerzlichen Verlangen, ihn in sich zu spüren.

Sie hatte vergessen, wie überwältigend es sich anfühlte, als George sie nahm. Sie hob das Becken, drängte sich ihm entgegen, zog die Knie an, gierig, ihn tiefer in sich zu ziehen. Immer wieder sagte sie keuchend seinen Namen, während George in sie hineinstieß, bis sie den Höhepunkt erreichte und laut aufschrie. Ihre Lust löste sich in heftigen Zuckungen. Im nächsten Moment spürte sie, wie er sich in sie ergoss, was weitere heftige Muskelkontraktionen hervorrief, die langsam verebbten.

Dann lagen sie da, miteinander verschmolzen, und atmeten heftig. Maria konnte George gar nicht genug berühren. Sie drückte ihm eine Hand auf den Rücken, die andere auf die Wange, und betastete ihn, beinahe ängstlich, er könnte nicht real sein, nicht aus Fleisch und Blut, nur ein Traum. Sie küsste sein vom Sport verformtes Ohr. Sein heißer Atem strich ihr über den Hals.

Langsam gingen ihr Puls und ihr Atem wieder normal. Die Welt um sie herum wurde wieder greifbar, wirklich. Der Fernseher lief noch und zeigte Reaktionen auf Nixons Rücktritt. Maria hörte, wie ein Kommentator sagte: »Das war ein sehr bedeutsamer Tag.«

Maria seufzte wohlig. »Kann man wohl sagen.«

*

George war der Meinung, dass der zurückgetretene Präsident ins Gefängnis gehörte. Viele Menschen teilten diese Ansicht. Nixon hatte mehr als genug Gesetzesverstöße begangen, dass eine Gefängnisstrafe gerechtfertigt war. Schließlich waren sie nicht im mittelalterlichen Europa, wo die Könige über Recht und Gesetz standen, sondern in Amerika, und hier unterlagen alle der gleichen Justiz.

Der Rechtsausschuss des Repräsentantenhauses hatte entschieden, dass Nixon eines Amtsvergehens angeklagt werden sollte, und der Kongress hatte die Entscheidung des Ausschusses mit einer bemerkenswerten Mehrheit von 412 zu 3 Stimmen unterstützt. Die Öffentlichkeit forderte die Amtsanklage mit 66 zu 27 Prozent. John Ehrlichman war für seine Beteiligung an der Watergate-Affäre bereits zu zwanzig Monaten Gefängnis verurteilt worden; es wäre ungerecht gewesen, wenn der Mann, von dem er seine Befehle bekommen hatte, einer Bestrafung entging.

Einen Monat nach dem Rücktritt wurde Nixon von Präsident Ford begnadigt.

George war empört, wie der größte Teil der Amerikaner. Fords Pressesprecher kündigte. Die *New York Times* schrieb, die Begnadigung sei »zutiefst unklug, spaltend und ungerecht«, damit habe der neue Präsident seine Glaubwürdigkeit auf einen Schlag zerstört. Man ging davon aus, dass Nixon eine Abmachung mit Gerald Ford getroffen hatte, ehe er ihm die Zügel übergab.

»Ich ertrage das nicht mehr lange«, sagte George in der Küche seiner

Wohnung zu Maria. Er mischte Olivenöl und Rotweinessig in einer Schale zu einer Salatsoße.

»Was meinst du?«, fragte Maria.

»Bei Fawcett Renshaw an einem Schreibtisch zu hocken, während das Land vor die Hunde geht.«

»Und was hast du vor?«

»Ich habe lange darüber nachgedacht. Ich will wieder in die Politik zurück.«

Maria wandte sich ihm zu, und zu seinem Erstaunen entdeckte George Missbilligung in ihrem Gesicht. »Was soll das heißen?«, fragte sie.

»Der Kongressabgeordnete für den Wahlbezirk meiner Mutter geht in zwei Jahren in den Ruhestand. Ich glaube, ich kann für seinen Sitz nominiert werden. Ich weiß es sogar.«

»Also hast du schon mit der Demokratischen Partei dort gesprochen.«

Sie war erkennbar wütend auf ihn, nur wusste George nicht den Grund dafür. »Ja, aber ich habe nur Vorgespräche geführt.«

»Ehe du mit mir gesprochen hast.«

George war verblüfft. Ihre Beziehung bestand erst seit einem Monat. Musste er jetzt schon alles mit Maria absprechen? Beinahe hätte er diese Frage gestellt, doch er verbiss sie sich. »Du hast recht. Ich hätte zuerst mit dir reden sollen.« Er übergoss den Salat mit dem Dressing und durchmengte ihn.

»Schon gut«, sagt Maria. »Du musst an deine Zukunft denken, genau wie ich. Schließlich habe ich mich auch erst vor Kurzem um eine Stelle im Außenministerium beworben.«

»Ja.«

»Du weißt, dass ich ganz nach oben will, nicht wahr?«

»Und jede Wette, dass du es schaffst.«

»Aber nicht mit dir.«

»Wie meinst du das?«

»Ranghohe Beamte im Außenministerium müssen politisch ungebunden sein. Sie müssen mit gleicher Sorgfalt für demokratische und republikanische Abgeordnete arbeiten. Wenn bekannt wird, dass ich mit einem Abgeordneten zusammen bin, werde ich niemals befördert. Immer wird es heißen: ›Maria Summers kann man nicht hundertprozentig trauen, sie schläft mit Congressman Jakes.‹ Man würde annehmen, dass meine Loyalität dir gehört, nicht dem Amt.«

Daran hatte George gar nicht gedacht. »Und was soll ich tun?«

»Wie wichtig ist dir unsere Beziehung?«

George glaubte, ihre herausfordernden Worte kaschierten eine Bitte. »Nun ja«, sagte er, »es ist noch ein bisschen früh, um von Heirat zu sprechen ...«

»Früh?« Sie wurde wütend. »Ich bin achtunddreißig, und du bist erst der zweite Mann in meinem Leben. Hast du gedacht, ich suche einen Liebhaber?«

»Nein.« George überlegte. »Ich wollte damit sagen, ich gehe davon aus, dass wir Kinder bekommen, wenn wir heiraten, und dass du zu Hause bleibst und dich um sie kümmerst.«

Ihr Gesicht lief dunkel an. »Ach, davon gehst du aus? Erwartest du, dass ich meine Karriere aufgebe?«

»Das tun die meisten Frauen, wenn sie heiraten.«

»Den Teufel tun sie! Wach auf, George. Ich weiß, dass deine Mutter sich mit sechzehn ausschließlich dem Ziel gewidmet hat, sich um dich zu kümmern, aber du bist 1936 geboren, du meine Güte. Jetzt leben wir in den Siebzigern. Der Beruf ist für eine Frau kein Zeitvertreib, bis ein Mann sich herablässt, sie zu seiner Haussklavin zu machen.«

George seufzte. »Ich weiß nicht, weshalb du so zynisch und selbstgerecht bist. Ich habe weder deine Karriere ruiniert, noch habe ich dich zur Haussklavin gemacht. Ich habe dich noch nicht einmal gefragt, ob du mich heiraten willst.«

Maria wurde ganz ruhig. »Du Blödmann. Du bist ein komplettes Arschloch, weißt du das?«

Sie verließ das Zimmer.

»Maria, geh nicht ...«

Er hörte, wie die Wohnungstür zuknallte.

»Mist, verdammter«, fluchte er.

Rauch stieg ihm in die Nase. Die Steaks brannten an. Er drehte das Gas unter der Pfanne ab. Das Fleisch war schwarz verkohlt und ungenießbar.

George warf die Steaks in den Mülleimer.

»*Bon appétit*«, sagte er.

ACHTER TEIL
DIE WERFT, *1976 bis 1983*

KAPITEL 51

Grigori Peschkow lag im Sterben. Der alte Krieger war siebenundachtzig, und sein Herz versagte.

Tanja war es gelungen, Grigoris Bruder Lew eine Nachricht zu übermitteln. Lew Peschkow war zwar auch schon zweiundachtzig Jahre alt, hatte aber angekündigt, mit dem Privatjet nach Moskau zu kommen. Tanja hatte sich gefragt, ob er so schnell ein Einreisevisum erhalten würde, aber es gelang ihm problemlos. Gestern war Lew eingetroffen, und heute wollte er Grigori besuchen.

Grigori lag in seiner Wohnung im Bett, blass und still. Er war extrem druckempfindlich, konnte nicht einmal mehr das Gewicht der Laken auf seinen Füßen ertragen. Also hatte Anja, seine Tochter, zwei Kartons ins Bett gestellt, sodass das Laken sich wie ein Zelt über ihm wölbte.

Doch so schwach Grigori auch war, Tanja fühlte seine starke Präsenz. Selbst im Bett reckte er noch trotzig das Kinn nach oben, und wenn er die Augen öffnete, waren die strahlend blauen Pupillen zu sehen, deren intensiver Blick seine Gegner, die Feinde der Arbeiterklasse, so oft das Fürchten gelehrt hatte.

Es war Sonntag, und Freunde und Familie waren zu Besuch gekommen. Sie verabschiedeten sich von Grigori, obwohl sie es natürlich nie ausgesprochen hätten. Dimka, Tanjas Zwillingsbruder, und Natalja, seine Frau, brachten Katja mit, ihre hübsche siebenjährige Tochter. Dimkas Exfrau, Nina, erschien ebenfalls, den mittlerweile elfjährigen Grischka an der Hand, der seinem Urgroßvater stark ähnelte.

Der Sterbende lächelte sie alle liebevoll an. »Ich habe in zwei Revolutionen und zwei Weltkriegen gekämpft«, sagte er. »Da ist es ohnehin ein Wunder, dass ich so lange durchgehalten habe ...«

Nach diesen Worten schlief er ein, und der größte Teil der Familie verließ das Zimmer. Nur Tanja und Dimka blieben am Bett. Dimka hatte Karriere gemacht. Inzwischen saß er im Komitee für den Fünfjahresplan und war Kandidat für das Politbüro. Noch immer war er enger Mitarbeiter von Kossygin, doch ihre gemeinsamen Bemühungen, die Sowjetwirtschaft zu reformieren, wurden nach wie vor von den Konservativen sabotiert. Dimkas Frau Natalja wiederum war mittlerweile Chefanalystin des Außenministeriums.

Tanja erzählte ihrem Bruder von der neuesten Reportage, die sie für die TASS geschrieben hatte. Auf Vorschlag von Wassili, der nun im Landwirtschaftsministerium arbeitete, war sie nach Stawropol geflogen, einer fruchtbaren Region im Süden des Landes, wo die Kolchosen mit einem nach Erfolgen gestaffelten Bonussystem experimentierten. »Die Erträge sind deutlich gestiegen«, erzählte sie Dimka. »Die Reform ist ein großer Erfolg.«

»Der Kreml mag keine Bonussysteme«, erwiderte Dimka. »Das ist revisionistisch, heißt es.«

»Das System gibt es aber schon seit Jahren«, sagte Tanja. »Der Parteisekretär da unten ist das reinste Energiebündel, ein Mann namens Michail Gorbatschow.«

»Dann hat er wohl Freunde in hohen Positionen.«

»Er kennt Andropow. Der fährt da unten immer in Kur.« Der KGB-Chef litt unter Nierensteinen, was äußerst schmerzhaft war.

Aber wenn irgendjemand solche Schmerzen verdient hat, dachte Tanja wütend, dann Juri Andropow.

Dimka war fasziniert. »Dann ist dieser Gorbatschow ein Reformer und gleichzeitig mit Andropow befreundet?«, sagte er. »Das ist mehr als ungewöhnlich. Ich sollte ihn mir wohl mal ansehen.«

»Ich fand ihn jedenfalls erfrischend bodenständig.«

»In jedem Fall brauchen wir frische Ideen. Erinnerst du dich noch, wie Chruschtschow 1961 vorausgesagt hat, die UdSSR werde die USA in zwanzig Jahren sowohl ökonomisch als auch militärisch überholen?«

Tanja nickte. »Damals hielt man ihn für einen Pessimisten.«

»Das ist jetzt fünfzehn Jahre her, und wir sind sogar noch weiter zurückgefallen. Und Natalja hat mir erzählt, dass es in den anderen osteuropäischen Ländern ähnlich aussieht. Wir haben große Mühe, sie ruhig zu halten, und das kostet uns auch noch Energie, Geld und Zeit.«

Tanja nickte. »Zum Glück haben wir Öl und andere Rohstoffe, mit denen wir die Rechnungen bezahlen können.«

»Aber das reicht nicht. Schau dir nur mal die DDR an. Da mussten wir eine verdammte Mauer bauen, damit ihnen die Leute nicht davonlaufen.«

Grigori bewegte sich schwach. Tanja hatte mit einem Mal ein schlechtes Gewissen: Sie hatte soeben die grundlegenden Überzeugungen ihres Großvaters infrage gestellt, und das an seinem Sterbebett.

Die Tür öffnete sich, und ein Fremder kam herein. Es war ein alter Mann, dünn und gebeugt, aber erlesen gekleidet. Er trug einen dunkelgrauen maßgeschneiderten Anzug. Sein weißes Hemd strahlte förmlich, und seine rote Krawatte glühte. Solche Sachen konnten nur aus dem Westen stammen. Tanja hatte den Mann noch nie gesehen, trotzdem kam er ihr irgendwie vertraut vor. Es musste Lew sein.

Der alte Mann ignorierte Tanja und Dimka und schaute zu Grigori.

Der Sterbende warf ihm einen fragenden Blick zu, als würde er den Besucher zwar kennen, könne ihn aber nicht einordnen.

»Grigori«, sagte der Neuankömmling. »Mein Bruder. Wie konntest du nur so alt werden?« Der Mann hatte einen seltsamen, altmodischen Dialekt und sprach mit dem harten Akzent eines Leningrader Fabrikarbeiters.

»Lew?«, sagte Grigori. »Bist du das wirklich? Du warst doch mal so hübsch!«

Lew beugte sich vor, küsste seinen Bruder auf beide Wangen und umarmte ihn.

»Du bist gerade noch rechtzeitig gekommen«, sagte Grigori. »Mit mir ist es so gut wie vorbei.«

Eine Frau von ungefähr achtzig Jahren folgte Lew. Mit ihrem modischen schwarzen Kleid, den hochhackigen Schuhen, dem Make-up und dem vielen Schmuck sah sie in Tanjas Augen wie eine Edelnutte aus. Liefen in den USA alle alten Frauen so herum?

»Ich habe im Nachbarraum ein paar von deinen Enkeln gesehen«, sagte Lew. »Einen tollen Haufen hast du da.«

Grigori lächelte. »Sie sind die Freude meines Lebens. Was ist mit dir?«

»Ich habe eine Tochter von Olga, der Frau, die ich nie so richtig gemocht habe, und einen Sohn von Marga, der Frau, die ich *sehr* mag ... hier, das ist sie. Aber ich fürchte, ich war beiden kein allzu guter Vater. Ich hatte es ja nie so mit der Verantwortung.«

»Ich weiß. Enkel?«

»Drei«, antwortete Lew. »Einer ist Filmschauspieler, einer Popsänger und einer schwarz.«

»Schwarz?« Grigori war verwirrt. »Wie ist das denn passiert?«

»Wie passiert so was, du Esel? Mein Sohn Greg – der übrigens nach seinem Onkel benannt ist – hat ein schwarzes Mädchen gevögelt.«

»Tja, das hat sein Onkel zumindest nie geschafft«, erwiderte Grigori, und die beiden alten Männer kicherten.

»Was hatte ich für ein Leben, Lew«, sagte Grigori. »Ich habe den Winterpalast gestürmt. Wir haben das Zarenreich zerschlagen und den ersten sozialistischen Staat der Welt aufgebaut. Ich habe Moskau gegen die Nazis verteidigt. Ich bin General, und Wolodja ist General ... Aber ich habe immer noch ein schlechtes Gewissen wegen dir.«

»Wegen mir?«

»Ja. Du bist nach Amerika gegangen und hast das alles verpasst.«

»Och, weiß du, ich kann mich nicht beschweren«, erwiderte Lew.

»Ich habe sogar Katherina bekommen. Und das, obwohl sie eigentlich dich haben wollte.«

Lew lächelte. »Und was habe ich bekommen? Nur hundert Millionen Dollar.«

»Ja«, sagte Grigori, »du hast wirklich Pech gehabt. Es tut mir leid, Lew.«

»Schon in Ordnung«, sagte Lew. »Ich verzeihe ihr.«

Das war ironisch gemeint, erkannte Tanja, doch Grigori schien es nicht zu bemerken.

Onkel Wolodja kam ins Zimmer. Er war auf dem Weg zu einer Armeeveranstaltung und hatte seine Generaluniform angelegt. Entsetzt wurde Tanja in diesem Augenblick bewusst, dass Onkel Wolodja gerade zum ersten Mal seinen leiblichen Vater sah.

Lew starrte den Sohn an, den er nie gekannt hatte. »Mein Gott«, sagte er. »Er sieht ja genauso aus wie du, Grigori.«

»Er ist trotzdem von dir«, erwiderte Grigori.

Vater und Sohn schüttelten sich die Hand.

Wolodja brachte kein Wort hervor. Die heftigen Emotionen hatten ihm die Sprache verschlagen.

»Als du mich als Vater verloren hast, Wolodja«, sagte Lew, »hast du eigentlich nicht viel verloren.« Er hielt die Hand seines Sohnes noch immer fest und musterte ihn von Kopf bis Fuß: blank polierte Stiefel, Uniform der Roten Armee, jede Menge Orden, durchdringende blaue Augen, eisengraues Haar. »Ich aber schon«, fuhr Lew fort. »Ich habe viel verloren ... sehr viel.«

*

Als sie die Wohnung verließ, dachte Tanja darüber nach, was der Fehler der Bolschewiki gewesen war. An welchem Punkt hatten Opa Grigoris Idealismus und Leidenschaft sich in Tyrannei verwandelt?

Sie ging zur Bushaltestelle, um zum Treffen mit Wassili zu fahren. Im Bus dachte sie weiter über die frühen Jahre der russischen Revolution nach und fragte sich, ob Lenins Entscheidung, alle Zeitungen außer den bolschewistischen zu verbieten, der entscheidende Fehler gewesen war. So hatte es nämlich von Anfang an keinen Ideenaustausch mehr gegeben. Dass man Gorbatschow in Stawropol gestattete, etwas Neues auszuprobieren, war mehr als ungewöhnlich. Normalerweise brachte man solche Leute rasch zur Räson. Tanja war Journalistin, und so maß sie der Pressefreiheit vermutlich berufsbedingt eine viel zu große Bedeutung bei. Trotzdem hatte sie das Gefühl, dass das Fehlen einer kritischen Presse es den Herrschenden viel leichter machte, Reformen zu unterdrücken.

Wassili war nun seit vier Jahren frei, und in dieser Zeit hatte er sich rehabilitiert. Im Landwirtschaftsministerium hatte er eine pädagogische Radioserie über eine Kolchose entwickelt, Dramen über untreue Ehefrauen und ungehorsame Kinder, in denen die Charaktere über landwirtschaftliche Anbaumethoden diskutierten. Natürlich waren in diesen Geschichten sämtliche Bauern, die Anweisungen aus Moskau ignorierten, faul und dumm, und die rüpelhaften Teenager, die die Autorität der KPdSU anzweifelten, wurden von ihren Freunden verstoßen und scheiterten in der Schule.

Die Sendereihe war ein großer Erfolg, und Wassili kehrte zu Radio Moskau zurück und bekam eine Wohnung in einem Apartmenthaus, in dem Autoren lebten, die von der Regierung gefordert wurden.

Mit Tanja traf er sich nur im Geheimen, doch Tanja sah ihn auch manchmal auf Veranstaltungen, öffentlich wie privat. Wassili war keine wandelnde Leiche mehr wie nach seiner Rückkehr aus Sibirien. Er hatte deutlich an Gewicht zugelegt und besaß auch wieder ein wenig von seiner alten Ausstrahlung. Inzwischen war er Mitte vierzig und würde nie wieder wie ein Filmstar aussehen, doch auch die tiefen Falten in seinem Gesicht waren irgendwie attraktiv. Und er besaß noch immer jede Menge Charme.

Jedes Mal, wenn Tanja ihn sah, hatte er eine andere Frau am Arm. Allerdings waren es jetzt keine mädchenhaften Teenager mehr, sondern Frauen mittleren Alters, zu denen diese Teenager herangewachsen waren – kluge Frauen in schicken Kleidern und mit hochhackigen Schuhen, die sich irgendwo mit Nagellack, Haarfärbemittel und Nylonstrümpfen eingedeckt hatten.

Einmal im Monat traf Tanja sich unter vier Augen mit Wassili. Dann übergab er ihr jedes Mal das neueste Manuskript, an dem er gerade arbeitete. Noch immer schrieb er in der kleinen, feinen Handschrift, die er sich in Sibirien angewöhnt hatte, um Papier zu sparen. Bei ihrem nächsten Treffen gab Tanja ihm dann eine Abschrift und ging den Text mit ihm durch.

Millionen Menschen überall auf der Welt kauften Wassilis Bücher, doch er hatte noch nie einen seiner Leser getroffen. Tatsächlich konnte er nicht einmal die Kritiken lesen, denn sie waren in fremden Sprachen verfasst und fanden sich nur in Zeitungen aus dem Westen. So war Tanja der einzige Mensch, mit dem Wassili über seine Arbeit reden konnte, und gierig saugte er alles auf, was sie zu sagen hatte. Sie war seine Lektorin, und, so weit es ihn betraf, seine einzige Leserin.

Jeden März fuhr Tanja nach Leipzig, um über die dortige Buchmesse zu berichten, und jedes Mal traf sie sich mit Anna Murray. 1973 hatte sie Anna das Manuskript von *Das Zeitalter der Stagnation* ausgehändigt. Anna gab ihr jedes Mal ein Geschenk für Wassili mit – eine elektrische Schreibmaschine, einen Kaschmirmantel und ähnliche Dinge – und berichtete, dass sich auf seinem Konto in London immer mehr Geld anhäufte. Nur würde Wassili vermutlich nie etwas davon bekommen.

Tanja war noch immer extrem vorsichtig, wenn sie sich mit Wassili traf. An diesem Tag stieg sie einen Kilometer vor ihrem Treffpunkt aus dem Bus und vergewisserte sich auf dem Weg zu dem Café mit Namen »Josef«, dass niemand ihr folgte. Wassili war bereits dort. Er saß an einem Tisch, vor sich ein Glas Wodka. Auf dem Stuhl neben ihm lag ein großer, dicker Umschlag.

Tanja winkte ihm, als wären sie Bekannte, die sich nur zufällig trafen. Sie bestellte ein Bier an der Bar und setzte sich Wassili gegenüber. Zu ihrer Freude sah er gut aus. Sein Gesicht strahlte eine Würde aus, die er fünfzehn Jahre zuvor nicht besessen hatte. Er hatte noch immer die sanften braunen Augen von damals, doch jetzt war der Blick dieser Augen eher aufmerksam, und sie funkelten nicht mehr so schelmisch. Abgesehen von ihrer Familie kannte Tanja niemanden so gut wie Wassili. Sie kannte seine Stärken: Vorstellungskraft, Intelligenz, Charme und die feste Entschlossenheit, die es ihm ermöglicht hatte, das Lager zu überleben und ein Jahrzehnt lang in Sibirien zu schreiben. Aber sie kannte auch seine Schwächen, vor allem seinen Hang, jedem Rock hinterherzujagen, der nicht bei drei auf den Bäumen war.

»Danke für den Tipp mit Stawropol«, sagte sie. »Ich habe eine schöne Reportage darüber geschrieben.«

»Gut. Dann lass uns nur hoffen, dass sie nicht auch dieses Experiment im Keim ersticken.«

Tanja gab Wassili die Abschrift des ersten Teils und nickte zu dem Umschlag. »Ist das ein neues Kapitel?«

»Das letzte.« Er gab es ihr.

»Das wird Anna Murray freuen.« Wassilis neuer Roman hieß *First Lady*. Darin verirrte sich die Frau des amerikanischen Präsidenten vierundzwanzig Stunden lang in Moskau. Tanja staunte über Wassilis Fantasie. Das Leben in der UdSSR durch die Augen einer konservativen Amerikanerin zu betrachten, die es einfach nur mit allen gut meinte, war eine urkomische Art, die sowjetische Gesellschaft zu kritisieren. Rasch steckte sie den Umschlag in ihre Umhängetasche.

»Wann kannst du das Ganze zum Verlag bringen?«, fragte Wassili.

»Sobald ich eine Auslandsreise genehmigt bekomme, spätestens im März zur Buchmesse.«

»Im März?« Wassili war enttäuscht. »Das ist ja erst in sechs Monaten.«

»Ich versuche, einen Auftrag an Land zu ziehen, bei dem ich mich mit Anna treffen kann.«

»Ja, bitte.«

Tanja war ein wenig beleidigt. »Wassili, ich riskiere mein Leben für dich. Wenn du willst, kannst du dir ja jemand anderen besorgen oder es selbst erledigen. Das wäre mir nur recht.«

»Jaja.« Verlegen senkte er den Blick. »Tut mir leid. Es ist nur ... Ich habe drei Jahre lang an dem Manuskript gearbeitet. Jeden Abend habe ich daran geschrieben. Aber ich habe natürlich kein Recht, ungeduldig mit dir zu sein.« Er griff über den Tisch und nahm ihre Hand. »Du warst mehr als einmal mein Rettungsanker.«

Tanja nickte. Da hatte er recht. Trotzdem ärgerte sie sich noch immer über ihn, als sie das Café mit dem letzten Kapitel seines Romans verließ. Aber was ärgerte sie *wirklich* so? Sie erkannte, dass es die Frauen mit ihren hochhackigen Schuhen waren. Sie, Tanja, hatte gedacht, Wassili hätte diese Phase überwunden. Es war geradezu pubertär. Er machte sich einfach nur lächerlich, wenn er bei jeder Party mit einer neuen Flamme auflief. Er sollte längst in einer gleichberechtigten Beziehung leben. Seine Lebensgefährtin konnte jünger sein, warum nicht, aber mindestens so klug wie er. Und sie müsste seine Arbeit zu schätzen wissen, ihm vielleicht sogar dabei helfen. Wassili brauchte eine Partnerin, keine Trophäe.

Tanja fuhr in die Redaktion der TASS, doch bevor sie ihren Schreibtisch erreichte, trat Pjotr Opotkin ihr in den Weg, der Leiter und Aufseher der Redaktion. Wie immer baumelte eine Zigarette zwischen seinen Lippen. »Ich habe einen Anruf vom Landwirtschaftsministerium bekommen. Ihr Artikel über Stawropol wird nicht gedruckt«, sagte er.

»Warum denn nicht? Das Ministerium hat das Bonussystem doch genehmigt. Und es funktioniert.«

»Falsch.« Opotkin liebte es, den Leuten zu sagen, dass sie einen Fehler gemacht hatten. »Es ist abgeschafft worden. Es gibt da einen neuen Ansatz: die Ipatowo-Methode. Sie schicken ganze Flotten von Mähdreschern durch die Region.«

»Dann wird also wieder alles zentral kontrolliert, anstatt auf individuelle Verantwortung zu setzen?«

»Genau.« Opotkin nahm die Zigarette aus dem Mund. »Deshalb werden Sie jetzt einen Artikel über die Ipatowo-Methode schreiben.«

»Und was sagt der leitende Parteisekretär dazu?«

»Der junge Gorbatschow? Der setzt das neue System um.«

Natürlich, was auch sonst, überlegte Tanja. Gorbatschow war ein kluger Mann. Er wusste, wann er den Mund halten und tun musste, was man ihm sagte. Sonst wäre er nicht Parteisekretär geworden.

»Also gut«, sagte Tanja und schluckte ihre Wut hinunter. »Ich schreibe den Artikel.«

Opotkin nickte und ging davon.

Es wäre auch zu schön gewesen, um wahr zu sein, dachte Tanja: Boni für gute Ergebnisse, und als Folge davon höhere Erträge … und das alles ohne Einmischung aus Moskau. Es war schon ein Wunder gewesen, dass man dieses System über Jahre hinweg geduldet hatte. Aber langfristig gesehen kam so etwas nicht infrage.

Natürlich nicht.

KAPITEL 52

George Jakes trug einen neuen Frack. Er sah ziemlich gut darin aus, fand er. Mit zweiundvierzig hatte er nicht mehr den Körperbau eines Ringers, auf den er als junger Mann so stolz gewesen war, doch er war noch immer schlank und gerade, und die schwarz-weiße Hochzeitsuniform stand ihm. Er wartete vor dem Altar der Bethel Evangelical Church, die seine Mutter seit Jahrzehnten besuchte und die zu dem Washingtoner Vorort gehörte, den er nun als Kongressabgeordneter vertrat. Die Kirche war ein niedriger Ziegelbau, klein und schlicht; normalerweise schmückten sie nur einige gerahmte Bibelzitate wie »Der Herr ist mein Hirte« und »Am Anfang war das Wort«. Heute jedoch war sie mit Girlanden, Bändern und Unmengen weißer Blumen feierlich herausgeputzt. Der Chor sang »Soon Come«, während George auf seine Braut wartete.

In der vordersten Reihe saß seine Mutter in einem neuen dunkelblauen Kostüm und einem passenden Pillboxhut mit kurzem Schleier. »Na, da bin ich aber froh«, hatte Jacky gesagt, als George ihr eröffnet hatte, dass er heiraten werde. »Ich bin jetzt achtundfünfzig, und ich bedaure es, dass du dir so viel Zeit gelassen hast, aber ich bin froh, dass du dich am Ende doch noch dazu durchringen konntest.« Jackys Zunge war nach wie vor spitz, aber heute konnte sie ihr stolzes Lächeln nicht unterdrücken. Ihr Sohn heiratete in ihrer Kirche, vor allen ihren Freunden und Nachbarn, und obendrein war er auch noch Kongressabgeordneter.

Neben ihr saß Georges Vater, Senator Greg Peshkov. Irgendwie gelang es ihm, selbst seinen Frack wie einen zerknitterten Schlafanzug aussehen zu lassen. Er hatte die Manschettenknöpfe vergessen, und seine Fliege erinnerte eher an eine tote Motte. Niemand störte sich daran.

In der vordersten Reihe saßen außerdem Georges russischstämmige Großeltern, Lev Peshkov und Marga, beide über achtzig. Sie sahen gebrechlich aus, aber für die Hochzeit ihres Enkelsohnes waren sie von Buffalo hierhergeflogen.

Dadurch, dass sie zur Hochzeit gekommen waren und sich in die vorderste Reihe gesetzt hatten, gaben Georges weißer Vater und seine weißen Großeltern die Wahrheit vor der Welt zu; doch niemanden kümmerte es: Man schrieb das Jahr 1978, und was einmal als geheime Schande gegolten hatte, spielte kaum noch eine Rolle.

Der Chor stimmte »You Are So Beautiful« an. Alle drehten sich um und blickten zur Kirchentür.

Von ihrem Vater am Arm geführt, kam Verena ins Gotteshaus. George verschlug es den Atem, als er sie sah; nicht anders erging es vielen Hochzeitsgästen. Verena trug ein gewagtes schulterfreies weißes Kleid, das bis zur Mitte der Oberschenkel eng saß und sich dann zu einer Schleppe weitete. Die karamellfarbene Haut ihrer bloßen Schultern war so weich und glatt wie der Satin ihres Kleides. Sie sah so wunderschön aus, dass es beinahe schmerzte. George traten Tränen in die Augen.

Den Gottesdienst bekam er kaum mit. Es gelang ihm, die richtigen Antworten zu geben, doch er kannte nur einen Gedanken: Verena gehörte nun ihm, für immer.

Die Trauung war bodenständig, doch der Hochzeitsempfang, der anschließend vom Brautvater gegeben wurde, hatte nichts Bescheidenes. Percy hatte das Pisces gemietet, einen Nachtclub in Georgetown, an dessen Eingang sich ein sechs Meter hoher Wasserfall in ein gewaltiges Goldfischbecken in der Etage darunter ergoss, und mitten auf der Tanzfläche stand ein riesiges Aquarium.

George und Verena tanzten als Erstes zu »Stayin' Alive« von den Bee Gees. George war kein besonderer Tänzer, aber das spielte kaum eine Rolle: Alle Blicke waren auf Verena gerichtet, die zu dem Discotanz ihre Schleppe mit einer Hand hochhielt. George war so glücklich, dass er am liebsten jeden umarmt hätte.

Den zweiten Tanz mit der Braut hatte Ted Kennedy, der ohne seine Frau Joan gekommen war; es gab Gerüchte, sie hätten sich getrennt. Jacky schnappte sich den gut aussehenden Percy Marquand. Verenas Mutter, Babe Lee, tanzte mit Greg.

Georges Cousin Dave Williams, der Popstar, war mit seiner attraktiven Frau Beep und ihrem fünfjährigen Sohn John Lee gekommen, der seinen Namen nach dem Bluessänger John Lee Hooker hatte. Der Junge tanzte mit seiner Mutter und stolzierte so gekonnt umher, dass alles lachte: Offenbar hatte er »Saturday Night Fever« gesehen.

Elizabeth Taylor tanzte mit ihrem neusten Ehemann, dem Millionär und Senatskandidaten John Warner. Liz trug den berühmten, viereckig geschnittenen, dreiunddreißigkarätigen Krupp-Diamanten am rechten Ringfinger. Während George alles durch den Nebel der Euphorie betrachtete, sagte er sich benommen, dass seine Hochzeit zu einem herausragenden gesellschaftlichen Ereignis des Jahres geworden war.

George hatte Maria Summers eingeladen, doch sie hatte abgelehnt.

Nachdem ihre kurze Liebesaffäre mit einem Streit zu Ende gegangen war, hatten sie ein Jahr lang nicht mehr miteinander gesprochen.

Dann war nach sieben Jahren Funkstille Verena wieder aufgetaucht. Sie hatte ihre eigene Interessenvertretungsfirma in Washington gegründet, die auf Bürgerrechte und andere Gleichheitsfragen spezialisiert war. Ihre ersten Klienten waren kleine Interessenverbände gewesen, die sich keinen eigenen Lobbyisten leisten konnten. Das Gerücht, Verena habe einmal den Black Panthers angehört, verlieh ihr offenbar noch mehr Glaubwürdigkeit. Es dauerte nicht lange, und sie war wieder mit George zusammen.

Verena schien sich verändert zu haben. Eines Abends sagte sie: »Dramatische Gesten haben in der Politik zwar auch ihren Platz, aber am Ende werden Fortschritte durch geduldiges Klinkenputzen erzielt – Gesetzentwürfe, Pressearbeit, Stimmensammeln.«

Die neue Verena wollte Ehe und Kinder und war sicher, dass sie beides mit ihrem Beruf vereinbaren konnte. Nachdem George sich schon einmal die Finger verbrannt hatte, fasste er das heiße Eisen nicht wieder an. Wenn sie das meinte, erhob er keine Einwände.

George hatte Maria einen taktvollen Brief geschrieben, der mit »Ich möchte nicht, dass Du es von jemand anderem erfährst« begann. Er hatte ihr mitgeteilt, dass Verena und er wieder zusammen waren und über eine Heirat nachdachten. Maria hatte mit Worten warmherziger Freundschaft geantwortet, und ihre Beziehung war wieder so geworden wie zu der Zeit, ehe Nixon zurückgetreten war. Doch sie blieb alleinstehend, und sie kam nicht zur Hochzeit.

In einer Tanzpause setzte George sich mit seinem Vater und seinem Großvater zusammen. Lev schüttete genussvoll den Champagner in sich herein und erzählte Witze. Ein polnischer Kardinal war Papst geworden, und Lev hatte ein gewaltiges Repertoire an schlechten Witzen über polnische Päpste. »Er hat ein Wunder vollbracht und einen blinden Mann taub gemacht!«

Greg sagte: »Ich halte es für einen hochgradig aggressiven politischen Schachzug des Vatikans.«

»Inwiefern?«, fragte George.

»Der Katholizismus ist in Polen populärer als irgendwo sonst in Osteuropa, und die Kommunisten sind nicht stark genug, um dort die Religion genauso zu unterdrücken wie in allen anderen Ländern. Es gibt eine religiöse polnische Presse, eine katholische Universität und etliche Wohltätigkeitsorganisationen, die damit durchkommen, dass sie Dissidenten

Unterschlupf gewähren und Menschenrechtsverletzungen protokollieren.«

»Und was hat der Vatikan deiner Meinung nach vor?«

»Unheil stiften. Ich glaube, er sieht Polen als die Schwachstelle des Warschauer Pakts. Dieser polnische Papst wird mehr tun, als Touristen vom Balkon zuzuwinken, du wirst es erleben.«

George wollte gerade fragen, was genau der Papst tun würde, als es im Saal still wurde. George begriff, dass Präsident Carter eingetroffen war.

Jeder applaudierte, sogar die Republikaner. Der Präsident küsste die Braut, schüttelte George die Hand und nahm ein Glas Champagner an, trank aber nur einen winzigen Schluck.

Während Carter mit Percy und Babe sprach, langjährigen Spendensammlern für die Demokraten, kam einer der Referenten des Präsidenten zu George. Nach einigem höflichen Geplänkel fragte der Mann: »Könnten Sie sich vorstellen, im Ständigen Sonderausschuss für Geheimdienstfragen des Repräsentantenhauses mitzuarbeiten?«

George war geschmeichelt. Kongressausschüsse waren sehr wichtig; ein Sitz in einem Ausschuss war eine Quelle der Macht. »Ich bin erst seit zwei Jahren im Kongress«, sagte er.

Der Referent nickte. »Der Präsident möchte schwarze Kongressabgeordnete fördern, und Tip O'Neill ist einverstanden.« Tip O'Neill war der Mehrheitsführer im Repräsentantenhaus, der das Vorrecht hatte, Ausschusssitze zu vergeben.

George fragte: »Ich freue mich, dem Präsidenten zu dienen, wo ich kann – aber ausgerechnet Geheimdienstfragen?«

Die CIA und andere Geheimdienstorganisationen waren dem Präsidenten und dem Pentagon verantwortlich, wurden aber vom Kongress genehmigt, finanziert und theoretisch auch kontrolliert. Aus Sicherheitsgründen wurde die Kontrolle auf zwei Ausschüsse verteilt, einen im Repräsentantenhaus und einen im Senat.

»Ich weiß, was Sie jetzt denken«, sagte der Referent. »Geheimdienstausschüsse sind in der Regel mit konservativen Freunden des Militärs vollgepackt. Sie sind ein Liberaler, der das Pentagon wegen Vietnam und die CIA wegen Watergate kritisiert hat. Aber gerade deshalb wollen wir Sie. Im Augenblick beaufsichtigen diese Ausschüsse nicht, sie applaudieren nur. Und Geheimdienste, die glauben, sie kämen mit Mord davon, werden Morde begehen. Deshalb brauchen wir jemanden in diesen Ausschüssen, der unbequeme Fragen stellt.«

»Die Geheimdienstkreise werden nicht begeistert sein.«

»Gut so. Wenn man bedenkt, wie sie sich in der Nixon-Ära aufgeführt haben, können diese Kreise mal einen kräftigen Arschtritt gebrauchen.« Er schaute zur Tanzfläche. Als George seinem Blick folgte, sah er, dass Präsident Carter aufbrach. »Ich muss gehen«, sagte der Referent. »Brauchen Sie Bedenkzeit?«

»Teufel, nein«, sagte George. »Ich bin dabei.«

*

»Patentante? Ich?«, fragte Maria Summers. »Ist das dein Ernst?«

George Jakes lächelte. »Ich weiß, du bist nicht besonders religiös. Das sind wir aber auch nicht. Ich gehe nur zur Messe, um meiner Mutter eine Freude zu machen. Und Verena war in den letzten zehn Jahren nur einmal in der Kirche, und zwar zu unserer Hochzeit. Trotzdem hätten wir gerne Paten.«

Sie aßen im Speisesaal für Abgeordnete des Repräsentantenhauses im Erdgeschoss des Kapitols und saßen vor dem berühmten Fresko »Cornwallis bittet um Einstellung der Feindseligkeiten«. Maria aß Hackbraten, George einen Salat.

»Wann ist es so weit?«, fragte Maria.

»In einem Monat etwa – Anfang April.«

»Wie geht es Verena?«

»Entsetzlich. Sie ist lethargisch und zugleich ungeduldig. Und müde, immer müde.«

»Das ist ja bald vorbei.«

George kam auf seine anfängliche Frage zurück. »Übernimmst du die Patenschaft?«

Wieder wich sie ihm aus. »Wieso fragst du gerade mich?«

Er überlegte kurz. »Ich glaube, weil ich dir vertraue. Ich vertraue dir mehr als irgendjemandem sonst außerhalb der Familie. Wenn Verena und ich bei einem Flugzeugabsturz umkommen und unsere Eltern zu alt oder bereits tot sind, würdest du dich irgendwie darum kümmern, dass meine Kinder versorgt werden.«

Maria war sichtlich bewegt. »Es ist wunderbar, so etwas gesagt zu bekommen.«

Sie wusste, dass es unwahrscheinlich war, dass sie noch eigene Kinder bekam. Sie wurde in diesem Jahr fünfundvierzig, besaß aber eine Menge überschüssige Mütterlichkeit, die sie den Kindern ihrer Freunde spenden konnte. Außerdem gehörte sie beinahe zur Familie. Sie war jetzt seit fast zwanzig Jahren mit George befreundet, und noch immer besuchte sie Jacky mehrmals im Jahr. Auch Greg, Lev und Marga mochten Maria. Es war schwer, sie nicht zu mögen.

»Mir und Verena würde es viel bedeuten«, sagte George.

»Möchte Verena das wirklich?«

George lächelte. »Ja. Sie weiß, dass du und ich eine Beziehung hatten, aber sie ist nicht der eifersüchtige Typ. Tatsächlich bewundert sie dich für das, was du erreicht hast.«

Maria betrachtete die Männer auf dem Fresko mit ihren Uniformröcken und Stiefeln aus dem 18. Jahrhundert. »Nun, dann mache ich es wohl wie General Cornwallis und kapituliere.«

»Danke«, sagte George. »Das macht mich sehr glücklich. Ich würde Champagner bestellen, aber ich weiß ja, dass du an einem Arbeitstag nichts trinkst.«

»Vielleicht, wenn das Baby auf die Welt gekommen ist.«

Die Kellnerin räumte ihre Teller ab, und sie baten um Kaffee.

»Wie läuft's im Außenministerium?«, fragte George. Maria war dort ein ziemlich hohes Tier geworden. Ihr Titel lautete Deputy Assistant Secretary – ein Posten, der sehr viel einflussreicher war, als er sich anhörte.

»Wir versuchen herauszubekommen, was in Polen vorgeht«, sagte sie. »Leicht ist es nicht. Wir nehmen an, dass aus der Polnischen Vereinigten Arbeiterpartei – die kommunistische Partei des Landes – viel Kritik an der Regierung kommt. Die Arbeiter sind arm, die Elite zu privilegiert, und die Erfolgspropaganda macht nur umso mehr aufmerksam auf die Realität des Scheiterns. Das Volkseinkommen ist im vergangenen Jahr sogar gesunken.«

»Du weißt, dass ich im Geheimdienstausschuss sitze.«

»Natürlich.«

»Bekommst du von den Diensten gute Informationen?«

»So viel wir wissen, ja, aber sie reichen nicht aus.«

»Möchtest du, dass ich es im Ausschuss auf die Tagesordnung setzen lasse?«

»Das wäre großartig.«

»Vielleicht brauchen wir zusätzliche Geheimdienstmitarbeiter in Warschau.«

»Ja, bestimmt. Polen könnte wichtig werden.«

George nickte. »Das hat mein Vater gleich gesagt, als der Vatikan einen Polen zum Papst gewählt hat. Und mein Vater hat in den meisten Fällen recht.«

Im Alter von vierzig Jahren wurde Tanja immer unzufriedener mit ihrem Leben.

Sie fragte sich, was sie die nächsten vierzig Jahre machen wollte, und eines wusste sie ganz klar: Sie würde nicht Wassili Jenkows Jüngerin bleiben. Sie hatte ihre Freiheit riskiert, um sein schriftstellerisches Genie mit der Welt zu teilen, doch es hatte ihr persönlich nichts gebracht. Jetzt war es an der Zeit, sich wieder um sich selbst zu kümmern. Aber was genau das hieß, wusste sie auch nicht.

Tanjas Unzufriedenheit erreichte ihren Höhepunkt bei der Verleihung des Lenin-Literaturpreises an Breschnew für seine Memoiren. Das war einfach nur lächerlich. Die dreibändigen Memoiren des Genossen Generalsekretärs waren schlecht geschrieben, gelogen, und sie stammten nicht einmal von Breschnew selbst, sondern von einem Ghostwriter. Doch der Schriftstellerverband nutzte das Werk, um eine ausgelassene Party zu feiern.

Tanja band sich für die Veranstaltung das Haar zu einem Pferdeschwanz zurück wie Olivia Newton-John in »Grease«, einem Film, den sie auf einer illegalen Videokassette gesehen hatte. Doch die neue Frisur munterte sie längst nicht so sehr auf, wie sie gehofft hatte.

Als Tanja das Gebäude verließ, traf sie ihren Bruder in der Lobby, sagte ihm, wohin sie wollte, und fügte hinzu: »Gorbatschow, dein Protegé, hat eine überschwängliche Rede gehalten, in der er Breschnews literarisches Genie gepriesen hat.«

»Michail weiß eben, wann er jemandem in den Hintern kriechen muss«, erwiderte Dimka.

»Es war klug von dir, ihn ins Zentralkomitee zu holen.«

»Er hatte bereits Andropows Unterstützung. Der Mann mag ihn«, erklärte Dimka. »Ich musste nur noch Kossygin davon überzeugen, dass Gorbatschow ein echter Reformer ist.« Andropow, der Chef des KGB, hatte sich mehr und mehr zum Anführer der Konservativen im Kreml entwickelt. Kossygin wiederum war der Held der Reformer.

»Dass jemand auf beiden Seiten Fürsprecher hat, ist mehr als ungewöhnlich«, bemerkte Tanja.

»Michail ist auch ein ungewöhnlicher Mann. Also dann, viel Spaß auf der Feier.«

Die Party fand in den nüchternen Büros des Schriftstellerverbandes statt, doch es gab mehrere Kisten Bagrationi, georgischen Champagner, von dem auch Tanja sich bediente. Leicht beschwipst ließ sie sich auf eine Diskussion mit Pjotr Opotkin ein. Niemand mochte diesen Mann. Er war kein Journalist, sondern ein Parteiaufseher, musste aber zu solchen Veranstaltungen eingeladen werden, denn er war viel zu mächtig, als dass man ihn vor den Kopf stoßen durfte. Opotkin drängte Tanja in eine Ecke und sagte vorwurfsvoll: »Der Besuch des Papstes in Warschau ist eine Katastrophe!«

Damit hatte er natürlich recht. Niemand hatte sich vorstellen können, wie das sein würde. Papst Johannes Paul II. besaß offenbar ein Talent für Propaganda. Nachdem er auf dem Militärflughafen von Okecie aus dem Flugzeug gestiegen war, war er auf die Knie gesunken und hatte die polnische Erde geküsst. Am nächsten Morgen war das Bild auf den Titelseiten aller westlichen Zeitungen gewesen, und Tanja wusste – wie auch der Papst es gewusst haben musste –, dass der polnische Untergrund dieses Bild verbreiten würde. Insgeheim freute sie sich darüber.

Daniil, Tanjas Chef, hörte den beiden zu und warf ein: »Als der Papst im offenen Wagen durch Warschau gefahren ist, haben ihm zwei Millionen Menschen zugejubelt.«

»Zwei Millionen!«, rief Tanja. Das hatte sie bis jetzt gar nicht gewusst. »Ist das überhaupt möglich? Das wären dann ja fast fünf Prozent der Gesamtbevölkerung ... einer von zwanzig Polen!«

Wütend stieß Opotkin hervor: »Was macht es für die Partei dann noch für einen Sinn, das Fernsehen zu kontrollieren, wenn die Leute den Papst persönlich sehen können?«

Für Menschen wie Opotkin war Kontrolle das Wichtigste auf der Welt. Und er war noch nicht fertig. »Auf dem Siegesplatz hat der Papst vor zweihundertfünfzigtausend Gläubigen eine Messe gefeiert!«

Das wusste Tanja. Das war eine erschreckende Zahl, selbst für sie, zeigte sie doch, wie grundlegend die Kommunisten damit gescheitert waren, das Herz des polnischen Volkes zu gewinnen. In fünfunddreißig Jahren unter sowjetischer Herrschaft war außer einer kleinen privilegierten Elite niemand konvertiert. Tanja stellte dies im typischen kommunistischen Jargon heraus: »Die polnische Arbeiterklasse hat sich bei der erstbesten Gelegenheit als zutiefst revisionistisch erwiesen.«

Opotkin stieß Tanja vorwurfsvoll den Finger gegen die Schulter. »Es waren Reformer wie Sie«, sagte er, »die darauf bestanden haben, dass wir die Reise des Papstes erlauben.«

»Unsinn«, schnaubte Tanja verächtlich. Die Liberalen im Kreml, Männer wie Dimka, hatten darauf gedrängt, den Papst kommen zu lassen, hatten die Auseinandersetzung aber verloren, woraufhin der Kreml Warschau befohlen hatte, den Besuch Johannes Pauls II. zu verhindern. Doch die polnischen Genossen hatten die Befehle ignoriert. In einer für einen sowjetischen Satellitenstaat ungewöhnlichen Zurschaustellung von Unabhängigkeit hatte Edward Gierek, der polnische Staatschef, Breschnew getrotzt.

»Die polnische Führung hat diese Entscheidung ganz allein getroffen«, sagte Tanja. »Sie hatten Angst vor einem Aufstand, sollten sie den Papstbesuch verbieten.«

»Wir wissen, wie man mit Aufständen fertigwird«, erklärte Opotkin.

Tanja wusste, wie gefährlich es war, Leuten wie Opotkin zu widersprechen, aber sie war vierzig, und sie war es leid, vor solchen Idioten im Staub zu kriechen. »Der finanzielle Druck hat den Polen keine andere Wahl gelassen«, erwiderte sie. »Polen erhält zwar große Zuwendungen von uns; trotzdem müssen sie sich Geld im Westen leihen. Und Präsident Carter war bei seinem Besuch in Warschau knallhart. Er hat unmissverständlich deutlich gemacht, dass Finanzhilfen von der Einhaltung der Menschenrechte abhängen. Wenn Sie also jemandem die Schuld am Triumph des Papstes geben wollen, dann nehmen Sie Jimmy Carter aufs Korn.«

Opotkin wusste, dass Tanja recht hatte, wollte es aber nicht zugeben. »Ich habe schon immer gesagt, dass es ein großer Fehler war, sozialistischen Ländern zu erlauben, sich Geld im Westen zu borgen.«

Tanja hätte es dabei bewenden lassen sollen, damit Opotkin das Gesicht wahren konnte, aber sie konnte sich einfach nicht zurückhalten. »Das ist dann wohl ein Dilemma für Sie, nicht wahr?«, sagte sie. »Die Alternative zu westlichen Krediten wäre nämlich eine Liberalisierung der polnischen Landwirtschaft, damit die Polen sich selbst versorgen können.«

»Mehr Reformen! Immer mehr Reformen!«, zischte Opotkin wütend. »Was Besseres fällt Ihnen wohl nicht ein!«

»Das polnische Volk hat immer billige Nahrungsmittel gehabt. Nur deshalb ist es ruhig geblieben. Wenn die Regierung die Preise anhebt, gehen die Leute auf die Straße.«

»Wie gesagt, wir wissen, wie man mit so etwas umgeht«, stieß Opotkin hervor und stapfte davon.

Daniil schaute amüsiert drein. »Das war nicht schlecht«, sagte er zu Tanja. »Nur fürchte ich, er wird dich dafür bezahlen lassen.«

»Ich will noch mehr Champagner«, sagte Tanja.

An der Bar traf sie auf Wassili. Er war allein. In letzter Zeit war er immer ohne Begleitung auf Veranstaltungen gekommen, und Tanja fragte sich nach dem Grund. Doch an diesem Abend konzentrierte sie sich erst einmal auf sich selbst. »Ich kann das nicht mehr«, sagte sie.

Wassili gab ihr ein Glas. »Was kannst du nicht mehr?«

»Du weißt schon.«

»Ich kann es mir denken.«

»Ich bin vierzig Jahre alt. Ich muss mein eigenes Leben führen.«

»Und was hast du vor?«

»Ich weiß es nicht. Da liegt ja das Problem.«

»Ich bin achtundvierzig«, sagte Wassili, »und ich fühle ähnlich.«

»Was?«

»Ich jage nicht mehr den Mädchen hinterher ... oder den Frauen.«

Zynisch erwiderte Tanja: »Jagst du sie wirklich nicht mehr? Oder bist du inzwischen nur zu langsam, um sie zu erwischen?«

»Höre ich da einen Hauch von Skepsis?«

»Wie aufmerksam von dir.«

»Pass auf«, sagte er. »Ich habe nachgedacht. Ich bin nicht sicher, ob wir weiter so tun sollten, als würden wir uns kaum kennen ...«

»Was soll das jetzt?«

Wassili beugte sich näher zu ihr und senkte die Stimme, sodass niemand sie im Lärm der Party hören konnte. »Es ist allgemein bekannt, dass Anna Murray die Bücher von Iwan Kusnetsow herausgibt, aber niemand hat je eine Verbindung zu dir hergestellt.«

»Wir waren ja auch sehr vorsichtig. Niemand hat mich je mit Anna gesehen.«

»Ja, genau. Deshalb ist es egal, wenn die Leute wissen, dass wir beide befreundet sind.«

Da war Tanja sich nicht so sicher. »Vielleicht. Und?«

Wassili versuchte sich an einem schelmischen Lächeln. »Du hast mir mal gesagt, dass du mit mir ins Bett gehen würdest, wenn ich den Rest meines Harems aufgebe.«

»Habe ich das wirklich gesagt? Das kann ich mir nicht vorstellen.«

»Vielleicht nicht direkt. Aber du hast es angedeutet.«

»Selbst wenn, das war vor achtzehn Jahren.«

»Steht das Angebot nicht mehr?«

Tanja starrte ihn sprachlos an.

»Du bist die einzige Frau, die mir je etwas bedeutet hat«, fuhr Wassili fort. »Alle anderen waren nur Eroberungen. Einige habe ich nicht einmal gemocht. Wenn ich noch nicht mit einer Frau geschlafen hatte, war das schon Grund genug für mich, sie zu verführen.«

»Und das soll dich für mich attraktiv machen?«

»Als ich aus Sibirien zurückgekehrt bin, habe ich versucht, dieses Leben wiederaufzunehmen. Es hat lange gedauert, aber schließlich habe ich die Wahrheit erkannt: Es macht mich nicht glücklich.«

»Ach ja?« Tanja wurde immer wütender.

Wassili bemerkte es nicht. »Du und ich, wir sind schon lange Freunde. Wir sind Seelenverwandte. Wir gehören zusammen. Wenn wir miteinander schlafen, ist das ganz natürlich.«

»Oh ... klar ... ich verstehe.«

Wassili war vollkommen unempfänglich für diese Art von Sarkasmus. »Du bist alleinstehend, ich bin alleinstehend. Und warum sind wir alleinstehend? Weil wir zusammen sein sollten. Wir sollten heiraten.«

»Um das mal zusammenzufassen«, sagte Tanja. »Du hast dein Leben lang Frauen verführt, die dir nichts bedeutet haben, und jetzt, wo du auf die fünfzig zugehst und diese Frauen dich nicht mehr attraktiv finden, lässt du dich dazu herab, mir einen Heiratsantrag zu machen.«

»Vielleicht habe ich mich falsch ausgedrückt«, erwiderte Wassili. »Ich kann nun mal besser schreiben als reden.«

»Oh ja, das hast du in der Tat falsch ausgedrückt. Ich bin der letzte Strohhalm eines gealterten Casanovas!«

»Jetzt bist du sauer auf mich, nicht wahr?«

»Sauer ist nicht mal annähernd das richtige Wort.«

»Nun ja, das ist genau das Gegenteil von dem, was ich beabsichtigt habe.«

Über Wassilis Schulter hinweg sah Tanja ihren Chef, Daniil. Sie ließ Wassili stehen und durchquerte den Raum. »Daniil«, sagte sie. »Ich würde gerne wieder ins Ausland fahren. Ist vielleicht irgendwo ein Posten frei?«

»Natürlich«, antwortete er. »Du bist meine beste Schreiberin. Ich tue alles, damit du glücklich bist.«

»Danke.«

»Und zufälligerweise habe ich gerade darüber nachgedacht, unsere Redaktion in einem ganz bestimmten Land zu verstärken.«

»In welchem?«

»In Polen.«

»Du willst mich nach Warschau schicken?«

»Da ist am meisten los.«

»Na gut«, sagte Tanja. »Dann also nach Polen.«

*

Cam Dewar hatte von Jimmy Carter die Nase voll. Er hielt die Carter-Administration für viel zu zaghaft, vor allem im Umgang mit der Sowjetunion. Cam arbeitete in der Moskau-Abteilung der CIA in Langley, neunzig Meilen vom Weißen Haus entfernt. Zbigniew Brzezinski, der nationale Sicherheitsberater, war zwar ein knallharter Antikommunist, doch Präsident Carter war viel zu vorsichtig.

Allerdings fanden dieses Jahr Wahlen statt, und Cam hoffte, dass Ronald Reagan ins Weiße Haus einziehen würde. Reagan vertrat eine aggressive Außenpolitik und hatte versprochen, die Geheimdienste von den Fesseln der Liberalität zu befreien, die Carter ihnen angelegt hatte. Reagan würde mehr wie Nixon sein, hoffte Cam.

Anfang 1980 war Cam überrascht, als Florence Greary ihn zu sich rief, die stellvertretende Direktorin der Ostabteilung der CIA. Greary war eine attraktive Frau und ein paar Jahre älter als Cam. Er war dreiunddreißig, sie vermutlich achtunddreißig. Er kannte ihre Story. Florence Greary war schon in jungen Jahren von der CIA angeworben worden und hatte lange Zeit als Sekretärin gearbeitet. Fortbildungen hatte man ihr nur gewährt, wenn sie Krawall geschlagen hatte, und das hatte sie getan. Inzwischen war sie eine außergewöhnlich kompetente Geheimdienstmitarbeiterin, aber viele Männer mochten sie wegen des vielen Ärgers, den sie früher gemacht hatte, noch immer nicht.

Heute trug sie einen Faltenrock und einen grünen Pullover. Sie sieht wie eine Lehrerin aus, dachte Cam, eine sexy Lehrerin mit tollem Busen und hübschem Mund mit zarten rosa Lippen und gleichmäßigen Zähnen.

»Setzen Sie sich«, forderte Greary ihn auf. »Der Geheimdienstausschuss des Kongresses hat unsere Informationen zu Polen als armselig bezeichnet.«

Cameron nahm Platz. Um nicht auf den Busen seiner Chefin zu starren, schaute er aus dem Fenster. »Dann wissen die Ausschussmitglieder wohl auch, wem sie die Schuld daran geben können«, sagte er.

»Ach ja? Und wem?«

»Admiral Turner, dem CIA-Direktor, und dem Mann, der ihn ernannt hat, Präsident Carter.«

»Und warum?«

»Weil Turner nicht an Humint glaubt.« Als »Humint« – Human Intelligence – wurden Informationen bezeichnet, die von Spionen vor Ort stammten. Turner zog »Sigint« vor, Signals Intelligence, also die Überwachung von Kommunikationswegen.

»Und? Glauben Sie an Humint?«

»Natürlich sind solche Informationen äußerst unzuverlässig, da alle Verräter ja automatisch Lügner sind. Wenn sie uns die Wahrheit sagen, müssen sie die andere Seite anlügen. Aber das macht ihre Informationen noch lange nicht wertlos, besonders wenn man sie mit Informationen aus anderen Quellen abgleicht.«

»Es freut mich, dass Sie das so sehen. Wir müssen unser Agentennetz ausbauen. Was halten Sie davon, im Ausland zu arbeiten?«

Cameron riss erfreut die Augen auf. »Das wäre großartig. Seit ich vor sechs Jahren zur CIA gegangen bin, habe ich immer wieder um einen Auslandsposten gebeten.«

»Gut.«

»Ich spreche fließend Russisch. Ich würde gern nach Moskau gehen.«

»Also wirklich, das Leben ist manchmal seltsam.«

»Wieso?«

»Sie gehen nach Warschau.«

»Ist das ein Scherz?«

»Ich scherze nicht.«

»Ich spreche aber kein Polnisch.«

»Sie werden auch Ihr Russisch anwenden können. Seit fünfunddreißig Jahren lernen die Polen Russisch in der Schule. Aber Sie sollten natürlich auch ein wenig Polnisch lernen.«

»Okay.«

»Das wäre alles.«

Cameron stand auf. »Danke.« Er ging zur Tür. »Könnten wir das noch weiter vertiefen, Florence?«, fragte er. »Vielleicht bei einem Abendessen?«

»Nein«, antwortete sie geradeheraus und fügte nachdrücklicher hinzu: »Definitiv nein.«

Cam ging hinaus und schloss die Tür. Warschau! Alles in allem war er zufrieden. Er bekam einen Auslandsposten. Cam war optimistisch. Nur dass Florence seine Einladung zum Essen abgelehnt hatte, enttäuschte ihn ein wenig. Aber er wusste schon, was er in der Sache unternehmen würde.

Cam nahm sich seinen Mantel und ging zu seinem Wagen, einem silbernen Mercury Capri. Auf dem Weg nach Washington schlängelte er sich durch den Verkehr in Richtung Adams Morgan im Süden der Hauptstadt. Dort parkte er eine Querstraße von einem Massagesalon mit Namen »Sanfte Hand« entfernt.

Die Frau am Empfang begrüßte ihn mit den Worten: »Hi, Christopher, wie geht es Ihnen heute?«

»Gut, danke. Ist Suzy frei?«

»Sie haben Glück. Kabine drei.«

»Großartig.« Cam zahlte, ging in den Salon hinein und schob einen Vorhang beiseite. Dahinter befand sich eine Kabine mit einer schmalen Liege. Neben der Liege saß eine füllige Frau Mitte zwanzig auf einem Plastikstuhl und las in einer Zeitschrift. Sie trug einen Bikini. »Hallo, Chris«, sagte sie, legte die Zeitschrift beiseite und stand auf. »Möchtest du einen Handjob? Wie immer?«

Cam schlief nie mit Prostituierten. »Ja, bitte, Suzy.« Er reichte ihr einen Geldschein und zog sich aus.

»Ist mir ein Vergnügen«, sagte Suzy. Sie steckte das Geld weg, half Cam, sich auszuziehen, und säuselte: »Jetzt leg dich hin und entspann dich, Baby.«

Cam legte sich auf die Liege und schloss die Augen, während Suzy an die Arbeit ging. Er stellte sich Florence Greary in ihrem Büro vor. Vor seinem geistigen Auge zog sie den grünen Pullover über den Kopf und öffnete den Reißverschluss an ihrem Faltenrock. »Oh, Cam, ich kann dir einfach nicht widerstehen«, sagte sie in seiner Vorstellung. Nur noch in Unterwäsche trat sie um den Tisch herum, schmiegte sich an ihn. »Tu mit mir, was du willst«, hauchte sie. »Aber nimm mich richtig ran, ja?«

»Yeah, Baby«, rief Cam laut auf seiner Liege.

*

Tanja schaute in den Spiegel. Sie hielt eine kleine Dose mit blauem Lidschatten und einen Pinsel in der Hand. In Warschau war es einfacher als in Moskau, an Make-up zu kommen. Tanja hatte nicht viel Erfahrung mit Lidschatten, aber ihr war aufgefallen, dass manche Frauen nur schlecht damit zurechtkamen. Auf ihrem Schminktisch lag eine Zeitschrift mit einem Foto von Bianca Jagger. Immer wieder warf Tanja einen Blick auf das Bild und schminkte sich die Augen.

Die Wirkung war ziemlich gut, fand sie.

Stanislaw Pawlak saß in seiner Uniform auf dem Bett. Die Stiefel hatte er auf eine Zeitung gestellt, um nichts schmutzig zu machen. Er rauchte und schaute Tanja zu. Stanislaw war ein großer, gut aussehender und intelligenter Mann. Tanja war verrückt nach ihm.

Sie hatte ihn kurz nach ihrer Ankunft in Polen bei einer Führung durch das Armeehauptquartier kennengelernt. Stanislaw gehörte zu einer Gruppe, die man die »Goldader« nannte – fähige junge Offiziere, die General Jaruzelski, der Verteidigungsminister, persönlich zur raschen Beförderung ausgewählt hatte. Oft wurden sie auf neue Posten versetzt, damit sie die nötigen Erfahrungen sammeln konnten, um irgendwann im Oberkommando zu dienen.

Staz, wie Stanislaw genannt wurde, war Tanja aufgefallen, weil er so gut aussah; außerdem schien er ein Auge auf sie geworfen zu haben. Und er sprach fließend Russisch. Nachdem er ihr von seiner eigenen Einheit erzählt hatte, die als Verbindungsglied zur Roten Armee fungierte, hatte er sie auf dem Rest der Tour begleitet, die ansonsten langweilig gewesen war.

Am nächsten Tag stand er um sechs Uhr abends vor ihrer Tür. Die Adresse hatte er vom SB bekommen, dem polnischen Geheimdienst. Staz führte Tanja zum Essen in ein beliebtes neues Restaurant mit Namen »Die Ente« aus. Rasch erkannte Tanja, dass Staz genauso viele Vorbehalte gegenüber dem Sozialismus hatte wie sie selbst. Eine Woche später hatte sie zum ersten Mal mit ihm geschlafen.

Doch sie dachte auch noch an Wassili und fragte sich, wie es mit seinem Schreiben voranging, und ob er ihre monatlichen Treffen vermisste. Sie war noch immer wütend auf ihn; allerdings wusste sie nicht mehr so recht den Grund dafür. Jedenfalls hatte er sich ausgesprochen dämlich verhalten. Aber Männer verhielten sich nun mal dämlich, besonders die gut aussehenden.

Doch was Tanja wirklich geärgert hatte, waren die vielen Jahre *vor* seinem Antrag. Irgendwie hatte sie das Gefühl, Wassili habe mit seinem Antrag alles in den Dreck gezogen, was sie in der langen Zeit für ihn getan hatte. Glaubte er tatsächlich, dass sie all die Jahre nur darauf gewartet hatte, dass er ihr einen Heiratsantrag machte? Allein die Vorstellung ließ sie vor Wut kochen.

Inzwischen verbrachte Staz zwei, drei Nächte die Woche in Tanjas Wohnung. Sie fuhren nie zu ihm. Er sagte, seine Wohnung sei nicht viel besser als ein Schlafsaal in der Kaserne. Aber sie hatten eine tolle Zeit zusammen. Und immerzu fragte sich Tanja, ob Staz' Antikommunismus ihn eines Tages zum Handeln bewegen würde.

Sie drehte sich zu ihm um. »Wie gefallen dir meine Augen?«

»Wundervoll«, antwortete er. »Sie haben mich verzaubert. Deine Augen sind wie ...«

»Ich meine das Make-up, du Trottel.«

»Du hast Make-up aufgelegt?«

»Ihr Männer seid wirklich blind. Wie willst du mit einer so schlechten Beobachtungsgabe dein Land verteidigen?«

Staz' Laune verdüsterte sich. »Wir sind nicht im Mindesten darauf vorbereitet, unser Land zu verteidigen«, sagte er. »Die polnische Armee untersteht voll und ganz der UdSSR. Bei unseren Planungen geht es nur darum, die Rote Armee bei einer Invasion Westeuropas zu unterstützen.«

Dass die Sowjets das polnische Militär kontrollierten, lag Staz schwer im Magen. Und dass er so redete, war ein Beweis dafür, wie sehr er Tanja vertraute. Sie hatte festgestellt, dass viele Polen ungewöhnlich offen, beinahe frech über die Fehler der sozialistischen Regierung redeten. Sie glaubten, das Recht zu haben, und anders als viele andere Staatsbürger im Ostblock lebten sie dieses Recht auch aus. Die meisten Menschen in den Staaten des Warschauer Pakts betrachteten den Kommunismus als eine Art Religion; ihn infrage zu stellen, war eine schwere Sünde. Die Polen hingegen tolerierten den Kommunismus nur, so lange er ihren Zwecken diente, und wenn sich ihre Erwartungen nicht erfüllten, protestierten sie.

Trotzdem, Tanja schaltete ihr Nachttischradio ein. Sie glaubte zwar nicht, dass ihre Wohnung verwanzt war – der SB hatte genug damit zu tun, westliche Journalisten auszuspionieren –, aber diese Vorsicht war ihr angeboren.

»Wir alle sind Verräter«, beendete Staz seine Tirade.

Tanja runzelte die Stirn. Staz hatte sich noch nie selbst als Verräter bezeichnet. »Was meinst du damit?«, fragte sie.

»Die Sowjetunion hat einen Notfallplan für die Invasion Westeuropas mit einer Streitmacht, die man die Zweite Strategische Staffel nennt. Die meisten Kampf- und Schützenpanzer, die gegen Westdeutschland, Frankreich und die Beneluxstaaten vorrücken, würden in so einem Fall durch Polen rollen. Und die Vereinigten Staaten würden Atomwaffen einsetzen, um diese Streitmacht aufzuhalten, wenn sie noch in Polen ist. Wir rechnen mit drei- bis vierhundert Atomsprengköpfen, die auf unser Land niederregnen und es in eine nukleare Wüste verwandeln würden. Polen würde von einem Augenblick auf den anderen verschwinden. Wenn wir uns an den Planungen für so etwas beteiligen, sind wir Verräter, oder etwa nicht?«

Tanja schauderte. Das war ein Albtraumszenario ... aber auch erschreckend logisch.

»Amerika ist nicht der Feind des polnischen Volkes«, fuhr Staz fort. »Wenn die UdSSR und die USA in Europa einen Krieg vom Zaun brechen, sollten wir uns auf die Seite der Amerikaner schlagen und uns von der sowjetischen Tyrannei befreien.«

Ließ Staz nur Dampf ab, oder steckte mehr dahinter? Vorsichtig fragte Tanja: »Denkst nur du alleine so, Staz?«

»Keineswegs. Die meisten Offiziere in meinem Alter sind dieser Meinung. Offiziell bekennen sie sich selbstverständlich zum Kommunismus, aber wenn sie getrunken haben, bekommst du ganz was anderes zu hören.«

»Dann habt ihr ein Problem«, sagte Tanja. »Wenn es zum Krieg kommt, ist es zu spät, sich noch auf die Seite der Amerikaner zu schlagen.«

»Da hast du leider recht.«

»Die Lösung liegt auf der Hand«, fuhr Tanja fort. »Ihr müsst Kontakt aufnehmen – jetzt.«

Staz schaute sie kühl an. Inzwischen war Tanja der Gedanke gekommen, womöglich einen *Agent Provocateur* vor sich zu haben, der sie nur aus der Reserve locken wollte, damit man sie verhaften konnte. Aber sie konnte sich einfach nicht vorstellen, dass so jemand ein so guter Liebhaber war.

»Ist das jetzt nur Gerede?«, fragte Staz. »Oder ist es eine ernsthafte Diskussion?«

Tanja atmete tief durch. »Ich meine es todernst.«

»Glaubst du wirklich, es ist möglich?«

»Ich weiß es sogar«, erklärte sie mit Nachdruck. Schließlich machte sie so etwas schon seit zwei Jahrzehnten. »Die eigentliche Kontaktaufnahme ist das Leichteste auf der Welt. Das Problem ist nur, es geheim zu halten und damit durchzukommen. Du müsstest äußerst vorsichtig sein.«

»Glaubst du denn, dass ich das überhaupt *tun* sollte?«

»Ja!«, antwortete Tanja leidenschaftlich. »Ich will nicht, dass eine weitere Generation sowjetischer Kinder – oder polnischer – unter der erstickenden Diktatur der Partei aufwächst.«

Staz nickte. »Du meinst es wirklich ernst.«

»Da kannst du Gift drauf nehmen.«

»Und wirst du mir helfen?«

»Natürlich.«

*

Cameron Dewar war nicht sicher, ob er einen guten Spion abgeben würde. Die verdeckten Aufträge, die er seinerzeit für Präsident Nixon übernommen hatte, waren bestenfalls Amateurarbeit gewesen; er hatte einfach nur Glück gehabt, dass er nicht im Knast gelandet war wie John Ehrlichman, sein Chef. Als Cam bei der CIA angefangen hatte, hatte man ihm zwar alles über tote Briefkästen und solche Dinge beigebracht, doch er hatte dieses Wissen nie in der Praxis anwenden müssen. Nach sechs Jahren im CIA-Hauptquartier in Langley war er endlich in einer ausländischen Hauptstadt stationiert, aber er hatte noch nie echte Geheimdienstarbeit gemacht.

Die amerikanische Botschaft in Warschau war ein stolzes Marmorgebäude an einer Straße mit Namen Aleje Ujazdowskie. Dort hatte die CIA ein kleines Büro nicht weit von den Räumen des Botschafters. Neben dem Büro befand sich ein kleines, fensterloses Zimmer, in dem Filme entwickelt wurden. Das Personal bestand aus vier Spionen und einer Sekretärin. Es war ein kleines Team, aber sie hatten auch nur wenige Informanten.

Cam hatte nicht viel zu tun. Mithilfe eines Wörterbuchs las er die Warschauer Zeitungen. Er schrieb Berichte über Wandschmierereien: »Lang lebe der Papst« oder »Wir wollen Gott«. Er sprach mit Geheimdienstmitarbeitern anderer NATO-Staaten, vor allem aus Deutschland, Frankreich und Großbritannien. Er fuhr mit einem gebrauchten grünen Polski Fiat durch die Stadt, und er suchte unter den Botschaftssekretärinnen nach einer Freundin, doch ohne Erfolg.

Cam fühlte sich wie ein Versager. Sein Leben war einst so vielversprechend gewesen. In der Schule und an der Uni hatte er zu den Besten gehört, und seinen ersten Job hatte er im Weißen Haus bekommen. Dann war alles den Bach runtergegangen. Doch Cam war fest entschlossen, sich sein Leben nicht von Nixon ruinieren zu lassen. Aber dafür brauchte er Erfolge. Er wollte wieder der Klassenbeste sein.

Zunächst aber musste er auf Partys. Botschaftsmitarbeiter, die Frau und Kinder hatten, waren froh, abends nach Hause gehen und sich amerikanische Videokassetten anschauen zu können. Deshalb mussten die Singles auf die Empfänge. An diesem Abend fuhr Cam zur ägyptischen Botschaft, um einen neuen stellvertretenden Botschafter willkommen zu heißen.

Als er den Motor seines Fiats anließ, plärrte das Radio los. Cam hatte es auf die Frequenz des SB eingestellt, des polnischen Geheimdienstes. Der Empfang war oft schlecht, aber manchmal konnte er die Agenten hören, wie sie Personen in der Stadt verfolgten.

Und manchmal verfolgten sie auch ihn. Die Fahrzeuge wechselten, doch für gewöhnlich waren es dieselben zwei Männer. Den einen hatte Cam wegen seiner etwas dunkleren Haut Mario getauft; den anderen, fetteren nannte er Ollie. Die Überwachung schien ziemlich willkürlich zu sein, und so musste Cam ständig davon ausgehen, dass man ihn beobachtete. Genau das, was sie vermutlich erreichen wollten. Vielleicht diente das willkürliche Auftauchen der beiden ja genau diesem Zweck. Vielleicht wollten sie ihn einfach nur nervös machen.

Aber Cam war ausgebildet. Er hatte gelernt, dass eine Überwachung nie offensichtlich sein durfte, denn damit verriet man der Gegenseite nur, dass man etwas im Schilde führte. Man hatte ihm beigebracht, Gewohnheiten zu entwickeln. Montags ging er in Restaurant A, dienstags in Bar B und so weiter. Irgendwann wurden die Verfolger nachlässig – und in diesem Augenblick konnte man etwas Unerwartetes tun.

Als Cam von der Botschaft wegfuhr, sah er, wie sich ein blauer Skoda 105 zwei Wagen hinter ihm ebenfalls in den Verkehr einfädelte. Der Skoda folgte ihm quer durch die Stadt. Cam sah Mario am Steuer und Ollie auf dem Beifahrersitz.

Er parkte in der Alzackastraße und beobachtete, wie der Skoda knapp hundert Meter hinter ihm hielt.

Manchmal war Cam versucht, einfach mal mit Mario und Ollie zu reden; schließlich waren sie hier Teil seines Lebens. Aber man hatte ihn davor gewarnt, weil der SB in diesem Fall das Personal wechseln würde, und dann würde es einige Zeit dauern, bis Cam seine neuen Verfolger kannte.

Er betrat die ägyptische Botschaft und ließ sich einen Cocktail geben. Der Drink war so stark verdünnt, dass man den Gin kaum herausschmecken konnte. Cam sprach mit einem österreichischen Diplomaten über das Problem, in Warschau bequeme Herrenunterwäsche zu bekommen. Als der Österreicher gegangen war, schaute Cam sich um und entdeckte eine blonde Frau Mitte zwanzig, die allein in einer Ecke stand. Sie bemerkte seinen Blick und lächelte. Also ging Cam zu ihr.

Rasch fand er heraus, dass sie Polin war. Sie hieß Lidka und arbeitete als Sekretärin in der kanadischen Botschaft. Sie trug einen engen pinkfarbenen Pullover und einen kurzen schwarzen Rock, der ihre langen Beine zur Geltung brachte. Sie sprach gut Englisch, und sie hörte Cam mit einer Aufmerksamkeit zu, die ihm schmeichelte.

Dann rief ein Mann im Nadelstreifenanzug Lidka zu sich. Cam nahm an, dass es sich um ihren Boss handelte. Doch kaum war Lidka verschwunden, näherte sich ihm eine weitere attraktive Frau. Offenbar war heute sein Glückstag. Die Frau war älter als Lidka, um die vierzig, aber hübscher. Sie hatte kurzes hellblondes Haar und strahlend blaue Augen, die von einem blauen Lidschatten betont wurden. Sie sprach Russisch mit ihm. »Ich habe Sie schon mal gesehen«, sagte sie. »Sie heißen Cameron Dewar, nicht wahr? Ich bin Tanja Dworkin.«

»Ja, ich erinnere mich.« Cam freute sich, endlich beweisen zu können, wie gut sein Russisch war. »Sie arbeiten für die TASS.«

»Und Sie für die CIA.«

Das hatte Cam ihr mit Sicherheit nicht gesagt. Wie immer leugnete er. »Nein, nein, so etwas Aufregendes mache ich nicht«, sagte er. »Ich bin nur ein einfacher Kulturattaché.«

»Kulturattaché?«, erwiderte sie. »Dann können Sie mir sicher helfen. Was für eine Art Maler ist Jan Matejko?«

»Ich weiß nicht genau«, antwortete Cam. »Ein Impressionist, glaube ich. Warum?«

»Kunst ist wohl nicht Ihr Ding.«

»Nun ja, ich bin mehr der Musiktyp«, erwiderte Cam. Er fühlte sich in die Ecke gedrängt.

»Dann lieben Sie vermutlich Szpilman, den polnischen Geiger.«

»Oh ja, sehr. Seine Technik ist wunderbar!«

»Und was halten Sie vom Dichter Wislawa Szymborska?«

»Unglücklicherweise habe ich noch nicht viel von ihm gelesen. Sagen Sie mal, ist das ein Test?«

»Ja, und Sie sind durchgefallen. Szymborska ist eine Frau. Szpilman ist Pianist, und Matejko war Landschaftsmaler, kein Impressionist. Und Sie sind kein Kulturattaché.«

Cam war wie erstarrt. Es erschreckte ihn zutiefst, wie schnell sie es herausgefunden hatte. Als Spion war er wirklich ein Versager. Er versuchte, sich mit Humor herauszureden. »Vielleicht bin ich ja nur ein schlechter Kulturattaché.«

Die Frau senkte die Stimme. »Wenn ein polnischer Armeeoffizier mit einem Vertreter der Vereinigten Staaten sprechen will, könnten Sie das doch arrangieren, oder?«

Plötzlich hatte das Gespräch eine ernste Wendung genommen. Cam wurde nervös. Das konnte eine Falle sein.

Oder es war ein ernst gemeinter Annäherungsversuch und in diesem Fall eine großartige Gelegenheit für ihn.

Vorsichtig antwortete er: »Natürlich kann ich es arrangieren, wenn jemand mit der amerikanischen Regierung sprechen will.«

»Auch geheim?«

Was *war* das hier, zum Teufel? »Ja.«

»Gut«, sagte die Frau und ging davon.

Cam nahm sich noch einen Drink. Was sollte das? War das ernst gemeint gewesen, oder hatte diese Tanja Dworkin ihn nur auf den Arm nehmen wollen?

Die Party neigte sich ihrem Ende zu, und Cam fragte sich, was er den Rest des Abends machen sollte. Er dachte daran, in die Bar der australischen Botschaft zu gehen. Dort spielte er manchmal Darts mit Kollegen aus der Spionagebranche. Dann aber entdeckte er Lidka in der Nähe. Sie war wieder allein. Und sie war wirklich sexy. Er schlenderte zu ihr und fragte: »Haben Sie schon Pläne fürs Abendessen?«

Lidka schaute ihn verwirrt an. »Meinen Sie Rezepte?«

Cam lächelte. Offenbar hatte sie diese Redewendung noch nie gehört. »Wollen Sie mit mir essen gehen?«

»Warum nicht«, antwortete sie. »Könnten wir in die ›Ente‹ gehen?«

»Natürlich.« Die Ente war ein teures Restaurant – es sei denn, man bezahlte mit amerikanischen Dollars. Cam schaute auf die Uhr. »Gehen wir?«

Lidka sah sich um. Der Mann im Nadelstreifenanzug war nirgends zu sehen. »Ja. Ich habe frei«, sagte sie.

Als sie durch die Ausgangstür gingen, tauchte plötzlich wieder die sowjetische Journalistin auf, Tanja, und sagte in schlechtem Polnisch zu Lidka: »Sie haben das hier fallen gelassen.« Sie hielt einen roten Schal in der Hand.

»Der gehört mir nicht«, erwiderte Lidka.

»Ich habe doch gesehen, wie er Ihnen aus der Hand gefallen ist.«

Irgendjemand berührte Cam am Ellbogen. Er wandte sich von dem verwirrenden Gespräch ab und sah einen großen, gut aussehenden Mann von ungefähr vierzig Jahren in der Uniform eines Obersten der polnischen Volksarmee. In fließendem Russisch sagte der Mann: »Ich muss mit Ihnen reden.«

»Meinetwegen«, erwiderte Cam in der gleichen Sprache.

»Ich werde einen sicheren Ort bestimmen, ja?«

Außer »Wie Sie meinen« fiel Cam nichts ein.

»Tanja wird Ihnen sagen, wo und wann.«

»Schön.«

Der Mann drehte sich um.

Cam wandte seine Aufmerksamkeit wieder Lidka zu. Tanja sagte gerade: »Mein Fehler. Wie dumm von mir.« Und mit diesen Worten ging sie davon. Offensichtlich hatte sie Lidka nur kurz ablenken wollen, damit der Offizier mit Cam sprechen konnte.

Lidka war sichtlich verwirrt. »Wie seltsam«, sagte sie, als sie das Gebäude verließen.

Cam war aufgeregt, spielte aber ebenfalls den Verwirrten. »Ja, sehr merkwürdig.«

»Wer war der polnische Offizier, mit dem Sie gesprochen haben?«, wollte Lidka wissen.

»Wer?«, erwiderte Cam. »Ach, der. Keine Ahnung. Mein Wagen steht da hinten.«

»Oh«, sagte sie. »Sie haben einen Wagen?«

»Ja.«

»Nett.« Lidka sah zufrieden aus.

*

Eine Woche später wachte Cam in Lidkas Wohnung auf.

Es war mehr eine Art Studio: ein Zimmer mit Bett, Fernseher und Spüle. Dusche und Toilette teilte Lidka sich mit drei weiteren Leuten auf dem Flur.

Für Cam war es das Paradies auf Erden.

Er setzte sich auf. Lidka stand an der Arbeitsplatte und kochte Kaffee, echten Bohnenkaffee. Cam hatte ihn mitgebracht. Sie selbst konnte sich keinen Kaffee leisten.

Lidka drehte sich um und kam mit der Tasse zum Bett zurück, splitternackt, wie sie war. Sie hatte drahtiges braunes Schamhaar und kleine spitze Brüste.

Zuerst war es Cam peinlich gewesen, dass Lidka nackt durch die Wohnung lief, weil er dann nicht anders konnte, als sie unablässig anzustarren, was ihm ungezogen vorkam. Doch als er Lidka dies gestand, sagte sie nur: »Du kannst gucken, so viel du willst. Das gefällt mir.« Trotzdem schämte Cam sich weiterhin, wenn auch nicht mehr ganz so sehr.

Seit einer Woche sah er Lidka jede Nacht.

Er hatte siebenmal Sex mit ihr gehabt, also öfter als bis jetzt in seinem Leben insgesamt, von den Handjobs im Massagesalon einmal abgesehen.

Eines Tages hatte sie ihn gefragt, ob er es morgens noch einmal machen wolle.

»Noch einmal?«, hatte Cam darauf erwidert. »Bist du Nymphomanin, oder was?«

Lidka war beleidigt gewesen, doch Cam hatte es wiedergutgemacht.

Während Lidka sich nun das Haar kämmte, nippte Cam an seinem Kaffee und dachte an den Tag, der vor ihm lag. Bis jetzt hatte er noch nichts von Tanja Dworkin gehört. Er hatte Keith Dorset, seinem Chef, vom Kontakt in der ägyptischen Botschaft berichtet; sie waren übereingekommen, dass ihnen nichts anderes übrig blieb, als zu warten.

Doch Cam hatte noch ein anderes Problem. Der Begriff »Venusfalle« war ihm nicht unbekannt. Nur ein Narr hätte sich nicht die Frage gestellt, ob Lidka irgendwelche Hintergedanken hatte. Cam musste die Möglichkeit in Betracht ziehen, dass sie für den SB arbeitete.

Er seufzte und sagte: »Ich muss meinem Chef von dir erzählen.«

»Wirklich?« Es schien sie weiter nicht zu stören. »Warum?«

»Amerikanische Diplomaten dürfen eigentlich nur mit Bürgern anderer NATO-Staaten ausgehen. Wir nennen es ›die verdammte NATO-Regel‹. Wir dürfen uns nicht in Kommunisten verlieben.« Bis jetzt hatte Cam ihr nicht erzählt, dass er kein Diplomat war, sondern Spion.

Traurig setzte Lidka sich neben ihn aufs Bett. »Machst du Schluss mit mir?«

»Nein, nein!« Die Vorstellung versetzte ihn fast in Panik. »Aber ich muss es meinem Vorgesetzten sagen, und dann wirst du überprüft.«

Jetzt schaute sie doch besorgt drein. »Was heißt das?«

»Sie werden recherchieren, ob du Agentin des polnischen Geheimdienstes bist.«

Lidka zuckte mit den Schultern. »Sollen sie ruhig. Das bin ich nämlich nicht.«

Sie schien vollkommen entspannt zu sein. »Tut mir leid, aber so läuft das nun mal«, sagte Cam. »One-Night-Stands spielen keine Rolle, aber wir sind verpflichtet, es sofort zu melden, wenn mehr daraus wird ... du weißt schon, eine Beziehung.«

»Verstehe.«

»Wir *haben* doch eine Beziehung, oder?«, hakte Cam unsicher nach. »Eine richtige Liebesbeziehung?«

Lidka lächelte. »Du Dummerchen«, sagte sie. »Natürlich.«

KAPITEL 53

Familie Franck reiste in zwei Trabbis nach Ungarn. Sie fuhren in Urlaub. Ungarn war ein beliebtes Reiseziel für DDR-Bürger, die sich den Sprit leisten konnten.

So weit sie sagen konnten, wurden sie nicht verfolgt.

Sie hatten die Reise bei Intourist gebucht, der staatlichen Reiseagentur der DDR. Eigentlich hatten sie damit gerechnet, dass man ihnen die nötigen Visa verweigern würde, auch wenn Ungarn ein Ostblockland war; doch dann hatten sie eine angenehme Überraschung erlebt. Hans Hoffmann hatte die Gelegenheit versäumt, ihnen wieder einmal wehzutun. Vielleicht war er zu beschäftigt.

Sie brauchten zwei Wagen, denn sie nahmen auch Karolin und ihre Familie mit. Werner und Carla liebten ihre Enkelin abgöttisch. Alice war inzwischen sechzehn. Und Lili liebte auch Karolin, aber nicht ihren Mann Odo. Ja, er war ein guter Kerl, und er hatte Lili ihren derzeitigen Job in einem Waisenhaus der evangelischen Kirche besorgt, aber seine Zuneigung zu Karolin und Alice wirkte irgendwie gezwungen, als wäre es eine gute Tat, sie zu lieben. Lili hingegen glaubte, dass die Liebe eines Mannes aus Leidenschaft geboren sein sollte, und nicht aus irgendeinem moralischen Pflichtgefühl.

Karolin empfand ähnlich. Sie und Lili standen sich nahe genug, um alle Geheimnisse miteinander zu teilen, und Karolin hatte Lili gestanden, dass ihre Ehe ein Fehler gewesen war. Sie war zwar nicht unglücklich mit Odo, aber sie liebte ihn auch nicht. Er war nett und zärtlich, aber nicht sexy. Und sie gingen nur einmal im Monat miteinander ins Bett.

Aber wie auch immer, die Reisegesellschaft bestand aus sechs Leuten. Werner, Carla und Lili nahmen den braunen Wagen, Karolin, Odo und Alice den weißen.

Es war eine lange Reise, besonders in einem lahmen Zweitakter. Es ging fast tausend Kilometer durch die Tschechoslowakei. Am ersten Tag kamen sie bis nach Prag, wo sie übernachteten. Als sie ihr Hotel am Morgen des nächsten Tages verließen, sagte Werner: »Ich bin ziemlich sicher, dass uns niemand folgt. Wir scheinen damit durchgekommen zu sein.«

Sie fuhren zum Plattensee, dem Balaton, mit neunundsiebzig Kilometern Länge der größte See Mitteleuropas. Er lag verführerisch nahe an der

Grenze zu Österreich, einem freien Land. Allerdings war die gesamte Grenze mit einem elektrischen Stacheldrahtzaun gesichert, um die Menschen davon abzuhalten, aus dem Arbeiter- und Bauernparadies zu fliehen.

Auf einem Campingplatz am Südufer errichteten sie zwei Zelte.

Sie hatten ein geheimes Ziel: Sie wollten sich mit Rebecca treffen. Es war Rebeccas Idee gewesen. Sie hatte sich ein Jahr lang um Walli gekümmert und es schließlich geschafft, ihn von den Drogen abzubringen. Jetzt lebte er in einer eigenen Wohnung, nicht weit von Rebecca in Hamburg entfernt. Sie hatte das Angebot ausgeschlagen, in den Bundestag zu gehen, um sich um Walli kümmern zu können, doch als es ihm endlich besser ging, hatten ihre Parteifreunde das Angebot erneuert. Jetzt war Rebecca Bundestagsabgeordnete und saß im Außenausschuss. Sie war in offiziellem Auftrag in Ungarn gewesen und hatte dabei festgestellt, dass das Land sich alle Mühe gab, Urlauber aus dem Westen anzulocken, denn der Tourismus und billiger Riesling waren die einzigen Möglichkeiten für Ungarn, an Devisen zu kommen, um das riesige Haushaltsdefizit des Landes auszugleichen. Die westlichen Touristen wurden zwar in speziellen Ferienanlagen untergebracht, doch außerhalb davon hielt die Menschen nichts davon ab, sich zu verbrüdern.

So gab es also kein Gesetz, das den Francks untersagte, was sie nun taten. Sie hatten ein Visum. Rebecca ebenfalls. Auch sie machte Pauschalurlaub am Plattensee. Und dabei würden sie sich wie zufällig treffen.

Doch in sozialistischen Staaten waren Gesetze nur Kosmetik. Die Francks wussten, dass sie in Schwierigkeiten steckten, wenn die Stasi herausfand, was sie vorhatten. Also hatte Rebecca alles im Geheimen und über Enok Andersen arrangiert, den dänischen Prokuristen, der noch immer häufig nach Ostberlin fuhr, um sich mit Werner zu beraten. Sie hatten weder etwas niedergeschrieben noch angerufen. Die größte Angst der Francks war, Rebecca könnte aus irgendeinem Grund verhaftet werden, oder dass die Stasi sie entführte. Natürlich wäre das ein schwerwiegender diplomatischer Zwischenfall, aber vermutlich kümmerte das die Stasi nicht.

Rebeccas Mann, Bernd, kam nicht. Sein körperlicher Zustand hatte sich dramatisch verschlechtert, und seine Nieren drohten zu versagen. Er arbeitete nur noch in Teilzeit und konnte nicht mehr weit reisen.

Werner hämmerte den Hering in den Boden, richtete sich auf und sagte leise zu Lili: »Schau dich mal ein bisschen um. Sie sind uns zwar nicht hierher gefolgt, aber vielleicht erwarten sie uns ja schon.«

Lili schlenderte über den Campingplatz. Die Camper am Plattensee waren fröhlich und freundlich. Als attraktive junge Frau wurde Lili überall begrüßt, und man bot ihr Bier und Snacks an. Die meisten Zelte gehörten Familien, doch es gab auch ein paar reine Männer- oder Mädchengruppen. Ohne Zweifel würden die Singles in den nächsten Tagen zueinanderfinden.

Auch Lili war Single. Und sie stand auf Sex und hatte schon mehrere Beziehungen gehabt – einmal sogar mit einer Frau, wovon ihre Familie aber nichts wusste. Sie hatte zwar die gleichen Mutterinstinkte wie andere Frauen und vergötterte Alice, hatte aber keine Lust auf eigene Kinder, die sie dann in der DDR würde großziehen müssen.

Einen Studienplatz an der Universität hatte man Lili wegen der politischen Einstellung ihrer Familie verweigert, und so war sie Kinderkrankenschwester geworden. In einem staatlichen Krankenhaus hätte man sie jedoch nie befördert, und so konnte sie von Glück sagen, dass Odo ihr einen Job bei der Kirche besorgt hatte, die nicht von der SED kontrolliert wurde.

Doch ihr Herz hing an der Musik. Zusammen mit Karolin sang und spielte sie in kleinen Bars, Jugendclubs und in Kirchensälen. Mit ihren Songs protestierten sie gegen Umweltverschmutzung, die Zerstörung alter Gebäude und Denkmäler, das Abholzen des Waldes und die hässliche sozialistische Architektur. Die Behörden hassten sie, und sie waren schon mehrmals verhaftet und wegen Verbreitung antisozialistischer Propaganda verwarnt worden. Allerdings konnte die SED es sich auch nicht leisten, *für* die Umweltverschmutzung zu sein. Also fiel es der Regierung schwer, drastischere Maßnahmen gegen Umweltschutzaktivisten zu ergreifen, und in der offiziellen, aber zahnlosen »Gesellschaft für Natur und Umweltschutz« arbeitete sie sogar mit den Aktivisten zusammen.

Lilis Vater sagte, in den USA werfe man den Umweltaktivisten vor, gegen die kapitalistische Wirtschaft zu sein. Da konnten die Kommunisten sie wohl kaum antisozialistischer Umtriebe bezichtigen. Schließlich war es ja Sinn und Ziel des Sozialismus, dass die Fabriken für die Menschen arbeiteten und nicht für die Bosse.

Eines Nachts hatten Lili und Karolin sich in ein Tonstudio geschlichen und ein Album aufgenommen. Es war zwar nicht offiziell veröffentlicht worden, doch unmarkierte Kassetten der Aufnahme wurden tausendfach verkauft.

Lili machte einen Rundgang über den Campingplatz, auf dem fast ausschließlich Ostdeutsche zelteten. Der Platz für die Westler war kilometerweit entfernt. Auf dem Weg zurück zum Zelt ihrer Familie fiel Lili ein Zelt in der Nähe auf, vor dem zwei Männer in ihrem Alter saßen und Bier tranken. Einer hatte schüttere blonde Strähnen, der andere volles dunkles Haar, das er wie die Beatles vor fünfzehn Jahren trug. Der Blonde schaute Lili kurz in die Augen, wandte den Blick aber gleich wieder ab, was sofort Lilis Misstrauen erregte. Normalerweise reagierten junge Männer nicht so auf ihren Anblick. Doch diese beiden boten ihr weder etwas zu trinken an, noch forderten sie sie auf, sich zu ihnen zu setzen.

»Oh nein«, murmelte Lili vor sich hin.

Stasimänner waren leicht zu erkennen. Sie waren brutal, aber nicht sonderlich klug. Bei der Stasi konnte man Karriere machen, wenn man Prestige und Macht wollte, aber nicht über die Intelligenz und das Talent verfügte, es auf dem üblichen Weg zu schaffen. Hans, Rebeccas erster Mann, war ein typisches Beispiel dafür. Dass er ein dummer, rüpelhafter und egoistischer Karrierist war, hatte seinen Aufstieg nicht gebremst. Inzwischen schien er ein hohes Tier zu sein, denn er wurde in einer Limousine durch die Gegend kutschiert und logierte in einer großen Villa, die eine hohe Mauer umschloss.

Lili wollte keine unnötige Aufmerksamkeit erregen, doch um ihren Verdacht zu bestätigen, musste sie etwas wagen. »Hallo, Jungs«, sagte sie freundlich.

Die beiden Männer grunzten eine oberflächliche Begrüßung, doch Lili ließ sich nicht so leicht abwimmeln. »Seid ihr mit euren Frauen hier?«, fragte sie. Das mussten die beiden doch wohl als Anmache erkennen, oder?

Der Blonde schüttelte den Kopf; der andere sagte nur: »Nein.« Sie waren nicht einmal klug genug, ihr etwas vorzuspielen.

»Wirklich?« Das ist ja fast eine Bestätigung, dachte Lili. Denn was machten zwei junge Männer in einem Ferienlager, wenn sie nicht nach Mädchen Ausschau hielten? Und für Homosexuelle waren sie zu schlecht gekleidet. »Wo geht man hier abends hin, wenn man Spaß haben will?«, fragte Lili. »Kann man hier irgendwo tanzen?«

»Keine Ahnung.«

Das reichte. Wenn die beiden Typen hier Urlaub machen, bin ich Frau Breschnew, überlegte Lili und ging weiter.

Das war ein Problem. Wie sollten die Francks sich mit Rebecca treffen, ohne dass die Stasi davon erfuhr?

Lili kehrte zu ihrer Familie zurück. Inzwischen waren beide Zelte aufgebaut. »Schlechte Neuigkeiten«, berichtete sie ihrem Vater. »Zwei Stasimänner, eine Reihe südlich von hier und drei Zelte östlich von uns.«

»Das habe ich schon befürchtet«, sagte Werner.

*

Zwei Tage später sollten sie sich mit Rebecca in einem Restaurant treffen, das sie von ihrem ersten Besuch kannte. Doch bevor sie dorthin gingen, mussten die Francks die Stasi abschütteln. Lili machte sich große Sorgen, doch ihre Eltern blieben seltsam ruhig.

Am ersten Tag fuhren Werner und Carla in aller Frühe mit dem braunen Trabbi weg. Sie wollten ein wenig Aufklärung betreiben, sagten sie. Die Stasimänner folgten ihnen in einem grünen Skoda. Werner und Carla waren den ganzen Tag unterwegs; als sie zurückkehrten, schienen sie sich ihrer Sache ziemlich sicher zu sein.

Am nächsten Morgen sagte Werner zu Lili, er wolle ein wenig mit ihr wandern gehen. Mit Rucksäcken über der Schulter standen sie vor dem Zelt und halfen sich gegenseitig, die Säcke festzuzurren. Dann zogen sie sich Wanderstiefel an und setzten sich breitkrempige Hüte auf. Sie sahen ganz so aus, als bereiteten sie sich auf einen langen Marsch vor.

Gleichzeitig machte Carla sich für eine Einkaufstour zurecht. Sie stellte eine Liste auf und sagte laut: »Schinken, Käse, Brot ... sonst noch was?«

Lili fürchtete schon, dass sie es übertrieben.

Die Stasimänner saßen vor ihrem Zelt, rauchten und beobachteten sie.

Schließlich gingen die Francks in verschiedenen Richtungen davon. Carla machte sich auf den Weg zum Parkplatz; Lili und Werner marschierten zum Strand. Der Stasiagent mit der Beatlesfrisur folgte Carla, der Blonde setzte sich auf die Fährte von Werner und Lili.

»So weit, so gut«, sagte Werner. »Wir haben sie getrennt.«

Als Lili und Werner den See erreichten, bog Werner nach Westen ab und folgte dem Ufer. Offensichtlich hatte er den Weg am Tag zuvor erkundet. Der Untergrund war an vielen Stellen schwergängig, und der blonde Stasiagent, der ihnen in einigem Abstand folgte, kam teilweise nur mühsam voran. Er trug keine Wanderschuhe. Manchmal hielten Lili und Werner an und taten so, als würden sie eine Pause einlegen, nur damit der Bursche zu ihnen aufschließen konnte.

So wanderten sie zwei Stunden am Ufer des Sees entlang, bis sie einen langen, verlassenen Strand erreichten. Ein kleines Stück entfernt kam ein schmaler, unbefestigter Weg aus dem Wald.

Dort parkte Carla mit dem braunen Trabbi.

Außer ihr war niemand zu sehen.

Werner und Lili stiegen in den Wagen, Carla fuhr los, und der Stasimann saß in der Wildnis fest.

Nur mit Mühe unterdrückte Lili den Impuls, ihm zum Abschied zu winken.

»Hast du den anderen Kerl abgeschüttelt?«, fragte Werner seine Frau.

»Ja«, antwortete Carla. »Ich habe für eine Ablenkung vor dem Lebensmittelladen gesorgt, indem ich in einem Mülleimer Feuer gelegt habe.«

Werner grinste. »Den Trick hast du damals von mir gelernt.«

»Stimmt. Natürlich ist der Kerl ausgestiegen und hat nachgesehen, was da los war.«

»Und dann?«

»Als er abgelenkt war, habe ich ihm einen Nagel in den Reifen gesteckt. Als er losfahren wollte, war er platt.«

»Nett.«

»So was habt ihr auch im Krieg gemacht, nicht wahr?«, fragte Lili.

Stille. Sie sprachen nie über den Krieg. Schließlich aber sagte Carla: »Ja, wir haben das ein oder andere gemacht. Aber nichts, womit man prahlen könnte.«

Mehr sagten sie nie.

Weiter landeinwärts fuhren sie in ein Dorf und hielten vor einem kleinen Haus, an dem ein Schild hing: BAR. Ein Mann stand davor und winkte sie auf ein Feld auf der Rückseite, wo niemand sie sehen konnte.

Lili, Werner und Carla stellten den Wagen ab und betraten eine Kneipe, die zu schick eingerichtet war, als dass sie ein staatliches Lokal hätte sein können. Lili sah ihre Schwester sofort und fiel ihr in die Arme. Sie hatten sich seit achtzehn Jahren nicht mehr gesehen. Lili versuchte, in Rebeccas Gesicht zu schauen, doch die Tränen machten es ihr unmöglich. Dann umarmten Carla und Werner ihre Tochter.

Nachdem die Wogen sich ein wenig geglättet hatten, erkannte Lili, dass Rebecca deutlich älter geworden war. Natürlich war das keine Überraschung. Sie wurde demnächst fünfzig. Außerdem war sie dicker, als Lili sie in Erinnerung hatte. Doch das Auffallendste war ihr schickes Äußeres. Rebecca trug ein blaues Sommerkleid mit kleinen Punkten und einen dazu passenden Blouson. Um den Hals hatte sie eine Silberkette mit einer einzelnen großen Perle, und ihren Arm zierte ein breiter Silberarmreif. Die eleganten Sandalen hatten Absätze aus Kork, und an ihrer Schulter baumelte eine blaue Lederhandtasche.

Lili staunte. Soviel sie wusste, wurde man als Politiker nicht sonderlich gut bezahlt. War es möglich, dass in der BRD *alle* so gut gekleidet waren?

Rebecca führte sie in ein Privatzimmer im hinteren Teil des Hauses, wo ein langer Tisch mit kaltem Fleisch, Salat und Weinflaschen gedeckt war. Neben dem Tisch stand ein dünner, gut aussehender, aber irgendwie mitgenommen wirkender Mann in weißem T-Shirt und enger schwarzer Jeans. Er könnte durchaus in den Vierzigern sein, vielleicht auch ein wenig jünger; auf jeden Fall hatte er gerade eine schwere Krankheit hinter sich. Lili hielt ihn für den Kellner.

Dann aber schnappte Carla nach Luft, und Werner stieß hervor: »O Gott.«

Lili sah, dass der dünne Mann sie erwartungsvoll anschaute. Plötzlich bemerkte sie seine mandelförmigen Augen und wusste im gleichen Moment, dass ihr Bruder vor ihr stand. Walli! Sie stieß einen leisen Schrei aus, in dem sich Freude und Erschrecken mischten. Er sah so alt aus!

Carla umarmte ihn und sagte: »Mein kleiner Junge ... mein armer, kleiner Junge.«

Auch Lili fiel ihm um den Hals, küsste ihn und brach erneut in Tränen aus. »Du siehst so anders aus«, schluchzte sie. »Was ist mit dir passiert?«

»Rock and Roll«, antwortete er und lachte. »Aber ich bin darüber hinweg.« Er schaute zu seiner großen Schwester. »Rebecca hat ein Jahr ihres Lebens und eine große Karrierechance geopfert, um mich zu retten.«

»Das war doch selbstverständlich«, sagte Rebecca. »Schließlich bin ich deine Schwester.«

Lili war sicher, dass Rebecca nicht einen Augenblick gezögert hatte. Für sie kam die Familie stets an erster Stelle. Vermutlich lag es daran, dass sie adoptiert worden war.

Werner hielt Walli lange im Arm. »Wir haben nichts davon gewusst«, sagte er mit bebender Stimme. »Wir wussten nicht, dass du auch kommst.«

»Ich habe beschlossen, es geheim zu halten«, sagte Rebecca.

»Ist das nicht gefährlich?«, wollte Carla wissen.

»Oh ja«, antwortete Rebecca. »Aber Walli wollte das Risiko auf sich nehmen.«

Dann kam Karolin mit ihrer Familie. Wie die anderen, so dauerte es auch bei ihr eine Weile, bis sie Walli erkannte; dann schrie sie erschrocken auf.

»Hallo, Karolin«, sagte er, nahm ihre Hände und küsste sie auf beide Wangen. »Schön, dich wiederzusehen.«

»Ich bin Odo«, stellte der Mann sich vor, der bei ihr war. »Karolins Ehemann. Freut mich, dich endlich kennenzulernen.«

Irgendetwas huschte über Wallis Gesicht. Es war sofort wieder verschwunden, aber Lili wusste, dass Walli in Odo etwas gesehen und erkannt hatte, das ihn entsetzte; doch er hatte seinen Schock sofort verborgen. Die beiden Männer schüttelten sich freundlich die Hand.

»Und das ist Alice«, sagte Karolin.

»Alice?« Walli schaute das große, sechzehnjährige Mädchen mit den langen blonden Haaren wie benommen an. »Als du noch klein warst, habe ich einen Song über dich geschrieben«, sagte er.

»Ich weiß«, erwiderte sie und küsste ihn auf die Wange.

»Alice kennt ihre Geschichte«, sagte Odo. »Wir haben ihr alles erzählt, kaum dass sie alt genug war, um es zu verstehen.«

Lili fragte sich, ob Walli den selbstgerechten Unterton Odos bemerkte. Oder war sie zu empfindlich und bildete es sich nur ein?

»Ich liebe dich«, sagte Walli zu Alice, »aber Odo hat dich großgezogen. Das werde ich ihm nie vergessen ... und du sicher auch nicht.«

Für eine Minute verschlug es ihm die Sprache. Dann fasste er sich wieder und sagte: »Bitte, setzt euch und esst. Heute ist ein Freudentag.« Lili nahm an, dass Walli alles bezahlt hatte.

Sie setzten sich an den Tisch. Ein paar Augenblicke fühlten sie sich wie Fremde. Sie waren verlegen und wussten nicht, was sie sagen sollten. Dann sprachen mehrere von ihnen gleichzeitig und bombardierten Walli mit Fragen. Alle lachten, und die Atmosphäre wurde entspannter. »Einer nach dem anderen!«, sagte Walli.

Er erzählte ihnen, dass er in Hamburg ein Penthouse habe. Er war nicht verheiratet, hatte aber eine Freundin. Alle zwei Jahre flog er nach Kalifornien und wohnte vier Monate auf Dave Williams' Farm, um mit Plum Nellie ein neues Album aufzunehmen. »Ich bin heroinsüchtig«, sagte er, »bin aber seit sieben Jahren clean. Im September werden es acht. Wenn ich mit der Band auftrete, steht ein Wachmann vor meiner Tür und untersucht jeden nach Drogen.« Er zuckte mit den Schultern. »Ich weiß, das ist extrem, aber es funktioniert.«

Auch Walli hatte Fragen, besonders an Alice. Während sie antwortete, schaute Lili sich am Tisch um. Das also war ihre Familie: ihre Eltern, ihre Schwester, ihr Bruder, ihre Nichte und ihre älteste Freundin und Gesangspartnerin. Wie glücklich sie doch war, dass nun alle im selben Raum saßen, miteinander lachten, aßen und Wein tranken.

Karolin saß neben Walli; Lili beobachtete die beiden. Sie kamen offensichtlich bestens miteinander aus. Lili fiel auf, dass sie einander noch immer zum Lachen brachten. Wenn die Mauer weg wäre, hätte ihre Beziehung dann noch eine Chance? Sie waren noch jung: Walli war dreiunddreißig, Karolin fünfunddreißig ... Lili schob den Gedanken rasch beiseite. Das war Träumerei.

Für Alice erzählte Walli noch einmal die Geschichte seiner Flucht aus Ostberlin. Als er an die Stelle gelangte, wo er die ganze Nacht auf Karolin gewartet hatte, ohne dass sie erschienen war, unterbrach sie ihn. »Ich hatte einfach Angst«, sagte sie. »Ich hatte Angst um mich und das Baby.«

»Das mache ich dir nicht zum Vorwurf«, sagte Walli. »Du hast nichts falsch gemacht und ich auch nicht. Es gibt nur eines, was falsch ist: die Mauer.«

Er beschrieb, wie er den Grenzübergang durchbrochen hatte. »Ich werde nie den Mann vergessen, den ich getötet habe«, fügte er hinzu.

»Das war nicht deine Schuld«, sagte Carla. »Er hat auf dich geschossen.«

»Ich weiß.« Walli seufzte, und Lili erkannte an seinem Tonfall, dass er endlich seinen Frieden mit den Geschehnissen gemacht hatte. »Es tut mir zwar immer noch leid, aber ich habe kein schlechtes Gewissen mehr. Es war nicht falsch von mir zu fliehen. Es war falsch, auf mich zu schießen.«

»Ja, du hast das vorhin schon ganz richtig gesagt«, warf Lili ein. »Das Einzige, was hier falsch ist, ist die Mauer.«

KAPITEL 54

Keith Dorset, Cam Dewars Boss, war ein dicklicher Mann mit sandfarbenem Haar. Wie viele CIA-Leute war auch er schlecht gekleidet. Heute trug er eine braune Tweedjacke, eine graue Flanellhose, ein weißes Hemd mit braunen Nadelstreifen und eine mattgrüne Krawatte. Wenn so jemand über die Straße ging, traute niemand, der ihn sah, ihm einen wichtigen Job zu.

Und vielleicht will Keith mit seinem Aussehen genau das bewirken, dachte Cameron. Oder er hat einfach nur einen schlechten Geschmack.

»Was Ihre Freundin angeht ... Lidka«, sagte Keith, der hinter seinem großen Schreibtisch in der amerikanischen Botschaft saß.

»Ja?« Cam war ziemlich sicher, dass Lidka nichts Böses im Schilde führte; trotzdem wollte er es bestätigt haben.

»Ihr Antrag ist abgelehnt«, erklärte Keith.

Cam war erstaunt. »Wovon reden Sie?«

»Ihr Antrag ist abgelehnt. Was ist daran denn so schwer zu verstehen?«, schnaubte Keith verächtlich.

So einfach ließ Cam sich dann doch nicht abfertigen. Schließlich hatte er im Weißen Haus gearbeitet. »Und aus welchem Grund wurde der Antrag abgelehnt?«

»Ach, wissen Sie, ich muss Ihnen keine Gründe nennen.«

Im Alter von vierunddreißig Jahren hatte Cam seine erste richtige Freundin. Nach zwanzig Jahren der Zurückweisung schlief er mit einer Frau, die ihn glücklich machen wollte. Die Angst, sie zu verlieren, ließ ihn unvorsichtig werden, denn er entgegnete: »Ach, wissen Sie, Sie müssen auch kein Arschloch sein.«

»Wagen Sie es ja nicht, so mit mir zu reden. Noch so eine Bemerkung, und Sie sitzen im nächsten Flugzeug Richtung Washington.«

Das wollte Cam natürlich auch nicht, und rasch machte er einen Rückzieher. »Tut mir leid. Aber ich würde trotzdem gerne die Gründe wissen, wenn es geht.«

»Sie haben doch engen und häufigen Kontakt mit ihr, nicht wahr?«

»Natürlich. Das habe ich Ihnen doch selbst gesagt. Und? Ist das ein Problem?«

»Es hat mit der Statistik zu tun. Die meisten Spione, die wir erwischen, haben Verwandte oder enge Freunde im feindlichen Ausland.«

So etwas hatte Cam sich schon gedacht. »Ich bin aber nicht bereit, sie wegen einer Statistik aufzugeben. Haben Sie auch etwas Konkretes gegen sie?«

»Was fällt Ihnen ein, mich ins Kreuzverhör zu nehmen?«

»Das interpretiere ich jetzt mal als Nein.«

»Ich warne Sie zum letzten Mal ...«

Sie wurden von einem anderen Agenten unterbrochen, Tony Savino, der mit einem Blatt Papier in der Hand den Raum betrat. »Ich habe mir gerade die Liste der akkreditierten Reporter für die Pressekonferenz heute Morgen angesehen«, sagte er. »Tanja Dworkin kommt von der TASS.« Er schaute zu Cam. »Das ist doch die Frau, mit der du in der ägyptischen Botschaft gesprochen hast, oder?«

»Ja«, bestätigte Cam.

»Und was ist das Thema der Pressekonferenz?«, fragte Keith.

»Hier steht: eine neue Regelung, wie polnische und amerikanische Museen sich gegenseitig Kunst ausleihen können.« Tony schaute zu Cam. »Das ist wohl kaum ein Thema, das eine Starreporterin der TASS anzieht, oder?«

»Dann ist sie wohl wegen mir hier«, sagte Cam.

*

Tanja entdeckte Cam Dewar, kaum dass sie den Konferenzraum der amerikanischen Botschaft betreten hatte. Groß und schmal stand er im Hintergrund wie ein Laternenpfahl. Wäre er nicht da gewesen, hätte sie ihn nach der Pressekonferenz gesucht, aber so war es besser, weniger auffällig. Allerdings wollte sie nicht direkt auf ihn zugehen. Stattdessen beschloss sie, sich erst einmal die Presseerklärung anzuhören.

Sie setzte sich neben eine polnische Journalistin, die sie mochte: Danuta Gorski, eine temperamentvolle Brünette mit freundlichem Lächeln. Danuta gehörte der Untergrundbewegung an, die Flugblätter über die Sorgen der Arbeiter und Menschenrechtsverletzungen publizierte. Diese Form illegaler Texte nannte man *Bibula*. Danuta lebte im selben Gebäude wie Tanja.

Während der amerikanische Pressesprecher eine Erklärung verlas, flüsterte Danuta zu Tanja: »Du solltest mal nach Gdansk fahren.«

»Warum?«

»In der Leninwerft wird es zum Streik kommen.«

»Es wird doch überall gestreikt.« Die Arbeiter verlangten Lohnerhöhungen als Ausgleich für die Lebensmittelverteuerungen. Tanja schrieb jedoch immer nur von »vorübergehenden Arbeitsniederlegungen«. Streiks gab es nur im kapitalistischen Ausland.

»Glaub mir«, sagte Danuta. »Das wird anders.«

Die polnische Regierung reagierte rasch auf jeden Streik. Gehälter wurden erhöht und andere Zugeständnisse gemacht. Die Partei wollte solchen Protesten schnellstmöglich ein Ende bereiten, bevor sie um sich greifen konnten. Der Albtraum der Nomenklatura – und der Traum der Dissidenten – war, dass die vielen kleinen Proteste zu einer großen Bewegung verschmolzen, die ein neues Land hervorbrachte.

»Was meinst du mit ›anders‹?«

»Sie haben eine Kranführerin gefeuert, die in unserem Komitee gearbeitet hat, aber da haben sie sich die Falsche ausgesucht. Anna Walentynowicz ist Witwe und einundfünfzig Jahre alt.«

»Also weckt sie das Mitgefühl der ritterlichen polnischen Männer.«

»Und sie ist ausgesprochen populär. Sie nennen sie Pani Anna, Frau Anna.«

»Vielleicht sehe ich mir das mal an.« Dimka würde es mit Sicherheit erfahren wollen, wenn die Proteste ernst wurden, denn in diesem Fall konnte wieder eine brutale Reaktion des Kremls drohen, und die galt es zu verhindern.

Nach der Pressekonferenz ging Tanja an Cam Dewar vorbei und sagte leise auf Russisch: »Gehen Sie am Freitag um zwei in die Johanneskathedrale und schauen Sie zum Baryczkowski-Kruzifix.«

»Das ist kein guter Ort«, zischte der junge Mann.

»Entweder Sie kommen, oder Sie kommen nicht«, erwiderte Tanja.

»Sie müssen mir schon sagen, worum es geht«, forderte Cam.

Tanja erkannte, dass sie das Risiko eingehen und noch ein paar Worte mit dem Mann reden musste. »Es geht um Kommunikation für den Fall, dass die Sowjetunion in Westeuropa einmarschiert«, sagte sie. »Es geht um die Möglichkeit, dass eine Gruppe polnischer Offiziere die Seiten wechselt.«

Dem Amerikaner fiel die Kinnlade herunter. »Oh ... äh ... okay.«

Tanja lächelte ihn an. »Zufrieden?«

»Wie heißt er?«

Tanja zögerte.

»Nun sagen Sie schon. Meinen Namen kennt er doch auch«, hakte Cam nach.

Tanja beschloss, ihm zu vertrauen. Außerdem hatte sie ja schon ihr eigenes Leben in seine Hände gelegt. »Stanislaw Pawlak«, sagte sie. »Aber alle nennen ihn Staz.«

»Dann sagen Sie Staz, dass er aus Sicherheitsgründen mit niemandem in der Botschaft sprechen soll außer mit mir.«

»In Ordnung«, sagte Tanja und verschwand.

Am Abend überbrachte sie Staz die Botschaft. Am Tag darauf küsste sie ihn zum Abschied und fuhr zur Ostsee. Sie hatte einen alten, aber zuverlässigen Mercedes 280S mit Doppelscheinwerfern. Am späten Nachmittag checkte sie in einem Hotel in der Gdansker Altstadt ein, unmittelbar gegenüber den Werften und Trockendocks auf der Ostrów.

Am folgenden Tag war es genau eine Woche her, seit Anna Walentynowicz gefeuert worden war.

Tanja stand früh auf, zog sich einen Blaumann über, überquerte die Brücke zur Insel, erreichte noch vor Sonnenaufgang das Werfttor und ging mit einer Gruppe junger Arbeiter hindurch.

Es war ihr Glückstag.

Die Werft war mit Plakaten zugepflastert, auf denen die Werftleitung aufgefordert wurde, Pani Anna ihren Job zurückzugeben. Überall versammelten sich kleine Gruppen vor den Postern. Ein paar Leute verteilten Flugblätter. Tanja nahm sich eins und entzifferte den polnischen Text.

Anna Walentynowicz wurde zu einem Problem, weil sie ein Beispiel für andere war. Sie wurde zu einem Problem, weil sie für andere aufgestanden ist und ihre Kollegen organisiert hat. Die Regierung versucht jeden, der über Führungsqualitäten verfügt, zu isolieren. Wenn wir nicht dagegen kämpfen, gibt es bald niemanden mehr, der aufsteht, wenn wieder einmal die Quoten erhöht oder Gesundheits- und Sicherheitsbestimmungen missachtet werden, oder wenn wir gezwungen sind, Überstunden zu machen.

Das überraschte Tanja wirklich. Hier ging es nicht mehr nur um Gehaltserhöhungen oder kürze Arbeitszeiten. Hier ging es um das Recht der polnischen Arbeiter, sich selbst zu organisieren, und zwar unabhängig von der Partei. Das war eine bedeutsame Entwicklung, und ein Funken Hoffnung keimte in ihr auf.

Tanja ging über den Hof, während es allmählich heller wurde. Die Werft war riesig: Tausende Arbeiter, abertausend Tonnen Stahl, Millionen von Nieten. Der Rumpf eines halb fertiggestellten Schiffs ragte über Tanja auf; das immense Gewicht wurde nur von einem zerbrechlich aussehenden Gerüst gehalten, während riesige Kräne ihre Hälse über das Gerippe reckten.

Wohin sie auch ging, überall legten die Arbeiter ihre Werkzeuge nieder, um das Flugblatt zu lesen und zu diskutieren.

Ein paar Männer begannen einen Marsch, und Tanja folgte ihnen. Sie zogen wie bei einer Prozession über den Hof, trugen eilig angefertigte Plakate, verteilten Flugblätter und riefen die anderen Arbeiter auf, sich ihnen anzuschließen. Ihre Zahl wuchs stetig. Schließlich erreichten sie das Haupttor. Dort erklärten sie den neu eintreffenden Arbeitern, dass sie streikten.

Sie schlossen das Werfttor, ließen die Sirene heulen und schwenkten die polnische Nationalflagge auf einem der Gebäude.

Dann wählten sie ein Streikkomitee.

Dabei wurden sie unterbrochen. Ein Mann im Anzug stieg auf einen Schaufelbagger und rief der Menge zu. Tanja konnte nicht alles verstehen, was er sagte, aber offenbar protestierte er gegen die Bildung eines Streikkomitees. Und die Arbeiter hörten ihm zu. Tanja fragte den Mann neben ihr, wer der Redner war. »Das ist Klemens Gniech, der Werftdirektor«, erklärte der Mann. »Er ist gar nicht mal so übel.«

Tanja war entsetzt. Wie schwach die Menschen waren!

Gniech bot Verhandlungen an, aber dafür müssten die Streikenden erst wieder an die Arbeit gehen. Für Tanja war das nur ein Trick. Viele Leute buhten und verspotteten Gniech, doch andere nickten zustimmend, und ein paar kehrten bereits an ihre Arbeitsplätze zurück. War es wirklich so schnell wieder vorbei?

Dann sprang jemand auf den Bagger und tippte dem Direktor auf die Schulter. Der Neuankömmling war ein kleiner, breitschultriger Mann mit buschigem Schnurrbart. Obwohl er auf Tanja eher unauffällig wirkte, erkannten ihn die Arbeiter und jubelten. »Erinnern Sie sich an mich?«, rief er dem Direktor laut genug zu, dass der ihn im allgemeinen Lärm verstehen konnte. »Ich habe hier zehn Jahre lang gearbeitet ... Und dann haben Sie mich gefeuert!«

»Wer ist das?«, fragte Tanja ihren Nebenmann.

»Das ist Lech Walesa. Er ist nur ein Elektriker, aber jeder kennt ihn.«

Der Direktor versuchte, mit Walesa vor der Menge zu diskutieren, doch der kleine Mann mit dem großen Schnurrbart ließ sich nicht von seinem Kurs abbringen. »Hiermit erkläre ich die Leninwerft für besetzt. Wir streiken!«, rief er, und die Arbeiter jubelten.

Der Direktor und Walesa kletterten vom Bagger herunter. Walesa übernahm sofort das Kommando, und alle schienen es zu akzeptieren. Als er dem Chauffeur des Direktors befahl, Anna Walentynowicz mit der Limousine abzuholen, kam der dem Befehl sofort nach, und erstaunlicherweise schwieg der Direktor dazu.

Walesa organisierte die Wahl eines Streikkomitees. Kurz darauf kehrte die Limousine mit Anna Walentynowicz zurück, und sie wurde mit donnerndem Applaus empfangen. Anna war eine kleine Frau, die ihr Haar so kurz trug wie ein Mann. Sie hatte eine runde Brille und trug eine Bluse mit Querstreifen.

Das Streikkomitee und der Direktor gingen ins Vorsorgezentrum, um dort zu verhandeln. Tanja war versucht, sich dort einzuschleichen, beschloss dann aber, ihr Glück nicht herauszufordern. Dass sie überhaupt durchs Tor gekommen war, war schon Glück genug gewesen. Die Arbeiter hießen westliche Medien willkommen, doch auf Tanjas Presseausweis stand TASS – wenn die Streikenden das herausfanden, würde man sie hinauswerfen.

Doch Tanja bekam auch so mit, was besprochen wurde, denn die Verhandlungsführer hatten Mikrofone aufgestellt, und die gesamte Diskussion wurde über Lautsprecher nach draußen übertragen – was Tanja als geradezu extrem demokratisch empfand. So konnten die Streikenden sofort mit Buhrufen oder Jubel bewerten, was drinnen besprochen wurde.

Tanja fand rasch heraus, dass die Streikenden inzwischen nicht mehr nur die Wiedereinstellung von Anna forderten, sondern auch das Versprechen, für ihre Aktionen nicht bestraft zu werden. Was der Direktor jedoch auf gar keinen Fall akzeptieren wollte, war ein Denkmal vor dem Fabriktor, das an die Arbeiter erinnerte, die 1970 von der Polizei vor den Werkstoren erschossen worden waren, als sie gegen eine Brotpreiserhöhung demonstriert hatten.

Tanja fragte sich, ob auch dieser Streik in einem Blutbad enden würde. Falls ja, stand sie mitten in der Schusslinie.

Gniech erklärte, auf dem Areal vor den Toren solle ein Krankenhaus gebaut werden.

Doch die Arbeiter wollten ein Denkmal.

Der Direktor bot ihnen eine Gedenktafel irgendwo in der Werft an.

Sie lehnten ab.

Angewidert sagte einer der Streikführer ins Mikrofon: »Wir feilschen hier um tote Helden wie Bettler unter einer Straßenlaterne.«

Draußen applaudierten die Leute.

Ein weiterer Verhandlungsführer wandte sich direkt an die Menge draußen: Wollten sie ein Denkmal?

»Ja!« Die Antwort war schwer zu überhören.

Der Direktor zog sich zurück, um sich mit seinen Vorgesetzten zu beraten.

Inzwischen hatten sich Tausende Unterstützer vor dem Tor versammelt. Die Menschen hatten Essensspenden für die Streikenden gesammelt. Nur wenige polnische Familien konnten es sich leisten, Essen abzugeben; trotzdem wurden Dutzende Säcke mit Nahrungsmitteln durch den Zaun gereicht und verteilt.

Am Nachmittag kehrte der Direktor zurück und verkündete, dass seine Vorgesetzten einem Denkmal im Prinzip zustimmten.

Walesa erwiderte darauf, der Streik würde so lange fortgesetzt, bis ihre Forderungen erfüllt seien. Dann, fast nebenbei, fügte er hinzu, dass die Streikenden auch über die Bildung unabhängiger Gewerkschaften diskutieren wollten.

Jetzt wird es wirklich interessant, dachte Tanja.

*

Am Freitag fuhr Cam Dewar nach dem Mittagessen in die Altstadt von Warschau.

Mario und Ollie folgten ihm.

Warschau war im Zweiten Weltkrieg größtenteils zerstört worden; als man die Stadt wieder aufgebaut hatte, hatte man die Straßen begradigt und überall moderne Gebäude in die Höhe gezogen. Solch ein Stadtbild war für Geheimtreffen ungeeignet. Andererseits hatten die Stadtplaner sich bemüht, die eigentliche Altstadt mit ihren Kopfsteinpflastern, den schmalen Gassen und den originellen Gebäuden zu erhalten. Es war ihnen gelungen, allerdings ein wenig *zu* gut. Alles sah so bunt und furchtbar neu aus wie ein Filmset. Trotzdem fühlten sich Geheimagenten in dieser Umgebung deutlich wohler als im Rest der Stadt.

Cam stellte den Wagen ab und ging zu einem hohen Stadthaus. Dort befand sich im ersten Stock das Warschauer Gegenstück zur »Sanften Hand« in Washington. Bevor er Lidka kennengelernt hatte, war Cam hier Stammkunde gewesen.

Im Hauptraum der Wohnung saßen die Mädchen in Unterwäsche, sahen fern und rauchten. Eine üppig gebaute Blondine stand sofort auf und öffnete kurz ihren Bademantel. »Hallo, Crystek. Wir haben dich schon lange nicht mehr gesehen!«

»Hi, Pela.« Cam ging zum Fenster und blickte hinunter auf die Straße. Wie immer saßen Mario und Ollie vor der Bar gegenüber, tranken Bier und schauten den Mädchen in ihren Sommerkleidern hinterher. Mit Sicherheit rechneten sie damit, dass Cam mindestens eine halbe Stunde im Salon bleiben würde.

So weit, so gut.

»Was ist los?«, fragte Pela. »Ist dir deine Frau gefolgt?«

Die anderen Mädchen lachten.

Cam holte Geld aus der Tasche und gab Pela den üblichen Preis für einen Handjob. »Heute brauche ich einen Gefallen von dir«, sagte er. »Macht es dir etwas aus, wenn ich zur Hintertür rausschlüpfe?«

»Kommt deine Frau gleich rauf und macht einen Aufstand?«

»Das ist nicht meine Frau«, sagte er. »Das ist der Mann meiner Freundin. Wenn er Ärger macht, blas ihm einen. Ich zahle.«

Pela zuckte mit den Schultern.

Cam ging über die Hintertreppe nach unten und auf den Hof. Er hatte ein gutes Gefühl. Er hatte seine Verfolger abgehängt, und sie wussten es nicht einmal. In weniger als einer Stunde würde er zurück sein und das Haus durch die Vordertür verlassen. Sie würden nicht einmal ahnen, dass er zwischenzeitlich ganz woanders gewesen war.

Cam lief über den Altstadtplatz und durch eine Straße mit Namen Swiftojanska zur Johanneskathedrale, einer Kirche, die im Krieg stark beschädigt, dann aber wieder aufgebaut worden war. Der SB folgte ihm nicht mehr ... aber sie würden vielleicht Stanislaw Pawlak folgen.

Im Warschauer CIA-Büro hatte man lange darüber diskutiert, wie man mit diesem Kontakt umgehen sollte. Jeder einzelne Schritt war genau geplant.

Vor der Kirche sah Cam seinen Chef, Keith Dorset. Heute trug er einen grauen Anzug aus einem polnischen Geschäft. Den zog er bei Observationen immer an. Der Anzug bedeutete: alles klar. Hätte er auch noch einen Hut getragen, hätte das bedeutet, dass der SB in der Kirche war und das Treffen abgeblasen werden musste.

Cam trat durch die hohe gotische Tür in der Westfassade. Die beeindruckende Architektur und die ernste, würdevolle Atmosphäre verstärkten seine Unruhe noch. Gleich würde er Verbindung zu einem feindlichen Informanten aufnehmen. Das war ein alles entscheidender Augenblick.

Wenn alles gut lief, war seine Karriere bei der CIA gesichert. Wenn nicht, saß er ratzfatz wieder an seinem Schreibtisch in Langley.

Cam hatte dafür gesorgt, dass Staz sich mit niemandem treffen würde außer mit ihm. Damit hatte er sichergestellt, dass Keith es sich nicht leisten konnte, ihn wieder nach Hause zu schicken. Keith machte weiterhin

Ärger wegen Lidka, obwohl eine Untersuchung ergeben hatte, dass sie keinerlei Kontakt zum SB hatte. Sie war nicht einmal Mitglied der Kommunistischen Partei. Doch erst, wenn es Cam gelang, einen polnischen Oberst für die CIA zu rekrutieren, war er in der Position, Keith zu trotzen.

Cam schaute sich um. Er suchte nach Sicherheitsbeamten, sah aber nur Touristen, Gläubige und Priester.

Er ging das Nordschiff hinauf, bis er zu der Kapelle mit dem berühmten Kruzifix aus dem 16. Jahrhundert gelangte. Davor stand ein gut aussehender polnischer Offizier und blickte zum Gesicht des Heilands hinauf. Cam trat neben ihn. Sie waren allein.

Cam sprach Russisch. »Das wird unser letztes Treffen hier sein.«

»Wieso?«, fragte Stanislaw, ebenfalls auf Russisch.

»Es ist zu gefährlich.«

»Für Sie?«

»Nein, für Sie.«

»Wie sollen wir dann kommunizieren? Über Tanja?«

»Nein. Von jetzt an werden Sie ihr überhaupt nichts mehr von mir erzählen. Sie bleibt außen vor. Aber Sie können natürlich weiter mit ihr ins Bett gehen.«

»Danke«, erwiderte Stanislaw ironisch.

Cam ignorierte die Bemerkung. »Was für ein Auto fahren Sie?«

»Einen grünen Saab 99.« Stanislaw nannte die Nummer.

Cameron merkte sie sich. »Und wo stellen Sie den Wagen abends ab?«

»Auf der Jana-Olbrachta-Straße, nicht weit von dem Haus entfernt, in dem ich wohne.«

»Wenn Sie den Wagen abstellen, lassen Sie das Fenster einen Spalt offen. Da stecken wir dann einen Umschlag durch.«

»Das ist gefährlich. Was, wenn jemand den Brief liest?«

»Machen Sie sich darüber keine Sorgen. In dem Umschlag wird sich nur der Zettel einer Person befinden, die Ihnen anbietet, günstig Ihren Wagen zu waschen. Doch wenn Sie mit einem warmen Bügeleisen über das Papier gehen, werden Sie etwas anderes sehen. Dann steht da, wann und wo Sie uns treffen können. Schaffen Sie das aus irgendeinem Grund nicht, ist es auch egal. Dann schicken wir einfach einen zweiten Umschlag.«

»Und was wird bei diesen Treffen geschehen?«

»Dazu komme ich gleich.« Cam hatte eine ganze Liste von Gesprächspunkten, die er mit seinen Kollegen im Vorfeld besprochen hatte und die er jetzt so schnell wie möglich abhaken wollte. »Was Ihre Gruppe betrifft ...«, begann er.

»Ja?«

»Bilden Sie keine Verschwörung.«

»Warum nicht?«

»Dann würde man Sie entdecken. Verschwörer werden immer entdeckt. Sie müssen bis zur letzten Minute warten.«

»Was können wir dann tun?«

»Zweierlei. Erstens: Bereiten Sie sich vor. Erstellen Sie eine Liste der Leute, denen Sie vertrauen. Schauen Sie sich genau an, wer sich gegen die Sowjets stellen könnte, sollte es zu einem Krieg kommen. Machen Sie sich mit Dissidentenführern wie Lech Walesa bekannt, aber verraten Sie ihm nicht, was Sie vorhaben. Erkunden Sie Fernseh- und Radiosender und überlegen Sie, wie Sie die übernehmen können. Aber machen Sie das alles im Kopf. Schreiben Sie nichts auf.«

»Und der zweite Punkt?«

»Geben Sie uns Informationen.« Cam versuchte, sich seine Anspannung nicht anmerken zu lassen. Das war eine große Bitte, und Stanislaw könnte durchaus ablehnen. »Wir brauchen die Schlachtaufstellungen der Sowjets und anderer Staaten des Warschauer Pakts. Truppenstärke, Panzer, Flugzeuge ...«

»Ich weiß, was eine Schlachtaufstellung ist.«

»Und auch die genauen Angriffspläne für den Fall einer Krise.«

Es folgte ein langes Schweigen. Dann sagte Stanislaw: »Die kann ich Ihnen besorgen.«

»Gut.«

»Was bekomme ich als Gegenleistung?«

»Ich werde Ihnen eine Telefonnummer und ein Kodewort geben. Das dürfen Sie aber nur im Fall einer drohenden sowjetischen Invasion verwenden. Wenn Sie die Nummer anrufen, wird sich ein Polnisch sprechender Stabsoffizier im Pentagon melden. Er wird Sie als Mitglied des polnischen Widerstands gegen die Sowjetunion behandeln. So weit es uns betrifft, sind Sie dann der Führer des freien Polens.«

Stanislaw nickte nachdenklich, doch Cam sah, dass er das Angebot verlockend fand. Nach ein paar Minuten sagte der Pole: »Wenn ich dem zustimme, lege ich mein Leben in Ihre Hand.«

»Das haben Sie längst getan«, erwiderte Cam.

*

Die Streikenden auf der Leninwerft achteten sorgfältig darauf, die internationalen Medien über alles auf dem Laufenden zu halten. Ironischerweise war das die beste Methode, um mit dem polnischen Volk zu kommunizieren. Die polnischen Medien wurden zensiert, doch was in den westlichen Zeitungen stand, wurde über das von den Amerikanern finanzierte Radio Freies Europa auch nach Polen übertragen, und wenn die Polen die Wahrheit über ihr Land erfahren wollten, hörten sie diesen Sender.

Lili Franck verfolgte die Ereignisse in Polen im BRD-Fernsehen. In Ostberlin sah das jeder. Man musste nur die Antenne in die richtige Richtung drehen.

Sehr zu Lilis Freude wuchs die Streikbewegung, egal, wie sehr sich die Regierung bemühte. Auf der Werft in Gdynia wurde inzwischen ebenfalls gestreikt, und auch die Angestellten des öffentlichen Nahverkehrs zeigten sich solidarisch. Sie bildeten ein fabrikübergreifendes Streikkomitee, das MKS, mit Hauptquartier in der Leninwerft. Ihre wichtigste Forderung war die Bildung freier Gewerkschaften.

Wie viele Menschen in der DDR diskutierte auch Familie Franck leidenschaftlich darüber, wenn sie in ihrem alten Stadthaus in Berlin-Mitte vor dem Fernseher saßen. Der Eiserne Vorhang hatte einen Riss bekommen, und nun spekulierten sie eifrig darüber, was die Folgen sein könnten. Wenn die Polen rebellierten, konnten es vielleicht auch die DDR-Bürger.

Die polnische Regierung versuchte, mit jedem Betrieb einzeln zu verhandeln. Sie bot jedem Streikenden, der sich vom MKS lossagte, eine kräftige Lohnerhöhung an. Die Taktik scheiterte. Binnen einer Woche wurde in mehr als dreihundert Betrieben gestreikt.

Die schwächelnde polnische Wirtschaft konnte das nicht lange durchhalten, und schließlich blieb der Regierung nichts anderes übrig, als die Realität zu akzeptieren. Der stellvertretende Ministerpräsident wurde nach Gdansk geschickt.

Eine Woche später wurde eine Abmachung getroffen. Die Streikenden erhielten das Recht, unabhängige Gewerkschaften zu gründen. Es war ein Triumph, der die Welt in Erstaunen versetzte.

Wenn die Polen ihre Freiheit gewinnen konnten, würden die Deutschen dann die Nächsten sein?

*

Keith sagte zu Cam: »Sie treffen sich ja noch immer mit dieser Polin.«

Cam schwieg. Natürlich traf er sich noch immer mit ihr. Er war glücklich wie ein Kind im Süßwarenladen. Wann immer er wollte, konnte er Sex mit Lidka haben. Dabei hatten bis jetzt nur wenige Frauen mit ihm schlafen wollen. »Gefällt dir das?«, fragte sie immer, wenn sie ihn verwöhnte. Und wenn er dann Ja sagte, erwiderte sie: »Aber magst du es ein wenig oder so richtig?«

»Ich habe Ihnen doch gesagt, dass Ihr Antrag abgelehnt wurde«, sagte Keith.

»Aber Sie haben mir nicht den Grund genannt.«

Keith funkelte ihn wütend an. »Ich habe eine Entscheidung getroffen.«

»Aber war es auch die richtige Entscheidung?«

»Stellen Sie meine Autorität infrage?«

»Nein, *Sie* stellen meine Freundin infrage.«

Keith wurde immer wütender. »Sie glauben wohl, Sie haben mich am Haken, weil Stanislaw nur mit Ihnen sprechen will.«

Genauso war es, doch Cam leugnete es. »Das hat nichts mit Staz zu tun. Ich bin nur nicht bereit, Lidka grundlos aufzugeben.«

»Ich könnte Sie feuern.«

»Dann gebe ich sie immer noch nicht auf. Um ehrlich zu sein ...« Cam zögerte. Was ihm gerade in den Sinn gekommen war, hatte er gar nicht geplant. Trotzdem sprach er es aus: »Ich hoffe sogar, sie zu heiraten.«

Keith änderte seinen Tonfall. »Cam«, sagte er, »mag ja sein, dass Lidka keine Agentin des SB ist, aber Sie wissen noch immer nicht, warum sie wirklich mit Ihnen schläft.«

Cam versteifte sich. »Auf jeden Fall hat es weder mit Spionage noch mit Ihnen zu tun.«

Keith blieb hartnäckig. »Viele polnische Mädchen würden nur allzu gerne nach Amerika gehen, das wissen Sie.«

Ja, das wusste Cam. Tatsächlich hatte er auch schon darüber nachgedacht. Trotzdem fühlte er sich von Keiths Worten gedemütigt. Mit versteinertem Gesicht sagte er: »Ich weiß.«

»Bitte verzeihen Sie, dass ich das sage, aber Lidka könnte genau aus diesem Grund mit Ihnen schlafen«, sagte Keith. »Haben Sie schon mal darüber nachgedacht?«

»Ja, habe ich«, erwiderte Cam, »und es ist mir egal.«

*

In Moskau lautete die große Frage, ob man in Polen einmarschieren sollte oder nicht.

Am Tag vor der Politbürositzung gerieten Dimka und Natalja bei einer Vorbereitungsrunde im Nina-Onilowa-Zimmer mit Jewgeni Filipow aneinander. Filipow sagte: »Unsere polnischen Genossen verlangen dringend militärische Unterstützung, um den Angriffen der Verräter entgegenzuwirken, die den Kapitalisten in die Hände arbeiten.«

»Sie wollen eine Invasion, nicht wahr?«, sagte Natalja. »Wie 1968 in der CSSR und 1956 in Ungarn.«

Filipow leugnete nicht. »Die Souveränität der einzelnen Staaten findet ihre Grenze an den Interessen der sozialistischen Gemeinschaft. Das ist die Breschnew-Doktrin.«

»Ich bin gegen eine Militäraktion«, sagte Dimka.

»Was für eine Überraschung.« Filipow schnaubte verächtlich.

Dimka beachtete es gar nicht. »In Ungarn und der Tschechoslowakei wurde die Konterrevolution von revisionistischen Elementen in den Führungskadern der kommunistischen Partei angeführt«, erklärte er. »Deshalb war es problemlos möglich, sie abzusetzen. Sie hatten nur wenig Unterstützung in der Öffentlichkeit.«

»Warum sollte diese Krise anders sein?«

»Weil die Konterrevolutionäre in Polen Arbeiterführer sind, die Rückhalt in der Arbeiterklasse haben. Lech Walesa ist Elektriker. Anna Walentynowicz ist Kranführerin. In Hunderten von Betrieben wird gestreikt. Wir haben es mit einer Massenbewegung zu tun.«

»Trotzdem müssen wir sie zerschlagen. Oder wollen Sie, dass wir den Sozialismus in Polen aufgeben?«

»Es gibt da noch ein anderes Problem«, warf Natalja ein. »Geld. 1968 hatte der Ostblock noch keine Milliardenschulden im Ausland, doch heute sind wir von Westkrediten abhängig. Sie haben doch gehört, was Präsident Carter in Warschau gesagt hat. Westkredite gibt es nur für Zugeständnisse bei den Menschenrechten.«

»Und ...?«

»Wenn wir Panzer nach Polen schicken, drehen sie uns den Geldhahn zu. Ihre Invasion, Genosse Filipow, würde die Wirtschaft des gesamten Warschauer Pakts gefährden.«

Stille senkte sich herab.

»Hat sonst noch jemand Vorschläge?«, fragte Dimka.

*

Für Cam war es ein Omen, dass ein polnischer Offizier sich im selben Augenblick gegen die Rote Armee stellte, da polnische Arbeiter sich der kommunistischen Tyrannei widersetzten. Beide Ereignisse waren Symptome ein und derselben Veränderung. Als Cam zu seinem Treffen mit Stanislaw aufbrach, hatte er das Gefühl, Teil der Geschichte zu sein.

Cam verließ die Botschaft und stieg ins Auto. Wie er gehofft hatte, folgten Mario und Ollie ihm. Es war wichtig, dass sie ihn observierten, wenn er sich mit Stanislaw traf. Lief alles glatt, würden Mario und Ollie berichten, dass sie nichts Verdächtiges gesehen hatten.

Cam hoffte nur, dass Stanislaw seine Anweisungen bekommen und verstanden hatte.

Cam parkte auf dem Altstadtplatz. Mit einem Exemplar der *Trybuna Ludu* unter dem Arm, dem Sprachrohr der Regierung, schlenderte er über den Platz. Mario stieg aus und folgte ihm. Eine halbe Minute später schloss auch Ollie sich ihnen an.

Mit zwei Geheimpolizisten im Schlepptau bog Cam in eine Nebenstraße, ging in eine Bar, setzte sich ans Fenster und bestellte ein Bier. Er sah, dass seine Schatten in der Nähe lungerten. Er bestellte noch ein Bier und zahlte, kaum dass es gekommen war, um so schnell wie möglich aufbrechen zu können. Immer wieder schaute er auf die Uhr, während er trank.

Eine Minute vor drei verließ er die Bar.

Er hatte dieses Manöver oft in Camp Peary geprobt, dem Ausbildungszentrum der CIA bei Williamsburg, Virginia. Dort war es ihm perfekt gelungen, doch jetzt würde er es zum ersten Mal in der Praxis ausprobieren.

Als Cam sich der Straßenecke näherte, beschleunigte er seine Schritte ein wenig. Kurz bevor er um die Ecke bog, warf er einen kurzen Blick zurück und sah, dass Mario knapp zwanzig Meter hinter ihm war.

Unmittelbar hinter der Ecke gab es einen Tabakladen. Stanislaw war genau dort, wo Cam ihn erwartet hatte. Er stand vor dem Laden und besah sich das Schaufenster. Cam hatte ungefähr dreißig Sekunden, bevor Mario um die Ecke biegen würde – Zeit genug, um etwas zu übergeben. Er musste nur die Zeitung unter seinem Arm gegen die Zeitung Stanislaws austauschen, in der sich Fotokopien der Dokumente befanden, die Stanislaw im Armeehauptquartier gemacht hatte.

Es gab da nur ein Problem.

Stanislaw hatte keine Zeitung dabei. Stattdessen hatte er einen großen braunen Briefumschlag unter dem Arm.

Er hatte die Anweisungen nicht wortgetreu befolgt. Entweder hatte er sie missverstanden, oder er hielt solche Details für unwichtig.

Panik erfasste Cam. Er geriet ins Stocken. Er wollte das nicht. Er hätte Staz am liebsten angeschrien.

Dann riss er sich zusammen und zwang sich, ruhig zu bleiben. Im Bruchteil einer Sekunde traf er seine Entscheidung. Er würde den Austausch nicht abbrechen. Er würde die Sache durchziehen.

Cam ging direkt auf Stanislaw zu.

Als sie einander fast berührten, tauschten Sie Zeitung gegen Briefumschlag.

Sofort ging Stanislaw mit der Zeitung in den Laden und verschwand.

Cam schlenderte weiter, nun mit dem dicken Briefumschlag in der Hand.

An der nächsten Ecke warf er wieder einen Blick zurück und entdeckte Mario. Der Geheimpolizist war knapp fünfzehn Meter entfernt und offensichtlich entspannt. Mario hatte keine Ahnung, was gerade passiert war. Er hatte Stanislaw nicht einmal gesehen.

Würde ihm auffallen, dass Cam mit einem Mal keine Zeitung mehr dabeihatte, sondern einen Briefumschlag? Falls ja, könnte er Cam verhaften und den Umschlag konfiszieren. Das wäre dann das Ende von Cams Triumph ... und das von Stanislaw.

Es war Sommer. Cam hatte keinen Mantel dabei, unter dem er den Umschlag hätte verbergen können. Außerdem hätte es alles nur noch schlimmer gemacht, hätte er den Umschlag versteckt. Denn wenn er plötzlich gar nichts mehr in der Hand hielt, würde es Mario mit Sicherheit auffallen.

Cam kam an einem Zeitungsstand vorbei, doch solange Mario ihn noch sah, konnte er nicht einfach stehen bleiben und sich eine neue Zeitung kaufen; damit hätte er nur unnötig Aufmerksamkeit erregt.

Cam erkannte, dass er einen dummen Fehler begangen hatte. Er war so sehr auf die Taktik konzentriert gewesen, die er in Williamsburg gelernt hatte, dass er keinen Gedanken an die einfachste Lösung verschwendet hatte: Er hätte den Umschlag nehmen und die Zeitung behalten können.

Aber dafür war es jetzt zu spät.

Cam saß in der Falle. Es war so ärgerlich, dass er am liebsten laut geschrien hätte. Bis auf eine winzige Kleinigkeit war alles perfekt gelaufen!

Natürlich konnte er in einen Laden gehen und sich eine neue Zeitung besorgen. Aber er war in Polen, nicht in den USA; hier gab es nicht viele Läden.

Cam bog um eine weitere Ecke und sah einen Mülleimer. Halleluja! Er beschleunigte seine Schritte und schaute hinein. Doch sein Glück hatte ihn verlassen: Da waren keine Zeitungen. Allerdings entdeckte er eine Zeitschrift mit buntem Cover. Er schnappte sie sich und ging weiter. Unauffällig faltete er die Zeitschrift so, dass das Cover innen war und eine schwarz-weiß bedruckte Seite außen. Er rümpfte die Nase. Offenbar war noch etwas anderes in dem Mülleimer gewesen, etwas Ekeliges. Die Zeitschrift stank. Cam atmete tief durch und steckte den Umschlag zwischen die Seiten.

Jetzt fühlte er sich schon besser. Er sah fast wieder so aus wie zuvor.

Cam kehrte zu seinem Auto zurück und zog die Schlüssel hervor. Würden sie ihn jetzt aufhalten? Vor seinem geistigen Auge sah er Mario, der zu ihm sagte: »Einen Moment. Zeigen Sie mir mal den Umschlag, den Sie da versteckt haben.«

Er schloss auf, so schnell es ging.

Mario war nur noch ein paar Schritte entfernt.

Cam stieg ein und warf die Zeitschrift in den Fußraum vor dem Beifahrersitz.

Als er den Blick hob, sah er, wie Mario und Ollie in ihren Wagen stiegen.

Offenbar hatte er es geschafft.

Einen Augenblick lang war Cam so schwach vor Erleichterung, dass er sich nicht bewegen konnte.

Dann ließ er den Motor an und fuhr zur Botschaft zurück.

*

Cam Dewar saß in Lidkas Einzimmerwohnung und wartete darauf, dass sie nach Hause kam.

Sie hatte ein Foto von ihm auf ihrer Kommode. Cam fand das so rührend, dass ihm Tränen in die Augen traten. Kein Mädchen hatte je ein Foto von ihm gewollt, geschweige denn eingerahmt und neben ihren Spiegel gestellt.

Das Zimmer passte zu Lidkas Persönlichkeit. Ihre Lieblingsfarbe war Hellrosa, und in diesem Farbton waren auch ihr Bett, das Tischtuch und die Kissen gehalten. Im Schrank hingen nur wenige Kleider, doch alle schmeichelten ihr: kurze Röcke, Kleider mit V-Ausschnitt, hübscher Modeschmuck, bunt bedruckte Blusen. Auf dem Bücherregal fand sich alles von Jane Austen auf Englisch bis hin zu Tolstois *Anna Karenina* auf Polnisch. In einem Karton unter dem Bett verwahrte sie eine kleine Sammlung amerikanischer Zeitschriften über Inneneinrichtung, die voller Fotos von sonnendurchfluteten, in den unterschiedlichsten Farben gestrichenen Küchen waren.

Heute hatte Lidka mit dem langwierigen Prozess begonnen, sich von der CIA als potenzielle Ehefrau durchleuchten zu lassen. Das war wesentlich aufwendiger als das Durchleuchten einer Freundin. Sie musste ihre Lebensgeschichte aufschreiben, sich mehrere Tage lang verhören lassen und einen ausführlichen Lügendetektortest ertragen. Das alles fand irgendwo in der Botschaft statt, während Cam seiner normalen Arbeit nachging. Er durfte Lidka erst sehen, wenn sie wieder nach Hause kam.

Jetzt würde es Keith Dorset schwerfallen, Cam zu feuern. Staz war die reinste Goldgrube.

Cam hatte Staz eine 35-mm-Kompaktkamera gegeben, eine Zorki, die russische Kopie einer deutschen Leica, mit der er Dokumente fotografieren konnte, anstatt sie jedes Mal aus dem Büro bringen und durch den Kopierer jagen zu müssen. Auf diese Weise konnte er Cam Hunderte Seiten auf einem kleinen Streifen Film übergeben.

Die letzte Frage der CIA an Staz hatte gelautet: Was würde einen Angriff der 2. Strategischen Staffel der Roten Armee auslösen? Die Dokumente, mit denen Staz sie bei seiner Antwort versorgt hatte, waren so umfassend gewesen, dass Keith Dorset eine der seltenen schriftlichen Belobigungen aus Langley erhalten hatte.

Und noch immer hatten Mario und Ollie Staz nicht gesehen. Deshalb war Cam zuversichtlich, dass man ihn weder feuern noch seine Ehe verbieten würde, es sei denn, Lidka erwies sich doch noch als Agentin des SB.

In der Zwischenzeit entwickelte Polen sich immer mehr in Richtung Freiheit. Zehn Millionen Menschen – jeder dritte polnische Arbeiter – hatten sich der ersten freien Gewerkschaft angeschlossen, die sich »Solidarnosc« nannte, Solidarität. Polens größtes Problem war jetzt nicht die Sowjetunion, sondern das Geld. Die Streiks und die daraus resultierende Lähmung der Parteiführung hatten die ohnehin schwächelnde Wirtschaft zusammenbrechen lassen. Das Ergebnis war ein allgegenwärtiger Mangel. Die Regierung musste Fleisch, Butter und Mehl rationieren. Arbeiter, die großzügige Gehaltserhöhungen erhalten hatten, mussten feststellen, dass sie sich nichts für ihr Geld kaufen konnten. Der Wechselkurs für Dollar auf dem Schwarzmarkt hatte sich mehr als verdoppelt, von 120 auf 250 Zloty. Auf Gierek, den Generalsekretär, folgte Kania, und der wiederum wurde durch General Jaruzelski ersetzt, aber das machte auch keinen Unterschied.

Lech Walesa und die Solidarnosc standen kurz vor dem Sturz des Kommunismus, doch sie zögerten. Auf Anraten des Papstes und des neuen amerikanischen Präsidenten Ronald Reagan wurde ein bereits geplanter Generalstreik im letzten Moment abgesagt. Papst und Präsident fürchteten ein Blutvergießen. Cam war von Reagans Zaghaftigkeit enttäuscht.

Er stand auf und deckte den Tisch. Er hatte zwei Steaks mit nach Hause gebracht; Diplomaten mussten natürlich nicht unter der Mangelwirtschaft leiden. Sie zahlten mit den verzweifelt gesuchten Dollars und konnten alles haben, was sie wollten. Lidka aß vermutlich besser als die Parteiführung.

Cam überlegte, ob er Lidka vor oder nach dem Essen vernaschen sollte. Manchmal war Vorfreude ja auch ganz schön. Oft aber hatte er es eilig. Lidka war es egal.

Schließlich kam sie nach Hause. Sie küsste Cam auf die Wange, stellte ihre Tasche ab, zog den Mantel aus und ging durch den Flur ins Badezimmer.

Als sie zurückkam, zeigte Cam ihr die Steaks. »Sehr schön«, sagte sie, schaute ihn aber noch immer nicht an.

»Stimmt was nicht?«, fragte Cam. Er hatte Lidka noch nie so schlecht gelaunt gesehen. Das war ungewöhnlich.

»Ich glaube nicht, dass ich eine CIA-Frau sein kann«, sagte sie.

Cam kämpfte aufwallende Panik nieder. »Was ist passiert?«

»Ich gehe da morgen nicht mehr hin. Das ertrage ich nicht.«

»Wo liegt denn das Problem?«

»Ich komme mir wie eine Kriminelle vor.«

»Warum? Was haben sie getan?«

Nun schaute sie ihn doch noch an. »Glaubst du auch, dass ich dich nur ausnutze, um nach Amerika zu kommen?«

»Nein, natürlich nicht!«

»Warum haben sie mich das dann gefragt?«

»Keine Ahnung.«

»Hat so eine Frage etwas mit der nationalen Sicherheit zu tun?«

»Absolut nicht.«

»Sie haben gesagt, ich würde lügen.«

»Und? Hast du?«

Sie zuckte mit den Schultern. »Ich habe ihnen nicht alles erzählt. Ich bin keine Nonne. Ich hatte Liebhaber. Einen, zwei habe ich ausgelassen ... aber deine grauenhafte CIA hat es gewusst! Die müssen zu meiner alten Schule gegangen sein!«

»Ich weiß, dass du Liebhaber hattest. Ich doch auch.« Allerdings nicht viele, dachte Cam, sagte es aber nicht. »Und es ist mir egal.«

»Ich habe mich wie eine Nutte gefühlt.«

»Das tut mir leid. Aber es spielt wirklich keine Rolle, was sie über uns denken, solange sie dir eine Unbedenklichkeitsbescheinigung ausstellen.«

»Sie werden dir viele schlimme Dinge über mich erzählen. Dinge, die sie von Leuten erfahren haben, die mich hassen ... von Mädchen, die eifersüchtig auf mich waren, und von Jungs, mit denen ich nicht ins Bett gehen wollte.«

»Ich werde ihnen nicht glauben.«

»Versprichst du es mir?«

»Ja.«

Lidka setzte sich auf Cams Schoß. »Tut mir leid, dass ich so unleidlich war.«

»Ich verzeihe dir.«

»Ich liebe dich, Cam.«

»Ich dich auch.«

»Jetzt fühle ich mich schon besser.«

»Gut.«

»Möchtest du ein bisschen verwöhnt werden?«

Bei dieser Art von Frage war Cams Mund stets wie ausgetrocknet. »Ja, bitte.«

»Fein.« Lidka stand auf. »Leg dich einfach zurück und entspann dich, Baby.«

*

Mit seiner Frau Beep und ihrem Sohn John Lee flog Dave Williams nach Warschau zur Hochzeit seines Schwagers Cam Dewar.

John Lee konnte nicht lesen, obwohl er ein aufgeweckter Achtjähriger war und eine gute Schule besuchte. Dave und Beep hatten mit ihm einen Erziehungspsychologen aufgesucht und erfahren, dass der Junge an einer verbreiteten Störung litt, die Legasthenie genannt wurde, Wortblindheit. John Lee würde das Lesen zwar erlernen, aber er würde besondere Hilfe brauchen und hart dafür schuften müssen. Legasthenie war vererbbar und traf Jungen eher als Mädchen.

Erst da hatte Dave sein eigenes Problem begriffen.

»Während meiner gesamten Schulzeit habe ich immer geglaubt, ich wäre dumm«, erzählte er Beep am gleichen Abend in der Kiefernküche von Daisy Farm, nachdem sie John Lee zu Bett gebracht hatten. »Die Lehrer sagten das Gleiche. Nur meine Eltern wussten, dass ich nicht blöd war, deshalb hielten sie mich für faul.«

»Faul? Du bist nicht faul. Du bist der fleißigste Mensch, den ich kenne.«

»Nun, damals stimmte etwas nicht mit mir, und wir wussten nicht, was es war. Jetzt wissen wir's.«

»Und wir können dafür sorgen, dass John Lee nicht das Gleiche durchmachen muss wie du.«

Daves lebenslanger Kampf mit dem Lesen und Schreiben hatte endlich eine Erklärung gefunden. Viele Jahre lang hatte diese Schwäche ihn nicht mehr belastet – seit er ein Songschreiber geworden war, dessen Verse Millionen auf den Lippen hatten. Gleichzeitig fiel ihm ein Stein vom Herzen. Ein Geheimnis war enträtselt, eine grausame Benachteiligung festgestellt worden. Am wichtigsten aber war, dass er nun wusste, wie er der nächsten Generation dieses Problem ersparen konnte.

»Du weißt, was das bedeutet?«, fragte Beep, als sie sich ein Glas Cabernet Sauvignon von Daisy Farm einschenkte.

»Ja. John Lee ist höchstwahrscheinlich von mir.«

Beep war sich nie sicher gewesen, ob Dave oder Walli der Vater des Jungen war. Als John Lee heranwuchs, war er Dave immer ähnlicher geworden, aber sie hatten nicht sagen können, ob diese Ähnlichkeiten ererbt oder erlangt waren: Gesten, Handbewegungen, Ausdrucksweise – sie alle konnten von einem Jungen, der seinen Vater vergötterte, erlernt worden sein. Legasthenie aber nicht. »Ein endgültiger Beweis ist es nicht«, erklärte Beep, »aber ein starkes Indiz.«

»Außerdem ist es uns egal«, sagte Dave.

Sie hatten geschworen, niemals von ihren Zweifeln zu sprechen, zu niemandem, nicht einmal zu John selbst.

Cams Hochzeit fand in einer modernen katholischen Kirche in der kleinen Stadt Otwock statt, nicht weit von Warschau entfernt. Cam war zum Katholizismus übergetreten. Dave hegte keine Zweifel, dass dieser Kirchenübertritt zynische Hintergründe hatte.

Die Braut trug ein weißes Kleid, in dem schon ihre Mutter geheiratet hatte: Die Polen mussten Kleidung mehrfach verwenden.

Dave fand Lidka außergewöhnlich hübsch. Sie war schlank, langbeinig und hatte einen ansehnlichen Vorbau, nur um ihren Mund lag ein

Ausdruck von Rücksichtslosigkeit. Aber vielleicht urteilte er zu streng; fünfzehn Jahre als Rockstar hatten ihn zynisch werden lassen, was Frauen betraf.

Die drei Brautjungfern hatten sich kurze Sommerkleider aus rosa Baumwollstoff genäht.

Der Empfang fand in der US-Botschaft statt. Woody Dewar zahlte dafür. Die Botschaft konnte eine große Auswahl an Speisen und Getränken anbieten.

Lidkas Vater erzählte einen Witz, halb auf Polnisch, halb auf Englisch. Ein Mann kommt in eine staatliche Metzgerei und möchte ein Pfund Rindfleisch.

»*Nie ma* – gibt's nicht.«

»Dann Schwein.«

»*Nie ma.*«

»Kalb?«

»*Nie ma.*«

»Huhn?«

»*Nie ma.*«

Der Kunde geht. Die Frau des Metzgers sagt: »Der Kerl war ja verrückt!«

»Das war er«, sagt der Metzger. »Aber was für ein Gedächtnis!«

Die Amerikaner schauten betreten drein, doch die Polen lachten herzlich.

Dave hatte Cam gebeten, niemandem zu verraten, dass sein Schwager bei Plum Nellie war, doch es hatte sich trotzdem herumgesprochen, wie üblich, und Dave wurde von Lidkas Freundinnen belagert. Die Brautjungfern machten einen Riesenwirbel; es war nicht zu übersehen, dass Dave mit jeder von ihnen ins Bett konnte, wahrscheinlich sogar mit allen dreien gleichzeitig.

Als Cam und Lidka ihren ersten Tanz begannen, sagte Beep leise zu Dave: »Ich weiß, Cameron ist ein Scheusal, aber er ist mein Bruder, und ich bin froh, dass er endlich eine Frau gefunden hat, die ihn liebt.«

»Bist du dir sicher?«, fragte Dave. »Könnte es nicht sein, dass Lidka bloß auf einen amerikanischen Pass aus ist?«

»Genau das befürchten meine Eltern. Aber Cam ist vierunddreißig und war noch unverheiratet.«

»Vermutlich hast du recht«, sagte Dave. »Was hat er schon zu verlieren?«

*

Tanja Dworkin war voller Angst, als sie im September 1981 der ersten landesweiten Versammlung der Solidarnosc beiwohnte.

Die Versammlung begann im Dom von Oliwa, einem Stadtteil im Norden von Gdansk. Zwei schmale, spitze Türme rahmten ein niedriges Barockportal ein, durch das die Delegierten die Kirche betraten. Tanja saß neben Danuta Gorski, ihrer Nachbarin aus Warschau, der Journalistin und Organisatorin der Solidarnosc. Wie Tanja, so schrieb auch Danuta langweilige, kritiklose Berichte für die offizielle Presse, verfolgte in Wahrheit aber ihre eigenen Pläne.

Der Erzbischof rief in seiner Predigt zu Gewaltlosigkeit auf und sprach von Frieden und Liebe für das Vaterland. Der Papst war inzwischen zwar Feuer und Flamme für die Gewerkschaftsbewegung, doch die polnische Kirche war noch unentschlossen, was die Solidarnosc betraf. Sie hasste den Kommunismus, war traditionell aber eher autoritär und skeptisch gegenüber der Demokratie. Sicher, einige Priester kämpften heldenhaft gegen das Regime, aber die Kirchenhierarchie wollte die gottlose Tyrannei am liebsten durch eine christliche ersetzen.

Allerdings war es nicht die Kirche, die Tanja Sorgen machte, oder sonst eine Kraft, die die Bewegung zu spalten drohte. Wesentlich bedrohlicher waren die Manöver der sowjetischen Marine in der Danziger Bucht und die Landübungen von 100 000 Rotarmisten an Polens Ostgrenze. Einem Artikel Danutas in der heutigen *Trybuna Ludu* zufolge war dieses militärische Muskelspiel eine Reaktion auf die wachsende amerikanische Aggression. Aber davon ließ sich niemand täuschen. Die Sowjetunion wollte unmissverständlich klarmachen, was passierte, wenn Solidarnosc die falschen Entscheidungen traf.

Nach dem Gottesdienst fuhren die neunhundert Delegierten in Bussen zum Campus der Universität von Gdansk, wo die eigentlichen Beratungen in der Sporthalle stattfanden.

Das alles war sehr provokant. Der Kreml hasste die Solidarnosc. Seit über einem Jahrzehnt hatte es in keinem der Warschauer-Pakt-Staaten eine so gefährliche Entwicklung gegeben. Demokratisch gewählte Abgeordnete aus ganz Polen versammelten sich in Gdansk, um zu debattieren und durch freie Abstimmung Beschlüsse zu fassen, und die Kommunistische Partei hatte nicht den geringsten Einfluss darauf. Auch wenn es nicht so hieß, es war ein Parlament. Man hätte es revolutionär nennen können, wäre dieses Wort nicht von den Bolschewiki beschmutzt worden. Kein Wunder, dass die Sowjets außer sich waren vor Wut.

Die Sporthalle war mit einer elektronischen Anzeigetafel ausgestattet.

Als Lech Walesa sich erhob, leuchtete auf der Tafel ein Kreuz auf, und auf Latein stand dort zu lesen: *Polonia semper fidelis*, Polen im Glauben treu.

Tanja ging zu ihrem Wagen und schaltete das Radio ein. Überall lief das normale Programm. Die Sowjets waren also noch nicht einmarschiert, und auch das restliche Wochenende blieb es ruhig.

Erst am Dienstag bekam Tanja wieder Angst. Die Regierung hatte einen Gesetzesentwurf veröffentlicht, der Arbeitern das Recht gab, bei der Ernennung von Betriebsleitern gehört zu werden. Aber dieser Gesetzesentwurf war der Solidarnosc nicht radikal genug, denn er verweigerte den Arbeitern das Recht, Manager zu feuern. Sie schlugen ein landesweites Referendum zu dem Thema vor.

Wahrscheinlich drehte Lenin sich im Grab um, oder besser, in seinem Mausoleum.

Und schlimmer noch: Die Solidarnosc erklärte, sollte die Regierung das Referendum ablehnen, würde die Gewerkschaft es selbst organisieren. Mit anderen Worten: Die Gewerkschaft übernahm mehr und mehr die Herrschaft von der Kommunistischen Partei. Das würde die Sowjetunion niemals akzeptieren.

Die Resolution wurde mit nur einer Gegenstimme verabschiedet.

Die Delegierten erhoben sich und applaudierten sich selbst.

Und das war noch immer nicht alles.

Jemand schlug vor, eine Botschaft an die Arbeiter in der Tschechoslowakei, in Ungarn, in der DDR und an »alle Völker der Sowjetunion« zu schicken. In dieser Botschaft sollte es unter anderem heißen: »Wir unterstützen diejenigen von euch, die beschlossen haben, den schweren Weg zu freien Gewerkschaften zu gehen.«

Auch dieser Antrag wurde per Handzeichen angenommen.

Jetzt waren sie zu weit gegangen. Dessen war Tanja sicher.

Die größte Angst der Sowjets war, dass der polnische Kreuzzug sich auf andere Länder hinter dem Eisernen Vorhang ausbreiten könnte ... Und genau das forderten die Delegierten jetzt. Eine Invasion war nicht mehr abzuwenden.

Am nächsten Tag war die Presse voller sozialistischer Wutausbrüche: Die Solidarnosc mische sich in die inneren Angelegenheiten souveräner Staaten ein, hieß es.

Aber die Sowjets marschierten immer noch nicht ein.

*

Leonid Breschnew wollte nicht in Polen einmarschieren. Er konnte es sich nicht leisten, das Vertrauen der westlichen Banken zu verlieren. Er hatte einen anderen Plan. Staz berichtete Cam Dewar, wie dieser Plan aussah.

Es dauerte immer ein paar Tage, das Rohmaterial zu verarbeiten, das Staz lieferte. Die Filme bei einer gefährlichen Übergabe abzuholen, war nur der Anfang. Dann mussten der Film im Labor der amerikanischen Botschaft entwickelt und die Bilder abgezogen und kopiert werden. Anschließend setzte sich ein Übersetzer mit der höchsten Sicherheitseinstufung daran und übertrug das Material vom Polnischen ins Englische. Waren auf einem Film mehr als hundert Dokumente – und das war nicht selten der Fall –, dauerte es Tage. Anschließend musste das Ergebnis abgetippt und wieder kopiert werden, bevor Cam es endlich zu sehen bekam.

Als in Warschau Frost einsetzte, saß Cam über der letzten Lieferung und entdeckte einen groß angelegten Plan für eine harte Reaktion der polnischen Regierung: Die Kommunisten wollten das Kriegsrecht verhängen, allen Freiheiten ein Ende bereiten und sämtliche Vereinbarungen mit der Solidarnosc zurücknehmen.

Ursprünglich war es nur ein Notfallplan gewesen, doch Cam las überrascht, dass General Jaruzelski schon wenige Tage nach seinem Amtsantritt entsprechende Übungen angeordnet hatte. Offenbar hatte er das von Anfang an geplant. Und Breschnew übte Druck auf ihn aus, es endlich in die Tat umzusetzen.

Anfang des Jahres hatte Jaruzelski dem Druck noch standgehalten. Dann hatte die Solidarnosc überall im Land Fabriken besetzt und bereitete sich auf einen Generalstreik vor. Zu diesem Zeitpunkt hatte es so ausgesehen, als hätte die Gewerkschaft gesiegt, und die Kommunisten würden nachgeben.

Doch jetzt passten die Arbeiter nicht mehr auf. Sie waren hungrig und müde, und sie froren. Überall herrschte Mangel. Die Inflation erreichte schwindelnde Höhen, und die Nahrungsmittelverteilung wurde von kommunistischen Bürokraten sabotiert, die die alten Zeiten zurückhaben wollten. Jaruzelski spekulierte darauf, dass die Bevölkerung das nicht mehr lange durchstand und irgendwann die Rückkehr zur Diktatur begrüßen würde.

Jaruzelski *wollte* eine sowjetische Invasion. Er hatte sogar eine Nachricht an den Kreml geschickt, in der er rundheraus fragte: »Können wir mit militärischer Hilfe aus Moskau rechnen?«

Die Antwort des Kremls war genauso unumwunden gewesen: »Wir werden keine Truppen schicken.«

Das waren gute Neuigkeiten für Polen, sinnierte Cam. Die Sowjets mochten ja poltern und mit dem Säbel rasseln, aber sie waren nicht bereit, den letzten Schritt zu tun. Was auch immer geschah, die Polen würden es unter sich ausmachen müssen.

Allerdings könnte Jaruzelski auch ohne sowjetische Panzer zuschlagen. Sein Plan ging aus Staz' Fotos hervor. Staz selbst hatte große Angst davor, denn er hatte dem Film eine handschriftliche Notiz beigelegt, was so ungewöhnlich war, dass Cam ihr besondere Aufmerksamkeit schenkte. Da stand: »Reagan kann das verhindern, wenn er damit droht, die Kredite zu streichen.«

Staz hatte recht: Westliche Kredite bewahrten Polen vor dem Staatsbankrott, der für die Kommunisten noch schlimmer gewesen wäre als die Demokratie.

Cam hatte Reagan gewählt, denn der hatte eine aggressivere Außenpolitik versprochen. Jetzt hatte er die Chance, seinen Worten Taten folgen zu lassen. Wenn Reagan rasch handelte, konnte er verhindern, dass Polen wieder einen Schritt zurück machte.

*

George und Verena bewohnten ein hübsches Haus in Prince George's County, Maryland, gleich außerhalb von Washington, in der Vorstadt, die George als Abgeordneter vertrat. Jetzt musste er jeden Sonntag in die Kirche gehen, jede Woche bei einer anderen Glaubensgemeinschaft, und mit seinen Wählern beten. Solche ungeliebten Pflichten gehörten nun mal zu seinem Job, doch meist engagierte er sich leidenschaftlich. Jimmy Carter war abgewählt, Ronald Reagan saß im Weißen Haus, und George konnte für Amerikas Ärmste kämpfen, von denen viele schwarz waren.

Alle vier bis acht Wochen kam Maria Summers vorbei und besuchte ihr Patenkind Jack. Der Kleine war jetzt anderthalb Jahre alt und manchmal so frech wie seine Großmutter Jacky. Meistens brachte Maria ihm ein Buch mit. Nach dem Brunch spülte George das Geschirr, und Maria trocknete ab, während sie sich über Geheimdienste und Außenpolitik unterhielten.

Maria arbeitete noch immer für das Außenministerium. Ihr Chef war nun Alexander Haig. George fragte Maria, ob das Ministerium mittlerweile bessere Informationen aus Polen erhalte.

»Viel bessere«, antwortete sie. »Ich weiß nicht, was du gemacht hast, aber die CIA hat sich enorm gesteigert.«

George gab ihr eine Schüssel zum Abtrocknen. »Und was passiert jetzt in Warschau, was meinst du?«

»Die Sowjets werden nicht einmarschieren, so viel wissen wir. Die polnischen Kommunisten haben darum gebeten, aber es wurde abgelehnt. Breschnew setzt Jaruzelski allerdings unter Druck, das Kriegsrecht auszurufen und Solidarnosc abzuschaffen.«

»Das wäre eine Schande.«

»Der Meinung sind wir im Außenministerium auch.«

George zögerte. »Ich höre, wie da ein Aber mitschwingt ...«

»Du kennst mich zu gut.« Maria lächelte. »Wir haben die Macht, die Ausrufung des Kriegsrechts zu verhindern. Präsident Reagan braucht nur anzukündigen, dass zukünftige Wirtschaftshilfe nur dann gewährt wird, wenn die Menschenrechte eingehalten werden.«

»Und warum tut er es dann nicht?«

»Weil Haig und er gar nicht glauben, dass die Polen das Kriegsrecht über sich selbst verhängen.«

»Wer weiß? Es wäre vielleicht klug, die Warnung trotzdem auszusprechen.«

»Das finde ich auch.«

»Dann tut es.«

»Nun ja, wir möchten der anderen Seite nicht verraten, wie gut unsere Erkenntnislage ist.«

»Wozu sind geheimdienstliche Erkenntnisse gut, wenn man sie nicht benutzt?«

»Stimmt«, sagte Maria. »Aber im Moment eiern wir noch herum.«

*

Zwei Wochen vor Weihnachten schneite es in Warschau. Tanja verbrachte den Samstagabend allein. Es war erst der zweite Samstag, den sie ohne Staz verbrachte. Wurde er sie leid? Das wäre nicht ungewöhnlich gewesen. Der einzige Mann, der sie ihr Leben lang begleitet hatte, war Wassili, und der hatte nie mit ihr geschlafen.

Tanja musste sich eingestehen, dass sie Wassili vermisste. Sie hatte nie zugelassen, sich in ihn zu verlieben, denn er war notorisch untreu, doch sie fühlte sich zu ihm hingezogen. Inzwischen war ihr bewusst, dass sie vor allem eines bei einem Mann suchte: Mut. Die drei wichtigsten Männer in ihrem Leben waren Paz Oliva, Staz Pawlak und Wassili gewesen. Alle drei waren gut aussehende Männer, vor allem aber hatten sie Mut. Paz hatte den USA getrotzt, Staz verriet Geheimnisse der Roten Armee, und Wassili widersetzte sich der Autorität des Kremls.

Und von diesen drei außergewöhnlichen Männern war Wassili der aufregendste; er hatte kritische, kompromittierende Geschichten über die Sowjetunion geschrieben, während er in Sibirien gehungert, gefroren und gelitten hatte. Jetzt fragte sich Tanja, wie es ihm wohl ging, und sie hätte gerne gewusst, woran er gerade schrieb.

Ob er wieder den Casanova spielt?, fragte sie sich. Oder ist er wirklich sesshaft geworden?

Tanja ging ins Bett und las *Doktor Schiwago* auf Deutsch – auf Russisch war das Buch noch immer nicht erschienen –, bis sie müde wurde und das Licht ausknipste.

Sie wurde von lautem Klopfen geweckt, setzte sich auf und schaltete das Licht ein. Es war halb zwei Uhr nachts. Irgendjemand hämmerte an eine Tür, allerdings nicht an ihre.

Sie stand auf, schaute aus dem Fenster. Die Autos, die an den Gehsteigen parkten, waren von frischem Schnee bedeckt. Mitten auf der Straße standen zwei Polizeiwagen und ein Schützenpanzer vom Typ BTR-60.

Der Lärm vor Tanjas Wohnung wurde lauter. Draußen auf dem Flur war ein Krachen zu vernehmen. Es hörte sich an wie ein Vorschlaghammer.

Tanja streifte sich einen Bademantel über, schnappte sich ihren Presseausweis, ihre Autoschlüssel und ein bisschen Wechselgeld. Dann öffnete sie die Wohnungstür und schaute hinaus. Nichts war zu sehen außer zwei Nachbarn, die ebenfalls in der Tür standen und ängstlich auf den Flur spähten.

Tanja klemmte einen Stuhl in die Tür, damit sie nicht zufiel, und verließ ihre Wohnung. Der Lärm kam aus dem Stockwerk unter ihr. Sie schaute über das Geländer und sah eine Gruppe Männer in den Tarnuniformen der ZOMO, der berüchtigten Sicherheitspolizei. Mit Brecheisen und Hämmern brachen sie die Tür von Tanjas Freundin Danuta auf.

»Was tun Sie da?«, rief Tanja zu den Männern hinunter. »Was ist denn los?«

Einige ihrer Nachbarn waren zu ihr gekommen und riefen den ZOMO-Leuten ebenfalls Fragen zu, aber die achteten gar nicht darauf.

Inzwischen war die Tür offen. Danutas Mann stand im Türeingang, mit Brille und im Schlafanzug und sichtlich verängstigt. »Was wollen Sie?«, fragte er. Aus der Wohnung war das Geschrei eines Kindes zu hören.

Die Sicherheitspolizisten stießen ihn grob aus dem Weg und drangen in die Wohnung ein.

Tanja rannte die Treppe hinunter. »Das können Sie nicht tun!«, rief sie. »Sie müssen sich ausweisen!«

Zwei Polizisten – große, massige Männer – zerrten Danuta aus der

Wohnung. Sie trug ein Nachthemd und darüber einen Bademantel; ihr langes Haar war zerzaust.

Tanja versperrte den Männern den Weg und hielt ihnen den Presseausweis unter die Nase. »Ich bin sowjetische Reporterin!«

»Dann machen Sie, dass Sie aus dem Weg kommen«, rief einer der Beamten und schlug mit dem Brecheisen nach ihr. Es war kein gezielter Schlag, doch weil er die sich wehrende Danuta an der anderen Hand hielt, traf er Tanja im Gesicht. Schmerz schoss durch Tanjas Kopf, und sie taumelte zurück. Blut lief ihr über die Stirn ins rechte Auge.

Die beiden Polizisten beachteten sie nicht weiter; sie stapften an ihr vorbei und zerrten Danuta die Treppe hinunter. Ein dritter Polizist kam aus der Wohnung, eine Schreibmaschine und den Anrufbeantworter in Händen.

Dann erschien Danutas Mann mit dem Kind im Arm. »Wo bringen Sie meine Frau hin?«, fragte er verzweifelt.

Niemand antwortete.

»Ich rufe bei der Armee an«, rief Tanja ihm zu. »Keine Angst, ich finde es schon heraus.« Eine Hand auf die blutende Wunde gedrückt, stieg sie wieder die Treppe hinauf. Im Wohnungsflur schaute sie in den Garderobenspiegel. Sie hatte eine Platzwunde auf der Stirn, und ihre Wange war rot und schwoll an. Aber sie glaubte nicht, dass irgendwelche Knochen gebrochen waren.

Sie griff nach dem Telefon, um Staz anzurufen.

Die Leitung war tot.

Tanja schaltete Fernsehen und Radio ein. Der Bildschirm blieb schwarz, das Radio stumm.

Es ging also nicht nur um Danuta. Irgendetwas Großes war im Gange.

Tanja ging in das kleine Badezimmer, hielt ein Handtuch unter den Wasserhahn und tupfte sich vorsichtig das Gesicht ab. Dann kehrte sie ins Schlafzimmer zurück, zog sich rasch an, eilte die Treppe hinunter und stieg ins Auto.

Es schneite wieder, doch die Hauptstraßen waren frei. Tanja sah bald den Grund dafür. Überall standen Panzer und Armeelastwagen.

Was hatte das zu bedeuten?

Die Soldaten, die ins Stadtzentrum von Warschau vordrangen, waren jedenfalls keine Russen. Es war also nicht wie 1968 in Prag. Es waren polnische Militärfahrzeuge, und die Soldaten trugen polnische Uniformen. Die Polen waren in ihre eigene Hauptstadt einmarschiert.

Die Soldaten errichteten Straßensperren, hatten aber gerade erst damit angefangen, sodass man die Barrikaden noch umfahren konnte. Tanja fuhr schnell und riskierte Kopf und Kragen in den vereisten Kurven. Schließlich aber erreichte sie die Jana-Olbrachta-Straße im Westen Warschaus und parkte vor Staz' Haus. Sie kannte die Adresse, war aber noch nie hier gewesen. Staz sagte immer, seine Wohnung sei nicht besser als ein Schlafsaal in der Kaserne.

Tanja eilte ins Haus. Es dauerte ein paar Minuten, bis sie die richtige Wohnung gefunden hatte. Sie hämmerte an die Tür und betete, dass Staz zu Hause war, befürchtete jedoch, dass er mit dem Rest der Armee auf den Straßen war.

Eine Frau in einem pinkfarbenen Nylonnachthemd öffnete.

Tanja war dermaßen schockiert, dass es ihr für einen Moment die Sprache verschlug. Hatte Staz eine andere Freundin?

Die Frau war blond und hübsch. Sie starrte Tanja konsterniert an. »Sie sind ja verletzt!«, sagte sie auf Polnisch.

Hinter der Frau fiel Tanja ein rotes Dreirad im Flur auf, und mit einem Mal wurde ihr alles klar. Die Frau war nicht Staz' Freundin. Sie war seine Ehefrau, und die beiden hatten ein Kind.

Schuldgefühle trafen Tanja wie ein Faustschlag. Sie hatte Staz seiner Familie weggenommen. Aber sie hatte ja nichts von seiner Ehe gewusst.

Er ist wirklich ein guter Lügner, dachte sie verbittert. Und vermutlich auch ein guter Spion.

Nur mit Mühe gelang es ihr, sich auf den Notfall zu konzentrieren. »Ich muss mit Oberst Pawlak sprechen«, sagte sie. »Es ist dringend.«

Die Frau hörte Tanjas russischen Akzent, und ihr Verhalten änderte sich schlagartig. Wütend funkelte sie Tanja an. »Du also bist diese russische Hure!«, zischte sie.

Offensichtlich war es Staz nicht gelungen, die Affäre vor seiner Frau geheim zu halten. »Dafür ist jetzt keine Zeit«, sagte Tanja verzweifelt. »Wo ist er?«

»Nicht da.«

»Helfen Sie mir, ihn zu finden?«

»Nein! Und jetzt verschwinde, du Schlampe!« Die Frau schlug Tanja die Tür vor der Nase zu.

»Verdammter Mist«, fluchte Tanja.

Sie stand vor der Wohnungstür. Vorsichtig legte sie die Hand auf die schmerzende Wange, die grotesk anzuschwellen schien.

Tanja wusste nicht, was sie jetzt tun sollte.

Der Einzige, der wissen konnte, was hier vor sich ging, war Cam Dewar. Anrufen konnte sie ihn vermutlich nicht. Aller Wahrscheinlichkeit nach waren nicht nur in ihrem Haus, sondern in der gesamten Stadt die Telefonleitungen gekappt. Aber Cam hielt sich bestimmt in der amerikanischen Botschaft auf.

Tanja ging zurück zu ihrem Wagen und fuhr in den Süden der Stadt. Dabei mied sie das Zentrum, das inzwischen mit Sicherheit gesperrt war.

Sie sah eine Gruppe von Soldaten, die ein Plakat an einen Laternenpfahl klebten. Sie hielt kurz an, um es zu überfliegen. Es war das Dekret eines sogenannten »Armeerats der Nationalen Errettung«. So etwas gab es gar nicht. Es war erfunden, ohne Zweifel von Jaruzelski.

Entsetzt las Tanja, was da stand. Ab sofort galt das Kriegsrecht. Sämtliche Bürgerrechte waren außer Kraft gesetzt, die Grenzen geschlossen, Reisen zwischen den Städten verboten, alle öffentlichen Versammlungen untersagt. Von zehn Uhr abends bis sechs Uhr früh galt eine Ausgangssperre. Die Streitkräfte hatten das Recht, die Anordnungen notfalls mit Gewalt durchzusetzen.

Das war es also. Es war der Gegenschlag. Und er war sorgfältig geplant. Das Plakat war schon lange gedruckt.

Konnte es jetzt noch Hoffnung geben?

Tanja fuhr weiter. In einer dunklen Straße traten zwei ZOMO-Männer ins Scheinwerferlicht ihres Wagens und hoben die Hand zum Zeichen, dass sie anhalten sollte. In diesem Augenblick spürte Tanja wieder einen stechenden Schmerz in der Wange, und im Bruchteil einer Sekunde traf sie eine Entscheidung. Sie trat das Gaspedal durch. Der Wagen schoss los und jagte auf die Männer zu, die ängstlich zur Seite sprangen. Mit kreischenden Reifen bog Tanja um die nächste Ecke und war außer Sicht, bevor die ZOMO-Leute ihre Waffen ziehen konnten.

Ein paar Minuten später hielt sie vor dem weißen Marmorgebäude der US-Botschaft. Überall brannte Licht. Natürlich versuchten auch die Amerikaner herauszufinden, was los war.

Tanja sprang aus dem Auto und lief zu dem Marineinfanteristen, der am Tor postiert war. »Ich habe wichtige Informationen für Cam Dewar«, sagte sie auf Englisch.

Der Marine deutete hinter sie. »Da kommt er gerade.«

Tanja drehte sich um und sah einen grünen Polski Fiat. Am Steuer saß Cam. Tanja lief zu dem Wagen, und Cam ließ das Fenster herunter. Wie immer sprach er russisch mit ihr. »Mein Gott, was haben Sie denn mit Ihrem Gesicht gemacht?«

»Ich hatte eine Diskussion mit der ZOMO«, antwortete Tanja. »Wissen Sie, was los ist?«

»Die Regierung hat fast alle Funktionäre und Organisatoren der Solidarnosc verhaftet. Es sind Tausende«, erzählte Cam. »Sämtliche Telefonverbindungen sind gekappt, und auf jeder Straße im Land gibt es Straßensperren.«

»Aber ich sehe keine Russen!«

»Nein. Die Polen tun sich das selbst an.«

»Hat die amerikanische Regierung gewusst, dass das passiert? Hat Staz es Ihnen erzählt?«

Cam schwieg.

Tanja deutete sein Schweigen richtig: Er *hatte* es von Staz erfahren. »Konnte Reagan denn nichts tun, um das zu verhindern?«

Cam schaute so enttäuscht drein, wie Tanja sich fühlte. »Ich glaube schon«, antwortete er.

»Warum hat er es dann nicht getan?«, stieß sie hervor.

»Ich weiß es nicht«, sagte Cam. »Ich weiß es einfach nicht.«

*

Als Tanja wieder in Moskau eintraf, warteten in der Wohnung ihrer Mutter Blumen von Wassili auf sie. Wie war er im Januar in Moskau an Rosen gekommen?

Die Blumen waren ein bunter Tupfer in Tanjas ansonsten grauem, desolatem Leben. Sie hatte zwei Schocks verdauen müssen: Staz hatte sie betrogen, und General Jaruzelski hatte das polnische Volk verraten. Staz war nicht besser als Paz Oliva, und Tanja musste sich fragen, warum sie immer wieder an solche Typen geriet.

Vielleicht irrte sie sich ja, was den Sozialismus betraf. Sie hatte immer schon geglaubt, dass er nicht von Dauer sein würde. Als 1956 der Aufstand in Ungarn niedergeschlagen wurde, war sie noch zur Schule gegangen. Zwölf Jahre später war beim Prager Frühling das Gleiche geschehen, und nach noch einmal dreizehn Jahren hatte es auch die Solidarnosc erwischt. Vielleicht gehörte dem Sozialismus ja doch die Zukunft, wie Opa Grigori bis zu seinem Tod geglaubt hatte. Falls ja, standen Tanjas Neffen und ihrer Nichte düstere Zeiten bevor.

Kurz nach ihrer Ankunft in Moskau lud Wassili sie zum Abendessen ein. Sie waren übereingekommen, dass sie ihre Freundschaft jetzt öffentlich machen konnten. Wassili war voll rehabilitiert. Seine Radiosendung war ein lang anhaltender Erfolg, und er war der Star des Schriftstellerverbandes. Doch niemand wusste, dass er auch Iwan Kusnetsow war, der

Dissident, der *Frostbrand* und andere antikommunistische Werke verfasst hatte, die im Westen Bestseller waren.

Es ist schon bemerkenswert, überlegte Tanja, dass er auf beiden Seiten des Eisernen Vorhangs Erfolg hat – und das auch noch geheim.

Tanja wollte gerade das Büro verlassen und zu Wassili fahren, als plötzlich Pjotr Opotkin vor ihr stand. Um sich vor dem Rauch seiner Zigarette zu schützen, kniff sie die Augen zusammen. »Sie haben es wieder mal geschafft«, sagte Opotkin. »Man hat sich an höchster Stelle über Ihren Kuh-Artikel beschwert.«

Tanja war in Wladimir gewesen, wo die kommunistischen Kader derart unfähig waren, dass das Vieh in den Ställen verreckte, während in den Scheunen das Futter verfaulte. Sie hatte einen wütenden Artikel darüber geschrieben, und Daniil hatte ihn freigegeben.

»Ich nehme an, wer sich da beschwert hat, waren die faulen, korrupten Bastarde, die die armen Tiere haben verrecken lassen«, erwiderte sie gereizt.

»Vergessen Sie diese Leute«, sagte Opotkin. »Ich habe einen Brief aus dem Zentralkomitee bekommen, vom Ideologie-Sekretär.«

»Der kennt sich bestimmt hervorragend mit Kühen aus.«

Opotkin hielt ihr das Papier unter die Nase. »Wir müssen einen Widerruf veröffentlichen.«

Tanja nahm ihm den Brief ab, las ihn aber nicht. »Warum verteidigen Sie eigentlich immer die Leute, die unser Land zerstören?«

»Wir dürfen die Autorität der Parteikader nicht unterminieren!«

Auf Tanjas Tisch klingelte das Telefon, und sie nahm ab. »Tanja Dworkin.«

Eine ihr vage vertraute Stimme sagte: »Sie haben den Artikel über die sterbenden Kühe in Wladimir geschrieben.«

Tanja seufzte. »Ja, habe ich, und ich bin schon dafür getadelt worden. Wer spricht denn da?«

»Ich bin im Zentralkomitee für die Landwirtschaft verantwortlich. Mein Name ist Michail Gorbatschow. Sie haben 1976 ein Interview mit mir geführt.«

»Ja, stimmt ...« Tanja rechnete damit, dass Gorbatschow sie persönlich zurechtwies.

Stattdessen sagte er: »Ich rufe an, um Ihnen zu Ihrer exzellenten Analyse zu gratulieren.«

Tanja konnte es kaum glauben. »Ich ... äh ... danke, Genosse.«

»Es ist von äußerster Wichtigkeit, dass wir die Ineffizienz in der Landwirtschaft nachhaltig bekämpfen.«

»Verzeihung, Genosse Sekretär ... würde es Ihnen etwas ausmachen, das auch meinem Redaktionsleiter zu sagen? Wir haben gerade über den Artikel gesprochen, und er will einen Widerruf veröffentlichen.«

»Einen Widerruf? Was für ein Unsinn. Geben Sie ihn mir.«

Lächelnd reichte Tanja Opotkin den Hörer. »Sekretär Gorbatschow würde gerne mit Ihnen reden.«

Zuerst glaubte Opotkin ihr nicht. »Mit wem spreche ich da, bitte?«, fragte er.

Von da an schwieg er, abgesehen von einem gelegentlichen »Jawohl, Genosse«.

Schließlich legte er auf und ging wortlos davon.

Tanja genoss es, Opotkins Schreiben mit dem Tadel zu zerknüllen und in den Papierkorb zu werfen.

Als sie zu Wassilis Wohnung fuhr, wusste sie nicht, was sie dort erwartete. Trotzdem freute sie sich auf den Abend. Sie hoffte nur, dass er sie nicht bitten würde, Teil seines Harems zu werden. Für diesen Fall hatte sie sich so unattraktiv wie möglich angezogen. Sie trug eine weite, dicke Stoffhose und einen alten Pullover.

Wassili öffnete die Tür. Er trug einen blauen Pullover und ein weißes Hemd. Beides sah neu aus. Tanja küsste ihn auf die Wange und musterte ihn. Sein Haar war grau geworden, war aber noch immer voll und gewellt, und trotz seiner fünfzig Jahre war er schlank und rank.

Wassili öffnete eine Flasche georgischen Champagner und stellte Snacks auf den Tisch: Toast mit Eiersalat und Tomaten und Kaviar auf Gurken. Tanja fragte sich, ob er das selbst gemacht hatte, aber vermutlich war eine seiner zahlreichen Freundinnen dafür verantwortlich.

Die Wohnung war gemütlich, voller Bücher und Bilder. Wassili war inzwischen wohlhabend, auch ohne die Millionen auf dem britischen Konto, an die er ohnehin nicht herankonnte.

Er wollte alles über Polen wissen. Wie hatte der Kreml die Solidarnosc besiegt, ohne in das Land einzumarschieren? Warum hatte Jaruzelski das polnische Volk verraten? Er glaubte zwar nicht, dass seine Wohnung verwanzt war; trotzdem legte er eine Tschaikowski-Aufnahme in seinen Kassettenrekorder ein, um sein Gespräch mit Tanja zu übertönen.

Tanja erzählte ihm, die Solidarnosc sei noch lange nicht tot, nur in den Untergrund abgetaucht. Viele Menschen, die nach Ausrufung des Kriegsrechts verhaftet worden waren, saßen noch immer hinter Gittern, doch die Geheimpolizei hatte die Rolle der Frauen dramatisch unterschätzt. Viele Gewerkschafterinnen waren wieder auf freiem Fuß, darunter auch Danuta, die schon kurz nach ihrer Verhaftung wieder freigelassen worden war. Sie arbeitete jetzt wieder im Untergrund, publizierte illegale Zeitungen und Flugblätter und baute neue Kommunikationswege auf.

Trotzdem hatte Tanja nur wenig Hoffnung. Die Kommunistische Partei würde auch einen zweiten Aufstand niederschlagen.

Wassili war da optimistischer. »Das war ziemlich knapp«, sagte er. »In einem halben Jahrhundert hat niemand es so weit geschafft. Sie standen kurz davor, den Sozialismus zu besiegen.«

Es war wie in den alten Zeiten. Tanja fühlte sich immer wohler, und der Champagner trug dazu bei, dass sie sich entspannte. Damals, in den Sechzigern, bevor Wassili verhaftet worden war, hatten sie oft so zusammengesessen und sich über Politik, Kunst und Literatur unterhalten.

Tanja erzählte ihm von Gorbatschows Anruf.

»Gorbatschow ist ziemlich rätselhaft«, sagte Wassili. »Im Landwirtschaftsministerium sehen wir ihn oft. Er ist Juri Andropows Schoßhund, und er scheint ein knallharter Kommunist zu sein. Seine Frau übrigens auch. Dennoch setzt Gorbatschow Reformideen durch, wann immer möglich, ohne seine Vorgesetzten vor den Kopf zu stoßen.«

»Mein Bruder hat eine hohe Meinung von ihm.«

»Wenn Breschnew stirbt – was Gott sei Dank nicht mehr lange dauern kann –, wird Andropow sich um die Führung bewerben, und Gorbatschow wird ihn unterstützen. Scheitert er, sind beide erledigt. Man wird sie in die Provinz schicken. Aber wenn Andropow Erfolg hat, steht Gorbatschow eine große Zukunft bevor.«

»In jedem anderen Land wäre er mit seinen fünfzig Jahren genau im richtigen Alter für eine Führungsposition. Hier ist er zu jung.«

»Stimmt schon, der Kreml ist das reinste Altersheim.«

Wassili servierte Borschtsch. »Wer hat den gekocht?«, fragte Tanja.

»Ich natürlich. Wer sonst?«

»Keine Ahnung, deswegen frage ich ja. Hast du eine Haushälterin?«

»Nur ein Großmütterchen, das mir die Wohnung putzt und die Hemden bügelt.«

»Keine Freundin?«

»Im Moment nicht.«

Tanja war fasziniert. Sie erinnerte sich noch gut an das letzte Gespräch, das sie geführt hatten, bevor sie nach Warschau geflogen war. Damals hatte Wassili behauptet, sich verändert zu haben und erwachsen geworden zu sein. Und sie hatte ihm gesagt, er solle es beweisen. Sie war sicher gewesen, dass es nur ein Spruch war, um sie endlich ins Bett zu bekommen. Könnte sie sich geirrt haben? Sie bezweifelte es.

Nachdem sie gegessen hatten, sprach Tanja das Vermögen an, das Wassili in London anhäufte, ohne dass er herankonnte.

»Es sollte eigentlich dir gehören«, sagte er.

»Unsinn«, widersprach Tanja. »Du hast die Bücher geschrieben.«

»Ich hatte auch wenig zu verlieren. Ich war bereits in Sibirien. Mir konnten sie nicht mehr viel anhaben, außer mich zu töten, und das wäre eine Erleichterung für mich gewesen. Aber du hast alles riskiert: deine Karriere, deine Freiheit, dein Leben. Du hast das Geld eher verdient als ich.«

»Ich würde es nicht nehmen, selbst wenn du es mir gibst.«

»Dann bleibt es eben bis zu meinem Tod auf diesem Konto in London.«

»Du bist nicht versucht, in den Westen zu fliehen?«

»Nein.«

»Das klingt ziemlich entschlossen.«

»Ist es auch.«

»Warum? Im Westen könntest du schreiben, was du willst. Keine Radioserien mehr.«

»Ich würde aber nicht gehen ... es sei denn, du gehst auch.«

»Das meinst du nicht ernst.«

Wassili zuckte mit den Schultern. »Ich erwarte nicht von dir, dass du mir glaubst. Warum solltest du auch? Aber du bist der wichtigste Mensch in meinem Leben. Du hast mich in Sibirien gesucht. Das hat sonst niemand getan. Du hast versucht, mich freizubekommen. Du hast meine Bücher in die freie Welt geschmuggelt. Zwanzig Jahre lang warst du der beste Freund, den man sich wünschen kann.«

Tanja war gerührt. »Danke«, sagte sie.

»Es ist die Wahrheit. Aber ich gehe nicht in den Westen.« Dann fügte er hinzu: »Es sei denn, du kommst mit.«

Tanja blickte ihn forschend an. War das ein ernst gemeinter Vorschlag? Sie hatte Angst, ihn zu fragen, schaute stattdessen aus dem Fenster auf wirbelnde Schneeflocken im Licht der Straßenlaternen.

»Zwanzig Jahre«, sagte Wassili, »und wir haben uns noch nicht einmal geküsst.«

»Stimmt.«

»Und du hältst mich immer noch für einen herzlosen Casanova.«

In Wahrheit wusste Tanja nicht mehr, wofür sie Wassili halten sollte. Hatte er sich verändert? Konnten Menschen sich überhaupt so verändern? »Nach all der Zeit«, sagte sie, »wäre es wirklich eine Schande, diesen Rekord zu brechen.«

»Und doch wünsche ich mir nichts sehnlicher.«

Tanja wechselte das Thema. »Wenn du die Gelegenheit hättest, würdest du dann in den Westen gehen?«

»Mit dir, ja. Sonst nicht.«

»Ich wollte die Sowjetunion nie verlassen. Ich wollte sie immer nur zu einem besseren Ort machen. Aber nach der Niederschlagung der polnischen Arbeiterbewegung fällt es mir schwer, an eine bessere Zukunft zu glauben. Der Sozialismus könnte noch tausend Jahre bestehen.«

»Zumindest könnte er uns beide überleben.«

Tanja zögerte. Sie war überrascht, wie sehr auch sie sich wünschte, Wassili zu küssen. Und mehr noch: Sie wollte hier bleiben, wollte mit ihm reden und auf dieser Couch in der warmen Wohnung sitzen, während es draußen schneite.

Was für ein seltsames Gefühl, dachte sie. Vielleicht ist es Liebe.

Also küsste sie ihn.

Und nach einer Weile gingen sie ins Bett.

*

Natalja hatte immer die neuesten Neuigkeiten. Am Weihnachtsabend kam sie mit sorgenvoller Miene in Dimkas Büro. »Andropow wird nicht im Politbüro erscheinen«, sagte sie. »Er liegt im Krankenhaus und darf es nicht verlassen.«

Die nächste Politbürositzung war für den Tag nach Weihnachten angesetzt.

»Verdammt«, sagte Dimka. »Das ist gefährlich.«

Seltsamerweise hatte Juri Andropow sich als guter Sowjetführer erwiesen. Fünfzehn Jahre lang war er der erfolgreiche Chef des grausamen und brutalen KGB gewesen, und auch jetzt, als Generalsekretär der Kommunistischen Partei der Sowjetunion, ging er mit harter Hand gegen Dissidenten vor. Doch innerhalb der Partei war er erstaunlich tolerant, was neue Ideen und Reformen betraf. Wie ein mittelalterlicher Papst, der Ketzer auf dem Scheiterhaufen verbrannte und gleichzeitig mit seinen Kardinälen über die Existenz Gottes debattierte, sprach Andropow im inneren Kreis – zu dem auch Dimka und Natalja gehörten – stets offen über die Unzulänglichkeiten des Sowjetsystems. Und er redete nicht nur, er handelte.

Gorbatschow trug inzwischen nicht mehr nur die Verantwortung für die Landwirtschaft, sondern für die gesamte sowjetische Ökonomie, und er entwickelte ein Programm zur Dezentralisierung der Wirtschaft. Moskau sollte Macht an die Betriebsleiter abgeben.

Unglücklicherweise war Andropow kurz vor Weihnachten 1983 schwer krank geworden. Zu diesem Zeitpunkt war er noch nicht einmal ein Jahr im Amt. Das machte Dimka und Natalja große Sorgen. Andropows Rivale um die politische Führung war Konstantin Tschernenko gewesen; er war immer noch die Nummer zwei in der Hierarchie. Dimka fürchtete nun, dass Tschernenko Andropows Krankheit ausnutzen würde.

»Andropow hat eine Rede verfasst, die vorgelesen werden soll«, sagte Natalja.

Dimka schüttelte den Kopf. »Das reicht nicht. In Andropows Abwesenheit hat Tschernenko den Vorsitz. Wenn das passiert, werden ihn alle als Nachfolger akzeptieren, und dann geht es wieder rückwärts mit diesem Land.« Die Vorstellung war viel zu deprimierend, um länger darüber nachzudenken.

»Dann müssen wir dafür sorgen, dass Gorbatschow den Vorsitz übernimmt.«

»Aber Tschernenko ist die Nummer zwei. Ich wünschte, er läge ebenfalls im Krankenhaus.«

»Das kann nicht mehr lange dauern. Er ist auch krank.«

»Aber es geht nicht schnell genug. Das reicht nicht. Können wir irgendwie an ihm vorbei?«

Natalja dachte darüber nach. »Nun ja, das Politbüro muss tun, was Andropow sagt.«

»Er könnte also einfach einen Befehl ausstellen, in dem steht, dass Gorbatschow den Vorsitz übernehmen soll.«

»Ja. Er ist noch immer der Chef.«

»Er könnte seiner Rede einen entsprechenden Absatz hinzufügen.«

»Perfekt. Ich werde ihn sofort anrufen und es ihm vorschlagen.«

Später an diesem Nachmittag bekam Dimka eine Nachricht von Natalja, in der sie ihn bat, in ihr Büro zu kommen. Als er dort eintraf, sah er ihre Augen triumphierend funkeln. Arkadi Wolski war bei ihr, Andropows Chefberater. Andropow hatte Wolski ins Krankenhaus gerufen und ihm einen handgeschriebenen Zusatz für die Rede überreicht. Den gab Wolski nun Dimka.

Im letzten Absatz stand:

Aus Gründen, die Sie gewiss verstehen werden, bin ich nicht in der Lage, in nächster Zeit die Sitzungen von Politbüro und Zentralkomitee zu leiten. Daher ersuche ich die Mitglieder des Zentralkomitees, die Frage zu erörtern, ob die Leitung von Politbüro und ZK an den Genossen Michail Sergejwitsch Gorbatschow übergeben werden kann.

Das war zwar als Vorschlag formuliert, doch im Kreml war ein »Vorschlag« des Generalsekretärs gleichbedeutend mit einem Befehl.

»Das ist Dynamit«, sagte Dimka. »Dem müssen sie gehorchen.«

»Was soll ich damit tun?«, fragte Wolski.

»Zuerst einmal machen Sie mehrere Kopien davon«, sagte Dimka, »damit niemand auf die Idee kommt, den Text einfach zu zerreißen. Und dann ...« Dimka zögerte.

»Sagen Sie niemandem etwas davon«, sagte Natalja. »Geben Sie es einfach Bogoljubow.« Klawdii Bogoljubow bereitete die Dokumente für die Politbürositzungen vor. »Seien Sie so unauffällig wie möglich. Sagen Sie ihm einfach, er solle das zusätzliche Material in die rote Kladde mit Andropows Rede legen.«

Alle hielten das für den besten Plan.

Weihnachten war kein großes Fest in der Sowjetunion. Die Kommunisten hassten den religiösen Hintergrund. Sie hatten den Weihnachtsmann in Väterchen Frost umbenannt und die Feier auf den Neujahrstag verlegt. Dann bekamen die Kinder auch ihre Geschenke. Grischka, der inzwischen zwanzig Jahre alt war, bekam einen Kassettenrekorder, und Katja, vierzehn, ein neues Kleid. Dimka und Natalja, beide hohe Parteifunktionäre, war Weihnachten egal. Sie gingen wie gewohnt zur Arbeit.

Am Tag danach machte Dimka sich auf den Weg zur Politbürositzung. An der Tür traf er Natalja, die schon ein wenig früher gekommen war. Sie sah verzweifelt aus. Traurig reichte sie Dimka die rote Kladde mit Andropows Rede. »Sie haben es einfach ignoriert«, sagte sie. »Sie haben den ganzen letzten Absatz ausgelassen!«

Dimka ließ sich auf einen Stuhl sinken. »Ich hätte nie gedacht, dass Tschernenko den Mut dazu hat«, sagte er.

Und es gab nichts, was sie dagegen tun konnten, erkannte er. Andropow lag im Krankenhaus. Wäre er in den Raum gestürmt und hätte alle angeschrien, hätte er seine Autorität wiederherstellen können, so aber nicht. Tschernenko hatte Andropows Schwäche ausgenutzt.

»Sie haben gewonnen, nicht wahr?«, fragte Natalja.

»Ja«, antwortete Dimka. »Das Zeitalter der Stagnation beginnt von Neuem.«

NEUNTER TEIL

DIE BOMBE
1984 bis 1987

George Jakes besuchte die Eröffnung einer Ausstellung afroamerikanischer Kunst in der Washingtoner Innenstadt. Kunst interessierte ihn nicht besonders, aber als schwarzer Kongressabgeordneter musste er seine Unterstützung solcher Veranstaltungen demonstrieren. Doch was er auf politischem Gebiet zu leisten versuchte, war ihm sehr viel wichtiger.

Präsident Reagan hatte die Militärausgaben erheblich vergrößert, aber wer sollte die Rechnung zahlen? Jedenfalls nicht die Reichen, denen eine gewaltige Steuererleichterung beschert worden war.

Es gab einen Witz, den George oft erzählte: Ein Reporter fragt Reagan, wie er gleichzeitig die Steuern senken und die Ausgaben erhöhen wolle. »Durch doppelte Buchführung«, gab der Präsident zur Antwort.

In Wahrheit hatte Reagan vor, bei der Sozialversicherung und der Krankenversorgung zu kürzen. Sollte er seinen Willen bekommen, standen arbeitslose Männer und Frauen mit leeren Händen da und finanzierten den Boom der Rüstungsindustrie. Bei dieser Vorstellung kochte in George die Wut hoch. Allerdings widersetzten er und andere Abgeordnete sich im Kongress diesen Plänen, und bisher hatten sie damit Erfolg.

Im Ergebnis stieg die Staatsverschuldung. Reagan hatte das Haushaltsdefizit erhöht. Die vielen funkelnagelneuen Waffen für das Pentagon mussten von kommenden Generationen bezahlt werden.

George nahm ein Glas Weißwein von dem Tablett, das ein Kellner trug. Eine Zeit lang betrachtete er die Exponate und sprach kurz mit einem Reporter. Er hatte nicht viel Zeit. Verena musste am Abend zu einem politischen Dinnerempfang in Georgetown; daher musste er auf ihren Sohn Jack aufpassen, der nun vier war. Sie beschäftigten zwar ein Kindermädchen – anders ging es nicht, sie hatten beide anspruchsvolle Jobs –, aber einer von ihnen stand immer bereit für den Fall, dass das Kindermädchen nicht zur Arbeit erschien.

George stellte das Glas ab, ohne den Wein probiert zu haben. Kostenloser Wein war es nie wert, dass man ihn trank. Er zog seinen Mantel über und ging. Kalter Regen hatte eingesetzt, und George schützte seinen Kopf mit dem Ausstellungskatalog, als er zum Auto eilte. Sein eleganter alter Mercedes war längst Geschichte: Als Politiker musste er einen amerikanischen Wagen fahren. Er besaß nun einen silberfarbenen Lincoln Town Car.

George stieg in den Pkw, schaltete die Scheibenwischer ein und fuhr nach Prince George's County. Er überquerte die South Capitol Street Bridge und nahm den Suitland Parkway nach Osten. George fluchte über den dichten Verkehr; er würde zu spät kommen.

Als er zu Hause ankam, stand Verenas roter Jaguar in der Auffahrt, die Nase nach vorn, abfahrbereit. Den Wagen hatte sie von ihrem Vater zu ihrem vierzigsten Geburtstag bekommen. George parkte daneben und ging zum Haus. Er trug einen Aktenkoffer voller Papiere, seine Arbeit für den Abend.

Verena wartete im Flur. Sie sah spektakulär aus in ihrem schwarzen Cocktailkleid und den hochhackigen Lackpumps.

»Du kommst zu spät!«, fuhr sie ihn an.

»Tut mir wirklich leid«, sagte George. »Auf dem Suitland Parkway ist heute die Hölle los.«

»Diese Dinnerparty ist wichtig für mich. Drei Mitglieder von Reagans Kabinett sind da, und ich bin zu spät dran.«

George hatte Verständnis für ihren Zorn. Für eine Lobbyistin war diese Chance, einflussreichen Persönlichkeiten im gesellschaftlichen Rahmen zu begegnen, unschätzbar wertvoll. »Jetzt bin ich ja da«, sagte er.

»Ich bin nicht das Dienstmädchen! Wenn wir eine Vereinbarung treffen, hast du sie einzuhalten!«

Diese Tirade war nichts Ungewöhnliches. Verena wurde oft wütend und schrie ihn an. Er versuchte immer, dabei ruhig zu bleiben.

»Ist Tiffany nicht da?«, fragte er. Tiffany war das Kindermädchen.

»Nein, Tiffany ist *nicht* da! Sie ist krank nach Hause gegangen. Deshalb musste ich auf dich warten.«

»Wo ist Jack?«

»Im Hobbyraum. Er sieht fern.«

»Okay, ich gehe zu ihm und kümmere mich um ihn. Du fährst los.«

Sie gab einen wütenden Laut von sich und eilte davon.

George wusste nicht, wer beim Abendessen neben ihr sitzen durfte, aber wer immer es sein mochte, George beneidete ihn. Verena war noch immer die attraktivste Frau, der er je begegnet war. Allerdings wusste er mittlerweile, dass er in den fünfzehn Jahren, in denen sie eine Fernbeziehung geführt hatten, besser dran gewesen war. Früher hatten sie an einem einzigen Wochenende öfter Sex gehabt als jetzt in einem ganzen Monat. Seit ihrer Heirat hatten die regelmäßigen und heftigen Auseinandersetzungen, bei denen es meist um Kinderbetreuung ging, ihre gegenseitige Zuneigung zerfressen wie langsam tropfende Säure. Sie lebten unter dem gleichen Dach, sie kümmerten sich um ihren Sohn, sie verfolgten ihre Karrieren, aber liebten sie einander? George wusste es nicht mehr.

Er ging in den Hobbyraum. Jack saß auf der Couch vor dem Fernseher. Der Junge war Georges großer Trost. Er setzte sich neben ihn und legte ihm den Arm um die schmalen Schultern. Jack kuschelte sich an ihn.

In der Sendung ging es um eine Gruppe von Schulkindern, die in irgendein Abenteuer verwickelt waren. »Was guckst du da?«, fragte George.

»*Computer Kids*. Ist superspannend.«

»Worum geht es?«

»Sie fangen Verbrecher mit ihren Computern.«

Eines der kleinen Genies war schwarz, und George dachte: Jetzt ändert sich die Welt.

*

»Wir haben Glück, dass man uns zu diesem Dinner eingeladen hat«, sagte Cam Dewar zu seiner Frau Lidka, als ihr Taxi vor dem großen Haus in der R Street hielt, nicht weit von der Georgetown Library entfernt. »Ich möchte, dass wir beide einen guten Eindruck machen.«

Lidka schnaubte verächtlich. »Du hast einen wichtigen Posten in der Geheimpolizei. Da sollten *sie* wohl eher *dich* beeindrucken.«

Lidka verstand noch nicht so richtig, wie Amerika funktionierte. »Die CIA ist keine Geheimpolizei«, sagte Cam. »Und ich bin nach den Maßstäben dieser Leute bei Weitem nicht wichtig genug.«

Aber ein Niemand war Cam auch nicht. Aufgrund seiner Erfahrungen im Weißen Haus war er jetzt der Verbindungsmann der CIA zur Reagan-Administration – ein Job, mit dem er mehr als zufrieden war.

Seine Enttäuschung über Reagans Versagen in Polen hatte er mittlerweile überwunden. Er hatte es der Unerfahrenheit des Präsidenten zugeschrieben. Als Polen das Kriegsrecht verhängt hatte, war Reagan nicht einmal ein Jahr im Amt gewesen.

Doch irgendwo im Hinterkopf sagte ihm ein kleines Teufelchen, dass ein Präsident eigentlich klug und selbstbewusst genug sein musste, um bereits am Tag seines Amtsantritts die schwierigsten Entscheidungen zu treffen. Er erinnerte sich daran, was Nixon über Reagan gesagt hatte: »Reagan ist ja ein netter Kerl, aber er hat nicht die geringste Ahnung von Außenpolitik.«

Doch Reagan hatte das Herz am rechten Fleck, und das war die Hauptsache. Er war ein leidenschaftlicher Antikommunist.

»Und dein Großvater war Senator«, sagte Lidka.

Auch das zählte nicht viel. Gus Dewar zwar inzwischen über neunzig. Nach Grandmas Tod war er von Buffalo nach San Francisco gezogen, um bei Dave, Beep und seinem Urenkel John Lee zu sein. Er hatte sich schon lange aus der Politik zurückgezogen. Außerdem war er Demokrat und für die Reagan-Anhänger geradezu radikal.

Cam und Lidka stiegen die kleine Treppe zu dem roten Ziegelsteinhaus hinauf, das mit seinen Türmchen und Erkern wie ein französisches Schloss anmutete. Es war das Heim von Frank und Marybell Lindeman, die Reagans Wahlkampf mit großen Summen unterstützt und noch mehr von seiner Steuerpolitik profitiert hatten. Marybell gehörte zu einem halben Dutzend Frauen, die das gesellschaftliche Leben in Washington dominierten. Sie bewirtete die Männer, die in Amerika das Sagen hatten. Deshalb war Cam so froh, hier zu sein.

Obwohl die Lindemans Republikaner waren, fanden sich auch Demokraten unter ihren Gästen, und Cam erwartete, heute Abend mehrere hohe Tiere von beiden Seiten zu sehen.

Ein Butler nahm ihnen die Mäntel ab. Lidka schaute sich in der riesigen Eingangshalle um und fragte: »Warum haben sie denn all diese schrecklichen Gemälde?«

»Das nennt man Western Art«, erklärte Cam. »Das da ist zum Beispiel ein Remington ... sehr wertvoll.«

»Wenn ich so viel Geld hätte, dann würde ich mir keine Bilder von Cowboys und Indianern kaufen.«

»Nun ja, die Impressionisten waren nicht unbedingt die besten Maler aller Zeiten. Amerikanische Künstler waren genauso gut.«

»Nein, waren sie nicht. Das weiß jeder.«

»Das ist deine Meinung.«

Lidka zuckte mit den Schultern. Das war wohl wieder so ein Mysterium des amerikanischen Lebens.

Der Butler führte sie in einen großen Salon, der mit seinem chinesischen Drachenteppich und den feinen, mit gelber Seide gepolsterten Stühlen aussah, als stamme er aus dem 18. Jahrhundert. Cam sah, dass sie die Ersten waren. Einen Augenblick später kam Marybell durch die Tür. Sie sah aus wie eine Statue und hatte volles rotes Haar; ob es ihre echte Haarfarbe war, blieb ihr Geheimnis. Sie trug eine Halskette mit außergewöhnlich großen Brillanten.

»Wie schön, dass Sie so früh gekommen sind!«, sagte sie.

Cam wusste, dass es ein Tadel war, doch an Lidka ging es vorbei. »Ich konnte es gar nicht erwarten, ihr wunderbares Haus zu sehen«, platzte sie heraus.

»Und wie gefällt es Ihnen in Amerika?«, fragte Marybell. »Was ist Ihrer Meinung nach das Beste an unserem Land?«

Lidka dachte kurz nach. »Sie haben all diese schwarzen Leute.«

Cam unterdrückte ein Stöhnen. Was, zum Teufel, redete sie da?

Marybell verschlug es glatt die Sprache.

Lidka deutete zu einem Kellner mit einem Tablett Champagner, zu einer Dienerin mit Kanapees und zu dem Butler, alles Afroamerikaner. »Sie machen einfach alles. Sie öffnen die Tür, servieren Drinks und putzen den Boden. In Polen nimmt uns das niemand ab. Wir müssen alles selber machen.«

Marybell schaute ein wenig panisch drein. Selbst in Reagans Washington war derartiges Gerede mehr als nur politisch inkorrekt. Dann schaute sie über Lidkas Schulter und sah den nächsten Gast. »Karim, Darling!«, kreischte sie. Sie umarmte einen gut aussehenden dunkelhäutigen Mann in einem maßgeschneiderten Nadelstreifenanzug. »Darf ich Ihnen Cam Dewar und seine Frau Lidka vorstellen. Das ist Karim Abdullah von der saudischen Botschaft.«

Karim schüttelte den beiden die Hand. »Ich habe schon viel von Ihnen gehört, Cam«, sagte er. »Ich habe viel mit Ihren Kollegen in Langley zu tun.«

Damit ließ Karim ihn wissen, dass er für den saudischen Nachrichtendienst arbeitete. Dann wandte er sich Lidka zu. Sie wirkte verwirrt, und Cam wusste warum: Sie hatte nicht damit gerechnet, dass auch dunkelhäutige Gäste kommen würden.

Allerdings zog Karim sie mit seinem Charme rasch auf seine Seite. »Ich habe schon oft gehört, dass die polnischen Frauen die schönsten der Welt sind«, sagte er, »aber ich habe es nicht geglaubt ... bis jetzt.« Er küsste ihr die Hand.

Lidka liebte diese Art von Unsinn.

»Und ich habe auch gehört, was Sie über die Schwarzen gesagt haben«, fuhr Karim fort. »Ich sehe das genauso. In Saudi-Arabien haben wir so etwas auch nicht. Wir müssen sie aus Indien importieren.«

Cam sah, dass die feinen Unterschiede, die der rassistische Saudi machte, seine Frau verwirrten. Für ihn waren Inder schwarz, Araber aber nicht. Glücklicherweise wusste Lidka, wann sie den Mund zu halten hatte.

Immer mehr Gäste trafen ein. Karim senkte die Stimme. »Wir müssen aufpassen, was wir sagen«, flüsterte er verschwörerisch. »Einige der Gäste sind Liberale.«

Wie zum Beweis kam just in diesem Augenblick ein großer, sportlicher Mann mit dichtem blonden Haar herein. Er sah wie ein Filmstar aus. Der Mann war Jasper Murray.

Cam war nicht gerade erfreut, ihn zu sehen. Er hatte Jasper schon als Teenager gehasst. Dann war Jasper Enthüllungsreporter geworden und hatte bei Nixons Sturz geholfen. In der Carter-Zeit war er verhältnismäßig ruhig geblieben, doch kaum war Reagan an die Macht gekommen, war er wieder zum Angriff übergegangen. Inzwischen war er einer der beliebtesten Fernsehmoderatoren, knapp hinter Peter Jennings und Barbara Walters. Erst gestern Abend hatte er in seiner Show, *This Day*, eine ganze halbe Stunde der von den Amerikanern unterstützten Militärdiktatur in El Salvador gewidmet. Er hatte Gerüchte von Menschenrechtsorganisationen wiederholt, wonach Todesschwadronen der Regierung für dreißigtausend Morde verantwortlich seien.

Der Sender, der *This Day* ausstrahlte, gehörte Frank Lindeman, Marybells Mann. Also hatte Jasper die Einladung schwerlich kaum ablehnen können. Das Weiße Haus hatte Druck auf Frank ausgeübt, Jasper zu feuern, doch bis jetzt hatte Frank sich geweigert. Er hielt zwar die Aktienmehrheit des Senders, aber es gab auch noch einen Aufsichtsrat, und die Investoren hätten Ärger gemacht, hätte er ihren größten Star einfach auf die Straße gesetzt.

Marybell schien aufgeregt auf etwas zu warten. Dann kam reichlich verspätet noch ein Gast. Es war eine atemberaubend glamouröse schwarze Lobbyistin mit Namen Verena Marquand. Cam hatte sie noch nie gesehen, kannte sie aber von Fotos.

Der Butler verkündete, das Dinner sei bereit, und alles strömte durch die große Doppeltür in den Speisesaal. Die Frauen gaben anerkennende Laute von sich, als sie den mit funkelndem Kristallglas und glänzenden Silberschüsseln gedeckten Tisch sahen. Lidka riss die Augen auf. Das übertraf alles, was sie in ihren Zeitschriften für Inneneinrichtung je gesehen hatte, vermutete Cam. Wahrscheinlich hatte sie sich so viel Pracht bis jetzt nicht einmal vorstellen können.

Insgesamt achtzehn Leute nahmen am Tisch Platz, doch eine einzelne Person riss sofort das Gespräch an sich. Es war Suzy Cannon, eine scharfzüngige Klatschreporterin. Die Hälfte von dem, was sie schrieb, stellte sich zwar immer als unwahr heraus, aber sie hatte ein Näschen für die Schwächen der Schönen und Reichen. Sie war ausgesprochen konservativ und mehr an Skandalen als an Politik interessiert. Nichts war privat für sie.

Hoffentlich hält Lidka den Mund, betete Cam. Alles, was sie heute sagte, könnte morgen in der Zeitung stehen.

Doch zu Cams Überraschung richtete Suzy ihren bohrenden Blick auf ihn. »Ich glaube, Sie und Jasper kennen sich«, sagte sie.

»Nicht so richtig«, antwortete Cam. »Vor ein paar Jahren haben wir uns mal in London gesehen.«

»Aber ich habe gehört, dass sie beide sich in dasselbe Mädchen verliebt haben.«

Woher zum Teufel wusste sie das? »Ich war damals fünfzehn, Suzy«, sagte Cam. »Da habe ich mich in die Hälfte aller Mädchen in London verliebt.«

Suzy drehte sich zu Jasper um. »Was ist mit Ihnen? Erinnern Sie sich noch an die Rivalität?«

Jasper war tief in ein Gespräch mit Verena Marquand versunken gewesen, die neben ihm saß. Jetzt schaute er verärgert drein. »Wenn du einen Artikel über Teenagerromanzen schreiben willst, die über zwanzig Jahre her sind, um sie als Neuigkeiten zu verkaufen, Suzy, dann kann ich nur sagen: Offenbar schläfst du mit deinem Chef, sonst würde er dich nicht damit durchkommen lassen.«

Alle lachten. Tatsächlich war Suzy mit dem Verleger verheiratet.

Cam fiel auf, dass Suzy sich zum Lachen zwingen musste, wobei sie Jasper hasserfüllt anstarrte. Er erinnerte sich, dass Suzy als junge Journalistin wegen einer ganzen Reihe gefälschter Berichte von *This Day* gefeuert worden war.

Jetzt sagte sie: »Sie müssen Jaspers Show gestern Abend doch interessiert verfolgt haben, Cam.«

»Weniger interessiert als vielmehr kopfschüttelnd«, antwortete Cam. »Der Präsident und die CIA versuchen nur, die antikommunistische Regierung in El Salvador zu unterstützen.«

»Und Jasper steht auf der anderen Seite, nicht wahr?«

»Ich stehe auf der Seite der Wahrheit, Suzy«, warf Jasper ein. »Ich weiß, das ist für dich schwer zu verstehen.« Cam fiel auf, dass Jasper noch immer einen Hauch seines britischen Akzents besaß.

»Es hat mir schon ein bisschen wehgetan, derartige Propaganda bei einem großen Sender zu sehen«, bemerkte Cam.

»Wie würdest *du* denn die Ermordung von mehr als dreißigtausend Zivilisten beschreiben?«, fragte Jasper mit schroffer Stimme.

»Wir halten diese Zahlen für gefälscht.«

»Und wie hoch schätzt die CIA die Zahl der Menschen, die von ihrer eigenen Regierung ermordet wurden?«

»Das hättest du uns vor deiner Sendung fragen sollen.«

»Oh, das habe ich. Ich habe nur keine Antwort bekommen.«

»Keine zentralamerikanische Regierung ist perfekt. Aber du konzentrierst dich nur auf diejenigen, die wir unterstützen. Ich glaube, du bist antiamerikanisch.«

Suzy lächelte. »Du bist doch Brite, Jasper, nicht wahr?«, fragte sie in widerlich süßem Tonfall.

Jasper kochte vor Wut. »Ich habe vor über einem Jahrzehnt die amerikanische Staatsbürgerschaft angenommen. Ich bin so proamerikanisch, dass ich mein verdammtes Leben für dieses Land riskiert habe. Ich habe zwei Jahre in der Army gedient, eines davon in Vietnam. Und ich habe nicht hinter einem Schreibtisch in Saigon gesessen. Ich habe gekämpft, und ich habe getötet. Das hast du nie getan, Suzy. Und was ist mit dir, Cam? Was hast du in Vietnam gemacht?«

»Ich bin nicht eingezogen worden.«

»Dann solltest du vielleicht das Maul halten.«

Jetzt mischte Marybell sich ein. »Ich glaube, das reicht jetzt mit Jasper und Cam.« Sie wandte sich dem Kongressabgeordneten aus New York zu, der neben ihr saß. »Wie ich hörte, ist in Ihrer Stadt die Diskriminierung von Homosexuellen aufgehoben. Wie stehen Sie dazu?«

Also waren jetzt die Rechte Homosexueller das Thema. Cameron entspannte sich ... zu früh, wie sich herausstellte.

Jemand erkundigte sich nach der Gesetzgebung in anderen Ländern, und Suzy fragte: »Wie sieht es damit in Polen aus, Lidka?«

»Polen ist ein katholisches Land«, antwortete Lidka. »Wir haben keine Homosexuellen.« Kurz herrschte Schweigen am Tisch. Dann fügte sie hinzu: »Gott sei Dank.«

*

Jasper Murray verließ gleichzeitig mit Verena Marquand das Lindeman-Haus. »Suzy Cannon ist eine echte Landplage«, sagte er, als sie die Stufen hinunterstiegen.

Verena lachte und ließ ihre weißen Zähne blitzen. »Das ist wahr.«

Sie erreichten den Gehsteig. Das Taxi, das Jasper bestellt hatte, war nirgendwo zu sehen. Er brachte Verena zu ihrem Wagen. »Suzy hat es auf mich abgesehen«, sagte er.

»Viel schaden kann sie dir aber nicht, oder? Dazu bist du heute zu groß.«

»Im Gegenteil. In Washington läuft im Moment eine ernste Kampagne gegen mich. Wir haben Wahljahr, und die Regierung möchte keine

Fernsehsendungen wie meine Sendung von gestern Abend.« Er vertraute ihr gern seine Sorgen an. Seit dem Tag, an dem sie erleben mussten, wie Martin Luther King ermordet wurde, verband sie eine Intimität, die nie wieder verschwunden war.

»Du kannst doch sicher eine Klatschattacke abwehren«, sagte Verena.

»Ich weiß es nicht. Mein Chef ist Sam Cakebread, ein alter Rivale, der mich nie leiden konnte. Und Frank Lindeman, dem das Network gehört, würde mich mit Freuden in die Wüste schicken. Er braucht nur einen Vorwand. Im Moment hat der Vorstand Angst, man könnte ihm vorwerfen, die Nachrichten zu beeinflussen, indem er mich feuert. Aber ein Fehler reicht, und ich bin draußen.«

»Du solltest es wie Suzy machen und den Chef heiraten.«

»Wenn ich's könnte, würde ich's tun.« Er hob den Kopf und schaute auf die Straße. »Ich habe für elf Uhr ein Taxi bestellt, aber es ist weit und breit nicht zu sehen. Fahrdienst bezahlt der Sender nicht.«

»Soll ich dich mitnehmen?«

»Das wäre toll.«

Sie stiegen in den Jaguar.

Verena zog die hochhackigen Schuhe aus und reichte sie ihm. »Stell sie bitte auf deiner Seite auf den Boden, ja?«

Sie fuhr in Strümpfen, was Jasper sehr erregte. Verena hatte er schon immer umwerfend verführerisch gefunden. Er betrachtete sie, wie sie in den spätabendlichen Verkehr einfädelte und beschleunigte. Sie fuhr gut, wenn auch ein bisschen zu schnell, aber das überraschte ihn nicht.

»Es gibt nicht viele Menschen, denen ich mein Vertrauen schenke«, sagte er. »Ich gehöre zu den bekanntesten Persönlichkeiten in Amerika und fühle mich einsamer denn je. Aber dir vertraue ich.«

»Umgekehrt ist es genauso. Seit dem schrecklichen Tag in Memphis vertraue ich dir. Ich habe mich nie so verletzlich gefühlt wie in dem Moment, als ich den Schuss hörte. Du hast meinen Kopf mit den Armen bedeckt. So was vergisst man nicht.«

»Ich wünschte nur, ich wäre dir eher über den Weg gelaufen als George.«

Sie blickte zu ihm hinüber und lächelte.

Er war sich nicht sicher, was das bedeutete.

Sie erreichten das Haus, in dem er wohnte. Verena hielt am linken Rand der Einbahnstraße.

»Danke fürs Mitnehmen«, sagte Jasper. Er stieg aus, beugte sich noch einmal in den Wagen, nahm ihre Schuhe aus dem Fußraum, stellte sie auf den Beifahrersitz und sagte: »Schicke Schuhe.« Dann ging er um den Wagen herum auf den Gehsteig und trat an ihr Fenster. Verena fuhr die Scheibe herunter. »Ich habe den Gutenachtkuss vergessen«, sagte Jasper, beugte sich in den Wagen und küsste sie auf den Mund. Sie öffnete sofort die Lippen. Binnen eines Augenblicks wurde der Kuss leidenschaftlich. Verena griff in seinen Nacken und zog seinen Kopf ganz in den Wagen. Sie küssten sich voller Gier. Jasper streckte die Hand ins Auto und schob sie unter ihr Cocktailkleid, bis er das weiche, baumwollbedeckte Dreieck zwischen ihren Beinen spürte. Sie stöhnte und drückte die Hüften seiner Hand entgegen.

Atemlos beendete er den Kuss. »Komm mit hoch.«

»Nein.« Sie schob seine Hand weg.

»Treffen wir uns morgen?«

Sie antwortete nicht, sondern drückte seinen Kopf und seine Schultern wieder aus dem Wagen.

»Treffen wir uns morgen?«, fragte er noch einmal.

Verena legte den Gang ein. »Ruf mich an.« Sie trat aufs Gaspedal, und der Jaguar schoss mit aufbrüllendem Motor davon.

*

George Jakes war sich nicht sicher, ob er Jasper Murrays Fernsehreportage glauben sollte. Selbst ihm erschien es unglaubwürdig, dass Präsident Reagan eine Regierung unterstützte, die Tausende ihrer eigenen Bürger ermordete. Vier Wochen später enthüllte die *New York Times* die Sensation, dass der Befehlshaber der Todesschwadron in El Salvador, Coronel Nicolás Carranza, ein CIA-Agent war, der jedes Jahr neunzigtausend Dollar vom amerikanischen Steuerzahler erhielt.

Die Wähler waren wütend. Sie hatten angenommen, dass die CIA nach Watergate auf Linie gepeitscht worden wäre. Doch sie war eindeutig außer Kontrolle, wenn sie ein Monster für Massenmord bezahlte.

In seinem Arbeitszimmer hatte George die mitgebrachten Papiere ein paar Minuten vor zehn erledigt. Er schraubte die Kappe auf seinen Füllhalter, dann saß er noch ein paar Minuten nachdenklich am Schreibtisch.

Niemand im Geheimdienstausschuss hatte von Coronel Carranza gewusst, ebenso wenig die Mitglieder des entsprechenden Senatsausschusses. Überrumpelt wie sie waren, standen sie blamiert da. Sie hatten die Aufgabe, die CIA zu überwachen. Doch was sollten sie tun, wenn die Geheimdienstler sie belogen?

George seufzte und verließ das Arbeitszimmer, schaltete das Licht aus und ging zu Jack. Der Junge schlief tief und fest. Wenn George sein Kind so sah, so friedvoll, ging ihm das Herz über. Jacks weiche Haut war bemerkenswert dunkel, wie bei Jacky, obwohl er zwei weiße Großeltern hatte. Innerhalb der afroamerikanischen Gemeinde wurden Hellhäutige weiterhin bevorzugt, trotz »black is beautiful«. Doch für George war Jack wunderschön. Sein Kopf lag in einem Winkel auf seinem Teddybären, der unbequem sein musste. Sanft schob George die Hand unter den Kopf des Jungen und spürte weiche Locken wie seine eigenen. Vorsichtig zog er den Bären weg, ehe er Jacks Kopf wieder aufs Kissen senkte. Ohne etwas zu bemerken, schlief der Junge weiter.

In der Küche schenkte George sich ein Glas Milch ein; dann ging er ins Schlafzimmer. Verena lag bereits im Bett. Sie trug ein Nachthemd. Neben ihr lag ein Stapel Zeitschriften. Sie las und sah gleichzeitig fern. George trank die Milch, ging ins Bad und putzte sich die Zähne.

In letzter Zeit kamen sie ein bisschen besser miteinander aus. Sie liebten sich nur noch selten, aber Verena wirkte ausgeglichener. Seit etwa einem Monat schon war sie nicht mehr ausgerastet. Sie arbeitete schwer und oft bis spät in den Abend; vielleicht war sie glücklicher, wenn ihr Job höhere Ansprüche an sie stellte.

George zog sein Hemd aus und hob den Deckel vom Wäschekorb. Er wollte gerade sein Hemd hineinwerfen, als sein Blick an Verenas Unterwäsche hängen blieb. Er sah einen BH aus schwarzer Spitze und ein dazu passendes Höschen. Die Sachen sahen neu aus, doch er konnte sich nicht erinnern, sie schon einmal gesehen zu haben. Wenn sie sexy Unterwäsche kaufte, wieso zeigte Verena sie ihm nicht? In dieser Hinsicht war sie schließlich alles andere als schüchtern.

Als George genauer hinschaute, entdeckte er etwas noch Seltsameres: ein blondes Haar. Sein Magen krampfte sich zusammen. Er nahm die Kleidungsstücke aus dem Wäschekorb und ging damit ins Schlafzimmer. »Sag mir, dass ich spinne.«

»Du spinnst«, murmelte Verena. Dann erst sah sie, was er in der Hand hielt. »Wühlst du in meiner Unterwäsche?«, fragte sie kokett, doch George merkte ihr die plötzliche Nervosität an.

»Hübsche Unterwäsche«, sagte er.

»Dein Glück.«

»Nur dass ich dich noch nicht darin gesehen habe.«

»Dein Pech.«

»Aber jemand anderer schon.«

»Klar. Dr. Bernstein.«

»Dr. Bernstein hat eine Glatze. In deinem Höschen ist ein blondes Haar.«

Ihre Cappuccinohaut wurde ein wenig blasser, doch sie gab sich gelassen. »Tja, Holmes, was schließen Sie daraus?«

»Dass du Sex mit einem Mann hattest, der lange blonde Haare hat.«

»Wieso muss es ein Mann sein?«

»Weil du auf Männer stehst.«

»Vielleicht stehe ich auch auf Frauen. Das ist in Mode. Heutzutage ist jeder bisexuell.«

George empfand tiefe Trauer. »Jedenfalls bestreitest du nicht, eine Affäre zu haben.«

»Tja, George, da hast du mich kalt erwischt.«

Er schüttelte ungläubig den Kopf. »Machst du dich etwa darüber lustig?«

»Sieht so aus.«

»Also gibst du es zu? Mit wem fickst du?«

»Das werde ich dir nicht sagen, also frag nicht noch mal.«

George fiel es zunehmend schwerer, seine Wut zu unterdrücken. »Du benimmst dich, als hättest du nichts Falsches getan!«

»Ich will mich nur nicht verstellen. Ja, ich treffe mich mit jemandem, den ich mag. Es tut mir leid, wenn ich deine Gefühle verletze.«

George konnte es nicht fassen. »Wie ist das so schnell passiert?«

»Es ist langsam passiert. Du und ich, wir sind seit über fünf Jahren verheiratet. Der Zauber ist weg, wie in dem Lied.«

»Was habe ich falsch gemacht?«

»Du hast mich geheiratet.«

»Wann bist du so wütend geworden?«

»Ich und wütend? Ich dachte, ich wäre nur gelangweilt.«

»Was willst du jetzt tun?«

»Ich werde ihn nicht wegen einer Ehe aufgeben, die praktisch nur noch auf dem Papier existiert.«

»Du weißt, dass ich das nicht akzeptieren kann.«

»Dann verlass mich. Du bist hier kein Gefangener.«

George setzte sich auf den Stuhl vor ihrer Schminkkonsole und vergrub das Gesicht in den Händen. Eine Welle intensiver Emotion erfasste ihn und riss ihn fort, und plötzlich fand er sich in seiner Kindheit wieder. Er erinnerte sich an seine Scham, das einzige Kind in seiner Klasse zu sein, das keinen Vater hatte. Er empfand wieder den qualvollen Neid, den er erdulden musste, wenn er andere Jungen mit ihren Vätern sah, wie sie einen Ball warfen, einen platten Fahrradreifen flickten, einen Baseballschläger kauften, Schuhe anprobierten. In George kochte die Wut hoch auf den Mann, der seine Mutter und ihn im Stich gelassen hatte, dem die Frau gleichgültig war, die sich ihm hingegeben hatte, und auch das Kind, das ihrer Liebe entsprang. Er wollte schreien, wollte Verena prügeln, wollte weinen.

Schließlich sagte er mit einiger Mühe: »Ich verlasse Jack nicht.«

»Deine Entscheidung.« Verena machte den Fernseher aus, warf ihre Zeitschriften auf den Boden, löschte die Nachttischlampe und legte sich mit abgewandtem Gesicht hin.

»Das war's?«, fragte George erstaunt. »Mehr hast du dazu nicht zu sagen?«

»Ich muss jetzt schlafen. Ich habe einen Frühstückstermin.«

George starrte sie an. Hatte er sie je gekannt?

Natürlich hatte er sie gekannt. In der Tiefe seines Herzen war ihm klar, dass es zwei Verenas gab: die engagierte Bürgerrechtsaktivistin und das Partygirl. Er liebte sie beide und hatte geglaubt, dass sie mit seiner Hilfe zu einer einzigen glücklichen, ausgeglichenen Persönlichkeit werden könnten. Aber er hatte sich getäuscht.

Er blieb noch ein paar Minuten sitzen und betrachtete Verena im schwachen Licht der Straßenlaterne an der Ecke.

Ich habe so lange auf dich gewartet, dachte er. Die vielen Jahre der Fernbeziehung. Dann endlich hast du mich geheiratet, wir bekamen Jack, und ich dachte, alles wäre gut, für immer.

Schließlich stand er auf, entkleidete sich und zog den Pyjama an.

Er konnte sich nicht überwinden, neben Verena ins Bett zu kriechen.

Im Gästezimmer stand ein weiteres Bett, aber es war nicht bezogen. George nahm seinen wärmsten Mantel aus dem Wandschrank im Flur, ging ins Gästezimmer und legte sich unter dem Mantel aufs Bett.

Doch einschlafen konnte er nicht.

*

George hatte vor einiger Zeit bemerkt, dass Verena manchmal Kleidung trug, die ihr nicht stand. Sie besaß ein hübsches Kleid mit Blumenmuster, das sie anzog, wenn sie wie ein unschuldiges Mädchen wirken wollte, obwohl es sie lächerlich aussehen ließ. Ihr braunes Kostüm machte sie blass im Gesicht, doch weil es so viel gekostet hatte, wollte sie nicht zugeben, dass es ein Fehlkauf gewesen war. Und ihr senffarbener Sweater ließ ihre wunderschönen grünen Augen stumpf und trüb aussehen.

George selbst besaß drei cremefarbene Hemden, bei denen er wünschte, dass die Kragen bald ausfransten, damit er sie wegwerfen konnte. Aus allen möglichen Gründen trugen Leute Kleidungsstücke, die sie hassten, auch er selbst.

Aber nie bei einem Rendezvous.

Als Verena das schwarze Armani-Kostüm mit der türkisen Bluse und der schwarzen Korallenhalskette anzog, sah sie aus wie ein Filmstar, und das wusste sie auch.

Bestimmt traf sie sich mit ihrem Geliebten.

Allein der Gedanke war eine schreckliche Demütigung für George. Schmerz wühlte in seinem Magen. Fast war ihm danach, sich von einer Brücke zu stürzen.

Verena verließ früh das Haus und sagte, sie sei früh wieder zurück. George vermutete, dass sie und ihr Lover sich zum Mittagessen trafen. Er frühstückte mit Jack, dann ließ er ihn in Tiffanys Obhut allein, fuhr zu seinem Büro im Cannon House Office Building und sagte alle Termine für den Tag ab.

Um zwölf stand Verenas roter Jaguar wie üblich auf dem Parkplatz in der Nähe ihres Büros. George wartete am Ende des Blocks in seinem silberfarbenen Lincoln und beobachtete die Ausfahrt. Der rote Wagen kam um halb eins herausgefahren. Verena saß am Steuer. George fädelte sich in den Verkehr ein und folgte ihr.

Verena überquerte den Potomac und hielt auf das ländliche Virginia zu. Als der Verkehr dünner wurde, ließ George sich zurückfallen. Hätte Verena ihn entdeckt, wäre es zu peinlich gewesen. Er hoffte, dass ein so alltägliches Fahrzeug wie ein silberfarbener Lincoln ihr nicht auffiel. In seinem alten Mercedes hätte er gar nicht erst zu versuchen brauchen, sie zu beschatten.

Ein paar Minuten vor eins verließ sie die Straße an einem Landrestaurant namens The Worchester Sauce. George fuhr daran vorbei; dann wendete er eine Meile die Straße hinunter und kehrte zurück. Er bog auf den Parkplatz des Restaurants und stellte den Lincoln in einer Parktasche ab, von der aus er den Jaguar sehen konnte. Dann wartete er.

Er wusste, dass er eine Dummheit beging, die in einer peinlichen Situation oder Schlimmerem enden konnte. Er wusste, dass er besser nach Hause fahren sollte. Doch er musste erfahren, wer der Geliebte seiner Frau war.

Um drei kamen sie heraus.

Verena war anzumerken, dass sie zwei oder drei Glas Wein zum Mittagessen getrunken hatte. Hand in Hand kamen sie über den Parkplatz. Sie kicherte über etwas, das der Mann sagte – ein großer, breitschultriger Mann mit langem hellen Haar.

Jasper Murray.

»Du Hurensohn«, flüsterte George.

Jasper hatte von jeher ein Auge auf Verena geworfen, schon seit er sie das erste Mal gesehen hatte, im Hotel Willard, am Tag von Martin Luther Kings »Ich-habe-einen-Traum«-Rede. Aber viele Männer warfen ein Auge auf Verena. George wäre nie auf den Gedanken gekommen, dass ausgerechnet Jasper ihr Geliebter sein könnte.

Sie gingen zum Jaguar und küssten sich.

George wusste, er sollte am besten den Wagen anlassen und verschwinden. Er hatte herausgefunden, was er wissen musste. Mehr gab es nicht zu tun.

Verena küsste mit offenem Mund, George konnte es sehen. Sie drängte mit den Hüften gegen Jasper. Beide hatten sie die Augen geschlossen.

George stieg aus dem Wagen.

Jasper fasste Verena an die Brust.

George knallte die Autotür zu und schritt über den Asphalt auf die beiden zu.

Jasper war zu sehr abgelenkt von dem, was er tat, doch Verena hörte das Geräusch der Autotür und öffnete die Augen. Als sie George sah, stieß sie Jasper von sich weg und schrie auf.

George holte mit der Rechten aus und traf Jasper mit einem Hieb, in dem die ganze Kraft seiner Schulter steckte. Der Schlag traf Jasper links am Kopf. George spürte, wie seine Faust das weiche Fleisch der Wange zerquetschte und auf Zähne und Knochen traf. Im gleichen Augenblick zuckte greller Schmerz durch seine Hand.

Jasper taumelte zurück und brach zusammen.

»George!«, schrie Verena. »Was hast du getan!« Sie kniete sich neben Jasper, ohne darauf zu achten, ob ihre Strümpfe litten.

Jasper stützte sich auf einen Ellbogen und betastete sein Gesicht. »Du dummes Tier«, sagte er mit schleppender Stimme zu George.

George wünschte sich, Jasper würde aufstehen und zurückschlagen. Er wollte mehr Gewalt, mehr Schmerz, mehr Blut. Sekundenlang starrte er Jasper an, sah ihn wie durch einen roten Schleier. Dann hob sich der Nebel, und er begriff, dass Jasper nicht aufstehen und zurückschlagen würde.

George drehte sich um, stieg in den Wagen und fuhr davon.

Als er nach Hause kam, war Jack in seinem Zimmer und spielte mit seinen Modellautos. George schloss leise die Tür, damit Tiffany ihn nicht hörte. Er setzte sich aufs Bett, über das eine Tagesdecke gezogen war, die wie ein Rennwagen aussah. »Ich muss dir etwas sagen, Jack, was mir sehr schwerfällt.«

»Was hast du an der Hand?«, fragte Jack. »Sie ist ganz rot und dick.«

»Ich habe sie mir gestoßen. Du musst mir jetzt zuhören.«

»Okay.«

Für einen Vierjährigen würde es schwer zu verstehen sein. »Du weißt, dass ich dich immer lieb haben werde«, sagte George. »So wie Grandma Jacky mich lieb hat, obwohl ich kein kleiner Junge mehr bin.«

»Kommt Grandma heute?«

»Morgen vielleicht.«

»Sie bringt immer Plätzchen mit.«

»Hör zu. Manchmal haben sich Mommys und Daddys nicht mehr lieb. Wusstest du das?«

»Ja. Pete Robbins' Daddy mag Petes Mommy nicht mehr.« Jacks Stimme wurde erst. »Sie wurden *geschieden*.«

»Ich bin froh, dass du das schon kennst, denn deine Mom und ich haben uns auch nicht mehr lieb.«

George beobachtete Jacks Gesicht und versuchte zu erkennen, ob er verstand oder nicht. Der kleine Junge schaute fassungslos drein, als liefe vor seinen Augen etwas ab, das unmöglich sein konnte. Der Ausdruck auf seinem Gesicht zerriss George schier das Herz. Wie konnte er dem Menschen, den er liebte wie sonst nichts auf der Welt, so etwas Grausames antun? Wie war es so weit gekommen?

»Du weißt ja, dass ich im Gästezimmer geschlafen habe.«

»Ja.«

Jetzt kam das Schwerste. »Heute Nacht schlafe ich in Grandmas Haus.«

»Warum denn?«

»Weil Mom und ich uns nicht mehr lieb haben.«

»Dann sehe ich dich morgen?«

»Ja. Nur werde ich von jetzt an oft bei Grandma schlafen.«

Jack begriff allmählich, inwiefern sich für ihn etwas veränderte. »Liest du mir trotzdem vor dem Schlafengehen vor?«

»Jeden Abend, wenn du möchtest.« George schwor sich, dieses Versprechen einzuhalten.

»Und machst du mir auch weiter die Milch zum Frühstück warm?«

»Manchmal. Oder Mom tut es. Oder Tiffany.«

Jack erkannte die Ausflüchte. »Ich weiß nicht«, sagte er. »Du solltest lieber nicht bei Grandma schlafen.«

George ging der Mut aus. »Wir werden sehen. He, hast du Lust auf ein Eis?«

»Ja!«

Es war der schlimmste Tag in Georges Leben.

*

Als George vom Kapitol nach Hause fuhr, nach Prince George's County, dachte er über eine dramatische Geiselsituation nach. Im Libanon waren in diesem Jahr vier Amerikaner und ein Franzose entführt worden. Einer der Amerikaner war wieder frei, die übrigen jedoch schmachteten in irgendeinem Gefängnis, wenn sie nicht schon tot waren. George wusste, dass einer der Amerikaner der Chef der Außenstelle der CIA in Beirut war.

Die Kidnapper gehörten mit ziemlicher Sicherheit einer militanten islamischen Gruppierung namens Hisbollah an, der Partei Gottes, die 1982 als Reaktion auf den israelischen Einmarsch im Libanon gegründet worden war. Sie wurde vom Iran finanziert und von der Iranischen Revolutionsgarde ausgebildet. Die Vereinigten Staaten betrachteten die Hisbollah als einen Arm der iranischen Regierung und stuften den Iran als Unterstützer des Terrorismus ein – als einen Staat, dem nicht gestattet werden konnte, Waffen zu kaufen. George entging nicht die Ironie, dass Präsident Reagan in Nicaragua den Terrorismus förderte, indem er die Contras finanzierte, eine brutale regierungsfeindliche Gruppe, die für Mordanschläge und Entführungen verantwortlich war.

Gleichzeitig war George wütend über die Geschehnisse im Libanon. Am liebsten hätte er die Marines wild um sich feuernd nach Beirut geschickt. Diese Leute sollten lernen, welchen Preis sie zahlen mussten, wenn sie US-Bürgern auch nur ein Haar krümmten.

Zugleich wusste er natürlich, dass es eine naive, kindliche Reaktion war. So wie die israelische Invasion die Hisbollah hervorgebracht hatte, würde ein amerikanischer Angriff auf die Hisbollah noch mehr Terrorismus erzeugen. Eine weitere Generation junger Männer aus dem Nahen Osten würde heranwachsen und dem großen Satan Amerika Rache schwören.

Und Rache war dumm und gefährlich. George selbst hatte diese Prüfung nicht bestanden. Er hatte Jasper Murray niedergeschlagen. Jasper war kein Weichling, hatte vernünftigerweise aber darauf verzichtet, zurückzuschlagen. Nur deshalb war der Schaden begrenzt geblieben, und das war nicht George zu verdanken.

George lebte wieder bei seiner Mutter – mit achtundvierzig Jahren. Verena wohnte mit dem kleinen Jack weiterhin im Haus der Familie. George vermutete, dass Jasper nun dort übernachtete, wusste es aber nicht mit Sicherheit, denn er musste darum kämpfte, eine Möglichkeit zu finden, mit der Scheidung zu leben – wie Millionen andere Männer und Frauen.

Es war Freitagabend, und George dachte an das Wochenende. Er war auf dem Weg zu Verena, um Jack abzuholen, wie jeden Freitagabend, und ihn übers Wochenende zu Grandma Jacky zu bringen. Am Montagmorgen fuhr er ihn wieder nach Hause. George hatte seinen Jungen nicht auf diese Art und Weise großziehen wollen, aber anders ging es vorerst nun mal nicht.

Er überlegte, was er mit Jack unternehmen sollte. Morgen fuhren sie vielleicht zusammen in die öffentliche Bibliothek und liehen ein paar Bücher mit Gutenachtgeschichten aus. Und am Sonntagmorgen ging es in die Kirche.

Als George das Haus im Ranchstil erreichte, das einst sein Zuhause gewesen war, stand Verenas Wagen nicht vor der Garage: Sie war noch nicht da. George parkte und ging zur Haustür. Aus Höflichkeit klingelte er, doch als niemand öffnete, ließ er sich mit dem eigenen Schlüssel ein.

Im Haus war es still. »Ich bin's nur!«, rief er. In der Küche war niemand, doch im Wohnzimmer entdeckte er Jack. Der kleine Junge saß allein vor dem Fernseher.

»Hallo, Kumpel«, sagte George und legte seinem Sohn den Arm um die schmalen Schultern. »Wo ist dein Kindermädchen?«

»Tiffany musste nach Hause«, sagte Jack. »Und Mommy kommt zu spät.«

George beherrschte seine Wut. »Also bist du hier ganz alleine?«

»Tiffany hat gesagt, es ist ein Notfall.«

»Seit wann ist sie denn weg?«

»Weiß nicht.« Jack hatte noch kein Zeitgefühl.

George schüttelte den Kopf. Sie hatten seinen erst vierjährigen Sohn allein zu Hause gelassen. Was dachte Verena sich eigentlich?

Er stand auf und sah sich um. Jacks Wochenendkoffer stand im Foyer. George schaute hinein und entdeckte alles Notwendige: Schlafanzug, saubere Kleidung, Teddybär. Wenigstens das hatte Tiffany erledigt, ehe sie aufgebrochen war, um sich um den Notfall zu kümmern, von dem Jack gesprochen hatte.

George ging in die Küche und schrieb auf einen Zettel:

Habe Jack hier allein vorgefunden. Ruf mich an.

Dann brachte er den Jungen zum Wagen.

Jacky wohnte keine Meile weit entfernt. Als sie eintrafen, brachte sie Jack ein Glas Milch und selbst gebackene Plätzchen. Der Junge erzählte seiner Großmutter von der Katze der Nachbarn, die oft zu Besuch kam und jedes Mal eine Untertasse mit Milch erhielt.

Schließlich blickte Jacky ihren Sohn scharf an und fragte: »Sag schon, George, was macht dir zu schaffen?«

»Komm mit nach nebenan.« Sie gingen ins Wohnzimmer, wo George seiner Mutter eröffnete: »Jack war ganz allein im Haus.«

»Was? Er ist doch erst vier! Das sollte nicht passieren.«

»Verdammt richtig.«

Ausnahmsweise überhörte sie seine Ausdrucksweise. »Weißt du, wieso?«

»Verena ist nicht zur verabredeten Zeit nach Hause gekommen, und das Kindermädchen musste weg.«

In diesem Moment hörten sie draußen Reifen quietschen. Sie blickten aus dem Fenster und sahen Verena, die aus ihrem roten Jaguar sprang und zur Tür gerannt kam.

George sagte: »Der drehe ich den Hals um!«

Jacky ließ sie herein. Verena eilte in die Küche, fiel Jack um den Hals und küsste ihn. »Oh, Schatz, ist alles okay?«, fragte sie unter Tränen.

»Glaub schon«, antwortete Jack. »Ich hab ein Plätzchen gegessen.«

»Grandmas Plätzchen sind toll, nicht?«

»Aber klar.«

»Verena, komm bitte mal mit nach drüben«, sagte George. »Du schuldest mir eine Erklärung.«

Sie keuchte, schwitzte. Ausnahmsweise erschien sie nicht als arrogante Herrin der Lage. »Ich war nur ein paar Minuten zu spät«, sagte sie schluchzend. »Ich weiß nicht, wieso dieses verdammte Kindermädchen mich im Stich gelassen hat.«

»Du darfst dich nicht verspäten, wenn du dich um Jack kümmerst!«

»Gut, dass dir das nie passiert, was?«, erwiderte sie spitz.

»Ich habe ihn nie im Stich gelassen.«

»Aber ich bin auf mich allein gestellt! Da ist das alles nicht so einfach.«

»Dass du auf dich allein gestellt bist, ist deine eigene Schuld.«

Jacky meldete sich zu Wort. »George«, sagte sie, »du tust Verena unrecht.«

»Halt dich da raus, Mom.«

»Nein. Das ist mein Haus, es geht um meinen Enkel, und ich halte mich aus gar nichts raus.«

»Ich kann das nicht einfach so übergehen, Mom! Was sie getan hat, war falsch.«

»Wenn ich nie etwas Falsches getan hätte, wärst du nie zur Welt gekommen.«

»Das hat damit überhaupt nichts zu tun!«

»Ich sage nur, wir alle machen Fehler, und manchmal stellt sich ein Fehler hinterher doch als das Richtige heraus. Also hack nicht auf Verena herum. Das bringt nichts.«

Widerstrebend erkannte George, dass sie recht hatte. »Und was machen wir jetzt?«

»Nachdem wir aufgehört haben, uns anzuschreien, könnten wir mal in Ruhe nachdenken«, sagte Jacky. »Euer Kindermädchen taugt nichts.«

»Du machst dir keine Vorstellung«, entgegnete Verena, »wie schwer es ist, ein Kindermädchen zu finden. Und für uns ist es noch schwerer als für die meisten Leute. Alle anderen können illegale Einwanderer einstellen und sie bar bezahlen, aber Politiker brauchen jemanden mit einer Greencard, der Steuern zahlt, deshalb will niemand den Job.«

»Schon gut, ganz ruhig, ich mache dir keinen Vorwurf«, sagte Jacky. »Vielleicht kann ich einspringen.«

George und Verena starrten sie an.

»Ich bin vierundsechzig, stehe kurz vor der Rente und brauche Beschäftigung. Ich springe ein. Wenn euer Kindermädchen euch im Stich lässt, bringt ihr Jack zu mir. Lasst ihn über Nacht hier, wenn es sein muss.«

»Junge«, sagte George, »für mich klingt das nach einer guten Lösung.«

»Das wäre wunderbar, Jacky!«, sagte Verena.

»Dankt mir nicht, ich bin eigensüchtig. Ich bekomme dadurch meinen Enkel öfter zu sehen.«

»Bist du sicher, dass es nicht zu viel Arbeit ist, Mom?«

Jacky schnaubte. »Wann ist das letzte Mal irgendetwas zu viel Arbeit für mich gewesen?«

George lächelte. »Nie, würde ich sagen.«

Und damit war es beschlossene Sache.

KAPITEL 56

Kalte Tränen rannen Rebecca über die Wangen.

Es war Oktober, und ein scharfer Wind wehte von der Nordsee über den Friedhof von Hamburg-Ohlsdorf. Der Hauptfriedhof Ohlsdorf war einer der größten Parkfriedhöfe der Welt, 391 Hektar Trauer. Unter anderem gab es hier eine Gedenkstätte für die Opfer des Naziregimes, einen ummauerten Hain für die Widerstandskämpfer und ein Massengrab für 38 000 Hamburger Männer, Frauen und Kinder, die in den zehn Tagen der »Operation Gomorrha« umgekommen waren, dem alliierten Luftangriff im Sommer 1943.

Aber die Maueropfer hatten keinen eigenen Bereich auf dem Friedhof.

Rebecca kniete sich hin, sammelte das Laub vom Grab ihres verstorbenen Mannes und legte eine einzelne Rose auf die Erde. Dann stand sie still da, betrachtete den Grabstein und dachte an Bernd.

Er war vor einem Jahr gestorben, zweiundsechzig Jahre alt. Zu guter Letzt hatten seine Nieren versagt, eine typische Todesursache in solchen Fällen.

Rebecca erinnerte sich an sein Leben, das von der Mauer bestimmt gewesen war. Bei der Flucht aus der DDR hatte Bernd sich das Rückgrat gebrochen, doch er hatte das Beste aus seinem Leben gemacht, hatte sogar ein schönes Leben geführt. Er war ein guter Lehrer gewesen, vielleicht sogar ein sehr guter. Er hatte der Tyrannei im Osten getrotzt und war in die Freiheit entkommen. Seine erste Ehe war geschieden worden, doch er und Rebecca hatten einander zwanzig Jahre lang geliebt.

Aber Rebecca musste nicht erst hierherkommen, um sich an Bernd zu erinnern. Sie dachte jeden Tag an ihn. Sein Tod war ein herber Verlust für sie gewesen. Es überraschte sie immer wieder aufs Neue, wenn sie feststellen musste, dass er nicht mehr da war. Wenn sie allein in der Wohnung war, die sie so lange miteinander geteilt hatten. Dann sprach sie oft mit ihm, erzählte ihm von ihrem Tag, kommentierte die Nachrichten und sagte ihm, wie sie sich fühlte, ob sie hungrig, müde oder rastlos war. Sie hatte nichts verändert. Noch immer waren überall die Seile und Griffe zu sehen, die Bernd dabei geholfen hatten, sich durch die Wohnung zu bewegen. Sein Rollstuhl stand auf seiner Seite neben dem Bett, und wenn

Rebecca sich selbst befriedigte, stellte sie sich vor, wie er neben ihr lag, und sie spürte die Wärme seines Körpers.

Zum Glück war ihre Arbeit herausfordernd und nahm sie sehr in Anspruch. Inzwischen war Rebecca Staatssekretärin im Außenministerium. Weil sie Russisch sprach und in der DDR groß geworden war, hatte sie sich auf Osteuropa spezialisiert. Und sie hatte viel zu tun.

Tragischerweise war die Wiedervereinigung Deutschlands weiter entfernt denn je. Erich Honecker, der erzkonservative Staats- und Parteichef der DDR, schien unangreifbar zu sein. Noch immer wurden Menschen bei dem Versuch getötet, über die Mauer zu fliehen. Und in der Sowjetunion war nach dem Tod Andropows mit Konstantin Tschernenko wieder ein greiser kranker Mann an die Macht gekommen. Von Berlin bis Wladiwostok war das Sowjetreich ein Sumpf, in dem die Bürger verzweifelt versuchten, voranzukommen. Stattdessen versanken sie immer tiefer.

Rebecca bemerkte, dass ihre Gedanken sich von Bernd gelöst hatten. Es war Zeit, sich auf den Weg zu machen. »Bis bald, mein Schatz«, sagte sie leise und ging langsam den Weg hinunter.

Rebecca zog den dicken Mantel enger um die Schultern und verschränkte zum Schutz vor der Kälte die Arme vor der Brust. Dankbar stieg sie in ihren Wagen und ließ den Motor an. Sie fuhr noch immer einen VW-Bus mit Rollstuhlrampe. Es war wohl an der Zeit, dass sie ihn endlich gegen einen normalen Wagen tauschte.

Rebecca fuhr zu ihrer Wohnung. Vor dem Gebäude stand ein schwarzer Mercedes S500, daneben ein uniformierter Chauffeur. Rebecca lächelte. Wie erwartet war Walli da. Er hatte einen eigenen Schlüssel.

Er saß am Küchentisch, als Rebecca hereinkam, hatte das Radio eingeschaltet und wippte im Takt mit dem Fuß. Auf dem Tisch lag das neueste Album von Plum Nellie, »The Interpretation of Dreams«.

»Gut, dass ich dich noch erwischt habe«, sagte er. »Ich bin auf dem Weg zum Flughafen. Ich fliege nach San Francisco.« Er stand auf und küsste seine Schwester.

Walli war Ende dreißig, und er sah großartig aus. Er rauchte zwar noch immer, aber Alkohol und Drogen hatte er abgeschworen. Er trug eine hellbraune Lederjacke über einem blauen Denim Shirt.

Dass sich den noch keine geschnappt hat, dachte Rebecca. Aber Walli schien es mit der Familiengründung nicht eilig zu haben.

Als Rebecca ihn küsste, berührte sie seinen Ärmel und bemerkte, dass das Leder weich wie Seide war. Die Jacke musste ein Vermögen gekostet haben. »Aber ihr habt euer Album doch gerade erst fertiggestellt«, sagte sie.

»Wir machen eine Tour durch die Vereinigten Staaten. Ich fahre drei Wochen zu Proben auf die Daisy Farm. In einem Monat findet in Philadelphia das Eröffnungskonzert statt.«

»Bestell den Jungs alles Gute von mir.«

»Mach ich.«

»Es ist schon eine Weile her, seit ihr zum letzten Mal auf Tournee gegangen seid.«

»Drei Jahre. Deshalb ja die langen Proben. Heutzutage tritt man in Stadien auf. Das ist nicht mehr wie bei der All-Star Touring Beat Review, wo zwölf Bands jeweils zwei, drei Songs vor ein paar tausend Leuten in einem Theater oder einer Halle gespielt haben. Jetzt sind es fünfzigtausend Leute und wir allein.«

»Plant ihr auch Auftritte in Europa?«

»Ja, aber die Termine stehen noch nicht fest.«

»Auch in Deutschland?«

»Klar.«

»Sag mir Bescheid, wenn es so weit ist.«

»Natürlich. Vielleicht kann ich dir sogar ein Ticket besorgen.«

Rebecca lachte. Als Wallis Schwester behandelte man sie wie eine Kronprinzessin, wann immer sie bei einem Plum-Nellie-Konzert hinter die Bühne ging. Die Band erzählte bei Interviews oft von den alten Zeiten in Hamburg und von Wallis Schwester, die ihnen einmal die Woche etwas Ordentliches zu essen gekocht hatte. Dafür war Rebecca in der Welt des Rock and Roll berühmt.

»Dann wünsche ich euch eine schöne Tour«, sagte sie.

»Du fliegst doch demnächst nach Budapest, oder?«

»Zu einer Außenhandelskonferenz, ja.«

»Kommen da auch Vertreter aus der DDR?«

»Ja. Warum?«

»Glaubst du, einer von denen könnte Alice ein Album mitnehmen?«

Rebecca verzog das Gesicht. »Ich weiß nicht. Ich habe nicht gerade gute Beziehungen zu den ostdeutschen Vertretern. Sie halten mich für eine Lakaiin der Imperialisten.«

Walli lächelte. »Dann habt ihr wohl keine gemeinsame Grundlage.«

»Nein. Aber ich werde mein Bestes tun.«

»Danke.« Walli gab ihr die Schallplatte.

Rebecca betrachtete das Cover. Es zeigte vier Männer mittleren Alters mit langen Haaren und Jeans. Buzz, der Bassist, war übergewichtig. Lew, der schwule Drummer, verlor allmählich seine Haare, und Dave, der Bandleader, bekam graue Strähnen. Aber sie waren etabliert und erfolgreich, und sie schwammen in Geld. Doch Rebecca erinnerte sich noch gut an die Halbstarken, die einmal die Woche hungrig in ihre Wohnung gekommen waren: dünn, zerzaust, schelmisch, charmant und voller Hoffnungen und Träume.

»Ihr habt wirklich Glück gehabt«, bemerkte sie.

»Ja«, sagte Walli. »Das haben wir.«

*

Am letzten Abend der Konferenz in Budapest hatte man Rebecca und die anderen Delegierten zu einer Weinprobe eingeladen. Sie wurden zu einem Keller der staatlichen Winzergenossenschaft gebracht, der im Stadtteil Pest lag, am Ostufer der Donau. Dort bot man ihnen verschiedene Sorten Tokajer an – trocken, kräftig – und einen leicht alkoholischen Nektar, den man Essencia nannte, sowie Aszú, den berühmten Süßwein.

Überall auf der Welt organisierten Regierungen die ödesten Feiern, und Rebecca fürchtete, dass es auch diesmal eine langweilige Angelegenheit werden würde. Allerdings strahlte der alte Keller mit seiner Gewölbedecke und den Weinfässern etwas Uriges, Gemütliches aus, und es gab würzige ungarische Snacks.

Rebecca schnappte sich einen der DDR-Delegierten und schenkte ihm ihr bezauberndstes Lächeln. »Unsere deutschen Weine sind deutlich besser, was meinen Sie?«, begann sie das Gespräch.

Ein paar Minuten flirtete sie mit dem Mann; dann fragte sie: »Ich habe eine Nichte in Ostberlin, der ich gerne eine Schallplatte schicken würde, aber ich fürchte, sie könnte in der Post beschädigt werden. Könnten Sie die Platte für mich mitnehmen?«

»Äh ... warum nicht?«, antwortete der Mann misstrauisch.

»Dann gebe ich sie Ihnen morgen beim Frühstück, wenn ich darf. Sie sind wirklich sehr freundlich.«

»Kein Problem.«

Nach ein paar Gläsern Wein entspannten die Delegierten sich zusehends. Frederik Bíró, ein ungarischer Politiker, trat auf Rebecca zu. Er hatte kurzes graumeliertes Haar und blaue Augen, und er trug einen dunkelblauen Mantel und einen leuchtend roten Schal. Konservativismus gemischt mit einem Hauch von Ausgelassenheit.

Rebecca mochte Bíró. Er war in ihrem Alter, und genau wie sie war er Experte für Außenpolitik. »Wie steht es eigentlich wirklich um Ihr Land?«, fragte Rebecca ihn. »Wie sieht es in Ungarn aus?«

Bíró schaute auf seine Uhr. »Ihr Hotel ist keine zwei Kilometer von hier«, sagte er in gutem Deutsch. »Wenn Sie möchten, kann ich Sie begleiten. Wie wär's?«

Sie holten sich ihre Mäntel und gingen. Ihr Weg führte sie an dem breiten, dunklen Fluss vorbei. Am anderen Ufer leuchteten die Lichter des mittelalterlichen Buda, das malerisch auf seinem Hügel lag.

»Die Kommunisten haben Wohlstand versprochen, und jetzt sind die Leute enttäuscht«, sagte Bíró im Gehen. »Selbst Parteimitglieder beschweren sich über Kádár.« Rebecca nahm an, dass er nur so offen sprach, weil es im Freien keine Wanzen gab.

»Und wie sieht die Lösung aus?«, fragte sie.

»Das Seltsame ist, dass jeder die Lösung kennt. Wir müssen Entscheidungen dezentralisieren, so etwas wie einen freien Markt zulassen und die halb legale graue Wirtschaft legalisieren, damit sie wachsen kann.«

»Und wer steht dem im Weg?« Erst jetzt wurde Rebecca bewusst, dass sie ihn aushorchte. »Bitte verzeihen Sie. Ich will Sie nicht verhören.«

»Kein Problem.« Bíró lächelte. »Ich mag es, wenn die Leute offen zu mir sind. Das spart Zeit.«

»Viele Männer mögen es nicht, wenn eine Frau so mit ihnen redet.«

»Ich schon. Man könnte sagen, dass ich eine Schwäche für selbstbewusste Frauen habe.«

»Sind Sie verheiratet?«

»War ich. Jetzt bin ich geschieden.«

Rebecca erkannte, dass sie das nichts anging. »Sie wollten mir etwas über den Stand der Reformen erzählen ...«

»Ja. Wenn wir diese Reformen umsetzen, könnten gut fünfzehntausend Bürokraten ihre Macht und ihre Stellen verlieren. Dazu kommen fünftausend Parteikader, die fast genau die gleichen Entscheidungen treffen ... und János Kádár, der seit 1956 unser Staatschef ist.«

Rebecca hob die Augenbrauen. Bíró war wirklich außergewöhnlich offen. Ihr kam der Gedanke, dass diese Bemerkungen nicht spontan sein könnten. Hatte er dieses Gespräch geplant? »Hat Kádár denn eine Alternative?«, fragte sie.

»Ja«, antwortete Bíró. »Um den Lebensstandard der ungarischen Arbeiter zu erhalten, ist er bereit, sich immer mehr Geld im Westen zu leihen, auch in Deutschland.«

»Und wie will er die Zinsen für diese Kredite zahlen?«

»Eine gute Frage«, seufzte Bíró.

Sie erreichten Rebeccas Hotel. Es lag auf der anderen Straßenseite. Rebecca blieb stehen und lehnte sich auf die Ufermauer. »Aber an Kádár ist nicht zu rütteln, oder?«

»Das ist nicht gesagt. Ich kenne da einen vielversprechenden jungen Mann. Miklós Németh.«

Ah, dachte Rebecca, darum geht es hier. Bíró wollte die deutsche Regierung diskret wissen lassen, dass Németh ein Reformer und Kádárs Rivale war.

»Er ist Ende dreißig und sehr klug«, fuhr Bíró fort. »Aber wir fürchten, dass es in Ungarn ähnlich laufen wird wie in der Sowjetunion. Breschnew wurde durch Andropow ersetzt und Andropow durch Tschernenko. Das ist wie die Schlange vor der Toilette in einem Altenheim.«

Rebecca lachte. Sie mochte Bíró wirklich.

Er beugte sich vor und küsste sie. Rebecca war nicht überrascht; sie hatte bemerkt, dass er sich zu ihr hingezogen fühlte. Es überraschte sie jedoch, wie erregend sie das fand.

Sie erwiderte seinen Kuss; dann legte sie ihm die Hände auf die Brust, schob ihn ein Stück von sich weg und betrachtete ihn im Licht der Straßenlaterne. Er war kein Adonis mehr, doch sein Gesicht war klug und ausdrucksvoll, und er schien über die Ironie des Lebens lachen zu können.

»Warum bist du geschieden?«, fragte Rebecca.

»Ich hatte eine Affäre, und meine Frau hat mich verlassen. Du darfst mich gerne dafür verdammen.«

»Nein«, sagte Rebecca. »Ich habe in meinem Leben auch so manchen Fehler gemacht.«

»Ich habe es bereut, aber da war es schon zu spät.«

»Kinder?«

»Zwei. Beide erwachsen. Sie haben mir verziehen. Marta hat inzwischen wieder geheiratet, aber ich bin immer noch Single. Und was ist deine Geschichte?«

»Ich habe mich von meinem ersten Mann scheiden lassen, nachdem ich herausgefunden hatte, dass er mich nur ausspionieren wollte. Er war bei der Stasi. Mein zweiter Mann wurde schwer verletzt, als wir in Berlin über die Mauer geflohen sind. Seitdem saß er im Rollstuhl, aber wir hatten zwanzig glückliche Jahre. Vor einem Jahr ist er gestorben.«

»Dann ist es wohl an der Zeit, dass du endlich mal wieder Glück hast.«

»Vielleicht. Würdest du mich bitte zum Hoteleingang begleiten?«

Sie überquerten die Straße. An einer Ecke, wo die Straßenlaternen nicht ganz so hell leuchteten, küsste Rebecca ihn. Diesmal genoss sie es noch mehr.

»Verbring die Nacht mit mir«, bat er.

»Nein«, erwiderte sie, obwohl es ihr schwerfiel. »Dafür ist es noch zu früh. Ich kenne dich ja kaum.«

»Aber du fliegst doch morgen schon wieder nach Hause.«

»Ich weiß.«

Rebecca drehte sich um.

»Ich fliege oft nach Bonn«, sagte Bíró. »In zehn Tagen bin ich wieder da.«

Rebecca schaute über die Schulter und lächelte.

»Was hältst du davon, wenn wir dann zusammen essen gehen?«, fragte Bíró.

»Gerne«, antwortete Rebecca. »Ruf mich an.«

»Wird gemacht.«

Lächelnd ging Rebecca in ihr Hotel.

*

Eines Nachmittags war Lili in ihrem Haus in Berlin-Mitte, als Alice während eines Gewitters hereinkam, um sich ein paar Bücher auszuleihen. Trotz ihrer herausragenden Noten hatte man Alice wegen ihrer Mutter, der Protestsängerin, nicht auf die Universität gelassen. Trotzdem war Alice fest entschlossen, sich zu bilden; deshalb lernte sie abends, nach ihrer Schicht in der Fabrik, Englisch. Carla besaß eine kleine Sammlung englischsprachiger Romane, die sie von Oma Maud geerbt hatte.

Da Lili zufällig zu Hause war, als Alice an diesem Nachmittag vorbeikam, gingen sie gemeinsam nach oben in den Salon und schauten die Bücher durch – alte Ausgaben aus der Vorkriegszeit, vermutete Lili –, während der Regen gegen die Fenster prasselte.

Alice suchte sich ein paar Sherlock-Holmes-Geschichten aus. Damit wäre sie die vierte Generation, die sie las. »Übrigens, wir haben einen Besuchsantrag für den Westen gestellt«, sagte sie.

»Wir?«, fragte Lili.

»Helmut und ich.«

Helmut Kappel war Alice' Freund. Er war ein Jahr älter als sie, zweiundzwanzig, und Student.

»Gibt es einen besonderen Grund?«

»Ich habe angegeben, dass wir meinen Vater in Hamburg besuchen wollen, und Helmuts Großeltern leben in Frankfurt. Aber Plum Nellie sind auf Welttournee, und wir wollen meinen Vater wirklich gerne mal auf der Bühne sehen. Vielleicht spielt er ja genau dann in Deutschland.«

»Ja, vielleicht.«

»Ob sie uns gehen lassen? Was meinst du?«

»Ihr könntet Glück haben.« Lili wollte Alice ihren jugendlichen Optimismus nicht nehmen, aber sie hatte ihre Zweifel. Ihr selbst hatte man die Reiseerlaubnis immer wieder verweigert. Nur wenige Personen durften reisen, und bei so jungen Leuten wie Alice und Helmut gingen die Behörden immer davon aus, dass sie nicht zurückkamen.

Auch Lili nahm das an. Alice hatte oft über das Leben in Westdeutschland geredet, über die Freiheiten und den höheren Lebensstandard. Wenn es ihr gelang, aus der DDR herauszukommen, warum sollte sie dann zurückkehren?

»Weißt du«, sagte Alice, »die meisten Dinge, die dafür gesorgt haben, dass meine Familie bei der Partei einen schlechten Ruf hat, sind lange vor meiner Geburt passiert. Dafür kann man *mich* doch nicht bestrafen.«

Aber Karolin, deine Mutter, singt noch immer diese Lieder, dachte Lili.

Unten klingelte es an der Tür. Augenblicke später hörten sie aufgeregte Stimmen im Flur. Die beiden Frauen stiegen die Treppe hinunter, um nachzusehen, was los war. Im Flur stand Karolin in einem nassen Regenmantel. Aus irgendeinem Grund hielt sie einen Koffer in der Hand. Carla hatte sie hereingelassen.

Karolins Gesicht war rot und angeschwollen, und sie weinte.

»Alice ...«, sagte sie leise. »Dein Stiefvater hat mich verlassen. Er will die Scheidung.«

Alice nahm ihre Mutter in die Arme und schwieg.

Lili war wie vor den Kopf geschlagen. Odo Vossler? Sie hätte nie gedacht, dass er den Mut dazu hätte.

Entrüstet sagte Carla: »Aber ein Pastor darf sich doch nicht so einfach scheiden lassen.«

»Er ist kein Pastor mehr. Er hat bei der Kirche aufgehört.«

Carla schüttelte den Kopf. »Komm, du musst dich erst einmal setzen. Gehen wir in die Küche. Alice, nimm deiner Mutter den Mantel ab und häng ihn zum Trocknen auf. Lili, koch Kaffee.«

Lili setzte Wasser auf und holte einen Kuchen aus dem Schrank.

»Was ist denn plötzlich über Odo gekommen, Karolin?«, fragte Carla.

Karolin senkte den Blick. »Er ist ...« Offensichtlich fiel es ihr schwer, die Wahrheit auszusprechen. »Er sagt, er hat erkannt, dass er homosexuell ist.«

»Wie bitte?«, stieß Alice hervor.

»Na, das ging aber schnell«, spöttelte Carla.

Karolin hob den Blick. Nun, da die Wahrheit heraus war, konnte sie Carla wieder in die Augen sehen. »Eigentlich ist das gar kein so großer Schock«, sagte sie. »Irgendwie habe ich das schon immer gewusst.«

»Wieso?«

»Als wir geheiratet haben, war da ein gut aussehender junger Mann mit Namen Paul. Wir haben ihn ein paar Mal die Woche zum Abendessen eingeladen, und anschließend haben er und Odo im Arbeitszimmer die Bibel studiert. Samstagnachmittags sind die beiden immer lange durch den Treptower Park spaziert. Vielleicht war da nie etwas, aber wann immer wir uns damals geliebt haben, hatte ich das Gefühl, dass Odo an Paul denkt.«

»Und wie ist es ausgegangen?«, fragte Lili.

»Ich habe die ganze Geschichte nie erfahren«, antwortete Karolin. »Irgendwann kam Paul nicht mehr zu uns, nicht mal in die Kirche. Odo hat nie gesagt warum. Vielleicht sind ja beide vor dem letzten Schritt zurückgeschreckt.«

»Als Pastor muss Odo ja ganz schön darunter gelitten haben.«

»Bestimmt«, sagte Karolin, »und wenn ich nicht gerade wütend auf ihn bin, tut er mir ja auch leid. Aber Paul war nur der erste von einem halben Dutzend gut aussehender Jungen, alle der gleiche Typ.«

»Und jetzt?«

»Jetzt hat Odo seine wahre Liebe gefunden. Er habe endlich akzeptieren müssen, was er wirklich sei, hat er gesagt. Er zieht zu einem Mann namens Eugen Freud.«

»Und was will er jetzt tun, wo er kein Pastor mehr ist?«

»Er will Dozent für Theologie werden. Er sagt, das sei seine wahre Berufung.«

Lili goss heißes Wasser auf den gemahlenen Kaffee in der Kanne. Sie fragte sich, wie Walli sich fühlen würde, wenn er davon erfuhr. Natürlich konnte er wegen der Mauer nicht wieder mit Karolin und Alice zusammenkommen, aber würde er das überhaupt wollen? Auf jeden Fall hatte er keine feste Beziehung, und Lili hatte nach wie vor den Eindruck, als wäre Karolin die Liebe seines Lebens. Aber das war eine theoretische

Frage. Die SED hatte bestimmt, dass die beiden nicht zusammenleben durften.

»Wenn Odo als Pastor gekündigt hat«, sagte Carla, »dann musst du aus dem Pfarrhaus raus.«

»Ja, ich weiß. Ich bin obdachlos.«

»Quatsch. Wir haben immer einen Platz für dich.«

Es klingelte erneut.

»Ich geh schon«, sagte Lili.

Zwei Männer standen vor der Tür. Der eine trug eine Chauffeursuniform und hielt einen Schirm über den anderen: Hans Hoffmann.

»Darf ich reinkommen?«, fragte Hoffmann, wartete aber gar nicht erst auf Antwort, sondern kam in den Flur. Er hielt ein kleines Päckchen in der Hand.

Sein Fahrer kehrte zu der schwarzen ZIL-Limousine zurück, die am Bürgersteig parkte.

»Was willst du?«, fragte Lili so unfreundlich sie konnte.

»Ich will mit deiner Nichte sprechen.«

»Woher weißt du, dass Alice hier ist?«

Hans lächelte, antwortete aber nicht. Die Stasi wusste alles.

Lili ging in die Küche. »Hans Hoffmann ist hier. Er will zu Alice.«

Alice stand auf, bleich vor Angst.

»Bring ihn rauf, Lili«, sagte Carla. »Und bleib bei ihnen.«

Karolin erhob sich. »Ich gehe mit.«

Carla legte ihr die Hand auf den Arm und drückte sie zurück auf den Stuhl. »Du bist jetzt nicht in der Verfassung, dich mit einem Kerl von der Stasi herumzuärgern.«

»Du hast recht.« Karolin nickte.

Lili hielt Alice die Tür auf, und die beiden Frauen stiegen die Treppe hinauf, gefolgt von Hans Hoffmann. Im Salon griff er nach der Sherlock-Holmes-Sammlung, die Alice auf dem Tisch hatte liegen lassen. »Englisch«, bemerkte er, als würde das seinen Verdacht bestätigen. Er setzte sich und strich seine Hose glatt. Dann legte er das Päckchen neben seinem Stuhl auf den Boden. »So«, sagte er, »Alice, du willst also in die BRD reisen. Warum?«

Hans war mittlerweile ein hohes Tier. Lili wusste nicht, wie genau sein Titel lautete, aber er war längst kein einfacher Stasimann mehr. Er hielt Reden bei großen Versammlungen und sprach mit der Presse. Aber er war offenbar noch nicht wichtig genug, um die Verfolgung der Familie Franck jemand anderem zu überlassen. Möglicherweise wollte er das auch gar nicht, um seine Rache auszukosten.

»Mein Vater lebt in Hamburg«, antwortete Alice. »Und meine Tante Rebecca auch.«

»Dein Vater ist ein Mörder.«

»Da war ich noch nicht einmal geboren. Willst du mich jetzt dafür bestrafen? Das ist doch keine sozialistische Gerechtigkeit, oder?«

Hans nickte abschätzig. »Du bist genauso ein Klugscheißer wie deine Großmutter. Diese Familie lernt es nie.«

Wütend stieß Lili hervor: »Du irrst dich, wir haben sogar sehr viel gelernt. Wir haben gelernt, dass kleine Beamte im Sozialismus sich einen Dreck um Gesetze scheren, wenn sie sich an jemandem rächen wollen.«

»Glaubst du wirklich, dass solches Gerede mich dazu bewegen könnte, Alice eine Reisegenehmigung zu erteilen?«

»Du wirst den Antrag ja ohnehin ablehnen«, erwiderte Lili. »Sonst wärst du gar nicht hier. Du willst uns nur wieder wehtun.«

»Meinst du?«

»Wo hat Karl Marx eigentlich geschrieben, dass die Arbeiter im Sozialismus nicht in fremde Länder reisen dürfen?«, höhnte Lili.

»Solche Restriktionen sind aufgrund der Umstände zwingend.«

»Nein, sind sie nicht!«, widersprach Alice. »Ich will meinen Vater sehen, und du hältst mich davon ab. Und warum? Weil du *kannst*. Das hat nichts mit Sozialismus zu tun, sondern mit Tyrannei!«

Hans' Lippen zuckten. »Ihr bourgeoises Pack«, spie er angewidert hervor. »Ihr könnt es einfach nicht ertragen, wenn andere Macht über euch haben.«

»Bourgeois?«, entgegnete Lili. »*Ich* habe keinen uniformierten Chauffeur, der den Schirm für mich hält, wenn ich die paar Meter vom Auto zur Tür gehe. Und Alice auch nicht. Hier ist nur einer bourgeois, und das bist du.«

Hans hob das Päckchen auf und reichte es Alice. »Mach auf«, sagte er.

Alice öffnete das Päckchen. Darin war das neueste Album von Plum Nellie, »The Interpretation of Dreams«.

Lili fragte sich, was Hans nun wieder im Schilde führte.

»Warum legst du die Platte deines Vaters nicht mal auf?«, schlug er vor.

Alice zog die Platte heraus.

Sie war zerbrochen.

»Oh, das tut mir aber leid«, sagte Hans.

Alice brach in Tränen aus.

Hans stand auf. »Ich kenne den Weg«, sagte er und ging.

*

Unter den Linden war ein breiter Boulevard durch Ostberlin, der bis zum Brandenburger Tor führte. Unter anderem Namen lief die Straße dann weiter durch den Tiergarten im Westen. Doch seit 1961 endete Unter den Linden am Brandenburger Tor vor der Mauer. Vom Westen aus gesehen versperrte eine hässliche graue Mauer, die über und über mit Graffiti bedeckt war, den Blick auf das Tor, und auf einem Schild stand zu lesen:

ACHTUNG!
SIE VERLASSEN JETZT
DEN AMERIKANISCHEN SEKTOR VON WEST-BERLIN

Jenseits der Mauer lag der Todesstreifen.

Plum Nellies Roadies errichteten eine Bühne direkt an der Mauer und bauten eine gewaltige Lautsprecherwand, die auf den Tiergarten gerichtet war. Doch auf Wallis Anweisungen wurden ebenso riesige Lautsprecher nach Osten ausgerichtet. Alice sollte ihn hören.

Ein Reporter hatte Walli und den anderen Bandmitgliedern gesagt, die DDR-Regierung habe offiziell gegen diese Lautsprecheranlage protestiert, worauf Walli erwidert hatte: »Sagen Sie denen, wenn sie ihre Mauer abreißen, baue ich meine auch wieder ab.« Nun stand das Zitat in allen Zeitungen.

Ursprünglich hatten sie in Deutschland nur in Hamburg spielen wollen. Dann aber hatte Walli von dem Vorfall mit Alice' Schallplatte erfahren, die Hans Hoffmann zerbrochen hatte. Um sich dafür zu revanchieren, hatte Walli gebeten, den Gig nach Berlin zu verlegen, damit eine Million Ostdeutsche die Songs hören konnten, die Hans seiner Tochter verweigert hatte. Dave hatte die Idee auf Anhieb gefallen.

Jetzt standen sie beisammen und schauten von der Seite auf die Bühne, während sich im Tiergarten die Fans versammelten. »Das wird das lauteste Konzert, das wir je gespielt haben«, bemerkte Dave.

»Hoffentlich«, sagte Walli. »Ich will, dass sie meine Gitarre bis nach Leipzig hören.«

»Erinnerst du dich noch an früher?«, fragte Dave. »An diese winzigen Lautsprecher in dem Baseballstadion?«

»Ja. Da konnte uns niemand hören, nicht mal wir selbst.«

»Stimmt.« Dave lachte. »Und jetzt können hunderttausend Leute unsere Musik so hören, wie sie klingen soll.«

Als Walli in die Garderobe kam, wartete Rebecca dort auf ihn. »Das ist fantastisch«, sagte sie. »Da sind mindestens hunderttausend Menschen im Park!«

Rebecca wurde von einem grauhaarigen Mann begleitet, der ungefähr so alt war wie sie. »Das ist mein Freund Fred Bíró«, stellte sie ihn vor.

Walli schüttelte ihm die Hand. »Es ist mir eine Ehre, Sie kennenzulernen«, sagte Fred. Er sprach Deutsch mit ungarischem Akzent.

»Ein Du reicht«, sagte Walli.

Er war amüsiert. Mit dreiundfünfzig Jahren hatte seine Schwester also wieder einen Freund. Gut für sie! Und der Mann schien ihr Typ zu sein: intellektuell, aber nicht zu ernst. Die Beziehung tat ihr sichtlich gut. Sie hatte eine Frisur wie Prinzessin Diana und sah deutlich jünger aus, als sie war.

Sie plauderten eine Weile. Dann gingen Rebecca und Fred, damit Walli sich fertig machen konnte. Er zog eine saubere blaue Jeans und ein feuerrotes Hemd an. Anschließend schminkte er sich die Augen, damit das Publikum seinen Ausdruck besser sehen konnte. Angewidert erinnerte er sich an die Zeit, als er seinen Drogenkonsum auf diese Weise verbergen musste. Vor einem Konzert hatte er nur wenig genommen, um es überhaupt durchzustehen; doch anschließend gab es einen kräftigen Schuss zur Belohnung. Doch jetzt war er nicht eine Sekunde lang versucht, es wieder so zu machen.

Walli wurde auf die Bühne gerufen. Er gesellte sich zu Dave, Buzz und Lew. Daves ganze Familie war da, um ihnen Glück zu wünschen: seine Frau Beep, ihr elfjähriger Sohn John Lee, Daves Eltern Daisy und Lloyd und sogar seine Schwester Evie. Alle waren stolz auf ihren Dave.

Auch Walli freute sich, sie alle zu sehen; zugleich erinnerte es ihn auf schmerzhafte Weise daran, dass er seine eigene Familie nicht sehen konnte: Werner und Carla, Lili, Karolin und Alice.

Doch mit ein bisschen Glück würden sie ihn auf der anderen Seite der Mauer hören.

Die Band betrat die Bühne, und die Menge jubelte.

*

Unter den Linden war voller Fans von Plum Nellie, Alt und Jung. Lili und ihre Familie einschließlich Karolin sowie Alice und ihr Freund Helmut waren schon seit dem frühen Morgen hier. Sie hatten sich einen Platz direkt an der Polizeiabsperrung gesichert, die die Leute von der Mauer fernhalten sollte. Als die Menge im Laufe des Tages immer mehr anwuchs, entstand eine erwartungsvolle, freudige Atmosphäre. Fremde sprachen und lachten miteinander, teilten sich die Picknickkörbe, die sie mitgebracht hatten, und spielten Plum-Nellie-Kassetten auf Ghettoblastern. Bei Einbruch der Dunkelheit holten sie Bier und Wein hervor.

Dann kam die Band, und die Menge tobte.

Die Ostberliner konnten zwar nichts sehen außer den vier Bronzepferden der Quadriga auf dem Brandenburger Tor, aber sie konnten alles laut und deutlich hören: Lews Trommeln, Buzz' wummernden Bass, Daves Rhythmusgitarre und Wallis perfekten Popbariton und seine lyrischen Soli. Die vertrauten Songs klangen aus den Lautsprechern und versetzten die tanzende Menge in Ekstase.

Das ist mein Bruder, dachte Lili immer wieder, mein großer Bruder, und er singt für die ganze Welt.

Werner, Carla und Karolin lächelten stolz, und Alice' Augen glänzten. Lili schaute zu einem in der Nähe gelegenen Regierungsgebäude. Dort oben standen gut ein halbes Dutzend Männer in Anzug und Krawatte auf dem Balkon. Sie waren im Licht der Straßenlaternen deutlich zu sehen. Einer von ihnen fotografierte die Zuschauer. Das musste die Stasi sein, erkannte Lili. Sie fotografierten die Verräter am Honecker-Regime – was dieser Tage so gut wie jeder war.

Lili schaute genauer hin und glaubte, einen der Stasimänner zu erkennen: Hans Hoffmann. Sie war sich so gut wie sicher. Der Mann war groß und leicht gebeugt, und er gestikulierte wütend. Walli hatte in einem Interview gesagt, dass die Band hier spielen würde, weil die Ostdeutschen ihre Platten nicht hören dürften. Doch Hoffmann wusste mit Sicherheit, dass die zerbrochene Schallplatte der eigentliche Grund war. Kein Wunder, dass er jetzt so tobte.

Lili sah, wie Hoffmann verzweifelt die Arme in die Höhe warf, sich umdrehte und den Balkon verließ. Ein Song war vorbei, und der nächste begann. Die Zuschauer jubelten, als sie die ersten Akkorde eines der größten Hits von Plum Nellie erkannten. Dann drang Wallis Stimme aus den Lautsprecherbatterien: »Das ist für mein kleines Mädchen.«

Und er sang »I Miss Ya, Alicia«.

Lili drehte sich zu Alice um. Der jungen Frau liefen die Tränen über die Wangen, aber sie lächelte.

KAPITEL 57

William Buckley, der Amerikaner, den die Hisbollah am 16. März 1984 im Libanon entführt hatte, war offiziell nur ein Beamter des Außenministeriums. Tatsächlich aber war er Chef des dortigen CIA-Büros.

Cam Dewar kannte Bill Buckley und hielt ihn für einen guten Kerl. Bill war ein schlanker Mann, der immer konservative Anzüge von Brooks Brothers trug. Er hatte dichtes graues Haar und das Gesicht eines Fernsehmoderators. Zunächst hatte er als Soldat Karriere gemacht. Er hatte in Korea gekämpft und bei den Special Forces in Vietnam gedient. Schließlich hatte er den Dienst im Range eines Colonels quittiert. In den Sechzigern war er in die Special Activities Division der CIA eingetreten – die Abteilung, die Attentate organisierte und durchführte.

Bill war mit siebenundfünfzig Jahren noch immer Single. Gerüchten zufolge unterhielt er eine Fernbeziehung zu einer Frau mit Namen Candace in Farmer, North Carolina. Sie schrieb ihm Liebesbriefe, und er telefonierte mit ihr von überall auf der Welt. Und wenn er in den USA war, dann waren sie ein Liebespaar ... zumindest erzählten es sich die Leute.

Wie alle anderen in Langley war auch Cam wütend über die Entführung und wollte Bill schnellstmöglich befreien. Doch alle Bemühungen scheiterten.

Und es gab noch schlimmere Neuigkeiten. Einer nach dem anderen verschwanden Bills Agenten in Beirut. Die Hisbollah konnte ihre Namen nur von Bill haben, und das hieß, dass er gefoltert wurde.

Die CIA kannte die Methoden der Hisbollah, und sie konnten sich denken, was mit Bill geschah. Man würde ihm ständig die Augen verbinden, ihn an Fuß- und Handgelenken fesseln und ihn in eine Kiste einsperren wie einen Sarg, Tag für Tag, Woche für Woche. Nach ein paar Monaten würde er im wahrsten Sinne des Wortes den Verstand verlieren und nur noch sabbern, zittern, mit den Augen rollen und voller Panik schreien, so lange seine Stimme hielt.

Deshalb war Cam mehr als nur erfreut, als jemand mit einem Befreiungsplan kam.

Ursprünglich stammte der Plan nicht von der CIA, sondern von Bud McFarlane, dem Sicherheitsberater des Präsidenten. Bud hatte einen draufgängerischen Lieutenant-Colonel der Marines in seinem Stab, Oliver North. Unter den Männern, die North für sein Team rekrutiert hatte, war auch Tim Tedder, und der hatte Cam dann von McFarlanes Plan erzählt.

Cam brachte Tim Tedder sofort in das Büro von Florence Greary. Tim war ehemaliger CIA-Agent und ein alter Bekannter von Florence. Wie immer trug er sein Haar kurz, als wäre er noch in der Army, und sein Anzug glich eher einer Uniform.

»Wir werden mit Nichtamerikanern zusammenarbeiten müssen«, erklärte Tim, »und wir werden drei Teams zu je fünf Mann bilden. Natürlich keine CIA-Agenten, aber die CIA wird sie ausbilden, ausrüsten und finanzieren.«

Florence nickte. »Und was werden diese Teams tun?«

»Der Plan ist, die Entführer auszuschalten, bevor sie wieder zuschlagen können«, antwortete Tim. »Sobald wir erfahren, dass sie erneut eine Entführung oder einen Bombenanschlag planen, werden wir eines der Teams losschicken, um die Beteiligten zu eliminieren.«

»Nur damit ich das richtig verstehe«, sagte Florence. »Diese Teams werden Terroristen töten, *bevor* sie ein Verbrechen begehen können.«

Offensichtlich war sie nicht so begeistert von dem Plan wie Cam, und er bekam ein ungutes Gefühl.

»Ja, genau«, bestätigte Tim.

»Ich habe da nur eine Frage«, sagte Florence. »Haben Sie beide den Verstand verloren?«

Cam war außer sich. Wie konnte Florence nur dagegen sein?

»Ich weiß, das ist ein wenig unkonventionell«, erwiderte Tim, »aber ...«

»Unkonventionell?«, unterbrach ihn Florence. »In jedem zivilisierten Land der Welt ist das schlicht und ergreifend *Mord*. Kein Prozess, keine Beweisaufnahme ... und Sie haben selbst zugegeben, dass die Leute, die Sie eliminieren wollen, nur daran *gedacht* haben, ein Verbrechen zu begehen.«

»Das ist kein Mord«, meldete Cam sich zu Wort. »Ein Cop darf auch schießen, wenn eine Waffe nur auf ihn gerichtet ist. Der Täter muss nicht erst abdrücken. Das nennt man Präventivnotwehr.«

»Sind Sie jetzt auch noch Rechtsanwalt, Cam?«

»Das ist nicht meine Meinung«, sagte Cam, »sondern Sporkins.« Stanley Sporkin war der Chef der Rechtsabteilung der CIA.

»Nun, dann irrt Stan sich eben«, sagte Florence. »Wir wissen nämlich nie, wann eine Waffe auf uns gerichtet ist. Wir haben keine Ahnung, was die Terroristen planen. Unsere Informationsquellen im Libanon sind mehr als unzureichend. Das war schon immer so. Am Ende bringen wir dann Leute um, von denen wir nur *glauben*, dass sie Terroristen sind.«

»Vielleicht können wir die Quellenlage ja verbessern.«

»Und was ist mit der Zuverlässigkeit dieser fremden Staatsbürger?«, wollte Florence wissen. »Wer kommt in diese Fünferteams? Irgendwelche Schlägertypen aus Beirut? Söldner? Private Sicherheitsleute? Eurotrash? Wie sollen wir so jemandem vertrauen? Wie sollen wir die *kontrollieren?* Was diese Leute tun, wäre Ihre Verantwortung, Cam – besonders, wenn sie Menschen töten.«

»Nein, nein«, sagte Tim. »Nichts wird auf eine Beteiligung der CIA hindeuten.«

»Das hört sich für mich aber anders an«, erwiderte Florence. »Die CIA soll diese Leute ausbilden, ausrüsten und dann auch noch finanzieren. Und hat einer von Ihnen auch nur mal über die politischen Folgen nachgedacht?«

»Was für Folgen denn? Weniger Entführungen und weniger Bombenattentate?«

»Wie können Sie nur so naiv sein? Glauben Sie, wenn wir auf diese Art gegen die Hisbollah vorgehen, lehnen die sich einfach zurück und sagen: ›Ui, die Amerikaner sind ja härter, als wir gedacht haben. Vielleicht sollten wir uns das mit dem Terrorismus doch noch mal überlegen?‹ Nein. Sie werden nach Rache schreien! Im gesamten Nahen Osten hat Gewalt stets Gegengewalt zur Folge. Haben Sie das noch immer nicht gelernt? Die Hisbollah hat in Beirut die Kaserne der Marines in die Luft gejagt. Und warum? Laut Colonel Geraghty, der damals das Kommando dort hatte, war es eine Reaktion auf den Beschuss des arabischen Dorfes Suq-al-Garb durch die 6. Flotte. Eine Grausamkeit zieht die nächste nach sich.«

»Dann wollen Sie also gar nichts tun?«

»Wir werden sehr wohl etwas tun, aber auf die harte Tour. Politisch. Wir werden es uns nicht einfach machen. Wir werden die Temperatur im Kessel senken, beide Seiten beruhigen und sie immer wieder an den Verhandlungstisch bringen, egal, wie oft sie weglaufen. Wir werden nicht aufgeben, und egal was passiert, wir werden die Gewalt nicht weiter anfachen.«

»Ich glaube, wir können ...«

Aber Florence war noch nicht fertig. »Dieser Plan ist kriminell. Er ist unpraktikabel. Er könnte fürchterliche Konsequenzen für den Nahen

Osten haben, und er gefährdet den Ruf der CIA, des Präsidenten und der USA. Aber es gibt da noch etwas, was diesen Plan vollkommen unmöglich macht.«

Sie legte eine rhetorische Pause ein, und Cam war gezwungen zu fragen: »Und was?«

»Der Präsident hat uns Attentate ausdrücklich verboten. ›Niemandem, der im Dienst oder im Namen der Regierung der Vereinigten Staaten handelt, ist es gestattet, Attentate zu verüben oder sich in irgendeiner Form daran zu beteiligen.‹ Executive Order 12 333. Reagan hat sie 1981 unterschrieben.«

»Ich glaube, das hat er vergessen«, sagte Cam.

*

Maria verabredete sich mit Florence Geary im Woodies, dem Kaufhaus Woodward & Lothrop in der Washingtoner Innenstadt. Sie trafen sich in der Miederabteilung. Die meisten Agenten waren Männer, und jeder Kerl, der ihnen hierher folgte, wäre aufgefallen. Vielleicht hätte man ihn sogar festgenommen.

»Ich hatte immer Größe 34A«, sagte Florence. »Jetzt ist es 36C. Was ist nur passiert?«

Maria lachte leise. Mit achtundvierzig war sie ein wenig älter als Florence. »Willkommen im Club der Frauen mittleren Alters«, sagte sie. »Ich hatte immer einen großen Hintern, aber wenigstens kleine feste Titten. Heute brauche ich starke Unterstützung.«

Während zweier Jahrzehnte in Washington hatte Maria beflissen Kontakte geknüpft und gepflegt. Sie hatte früh gelernt, wie viel – zum Guten oder zum Schlechten – durch persönliche Bekanntschaften erreicht werden konnte. Damals, als die CIA Florence als Sekretärin einsetzte, statt sich an die Zusage zu halten und sie zur Agentin auszubilden, hatte Maria von Frau zu Frau mit ihr gefühlt. Marias Kontaktpersonen waren meist weiblichen Geschlechts und stets liberal. Sie tauschte Informationen mit ihnen aus, warnte sie frühzeitig vor Schachzügen politischer Gegner und half ihnen diskret, indem sie Projekten eine höhere Priorität zuwies, die andernfalls von konservativen Männern an den Rand gedrängt worden wären. Die Männer taten mehr oder minder das Gleiche.

Beide suchten sich ein halbes Dutzend BHs und gingen sie anprobieren. Es war Dienstagmorgen, und der Umkleideraum war leer. Dennoch sprach Florence nur gedämpft. »Bud McFarlane ist mit einem Plan angekommen, der völliger Wahnsinn ist«, sagte sie, während sie sich die Bluse aufknöpfte. »Aber Bill Casey hat die CIA eingeschaltet.« Casey, ein alter Weggefährte Präsident Reagans, leitete den US-Auslandsgeheimdienst. »Und der Präsident hat eingewilligt.«

»Was für ein Plan?«

»Wir bilden Mordkommandos aus Ausländern aus, die in Beirut Terroristen töten sollen. Sie nennen es präemptive Terrorabwehr.«

Maria war entsetzt. »Aber das ist nach den Gesetzen der USA ein Verbrechen. Wenn diese Leute Erfolg haben, sind McFarlane, Casey und Reagan rechtlich gesehen Mörder.«

»Genau.«

Die beiden Frauen zogen die BHs aus und stellten sich nebeneinander vor den Spiegel.

»Siehst du?«, fragte Florence. »Sie haben dieses kess-bittende Aussehen verloren.«

»Bei mir auch.«

Früher einmal, überlegte Maria, wäre es ihr furchtbar peinlich gewesen, so etwas mit einer Weißen zu tun. Vielleicht änderten sich die Dinge tatsächlich.

Sie begannen mit der Anprobe der Büstenhalter.

»Hat Casey eigentlich die Geheimdienstausschüsse informiert?«, fragte Maria.

»Nein. Reagan hat entschieden, nur die Vorsitzenden der beiden Ausschüsse und ihre Stellvertreter zu informieren. Außerdem die Fraktionsführer von Republikanern und Demokraten in Repräsentantenhaus und Senat.«

Das erklärte, wieso George Jakes nichts von der Operation gehört hatte. Reagan hatte einen klugen Schachzug gemacht, das musste Maria ihm lassen. In den Geheimdienstausschüssen saß eine Quote von Liberalen, damit wenigstens ein paar kritische Fragen gestellt wurden. Reagan hatte eine Möglichkeit gefunden, die Kritiker zu umgehen und nur diejenigen zu informieren, von denen er wusste, dass sie zustimmen würden.

»Eines dieser Teams ist im Moment hier in den Staaten«, sagte Florence. »Zu einem zweiwöchigen Ausbildungskurs.«

»Also ist die ganze Sache schon recht weit gediehen.«

»Ja.« Florence betrachtete sich in einem schwarzen BH. »Mein Frank freut sich, dass meine Brüste anders geworden sind. Er wollte immer eine Frau mit dicken Titten. Er behauptet, er dankt Gott dafür, wenn er in die Kirche geht.«

Maria lachte. »Du hast einen netten Mann. Ich hoffe, er mag deine neuen BHs.«

»Und was ist mit dir? Wer weiß deine Unterwäsche zu schätzen?«

»Du kennst mich doch, ich bin eine Karrierefrau.«

»Warst du das immer?«

»Es gab mal jemanden, aber das ist lange her. Er ist tot.«

»Das tut mir leid. Und seitdem gab es niemanden mehr?«

Maria zögerte kaum. »Ein Beinahetreffer. Weißt du, ich mag Männer, und ich mag Sex, aber ich bin nicht bereit, mein ganzes Leben aufzugeben und zum Anhängsel von irgendeinem Kerl zu werden. Dein Frank begreift das offenbar, aber seine Sorte ist selten.«

Florence nickte. »Da hast du recht, Süße.«

Maria runzelte die Stirn. »Was soll ich wegen dieser Mordkommandos unternehmen?«

»Unternehmen sollst du im Moment gar nichts. Der Plan ist nach wie vor eine dumme Idee und wird vielleicht im Keim erstickt. Ich möchte nur, dass jemand außerhalb der Geheimdienstkreise davon weiß. Wenn die Kacke zu dampfen anfängt und Reagan über Mord so lügt wie Nixon über Einbruch, kennst wenigstens du die Wahrheit.«

»Und bis dahin beten wir einfach, dass es nie so weit kommt.«

»Amen.«

*

»Wir haben unser erstes Ziel ausgewählt«, sagte Tim Tedder zu Cam. »Wir nehmen uns den Chef vor.«

»Fadlallah?«

»Höchstpersönlich.«

Cam nickte. Muhammad Hussein Fadlallah war ein führender muslimischer Gelehrter und Großayatollah. In seinen Predigten rief er zum bewaffneten Widerstand gegen die israelische Besetzung des Libanons auf. Die Hisbollah ließ verlauten, Fadlallah sei eine Inspiration für sie, mehr nicht, doch die CIA war fest davon überzeugt, dass Fadlallah der Kopf hinter den Entführungen war. Cam würde es genießen, ihn auszuschalten.

Er und Tim saßen in Cams Büro in Langley. Auf seinem Schreibtisch stand ein Foto von ihm und Präsident Nixon. Langley war einer der wenigen Orte in den USA, wo man noch stolz darauf sein konnte, für Nixon gearbeitet zu haben.

»Plant Fadlallah weitere Entführungen?«, fragte Cam.

»Plant der Papst mehr Taufen?«, entgegnete Tim.

»Was ist mit dem Team? Sind die Männer vertrauenswürdig? Haben wir sie unter Kontrolle?« Florence Grearys Bedenken waren überstimmt worden, aber sie hatte nicht ganz unrecht gehabt, und jetzt erinnerte Cam sich an ihre Worte.

Tim seufzte. »Cam, wenn das vertrauenswürdige, verantwortungsbewusste und gesetzestreue Männer wären, könnte man sie nicht als Mörder anheuern. Aber sie sind so zuverlässig, wie solche Leute eben sein können. Und im Augenblick haben wir sie mehr oder weniger unter Kontrolle.«

»Nun, wenigstens finanzieren wir sie nicht. Ich habe mir das Geld von den Saudis besorgt: drei Millionen Dollar.«

Tim hob die Augenbrauen. »Das war clever.«

»Danke.«

»Wir sollten vielleicht darüber nachdenken, das Ganze auch formell dem saudischen Nachrichtendienst zu unterstellen. Dann wären wir wirklich auf der sicheren Seite.«

»Gute Idee. Aber selbst dann brauchen wir eine Coverstory, wenn Fadlallah tot ist.«

Tim dachte kurz nach und sagte dann: »Lass uns Israel die Schuld daran geben.«

»Ja, das passt.«

»Dem Mossad traut jeder so was zu.«

Cam runzelte die Stirn. »Ich mache mir noch immer Sorgen. Wenn ich doch nur wüsste, wie genau sie das machen wollen.«

»Es ist besser, wenn du es nicht weißt.«

»Ich muss es aber wissen. Womöglich muss ich in den Libanon, um mir das anzuschauen.«

»Wenn du das tust«, sagte Tim, »dann sei vorsichtig.«

*

Cam lieh sich einen weißen Toyota Corolla und fuhr vom Stadtzentrum Beiruts in Richtung Süden in das größtenteils von Muslimen bewohnte Stadtviertel Bir-El-Abed. Es war ein Dschungel von Mietskasernen aus Beton, dazwischen ein paar schöne Moscheen in kleinen Parks mit den für das Land typischen Zedern. Der Libanon war arm, aber auf den schmalen Straßen herrschte dichter Verkehr, und die Läden und Marktstände wurden von Menschen belagert. Es war heiß, und der Toyota hatte keine Klimaanlage. Trotzdem fuhr Cam aus Angst vor Kontakt mit der widerspenstigen Bevölkerung mit geschlossenem Fenster.

Cam hatte dieses Viertel schon einmal besucht, zusammen mit einem CIA-Mann, und so fand er nun rasch die Straße, in der Ayatollah Fadlallah lebte. Langsam fuhr Cam an dem hohen Wohnblock vorbei und parkte hundert Meter vom Gebäude entfernt auf der anderen Straßenseite.

An dieser Straße befanden sich noch weitere Wohnhäuser, ein Kino und, am wichtigsten, eine Moschee. Jeden Nachmittag ging Fadlallah von seiner Wohnung zum Beten dorthin.

Bei dieser Gelegenheit wollten sie ihn töten.

Bitte, lass es gut gehen, betete Cam.

Entlang des kurzen Straßenstücks, dem Fadlallah folgen musste, parkten die Autos Stoßstange an Stoßstange. Einer der Wagen enthielt eine Bombe. Nur wusste Cam nicht, welcher.

Und irgendwo stand der Mann mit dem Zünder, beobachtete wie Cam die Straße und wartete auf den Ayatollah. Cam ließ den Blick über die Autos und die darüberliegenden Fenster schweifen. Niemand fiel ihm auf. Das war gut. Der Mörder hatte sich versteckt.

Die Saudis hatten Cam versichert, dass bei dem Attentat keine Unschuldigen zu Schaden kommen würden. Fadlallah war allerdings immer von Leibwächtern umgeben. Einige von denen würden verletzt werden, das blieb nicht aus, aber sie hielten Passanten stets von ihrem Anführer fern.

Cam machte sich Sorgen, dass man die Wirkung der Bombe nicht so genau berechnen konnte, aber egal. Im Krieg waren Kollateralschäden nun mal nicht zu vermeiden, so zynisch sich das anhörte. Man denke nur an die japanischen Frauen und Kinder, die in Hiroshima und Nagasaki ums Leben gekommen waren. Natürlich hatten sich die Vereinigten Staaten damals im Krieg mit Japan befunden, und im Libanon war das nicht der Fall, doch für Cam bestand da im Prinzip kein Unterschied. Wenn eine Handvoll Passanten ein paar Kratzer davontrug, rechtfertigte in seinen Augen der Zweck immer noch die Mittel.

Trotzdem, die Zahl der Fußgänger auf der Straße bereitete ihm Kopfzerbrechen. Eine Autobombe war eher für abgelegene Orte geeignet. Hier wäre ein Scharfschütze die bessere Wahl gewesen.

Doch jetzt war es zu spät für solche Überlegungen.

Cam schaute auf die Uhr. Fadlallah war spät dran. Das war beunruhigend. Cam wünschte, er würde sich beeilen.

Auf der Straße schienen ungewöhnlich viele Frauen und Kinder zu sein, und Cam fragte sich nach dem Grund. Eine Minute später erkannte er, dass sie aus der Moschee kamen. Dort musste eine spezielle Veranstaltung für Frauen stattgefunden haben, das muslimische Äquivalent zu einer Mutter-Kind-Gruppe. Unglücklicherweise verstopften sie die verdammte Straße. Das Team würde die Aktion abbrechen müssen.

Jetzt hoffte Cam, dass Fadlallah sich sogar noch mehr verspäten würde.

Erneut ließ er den Blick über die Häuser schweifen, suchte wieder nach dem Mann mit dem Zünder, und diesmal entdeckte er ihn. Er war knapp zweihundert Meter entfernt gegenüber der Moschee und stand in einem Fenster im ersten Stock. Es wäre Cam nicht aufgefallen, wäre die Sonne inzwischen nicht weitergezogen, sodass sie nun genau auf ihn fiel. Cam konnte das Gesicht des Mannes nicht sehen, erkannte aber die Körpersprache: angespannt, wartend, ängstlich, beide Hände an etwas, das wie ein Transistorradio aussah.

Immer mehr Frauen kamen aus der Moschee, einige mit Kopftuch, andere voll verschleiert. Sie gingen dicht gedrängt in beide Richtungen über den Bürgersteig.

Du lieber Himmel, hoffentlich sind sie bald weg, dachte Cam.

Er schaute zu Fadlallahs Haus und sah zu seinem Entsetzen, dass der Ayatollah just in diesem Augenblick das Haus verließ, gefolgt von sechs, sieben Männern.

Fadlallah war ein kleiner alter Mann mit langem weißen Bart. Er trug einen runden schwarzen Turban und ein weißes Gewand. Sein Gesicht hatte einen wachsamen, intelligenten Ausdruck. Er lächelte, als einer seiner Gefährten etwas zu ihm sagte.

»Nein«, sagte Cam laut. »Nicht jetzt. Nicht jetzt!«

Er schaute die Straße hinunter. Die Bürgersteige waren noch immer voller Frauen und Mädchen, die nach dem Gebet munter plapperten und lachten. Sie hatten ihre Pflicht getan; ihre Seelen waren gereinigt, nun waren sie wieder für den Alltag bereit. Sicher freuten sie sich schon auf den Abend, der vor ihnen lag, auf das Abendessen, das Gespräch mit ihren Familien und all die anderen kleinen Freuden des Lebens.

Nur dass einige von ihnen gleich sterben würden.

Cam sprang aus dem Wagen.

Wild winkte er zu dem Fenster, in dem der Mörder lauerte, doch der Mann reagierte nicht. Das war nicht wirklich überraschend: Cam war viel zu weit weg und der Mann viel zu sehr auf Fadlallah konzentriert.

Cam schaute über die Straße. Fadlallah ging mit schnellen Schritten in

Richtung Moschee. Nur noch wenige Sekunden, dann würde eine Explosion die Luft erschüttern.

Cam rannte los, kam aber nur schlecht voran, denn er musste sich durch die Menge der Frauen drängen. Neugierige, aber auch wütende Blicke folgten ihm, dem offensichtlichen Amerikaner, der sich zwischen muslimischen Frauen hindurchzwängte. Schließlich war er auf gleicher Höhe mit Fadlallah und sah, wie einer von dessen Begleitern auf ihn deutete. Nicht mehr lange, und jemand würde ihn ansprechen.

Cam lief weiter. Für Vorsicht war jetzt keine Zeit mehr. Wenige Meter vor dem Haus mit dem Attentäter blieb er stehen, schrie, winkte. Jetzt sah er den Mann klar und deutlich. Es war ein junger Araber mit dünnem Bart und verängstigtem Gesicht. »Tu es nicht!«, brüllte Cam, wohl wissend, dass er damit sein eigenes Leben in Gefahr brachte. »Abbrechen! Abbrechen! Um Gottes willen, nein!«

Jemand packte ihn von hinten an der Schulter und redete aggressiv und in harschem Arabisch auf ihn ein.

Dann ertönte ein fürchterlicher Knall.

Cam wurde zu Boden geschleudert.

Er konnte kaum noch atmen, als hätte jemand ihm einen Hammer gegen die Brust geschmettert. Sein Kopf schmerzte. Er hörte Schreie, Fluchen und das Poltern herabstürzender Trümmer. Cam rollte sich herum, schnappte nach Luft, rappelte sich auf. Er lebte, und so weit er sagen konnte, war er nicht verletzt. Ein Araber lag reglos zu seinen Füßen. Vermutlich war es der Mann, der ihn gepackt hatte. Er hatte die volle Wucht der Explosion abbekommen und Cam dadurch geschützt.

Cam schaute über die Straße.

»O Gott«, stieß er hervor.

Überall lagen Leichen und Verwundete, schrecklich verdrehte Körper, zerfetzt und blutig. Jene, die nicht lagen, taumelten umher, schrien und suchten nach Angehörigen und Freunden. Einigen Opfern hatte es die weiten Gewänder vom Leib gerissen. Die Gewalt war obszön.

Die Fassaden zweier Wohnhäuser waren fast vollständig zerstört; noch immer regneten Schutt und Haushaltsgegenstände auf die Straße. Mehrere Gebäude brannten. Die Straße war voller zerstörter Autos.

Cam wusste sofort, dass die Bombe zu groß gewesen war, viel zu groß.

Dann sah er auf der anderen Seite den weißen Bart und den schwarzen Turban von Fadlallah, der von seinen Leibwächtern in ein nahe gelegenes Gebäude gescheucht wurde. Er schien unverletzt zu sein.

Die Mission war gescheitert.

Cam starrte auf das Blutbad um ihn her. Wie viele Menschen waren hier gestorben? Er schätzte fünfzig, sechzig, vielleicht siebzig. Und Hunderte waren verletzt.

Er musste weg von hier. Nicht mehr lange, und die Leute würden sich fragen, wer für dieses Gemetzel die Verantwortung trug, und obwohl Cams Gesicht verrußt und sein Anzug zerrissen war, würde man ihn sofort als Amerikaner erkennen. Er musste weg, bevor jemand auf die Idee kam, sich an ihm zu rächen.

Cam rannte zu seinem Auto. Die Scheiben waren geborsten, aber der Wagen schien noch fahrtüchtig zu sein. Er riss die Tür auf. Der Sitz war voller Glassplitter. Cam zog sein Jackett aus und wischte damit die Splitter weg. Dann, für den Fall, dass er welche übersehen hatte, legte er das Jackett auf die Sitzfläche, stieg ein und drehte den Schlüssel.

Der Motor sprang an.

Cam fuhr los, wendete und raste davon.

Deutlich erinnerte er sich daran, was Florence Greary gesagt hatte: »In jedem zivilisierten Land der Welt ist das schlicht und ergreifend *Mord*.«

Aber das hier war nicht einfach nur Mord.

Es war Massenmord.

Und Präsident Reagan trug die Verantwortung.

Präsident Reagan und Cam Dewar.

*

Auf einem kleinen Tisch im Wohnzimmer puzzelte Jack Jakes mit seiner Patentante Maria, und sein Vater schaute zu. Es war Sonntagnachmittag in Jacky Jakes' Haus in Prince George's County. Sie waren gemeinsam in der Kirche gewesen und hatten sich dann an Jackys Schweineschmorbraten in Zwiebelsoße mit Schwarzaugenbohnen gütlich getan. Anschließend hatte Maria das Puzzle ausgepackt, das sorgfältig ausgewählt war, damit es einen Fünfjährigen weder langweilte noch überforderte. Maria würde bald aufbrechen, und dann brachte George seinen Sohn zurück zu Verena. Anschließend wollte er sich ein paar Stunden mit seinen Akten an den Küchentisch setzen und die bevorstehende Woche im Kongress vorbereiten.

Doch jetzt war ein Augenblick der Ruhe ohne drängende Termine. Das Nachmittagslicht fiel auf Maria und Jack, die sich über das Puzzle beugten. George bemerkte einmal mehr, wie hübsch sein Sohn war mit seiner hohen Stirn, den weit auseinanderstehenden Augen, der niedlichen flachen Nase, dem sinnlichen Mund und dem runden, festen Kinn, alles wohlproportioniert. Er war völlig in das Puzzle vertieft, und wenn er oder Maria ein Stück richtig setzten, leuchtete es in seinem kleinen Gesicht auf. Die Beobachtung, wie der Verstand und das Wissen des Jungen Tag für Tag wuchsen, war etwas so Faszinierendes und Bewegendes, wie George es noch nie gesehen hatte – dieses tägliche Dämmern neuer Erkenntnisse, Zahlen, Buchstaben, Mechanismen, Menschen und sozialer Gruppen. Es erschien ihm wie ein Wunder und ließ seine Augen von Dankbarkeit und Ehrfurcht feucht werden.

Maria kam einmal im Monat zu Besuch. Jedes Mal brachte sie ein Geschenk mit, immer verbrachte sie Zeit mit ihrem Patenkind, las ihm geduldig vor, redete oder spielte mit ihm. Maria und Jacky hatten dem Jungen während der schweren Zeit der Scheidung seiner Eltern Halt gegeben. Ein Jahr war es nun her, dass George das gemeinsame Haus verlassen hatte. Jack wachte nicht mehr mitten in der Nacht auf und weinte. Er schien sich in sein neues Leben einzufinden – auch wenn George nicht anders konnte, als sich über die möglichen langfristigen Folgen den Kopf zu zerbrechen.

Als er und Maria das Puzzle fertig hatten, rief Jack seine Großmutter herbei. Nachdem Jacky das Werk gebührend bewundert hatte, nahm sie den Jungen zu einem Glas Milch und Plätzchen mit in die Küche.

»Danke für alles, was du für Jack tust«, sagte George zu Maria. »Du bist die großartigste Patentante aller Zeiten.«

»Das ist keine Last«, erwiderte Maria. »Es ist eine Freude.«

Im nächsten Jahr wurde Maria fünfzig. Sie würde nie ein eigenes Kind haben. Sie hatte Nichten und Neffen in Chicago, aber im Mittelpunkt ihrer mütterlichen Gefühle stand der kleine Jack.

»Ich muss mit dir reden, George«, sagte Maria. »Es ist wichtig.«

»Ja, sicher«, antwortete George, den ein ungutes Gefühl überkam.

Maria stand auf, schloss die Wohnzimmertür und setzte sich wieder. »Vorgestern, diese Autobombe in Beirut ...«

»Ja, eine schreckliche Sache«, sagte George. »Sie hat achtzig Menschen das Leben gekostet und zweihundert verletzt, vor allem Frauen und Mädchen. Was ist damit?«

»Die Bombe haben nicht die Israelis gelegt.«

»Wer dann?«

»Wir.«

»Was? Wovon redest du da?«

»Eine Terrorabwehrinitiative Präsident Reagans. Die Täter waren Libanesen, aber ausgebildet, finanziert und kontrolliert von der CIA.«

»Aber ... das Gesetz verpflichtet den Präsidenten, meinen Ausschuss über verdeckte Operationen zu informieren!«

»Ich glaube, du wirst feststellen, dass er den Vorsitzenden und dessen Stellvertreter informiert hat.«

»Himmel!«, stieß George hervor. »Bist du dir sicher?«

»Ich habe es von einem höhergestellten Beamten der CIA erfahren. Etliche altgediente CIA-Leute sind gegen das Programm, aber der Präsident hat es verlangt, und Bill Casey hat es durchgesetzt.«

»Was ist denn in sie gefahren?«, fragte sich George. »Sie haben Massenmord begangen!«

»Sie wollen unbedingt den Entführungen ein Ende machen. Sie glauben, Fadlallah steckt dahinter, und wollten ihn ausschalten.«

»Nun, das haben sie versaut.«

»Und zwar gründlich.«

»Das muss an die Öffentlichkeit.«

»Ganz meine Meinung.«

Jacky kam herein. »Unser junger Mann ist bereit für die Rückkehr zu seiner Mutter.«

»Ich komme.« George stand auf. »Alles klar«, sagte er zu Maria. »Ich kümmere mich darum.«

»Danke.«

George stieg mit Jack ins Auto und fuhr langsam auf den Vorstadtstraßen zu Verena. Neben ihrem roten Jaguar stand Jasper Murrays bronzefarbener Cadillac vor der Garage. Offenbar war Jasper bei ihr. Das käme George sehr gelegen.

Verena kam in einem schwarzen T-Shirt und ausgebleichten Bluejeans an die Tür und ließ ihn und Jack ein. Während sie mit dem Jungen im Badezimmer verschwand, kam Jasper aus der Küche. Bei seinem Anblick stellte George sich wieder einmal die Frage, wieso Verena ihm diesen Mann vorzog. Jasper strahlte Härte und Rücksichtslosigkeit aus. George hatte die Frage seiner Mutter gestellt, und Jacky hatte geantwortete: »Jasper ist ein Fernsehstar. Verenas Vater ist ein Filmstar. Sie hat sieben Jahre für Martin Luther King gearbeitet, den Star der Bürgerrechtsbewegung. Vielleicht hat sie das Bedürfnis, dass ihr Mann ein Star ist.«

George nickte Jasper zu. »Gut, dass Sie da sind«, sagte er. »Ich muss Sie kurz sprechen.«

Jasper musterte ihn argwöhnisch. »In Ordnung.«

»Gehen wir in ...«, George hätte beinahe »mein Arbeitszimmer« gesagt, »ins Arbeitszimmer?«

»Okay.«

Es versetzte ihm einen Stich, als er sah, dass Jaspers Schreibmaschine auf seinem alten Schreibtisch stand; daneben lag ein Stapel Nachschlagewerke, die ein Journalist bei der Arbeit brauchte: *Wer ist wer in Amerika, Atlas der Welt, Pears Cyclopedia, Almanach der amerikanischen Politik.*

Das Arbeitszimmer war ein kleiner Raum mit einem Sessel. Keiner der beiden Männer machte Anstalten, sich an den Schreibtisch zu setzen. Nach kurzem verlegenen Zögern zog Jasper den Schreibtischstuhl vor und stellte ihn dem Sessel gegenüber. Beide nahmen Platz.

George berichtete ihm, was Maria ihm gesagt hatte, ohne ihren Namen zu nennen.

»Mann, das ist pures Dynamit!«, sagte Jasper, als George geendet hatte. »Sind Sie sicher, was die Zuverlässigkeit Ihrer Quelle betrifft?«

»Es ist die gleiche Quelle wie bei den anderen Storys, die ich Ihnen verschafft habe. Absolut vertrauenswürdig.«

»Das macht Präsident Reagan zum Massenmörder.«

»Ja«, sagte George. »Ich weiß.«

KAPITEL 58

An diesem Sonntag, als Jackie, George, Maria und der kleine Jack in der Kirche waren und »Shall We Gather at the River« sangen, starb in Moskau Konstantin Tschernenko.

Es geschah um 19.20 Uhr Moskauer Zeit. Dimka und Natalja waren zu Hause und aßen Bohnensuppe mit Katja, ihrer fünfzehnjährigen Tochter, sowie Grischka, Dimkas Sohn, der mit seinen einundzwanzig Jahren bereits studierte.

Das Telefon klingelte um halb acht. Natalja hob ab. Kaum hatte sie »Hallo, Andrej« gesagt, wusste Dimka, was passiert war.

Tschernenko war bereits ein todkranker Mann gewesen, als er vor knapp dreizehn Monaten zum Generalsekretär gewählt worden war. Vor Kurzem war er mit Leberzirrhose und Lungenemphysem ins Krankenhaus eingeliefert worden. Ganz Moskau wartete ungeduldig darauf, dass er endlich das Zeitliche segnete. Natalja hatte Andrej bestochen, einen Pfleger, sie sofort anzurufen, wenn Tschernenko seinen letzten Atemzug getan hatte.

Jetzt legte sie auf. »Er ist tot«, verkündete sie.

Es war ein Augenblick der Hoffnung. Zum dritten Mal in weniger als drei Jahren war einer von der alten Garde gestorben. Erneut bot sich die Chance, einen jungen Nachfolger an die Macht zu hieven, der die Sowjetunion endlich in das Land verwandeln würde, das Dimka sich für seine Kinder erträumte.

Doch zweimal hatte sich diese Hoffnung bereits zerschlagen. Würde es diesmal wieder so sein?

Dimka schob seinen Teller weg. »Wir müssen handeln«, sagte er. »Sofort. Die Nachfolgefrage wird in den nächsten paar Stunden entschieden.«

Natalja nickte. »Jetzt zählt nur, wer die nächste Politbürositzung leitet.«

Dimka sah es genauso. So lief es nun mal: Sobald einer der Aspiranten einen Vorsprung hatte, egal, wie klein, machten die Mitbewerber einen Rückzieher.

Michail Gorbatschow war der Zweite Sekretär und damit offiziell Tschernenkos Stellvertreter. Allerdings hatte die alte Garde seine Beförderung auf diesen Posten mit Argusaugen verfolgt. Sie zogen den Parteichef von Moskau vor, Viktor Grischin, siebzig Jahre alt und alles andere als ein Reformer. Gorbatschow hatte die Wahl mit nur einer Stimme Vorsprung gewonnen.

Dimka und Natalja standen auf und gingen ins Schlafzimmer. Sie wollten nicht vor den Kindern diskutieren. Dimka stand am Fenster und schaute hinaus auf die Lichter der Stadt, während Natalja sich auf das Bett setzte. Sie hatten nicht viel Zeit.

»Nun, da Tschernenko tot ist«, sagte Dimka, »hat das Politbüro genau zehn Vollmitglieder, Gorbatschow und Grischin eingeschlossen.« Die Vollmitglieder bildeten den inneren Kreis der Macht in der Sowjetunion. »Wenn ich mich nicht verrechnet habe, herrscht Gleichstand. Gorbatschow hat vier Unterstützer, Grischin ebenfalls.«

»Aber sie sind nicht alle in der Stadt«, gab Natalja zu bedenken. »Zwei von Grischins Männern sind unterwegs. Der eine ist in den Vereinigten Staaten, der andere, Kunajew, ist daheim in Kasachstan, fünf Flugstunden entfernt.«

»Und einer von Gorbatschows Männern, Worotnikow, ist in Jugoslawien.«

»Trotzdem hätten wir damit eine Mehrheit von drei zu zwei, zumindest für die nächsten Stunden.«

»Gorbatschow muss die Vollmitglieder noch heute Abend zusammenrufen. Ich werde ihm einen Vorschlag machen. Er muss die anderen auffordern, Tschernenkos Beerdigung zu planen. Dann kann er den Vorsitz führen. Hat er den erst einmal, wird er der nächste Generalsekretär.«

Natalja nickte. »Du hast recht, aber ich würde lieber auf Nummer sicher gehen. Ich will nicht, dass die anderen morgen einfliegen und alles für ungültig erklären, was besprochen wurde, weil sie nicht dabei waren.«

Dimka dachte kurz nach. »Gut. Ich weiß nicht, was wir sonst noch tun könnten«, sagte er schließlich. Er rief Gorbatschow vom Schlafzimmertelefon aus an. Gorbatschow wusste bereits, dass Tschernenko tot war – auch er hatte seine Spitzel. Er stimmte Dimka zu, dass das Politbüro sofort zusammengerufen werden müsse.

Dimka und Natalja zogen ihre dicken Wintermäntel an und fuhren zum Kreml.

Eine Stunde später versammelten sich die mächtigsten Männer der Sowjetunion. Dimka machte sich noch immer Sorgen. Gorbatschows Anhänger durften keinen Schritt zurückweichen, wollten sie ihn unwiderruflich zum Generalsekretär machen.

Kurz vor der Sitzung zog Gorbatschow ein Ass aus dem Ärmel. Er ging zu Viktor Grischin, seinem Erzrivalen, und sagte förmlich: »Viktor Wassiliewitsch, würden Sie bei dieser Sitzung gerne den Vorsitz übernehmen?«

Dimka, der nahe genug stand, um alles zu hören, verschlug es glatt die Sprache. Was machte Gorbatschow da? Gab er sich geschlagen?

Doch Natalja, die neben Dimka stand, lächelte triumphierend. »Brillant«, sagte sie und nickte anerkennend. »Wenn Grischin sich um den Vorsitz bewirbt, werden die anderen ihn ablehnen. Das ist kein Angebot, das ist eine Falle.«

Grischin kam offensichtlich zu dem gleichen Schluss. »Nein, Genosse Gorbatschow«, sagte er. »Sie sollten den Vorsitz fuhren.«

Dimka erkannte voller Freude, dass Gorbatschow gesiegt hatte. Nun, da Grischin abgelehnt hatte, konnte er seine Meinung kaum mehr ändern und morgen, wenn seine Unterstützer da waren, den Vorsitz verlangen. Sollte er es dennoch versuchen, würde man ihm vorhalten, er habe bereits abgelehnt; protestierte er, würde man ihn als Zauderer betrachten.

Dimka lächelte.

Jetzt *musste* Gorbatschow Generalsekretär werden.

Und genauso kam es.

*

Als Tanja nach Hause kam, konnte sie es kaum erwarten, Wassili von ihrem Plan zu erzählen.

Seit zwei Jahren lebten sie nun mehr oder weniger offiziell zusammen, waren aber nicht verheiratet, und das hatte seinen Grund: Als Paar würde man ihnen nie gestatten, die UdSSR gemeinsam zu verlassen. Und sie waren fest entschlossen, aus dem Sowjetreich zu fliehen. Beide fühlten sich hier gefangen.

Tanja schrieb nach wie vor linientreue Artikel für die TASS, und Wassili war inzwischen Produzent einer Fernsehserie über tapfere KGB-Agenten, die dämlichen amerikanischen Spionen das Handwerk legten. Doch beide sehnten sich danach, der Welt zu sagen, dass Wassili der gefeierte Romanautor Iwan Kusnetsow war, dessen neuester Roman *Das Altenheim*, eine brutale Satire über Breschnew, Andropow und Tschernenko, die Bestsellerlisten im Westen stürmte. Manchmal sagte Wassili, das Wichtigste sei, dass er die Wahrheit über die Sowjetunion geschrieben habe und dass seine Geschichten auf der ganzen Welt gelesen wurden.

Doch Tanja wusste, dass er der Welt außerdem sagen wollte, dass er der Autor war. Er wollte stolz auf seine Arbeit sein und sich nicht mehr verstecken müssen.

Doch obwohl Tanja vor Enthusiasmus schier platzte, machte sie erst das Küchenradio an, bevor sie etwas sagte. Sie glaubte zwar nicht, dass ihre Wohnung verwanzt war, aber die Macht der Gewohnheit war stärker. Außerdem gab es keinen Grund, ein unnötiges Risiko einzugehen.

Ein Nachrichtensprecher berichtete soeben von einem Besuch Gorbatschows und seiner Frau in einer Jeansfabrik in Leningrad. Tanja bemerkte den Unterschied sofort. Die alten Sowjetführer hätten eher Stahlwerke oder Werften besucht. Gorbatschow hingegen zog Konsumgüter vor. Sowjetische Manufakturen müssten genauso gut sein wie die im Westen, sagte er immer. Das wäre seinen Vorgängern im Traum nicht eingefallen.

Außerdem nahm er seine Frau mit. Im Gegensatz zu den Ehefrauen der alten Parteibonzen war Raissa Gorbatschowa nicht nur ein Anhängsel. Sie war attraktiv und stets gut gekleidet, wie eine amerikanische First Lady. Und sie war intelligent. Bis zur Ernennung ihres Mannes zum Generalsekretär hatte sie als Dozentin an der Universität gearbeitet.

Dies alles machte zwar Hoffnung, blieb aber größtenteils symbolisch. Ob sich etwas daraus ergab, hing vor allem vom Westen ab. Wenn die Deutschen und Amerikaner die Liberalisierung in der Sowjetunion anerkannten und die Veränderungen förderten, konnte Gorbatschow tatsächlich etwas bewirken. Doch wenn die Falken in Bonn und Washington dies als Schwäche auslegten und sich aggressiv zeigten, könnte die sowjetische Elite sich wieder in ihren ultraorthodoxen Schildkrötenpanzer zurückziehen, und Gorbatschow landete neben Kossygin und Chruschtschow auf dem Friedhof gescheiterter Reformer.

»In Neapel findet eine Konferenz für Drehbuchautoren statt«, sagte Tanja zu Wassili, während das Radio im Hintergrund weiterlief.

»Ah!« Wassili verstand sofort. In Neapel hatte man einen kommunistischen Bürgermeister gewählt.

Sie setzten sich zusammen auf die Couch. »Sie wollen Autoren aus dem gesamten Sowjetblock einladen, um zu beweisen, dass man nicht nur in Hollywood gutes Fernsehen machen kann.«

»Stimmt ja auch.«

»Und du bist der erfolgreichste Fernsehautor der UdSSR. Du solltest fahren.«

»Der Schriftstellerverband wird entscheiden, wer die Glücklichen sind.«

»Aber nicht, ohne vorher den KGB konsultiert zu haben.«

»Glaubst du, ich habe eine Chance?«

»Bewirb dich einfach, und ich sage Dimka, er soll ein gutes Wort für dich einlegen.«

»Wirst du auch kommen?«

»Ich werde Daniil bitten, mich von der Konferenz berichten zu lassen.«

»Und dann sind wir beide in der freien Welt.«

»Ja.«

»Und wie soll es dann weitergehen?«

»Von unserem Hotelzimmer könnten wir Anna anrufen. Sobald sie erfährt, dass wir in Italien sind, wird sie sich ins nächste Flugzeug setzen und zu uns kommen. Den KGB-Aufpassern entkommen wir schon. Dann fahren wir mit Anna nach Rom. Sie wird der Welt verkünden, dass Iwan Kusnetsow in Wahrheit Wassili Jenkow ist, und er und seine Freundin werden in Großbritannien um politisches Asyl bitten.«

»Glaubst du, das klappt wirklich?«, fragte Wassili nach längerem Schweigen. Er klang skeptisch, beinahe ungläubig wie ein Kind.

Tanja nahm seine Hände. »Ich weiß es nicht, aber ich will es unbedingt versuchen.«

*

Dimka hatte jetzt ein großes Büro im Kreml, einen Schreibtisch mit zwei Telefonen, einen kleinen Konferenztisch und ein paar Sofas vor einem Kamin. An der Wand hing ein Druck des berühmten sowjetischen Gemäldes »Die Mobilisierung gegen Judenitsch in der Putilow-Maschinenfabrik.«

Dimkas Gast war Frederik Bíró, ein ungarischer Minister mit fortschrittlichen Ideen. Er war zwei, drei Jahre älter als Dimka, sah aber verängstigt aus, als er sich auf die Couch setzte und Dimkas Sekretärin um ein Glas Wasser bat. »Muss ich mit einem Tadel rechnen?«, fragte er und lächelte gezwungen.

»Warum fragen Sie das?«

»Ich gehöre einer Gruppe von Männern an, die der Meinung sind, dass die ungarischen Kommunisten die Karre in den Dreck gefahren haben. Das ist kein Geheimnis.«

»Ich habe nicht die Absicht, Sie dafür oder für sonst etwas zu tadeln.«

»Wollen Sie mich loben?«

»Auch das nicht. Ich nehme an, Sie und Ihre Freunde werden eine neue Regierung in Ungarn bilden, sobald Kádár stirbt oder zurücktritt, und ich wünsche Ihnen Glück. Aber auch das ist nicht der Grund, weshalb ich Sie gerufen habe.«

Bíró stellte das Glas ab, ohne einen Schluck getrunken zu haben. »Jetzt bekomme ich wirklich Angst.«

»Dann will ich Sie beruhigen. Gorbatschow geht es vor allem um die Verbesserung der sowjetischen Wirtschaft durch Reduzierung der Militärausgaben und Erhöhung der Produktion von Konsumgütern.«

»Ein großartiger Plan«, sagte Bíró misstrauisch. »Viele Leute würden das auch gern in Ungarn tun.«

»Unser einziges Problem ist, dass es nicht funktioniert. Um genauer zu sein: Es funktioniert nicht schnell genug, was auf das Gleiche hinausläuft. Die Sowjetunion ist pleite, bankrott. Der Grund für die gegenwärtige Krise ist der fallende Ölpreis, aber wir haben auch ein langfristiges Problem: die schlechte Leistung der Planwirtschaft. Und dieses Problem ist viel zu schwerwiegend, als dass man es lösen könnte, indem man weniger Raketen und mehr Jeans bestellt.«

»Und was *ist* die Lösung?«

»Wir werden Sie nicht mehr subventionieren.«

»Ungarn?«

»Alle osteuropäischen Staaten. Sie haben Ihren Lebensstandard nie selbst finanzieren müssen. Das haben wir getan, indem wir Ihnen Öl und andere Rohstoffe weit unter Marktwert verkauft haben. Im Gegenzug haben wir Ihnen Ihre Schrottprodukte abgekauft, die sonst niemand haben will.«

»Das stimmt«, musste Bíró zugeben. »Aber nur so bleibt die Bevölkerung ruhig und die Kommunistische Partei an der Macht. Wenn der Lebensstandard sinkt, dauert es nicht lange, und die Leute fragen sich, warum sie Kommunisten bleiben sollten.«

»Ich weiß.«

»Und was sollen wir dann tun?«

Dimka zuckte mit den Schultern. »Das ist nicht mein Problem, sondern Ihres.«

»Was?« Bíró starrte Dimka ungläubig an. »Wovon reden Sie?«

»Dass Sie selbst eine Lösung werden finden müssen.«

»Und was, wenn dem Kreml diese Lösung nicht gefällt?«

»Egal«, antwortete Dimka. »Sie sind jetzt auf sich allein gestellt.«

Bíró schnaubte verächtlich. »Wollen Sie mir damit sagen, dass vierzig

Jahre sowjetischer Herrschaft über Osteuropa einfach so zu Ende sind, und dass wir unabhängig werden?«

»Genau.«

Bíró schaute Dimka lange in die Augen. Dann sagte er: »Das glaube ich Ihnen nicht.«

*

Tanja und Wassili fuhren ins Krankenhaus, um Tanjas Tante Zoja zu besuchen, die Physikerin. Zoja war vierundsiebzig Jahre alt und litt an Brustkrebs. Als Frau eines Generals hatte sie ein Privatzimmer. Es durften nur jeweils zwei Besucher hinein, also warteten Tanja und Wassili mit dem Rest der Familie draußen.

Nach einer Weile kam Onkel Wolodja heraus. Er klammerte sich an den Arm seines neununddreißig Jahre alten Sohns Kotja. Wolodja, einst ein starker Mann und Kriegsheld, war hilflos wie ein Kind. Er ließ sich von Kotja zu einem Stuhl führen und schluchzte in ein Taschentuch. Er und Zoja waren seit vierzig Jahren verheiratet.

Dann ging Tanja mit ihrer Cousine Galina ins Zimmer, Wolodjas und Zojas Tochter. Das Aussehen ihrer Tante erschreckte sie. Zoja war einst unglaublich schön gewesen, auch mit sechzig Jahren noch, nun aber war sie spindeldürr, fast kahl und offensichtlich nur noch wenige Stunden vom Tod entfernt. Allerdings schlief sie immer wieder kurz ein und schien nicht zu leiden. Tanja vermutete, dass sie unter Opiaten stand.

»Wolodja ist nach dem Krieg in die USA gegangen, um herauszufinden, wie die Amerikaner die Hiroshimabombe gebaut haben«, sagte Zoja, die unter Einfluss der Droge keine Geheimnisse mehr kannte. Tanja überlegte, ob sie ihr sagen sollte, lieber zu schweigen, kam dann aber zu dem Schluss, dass diese Geheimnisse ohnehin niemanden mehr interessierten. »Damals hat er mir einen Katalog von Sears Roebuck mitgebracht«, fuhr Zoja fort, und die Erinnerung ließ sie lächeln. »Er war voller wunderbarer Dinge, die in Amerika jeder kaufen konnte ... Kleider, Fahrräder, Schallplatten, warme Kindermäntel, sogar Traktoren für Bauern. Ich hätte es nicht geglaubt. Ich hätte es für kapitalistische Propaganda gehalten. Aber Wolodja war da und hat es gesehen. Seitdem wollte ich immer nach Amerika. Ich wollte diesen Überfluss mit eigenen Augen sehen. Aber ich glaube nicht, dass ich das noch schaffe.« Sie schloss die Augen. »Ach, egal«, flüsterte sie und schien wieder einzuschlafen.

Nach ein paar Minuten gingen Tanja und Galina hinaus, und die beiden Enkel nahmen ihre Plätze ein.

Dimka war inzwischen eingetroffen und hatte sich zu den Wartenden gesellt. Er nahm Tanja und Wassili zur Seite und sagte leise zu Wassili: »Ich habe dich für die Konferenz in Neapel empfohlen.«

»Danke ...«

»Dank mir lieber nicht. Es hat nicht geklappt. Ich hatte heute ein äußerst unangenehmes Gespräch mit Jewgeni Filipow. Er hat jetzt das Sagen, was so etwas betrifft, und er weiß, dass du wegen antisozialistischer Umtriebe in Sibirien warst.«

»Aber Wassili ist rehabilitiert«, warf Tanja ein.

»Auch das weiß Filipow. Eine Rehabilitierung sei eine Sache, hat er gesagt, ins Ausland zu fahren eine andere. Das käme nicht infrage.« Dimka legte Tanja die Hand auf den Arm. »Tut mir leid, Schwesterchen.«

»Dann sitzen wir hier also fest«, seufzte Tanja.

»Ein Flugblatt bei einer Dichterlesung«, sagte Wassili verbittert, »und das vor einem Vierteljahrhundert, und ich werde immer noch dafür bestraft. Wir reden uns immer wieder ein, dass unser Land sich verändert, aber so ist es nicht.«

»Stimmt.« Tanja nickte. »Genau wie Tante Zoja werden auch wir die Welt da draußen niemals sehen.«

»An eurer Stelle wäre ich mir da nicht so sicher«, sagte Dimka.

An das

Kom... ...er Bereitschaftsp...
...ativ
...nt Z i t s c h o...

...waffengebräuche bei /Gre...
...zdurchbrüche in der Zei...
...efonische Anwei...ng vom 17.

...t	Warnsch...	Zielschüsse...	erzielte Wirkung
19.09. – 31.08.	3	1	1 Toter
01.09. – 10.09.	-	-	
11.09. – 20.09.	6	3	2 Verletzte
21.09. – 30.09.	29	10	3 Verletzte
			29 Festnahmen
01.10. – 10.10.	12		1 Toter
			2 Verletz...
			11 Festnah...
			2 Tote...

ZEHNTER TEIL

DIE MAUER
1988 bis 1989

KAPITEL 59

Im Herbst 1988 wurde Jasper Murray gefeuert.

Er war nicht überrascht. Die Atmosphäre in Washington hatte sich verändert. Präsident Reagan blieb populär, obwohl er Straftaten zugegeben hatte, die erheblich schwerer wogen als die Verbrechen, die Nixon zum Verhängnis geworden waren: Er hatte den Terrorismus in Nicaragua finanziert, mit dem Iran Waffen gegen Geiseln getauscht und auf den Straßen Beiruts Frauen und Kinder in verstümmelte Leichen verwandelt. Reagans Mitwisser, Vizepräsident George H.W. Bush, hatte beste Aussichten, der nächste Präsident zu werden.

Die Zeiten hatten sich geändert. Wer den Präsidenten herausforderte und ihn bei Lug und Trug erwischte, war kein Held mehr wie in den Siebzigerjahren, sondern galt als illoyal, sogar antiamerikanisch. Deshalb war Jasper von dem Rausschmiss nicht geschockt, aber tief gekränkt. Vor über zwanzig Jahren war er zu *This Day* gekommen und hatte es zu einer renommierten und geachteten Nachrichtensendung gemacht. Gefeuert zu werden, erschien ihm geradezu als Leugnung seines Lebenswerks. Die großzügige Abfindung konnte den Schmerz nicht lindern.

Vermutlich hätte er am Ende seiner letzten Sendung keinen Witz über Reagan machen sollen. Nachdem er dem Publikum mitgeteilt hatte, dass er den Sender verließ, hatte er hinzugefügt: »Und vergessen Sie nicht: Wenn der Präsident Ihnen sagt, es regnet, und dabei sehr, sehr ehrlich aussieht – schauen Sie trotzdem aus dem Fenster, nur um sicherzugehen.« Frank Lindeman hatte getobt.

Jaspers Kollegen gaben eine Abschiedsparty im Old Ebbitt Grill, zu der fast jeder Washingtoner Macher erschien. An die Theke gelehnt hielt Jasper am späten Abend eine Ansprache. Verletzt, traurig und trotzig sagte er: »Ich liebe dieses Land. Ich habe mich in dieses Land verliebt, als ich 1963 zum ersten Mal hierherkam. Ich liebe es, weil es frei ist. Meine Mutter ist aus Nazideutschland geflohen, der Rest ihrer Familie hat es nicht geschafft. Nach der Machtergreifung hat Hitler als Erstes die Presse in seine Gewalt gebracht und sie der Regierung gefügig gemacht. Lenin hatte das Gleiche getan.« Jasper hatte ein paar Glas Wein getrunken; deshalb war er offener als sonst. »Amerika ist frei, weil es respektlose Zeitungen und Fernsehsendungen hat, die einen Präsidenten bloßstellen und beschämen, wenn er der Verfassung in den Arsch tritt.« Er hob das Glas. »Auf die freie Presse. Auf die Respektlosigkeit. Gott segne Amerika.«

Am nächsten Tag veröffentlichte Suzy Cannon, die nie widerstehen konnte, einen Mann zu treten, der am Boden lag, einen langen und hasserfüllten Querschnitt von Jaspers Leben, in dem sie andeutete, dass sowohl sein Kriegsdienst in Vietnam wie auch seine Einbürgerung nichts als verzweifelte Versuche waren, seinen ansteckenden Hass auf die Vereinigten Staaten zu kaschieren. Außerdem stellte sie ihn als rücksichtslosen Sexbesessenen dar, der Verena von George Jakes entfremdet und Cam Dewar seine Evie gestohlen hatte.

Dies hatte zur Folge, dass Jasper erhebliche Probleme hatte, einen neuen Job zu finden. Nach mehreren Wochen vergeblicher Bewerbungen bot ihm ein anderes Sendernetz endlich einen Job als Europakorrespondent an – in Bonn.

»Da findest du bestimmt etwas Besseres«, sagte Verena. Für Verlierer hatte sie nichts übrig.

»Kein Netzwerk wird mich als Moderator einstellen.«

Sie saßen spät am Abend im Wohnzimmer, hatten sich gerade die Nachrichten angeschaut und machten sich fürs Bett fertig.

»Aber Deutschland?«, fragte Verena. »Das ist doch eher ein Job für einen jungen Mann, der gerade erst die Karriereleiter hochsteigt, oder?«

»Nicht unbedingt. Osteuropa ist im Umbruch. Aus diesem Teil der Welt sind in den nächsten ein, zwei Jahren sehr interessante Storys zu erwarten.«

Verena schüttelte den Kopf. »Nein, es gibt bessere Positionen«, sagte sie. »Hat die *Washington Post* dir nicht eine eigene Kolumne angeboten?«

»Ich habe mein Leben lang für das Fernsehen gearbeitet.«

»Beim Lokalfernsehen hast du dich nicht einmal beworben. Du könntest der größte Fisch in einem kleinen Teich sein.«

»Nein, der wäre ich nicht. Beim Lokalfernsehen wäre ich ein abgehalfterter Moderator auf dem Weg nach unten.« Der Gedanke ließ Jasper schaudern. »Das mache ich auf keinen Fall.«

Verenas Gesicht nahm einen trotzigen Ausdruck an. »Aber frag mich bloß nicht, ob ich mit dir nach Deutschland komme.«

Er hatte zwar damit gerechnet, doch ihre Entschlossenheit erstaunte ihn dann doch. »Wieso nicht?«

»Du sprichst Deutsch, ich nicht.«

Jasper sprach nicht besonders gut Deutsch, aber das war nicht sein bestes Argument. »Es wäre ein Abenteuer«, sagte er.

»Bleib auf dem Teppich«, erwiderte Verena. »Ich habe einen Sohn.«

»Für Jack wäre es erst recht ein Abenteuer. Er würde zweisprachig aufwachsen.«

»George würde mich vor Gericht schleifen, um mich daran zu hindern, mit Jack aus den USA wegzuziehen. Wir haben gemeinsames Sorgerecht. Ich würde es sowieso nicht versuchen. Jack braucht seinen Vater und seine Großmutter. Und was würde aus meiner Arbeit? Ich bin erfolgreich, Jasper – ich beschäftige zwölf Leute, die Lobbyarbeit für liberale Ziele leisten. Du kannst nicht im Ernst verlangen, dass ich das aufgebe.«

»Tja, dann komme ich eben immer im Urlaub nach Hause.«

»Ist das dein Ernst? Was hätten wir denn für eine Beziehung? Wie lange würde es dauern, bis du mit einer üppigen Walküre mit blonden Zöpfen ins Bett hüpfst?«

Was Jaspers schier unstillbaren sexuellen Appetit anging, hatte Verena recht, aber er hatte sie niemals betrogen. Die Aussicht, sie plötzlich zu verlieren, erschien ihm unerträglich. »Ich kann treu sein«, sagte er verzweifelt.

Verenas Stimme wurde weicher. »Ich glaube dir ja, dass es dir ernst ist, Jasper. Aber ich weiß auch, wie du bist ... und ich weiß vor allem, wie ich selbst bin. Keiner von uns beiden würde Enthaltsamkeit lange aushalten.«

»Hör mir zu«, flehte er. »In der gesamten amerikanischen Fernsehbranche weiß man, dass ich Arbeit suche, aber ich habe nur diesen einen verdammten Job angeboten bekommen. Begreifst du denn nicht? Ich stehe mit dem Rücken zur Wand. Mir bleibt keine andere Wahl, als nach Bonn zu gehen!«

»Das verstehe ich ja, und es tut mir leid. Aber wir müssen den Tatsachen ins Auge sehen.«

Ihr Mitgefühl fand Jasper noch schlimmer als ihren Hohn. »Wie auch immer, es ist nicht für ewig«, sagte er trotzig.

»Nein?«

»Nein. Irgendwann habe ich ein Comeback.«

»In Bonn?«

»In den amerikanischen Fernsehnachrichten werden mehr Berichte über Europa an erster Stelle kommen denn je. Warte es nur ab.«

Verenas Miene wurde traurig. »Du gehst wirklich, oder?«

»Ich *muss* gehen.«

»Also gut«, sagte sie bedauernd. »Aber glaub ja nicht, dass ich auf dich warte, wenn du zurückkommst.«

Jasper war noch nie in Budapest gewesen. Als junger Mann hatte er immer nach Westen geblickt, zu den USA. Außerdem war Ungarn sein Leben lang von den grauen Wolken des Kommunismus überschattet gewesen. Doch im November 1988, als die Wirtschaft in Trümmern lag, war etwas Erstaunliches geschehen. Eine kleine Gruppe reformistischer junger Kommunisten übernahm die Regierung, und einer von ihnen, Miklós Németh, wurde Ministerpräsident. Neben anderen Veränderungen eröffnete er eine Börse.

Jasper fand das erstaunlich.

Erst sechs Monate zuvor hatte Károly Grósz, der rüpelhafte Generalsekretär der Ungarischen Sozialistischen Arbeiterpartei, der *Newsweek* gegenüber behauptet, eine Mehrparteiendemokratie sei in Ungarn »eine historische Unmöglichkeit«. Doch Németh hatte ein neues Gesetz verabschiedet, das unabhängige »politische Vereine« erlaubte.

Das war eine große Story. Aber handelte es sich dabei um dauerhafte Veränderungen, oder würde Moskau bald wieder zuschlagen?

In einem Januarsturm flog Jasper nach Budapest. Am Ufer der Donau lag dick der Schnee auf den neugotischen Türmen des gewaltigen Parlamentsgebäudes. In diesem Gebäude traf Jasper mit Németh zusammen.

An das Interview war Jasper durch Vermittlung Rebecca Helds gekommen. Obwohl er ihr vorher nie begegnet war, wusste er durch Dave Williams und Walli Franck von ihr. Kaum war er in Bonn angekommen, als er sie anrief: In Deutschland kannte er niemanden, der einer Kontaktperson näher kam als sie. Rebecca war mittlerweile ein hohes Tier im deutschen Auswärtigen Amt. Außerdem war sie eine Freundin – vielleicht sogar Geliebte, vermutete Jasper – von Frederik Bíró, einem Referenten von Miklos Németh. Bíró hatte das Interview arrangiert.

Bíró war es auch, der Jasper nun persönlich im Foyer empfing und ihn durch ein Labyrinth aus Gängen zum Büro des Ministerpräsidenten führte.

Németh war erst einundvierzig, ein kleiner Mann mit dichtem braunen Haar, das ihm als Schmachtlocke in die Stirn fiel. Sein Gesicht zeigte Intelligenz und Entschlossenheit, aber auch Unrast. Beim Interview saß er an einem Eichentisch und umgab sich nervös mit Mitarbeitern. Ohne Zweifel war er sich bewusst, dass er nicht nur zu Jasper sprach, sondern auch zur US-Regierung – und dass auch Moskau zuschaute.

Wie jeder Ministerpräsident redete er hauptsächlich in vorhersehbaren

Klischees. Schwierige Zeiten ständen bevor, sagte er, aber das Land würde auf lange Sicht gestärkt daraus hervorgehen.

Blablabla, dachte Jasper. Er brauchte etwas Besseres. Er fragte sich, ob aus den neuen politischen »Vereinen« jemals freie Parteien werden könnten.

Németh bedachte Jasper mit einem harten, entschlossenen Blick und sagte mit fester Stimme: »Das ist eines unserer höchsten Ziele.«

Jasper verbarg sein Erstaunen. Kein Land hinter dem Eisernen Vorhang hatte je unabhängige Parteien zugelassen. War es Németh wirklich ernst damit?

Jasper fragte, ob die Sozialistische Arbeiterpartei jemals ihre »Führungsrolle« in der ungarischen Gesellschaft aufgeben würde.

»Ich könnte mir vorstellen, dass der Regierungschef in zwei Jahren nicht unbedingt dem Politbüro angehören muss«, antwortete Németh.

Jasper musste an sich halten, um nicht »Herr im Himmel!« zu rufen.

Er war auf der richtigen Spur. Und jetzt war es Zeit für die große Frage: »Könnten die Sowjets intervenieren, um diese Veränderungen aufzuhalten, wie es schon 1956 geschehen ist?«

Wieder blickte Németh ihn hart und direkt an. »Gorbatschow hat den Deckel von einem kochenden Topf genommen«, sagte er dann langsam und bedächtig. »Der Dampf mag wehtun, aber die Veränderung ist nicht mehr rückgängig zu machen.«

Jasper wusste, dass er seine erste große Story als Europakorrespondent in der Tasche hatte.

*

Ein paar Tage später schaute er sich ein Videoband seines Berichts an, wie es im amerikanischen Fernsehen gesendet worden war. Rebecca Held saß neben ihm, eine selbstsichere Frau über fünfzig, freundlich, aber mit einer spürbaren Aura der Autorität.

»Ja, ich glaube, Németh meint jedes Wort ernst«, beantwortete sie Jaspers Frage.

Jasper hatte den Bericht damit beendet, dass er vor dem Parlamentsgebäude in die Kamera sprach, während Schneeflocken auf sein Haar rieselten. »In diesem osteuropäischen Land ist der Boden hart gefroren«, sagte er auf dem Bildschirm. »Doch wie stets liegt unter der Oberfläche die Frühlingssaat und wartet auf Tauwetter. Das ungarische Volk wünscht die Veränderung. Aber werden die Moskauer Oberherren das zulassen?

Miklós Németh glaubt an eine neue Toleranz im Kreml. Nur die Zeit wird zeigen, ob er recht hat.«

Das war Jaspers Schlusssatz, doch nun sah er zu seiner Überraschung, dass seinem Bericht ein weiterer Clip angehängt worden war. Ein Pressesprecher des US-Außenministers James Baker sprach mit einem unsichtbaren Interviewer. »Anzeichen der Nachgiebigkeit in der kommunistischen Haltung kann man nicht trauen«, sagte der Pressesprecher. »Die Sowjets versuchen, die Vereinigten Staaten in falscher Sicherheit zu wiegen. Es besteht kein Grund, an der Bereitschaft des Kremls zu zweifeln, in dem Augenblick in Osteuropa zu intervenieren, in dem er sich bedroht fühlt. Wichtig ist nun vor allem, die Glaubwürdigkeit des nuklearen Abschreckungspotenzials der NATO zu unterstreichen.«

»Gütiger Himmel«, sagte Rebecca. »Auf welchem Planeten leben die denn?«

*

Tanja Dworkin kehrte im Februar 1989 nach Warschau zurück.

Es tat ihr leid, Wassili in Moskau allein zu lassen, vor allem, weil sie ihn sehr vermissen würde. Aber insgeheim hatte sie noch immer Angst, dass sich in ihrer Abwesenheit wieder die jungen Mädchen die Klinke in die Hand geben würden.

Allerdings wartete in Warschau ein faszinierender Auftrag. In Polen gärte es. Die Solidarnosc war aus dem Grab auferstanden, und erstaunlicherweise hatte General Jaruzelski, der Diktator, der einst alle Freiheitsbestrebungen brutal zerschlagen und jedes Versprechen seiner Partei gebrochen hatte, einem runden Tisch mit der Opposition zugestimmt.

Doch Tanjas Meinung nach hatte nicht Jaruzelski sich verändert, sondern der Kreml. Jaruzelski war noch immer derselbe alte Tyrann, nur konnte er nicht mehr auf die Unterstützung der UdSSR vertrauen. Dimka zufolge hatte man Jaruzelski gesagt, Polen müsse seine Probleme selbst lösen, aus Moskau sei keine Hilfe mehr zu erwarten. Als Michail Gorbatschow das zum ersten Mal äußerte, hatte Jaruzelski ihm nicht glauben wollen. Keiner der Ostblockführer hatte ihm geglaubt. Aber das war vor drei Jahren gewesen, und mittlerweile wusste jeder, woher der Wind wehte.

Tanja wusste nicht, was geschehen würde. Das wusste niemand. Jedenfalls hatte sie noch nie so viel über Veränderung, Liberalisierung und Freiheit gehört. Kam wirklich bald der Tag, an dem sie und Wassili ihr

Geheimnis enthüllen und der Welt würden sagen können, wer Iwan Kusnetsow war? In der Vergangenheit waren solche Hoffnungen stets von sowjetischen Panzerketten zermalmt worden, und noch immer saßen die Kommunisten an den Schalthebeln der Macht.

Kaum war Tanja in Warschau eingetroffen, wurde sie von Danuta Gorski zum Abendessen eingeladen. Als Tanja bei ihr vor der Tür stand und klingelte, dachte sie an das letzte Mal zurück, als sie Danuta gesehen hatte. Damals hatten die Polizisten der ZOMO sie brutal aus genau dieser Wohnung gezerrt. Das war nun sieben Jahre her.

Als Danuta die Tür öffnete und Tanja vor ihr stand, fiel sie ihr um den Hals. Dann führte sie die Besucherin ins Esszimmer der kleinen Wohnung. Marek, Danutas Mann, öffnete eine Flasche ungarischen Riesling. Würstchen und Senf standen bereits auf dem Tisch.

»Ich war achtzehn Monate im Gefängnis«, erzählte Danuta. »Ich glaube, sie haben mich nur rausgelassen, weil ich meine Mitgefangenen aufgestachelt habe.« Sie lachte. »Jetzt sitze ich jeden Tag am runden Tisch.«

»Ist das wirklich ein runder Tisch?«

»Ja, und ein sehr großer. Theoretisch hat niemand da das Sagen, doch in Wahrheit führt Lech Walesa den Vorsitz.«

Darüber staunte Tanja immer wieder. Ein einfacher Elektriker beherrschte die Debatte über Polens Zukunft. So etwas war immer der Traum ihres Großvaters gewesen, des bolschewistischen Fabrikarbeiters Grigori Peschkow. Doch Walesa war Antikommunist. In gewisser Hinsicht war Tanja froh, dass Opa Grigori diese Ironie nicht mehr erlebte. Es hätte ihm das Herz gebrochen.

»Und wird irgendetwas dabei herauskommen?«, hakte Tanja nach.

Bevor Danuta antworten konnte, sagte Marek: »Das ist ein Trick. Jaruzelski will die Opposition schwächen, indem er sie in die Regierung einbindet und zu einem Teil des sozialistischen Systems macht. Mit dieser Strategie will er an der Macht bleiben.«

»Marek hat vermutlich recht«, sagte Danuta. »Aber dieser Trick wird nicht funktionieren. Wir verlangen unabhängige Gewerkschaften, Pressefreiheit und freie Wahlen.«

Tanja war schockiert. »Jaruzelski diskutiert über freie Wahlen?« Manipulierte Wahlen gab es in Polen bereits, bei denen nur die Kandidaten der Kommunistischen Partei und ihrer Verbündeten zugelassen waren.

»Die Gespräche werden immer wieder abgebrochen«, erzählte Danuta. »Aber Jaruzelski muss den Streiks ein Ende machen. Also ruft er den runden Tisch immer wieder zusammen, und wir fordern jedes Mal freie Wahlen.«

»Was steckt denn hinter diesen Streiks?«, fragte Tanja. »Ich meine grundsätzlich.«

Wieder mischte Marek sich ein. »Weißt du, was die Leute sagen? ›Fünfundvierzig Jahre Sozialismus, und wir haben immer noch kein Klopapier.‹ Wir sind arm! Der Sozialismus funktioniert nicht.«

»Das ist wahr«, bestätigte Danuta. »Vor ein paar Wochen hat ein Geschäft hier in Warschau angekündigt, man werde am folgenden Montag Anzahlungen für Fernsehgeräte annehmen. Dabei hatte der Laden gar keine Fernseher. Sie haben nur gehofft, welche zu bekommen. Trotzdem standen die Leute schon am Freitag Schlange. Am Montagmorgen waren es dann fünfzehntausend – und das nur, um ihren Namen auf eine Liste zu setzen.«

Danuta ging in die Küche und kam kurz darauf mit einer Schüssel Zupa Ogórkowa wieder zurück, einer sauren Gurkensuppe, die Tanja liebte.

»Und was wird jetzt geschehen?«, fragte Tanja. »Wird es wirklich Wahlen geben?«

»Nein«, antwortete Marek.

»Vielleicht«, widersprach Danuta. »Der letzte Vorschlag geht dahin, dass zwei Drittel der Parlamentssitze der Kommunistischen Partei gehören sollen. Den Rest könne man frei wählen. Das sind dann zwar immer noch keine echten Wahlen, aber es wäre besser als das, was wir jetzt haben. Oder, Tanja?«

»Ich weiß es nicht«, antwortete sie.

*

Der Frühling war noch nicht in Moskau angekommen. Die Stadt lag nach wie vor unter einer dichten Schneedecke, als der ungarische Ministerpräsident Miklós Németh sich mit Michail Gorbatschow traf.

Natürlich wusste Jewgeni Filipow davon. Ein paar Minuten vor dem Treffen fing er Dimka vor Gorbatschows Büro ab. »Dieser Unsinn muss aufhören!«, verlangte er.

Dieser Tage wirkte Filipow zunehmend panisch, fiel Dimka auf. Sein graues Haar war zerzaust, und immerzu hatte er es eilig. Mittlerweile war er Anfang sechzig, und sein Gesicht zeigte einen beständigen Ausdruck der Missbilligung. Seine weiten Anzüge und sein ultrakurzer Haarschnitt waren inzwischen wieder modern. Im Westen nannten die Jugendlichen diesen Look »Retro«.

Filipow hasste Gorbatschow. Der Reformer stand für alles, gegen das Filipow sein Leben lang gekämpft hatte: Beseitigung von Reglementierungen statt strikter Parteidisziplin, Initiative des Einzelnen statt zentraler Planung und Freundschaft mit dem Westen statt Krieg gegen den Kapitalismus. Dimka hatte jetzt schon Mitleid mit Filipow, der sein Leben für einen verlorenen Kampf verschleudert hatte. Zumindest hoffte Dimka, dass dieser Kampf verloren war. Noch war die Auseinandersetzung nicht vorbei.

»Unsinn?«, fragte Dimka genervt. »Über was für einen Unsinn reden wir denn?«

»Unabhängige politische Parteien!«, sagte Filipow in einem Tonfall, als wäre das eine schier unglaubliche Grausamkeit. »Die Ungarn haben eine gefährliche Entwicklung in Gang gesetzt. Jaruzelski redet in Polen schon über das Gleiche. Ausgerechnet Jaruzelski!«

Dimka konnte Filipows Unglauben nachvollziehen. Es war in der Tat erstaunlich, dass der polnische Staatschef inzwischen davon redete, die Solidarnosc an der Zukunft des Landes zu beteiligen und politische Parteien zuzulassen.

Und dabei wusste Filipow noch gar nicht alles. Dimkas Schwester, die für die TASS in Warschau arbeitete, schickte ihrem Bruder präzise Informationen. Jaruzelski stand mit dem Rücken zur Wand, und die Solidarnosc war knallhart. Sie redeten nicht nur, sie planten die Wahl bereits.

Genau das versuchten Filipow und die Konservativen im Kreml mit aller Macht zu verhindern.

»Diese Entwicklungen sind äußerst gefährlich!«, erklärte Filipow. »Sie öffnen der Konterrevolution Tür und Tor. Was soll denn der Sinn davon sein?«

»Dass wir nicht länger über das Geld verfügen, unsere Satelliten zu subventionieren, und ...«

»Wir haben keine Satelliten. Wir haben Verbündete.«

»Wie auch immer, sie sind jedenfalls nicht bereit zu tun, was wir ihnen sagen, wenn wir sie nicht dafür bezahlen.«

»Früher haben wir die Armee eingesetzt, um den Sozialismus zu schützen. Aber das geht jetzt wohl nicht mehr.«

In dieser Aussage steckte in der Tat ein Körnchen Wahrheit. Gorbatschow hatte den Abzug von 250 000 Mann und 10 000 Panzern aus Osteuropa angekündigt. Es war eine wirtschaftliche Notwendigkeit, aber auch eine eindeutige Friedensgeste. »Wir können uns so eine Armee nicht mehr leisten«, sagte Dimka.

Filipows Gesicht nahm einen Ausdruck tiefster Verzweiflung an. »Sehen Sie denn nicht, dass das das Ende von allem bedeutet, wofür wir seit 1917 gekämpft haben?«

»Chruschtschow hat gesagt, in zwanzig Jahren würden wir die Amerikaner sowohl ökonomisch als auch militärisch überholen. Das ist jetzt achtundzwanzig Jahre her, und wir sind noch viel weiter ins Hintertreffen geraten als 1961. Für was wollen Sie da eigentlich kämpfen, Jewgeni?«

»Für die Sowjetunion! Was, glauben Sie wohl, denken die Amerikaner, wenn wir unsere Armee abrüsten und Revisionismus bei unseren Verbündeten erlauben? Die lachen sich krumm und schief! Präsident Bush ist ein kalter Krieger, der sich nichts mehr wünscht, als uns am Boden zu sehen. Machen Sie sich da bloß nichts vor.«

»Das sehe ich anders«, erwiderte Dimka. »Je mehr wir abrüsten, desto weniger Grund haben die Amerikaner, ihr Kernwaffenarsenal aufzustocken.«

»Ich hoffe, Sie haben recht«, sagte Filipow und wandte sich zum Gehen. »Um unser aller willen.«

Auch Dimka hoffte, dass er recht behielt. Filipow hatte den Finger auf den entscheidenden Fehler in Gorbatschows Strategie gelegt. Der Genosse Generalsekretär verließ sich viel zu sehr auf Bushs Vernunft. Wenn die Amerikaner auf die sowjetischen Maßnahmen ebenfalls mit Abrüstung reagierten, war Gorbatschow gerettet, und seine Rivalen im Kreml standen dumm da. Doch wenn Bush nicht reagierte – oder schlimmer noch, wenn er die Militärausgaben erhöhte –, war Gorbatschow der Dumme. Seine Machtposition wäre geschwächt, und seine Gegner könnten die Gelegenheit nutzen, um ihn zu stürzen und zur guten alten Zeit des Kalten Krieges zurückzukehren.

Dimka betrat Gorbatschows Büros. Er freute sich auf das Treffen mit Németh. Was in Ungarn geschah, war aufregend. Außerdem war Dimka gespannt, was Gorbatschow zu Németh sagen würde.

Der neue Sowjetführer war alles andere als berechenbar. Er war sein Leben lang Kommunist gewesen, wollte anderen Ländern seine Ideologie aber nicht aufzwingen. Seine Strategie war klar: Glasnost und Perestroika, Offenheit und Umbau. Seine Taktiken waren jedoch weniger offensichtlich, und manchmal konnte man einfach nicht voraussehen, in welche Richtung er sich entscheiden würde. Dimka musste ständig wachsam sein.

Gorbatschow wurde mit Németh nicht warm. Der ungarische Ministerpräsident hatte über eine Stunde gewartet, aber nur zwanzig Minuten Gesprächszeit bekommen. Das würde ein schwieriges Treffen werden.

Németh kam in Begleitung von Frederik Bíró, den Dimka bereits kannte. Gorbatschows Sekretär führte die beiden Männer sofort in das große Büro. Der Raum hatte eine hohe Decke, und die Wände waren in einem hellen Gelb gestrichen. Gorbatschow saß hinter einem modernen Schreibtisch in der Ecke. Abgesehen von einem Telefon und einer Lampe war der Schreibtisch leer.

Die Besucher setzten sich auf moderne schwarze Ledersessel. Nach dem Austausch von ein paar Höflichkeiten kam Németh sofort auf den Punkt. Er würde bald freie Wahlen ankündigen, erklärte er. Und frei bedeutete frei – das wiederum hieß, dass die nächste Regierung kein kommunistisches Regime sein würde. Wie dachte Moskau darüber?

Gorbatschow lief rot an, und das purpurfarbene Muttermal auf seiner kahlen Stirn wurde noch dunkler. »Der richtige Weg ist die Rückkehr zu den Wurzeln des Leninismus«, sagte er.

Das hieß nicht viel. Inzwischen konnte es niemand mehr hören, dass die Sowjetunion behauptete, zu den Wurzeln des Leninismus zurückzukehren.

Gorbatschow fuhr fort: »Der Sozialismus kann seinen Weg wiederfinden, indem er auf die Zeit vor Stalin schaut.«

»Nein, kann er nicht«, widersprach Németh ihm ganz offen.

»Nur die Partei kann eine gerechte Gesellschaft schaffen«, erwiderte Gorbatschow gereizt. »Das darf man nicht dem Zufall überlassen.«

»Das sehen wir anders.« Némeths Gesicht war blass, und seine Stimme zitterte. Es war, als würde ein Kardinal die Autorität des Papstes anzweifeln. »Ich muss Ihnen eine Frage stellen, Genosse«, sagte Németh. »Wenn wir eine Wahl abhalten, und die kommunistische Partei wird abgewählt, wird die Sowjetunion dann militärisch intervenieren wie 1956?«

Schweigen senkte sich herab. Selbst Dimka wusste nicht, wie Gorbatschow darauf antworten würde.

Schließlich sagte er nur ein Wort: »*Njet.*« Nein.

Németh sah aus wie ein Mann, der zum Tode verurteilt und wieder begnadigt worden war.

Gorbatschow fügte hinzu: »Jedenfalls nicht, solange ich auf diesem Stuhl sitze.«

Németh lachte. Er glaubte nicht an die Gefahr eines Putsches. Aber da irrte er sich. Nach außen hin präsentierte sich der Kreml stets als Einheit, doch in Wahrheit ging es innerhalb seiner Mauern alles andere als harmonisch zu. Die Öffentlichkeit hatte nicht die geringste Ahnung, wie unsicher Gorbatschows Position war. Németh war zufrieden, Dimka wusste es allerdings besser.

Aber Németh war noch nicht fertig. Er hatte Gorbatschow ein großes Zugeständnis abgerungen: das Versprechen, dass die UdSSR den Sturz des Kommunismus in Ungarn nicht verhindern würde. Und jetzt verlangte Németh noch eine weitere Garantie. »Der Zaun ist alt«, sagte er. »Er muss entweder erneuert oder aufgegeben werden.«

Dimka wusste genau, was Németh damit meinte. Die Grenze zwischen dem kommunistischen Ungarn und dem kapitalistischen Österreich wurde von einem fast dreihundert Kilometer langen Stacheldrahtzaun gesichert, durch den Strom floss. Natürlich kostete so etwas eine Menge Geld.

»Wenn der Zaun erneuert werden muss«, sagte Gorbatschow, »dann erneuern Sie ihn.«

»Nein«, erwiderte Németh. Er mochte nervös sein, aber er war auch entschlossen. Dimka bewunderte den Mut dieses Mannes. »Dafür habe ich nicht das Geld, und ich brauche auch keinen Zaun«, fuhr Németh fort. »Den hat der Warschauer Pakt errichtet, nicht Ungarn. Wenn *Sie* einen Zaun wollen, sollten *Sie* sich auch darum kümmern.«

»Das wird nicht geschehen«, erwiderte Gorbatschow. »Die Sowjetunion verfügt nicht mehr über die erforderlichen Mittel. Vor zehn Jahren hat das Öl noch vierzig Dollar pro Barrel gekostet, und wir konnten tun und lassen, was wir wollten. Und was kostet es jetzt? Neun Dollar. Wir sind pleite.«

»Nur damit wir uns richtig verstehen«, sagte Németh. Er schwitzte und wischte sich das Gesicht mit einem Taschentuch ab. »Wenn Sie nicht zahlen, werden wir den Zaun nicht erneuern, und damit wäre er keine effektive Grenzsicherungsanlage mehr. Dann könnte jeder, der will, über die Grenze nach Österreich. Wir könnten die Leute nicht aufhalten.«

Wieder breitete sich Schweigen aus. Schließlich seufzte Gorbatschow und sagte: »Dann ist es eben so.«

Damit war das Treffen beendet. Die Ungarn verabschiedeten sich rasch. Sie hatten bekommen, was sie sich gewünscht hatten; nun wollten sie so schnell wie möglich weg. Sie schüttelten Gorbatschow die Hand und verließen eilig das Büro. Sie wollten im Flugzeug sitzen, bevor der sowjetische Staatschef seine Meinung wieder ändern konnte.

Nachdenklich kehrte Dimka in sein eigenes Büro zurück. Gorbatschow hatte ihn gleich zweimal überrascht: Zuerst, als er Némeths Reformen mit unerwarteter Feindseligkeit begegnet war, und dann, als er nicht den geringsten Widerstand gezeigt hatte.

Würden die Ungarn den Zaun wirklich aufgeben? Er war ein wesentlicher Bestandteil des Eisernen Vorhangs. Wenn die Menschen plötzlich die Grenze überqueren und in den Westen gehen durften, wäre das eine noch grundlegendere Veränderung als freie Wahlen.

Doch Filipow und die Konservativen hatten noch nicht aufgegeben. Sie lauerten auf das kleinste Zeichen von Schwäche bei Gorbatschow. Dimka hegte nicht den geringsten Zweifel daran, dass sie einen Putsch bereits geplant hatten.

Gedankenverloren betrachtete er das revolutionäre Bild in seinem Büro, als Natalja anrief.

»Du weißt doch, was eine Lance-Rakete ist, oder?«, fragte sie.

»Eine Kurzstreckenrakete, die einen taktischen Atomsprengkopf tragen kann«, antwortete Dimka. »Die Amerikaner haben gut siebenhundert davon in Deutschland stationiert. Zum Glück haben sie nur eine Reichweite von hundertfünfzig Kilometern.«

»Das war einmal«, sagte Natalja. »Präsident Bush will sie modernisieren. Die neuen Raketen fliegen fünfhundert Kilometer weit.«

»Ach du Schande.« Genau davor hatte Dimka Angst gehabt, und Filipow hatte es vorausgesehen. »Aber das ist doch unlogisch. Vor nicht allzu langer Zeit haben Reagan und Gorbatschow ihre Mittelstreckenraketen abgezogen.«

»Bush ist der Meinung, dass Reagan bei der Abrüstung zu weit gegangen ist.«

»Steht es denn fest mit diesen verdammten Raketen?«

»Wir müssen davon ausgehen. Dem KGB in Washington zufolge hat Bush sich mit kalten Kriegern umgeben. Der Verteidigungsminister ist der reinste Draufgänger, und Scowcroft ist genauso.« Brent Scowcroft war der Sicherheitsberater des Präsidenten. »Und da ist auch eine Frau, Condoleeza Rice – die ist noch schlimmer.«

Dimka war der Verzweiflung nahe. »Jetzt werde ich mir von Filipow anhören müssen: ›Das habe ich Ihnen ja gleich gesagt.‹«

»Nicht nur von Filipow. Es ist eine gefährliche Entwicklung für Gorbatschow.«

»Haben die Amerikaner schon einen Zeitplan?«

»Beim NATO-Treffen im Mai wollen sie Druck auf die Europäer ausüben.«

»Scheiße«, fluchte Dimka. »Jetzt stecken wir wirklich in Schwierigkeiten.«

*

Rebecca Held war in ihrer Hamburger Wohnung. Es war schon spät am Abend, aber sie arbeitete immer noch. Auf dem Küchentisch stapelten sich die Papiere; auf der Arbeitsplatte in der Küche standen eine schmutzige Kaffeetasse und ein Teller mit den letzten Krümeln eines Schinkenbrots, das sie sich zum Abendessen gegönnt hatte. Rebecca hatte ihre elegante Arbeitskleidung ausgezogen, sich abgeschminkt, geduscht und ein altes Seidennachthemd angezogen. Darunter trug sie eine große, aber bequeme Unterhose.

Sie bereitete sich auf ihren ersten Besuch in den Vereinigten Staaten vor. Sie flog mit ihrem Chef, Hans-Dietrich Genscher, dem Vizekanzler, Außenminister und Vorsitzenden der FDP, der auch sie angehörte. Ihre Mission bestand darin, den Amerikanern zu erklären, weshalb die Deutschen nicht noch mehr Atomraketen auf deutschem Boden wollten. Unter Gorbatschow hatte die Bedrohung durch die Sowjetunion deutlich abgenommen. Eine Modernisierung des Raketenarsenals war nicht nur unnötig, es könnte sich auch als kontraproduktiv erweisen, Gorbatschows Friedenspolitik unterminieren und den Falken im Kreml in die Hände spielen.

Rebecca las gerade einen Bericht des Bundesnachrichtendienstes über den Machtkampf im Kreml, als es an der Tür klingelte.

Sie schaute auf die Uhr. Halb zehn. Sie erwartete keinen Besuch, und mit Sicherheit war sie nicht dafür angezogen. Aber es war bestimmt nur ein Nachbar, der sich eine Tasse Zucker borgen wollte.

Rebecca stand im Rang noch nicht hoch genug, als dass man ihr Personenschutz gewährt hätte. Sie blickte durch den Türspion, um zu sehen, wer gekommen war.

Frederik Bíró stand vor der Tür.

Rebecca war erstaunt und ein wenig verlegen. Natürlich freute sie sich über den Überraschungsbesuch ihres Liebhabers, aber sie sah einfach furchtbar aus. Mit ihren siebenundfünfzig Jahren brauchte sie ein bisschen Vorbereitung, wollte sie schick und verführerisch aussehen.

Aber sie konnte Frederik schwerlich bitten, im Flur zu warten, während sie sich schminkte und etwas Vernünftiges anzog. Also machte sie die Tür auf.

»Liebling«, sagte er nur und küsste sie.

»Was für eine schöne Überraschung, Frederik! Tut mir leid, dass ich so zerrupft aussehe.«

Frederik kam herein, und Rebecca schloss die Tür. Er legte ihr die Hände auf die Schultern, hielt sie auf Armeslänge von sich und musterte sie von Kopf bis Fuß. »Zerzaustes Haar, Brille, Nachthemd, nackte Füße«, sagte er. »Du siehst wundervoll aus.«

Rebecca lachte und führte ihn in die Küche. »Hast du schon zu Abend gegessen?«, fragte sie. »Soll ich dir ein Omelette machen?«

»Nur einen Kaffee, bitte. Ich habe im Flugzeug gegessen.«

»Was machst du denn in Hamburg?«

»Mein Chef schickt mich.« Frederik setzte sich an den Tisch. »Ministerpräsident Németh kommt nächste Woche nach Deutschland, um sich mit Bundeskanzler Kohl zu treffen. Er wird Kohl eine Frage stellen, und wie alle Politiker will er die Antwort schon im Vorfeld wissen.«

»Was für eine Frage?«

»Das muss ich ein bisschen ausführlicher erklären.«

Rebecca stellte ihm eine Tasse Kaffee hin. »Mach ruhig langsam. Ich habe die ganze Nacht Zeit.«

»Ich hoffe, so lange dauert es nicht.« Frederik strich Rebecca mit der Hand übers Bein. »Ich habe nämlich noch etwas anderes vor.« Seine Finger erreichten ihre Unterhose. »Oh!«, sagte er. »Da drin ist ja Platz für zwei.«

Rebecca wurde rot. »Ich habe dich doch nicht erwartet!«

Er grinste. »Da könnte ich beide Hände reinstecken ... beide Arme vermutlich.«

Rebecca schob seine Hände weg und ging um den Tisch herum. »Morgen werfe ich meine alte Unterwäsche weg.« Sie setzte sich Frederik gegenüber. »Jetzt bring mich nicht länger in Verlegenheit. Sag mir lieber, warum du hier bist.«

»Ungarn wird seine Grenze zu Österreich öffnen.«

Rebecca glaubte, sich verhört zu haben. »Was?«

»Wir werden unsere Grenze öffnen. Wir werden den Zaun nicht mehr flicken. Unsere Leute können gehen, wohin sie wollen.«

»Das meint ihr nicht ernst.«

»Doch. Es ist eine wirtschaftliche und zugleich politische Entscheidung. Der Zaun müsste repariert werden, und das können wir uns nicht mehr leisten.«

Allmählich verstand Rebecca. »Aber wenn die Ungarn das Land verlassen können, dann kann es jeder. Wie wollt ihr die Tschechen aufhalten? Die Polen, die Rumänen ...?«

»Werden wir nicht.«

»Und die Ostdeutschen? O Gott, das würde ja bedeuten, dass meine Familie das Land verlassen kann ...«

»Ja.«

»Das ist unmöglich. Die Sowjets werden das niemals zulassen.«

»Németh ist nach Moskau gefahren und hat mit Gorbatschow gesprochen.«

»Und was hat Gorbi gesagt?«

»Nichts. Er ist zwar nicht gerade glücklich darüber, aber er wird sich nicht einmischen. Er kann sich die Reparatur des Zauns auch nicht leisten.«

»Aber ...«

»Ich war bei dem Treffen im Kreml dabei. Németh hat Gorbatschow geradeheraus gefragt, ob die Sowjets wie 1956 einmarschieren würden. Die Antwort war ein klares *Njet*.«

»Und glaubst du ihm?«

»Ja.«

Das war eine Nachricht, die die Welt veränderte. Dafür hatte Rebecca ihr ganzes politisches Leben lang gearbeitet, aber sie konnte einfach nicht glauben, dass es jetzt tatsächlich so weit war: Ihre Familie würde in den Westen reisen können, in die Freiheit ...

In ihre Gedanken hinein sagte Frederik: »Es gibt da nur ein mögliches Problem.«

Rebecca seufzte. »Ich wusste gleich, dass die Sache einen Haken hat.«

»Gorbatschow hat uns versprochen, nicht militärisch zu intervenieren, aber Wirtschaftssanktionen hat er nicht ausgeschlossen.«

Für Rebecca war das kein wirkliches Problem. »Die ungarische Wirtschaft wird wieder wachsen, wenn sie sich erst nach Westen orientiert.«

»Das wollen wir ja auch. Aber das wird Zeit brauchen. Es wird hart für unser Volk. Der Kreml könnte darauf spekulieren, dass die Wirtschaft zusammenbricht, bevor sie sich erholen kann. Und dann könnte es eine starke Gegenbewegung geben.«

Da hatte er natürlich recht, erkannte Rebecca. Das war wirklich eine Gefahr. »Ich wusste es«, sagte sie. »Das war viel zu schön, um wahr zu sein.«

»Kein Grund zur Verzweiflung«, sagte Frederik. »Wir haben auch dafür eine Lösung. Deshalb bin ich hier.«

»Und was ist euer Plan?«

»Wir brauchen die Unterstützung des reichsten Landes in Europa. Wenn deutsche Banken uns Kredite gewähren, können wir dem sowjetischen Druck standhalten. Nächste Woche wird Németh Kohl genau darum bitten. Ich weiß natürlich, dass du so etwas nicht entscheiden kannst, aber ich habe gehofft, dass du mir vielleicht einen Tipp geben könntest. Wie wird Kohl reagieren?«

»Ich kann mir nicht vorstellen, dass er Nein sagt, wenn es um die Öffnung der Grenzen geht. Und abgesehen vom politischen Gewinn wäre das ein großer Schritt für die deutsche Wirtschaft.«

»Wir brauchen aber Geld, sehr viel Geld.«

»Wie viel genau?«

»Möglicherweise eine Milliarde Mark.«

»Keine Sorge«, sagte Rebecca. »Die bekommt ihr.«

*

Die sowjetische Wirtschaftslage verschlechterte sich fortwährend, konnte man dem CIA-Bericht glauben, der Congressman George Jakes vorlag. Gorbatschows Reformen – Dezentralisierung, mehr Konsumgüter, weniger Rüstung – reichten nicht aus.

Die osteuropäischen Satellitenstaaten standen unter Druck, dem Beispiel der UdSSR zu folgen, indem sie ihre Wirtschaft ebenfalls liberalisierten, doch jede Veränderung wäre geringfügig und würde allmählich erfolgen, sagte der Auslandsgeheimdienst voraus. Wenn ein Land den Kommunismus andererseits rundheraus abschaffen wollte, würde Gorbatschow die Panzer in Marsch setzen.

Für George, der an einer Sitzung des Geheimdienstausschusses teilnahm, klang das nicht schlüssig. Polen, Ungarn und die Tschechoslowakei waren der UdSSR voraus und bewegten sich in Richtung freies Unternehmertum und Demokratie, doch Gorbatschow unternahm nichts, um sie zu hindern.

Aber Präsident Bush und Verteidigungsminister Cheney glaubten leidenschaftlich an die »Rote Gefahr«, und wie immer stand die CIA unter Druck, dem Präsidenten genau das mitzuteilen, was er hören wollte.

Nach der Sitzung fühlte George sich unzufrieden und ruhelos. Er nahm die U-Bahn vom Kapitol zum Cannon House Office Building, wo er eine Suite aus drei kleinen Zimmern besaß. Im Foyer standen ein Empfangstisch, eine Couch für wartende Besucher und ein runder Tisch für Besprechungen. Auf einer Seite war ein Verwaltungsbüro mit Schreibtischen, Bücherregalen und Aktenschränken. Auf der anderen Seite lag Georges Büro mit einem Schreibtisch, einem Konferenztisch und einem Foto von Bobby Kennedy.

Als er auf der Liste seiner Nachmittagstermine einen Geistlichen aus Anniston, Alabama, entdeckte, einen Reverend Clarence Bowyer, der mit ihm über Bürgerrechte sprechen wollte, war sein Interesse sofort geweckt.

George würde Anniston niemals vergessen. Es war die Stadt, in der die Freedom Riders von einem Mob angegriffen worden waren. Die Segregationisten hatten ihren Bus in Brand gesetzt. Es war das erste und einzige Mal gewesen, dass jemand es ernsthaft darauf angelegt hatte, George zu ermorden.

Offenbar hatte er der Anfrage des Mannes nach einem Treffen zugestimmt, obwohl er sich nicht an den Grund dafür erinnern konnte. George staunte, als Bowyer ihm gegenübertrat. Er hatte angenommen, dass ein Prediger aus Alabama, der ihn sprechen wollte, Afroamerikaner sein müsse, doch sein Assistent führte einen Weißen herein. Reverend Bowyer war in Georges Alter und trug einen grauen Anzug mit weißem Hemd und dunkler Krawatte, dazu jedoch Turnschuhe; vielleicht musste er in Washington viel zu Fuß gehen. Er hatte auffällige Vorderzähne, ein fliehendes Kinn und pfeffer- und salzfarbenes Haar und erinnerte auf wenig einnehmende Weise an ein Nagetier. Der Mann hatte etwas unbestimmt Vertrautes, aber George konnte nicht den Finger darauflegen. Bei ihm war ein Junge im Teenageralter, der ihm sehr ähnlich sah.

»Ich versuche die Lehre Jesu Christi den Soldaten und Angestellten des Heeresdepots in Anniston nahezubringen«, sagte Bowyer, nachdem er sich vorgestellt hatte. »In meiner Gemeinde sind viele Afroamerikaner.«

George hielt Bowyer für aufrichtig. Außerdem hatte er eine gemischtrassige Gemeinde, was ungewöhnlich war. »Worin besteht Ihr Interesse an Bürgerrechten, Reverend?«

»Nun, Sir, als junger Mann war ich Segregationist.«

»Das waren viele Leute«, sagte George. »Aber wir alle haben eine Menge dazugelernt.«

»Ich habe mehr getan, als zu lernen. Ich habe Jahrzehnte in tiefer Buße verbracht.«

Das klang ziemlich stark, und George machte sich auf alles gefasst. Manche Leute, die um ein Treffen mit Abgeordneten baten, waren mehr oder weniger verrückt. Georges Mitarbeiter taten ihr Bestes, um diese Irren auszufiltern, aber hin und wieder schlüpfte so jemand durch die Maschen. Allerdings kam Bowyer George relativ normal vor.

»Buße«, wiederholte George. Er spielte auf Zeit.

»Congressman Jakes«, sagte Bowyer feierlich, »ich bin zu Ihnen gekommen, um mich bei Ihnen zu entschuldigen.«

»Wofür?«

»1961 habe ich Sie mit einer Brechstange geschlagen. Ich glaube, ich habe Ihnen damals den Arm gebrochen.«

Blitzartig begriff George, wieso der Mann ihm so bekannt vorkam. Er hatte dem Mob in Anniston angehört. Er hatte damals versucht, Maria zu schlagen, doch George hatte den Hieb mit dem Arm abgefangen und sich dabei den Knochen gebrochen. Bei kaltem Wetter tat der Arm noch heute weh.

George musterte den Geistlichen erstaunt. »*Sie* waren das ...«

»Ja, Sir. Und ich habe keine Entschuldigung dafür. Ich wusste, was ich tat, und ich habe das Falsche getan. Aber ich habe Sie nie vergessen. Ich wollte nur, dass Sie wissen, wie leid es mir tut. Und ich wollte, dass mein Sohn Clam mit anhört, wie ich meine schlimme Tat bekenne.«

George war perplex. So etwas war ihm noch nie passiert. »Und Sie sind Prediger geworden ...«

»Zuerst wurde ich zum Trinker. Wegen des Whiskeys verlor ich meine Arbeit und mein Heim. Dann lenkte der Herr eines Sonntagmorgens meine Schritte in eine kleine Mission in einer Hütte in einem Armenviertel. Ein schwarzer Prediger sprach über das fünfundzwanzigste Kapitel des Matthäusevangeliums, Vers vierzig: ›Was ihr getan habt einem meiner geringsten Brüder, das habt ihr mir getan.‹«

George hatte schon mehr als eine Predigt über diesen Vers gehört. Die Botschaft lautete, dass man ein Unrecht, das man jemandem antat, auch Jesus Christus zufügte. Für Afroamerikaner, die mehr Unrecht erdulden mussten als andere Bürger, war dieser Gedanke ein großer Trost und Zuspruch. Der Vers wurde sogar auf dem Wales-Fenster in der Sixteenth Street Baptist Church in Birmingham zitiert, in der vor so vielen Jahren die vier jungen Mädchen bei dem Bombenanschlag starben.

»Ich betrat die Kirche als Spötter«, sagte Bowyer, »und verließ sie als Erretteter.«

»Es freut mich, von Ihrem Sinneswandel zu hören, Reverend«, erwiderte George.

»Ich habe es nicht verdient, dass Sie mir verzeihen, Congressman, aber ich hoffe auf die Vergebung Gottes.« Bowyer stand auf. »Nun werde ich Ihre kostbare Zeit nicht weiter in Anspruch nehmen. Ich danke Ihnen.«

George erhob sich ebenfalls, hatte aber das Gefühl, nicht angemessen auf die starke emotionale Bewegtheit des Mannes reagiert zu haben. Bowyer hatte ein bisschen mehr Zuwendung verdient. »Ehe Sie gehen«, sagte George, »möchte ich Ihnen die Hand schütteln.« Er umschloss Bowyers Rechte mit beiden Händen. »Wenn Gott Ihnen vergeben kann, Clarence, sollte ich das wohl auch tun.«

Bowyer versagte die Stimme. Während er George die Hand schüttelte, traten ihm Tränen in die Augen.

Aus einem Impuls heraus umarmte George ihn. Die Schultern des Mannes bebten unter heftigen Schluchzern.

Schließlich löste George die Umarmung und trat einen Schritt zurück. Bowyer versuchte etwas zu sagen, doch es gelang ihm noch immer nicht. Weinend wandte er sich ab und verließ das Büro.

Auch sein Sohn schüttelte George die Hand. »Danke, Sir«, sagte der Junge mit bebender Stimme. »Sie können sich nicht vorstellen, was Ihre Vergebung meinem Vater bedeutet. Sie sind ein großer Mann.« Er folgte Bowyer hinaus.

George setzte sich. Ihm war schwindlig. Na, dachte er, wer hätte damit gerechnet?

*

Am gleichen Abend erzählte er Maria davon.

Ihre Reaktion fiel sehr viel kühler aus als seine. »Ich schätze, du hast das Recht, ihm zu vergeben, schließlich war es ja dein Arm«, sagte sie. »Ich persönlich habe nicht allzu viel Mitleid mit Segregationisten. Mir wäre es lieber, wenn dieser Reverend Bowyer ein paar Jahre hinter Gittern verbringt, von mir aus auch als Kettensträfling. Danach würde ich seine Entschuldigung vielleicht annehmen. All diese korrupten Richter, brutalen Polizisten und geisteskranken Bombenbauer laufen immer noch frei herum. Sie sind für ihre Taten nie vor Gericht gestellt worden. Einige beziehen wahrscheinlich sogar eine stattliche Rente. Und unsere Vergebung wollen sie auch noch? O nein, ich werde nicht dazu beitragen, dass diese Leute sich besser fühlen. Wenn ihre Schuldgefühle ihnen das Leben versauern, freut mich das. Sie hätten viel Schlimmeres verdient.«

George lächelte. Seit sie die fünfzig überschritten hatte, wurde Maria immer resoluter. Sie gehörte nun zu den höchsten Beamten im Außenministerium und wurde von Demokraten und Republikanern gleichermaßen respektiert. Ihre Markenzeichen waren unerschütterliches Selbstvertrauen und Autorität.

Sie waren in Marias Wohnung. Sie machte Abendessen, Wolfsbarsch mit Kräuterfüllung, während George den Tisch deckte. Ein köstlicher Duft erfüllte das Zimmer und ließ George das Wasser im Mund zusammenlaufen. Maria schenkte ihm Lynmar Chardonnay nach, dann gab sie Brokkoli in einen Dampfgarer. Sie war ein bisschen schwerer als früher und versuchte sich an Georges Geschmack für schlanke Küche zu gewöhnen.

Nach dem Essen setzten sie sich auf die Couch und tranken Kaffee. Maria war in versöhnlicher Stimmung. »Ich möchte einmal zurückschauen und sagen können, dass es auf der Welt sicherer zuging, nachdem ich das Außenministerium verlassen habe, als zu dem Zeitpunkt, als ich dort anfing«, sagte sie. »Ich möchte, dass meine Nichten und Neffen und mein Patensohn Jack ihre Kinder aufziehen können, ohne dass die Drohung eines nuklearen Holocausts der Supermächte über ihnen schwebt. Wenn ich das einmal sagen kann, habe ich mein Leben gut genutzt.«

»Ich verstehe dich ja«, sagte George. »Aber es klingt wie ein Wunschtraum. Wäre es denn möglich?«

»Vielleicht. Der Ostblock ist dem Zusammenbruch näher als irgendwann seit dem Zweiten Weltkrieg. Unser Botschafter in Moskau hält die Breschnew-Doktrin für erledigt.«

Die Breschnew-Doktrin besagte, dass die Sowjetunion Osteuropa kontrollierte, so wie die Monroe-Doktrin den USA ähnliche Rechte in Südamerika zusprach.

George nickte. »Wenn Gorbatschow den Ostblock nicht mehr beherrschen will, wäre das ein gewaltiger geopolitischer Gewinn für die Vereinigten Staaten.«

»Und wir sollten von unserer Seite alles daransetzen, dass Gorbatschow an der Macht bleibt. Aber genau das tun wir eben nicht, weil Präsident Bush das Ganze für Bauernfängerei vonseiten Gorbatschows hält. Deshalb plant er ja, unsere nuklearen Waffen in Europa zu *verstärken*.«

George nickte. »Und das zieht Gorbatschow den Boden unter den Füßen weg und verschafft den Falken im Kreml Oberwasser.«

»Genau. Wie auch immer, morgen kommt eine Gruppe Deutscher, die versuchen wollen, Bush den Kopf zurechtzurücken.«

»Da kann man ihnen nur Glückwünschen«, sagte George skeptisch.

»Ja.«

George trank seinen Kaffee aus, wollte aber noch nicht gehen. Er fühlte sich wohl, den Magen voll gutem Essen und gutem Wein, und er hatte schon immer gern mit Maria geredet. »Weißt du was?«, fragte er. »Von meinem Sohn und meiner Mutter abgesehen, kenne ich niemanden auf der Welt so gut wie dich.«

»Wie geht es denn Verena?«, fragte Maria spitz.

George lächelte. »Sie ist mit deinem alten Freund Lee Montgomery zusammen. Er ist jetzt Redakteur bei der *Washington Post*. Ich glaube, es ist was Ernstes.«

»Gut.«

»Weißt du noch ...« George wusste, er sollte es vermutlich nicht sagen, hatte aber eine halbe Flasche Wein getrunken und sagte sich, zum Teufel, was soll's. »Weißt du noch, wie wir Sex auf dieser Couch hier hatten?«

»Na hör mal«, erwiderte sie. »Ich mache es nicht oft genug, um so etwas zu vergessen.«

»Ich leider auch nicht.«

Sie lachte. »Das freut mich.«

George gab sich einen Moment wehmütigen Erinnerungen hin. »Wie lange ist das her?«

»Es war an dem Abend von Nixons Rücktritt vor fünfzehn Jahren. Du warst jung und gut aussehend.«

»Und du warst fast so schön wie heute.«

»Na, na, du alter Schmeichler.«

»Es war schön, nicht wahr? Der Sex, meine ich.«

»Schön?« Sie tat beleidigt. »Ist das alles?«

»Es war grandios.«

»Ja.«

Ihn überkam ein Gefühl des Bedauerns angesichts vieler verpasster Gelegenheiten. »Und was ist aus uns geworden ...«

»Wir haben getrennte Wege eingeschlagen.«

»Ja.« Schweigen folgte, bis George fragte: »Möchtest du es wieder tun?«

»Ich dachte schon, du fragst nie.«

Sie küssten sich, und augenblicklich erinnerte George sich, wie es beim ersten Mal gewesen war: entspannt, natürlich, richtig.

Marias Körper hatte sich verändert. Er war weicher geworden, und die Haut fühlte sich trockener an. Vermutlich galt für seinen eigenen Körper das Gleiche. Die Muskeln, die George als Ringer ausgebildet hatte, waren längst verschwunden. Aber was machte das schon. Marias Lippen und ihre Zunge beschäftigten sich fieberhaft mit den seinen, und er empfand die gleiche Lust wie früher, als eine sinnliche, liebende Frau ihn in ihre Arme zog.

Sie knöpfte ihm das Hemd auf. Während er es abstreifte, stand Maria rasch auf und zog sich das Kleid aus.

George sagte leise: »Ehe wir weitermachen ...«

»Was?« Maria setzte sich wieder. »Hast du es dir anders überlegt?«

»Im Gegenteil. Das ist übrigens ein hübscher BH.«

»Danke. Du kannst ihn mir gleich ausziehen.« Sie löste seinen Gürtel.

»Aber ich möchte dir etwas sagen. Auch auf die Gefahr hin, dass ich damit alles verderbe.«

»Nur zu«, sagte sie. »Riskier's.«

»Mir ist gerade etwas klar geworden. Ich hätte es schon längst erkennen müssen.«

Maria schaute ihm ins Gesicht und lächelte leicht, sagte aber nichts. George hatte das merkwürdige Gefühl, dass sie genau wusste, was jetzt kam.

»Ich weiß jetzt, dass ich dich liebe«, sagte George.

»Ach, wirklich?«

»Ja. Stört es dich? Ist es okay? Habe ich jetzt die romantische Stimmung kaputtgemacht?«

»Du Blödmann«, sagte Maria. »Ich liebe dich schon seit Jahren.«

*

An einem warmen Frühlingstag traf Rebecca am Außenministerium in Washington ein. Osterglocken blühten in den Beeten, und sie war voller Hoffnung. Das Sowjetreich wankte. Vielleicht ging es sogar seinem Ende entgegen. Deutschland hatte die Chance auf eine Wiedervereinigung in Freiheit. Jetzt mussten nur noch die Amerikaner vorsichtig in die richtige Richtung gelenkt werden.

Carla ist schuld, dass du jetzt hier bist, die Bundesrepublik repräsentierst und mit den mächtigsten Männern der Welt verhandelst, ging es Rebecca durch den Kopf. Schließlich hatte Carla vor vielen Jahren ein verängstigtes dreizehnjähriges jüdisches Mädchen bei sich aufgenommen und ihr das Selbstbewusstsein vermittelt, das sie nun als international anerkannte Politikerin besaß.

Ich muss ihr unbedingt ein Foto schicken, dachte sie.

Mit Hans-Dietrich Genscher, ihrem Chef, und einer Handvoll Mitarbeiter betrat sie das hochmoderne Gebäude des amerikanischen Außenministeriums. In der zwei Stockwerke hohen Lobby gab es ein riesiges Relief, das den Titel »The Defense of Human Freedoms« trug, »Die Verteidigung der Freiheitsrechte«; darauf waren die fünf Freiheiten zu sehen, die vom amerikanischen Militär beschützt wurden.

Die Deutschen wurden von einer Frau begrüßt, die Rebecca bis jetzt nur als kluge, warmherzige Stimme am Telefon kennengelernt hatte: Maria Summers. Überrascht sah Rebecca, dass Maria Afroamerikanerin war, und schämte sich sofort dafür. Weshalb war sie überrascht? Es gab keinen Grund, warum Afroamerikaner keine hohen Posten im Außenministerium bekleiden sollten. Doch als Rebecca sich umschaute, sah sie nur wenige schwarze Gesichter.

Maria war freundlich und zuvorkommend, doch bald wurde klar, dass James Baker, der Außenminister, anders dachte. Die Deutschen warteten fünf Minuten vor seinem Büro. Dann wurden aus den fünf Minuten zehn. Rebecca machte sich allmählich Sorgen. Das war kein Zufall. Den deutschen Außenminister und Vizekanzler warten zu lassen, war ein kalkulierter Affront. Baker war ihnen offenbar nicht wohlgesonnen.

Rebecca wusste, dass die Amerikaner häufig so verfuhren. Anschließend erklärten sie dann, dass die Besucher wegen ihrer Ansichten brüskiert gewesen seien und nicht, weil man sie hatte warten lassen; dementsprechend peinliche Berichte erschienen in der Presse. So hatte Ronald Reagan es schon mit Neil Kinnock gemacht, dem britischen Oppositionsführer, der sich ebenfalls für die Abrüstung starkmachte.

Doch Rebecca kümmerte dieser Affront nicht allzu sehr. Männliche Politiker spielten gerne solche Spielchen. Sie waren im Grunde immer noch kleine Jungs, die sich beweisen mussten, wer den Größten hatte. Aber das bedeutete, dass das Treffen vermutlich unproduktiv verlaufen würde, und das konnte für die Entspannungspolitik nicht gut sein.

Nach fünfzehn Minuten wurden sie schließlich hineingeführt. Baker war ein schlaksiger sportlicher Mann. Er sprach zwar mit Texasakzent, hatte aber rein gar nichts mit einem Landei gemein. Baker schüttelte Genscher auffallend kurz die Hand und kam direkt auf den Punkt: »Ihre Haltung hat uns sehr enttäuscht.«

Glücklicherweise war Genscher nicht empfindlich. Er war nun seit fünfzehn Jahren Vizekanzler und Außenminister, und er wusste, dass man schlechte Manieren manchmal ignorieren musste. »Wir wiederum glauben, dass Ihre Politik überholt ist«, erwiderte er ruhig. »Die Situation in Europa hat sich verändert, und das müssen Sie bedenken.«

»Wir müssen die Stärke der NATO wahren und weiter auf Abschreckung setzen«, wiederholte Baker das amerikanische Mantra.

Es bereitete Genscher sichtlich Mühe, seine Ungeduld im Zaum zu halten. »Das sehen wir anders, wie auch das deutsche Volk. Vier von fünf Deutschen wollen, dass sämtliche Atomwaffen aus Europa abgezogen werden.«

»Dann hatte die Kremlpropaganda ja offenbar Erfolg!«

Dick Cheney, der amerikanische Verteidigungsminister, war ebenfalls im Raum. »Eines der Hauptziele des Kremls ist der Abzug aller Nuklearwaffen aus Europa«, sagte er. »Wir dürfen ihnen nicht in die Falle gehen.«

Genscher war sichtlich irritiert. Diese Männer wollten ihn über europäische Politik belehren; dabei wussten sie nicht annähernd so viel darüber wie er selbst. Er schaute sie an wie ein Lehrer, der verzweifelt versucht, einem trotzigen Kind etwas beizubringen. »Der Kalte Krieg ist vorbei«, erklärte er.

Rebecca erkannte tief enttäuscht, dass dieses Gespräch rein gar nichts bringen würde. Keiner hörte dem anderen zu. Sie hatten sich ihre Meinungen längst gebildet.

Und Rebecca sollte recht behalten. Ein paar Minuten lang tauschten beide Seiten noch verdrießliche Bemerkungen aus; dann endete das Treffen. Anschließend wurden noch ein paar Pressefotos gemacht.

Als die Deutschen gingen, suchte Rebecca verzweifelt nach einer Möglichkeit, die Konsultationen noch zu retten, doch ihr fiel nichts ein.

In der Lobby sagte Maria Summers zu Rebecca: »Das lief nicht so, wie ich es erwartet hatte.«

Das war zwar keine Entschuldigung, aber nicht weit davon entfernt. »Leider nicht«, pflichtete Rebecca ihr bei. »Es tut mir leid, dass es überhaupt keinen Dialog gegeben hat.«

»Können wir denn gar nichts tun, damit die hohen Tiere sich in dieser Frage wieder annähern?«

Rebecca wollte gerade antworten, sie wisse es nicht, als ihr ein Gedanke kam. »Vielleicht«, antwortete sie. »Warum bringen Sie Präsident Bush nicht nach Europa? Dann kann er sich das selbst ansehen. Lassen Sie ihn mit den Polen und Ungarn reden. Ich glaube, das würde seine Meinung ändern.«

»Gut möglich«, sagte Maria. »Ich werde es vorschlagen. Danke.«

»Viel Glück«, sagte Rebecca.

KAPITEL 60

Lili Franck und ihre Familie staunten.

Sie sahen sich die Nachrichten im Westfernsehen an. In der DDR schaute jeder Westfernsehen, sogar die Apparatschiks der SED. Das erkannte man daran, wie die Antennen auf ihren Häusern ausgerichtet waren.

Lilis Eltern waren da, Carla und Werner, dazu Karolin, Alice und ihr Verlobter Helmut.

Heute, am 2. Mai, hatten die Ungarn die Grenze zu Österreich geöffnet.

Und das hatten sie nicht diskret getan, sondern in aller Öffentlichkeit. Die ungarische Regierung hatte in Hegyeshalom eine Pressekonferenz abgehalten – an einem Ort, wo die Straße von Budapest nach Wien über die Grenze führte. Es war beinahe so, als legten es die Ungarn darauf an, die Sowjets zu einer Reaktion zu provozieren. Mit einer großen Zeremonie vor Hunderten ausländischer Kameras war das elektronische Überwachungssystem entlang der gesamten Grenze abgeschaltet worden.

Ungläubig beobachteten die Francks das Geschehen auf dem Bildschirm.

Grenzsoldaten machten sich daran, den Stacheldraht mit großen Drahtscheren zu durchtrennen. Dann trugen sie ihn davon und warfen ihn achtlos auf einen Haufen.

»Mein Gott«, flüsterte Lili. »Der Eiserne Vorhang fällt ...«

»Das werden die Sowjets nicht dulden«, erklärte Werner.

Lili war optimistischer. »Ohne Zustimmung der Sowjetunion hätten die Ungarn das doch nie getan«, sagte sie. »Sie müssen ziemlich sicher sein, dass sie damit durchkommen.«

Alice' Augen funkelten vor Hoffnung. »Aber das hieße ja, dass Helmut und ich gehen können!«, sagte sie. Sie und ihr Verlobter wollten die DDR so schnell wie möglich verlassen. »Wir könnten nach Ungarn fahren, als wollten wir dort Urlaub machen, und uns über die Grenze absetzen!«

Lili wünschte sich von ganzem Herzen, dass Alice möglichst bald das Leben führen konnte, das ihr verwehrt geblieben war. Aber konnte es wirklich so schnell gehen? Konnte es so einfach sein?

»Nein, ihr könnt nicht einfach nach Österreich«, sagte Werner mit fester Stimme und zeigte auf den Fernseher. »Erstens sehe ich da noch niemanden über die Grenze gehen. Zweitens könnte die ungarische Regierung ihre Meinung jederzeit ändern und die Leute verhaften lassen. Und drittens, wenn die Ungarn sie wirklich gehen lassen, werden die Sowjets ihre Panzer schicken und dem ein Ende machen.«

Lili schüttelte den Kopf. Sie glaubte, dass ihr Vater die Sache zu pessimistisch sah. Werner war inzwischen siebzig und im Alter ängstlich geworden. Das zeigte sich auch in seinem Unternehmen. So hatte er zum Beispiel Fernbedienungen für seine Fernseher zunächst grundsätzlich abgelehnt, und dann hatten seine Ingenieure Mühe gehabt, den technischen Rückstand aufzuholen.

»Abwarten«, sagte Lili. »In den nächsten paar Tagen werden einige Leute zu fliehen versuchen. Dann werden wir ja sehen, ob jemand sie aufhält.«

Aufgeregt fragte Alice: »Und was ist, wenn Opa Werner sich irrt? Wir können so eine Gelegenheit doch nicht ungenutzt lassen. Was sollen wir dann tun?«

»Aber es klingt gefährlich«, warf Karolin ein.

Werner drehte sich zu Lili um. »Wie kommst du überhaupt auf die Idee, dass die DDR-Regierung uns weiter nach Ungarn reisen lässt?«

»Denen bleibt gar nichts anderes übrig«, argumentierte Lili. »Wenn sie Tausenden Familien die Sommerferien streichen, gibt es *wirklich* einen Volksaufstand.«

»Selbst wenn es für andere sicher ist – für uns könnte es gefährlich sein«, meinte Werner.

»Wieso?«, wollte Lili wissen.

»Weil wir die Francks sind.« Werner seufzte. »Deine Mutter war sozialdemokratische Stadtverordnete, deine Schwester hat Hans Hoffmann gedemütigt, Walli hat einen Grenzer umgebracht und du singst mit Karolin Protestlieder. Und unser Familiengeschäft ist in Westberlin; also können sie es nicht konfiszieren. Wir waren schon immer ein Dorn im Auge der Kommunisten. Deshalb wird uns leider eine Sonderbehandlung zuteil.«

»Dann müssen wir eben Maßnahmen treffen«, sagte Lili entschlossen. »Alice und Helmut werden besonders vorsichtig sein.«

»Ich will gehen, egal, wie groß die Gefahr ist«, erklärte Alice mit Nachdruck. »Ich kenne das Risiko und bin bereit, es auf mich zu nehmen.« Vorwurfsvoll schaute sie zu ihrem Großvater. »Du hast zwei Generationen im Sozialismus großgezogen. Und der Sozialismus ist schlecht, dumm und pleite ... und doch ist er immer noch da. Helmut und ich, wir wollen im Westen leben. Unsere Kinder sollen in Freiheit und Wohlstand groß werden und reisen können, wohin sie wollen.« Sie drehte sich zu ihrem Verlobten um. »So ist es doch, oder?«

»Ja«, bestätigte Helmut, doch Lili sah, dass er deutlich vorsichtiger war als Alice.

»Das ist doch verrückt«, sagte Werner.

Nun meldete Carla sich zum ersten Mal zu Wort. »Das ist nicht verrückt, Liebling«, sagte sie zu ihrem Mann. »Es ist gefährlich, ja. Aber erinnere dich mal an all die Dinge, die wir getan haben, welche Risiken wir um der Freiheit willen auf uns genommen haben.«

»Und einige von uns haben dabei ihr Leben gelassen.«

»Das stimmt«, gestand Carla ihm zu, gab aber nicht nach. »Trotzdem war es das Risiko wert.«

»Damals war Krieg. Wir mussten die Nazis besiegen.«

»Und das hier ist Alice' und Helmuts Krieg ... der Kalte Krieg.«

Werner zögerte. Dann seufzte er und sagte widerwillig: »Vielleicht hast du recht.«

»Na also«, sagte Carla. »Dann lasst uns einen Plan machen.«

Lili schaute wieder auf den Fernseher. Die Ungarn bauten noch immer den Zaun ab.

*

Am Tag der Wahl in Polen ging Tanja mit Danuta zur Kirche. Danuta war eine der Kandidatinnen.

Der 4. Juni war ein sonniger, schöner Sonntag; nur ein paar kleinere Wolken waren an dem strahlend blauen Himmel zu sehen. Danuta steckte ihre beiden Kinder in die besten Kleider und kämmte ihnen das Haar, während Marek eine Krawatte in den rot-weißen Farben der Solidarnosc anlegte, die zugleich die polnischen Nationalfarben waren. Danuta wiederum trug einen weißen Strohhut mit einer roten Feder.

Tanja wurde von Zweifeln geplagt. War das alles nur ein Traum? Freie Wahlen in Polen? Der Grenzzaun, der in Ungarn abgerissen wurde? Abrüstung in Europa? Meinte es Gorbatschow mit Perestroika und Glasnost wirklich ernst?

Tanja träumte von einem freien Leben mit Wassili. Dann würden sie durch die Welt touren: Paris, New York, Rio de Janeiro, Neu-Delhi. Wassili würde Fernsehinterviews geben und über seine Arbeit sprechen, und Tanja würde Reiseberichte schreiben, vielleicht sogar ein Buch.

Doch wann immer sie aus ihrem Tagtraum aufwachte, rechnete sie jeden Augenblick mit schlechten Nachrichten: Straßensperren, Panzer, Ausgangssperre und die alten kahlen Männer in den billigen Anzügen, die im Fernsehen verkündeten, dass sie eine kapitalistischimperialistische Verschwörung zerschlagen hätten.

Der Priester ermahnte seine Gemeinde, für gottesfürchtige Kandidaten zu stimmen. Da alle Kommunisten aus Prinzip Atheisten waren, war offensichtlich, was er damit meinte: Die autoritäre polnische Kirche mochte die liberale Solidarnosc zwar nicht, aber sie wusste, wer der wahre Feind war.

Die Wahl fand deutlich früher statt, als die Solidarnosc erwartet hatte. Die Gewerkschaft hatte sich beeilen müssen. In nur wenigen Wochen hatte sie einen Wahlkampf planen, organisieren und finanzieren müssen. Ihr Slogan lautete »Mit uns ist es sicherer«, was wie eine Werbung für Kondome klang. Tanja hatte diesen Scherz in ihrem Artikel für die TASS erwähnt, und zu ihrem Erstaunen war er nicht gestrichen worden.

In den Augen der Menschen war es eine Wahl zwischen General Jaruzelski, dem Mann, der das Land zehn Jahre lang mit eiserner Faust beherrscht hatte, und dem aufmüpfigen Elektriker Lech Walesa. Wie alle Kandidaten der Solidarnosc hatte auch Danuta sich mit Walesa fotografieren lassen, und diese Fotos hingen nun überall als Plakate. Den gesamten Wahlkampf hindurch hatte die Gewerkschaft eine Tageszeitung veröffentlicht, die hauptsächlich von Danuta und ihren Freundinnen geschrieben worden war. Auf dem beliebtesten Plakat der Gewerkschaft war Gary Cooper als Marshal Will Kane zu sehen, nur dass er einen Wahlzettel statt einer Waffe in der Hand hielt. Darunter stand zu lesen: HIGH NOON, 4. JUNI 1989.

Dass die Kampagne der Kommunisten dagegen stark abfiel, war zu erwarten gewesen, überlegte Tanja. Schließlich war die herrschende Elite es nicht gewohnt, das Volk zu bitten: »Wählt uns!«

Das neue Oberhaus, der Senat, hatte einhundert Sitze, und die Kommunisten rechneten dort mit einer deutlichen Mehrheit. Das polnische Volk stand wirtschaftlich mit dem Rücken zur Wand, und so würden sie vermutlich eher für den vertrauten Jaruzelski stimmen als für den unberechenbaren Walesa, erwartete Tanja. Im Unterhaus wiederum, dem Sejm, konnten die Kommunisten nicht verlieren, denn sechsundfünfzig Prozent der Sitze waren für sie und ihre Verbündeten reserviert.

Die Erwartungen der Solidarnosc waren bescheiden. Sie gingen gerade von so viel Stimmen aus, dass sie in der Regierung etwas zu sagen hatten. Tanja hoffte nur, dass sie recht behielten.

Nach der Messe schüttelte Danuta jedem Kirchgänger die Hand.

Dann gingen Tanja und die Familie Gorski zum Wahllokal. Der Wahlschein war lang und kompliziert. Deshalb hatte die Solidarnosc einen Stand errichtet, wo die Leute sich den Schein erklären lassen konnten. Anstatt ihren Kandidaten anzukreuzen, mussten sie diejenigen durchstreichen, die sie nicht haben wollten. Die Wahlkämpfer der Solidarnosc hatten Beispiele vorbereitet; auf diesen Zetteln waren natürlich alle Kommunisten durchgestrichen.

Tanja schaute zu, wie die Menschen wählten. Für die meisten war es die erste Wahl überhaupt. Tanja sah eine schäbig gekleidete Frau, die mit dem Stift die Liste entlangfuhr und jedes Mal zufrieden nickte, wann immer sie einen Kommunisten sah, den sie durchstreichen konnte. Die Regierung hatte offenbar einen Fehler gemacht, als sie sich für ein Verfahren entschieden hatte, das den Unmut der Bevölkerung so befriedigend gestaltete.

Tanja sprach mit einigen Wählern und fragte sie, woran sie dachten, wenn sie ihre Entscheidung trafen. »Ich habe für die Kommunisten gestimmt«, sagte eine Frau in teurem Mantel. »Sie haben diese Wahl erst ermöglicht.« Doch die meisten schienen die Solidarnosc gewählt zu haben. Aber Tanjas Umfrage war natürlich nicht repräsentativ.

Zum Mittagessen ging sie zu Danuta; dann ließen die beiden Frauen Marek mit den Kindern zurück und fuhren in Tanjas Wagen zum Hauptquartier der Solidarnosc über dem Café Surprise im Stadtzentrum.

Die Stimmung war gut. Meinungsumfragen sahen die Solidarnosc vorne, aber verlassen wollte sich niemand darauf. Allerdings meldeten Außenstellen der Gewerkschaft im ganzen Land, dass die Moral gut sei. Auch Tanja wurde zunehmend optimistisch. Wie immer das Ergebnis ausfiel, hier fand zum ersten Mal eine echte Wahl in einem Land des Ostblocks statt, und allein das war schon ein Grund zur Freude.

Tanja und Danuta gingen in eines der Wahllokale und warteten bis zur Schließung, um beim Auszählen der Stimmen zuzuschauen. Es war ein spannender Augenblick. Wenn die Regierung betrügen wollte, standen ihr unterschiedliche Möglichkeiten offen. Doch Wahlbeobachter der Solidarnosc wachten mit Argusaugen über das Geschehen, und niemand bemerkte eine Unregelmäßigkeit. Das allein war schon ein Erfolg.

Wie sich bald zeigte, hatte Danuta einen Erdrutschsieg errungen, mit dem sie augenscheinlich nicht gerechnet hatte. »Ich kann es nicht glauben, ich bin Abgeordnete!«, sagte sie zu Tanja. »Vom polnischen Volk gewählt.«

Später fuhren sie zurück zum Café Surprise, wo alle sich vor den Fernsehern versammelt hatten. Danutas Wahlergebnis war nicht der einzige überwältigende Sieg. Die Kandidaten der Solidarnosc hatten wesentlich besser abgeschnitten als erwartet.

»Nicht zu fassen«, sagte Tanja. »Das ist grandios!«

»Nein, ist es nicht«, widersprach Danuta und verzog das Gesicht.

Erst jetzt fiel Tanja auf, wie düster die Wahlkämpfer der Solidarnosc dreinschauten. »Was stimmt denn nicht?«, fragte sie verwirrt.

»Wir haben *zu* gut abgeschnitten«, erklärte Danuta. »Das können die Kommunisten nicht auf sich sitzen lassen. Sie werden darauf reagieren.«

Daran hatte Tanja nicht gedacht.

»Bis jetzt hat die Regierung gar nichts gewonnen«, fuhr Danuta fort. »Selbst dort, wo die Kommunisten keine Gegenkandidaten hatten, haben sie noch nicht einmal fünfzig Prozent bekommen. Das ist eine Demütigung. Jaruzelski wird das Ergebnis für ungültig erklären.«

»Ich werde mit meinem Bruder reden«, sagte Tanja.

Sie hatte eine spezielle Nummer, die es ihr gestattete, direkt den Kreml zu erreichen. Es war zwar schon spät, aber Dimka war noch im Büro. »Ja, Jaruzelski hat gerade angerufen«, erzählte er seiner Schwester. »Ich nehme an, die Kommunisten sind gedemütigt worden.«

»Was hat Jaruzelski gesagt?«

»Er will wieder das Kriegsrecht ausrufen, so wie vor acht Jahren.«

»O Gott.« Tanja verließ der Mut. Sie erinnerte sich noch sehr gut daran, wie die ZOMO Danuta vor den Augen ihrer weinenden Kinder verschleppt hatte.

»Er hat vorgeschlagen, die Wahl für ungültig zu erklären«, sagte Dimka. »›Wir halten noch immer die Macht in Händen‹, hat er gesagt.«

»Das stimmt leider.« Tanja seufzte. »Sie haben die Waffen.«

»Aber Jaruzelski hat Angst, die Sache alleine durchzuziehen. Er will Gorbatschows Unterstützung.«

Tanja fasste neuen Mut. »Und? Was hat Gorbatschow gesagt?«

»Er hat noch nicht geantwortet. Er wird gerade erst geweckt.«

»Was glaubst du, wird er tun?«

»Vermutlich wird er Jaruzelski sagen, das müsse er schon selbst regeln. Das sagt er seit vier Jahren allen Ostblockführern. Aber sicher bin ich mir da nicht. Erleben zu müssen, dass die Partei bei den ersten freien Wahlen eine solch vernichtende Niederlage einstecken muss, könnte selbst für Gorbatschow zu viel sein.«

»Wann wirst du wissen, wie es ausgeht?«

»Bald. Gorbatschow wird einfach Ja oder Nein sagen und dann wieder schlafen gehen. Ruf mich in einer Stunde noch mal an.«

Tanja legte auf. Sie wusste nicht, was sie von alledem halten sollte. Jaruzelski war offensichtlich bereit, wieder zuzuschlagen, alle Aktivisten der Solidarnosc zu verhaften, die Bürgerrechte abzuschaffen und seine Diktatur zu erneuern, genau wie 1981. Das geschah immer, wenn es in einem sozialistischen Land nach Freiheit roch. Doch Gorbatschow hatte erklärt, die alten Zeiten seien vorbei. Aber stimmte das auch?

Polen würde es bald herausfinden.

Angespannt starrte Tanja auf das Telefon, nachdem sie aufgelegt hatte. Sie spürte Danutas Blicke. Was sollte sie ihr sagen? Sie wollte niemanden in Panik versetzen, aber Danuta und die anderen mussten wenigstens vor Jaruzelskis Absichten gewarnt werden.

»Was ist los?«, fragte Danuta. »Du schaust so düster drein. Was hat dein Bruder gesagt?«

Tanja zögerte. Schließlich antwortete sie: »Es ist noch nichts entschieden. Jaruzelski hat Gorbatschow angerufen, konnte ihn bis jetzt aber nicht erreichen.«

Sie schauten weiter Fernsehen. Die Solidarnosc siegte auf breiter Front. Bis jetzt hatten die Kommunisten nicht einen einzigen Sitz errungen, der frei gewählt werden konnte. Immer mehr Ergebnisse bestätigten den ersten Eindruck. Von einem Erdrutschsieg zu sprechen, war beinahe eine Untertreibung. Es war ein Tsunami.

Im Raum über dem Café mischte sich Angst in die Euphorie. Der allmähliche Machtwechsel, auf den alle gehofft hatten, kam jetzt nicht mehr infrage. Jetzt würde in den nächsten vierundzwanzig Stunden die Entscheidung fallen: Entweder rissen die Kommunisten die Macht mit Gewalt wieder an sich, oder sie waren am Ende.

Tanja musste sich zwingen, eine Stunde lang zu warten, bevor sie wieder in Moskau anrief.

»Sie haben miteinander gesprochen«, berichtete Dimka. »Gorbatschow hat sich geweigert, die Ausrufung des Kriegsrechts zu unterstützen.«

»Gott sei Dank!« Tanja fiel ein Stein vom Herzen. »Aber was wird Jaruzelski jetzt tun?«

»Zurückrudern, so schnell er kann.«

»Glaubst du wirklich?« Tanja konnte es kaum glauben.

»Er hat keine Wahl mehr.«

»Das stimmt wohl.«

»Dann feiert mal schön.«

Tanja legte auf und wandte sich Danuta zu: »Es wird keine Gewalt geben. Gorbatschow hat es kategorisch ausgeschlossen.«

»O Gott.« Danuta schnappte nach Luft, so aufgewühlt war sie. »Dann haben wir tatsächlich gesiegt!«

»Ja«, bestätigte Tanja, die ihre Freude kaum zügeln konnte. »Das ist der Anfang vom Ende.«

*

Am 7. Juli war es glühend heiß in Bukarest. Dimka und Natalja begleiteten Gorbatschow beim Gipfeltreffen des Warschauer Pakts. Ihr Gastgeber war Nicolae Ceaușescu, der rumänische Diktator.

Der wichtigste Punkt war das »Ungarnproblem«. Dimka wusste, dass Erich Honecker es auf die Tagesordnung gesetzt hatte. Die Liberalisierung Ungarns bedrohte alle anderen Staaten des Warschauer Pakts, indem es die Aufmerksamkeit auf die repressive Natur ihrer Regimes lenkte, doch für die DDR war es besonders gefährlich. Hunderte von DDR-Bürgern, die in Ungarn ihren Urlaub verbrachten, verließen ihre Zelte und marschierten durch die Wälder und die Löcher in der Grenze nach Österreich. Die Straßen, die vom Balaton zur Grenze führten, waren von liegen gebliebenen Trabbis und Wartburgs verstopft. Die Flüchtlinge hatten sie einfach stehen lassen. Die meisten Ostdeutschen hatten keine Reisepässe, aber das spielte keine Rolle. Sie wurden in die BRD gebracht, wo man ihnen automatisch die Staatsbürgerschaft gab und ihnen half, sich niederzulassen. Ohne Zweifel würden sie ihre alten Autos bald durch zuverlässigere Volkswagen und Opel ersetzen.

Die politischen Führer des Warschauer Pakts trafen sich in einem großen Raum an rechteckig angeordneten Tischen, die mit den Flaggen der einzelnen Länder drapiert waren. Wie immer saßen Dimka und Natalja am Rand. Honecker war die treibende Kraft des Treffens, doch Ceaușescu führte den Angriff. Er erhob sich von seinem Platz direkt neben Gorbatschow und attackierte vehement die Reformen der ungarischen Regierung. Ceaușescu war ein kleiner Mann mit buschigen Augenbrauen und wildem Blick. Obwohl er nur zu ein paar Dutzend Personen sprach, brüllte und gestikulierte er, als rede er in einem Stadion. Und er machte keinen Hehl daraus, was er wollte: eine Wiederholung von 1956. Er rief zu einer Invasion der Warschauer-Pakt-Staaten auf, um Miklós Németh aus dem Amt zu jagen und orthodoxe Kader an die Macht zu bringen.

Dimka schaute sich um. Honecker nickte. Milos Jakes, der tschechische Hardliner, schaute ebenfalls zustimmend drein, und auch Bulgariens Todor Schiwkow war eindeutig dafür. Nur Polens politischer Führer, General Jaruzelski, hörte sich das Ganze ungerührt und ausdruckslos an. Vielleicht hatte ihn die Wahlniederlage zu sehr gedemütigt.

Alle diese Männer waren rücksichtslose Tyrannen, denen der Machterhalt über alles ging. Jedes politische System, das solchen Menschen die Herrschaft erlaubt, kann nicht gut sein, sinnierte Dimka. Warum haben wir so lange gebraucht, um das zu erkennen?

Doch wie die meisten anderen im Raum beobachtete auch Dimka vor allem einen der Anwesenden: Michail Gorbatschow.

Auf Rhetorik kam es jetzt nicht mehr an. Es war vollkommen egal, wer recht hatte und wer nicht. Niemand in diesem Raum hatte die Macht, irgendetwas ohne die Zustimmung des einen Mannes mit dem dunklen Muttermal auf der Stirn zu tun.

Und Dimka glaubte zu wissen, was Gorbatschow tun würde. Aber er konnte nicht sicher sein. Gorbatschow war innerlich zerrissen, genau wie die Sowjetunion. Aber eines stand fest: Was auch immer hier geredet wurde, es würde ihn nicht beeinflussen. Die Entscheidung war längst getroffen. Deshalb schaute er die meiste Zeit auch nur gelangweilt drein.

Ceauşescu schrie inzwischen fast. In diesem Augenblick blickte Gorbatschow zu Miklós Németh. Und der Russe schenkte dem Ungarn ein leichtes Lächeln, während Ceauşescu Gift und Galle spie.

Und dann zwinkerte Gorbatschow auch noch.

Dann wandte er sich wieder ab und schaute gelangweilt drein.

*

Bis fast zum Ende der Europareise von Präsident Bush gelang es Maria, Jasper Murray aus dem Weg zu gehen.

Sie hatte Jasper nie kennengelernt. Sie wusste, wie er aussah, kannte ihn aber nur aus dem Fernsehen wie jeder andere Amerikaner auch. Nun stellte sie fest, dass er in natura größer war, als er auf dem Bildschirm wirkte.

Über Jahre hinweg war sie die Quelle seiner besten Storys gewesen, aber das wusste er nicht. Jasper kannte nur George Jakes, den Mittelsmann. Sie waren vorsichtig. Deshalb war man ihnen nie auf die Schliche gekommen.

Maria kannte die Geschichte von Jaspers Entlassung bei *This Day*. Das Weiße Haus hatte Druck auf Frank Lindeman ausgeübt, den Eigentümer des Networks, bis der Starreporter ins Exil gehen musste. Doch dank der Umwälzungen in Osteuropa und Jaspers Nase für gute Storys hatte er in seinem neuen Umfeld schnell Fuß gefasst.

Die letzte Station für Bush und seine Begleiter, darunter Maria, war Paris. Am französischen Nationalfeiertag, dem 14. Juli, stand sie mit dem Pressekorps auf den Champs-Elysées, betrachtete eine endlose Parade militärischer Macht und freute sich auf die Heimreise und den Sex mit George, als Jasper sie ansprach. Er wies auf ein riesiges Plakat mit Evie Williams' Konterfei, das Gesichtscreme anpries. »Mit fünfzehn«, sagte er, »war sie in mich verknallt.«

Maria blickte auf das Bild. Wegen ihrer politischen Aktivitäten stand Evie Williams in Hollywood auf der schwarzen Liste, aber in Europa war sie ein Star, und Maria erinnerte sich, gelesen zu haben, dass ihre Produktlinie von Naturkosmetika ihr mehr Geld einbrachte als jede Filmrolle ihres Lebens.

»Sie und ich sind uns nie begegnet«, fuhr Jasper fort, »aber ich habe Ihr Patenkind gekannt, Jack Jakes, als ich mit Verena Marquand zusammenlebte.«

Maria schüttelte ihm wachsam die Hand. Mit Reportern zu sprechen, war immer gefährlich. Ganz gleich, was man sagte, allein der Umstand, dass man mit ihnen geredet hatte, brachte einen in eine schwache Position, denn es ließ sich immer trefflich darüber streiten, was man wirklich gesagt hatte. »Ich freue mich, Sie endlich kennenzulernen«, sagte sie.

»Ich bewundere Ihre Leistungen«, entgegnete Jasper. »Ihre Karriere wäre schon für einen weißen Mann bemerkenswert. Dass eine schwarze Frau so weit kommt, ist schlichtweg erstaunlich.«

Maria lächelte. Natürlich war Jasper charmant – auf diese Weise brachte er die Menschen dazu, mit ihm zu reden –, aber man durfte ihm keinen Millimeter weit trauen. Für eine gute Story hätte er vermutlich die eigene Mutter ans Messer geliefert. Unverbindlich fragte Maria: »Wie gefällt Ihnen Europa?«

»Zurzeit ist es nirgendwo auf der Welt interessanter«, sagte er. »Ich bin ein Glückspilz.«

»Ja.«

»Aber anders als für mich«, fuhr er fort, »ist diese Reise für Präsident Bush kein Erfolg gewesen.«

Jetzt kommt es, dachte Maria. Sie war in einer schwierigen Position. Sie musste den Präsidenten und das Außenministerium in Schutz nehmen, obwohl sie Jaspers Einschätzung teilte. Bush hatte es versäumt, die Führung der Freiheitsbewegung in Osteuropa zu übernehmen; er war zu zaghaft. Doch Maria sagte: »Ich sehe das anders. Ich finde, wir können durchaus von einem Triumph sprechen.«

»Nun ja, das müssen Sie natürlich sagen. Aber mal unter uns, war es richtig von Bush, Jaruzelski zu drängen, für das Amt des polnischen Präsidenten zu kandidieren? Einen kommunistischen Tyrannen der alten Schule?«

»Jaruzelski könnte der beste Kandidat sein, um allmähliche Reformen zu gewährleisten«, sagte Maria, auch wenn sie es nicht glaubte.

»Bush hat Lech Walesa erbost, indem er ein mageres Hilfspaket von hundert Millionen Dollar anbot, obwohl die Solidarnosc um zehn Milliarden gebeten hatte.«

»Präsident Bush glaubt an die Vorsicht«, wandte Maria ein. »Er findet, dass die Polen ihre Wirtschaft erneuern müssen, ehe sie Hilfen erhalten können. Andernfalls wäre das Geld verschwendet. Der Präsident ist ein Konservativer. Das mag Ihnen nicht gefallen, Jasper, aber dem amerikanischen Volk gefällt es. Deshalb hat es ihn gewählt.«

Jasper gestand ihr den Punktgewinn mit einem Lächeln zu, doch er bohrte weiter. »In Ungarn hat Bush die kommunistische Regierung dafür gelobt, dass sie den Zaun entfernt hat, aber nicht die Opposition, die den Druck aufgebaut hatte. Er sagte den Ungarn, sie sollen nicht zu schnell zu weit rennen. Was ist denn das für ein Rat vom politischen Führer der freien Welt?«

Maria widersprach Jasper nicht. Er hatte zu hundert Prozent recht. Sie beschloss, ihn abzulenken. Um einen Moment nachdenken zu können, beobachtete sie einen Tieflader, der mit einer langen Rakete vorbeifuhr, auf die eine französische Trikolore gemalt war. Dann sagte sie: »Sie verpassen eine bessere Story.«

Jasper zog skeptisch eine Augenbraue hoch. Diesen Vorwurf hörte er nicht oft. »Inwiefern?«

»Offiziell kann ich Ihnen das nicht sagen.«

»Dann inoffiziell.«

Maria sah ihn warnend an. »So lange wir uns da einig sind.«

»Sind wir.«

»Okay. Sie wissen vermutlich, dass der Präsident Hinweise erhalten hat, dass Gorbatschow ein Schwindler sei, Glasnost und Perestroika kommunistischer Humbug und die ganze Geschichte nichts weiter als eine Masche, um den Westen zu verleiten, in seiner Wachsamkeit nachzulassen und vorzeitig abzurüsten.«

»Wer gibt ihm diese Hinweise?«

Die Antwort lautete: die CIA, der Nationale Sicherheitsberater und der Verteidigungsminister. Doch Maria wollte sie nicht in einem Gespräch mit einem Reporter diffamieren, deshalb sagte sie: »Wenn Sie das nicht schon wissen, Jasper, sind Sie nicht der Reporter, für den wir Sie alle halten.«

Er grinste. »Okay, was ist die große Story?«

»Präsident Bush war geneigt, die Hinweise für bare Münze zu nehmen – bis zu dieser Reise. Die große Story ist, dass er hier in Europa die Realitäten neu entdeckt und seine Ansichten entsprechend geändert hat. In Polen hat er gesagt: ›Ich habe das berauschende Gefühl, dass ich Zeuge bin, wie vor meinen Augen Geschichte gemacht wird.‹«

»Darf ich das Zitat benutzen?«

»Ja. Er hat es zu mir gesagt.«

»Danke.«

»Der Präsident hält die Veränderungen hinter dem Eisernen Vorhang für real und dauerhaft. Wir müssen sie behutsam fördern, anstatt uns einzureden, dass sie in Wirklichkeit gar nicht geschehen.«

Jasper bedachte Maria mit einem langen Blick, der, wie sie fand, Erstaunen und Respekt ausdrückte. »Sie haben recht«, sagte er. »Das ist eine bessere Story. In Washington werden die kalten Krieger wie Dick Cheney und Brent Scowcroft vor Wut schäumen.«

»Das haben Sie gesagt«, entgegnete Maria, »nicht ich.«

*

Lili, Karolin, Alice und Helmut fuhren in Lilis weißem Trabant zum Plattensee. Wie immer dauerte die Fahrt zwei Tage. Auf dem Weg sangen Lili und Karolin jeden Song, den sie kannten.

Sie sangen, um ihre Angst zu bekämpfen, denn Alice und Helmut wollten versuchen, in den Westen zu fliehen. Niemand wusste, was dann geschehen würde.

Lili und Karolin jedenfalls wollten zurückbleiben. Beide waren alleinstehend; trotzdem hatten sie ein Leben in der DDR. Ja, sie hassten das

Regime, aber sie würden dagegen kämpfen, nicht davor fliehen. Für Alice und Helmut war das anders. Sie hatten ihr Leben noch vor sich.

Lili kannte nur zwei Leute, die geflohen waren: Rebecca und Walli. Rebeccas Verlobter war dabei von einem Hausdach gestürzt und zum Krüppel geworden, und Walli hatte einen Grenzer überfahren und getötet. Jahrelang hatte er unter dem Trauma gelitten. Das waren nicht gerade die besten Präzedenzfälle. Aber jetzt hatte die Situation sich verändert ... oder?

Am ersten Abend im Ferienlager lernten sie einen Mann mit Namen Berthold kennen. Er war mittleren Alters, saß vor seinem Zelt und hielt einem Dutzend junger Leute Vorträge.

»Das ist doch offensichtlich, oder?«, sagte er mit selbstbewusster Stimme. »Das ist eine Falle der Stasi. Es ist ihre neueste Masche, Regimekritiker zu fangen.«

Ein junger Mann, der vor ihm auf dem Boden saß, schien anderer Meinung zu sein. »Und wie soll diese Falle funktionieren?«

»Sobald ihr die Grenze überquert, werdet ihr von den Österreichern verhaftet. Die übergeben euch dann den Ungarn, und die wiederum schicken euch in Handschellen in die DDR. Und dann wandert ihr geradewegs in die Stasikeller.«

Ein Mädchen meldete sich zu Wort. »Und woher wollen Sie das wissen?«

»Mein Vetter hat versucht, hier die Grenze zu überqueren«, antwortete Berthold. »›Ich schicke dir aus Wien eine Postkarte‹, hat er als Letztes zu mir gesagt. Jetzt sitzt er in Dresden im Knast und schuftet in einem Uranbergwerk. Nur auf diese Weise kriegt die Regierung die Leute dazu, in diesem Dreck zu arbeiten. Sonst macht das doch keiner. Von der Strahlung bekommt man Lungenkrebs.«

Bevor sie ins Bett gingen, redete die Familie über Bertholds Theorie. Alice sagte verächtlich: »Der Kerl ist ein Klugscheißer. Woher will er denn wissen, dass sein Vetter in einem Uranbergwerk schuftet? Die Regierung gibt doch nicht zu, dass sie Gefangene dafür nutzt.«

Helmut jedoch machte sich Sorgen. »Er mag ja ein Blödmann sein, aber was ist, wenn seine Geschichte stimmt? Die Grenze könnte wirklich eine Falle sein.«

»Warum sollten die Österreicher Flüchtlinge zurückschicken?«, erwiderte Alice. »Die sind auch nicht gerade Fans des Sozialismus.«

»Vielleicht wollen sie sich ja den Ärger ersparen. Was kümmern Österreicher denn die Ostdeutschen?«

So diskutierten sie eine Stunde lang, ohne zu einem Ergebnis zu gelangen. Lili lag noch lange wach und machte sich Sorgen.

Am nächsten Morgen sah sie, wie Berthold im Speisesaal eine weitere Gruppe junger Leute mit seinen Theorien belehrte, vor sich einen großen Teller mit Schinken und Käse. War der Mann echt oder ein Stasiprovokateur? Lili musste es herausfinden. Berthold schien die Absicht zu haben, noch eine Weile im Saal zu bleiben; deshalb beschloss Lili, sein Zelt zu durchsuchen.

Normalerweise waren die Zelte nicht gesichert. Man riet den Urlaubern lediglich, kein Geld oder andere Wertsachen zurückzulassen. Doch Bertholds Zelt war sorgfältig zugeknotet.

Lili öffnete die Knoten und versuchte dabei, so entspannt wie möglich auszusehen, als hätte sie das Recht dazu. Das Herz schlug ihr bis zum Hals. Wann immer jemand vorbeikam, war sie versucht, schuldbewusst den Kopf zu senken. Zwar war sie es gewohnt, im Untergrund zu agieren – ihre Konzerte mit Karolin waren nach wie vor illegal –, aber so etwas hatte sie noch nie gemacht. Sollte Berthold sein Frühstück aus irgendeinem Grund früher beenden und zurückkommen, was sollte sie dann sagen? »Hoppla! Falsches Zelt! Tut mir leid!«

Wenigstens sahen die Zelte alle gleich aus. Natürlich würde Berthold ihr kein Wort glauben, aber was sollte er schon tun? Zur Polizei gehen?

Lili öffnete die Zeltklappe und kroch hinein.

Für einen Mann war Berthold sehr ordentlich. Seine Kleidung lag gefaltet im Koffer, und die Schmutzwäsche sammelte er in einem großen Beutel. In seinem Kulturbeutel steckten ein Rasierer und eine Dose Schaum. Sein Bett war eine Metallpritsche; daneben lagen ein paar deutschsprachige Zeitschriften. Alles sah ganz harmlos aus.

Nur keine Eile, ermahnte Lili sich. Schau dir alles genau an. Wer ist dieser Kerl, und was tut er hier?

Auf der Pritsche lag ein gefalteter Schlafsack. Als Lili ihn hochhob, spürte sie etwas Schweres. Sie öffnete den Schlafsack, kramte darin, fand ein Buch mit pornografischen Fotos ... und eine Waffe.

Es war eine kleine schwarze Pistole mit kurzem Lauf. Lili wusste nicht viel über Schusswaffen, und sie konnte die Marke nicht identifizieren, nahm aber an, dass es eine 9-mm-Pistole war.

Lili steckte sie sich in die Jeanstasche.

Jetzt hatte sie die Antwort auf ihre Frage. Berthold war nicht einfach nur ein Klugscheißer. Er war tatsächlich Stasiagent, den man hierhergeschickt hatte, um Horrorgeschichten zu verbreiten.

Lili faltete den Schlafsack wieder und kroch aus dem Zelt. Berthold war nirgends zu sehen. Hastig, mit zitternden Fingern, verschnürte sie den Eingang. Nur noch ein paar Sekunden, dann war sie in Sicherheit. Natürlich würde Berthold sofort wissen, dass jemand in seinem Zelt gewesen war, wenn er das Fehlen der Waffe bemerkte, doch wenn Lili jetzt damit entkam, würde er niemals erfahren, wer die Pistole an sich genommen hatte. Wahrscheinlich würde er es nicht einmal der ungarischen Polizei melden, denn die würde es bestimmt nicht gerne sehen, wenn ein DDR-Agent eine Waffe in eines ihrer Urlaubslager schmuggelte.

Rasch lief Lili davon.

Karolin war in Alice' und Helmuts Zelt. Sie sprachen leise miteinander und diskutierten noch immer darüber, ob die Sache mit der Grenze eine Falle war.

Lili unterbrach die beiden. »Berthold ist Stasiagent«, sagte sie. »Ich habe sein Zelt durchsucht.« Sie holte die Waffe aus der Tasche.

»Das ist eine Makarow«, erklärte Helmut, der in der Armee gedient hatte. »Eine halbautomatische Pistole aus der Sowjetunion, die Standardwaffe der Stasi.«

»Wenn die Grenze wirklich eine Falle wäre«, sagte Lili, »würde die Stasi alles tun, um es geheim zu halten. So wie Berthold darüber redet, beweist es doch das Gegenteil.«

»Genau.« Helmut nickte. »Und das genügt mir. Wir gehen.«

Sie standen alle auf. Helmut fragte Lili: »Möchtest du, dass ich die Waffe verschwinden lasse?«

»Ja, bitte.« Erleichtert reichte sie ihm die Pistole.

»Ich suche mir eine abgelegene Stelle am Ufer und werfe sie ins Wasser«, sagte Helmut.

Während er die Pistole beseitigte, legten die Frauen Handtücher, Badeanzüge und Sonnenöl in den Kofferraum des Trabbis, als wollten sie für den Tag an den Strand fahren. Als Helmut zurückkam, fuhren sie in den nächsten Lebensmittelladen und kauften Käse, Brot und Wein für ein Picknick.

Dann ging es Richtung Westen.

Lili schaute immer wieder hinter sich, doch so weit sie sehen konnte, folgte ihnen niemand.

Nach gut siebzig Kilometern verließen sie in der Nähe der Grenze die Hauptstraße. Alice hatte eine Karte und einen Kompass dabei. Sie fuhren über die Landstraßen und taten so, als würden sie nach einer geeigneten Stelle für ihr Picknick suchen. Dabei sahen sie mehrere verlassene Autos mit DDR-Nummernschildern am Straßenrand. Jetzt wussten sie, dass sie in der richtigen Gegend waren.

Von Grenzern war nichts zu sehen, aber Lili machte sich trotzdem Sorgen. Offensichtlich hatte die Stasi Interesse an den Flüchtlingen, nur konnte sie vermutlich nichts dagegen tun.

Sie fuhren an einem kleinen See vorbei, als Alice sagte: »Nach der Karte ist der Grenzzaun gut einen Kilometer von hier.«

Ein paar Sekunden später bog Helmut, der am Steuer saß, von der Straße auf einen unbefestigten Waldweg ein. Er stellte den Wagen auf einer kleinen Lichtung ab und machte den Motor aus. »Na denn«, sagte er in die Stille hinein. »Sollen wir so tun, als würden wir zu Mittag essen?«

»Nein«, antwortete Alice. Ihre Stimme zitterte vor Anspannung. »Ich will los. Jetzt.«

»Gut.«

Sie stiegen aus.

Alice ging voraus und schaute dabei immer wieder auf ihren Kompass. Sie kamen gut voran, denn es gab nur wenig Unterholz. Große Fichten filterten das Sonnenlicht, und auf den vertrockneten Nadeln, mit denen der Boden bedeckt war, bildeten sich goldene Flecken aus Licht. Der Wald war still. Lili hörte nur den Schrei eines Wasservogels und in der Ferne das Rattern eines Traktormotors.

Sie kamen an einem gelben Wartburg vorbei. Er war halb unter den tief hängenden Ästen eines Baumes verborgen; die Fensterscheiben waren zerbrochen, die Stoßfänger verrostet. Ein Vogel flatterte aus dem offenen Kofferraum. Lili fragte sich, ob das Tier sich da ein Nest gebaut hatte.

Ständig schaute sie sich um und hielt nach Uniformierten Ausschau, sah aber niemanden. Helmut war genauso aufmerksam, aber auch ihm schien nichts Verdächtiges aufzufallen.

Sie stiegen eine kleine Anhöhe hinauf, und plötzlich endete der Wald. Das Land war gerodet, und hundert Meter entfernt erhob sich der Zaun.

Er war nicht sonderlich beeindruckend. Die Pfosten bestanden aus grob behauenem Holz. Es gab mehrere Reihen Draht, durch die einst Strom geflossen war. Die oberste Reihe in knapp zwei Metern Höhe war Stacheldraht. Auf der anderen Seite, in Österreich, leuchtete ein Weizenfeld in der Sonne.

Sie überquerten den einstigen Todesstreifen und erreichten den Zaun.

»Lass uns hier rüberklettern«, sagte Alice.

»Die haben den Strom doch wirklich abgeschaltet?«, wollte Helmut sich versichern.

»Ja«, antwortete Alice. »Bestimmt.«

Ungeduldig streckte Karolin die Hand aus und berührte den Zaun, sämtliche Drähte, packte jeden fest mit der Hand. »Alles aus«, verkündete sie schließlich.

Alice küsste und umarmte erst ihre Mutter, dann Lili. Helmut schüttelte ihnen stumm die Hand.

In diesem Moment tauchten hundert Meter entfernt auf einer Anhöhe zwei Soldaten in den grauen Uniformen der ungarischen Grenztruppen auf.

Lili flüsterte: »Oh nein.«

Die beiden Männer nahmen ihre Gewehre von der Schulter.

»Rührt euch nicht«, sagte Helmut.

»Wir sind schon fast drüben ...«, jammerte Alice und brach in Tränen aus.

»Es ist noch nicht vorbei«, sagte Helmut entschlossen.

Die Männer kamen näher. Dann fragte einer auf Deutsch: »Was tun Sie hier?« Dabei wussten sie vermutlich ganz genau, was hier los war.

»Wir wollten im Wald ein Picknick machen«, antwortete Lili.

»Ein Picknick? Wirklich?«

»Wir wollen keinen Ärger.«

»Hier dürfen Sie nicht sein.«

Lili hatte furchtbare Angst, dass die Soldaten sie verhafteten. »Tut uns leid«, sagte sie. »Wir gehen wieder.«

Ihre größte Befürchtung war, dass Helmut sich wehrte. Wenn das geschah, bestand die Gefahr, dass sie mit dem Leben dafür bezahlten. Lili zitterte, und ihre Knie drohten nachzugeben.

Dann sprach auch der zweite Soldat. »Halten Sie einfach die Augen auf«, sagte er und deutete den Zaun hinunter in die Richtung, aus der sie gekommen waren. »Da hinten gibt es ein Loch im Zaun. Wenn Sie nicht aufpassen, sind Sie plötzlich auf der anderen Seite.«

Die beiden Soldaten schauten einander an und lachten herzhaft. Dann marschierten sie weiter.

Lili blickte ihnen fassungslos hinterher. Die Männer blieben nicht stehen und schauten auch nicht zurück.

»Offenbar wollten die uns sagen, wo ...«, begann Lili.

»Ja! Wo man ein Loch im Zaun finden kann!«, vervollständigte Helmut den Satz. »Gehen wir. Komm, schnell!«

Sie liefen in die Richtung, in die der Soldat gedeutet hatte. Dabei hielten sie sich dicht am Waldrand für den Fall, dass sie sich verstecken mussten. Und tatsächlich: Sie waren nicht mal einen Kilometer weit gegangen, als sie ein Loch im Zaun entdeckten. Die Holzpfosten waren herausgerissen und lagen auf dem Boden. Es sah aus, als wäre ein schwerer Lkw durchgebrochen. Die Erde war von zahllosen Füßen platt getreten. Hinter der Lücke im Zaun führte ein Pfad zwischen zwei Feldern hindurch zu einem kleinen Wäldchen, hinter dem die Dächer eines Dorfes zu erkennen waren.

Vor ihnen lag die Freiheit.

An einer kleinen Fichte in der Nähe hingen Schlüsselbunde, dreißig, vierzig, wenn nicht mehr. Die Menschen hatten die Schlüssel zu ihren Wohnungen und Autos zurückgelassen, eine Geste des Trotzes und ein Zeichen dafür, dass sie nie mehr zurückkehren würden. Wann immer die Äste sich in der sanften Brise bewegten, funkelte das Metall in der Sonne wie ein Christbaum.

»Jetzt kein Zögern mehr«, sagte Lili. »Wir haben uns schon vor zehn Minuten voneinander verabschiedet. Geht!«

»Ich liebe dich, Mama«, sagte Alice leise. »Und dich auch, Lili.«

»Geht«, drängte Karolin.

Alice nahm Helmuts Hand.

Lili schaute den Zaun hinunter. Es war niemand zu sehen.

Vorsichtig stiegen die beiden jungen Leute über die Pfosten mit dem Draht hinweg und krochen durch das Loch.

Auf der anderen Seite blieben sie noch einmal stehen und winkten, obwohl sie erst wenige Meter entfernt waren.

»Wir sind frei.« In Alice' Stimme schwang Staunen mit. »Frei!«

»Bestell Walli alles Liebe von mir«, sagte Lili.

»Von mir auch«, fügte Karolin unter Tränen hinzu.

Hand in Hand gingen Alice und Helmut über den Pfad zwischen den Feldern.

Am Ende angekommen, winkten sie noch einmal. Dann verschwanden sie in dem kleinen Dorf.

Karolins Gesicht war nass von Tränen. »Ob wir sie jemals wiedersehen?«, flüsterte sie.

KAPITEL 61

Westberlin weckte stets nostalgische Gefühle in Walli. Er erinnerte sich noch gut daran, wie er als Halbstarker im Minnesänger Songs der Everly Brothers gespielt und von Amerika geträumt hatte. Er hatte immer schon Popstar werden wollen. Und das hatte er auch geschafft. Aber er hatte längst nicht alles bekommen, was er wollte.

Als er im Hotel eincheckte, traf er auf Jasper Murray. »Ich habe schon gehört, dass du hier bist«, sagte Walli. »Hier in Deutschland ist es im Moment kaum wirklich aufregend.«

»Kann man wohl sagen«, erwiderte Jasper. »Normalerweise sind die Amerikaner ja nicht an Nachrichten aus Europa interessiert, aber das hier ist etwas Besonderes.«

»Ohne dich läuft deine Sendung nicht, stimmt's? Wie ich gehört habe, sind die Einschaltquoten dramatisch gesunken.«

»Ich sollte jetzt vermutlich so tun, als würde mir das leidtun, aber das kann ich nicht behaupten«, erwiderte Jasper. »Und was machst du so heutzutage?«

»Ein neues Album. Dave mischt es gerade in Kalifornien ab. Vermutlich baut er wieder Mist mit den Streichern.«

»Und was führt dich nach Berlin?«

»Ich treffe mich mit meiner Tochter Alice. Sie ist aus der DDR geflohen.«

»Sind deine Eltern immer noch drüben?«

»Ja. Meine Schwester Lili auch.« Und Karolin, dachte Walli, sprach es aber nicht aus. Er sehnte sich danach, dass auch sie fliehen würde. Tief im Herzen vermisste er sie immer noch. »Rebecca ist schon lange hier im Westen«, fügte er hinzu. »Sie ist ein hohes Tier im Auswärtigen Amt.«

»Ich weiß. Sie hat mir sehr geholfen. Vielleicht können wir ja mal eine Doku über eure Familie machen, die durch die Mauer getrennt worden ist. Das würde dem Leid des Kalten Krieges ein menschliches Gesicht verleihen.«

»Nein«, erklärte Walli kategorisch. Er hatte das Interview nicht vergessen, das Jasper in den Sechzigern mit ihm geführt und das den Francks so viel Ärger eingebracht hatte. »Die DDR-Regierung würde meiner Familie das Leben dann nur umso schwerer machen.«

»Schade. Trotzdem ... War schön, dich zu sehen.«

Walli nahm die Präsidentensuite. Im Wohnzimmer schaltete er den Fernseher ein. Das Gerät war ein Franck aus der Fabrik seines Vaters. In den Nachrichten war von den zahllosen Menschen die Rede, die über Ungarn und jetzt auch die Tschechoslowakei aus der DDR flohen. Walli ließ das Fernsehen laufen, drehte nur den Ton etwas herunter. Er war es gewöhnt, dass der Fernseher lief, während er irgendetwas anderes tat. Elvis, hatte er mal gehört, hatte es genauso gemacht.

Walli duschte und zog sich frische Sachen an. Dann rief die Rezeption an und erklärte, dass Alice und Helmut unten auf ihn warteten. »Schicken Sie sie rauf«, sagte Walli.

Er war nervös, auch wenn das dumm war. Schließlich war Alice seine Tochter. Aber er hatte sie in den fünfundzwanzig Jahren ihres Lebens nur ein einziges Mal gesehen. Damals war sie noch ein dürrer Teenager mit langem blonden Haar gewesen; sie hatte ihn unglaublich an Karolin in den Sechzigerjahren erinnert.

Kurz darauf klingelte es an der Tür. Walli machte auf. Vor ihm stand Alice, aus der eine junge Frau geworden war. Von der Unbeholfenheit des Teenagers war keine Spur mehr zu sehen. Ihr blondes Haar hatte sie zu einem Bubikopf geschnitten. Sie sah der jungen Karolin nicht mehr ganz so ähnlich, hatte aber das strahlende Lächeln ihrer Mutter. Sie trug noch ihre billige ostdeutsche Kleidung und die abgetretenen Schuhe. Walli nahm sich vor, so bald wie möglich mit ihr shoppen zu gehen.

Unbeholfen küsste er Alice auf die Wangen und schüttelte Helmut die Hand.

Alice schaute sich in der Suite um. »Wow! Nettes Zimmer.«

Es war nichts im Vergleich zu den Hotels in Los Angeles, aber das sagte Walli nicht. Lili musste noch viele Erfahrungen machen und hatte noch eine Menge zu lernen, aber dafür war noch Zeit genug.

Walli bestellte Kaffee und Kuchen beim Zimmerservice. Dann setzten sie sich im Wohnzimmer an den Tisch. »Das ist wirklich verrückt«, sagte Walli. »Du bist mein Kind, und doch sind wir Fremde.«

»Aber ich kenne deine Songs«, erklärte Alice. »Jeden einzelnen. Du warst zwar nicht da, aber du hast mein Leben lang für mich gesungen.«

»Da hast du dir wenigstens den Besten ausgesucht.« Walli lächelte.

»Ja.«

Die beiden jungen Leute erzählten ihm in allen Einzelheiten von ihrer Flucht. »Rückblickend war es ziemlich leicht«, sagte Alice. »Trotzdem hatte ich die ganze Zeit Todesangst.«

Im Augenblick lebten sie in einer Wohnung, die Enok Andersen, Werners Prokurist, für sie angemietet hatte. »Was habt ihr denn langfristig vor?«, fragte Walli.

»Ich bin Elektroingenieur«, sagte Helmut, »aber ich muss noch viel über das Geschäft lernen. Nächste Woche gehe ich mit einem Vertreter von Franck auf Tour. Dein Vater sagt, das sei der ideale Anfang.«

»Im Osten habe ich in einer Apotheke gearbeitet«, sagte Alice. »Vermutlich werde ich hier erst mal das Gleiche tun, aber eines Tages möchte ich meinen eigenen Laden haben.«

Walli freute sich, dass beide über Arbeit und die Zukunft nachdachten. Insgeheim hatte er befürchtet, sie wollten von seinem Geld leben. Er lächelte. »Auf jeden Fall bin ich froh, dass keiner von euch ins Musikgeschäft will.«

»Vor allem wollen wir Kinder«, sagte Alice.

»He, das ist prima! Ich kann's gar nicht erwarten, ein echter Rockopa zu sein. Wollt ihr auch heiraten?«

»Wir haben darüber geredet«, antwortete Alice. »Im Osten war uns das egal, aber jetzt wollen wir eigentlich schon. Wie denkst du darüber?«

»Für mich war die Ehe nie so eine große Sache, aber es freut mich trotzdem, dass ihr euch dafür entschieden habt.«

»Würdest du dann auf meiner Hochzeit singen, Papa?«

Walli war gerührt. Damit hatte er nun wirklich nicht gerechnet. Er kämpfte mit den Tränen. »Sicher, Liebes«, brachte er mühsam hervor. »Gerne.« Um seine Gefühle zu verbergen, drehte er sich zum Fernseher um.

Auf dem Bildschirm waren Bilder der Demonstration vom Vortag in Leipzig zu sehen. Die Demonstranten hielten Kerzen in Händen und marschierten stumm von einer Kirche aus. Sie waren friedlich dennoch fuhren Busse der Volkspolizei mitten in die Menge. Vopos sprangen aus den Fahrzeugen und nahmen die ersten Verhaftungen vor.

»Diese Bastarde«, schimpfte Helmut.

»Worum ging es bei dieser Demonstration eigentlich?«, fragte Walli.

»Um Reisefreiheit«, antwortete Helmut. »Wir sind geflohen, aber wir können nicht mehr zurück. Alice hat jetzt zwar dich, aber ihre Mutter kann sie nicht besuchen. Und ich bin von meinen Eltern getrennt. Ob wir sie jemals wiedersehen, steht in den Sternen.«

Wütend fügte Alice hinzu: »Die Menschen demonstrieren, weil es keinen Grund dafür gibt, dass wir so leben. Ich sollte nicht nur meinen Vater jederzeit besuchen können, auch meine Mutter. Wir sollten zwischen Ost und West hin- und herreisen können. Deutschland ist *ein* Land. Die verfluchte Mauer muss weg.«

»Amen«, sagte Walli.

*

Dimka mochte seinen Chef. Gorbatschow glaubte von ganzem Herzen an die Wahrheit. Seit Lenins Tod war jeder Sowjetführer ein notorischer Lügner gewesen. Alle hatten die Fehler des Systems verschwiegen und sich geweigert, die Realität anzuerkennen. Das auffälligste Merkmal der Sowjetführung in den letzten fünfundsechzig Jahren war die Unfähigkeit gewesen, sich den Tatsachen zu stellen.

Gorbatschow war anders. Während er versuchte, die Sowjetunion durch die Stürme der Geschichte zu lenken, folgte er unbeirrt einem Prinzip: Die Wahrheit musste ausgesprochen werden. Dimka bewunderte ihn dafür.

Dimka und Gorbatschow hatten Erich Honecker keine Träne nachgeweint, nachdem er als Staats- und Parteichef der DDR abgesetzt worden war. Das war mehr als überfällig gewesen. Doch sein Nachfolger war eine Enttäuschung. Sehr zu Dimkas Missfallen übernahm Egon Krenz die Macht, Honeckers politischer Ziehsohn. Das war, als würde man den Teufel mit Beelzebub austreiben wollen.

Trotzdem glaubte Dimka, dass Gorbatschow Krenz würde helfen müssen. Die Sowjetunion durfte nicht zulassen, dass die DDR zusammenbrach. Mit demokratischen Wahlen in Polen und freier Marktwirtschaft in Ungarn konnte die Sowjetunion ja noch leben, aber mit Deutschland lag die Sache anders. Deutschland war – wie Europa – geteilt in Ost und West, in Sozialismus und Kapitalismus. Und wenn die BRD über den Osten triumphierte, wäre das ein Zeichen für den Aufstieg des Kapitalismus und das Ende des Traums von Marx und Lenin. Selbst Gorbatschow konnte das nicht zulassen ... oder?

Zwei Wochen später unternahm Krenz die übliche Pilgerreise nach Moskau. Dimka schüttelte dem Mann mit dem selbstgefälligen Gesichtsausdruck die Hand. In seiner Jugend war er sicherlich ein Mädchenschwarm gewesen.

In dem großen Büro mit den gelben Wänden empfing Gorbatschow ihn mit kühler Höflichkeit. Krenz überbrachte ihm einen Bericht seines Chefplaners, in dem es hieß, die DDR sei pleite. Honecker habe diesen

Bericht zurückgehalten, behauptete Krenz. Dimka wusste jedoch, dass die DDR ihre Berichte schon seit Jahrzehnten fälschte. All das Gerede über den Wirtschaftsaufschwung war nur Propaganda gewesen. Die Produktivität der Fabriken lag mehr als fünfzig Prozent hinter denen im Westen.

»Wir haben uns nur mit Krediten über Wasser gehalten«, berichtete Krenz und setzte sich in einen der großen schwarzen Sessel. »Zehn Milliarden Mark jährlich.«

Das schockierte selbst Gorbatschow. »Zehn *Milliarden?*«

»Wir haben kurzfristige Kredite aufgenommen, um die Zinsen für die langfristigen bezahlen zu können.«

»Das ist illegal«, warf Dimka ein. »Wenn die Banken das herausfinden ...«

»Die Zinsen belaufen sich inzwischen auf viereinhalb Milliarden Mark pro Jahr, was zwei Drittel unseres Bruttosozialprodukts ausmacht. Um diese Krise zu bewältigen, brauchen wir Ihre Hilfe.«

Gorbatschow atmete tief durch. Er hasste es, wenn Ostblockführer ihn um Geld anbettelten.

Krenz versuchte es mit Schmeicheln. »In gewissem Sinne ist die DDR das Kind der Sowjetunion. Und es ist doch nur recht und billig, wenn ein Vater sein Kind anerkennt«, scherzte er.

Gorbatschow lächelte nicht einmal. »Wir sind leider nicht in der Lage, Ihnen Hilfe anzubieten«, erklärte er rundheraus. »Nicht in der gegenwärtigen Situation.«

Dimka war überrascht. Er hätte nicht gedacht, dass Gorbatschow so hart sein würde.

Krenz war verwirrt. »Aber was soll ich dann tun?«

»Sie müssen ehrlich zur Bevölkerung der DDR sein. Sie müssen den Leuten sagen, dass sie nicht mehr so leben können wie bis jetzt.«

»Aber dann gibt es Ärger«, sagte Krenz. »Wir müssten den Notstand ausrufen und Maßnahmen gegen eine Massenflucht ergreifen.«

Für Dimka kam das einer Erpressung sehr nahe. Gorbatschow sah es offenbar ähnlich, denn er versteifte sich. »In diesem Fall brauchen Sie gar nicht erst darauf zu hoffen, dass die Rote Armee Ihnen zur Hilfe eilt«, erklärte er. »Sie müssen Ihre Probleme schon selbst lösen.«

Dimka staunte. Meinte Gorbatschow das wirklich ernst? Würde die UdSSR die DDR tatsächlich fallen lassen? War Gorbatschow wirklich bereit, das bis zum Schluss durchzuziehen?

Krenz sah wie ein Priester aus, der plötzlich erkennen musste, dass es

Gott nicht gab. Die Sowjetunion hatte die DDR erschaffen, hatte sie aus den Schatzkammern des Kremls finanziert und mit der Macht ihres Militärs beschützt. Krenz konnte sich einfach nicht vorstellen, dass das alles jetzt vorbei sein sollte. Und offensichtlich hatte er nicht die geringste Ahnung, was er nun tun sollte.

Nachdem er gegangen war, sagte Gorbatschow zu Dimka: »Schreiben Sie einen Befehl an unsere Kommandeure in der DDR. Sie dürfen sich unter gar keinen Umständen in Konflikte zwischen der Regierung und ihren Bürgern einmischen. Das hat oberste Priorität.«

Meine Güte, dachte Dimka, ist das wirklich das Ende?

*

Im November fanden in jeder größeren Stadt der DDR regelmäßig Demonstrationen statt. Die Zahl der Teilnehmer wuchs stetig, und die Menschen wurden immer mutiger. Auch Prügelattacken der Polizei konnten sie nicht mehr aufhalten.

Lili und Karolin wurden eingeladen, bei einer Kundgebung auf dem Alexanderplatz aufzutreten, nicht weit von ihrem Haus entfernt. Mehrere hunderttausend Menschen kamen. Einige hatten große Plakate dabei, auf denen WIR SIND DAS VOLK! geschrieben stand. Am Rand warteten Polizisten auf den Einsatzbefehl, doch viele Vopos sahen ängstlicher aus als die Demonstranten.

Ein Redner nach dem anderen verurteilte das SED-Regime, und die Polizei unternahm nichts.

Die Organisatoren ließen auch Redner der SED zu, und zu Lilis großem Erstaunen hatte das Regime ausgerechnet Hans Hoffmann zu seinem Verteidiger erkoren. Von ihrem Platz an der Bühne aus, wo sie und Karolin auf ihren Auftritt warteten, blickte sie auf die vertraute, gebeugte Gestalt des Mannes, der ihre Familie ein Vierteljahrhundert lang schikaniert hatte. Trotz seines teuren blauen Mantels zitterte er vor Kälte – oder war es Angst?

Hans versuchte, freundlich zu lächeln, aber das ging gründlich daneben. Er sah nicht wie der nette Funktionär von nebenan aus, sondern wie ein Vampir. »Genossen«, sagte er, »die Partei hat die Stimme des Volkes gehört. Zurzeit werden neue Maßnahmen vorbereitet, dem Rechnung zu tragen.«

Die Menschen wussten natürlich, dass das Unsinn war, und zischten.

»Aber wir müssen die Ordnung wahren und die führende Rolle der Partei bei der Errichtung des Sozialismus anerkennen.«

Aus dem Zischen wurde lautes Buhen.

Lili beobachtete Hans aufmerksam. Wut, Enttäuschung und Hilflosigkeit zeigten sich auf seinem Gesicht. Vor einem Jahr hätte er noch jeden Demonstranten mit einem einzigen Wort vernichten können, doch jetzt war seine Macht dahin. Er konnte die Menschen nicht einmal mehr zum Schweigen bringen. Stattdessen musste er trotz Mikrofon die Stimme heben, damit sie ihn überhaupt hören konnten. »Und vor allem dürfen wir die Mitglieder der Sicherheitsorgane nicht zu Sündenböcken für die Fehler der ehemaligen Führung machen.«

Das war nichts weniger als ein Betteln um Mitleid für all die Bonzen und Schläger, die das Volk jahrzehntelang unterdrückt hatten. Die Menge war außer sich vor Wut. Die Leute grölten und brüllten: »Stasi raus!«

Hans rief so laut er konnte: »Sie haben doch nur Befehle befolgt!«

Dröhnendes Gelächter war die Antwort.

Ausgelacht zu werden, war das Schlimmste für Hans. Vor Wut lief er rot an. Lili erinnerte sich an die Szene vor achtundzwanzig Jahren, als Rebecca ihn mit seinen eigenen Schuhen beworfen hatte. Erst das verächtliche Lachen der Nachbarn hatte Hans so richtig wütend gemacht.

Jetzt stand er am Mikrofon und konnte sich in all dem Lärm kein Gehör mehr verschaffen, doch so einfach nachgeben wollte er auch nicht. Aber er hatte keine Chance. Er musste mit ansehen, wie alles, woran er geglaubt hatte, in Trümmer ging. Schließlich fiel sein Gesicht regelrecht in sich zusammen, und Tränen traten ihm in die Augen. Er kehrte dem Mikrofon den Rücken zu und ging von der Bühne.

An der Treppe warf er einen letzten Blick auf die grölende Menschenmenge, dann gab er endgültig auf. Unten angekommen, sah er Lili. Ihre Blicke trafen sich, als sie mit Karolin auf die Bühne ging. Beide hatten Gitarren in der Hand. In diesem Augenblick sah Hans wie ein geprügelter Hund aus. Er war eine so tragische Figur, dass Lili beinahe Mitleid mit ihm hatte.

Dann war sie an ihm vorbei und stieg auf die Bühne. Viele der Demonstranten hatten Lili und Karolin schon einmal gesehen, andere kannten nur ihre Namen, und sie jubelten ihnen zur Begrüßung zu. Die beiden Frauen traten an die Mikrofone, spielten den ersten Akkord und begannen mit »This Land is Your Land«.

Und die Menge tobte vor Begeisterung.

*

Bonn war eine eher provinzielle Stadt am Rhein, eine unwahrscheinliche Wahl für die bundesdeutsche Hauptstadt, aber genau das war der Grund, dass Bonn überhaupt erst Hauptstadt geworden war. Es sollte den provisorischen Charakter dieser Lösung symbolisieren und den festen Glauben der Deutschen, dass Berlin eines Tages wieder die Hauptstadt eines vereinten Deutschlands sein würde.

Aber das war vor vierzig Jahren gewesen, und Bonn war noch immer Hauptstadt.

Bonn war keine pulsierende Metropole, sondern ziemlich langweilig, aber das passte Rebecca ganz gut, denn sie war viel zu beschäftigt. Ihr Spezialgebiet war Osteuropa, und dort hatte eine Zeit des Umbruchs begonnen. Deshalb nahm der Beruf sie viel zu sehr in Anspruch, als dass sie ein erwähnenswertes gesellschaftliches Leben hätte pflegen können. Nur wenn Frederik Bíró in der Stadt war, änderte sich das.

Meistens aß Rebecca im Büro, doch an diesem Tag machte sie eine Ausnahme. Sie verließ das Auswärtige Amt und besuchte eines ihrer Lieblingsrestaurants.

Während sie dort aß, erschien Hans Hoffmann.

Rebecca schob ihren Stuhl zurück und stand auf. Ihr erster absurder Gedanke war, dass Hoffmann hier war, um sie zu töten. Sie stand kurz davor, um Hilfe zu schreien, als sie seinen Gesichtsausdruck bemerkte. Er sah geschlagen und traurig aus. Rebeccas Angst war wie weggeblasen. Hans Hoffmann war kein gefährlicher Mann mehr.

»Bitte, hab keine Angst«, sagte er. »Ich will dir nichts tun.«

Rebecca blieb stehen. »Was willst du?«

»Nur kurz mit dir reden. Ein, zwei Minuten.«

Einen Augenblick fragte Rebecca sich, wie es Hans gelungen war, in den Westen zu kommen, dann fiel ihr ein, dass für hohe Funktionäre ja keine Reisebeschränkungen galten. Die konnten tun und lassen, was sie wollten. Vermutlich hatte Hans seinen Kollegen gesagt, er müsse zu einer Aufklärungsmission nach Bonn, und vielleicht stimmte das sogar.

Der Wirt kam und fragte: »Ist alles in Ordnung, Frau Held?«

Rebecca blickte Hans noch einen Moment an. Dann sagte sie: »Danke, Günther. Ja, ich glaube, es ist alles okay.« Sie setzte sich wieder, und Hans nahm ihr gegenüber Platz.

Rebecca griff nach der Gabel, legte sie aber sofort wieder hin. Sie hatte keinen Appetit mehr. »Ein, zwei Minuten, nicht mehr.«

»Hilf mir«, sagte Hans.

Rebecca traute ihren Ohren nicht. »Was?«, erwiderte sie. »Ich soll dir *helfen?*«

»Alles fällt auseinander. Ich muss raus. Die Menschen lachen mich aus. Ich habe Angst, dass sie mich umbringen.«

»Und was soll ich für dich tun?«

»Ich brauche einen Ort, an dem ich bleiben kann ... und Geld, Papiere.«

»Hast du jetzt endgültig den Verstand verloren? Nach allem, was du mir und meiner Familie angetan hast?«

»Begreifst du denn nicht, warum ich das getan habe?«

»Weil du uns gehasst hast.«

»Weil ich dich liebe.«

»Mach dich nicht lächerlich.«

»Ich hatte den Auftrag, dich und deine Familie auszuspionieren, das stimmt. Ich bin mit dir ausgegangen, um ins Haus zu kommen. Aber dann ist etwas passiert, womit ich nicht gerechnet hatte. Ich habe mich in dich verliebt.«

Das hatte er schon einmal gesagt, am Tag ihrer Flucht. Er meinte es ernst. Offenbar hatte er wirklich den Verstand verloren.

»Ich habe niemandem von meinen Gefühlen erzählt«, fuhr Hans fort und lächelte bei der Erinnerung an alte Zeiten, als würde er an eine unschuldige Jugendliebe denken und nicht an ein bösartiges Täuschungsmanöver. »Ich habe so getan, als würde ich dich ausnutzen und mit deinen Gefühlen spielen. Aber ich habe dich wirklich geliebt. Dann hast du gesagt, wir sollten heiraten, und ich war im siebten Himmel. Es war die perfekte Entschuldigung für meine Vorgesetzten.«

Hans lebte in einer Traumwelt, aber das galt wohl für die gesamte Führungsriege der DDR.

»Das Jahr, das wir als Mann und Frau zusammen verbracht haben, war das schönste Jahr meines Lebens«, fuhr er fort. »Und deine Zurückweisung hat mir das Herz gebrochen.«

»Wie kannst du so etwas sagen?«

»Was glaubst du wohl, warum ich nie mehr geheiratet habe?«

»Ich weiß nicht ...« Inzwischen wusste Rebecca kaum noch, was sie sagen sollte.

»Weil andere Frauen mich nicht interessieren. Du, Rebecca, bist die Liebe meines Lebens.«

Rebecca starrte ihn an. Das war nicht einfach nur eine dumme Geschichte, um ihr Mitleid zu erregen, erkannte sie. Hans meinte jedes Wort genau so, wie er es sagte.

»Nimm mich wieder zurück«, bettelte er.

»Nein.«

»Bitte.«

»Die Antwort ist Nein«, sagte Rebecca, »und sie wird immer Nein lauten. Nichts, was du sagst, kann etwas daran ändern. Zwinge mich nicht, deutlichere Worte zu gebrauchen, damit du das verstehst.« Warum zögere ich eigentlich, ihm wehzutun?, fragte sie sich. Er hatte doch auch nie Skrupel. »Akzeptier das und geh.«

»Also gut.« Hans seufzte tief. »Ich wusste, dass du das sagst, aber ich musste es versuchen.« Er stand auf. »Danke, Rebecca. Danke für ein Jahr Glück. Ich werde dich immer lieben.«

Er drehte sich um und verließ das Restaurant.

Rebecca blickte ihm hinterher.

Du lieber Himmel, dachte sie. Damit habe ich nun wirklich nicht gerechnet.

KAPITEL 62

Es war ein kalter Novembertag in Berlin. Nebel hing in der Luft, und aus den Fabriken im Osten stieg Schwefelgestank in den bleiernen Himmel. Tanja war eilig von Warschau hierher versetzt worden, um über die sich verschärfende Krise zu berichten. Sie hatte das Gefühl, als stünde die DDR kurz vor dem Herzinfarkt. Alles brach zusammen. In einer bemerkenswerten Wiederholung der Ereignisse kurz vor dem Mauerbau 1961 waren so viele Menschen nach Westen geflohen, dass Schulen aufgrund von Personalmangel schließen mussten, und in den Krankenhäusern tat nur noch eine Notbesetzung Dienst. Und die geblieben waren, wurden immer wütender.

Egon Krenz, der neue Staats- und Parteichef, konzentrierte sich auf die Reiseregelung. Er hoffte, wenn er den Menschen in diesem Punkt entgegenkam, würden sich die anderen Probleme von selbst lösen. Doch Tanja war sicher, dass Krenz sich irrte. Freiheiten zu verlangen, würde für die Ostdeutschen vermutlich zur Gewohnheit werden.

Am 6. November ließ Krenz neue Reiseregelungen veröffentlichen, die es den Menschen gestatteten, mit Erlaubnis des Innenministeriums ins Ausland zu reisen. Dabei durften sie fünfzehn Deutsche Mark mitnehmen, genug für ein Mittagessen und ein Glas Bier in der BRD. Dieses Zugeständnis reichte dem Volk jedoch bei Weitem nicht. Für heute, am 9. November, hatte der verzweifelte Krenz eine Pressekonferenz einberufen, um ein neues Reisegesetz vorzustellen.

Tanja verstand die Sehnsucht der Ostdeutschen nach Reisefreiheit. Sie selbst sehnte sich ja ebenfalls danach, für sich selbst und für Wassili, der auf der ganzen Welt berühmt war und sich dennoch hinter einem Pseudonym verstecken musste. Er hatte die Sowjetunion, wo seine Bücher bis heute nicht veröffentlicht worden waren, nie verlassen. Man sollte ihn endlich reisen und die Preise entgegennehmen lassen, die sein Alter Ego gewonnen hatte. Wassili hatte den Ruhm verdient, und Tanja wollte ihn begleiten.

Unglücklicherweise sah sie nicht, dass die DDR ihr Volk wirklich freilassen würde. Die DDR konnte als unabhängiger Staat nicht existieren. Auch deshalb hatte sie die Mauer ja überhaupt gebaut. Wenn die DDR ihre Bürger reisen ließ, würden Millionen für immer gehen, und kein Staat der Welt konnte den Exodus seiner Jugend überleben. Deshalb würde Krenz den Ostdeutschen niemals freiwillig das Recht zugestehen, das sie sich am meisten wünschten.

So betrat Tanja um kurz vor sechs mit nur geringen Erwartungen das Internationale Pressezentrum in der Mohrenstraße. Der Raum war voller Journalisten, Fotografen und Fernsehkameras. Sämtliche Sitze waren belegt, und Tanja musste sich mit anderen an der Wand drängen. Das Internationale Pressekorps war in voller Stärke angerückt. Die Journalisten und Reporter rochen Blut.

Krenz' Pressesprecher, Günter Schabowski, betrat den Raum mit drei weiteren Beamten um Punkt sechs und setzte sich an den Tisch auf dem Podium. Er hatte graues Haar, trug einen grauen Anzug und eine graue Krawatte. Schabowski war ein kompetenter Bürokrat. Tanja mochte ihn. Eine Stunde lang verkündete er Veränderungen in den Ministerien und administrative Reformen.

Tanja staunte. Hier saß tatsächlich der Vertreter eines sozialistischen Regimes und kämpfte darum, sein Volk zufriedenzustellen. Das war mehr als ungewöhnlich. Bei den wenigen Gelegenheiten, da man so etwas schon einmal gesehen hatte, waren kurz darauf die Panzer gerollt. Tanja erinnerte sich noch gut an die Enttäuschungen in Prag 1968 und in Polen 1981. Doch ihrem Bruder zufolge verfügte die UdSSR nicht mehr über die Machtmittel, solchen Bestrebungen ein Ende zu machen. Stimmt das wirklich?, fragte sich Tanja. Sie wagte kaum darauf zu hoffen. Sie stellte sich ein Leben vor, in dem sie und Wassili ohne Angst die Wahrheit schreiben konnten.

Freiheit. Das war nur schwer vorstellbar.

Um sieben verkündete Schabowski die neue Reiseregelung. »Privatreisen nach dem Ausland können ohne Vorliegen von Voraussetzungen – Reiseanlässe und Verwandtschaftsverhältnisse – beantragt werden.«

Das war die typische ungenaue Bürokratensprache, aber es hörte sich gut an.

Irgendjemand fragte: »Und ab wann tritt diese Regelung in Kraft?«

Schabowski wusste es offenbar nicht. Tanja fiel auf, dass er schwitzte. Sie nahm an, das neue Gesetz war überstürzt verfasst worden. Schabowski kramte in seinen Papieren und sagte dann: »Das tritt nach meiner Kenntnis ... ist das sofort, unverzüglich.«

Tanja war verwirrt. Irgendetwas war also bereits in Kraft getreten, war jetzt schon gültig ... aber was? Konnte jetzt jeder einfach zu den Grenzübergängen fahren und hinübergehen? Doch die Pressekonferenz ging zu Ende, ohne dass Schabowski weitere Informationen gegeben hätte.

Während sie die kurze Strecke zum Hotel Metropol an der Friedrichstraße ging, überlegte Tanja, was sie schreiben sollte. In der Lobby des Hotels lungerten Stasiagenten in ihren Lederjacken und Jeans herum, rauchten und schauten Fernsehen auf Geräten mit schlechtem Bild. Gerade lief eine Aufzeichnung der Pressekonferenz.

Als Tanja sich ihren Zimmerschlüssel abholte, hörte sie einen Hotelangestellten den anderen fragen: »Was heißt das jetzt? Können wir einfach gehen?«

Niemand wusste es.

*

Walli saß in seiner Hotelsuite in Westberlin und schaute mit Rebecca Nachrichten. Seine Schwester war aus Bonn gekommen, um Alice und Helmut zu sehen. Sie wollten zusammen essen gehen.

In den Heute-Nachrichten war gerade ein seltsamer Bericht gelaufen. In der DDR gab es eine neue Reiseregelung, aber niemand wusste, was genau sie bedeutete. Hieß das nun, fragt sich Walli, dass seine Familie ihn besuchen durfte oder nicht? »Ob ich Karolin wohl bald wiedersehe?«, sinnierte er.

Alice und Helmut kamen ein paar Minuten später und zogen ihre Mäntel und Schals aus.

Um acht schaltete Walli zur Tagesschau um, erfuhr aber auch nicht mehr.

Sie hatten bestimmt nicht die Mauer geöffnet, die Wallis Leben so lange Zeit bestimmt hatte. Das konnte ja wohl nicht sein, dass dieses Monstrum so schnell verschwand. Kurz durchlebte er in Gedanken noch einmal die traumatische Flucht in Joe Henrys altem Laster. Deutlich erinnerte er sich an seine Angst, als der Grenzer sich hingekniet und auf ihn gezielt hatte, und wie er in Panik das Lenkrad herumgerissen und den Mann überfahren hatte. Das Gefühl, über den Körper zu rumpeln, bereitete ihm noch immer Übelkeit.

Die Mauer hatte sein Leben verdüstert – vor der Flucht, auf der Flucht, nach der Flucht. Sie hatte ihm Karolin genommen und die Kindheit seiner Tochter.

Doch diese Tochter, die in ein paar Tagen sechsundzwanzig wurde, fragte nun: »Ist die Mauer jetzt immer noch die Mauer, oder ist sie es nicht mehr?«

»Ich weiß es nicht«, antwortete Rebecca. »Es sieht fast so aus, als hätten sie die Grenze aus Versehen aufgemacht.«

»Lasst uns mal rausgehen und nachschauen, was auf der Straße los ist«, schlug Walli vor.

*

Lili, Karolin, Werner und Carla schauten regelmäßig die Tagesschau wie Millionen anderer in der DDR auch. Sie glaubten, dass dort die Wahrheit gesagt wurde – anders als in den DDR-Medien. Trotzdem waren sie nun verwirrt.

»Ist die Grenze jetzt auf oder nicht?«, fragte Carla.

»Das kann nicht sein«, antwortete Werner.

Lili erhob sich. »Auf jeden Fall schaue ich mir das mal an.«

Schließlich gingen alle vier.

Kaum hatten sie das Haus verlassen und atmeten die kalte Nachtluft, fühlten sie die Veränderung. Auf den nur schwach beleuchteten Straßen Ostberlins wimmelte es von ungewöhnlich vielen Menschen, und alle gingen in die gleiche Richtung, zur Mauer, meist in Gruppen. Ein paar junge Männer versuchten, per Anhalter mitgenommen zu werden. Vor einer Woche wären sie dafür noch verhaftet worden. Fremde diskutierten miteinander und erkundigten sich, was der jeweils andere wusste. Konnten sie nun wirklich nach Westberlin oder nicht?

Karolin sagte zu Lili: »Walli ist in Westberlin. Ich hab's im Radio gehört. Wahrscheinlich ist er hier, um Alice zu sehen.« Ihr Gesicht bekam einen nachdenklichen Ausdruck. »Ich hoffe, sie mögen einander.«

Die Familie Franck ging auf der Friedrichstraße in Richtung Süden, bis sie in der Ferne die Scheinwerfer des Checkpoint Charlie zwischen der Zimmerstraße im Osten und der Kochstraße im Westen erblickten.

Als sie näher kamen, sahen sie Menschen aus der U-Bahn strömen. Es wurden immer mehr. Und da waren auch jede Menge Autos, deren Fahrer nicht wussten, ob sie nun näher an den Grenzübergang heranfahren sollten oder nicht. Lili fühlte die festliche, beinahe erhabene Stimmung, war sich aber noch nicht sicher, ob es überhaupt etwas zu feiern gab. So weit sie sehen konnte, war der Schlagbaum noch immer unten.

Viele Menschen hielten sich zurück und blieben knapp außer Reichweite der Scheinwerfer. Sie wollten ihre Gesichter nicht zeigen. Doch die Mutigeren gingen näher heran und begingen damit das Verbrechen des »unerlaubten Eindringens in das Grenzgebiet«. Normalerweise standen mindestens drei Jahre Gefängnis darauf.

Die Straße wurde immer schmaler, je näher sie dem Checkpoint kamen, und die Menschenmenge verdichtete sich. Lili und ihre Familie kämpften sich nach vorne. Vor sich sahen sie im grellen Scheinwerferlicht die rot-weißen Tore, die Grenzwachen mit ihren Waffen und darüber die Wachtürme. In dem verglasten Kommandoposten telefonierte aufgeregt ein Offizier.

Links und rechts vom Grenzübergang erstreckte sich die verhasste Mauer. Lili war schlecht. Dieses Monstrum hatte ihre Familie, die sich so gut wie nie gesehen hatte, in zwei Teile gespalten. Sie hasste die Mauer noch mehr als Hans Hoffmann.

Laut fragte sie: »Hat schon jemand versucht rüberzugehen?«

Eine Frau neben ihr sagte wütend: »Die schicken einen einfach weg. Sie sagen, man bräuchte ein Visum von der Polizei. Aber ich bin zur Polizei gegangen, und die wussten von nichts.«

Vor einem Monat hätte die Frau noch hilflos mit den Schultern gezuckt und wäre nach Hause gegangen, doch heute war das anders. Sie war noch immer da. Niemand ging nach Hause.

Die Menschen um Lili verlangten mit rhythmischen Rufen: »Aufmachen! Aufmachen!«

Lili glaubte etwas Ähnliches von der anderen Seite zu hören, aus dem Westen. Sie hörte genauer hin. Was riefen die Leute da? Schließlich verstand sie es. »Kommt rüber! Kommt rüber!« Es waren die Westberliner, die sich ebenfalls versammelt hatten.

Was würde jetzt geschehen? Wie würde das enden?

Ein halbes Dutzend Busse kam aus der Zimmerstraße, und fünfzig, sechzig Bewaffnete stiegen aus.

»Verstärkungen«, sagte Werner neben Lili, und in seiner Stimme schwang Angst mit.

*

Dimka und Natalja saßen auf den schwarzen Ledersesseln in Gorbatschows Büro. Sie waren aufgeregt. Gorbatschows Strategie, die Osteuropäer ihrem Schicksal zu überlassen, hatte zu einer Krise geführt, die nun außer Kontrolle zu geraten drohte. Wie gefährlich das war, konnte noch niemand absehen.

Wie immer fragte sich Dimka, in welcher Welt seine Enkel aufwachsen würden. Grigori, sein Sohn, war bereits verheiratet, und die Tochter, die er mit Natalja hatte, studierte. In ein paar Jahren würden auch sie vermutlich Kinder haben. Was hielt die Zukunft für diese Kinder, Dimkas Enkel, bereit? War der Sozialismus alter Schule wirklich am Ende? Dimka wusste es noch immer nicht.

Er sagte zu Gorbatschow: »Da versammeln sich Tausende an den Grenzübergängen der Mauer. Wenn die DDR-Regierung die Tore nicht öffnet, kommt es zu Ausschreitungen.«

»Das ist nicht unser Problem«, erwiderte Gorbatschow. Das sagte er immer. »Ich will mit Kanzler Kohl sprechen.«

»Der ist heute in Polen«, sagte Natalja.

»Holen Sie ihn so schnell wie möglich ans Telefon, spätestens morgen. Ich will nicht, dass er von Wiedervereinigung redet. Das hätte eine Eskalation zur Folge. Die DDR hat mit der Maueröffnung schon genug zu tun.«

Da hat er recht, dachte Dimka. Wenn die Grenze geöffnet würde, war die Flut nicht mehr zu stoppen. Dann war es nur eine Frage der Zeit, bis die Wiedervereinigung folgte. Aber das durfte jetzt noch nicht zur Sprache kommen.

»Ich werde sofort Kontakt mit den Westdeutschen aufnehmen«, sagte Natalja. »Sonst noch was?«

»Nein.«

Natalja und Dimka standen auf. Gorbatschow hatte ihnen nicht gesagt, wie er mit dieser Krise umgehen wollte. »Was, wenn Krenz aus Ostberlin anruft?«, fragte Dimka seinen Chef.

»Wecken Sie mich nicht.«

Dimka und Natalja verließen den Raum.

Draußen sagte Dimka: »Wenn er nicht bald etwas unternimmt, wird es zu spät sein.«

»Zu spät für was?«, hakte Natalja.

»Für den Sozialismus.«

*

Maria Summers war im Haus von Jacky Jakes in Prince George's County und aß mit ihrem Patenkind Jack früh zu Abend. Der Fernseher lief; Maria sah Jasper Murray, der in Mantel und Schal aus Berlin berichtete. Er war auf der westlichen, freien Seite des Checkpoint Charlie und stand vor einer Menschenmenge. Sie hatte sich in der Nähe des kleinen alliierten Kontrollpostens versammelt, der mitten auf der Friedrichstraße errichtet worden war, an einem Schild, auf dem in vier Sprachen SIE VER-

LASSEN DEN AMERIKANISCHEN SEKTOR geschrieben stand. Hinter Jasper sah Maria Scheinwerfer und Wachtürme.

Jasper sagte: »Die Krise des Kommunismus erreicht hier und heute einen neuen Höhepunkt. Nach wochenlangen Demonstrationen hat die DDR-Regierung die Öffnung der Grenze zur BRD verkündet – doch offenbar hat niemand die Grenztruppen und die Passkontrollen darüber informiert. Tausende von Berlinern sammeln sich auf beiden Seiten der berüchtigten Mauer und verlangen ihr neues Recht, die Grenze zu überschreiten, während die Regierung nichts unternimmt, obwohl die bewaffneten Grenzer immer nervöser werden.«

Jack aß sein Sandwich auf und ging alleine baden.

»Kaum wird er neun, wird er mit einem Mal schüchtern«, sagte Jacky mit schiefem Lächeln und schaute dem Jungen hinterher. »Er sagt, er ist zu alt, um von seiner Großmutter gebadet zu werden.«

Maria hörte nur mit halbem Ohr hin, gebannt von den Geschehnissen in Berlin. Sie erinnerte sich voller Wehmut, wie ihr Liebhaber, John F. Kennedy, damals vor der Welt verkündet hatte: »Ich bin ein Berliner.« Seitdem waren fast drei Jahrzehnte vergangen.

»Ich kann es immer noch nicht glauben«, murmelte sie.

»Was?«, fragte Jacky.

»Mein Leben lang habe ich für die US-Regierung gearbeitet. Die ganze Zeit wollten wir den Kommunismus in die Knie zwingen. Doch wie sich zeigt, hat der Kommunismus sein Ende selbst herbeigeführt.«

»Wieso passiert das denn überhaupt?«, fragte Jacky. »Ich komme da nicht mit.«

»Eine neue Generation von Politikern ist an die Macht gekommen, allen voran Gorbatschow. Als sie die Bücher aufschlugen und sich die Zahlen anschauten, sagten sie: ›Wenn wir nichts Besseres zustande bringen können, welchen Sinn hat dann der Sozialismus?‹ Mir kommt es vor, als hätte ich nie beim Außenministerium anzufangen brauchen ... und Hunderte anderer genauso.«

»Was hättest du sonst mit deinem Leben angefangen?«

Ohne nachzudenken antwortete Maria: »Geheiratet.«

Jacky setzte sich. »George hat mir deine Geheimnisse nie verraten«, sagte sie, »aber ich dachte immer, dass du damals in den Sechzigern in einen verheirateten Mann verliebt gewesen sein musst.«

Maria nickte. »In meinem Leben habe ich zwei Männer geliebt. Ihn und George.«

»Was ist passiert?«, fragte Jacky. »Ist er zu seiner Frau zurückgekehrt?«

»Nein«, sagte Maria. »Er wurde erschossen.«

»Ach du meine Güte!«, rief Jacky. »War es Präsident Kennedy?«

Maria blickte sie erstaunt an. »Wie hast du das herausbekommen?«

»Brauchte ich gar nicht. Ich habe geraten.«

»Bitte sag es niemandem. George weiß Bescheid, aber sonst keiner.«

»Ich kann Geheimnisse bewahren.« Jacky lächelte. »Greg wusste nicht, dass er Vater ist, bis George sechs war.«

»Ich danke dir. Wenn es je herauskommt, stehe ich in diesen Schmierblättern an der Supermarktkasse. Nicht auszudenken, was das mit meiner Karriere anstellen würde.«

»Keine Sorge. Aber hör zu. George kommt bald nach Hause. Ihr beiden lebt ja praktisch miteinander. Ihr passt sehr gut zusammen.« Sie senkte die Stimme. »Ich mag dich viel lieber als Verena.«

Maria lachte. »Und meinen Leuten wäre George sicher lieber gewesen als Präsident Kennedy, wenn sie etwas gewusst hätten, darauf kannst du wetten.«

»Heiratet ihr noch, du und George? Wie sieht's damit aus?«

»Das Problem ist, dass ich meinen Job nicht machen könnte, wenn ich mit einem Abgeordneten verheiratet wäre. Ich muss überparteilich sein oder wenigstens den Anschein erwecken.«

»Eines Tages gehst du in den Ruhestand.«

»Noch sieben Jahre, und ich bin sechzig.«

»Heiratest du ihn dann?«

»Wenn er mich fragt – ja.«

*

Rebecca war mit Walli, Alice und Helmut auf der Westseite des Checkpoint Charlie. Vorsichtig achtete sie darauf, Jasper Murray und seinen Fernsehkameras aus dem Weg zu gehen. Rebecca hatte das Gefühl, dass es für eine Bundestagsabgeordnete irgendwie unangebracht war, sich einer demonstrierenden Menschenmenge anzuschließen, aber sie wollte die Geschehnisse um keinen Preis der Welt verpassen. Es war die größte Demonstration gegen die Mauer, die Berlin je gesehen hatte – gegen dieses Ungeheuer, das ihren Mann verkrüppelt und beinahe ihre Existenz zerstört hätte. Die DDR-Regierung konnte das unmöglich überleben ... oder?

Die Luft war kalt, aber Rebecca wurde von der Menge gewärmt. Mehrere Tausend Menschen drängten sich auf der Friedrichstraße vor dem

Grenzübergang. Rebecca und die anderen waren ganz vorne. Unmittelbar hinter dem alliierten Kontrollposten war eine weiße Linie auf die Straße gemalt, die anzeigte, wo Westberlin endete und Ostberlin begann. An der Ecke machte das Café Adler das Geschäft seines Lebens.

Die Mauer verlief an der Kochstraße entlang. Tatsächlich waren es sogar zwei Mauern. Beide bestanden aus hohen Betonplatten, und dazwischen lag der Todesstreifen. Auf der Westseite war die Mauer mit Graffiti bedeckt. Rebecca gegenüber befand sich eine Lücke; dahinter standen mehrere Bewaffnete vor den rot-weißen Toren, zwei für Fahrzeuge, eins für Fußgänger. Hinter den Toren erhoben sich drei Wachtürme. Rebecca konnte Soldaten hinter den Fenstern sehen; sie beobachteten die Menge mit Ferngläsern.

Mehrere Demonstranten riefen den Grenzern zu, die Leute aus dem Osten endlich rüberzulassen. Die Grenzer reagierten nicht. Ein Offizier kam zu der Menge und versuchte zu erklären, dass es noch keine neuen Regelungen für Reisen aus dem Osten gebe. Niemand glaubte ihm. Alle hatten es im Fernsehen gesehen.

Der Druck der Menge war erbarmungslos, und nach und nach wurde Rebecca nach vorne geschoben, bis sie die weiße Linie überquerte und sich in Ostberlin befand.

Die Grenzer schauten hilflos zu.

Nach einiger Zeit zogen die Soldaten sich hinter die Tore zurück. Rebecca staunte. DDR-Soldaten zogen sich normalerweise nicht vor Demonstranten zurück, sondern brachten die Menge unter Kontrolle, egal wie.

Jetzt aber war der Weg frei, und die Menge rückte immer weiter vor. Auf beiden Seiten versperrten Stahlbarrieren den Zugang zum Todesstreifen. Zu Rebeccas Erstaunen kletterten zwei besonders Mutige auf die Mauer.

Grenzer gingen zu ihnen und forderten sie höflich auf: »Bitte, kommen Sie wieder runter.«

Doch die Kletterer lehnten genauso höflich ab.

Rebecca schlug das Herz bis zum Hals. Die Kletterer waren in Ostberlin – wie sie selbst –, also konnten die Grenzer sie erschießen wie viele andere Menschen in den achtundzwanzig Jahren zuvor.

Aber niemand schoss.

Stattdessen kletterten immer mehr Leute auf die Mauer, ließen die Beine zu beiden Seiten herunterbaumeln und widersetzten sich den Aufforderungen der Grenzsoldaten.

Schließlich zogen die Grenzer sich wieder zurück.

Es war nicht zu fassen. Nach sozialistischen Maßstäben war das Anarchie. Doch niemand unternahm etwas dagegen.

Rebecca erinnerte sich an jenen denkwürdigen Sonntag im Jahr 1961. Damals hatte sie ihr Heim verlassen, um nach Westberlin zu gehen, hatte dann aber feststellen müssen, dass sämtliche Grenzübergänge mit Stacheldraht versperrt waren. Damals war sie dreißig gewesen. Die Mauer stand nun ihr halbes Leben lang. War es jetzt wirklich vorbei damit? Rebecca wünschte sich nichts sehnlicher.

Die Menge trotzte der Mauer, den Grenzern und dem DDR-Regime nun offen. Rebecca sah, dass auch bei den Grenzern die Stimmung umschlug. Einige sprachen mit den Leuten, was eigentlich verboten war. Ein Mann riss einem Grenzer die Kappe vom Kopf und setzte sie sich auf. Der Grenzer bat: »Könnte ich die bitte zurückhaben? Ich brauche die noch, sonst bekomme ich Ärger.« Der Mann gab sie dem Soldaten so freundlich zurück, wie dieser darum gebeten hatte.

Rebecca schaute auf die Uhr. Es war fast Mitternacht.

*

Auf der Ostseite rief die Menschenmenge, in deren Mitte Lili stand: »Lasst uns gehen! Lasst uns gehen!«

Und von der Westseite war zur Antwort ein »Kommt! Kommt! Kommt!« zu hören.

Die Menge hatte sich immer näher an die Grenzer heranbewegt. Jetzt konnten die Menschen die Tore fast berühren, und die Soldaten hatten sich in die Anlage zurückgezogen.

Hinter Lili drängten sich Zehntausende, zu Fuß und mit dem Auto.

Alle wussten, dass die Situation brandgefährlich war. Lili befürchtete, die Grenzer könnten einfach in die Menge feuern. Allerdings hatten sie kaum genug Munition, um sich gegen ein ganzes Volk zu wehren. Aber was sollten sie sonst tun?

Einen Augenblick später fand Lili es heraus.

Ein Offizier trat aus dem Gebäude und rief: »Alles aufmachen!«

Die Tore öffneten sich gleichzeitig.

Ein Schrei ging durch die Menge, und die Menschen drängten nach vorn. Lili versuchte, irgendwie bei ihrer Familie zu bleiben, während die Leute drückten und stießen und rannten und vor Freude schrien, als sie durch die Grenzanlage strömten. Die Tore auf der anderen Seite wurden nun ebenfalls geöffnet.

Es war so weit.

Ost traf West.

Die Menschen weinten, umarmten und küssten einander. Die Wartenden hatten Blumen und Sekt mitgebracht. Der Lärm war ohrenbetäubend.

Lili schaute sich um. Ihre Eltern waren dicht hinter ihr, Karolin unmittelbar davor.

»Wo sind Walli und Rebecca?«, fragte Lili.

*

Evie Williams' Rückkehr in die USA war ein Triumph. Am ersten Abend von *Nora oder Ein Puppenheim* erhielt sie stürmischen Applaus. Ibsens düsteres Drama eignete sich perfekt für die Eindringlichkeit der Darstellung, Evies große Stärke auf der Bühne.

Während das Publikum das Theater verließ, gingen Dave, Beep und ihr sechzehnjähriger Sohn John Lee hinter die Bühne und schlossen sich Evies Bewundererschar an. Evies Garderobe war voller Menschen und Blumen, und etliche Flaschen Champagner lagen auf Eis. Doch es gab kein rauschendes Fest. Seltsamerweise waren die Menschen andächtig still, und der Champagner blieb ungeöffnet.

In einer Ecke stand ein Fernseher, und fast die ganze Besetzung drängte sich um den Apparat und schaute sich die Nachrichten aus Berlin an.

»Was ist los?«, fragte Dave. »Was geht da vor?«

*

Cam war mit Tim Tedder in seinem Büro in Langley. Sie sahen fern und tranken Scotch. Auf dem Bildschirm war Jasper Murray zu sehen, live aus Berlin. Aufgeregt rief er: »Das ist eine historische Stunde! Die Tore sind offen, und die DDR-Bürger kommen! Sie fluten hindurch, zu Hunderten, zu Tausenden! Heute ist ein historischer Tag! Die Berliner Mauer ist gefallen!«

Cam stellte den Ton leise. »Ist das zu glauben?« Tedder hob sein Glas. »Auf das Ende des Kommunismus.«

»Darauf haben wir all die Jahre hingearbeitet«, sagte Cam.

»Nein.« Tedder schüttelte skeptisch den Kopf. »Alles, was wir getan haben, ist wirkungslos geblieben. Trotz unserer Anstrengungen sind Vietnam, Kuba und Nicaragua kommunistisch geworden. Und wenn man sich anschaut, wo wir dem Kommunismus sonst noch gegenübergetreten sind …

Iran, Guatemala, Chile, Kambodscha, Laos ... kein einziges Ruhmesblatt darunter. Und jetzt gibt der Ostblock den Kommunismus auf, ohne dass wir etwas dazu beigetragen hätten.«

»Trotzdem sollten wir uns überlegen, wie wir den Ruhm einheimsen können. Oder wenigstens der Präsident.«

»Bush ist noch kein Jahr im Amt, und er ist die ganze Zeit der Entwicklung hinterhergehinkt«, sagte Tedder. »Er kann nicht für sich in Anspruch nehmen, den Fall der Mauer herbeigeführt zu haben. Wenn überhaupt, hat er ihn verzögert.«

»Reagan vielleicht?«, überlegte Cam.

»Ach du meine Güte«, sagte Tedder. »Reagan erst recht nicht. Gorbatschow ist alles zu verdanken. Ihm und dem Ölpreis. Und der Tatsache, dass der Kommunismus nie richtig funktioniert hat.«

»Was ist mit *Star Wars?*«

»Ein Waffensystem, das nie über das Science-Fiction-Stadium hinausgekommen ist, wie jeder weiß, die Sowjets eingeschlossen.«

»Reagan hat immerhin diese Rede gehalten. *Mr. Gorbachev, tear down this wall.* Die Aufforderung, die Mauer niederzureißen.«

»Ja, ich erinnere mich gut daran. Aber sollen wir den Leuten jetzt weismachen, der Kommunismus wäre zusammengebrochen, weil Reagan eine Rede gehalten hat?« Er lachte. »So ein guter Redner war er nun auch wieder nicht.«

»Stimmt«, erwiderte Cam.

*

Der Erste, den Rebecca sah, war ihr Vater, ein großer Mann mit lichtem blonden Haar und ordentlich gebundener Krawatte. Er sah alt und verbraucht aus.

»Da!«, rief sie Walli zu. »Das ist Papa!«

Ein Lächeln erschien auf Wallis Gesicht. »Ja, das ist er«, sagte er. »Mensch, ich hätte nie gedacht, dass wir sie in diesem Gewühl finden!« Er legte Rebecca den Arm um die Schultern, und gemeinsam arbeiteten sie sich durch die Menge. Helmut und Alice folgten ihnen dichtauf.

Sie kamen nur mühsam voran. Es herrschte ein unglaubliches Gedränge. Alle tanzten und sangen und jubelten vor Freude. Wildfremde Menschen fielen einander weinend in die Arme.

Rebecca sah ihre Mutter neben ihrem Vater. Dann entdeckte sie Lili und Karolin.

»Sie haben uns noch nicht gesehen«, sagte sie zu Walli. »Wink!«

Schreien war sinnlos. Der Lärm hätte alles übertönt. Walli rief: »Das ist die größte und schönste Party der Welt!«

Eine Frau mit Lockenwicklern im Haar stieß gegen Rebecca und wäre gestürzt, hätte Walli sie nicht aufgefangen.

Dann erreichten die beiden Gruppen einander. Rebecca warf sich ihrem Vater in die Arme. Sie spürte seine Lippen auf der Stirn, genoss seinen vertrauten Kuss, die Berührung des stoppeligen Kinns, den schwachen Duft seines Aftershaves. Sie schluchzte, konnte ihr Glück nicht fassen. Durch einen Schleier aus Tränen sah sie, wie Walli seine Mutter umarmte und wie Karolin Alice küsste, und die Welt stand für ein paar Augenblicke still.

Mitten auf der Straße, mitten in der Nacht, mitten in Europa bildeten sie einen Kreis.

Sie legten die Arme umeinander.

»Da sind wir also«, sagte Carla und ließ glücklich den Blick über ihre Familie schweifen. »Endlich wieder vereint. Nach allem, was geschehen ist.« Sie hielt kurz inne und wiederholte, leiser diesmal, beinahe ungläubig: »Nach allem, was geschehen ist.«

Epilog

4. November 2008

Sie sind schon eine seltsame Schar, überlegte Maria, als sie sich ein paar Sekunden vor Mitternacht im Wohnzimmer von Jacky Jakes' Haus umsah.

Jacky, die Hausherrin, Marias Schwiegermutter, war mit neunundachtzig Jahren spitzzüngiger denn je.

George, Marias Ehemann in den vergangenen zwölf Jahren, hatte mittlerweile weißes Haar und war zweiundsiebzig.

Maria war sechzig, als sie mit George vor den Traualtar trat; vielleicht wäre es ihr ein bisschen peinlich gewesen, aber damals war sie viel zu glücklich – und war es bis heute geblieben.

Georges Exfrau Verena war zweifelsohne die schönste Neunundsechzigjährige in ganz Amerika. Sie war mit ihrem zweiten Mann gekommen, Lee Montgomery.

Georges und Verenas Sohn Jack war ein siebenundzwanzigjähriger Anwalt und hatte seine Frau und ihre hübsche fünfjährige Tochter Marga mitgebracht.

Sie sahen fern. Die Übertragung kam aus einem Park in Chicago, wo 240 000 jubelnde Menschen sich versammelt hatten.

Auf der Bühne stand eine Familie: ein gut aussehender Vater, eine wunderschöne Mutter und zwei süße kleine Mädchen.

Es war Wahlnacht, und Barack Obama hatte gesiegt.

Michelle Obama und die Mädchen verließen die Bühne, und der frisch gewählte Präsident ging ans Mikrofon und sagte: »Hallo, Chicago.«

Jacky, die Matriarchin der Familie Jakes, sagte: »Still jetzt alle. Hört zu.« Sie drehte die Lautstärke hoch.

Obama trug einen dunkelgrauen Anzug und eine burgunderrote Krawatte. Hinter ihm flatterten mehr amerikanische Flaggen im schwachen Wind, als Maria zählen konnte.

Langsam, mit einer Pause nach jedem Ausdruck, sagte Obama: »Wenn es da draußen jemanden gibt, der noch immer bezweifelt, ob in Amerika alles möglich ist, der sich fragt, ob der Traum unserer Gründer in dieser Zeit noch lebt, der die Macht unserer Demokratie nach wie vor anzweifelt – heute Abend hat er seine Antwort.«

Klein Marga kam zu Maria auf die Couch gekrochen. »Granny Maria ...«

Maria setzte sich das Kind auf den Schoß. »Pssst, sei leise, alle möchten den neuen Präsidenten hören.«

Obama sagte: »Es ist die Antwort, die Alte und Junge geben, Reiche und Arme, Demokraten und Republikaner, Schwarze, Weiße, Amerikaner hispanischer und asiatischer Herkunft, amerikanische Ureinwohner, Schwule, Heterosexuelle, Behinderte und Nichtbehinderte – Amerikaner, die eine Nachricht an die Welt gesandt haben, dass wir nie nur eine Ansammlung von Einzelpersonen waren oder eine Ansammlung roter und blauer Staaten: Wir sind jetzt und immer die *Vereinigten* Staaten von Amerika.«

»Granny Maria«, raunte Marga ihr zu, »guck mal, Grandad.«

Maria blickte zu ihrem Mann hinüber. George schaute auf den Fernsehschirm, und sein faltiges braunes Gesicht war nass von Tränen. Er wischte sie mit einem großen weißen Taschentuch ab, doch kaum hatte er die Augen getrocknet, kamen neue Tränen.

»Warum weint Grandad?«, fragte Marga.

Maria wusste, warum. George weinte um Bobby, um Martin, um Jack. Um vier Sonntagsschulmädchen. Um Medgar Evers. Um alle Freiheitskämpfer, ob tot oder lebendig.

»Warum weint er?«, fragte Marga noch einmal.

»Weißt du, meine Kleine«, sagte Maria, »das ist eine lange Geschichte.«

ENDE

Der Ruhm der Zeit ist: Fürstenzwist beilegen,
Entlarven Trug, ans Licht die Wahrheit bringen,
Der Vorzeit That den Stempel einzuprägen,
Den Morgen wecken, Nacht mit Wach' umringen,
Ihr Unrecht zu vergüten, Zwinger zwingen,
Dem Bau des Stolzes seine Dauer kürzen,
Und seine Thürme tief in Staub zu stürzen.

William Shakespeare,
Die Schändung der Lucretia

(Deutsch von Ludwig Reinhold Walesrode)

Danksagungen

Mein wichtigster Berater bei historischen Fragen in der gesamten Jahrhundert-Trilogie war Richard Overy. Bei dem vorliegenden Roman konnte ich überdies auf die wissenschaftliche Hilfe von Clayborne Carson, Mary Fulbrook, Claire McCallum und Matthias Reiss zählen.

Außerdem haben zahlreiche Zeitzeugen mein Manuskript durchgesehen oder standen mir für Gespräche zur Verfügung. Besonders möchte ich dabei erwähnen: Mimi Alford, der ich wertvolles Wissen über das Weiße Haus zur Zeit Kennedys verdanke; Peter Asher, der mir das Leben eines Popstars nahegebracht hat; Jay Coburn und Howard Stringer, die mir beim Thema Vietnam geholfen haben; Frank Gannon, Jim Cavanaugh, Tod Hullin und Geoff Shepherd, denen ich Informationen über Richard Nixon verdanke; Congressman John Lewis, der mir viel Interessantes über das Thema Bürgerrechte erzählen konnte, und Angela Spizig sowie Annemarie Behnke, denen ich Informationen über das Leben in Deutschland verdanke. Wie immer hat Dan Starer von Research for Writers in New York mir geholfen, diese Leute zu finden..

Bei meinen Recherchen im Süden der USA standen mir zur Seite: Barry McNealy in Birmingham, Alabama, Ron Flood in Atlanta, Georgia, und Ismail Naskai in Washington, D.C. Ray Young in der Greyhound Station von Fredericksburg hat freundlicherweise ein paar Fotos aus den Sechzigern für mich ausgegraben.

Meine Freunde Johnny Clare und Chris Manners haben den ersten Entwurf gelesen und konstruktive Kritik angebracht, und Charlotte Quelch hat eine Menge Fehler ausgeräumt.

Auch meiner Familie bin ich einmal mehr zu Dank verpflichtet. Dr. Kim Turner war mein Berater in medizinischen Fragen; Jann Turner und Barbara Follett waren kritische Leser des ersten Entwurfs und haben hilfreiche Anmerkungen gemacht.

Zu den Lektoren und Agenten, die das erste Manuskript gelesen haben, gehören Amy Berkower, Cherise Fischer, Leslie Gelbman, Phyllis Grann, Neil Nyren, Susan Opie, Jeremy Trevathan und wie immer Al Zuckerman.

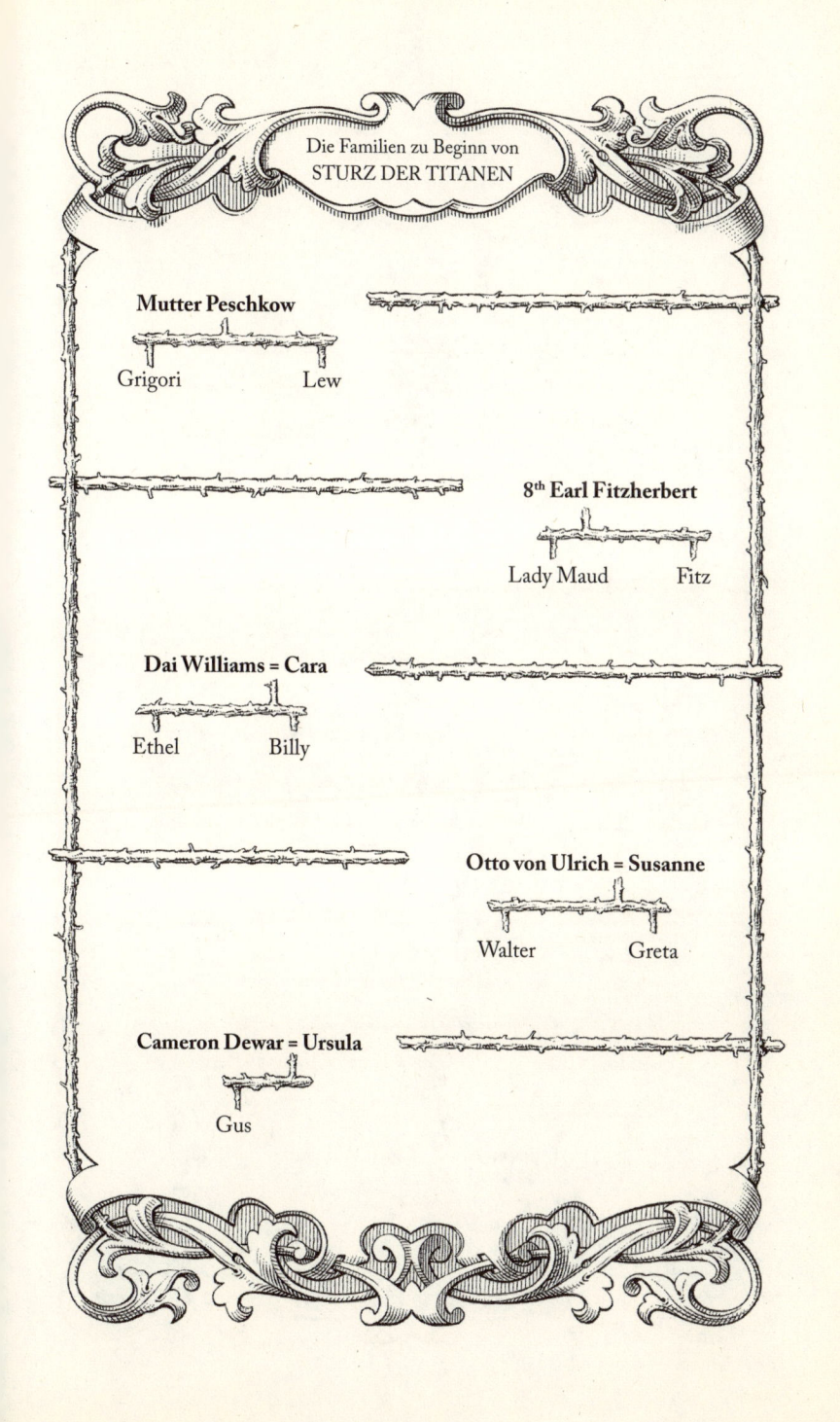

Die Familien zu Beginn von
STURZ DER TITANEN

Mutter Peschkow

Grigori — Lew

8th Earl Fitzherbert

Lady Maud — Fitz

Dai Williams = Cara

Ethel — Billy

Otto von Ulrich = Susanne

Walter — Greta

Cameron Dewar = Ursula

Gus

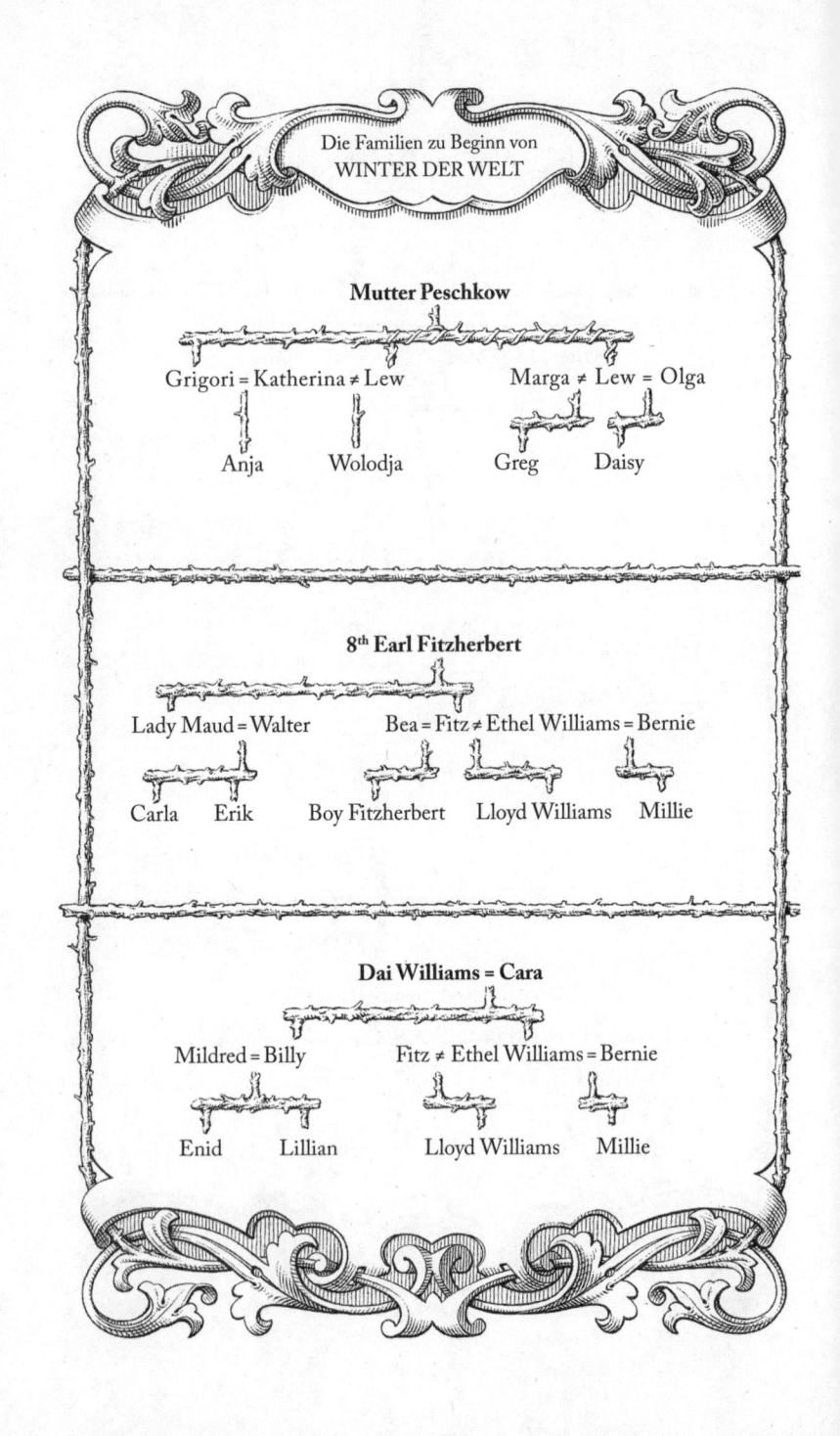

Die Familien zu Beginn von
WINTER DER WELT

Mutter Peschkow

Grigori = Katherina ≠ Lew   Marga ≠ Lew = Olga

Anja   Wolodja   Greg   Daisy

8th Earl Fitzherbert

Lady Maud = Walter   Bea = Fitz ≠ Ethel Williams = Bernie

Carla   Erik   Boy Fitzherbert   Lloyd Williams   Millie

Dai Williams = Cara

Mildred = Billy   Fitz ≠ Ethel Williams = Bernie

Enid   Lillian   Lloyd Williams   Millie

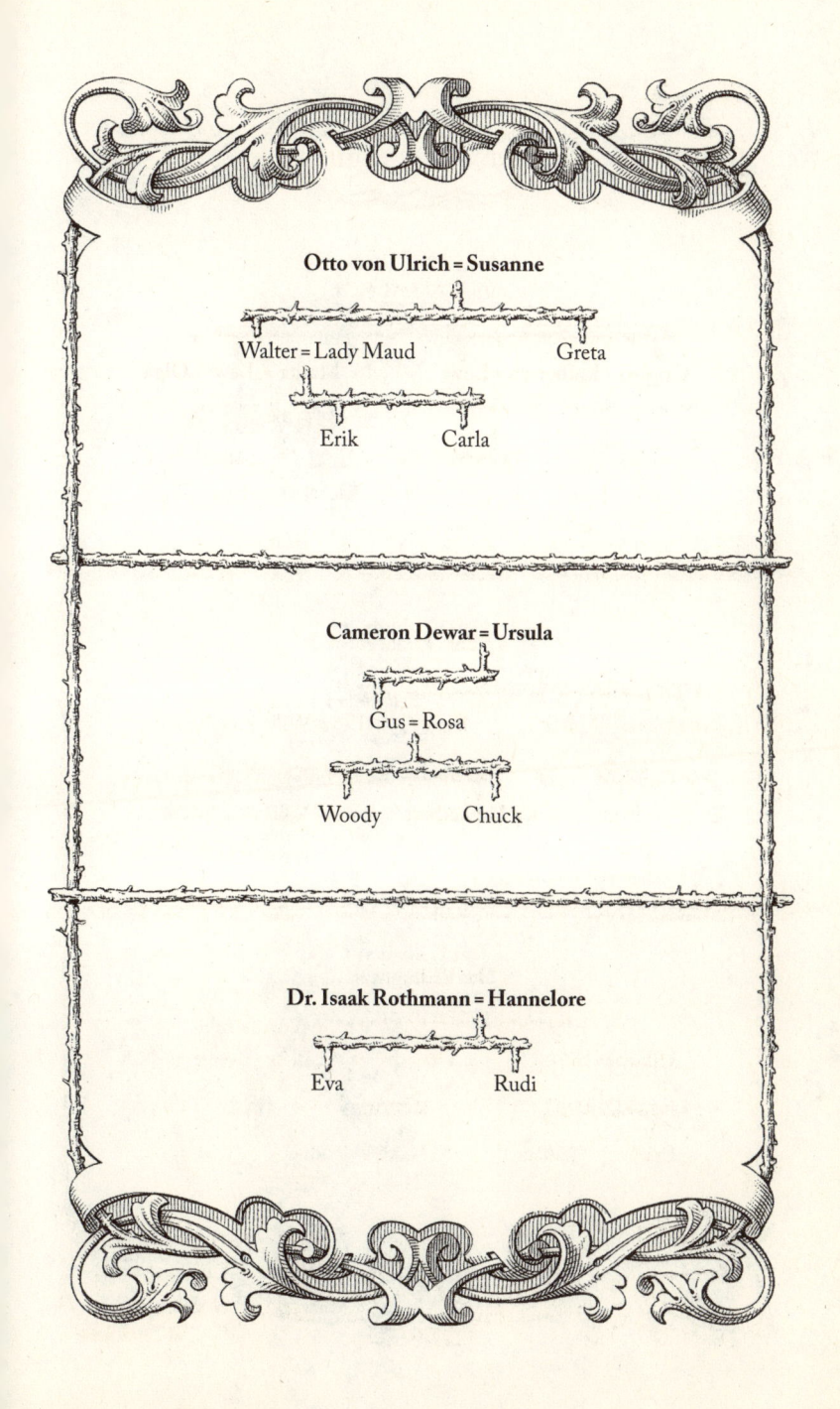

Otto von Ulrich = Susanne

Walter = Lady Maud · · · Greta

Erik · · · Carla

Cameron Dewar = Ursula

Gus = Rosa

Woody · · · Chuck

Dr. Isaak Rothmann = Hannelore

Eva · · · Rudi

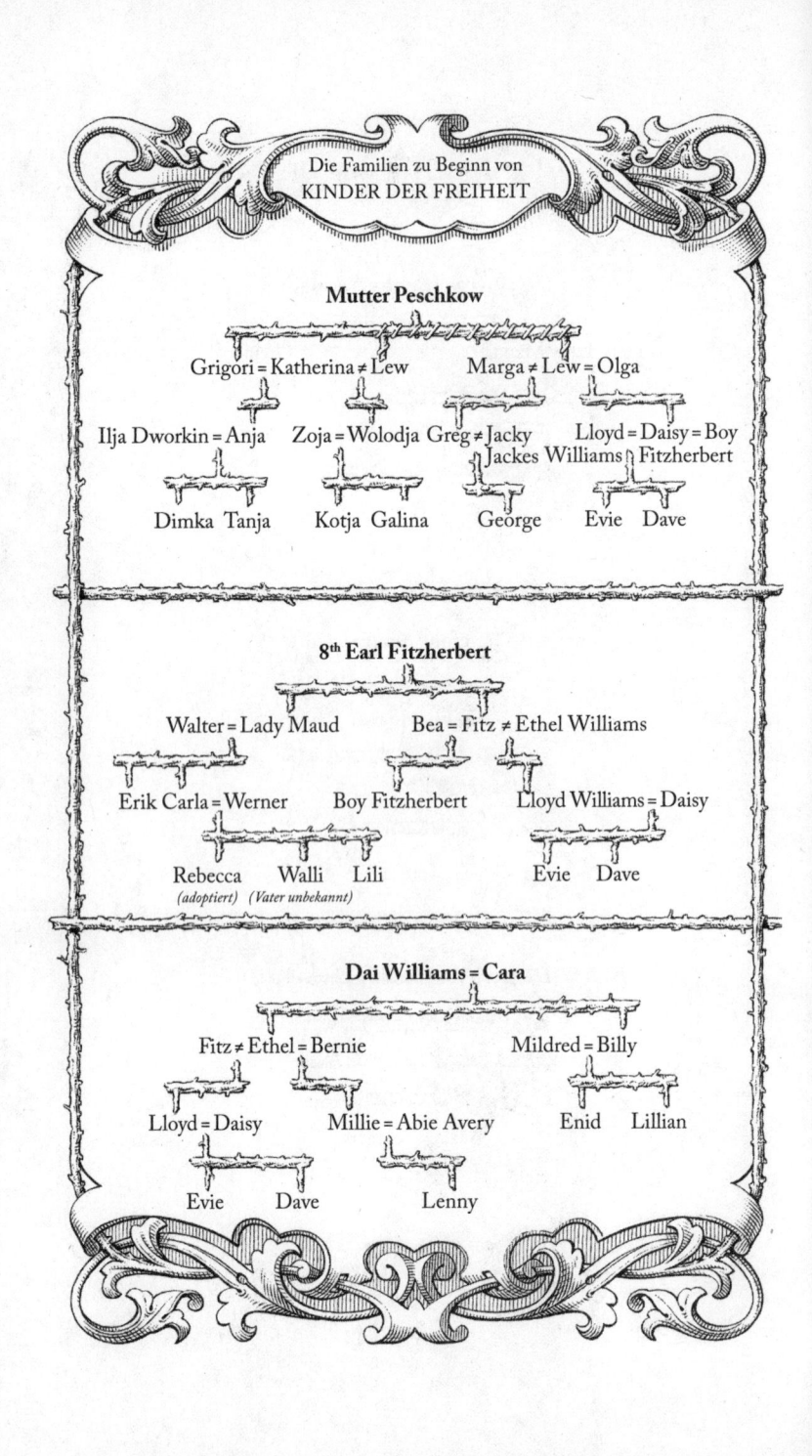

Die Familien zu Beginn von
KINDER DER FREIHEIT

Mutter Peschkow

Grigori = Katherina ≠ Lew   Marga ≠ Lew = Olga

Ilja Dworkin = Anja   Zoja = Wolodja   Greg ≠ Jacky   Lloyd = Daisy = Boy
                                    Jackes Williams   Fitzherbert

Dimka Tanja   Kotja Galina   George   Evie Dave

8th Earl Fitzherbert

Walter = Lady Maud   Bea = Fitz ≠ Ethel Williams

Erik Carla = Werner   Boy Fitzherbert   Lloyd Williams = Daisy

Rebecca   Walli   Lili   Evie Dave
(adoptiert) *(Vater unbekannt)*

Dai Williams = Cara

Fitz ≠ Ethel = Bernie   Mildred = Billy

Lloyd = Daisy   Millie = Abie Avery   Enid   Lillian

Evie Dave   Lenny

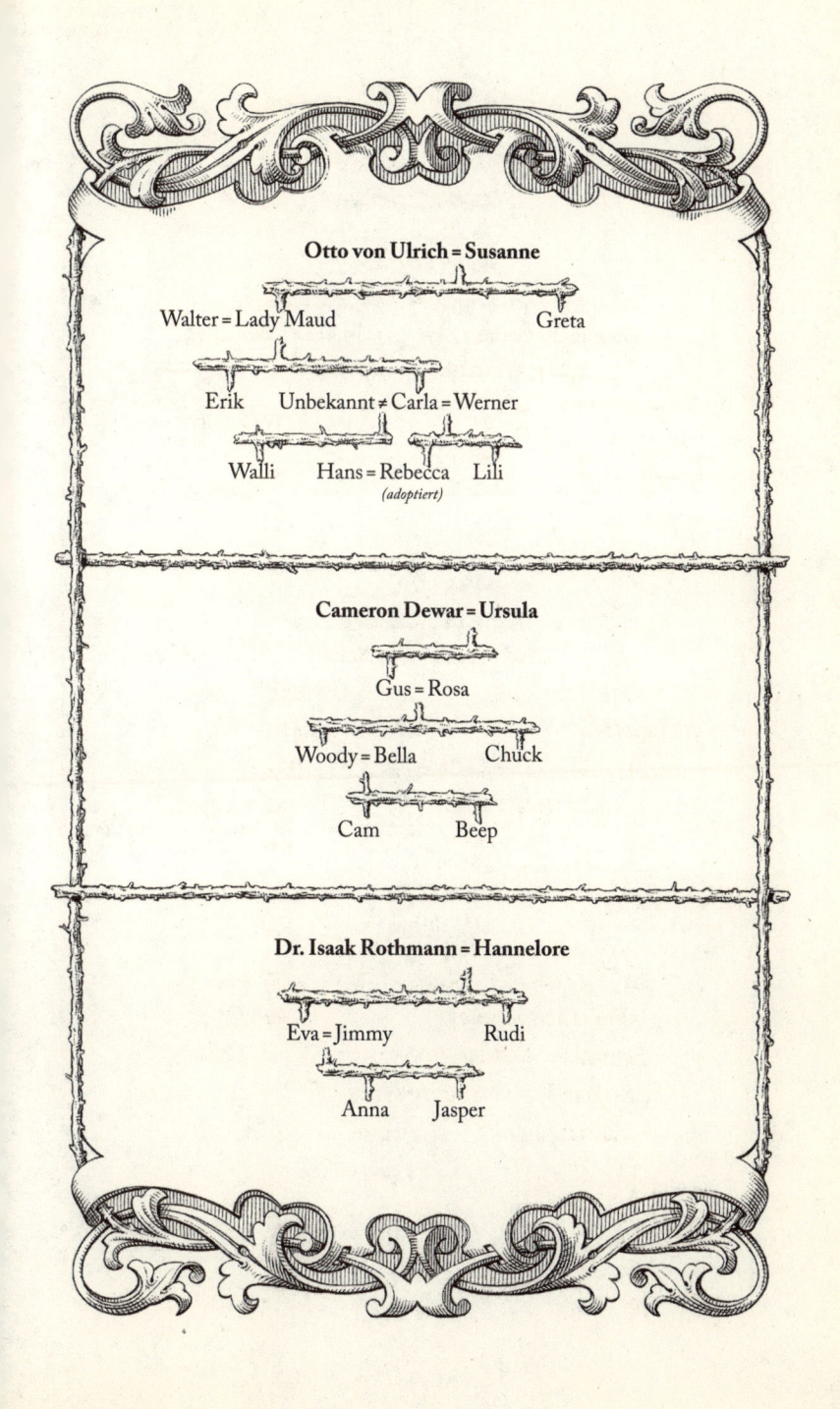

Otto von Ulrich = Susanne

Walter = Lady Maud   Greta

Erik   Unbekannt ≠ Carla = Werner

Walli   Hans = Rebecca   Lili
(adoptiert)

Cameron Dewar = Ursula

Gus = Rosa

Woody = Bella   Chuck

Cam   Beep

Dr. Isaak Rothmann = Hannelore

Eva = Jimmy   Rudi

Anna   Jasper

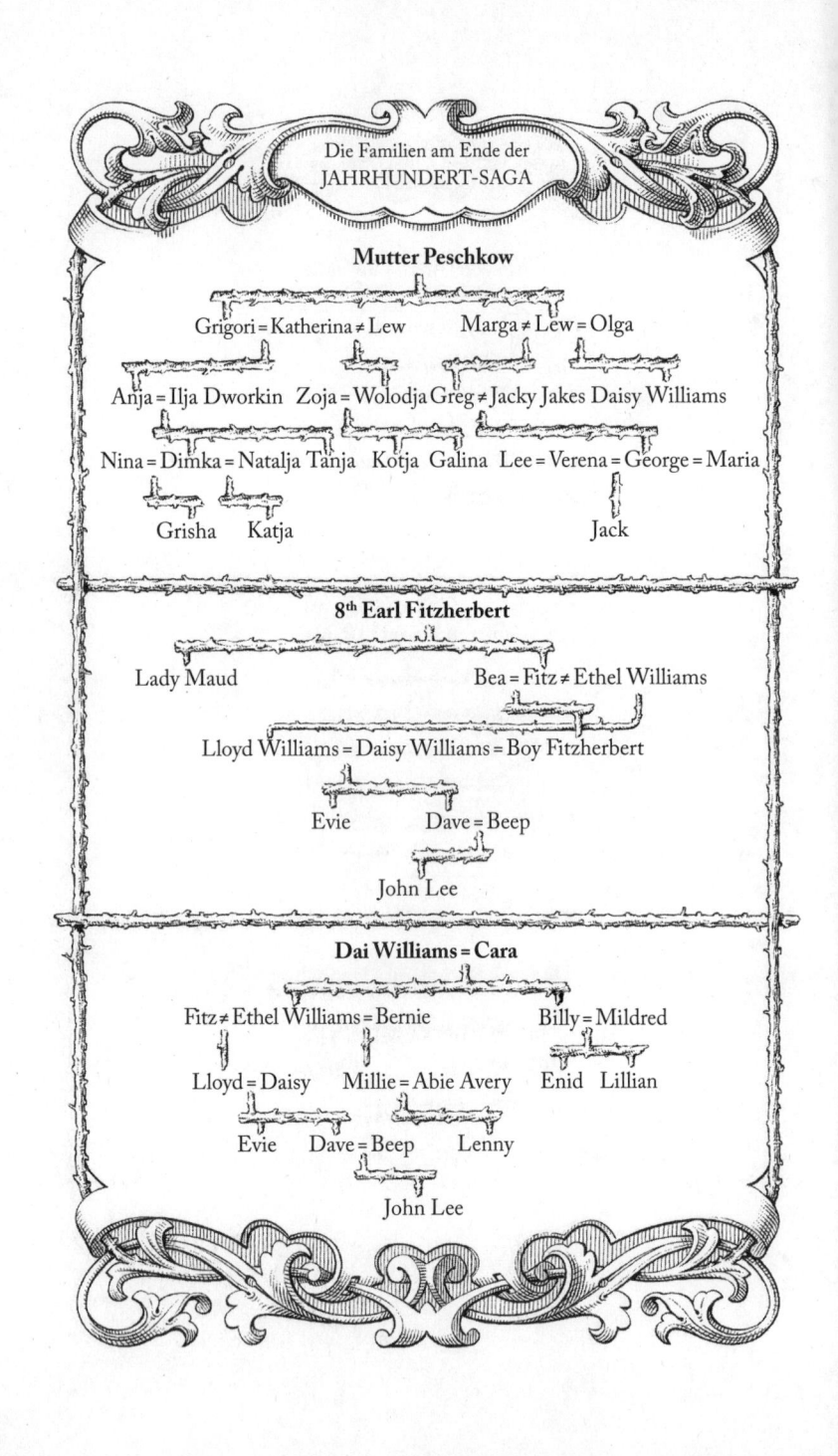

Die Familien am Ende der
JAHRHUNDERT-SAGA

Mutter Peschkow

Grigori = Katherina ≠ Lew   Marga ≠ Lew = Olga

Anja = Ilja Dworkin   Zoja = Wolodja   Greg ≠ Jacky Jakes   Daisy Williams

Nina = Dimka = Natalja   Tanja   Kotja   Galina   Lee = Verena = George = Maria

Grisha   Katja   Jack

8th Earl Fitzherbert

Lady Maud   Bea = Fitz ≠ Ethel Williams

Lloyd Williams = Daisy Williams = Boy Fitzherbert

Evie   Dave = Beep

John Lee

Dai Williams = Cara

Fitz ≠ Ethel Williams = Bernie   Billy = Mildred

Lloyd = Daisy   Millie = Abie Avery   Enid   Lillian

Evie   Dave = Beep   Lenny

John Lee

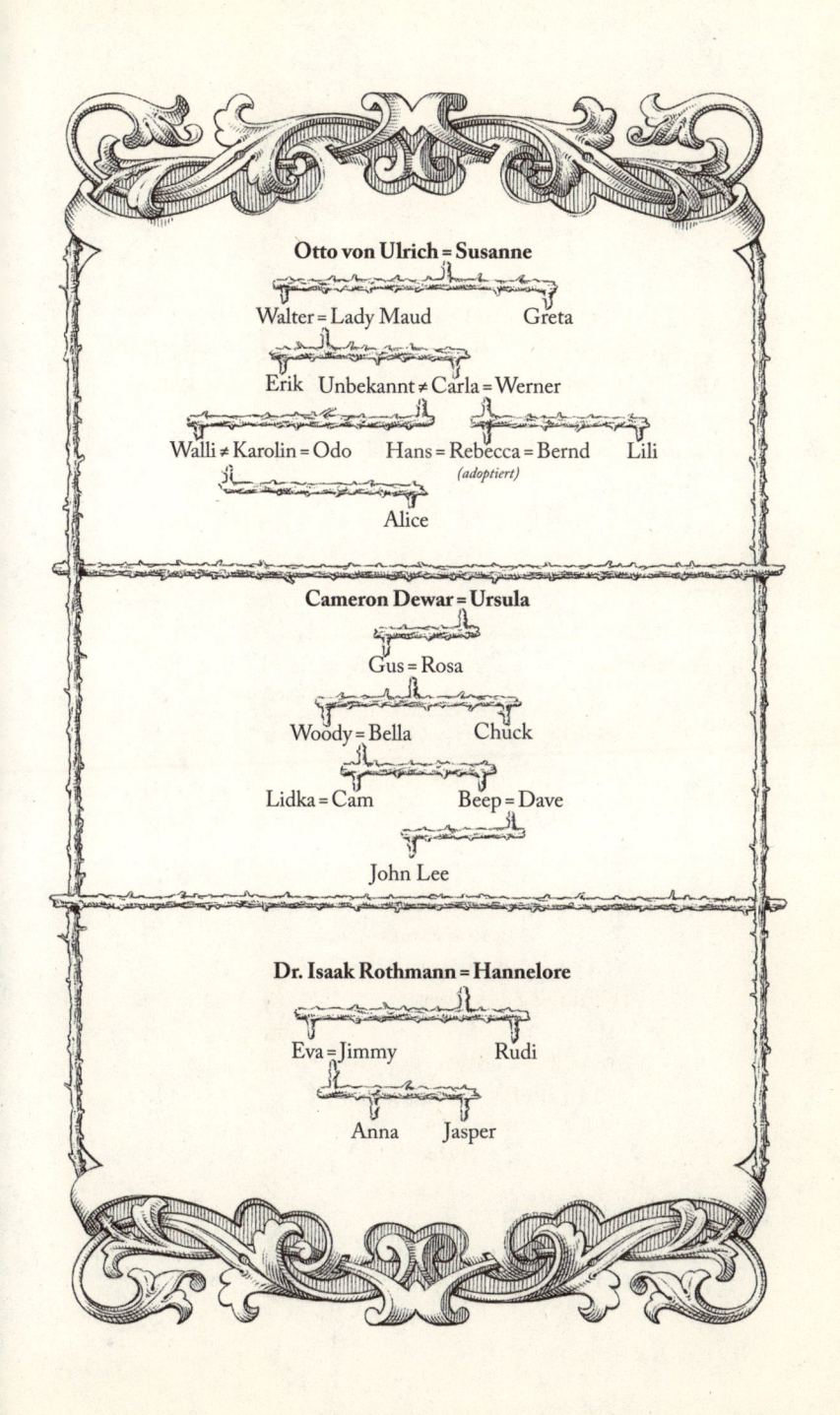

Otto von Ulrich = Susanne

Walter = Lady Maud   Greta

Erik   Unbekannt ≠ Carla = Werner

Walli ≠ Karolin = Odo   Hans = Rebecca = Bernd   Lili
                              (adoptiert)

Alice

Cameron Dewar = Ursula

Gus = Rosa

Woody = Bella   Chuck

Lidka = Cam   Beep = Dave

John Lee

Dr. Isaak Rothmann = Hannelore

Eva = Jimmy   Rudi

Anna   Jasper